삼대록계 국문장편소설

조씨삼대록
1

역주자 김문희(金文姬)는 부산외대 국문과를 졸업하고 서강대 국문과에서 석사, 박사 학위를 받았다. 이화여대 한국문화연구원의 전임 연구원을 거쳐 현재는 서강대 인문과학연구소 연구교수로 있다. 국문장편소설의 가독성(可讀性)에 관심을 가지고 있으며 독자를 작품 속으로 끌어들이는 국문장편소설의 서술과 표현의 묘미가 무엇인가를 탐색하고자 한다. 저서로는『전기소설의 서술문체와 환상성』, 논문으로는「『현몽쌍룡기』의 서술 문체론적 연구」,「『조씨삼대록』의 서술전략과 의미」,「국문장편소설의 중층적 서술의식 연구」,「장편가문소설의 가독성 연구」등이 있다.

이화한국문화연구총서 11

조씨삼대록 1

초판 인쇄 2010년 2월 20일 **초판 발행** 2010년 2월 25일
역주자 김문희 **펴낸이** 박성모 **펴낸곳** 소명출판 **출판등록** 제13-522호
주소 서울시 서초구 서초동 1621-18 란빌딩 1층
전화 02-585-7840 **팩스** 02-585-7848 **전자우편** somyong@korea.com **홈페이지** www.somyong.co.kr

값 33,000원

ISBN 978-89-5626-457-8 93810
ISBN 978-89-5626-445-5 (세트)

이 저서는 2005년 정부의 재원으로 한국연구재단의 지원을 받아 수행된 연구임(KRF-2005-078-AS0041)

이화한국문화연구총서 11

삼대록계 국문장편소설

조씨삼대록
1

김문희 역주

소명출판

가. 현대어역 및 주해

1. 현대어 번역은 한글 맞춤법 체계에 의거해 어법에 맞는 자연스러운 현대 한국어 문장이 되도록 하였다.
2. 띄어쓰기와 관련해 한 인물에 대한 관직명이 연달아 나올 때는 붙여 쓰기로 한다.
3. 띄어쓰기와 관련해 '공'이나 '부인'과 같은 호칭이 성과 연달아 나올 경우, 원래는 띄어 써야 하나 독서의 편의를 위해 예외적으로 붙여 썼다.
4. 현대어로 번역한 표현이 작품 원문의 단어와 형태가 많이 달라졌을 경우, 각주에서 원문의 단어를 밝혀 주었다.
5. 현대어역 본문에서 어려운 한자어는 한자를 병기해 주었다.
6. 판독(判讀)이 어려운 어휘나 문장은 가능하면 이본을 참조하여 보완하고 주석을 달아 그 사실을 명기(明記)하였다.
7. 이본을 참조해도 판독이 불가할 경우 그 사실을 각주를 통해 밝혔다.
8. 면이 바뀔 경우 바뀐 부분의 첫 글자 위에 방점(˙)을 찍고 원문의 면수를 표시하였다.
9. 주해는 다음과 같은 경우에 하였다.
   1) 관직명, 인명과 같은 고유명사.
   2) 전고(典故)가 있는 한자어 및 지금은 사용하지 않는 한자어.
   3) 어학적 주석이 필요한 근대 국어 어휘나 표기 체계.
   4) 등장인물 및 그들 간의 관계, 앞 줄거리를 환기시킬 필요가 있을 경우.
10. 주석의 표제어는 현대어역 본문을 대상으로 하였다.
11. 문장 부호의 사용은 다음과 같다.
    1) 큰 따옴표(" ") : 직접 인용, 대화, 장명(章名).
    2) 작은 따옴표(' ') : 간접 인용, 인물의 생각이나 내적 독백.
    3) 『 』 : 책명(冊名).
    4) 「 」 : 편명(篇名)
    5) 〈 〉 : 작품명
    6) ( ) : 한자어를 드러낼 경우.
    7) [ ] : 표제어에서 제시하는 단어와 한자어가 음이 같은 경우는 '( )'로 표시하고, 만약 음이 일치하지 않는 경우에는 '[ ]'를 사용함.
    8) { } : 원문에 표시된 어휘를 밝히기 위해 원문 내용을 그대로 옮긴 경우.

나. 원문

1. 현대 맞춤법 체계에 의거해 띄어쓰기를 해 주었다.
2. 한자는 병기하지 않았다.
3. 면이 바뀌는 곳은 면 표시를 해 주었다.
4. 판독이 불가한 경우나 지워진 경우에는 □ 표시를 해 주었다.
5. 원문 순서에 오류가 있는 경우에는 괄호 앞에는 오류를 수정한 면수를 써 주고 괄호 안에는 원래의 면수를 써 주었다.

서문

1975년도에 경북 북부 지역에 사시던 할머님들을 대상으로 고전소설에 대한 독자 연구를 진행했던 논문이 있다. 그 조사 결과 중 흥미로웠던 점은 피조사자였던 할머니들께서 당신들은 전(傳) 계열 소설보다는 질(秩) 계열 혹은 록(錄) 계열 소설을 더 많이 읽으셨다고 한 내용이었다. 당시만 하더라도 고전소설은 '—전'으로 끝나는 작품이 다수를 차지하고 있었기에 그 조사 결과와 더불어 열거되었던 작품들이 낯설었던 기억이 있다. 그 후로 30여 년이 지난 지금, 당시 연구 결과에서 보고되었던 소위 '록 계열' 작품이란 임형택 선생님의 용어인 '규방소설'과도 통하며 또 이제는 상당한 연구 성과가 축적된 국문장편소설들 역시 이와 상통하는 작품들일 수 있다는 생각이 든다.

1960년대 중반 창덕궁 안에 있는 낙선재(樂善齋)에 소장되어 있던 다수의 서책들이 발견되었고 정부에서는 그 도서의 성격을 파악하기 위해 해당 분야의 전문가를 초빙하여 낙선재 문고를 정리하였다. 그때 낙선재에서는 기존에 알려졌던 조선시대의 소설과 비교해 볼 때 보기 드물 정도로 매우 긴 소설들이 발견되었는데 그 소설들을 일컬어 낙선재본 소설이라고 지칭하였다. 그 중에는 『홍루몽』과 같이 명백한 번역 작품들도 있었으나 국적을 판단하기 어려운 다수의 작품들이 있었다. 처음 발견되었을 때에는 이 작품들이 유례없는 대하 장편이라는 점과 매우 생소한 제목으로 인해 국내 창작인지 아니면 중국소설의 번역인지에 대한 논의가 필요했다. 그리고 어느 정도 연구가 진행된 결과 낙선재에 소장되어 있던 장편소설들은 조선의 창작 소설임이 확인되었다. 이 작품들은 주로 3, 4대에 이르는 두세 가문의 이야기를 다루고 있으며, 그런 까닭에 낙선재본 소설로 불리던 작품들은 가문소설이라는 호칭으로 더 자주 불리게 되었다.

1970년대 중반부터 가문소설에 대한 연구 성과가 제출되기 시작하였고 1990년대 이후 논의가 활발해졌으며 현재는 개별 작품론을 비롯하여 여러 방면에서 상당한 양의 연구 성과가 축적되고 있다. 연구가 진행되면서 이 장르의 명칭 역시 낙선재본 소설, 고전장편소설, 가문소설, 대하장편소설, 가족사소설, 국문장편소설 등 다양한 용어로 불렸다. 본 연구 팀이 2005년부터 시작하여 2년에 걸쳐 학술진흥재단 기초학문 토대연구 프로젝트를 수행하고 그 후 다년에 걸친 수정 및 교정 작업을 통해 이번에 소명출판에서 출판한 삼대록계 국문장편소설 역시 몇 대에 걸친 두세 가문 정도의 서사가 전개되는 작품들이다. 본 연구 팀은 장르를 지칭하는 용어 중 가장 객관적인 방식으로 조합된 '국문장편소설'이라는 용어를 선택하였으며, 번역 연구의 효율성을 높이기 위해 대상 범위를 삼대록계 국문장편소설로 한정하였다.

삼대록계 국문장편소설이란 국문장편소설 중에서도 삼대기(三代記)를 기술하면서 선행 작품과 후행 작품의 연작을 지닌 소설군을 지칭한다. 여기에는 『소현성록』 본전과 『소씨삼대록』, 『유효공선행록』과 『유씨삼대록』, 『성현공숙렬기』와 『임씨삼대록』, 『현몽쌍룡기』와 『조씨삼대록』과 같은 연작형 작품들이 속한다. 본 연구 팀은 그 중 『소현성록』 연작(15권 15책), 『유씨삼대록』(20권 20책), 『현몽쌍룡기』(18권 18책), 『조씨삼대록』(40권 40책), 『임씨삼대록』(40권 40책) 5작품을 택하였다. 『유효공선행록』과 『성현공숙렬기』 두 작품은 이미 기존의 다른 연구 팀에서 선행 프로젝트를 수행하여 결과를 제출한 작품들이므로 연구의 중복을 피하기 위해 이 두 작품을 제외한 5작품을 현대어 번역의 대상 작품으로 선정하였다.

작품을 선정한 후 작품별로 이본 상황을 살펴 번역의 대상으로 삼기에 가장 적합하다고 여겨지는 이본을 선택하여 현대어역하였다. 본 연구 팀이 선택한 이본의 서지 사항은 각 작품의 해제에서 명시될 것이므로 여기에서는 생략하도록 한다. 국문장편소설은 창작 연대를 추정하기가 용이하지 않은데, 삼대록계 국문장편소설의 경우에는 연대 추정에서 의미 있는 작품이 포함되어 있다. 왜냐하면 이 장르의 효시로 논의되는 작품인 『소현성록』 연작이 여기에 들어 있기 때문이다. 『소현성록』의 창작 연대는 옥소 권섭(1671~1759)이 남긴 서책 분배기를 근거로 하여 17세기 중후반으로 추정되었다. 박지원이 소설 구연 장면을 목격하면서 거론한 기록(1780)을 토대로 하여 『유씨삼대록』은 18세기 초반에, 그리고 그 선행작인 『유효공선행록』은 그보다 앞선 시기에 창작되었을 것으로 추정되었다. 18세기 후반 작품일 것으로 보이는 『옥원재합기연』 소설 목록에 제목이 수록된 『임씨삼대록』은 적어도 그보다는 앞서 창작되었을 것으로 보인다. 그리고 홍희복이 남긴 『제일기언』(1848)에 제목이 보이는 『조씨삼대록』은 최소한

19세기 중반에는 창작되었을 것으로, 그 선행 작품인『현몽쌍룡기』는 이 보다 앞선 18세기에 창작되었을 것으로 추정되는 작품이다. 창작 시기 추정이 17세기에서 19세기에 걸쳐 있는 만큼 내용 역시 변화를 보인다.『소현성록』과『유씨삼대록』이 진지한 자세로 시대와 가문에 대한 소설적 대응을 모색하는 국문장편소설의 초기적 형태를 보여준다면,『임씨삼대록』이나『조씨삼대록』은 훨씬 오락적인 흥미를 추구하는 쪽으로 서술자의 관심이 변했음을 알 수 있다.

　고전소설 연구자를 제외한 일반 독자들에게 고전소설은 여전히『춘향전』,『홍길동전』,『구운몽』등 교과서 수록 작품에 한정되는 경우가 있다. 물론 판소리계 소설이나 방각본 소설은 한글 고전소설에서 중요한 작품군들임에 틀림없다. 그러나 국문장편소설의 서사 세계 또한 특징적이며, 작품 수 역시 상당하여 앞의 두 장르에 못지않은 역량을 함축하고 있는 장르이다. 즉 한글 고전소설의 서사 세계를 이해하기 위해서는 판소리계 소설, 방각본 소설 그리고 국문장편소설의 세 가지 범주를 제대로 파악해야 할 필요가 있다. 국문장편소설이라는 고전소설 하위 장르는 고전문학 연구자들에게는 익숙하지만 일반 독자들은 그 존재조차 잘 모르는 경우가 허다하며, 고전문학 전공자라 해도 워낙 방대한 분량의 서사인 데다가 궁체 필사본으로 영인된 형태라서 작품을 읽어 내기가 녹록하지 않다. 본 연구 팀의 작업은 삼대록계 국문장편소설의 현대어 번역 및 주해 작업으로는 첫 번 작업인 셈이다. 이와 비슷한 기존 작업들은 대개 필사본을 활자화하면서 한자 병기를 시도하거나 한자를 병기하고 간단한 주석을 다는 방식으로 수행되었다. 물론 그 정도도 도움이 되기는 하나, 가독성 있는 현대국어 문장으로 번역을 시도하고 정확한 주석을 달며 원문

입력까지 한 본 연구 팀의 작업은 기존 작업들과 차별화된다. 본 연구 팀의 작업은 국문장편소설의 효시인 『소현성록』 연작을 포함하고 있을 뿐 아니라 삼대록계 국문장편소설들의 초역이다. 자연스러운 현대 국어 문장으로 다듬는 노력에 더하여 정밀한 주석을 제공한 것은 독자들이 그 정황을 보다 정확하게 입체적으로 이해할 수 있기를 기대한 것이며, 번역의 정확성을 기하기 위해 입력한 원문을 제시한 것 역시 이 작업이 초역인 것과 유관하다.

1960년대 낙선재본 문고가 발견되었을 때 사람들은 이를 가리켜 '국문학 연구의 새로운 보고'라고 하였다. 국문장편소설은 이제 본격적인 연구 궤도에 진입한, 고전소설 연구의 새 영역이다. 장편소설은 시대와의 조우 속에서 삶의 총체성을 드러내며 서사 편폭의 방대함만큼 서사를 다룰 줄 아는 능력의 신장을 보여주는 장르라고 한다. 조선시대에 창작된 국문장편소설은 하나의 하위 장르를 구축할 만큼의 작품 수를 보유하고 있으며, 작품의 길이 또한 유례를 찾기 힘든 장편 대하에 속한다. 이 같은 국문장편소설은 여전히 더욱 활성화된 연구가 요청되는 장르이며, 더불어 단지 연구의 영역에만 머무르고 말 일이 아니다. 조선시대 소설 작품들은 우리의 문화유산이므로 국문장편소설 독서와 연구 결과는 일반 독자들과도 공유할 필요가 있기 때문이다. 자기 이야기를 지닌 이들은 자신들의 역사를 기억하기에, 그리고 잘 알려지지 않았던 조선의 대하 서사는 우리에게 또 다른 생명력의 원천이자 상상력의 보고일 수 있기에 이는 단지 연구자들의 연구 대상을 넘어서는 의미를 지니고 있다. 삼대록계 국문장편소설의 현대어역 출판은 연구자들에게는 연구의 편의를 제공하여 후속 연구를 촉진하는데 기여할 수 있을 것이며, 일반 독자들에게는 또 다른 조선시대의 이야기 공간을 열어 보일 것이며, 문화 콘텐츠를 생산하는 이들에게는 조선시대를 배경으로 한 스토리텔링을 위한 풍부한 원천소스를 제공할 수 있을 것이다.

이 책들은 번역문과 원문으로 구성되어 있다. 가능한 한 정확하고 읽기 쉽게 번역하려 노력했지만 막상 번역본을 내려니 마음이 편치만은 않다. 매번 검토할 때마다 계속 수정하고 싶은 부분들이 발견되기 때문이다. 이런 까닭에 번역 작업은 늘 어려우며, 겸손한 마음으로 다음 작업에서 보완될 수 있기를 기다리게 된다. 국문장편소설은 한글로 쓰여 있지만 원 상태로는 편안한 독서가 불가능할 정도로 독해가 만만치 않은 자료들이다. 프로젝트를 수행하는 기간 동안 매주 혹은 격주로 모여서 회의를 하면서 각자가 맡은 번역 분량에서 풀리지 않는 부분을 놓고 고민했던 시간들이 새삼스럽다. 이 번역 과정에는 한문 자료 번역이라면 없었을 과정이 한 단계 더 있었는데 그것은 바로 한글을 보면서 원래의 한자를 재구해 내는 것이었다. 더군다나 맞춤법이라는 개념이 아직 자리 잡히기 전인 조선시대의 한글 자료에는 수많은 개인어와 사투리가 섞여 있으며, 게다가 한문 교양의 인용이 각자의 발음과 교육 수준에 따라 다양하게 변주되어 표기되어 있다. 이런 어휘나 내용을 원래의 한자로 재구해 내는 작업은 생각보다 어려운 일이었다. 또 17세기 국어 사전류나 조선시대 어휘 사전에는 등록되어 있지 않은 표현들도 많았으며, 이 부분에 대해서는 중세국어문법 전공자인 정언학 선생님의 자문을 구하였다. 국문장편소설을 현대어역하면서 한문 자료만이 아니라 이 같은 한글 자료의 번역 역시 꾸준한 지원이 필요한 영역임을 절감하였다.

이 책을 내면서 많은 분들께 도움을 받았다. 우선 중요한 조선시대 한글 자료를 현대국어로 번역할 수 있도록 지원해 준 한국연구재단(구 학술진흥재단), 세미나 장소 제공뿐만 아니라 연구 진행 과정상 실제적인 도움을 주신 이화여대 한국문화연구원, 그리고 이같이 방대한 작업을 선뜻 출판해 주신 소명출판의 박성모 사장님과 엄청난 분량의 원고를 맡아 편집해 주신 이주혜 씨께 감사드린다.

소설을 읽을 때는 즐거우나 그것을 번역해서 책으로 내는 작업은 버겁다. 하지만 국문장편소설의 서사 세계를 몇몇 연구자만 알고 있다면, 그것은 더 안타깝다. 그 마음이 우리 번역 팀 모두에게 추동력이 되어 조선시대의 다섯 작품을 오늘날의 독자들 앞에 선보이게 되었다. 조심스럽지만 감사하고 보람된 작업이었다.

역자들을 대신하여 조혜란 씀

조씨삼대록 해제

   이 책의 현대어역 대상은 현재 유일본으로 전하고 있는 서강대 소장본 40권 40책 『조씨삼대록』이다. 『조씨삼대록』은 『현몽쌍룡기』의 후편으로, 연작형 삼대록계 국문장편소설에 해당하는 작품이다. 대부분의 국문소설이 그러하듯 작자는 미상이다. 또한 필사기가 없어서 필사자에 대한 정보나 필사 시기도 알 수 없다. 다만 이 책의 현대어역 대본인 서강대 소장본 곳곳에서 발견되는 '낙장(落張)' 표기를 근거로 할 때 좀 더 풍부한 내용을 담고 있었던 『조씨삼대록』의 존재 가능성에 대해 생각해볼 수 있다.

   현재까지 알려진 것 가운데 『조씨삼대록』에 대해 언급한 가장 이른 시기의 기록은 홍희복의 『제일기언』 서문(필사 시기 1848년 추정)이고, 그 이후의 기록으로는 『언문칙목녹』(필사 시기 1872년 추정)과 『한국서지』(1894년), 『고대소설』(1969년) 등이 있다. 이러한 기록들은 『조씨삼대록』의 창작 하한선을 19세기 중엽 이전으로 추정하는 데 근거가 된다. 홍희복은 『제일

기언』서문에서 자신이 번역한『경화연』의 우수성을 알리기 위해 비판적 관점으로 세간에 유행하는 소설의 제명을 나열 하고 있다. 이때 "셰간의 젼파ᄒᆞᄂᆞᆫ 바 언문 쇼셜"로『유씨삼대록』,『옥원재합』,『완월회맹연』,『숙향전』,『풍운전』등과 함께 이 작품이 거론되었으니『조씨삼대록』의 인기를 짐작할 만하다. 이 외에『현씨양웅쌍린기』연작의 셋째 작품에 해당하는『명주옥연기합록』에『소현성록』,『구래공정충직절기』등과 함께 작품명은 물론 작중 인물이 차용되었는데, 이 역시『조씨삼대록』의 인지도를 가늠할 수 있는 근거가 된다.

서강대 소장본『조씨삼대록』의 경우, 겉표지에 한자로 '曹氏三代錄'이 적혀 있고 본문이 시작되는 처음 부분에는 '조시삼대록'이 한글로 적혀 있다. 각 권당 분량은 평균 119면 정도이고, 매 면은 10행, 행당 평균 17자로 되어 있는데, 그 중 15권(총98면), 16권(총102면), 19권(총104면), 38권(총109면), 39권(총105면), 40권(총87면) 등이 상대적으로 분량이 적다. 전반적으로 필체는 단정한 궁체이며 오탈자에 대한 교정이 적어 깔끔하게 필사된 편이지만 15, 16, 17권의 경우 흘려 쓴 필체로 되어 있다. 그러므로 적어도 2명 이상의 필사자가 서강대 소장본『조씨삼대록』의 필사에 참여했음을 알 수 있다. 그리고 책을 엮는 과정에서 실수를 하여 1권의 79면에서 98면, 12권의 109면에서 112면 등 몇 부분의 순서가 뒤바뀌었다. 각 권의 서두는 앞 권의 끝 부분 내용을 반복 서술하는 경우와 반복 없이 앞 내용에 이어서 서술하는 경우로 나뉜다. 또 각 권의 가장 마지막에 "하회 셩남ᄒᆞ라", "ᄎᆞ쳥 하회ᄒᆞ라", "하회 분셕ᄒᆞ라" 등의 '독자 유인어구'가 있는 경우와 그렇지 않은 경우로 나뉜다. 그러나 서강대 소장본『조씨삼대록』의 독자 유인어구나 앞 내용의 반복 등은 일정한 경향성을 띠지 않는 것으로 보아 필사자 혹은 작가가 그때그때 자유롭게 첨가하여 독자의 독서를 도운 기록 정도로 봐야 할 것이다.

『조씨삼대록』은『현몽쌍룡기』의 후편이므로, 가문 배경이나 인물구도 등을 전편인『현몽쌍룡기』로부터 이어 받아 이야기를 전개한다. 『현몽쌍룡기』의 중심인물이 평남후 조숙의 쌍둥이 아들 조무와 조성 부부였다면, 후편『조씨삼대록』에서는 삼대록이라는 이름에 걸맞게 자녀, 손자 세대로 이야기를 확대하여 그들을 작품의 중심인물로 삼고 있다. 단편적인 언급까지 모두 합하면 조씨 가문의 인물만 해도 조무의 10자 3녀와 조성의 7자 2녀 그리고 그들의 자녀까지 수십여 명이 등장한다. 그러나 실제 서사에서는 조무의 아들 기현 부부, 운현 부부, 딸 월염 부부, 그리고 손자 명윤 부부와 조성의 아들 유현 부부, 딸 자염 부부, 그리고 손자 명천 부부 등에 관한 내용이 비중 있게 그려진다.

이들 중심인물이 겪는 갈등은 주로 악인의 모해로 인해 남편이 아내의 정절을 의심하여 박대하는 과정을 그린 부부갈등, 시부모가 며느리를 박대하는 고부갈등, 그리고 형제의 장자권이나 행복을 시기하여 모해를 가하는 형제갈등 등의 양상을 띤다. 이때『조씨삼대록』역시 전편『현몽쌍룡기』와 유사하게 호방한 성격의 인물, 단엄한 성격의 인물 등 인물의 성격에 차이를 둠으로써 다양한 갈등 해소 양상을 그린다. 그러나 전편『현몽쌍룡기』에서처럼 하나의 사건에 두 형제가 함께 연루되어 해결 과정에서 극명한 성격적 대비를 보이는 구도를 적극 활용하거나 하지는 않는다.

또『현몽쌍룡기』에서는 조무와 조성 부부의 갈등 해결이나 악인 금선공주 일당과의 대결을 위해 가문 구성원 전체가 합심하여 고민하고 문제를 해결하는 양상을 보이는데 반해, 후편『조씨삼대록』에서는 어려움을 겪는 부부가 중심이 되어 문제를 해결해나는 양상에 초점을 두고 있을 뿐 가문 차원의 위기의식이나 가문 구성원의 공동 대응 등을 그리지 않는다.

그러므로 『조씨삼대록』의 서사는 가문의 권위 확립이나 가부장권의 강화를 통해 가족 구성원을 하나의 통합된 질서 안으로 규합하는 삼대록계 국문장편소설의 기본적 틀은 유지하면서도 부부 각각의 갈등과 그 갈등에 대처하는 인물들의 개성적인 면모를 보여주는 데 목적이 있다고 볼 수 있다. 개별 부부의 관계 혹은 인간의 욕망이나 인성 탐구 등에 대한 작가의 관심은 인물을 선인과 악인으로 양분하지 않고 다양한 유형으로 구분한 것, 선인에 속하면서도 자신의 애정 욕망에 충실한 인물을 그리거나 악인임에도 불구하고 타인으로부터 욕망에 대한 동정이나 공감을 이끌어 내는 인물을 등장시키는 것 등을 통해서도 확인할 수 있다. 또 일상생활에서 벌어질 수 있는 부부간의 기질 대립 양상 등을 실감나게 서술하거나 인물들의 내면 심리를 노출하여 한 인물 안에 담겨진 성격의 다양성을 드러내는 서술 등은 『조씨삼대록』의 오락적 성격을 부각시키는 동시에 현실감 있는 대중적 독서물로서의 면모를 보여주는 것이기도 하다.

『조씨삼대록』의 큰 줄기는 선이 승리하고 가부장적 질서에 순응하는 인물이 긍정적인 평가를 받는다는 유가적 교훈을 전달한다. 그러나 남편의 관심과 애정을 요구하며 상사병에 걸리는 중년 여인 형씨의 이야기, 조무·조성 형제가 벗과 농담을 주고받는 이야기, 젊은 요녀(妖女) 무릉선에게 홀려 체통을 잃는 조노공의 이야기, 요도(妖道) 진선대랑과 결탁한 금선공주를 깨우치기 위해 집안사람들이 한바탕 연극을 벌이는 이야기 등 곁가지에 위치한 이야기들은 윤리 교과서 밖에 존재하고 있는 현실적인 삶과 사람들의 모습을 간간이 보여주는 여유가 있다.

『조씨삼대록』이 이처럼 딱딱한 이야기를 가볍게 풀어나가는 여유를 보일 수 있었던 이유로 작가의 역량과 함께 축적된 독서 경험을 생각해볼 수 있는데, 실제『조씨삼대록』은 전대 소설인『소문록』,『사씨남정기』,『소현성록』등과 모티프 면에서 유사성을 보인다. 특히 이 중에서도『조씨삼대록』에는『소현성록』의 독서 경험이 많이 반영되어 있는데, 복거지인 '운산'에 대한 묘사는『소현성록』의 '자운산' 묘사와 거의 일치하며, 허구적 인물인 선인황후 소황후는『소현성록』에서 창작한 인물로서『조씨삼대록』에도 그대로 등장한다. 직접적이고 단편적인 차용 외에도『소현성록』의 갈등구조를 변화시켜『조씨삼대록』창작에 반영한 부분들은 현대적 의미의 비판적 다시 쓰기와 비교될 만하다.

　『조씨삼대록』의 이러한 특징은 '삼대록계 국문장편소설' 내부에서 이루어진 형식적, 주제적 분화의 양상을 보여주는 것으로서 '삼대록계 국문장편소설', 넓게는 국문장편소설 연구의 다양한 지평에 대해 고민할 수 있게 한다는 점에서 의미가 있다. 또한 서로 복잡하게 관계망을 형성하며 영향을 주고 영향을 받았던, 당시 국문장편소설 창작의 관습을 뒷받침할 만한 구체적 증거들을 담고 있기 때문에 17~19세기 국문장편소설 독서와 국문장편소설 창작에 대한 이해의 폭을 넓혀주는 자료적 가치도 있다.

　서강대 소장본 40권 40책『조씨삼대록』의 역주를 달고 현대어로 옮기는 작업에는 7명의 연구진이 참여했는데, 각각 분량을 나누어 번역하고 이것을 교차 윤문한 후 통합하는 과정을 거쳤다.『조씨삼대록』을 현대어로 옮기는 작업에는 김문희(1권~14권), 조용호(15권), 정선희(16권~23권 58면), 전진아(23권 59면~30권), 허순우(31권~38권 54면), 장시광(38권 55면~40권)이 참여하였다. 한 올 한 올의 씨실과 날실을 엮어 그럴듯한 옷을 만드는 작업처럼 『조씨삼대록』의 현대어역은 더디지만 재미와 보람이 있는 작업이었다. 물론 더 손질하고 싶은 아쉬움이 있기도 하다. 이제 새로운 모습으로 단장하여 세상으로 나가는 『조씨삼대록』이 독자들에게 유익한 읽을거리가 되었으면 한다.

2010년 1월
허순우

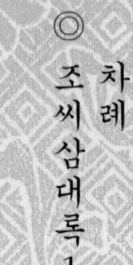

차례

조씨삼대록 해제 / 10

현대어역

원문

조 씨 삼 대 록

1권

1 　　화설. 송나라 진종시절에 병부상서 용두각 태학사 겸 절제사 평진왕 일청 선생의 이름은 무이고 자는 치원이다. 승상 평남후 조숙의 아들이고 태학사 명의 손자이다. 14세에 과거에 급제하여 옥당금마(玉堂金馬)[1]의 맑고 높은 명망을 스스로 도맡으니 임금의 총애가 모든 관료들 중에서 대단하였고 벼슬에 오른 지 수십 년 만에 작위의 등급이 재상의 반열에 올랐다. 남쪽을 정벌하고 북쪽을 토벌하여 큰 공을 이루었는데 그 공이 천하를 덮고 위엄이 온 세상을 진동시켜 임금의 매우 큰 총애를 받아 태산

2 과 북두를 우러르는 명망을 겸하고 있었다. 평진왕의 사람됨은 충효가 모두 갖추어져 있고 문무가 겸비되어 세상을 경륜하는 재주와 바다와 같은 국량을 아울러 가져 천추에도 없는 영웅호걸이었다. 곧은 절개와 청렴하고 고결한 덕행은 고금을 찾아보아도 찾을 수 없는 드문 사람이었다.

　　진종(眞宗)[2]이 평진왕에게 도읍에 왕궁을 지어 주며 군대와 나라의 대소사를 맡기니 그의 업적이 밝고 빛나서 당대에 대적할 만한 사람이 없었다. 세 명의 비(妃)와 열 명의 첩을 두고 또 금선공주를 별궁에 거느렸다. 궁중이 번성하였고 규방이 화목하며 우애가 있는 것이 갈담삼장(葛覃三章)[3]을 본받은 듯하였다. 슬하에는 자식이 많아서 10명의 아들과 4명의 딸을 두었는데, 하나같이 곤산(崑山)의 아름다운 옥[4]과 바다 속 진주 같았

3 다. 수앵 등 열 명의 첩이 각각 소생이 있었는데 서자 5명과 서녀 6명으

---

1) 옥당금마(玉堂金馬) : 한림원의 다른 명칭으로 한림원을 가리킴.

2) 진종(眞宗) : {진종}. 『조씨삼대록』은 『현쌍룡기』의 후편인데 『현몽쌍룡기』에서 평진왕 조무에게 왕궁을 지어준 사람은 송나라 3대왕인 진종이 아니라 제4대왕인 인종(仁宗)임. 『조씨삼대록』에는 '진종'으로 되어 있어서 그대로 옮김. '진종'은 송나라 제3대왕으로 재위기간은 997~1022년이고 이름은 조항(趙恒)임.

3) 갈담삼장(葛覃三章) : 『시경』의 「주남(周南)」의 편명. 주 문왕(文王)의 후비가 훌륭한 부인의 도로써 교화함을 읊은 시.

4) 곤산(崑山)의 ~ 옥 : {곤산미옥(崑山美玉)}. 곤산(崑山)은 중국의 전설상의 산으로 황하의 원류이며 옥의 산지로 유명함. 곤산의 미옥은 훌륭한 사람이나 물건을 비유적으로 이르는 말.

로, 이들을 합쳐 자녀가 모두 아들 15명과 딸 10명이었다.

진왕은 세 명의 누이와 한 명의 아우가 있었는데, 형제간의 화목한 정[5]이 매우 흡족하였다. 진왕의 아우 이현 선생[6]의 이름은 성이고 자는 사원인데 왕과 쌍둥이었다. 형과 더불어 같은 과거시험에 장원급제하였으며 청렴하고 절개가 곧으며 인륜의 도리와 재주와 덕이 일세에 독보적이었다. 조성이 벼슬을 한 지 10년 만에 진종이 돌아가시고 인종이 즉위하여 우승상 구석의 직분을 더하게 하였고, 수년 내에 임금이 조성을 좌승상 초국공으로 봉하고 예의를 지켜 정중하게 대우하고 후대하였다. 그에게는 공자와 맹자의 도덕과 나라를 안정시킬 기상이 있어서 선제(先帝)로부터 인종을 부탁한다는 말을 듣고 임금을 도왔다. 이른 아침부터 늦은 밤까지 걱정하며 한나라 때의 제갈공명(諸葛孔明)[7]과 이윤(伊尹),[8] 주공(周公)[9]과 같은 행적을 갖추고 있었다. 온갖 행동이 완전하며 작위가 숭고하여 제왕의 스승이 되었기에 임금이 반드시 상부(尙父)[10]라고 칭하였다. 그 영화로

---

5) 형제간의 ~ 정 : {운지의락}. 정확한 뜻은 미상이나 문맥을 고려해 보면 형제간의 화목함을 나타내는 '훈지지락(壎篪之樂)'의 오기가 아닌가 생각됨. '훈지(壎篪)'는 훈과 지는 악기 이름으로 '훈지상화(壎篪相和)'로 널리 알려져 있음. 형이 훈이라는 악기를 불면 아우는 지라는 악기를 불어 화답한다는 뜻으로, 형제간의 화목함을 비유적으로 이르는 말.

6) 이현 선생 : {이청 선싱}. 『조씨삼대록』에서는 초국공 조성의 별호가 이청과 이현으로 뒤섞여 사용되고 있음. 『조씨삼대록』은 『현몽쌍룡기』의 후편인데 『현몽쌍룡기』에서 초국공 조성의 별호는 이현 선생이라고 명시되어 있는 점을 감안하고 『조씨삼대록』의 뒷부분에서 이현 선생으로 사용되고 있는 점을 고려하여 이현으로 통일하여 지칭하기로 함.

7) 제갈공명(諸葛孔明) : 중국 삼국시대 촉한의 정치가 겸 전략가. 명성이 높아 와룡선생이라 일컬어졌는데, 오의 손권과 연합해 남하하는 조조의 대군을 적벽의 싸움에서 대파하고, 형주·익주를 점령했음. 그후에도 수많은 공을 세웠고, 221년 한의 멸망을 계기로 유비가 제위에 오르자 재상이 되었음.

8) 이윤(伊尹) : 중국 은나라 초의 이름난 재상임. 탕왕(湯王)을 보좌하여 하나라의 걸왕(桀王)을 멸망시키고 선정을 베풀었음.

9) 주공(周公) : 이름은 단(旦)으로 주나라를 세운 문왕(文王)의 아들이며 무왕(武王)의 동생. 무왕과 무왕의 아들 성왕(成王)을 도와 주왕조의 기초를 확립하였음. 중국 고대의 정치·사상·문화 등 다방면에 공헌하여 유교학자에 의해 성인으로 존숭됨.

10) 상부(尙父) : 아버지처럼 존경한다는 뜻으로 주(周) 무왕(武王)이 태공망(太公望) 여상(呂尙)을 일컫는 말에서 유래함. 주로 황제가 대신(大臣)에게 쓰던 존칭임.

운 총애와 부귀가 이와 같았지만 조성은 조심스럽고 겸손하였으며 권력을 잡아도 방자함이 없었다. 어릴 때부터 침묵하고 입이 무거웠으며 말이 신중하였다. 집에 있을 때는 웃어른에 대한 효도와 공경으로 삼가며 매우 조심스럽게 행동하였고 누이들과 우애 있게 지내고 누이들을 공경하였다.

조성은 세 명의 비(妃)를 두었는데 하나같이 요조숙녀였다. 세 명의 부인에게서 각각 자녀를 두었는데 모두 아들 7명과 딸 3명이었다. 자녀들이 하나같이 곤산의 옥 같았고 명주 같았다. 장자(長子)의 기상은 씩씩하고 호걸스러워 대장부였다.

하루는 진왕 형제의 마음을 알아주는 벗 평진후 소천이 왔는데 서로 반가워하며 안부 인사를 마치고 한담을 하였다. 유현이 아버지와 숙부를 뵈러 대서헌에 이르렀다가 소천이 있는 것을 보고 빨리 나아가 절을 한 후 진왕 형제 곁에서 몸을 굽히고 모시고 앉아 있었다. 소천이 유현을 보고 한 눈에 깊이 사랑하여 유현의 나이를 물었다. 유현이 대답하였다.

"어린 나이 13세입니다. 어르신께 알현하는 것이 황공합니다."

소천이 그 말을 귀로 들으며 유현을 보니 세상을 경륜할 재주와 대장군의 기상이 있고 성현의 풍모가 있었다. 소천이 두 눈이 둥그러지며 마음이 상쾌하여 길게 탄식하며 말하였다.

"세상의 풍속이 타락하여 진실로 성현을 보지 못했는데 13세 소년의 이 같은 큰 재주와 도학이 그 작은 아버지보다 나을 줄 알았겠는가? 우리 임금의 커다란 복이 뚜렷하셔서 이와 같은 인재가 났구나!"

공자가 앉았던 자리에서 물러나며 두 손을 맞잡고 공경의 뜻을 표하였다. 진왕 형제가 웃으면서 말하였다.

"형께서 어찌 어린아이를 지나치게 칭찬하여 친애하는 정을 멀어지게 하는가?"

소천이 또한 웃으며 말하였다.

"진정에서 우러나오는 소견이네. 이 아이는 진왕 형의 풍류로움과 호탕함으로도 감히 바라보지 못할 것이고, 초공 형의 도덕보다도 더 나은가 싶네. 원래 자식이나 조카가 자기보다 낫다고 하는 것을 싫어하는 법이네."11)

진왕 형제가 크게 웃었다. 소천은 품은 뜻이 있어서 오랫동안 아무 말 없이 생각하다가 말하였다.

"치원, 자네가 비록 왕공의 위엄과 귀함이 있고 왕궁에 있으면서 나이가 들자 어릴 때 여색을 과하게 탐했던 일을 스스로 비웃으며 조정에서 물러나와 여가가 있을 때는 형제가 서로 따르며 부모와 할머니를 모시는 일이 아니면 서헌에서 형제간의 우애가 대단하니, 나이 30세 이후에는 규방에 왕래가 드문 것은 아우인 이현12) 선생과 똑같군."

화설(話說).13) 진왕의 장자(長子)인 기현의 자는 문희인데, 상원비 정숙렬의 소생이다. 태어나 자라면서 천지 강산처럼 빼어난 기운과 아름답고 화려한 문장은 사마천(司馬遷)14)을 능가하였으며 하늘이 낸 성효는 증삼(曾參)15)을 본받았다. 꽃다운 나이 13세에 체형이 크고 흰 치아와 붉은 입술이 흡사 아버지와 할아버지를 닮았다. 조부모와 숙부가 기현을 매우 애

7

8

---

11) 싫어하는 법이네 : {아쳐흐미로다}. '아쳐흐다'는 옛말로 싫어하다의 의미임.
12) 이현 : 초국공 조성을 당대 사람들이 달리 부르던 별칭임.
13) 화설(話說) : 고전소설에서 이야기를 시작할 때 사용하는 말임.
14) 사마천(司馬遷) : {태소공(太史公)}. 태사공은 『사기』를 지은 사마천을 달리 이르는 말임. 사마천이 태사 벼슬을 한 데서 유래함.
15) 증삼(曾參) : 공자의 제자인 증자의 이름. 공자의 사상을 이어받아 공자의 손자인 자사(子思)에게 전하였고, 자사가 맹자에게 그 도를 전하였음. 그는 공자의 고제(高弟)로서 효심이 두텁고 내성궁행(內省躬行)에 힘썼으며, 효와 신을 도덕 행위의 근본으로 하였음.

중하게 여겼지만 기현은 부귀하면서도 겸손하고 공경하며 부드럽고 온화하여, 교만하고 어리석은 빛이 없었다. 초공이 기현을 사랑하는 것은 자기 자신보다 더하였는데, 항상 말하기를 "우리 가문의 천리마구나. 도덕과 어진 행실이 가문을 빛내고 조상을 효도로써 받들 것이다."라고 했다.

진왕이 웃으면서 말하였다.

"유현이 어찌 이 아이의 경지에 이르지 못한다고 기현을 이렇게까지 심하게 찬양하는가? 내 마음에는 유현의 기린과 봉황, 용과 호랑이 같은 습성이 기현보다 낫다고 생각되는구나."

초공이 가만히 웃으며 말하였다.

"유현의 풍채와 기상이 구태여 기현보다 못하겠습니까마는 가을 하늘 같은 기운만 가지고 풍류를 즐기는 것을 일삼으니 기현의 온갖 행동이 정대한 것과는 하늘과 땅 차이 같지 않겠습니까?"

진왕이 웃으며 말하였다.

"기현이 경박한 면이 없다고는 하지만 어찌 온갖 행동이 정대하겠는가?"

조씨16) 등이 웃으며 말하였다.

"너희들이 각각 조카를 부러워하는데, 천도가 괴이하여 자식과 조카가 바뀌 태어나지 못하였는가?"

진왕 형제가 모두 웃었다. 존당(尊堂)17)에서 기현의 혼사를 하루라도 앞당기려고 매우 서둘렀다. 기현은 진왕의 장자이고 풍채 있는 모습이

---

16) 조씨 : 진왕 형제의 누이들인 조부인들을 가리킴.
17) 존당(尊堂) : '존당'은 남의 어머니를 높여 부르는 말이지만 『조씨삼대록』에서는 조씨 가문의 어른인 순태부인, 위태부인 등을 가리킴. 또한 순태부인이나 위태부인이 거처하고 있는 처소를 가리키기도 함.

한 시대에 대적할 사람이 없으니 매파가 구름 모이 듯하고 도성의 공후가에 딸이 있는 집에서는 다투어 구혼하였다. 그러나 진왕은 며느리를 선택하는 것이 심상치 않아서 구혼을 허락한 곳이 없었다.

이때에 이부상서 평진후 소천이 세 명의 아들과 세 명의 딸을 두었는데, 장녀 월아는 방년 12세였다. 월아의 아름다운 모습과 재주와 덕이 당대에는 대적할 사람이 없었다. 소천의 원비(元妃) 윤씨는 자식이 없었고, 계비 주씨는 일세를 떠들썩하게 하는 규중의 군자였으며 천고에 없는 아름다운 여자였다. 주씨가 여섯 명의 자녀를 낳으니 하나같이 아름다웠다. 위로 장자가 아내를 취하였고, 다음으로는 첫 딸이 자라서 맑은 덕이 모두 갖추어졌으니 소천이 매우 사랑하며 소중하게 여겼고, 항상 딸의 사위를 구하는 것을 염려하였다. 진왕 형제와는 친형제 같아서 자주 왕래하여 조공자 등이 빼어난 것을 마음속에 생각하고 있었다.

하루는 조씨 집안에 이르러 진왕 형제와 이야기를 나누고 있었다. 기현이 숙부께 아뢸 일이 있어서 나오다가 소천이 있는 것을 보고 물러갔다. 소천이 얼핏 기현을 보고 말하였다.

"근래 영질(令姪)[18] 들을 보지 못하였더니 오늘 영질이 나를 보고 들어가는가?"

진왕이 웃고 기현을 불러 물었다.

"네가 서당에서 수학하지 않고 왜 왔으며, 이미 왔다면 소형을 뵙지 않고 어찌 가버리느냐?"

원래 진왕의 성품이 엄하니 여러 자식들이 감히 우러러보지 못하였는데, 기현이 황공하여 몸을 돌려 소천에게 두 번 절하고 물러나 자리에서

---

18) 영질(令姪): 상대방의 조카를 높여서 이르는 말.

일어나 대답하였다.

"스승께서 잠깐 밖으로 나가시고 숙부께 아뢸 말씀이 있어서 왔는데, 소연숙19)께서 한가롭게 말씀하시는 것을 그르칠까 물러갔습니다."

그런 후에 소천을 향하여 사죄하였다. 기현의 양미간에 온화한 기운이 무르녹았고 찬란하게 빛나는 얼굴에 예의 있는 모습이 진중하였다. 원래 소천은 풍류가 있고 장대한 사람으로 온 세상이 눈앞에 없는 것처럼 여겨20) 진왕 형제 이외에는 마음을 알아주는 벗이 없었다. 오늘 조공자의 정숙한 체모를 보니 진왕 형제와 대적할 만한 것 같아 소천은 온 마음으로 감동하여 손을 잡고 웃으며 말하였다.

"내가 두 사람과 더불어 명목상으로는 친구이지만 사실은 형제 같은 정을 가지고 있으니 기현이 어찌 나의 자식과 조카와 다르겠는가? 오래간만에 기현을 보니 체형이 정숙하여 군자의 풍모를 이루고 있구나."

이렇게 말하고 기현에게 읽은 글을 물으니 기현의 품고 있는 도덕과 재주 있는 문장은 외모보다 배로 나았다. 기현이 안연(顔淵)21)과 자기(子奇)22)의 행실이 있었으나 초공에게 대적하지23)는 못하였다. 소천이 웃고 진왕에게 청혼하면서 말하였다.

"형은 집안에 세 명의 어진 아내를 두어 슬하에 일곱 명의 아들과 세

---

19) 소연숙 : 연숙(緣叔)은 아저씨라고 부를 만한 친지를 가리킴. 소천을 달리 부르는 말임.
20) 온 ~ 여겨 : {ᄉ해[四海]롤 안공(眼空)ᄒ여}. '안공사해(眼空四海)'라는 말은 온 세상이 눈앞에 없는 것처럼 여긴다의 뜻임.
21) 안연(顔淵) : 안회(顔回)를 가리킴. 중국 춘추시대(春秋時代) 노(魯)의 현인(賢人). 공자의 제자. 안빈낙도(安貧樂道)하며 어질게 살았다 해 공자의 칭찬을 받은 인물임.
22) 자기(子奇) : 춘추시대 제(齊)의 현인(賢人). 자기가 아현(阿縣)을 다스릴 때 병기(兵器)를 녹여 농기구로 만들고 창고를 열어 빈민을 구제하니 교화가 크게 행해졌다고 함.
23) 대적하지 : {거오지}. 옛말 '거오다'는 대적하다의 의미임.

명의 딸을 두었으니 아들은 하나같이 벽오동에 깃든 봉황 같고 딸은 아름답고 귀한 구슬 같다. 순태부인께서는 북당에 편안하게 계시며 기력이 강건하시고 노공 부부께서도 노쇠함이 없으니 커다란 복록과 집안에 이어져 오는 행실과 품행이 당대의 으뜸이네. 초공은 부모님과 순태부인을 모시면서 따로 집을 만든 것이 없지만 진왕은 왕부(王府)에 있으니 원래 집이 광활하지만 많은 자손이 장성하니 오히려 집이 부족하게 되었네. 진왕이 비록 궁을 만들었으나 협문을 두어 세 부인과 열 명의 첩을 옮겨가게 했지만 나는 어릴 때부터 형과 친구사이기 때문에 심사를 모르는 것이 없으니 다시 사돈이 되는 좋은 인연을 맺는 것이 어떠한가? 하물며 내 딸의 사람됨을 보았을 것이니 맑은 덕과 어질고 아름다움은 외모보다 더 나으니 구태여 영랑(令郎)을 욕되게 하지 않을 것이네."

원래 진왕이 소씨 집안에 가면 소천의 딸을 5~6세까지 조카처럼 생각하고 보았다. 어린아이가 온갖 자태의 아름다움과 태임(太任)과 태사(太姒)[24] 같은 덕이 있는 것을 알고 그때 유의하며 보았다가 지금 분명하게 깨달으며 말하였다.

"형의 딸이 자네를 닮았으면 어찌 하겠는가?"

소천이 크게 웃으며 말하였다.

"희롱하지 말고 진정으로 말하게."

초공이 말하였다.

"조카의 좋은 짝을 할머니께서 힘을 다해 선택하고자 하시고 또 여기

---

24) 태임(太任)과 태사(太姒) : 태임(太任)은 주(周) 문왕(文王)의 어머니로, 어질고 엄격하며 명철한 여인의 대명사. 태사(太姒)는 주(周) 문왕(文王)의 아내로, 태임과 더불어 현숙한 여인의 대명사.

에 종사(宗嗣)의 중요함이 달려 있네. 형의 딸이 비록 외모가 아름다우나 부인의 용모는 중요하지 않고 하찮은 것이네. 오직 우리의 소원은 태임(太任)과 태사(太姒)의 덕과 강후(姜后)[25]처럼 내조할 숙녀를 바라니 형의 사람됨을 보건대 어찌 딸을 믿겠는가?'

소천이 몹시 다급해하며 말하였다.

"이현조차 하지 않던 희롱의 말을 하는가? 부인의 얼굴은 관계없다고 하나 너같이 옥 같은 사람이 맹광(孟光)[26] 같은 여자를 얻었다면 기쁘겠는가? 나의 딸은 태임과 태사의 덕과 서시(西施)[27]의 용모를 가졌으니 해롭겠는가?'

진왕이 말하였다.

"자고로 얼굴이 고운 여자가 유복한 사람을 보지 못하였네. 자네 딸의 작은 흠은 얼굴이니 나는 실로 이것을 취하지 않는다네."

소천이 크게 웃으며 말하였다.

"형은 여색을 좋아하기 때문에 절색을 보면 죽을 일도 생각하지 않고

---

25) 강후(姜后) : 강후(姜后)는 주나라 선왕(宣王)의 후(后)로 제나라 출신. 『열녀전(烈女傳)』「주선강후(周宣姜后)」 편에 의하면 강후는 현숙하고 덕이 있어서, 일이 예가 아니라면 말하지 아니하였고, 행실이 예가 아니라면 움직이지 아니하였음. 선왕(宣王)이 일찍이 저녁에 빨리 자고 아침에 늦게 일어났기 때문에, 강후(姜后)가 이에 비녀와 귀고리를 벗어 버리고 영항(永巷 : 궁녀를 가두는 일종의 유치장)에서 대죄(待罪)하면서, 유모를 시켜 왕에게 아뢰기를, "첩이 재덕이 없어서 첩의 음탕한 마음이 드러났습니다. 군왕으로 하여금 예를 잃게 하여 조회에 늦게 하였으니, 군왕이 색(色)을 즐겨서 덕을 잃게 된 것을 드러내었습니다. 대개 색을 즐겨 하면 반드시 사치를 좋아하게 될 것이고, 사치를 좋아하면 반드시 향락을 다하게 될 것이며, 향락을 다하면 반드시 어지러움이 일어나게 될 것입니다. 그런데 이 어지러움이 일어나게 되는 원인을 만든 것은 첩이오니, 감히 첩에게 죄를 주시기를 청합니다." 하였다. 왕이 자신의 행동을 반성하고 주(周)나라 왕실의 왕업을 부흥시켰음.
26) 맹광(孟光) : 동한(東漢) 시대의 양홍(梁鴻)의 아내로 몸집이 크고 힘이 센 추녀였으나 덕행이 뛰어남.
27) 서시(西施)의 용모 : {셔즈지용[西子之容]}. '서자'는 서시(西施)를 가리키는데 중국 춘추 시대 월나라의 미인임. 오나라에 패한 월나라 왕 구천이 서시를 부차에게 보내어 부차가 그 용모에 빠져 있는 사이에 오나라를 멸망시켰음.

얻어오면서도 자식은 한 명의 아내를 박색으로 얻어주려고 하니 그 무슨 심술궂은 마음인가? 예전에 군대를 이끌고 돌아오면서 연부인을 취하던 때도 여색을 상관하지 않았느냐?"

진왕이 웃으며 대답하였다.

"형이 재취할 때에도 태형 40대를 맞은 자가 남을 보채는가?"

초공이 웃으며 말하였다.

"이제 피차 자식이 자라고 어른의 체면이 있으니, 웃음거리가 될 만한 일을 자손들에게 들리게 하지 않는 것이 좋을 듯하니 형님은 그만하십시오."

18

세 사람이 서로 웃고 소천이 거듭 혼인시킬 것을 청하니 진왕이 말하였다.

"부모님께 아뢰고 연락을 하겠네."

소천이 말하였다.

"내가 어르신을 뵙고 얼굴 앞에서 청할 것이네."

그리고는 초공과 함께 대서헌에 나아갔다. 세 사람이 뜰로 내려오자 기현이 신을 받들고 아버지와 숙부를 섬기고 진왕에게 고하였다.

"사부께서 거의 오셨을 것이니 돌아갈 것을 청합니다."

진왕이 허락하니 기현이 소천에게 작별인사를 드렸는데, 소천이 그 행동거지를 기이하게 생각하며 사랑하였다. 진왕 형제가 소천과 더불어 대서헌에 나아가 노공을 뵈었다. 노공이 기뻐하고 반기며 말하였다. 소천이 말을 나누다가 혼인을 간청하니 노공이 본래 소천을 매우 잘 대우하였기에 말이 끝나자마자 흔쾌히 혼인을 허락하였다. 소천이 깊은 은혜에 깊이 사례하고 피차가 기쁨이 끝이 없었다. 소천이 이에 하직하고 돌아와

19

즉시 택일하여 조씨 집안에 알렸다. 혼인날은 초겨울이니 수개월이 남아 있었다. 초공이 매우 기뻐하며 두 집안에서 혼수를 성대하게 준비하여 길일을 기다렸다.

이때 소천의 원비는 윤씨였는데 본래 질투심이 강하고 사나운 여자이며 성정은 시기심이 많고 엉큼하였으며 주부인의 자녀를 괴롭게 보챘다. 소천의 성품이 엄하고 주부인의 덕성이 일세를 기울였으며, 자녀가 많았는데 그 자녀들의 아름다움이 겸금(兼金)28) 같았다. 소천이 주부인을 산과 같이 중대하게 생각하고 주부인에 대한 시댁의 총애와 관심이 대단하니 윤씨가 투악을 부릴 곳이 없었으나 한 번 일을 꾸미려고 하였다. 그러던 차에 주부인의 딸이 진왕의 가문과 혼인을 이루게 되었다는 사실을 듣고 더욱 기뻐하지 않았다.

마침 임금이 정궁이 마음에 들지 않고 마음에 맞는 후비가 없는 것을 좋아하지 않았기에 잠영거족(簪纓巨族)29)과 육례(六禮)30)를 치르고 중궁전을 빛내고자 후비를 구하였다. 전교를 나라 안팎에 내리니 온 조정의 고관대작 중에 딸이 있는 사람은 모두 후비의 간택에 참여하였다.

진왕 형제는 딸들이 다 어렸기 때문에 궁궐에 들여보내지 않았고, 소씨 집안에서는 이미 조씨 집안과 정혼하고 빙폐31)를 받은 딸이라 후비의 간택에 들여보내지 않았다. 윤씨 오라비인 윤광은 예부상서로 후비의 간택을 관장하였는데32) 윤씨가 가만히 윤광을 불러 말하였다.

---

28) 겸금(兼金) : 품질이 뛰어나 값이 보통 금보다 갑절이 되는 좋은 황금.
29) 잠영거족(簪纓巨族) : 대대로 높은 벼슬을 하여 온 겨레붙이.
30) 육례(六禮) : 전통적으로 내려오는 혼인의 여섯 가지 예법. 납채, 문명(問名), 납길, 납폐, 청기(請期), 친영을 이름.
31) 빙폐 : 혼인을 약속하고 예를 갖추어 남자의 집에서 여자의 집으로 보내는 예물임.
32) 관장하였는데 : {가옴아는지라}. 옛말 '가옴알다'는 관장하다, 다스리다의 의미임.

"딸아이의 어질고 아름다움은 고금에도 비교할 수 없는 독보적인 것인데 조씨 가문과 정혼한 까닭으로 단자(單子)에서 이름이 빠졌으니 이렇게 저렇게 하여 조씨 가문과 혼인을 이루지 못하게 해라."

윤광이 본래 사람됨이 누이와 서로 비슷하여 마음이 바르지 못한 까닭에 소천33)과는 사이가 좋지 않았는데, 누이의 말을 듣고 돌아갔다.

후비를 간택하는 날 수많은 여자가 궁중으로 들어왔지만 한 사람도 후비의 덕이 있는 얼굴이 없는 것을 보고 태후와 임금이 매우 실망하였다. 여러 여자들에게 칭찬하며 상을 주어 보내고 나서 임금이 예부에 명을 내렸다.

"짐이 한갓 미색을 취하여 즐기기 위해서 후비를 택하는 것이 아니라 정궁에게서 난 왕세자가 지금 없으니 아름다운 자태와 덕행이 뛰어난 숙녀를 얻어 왕세자를 낳기를 바라는 뜻에서 후비를 택하는 것이다. 이제 모든 여자 중에서 한 사람도 후비로 마땅한 자가 없으니 예부는 다시 간택하여 올리되 지방 군현의 여자와 부모에게 죄가 있는 여자라도 마땅히 그 딸을 추천하라."

윤광이 명령을 받들고 아뢰었다.

"신이 폐하와 태낭랑의 뜻을 받들어 간택을 책임지고 있으면서 어찌 조금이라도 태만함이 있겠습니까? 그러나 권세가 무거운 자는 후궁을 싫어하여 피해서 딸을 감추고 궁궐에 들이지 않습니다. 이제 평진후 소천이 딸을 두었는데 소천은 신의 매부입니다. 사사로운 정이 또한 없지는 않지만 지혜로운 성상께 감히 숨기지 못하여 아룁니다."

22

23

---

33) 소천 : {조후}. 조후는 누구를 가리키는지 미상임. 문맥상 따져보면 평진후 소천을 가리키는 '소후'의 오기인 듯함.

임금이 이 말을 다 듣고 얼굴빛이 잠깐 좋지 않다가 말하였다.

"평진후가 어떤 사위를 얻고자 하는지 모르겠지만 가히 신하의 도리가 아니구나. 국법은 사사로움이 없으니 소천을 하옥시키고 딸을 바로 간택 명단에 넣어라."

이러한 전교가 내려지니 소천은 자기가 하옥당하는 것은 큰일이 아니었지만 딸의 뛰어나게 아름다운 모습을 임금이 한번 보시면 반드시 딸을 놓아 보내지 않을 것을 생각하고 매우 놀라 말하였다.

"임금께서 밝으신 데도 이러한 일이 있는 것은 간신이 임금의 덕을 상하게 했기 때문일 것이다."

드디어 한 장의 상소를 임금께 올리며 말하였다.

"이미 조기현과 정혼을 하고 빙물을 받아 혼인날이 한 달밖에 남지 않았습니다. 그러므로 간택에 불참할 것을 아룁니다."

이렇게 아뢰고 선뜻 관리를 따라 옥으로 갔다. 조씨 집안에서는 이 일을 듣고 초공이 즉시 관복을 찾으며 말하였다.

"내가 이제 주상을 뵙고 소천이 무죄한 것을 아뢸 것이다."

노공이 말리며 말하였다.

"이 일은 공론이 아니라 소천의 사돈될 사람이 네 형이니 임금께서 네 말은 사사로운 정으로 알 것이다. 아직 두고 보자."

초공이 고개를 숙이고 엎드려 고하였다.

"이것은 무슨 말씀하십니까? 임금의 덕을 돕는 일에는 소자가 죽는 것을 두려워하지 않습니다. 소천의 딸의 일은 잠자코 가만히 있겠으나 소천을 하옥시킨 일은 임금의 덕에 매우 해로우니 힘을 다해 간하려고 합니다."

즉시 초공이 대궐에 나아가 임금을 뵙기를 청하였다. 임금이 초공을 정전(正殿)으로 불러들여 공경하는 뜻으로 몸을 굽히고 물었다.

"상부가 오늘 뵙자고 한 것은 무슨 일 때문인가?"

초공이 머리가 땅에 닿도록 절을 하고 아뢰었다.

"신이 주상을 뵙고자 하는 것은 주상께서 덕을 잃는 것에 놀라 온 힘을 다해 실덕을 말하려고 해서입니다."

임금이 몸가짐을 바로하고 용모를 단정히 하며 말하였다.

"짐이 현명하지 못하여 덕을 잃은 것이 많으니 상부는 짐을 가르쳐 주기를 바라노라."

초공이 땅에 엎드려 아뢰었다.

"신이 놀라워하는 것은 이제 후궁를 뽑는 것이 마땅하지 않으며 비록 후궁을 간택하실지라도 구태여 사람의 아비를 가두고 그 딸을 들이겠습니까? 소천의 딸은 신의 조카와 정혼하여 빙물을 받은 까닭에 이미 정혼한 딸이어서 주상의 뜻에 응하지 못한 것입니다. 그런데 예부에서 그 사연을 아뢰지 않고 어린 딸을 두고 속이는 말만을 아뢰니 조정의 중신으로 임금의 덕을 돕지 않고 개인적인 미움으로 사사로운 혐의의 말을 먼저 하는 무리를 용납하지 마십시오."

임금이 이 말을 듣고 칭찬하며 말하였다.

"상부의 말이 말마다 뛰어난 소견이다. 소천을 하옥한 것은 임금을 속인 죄 때문인데, 그 딸이 이미 정혼한 곳이 있었던가? 소천의 상소문 말이 또 이와 같으니 상부의 뜻이 옳도다. 소천은 내보내고 소천의 딸은 간택에 들여 태낭랑의 뜻을 보아 처리하겠다."

초공이 머리를 땅에 조아리고 은혜에 감사하였다. 임금이 소천을 용서

26

27

하니 소천이 성은에 감사하고 상소를 올려 말하였다.

"신의 딸이 조씨 집안의 빙물을 받았으니, 비록 간택에 들어가지만 죽어도 자기의 뜻을 고치지 않을 것입니다."

임금이 웃으며 말하였다.

"세속의 풍속에 개가(改嫁)하는 무리도 종종 있는데 그렇게 하는 것은 과도한 일이다."

이렇게 말하며 허락하지 않으니 소천이 분개하며 물러갔다. 초공이 아직 이 일에 대해서 뭐라 논쟁하지 않는 것은 소저의 사람됨을 알아보려고 잠자코 물러갔다.

다음날 소씨가 입궐하게 되자 소천이 죽어도 딸을 대궐에 들여보내지 않으려고 하였다. 주부인이 탄식하며 말하였다.

"딸아이의 이 일은 역시 운수입니다. 죽고 사는 것이 천명이니 어찌 한 명의 딸을 아껴 군신간의 큰 의리를 상하게 하겠습니까? 임금의 뜻에 따라 딸이 무사히 나오면 저의 복이고 그렇지 않다면 대궐의 섬돌에 머리를 부딪쳐 깨뜨려 계집의 정절을 지킬 따름이니 다른 뜻이 있겠습니까?"

소천이 탄식하며 말하였다.

"부인의 지극한 말은 옳지만 이 아이가 특별하기 때문에 한 번 입궐하면 임금의 뜻을 알 수 있을 것이오. 몹시 분하고 원망스럽소."

주부인이 탄식하며 소저가 무사히 나올 것을 믿지 못하였지만 소저는 담담하게 별다른 생각 없이 대궐로 들어갔다. 소저의 나이가 어려서 세상 일을 모르는 것인지 더욱 애처롭고 가여웠다.

이날 유태후가 여러 여인들을 들여다 간택하게 되었는데 여인들의 화

장하고 아름답게 꾸민 얼굴이 햇빛에 비치고 아름다운 사람이 또 간간히
있었지만, 유태후의 높은 안목에는 끝내 마땅한 자가 없었다. 최후에 한
여인이 거의 꾸미지 않고 걱정하는 빛이 얼굴에 가득하여 아름다운 눈썹
에 근심하는 빛을 띠고 있었는데, 마치 봉황이 까막까치 속에 섞이고 난
초가 잡풀에 섞여 있는 것 같았다. 그 천연한 아름다움이 찬란하니 유태
후가 매우 놀라 그 여자를 가까이 나오라고 하였다. 그 여자가 아름다운
걸음을 움직일 때마다 비단 치마가 떠다니는 듯하고 가늘고 유약한34) 허
리는 버드나무 가지가 광풍을 만난 듯하며 온갖 자태의 빼어난 아름다움
이 완전히 뛰어나 더할 나위 없이 훌륭하고 아름다웠다.

유태후가 매우 놀라고 기뻐하며 물었다.

"너는 어느 가문의 여자이며 나이가 몇 살이 되었느냐?"

소저가 옥 같은 목소리를 내어 아뢰었다.

"신은 전 임금대의 신하인 소두의 손녀이고 평진후 소천의 딸입니다.
금년에 12세입니다."

유태후가 기쁨을 머금고 임금을 돌아보며 말하였다.

"짐이 이제 후궁을 간택하는 이유는 정궁이 낳은 왕세자가 없고 후비
중에서 왕세자를 생산하는 사람이 없으니 짐의 마음이 잠을 잘 때나 먹
을 때나 편하지 않아서 특별히 한 명의 아름답고 상냥한 여자를 바라는
것이오. 소천의 딸은 주나라 성비(聖妃)35)의 덕이 있으니 주상의 뜻은
어떠하오?"

임금이 소씨의 빼어난 인물을 보고 매우 기뻐하고 감사해하며 말하였다.

---

34) 가늘고 유약한 : {ᄌ약[雌弱]훈}. '자약(雌弱)'은 가늘고 유약함의 의미임.
35) 주나라 성비(聖妃) : {쥬국셩비[周國聖妃]}. 주나라의 중국 고대의 후비(后妃)인 태임(太任)과
     태사(太姒)를 뜻함.

"모후께서 뜻대로 뽑으십시오. 신이 어찌 별다른 생각이 있겠습니까?"

유태후가 뜻을 정하여 소씨를 궁궐 안에 머무르게 하고 택일하여 후궁으로 책봉하고자 하고 그 나머지 여자들은 다 돌려보내려고 하였다. 소씨는 불의에 양친을 떠나 한 명의 여자 종과 지내게 되니 지엄한 궁중에서 마음이 산란하지 않겠는가? 그러나 태어나 자라난 것이 보통 사람과 달랐기 때문에 안색을 고치고 아뢰었다.

"신을 돌려보내지 않고 궁궐에 두시는 태후의 뜻을 몰라서 무섭고 두려워 몸이 떨리는 것을 참지 못하겠습니다."

유태후가 웃으며 말하였다.

"경의 기질이 속인의 배필이 아니니 이에 궁궐에 두는 것이다. 황상이 총애하며 대우하는 후궁으로 황상의 자손을 많이 낳으면 그 존경받고

대접받는 것이 어찌 남의 아래에 있겠는가?"

소저가 갑자기 양미간을 찡그리고 아뢰었다.

"낭랑의 전교를 들으니 신이 마음 떨림을 참지 못하여 길이 통곡하여 슬퍼하고 격분하여 강개할 뿐입니다. 성상께서 처음으로 제위에 오르신 이후에 위로는 종묘사직과 낭랑을 받드시고 아래로는 온 백성을 어루만져 교화하시니 성덕을 닦으시는 것이 밝기가 해와 별 같으십니다. 충효로 남자를 가르치시고 효절로 여자를 교화시키셔서 우리나라를 맑게 하시며 잘 다스려진 태평성대를 빛내실 것입니다. 성상께서는 아

름답고 고운 여인과 사치를 멀리 해야 합니다. 그런데 이제 사람들의 마음이 성상의 뜻을 오히려 알지 못하고 온 세상의 만민이 눈을 뜨고 성상께서 하시는 바를 보고자하고 고개를 기울여 성상의 어진 정사를 듣고자 합니다. 궁녀와 후궁이 이미 육궁(六宮)에 수를 채웠고 삼천 명

의 아름답게 꾸민 여인들이 적지 않은데 서둘러 후궁을 간택하시는 것
도 옳지 않습니다. 신은 이제 다른 사람의 현훈(玄纁)36)을 받아 임자가
있는 여자인데 밝고 밝은 큰 절개를 돌아보지 않으시고 후궁이 되는데
문제가 없는 여자들이37) 한둘이 아닌데 다 돌려보내시고 홀로 신을 궁
궐에 두시니 신이 실로 죽는 것을 두려워하지 않지만 성상의 실덕과   35
낭랑의 성덕에 빛이 줄어들 것을 슬퍼합니다. 낭랑께서 성상께 권유하
셔서 스스로 이런 행동을 하지 못하게 하시고 아름다운 여인과의 연회
를 금하시고 정궁과 화락하시기를 힘써서 권하셔서 그렇게 함으로써
태자를 바삐 구하시는 것이 옳습니다. 어찌 새롭게 후궁을 뽑으셔서
성상의 자손을 보기를 바라십니까? 신이 이미 아뢸 말씀을 다 아뢰었
으니 궁정에 오래 머물러 있으면서 성덕의 빛을 상하게 하는 것이 옳지
않습니다. 신을 만일 돌려보내신다면 물러가 성은을 감축할 것이고 마   36
침내 돌려보내지 않으신다면 당당히 궁궐의 섬돌 아래서 맑은 넋이 될
것입니다. 이러한 이치로 더러운 계집이 되어 부귀를 구하겠습니까?'

말을 끝내자 얼굴빛이 강개하며 언사가 격렬하고 절실하니 가을 서리
같은 절조와 얼음과 옥 같은 행동이라고 할 수 있었다. 임금이 또한 곁에
있으면서 소저의 말을 듣고 갑자기 얼굴빛을 바꾸어 소저를 기특하게 여
겼지만 차마 돌려보낼 마음이 없었다. 태후는 자기도 모르는 사이에 손가
락을 퉁기며 칭찬하고38) 잠깐 웃으면서 말하였다.

36) 현훈(玄纁) : 검은색과 분홍색의 비단, 우(禹)나라 때의 형주(荊州)의 공물이었음. 후에 현훈은
   폐백(幣帛)의 의례 때 사용하게 되었고, 이에 따라 현훈은 폐백에 사용되는 빙물(聘物)이라는
   의미로 쓰임.
37) 후궁이 ~ 여자들이 : {무고(無故)혼 녀즈[女子ㅣ}. '무고(無故)하다'는 아무런 까닭이 없다는 의
   미이므로 문맥을 고려하여 이와 같이 옮김.
38) 자기도 ~ 칭찬하고 : {탄지칭션[彈指稱善]ᄒ시믈 씨닷지 못하여}. '탄지칭선(彈指稱善)'은 손가
   락을 퉁기며 훌륭함을 칭찬한다는 의미이므로 이와 같이 옮김.

"경의 말이 당당하여 충신과 열사의 풍모가 있으니 짐이 탄복한다. 이른바 절개라는 것은 나라에 대한 절개가 있는 법이다. 경이 비록 조가와 정혼하였지만 혼인을 행하지 않았으니 수절하는 것이 옳지 않다. 황상께서 후비를 뽑는 것은 색을 탐하고 사치하는 것이 아니라 종사를 잇기 위해서이니 짐이 어찌 막겠는가? 경의 아름다운 자태와 맑은 덕은 이미 짐의 마음에 우연히도 맞고 황상의 뜻에 맞으니 돌아갈 생각은 말고 안심하여 물러가서 궁중에 머물러라."

소소저가 차갑게 웃으며 말하였다.

"비록 성례는 하지 않았지만 빙폐를 받았으니 그 집 며느리입니다. 충

신은 두 임금을 섬기지 않고 열녀는 두 남편을 섬기지 않는데 어찌 성례를 하지 않았다고 그 집 사람이 아니라고 하십니까? 신이 비록 보잘것 없는 여자이지만 또한 제후 집안의 여자입니다. 어찌 채례(采禮)39) 를 두 번이나 묻고 의논하는 더러움을 기꺼이 받아들이겠습니까? 낭랑께서 가히 신의 머리를 베실 수 있겠지만 신의 한 조각 곧은 마음은 능히 빼앗지 못할 것입니다."

임금이 문득 얼굴빛을 고치고 말하였다.

"만민을 죽이고 살리는 것이 다 짐의 손안에 있는데, 경이 일개 아녀자로 낭랑의 뜻을 감히 거역하는구나. 경의 아비가 가히 죄를 면하지 못할 것을 모르느냐?"

소소저가 안색을 바로 하고 대답하였다.

"죽이고 살리는 것이 폐하께 달려 있으니 죽이시는 것은 마음대로 하

---

39) 채례(采禮) : 납폐(納幣)로 혼인할 때에, 사주단자의 교환이 끝난 후 정혼이 이루어진 증거로 신랑 집에서 신부 집으로 예물을 보냄. 또는 그 예물. 보통 밤에 푸른 비단과 붉은 비단을 혼서와 함께 함에 넣어 신부 집으로 보냄.

실 수 있습니다. 그러나 비록 천자라도 절부(節婦)의 뜻을 빼앗는 것은 오히려 어려울 것이니 신의 마음을 빼앗는 것은 가히 어려울 것입니다. 신의 아비에게 죄를 주신다고 해도 죽은 후에는 모든 일이 뜬구름과 같으니 또한 어찌 하겠습니까?"

그 언사가 점점 시원스럽고 안색이 가을 바람과 내리쬐는 태양 같으니 언어로 소소저의 뜻을 돌이키지 못하고 엄한 위엄으로 협박하지 못할 것이었다. 임금이 소소저를 매우 기특하게 여겨 부디 그 뜻을 꺾어 후궁에 두고자 하여 문득 갑자기 얼굴빛을 달리 하며 말하였다.

"조그만 여자가 지척에 있는 임금을 압도하여 군신의 커다란 예의를 상하게 하니 그 죄가 가볍지 않다. 가히 궁궐의 옥에 가두게 한 뒤 그 잘못을 고쳐 마음을 돌리는 것을 기다려 놓아줄 것이다. 끝내 잘못을 고치지 않으면 한갓 너를 죽일 뿐만 아니라 아비를 먼 변방에 안치시켜 자식을 가르치지 못한 죄를 받게 할 것이다."

임금의 얼굴이 엄숙하고 말이 엄하고 매서워 옆에서 모시고 있는 사람들이 무서워했으며 흐르는 땀이 등을 적셨다. 소소저는 행동거지가 태연자약하고 조용하여 오직 머리가 땅에 닿도록 절하고 사죄하였다. 그리고 궁궐에 갇힌 것을 좋은 곳에 나아간 듯 조금도 두려워하거나 당황해하는 거동이 없었으니 일개 아녀자이지만 기개와 절조를 헤아리지 못할 정도였다.

임금이 궁인을 재촉하여 소소저를 가두고, 스스로 탄식하며 말하였다.

"세상에 어찌 저와 같은 여자가 있는가? 그 얼굴은 맑은 것이 여사(女士)[40]이고 그 행동거지와 언사는 열사의 풍모가 갖추어져 있으니 만일

40
41

---

40)　여사(女士) : 학덕이 높고 어진 여자를 높여 이르는 말.

이와 같은 여자를 궁궐에 두어 곁에 있게 한다면 내조하는 공이 있을 것이다. 그러나 저 여자의 거동이 부월(斧鉞)[41]과 정확(鼎鑊)[42]을 두려워하지 않을 뜻이 있으니 내가 끝내 그 뜻을 빼앗기 어려울 것이다. 그러니 어찌 하겠는가?"

임금의 생각이 이러하니 태후도 또한 차마 소소저를 돌려보내는 것을 미뤄, 가두어두고 그 거동을 보고자 하였다. 궁녀에게 명하여 소소저의 곁에 있으면서 그 뜻을 시험하라고 하였다. 궁녀가 명령을 받들고 궁궐의 옥[43]에서 소소저를 보며 위로하였다.

이때 소소저는 오직 두 명의 시비만 데리고 궁궐에 갇혀 있었다. 본래 소소저가 화려하고 좋은 집에서 부귀하게 자랐으니 어찌 오늘 같은 곤궁함을 알겠는가마는 타고난 자질이 특별하기 때문에 편안하게 아무 걱정 없이 종일 단정하게 앉았을 뿐 답답하게 말이 없었다. 그러니 어찌 옥을 지키는 궁인과 말을 하여 그 속을 엿보게 하겠는가?

이대로 궁인이 아뢰니 태후와 임금이 듣고 경탄하며 수놈 앵무새 두 마리를 보내며 말하였다.

"너의 죄상이 죽음에 처할 만하지만 두 앵무새를 보내니 이 앵무새가 새끼를 쳐서 그 새끼를 바친다면 네 죄를 용서하겠다."

소소저가 흰 치아와 붉은 입술을 찬란하게 빛내며 가만히 웃고 말하였다.

"신의 죄가 죽어 마땅한데 오히려 수놈 앵무새가 새끼를 치면 살려주겠다고 하시니 성은을 잊기 어렵습니다. 신이 비록 일개 작은 여자이

---

41) 부월(斧鉞) : 형구로 쓰던 작은 도끼와 큰 도끼.
42) 정확(鼎鑊) : 발이 있는 솥과 발이 없는 솥을 아울러 이르는 말로 죄인을 삶아 죽이던 큰 솥.
43) 궁궐의 옥 : {액뎡[掖庭]}. 액정은 액정옥(掖庭獄)을 이르는 말임. 액정옥은 한나라 때 궁궐 안에 있던 비밀 옥임.

지만 소무(蘇武)44)가 절개를 지켜 고치지 않는 것을 마음속으로 옳게 여깁니다. 조씨 집안에서 빙폐로 받은 금가락지를 품고 옥중에서 몸을 마치는 것이 소원입니다."

임금이 이 말을 듣고는 더욱 탄식하고 한탄하며 평진후 소천을 다시 43 가두고자 하였다. 그러나 임금의 체면으로 그것이 옳지 않고 초공의 간절한 간언을 괴롭게 생각하여 이것을 천천히 미루고 있었다.

소씨 집안에서는 숙식을 편하게 하지 못하고 주부인이 매우 슬퍼하면서도 소소저의 행동을 다행으로 생각하였다.

조씨 집안에서는 기현의 혼사가 어렵게 되니45) 다시 혼사를 바라는 마음이 없어지고 군신의 도리로 오히려 마음이 편안하지 못하였다. 또한 기현을 다른 곳과 정혼시키는 것도 어려워 순태부인이 몹시 다급해하며 말하였다.

"나의 목숨이 해가 서산에 가까워진 것처럼 얼마 남지 않았다. 비록 여러 아이들이 혼인을 이루는 것을 다 보지 못하겠지만 기현과 유현까지는 혼인하는 것을 보고자 한다. 이제 기현의 혼사가 난처하게 되었으니 신하의 도리를 등한히 할 것은 아니다. 그러니 빨리 다른 곳에 구혼 45 하여라."

노공이 깨닫고 "삼가 가르침을 받들겠습니다."라고 말했다. 그러자 진

---

44) 소무(蘇武) : 중국 전한(前漢) 때의 명신(名臣). 자(字)는 자경(子卿)으로 흉노(匈奴) 정벌에 공을 세운 소건(蘇建)의 차남. 제7대 황제인 무제(武帝)의 명을 받고 흉노의 지역에 사신으로 갔을 때, 선우(單于)에게 붙잡혀 복속(服屬)할 것을 강요당하였으나 이에 굴하지 않아 북해(北海) 부근에 19년간 유폐되었음. 흉노에게 항복한 지난날의 동료 이릉(李陵)이 설득하였으나 굴복하지 않고 절개를 지켜 귀국했음. 후에 선제(宣帝)의 옹립에 가담하여 그 공으로 관내후(關內侯)가 되었음.
45) 어렵게 되니 : {차아(嵯峨)ᄒᆞ여}. '차아하다'는 산이 높고 험하다의 의미인데 문맥을 고려하여 이같이 옮김.

왕이 자리에서 물러나며 대답하였다.

"기현의 나이가 오히려 어린아이의 나이가 아니어서 만약 혼처를 다른 곳으로 정하였는데 임금께서 마음을 돌리셔서 소씨를 놓아주시면 어찌 하겠습니까? 아직 조금 더 두고 보다가 혼처를 구하시지요?"

초공이 이어서 아뢰었다.

"어찌 다른 곳에서 혼처를 구하겠습니까?"

이렇게 말하니 모든 사람이 옳다고 하였다. 그런 후에 초공이 그 장모인 유부인을 만나보고는 말하였다.

"장모님께서 공론으로 아뢰어 주십시오."

46 유부인이 흔쾌히 허락하고 다음날 글월을 받들어 태후께 아뢰었다. 민간에서 소씨에 대한 시시비비가 있는데 소씨가 만일 죽으면 오뉴월에도 서리가 내리는 원한이 있을 것이라고 두루 아뢰고 소씨를 편히 돌려보내시는 것이 성덕을 너그럽고 넉넉하게 하는 것임을 아뢰었다. 태후가 그 언니의 말이면 믿을 뿐만 아니라 소소저의 절행을 돌이키지 못할 것을 알아서 임금과 의논하여 소소저를 돌려보내려고 하였다.

다음날 아침에 만조백관이 조회에서 물러갔지만 오직 초공만 궁궐의 섬돌 계단에서 임금을 모시고 있었다. 임금이 조용히 말을 하니 초공이 문득 얼굴빛을 엄정하게 하고 아뢰었다.

47 "오늘 신이 간절한 뜻이 있어서 아뢰고자 합니다. 크게 혐의를 받을까 망설여지지만 저의 마음을 폐하께서 알아주실 것입니다. 이제 소천의 딸은 신의 조카와 정혼한 사람인데 궁궐의 옥에 가두셨습니다. 신의 집은 소씨가 아니라도 여자가 없지는 않을 것이니 신하의 도리로 어찌 거리끼지 않겠습니까마는 소씨의 굳은 절개가 마침내 폐하의 뜻과 영

합하지 못하고 죽게 되면 이것은 성덕에 해를 끼치는 일입니다. 신이 아뢰는 것이 오히려 늦어진 것은 혐의를 받을까봐 그런 것입니다. 소씨를 곧 돌려보내시고 궁궐[46]의 후비를 어진 덕으로 대접하시어 원망이 없게 하십시오. 정궁 낭랑은 성상과 어릴 때 혼인하시고 후손에 대한 근심과 걱정으로 여념이 없어하시니 윤리와 도리가 막중합니다. 모든 일을 존중하시고 성상의 성덕으로 어찌 왕세자를 낳은 경사를 후궁에게서 바라겠습니까? 성상께서 신의 말을 거두어 용납하시면 큰 다행일까 합니다."

임금이 갑자기 깨달아 두 손을 마주 잡아 올리고 예를 취하여[47] 사례하며 말하였다.

"상부의 충직을 다 알고 있다. 짐이 재주가 없고 덕이 없는데도 왕위를 이어 공에게서 큰 허물을 듣게 되니 어찌 감격하지 않겠는가? 앞으로는 마음을 닦아 잊지 않겠다."

즉시 태후께 주청하여 소소저를 놓아 보내고 간택을 그치라고 하였다. 초공이 기쁘고 다행스러움을 이기지 못하여 황급히 머리를 땅에 조아리고 공경히 사례하였다.

화설. 소소저가 궁궐에 갇힌 지 수십 일이 넘게 되니 부모를 그리워하면서도 일의 끝을 보아 열녀의 일편단심을 보이고자 결심하였다. 태후가 여러 궁인으로 하여금 소소저를 지극히 보호하게 하고 기이한 여러 가지 과실을 보냈지만 소소저는 한 번도 입에 대지 않았으며 고요하고 적적하게 지내니 수십 일이 지나도록 궁인이 소소저의 말을 듣지 못하였다. 진

---

46) 궁궐 : {궁녀}. '궁려[宮廬]'의 의미로 파악하여 이같이 옮김.
47) 두~취하여 : {장읍(長揖)}. '장읍'은 두 손을 마주 잡아 눈높이만큼 들어서 허리를 굽히는 예를 의미함.

실로 철옥 같은 열녀였다.

태후가 유부인의 편지를 보고 마음을 결정하여 소소저를 돌려보내려
고 하던 차에 임금이 이와 같이 결정하니 즉시 소소저를 사면하여 불렀
다. 소소저가 임금의 어지신 은혜에 감사하니[48] 여러 날 옥중에서 고초
와 심려를 허비하였지만 눈 같은 피부와 옥 같은 골격은 줄어들지 않았
다. 태후가 소소저를 칭찬하고 아끼며 말하였다.

"경을 가두고 그 절의를 보고자 한 것이니 짐의 본뜻은 아니었다. 이제
꽃다운 정절이 눈서리를 비웃으니 어찌 기특하지 않겠는가? 짐이 경의
아름다운 마음을 기특하게 여겨 돌려보내니 좋게 혼인을 이루어 짐의
뜻을 알라."

소소저가 머리가 땅에 닿도록 절하고 은혜에 감사하며 말하였다.

"낭랑께서 사형에 처할 죄인을 살려주시는 덕으로 풀잎에 맺힌 이슬
같은 잔명을 살려주시니 오늘 이후부터 저는 낭랑께서 주신 목숨입니
다. 그 은혜를 백골에 새기겠습니다."

이 말을 들은 태후가 마음속으로 탄복하였다. 이에 촉나라 비단과 겉
모습을 꾸밀 패물류를 상으로 많이 내려주었다. 소소저가 황급히 그 물건
들을 받고 은혜에 감사하며 궁궐을 나오려고 하였는데 궁인들이 저마다
연연해하며 소소저와의 이별을 안타까워하였다.

소소저가 집안으로 돌아오니 아버지인 소천이 매우 기뻐하며 지나간
이야기를 물었다. 소소저가 막힘없이 그간의 이야기를 아뢰었다. 소천이
탄식하며 말하였다.

---

48) 어지신 ~ 감사하니 : {성인을 숙사[肅謝]하니}. 문맥을 고려하여 '성인(成仁)을 숙사(肅謝)하니'
로 옮김.

"어린아이가 이렇게 뜻이 굳은 것은 부인의 어짊을 닮은 것이다. 성은 이 이렇듯이 명분과 절개를 완전하게 하시니 어찌 운이 좋고 영광스러움이 아니겠는가? 혼인날이 겨우 열흘 밖에 남지 않았으니 이제부터는 원앙이 푸른 물에서 노니는 즐거움을 볼 것 같구나."

조씨 집안에서도 기뻐하는 것은 똑같았다. 태부인이 바빠하며 원래 정한 그날로 혼인을 이루라는 명을 내렸다. 초공이 말하였다.

"할머니께서 시각을 바빠하시나 소자의 소견으로는 혼인이 너무 급한 것이 아닌가 합니다."

이때 기현이 자리에 있더니 아뢰었다.

"제 나이가 14세가 되지 않았으니 어려서 결혼하여 신부를 맞는 것은 성인께서 경계하신 것입니다. 하물며 소씨는 아무런 까닭 없는 사람과는 다릅니다. 임금께서 소씨를 궁궐에서 내어보내시고 혼인을 허락하였으나 급하게 혼인을 이루는 것은 임금과 신하의 도리로도 마음이 편안하지 못합니다. 또 숙부께서 애써 간하셔서 소씨가 궁궐에서 나왔으나 열흘 안에 소씨를 취하면 소자는 아주 작은 아이라 상관없지만 아버지께는 이 일이 매우 난처할 것입니다. 제 뜻은 아직 혼인을 하는 것을 물리고 피차가 자라는 것을 기다리는 것이 나을까 합니다."

초공이 손을 잡고 말하였다.

"이 아이의 말이 어떠합니까?"

진왕이 엄함과 위풍이 있음에도 불구하고 기뻐하며 말하였다.

"저 아이의 의논은 너의 말을 따른 것에 불과하니 별반 무슨 기특함이 있겠는가?"

노공이 말하였다.[49]

"혼인날은 너희 형제가 의논하여 정하여라."

진왕 형제가 자리에서 물러나며 공경히 받들어 사례하고 노공이 혼인을 빨리 이루라고 하였다. 소씨 집안에서 또한 이것을 옳다고 여기고 다시 택일하니 내년 봄 정월달이었다.

초공의 장자 유현의 자는 운희이니, 원비(元妃)[50] 양정렬이 낳은 아들이었다. 사람됨이 비범하여 나이가 12세에 이르니 신장이 넉넉하며 몸집이 굵고 커서 어른의 기상이 있었다. 재주의 기특함과 덕량(德量)의 온화함과 넓음은 뭇 사람들보다 몇 갑절이나 나았다. 총명하고 뛰어난 재주가 신이하였지만 아버지의 엄한 가르침을 두려워하여 가을 하늘 같은 기운을 숨기고 7~8년 머리를 숙이고 고서를 익히니 팔두(八斗)[51]의 문장과 칠보(七步)[52]의 신이한 헤아림을 비웃을 정도였다. 붓을 들면 천 마디의 말을 지어서 취하고 시를 지으면 귀신을 울리니 세상에 거리끼는 것이 없었다. 태부인이 유현의 혼인을 한시라도 바빠하는 까닭에 기현과 함께 관례(冠禮)[53]를 행하였다.

하루는 우승상 정석규가 그 부친의 생일잔치를 치르기 위해 진왕 형제를 청하였다. 초공이 글을 보고 책상에 놓으며 마침 팔에 통증이 있어서 유현에게 답신을 쓰게 하려고 하였지만 오히려 말하지 않고 화전(華箋)을

---

49) 노공이 말하였다 : 원문에는 없는 말이나 앞뒤 문장의 흐름상 필사하는 과정에서 빠진 부분이 있는 것 같음. 예컨대 앞 문장에서는 초공의 말이고 그 다음 문장은 진왕의 말이 이어지고 있는데, 느닷없이 "너의 형제 의논하여 하라"는 말이 진왕의 말 앞에 끼어들어 있음. 이것은 노공의 말을 나타내는 것으로 필사과정에서 몇 문장이 누락된 듯함.

50) 원비(元妃) : 정실부인인 첫째 부인을 뜻함.

51) 팔두(八斗) : 시문에 재주가 출중한 사람을 일컫는 말로 팔두재(八斗才)라고도 함.

52) 칠보(七步) : 칠보시(七步詩)를 일컫는 말로 일곱 걸음을 걸을 사이에 시 한 수를 짓는 재주를 말함. 조조(曹操)의 아들 조비(曹丕)가 왕이 되어 그 동생 조식(曹植)에게 일곱 걸음을 걸을 사이에 시를 짓지 못하면 죽이다고 하자 조식이 그 사이에 시를 완성하였음. 이것을 일컬어 칠보시(七步詩)라고 함.

53) 관례(冠禮) : 남자가 성년에 이르면 어른이 된다는 의미로 상투를 틀고 갓을 쓰게 하던 예식.

내어놓았다. 유현이 벼루를 들고 붓을 잡은 채 책상 앞에 꿇어앉아서 말하였다.

"소자가 문필이 용렬하나 나이가 12세가 지났으니 편지의 답장을 대신 써서 아버님의 수고를 덜어드릴까 합니다."

초공이 잠깐 웃고는 화전과 서간을 주고, 갈 것이라고 답장을 쓰라 하면서 한 글자도 지휘하지 않고 그 거동을 보려고 하였다. 유현이 붓을 들어 답서를 써서 읽으며 초공에게 듣게 하였다. 초공이 눈으로 그 필법을 보고 귀로 편지글의 뜻을 들으니 실로 자기에게 지으라고 하여도 여기에는 미치지 못할 지경이었다. 말마다 순금과 아름다운 옥과 같았으니 기특하고 기쁜 마음을 참지 못해 이마의 눈썹 근처에 기쁨이 넘쳤다. 그러나 오직 경계하면서 말하였다.

"너의 문필은 남에게 부끄럽지 않을 듯하니 앞으로는 수행하기를 힘써라."

유현이 절하고 명령을 받들었다.

진왕이 나오니 초공이 진왕을 맞아 좌정했는데 진왕은 초공이 기뻐하는 것을 보고 또 유현이 서 있는 것을 보았다. 이에 유현의 손을 잡고 말하였다.

"아우가 오늘 무슨 즐거운 일이 있기에 기뻐하는 기색이 가득한가?"

초공이 대답하였다.

"제가 자식에 대한 사랑이 남보다 더하여 그런지, 성정이 나약해서 그런지는 모르지만, 비록 잘못된 일을 보아도 실로 상세하게 따지고자 하는 의사가 없었습니다. 그런데 형님께서 항상 제가 자식에게 엄하게 군다고 말씀하시는 이유를 깨닫지 못했습니다. 기현이 침묵하며 수행하는데도 때때로 형님께 죄를 받아 벌을 받을 때는 피가 나는 적이 한 두 번이 아니어서 제가 형님께서 자식을 가르치는 것을 괴이하게 여겼습니다. 오늘날까지 즐거운 일을 보는 것이 없어 유현이 행실을 닦지 않고 학문에 힘쓰지 않으며 하늘을 찌르는 기운과 청산유수 같은 말만 치레하여 곁에 사람이 없는 것처럼 아무 거리낌 없이 함부로 말하고 행동하니 오히려 문장의 멋은 멀었는가 하였습니다. 오늘 정자상[54]이 내일 있을 생일잔치에 우리 형제를 청하는 글을 보내왔기에 유현에게 답서를 쓰라고 하니 거의 완성된 한 편의 글을 이루어 아비를 위하니 오히려 다행스럽습니다."

진왕이 웃으면서 말하였다.

"유현은 기상이 세상을 뒤덮을 영웅호걸이다. 그 문필은 말할 것도 없고, 내가 잠깐 시험해 보니 만물의 지리에 신통하지 않은 곳이 없었다. 내가 유현의 재주를 알아보는 것이 끝내 그릇되지 않을 것이다."

초공이 가만히 웃으며 말하였다.

"형님의 말씀이 과도합니다."

진왕이 말하였다.

"이 아이가 너를 지나치게 두려워하여 아는 것도 채 펴지 못하고 있으니 네가 시험하여 보아라. 내가 어찌 과장하겠느냐?"

이 말을 듣고 초공이 미소 지었다.

이때 정석규는 다섯 명의 아들과 한 명의 딸을 두고 있었다. 딸의 이름은 빙요인데 타고난 아리따운 자질은 옛날에도 찾을 수 없는 것이었다. 나이는 12세로 신장과 행동거지가 다 자랐는데 정공이 딸을 매우 사랑하

---

54) 정자상 : 정석규의 자(字)가 '자상'임.

여 사위 구하는 것을 근심하며 밤낮으로 염려했다. 정공이 부친의 생일잔치 때문에 진왕 형제를 청하였다. 진왕 형제로부터 답장이 돌아와서 마침 정공이 내당에서 답장을 받아보게 되었는데 빙요 소저가 곁에서 모시고 있었다. 그 필법이 찬란하여 사람의 이목을 놀라게 했는데 만고에도 없는 드문 필법이었다. 소저가 곁에서 탄복하면서 말하였다.

"이름의 명성이 헛되지 않습니다. 초공이 온 세상을 하나로 통일하는 재주와 조정과 재야를 누르는 덕망이 있어 임금의 스승이 되어 천만 인이 마음속 깊이 존경하여 복종한다고 하더니 오늘 그 문필을 보니 진실로 천고에도 드문 기이한 재주입니다. 소녀가 몸이 규중에 침몰하여 눈이 어둡고 어리석지만 푸른 하늘의 밝은 해는 노예와 천한 사람이라도 역시 그 밝음을 아는 것이니 이 글의 아름다움을 가히 알겠습니다."

정공이 글을 가져다 오랫동안 보며 딸이 칭찬하는 것을 듣고 웃으며 말하였다.

"조이현은 한 세상에 독보적인 문필이다. 네가 그것을 맑게도 알아보는구나."

그런 후에 재삼 글을 보고는 탄식하며 말하였다.

"이 글씨는 이현의 필체와 다르지 않지만 이현의 친필은 아니지 싶구나. 필법의 기운이 떨쳐 일어나고, 침착하며 조용한 면에서는 이현만 못하지만 용과 호랑이 같은 기운이 매우 뛰어나니 이것은 이현보다 낫구나. 알지 못하겠구나. 진왕이 썼는가? 그 아들과 조카가 다 문필은 이와 같이 성숙하지 않을 것인데 괴이하구나. 내일 이현에게 물어보아야겠다."

소저가 이 말을 듣고 옥 같은 얼굴에 근심하는 빛을 띠며 다시 글을 청찬하지 않고 침소로 돌아갔다. 정공이 딸의 기색을 보고 더욱 기쁜 마음으로 사랑하였다.

다음날 진왕 형제가 정석규의 집에 이르고 진왕의 부인 정숙렬도 이르렀다. 정승상의 부인 설씨와 노부인 화씨가 정숙렬을 만나 반가워하며 지난날의 그 예사롭지 않던 환란을 겪고도 복록이 한없이 큰 것을 말하고 칭찬하였다. 정숙렬이 감사하고 자리를 정해서 앉았다. 태부인의 모든 며느리와 딸이 모여 있으며, 설부인의 두 아들이 벌써 아내를 맞아 며느리가 아름다운 옥 같았으니 복록이 끝이 없었다. 정숙렬이 친척간의 정을 말하며 손님이 아직 덜 온 틈을 타서 빙요 소저를 만나볼 것을 청하였다. 설부인이 소저를 불러와서 정숙렬과 소저가 서로 만나는 예를 행하였다.

이때 정숙렬이 눈을 들어 소저를 살펴보니 그 나오는 거동이 천연스레 수려하며, 침착한 아리따운 걸음걸이는 매우 잔 티끌도 일어나지 않았다. 허리는 맵시 있고 날씬하여 촉나라 비단을 묶은 듯하였고 어깨는 날아가는 듯하였다. 또한 그 얼굴은 광채가 어른거려 얼굴 생김새를 자세히 보지 못할 지경이었다.

소저가 가까이 이르러 인사를 마치고 자리를 정하였다. 달 같은 이마는 반달이 푸른 하늘에 비스듬히 떠 있는 것 같았고 양쪽으로 틀어 올린 아름다운 검은 머리는 백 척(尺)의 옥 같은 구름을 꿰고 있는 듯하였다. 한 쌍의 눈빛은 가을 물이 석양에 비치는 듯하였고 연꽃 같은 얼굴이었으며 금과 옥을 장식한 듯이 두루 기이하였다. 정숙렬이 마음속으로 생각하는 바가 있어서 소저를 나오게 하여 옥 같은 손을 잡았다. 소저를 사랑하는 마음이 자연스럽게 흘러나오니 하늘의 뜻이 있는 것 같아 기뻐하였다.

외헌에서 주인과 손님이 하루 종일 단란하게 이야기를 나누더니, 날이 저물고 손님들이 갈 길이 멀기 때문에 손님들이 각각 흩어졌다. 진왕 형제가 머물러 있다가 정공과 말을 하였는데 정공이 웃으며 말하였다.

"어제 답장은 사원 형의 친필이 아닌 것 같은데 누가 그런 필적이 있소?"

초공이 가만히 웃으며 말하였다.

"제가 일찍이 편지를 대신 쓰게 하는 법이 없으니 형이 잘못 안 것 같소."

정공이 말하였다.

"아니오. 제 눈이 어둡지 않은데 형의 필적을 몰라보겠소?" 65

진왕이 말하였다.

"정자상이 알아서 무엇 하려고 그러시오? 이것은 나의 어린 조카의 문필이니 어떠하오?"

정공이 매우 놀라며 말하였다.

"형의 여러 아들이 다 어려서 능히 그런 성숙한 문필이 있을 줄은 몰랐소. 이것이 영랑(令郞)의 문필이오?"

진왕이 유현의 서찰이라고 말을 하니 정공이 말하였다.

"나이가 얼마나 되었기에 이렇듯이 기특하오?"

진왕이 웃고 유현의 나이와 모든 일을 능통하게 잘 하는 것을 한바탕 말하고 다시 말하였다.

"내 집의 여러 아이들 중에서 이 아이가 으뜸이오."

정공이 이 말을 듣고 경탄하며 반드시 유현을 본 후 청혼하려고 하였다. 66

초공 형제가 돌아온 후 정숙렬의 수레가 이르러 할머니를 뵈었다. 이 날 밤에 비로소 말을 하게 되었는데 정숙렬이 정공의 딸에 대해서 말하기를 세상에서 드문 숙녀라고 전하면서 "유현의 기이함과 빙요의 아름다움을 보니 진실로 하늘의 뜻이 있는 것 같았습니다."라고 하였다.

진왕이 기뻐하며 말하였다.

"나의 조카는 세상에 뛰어난 사람이어서 그 짝이 세상에 없을까 하였소. 비(妃)의 말을 들으니 진실로 기쁘오. 우리 형제가 정자상과는 형제 같은 사람들인데 다시 사돈이 되면 좋은 일이오."

67 화설. 정공이 유현의 문필을 본 후 능히 한때도 마음에 잊지 못하여 다음날 조씨 집안에 이르러 진왕 형제를 보았다. 초공 등이 인사를 마친 후 어제의 잔치를 치하하고 한가롭게 이야기를 나누었다. 정공이 문득 웃으며 말하였다.

"어제 영랑의 문필을 보고 그 임자를 보지 못하니 잊을 수가 없어서 이곳에 이르렀는데 어찌 그 임자를 보지 못하오?"

초공이 고마움을 표현하며 말하였다.

"제 아들의 더러운 문필이 현형(賢兄)의 높은 안목에 볼만한 것이 아닌데도 어찌 과장하시오?"

정공이 유현을 만나볼 것을 원하니 초공이 좌우에 있는 시비에게 공자
68 를 불러 오게 하였다. 얼마 후에 유현이 앞에 이르러 응대하니 정공이 바삐 눈을 들어 유현을 보았다. 가을 달 같은 면모에 검은 관을 숙이고 편안하고 조용하게 응대하였다. 난새와 봉황 같은 맑은 눈과 누운 누에 같은 긴 눈썹이 하늘과 땅의 빼어난 정기를 모으고 있었다. 달 같은 이마55)에는 일월각(日月角)56)이 일어서고 연꽃 같은 두 뺨에는 흰 치아와 붉은 입

---

55) 이마: {텬뎡[天庭]}. '천정(天庭)'은 관상에서, 두 눈썹의 사이 또는 이마의 복판을 이르는 말임.
56) 일월각(日月角) : 관상가의 용어로 이마의 왼쪽과 오른쪽에 불쑥 나온 모양을 의미함. 일각(日角)은 이마 왼쪽의 두둑한 뼈 또는 이마뼈가 불쑥 나온 모양으로 왕자(王者)나 귀인의 상(相)이

술이 눈부시게 수려하니 한 시대의 기이한 사람이었다. 초공이 유현에게 가르치며 말하였다.

"오늘 정승상이 친히 오셔서 너를 보려고 하시니 자식과 조카의 예의로 정승상을 뵈어라."

유현이 명령을 받들어 정공을 향하여 두 번 절하고 말석에 앉으니 유현의 늠름하고 정숙한 거동이 더욱 기특하였다. 정공이 얼마 후에 시원스 ⁶⁹ 럽게 길이 탄식하며 말하였다.

"세상에서 10여 세 아동 중에서 저와 같은 자를 보지 못하였소. 사원형의 복경(福慶)이 이와 같아 저와 같은 기이한 자식을 두었으니 평범한 100명의 자식을 부러워하지 않을 것 같구려. 어찌 지금까지 그 아들을 보지 못했는가? 예부터 지금까지 사람을 많이 겪어보았지만 영랑 같은 사람은 처음이오. 영랑이 치원 형과 흡사한 것 같소. 뒷날 공명(功名)과 사업이 두 형의 아래가 아닐 것이오."

그런 후에 유현의 손을 잡고 물었다.

"이름이 무엇이냐?"

유현이 대답하였다.

"천한 이름은 유현이고 자는 운회라고 합니다."

정공이 여러 말을 시험하여 읽은 글을 물으니 제자백가(諸子百家)57)를 ⁷⁰ 모르는 것이 없고 말이 뛰어났다. 정공은 유현이 기이하게 생각되고 그 뛰어남이 바라던 것 이상이어서 유현을 사랑하는 마음을 이기지 못하고

라고 함. 월각(月角)은 오른쪽 이마의 불쑥 나온 모양을 의미함.

57)　제자백가(諸子百家) : 춘추 전국 시대의 여러 학파. 공자(孔子), 관자(管子), 노자(老子), 맹자(孟子), 장자(莊子), 묵자(墨子), 열자(列子), 한비자(韓非子), 윤문자(尹文子), 손자(孫子), 오자(吳子), 귀곡자(鬼谷子) 등의 유가(儒家), 도가(道家), 묵가(墨家), 법가(法家), 명가(名家), 병가(兵家), 종횡가(縱橫家), 음양가(陰陽家) 등을 통틀어 이름.

말하였다.

"문득 외람된 의사가 있소. 내 딸의 나이가 영랑과 같은데 스스로 현숙하다고 말하지 못하지만 조금이나마 숙녀의 꽃다운 향기를 사모하오. 어진 누이 정숙렬이 내 딸을 이미 보았소. 우리 가문의 가계를 나무라지 않는다면 남녀를 잇는 좋은 인연을 맺어 우리가 마음을 알아주는 친한 친구에서 다시 사돈이 되는 후의를 바라오."

초공이 고마움을 표현하며 말하였다.

"형께서 제 아들의 어리석고 고루한 것을 충분히 아시면서도 천금 같은 딸을 허락하고자 하시니 어찌 사양하겠소? 저의 집에는 부모님이 계시니 이 사실을 아뢰고 소식을 전하겠소."

정공이 부모님께 아뢸 것을 재촉하니 초공이 웃으며 안으로 들어갔다. 초공이 정공이 구혼한 사실을 부모님께 아뢰니 노공이 말하였다.

"정공 같이 밝고 현명한 위인과 혼인을 맺는 것이 마땅하니 어찌 물어서 결정하겠는가?"

진왕 형제가 두 번 절하며 명령을 받들고 다시 서헌으로 나왔다. 정공이 매우 다급하여 부모님의 뜻을 묻자 초공이 아버지께서 허락했다는 사실을 전하였다. 진왕이 웃으면서 말하였다.

"조카가 자네의 사위가 되니 뒷일이 어떻게 될지 모르겠소. 내가 일찍 장인과 사이가 좋지 못하여 장인어른의 눈 밖에 난 사위가 되었으며 아내의 수많은 고통도 다 자네 집 때문에 일어난 것이오. 자네 집안의 행실과 품행이 또 어떠한지 알 수 없으니 유현이 무사할 줄 알겠으며, 유현의 장인과 장모가 내 장인과 장모보다 나을 줄 어찌 알겠소?"

정공이 크게 웃었다. 정공이 즉시 택일하여 아뢰니 일이 공교롭게도

71

72

소씨 집안의 길일과 같았다. 현훈(玄纁)을 주는 날이 얼마 남지 않았으므로 온 가문에서 길일을 기다리고 있었다.

이 시절에 한림학사 설강은 정공의 처가 친척이었다. 설강이 나이 14세에 과거에 급제하고 재주와 용모가 반악(潘岳)[58]과 위개(衛玠)[59]를 비웃으니 임금의 총애가 두터웠다. 설강이 정공 부인과는 7촌 조카가 되니 자주 왕래하고 설강의 집이 정씨 집과 담이 잇대어 닿아 있어서 양쪽 집안에서 서로 어린아이들을 데리고 와서 보았다. 설강이 정소저를 7~8세까지 익숙하게 보았기 때문에 자란 후에도 정소저를 보고 싶어 하여 항상 정씨 집안에 알리지 않고 들어와 두어 번 정소저를 보았는데, 정소저는 온갖 자태의 빼어난 아름다움을 갖추고 있었다. 이미 호방하고 의협심이 많은 탕자가 정소저를 한 번 보니 온 정신이 쏟아져 정소저를 취하여 백년 동안의 좋은 짝으로 삼고자 하였으므로 공부에 힘써 몇 년 안에 지위가 높아져 이름을 날렸다. 설강의 사람됨이 매우 간사하고 여색에 굶주린 귀신과 같았다. 일찍 아버지를 여의었으며 어머니인 범씨는 어리석고 줏대가 없어서 설강이 모든 일을 알아서 처리하였다. 설강이 그 어머니를 보채어 설부인에게 간절하게 청혼하니 설부인은 설강의 기특함과 젊은 나이에 과거에 급제하여 명망이 진동한 것을 보고 설강에게 마음이 기울어 정공에게 정소저와의 혼인을 의논하였다. 정공이 부인이 식견이 없는

73

74

---

58) 반악(潘岳) : 서진(西晉)의 문학가. 자는 안인(安仁). 어릴 때부터 신동(神童)이라 불렸고, 또 미남이었음. 용모가 준수하여 문을 나서면 부녀자들이 연모의 표시로 과일을 던져주어 그것이 수레를 가득 채울 정도였다고 함. 문학적 재능이 뛰어나 당시의 권세가 가밀(賈謐)의 문객들 '24우(友)' 가운데의 제1인자였으며, 육기(陸機)와 함께 서진문학의 대표적 작가로 병칭되었음.

59) 위개(衛玠) : 진(晉)나라 안읍(安邑)의 사람으로 항(恒)의 아들로 자(子)는 숙보(叔寶). 다섯 살부터 수려한 인품을 갖추었으므로 아저씨였던 왕제(王濟)가 감탄하여 '위개와 함께 놀고 있으면 곁에 명주가 반짝반짝 빛나는 것 같아 그 빛이 낭랑하게 사람에게 쪼인다'라고 하였음. 어릴 때에 수레를 타고 저자거리에 오면 온 도시의 사람들이 그의 뛰어난 외모를 보기 위해 모여들었음.

것을 책망하고 조씨 집안과 혼인을 정하였다. 설부인이 마음이 언짢았지만 어쩔 수 없었고 설강을 놓친 것을 아깝게 생각하였다.

설강이 정소저가 조씨 집안과 정혼한 것을 알고 매우 놀라고 분해하며 말하였다.

"정공이 나를 나무라고 짐승 같은 조가 놈을 얻으려고 하니 이것은 권문세가를 탐하는 것이다. 내가 결단코 정소저가 조가와도 살지 못하게 방해할 것이다."

이렇게 생각을 정하고 이에 정씨 집안에 이르러 바로 안으로 들어갔다.

이때 설부인이 가벼운 병이 있어서 정소저가 침상에서 간호하고 있었다. 설강이 방자하게 아무 말 없이 들어와서 인사를 차리며 계절 인사를 마치니 벌써 정소저가 일어나 피하였다. 그러므로 설강은 다만 정소저의 소탈한 광휘를 얼핏 보았을 뿐이었다. 설강이 새롭게 분하고 한스러움이 뒤얽혀 문득 설부인에게 말을 하였다.

"알지 못하겠습니다. 제가 어려서 문하에 출입하여 친척의 정이 절실

하고 누이와는 어려서부터 서로 대추와 밤을 다투어 먹고 자랐으니 어찌 내외할 예의와 법도가 있겠습니까? 이것은 심히 제가 바라던 바가 아닙니다."

설부인이 웃으며 말하였다.

"나도 조카를 보는 것을 내가 낳은 자식처럼 하지만 딸이 천성이 고집스러워 아버지와 오라비 이외에는 대면하는 사람이 없는 까닭에 나 또한 권하지 못한다."

설강이 말하였다.

"어디에 사위를 점찍어 놓으신 곳이 있습니까?"

설부인이 말하였다.

"초국공 조승상의 집과 정혼하여 현훈과 납폐를 주는 날이 얼마 남지 않았다."

설강이 미소를 지으며 말하였다.

"사물이 성하였다가 쇠하는 것은 그것이 변하기 때문이고 달이 차면 이지러지는 법입니다.[60] 조씨 집안이 개국한 이후로 조빈의 권세가 으뜸이고 그 후 대대로 이어 지금도 영귀하니 이제는 복을 잃을 때입니다. 비록 그 위인이 기특하다고 하지만 자질(子姪)이 계속해서 기특할 것을 바라겠습니까?"

설부인이 설강을 놓친 것을 아까워하더니 이 말을 듣고 매우 놀라며 말하였다.

"이것을 몰랐다면 딸의 배필을 잘못 정할 뻔했구나. 상공이 그 사람됨에만 혹하고 소행이 불미스러운 것을 어찌 알겠는가?"

설강이 설부인에게 당부하며 말하였다.

"숙모께서는 비록 혼인을 물려도 이 말이 저에게서 나왔다는 것을 말하지 마십시오. 혼인을 하지 않고자 한다면 당당히 조씨 가문에서 혼인을 물리게 해야 할 것입니다."

설부인은 주변머리가 없는 여자여서 설강이 수없이 꾀는 말을 듣고 옳다고 생각하여 마음속으로 받아들여 선뜻 그렇게 하겠다고 하고 조씨 집안에서 혼인을 물리게 하라고 당부하였다. 설강이 몰래 기뻐하며 돌아왔다. 설강이 조씨 집안에 자주 왕래하며 유현과 기현을 보고 사귀는 것을 은근하게 하였으나 저 기현은 금과 옥 같은 군자고 유현은 총명함이 다른

---

60) 사물이 ~ 입니다: {물성이쇠(物盛而衰)ㅣ눈 고기변야(固其變也)오 월영(月盈)즉 휴(虧)ᄒᄂ니}

사람보다 뛰어날 뿐만 아니라 천성이 씩씩하고 역량이 바다와 같으니 군자와 소인의 길이 달랐다. 비록 설강이 크게 출세하였으나 마침내 마음을 열어 대접하는 일이 없고 겉으로만 대접하는 일이 많았다. 설강이 항상 박정하다고 꾸짖고 자기는 일부러[61] 마음에서 우러나오는 말을 다하여 친애하는 거동을 보였다.

하루는 기현이 마침 외가에 가고 유현이 양인광과 더불어 정히 육도삼략(六韜三略)[62]에 관심을 두고 깊이 생각하며 보고 있었다. 등 뒤에서 한 사람이 부르면서 말하였다.

"어진 형아, 나는 하루만 너를 보지 못해도 3년처럼 길게 느껴지는데 너는 이와 같이 하여 한번 안부를 물어보는 것이 없느냐?"

유현이 돌아보니 이 사람은 곧 한림학사 설강이었다. 유현이 미소를 짓고 설강을 맞으며 말하였다.

"저는 부리가 누런 새 새끼 같은 어린아이입니다.[63] 집안의 가르침이 엄하시니 어찌 감히 멀리 나아가 친구를 사귀겠소? 형이 맡은 바 직무 때문에 바쁘신 데도 벗을 부지런히 찾으시니 매우 감사하오."

그런 후에 자리를 나누어 앉았다. 설강이 문득 물었다.

"형이 나이가 어리나 몸가짐이 숙성하니 알지 못하겠지만 하주(河洲)를

---

61) 79면 : 79면부터는 99면까지는 내용이 순서대로 묶여져 있지 않고 뒤섞여 있음. 필사과정에서 잘못 옮겨 썼거나 책을 묶는 과정에서 잘못 묶은 것처럼 보임. 서강대본 『조씨삼대록』에 필사되어 있는 원상태로 보면 78면과 79면이 내용상 연결이 안 되고, 78면은 뒤쪽의 89면과 연결되며 98면은 99면과 연결되지 않고 앞쪽 79면과 연결됨. 『조씨삼대록』은 서강대 도서관본이 유일본이어서 다른 이본을 참고할 수 없지만 내용상 오류가 분명하므로 원문을 해체하여 원문의 순서를 바로잡아 현대어로 옮길 때도 수정한 면수대로 하기로 함. 원문을 입력할 때는 순서를 바로잡은 쪽수를 먼저 쓰고 그 다음 괄호 안에 원래의 쪽수를 쓰기로 함.

62) 육도삼략(六韜三略) : 중국의 오래된 병서(兵書). 『육도(六韜)』와 『삼략』을 아울러 이르는 말.

63) 부리가 ~ 어린아이입니다 : {황구쇼ᄋᆡ[黃口小兒]라}. '황구소아'는 부리가 누런 새 새끼라는 뜻으로 아직 어린아이라는 뜻임.

건너 숙녀를 맞은 것[64]이 있느냐?"

유현이 가만히 웃으며 말하였다.

"제가 올해 12세로 옛 사람들이 아내를 취하던 나이는 아직 멀었으니 어찌 숙녀를 맞겠소?"

설강이 또 웃고 말하였다.

"내가 들으니 정승상이 형에게 매우 혹하여 사위로 삼는다고 하는데 그 말이 맞는가?"

유현이 웃으며 말하였다.

"정승상은 이 시대의 명재상이고 온 세상이 눈앞에 없는 것처럼 하며 한 세상을 업신여기니 나 같은 어린아이를 보고 매우 혹할 일이 무엇이 있겠소? 다만 피차가 대대로 어른들이 친근하게 지내시니 저를 친자식처럼 생각하고 계시오. 그런데 형이 어찌 이 일에 대해 이렇게 열심히 묻소?"

설강이 말을 그치고 좋지 않은 얼굴빛을 하더니 이윽고 잠잠하였다. 유현이 본래 도리를 중요하게 여기는 성정이고 설강의 사람됨을 좋아하지 않는 까닭에 다시 묻지 않았다. 설강이 참지 못하여 웃고 말하였다.

"형은 하늘이 내신 영민하고 준수한 사람이며 일세의 대장부이다. 금대(琴臺)의 탁문군[65]과 절인의 서시[66]를 취할 만하니 저 정씨는 형과

---

64) 하주(河洲)를 ~ 것 : 하주는 『시경』 「주남(周南)」의 〈관저(關雎)〉에 나오는 말임. "관관히 우는 저구새, 하수의 모래섬에 있도다. 요조한 숙녀는 군자의 좋은 짝이로다[關關雎鳩 在河之洲 窈窕淑女 君子好逑]."의 시에서 보면 '하주를 건너 숙녀를 맞는 것'은 요조숙녀이면서 덕이 높은 여인을 아내로 맞는 것을 뜻함.

65) 금대(琴臺)의 탁문군 : 탁문군(卓文君)은 한(漢)나라의 이름난 미녀. 한나라의 대부호 탁왕손(卓王孫)의 딸로 처음에 과부가 되었음. 전한(前漢)의 문인으로 시를 잘 지은 사마상여는 관직에서 물러나 사천성 임공(臨邛)에 있는 왕길의 집에 머무르는 동안 임공의 대부호 탁왕손(卓王孫)이 베푸는 연회에 초대를 받았다가 연회에서 사마상여의 거문고 타는 소리를 듣고 탁왕손의 딸 탁문군이 사마상여를 사모하게 되었음. 사마상여와 탁문군은 서로 사랑하였으나, 사마상여

서로 맞지 않는다는 것을 아는가?"

유현이 괴이하게 여기며 가만히 웃으며 말하였다.

82 "금대(琴臺)의 탁문군은 절개를 잃은 계집이고 절인의 서시는 군자의 짝이 아닌 것이오. 대장부가 아내를 구한다면 태임과 태사의 덕을 구할 것이니 형의 말이 가소롭소. 하물며 내외(內外)가 서로 멀리 떨어져 있으니 정씨 집안 규수가 어진지 그렇지 않은지 어찌 알겠소? 형이 반드시 묻는 뜻이 있다는 것을 알겠소."

설강이 나아 앉으며 유현의 손을 잡고 탄식하며 말하였다.

"고인 중에는 벗을 사귀어 지기(知己)를 위하여 죽는 사람이 있다. 내가 이제 마음 깊은 곳의 생각을 품고서 그것을 숨기겠는가? 과연 나는 정

83 공 부인의 조카뻘 되는 사람인데 내가 그 집을 내외 없이 출입하니 어찌 모르는 일이 있겠는가? 형이 이제 그 집의 사위가 되어 피차가 가문이 서로 걸맞지만 형의 뛰어난 기상과 독보적인 재주로 백 년 동안 함께할 아름다운 짝을 잘못 만나게 된 것을 참지 못하여 자네의 짝을 염려하는 것이네.[67] 정씨는 얼굴과 재질이 일세에 대적할 사람이 없으나

의 집안이 매우 가난하여 탁왕손은 두 사람의 결혼을 반대하였음. 탁문군은 사마상여를 따라 청두에 있는 그의 집으로 한밤중에 몰래 달아났으나 사마상여의 집이 찢어지게 가난하여 탁문군은 사마상여와 결혼하여 술선집을 차려 생활하였음. 그뒤 한(漢)나라 무제(武帝)가 사마상여의 〈자허부(子虛賦)〉를 읽고 감동하여 그에게 벼슬을 내렸는데, 사마상여가 이름을 떨치자 그때부터 탁왕손의 집안에서도 사마상여를 얕보지 못했다고 함. 금대(琴臺)는 사마상여와 탁문군이 달아나 거문고를 타고 놀았다는 곳임.

66) 절인의 서시(西施) : 절인은 미상임. 서시(西施)는 중국 춘추시대 월국(越國)의 미녀. 서시는 저라산(苧羅山) 근처에서 나무장수의 딸로 태어났음. 절세미녀였기 때문에 그 지방의 여자들은 무엇이든 서시의 흉내를 내면 아름답게 보일 것이라 생각하고, 병이 들었을 때의 서시의 찡그리는 얼굴까지 흉내를 냈다고 함. 또 오(吳)나라에 패망한 월왕(越王) 구천(勾踐)의 충신 범려(范蠡)가 서시를 데려다가, 호색가인 오왕(吳王) 부차(夫差)에게 바치고, 서시의 미색에 빠져 정치를 태만하게 한 부차를 마침내 멸망시켰다고도 전해지고 있음.

67) 자네의 ~ 것이네 : {지긔[知己]의 배향을 념려흐미라}. '배향'은 문맥상 배우자, 짝의 의미를 나타내는 '배항(配伉)'의 오기인 듯함.

다만 양귀비와 같은 낮은 행실이 있어서 군자의 짝은 아니네. 나의 풍채 있는 모습이 무엇이 빛나겠는가마는 정씨 집안에 출입을 자주 하기 때문에 정씨의 음란하고 바르지 않은 행실을 많이 보았는데 꽃나무 사이로 나를 청하여 옥경대(玉鏡臺)의 옛일[68]을 이루고 사사로운 정을 두고자 하였네. 그러나 내가 그 말을 들을 수가 없어서 좋은 말로 타일러 깨우치고 그 집에서 나와 그 후에는 정씨 집안의 내당에는 자취를 끊었네. 이제 형과 정씨가 혼인을 맺었다고 하니 정공이 원래 딸 하나뿐이고 그 밖에는 자식이 없을 것이네. 운희 자네는 온갖 행실이 티 없는데도 저런 여자를 만난 것을 실로 참지 못하여 말하는 것이네."

이 말을 듣고 유현은 침묵하였지만 이 말을 듣고 놀라지 않을 수 없었다. 비록 설강을 지기(知己)로 대접하지 않았지만 거짓말을 꾸며 아무런 허물없는 사람을 해칠 줄은 생각지 못하였다. 또한 유현이 총명하였지만 나이가 어려 세상일을 여러 가지로 겪어보지 못했고 천성이 지극히 도리를 중요하게 여기니 어찌 설강의 공교로운 꾀를 생각했겠는가? 설강이 친하다고 생각하고 염려하며 말하는 것을 보고도 자기가 들은 말을 참지 못하는 설강의 성미를 알기 때문에 그 위인을 비록 믿지 않았지만 이 말조차 어찌 믿지 않겠는가?

유현은 바다와 같은 넓은 마음으로 헤아리며 얼굴빛에 동요를 드러내지 않고 태연하게 웃으며 말하였다.

"형께서 저를 아끼는 것이 지극하여 친척간의 세밀한 일을 나에게 알려주시니 두터운 정은 매우 감사하오. 성인의 가르침에 '예가 아니면

---

68) 옥경대(玉鏡臺)의 옛일 : 진(晉)나라의 온교(溫嶠)가 먼 일가 숙모 유씨(劉氏)의 딸에게 남편을 구하겠다고 하고는, 전에 유총(劉聰)을 칠 때 얻은 옥경대를 그 대상자에게 받았다고 거짓말을 하여 예장(禮裝)으로 갖다 주고, 자기가 유씨의 딸에게 장가를 들었다는 이야기가 있음.

들지 말고 예가 아니면 보지 말라'[69]고 하였으니 이런 말은 실로 듣고
싶지 않소. 혼인은 양가 어른들께서 주관하시는 것이니 스스로 처단할
바가 아니오. 이 혼사를 스스로 사양하게 되면 마지못하여 형께서 이
르던 말을 고하고 혼인을 물릴 것을 청할 것이니 어찌 할까요?"

설강이 매우 놀라 말하였다.

"내가 형을 사랑하는 것이 진정인 까닭에 이런 말을 입 밖에 냈는데 형
이 내가 한 말을 누설하면 반드시 정씨 집안에서 나를 원수로 알 것이
네. 하물며 내가 비록 보잘 것 없으나 몸이 한림원의 이름난 선비로 남
의 혼사를 방해한 사람이 되어 무슨 면목으로 조정에 서겠는가? 나는
자네를 아껴 이 말을 하였는데 자네는 나를 아끼지 않고 이 말을 누설
하면 진실로 자기를 알아주는 벗이 아닐세."

유현은 설강이 매우 다급해하는 것을 보고 그 사람의 도가 없음과 말의
경박함을 가소롭게 여겨 가을 물결과 봉황 같은 눈을 흘겨 설강을 잠깐
보고 웃음을 띠었으나 깊이 생각하여 그 의도를 헤아리지 못하였다. 설강
이 말을 내고 도리어 민망하여 이 말을 누설하지 말 것을 백 번 당부하고
돌아갔다. 유현이 설강을 보내고 고요히 생각하니 아버지께서 마음을 알
아주는 친구 분과 직접 만나 약속한 혼인을 물리칠 길이 없고 한편으로는
잠자코 부인을 취하는 것도 언짢아 비위에 거슬려 이리저리 생각하다가
몸을 일으켜 옥매정에 들어갔다.

양정렬이 바야흐로 딸을 데리고 여교(女敎)를 가르치고 있었는데 유현

---

69) 예가 ~ 말라 : {비례물청[非禮勿聽]이오 비례물시(非禮勿視)라}. 『논어(論語)』의 「안연(顏淵)」
   에 나오는 말로 그 원문은 다음과 같음. "공자께서 말씀하시기를 예가 아니면 보지 말며 예가
   아니면 듣지 말며 예가 아니면 말하지 말며 예가 아니면 움직이지 말아야 하는 것이다[子曰 非
   禮勿視 非禮勿聽 非禮勿言 非禮勿動]."

이 나아가 어머니를 모시고 앉았다. 양정렬이 물었다.

"오늘은 어찌 한가롭고 여유가 있느냐?"

유현이 대답하였다.

"어찌 일이 없겠습니까? 마침 둘째 형이 나가고 사부가 계시지 않으니 강론할 사람이 없고 심회가 울적하여 어머님을 생각하고 들어왔습니다."

양정렬이 미소 지으며 말하였다.

"네가 심회가 울적한 것은 무슨 까닭이냐?"

유현이 공경히 받들어 사례하며 말하였다.

"오늘 어머니의 말씀이 친근하셔서 저의 소회를 아룁니다. 소자가 부 ⁸⁹모님께서 낳고 길러주신 풍모가 다른 사람에게 뒤지지 않고 재상가문의 부귀로 무엇이 근심이 되겠습니까마는 생각해보니 부부는 오륜 중에 중대한 일입니다. 저의 나이가 어려 혼사가 급하지 않은데 아버지께서 정씨 집안과 급히 정혼하셨습니다. 비록 정공이 어지시나 그 가정이 어떤지 어찌 알며 그 여자의 현명함과 어리석음을 어찌 알겠습니까? 만일 그 여자에게 아름답지 않은 것이 있으면 일생이 괴로울 것이기에 이런 까닭에 심회를 번민하였습니다."

양정렬이 이 말을 다 듣고 경계하면서 말하였다.

"내 아이가 어릴 때부터 식견이 너그럽고 큰데 어찌 의심을 하느냐? 혼 ⁹⁰사를 가려서 하는 것은 너에게서 배울 만한 점이다. 그러나 더욱이 이 혼사는 너의 아버지께서 하시는 것인데 어찌 허투루 하시겠느냐? 하물며 정소저가 사람을 알아보는 능력이 뛰어나 너의 배필로 합당한 것 같으니 너는 의심하지 마라. 네가 비록 마음에 들지 않더라도 이 혼사는 얼굴을 맞대고 약속한 것이며, 내일 빙폐를 주러 가는 때이니 어찌 하겠느냐?"

유현이 다시 말이 없고 '예예'하고 기뻐하지 않으며 물러갔다.

이때 양인광이 10살이었는데, 총명함과 영특한 기상은 유현과 비슷하여 의지와 기개가 서로 잘 맞았다. 아까 유현의 말을 몰래 엿듣더니 웃고 말하였다.

91 "남자가 한 명의 여자로 늙을 것은 아니다. 아내를 얻어서 비루하면 마땅히 다시 옥 같은 숙녀를 취하여 금슬지락(琴瑟之樂)을 상쾌하게 할 것인데 이제 저렇게 근심하는 것이 속 좁은 것이 아니겠는가?"

유현이 말하였다.

"그러하겠지만 이 말을 듣지 않은 것만 못합니다. 여러 명의 부인을 얻더라도 어릴 때 혼인한 부인이 으뜸입니다. 정소저가 행사가 음란하고 바르지 못한 것이 설강의 말과 같다면 군자의 배필이 되겠습니까? 그러나 이미 혼인이 정해졌으니 일이 되어가는 것을 볼 뿐입니다."

이렇게 말하였으나 마음 한편으로는 언짢게 생각하였다.

세월이 살 같아서 다음 해 신정이 되고 길일이 다다랐다. 조씨 집안에
92 서는 천금 같은 두 손자의 길일이 같은 날이 되니 커다란 잔치를 열고 친척을 모으고 신랑을 보내어 신부를 맞이하였다. 온 집안에 빈객이 수풀같이 매우 빽빽하게 퍼져 있었다. 금선공주 또한 왕비의 위의를 갖추고 와서 시부모를 뵈니 노공이 금선공주에게 자리에 앉으라고 명하였다. 이윽고 초공이 자식과 조카를 거느리고 들어오니 금선공주가 조씨 집안으로 돌아온 지 4년 만에 초공을 처음 맞이하는 것이어서 피하는 것이 이상하여 멀리서 예의를 갖추었다. 금선공주는 전일에 초공을 원수로 알아 욕

설이 부지기수였으나 초공을 직접 대면하게 되니 초공의 엄정함이 가을 하늘과 눈서리 같았으므로 공주가 매우 악하였지만 다시 초공을 꾸짖으며 욕할 의사가 나지 않았다. 도리어 초공의 마음을 얻어 초공이 진왕에게 타이를 것을 부탁하기 위해 염치를 돌아보지 않고 먼저 초공에게 말을 건넸다.

"첩이 비록 도리에 어그러져 내세울 만한 것이 없지만 한 집안에서 동생이라는 이름으로 있으면서도 시동생께서 얼굴을 대하지 않으시니 그 뜻을 알지 못하겠습니다."

초공이 몸을 굽히며 대답하였다.

"소생이 죄를 얻은 것이 많습니다. 일찍이 형수님의 얼굴을 뵙는 것이 황공하여 미루고 있었습니다."

초공이 말을 끝내고 엄정하게 몸을 바르게 하고 앉아서 행여 눈이 공주를 볼까 두려워하니 침묵하는 위의가 온 좌석에 드러났다. 여러 사람들과 친척들이 서로 돌아보면서 가만히 탄복하였다.

이때에 두 신랑을 신부 집으로 보내려고 길복을 입히려고 하자 태부인이 말하였다.

"그 어미가 각각 아들의 옷을 입혀라. 유복함이 타인을 부러워하지 않을 것이다."

정숙렬과 양정렬이 자리에서 물러나며 아뢰었다.

"옷을 입히는 것을 닮을 것이 아닙니다. 저희가 유복하다고 하시지만 옛날의 변란에 마음이 떨립니다. 모든 일에 흠이 없는 시누이들이 옷을 입혀주셨으면 합니다."

위부인이 말하였다.

"며느리 양씨의 말이 그르지 않구나. 너희들 중에서 옷을 입혀라."

석참정 부인이 웃으며 말하였다.

"내가 비록 기특한 일이 없지만 다섯 명의 아들과 세 명의 딸을 두고 나 같이 편안한 사람이 없을 것이니 내가 옷을 입혀야겠다."

소상서 부인이 웃으며 말하였다.

"유복한 것에 대해서 스스로 긍지를 가지고 있으니 가소롭습니다."

유상서 부인이 웃으며 말하였다.

"나도 언니의 복록만큼은 되니 내가 한 아이의 옷을 입힐 것입니다."

소상서 부인이 웃으며 말하였다.

"유씨 언니70)는 석씨 언니71)만 못한 것이 있습니다. 석상서께서는 한 명의 첩이 없으니 유상서와 같은 동류로 비교하지 못할 것이니 어찌 자녀의 많음과 작위의 등급이 높은 것을 당하겠습니까?"

자리에 있던 사람들이 크게 웃고, 부모가 기뻐하며 말하였다.

"너희 세 사람의 복록은 남에게 뒤지지 않을 것이지만 유서방은 첩이 많고 소서방은 재실(再室)이 있으니 석서방의 온전한 복록을 당하지 못할 것이다. 그러니 두 아이의 옷을 석참정 부인이 입혀라."

소상서 부인이 크게 웃으며 말하였다.

"첩은 남자에게 자주 있는 일인데 복록에 흠이 되는 것이라 하시니 억울합니다. 석씨 언니가 의기양양하여 스스로 뽐내는 것이 애달프니 나도 한 아이의 옷을 입히겠습니다."

---

70) 유씨 언니 : {뉴져져}. 유상서 부인을 가리키는 말임. 조씨 가문의 딸인데도 남편의 성을 따라 유씨 언니라고 표현하고 있음.
71) 석씨 언니 : {셕져져}. 석참정 부인을 가리키는 말임. 조씨 가문의 딸인데도 남편의 성을 따라 석씨 언니라고 표현하고 있음.

진왕이 웃으며 말하였다.

"좌중에서 유복한 사람은 우리 원비(元妃)가 으뜸입니다. 많은 자녀와 영광스러운 복록이 남에게 지지 않을 것입니다. 옛날의 소소한 모질고 사나운 고난은 뜬구름일 뿐이고 군왕의 원비로서 높고 귀중한 위의를 어찌 누이들에게 비교하겠습니까? 석참정, 유상서, 소상서 형님이 누이들을 중대하게 생각하시나 내가 정비를 대접하는 것과 같겠습니까?"

자리에 있던 사람들이 박장대소하였다. 태부인이 웃으며 말하였다.

"네 말이 맞는 것 같구나."

석참정 부인이 웃고 일어나 기현의 옷을 입히며 말하였다.

"네 부인만 유복하다고 칭찬하니 내가 분하고 한스러워서라도 기현의 옷을 입힐 것이다. 네 부인이 중대하다고 하지만 너는 대소사에서 정씨에게 호령을 많이 내었지? 나는 남편에게서 정씨와 같은 대접은 받지 않았다."

여러 사람들이 크게 웃었다. 진왕이 미소를 지으면서 말하였다.

"호령도 받을 만한 사람이니까 받았고 수치도 고칠 만한 사람이니까 준 것입니다. 석참정 형님이야 누이의 손안에 꽉 잡혀서 누이가 마음대로 부리시며 스스로 유복하다고 하시니 저는 행여 아들이 석참정 형님 같을까 싫습니다."

소상서 부인이 일어나 유현의 옷을 입히며 말하였다.

"나는 유복하지 못하지만 아이의 옷을 입혀 두고 볼 것이다."

석참정 부인이 진왕을 꾸짖고 남매 네 사람이 농담을 하였다. 노공이 기뻐하며 돌아보니 초공이 두 손을 마주잡고 단정히 앉아서 다만 눈을 낮추고 만면에 온화한 기운만 있을 뿐이었다. 초공이 부형의 면전에서 공경하고 삼가는 예의가 가득하니 노공이 웃으며 말하였다.

"오늘 너의 형과 누이가 농담을 하며 우리의 웃음을 자아내는데 너는 어찌 돕지 않느냐?"

초공이 일어나 공경히 사례하며 말하였다.

"저는 본래 구변이 없고 어른들 앞에서 희롱하는 것이 황공하여 어른을 모시는 온화한 기운을 잃으니 불민(不敏)할 뿐입니다."

석참정 등이 웃으며 말하였다.

"사원이 원래 말이 드물지만 양씨, 윤씨, 왕씨 세 제수씨 면전에서는 더욱 저러하니 아마도 경망스럽고 추잡하여 부인들께 죄를 얻을까 두려워하는 것 같습니다."

초공이 역시 웃고는 아무 말이 없었다.

두 공자가 길복을 입고 태부인께 하직하니 두 사람의 풍채가 이날 더욱 기특하였다. 멋스럽고 훌륭한 신장에 관복을 갖추고 옥대를 돋우었으니 깨끗하고 빼어난 풍채는 서백(西伯)을 위해서 봉황이 기산에 내려온 듯하였고72) 공자(孔子)를 위해서 기린73)이 소와 말 중에 섞여있는 듯하였다. 옥 같은 얼굴 모습이 좌석에 앉아 있는 모든 사람들을 감동시키니 태부인과 노공 부부의 입이 벌어졌고 그 부모의 마음이야 말할 필요가 있겠는

---

72) 서백(西伯)을 ~ 듯하였고 : 서백(西伯)은 주(周)나라 문왕(文王)을 가리킴. 주나라의 기초를 닦은 명군으로 덕치에 힘썼고, 은나라와 화평주의적 태도를 취했고 우나라와 예나라의 분쟁을 중재, 제후들의 신뢰를 얻었으며 뒤에 유가로부터 이상적 성천자로 숭앙 받았음. 주나라가 일어나기 전에 주나라 건국의 징후를 보여주는 일로 기양(岐陽)에서 봉황이 울었다고 함.

73) 공자(孔子)를 ~ 기린 : 기린은 공자의 어머니가 공자를 가졌을 때 나타나서 위대한 현인이 세상에 나온다는 것을 알게 했음. 공자의 어머니가 임신했을 때 다섯 개의 별의 정령이 동물 한 마리를 데리고 왔는데 이것이 기린이었음. 기린은 '주나라를 계승하고자 작은 왕이 태어나다'라고 쓰인 종이를 한 장 토해냈는데 이것은 바로 세상을 구할 어진 성인인 공자가 태어날 것을 암시한 것임. 기린은 전차에 치어 다침으로써 공자의 죽음도 예고하기도 함. 남보다 유독 슬기롭고 재주가 뛰어난 사람을 '기린아'라고 하는데 상상의 동물 기린의 품격과 상징에서 유래한 말이라고 할 수 있음.

가?

진왕이 엄하고 위풍이 있고 초공이 엄숙하며 침묵하고, 정숙렬과 양정
렬이 침착하고 조용한 성품을 가지고 있지만 각각 기쁜 기분이 얼굴에 퍼
져있었다. 여러 누이가 일시에 웃고 이들의 유복함을 칭찬하였다. 진왕
형제가 아들들을 나오게 하여 기뻐하는 빛이 외모에 드러나니 여러 사람
들이 웃으며 말하였다.

"진왕이 무게가 있고 초공이 단정하고 조용하기 때문에 자식들을 가까
이하는 것을 보지 못했더니 오늘 기뻐하는 빛을 남이 알아보게 드러내
니 또한 괴이한 일이구나."

진왕이 웃으며 말하였다.

"금수(禽獸)도 자식을 사랑한다. 우리 형제 역시 사람의 마음을 지니고   101
있는데 자식을 혼인시키니 기쁜 것은 다른 사람의 마음과 같다."

초공이 두 아이를 좌우에다 앉히고 예의를 가르치며 온화하게 웃으며
말하였다.

"나는 평생 마음을 꾸미지 못하니 오늘 나의 자식과 조카가 외모와 풍
채가 특이하고 신장과 행동거지가 성숙하니 매우 기쁘지 않겠는가?"

말을 마치고 초공이 온 얼굴에 가득한 웃음을 띠니 그 웃음이 앉아있는
모든 사람들을 즐겁게 하였다. 두 신랑이 자리에 앉아있는 사람들에게 하
직하고 위의를 갖추고 각각 혼인하는 집으로 향하였다. 온 조정의 백관이
요객(繞客)74)이 되어 뒤따르는 사람이 큰 길을 덮었다. 신랑의 달 같은 얼
굴과 선비다운 풍모가 밝은 대낮에 빛나니 보는 사람들이 탄복하여 진왕
과 초공보다 낫다고 하였다.   102

74)   요객(繞客) : 혼인 때에 가족 중에서 신랑이나 신부를 데리고 가는 사람.

각각 혼인하는 집에 나아가 기러기를 상 위에 놓고 절하는 예를 마치고 신부를 시댁으로 데리고 왔다. 소씨 집안이 조씨 집안과 더욱 가까운 까닭에 소소저의 가마가 먼저 조씨 집안에 이르렀다. 두 신부가 중청(中廳)에서 독좌(獨坐)75)를 마치고 폐백을 받들어 어른들과 시부모를 뵈었다. 여러 사람들이 모두 소소저를 한 번 바라보니 맑은 풍채는 태양이 두 눈에 떠오르며 푸른 물결에 있는 연꽃이 향기를 토하는 것 같았다. 탐스러운 쪽진 머리와 윤이 나는 검은 머리칼은 방택(芳澤)76)을 나무랄 정도였고 달 같은 이마의 화장한 눈썹은 붓으로 애써 그리지 않았지만 여덟 빛깔77)이 곱고 아름다웠다. 꽃 같은 덕이 분명하게 드러나고 나가고 물러가며 두루 힘쓰는 것이 법도에 들어맞으니 남교(藍橋)의 옥 같은 숙녀78)이고 군자와 백 년 동안 해로할 아름다운 짝이었다. 그 시어머니 정숙렬의 어질고 아름다운 빼어난 모습이 아니면 대적할 사람이 없었다. 온 자리에 있던 사람들이 황홀하여79) 크게 칭찬하고 일시에 치하하면서 말하였다.

"두 신부의 기이함이 진실로 하주(河洲)의 숙녀다. 정부인과 양부인의

---

75) 독좌(獨坐) : 새색시가 초례의 사흘 동안 들어앉아 있는 일.
76) 방택(芳澤) : 옛날에 부녀자들이 윤기를 내는 데 사용하는 향기 나는 기름을 의미함.
77) 여덟 빛깔 : {팔채[八彩]}. 팔채는 여덟 가지 빛깔이라는 의미로 순임금의 눈썹이 여덟 가지 무늬가 있었다는 데서 기원하여 고귀한 인물의 눈썹을 형용할 때 주로 사용하는 말.
78) 남교(藍橋)의 ~ 숙녀 : 배항이라는 사람이 운영이라는 아름다운 짝을 만난 것을 의미함. 남교는 협서성(陝西省) 남전현(藍田縣) 동남쪽에 있는 땅으로 그 곳에서 당나라 때 배항(裴航)이 운영(雲英)을 만난 곳이라고 전함. 『시아소명록』이나 『태평광기』 『서상기』 등에서 배항과 운영의 이야기가 전하는데, 그 내용은 다음과 같음. 장경 연간에 배항이 양한에서 노닐었는데, 그는 운영의 언니이자 유강의 아내인 번부인(樊夫人)과 같은 배를 타고 갔는데, 번부인이 배항에게 "백옥 음료를 마시자 온갖 감회 생겨나고, 하늘의 서리가 없어지자 운영이 나타남. 남교가 바로 신선의 집이니, 하필 어렵사리 백옥경에 올라갈 게 무어 있는가"라는 시를 주게 됨. 그 뒤 배항은 남교역(藍橋驛)을 지나가다가 선녀 운영을 만나 아내로 맞게 되고 뒤에 그 둘은 함께 신선이 됨.
79) 황홀하여 : {홀홀(忽忽)}. '홀홀'은 순식간에, 황홀한 모양, 실의한 모양 등 다양한 뜻이 있으나 문맥상 '황홀하여'로 옮김.

뒤를 이을 만하니 치하를 다 못할 것 같구나."

진왕이 웃으며 말하였다.

"신부 등은 일세에 보기 드문 숙녀입니다. 정부인은 제수인 양부인의 아름다움을 능가하지 못하지만 소씨의 아름다움은 숙모[80]를 능가하는데, 누이들이 어찌 두루뭉술하게 칭찬하십니까?"

위부인이 단정하고 정중하게 있었지만 기쁜 빛이 가득하여 말하였다.

"손자며느리 소씨가 극히 맑고 아름다우나 나의 어진 며느리 정씨의 풍모에는 조금 미치지 못할 것이다. 또한 손자며느리 정씨가 수려하고 뛰어나게 맑으며 온유하고 침착하며 온갖 행실이 아름다운 일을 이룬다고 하나 나의 어진 며느리 양씨는 매우 맑으며 극진하게 높아서 푸른 하늘의 명월과 동쪽 하늘의 태양 같은 광채에는 미치지 못할 것이다. 너의 형제가 며느리에 대한 사랑은 대단하지만 끝내 그 아름다움은 그 숙모만 못할 것이다."

온 자리에 있던 사람들이 크게 웃었고 태부인이 웃으며 말하였다.

"내 생각으로는 어진 며느리에서부터 증손자 며느리 소씨와 정씨에 이르기까지 다 기특하다. 옛날에 주나라 왕실의 세 어머니[81]라고 하였는

104

---

80) 숙모 : {고모}. 원문에는 '고모'라고 되어 있으나 문맥상 양정렬보다 낫다는 의미이므로 작은 어머니인 숙모를 가르킴.
81) 주나라 ~ 어머니 : {쥬실삼모(周室三母)}. 주나라 왕실의 세 어머니를 의미하는데, 곧 태강(太姜), 태임(太任), 태사(太姒)를 말함. 태강(太姜)은 태왕(太王)의 아내이며 왕계(王季)의 어머니인데, 바르고 솔직하게 자식을 이끄니 과실이 있을 수 없었고 태왕이 일을 계획할 때나 자리를 옮길 때는 꼭 태강과 의논하여 일을 처리하였음. 태임(太任)은 왕계의 아내로 문왕을 낳았는데, 태임의 성품은 곧고 성실하여 오직 덕으로써 행동하였음. 태임이 문왕을 임신하였을 때 눈으로는 나쁜 것을 보지 않았고, 귀로는 음란한 음악을 듣지 않았으며, 입으로는 오만한 말을 하지 않았음. 문왕은 태어나면서부터 지덕이 뛰어났음. 태사(太姒)는 문왕의 아내로 무왕(武王)을 낳았음. 태사는 어질고 도리에 밝았는데, 주왕실에 들어와 시할머니 태강과 시어머니 태임을 공경하였고, 아침저녁으로 힘써 부도(婦道)를 다하였음. 〈주실삼모(周室三母)〉는 『열녀전(烈女傳)』에 있음.

데, 오늘밤에는 조씨 가문의 세 어머니가 서로 지지 않을 것이다.”

모든 사람들이 태부인의 말이 마땅하다고 일컫고 정숙렬과 양정렬이 감히 감당하지 못할 것 같다는 표정을 지으며 두 손을 맞잡고 단정히 앉아있었다. 진왕이 정숙렬을 바라보면서 말하였다.

“할머니께서 이렇듯이 말씀하시니 그대의 소견은 어떠하오?”

정숙렬이 아무 대답이 없으니 누이인 조씨들이 낭랑하게 웃으며 말하였다.

“아우가 지금은 며느리를 칭찬하는 것보다 정씨 아우를 칭찬하는 것을 더 좋게 생각하는구나. 우리가 함께 말할 것이다. 아우의 며느리가 어질고 아름다우나 모든 일이 완전히 빼어난 것은 그 시어머니에게 미치지 못할 것이다. 둘째 아우의 며느리가 얼음처럼 아름다운 자질을 가져 영원히 대적할 사람이 없을 것이지만 양씨 아우의 찬란하게 고운 것과 어질기가 하해 같고 지모(智謀)가 신과 같은 것에는 미치지 못할 것이다. 이러하니 우리의 공론이 어떠한가?”

초공이 미소를 지으며 대답하였다.

“어머니의 말씀이 밝고 바르시나 사사로운 정에서 나온 것이고 누이들의 공론도 정에서 나온 것입니다. 부녀자의 아름다운 외모가 맑은 것은 예사로운 일이니 오늘 며느리의 외모가 그 숙모보다는 못하다는 말씀은 옳지만 여자가 현숙하고 역량이 경계를 뛰어넘어 지혜롭고 사리에 밝은 것은 그 숙모가 우러러 바라보아도 이르지 못할 것입니다. 눈빛의 맑고 아름다운 기운은 사람을 움직이지만 혼란스럽지 않아 가을 물결의 밝은 빛이 은은하니 그 슬기가 넓으며 어진 것을 족히 볼 수 있습니다. 어찌 그 시어머니의 어리석음에 비교하겠습니까?”

조씨 등이 크게 웃으며 말하였다.

"아우가 며느리를 칭찬하는 말을 할 때는 이리도 좋게 하는구나. 양씨 아우가 아름다운 맏며느리를 얻은 후 자신을 폄하하는 말을 들으니 여러 명의 며느리를 얻었다면 양씨 아우가 낯을 둘 곳이 없겠다."

노공이 웃으며 말하였다.

"오늘 성아의 농담을 들으니 며느리를 얻은 것이 진실로 큰 경사인 것을 알겠구나."

초공이 사례하면서 말하였다.

"제가 어떤 사람이었기에 한번 한 농담을 경사롭게 여기십니까? 이것은 제가 웃어른을 뵐 때 온화한 기운을 잃어버린 죄입니다."

많은 손님들이 일시에 축하하여 예를 차리며 말하였다.

"진왕의 효순함과 초공의 하늘이 내신 성효가 순임금과 증자를 귀하다고 여기지 못할 정도로 크니 노태사의 높은 복록을 치하합니다."

노공이 흔연히 화답하며 겸양하지 않았다.

이에 사당에 나가 뵈며 초공이 자식과 조카를 거느리고 두 신부에게 밤과 대추를 받들게 하고 사당에 예의를 갖추었다. 두 신부의 모든 행동거지가 볼수록 기이하였다. 소씨의 열렬한 단엄함과 정씨의 조용하고 맑고 고움은 당대에 적수가 될 정도였다. 나가고 물러나는 법도가 어지럽거나 어수선하지 않고 백 척이나 되는 높은 누각에 왕래하는 거동이 항아가 월궁에 이르는 듯하고 서왕모(西王母)82)가 옥 계단에 배회하는 것 같으니 여

107

108

---

82) 서왕모 (西王母) : 중국 고대의 선녀로 곤륜산(崑崙山) 요지(瑤池)에 사는 여자 신선. 성은 양(楊)씨, 이름은 회(回)라고 하는데 사람의 얼굴에 호랑이의 이와, 표범의 꼬리에 머리를 헝클어뜨렸다고 하며, 불사약을 가진 선녀라고 함. 중국 주나라의 목왕(穆王)이 요지에서 서왕모와 노닐었다는 고사가 있으며, 한나라 무제(武帝)도 서왕모에게 천도(天桃)를 받았다고 함. 왕모의 주변에는 청조(靑鳥)가 있어 소식을 통하며, 쌍성과 비경 등의 시녀를 거느리고 있다고 함.

러 사람들이 칭찬하지 않는 사람이 없었다.

종일 즐거움을 다하고 여러 손님들이 각각 흩어져 집으로 돌아간 후 태부인이 기현 부부를 가까이 두고자 하니 신부를 데려가지 않고 취봉각에 침소를 정하였다. 유현 부부는 채련각[83]에 숙소를 정하였다. 두 신부가 각각 숙소로 돌아가니 노공이 두 손자에게 명하여 신방으로 가라고 하였다. 초공이 아들과 조카를 경계하면서 말하였다.

"너희는 고인이 처를 취하던 나이가 아닌데도 집안에 아내를 두어 성인의 가르침을 넘어선 것이니 행실을 정대하게 해야 한다. 두 신부가 비록 성숙하나 아직 어리니 군자의 침묵하는 덕을 힘쓰고 경박하게 굴지 마라."

두 사람이 초공의 말씀에 공손히 사례하고 명령을 받드니 초공이 마음속으로 기뻐하였다. 진왕이 웃으면서 말하였다.

"천성을 고치지 못하겠지만 모든 일에 작은 아버지의 교훈을 본받아라."

석참정 부인이 웃으며 말하였다.

"첫째 아우의 교훈을 듣지 말고 둘째 아우의 경계를 들어라."

진왕이 대답하였다.

"사람의 천성이 각각 다르니 기현에게 나의 교훈은 쓸데없을 것이니 아우의 수행함을 본받으라고 한 것입니다."

기현이 취봉각에 소씨와 함께 들어가니 두 사람의 나이가 13세였는데 모든 일에 성숙하였다. 기현은 모든 일에 정대하고 행실이 얼음과 옥 같

---

83) 채련각 : {최현각}. 정소저의 처소인데 이 부분에서는 '채현각'으로 되어 있지만 『조씨삼대록』 전체에서는 '채련각'으로 되어 있으므로 '채련각'으로 통일함.

아 아버지와 숙부의 교훈을 지켜서 소씨에게 왕래를 자주하였지만 동침하는 연리지락(連理之樂)⁸⁴⁾을 천천히 하고 침중하며 단정하고 조용하였다.

유현은 풍류를 일삼는 성격으로 정씨의 경국지색(傾國之色)을 대하니 111 비록 아버지의 경계를 두려워하였으나 능히 참겠는가마는 설강의 말을 생각하면 정씨의 얼굴이 마음에 들지 않아서 유현이 화평하고 즐겁게 담소를 하는 성격이며 풍성하고 극진한 기상을 가지고 있더라도 정씨를 만나면 양미간에 눈서리가 내리고 얼굴빛이 냉엄해졌다. 기현은 외모에 드러나게 소씨를 애중하게 여기는 것은 없으나 부부의 침실에서는 서로 말을 주고 받았으나, 유현은 정씨를 만나면 두 눈을 가늘게 뜨고는 괴로워하는 형상이었다.

소씨와 정씨 두 사람이 시댁에 머물면서 아침에 일찍 일어나고 밤에 늦게 자고 반드시 공경하고 반드시 조심하여⁸⁵⁾ 효성으로 시부모를 모시며 숙부와 숙모를 공경하고 시누이들과 화목하고 우애있게 지내며 남편의 112 명령을 순순히 따랐다. 두 소저를 칭찬하는 소리가 온 집안에 진동하고 태부인이 두 사람을 지극히 애중하게 여겨 태부인을 좌우에서 모시니 완연히 정숙렬과 양정렬 두 부인의 뒤를 능히 교대할 수 있었다. 정숙렬과 양정렬 두 부인이 자녀가 많아 각각 손님을 맞아 요구에 응하는 것이 바빠져 태부인을 예전처럼 모시지 못하였지만 소소저와 정소저가 시댁으로

---

84) 연리지락(連理之樂) : 부부가 화합하는 즐거움을 의미함. 서로 다른 나뭇가지가 맞닿아 결이 통하여 하나로 된 나뭇가지를 연리지(連理枝)라고 하는데, 연리지는 화목한 부부 또는 남녀 사이를 의미함.

85) 반드시 ~ 조심하여 : {필경필계(必敬必誠)ᄒ여}. 이 구절은『맹자』의「등문공下」편에 나오는 말임. "여자가 시집을 갈 때에는 어머니가 훈계하여, 딸을 대문 밖까지 배웅하면서 말하기를, 네가 시집가거든 반드시 공경하고 반드시 조심하여 남편의 뜻을 어김이 없도록 하라고 말하오 [女子之嫁也 母命之 往送之門 戒之曰 往之女家 必敬必戒 無違父子 以順爲正者 妾婦之道也]."

시집오니 이들에 대한 태부인의 천금 같은 사랑은 비교할 곳이 없었다. 소씨의 총명하고 영민한 지혜로움과 정씨의 확 트이고 뛰어난 총명함이 각각 그 아름다움을 다하여 태부인께 공경하고 삼가는 성효가 지극하였다.

진왕 형제가 침착하고 엄숙하며 침묵하는 성격임에도 불구하고 할머니께 들어가면 두 신부가 할머니를 모시고 그 공경하는 마음으로 순종하는 예모를 보면 온 얼굴에 봄바람이 일어나는 것이었다. 더욱이 태부인의 두 손자 며느리에 대한 깊은 사랑은 정숙렬과 양정렬 두 부인에게 뒤지지 않으니 조씨 등이 항상 웃으며 말하였다.

"정씨와 양씨 두 아우가 이제는 며느리 때문에 할머니께서 만금 같이 애중하게 여기시던 마음을 거두시니 싫어하는 마음이 있을 것이다."

두 부인이 웃음을 머금고는 아무 말이 없었다. 여러 사람들이 두 신부를 사랑스럽게 대우하는 것이 이와 같았으나 유현이 점점 정씨를 대면하는 것을 괴롭게 여겼다. 정숙렬과 양정렬이 며느리의 아름다움을 보면 어루만져 사랑하는 것이 친딸보다 더했고 두 며느리도 각각 그 시어머니를 우러러보며 나이가 달랐지만 의지와 기개가 잘 맞아 우러르는 정성이 며느리의 도리 이상으로 특별하였다. 양정렬이 지극히 현명하고 총명하니 유현 부부의 사이가 좋지 않다는 것을 모르겠는가? 마음속으로 염려하여 유현을 불러 조용히 경계하면서 말하였다.

"네가 이제 나이가 어리지만 체형이 장대하고 집안에 아내가 있다. 정씨의 아름다움은 네가 보는 바와 같다. 부부는 오륜 중에서 중요한 일이니 마땅히 부창부수(夫唱婦隨)[86]하여 부모를 섬기고 자손을 창성하게

---

86) 부창부수(夫唱婦隨) : {부창부슌흐여}. 남편이 주장하고 아내가 따른다는 '부창부수(夫唱婦隨)'

하는 것이 도리이다. 그런데 너의 거동이 매우 괴이하니 나를 대하여 너의 품은 생각을 속이지 마라."

유현이 말을 부드럽게 하여 아뢰었다.

"저와 정씨의 나이가 어리니 이제 부부의 의리와 자손을 염려할 때가 아닙니다. 하물며 아버지의 가르침이 계시니 사람의 아들 된 도리로 어찌 감히 명령을 어기겠습니까? 제가 어찌 경박함이 있겠습니까? 구태여 정씨가 싫어서 쌀쌀하게 대하는 것이 아니니 어머니께서는 염려하지 마십시오."

부인이 말하였다.

"네가 나를 속이고 있구나. 네가 부부의 사사로운 정을 아버지의 가르침을 지키느라고 다하지 못한다고 하는 것은 삼척동자도 곧이듣지 않을 것이다. 네가 나이는 어리지만 부부의 윤리를 알 것이니 정씨의 허물을 본 일이 있느냐? 정씨는 단정하고 정중하며 맑고 고운 위인으로 너보다는 세 배나 나은 것이 있으니 모름지기 괴이한 생각을 두지 마라. 너의 애미가 일찍이 남에게는 없는 변란을 겪고 이제 너희들을 기대하고 있는데 너희 부부가 사이가 좋지 않아 어지럽게 된다면 어찌 바라보고 있겠느냐?"

이렇게 말을 끝내자마자 초공이 들어오니 유현이 급히 당에서 내려가 초공을 맞이하였다. 양정렬이 일어나 초공을 맞으니 유현이 또한 기운을 나직이 하여 초공을 모시고 앉았다. 초공이 물었다.

"며느리가 어떠하오?"

양정렬이 웃으며 말하였다.

의 오기인 듯함.

"며느리가 극히 아름답습니다. 제 집을 잊고 나를 어미로 부르니 어여쁠 따름인데, 어찌 새롭게 물으십니까?"

초공이 말하였다.

"아들이 있기 때문에 며느리를 얻으니 근본적으로 이미 사랑하는 것을 알겠지만 며느리에 대한 사랑이 아들보다 더한 것 같소. 며느리의 사람됨 때문에 그러한 것이오?"

양정렬이 웃으며 말하였다.

"이 말씀은 군자께서 정대하신 것이지만 오히려 내외를 달리한 것입니다. 며느리를 사랑하지만 자식을 더욱 사랑할 것이니 어찌 지나친 말씀을 하십니까?"

초공이 미소를 지으며 유현을 돌아보니 옷깃을 여미어 바로 잡고 단정하게 앉아서 감히 아버지를 바라보지 못하고 있었는데 옥 같은 얼굴이 찬란하였다. 유현이 비록 밖에 나가면 거리낌 없이 방탕하게 놀지만 아버지 앞에 임해서는 예쁘고 온순한 거동과 점잖고 의젓한 행동거지가 사람의 마음을 감동시키니 초공이 무게가 있음에도 불구하고 양미간에 웃음을 띠고는 천천히 말하였다.

"너희 형제가 연일 규방에 왕래하고 서실을 비우니 반드시 공부에 게으르게 될 것이다."

유현이 대답하였다.

"할머니께서 연일 규방에 가라고 하셔서 마지못하여 왕래하였습니다. 저희들의 공부가 게을러질 뿐만 아니라 제가 유년에 아내와 서로 따르는 것이 심히 못마땅합니다. 수년 동안을 아내와 따로 있으면서 과거 공부에 힘쓰고 여러 아우를 권장하고자 합니다."

초공이 이 말을 듣고 얼굴에 기쁜 빛을 띠며 말하였다.

"내 아이의 말이 가장 옳으니 할머니께서 규방에 가라고 하시거든 내가 아뢸 것이니 서실에 가서 공부에 오로지 힘써서 재주가 뛰어난 선비를 본받지 말고 군자의 정대함을 힘쓰면 다행스러울 것이다. 너희 부부가 모두 나이가 어리니 나이가 차서 화락하여도 늦지 않을 것이다."

유현이 공손히 사례하고 물러나니 양정렬이 부자(父子)가 말하는 것을 들을 따름이고 아무 말도 하지 않았다. 유현이 정씨와 함께 만나는 것이 괴로워 아버지 앞에서 이렇게 고하고 허락을 얻었다. 유현이 기뻐하며 서실에 돌아가 여러 사촌 형제들과 더불어 기뻐하는 웃음이 보통 때처럼 태연하고 다시 채련각에 가지 않았다. 이것은 한갓 설강의 말을 들은 것뿐만 아니라 부부 두 사람의 액이 가린 것이니 어찌 유현이 사람을 알아보는 것이 어둡기 때문이겠는가? 세월이 흘러 태부인이 유현의 부부가 소원한 것을 염려하니 초공이 웃으며 아뢰었다.

"유현의 부부 사이를 염려할 것이 아닙니다. 두 아이가 모두 어리니 소자가 따로 처하라고 하였습니다."

태부인이 탄식하며 말하였다.

"너희 부부가 그때 금슬이 좋지 않아서 내가 밤낮으로 염려하였는데 이 아이가 아비를 본받을까 두렵다."

초공이 흔연히 웃으며 말하였다.

"소자는 본래 금슬이 좋지 않은 것이 아니라 흉악한 자들이 방해를 한 것입니다. 오히려 소자와 같은 성품이었기 때문에 4~5년을 무사하게 지낸 것입니다. 모든 사람들이 이것을 옳다고 하였습니다."

하루는 유현이 외조부인 양태사를 뵙고 돌아오는 길에 고모댁인 유상서 집을 지나게 되었다. 유상서는 나가고 유생 형제도 없었는데, 시비에게 자신이 왔다는 것을 아뢴 후에 대답을 기다리지 않고 들어와 문에 임하였다. 그런데 예전에 보지 못했던 여자가 곱게 화장한 얼굴과 잘 꾸민 옷차림[87]으로 외사촌 누이 유소저와 옥판에 구슬 바둑을 벌이고 바야흐로 승부를 겨루다가 유현을 보고 급히 피하였다. 그 여자의 옥 같은 모습은 납설(臘雪)[88]을 덮어쓴 것처럼 아름다우니 유현이 역시 놀랐다. 유상서 부인이 웃고 말하였다.

"네가 어찌 나를 보지 않고 돌아가느냐?"

유현이 이에 방으로 들어와 예의를 마치고 말하였다.

"이전에 다니던 곳이라 바로 들어오니 내객이 계셔서 매우 놀랐습니다."

부인이 말하였다.

"이미 피하였으니 마음을 놓아라."

이윽고 유상서 부자가 들어와 예의를 마치고 말을 나누다가 돌아왔다.

---

87) 곱게 ~ 옷차림 : {웅게셩식}. 곱게 화장하고 잘 꾸민 옷차림을 의미하는 '웅장성식(凝粧盛飾)'의 오기인 듯함.
88) 납설(臘雪) : 납일(臘日)에 내리는 눈.

조 씨 삼 대 록

2권

1   이때에 유현이 유상서를 하직하고 돌아오는데, 돌아오는 길이 창루(娼樓)를 지나가게 되어 있었다. 일등 명기 수백 명이 맑은 노래와 아리따운 춤을 추면서 풍류스럽고 화려하며 아름다운 사람을 모으니 공자와 왕손(王孫)이 천금을 품고 창루를 찾는 발길이 이어졌다. 유현이 우연히 눈을 드니 여러 창기들이 교태를 부리며 대로를 살피다가 유현을 보고 발을 구르며 말하였다.

"백주대낮에 신선이 강림하였구나! 왕자진(王子晉)[89]과 이백(李白)[90]이 다시 살아나고 두목지(杜牧之)[91]가 다시 태어났구나!"

기생들이 다투어 귤을 던지고 금방울을 던졌다. 유현이 귤을 주워서
2   소매에 넣고 집에 돌아왔다.

채 옷을 벗지 못해서 부친이 존당이 계신 곳에서 유현을 찾으니 유현이 바삐 들어갔다. 초공이 유현에게 오래 나가서 돌아오지 않았던 이유를 물으니 유현이 사실대로 그 이유를 고하였다. 기현이 곁에서 소매를 가리키며 물었다.

"소매 안에 든 것이 무엇이냐?"

유현이 웃음을 머금고 소매 속에 든 것을 내어 주며 말하였다.

"돌아오는 길에 창루로 지나게 되었는데 창녀들의 거동이 몹시 이상스럽고 놀라워 귤을 차차로 수없이 던지기에 주워왔습니다."

자리에 있던 사람들이 크게 웃으며 말하였다.

---

89) 왕자진(王子晉) : 주(周)나라 영왕(靈王)의 태자로 도를 깨닫고 신선이 되어 구씨산에서 학을 타고 생황을 불며 내려왔다고 함.
90) 이백(李白) : 당나라 시선(詩仙)으로 자는 태백(太白). 호는 청련(靑蓮), 취선옹(醉仙翁). 두보와 더불어 시의 양대 산맥을 이룸. 그의 시는 서정성이 뛰어나 감각과 직관에서 독보적임. 달을 소재로 많은 시를 썼으며, 낭만적이고 귀족적인 시풍을 지녔음.
91) 두목지(杜牧之) : 당나라 때 시인으로 호방하고 화려한 시풍과 뛰어난 풍채로 유명함.

"너의 기상이 창녀의 넋을 잃게 하는 것이 괴이하지 않은데 어찌 창루에 들어가 보지 않았느냐?"

유현이 아버지가 자리에 계셨기 때문에 기운을 펴지 못하여 웃음을 머금고 묵묵하게 있었다. 초공이 정색하면서 말하였다. 3

"네가 아침에 나가 날이 저물어서야 돌아오고, 나에게 말하지 않고 창녀가 던지는 귤을 받아 소매에 넣은 것은 거리낌 없는 방탕한 생각이다. 어찌 내 앞에서 거만하게 귤을 내어놓고 자랑을 하느냐?"

말이 엄정하고 안색이 열렬하며 엄숙하니 유현이 두려워 어쩔 줄 몰라하고 자리에서 물러나며 고개를 숙이고 엎드려 한마디도 못하였다. 진왕이 웃고 유현의 손을 잡고 일으켜 세우며 말하였다.

"네 아비가 범이 아닌데 이토록 무서워하느냐?"

노공이 유현을 가엾게 생각하여 초공에게 말하였다.

"아이에게 너무 엄하게 하여 기운을 펴지 못하게 하니 도리어 애처로워 볼 수가 없구나. 오늘 창녀와 정을 나눈 것이 아니라 귤만 받았다고 4
바른 대로 말을 한 것인데 꾸짖으면 어떻게 하느냐?"

초공이 일마다 아버지의 뜻을 받들기 때문에 온화하게 아버지의 말씀을 공경히 받들고 말하였다.

"아버님의 가르침이 이에 이르셨으니 아이의 방자함을 용서하겠습니다."

다시 유현을 경계하면서 말하였다.

"아버님과 형님이 너를 용서하고자 하시니 너그럽게 용서한다. 앞으로는 행실을 수련하여 선비의 행동을 잃어버리지 마라."

유현이 두 번 절하며 아버지의 명령을 받들고 오히려 조심조심 걸으니 자리에 있던 사람들이 기뻐하였다.

　원래 유현은 풍류가 있고 주색을 좋아하였지만 집안의 가르침이 엄하
여 집안에 아름답게 화장한 시녀가 무수한데도 가까이 못하게 하였다.
초공의 지위가 삼공(三公)[92]에 처하고 작위가 국공(國公)[93]의 자리에 있었
지만 아버지 앞에서는 초공도 몸가짐을 어린아이 같이 하였다. 술을 먹기
는 하지만 임금이 주시는 것 이외에는 술을 가까이 하지 않고 비록 시간
이 늦어져도 술이 깨기를 기다려 아버지 앞에 나아갔다. 유현이 호탕하기
는 하지만 몸을 닦고 행동을 다스리는 것은 초공의 뒤를 따르고 있었다.
유현이 정씨와 부부 사이가 좋지 않아 마음속으로 재취할 것을 생각하였
지만 아버지가 이것을 허락하실 리가 없었다. 그런 분수에 넘치는 일을
하다가는 아버지의 화를 만날 것이므로 유현은 마음이 매우 답답하였다.

　하루는 아버지가 초당(草堂)에 가시고 집안이 고요하였는데 유현이 양
인광을 데리고 동산 안으로 들어가니 제녀당이 가까웠다. 여러 창기들이
바야흐로 자라나는 창기를 가르치고 있었는데 낭자한 가곡이 구름에 이
어져 있었다. 유현이 참지 못하여 인광을 이끌고 제녀당에 들어가니 여러
창기가 화려하게 꾸민 아름다운 얼굴로 태평곡을 읊고 있었다. 두 사람이
들어가 앉으니 여러 창기가 놀라 일시에 예의를 마치고 그 풍채를 보고는
삼혼(三魂)이 날아가는 것 같았다. 그 중에서 늙은 창기가 말하였다.

　"공자께서 천한 창기가 있는 곳에 오시니 초국공 어르신의 명령이 아

---

92) 삼공(三公) : 최고의 관직에 있으면서 천자를 보좌하던 세 벼슬. 주나라 때는 태사(太師)·태부
(太傅)·태보(太保)가 있었고 진(秦)나라, 전한(前漢) 때는 승상(丞相)·태위(太尉)·어사대부
(御史大夫), 또는 대사마(大司馬)·대사공(大司空)·대사도(大司徒)가 있었으며 후한(後漢), 당
나라, 송나라 때는 태위(太尉)·사도(司徒)·사공(司空)이 있었음.
93) 국공(國公) : 봉작의 이름. 수나라 때 처음 둔 작위로 당나라부터 명나라에까지 계속 이어지는
데, 군공(郡公)의 위이며 군왕(郡王)의 아래임.

니신 것 같습니다. 천인(賤人) 등이 조씨 집안의 지척에서 모시고 있으나 일찍 밖으로 문을 두고 사람을 임의로 섬기지 못하게 하시니 더욱 공자를 어찌 보았겠습니까? 이제 이곳에 공자께서 임하신 것을 어르신께서 아신다면 천인들에게 벌이 있을까 합니다."

7

유현과 인광 두 사람이 웃으면서 말하였다.

"우리는 소년의 유희로 아름다운 소리를 듣고자 하는 것이다. 너희들에게 어찌 벌이 있겠느냐?"

이렇게 말을 하고 풍악을 연주하라고 시켰다. 여러 창기 중에 가는 허리와 달 같은 얼굴[94]을 가진 미인들이 유현과 양인광 두 사람을 보고 정신을 빼앗겨 한 번 운우지정(雲雨之情)을 바라는 것이 큰 가뭄에 비가 올 징조를 기다리는 것 같았다. 미인들이 흰 치아와 붉은 입술에 백설가를 부르며 녹기금(綠綺琴)[95]을 안고 남자의 마음을 녹였다. 유현이 본래 풍류걸사로 미인의 아름다운 얼굴을 대하니 기뻐하며 즐기고 그 중에서 현아와 채란이라는 두 기녀를 뽑아 좌우에 앉히고 즐거운 웃음을 낭자하게 웃으니 유현의 옥 같은 얼굴과 빼어난 풍모가 찬란하여 여러 기녀가 넋을 잃었다. 인광은 옥서와 애란이라는 두 기녀를 잡고 매우 방탕하게 놀았다. 해가 서쪽 산마루에 떨어지고 잠자러 가는 새가 수풀에 들어가는 것을 깨닫지 못하였다. 유현이 아버지가 돌아오실 때를 짐작하고 이에 여러 기녀를 대하며 말하였다.

8

"우리가 밤이 되면 올 것이니 너희는 각각 잘 곳을 정리하여 치우고 기다려라."

---

94) 초나라 ~ 얼굴 : {초요월안(楚腰月顔)}. '초요(楚腰)'는 초나라 사람의 가는 허리, 즉 미인의 가는 허리를 의미하고, '월안(月顔)'은 달같이 아리따운 얼굴을 가리킴.
95) 녹기금(綠綺琴) : {녹의금}. 녹기금을 뜻하는데 거문고의 이름임.

현아와 채란이 입으로 '예예'하고 순순히 따랐다. 인광이 또 옥서와 애란과 말을 맞추고 급히 돌아왔다.

가쁜 숨을 채 쉬지도 못하여서 초공의 돌아오는 위의가 문에 이르렀다. 두 사람이 서로 보며 웃음을 머금고 아버지를 영접하였는데, 그 정돈한 의관과 수려한 안색과 나직한 기운이 편안하고 조용하며 정숙하니 어찌 종일토록 창녀를 데리고 즐기며 방탕하던 거동이겠는가? 초공이 세상일에 밝은 것이 일월 같았지만 어찌 이것을 알겠는가? 이렇게 하여 이후로는 밤마다 아버지께는 서실에 가서 사부와 더불어 잔다고 하고 사부께는 할아버지를 모시고 잔다고 하였다. 혹 조부모가 내당의 침소에 가라고 하면 내당에 간다고 속이고 곧이어 제녀당에 가 현아와 채란과 즐기고 새벽이 되면 나와 아침 문안인사를 드리고 아버지를 모시고는 모든 일을 아버지의 수족과 이목(耳目)같이 하였다. 초공이 세상일에 밝았지만 전혀 이 사실을 몰랐다.

이때 유씨 집안에서 지내던 강씨는 부귀하고 호화로운 생활과 응석[96]으로 방자하고 교만함이 대단하였다. 나이가 14세가 되어 오직 얼굴을 예쁘게 꾸미는 데만 신경을 쓰고 의복을 사치스럽게 입고 바둑과 투호(投壺)에 익숙하니 유소저 등이 못 마땅하게 여겼다. 또한 강씨는 호화로움에 잠겨 바둑 놀이에는 으뜸이 되었다.

그날 유현을 만났을 때에, 유현은 강씨를 자세히 보지 못했지만 강씨는 유현의 용모와 풍채를 유의하여 보고 황홀하여 마음속으로 생각하였다.

'나의 재주와 용모로 그런 남자를 만났으니 진실로 하늘이 유의하신 것이다. 내가 할머니의 사랑을 이용해 나의 뜻을 이룬 후 그칠 것이다.

---

96) 응석 : {이리}. 옛말로 응석을 뜻함.

어찌 종신대사를 내 마음대로 못하겠는가? 이 사람의 근본을 알아 평생을 섬겨야겠다.'

생각이 이에 미치니 유소저를 대하여 그 손님의 근본을 물으며 처를 얻었는지 그렇지 않았는지를 알려고 하였다. 유소저는 강씨의 이 말에 매우 놀라 짐짓 말하였다.

"그 사람은 조공자이고 우리들의 외사촌 오빠로 정승상의 사랑하는 딸의 남편이다."

강씨가 유현이 벌써 처를 얻었다는 말을 듣고 몹시 놀라 정신이 아찔하여 이때부터 흥미가 없어지고 모습이 애를 태워 좋지 못하였다. 단부인이 매우 우려하여 급히[97] 물으니 강옥연이 사실을 고하며 말하였다. 12

"비록 재실이라도 조생을 만나면 살겠지만 그렇지 못하면 일찍 죽을 것입니다."

단부인이 매우 놀라며 말하였다.

"저 조생이 아내를 취하였는데, 유생(儒生)이 무슨 까닭으로 재취하겠는가? 이것은 될 수 없는 일이니 너는 조생에게 뜻을 두지 마라. 어미가 죽은 것[98]을 가엾고 측은하게 여겨 모든 일에 너의 뜻을 따랐으나 이것은 이루지 못할 일이다."

옥연이 더욱 슬퍼 눈물만 흘리고 그로 인해 병이 들어 누워서 곡기를 끊었다. 단부인이 매우 근심하여 유상서 등을 대하여 일의 수말(首末)을 13 말하였다. 유상서가 한심함을 참지 못하며 말하였다.

"조성이 어설프고 소홀한 위인이 아닙니다. 평생의 수행이 맑은 물과

---

97) 급히 : {영영으로}. 미상임. 문맥적으로는 급히, 걱정하며 정도의 의미인 듯하여 이같이 옮김.
98) 어미가 ~ 것 : {부몰흔 거술}. '부모가 죽은 것'이란 의미이지만 뒷부분을 보면 강씨의 아버지 '강취'는 살아있기 때문에 '어미가 죽은 것'으로 옮김.

얼음과 같아 비례(非禮)를 용납하지 않을 것입니다. 이제 아들이 처를 얻은 지 수 개월이 되었는데, 아들 부부가 어리다고 해서 며느리도 따로 처하게 한답니다. 그러니 유생(儒生)이 법도에 어긋난 재취라면 임금의 명령이라도 받들지 않을 것입니다. 더욱이 여자가 외간 남자를 보고 그리워하여 병이 난 것은 차마 발설하지 못할 일입니다. 옥연의 한 목숨이 죽어도 큰 일이 아니니 이런 말을 내는 것은 유씨와 강씨 두 집안에 부끄러움이 적지 않은 것입니다. 어머니께서는 옥연의 사생을 염려하지 마시고 이런 말씀은 입 밖에 내지 마십시오."

단부인이 다시 이 말을 이르지 못하고 아침저녁으로 근심만 했다.

이 해 봄에 임금이 알성(謁聖)하고[99] 인재를 뽑았다. 진왕 형제는 아들이 어리기 때문에 과거에 참여하는 것을 금하였다. 기현은 아버지의 명령을 따랐으나 유현은 이것을 애달파하며 말하였다.

"우리들이 머리를 굽혀 십여 년 간 시서(詩書)에 힘써서 공부한 것이 무엇을 위한 것입니까? 입신양명하여 부모를 드러내고 임금을 섬기며 나라의 일을 도와 나가서는 장수가 되고 들어와서는 재상이 되며 적거사마(赤車駟馬)[100]로 제자(諸子)의 스승과 벗이 되어 음양을 다스리고 사시(四時)에 순응하는 것[101]이 대장부의 사업입니다. 천자께서 인재를 불러 모으실 때 재주를 품고 펴지 못하면 머리가 세기를 기다리라고 하시는 것입니까? 올 봄 과거를 보지 못하면 이 조운회의 마음이 미칠 것 같은데 형님은 어찌 잠자코 계십니까?"

---

99) 알성(謁聖)하고 : 임금이 성균관 문묘의 공자 신위에 참배하던 일.
100) 적거사마(赤車駟馬) : 적거(赤車)는 고관이나 귀인이 타는 붉은 색의 수레이고 사마(駟馬)는 한 채의 수레를 끄는 네 필의 말을 뜻함.
101) 음양을 ~ 것 : {니음양순수시[理陰陽順四時] 흐미}. 음양을 다스리고 사시(四時)에 순응한다는 뜻으로 어진 재상이 할 일을 의미함.

기현이 웃으며 말하였다.

"우리들이 입에서 아직 젖내가 마르지 않았으니 공명을 세우는 것이 무엇이 바쁘겠느냐? 스무 살이 되기를 기다려 임금을 섬길 지혜를 배우고 벼슬길에 나선다고 해서 늦는 것이 아닌데, 엄한 명령을 거스르겠느냐?"

유현이 기뻐하지 않으며 말하였다.

"우리가 나이가 어리지만 백부와 아버지께서도 14세에 과거에 급제하셨습니다. 형님의 높은 재주는 말할 것도 없고 나에게 궁궐의 섬돌에서 임금을 모시는 신하로 삼아 조서를 지으라고 하시거나 외국에 보내는 교서와 유서를 지으라고 하셔도 군색함이 없을 것입니다. 장부가 재주를 품고도 창 아래서 울적하여 괴롭게 독서만 하라고 하시니 책이 없어도 그 내용을 이미 머릿속에 다 넣고 있습니다. 할아버지께 아뢰고 싶지만 아버지께서 이 사실을 알까봐 걱정이 되어 그렇게 못하니 어찌 하겠습니까?"

기현이 말하였다.

"네가 부디 과거를 보고자 한다면 증조할머니께 아뢰어 보아라. 숙부께서 증조할머니의 말씀은 반드시 들을 것이다."

유현이 말하였다.

"형님의 말씀이 옳습니다."

즉시 채운정에 들어가니 다른 사람은 없고 소씨와 정씨 두 소저와 화파와 설파[102] 등이 태부인을 모시고 있었다. 유현이 들어가 증조할머니를

16

---

102) 화파와 설파 : {화설}. 화파와 설파는 노공의 첩임. 노공은 화씨, 영씨, 설씨를 첩으로 두고 있음. 『조씨삼대록』에서 노공의 첩들을 '화씨, 영씨, 설씨'라는 호칭과 '화파, 영파, 설파'라는 호칭을 섞어쓰고 있는데 현대어로 옮길 때는 '화파, 영파, 설파'로 통일해서 사용하기로 함.

17

모시고 앉으니 태부인이 물었다.

"오늘은 한가하느냐?"

유현이 웃고 아뢰었다.

"항상 한가하지만 아버지께서 서실을 떠나지 못하게 하시니 움직이지 못하였습니다. 오늘은 절박한 정회가 있어서 증조할머니께 아뢰고자 들어왔습니다."

태부인이 웃으며 말하였다.

"네가 무슨 정회가 있느냐?"

유현이 나아 앉으며 웃고 아뢰었다.

"올봄 과거가 있는데, 아버지께서 소자 등이 어리다 하시고 과거를 못 보게 하십니다. 형의 높은 재주는 말할 것도 없고 소손도 또한 재주가 넉넉한데도 남아가 기운을 펴지 못하고 밤낮 머리를 굽혀 글만 읽으라고 하십니다. 할머니께서는 아버지를 잘 타일러 마음을 바꾸시게 하기

를 바랍니다. 이것이 소손의 청인 줄 아시면 큰일이 날 것입니다."

태부인이 기뻐하며 말하였다.

"너의 청이 아니라도 내가 과거에 응하라고 말하려고 하였다."

말이 끝나기도 전에 진왕 형제가 들어오니 유현이 매우 놀라 다급하게 일어나 앉은 자리에서 물러나며 진왕 형제를 모시고 섰다. 태부인이 말하였다.

"과거가 가까웠으니 이 아이들을 다 과거 시험장에 들여보내라."

초공이 두 손을 맞잡고 공경의 뜻을 표하며 말하였다.

"이 아이들은 다 어린 나이입니다. 어려서 결혼하여 신부를 맞은 것도 꺼리는 바인데 공명을 세우는 것은 더욱 불가합니다."

태부인이 기뻐하지 않으며 말하였다.

"그렇지 않다. 내 나이가 90살로 언제 죽을지 아침저녁을 알지 못하는데 어찌 후일을 기다리겠느냐? 이번에 이 아이들이 과거에 급제하여 이름을 드날리는 것을 보지 못하고 죽는다면 노모가 반드시 저승에서도 눈을 감지 못할 것이다."

진왕 형제가 다급하게 고하였다.

"저희들이 비록 불초하오나 사지(死地)라도 할머니께서 한 번 즐거워하신다면 마음을 다할 것입니다. 이 아이들이 분명히 과거에 급제하여 이름을 드날릴 것을 기약하지 못하겠지만 한 번 구경을 시키는 것이 어렵겠습니까? 삼가 가르침을 받들겠습니다."

태부인이 기뻐하며 유현을 돌아보고 말하였다.

"네 아비가 허락하니 너는 마땅히 영화를 보이도록 하여라."

유현이 절을 하고 명령을 받들었다. 초공은 이것이 분명히 아들의 청인 줄을 깨닫고 가을 물결 같은 눈길을 흘려 자세히 살피니 초공의 눈빛이 비상하여 햇빛이 긴 강에 비치는 듯 하였다. 유현의 신이하고 능통함으로 아버지의 눈치를 어찌 모르겠는가? 유현은 공경하며 관을 숙이고 있을 뿐이었다. 진왕이 웃으며 말하였다.

"네 나이가 어리고 공부가 진취하지 못하였으니 훗날의 과거를 보는 것이 늦지 않지만 증조할머니께서 바빠하시니 과거 시험장에 들여보낸다. 모름지기 매사에 뜻을 낮추어 공경하고 근실하게 하며 겸손하여 네 아비의 지극한 도덕을 저버리지 마라."

유현이 절을 하고 공경히 명령을 받들었다. 초공이 천천히 말하였다.

"기현은 오히려 1년이 지나니 행동에 군자의 풍모가 있지만 유현은 썩은 글귀만 믿고 호탕하고 방자하니 내가 너의 아비가 되어 일마다 속을 따름이다. 두려워하건대 우리 가문의 맑고 고결한 덕행이 이 어린아이 때문에 추락할 것 같습니다."

진왕이 웃으며 말하였다.

"아우는 근심하지 마라. 유현이 만일 집안의 명성을 빛내지 못하고 문중을 추락시킨다면 어리석은 형이 너에게 사람을 알아보지 못한 것을 사죄할 것이다."

초공이 근심스러운 얼굴로 용서를 빌며 말하였다.

"형님이 이 아이를 믿으시는 것이 매우 심하시니 이 아이가 더욱 방자하여 옆에 사람이 없는 것처럼 행동합니다. 이 아이가 도리에 넘치는 것을 엄하게 경계하여 마땅히 지켜야할 가르침을 어겨 죄인이 되게 하지 마십시오."

이때 유현은 아버지의 기색이 온화한 가운데도 편안하지 못한 기운이 은은하게 드러나니 몸 둘 곳이 없어서 감히 바라볼 수가 없었다. 진왕은 이런 유현을 매우 가엾게 여겼고 태부인은 기뻐하였다.

수일 만에 과거일이 다다르니 노공이 또한 태부인을 위하여 두 손자들을 과거에 응시하라고 하였다. 초공이 모든 일을 자기 뜻대로 못하여 조카와 자식을 과거 시험장에 들여보냈지만 기색이 편안하지 못하였다. 기현 형제 또한 함께 과거 시험장에 나아가니 웅장한 문장과 높은 재주는 천고에도 비교할 곳 없이 독보적이었다.

이날 시험관이 여러 장 글을 살펴서 판단하여103) 시권(詩卷)104)을 보다

---

103) 살펴서 판단하여 : {보노와}. '쏘노와'의 의미로 보임. '쏘노와'는 '쏧다'에서 온 말로 글의 잘잘 못을 살펴 판단하다의 의미임.
104) 시권 (詩卷) : 과거를 볼 때 시(詩)를 지어 올리던 종이.

가 그 가운데 두 장의 시험지를 먼저 보았다. 글씨를 쓴 먹의 빛깔이 찬란하며 청룡이 뛰놀고 봉황이 난무하는 듯했으며 문장의 기특함이 성당(盛唐)시대의 매우 훌륭한 시105)와 같았다. 기현의 공자와 맹자의 도덕과 유현의 웅장한 지략이 각각 글 가운데 나타났다. 시험관이 이것을 둘러보고 어전에 고개를 숙이고 엎드려 아뢰었다.

"성상의 커다란 복이 두터우셔서 두 명의 인재를 얻으시니 문장의 뛰어난 재주가 한 시대를 놀라게 합니다. 신등의 낮은 소견으로는 그 으뜸을 정하지 못하오니 성상의 밝은 지혜로 장원을 정해주시기를 바랍니다."

임금이 두 장의 시권을 살펴보니 문필의 기특함이 한 쌍의 적수가 되고 차등이 없었다. 한 장은 수놓은 비단 같았고 한 장은 구슬과 옥 같아 강하(江河) 같은 커다란 재주와 세상을 다스리고 경륜할 지략이 완전하였다. 임금이 매우 칭찬하며 말하였다.

"이것은 진실로 성당시대의 매우 훌륭한 시라도 첫째 자리를 사양할 것이다. 시 안에 각각 성정이 나타나니 글의 빛남으로만 차등을 두기 어렵다. 나이가 많고 적음으로 장원을 정하라."

이날 시관은 태상경 성순과 태학사 호연과 춘방학사 윤춘무였다. 임금의 명령을 받들어 차례차례로 살피고 판단하여 장원을 호명하고 전두관(銓頭官)106)이 큰 소리로 불렀다. 장원은 곧 병부상서 진왕 조무의 아들인

23

24

---

105) 성당(盛唐)시대의 ~ 시 : {성당묘시[盛唐妙詩]}. 중국 당(唐) 300년은 시에 있어서 황금시대로 초당(初唐), 성당(盛唐), 중당(中唐), 만당(晚唐)의 4가지로 당시(唐詩)를 구분하고 있는데, 그 중에 성당(盛唐)은 시문학이 가장 융성했던 시기로, 현종(玄宗)의 개원(開元) 원년(713)에서 숙종(肅宗)의 상원(上元) 2년(761)에 이르는 48년간을 말함. 성당 전반기에는 이백(李白), 후반기에는 두보(杜甫)가 활약하였고 대표적 시인에 맹호연(孟浩然), 왕유(王維), 고적(高適), 왕창령(王昌齡) 등이 있음.
106) 전두관(銓頭官) : 인재를 뽑는 일을 담당하던 부서인 전부(銓部)의 우두머리. 인물을 심사하여

기현으로 나이가 14세라고 하니 듣는 사람이 그가 어린아이임을 알고 기이하게 여겼다. 진왕과 초공이 궁궐의 섬돌 계단에 섰다가 호명하는 것을 듣고 불안해하였다. 또 둘째를 호명하였는데 좌승상 겸 구석 초국공 조성의 아들 유현으로 나이가 13세였는데 유현을 부르는 소리가 세 번이나 들렸다.

이때 기현은 수많은 인재 중에서 형제의 이름이 이어서 불리는 것을 들었고, 마지못하여 기현과 유현 두 사람이 대궐 안 섬돌 아래로 빨리 나아갔다. 그 풍채 있는 모습과 잘 생긴 얼굴은 해와 달이 함께 밝은 것 같았고 양미간이 수려한 것은 산천의 신령스럽고 기이한 기운을 선천적으로 타고난 것이었다. 8척이나 되는 체격이 은은히 어른의 기상이며 양팔이 길어 무릎을 지나가고 행동거지가 엄숙하여 한 쌍의 영민하고 준수한 인재이며 세상을 뒤덮을 군자였다. 온 조정이 존경하는 뜻을 표하고 임금의 마음도 흡족하여 두 사람을 섬돌의 계단에 올려 위무하고 칭찬하며 말하였다.

"산이 높아야 옥이 나고 물이 깊어야 진주가 난다고 하였다.107) 상부와 진왕이 낳은 아들이 이와 같은 것이 괴이하겠는가? 경등은 아버지와 숙부를 본받아 짐을 도와라."

두 사람이 고개를 숙이고 엎드려 가르침을 듣고 공경하는 뜻으로 머리를 땅에 조아리며 은혜에 감사하였다. 예모가 정숙하고 행동거지가 잘 갖추어져 훌륭하였으며 어버이를 섬기고 어른을 공경하는 것을 익힌 터라 나가고 물러서는 예절이 어지럽고 어수선한 것이 없었다. 임금이 말하였

알맞은 직책을 주는 임무를 맡은 관리, 과거시험 채점관.
107) 산이 ~ 하였다 : {산고옥츌[山高玉出]이오 해심츌쥬[海深出珠] ㅣ라}.

다.

"두 사람의 풍채와 재주와 용모가 아버지와 숙부와 같구나. 처신과 행동거지가 이와 같이 기특하니 인재를 얻은 것이 국가의 큰 경사로다."

임금의 말에 따라 온 조정이 일세의 만세를 불러 인재를 얻은 것을 치하하였다. 이때 진왕 형제는 자식과 조카가 과거에 급제하여 이름을 드날린 기쁨은 잊고 임금의 총애가 융성한 것이 불안하여 바늘침상에 앉은 것 같았다. 임금의 말이 과도한 것 같아 두 사람이 반열에서 나와 아뢰었다.

27

"신의 부자와 형제가 성은을 입어 나라를 위하였으나 복이 줄어들까 두려워하였습니다. 이제 자식과 조카가 과거에서 수많은 사람을 압도하오니 황공하고 매우 두려워 뭐라고 말씀드려야 할지 모르겠습니다. 성상의 말씀이 이에 이르시니 신등이 두려워 몸이 떨리는 것을 이기지 못하옵니다."

말이 숙연하여 진심이 실려 있었다. 임금이 얼굴빛을 고치고 탄복하였지만 바야흐로 두 사람을 얻어서 진귀한 보물 같이 사랑하여 가까이에서 모시게 하고자 하니 어찌 진왕 형제의 말을 허락하겠는가? 임금이 흔연히 대답하였다.

"두 선생이 겸손히 사양하고 물러나며 조심하는 마음은 짐이 아는 바이다. 이제 두 사람이 비록 어리지만 임금을 섬기고 나라를 다스리고 안정시키는 데에는 미진함이 없을 것이다. 짐이 그 인재를 구경하고자 하니 어찌 6~7년을 허락하겠는가? 선생은 안심하라."

28

드디어 차례로 불러 어화(御花)와 청삼(靑衫)[108]을 주고 술을 내렸다. 조

---

108) 어화(御花)와 청삼(靑衫) : 어화(御花)는 과거 급제자에게 임금이 내리는 꽃이며 청삼(靑衫)은 조복(朝服) 안에 받쳐 입던 옷으로 남색 바탕에 검은 빛깔로 가를 꾸미고 큰 소매를 달았음.

생 등이 과거에 합격한 동료들을 거느리고 은혜에 감사하였다. 임금이 기현에게 중서사인을 시키고 유헌에게는 한림학사를 시켰다. 두 사람이 이것을 굳이 사양하였는데, 그 말이 매우 위엄이 있고 정중하여 충신과 열사의 풍모와 비슷하였다. 임금이 더욱 경애하며 말하였다.

"경들은 사양하지 말고 진심으로 나라에 충성을 다하여 나랏일을 도와 할아버지와 아버지를 본받아라."

초공이 머리가 땅에 닿도록 절을 하며 아뢰었다.

"자식에 관해서는 친아비만큼 잘 아는 사람이 없다[109]고 하였으니 이 어린아이에게 높은 직위가 과분할 뿐만 아니라 사람됨이 꼼꼼하지 못하고 제멋대로이며 거리낌이 없으니 일찍 벼슬을 하는 것이 보기에 좋지 않습니다. 신이 4~5년을 가르쳐서 사람의 무리에 들어갈 수 있도록 하기를 바랍니다."

임금이 웃으며 말하였다.

"상부는 너무 염려하지 말라. 두 사람의 사람됨이 학식이 많고 덕망이 높은 늙은 선비보다 낫도다. 이미 나의 뜻을 정하였으니 선생은 사양하지 말라"

임금이 좌우에 모시고 있는 사람을 시켜 향온주를 진왕 형제에게 권하라고 하며 말하였다.

"자식을 기특하게 낳아 길러서 짐을 보필하는 기둥으로 삼으니 한 잔

---

109) 자식에 ~ 없다 : {지직(知子)는 막여부(莫如父)}. 자식에 대해 친아버지보다 잘 아는 사람이 없다는 뜻으로 『한비자(韓非子)』「십과편(十過篇)」에 나오는 이야기임. 제(齊)나라 환공(桓公)을 오패(五覇)의 패자(覇者)로 만든 관중(管仲)이 병이 들었는데, 환공이 찾아가, "중보(관중)의 병이 중한 것 같습니다. 불행히 일어나지 못한다면 정치를 누구에게 맡겨야 합니까?" 하고 물었음. 관중이 말하기를, "저는 늙었으니 묻지 않으심이 좋습니다. 그렇지만 제가 듣건대 신하를 알아보는 것은 임금보다 나은 사람이 없고, 자식을 알아보는 데에는 아비보다 나은 사람이 없다고 하였습니다대臣老矣 不可問也 雖然 臣聞之 知臣莫若君 知子莫若父]"라는 데서 유래함.

으로 그 공로를 갚겠다."

진왕 형제가 잔을 받고 공경히 사례하며 물러갔다. 그러나 초공이 양 ₃₀
미간을 찡그리니 온 조정이 도리어 괴이하게 여겼다. 임금이 궁으로 돌아
가자 여러 신하가 조정에서 물러나왔다.

기현의 앞은 임금이 내려준 아리따운 소년들과 두 개의 일산[110]과 비
단옷을 입은 재인(才人)이 인도하고, 비단 안장의 백마를 탄 집사와 아악
을 연주하는 사람이 앞에서 호위하고 뒤에서 옹위하여 대로를 덮었다. 이
러한 영광이 만고에 처음 있는 일이라 이것을 보는 사람이 칭찬하였다.
진왕 형제가 뒤에서 나오고 정승상과 평진후가 각각 기뻐하는 빛이 온 얼
굴에 가득하여 함께 조씨 집안에 이르니 하객이 뒤섞여 어수선하였다.

진왕 형제가 과거에 급제한 두 사람을 앞세우고 바로 존당에 이르러 노
공과 태부인을 뵙게 하였다. 두 사람의 백옥 같은 얼굴은 술기운에 젖었 ₃₁
으니 붉은 연꽃이 미풍에 웃는 듯하였다. 상쾌하고 깨끗하며 빛나는 얼굴
과 깨끗한 정신과 풍채를 하고 두 손의 어화(御花)는 밝게 비치고 비단으
로 수놓은 청삼(靑衫)에 옥대(玉帶)를 두르고 있었다. 멋스러운 풍채는 천
개의 버들이 크고 화려한 집에 흔들흔들하며 일만 개의 화신(花神)이 웃는
듯하였다. 태부인과 노공 부부가 이들을 깊이 사랑하여 손을 잡고 등을
두드리며 말하였다.

"효성스러운 손자로구나. 한 번에 과거에 급제하여 이름을 날리니 어
찌 문호의 경사가 아니겠는가?"

초공이 할머니와 부모가 즐거워하는 것을 보니 깨닫는 것이 있고 한 번

---

110) 임금이 ~ 일산 : {쳥동쌍개}. '천동쌍개[天童雙蓋]'의 오기로 보임. '천동'은 임금이 장원급제를
   축하하며 내려준 소년을 의미하고, '쌍개'는 두 개의 일산(日傘)을 뜻함.

32

부모를 기쁘게 하는 것이 역시 매우 다행스러워 비로소 양미간에 온화한
기운이 가득하여 공손히 받들며 말하였다.

"오늘 두 아이가 과거에 급제한 경사가 놀랍고 두려워 기쁜 것을 몰랐
더니 할머니와 부모님께서 이와 같이 기뻐하시니 또한 경사입니다."

조씨 등과 설상서 등의 치하가 분분하였다. 노공이 상쾌한 기쁨을 이
기지 못하여 두 아들과 함께 새롭게 과거에 급제한 두 손자를 데리고 조
상을 모신 사당에 올라 배향(配享)하였다. 외당에 있는 하객들이 과거에
급제한 두 사람을 보고자 재촉하니 진왕 형제가 아버지를 모시고 손님을
맞았다.

양태사[111]가 기뻐하는 빛이 얼굴에 가득하여 노공에게 치하하니 모든
자리에 있던 손님들이 일시에 한 목소리로 축하하고 한 편으로는 과거에
급제한 두 사람을 온갖 방법으로 희롱하였다. 사인 형제[112]는 옥 같은 얼
굴에 계수나무 꽃을 꽂은 머리를 숙이고 멋스러운 신장에 비단 도포를 입
고 나아가고 물러가니 옥경(玉京)[113]의 신선이 향안전에 내려온 것 같았
고, 이백이 침향전 위에 임한 듯하여[114] 진실로 아버지와 숙부가 아니라
면 대적할 사람이 없었다. 자리에 모인 많은 손님들이 소란스럽게 칭찬하
였다. 진왕 형제는 노공을 모시고 있으면서 웃어른을 뵙는 온화한 기운이
마치 봄바람이 부는 것처럼 할 따름이고 빈객을 맞아들이고 접대할 때는
공손하고 조심성이 있으며 겸손하였다. 여러 손님이 존경하고 감탄하여

---

111) 양태사 : 초공의 부인인 양정렬의 아버지임.
112) 사인 형제 : 기현과 유현을 가리킴.
113) 옥경(玉京) : 하늘 위에 옥황상제가 산다고 하는 가상적인 서울로 백옥경이라고도 함.
114) 이백이 ~ 듯하여 : 침향전(沈香亭)은 당현종의 대궐 홍경지(興慶池) 동쪽에 있는 정자. 대궐의
    모란을 홍경지에 옮겨 심고 양귀비와 꽃구경하며 즐기던 정자로, 열대에서 나는 향나무인 침향
    (沈香)으로 지었다고 함. 이곳에서 이백이 청평조(淸平調) 3수를 지었음.

이들을 우러러보는 것이 70명의 제자가 공자를 섬기는 것 같았고 촉한(蜀漢)이 제갈공명을 추대하는 것 같았다.

술이 반쯤 취하자 손님들이 과거에 급제한 두 사람을 보자고 보채니 정승상이 장원인 기현을 올리고 평진후가 해원(解元)[115]인 유현을 올려 각각 손을 잡고 말하였다.

"여러분들은 우리들의 사위가 어떠한지 함께 의논해보시게."

자리에 있던 사람들이 웃으며 말하였다.

"원래 장원과 탐화(探花)[116]가 평진후와 정승상의 사위인데 재주와 명망이 조정과 재야에 나타난 것이다. 다시 의논할 것이 있겠는가?"

평진후 소천이 웃으며 말하였다.

"자상[117]아, 네 사위의 풍류스러운 기상이 일세에 빼어난 영민하고 준수한 사람이지만 내 사위의 온갖 행실이 뛰어난 도덕에는 첫째 자리를 사양할 것이다."

정승상이 취흥이 높아서 크게 웃으며 말하였다.

"성보[118]는 우스운 말을 하지 마라. 자네 사위가 수행하는 군자로 온중한 덕이 있으나 내 사위의 천기를 억누르고 시대를 한 데 모아 통일할 기상에는 미치지 못할 것이다."

평진후가 역시 웃고 분해하며 말하였다.

"내 사위의 풍채 있는 모습과 외모가 탐화만 못하며 역량이 좁아 보이

---

115) 해원(解元) : 송대(宋代) 이후 향시(鄕試)에서 일등으로 합격한 사람을 일컫는 것이나 여기서는 과거에 2등으로 합격한 유현을 가리킴.
116) 탐화(探花) : 과거의 갑과(甲科)에서 세 번째로 급제한 사람으로 여기서는 과거에 2등으로 급제한 유현을 가리킴.
117) 자상 : 정승상의 자(字)임. 뒤에 자산이라고 표기하는 경우도 있으나 '자상'으로 통일하여 옮김.
118) 성보 : 평진후 소천의 자(字)임.

느냐? 여러분들이 함께 의논해보시게."

진왕이 웃으며 말하였다.

"사위는 정승상의 사위가 더 나으니 평진후와 정승상 두 사람은 급하게 굴지 마시게"

노공이 웃음을 머금고 말하였다.

"평진후와 정승상은 노인의 공론을 들어보시게. 평진후의 사위는 도학으로 이름이 알려지고 문장과 빛나는 재주를 모두 갖춘 군자이네. 정승상의 사위는 웅대한 재주와 높은 지략으로 문무를 모두 갖추고 세상을 뒤덮을 영민하고 준수한 사람이네. 외모와 풍채 있는 모습은 조금도 틀리거나 잘못됨이 없고 성품이 각각이나 각각 장단점이 있으니 특별히 고하(高下)가 있겠는가?"

자리에 있던 모든 사람들이 이 말이 마땅하다고 일컬었다. 평진후와 정승상 두 사람이 몸을 굽혀 칭찬하며 말하였다.

"어르신119)의 말씀이 진실로 명백하시니 이제는 서로 다투는 것을 그만 두겠습니다."

여러 사람들이 크게 웃었다. 평진후와 정승상이 취흥으로 인해 각각의 사위를 자랑하다가 제후와 국공이 좌우로 즐기고 있을 때 노공이 과거에 급제한 두 사람에게 명하여 기녀와 마주하고 춤을 추라고 하였다. 기현은 마지못하여 시키는 대로 하였으나 유현은 그동안 아버지 앞이라 하늘을 찌를 듯한 장한 기운을 간직하고 담아두었으나 오늘은 이 창기를 이끌고 즐기는 것이 조금도 생소하지 않고 옆에 사람이 없는 것처럼 하였다. 노

---

119) 어르신 : {년슉[緣叔]}, '연숙'은 아저씨라고 부를 만한 친지의 뜻임. 문맥을 고려하여 어르신이라고 옮김.

공이 매우 즐거워하며 두 사람에게 노래를 부르라고 하니 그 말이 끝나자마자 대답하였다. 두 사람의 학의 울음소리 같은 목소리가 높은 하늘에 섞여 돌고 맑고 높은 노랫소리가 음률에 어울리니 온 자리에 있던 사람들이 탄복하고 칭찬하며 말하였다.

"장원인 기현은 괴로워하기 때문에 노는 것이 오히려 탐화인 유현만 못하지만 탐화인 유현의 가무와 풍류는 천고에도 없는 기이한 재주인 것 같습니다."

노공에서부터 진왕에 이르기까지 기뻐하였지만 오직 초공은 엄연하게 단정히 앉아서 두 눈으로 유현을 보니 광채가 석양처럼 강렬하여 겨울 하늘의 차가운 바람이 빙설을 굳게 하는 것 같았다. 그러니 유현이 어찌 아버지의 기색을 몰라보겠는가? 매우 황공하여 가무를 그치고 자리로 돌아가서는 옆에 사람이 없는 것처럼 행동하던 기운을 차분하고 침착하게 나직이하며 조심하여 걷는 모양이 오히려 기현을 압도하였다. 좌중이 이것을 탄복하였으며 진왕이 이 부자의 거동을 보고 아름답게 여겼다. 즐거움이 다하여 손님들이 자기 집으로 돌아가고 여러 사람이 흩어졌다.

진왕 형제가 할머니와 부모님을 모시고 촛불을 계속해서 밝히며 즐기다가 저녁 문안인사를 마쳤다. 초공이 옥매정에 들어와 부인을 대하고는 딸의 아름다움을 기뻐하였다. 좌우에 있는 시비에게 유현을 불러오라고 했다. 유현이 앞에 이르니 초공이 경계하면서 말하였다.

"사람이 세상을 살아갈 때 충효는 군자의 대절(大節)이다. 남아가 너무 옹졸해서는 안 되지만 말이나 행동을 삼가고 겸손하며 침묵하고 위엄이 있어서 타인에게 마음을 알지 못하게 해야 하며 몸을 세우고 이름을 날려 부모를 드러내는 것이 남아의 사업이다. 네가 나이가 어리고 재

38

39

주가 부족할 뿐만 아니라 우리 형제가 신하로서 최고의 지위에 오르니 조물주가 이것을 꺼리는 바이다. 네가 할머니를 보채여 과거에 등용되는 것을 도모하고 나를 속이니 사람의 도가 아니다. 모든 빈객이 희롱하고 아버지께서 명하셔서 가무를 시키시니 너는 마지못하여 가무를 해야 하며, 오히려 내가 그 가운데 있었기 때문에 자식의 도리로 조금이라도 삼가며 조심해야 할 것인데 너의 방탕하고 호방함은 부형이 있는 것도 모를 지경이었다. 내가 부끄러워 다른 사람을 대할 낯이 없다. 이 기운을 고치지 못하면 너는 경박자가 될 것이다. 나는 너 같은 자식이 있는 것을 실로 괴이하게 여긴다. 내가 너를 경계한 것이 한 두 번이 아닌데 사람이 아버지의 가르침을 듣지 않으니 어찌 사람이 지켜야할 가르침을 위배하는 죄인이 아니겠느냐? 또한 나의 교훈이 서지 못하니 내가 어찌 용렬한 사람이 되지 않겠느냐? 세상 사람들이 자식을 가르치면서 요란하게 꾸짖고 어지럽게 쳐 피가 흘러 흥건한 것에 이르는 것을 내가 실로 괴이하게 여기는 바이고 자식을 잡지 못하는 것을 가소롭게 여겼다. 이제 너의 거동을 보니 참지 못하여 말한다. 너 또한 배운 것이 용렬하지 않으니 어찌 수행을 못하여 아비로 하여금 괴롭게 하느냐? 차후는 조용하고 침착하며 단정하고 침묵하여 말마다 반드시 살펴라. 몸이 조정 벼슬아치의 자리에 있으면서 행실을 닦지 못한다면 무슨 면목으로 세상에 서겠느냐?"

아버지의 온화한 면모가 엄숙하고 단정하며 말이 간절하니 유현이 황공하고 은혜에 감사하여 몸 둘 곳을 몰라 하였다. 고개를 숙이고 엎드려 가르침을 듣고 온화한 얼굴과 부드러운 목소리로 머리가 땅에 닿도록 절을 하고 공손히 사례하며 말하였다.

"오늘 많은 가르침을 들으니 저의 불초하고 방자한 죄는 만 번 죽어도 42 아깝지 않습니다. 어린 마음에 과거 시험장을 구경하고자 하여 증조할 머니께 아뢴 것은 아버지의 위엄을 거스른 것입니다. 이제 아버지의 가르침을 좇아 저의 죄과를 깨달았으니 황송하고 두려워 아뢸 바를 모르겠습니다. 차후로는 아버지의 가르침을 마음속에 새겨 다시 방자함이 없을 것입니다."

유현의 온화한 안색과 두려워하는 거동이 부모의 마음을 감동시켰다. 이에 초공이 또 얼굴에 위엄을 풀고 화평하여 잠깐 웃음을 띠고 있었고 부인인 양정렬은 이것을 듣고 있을 따름이었다. 밤이 깊어지자 초공이 유현을 돌아보며 말하였다.

"밤이 깊었는데 어찌 가서 자지 않느냐? 채련각에 가서 쉬어라." 43

유현이 두 손을 마주 잡고 공경의 뜻을 나타내며 명령을 받들고 저녁 문안인사를 마친 후 천천히 물러갔다. 초공이 부인을 향하여 말하였다.

"저 아이의 거동은 누구를 닮아 저와 같을까요? 만일 행동을 가다듬으면 모를까 점점 저와 같은 행동이 길어지면 제어하기 어려울 것 같소. 저 아이의 사람됨이 시원스럽지만 사리에 어둡고 어리석은 구석이 있으니 타일러서 깨닫게 하고자 하니 부인은 내가 아들에게 지나치게 말하는 것이 우스울 것이오. 그러나 4~5년이 지나면 몸을 바르게 닦고 수양하는 것이 나아질 것이오. 이 수삼년 정도가 가장 어려운 때라 분수에 넘치는 행동이 많을 것이니 젊은 나이에 높은 지위에 오른 것이 해가 되지 않겠소?"

양정렬이 웃으며 말하였다.

"군자께서 허락하지 않으시면 저 아이가 어찌 여러 사람을 모으겠습니 44

까? 다만 저는 군자께서 아주버님의 자식 가르치는 방법과 판이하게 다른 것을 괴이하게 생각합니다."

초공이 웃으며 말하였다.

"부인은 매우 모진 것 같소. 부자는 천륜으로써 합치되니 조용하게 가르치는 것이 좋은 것이오. 구태여 매를 때린다고 한들 마음이 상쾌하겠소? 내가 일찍이 여러 아이를 기르면서 새삼 큰 목소리로 질책하는 일이 없었지만 여러 아이들이 나를 업신여기며 방자한 것을 보지 못했소. 유현의 경우는 바다와 같이 넓은 마음을 가지고 있어서 마침내 외입할 위인이 아니고, 준수하고 호탕하며 시원시원하고 신이하며 능통하니 극진이 아름답게 되라고 말한 것이오. 그러나 형님만큼 자식을 수고롭게 질책하지는 않지만 어찌 가르치지 않겠소? 형님께서 자식을 가르치시는 것은 엄한 대장이 군령을 쓰는 것 같으셔서 너무 엄하고 매섭기 때문에 내가 항상 형님께 간언하는 바이오. 유현은 마침내 믿음직한 어른이 될 것이며 예의가 있는 군자가 될 것이지만 그 나머지 면에서는 여전히 부족한 점이 있소. 유현이 아직 어리니 뒷날 가르침을 등한히 해서는 수행하는 군자의 도를 얻기 어려울까 하오."

양정렬이 말하였다.

"요사이 유현이 며느리와 부부간의 은정이 좋지 못합니다. 서로 만나면 담소를 그치고 거동이 괴이하니 이것은 적은 근심이 아닙니다. 군자께서는 이런 문제를 아는 체하지 않으시지만, 약한 어미의 말은 효험이 없으니 근심스럽습니다."

초공이 말하였다.

"부부의 은애와 후박(厚薄)은 인력으로 못하는 것이오. 옛날에 내가 부인의 허물을 보고 못마땅하게 여긴 후에는 부모의 명령이라도 어쩔 수 없었고 태형으로 벌을 받아도 그런 행동을 그치지 않았소. 유현에게 일러봐야 나의 호령대로 행동하지 않을 것이고 유현에게 나의 명령을 거역하는 허물을 더할 뿐이니 이것은 옳은 방법이 아닐 듯싶소. 원래 며느리는 아름다운 외모가 있으니 재앙이 있을 것이오. 이제 유현의 부부가 소원한 것은 두 사람에게 액이 있기 때문이오. 4~5년이 지나면 반드시 재앙이 소멸할 것이니 소소한 역경은 근심거리가 아니니 부인 은 내 말을 믿고 너무 근심하지 마시오. 유현은 형님이 처첩을 많이 들 인 것을 본받을 것이니 내가 비록 엄하게 금한다고 해도 하늘의 인연이 매여 있기 때문에 또 어찌하겠소. 저 아이의 사람됨이 끝내 제가(齊家) 를 못하는 지경에 이르지는 않을 것이지만 커다란 액이 가려서 성품이 과격하니 수삼년 안에 심한 행동이 있을 것 같소."

양정렬이 초공의 선견지명에 탄복하여 웃고 대답하였다.

"군자께서 장래사를 말씀하시기를 마치 미리 본 것처럼 하시니 첩이 유현 부부의 문제를 다시 염려하지 않겠습니다."

초공이 부인과 더불어 이 정도로 말을 나눈 것이 오늘밤 처음이었다.

진왕 형제는 두 아이가 과거에 급제하여 이름을 드날리는 것을 보았지 만 더욱 겸손히 사양하고 물러나는 것을 못 미칠 듯이 하였다. 두 아들도 아버지와 숙부의 점잖고 바른 품행을 따르니 맑고 높은 명망과 곧은 절개 가 조정과 재야를 떠들썩하게 하였다. 이들에 대한 임금의 총애가 대단하 여 한 시대에 비길 사람이 없었다.

차설(且說).[120] 이때 설강은 한림원에서 유현이 과거에 급제하여 다니

47

48

120) 차설(且說) : 고전소설에서 화제를 돌리려고 할 때 그 첫머리에 쓰는 말로 각설(却說)이라고도 함.

게 되자 예전에 서로를 알아주던 두터운 정과 동반(同班)[121]의 친밀함을 말하며 겉으로 형제의 정을 맺었지만 안으로는 날카로운 칼을 품고서 유현의 앞길을 마치게 하고 정씨와 화락하지 못하게 할 계획을 밤낮으로 꾀하였다. 유현은 설강이 어진 군자가 아닌 것을 알고 마침내 마음을 허락하지 않았으나, 설강은 유현에게 동반(同班)의 의리를 가지고 후하게 대하였다.

49   하루는 임금이 자정전에서 한림학사를 불렀다. 유현과 설강이 명령에 응하니 임금이 기뻐하며 말하였다.

"오늘 마침 해외 왜국에서 진상이 들어왔는데 그 가운데 특별한 명월주(明月珠)[122]가 있다. 크기는 자두만 하고 다섯 빛깔이 영롱하여 아주 캄캄한 밤에도 밝은 광채가 불이 비치는 것보다 더하다. 가히 문인의 글제가 될 것이니 경들을 불러 글을 짓게 하고자 하노라."

이에 명월주를 내며 말하였다.

"잘 짓는 사람에게 상을 주겠다."

두 사람이 공경히 사례하며 명령을 받들었는데 유현은 시흥이 샘솟듯

50   하였다. 설강이 생각하기를 '유현이 비록 외모는 빼어나지만 호화롭고 사치한 가문에서 태어나고 자라서 반드시 글에는 힘쓰지 않았을 것이다. 오늘 어전에서 일생의 재주와 학식을 기울여 조생을 이기리라'라 하였다. 유현의 일월 같은 눈빛이 한 번 둘러보면 설강의 마음 씀씀이를 거의 알아챘다. 유현은 저 소인과 겨루는 것이 군자의 일이 아닌 것을 알고 붓을 멈추고 짐짓 글을 늦게 지었다. 설강이 유현의 거동을 보고 기쁨을 스스

---

121) 동반(同班) : 같은 반열(班列), 같은 직위 등을 의미함.
122) 명월(明月珠) : 어두운 밤에도 광채를 내는 보석으로 야광주라고도 함.

로 이기지 못하여 풍우 같이 붓을 휘둘러 쓰기를 다하였다. 그때서야 비
로소 유현은 화전을 펼치고 붓을 휘둘러 글씨를 쓰는데 신속한 것이 풍우
같고 생각이 구름이 모이듯 하여 쓰기를 마쳤다. 설강을 돌아보니 그제야
다 쓰고 글을 임금에게 바치려고 일어서고 있었다. 유현이 말하였다.   51

"형이 먼저 썼으니 먼저 바치시오. 나는 고칠 글자가 있소."

이렇게 말하고 꽉 잡고 글을 바치지 않았다. 임금은 두 학사를 자기 앞
에 두게 하면서 글을 짓는 것을 보았다. 설강은 황급하고 매우 다급하여
엎어질 듯하였다. 반면 유현은 늠연하고 정대하여 처음에는 쓸 생각이 없
는 듯 시를 짓는 붓놀림이 느릿느릿하였지만 천연스러운 가운데 자연 신
속히 완성하여 설강이 다 쓴 후에 시작하고 금세 완성하는 모습을 보고
바야흐로 그 위인이 판이하게 다른 것을 깨달았다. 설강의 글을 보니 청
신하고 민첩하였지만 임금의 덕을 글마다 칭송하여 임금에게 영합함이   52
많았다. 임금이 웃고 유현을 보면서 말하였다.

"경이 군자로서의 풍모가 완전히 갖추어졌음을 깨달았으니 어찌 경과
언약한 것을 어기겠는가? 태학사 조중의 규수가 세상에 드문 숙녀라고
하니 경에게 사혼(賜婚)하고 명월주를 주어 빙례에 쓰게 하니 사양하지
말라."

유현이 황급히 머리가 땅에 닿도록 절하며 말하였다.

"신의 썩은 글귀로 어찌 사혼을 받겠습니까? 신이 어린 나이에 한 명의
처도 오히려 부부 간의 도리를 차리지 못하는 때에 어찌 미녀와 아리따
운 여자를 모아 분수에 넘치게 하겠습니까? 하물며 설강이 글을 먼저
바치고 신은 후에 글을 바쳤을 뿐만 아니라 노둔한 재주와 학문은 오   53
히려 벌을 받는 것이 옳습니다. 임금의 상벌이 공정하신 후에야 치화

(治化)가 가능해집니다. 작은 일이라도 살펴서서 행하셔야 합니다."

임금이 웃고 설강을 보니 설강이 당황하여 안색이 순간적으로 변하였다. 임금이 그 사람됨을 알아채고는 다만 말하였다.

"설강의 재주가 또한 아름다우니 어찌 상이 없겠는가?"

일부러 임금의 창고에 있는 촉나라 비단 십여 필과 명월주 십여 개를 주며 그 사람됨의 맑고 흐림을 시험하였다. 설강이 비로소 안색이 약간 편해졌다. 임금이 웃음을 머금고 다시 권유하면서 말하였다.

54　"이미 설강이 짐이 칭찬하며 내리는 물품을 사양하지 않으니 경이 어찌 홀로 임금이 주는 바를 간절히 사양하겠는가?"

즉시 조씨 집안에 왕의 명령서를 내리고 빨리 혼례를 이루라고 하였다. 유현이 재취를 감히 청하지는 못했으나 진실로 원하던 바여서 은혜에 감사하고 명월주를 감히 사양하지 못하여 받고서 집안으로 돌아왔다.

조증은 당대의 성품이 곧고 명석하며 정직한 명공(名公)이었다. 한림 조유현을 보고 그 딸과 정혼하고자 하였지만 초공[123]의 사람됨을 익히 알았기 때문에 나이 어린 자녀에게 아무 이유 없는 재취를 허락하지 않을 것이라고 생각하여 품고 있던 뜻을 임금께 아뢰었다. 임금이 이것을 윤허하여 일부러 이 기회를 타서 사혼한 것이었다.

55　이때에 조학사 유현이 조정에서 물러나와 집안으로 돌아왔다. 유현이 호화롭고 성대한 임금의 은혜를 받고 명월주를 거두어 가지고 돌아와 존당으로 들어갔다. 때마침 일가가 한 당(堂)에 모여 낮 문안을 하고 있던 참이었다. 유현이 나아가 태부인을 뵙고 여러 날 동안 숙직하느라 태부인

---

123) 초공 : {조공}. 원문에는 조공으로 되어 있으나 문맥을 살펴보면 유현의 아버지 초공의 오기인
　　듯함.

을 뵙지 못해 우러러 그리웠다는 말을 마쳤다. 그러고 나서 오늘 임금님이 글을 짓게 하시고 조중의 딸을 사혼하신 일을 아뢰었다. 좌우에 있던 사람들이 크게 웃고 진왕이 말하였다.

"성상께서 너의 기상을 아시고 그리 하셨구나!"

초공이 말하였다.

"성상의 은혜가 비록 그러하시지만 어찌 사양하여 그것을 면할 것을 생각하지 않고 모호하게 물러나왔느냐?"

유현이 몸을 굽히고 대답하였다.

"제가 이와 같이 사양하였지만 성상의 전교가 이와 같으시고 허락하지 않으시니 어쩔 수가 없었습니다."

조씨 등이 웃으며 말하였다.

"아우는 임금께서 왕씨와 윤씨를 내려주신 것을 사양하지 못했으면서 아들이 사양하지 않았다고 꾸짖느냐?"

초공이 웃으며 말하였다.

"저는 왕씨와 윤씨뿐만 아니라 부인이 열 명이라도 잘못될 일이 없겠지만 어린 아들은 매우 근심됩니다."

양정렬은 정씨를 위하여 깊은 근심이 눈썹에 잠겨 있었다.

유현이 벼슬길에 나간 후에는 자연스레 친구를 사귀었는데 그 중에서도 막역한 친구 4~5인이 있었다. 하루는 친구 위섬을 찾아갔는데, 위섬은 곧 전임 승상 위구경의 손자이고 태학사 위양의 아들이었다. 위섬의 풍채 있는 모습과 예쁘게 생긴 얼굴은 아름다웠고 위인이 명쾌하여 군자의 풍모가 있었다. 위생이 유현을 보고 반겨 맞아 담화하였다. 그런데 안에서 한 명의 소년이 나왔다. 유현이 눈을 들어보니 이 소년은 문득 하안(何

晏)124)과 반악(潘岳)이 다시 살아 돌아온 것이 아니면 위개(衛玠)125)와 송옥(宋玉)126)이 돌아온 것 같았다. 맑은 눈빛은 저녁별 같고 버들잎 같은 눈썹과 붉은 입술은 자연스레 수려하였고 옥처럼 맑은 귀중한 보물과 같았으며 얼음같이 좋은 자질을 지니고 있었다. 청아하고 고요하며 엄숙한 것은 아리따운 옥이 부끄러워하고 밝은 달이 빛을 잃을 정도였다. 유현이 매우 놀라워하며 위생을 보며 물었다.

"알지 못하겠구려. 이 사람은 어떤 사람이오?"

위생이 대답하며 웃으며 말하였다.

"이 사람은 먼 지방의 사람으로, 올 봄에 과거를 보러 왔다가 낙방하여 고향으로 돌아가려 하였지만 혈혈단신이 늙은 말도 없어서 내가 고향으로 보내줄 것을 기다리며 지금 여기에 있소."

유현이 이 사람을 한 번 보고는 사랑하는 마음을 이기지 못하고 청하여 함께 앉아서 성명을 물었다. 그 소년이 대답하였다.

"성은 이고, 이름은 관이라 합니다."

소리가 아름답고 청아하여 이미 신선계의 빼어난 자질을 지니고 있었고 바다 밑의 명주(明珠)와 같아 사랑스럽고 어여쁜 것이 사람을 홀리게 하였다. 원래 유현의 마음이 상쾌하고 도리를 중요하게 여기며 의기와 어

---

124) 하안(何晏) : 중국 삼국시대 위(魏)나라의 학자. 자는 평숙(平叔)으로 경학(經學)에 밝고 노장(老莊)의 설을 좋아했음. 청담(淸談)을 즐겨 그 유행을 낳게 함. 『세설신어(世說新語)』에서 하안이 잘생긴 외모에 자태가 뛰어났으며 얼굴이 희어 위문제(魏文帝 : 조비)는 그가 분을 바른 것이라고 여기고 한 여름에 뜨거운 떡국을 주자 다 먹고 나서 땀을 많이 흘렸는데 붉은 수건으로 얼굴을 닦으니 더욱 희었다고 전함.

125) 위가 : {위가}. '위개(衛玠)'의 오기인 듯함. 위개(衛玠)는 진(晉)나라 안읍(安邑)의 사람으로 항(恒)의 아들로 자(子)는 숙보(叔寶). 수려한 외모를 지니고 있어서 어릴 때에 수레를 타고 저자거리에 오면 온 도시의 사람들이 그의 뛰어난 외모를 보기 위해 모여들었음.

126) 송옥(宋玉) : 중국 전국시대 말기 초(楚)나라의 궁정시인. 굴원(屈原)에게 사사하여 초나라의 대부(大夫)가 되었으나, 뒤에 실직하였음. 굴원에 다음가는 부(賦)의 작가로, 두 시인을 '굴송(屈宋)'이라 병칭(竝稱)하였음. 반악(潘岳)과 함께 전설적인 미남자로 알려져 있음.

진 마음이 다른 사람보다 뛰어났다. 눈에 들고 마음에 찬 사람을 보면 마음을 허락하여 대접하는 것을 못 미칠 듯이 하였다. 오늘 이생의 기특함은 옥 같은 군자와도 같았다. 유현은 이생이 너무 연약하여 미인처럼 생긴 것을 좋지 않게 여겼으나 그 맑은 기질을 매우 사랑하여 여러 말로 힐난하였다. 이생이 입신한 사람과 달라 두루 다니지 않았으니 어찌 조정의 중요한 벼슬아치를 찾아보겠는가? 유현이 탄식하며 말하였다.

"장부가 세상에 처하여 사람의 급한 것을 구하는 것이 의기이고 어진 마음이다. 내 당당히 이은이라는 두 사람 중에 물어 형의 소식을 전하여 아는 것이 있는지 찾아낼 것이니 형은 귀향하는 것을 잠깐 미루고 기다려 보시게."

이생이 사례하면서 말하였다.

"존형께서 사람을 처음으로 보시고 이같이 저의 생각을 꿰뚫어보시니 은혜를 갚기 어렵습니다. 만약 부모를 찾아내신다면 제가 분골쇄신한들 은혜를 다 갚을 수 있겠습니까?"

유현이 마음으로 이생을 불쌍하게 여겨 부디 이생의 부모를 찾아보려고 하였다.

원래 이관이라고 하는 자는 참지정사 태학사 이은의 첫째 딸이었다. 참정이 8년 전에 조주(潮州)에 귀양갈 때에 부인 송씨와 함께 가다가 길에서 도적들을 만나는 재난을 당해 딸 화벽을 잃게 되었다. 그 비참한 상황이 목전에 죽음을 둔 사람보다는 못했지만 나라의 죄인으로 관청에서 보낸 관원이 재촉하니 하루이상[127]을 머물지 못하여 딸을 찾아보지도 못하고 다섯 해를 지냈다. 그러다가 나라에 경사가 있어 죄인을 풀어주는 은

---

127) 하루이상 : {날포}. '날포'는 하루이상이 걸친 동안을 뜻함.

혜를 입어 이은이 귀양에서 돌아오게 되었고 그 후 이은에 대한 임금의 총애가 매우 대단하였다. 그의 아들은 나이가 9세였다. 대를 이을 아들에 대한 근심은 없으나 딸의 얼음과 눈 같은 재질을 영영 잃어버리고 부부가 아침저녁으로 근심하고 탄식하였지만 사방으로 딸을 찾아보아도 찾을 곳이 없었다. 세월이 여러 번 바뀌고 이참정이 벼슬이 높아지고 덕이 조정과 재야에 나타났지만 슬하가 적막한 것을 슬퍼하였다.

차설(且說). 이소저 화벽은 세상에 드문 빼어난 미인이었다. 식견이 높으며 사물의 이치에 밝고 생각이 훤칠하여 완전히 절개 굳은 대장부이며 덕행이 높고 학문이 뛰어난 선비였다. 부모와 뿔뿔이 헤어져 유모 진파에게 길러져서 양주의 촌가에서 자랐지만 스스로 학문에 힘쓰고 길쌈을 하는 등 모든 일에 더할 나위 없이 훌륭하고 아름다웠다. 그러므로 높고 커다란 집에서 호사스럽게 자란 사람을 비웃을 정도였다. 항상 부모와 헤어질 때 입었던 옷과 나삼을 깊이 감추고 부모를 만났을 때 증거로 삼으려고 하였다.

세월이 물과 같이 흘러 12세가 되었지만 부모의 존망을 알지 못하고 진파를 따라 양주의 상인의 집에 있었다. 그러나 그 집은 마침내 몸을 숨길 곳이 아니라고 생각하여 선뜻 남자의 복장으로 갈아입고 진파를 보채여 수로를 따라 부유한 상인과 큰 장사치와 함께 항상 양주의 화물을 싣고서 서울로 매매하러 왔으나 주변에 의지할 사람이 아무도 없었다. 위씨 집안에 진파의 동생이 있었기 때문에 위씨 집안을 주인집으로 생각하고 머물게 되면서 위생과 친하여 사귀게 되었다. 그러나 위생이 유현처럼 사연을 묻지 않았기 때문에 또한 사연을 세세하게 말하지 않았다. 유현이 수고스럽게 물었기 때문에 말은 하였지만 자신이 여자라는 것은 속였다.

이때에 유현이 임금의 명령으로 조씨를 맞이하게 되어 조씨 집안에서 택일하게 되니 혼인날까지는 한 달이 남아 있었다. 임금이 내려준 명월주를 태부인에게 주었더니 그것을 빙물로 삼아 양가가 혼수를 차렸다.

유현이 이생의 가슴에 품은 사연을 들은 후에는 그것을 잊지 못하여 틈을 타서 먼저 참정을 만나 이야기를 나누었다. 참정 이공이 유현의 사람을 감동시키는 풍채와 상쾌하고 깨끗한 얼굴을 사랑하고 공경하는 마음을 이기지 못하여 말을 하면서 시험해보았다. 유현의 상쾌한 말은 큰 강을 기울이고 유식한 의견은 푸른 강물처럼 넓음이 있으니 이공이 마음속으로 탄식하면서 말하였다.

'진실로 대현군자이며 세상에 없는 영민하고 준수한 사람이다.'

이처럼 추앙하고 존경하는 마음이 더욱 대단하였다. 유현이 말끝에 물었다.

"존공의 자녀가 몇이나 되십니까?"

이공이 탄식하며 말하였다.

"운명이 박하여 자녀가 희소한 것이 나 같은 사람이 없을 것입니다. 여러 자녀를 다 기르지 못하고 한 명의 아들과 딸이 있습니다. 아들은 9세이고 딸은 10여 세가 되었는데 헤어져서 사생을 알지 못하니 죽은 것이나 다름없습니다."

유현이 말하였다.

"어디서 도적을 만나 자식을 잃었습니까?"

이공이 말하였다.

"아들은 잃은 일이 없고, 딸은 다섯 살 때 조주의 귀양지로 가다가 잃어버리게 되었습니다. 밤낮으로 비참한 상황이 죽음을 곁에 두고 있는 듯합니다. 지금 어진 아우가 이렇게 자세하게 물으니 혹시 아는 것이 있는지 의아합니다."

유현이 생각하였다.

'이공은 딸을 잃었다고 하고 이생은 남자라고 하니 알 길이 없지만 원래 이생의 기질이 연약하여 여자의 태도와 비슷하니 변복한 것이 아닐까?'

이렇게 의심스러워하며 대답하였다.

"소생이 상공의 딸에 대해 어찌 아는 것이 있겠습니까? 다만 이와 같은 사노비가 있어 아버지의 이름을 말하였는데 들어보니 존공의 휘자(諱字)[128]와 같았습니다. 그래서 행여 같은 부분이 있는가 하였더니 그 사람은 남자고 존공은 딸을 잃어버렸다고 하니 잘못된 것 같습니다. 원래 무슨 증험할 일이나 있습니까?"

이공이 말하였다.

"다른 증험할 일이 없고 딸의 이름이 화벽이라 오른쪽 팔뚝 위에 '화벽' 두 자를 붉은 점으로 표시하고, 왼쪽 팔뚝 위에는 아녀 두 자를 붉은 점으로 썼습니다. 그 밖에는 다른 증험은 없고 얼굴이 미려하여 매우 보기 드뭅니다."

유현이 이 말을 낱낱이 다 새겨듣고는 하직하고 돌아왔다. 수일 후에 위씨 집안에 가니 위생은 나가고 없고 이생이 홀로 있었다. 유현이 이생에게 수일동안 잘 있었느냐고 물었다. 이생이 먼저 물었다.

"형님이 알아준다고 하시던 일은 어찌 되었습니까?"

---

128) 휘자(諱字) : 돌아가신 어른이나 높은 어른의 이름자.

유현이 대답하였다.

"형을 위하여 4~5일 살펴보니 한림 이공은 자녀를 잃은 일이 없고 참정 이공이 말하기를 조주에 귀양 갈 때 5세 된 딸을 잃고 '화벽 아녀' 자(字)를[129] 오른쪽과 왼쪽 팔뚝 위에 붉은 점으로 친필로 썼다고 하오. 형은 남자여서 내가 수고롭게 다니던 일이 쓸데없게 되었소."

이렇게 말하고 이생을 바라보니 꽃 같은 얼굴과 탐스러운 귀밑머리가 더욱 새로웠다. 옥 같은 모습은 흰 연꽃 한줄기가 광풍을 만난 듯하고 별 같은 눈은 나직하여 물결이 어리는 듯하였다. 온갖 아름다움을 갖춘 자태가 아무리 보아도 남자의 풍도가 아니었다. 옥 같은 귀밑머리와 아름다운 뺨과 절묘한 거동이 완연히 미인의 태도였다. 마음을 꿰뚫어보는 거울과 같은 유현의 눈빛이 어찌 남자인지 여자인지를 몰라보겠는가? 훤히 여자인 것을 깨달으며 일부러 나아앉아 팔을 잡아당기고 손을 잡으며 말하였다. ⑥⑨

"온 세상 안이 다 형제오. 이제 형을 만났으니 그 정이 평생에 알고 지내던 것과 같네. 이제 형을 만났으니 어찌 심사를 숨기겠소? 실로 관포(管鮑)[130]와 삼결(三結)[131]을 본받아 평생 떠나지 않으려고 하니 형은 내 뜻이 어떠하오?"

이렇게 말하고 좌우의 옥 같은 팔뚝을 빼서 단단히 잡고 보았다. 초나라 옥 같은 아름다운 손과 유약한 팔이 의심 없는 여자일 뿐만 아니라 왼 ⑦⓪

---

129) 화벽 ~ 자를 : {여추여추 녀즈룰}. 앞의 이야기를 생략하는 '여차여차'와 '화벽 아녀'를 줄여 '여추여추 녀즈룰'로 쓴 것으로 보임. 문맥을 고려하여 '화벽 아녀 자(字)룰'로 풀어서 옮김.
130) 관포(管鮑) : 관포지교(管鮑之交)를 뜻함. 관중과 포숙아의 사귐으로 아주 친한 친구 사이의 사귐을 이르는 말. 중국 춘추 시대의 관중과 포숙아의 우정이 아주 돈독하였다는 고사에서 유래한 말.
131) 삼결(三結) : 도원결의(桃園結義)를 뜻함. 유비, 장비, 관우가 복숭아밭에서 의형제의 관계를 맺음을 이르는 말.

쪽과 오른쪽 팔위에 쓴 글자가 분명하여 '아녀 화벽' 네 자가 분명하였다.
유현이 바야흐로 깨달아 손을 놓고 멀리 물러나와 절하고 말하였다.

"내가 현명하지 못하여 사람이 지켜야 할 도리를 어겨 죄를 얻은 것이
많으니 어찌 부끄럽지 않겠소. 그러나 얼굴을 대하고 심사를 드러내어
소저의 친부모가 멀리 있지 않으니 내가 혐의 받기를 피하여 모호하게
물러간다면 소저는 백년이 지나더라도 친부모를 찾지 못할 것이오. 매
사가 반드시 끝이 있게 할 것이니 소저는 내가 고상하지 않다고 하지
마시고 자세히 말씀하시면 돌아가 이공께 고하여 부녀가 만나시게 하
겠소."

소저 또한 어쩔 수 없어서 일어나 사례하고 말하였다.

"저는 과연 이씨 화벽입니다. 혈혈단신이 부모를 찾고 싶어 수로(水路)
의 푸른 물결에 상인의 무리와 함께 배를 탔습니다. 그 불편하고 난처
한 것은 비할 곳이 있겠습니까? 부득이 남자의 옷으로 바꿔 입고 남의
이목을 가리고 이에 이르렀습니다. 위씨 집안에 또한 거처하면서 남자
의 옷을 입고 부모를 찾고자 하였는데 하늘이 도우시는 은혜를 입어 군
자를 만나 군자의 의기와 어진 마음이 사람의 급한 것을 구하셨습니다.
아까 이르시던 바는 진실로 첩의 아버지입니다. 타인이야 누가 팔위에
표시를 알겠습니까? 이제 저의 근본을 감추지 못하게 되었으니 군자께
서는 하해(河海)와 같은 덕을 드리우셔서 사람의 급한 것을 구하시고 부
녀의 천륜을 완전하게 하시니 이것은 고목이 살아난 것입니다. 그러므
로 감히 사실대로 고합니다."

유현이 기뻐하며 유모 진파와 함께 이씨 집안으로 나아갔다. 원래 이
공의 집이 옛날 집이었다면 진파가 시간이 오래되어도 오히려 찾을 수 있

었겠지만 이공이 처음 청주로 올라와 옛날의 집이 없어져서 친척의 관사를 빌려서 들어왔다가 비로소 집을 만든 까닭에 진파가 찾을 길이 없었는데 유현이 그 집을 가르쳐주었기 때문에 이씨 집안으로 나아가게 되었다. 이소저가 자기가 입었던 의상을 보내어 증거로 삼았으며 유현이 다시 이공을 보고 일의 처음과 끝을 자세하게 전하고 진파를 불러 이공에게 보였다. 이공이 매우 놀라고 기뻐하며 전후수말(前後首末)을 자세히 묻고 소저의 홍삼과 나삼을 보았다. 송부인이 눈물을 흘리며 말하였다.

"진실로 딸 화벽이구나!"

이공이 유현에게 매우 고맙고 감사하다고 말하였다. 그런 후에 교부(轎夫)와 꾸민 가마를 보내어 이소저를 데리고 왔다. 유현은 이소저가 빼어나게 아름다운 것을 보고 다시 살아온 여자가 팔위에 붉은 점이 완전한 것을 보고는 마음속으로 이소저를 자기의 물건으로 삼고자 하는 마음을 깊게 먹었다. 유현이 문득 웃고 사례하면서 말하였다.

"소생이 존공의 말씀을 듣고 실상을 알고자 하였습니다. 남자의 옷을 입은 따님을 만나 그 따님이 자신은 남자라고 말하였는데, 그 안색과 태도가 진실로 여자의 태도를 면하지 못하였습니다. 그런 까닭에 일부러 손을 잡아 팔위에 붉은 글씨를 보고 사실을 알고서 이제 존공 부녀가 만나게 된 것입니다. 소생이 또한 공이 없다고 못할 것입니다. 남녀가 유별하여 칠세가 되면 함께 자리에 있지 못하고 한 자리에서 함께 먹지 못합니다. 소생이 따님과 한 자리에서 상대하여 손을 잡고 팔을 어루만져 사람이 지켜야할 도리를 어겨 죄를 얻었습니다. 존공의 소저 또한 마음이 어떤지 알지 못하겠지만 존공이 소저의 머리가 하얗게 세기를 기다려도 소저는 이 조운희를 기다릴 것이니 다른 뜻을 두지 마십

73

74

75

시오. 소생이 집안에 아내가 있고 임금의 명령이 계시어 조중의 딸을 재취로 사혼하시니 이제 급히 세 번째 처를 얻은 것을 아버지께서 허락하지 않으실 것입니다. 그러나 조용히 도모하여 마침내 서로 저버릴 형세가 아니니 존공은 세 번 생각하시어 따님의 백년대사를 소홀하게 하지 마십시오."

이공이 이 말을 듣고는 본래 유현을 탄복하고 사랑하기도 했었고 유현의 은혜가 무거웠으며 또한 다른 가문의 남녀가 서로 친밀해졌기 때문에 마침내 딸을 다른 곳으로 시집보내는 것이 풍교에 좋지 못하다고 생각하였다. 이에 흔연히 감사해하며 말하였다.

"우리 부녀의 천륜이 완전하게 된 것은 자네의 은혜이네. 말하지 않았지만 십 년을 기다려도 자네가 일이 잘 되도록 힘써주기를 바라네."

유현이 흔연히 감사하다는 말을 하고 돌아와 한 통의 편지를 써서 진파로 하여금 소저에게 보냈다. 비밀스러운 생각이 있어서 자기가 다른 가문에 시집가지 못할 뜻을 말하고 있으니 이소저가 보고 말을 하지 않았다.

이때 위생 등이 나가 있었고 또 이소저가 이미 여자인 줄 안 후에는 서로 다시 만날 묘한 방법이 없어서 이씨는 진파와 더불어 이씨 집안에 돌아왔다. 부모가 반기고 기뻐하는 것이 지하에 있는 죽은 사람을 대하는 것 같았다. 송부인이 이소저를 붙들고 흐르는 눈물이 비 오듯이 하니 소저가 더욱 슬퍼서 오열하여 흐르는 눈물이 구슬 굴러가는 듯하였다. 이소저가 슬퍼하는 모습은 수려하고 기이하여 흰 달이 구름 밖으로 에워싸이고 연꽃이 광풍을 만난 것 같았다. 부모가 오히려 딸에게 어릴 때의 얼굴이 있는 것을 보고 슬퍼 흐느끼며 지난 이야기를 물었다. 또한 유현의 총명함과 능통하고 신이함을 말하니 이소저는 눈물을 머금고 탄식하였다.

이미 부녀가 상봉하여 천륜이 완전해지니 남은 한이 없었다.

이소저가 여자 옷을 바꿔 입고 꽃 같은 얼굴을 다듬으니 평소의 아름 78
다운 모습이 햇빛에 빛났다. 유현과 서로 걸 맞는 아름다운 짝이기 때문
에 부모가 기뻐하면서도 유현이 두 아내가 있고 자기의 딸이 세 번째 처
가 되는 것을 한스러워할 뿐만 아니라 초공의 허락을 받지 못했기 때문에
딸의 장래 일을 염려하여 다른 곳에 구혼하고자 하였다. 그러자 이소저가
눈물을 흘리며 말하였다.

"소녀는 세상 사람입니다. 이미 여자로서의 행실을 위반하고 다른 가문
의 남자와 서로 한 자리에서 앉아서 예의를 무시한 행실이 비천하니 차
마 다시 세상의 인륜을 차릴 뜻이 없습니다. 그러니 다만 마음을 편안하
고 조용하게 하여 부모의 무릎 아래에서 몸을 마치기를 바랍니다." 79

부모가 탄식하며 다시 딸의 혼인을 언급하지 않고 유현이 혼인을 힘써
주기만 기다렸으나 기약이 없었다. 그러나 자녀 중에 장성한 사람이 없는
까닭에 바삐 혼인을 이루어 오작교를 만드는 것을 보고자 하였다. 송부인
이 한 계책을 생각하고 가만히 장헌태후께 이 일을 고하고 기회를 봐서
조유현의 삼취(三娶) 사혼을 청하였다. 송부인은 장헌태후의 아우이고 유
씨의 딸이었다. 송부인을 태후가 매우 사랑스럽게 대우하는 까닭에 이소
저의 혼인이 절박한 사정을 아뢰니 태후가 대답하였다.

"성상께서 이제 막 유현에게 조증의 딸을 사혼하셨는데 아직 혼인하지 80
못하고 있다. 혼인날이 곧 얼마 남지 않았다고 하니 다시 급히 사혼한
다면 일의 형세가 이상할 것이니 기회를 보아가며 주선할 것이다. 화
벽이 10여 여세인데 무엇이 바쁘겠는가?"

이렇게 말하니 이씨 집안에서는 이 말을 깊이 믿고 기다리고 있었다.

이후에 어찌 혼인을 이루는지 다음 회를 살펴보아라.

화설(話說). 유현은 이소저를 친정으로 보내고 이후에는 정신이 다 이소저에게 돌아가 현아[132]와 채란도 찾지 않았으며 기뻐하던 재취의 길일도 임박하였지만 즐거워함이 없었다. 오직 이소저의 얼음 같은 자태와 아름다운 모습이 눈앞에 아른거리니 심회가 좋지 않았다. 밤낮으로 생각하는 것은 이소저와 빨리 만나는 것이었지만 그 인연이 묘연하여 우울해하며 즐겁지 않았다. 그러나 유현은 오히려 철석 같은 심장을 가지고 있어서 일부러 온화한 빛을 띠며 여러 사람이 보는 데서는 괴이한 행동을 미리 조심하였다. 아버지 앞에 임하면 잡스러운 마음을 다 없애버리고 매우 조심하며 아버지를 섬기니 공경하고 삼가는 성효와 삼엄한 예도는 추호도 게으른 것이 없었다. 초공이 비록 지혜롭고 사리에 밝았지만 어찌 유현이 일으킨 사건을 알겠는가?

세월이 살 같아서 조소저 집안과의 길일이 다다랐다. 유현이 성대한 위의를 갖추어 신부를 맞아오니 이날 조씨 집안에서도 또한 자리를 열고 여러 부인들과 딸들이 모여 신부의 행례를 맞았다. 신부인 조씨 또한 침착하고 곱고 아름다웠는데 아리따운 얼음 같은 자태와 옥 같은 자질이 바다 속의 명주이고 좋은 기질은 옥매화가 흰 눈을 맞고 있는 듯하였다. 조씨는 정씨의 타고난 아름다운 용모에는 미치지 못하였지만 두루 어여쁜 거동이 여자가 지켜야할 도리를 극진히 얻었으니 시부모와 태부인이 놀라고 조씨를 사랑하며 자리에 있던 모든 사람들이 칭찬하는 얼굴이었다. 노공이 웃으며 말하였다.

"유복한 놈은 일마다 이렇듯 하여 13세에 한림학사로 규방의 꽃다운 두

---

132) 현아 : {형애}. 앞부분에서는 '현아로 되어 있어서 현아로 통일하여 지칭함.

명의 처를 두게 되어 현숙한 것이 이와 같으니 어찌 기쁘지 않겠는가?"

진왕이 흔연히 아뢰었다.

"이것은 아이가 유복한 것일 뿐만 아니라 실로 가문의 복입니다."

초공의 안색이 화평하여 기쁜 빛을 양미간에 띠며 공경히 받들어 사례하면서 말하였다.

"신부가 또한 얌전하고 정숙하며 인품이 조용하여 지혜롭고 아름다운 여자입니다. 위로는 성은이 무거우시고 부모와 존당께서 쌓으신 덕으로 후손이 복을 받는 것입니다. 저 아이가 무슨 복으로 이것을 감당하겠습니까? 저 아이는 매사가 도리에 넘쳐서 제가 도리어 두려워하는 바가 많습니다."

진왕이 말하였다.

"조카는 호걸의 풍모가 있고 대현군자여서 두 처를 잘 거느릴 것이니 아우는 근심하지 마라."

초공이 정소저를 가르키며 신부와 서로 보게 하니 신부가 두 손을 맞잡고 공손히 손을 모아 절하였다. 정소저가 법도를 버리고 공손히 답례했는데 얼굴빛이 태연자약하여 조금도 투기하는 마음이 없었다. 많은 사람들이 정소저가 그 어린 나이에 세상일을 아직 알지 못하여 그런가 하였다. 초공은 정소저의 마음이 조용하고 원대하다는 것을 깨닫고 더욱 정소저를 애중하게 여기며 기뻐하였다.

조씨는 혼인을 한 후에 조씨 집안에 머물면서 모든 일에 조용하고 침착하며 효성이 남보다 뛰어나 타고난 바탕과 성품이 매우 사랑스러웠다. 조씨의 숙소를 매월당에 정하니 유현이 새 신부에 대한 마음이 흡족하여 매월당에 날마다 왕래하여 부부 사이의 화목한 정이 비교할 곳이 없었다.

채련각에는 발길이 끊어졌는데 혹 여러 사람들이 보는 데서 정소저를 만나면 안색이 반드시 엄하고 조금도 부부의 친애하는 거동이 없었다. 정소저가 비록 나이가 어리지만 유현이 이유 없이 자기를 꺼리는 기색을 보면 일생이 괴로울 것을 염려하여 금옥 같은 심장이 자주 놀랐지만 오히려 얼굴빛에 나타내지 않았다. 정소저의 온유한 얼굴은 한결같이 평안하여 웃는 꽃 같았고 담소가 침착하고 조용하여 향수를 뿜는 옥과 같았다. 양 정렬이 정소저의 신세가 괴로운 것을 불쌍하게 여겨 어루만지고 사랑하기를 자신이 낳은 자식과 같이 하고 유현을 이상스럽게 생각했지만 입을 다물고 말하지 않고 천도를 탄식하였다.

세월이 흰 말이 문틈으로 지나가는 것처럼[133] 빨리 흘러 유현은 조씨와 화락하여 가내가 화평했으며 여가가 있을 때는 때때로 여러 여자들과 정을 나누었지만 오직 생각은 이소저에게 있었다. 이소저와의 혼인을 도모하였지만 부친이 알 리가 없었다. 유현이 몰래 틈을 타서 태부인께 고하였다.

"제가 이미 두 명의 처를 두었으니 다시 번거로운 일을 취하는 것이 부질없습니다. 그러나 남아가 세상에 났다면 세 명의 처는 반드시 젊어서 얻어 화락해야 합니다. 참정 이은의 딸은 태임(太任)과 태사(太姒)의 덕이 있다 하니 취하고자 하지만 아버지께서 허락하지 않을 것 같아 안타깝고 답답합니다."

태부인이 매우 놀라며 말하였다.

"네 나이가 겨우 13세이고 두 명의 처의 어질고 아름다운 것이 금옥 같

---

133) 흰 ~ 빨리 : {빅구[白駒]의 틈지남 ᄌᆞᆮ틈여}. '백구과극(白駒過隙)'의 의미임. 흰 말이 지나가는 것을 문틈으로 보듯이 눈 깜박할 사이를 뜻함.

아서 번거로운 일을 하는 것이 옳지 않다. 또 네 아비가 이것을 듣는다면 어찌하겠는가?"

유현이 웃고 다시 아뢰었다.

"여기에는 이유가 있습니다. 제가 그 소저를 친구로 사귀여 이리이리하여 그 부모를 찾아주었습니다. 피차가 저버리지 못할 일이 있으니 이소저가 저에 대한 마음을 지키고 규방에서 홀로 늙을 것이라고 마음을 정하였습니다. 제가 만일 이소저를 저버린다면 이는 좋지 못한 것을 쌓는 일입니다. 이것은 처음만 있고 나중은 없는 것이니 제가 죽기 전에는 이소저를 버리지 못할 것입니다."

태부인이 손자를 애중하게 여기는 것은 자기 몸을 잊을 정도여서 유현의 온화한 말을 옳다고 여기고 좋은 방책을 생각하였다. 88

다음 날 문안 인사를 하는 시간이 되자 초공을 대하여 말하였다.

"내가 나이가 많고 병이 많아서 세상에서 오래 살지 못할 것이다. 내가 들으니 참정 이공의 딸이 사덕(四德)[134]이 온전하며 위인이 현숙하다고 한다. 너는 유현을 위하여 혼인을 이루어 이 노모가 말년에 효성으로 봉양 받게 하여라."

초공이 공경스럽게 가르침을 듣고 일어나서 두 번 절하고 말하였다.

"소자가 어찌 감히 할머니의 가르침을 어기겠습니까마는 어린아이가 15세의 어린 나이로 두 명의 처를 거느리는 것도 불가한데 어찌 세 명의 처를 의논하겠습니까?" 89

말이 끝나지 못하여서 태부인이 문득 갑자기 노기 띤 얼굴을 하고 말하

---

134) 사덕(四德) : 여자로서 갖추어야 할 네 가지 덕. 마음씨(婦德), 말씨(婦言), 맵시(婦容), 솜씨(婦功)를 이름.

였다.

"죽지 못한 늙은이가 한 손자를 위하여 주접스럽게 굴었구나. 네가 늙은이의 망령으로 여기니 내가 말한 것이 도리어 부끄럽구나."

초공이 급히 관을 벗고 죄를 청하며 말하였다.

"아들이 어린 나이에 세 명의 처를 두는 것이 불가하는 것을 고한 것입니다. 이제부터 어찌 다시 감히 가르침을 거스르겠습니까? 삼가 명대로 하겠습니다."

태부인이 비로소 화를 풀고 초공에게 관을 주어 쓰게 하며 빨리 혼인을 이루라고 하니 초공이 순순히 명령을 받들고 물러갔다. 유현은 마음속으로 매우 기뻐하였으나 겉으로 감히 드러내지 못했다.

이때 이씨 집안에서는 송부인이 자연히 조씨 집안의 태부인의 뜻을 눈치 채고 이공에게 권하여 간절히 청혼하게 하였다. 매파로 하여금 일부러 태부인에게 청혼하고 그 매파에게 이소저를 칭찬하기를 인간 세상에서는 아주 찾아볼 수 없는 사람이라고 말하라고 하며 그런 후에 소식을 알려줄 것을 청하였다. 태부인이 초공을 불러 말하였다.

"참정 이공의 규수가 기특하다고 한다. 이제 그 규수의 요구와 바람이 유현에게 있어서 간절하게 구혼하는구나. 유현의 기상이 넓고 커서 반드시 7명의 부인을 갖출 것이니 어찌 이씨 한 명에게 구애받겠는가? 내 뜻이 이미 정해졌으니 너는 어찌 하겠는가?"

초공이 이 말을 따르지 않으면 할머니의 화를 더할 뿐이고 이것을 거절해도 끝내 자기의 뜻을 이루지 못할 줄 미리 알고 두 번 절하며 말하였다.

"이미 한 번 아뢰어 죄를 범하였는데 할머니의 말씀을 두 번 거스르겠습니까? 할머니의 명대로 하겠습니다."

태부인이 매우 기뻐하며 즉시 혼인을 허락하고 매파를 정성스럽게 대접하여 보냈다. 초공이 유현을 불러 유현이 앞에 이르자 탄식하며 말하였다.

"네가 나이가 어리고 매사에 어린 나이에 높은 벼슬에 올라서 내 마음이 한 때도 편하지 못하였다. 그런데 할머니께서 세 번째 처를 구하려 하시니 남이 들으면 나를 괴이하게 여기지 않겠느냐? 내가 이미 할머니께서 노하시는 것이 두려워 명령을 따르기로 하였다. 너는 마음이 편하며 또 세 명의 아내를 거느려 집안을 잘 다스릴 것 같으냐? 네가 정녕 정씨를 박대하고 두 번째 처를 각별히 총애하는 행동거지가 놀라웠지만 내가 자질구레한 일을 아는 체 하지 않으려 했기 때문에 모른 척하고 꾸짖지 않았다. 이제 세 번째 부인을 취하는 행동이 있으니 14살의 어린아이가 세 명의 아내를 두는 것은 옛날이나 지금이나 드문 변고이다. 반드시 커다란 변고가 날까 두렵구나."

유현이 고개를 숙이고 엎드려 아뢰었다.

"소자가 어찌 마음이 편하며 스스로 즐거워하는 것이 있겠습니까? 이제 할머니께 죽기를 무릅쓰고 도로 혼사를 물리치고자 합니다. 또한 어찌 정씨를 박대하는 것을 아버지 앞에서 속이겠습니까? 실로 정씨를 대면하기 어려우니 한갓 정씨의 운명이 기박한 것이 아니라 저 또한 액회(厄會)[135]가 가볍지 않아서 그런가 합니다."

초공이 말하였다.

"이미 혼인을 허락하였으니 네가 헛된 사양을 한다고 해도 될 리가 없

---

135) 액회(厄會) : 재앙이 닥치는 불행한 고비.

다. 아내를 얻은 후에는 집안을 다스리는 일이나 잘 하여 고요한 집안을 시끄럽게 만들지 마라."

유현이 두 번 절하며 명령을 받들고 물러났다. 초공이 매우 근심하여 양미간을 펴지 못하였다. 그러나 초공이 90살 할머니께서 기뻐하시는 것을 경사로 생각하고 할머니가 한 번 화를 내시는 것을 우환으로 여기는 까닭에 그로 인해 혼인을 정하였다. 그러나 초공은 유현의 능란한 수단을 알지 못하고 유현이 아내를 얻을수록 새로운 마음이 드는 것이라고 생각하였다. 유현이 이씨의 얼굴을 보고난 후 편지를 써서 소식을 전하고 또한 이공을 재촉하여 이씨를 다른 가문에 시집보내는 것을 막고 태부인을 돋우어 정혼한 것을 초공이 알지 못하니 유현의 능수능란한 것이 이와 같았다.

이공이 혼인을 허락받고 즉시 택일하니 혼인날이 겨우 열흘 남아있었다. 가련한 정씨는 14세 젊은 나이에 창자를 끊는 기박한 운명이 대단하여 남편의 얼굴도 자세히 알지 못하고 오직 시부모와 존당을 의지하여 시일을 보냈다. 사덕(四德)을 꽃처럼 닦아 안색에 불평한 것을 나타내지 않았다. 나중에 시집온 조씨는 남편의 은총과 후대가 한 몸에 온전하여 모든 일이 아름답게 이루어졌다. 정씨는 타고난 성품이 기특하여 조씨를 좋은 마음으로 잘 대우할 뿐만 아니라 진정한 마음으로 사랑하기를 자매가 서로 화락하는136) 뜻이 있었다. 조씨는 지극히 온순한 여자여서 정씨를 공경하기를 군신지간 같이 하였다. 유현의 대접이 오직 자기에게만 후할 때에는 진정으로 불평하였지만 유현의 기상이 엄정해서 항상 말하기를

---

136) 자매가 ~ 화락하는 : {져믜의 관관(關關)호}. '져믜'는 자매의 뜻이고, '관관(關關)'은 『시경』「주남」의 〈관저(關雎)〉에 나오는 말로 자웅(雌雄)이 서로 응하는 화락한 소리를 뜻하므로 문맥을 고려하여 이와 같이 옮김.

두려워하는 까닭에 품은 바를 말하지 못하였지만 정성을 다하여 정씨를 섬겨 행동거지가 영리하고 슬기로우며 총명하였다. 양정렬이 정씨를 애중하게 여기고 조씨를 또한 가엾게 여기며 사랑하여 두 며느리를 거느리는 것을 공평하게 하니 두 며느리가 시어머니를 우러러 바라보는 것을 태산의 북두성 같이 하였다.

세월이 빨리 흘러 이씨 집안과의 혼인날이 다다랐다. 비록 기쁘지 않았지만 또한 중당에 자리를 열고 친척만 모아 신랑을 보내며 신부를 맞았다. 정씨와 조씨 두 소저의 아름다움은 햇빛을 무색하게 하니 모든 친척이 칭찬하여 말하였다.

"정씨와 조씨 같은 아름다운 여인을 함께 얻고 또 세 번째 부인을 얻는 뜻을 알지 못하겠습니다."

태부인이 웃으며 말하였다.

"손자가 외람된 것이 아니고 노인이 서산에 해가 지는 것이 임박하여 남은 날이 얼마 남지 않아서 그랬네. 자손이 저 아이들뿐인 까닭에 아름다운 손자며느리를 쌍쌍이 얻어 보고자 하였는데 마침 이공이 사위를 구하는 일이 이 아이에게 미치게 되었네. 저 아이의 아비는 진정으로 민망하여 하는 것을 내가 우겨 손자며느리를 얻으니 여러 친척들은 노인의 일을 괴이하게 여기지 말게."

모든 사람들이 웃으며 말하였다.

"태부인의 마음이 어찌 그렇지 않겠습니까? 비록 손자며느리를 얻었으나 정씨와 조씨의 아름다움만 같지 못할까 합니다."

이윽고 눈을 들어 여러 며느리와 딸들과 세 손자며느리를 보며 그 기이함을 기뻐하며 웃음을 머금고 말하였다.

"태부인께서 손자며느리 구하시는 것을 민망하게 여겼더니 오늘 며느리와 손자며느리들을 보니 사람의 마음으로 며느리를 많이 구하는 것이 이해가 되는 것 같습니다."

태부인이 웃으며 말하였다.

"오늘 혼인은 노모가 주장한 것이다. 만일 신부가 아름다우면 너는 나에게 한 잔의 치사를 하지 않을 수 없을 것이다."

자리에 있던 사람들이 다 웃고 노공과 초공이 두 번 절하며 말하였다.

"명대로 하겠습니다."

태부인이 말하였다.

"기현이 나의 종손(宗孫)이고 한 명의 처로는 외로우니 빨리 신부를 취해라."

진왕이 공경히 뜻을 받들며 말하였다.

"삼가 가르침을 받들겠습니다."

좌중에 기쁜 기운이 넘쳐났다. 유현이 이에 함께 자리에 어른들을 모

시고 있다가 마음에 기쁨이 적지 않았지만 부친이 이 자리에 있어서 감히 기운을 펴지 못하여 무릎을 모아 단정하게 앉아있었다. 태부인이 정씨로 하여금 길복(吉服)을 섬기라고 하자 정소저는 자리에서 물러나 명령을 받들었다. 조씨 등이 웃으며 말하였다.

"날이 늦었는데 신랑은 바쁘지 않느냐?"

진왕이 웃으며 말하였다.

"이씨 집안이 가깝지 않고 요객(繞客)137)이 바빠하니 빨리 옷을 입어라."

유현이 가만히 웃으며 대답하였다.

---

137) 요객(繞客) : 혼인 때에 가족 중에서 신랑이나 신부를 데리고 가는 사람.

"요객(繞客)하여 무엇 하겠습니까?"

이렇게 말하고 오히려 움직이지 않았다. 태부인이 재촉하고 노공이 이어서 말하니 초공이 정색하며 말하였다.

"네가 한 번 움직이기가 그리 어렵다고 어른들의 명령을 수고스럽게 100 하느냐?"

유현이 황급히 공경하고 일어나 두 번 절하며 사죄하고 옷을 입었다. 정소저는 가을물 같은 눈길을 가늘게 뜨고 아름다운 눈썹을 나직하게 하여 길복을 섬겼다. 행여라도 눈이 유현에게 미치지 않게 하여 편안하고 조용히 길복을 섬기기를 다하고 차분하고 조용히 물러났다. 정소저의 온화한 기운이 자연스러워 만개의 꽃 봉우리가 다투어 웃는 듯하니 여러 사람들이 와자지껄하게 탄복하였다. 조씨 등이 초공을 향하여 치하하면서 말하였다.

"오늘 정씨의 맑고 아리따운 덕이 옛날에 양씨 아우[138]의 거동이 돌아온 듯하니 이것은 아우의 큰 복이다. 어리석은 누이들이 치하를 다 못할 것 같구나."

초공이 기뻐하는 기색이 외모에 드러나고 흔연히 칭찬하며 말하였다. 101

"며느리의 현숙함은 옛날 사람보다 훨씬 낫습니다. 어찌 그 시어머니에게 비교하겠습니까?"

여러 누이가 크게 웃으며 말하였다.

"그 시어머니 위에 오를 사람은 없을까 한다. 아우는 소견이 꾸밈이 없고 솔직하지만 이 말은 안과 밖이 다른 것이다."

초공이 웃음을 머금었다.

---

138) 양씨 아우 : {양뎨}. 곧 초공의 아내인 양정렬을 뜻함.

유현이 옷을 입고 사람들이 모여 있는 곳에서 하직하니 석상서가 웃음을 머금고 말하였다.

"어찌 사원은 혼례도 가르치지 않고, 신랑은 예법을 배우지 않았느냐?"

초공이 웃음을 머금고 말하였다.

"예법을 배우지 않았다고 상관하겠습니까? 형의 근심이 너무 지나치십니다."

유상서가 유현을 잡고 보채니 유현이 웃음을 머금고 대답하였다.

"임금 앞에서도 여덟 번 절하는 의식도 배우지 않았는데 한 명의 이씨를 취하면서 예법에 벗어나겠습니까?"

말을 마치고 몸을 돌려 밖으로 나가니 말끔한 풍채 있는 모습이 이날 더욱 새로웠다. 자리에 있던 여러 사람들이 모두 칭찬하고 노공의 기뻐하는 마음이 비교할 데가 없었다.

이씨 집안에 나아가 나무 기러기를 상위에 올리고 절하는 예를 마치고 신부를 맞아 돌아왔다. 수많은 관리들이 요객(繞客)이 되어 위의(威儀)가 도로에 이어졌다. 유현의 옥 같은 얼굴과 영웅스러운 모습이 밝은 해 아래서 환하게 빛나니 길가에서 이를 보던 사람들이 새롭게 칭찬하며 말하였다.

"이 신랑이 작년 봄에 계화를 머리에 꽂고 지나가더니 2년 사이에 세 번 신랑이 되어 길을 지나는 것인가?"

이런 소리가 들리니 유현은 마음속으로 몰래 웃었다.

차설(且說). 유현이 신부를 맞아 돌아와 신부가 독좌(獨坐)[139]하고 있는데 남자의 풍모와 여자의 모습이 뛰어나며 특이하여 황금과 흰 옥이 빛을

---

139) 독좌(獨坐) : 새색시가 초례의 사흘 동안 들어앉아 있는 일.

다투며 기린과 봉황과 교룡(蛟龍)140)이 희롱하는 듯하였다. 이른바 하늘이 정한 짝이고 백 년 동안 해로할 아름다운 배필이었다. 여러 사람들이 경탄하고 칭찬하지 않는 사람이 없었다. 신랑의 한 쌍의 거울이 비치는 듯한 얼굴에는 기뻐하는 빛이 양미간에 드러났다.

신부가 단장을 고치고 폐백을 받들어 존당과 시부모께 나아갔다. 영롱한 광채는 태양이 오색구름을 두르고 산꼭대기에 오른 듯하였으며 얼굴에는 서광이 빛나니 상쾌하고 수려하여 가을달이 옥루(玉樓)에 밝은 듯하였다. 육척 신장과 한 척의 가느다란 허리가 미양궁 버들141)을 둔하게 여기는 듯하였다. 몸의 움직임은 예법이 있고 나가고 물러나는 것의 예절이 신중하고 장중하며 고요하니 빼어나게 단정한 성덕이 외모에 드러나 그 시어머니 양정렬이 아니면 비교할 만한 사람이 없었다. 존당과 시부모가 매우 기뻐하여 삼취(三娶)를 꾸짖던 마음이 사라졌다. 태부인이 온 마음으로 매우 기뻐하며 초공을 향하여 웃으며 말하였다.

"오늘 신부가 네 눈에는 어떠하냐?"

초공이 또한 신부의 외모는 말할 것도 없을 정도로 훌륭하여 기뻤으며, 신부의 사양하는 행동이 정씨와 같아서 마음에 들어 온화한 기운이 온 얼굴에 가득하여 대답하였다.

"유현은 경박한 어린아이인데 처궁(妻宮)142)은 이와 같이 유복하여 며

104

---

140) 기린과 ~ 교룡(蛟龍) : {린봉교뇽[麟鳳蛟龍]}. '인봉(麟鳳)'은 기린과 봉황으로 진기한 것이나 뛰어난 사람을 이르는 말이고 교룡(蛟龍)은 상상 속에 등장하는 동물의 하나. 모양이 뱀과 같고 몸의 길이가 한 길이 넘으며 넓적한 네 발이 있고, 가슴은 붉고 등에는 푸른 무늬가 있으며 옆구리와 배는 비단처럼 부드럽고 눈썹으로 교미하여 알을 낳는다고 함.

141) 미양궁 버들 : 미양궁(未央宮)은 한(漢)나라 궁궐의 정전(正殿)을 뜻함. 원래 '미양궁 버들'은 백거이(白居易)의 〈장한가(長恨歌)〉에서는 "태액지의 부용도 미양궁의 버들도, 부용은 양귀비 얼굴, 버들은 눈썹은(太液芙蓉未央柳 芙蓉如面柳如眉)"에서 양귀비의 눈썹이라는 의미로 쓰임. 여기서는 이소저의 가느다란 허리가 자유자재로 움직이는 모습과 대조하기 위해서 미양궁의 버들이 쓰임.

느리 정씨와 조씨의 아름다움이 있고 신부 또한 아름다우니 이것은 할머니께서 주신 것입니다."

태부인이 매우 기뻐하며 신부의 옥 같은 손을 잡고 탐스러운 쪽진 머리를 어루만지며 말하였다.

"이와 같이 아름다운 기질로 노인의 슬하에 임하였으니 어찌 나의 늘그막의 복이 아니겠는가?"

태부인이 정씨와 조씨를 불러 좌우에 앉히고 경계하면서 말하였다.

"여자가 한 사람을 섬기게 되면 어린 나이에 투기하는 마음은 항상 있는 일이다. 우리 손자며느리 정씨의 사덕(四德)이 본래 꽃다우며 조씨와는 자매 같다. 세 사람이 서로 뜻이 잘 맞아서 시어머니의 성덕을 본받으면 규중에 즐거운 기운이 일어나 행동거지가 빛날 것이다."

세 사람이 일시에 붉은 치마를 끌며 칠보로 장식한 머리를 숙이고 공경

히 명령을 받들었다. 이들의 꽃다운 기질과 예쁘고 온순한 거동이 매우 더할 나위 없이 훌륭하고 아름다우니 좌우에 있던 사람들이 다투어 치하하였다.

노공 부부와 태부인의 기쁨은 비할 것이 없었고, 양정렬이 단정하고도 정중하지만 기뻐하는 기운이 양미간에 가득하였고 고운 뺨에 온화한 기운이 가득 어려 있었다. 화파[143]가 웃으며 말하였다.

"누가 신부가 기특하다고 하였습니까? 우리 양정렬의 웃는 아름다운 모습은 신부의 온갖 모습의 뛰어난 아름다움보다 더 기특합니다."

조씨 등이 웃으며 말하였다.

---

142) 처궁(妻宮) : 점술에서 십이궁의 하나로 처첩에 관한 운수를 점치는 별자리임.
143) 화파 : {화파}. 노공인 조숙의 첫 번째 첩인 화씨를 가리킴.

"양씨 아우를 칭찬하는 것이 아니라 신부를 칭찬하고 있는데 서모는
쓸데없는 말을 하십니다."

정숙렬이 웃으며 말하였다.

"양씨 아우는 열 대여섯이 아니며 아우의 셋째 며느리가 들어왔는데
어찌 며느리와 미모를 다투겠습니까?"

화파가 웃으며 말하였다.

"정부인 말씀을 알아듣겠습니다. 노첩이 옛날에는 정숙렬을 아름답다
고 했다가 오늘 양정렬을 칭찬하니 한편으로 싫어하시는군요. 두 부인
은 여자 중에 요임금과 순임금입니다. 아무리 며느리들이 기특하다고
한들 하늘의 도리를 따르는 자에게 비교하겠습니까?"

양정렬이 부끄러워하는 얼굴빛으로 말하였다.

"서모의 말씀은 너무 과하셔서 실언하시는 것이 있습니다. 요임금과
순임금이 어떤 성군이건대 보잘 것 없는 규중 여자에 비교하겠습니까?
정씨 형님이 비록 귀중하셔도 이것은 당치 못하실 바이고 첩 같은 이는
더욱 이런 말을 듣는 것이 놀라고 부끄럽습니다. 원컨대 이런 우스갯
소리는 하지 마십시오."

화파가 머리를 흔들며 말하였다.

"노인이 진심으로 양정렬을 칭찬하였더니 이런 책망이 돌아올 줄을 알
았겠습니까?"

자리에 있던 사람들이 크게 웃었다.

종일 기쁨을 다하고 여러 손님들이 흩어졌다. 신부의 숙소를 취운정에
정하니 채련각, 매설정, 취운정이 서로 이어져 있었다. 신부가 물러나와
숙소에 돌아오자 유현이 또한 들어와 신부와 마주 하였다. 유현은 반가움

이 양미간에 퍼지고 기쁜 마음이 마구 일어나니 수려한 양미간에 기쁜 기운이 영롱하여 흔연히 웃으며 말하였다.

"붕우지도(朋友之道)가 변하여 부부대륜(夫婦大倫)을 맞아 오늘 화촉을 켜고 마주하니 어찌 천 년에 한 번 있는 기이한 만남이 아니겠소?"

이소저가 부끄러워 말을 하지 않으니 유현이 웃으며 말하였다.

"한 자리에 같이 앉아서 실없이 웃고 농담을 태연자약하게 하던 말씨로 이제 신부의 부끄러워하는 모습을 더하시니 우습지 않겠소? 그러나 내가 아니었다면 부인이 아버지를 만나는 천륜이 완전해지지 못했을 것이요. 오늘 어찌 한마디도 칭찬하는 말이 없소?"

이소저가 몸가짐을 조심하고 단정히 하며 조용하게 사례하면서 말하였다.

"첩의 운명이 기박하여 심각한 고난을 당하고 부모와 헤어져서 규방의 여자인데도 남자의 옷을 바꿔 입고 수많은 고초를 겪으며 서울에 이르렀지만 세월만 흘러가고 부모를 찾을 길이 없었습니다. 군자의 어진 마음에 힘입어 부녀가 상봉하니 군자의 산 같은 은혜와 바다 같은 덕을 마음과 뼈에 새길 것입니다. 어찌 언어로 고마움을 다 표현하겠습니까? 전에 하룻밤 사이에 말을 나눈 것은 부득이 했기 때문입니다. 첩의 행실이 부끄러운 것은 여기서 매우 심하니 어찌 편안하겠습니까?"

유현이 이소저의 손을 잡고 말하였다.

"이 팔위에 붉은 표시가 아니었다면 부모를 찾는 것이 어려울 뻔했소. 친구로 사귀던 것이 한바탕 아름다운 일이니 무슨 부끄러움이 있겠소?"

이소저가 조용히 손을 빼고 자리에서 물러났는데 수려하고 상쾌하며 깨끗한 양미간에 온화한 기운이 보통 때처럼 침착하게 어려 있었다. 유현

은 이소저가 볼수록 새로우니 사랑을 걷잡지 못하고 촛불을 장막 밖으로
내고 비단 장막 안으로 나아가니 이소저를 깊이 사랑하고 소중하게 여기
는 것이 하해(河海)와 같았다.

화파 등이 태부인의 명으로 괴로운 것을 무릅쓰고 신방 안을 엿보고 있
었다. 유현과 이소저의 이 말을 듣고 매우 놀라 태부인께 고하였다. 태부
인이 웃으며 말하였다.

"이제 대강 들으니 이씨의 일을 유현의 아비가 알면 매우 좋아하지 않
을 것이다. 너희들은 입을 다물고 아무 말도 하지 마라."

화파 등이 혀를 내두르며 말하였다.

"15세가 되지 못해서 분수에 넘치는 일이 많으니 장래의 일을 알 만하
군요. 초공의 지엄하신 가르침과 명령이 이에 다다라 속으시니 유현의
신이하고 능통함을 알겠습니다."

태부인이 웃고 재삼 이 일을 누설하지 말라고 하였다.

유현이 이씨에 대한 사랑이 산과 바다 같았지만 조씨를 또한 후대하여
규중을 다스렸다. 유현이 나이가 어리고 풍정이 있으나 엄정하고 엄숙함
은 부형의 풍모가 있었고 아버지 앞에 임하여 수행하기를 순금과 아름다
운 옥같이 하여 그 허물을 드러내지 않았다. 오직 정씨를 지나가는 사람
같이 대하고 더럽게 여겨 채련각으로 향하는 자취를 완전히 끊었다. 같은
방의 시비들이 눈물을 뿌리며 유현을 원망하였다. 정씨는 시비들을 꾸짖
어 이런 행동을 못하게 하고 탄식하며 말하였다.

"천도가 사람의 팔자를 다 같게 정하시지 않으셨다. 어찌 녹녹히 남을
부러워하고 당돌하게 남편을 원망하겠는가? 내가 비록 고인의 행적을
본받지 못하지만 총애를 다투는 더러움을 행하지 않을 것이다. 존당과

시부모님의 자애를 우러러보며 여러 동서와 시누이의 후의에 의지하여 장강(莊姜)[144]과 반비(班妃)[145]의 모습을 본받을 것이다. 몸이 선비 집안에서 태어났고 뜻이 성인의 가르침에 있으니 어찌 구차하게 남편의 후대와 박대를 꺼리겠는가?"

말을 마치자 안색이 숙연하고 정대하였다. 유모가 울면서 말하였다.

"부인은 이렇게 말하지 마십시오. 노첩은 밤낮으로 마음이 칼날에 베이는 듯합니다. 소저의 재덕과 곱고 아름다운 자태가 조씨와 이씨 두 소저보다 못하지 않으신데 한림께서는 조강지처인 첫째 부인과 어릴 때 혼인하여 본처를 조금도 생각하지 않으시고 일편 되게 두 소저께 홀려서 정신을 차리지 못하시니 어찌 통한치 않겠습니까? 소소저는 같은 날 조씨 가문에 들어와 잉태하신 지 7~8개월인데 소저는 적국(敵國)[146]이 많아 남편의 얼굴도 자세히 모르십니다. 소저께서 나이가 어리셔서 세상 형편을 모르시는 것인지, 저같이 태연자약하시니 첩은 더욱 소저가 불쌍하고 서럽습니다."

정씨는 가만히 웃으며 말하였다.

"어미는 부질없이 눈물만 허비하는구나. 내 마음이 편하고 한가로워 남편을 보지 않을수록 평안하니 유모가 우는 것이 가소롭지 않겠느냐? 소소저께서 임신하신 것이 온 집안의 경사인데 이것을 한스럽게 생각해서 무엇 하느냐?"

---

144) 장강(莊姜) : 제나라 제후의 딸로, 춘추시대 위(衛)나라 장공(莊公)의 비(妃). 미모가 뛰어났으며 보모인 부모(傅母)의 계속된 가르침을 받아 스스로 품행을 닦았다고 함.
145) 반비(班妃) : 전한(前漢)의 성제(成帝)의 총애를 받았던 반첩여를 가리킴. 성제의 후궁인 조비연의 모략으로 장신궁(長信宮)에 머물게 됨. 장신궁에서 과거 임금의 사랑을 받던 일을 회상하고 현재의 자신의 처지를 돌아보며 〈원가행(怨歌行)〉이라는 제목의 시를 지음.
146) 적국(敵國) : 남편의 다른 처나 첩을 뜻함.

유모는 정씨가 아무 생각 없이 남편의 박대를 거리끼지 않는 것을 더 욱 원통하게 생각했으며 분하고 원망스러워 눈물을 강물처럼 흘렸다.

이때에 유현이 취운정으로 가는 길이었는데 취운정 사창(紗窓)에 촛불 의 그림자가 비치고 말소리가 은은하였다. 잠깐 발걸음을 중지하여 주인 과 시비의 문답을 들었다. 유현이 정씨의 현숙한 말을 듣고 마음으로 탄 복하여 생각하였다.

'저 사람의 말이 이와 같이 아름답구나. 내가 원래 화촉을 밝힌 후에는 한 번 가까이 대하여 말을 주고받은 적도 없고 그 사람이 현명한지 그 렇지 않은지 살피지도 않았다. 오늘밤에는 들어가 그 거동을 보아야겠 다.'

문을 열고 방으로 들어가니 유모와 시비들이 매우 놀라 물러가고 정씨 는 자연스레 유현을 공손하게 맞이하였다. 가는 허리가 보통 때처럼 침착 하고 온 몸이 나부끼듯 가벼워 행동거지에 법도가 있으니 흰 달이 옥루 (玉樓)에 밝은 것 같았다. 정씨를 한 번 보아도 공경하는 뜻이 흘러나왔다. 이에 유현이 팔을 밀어 자리를 정하고 무릎을 모으고 몸을 단정하게 앉아 서 온화한 목소리로 말하였다.

"정실로[147] 혼인한 대륜(大倫)이 중요하니 마땅히 부창부수(夫唱婦隨)하 여 부부가 화락하는 즐거움이 있을 것이지만 부인이 나를 승냥이와 호 랑이같이 보고 차가운 눈으로 업신여기며 미친 사람처럼 생각하니 내 가 매우 괴이하여 한 번 묻고자 하였소. 그러나 내 성품이 규방에 있는 여인과 말을 나누는 것에 게을러 오늘에 이르렀소. 계속해서 여자를 모으는 것이 나의 즐거움이니 그대가 나를 원망스럽게 생각할 까닭이

---

147) 정실로 : {현조로}. 정확한 뜻은 미상이나 문맥상 정실부인, 원비의 의미인 듯함.

없소. 청컨대 그 생각을 듣고자 하오."

정씨가 옷깃을 여미어 바로잡고 근심스러운 빛을 띤 얼굴로 대답하였다.

"첩은 부모의 아리따운 사랑을 받고 자라서 부덕(婦德)이 거의 없습니다. 맹광(孟光)의 거안제미(擧案齊眉)[148]하는 부녀자의 행실이 없고 용모가 수수하고 허름하니 군자 높은 안목에 합당하지 않을 것입니다. 성품이 용렬하고 졸렬하여 꾸미는 말로 군자의 뜻에 영합하지 못하였지만 일찍 불경하고 무례하며 거만한 빛을 보이지 않았습니다. 군자의 책망하시는 말씀이 이와 같으니 매우 놀랍고 의아합니다. 하물며 새로운 아내를 취하는 것은 어른들의 명령이 없이 군자께서 마음대로 결정하여 처리하여도 규방의 아내가 감히 방자하게 굴지 못할 것이니 어찌 첩이 원망스러워하겠습니까?'

이에 옥 같은 목소리가 낭랑하여 단혈(丹穴)의 봉황[149]이 우는 듯 언어가 엄숙하여 의연이 덕행이 뛰어나고 학문이 높은 선비 같았다. 유현이 가까이 가 앉아서 그 말을 듣고 정씨의 얼굴을 대하니 온 마음으로 정씨가 공경스럽고 사랑스러웠으나 한편으로 괴이하게 여겨 생각하였다.

'저와 같은 사람됨으로 어찌 그 행동이 음란하고 비루한가? 옛날 탁문군과 양귀비[150]의 아름다운 얼굴[151]로도 행실은 닦았다. 내가 사람을

---

148) 맹광(孟光)의 거안제미(擧案齊眉) : 맹광이 남편을 공경하는 행동을 의미함. 『후한서(後漢書)』의 「일민전(逸民傳)」에 보면 '거안제미(擧案齊眉)'는 맹광(孟光)이 남편 양홍(梁鴻)에게 밥상을 올릴 때 자기 눈썹 높이만큼 상을 받들어 드려 공경한 일을 말함.

149) 단혈(丹穴)의 봉황 : 단혈(丹穴)은 단사(丹砂)가 나는 굴로 여기에는 봉황이 산다고 함. 단혈은 중국에서 남쪽의 태양 바로 밑이라고 여기던 곳인데, 단혈의 봉황을 단혈봉(丹穴鳳)·단혈조(丹穴鳥)라고 함.

150) 양귀비 : {태진}. '태진'은 양귀비를 가리킴. 당(唐) 현종(玄宗)의 귀비(貴妃). 절세의 풍만한 미인으로 가무(歌舞)에 능함. 양귀비의 본명은 양옥환(楊玉環)으로, 본래는 당 현종의 아들인 수왕(壽王)의 비(妃)인데, 현종이 그 빼어남을 보고 반하여 아들을 변방으로 보내고 며느리를 차

알아보는 눈빛이 다른 사람보다 뛰어난데 저 사람의 안색은 아름다우[.]면서도 또 복록이 완전한 상이고 한 쌍의 봉황 같은 눈썹의 화평한 기 119운이 봄볕 같고 두 눈의 정묘하고 아름다운 빛깔이 새벽별 같아서 결단코 비루하고 경박한 일이 없을 것이다. 그러나 설강의 말이 그 어떤 말인가? 내가 자기를 매우 심하게 박대하여 남편이 없는 텅 빈 방에 희미한 등불만 있던 장신궁(長信宮)¹⁵²⁾을 본받고 계속해서 새 부인을 맞아 그들에게 나의 대접이 지극히 후한 데도 아무 말 없이 바라보고 조금도 나를 원망하는 것이 없었다. 뿐만 아니라 오늘 언사가 이와 같이 상쾌하니 설강의 말이 아니라면 그 얼굴은 말할 것도 없고 역량과 슬기는 이씨의 위이다.'

설강의 말을 생각하면 그 비루함이 천한 창기 같지만 그 사람됨이 도리가 있으니 유현이 마음속으로 기특하게 여겼다. 그러나 설강의 말을 생 120각하면 함께 즐길 생각이 사라지니 진실로 두 사람의 액이 무거워 원수가 방해한 것이었다.

유현이 정씨를 잡고서 잠자리에 나아갔지만 사랑을 나누지 못하고 다만 옥 같은 손을 잡고 은근히 위로하며 말하였다.

지하였음. 17세에 당 현종의 제18왕자 수왕(壽王)의 비(妃)가 되었으나 현종의 무혜비(武惠妃)가 죽은 후 현종의 눈에 들기 위해 수왕의 저택을 나와 태진이라는 이름의 여도사가 되어 황제와 결합, 27세에 정식으로 귀비(貴妃)로 책립됨. 친척 오빠인 양국충과의 반목(反目)이 원인이되어 안녹산(安祿山)이 반란을 일으키자, 현종과 함께 피난하다가 마외역(馬嵬驛)에 이르러 관군에게 책망당하고 목매어 죽었음.
151) 아름다운 얼굴 : {완혜지용}. '완혜지용(婉蕙之容)'의 의미로 보아 이와 같이 옮김.
152) 장신궁(長信宮) : 반첩여(班婕妤)가 성제(成帝)의 사랑을 잃어버리고 머물던 궁임. 반첩여와 조비연(趙飛燕)은 중국 한(漢)나라 성제(成帝)의 후궁으로, 성제는 처음에는 반첩여를 매우 총애했지만, 시간이 흐르자 조비연에게로 사랑이 옮겨갔음. 조비연은 혹시라도 성제의 마음이 반첩여에게 되돌아갈 것을 염려하여, 반첩여가 임금을 중상 모략했다고 무고(誣告)하여 그녀를 옥에 가두게 됨. 반첩여는 장신궁(長信宮)에 머물면서 과거 임금의 사랑을 받던 일을 회상하고 현재의 자신의 처지를 돌이켜보게 되었는데, 그러다가 가을이 되어 쓸모없게 된 부채와 자신의처지가 일치한다는 생각이 들어 〈원가행(怨歌行)〉이라는 제목의 시를 짓기도 하였음.

"우리 부부가 나이가 어려서 아버지께서 부부가 따로 거처할 것을 명하셨으니 감히 어기지 못하오. 그러나 나의 정이 박한 것이 아니니 부인은 마음을 한가하게 하여 필경 내가 처리하는 것을 보시오."

정씨는 유현이 달래는 말이 귀에 들리지 않았으나 특별한 말이 없이 행동거지를 편안하고 조용하게 하였다.

121 유현이 이 밤을 겨우 지내고 나와 차후에는 옛날과는 달리 정씨의 처소에 들어가고 나가는 것이 판이하게 달랐다. 방밖 사람들의 이목을 가리고 한편으로 정씨의 사람됨을 자세히 살펴보았다. 정씨는 한 번 움직이고 한 번 멈추는 것이 예의가 아닌 것이 없고 숙연한 행실이 기특하지 않은 것이 없었다. 유현이 깊이 탄복하였지만 한편으로 설강의 말을 생각하고는 정씨를 괴이하게 여겼다. 앞으로의 일이 어떻게 되는지는 다음 회를 살펴보아라.

조 씨 삼 대 록

3권

1 화설(話說). 정숙렬은 진궁에 있었기 때문에 유현 부부의 사이가 매우 소원한 것을 알지 못하였다.

하루는 정숙렬이 어른들께 문안을 드린 후 양정렬과 한 곳에서 모여서 소씨와 정씨, 조씨와 이씨 네 부인들과 여러 딸을 한 데 모아 바라보았다. 그들의 꽃 같은 얼굴과 옥 같은 자태가 매우 시원하고 상쾌하여 정숙렬의 옥 같은 눈을 부시게 하였다. 정숙렬이 기뻐하면서도 한편으로 애달파하며 말하였다.

"내가 어릴 때 일찍 어머니를 여의고 의지할 곳 없이 외로운 마음이 매우 슬펐는데 운명이 괴이하여 수많은 험난함을 겪고 다행히도 하늘의 해를 보게 되어 이제 여러 자녀를 두고 위엄과 덕망의 귀함을 누리는

2 것은 내 분수에 지나친 것이다. 어찌 슬픈 회포가 일어나겠는가마는 옛날 일의 감회를 참지 못하겠구나. 나는 오직 며느리 소씨뿐이고 자네의 아리따운 세 며느리153)는 내가 얻지 못할 영화이니 내가 치하를 다 못할 정도라네."

양정렬이 또한 슬픔을 머금고 대답하였다.

"옛날의 변란은 세월이 오래되고 해가 거듭될수록 마음이 서늘해지고 뼈가 굳는 것 같습니다. 저는 형님같이 육아(蓼莪)의 아픔154)은 없지만 일생을 구차하게 장 속에 몸을 감추며 누명을 입어 시댁을 떠날 때의 심사는 형님과 다를 바가 있겠습니까? 이제 자녀가 갖추어지고 며느리

3 가 이처럼 아름다운 것은 저의 분수에는 지나쳐서 두려우며 근심이 됩

---

153) 아리따운 ~ 며느리 : {옥보일신(玉步一身)의 삼부(三婦)}. 아름다운 걸음을 걷는 세 며느리라는 의미이므로 아리따운 며느리로 옮김.

154) 육아(蓼莪)의 아픔 : 육아지통(蓼莪之痛)으로 부모를 잃은 아픔을 의미함. 육아(蓼莪)는 『시경』 「소아(小雅)」의 편명임. 이 작품은 전쟁에 나가 부모를 섬기지 못하다가 부모가 세상을 떠난 후에 그 슬픔을 읊은 노래임.

니다."

연씨와 최씨,[155] 왕씨와 윤씨[156] 네 부인이 일시에 모여서 웃으며 말하였다.

"두 부인이 이리 모이셔서 어찌 슬픈 얼굴빛으로 무슨 정회를 말씀하시고 계시면서 우리들을 찾지 않으십니까?"

두 부인이 각각 방석을 내밀고 웃으며 말하였다.

"부인들은 유복하여 난세를 모르고 태평한 시절에 호화로움만 만끽하셨으니 우리 두 사람의 괴롭던 정회를 어찌 알겠습니까? 이런 까닭에 우리의 마음을 아는 사람과 만나서 논의하고 있었습니다."

여러 부인이 화당(華堂)에 벌여 앉으니 두 부인이 다과를 내어 서로 권하며 한가롭게 이야기를 나누었다. 여섯 부인의 낭랑한 말과 웃음소리와 시원하고 상쾌한 빛이 집안을 밝게 비추었다. 여러 소저의 빛나는 꽃 같은 얼굴과 향기롭고 고운 기질이 하나 같이 태임(太任)과 태사(太姒)의 덕을 지니고 있었다. 정숙렬과 양정렬이 소씨와 정씨, 조씨와 이씨 네 며느리가 빼어나게 아름다운 것을 기뻐하였다. 정숙렬이 양정렬을 돌아보며 말하였다.

"며느리 정씨가 이곳에 온지 아마 몇 년이 지났을 것인데 그 외모는 많은 사람들이 모두 아는 바인데 그 행동은 어떠한가?"

양정렬이 대답하였다.

"내 며느리는 여자 중에 군자입니다. 성효와 행실이 조금이라도 하자될 것이 없으니 어찌 물어서 그것을 알겠습니까?"

---

155) 연씨와 최씨 : 진왕의 세 번째, 네 번째 처임.
156) 왕씨와 윤씨 : 초공의 두 번째, 네 번째 처임.

정숙렬이 웃으며 말하였다.

"비록 그러하나 유현에게는 정씨가 마음에 많이 미진한가 부부의 금슬이 불화한 것 같네. 내가 진궁에 있어 아침저녁에만 왕래를 하지만 오히려 기현 부부 처소의 동정을 모르니 더욱 유현 부부의 동정을 어찌 알겠는가마는 여러 서모가 전하는 바를 들어보니 유현이 정씨를 후대한다는 것은 듣지 못했네. 여러 사람이 모인 모임에서 유현의 기색을 살피니 정씨를 매우 싫어하고 괴롭게 여기는 기색이 있었네. 옛날부터 황금의 종류는 군자의 마음을 움직이지 못한다고 하였지만 며느리 정씨의 옥이 따스하며 꽃이 향기 있는 거동을 소년 남아가 그토록 싫어하고 괴롭게 여겨 대면하기 싫어하는가? 이것도 사람의 마음이 아니니 매우 의아한 일이네. 시동생이 집안일을 숙연하게 처리하였지만 어릴 때에 현명한 아우의 헛된 누명을 잘 알지 못하고 아우를 박하게 대하던 것을 여러 사람의 이목이 알아보게 되었네. 그러나 이것은 근본이 있는 박대여서 뜬 구름이 걷히게 되자 부부가 온전한 화락을 이루고 만사가 뜻대로 되었네. 며느리 정씨의 박명함은 아우와는 달라 진실로 불쌍하게 생각되네. 내가 친척의 사사로운 정으로 말하는 것이 아니네. 아우는 홀로 근심이 없으며 불쌍하지 않은가?"

양정렬이 탄식하며 말하였다.

"오늘 형님께서 말씀하시는 바가 마땅합니다. 첩이 사람의 어미가 되어 염려와 근심이 어찌 적겠습니까? 유현에게 잘 알아듣도록 타일렀으나 효험이 없고 군자께서 세세한 일에 훈계하는 것이 없습니다. 아들이 어렵게 여겨 꺼리는 것은 제 아버지 밖에 없습니다. 군자가 며느리 정씨를 대하시는 것은 아들보다 더합니다만 유현 부부의 금실과 아내를 박하게 하는지 후하게 하는지에 대해서는 조금도 염려하지 않으니 첩이 밤낮으로 골똘하는 바입니다. 이제 유현이 새 부인을 맞아서 그 아름다운 자태와 운치는 내 며느리보다 더한 사람이 없지만 며느리 정씨를 지나가는 사람과 같이 대하니 어찌 괴이하지 않겠습니까? 비록 그러하나 며느리 정씨의 기질이 마침내 운명이 기박하지 않을 것이고 청한하며 곧고 깨끗하여 조금도 구차함이 없으니 저 아이들의 액이 다하면 자연스럽게 화락할 때가 있을 것이라고 바라고 있습니다."

정숙렬이 탄식하고 정씨를 돌아보았다. 정씨가 양쪽으로 틀어 올린 머리를 숙이고 눈썹에 근심하는 빛을 띠고 있었다. 정숙렬이 정씨를 애처롭고 가엾게 여겨 그 손을 잡고 붉은 소매를 걷어 올려 팔위에 붉은 점이 완연한 것을 보고 탄식하였다.

"유현의 마음이 심하구나! 보통의 위인이라면 오히려 근심이 적겠지만 유현은 뜻을 정하면 천균(千鈞)의 무게처럼 무겁고[157] 고집을 부리면 뇌정벽력 같은 위엄이라도 두려워하지 않을 사람이다. 시동생이 유현에게 권하지 않는다면 누구를 어렵게 여겨 꺼려 마음을 고치겠는가?"

양정렬이 정씨의 팔위의 붉은 점을 보고 매우 놀랐으며 최씨, 왕씨, 윤씨 세 부인이 모두 불쌍하게 여기며 일시에 유현을 꾸짖었다. 유현이 문득 들어오다가 모든 부인이 모여 있는 것을 보고 나아와 어른들을 모시고 앉으니 온화한 기운과 상쾌하고 시원한 얼굴 모양이 가을 달 같았다. 양정렬이 말없이 탄식하면서 아무 말을 하지 않았고 정숙렬이 웃으며 말하였다.

8

9

---

157) 천균(千鈞)의 ~ 무겁고 : {천균지중[千鈞之重]}. '천균(千鈞)'은 매우 무거운 무게 또는 그런 물건을 비유적으로 이르는 말. '균'은 예전에 쓰던 무게의 단위로, 1균은 30근임.

"내가 비록 너를 낳지 않았지만 기현과 다름이 없다. 그러나 내가 한 가지 의심된 일이 있으니 너는 마음을 숨기지 않겠느냐?"

유현이 부드럽고 온화하게 대답하면서 말하였다.

"제가 큰 어머니께서 돌보고 사랑해 주시는 은혜를 입어 큰 어머니를 우러르는 정성이 어머니와 다름이 없습니다. 만일 물으시는 것이 있으시다면 어찌 감히 마음속 생각을 숨기겠습니까?"

부인이 대답하였다.

"내가 말하지 않았지만 너희가 우리를 섬기는 것이 기현과 똑같다는 것을 어찌 모르겠는가? 내가 의심되는 것은 다름이 아니다. 네가 광대한 식견으로 매사에 남보다 총명하고 뛰어나니 규방의 아내를 거느리는 것이 반드시 공평하고 정대하여 시동생이 숙연하게 집안을 다스리는 것을 본받을 것이라고 알았다. 이제 며느리 정씨가 맑고 정숙하다는 것은 집 안팎이 모두 아는 것으로 이것은 친척이라서 한 편으로 치우친 의견이 아니다. 실로 정씨가 너의 재덕을 욕되게 하지 않을 것인데 너는 정씨에게 무슨 미진함이 있기에 혼인한 지 수 년이 흘렀지만 팔뚝에 붉은 점이 그대로 있게 했느냐? 이것이 내가 의아해 하는 것이니 네 생각을 속이지 마라."

유현이 흔연히 공경하며 받들어 사례하고 말하였다.

"큰어머니의 말씀을 들으니 제가 수신제가를 공평하게 못하여서 큰 어머니께 염려를 끼친 것이 황공스럽습니다. 비록 그러하나 남자의 수신제가는 치국평천하의 근본이 되는 것입니다. 제가 비록 나이가 어리고 어리석고 용렬하지만 일찍 아버지의 엄한 훈계를 밤낮으로 명심하여 눈으로 만 권이나 되는 책을 널리 읽고 외람되게도 임금님의 은혜를 입어 몸이 한림원에 들어가게 되었습니다. 어찌 서너 명의 여자를 거느리면서 어떤 사람에게 애정이 더하고 덜하여 원한을 품는 자가 있도록 하겠습니까? 정씨는 어릴 때부터 혼인한 조강지처로 제 마음의 경중으로 따지자면 조씨와 이씨 위에 있습니다. 잠깐 잘못된 말이 있어서 한편의 마음에 괴이함이 있었는데 정씨를 보면 그 말이 허무한 것 같았습니다. 그러나 그 말이 또 헛되다고 생각하다가도 귀신이 방해하는 것이 아니라면 정씨를 잡으려는 사람이 있을 리 만무하니 바야흐로 의혹스럽고 불안하여 아직 장래를 보고자 하니 팔위에 붉은 점이 있고 없는 것은 별일 아닙니다. 부부가 뜻이 서로 맞고 정의가 후한 것은 팔위의 붉은 점으로 아는 것은 아닐 것이니 큰어머니는 너무 근심하지 마십시오. 어머니께서 이런 일로 아침저녁으로 탄식하시고 마음의 걱정으로 삼으셨지만 저는 한결같이 겉으로 드러내지 않고 참과 거짓을 시원스럽게 다 알아낸 후에 부부대륜을 온전하게 하고자 하는 뜻입니다. 구태여 즐기고자 한 여자만을 편벽되게 사랑하여 애증을 두는 것이 아닙니다."

정숙렬과 양정렬이 더욱 놀라면서 말하였다.

"너의 말이 비록 옳지만 사람의 신상(身上)에 있는 허물을 듣고 본 것이 있거든 즉시 일러주어 알고 고치도록 하는 것이 옳다. 어찌 마음속에 두고 있다가 박대하는 것이 옳겠는가?"

유현이 웃으며 아뢰었다.

"눈 어둡고 귀가 먹지 않으면 한 집안의 주인 소임을 못한다고 하였습니다. 소자가 비록 나이가 어리지만 정씨에게는 가장이 됩니다. 보잘 것 없는 문견(聞見)을 두루 알리는 것은 침묵하는 도리와는 거리가 먼

12

13

것입니다. 이 말을 입 밖에 내지 않아야 정씨도 편하며 저도 편하고 저도 경박한 사람이 되지 않습니다. 이때에 근본을 알아보려고 하신다면 피차에게 더욱 해로울까 합니다."

그 말이 화평하고 안색이 정숙하여 진실로 거짓으로 지어낸 것이 아니었다. 정숙렬이 탄복하며 말하였다.

"네가 침묵하는 것은 시동생의 일과 비슷하니 이것은 정씨가 액이 있는 것이다. 네가 반드시 정씨의 신상에 있는 범상치 않은 과실을 보았는가 싶으니 귀신이 방해하는 것이 아니면 누가 규방의 부덕(婦德)을 너에게 거론하겠느냐? 정씨의 어진 행동과 옥과 같이 깨끗하고 얼음 같

이 맑은 마음이 아버지와 오라비 이외에는 대면할 사람이 없고 발이 층계 앞의 뜰도 밟지 않았으니 누구에게 허물을 보였단 말인가? 네가 말한 것처럼 침묵하고 말을 신중하게 하여 사람을 보존하게 하는 것이 가히 사람으로 하여금 탄복하게 하는 행동이며 시동생의 뜻을 이은 것이다. 며느리 정씨는 또 네 시어머니 양정렬의 어짊을 본받을 따름이고 남편을 한하지 마라. 덕을 닦으면 박명함은 운명일 뿐이니 무엇이 부끄럽겠느냐?"

유현이 이 말을 공경히 받들어 사례하고 정씨 또한 부끄러워하며 정숙렬의 말을 공경히 받들었다. 양정렬이 정씨를 더욱 가엾게 여기며 사랑하여 한 때도 잊지 못하였다.

조부인과 화파, 영파, 설파 세 부인이 들어오니 모두 일시에 웃으며 말하였다.

16

"옥매정에서 모임을 여시고는 우리들을 청하지 않으시니 노엽지 않겠습니까?"

양정렬이 겸손하게 사양하며 말하였다.

"첩이 스스로 나아가 형님과 서모를 모시고 와야지 어찌 감히 앉아서 어른들을 청하겠습니까? 이런 까닭에 감히 어른들을 청하지 못하였는데 이렇게 와주시니 감사함을 이기지 못하겠습니다."

각각 자리를 정하고 한담하였다. 조부인이 웃으며 말하였다.

"부인의 모임에 저 한림학사가 어찌 참여하였느냐?"

유현이 가만히 웃으며 대답하였다.

"한림학사가 아니라 삼공거경(三公巨卿)158)인들 어머니께 문안도 하지 않겠습니까? 낮 문안 인사를 하기 위해 들어오니 어머니와 큰어머니께서 계셔서 모시고 말씀을 하였습니다."

조부인이 웃으며 말하였다.

"네가 이렇게 말하면서 어른들을 모시고 있는 것은 너의 세 부인이 어른들을 모시고 있기 때문에 차마 나가지 못하고 지키고 앉아있는 것이다."

유현이 가만히 웃으며 대답하였다.

"제가 여기 지키고 앉아있지 않아도 아내가 어디 가겠습니까? 고모께서 저를 보채시며 정대한 말씀으로 하시지 않으시니 제가 그 말씀에 불복합니다."

조부인이 웃고는 볼 때마다 유현이 시원스레 말하는 것을 귀엽게 여겨 사랑하였다.

문득 기현이 들어와 어른들을 뵙고 모시고 앉으며 말하였다.

"궁에 가니 어머니께서 안 계셔서 이리 왔습니다."

158) 삼공거경(三公巨卿) : 삼공은 중국에서, 최고의 관직에 있으면서 천자를 보좌하던 세 벼슬. 당나라, 송나라 때는 태위(太尉)·사도(司徒)·사공(司空)이 있었음. 거경(鉅卿)은 대신(大臣)을 높여 이르는 말.

양정렬이 웃으며 말하였다.

"나를 보러오지 않고 형님만 뵈러 왔느냐?"

18 기현이 몸을 굽혀 웃으며 용서를 빌며 말하였다.

"어찌 저의 뜻을 잘 모르십니까? 일찍이 작은 어머니께 문안을 하면서 어머니와 달리한 것이 없습니다."

양정렬이 또한 웃었는데 양정렬이 기현을 사랑하는 마음은 정숙렬과 똑같았다. 조부인 등이 웃으며 말하였다.

"두 명의 조카가 각각 자기 부인과 바둑을 두게 하여 승부를 볼 것이다."

기현이 웃으며 말하였다.

"저는 바쁜 일이 있어 나가겠습니다."

여러 부인들이 우겨 기현과 소씨에게 바둑을 두라고 하니 기현이 재삼 사양하였다. 여러 숙모가 꾸짖으며 말하였다.

"아이는 어른이 시키면 한 말도 하지 않고 바둑을 두어야 한다. 우리들의 명령은 네 어머니의 명령보다 더 높은 것이다. 너희 아버지라도 우

19 리들을 능멸하지 못하는데 너의 행동이 이와 같으냐?"

기현이 마지못하여 바둑판 주변에 앉으니 소씨는 부끄러움을 이기지 못하였다. 정숙렬이 이를 가엾게 여기면서도 사랑스러워 웃으며 말하였다.

"남편과 잡기를 하는 것은 규중의 정도가 아니지만 부부의 처소에서 스스로 시가(詩歌)를 서로 지어 주고받는 것이 아니라 어른의 명령을 따르는 상황이니 며느리는 어려워하지 말고 승부를 겨뤄라."

소씨가 마지못하여 기현과 마주보고 구슬 바둑을 두었다. 기현이 가을

달같이 환하게 빛나는 옥 같은 얼굴로 소씨의 아리따운 얼굴을 상대하며 서로 이기려하는 모습은 형언하기 어려웠다. 소씨의 옥 같은 손이 움직이면서 발휘하는 기이하고 묘한 기술을 당할 사람이 없으니 기현이 소씨를 업신여기다가 두 판을 지고 물러앉았다. 자리에 있던 모든 사람들이 크게 웃고 여러 숙모가 웃으며 말하였다.

"설마 그렇다고 해도 그렇게 부끄럽게 지느냐?"

기현이 가만히 웃으며 대답하였다.

"별로 하고 싶은 생각이 없었고, 소씨를 업신여기다가 지게 되었습니다."

여러 사람들이 모두 웃었다. 또한 유현과 정씨에게 명하여 승부를 겨루라고 하니 유현이 명령을 받들어 판을 내어와 정씨와 승부를 다투었다. 유현의 활달한 기운이 거칠 것이 없고 능통한 수단이 사람의 눈을 어리게 하였다. 정씨가 부끄러워 몸을 수습하면서도 안정하고 단정하여 말과 얼굴빛을 바꾸지 않았으며 옥 같은 손이 움직일 때 마다 수단이 신출귀몰하여 유현의 바둑 두는 능통한 수단을 한탄하였다. 서로 비겨서 승부를 정하지 못하였다. 두 사람의 풍채가 서로 대하니 해와 달이 환하게 빛나고 금과 옥이 빛을 다투어 하늘이 정한 한 쌍이고 백년을 함께할 좋은 배필이었다.

정숙렬과 양정렬, 조씨와 여러 부인들이 일시에 크게 웃었다. 유현이 유쾌하게 이기지 못한 것이 분하여 다시 시작하고자 하였으나 정씨가 손을 모으고 단정하게 앉아있었다. 양정렬이 웃으며 말하였다.

"아들이 꼭 이기려고 하는 것이 미우니 며느리는 다시 바둑을 두어 한 판을 상쾌하게 이겨라"

정씨는 마지못하여 다시 바둑을 시작하였다.

22 이때 초공이 부인과 상의할 일이 있어서 들어왔다가 며느리가 바둑 두는 모습을 여러 사람들의 눈이 쏘아보고 있는 것을 보았다. 자기가 이 흥을 깰 것 같은 생각이 들어 몸을 돌려 나가고자 하였다. 화파가 우연히 눈을 거듭 떠서 초공을 보고 급히 나아와 초공의 옷을 붙들고 말하였다.

"이 재미있는 구경을 보지 않고 나가려고 하십니까?"

여러 부인이 이 소리를 듣고 눈을 들어 바라보니 초공이 문에 의지하고[159] 서 있었다. 일시에 일어나 초공을 맞았다. 기현이 또한 사람들과 뒤섞여서 승부를 보느라고 초공이 온 것을 모르고 있다가 황급하게 일어났다. 초공이 비로소 자리를 정하고 감사해하며 말하였다.

23 "형수님과 여러 누이들이 모여 즐기시는 것을 알지 못하고 무르녹은 흥을 깨뜨리니 황송하고 부끄럽습니다."

정숙렬이 이 말에 대답하여 말하였다.

"존당이 평안하고 건강하시고 집안에 일이 없어서 첩들이 모여 며느리가 바둑을 두는 승부를 보고 있었습니다. 시동생이 임하시니 규중의 부덕(婦德)을 어긴 것을 부끄럽게 생각합니다."

여러 누이가 웃으며 말하였다.

"오늘은 네가 실로 쓸데없이[160] 들어왔으니 우리들의 말로는 조카가 바둑을 두지 않을 것이다. 아우가 며느리에게 명하게. 우리들이 유현의 세 부인을 차례로 시켜 바둑을 종일토록 두게 하려고 했는데 아우 때문에 흥이 깨지려고 하니 애달프지 않겠느냐?"

---

159) 의지하고 : {지혀}. 옛말 '지혀다'는 의지하다의 의미임.
160) 쓸데없이 : {싱꽝(生光) 젹게}. '생광'은 빛이 남의 의미이므로 문맥을 고려하여 이와 같이 옮김.

초공이 웃으며 말하였다.

"이러한 까닭에 제가 나가려고 하였는데 서모가 구경거리를 보라고 말

씀하셔서 앉았습니다. 누님들께서 싫증나도록 바둑을 시키십시오. 며

느리에게 잡기를 권하는 것은 시아버지의 체면으로 할 수 없는 것이니

제가 명하여 시키지는 못할 것 같습니다."

말을 마치고 온화하게 웃고 일어났다. 화파 등과 여러 누이들이 초공

을 붙잡고 말하였다.

"어린 조카가 아우를 보면 기운이 줄어져 저렇듯이 단아한 사람이 되

니 역시 괴이한 일이네. 오늘은 엄한 기색을 줄이고 빨리 바둑을 시키

게. 그만두게 하고 나간다면 다시 하지 않을 것이네."

정숙렬이 가만히 웃으며 말하였다.

"일이 정도(正道)가 아니지만 여러 시누이들이 조카를 사랑하는 정으로

조카 부부가 유희하는 것을 보고자 하시니 서방님께서는 말리지 마십 25

시오."

초공이 사례하며 말하였다.

"삼가 명대로 하겠습니다."

이에 유현을 돌아보니 무릎을 모아 단정하게 하고 바로 앉아서 감히 초

공을 올려다보지 못하고 있었다. 초공은 마음속으로 기뻐하며 말하였다.

"사람이 매사에 천진한 마음으로 행동해야 한다. 너는 제멋대로 거리

낌 없이 구는 기운을 내 앞에서만 단속하니 이제 모이신 숙모가 보고자

하신다면 명대로 하여라."

유현이 고개를 숙이고 엎드려 명령을 받들고 '예예'하였다. 조부인이

재촉하면서 말하였다.

"네 아버지가 허락했으니 네가 어찌 사양하겠는가?"

유현을 이끌어 바둑판 앞에 앉히고 정씨를 나오게 하여 시켰다. 두 사람이 마지못하여 다시 승부를 겨루었다. 부부의 단엄하고 정대한 타고난 자질은 구슬과 꽃과 옥수(玉樹)[161]와 같았고 상서롭고 길한 빛이 눈부셨다. 정씨가 더욱 황공하고 부끄러워 몸 둘 바를 몰라 하니, 유현이 정씨가 매우 부끄러워하여 흥을 내지 않는 것을 틈타 능수능란한 수단으로 쾌히 정씨를 이기고 팔을 밀며 늠연하게 단정히 앉았다. 여러 숙모가 크게 웃고 조씨와 이씨에게 또 바둑을 두라고 하였다. 그러나 유현은 아버지 앞인 것을 황공하게 여겨 웃음을 머금고 말하였다.

"마침 책 읽는 자리에서 사부께서 부르시는 것을 듣고 왔으니 나가야겠습니다."

말을 마치고 흐뭇해하며 일어나니 기현이 또 함께 일어났다. 초공이 웃으며 말하였다.

"형님께서는 조카들의 작은 죄과라도 용서하지 않으시는데 저는 아이들을 책망하고 벌하지 않으니 매우 괴롭게 생각합니다. 자식의 일이라도 이것이 괴이합니다."

여러 누이가 웃으면서 대답하였다.

"아우의 온화한 얼굴빛이 더욱 엄정하니 우리들이 일찍이 괴로웠던 적이 있었네. 하물며 자식과 조카에게 말해서 무엇 하겠나?"

화파가 웃으면서 말하였다.

"첩이 한 말씀드리겠습니다. 진왕의 여름 해 같은 위엄도 바라보면 몸이 떨리고 두려워 대하는 것이 무섭고 또한 매우 진노하시면 죽일 듯이

---

161) 옥수 (玉樹) : 아름다운 나무라는 뜻으로, 재주가 뛰어난 사람을 이르는 말.

두려우니 그 슬하에 있는 자식은 무섭지 않겠습니까? 진왕의 궁궐에 가 보면 모든 궁궐의 계집종이 왕의 음성이 곧 나면 혼이 빠지고 괴로워하면서도 온 마음으로 탄복하여 원망하지 못하는 것은 그 엄격한 형벌이 매우 대단하지만 상벌이 공평하여 조금도 사사로운 것이 없기 때문입니다. 그러나 승상은 진왕과 다른 점이 있습니다. 조용하고 화평하신 덕화가 사람의 마음을 감복시키고 맑은 행실과 도덕이 꾸짖는 것보다 더 두려운 것이 있습니다. 세 부인에서부터 여러 공자에 이르도록 승상을 두려워하며 존경하는 것은 진왕에게 조금도 떨어지지 않으니 형벌과 호령이 부질없습니다." 28

초공이 미소 지으며 말하였다.

"아이들은 제가 구태여 업신여기지 않았지만 제가 부인들은 쉽게 여기지 않았다는 것은 잘 모르겠습니다." 29

정숙렬이 이에 유현과 정씨부부 사이가 좋지 않아 팔위에 붉은 점이 그대로 있다는 것을 전하면서 말하였다.

"누군가가 유현의 귀에 괴이한 말을 전하여 유현이 이렇게 말하니 진실로 헤아리기 어렵습니다."

초공이 미소를 지으며 말하였다.

"아직 유현의 나이가 어리고 며느리가 아름답고 복록이 완전할 관상으로 조금도 염려가 없으니 소소한 재액을 지나치게 염려할 바가 아닙니다. 마땅히 유현을 훈계하여 타이를 만하지만 그 아비가 되어 자질구레한 일을 아는 척 하는 것도 좋지 않고, 저 또한 편벽되게 한 여자에게만 빠져 생각하지 못해서 그런 것이 아니니 며느리의 덕을 보면 자연 감동할 것입니다. 원래 우리 며느리의 용모가 다른 사람보다 뛰어나서 30

수 삼년 재앙은 면하지 못할 것입니다."

정숙렬이 이 말에 매우 탄복하였고 정씨는 시아버지의 말씀을 듣고 자신을 알아주는 마음에 감복하였다. 초공이 일어나자 모든 부인이 또한 각각 자기의 처소로 돌아갔다.

이때에 기현은 소씨와 부부 간의 금슬이 좋아 부부간의 화락하는 즐거움이 당대에는 비교할 바가 없었다. 서로 공경하여 손님처럼 대하고 반드시 공경하고 조심하니 존당과 시부모가 매우 사랑하여 모든 일에 흠이 없었다.

추밀사 여훤이 세 명의 딸을 두었는데 기현의 두 번째 부인이 되기를 간청하였다. 진왕이 자기는 어릴 때에 풍류를 일삼았으나 자녀를 꾸짖어 가르치는 것은 엄숙하여 초공보다 더하였다. 태부인이 힘써 구하여 여씨를 기현의 재취로 맞았다. 중당에 친척과 여러 부인들, 여러 소저들이 죽 벌여 앉아서 성대한 잔치가 되었다. 소씨 또한 자리에 나와 온화한 기운이 가득하니 시부모가 아름답게 여겼으며 모든 자리에 있던 많은 사람들이 매우 탄복하였다. 기현이 들어오자 화파가 웃으며 말하였다.

"남을 부러워하여 구태여 재취하는구나. 알지 못하겠구나. 신부가 능히 소소저와 나란히 할 수 있을까?"

기현이 몸을 바르게 하고 앉아서 말이 없으니 숙연하고 정대함이 온 자리에 퍼졌다. 설파가 또 웃으며 말하였다.

"상공이 무슨 일로 또 노하셨는가? 기색이 어찌 차가운가?"

기현이 원래 원하지 않은 두 번째 부인이어서 마음이 괴로웠는데 화파 등이 태부인 앞에서 희롱을 시작하여 끝나지 않을 것 같아서 그 말을 듣고도 듣지 않은 척 하였다. 화파와 설파 두 사람이 일부러 화가 난 척하며 말하였다.

"우리들이 비천하지만 자네들의 부모도 마음대로 우리를 경시하지 않는다. 사람이 웃자 하고 말하였는데 우리를 짖는 개만큼도 여기지 않고 우리가 말을 물었지만 대답하지 않으니 어찌 화가 나지 않겠는가?"

진왕이 눈을 크게 부릅뜨고 꾸짖으며 말하였다.

"너의 교만함이 어느 곳에서 나오느냐? 부모가 눈앞에 있으니 방자해서는 안 되고 온화한 목소리와 부드러운 말로 위로하고 기쁘게 해야 할 것이다. 네가 비록 좋지 못한 일이 있어도 내 앞에서 어찌 괴로운 빛을 보이고 서모께서 사랑하셔서 희롱을 좀 하셨다고 해서 얼굴빛을 차갑게 하여 대답을 하지 않는 것은 무슨 뜻이냐?"

기현이 두려워하며 바삐 머리를 조아려 '예예' 하였다. 노공이 부자의 거동을 보며 기뻐하고 웃으며 말하였다.

"오늘 아들 부자의 거동을 보니 그 아비는 나보다 낫고 그 아들은 너보다 나으니 생각해보건대 기현은 삼대(三代) 중에서 제일 낫다. 부질없이 꾸짖지 마라."

진왕이 자리에서 물러나 앉으며 아버지의 말씀을 공경히 받들고 말하였다.

"아버지의 가르치심이 이에 이르렀으니 황공함을 이기지 못하겠습니다."

진왕이 더 이상 기현을 책망하지 않고 안색을 부드럽고 온화하게 한 채 아버지의 뜻을 순순히 따랐다. 기현이 두 번 절하며 오히려 사죄하고 어른들을 모시고 앉아 있으나 어찌할 바를 몰라 몸을 움츠리는 거동이 있었다. 초공이 기현의 손을 잡고 경계하면서 말하였다.

33

34

"네가 비록 오늘 새로운 뜻이 마음에 들지 않겠지만 서모가 우스갯소리를 하셨는데 어찌 움직이지 않겠느냐? 유현이 담소가 너무 풍성한 것과 내가 단정하게 침묵하는 것을 나눈다면 가히 중도(中道)에 합치될 것이다. 오늘 두 서모의 우스갯소리에 온화하게 대답하지 않은 것은 꾸짖음을 받는 것이 마땅하다. 너희의 작위가 이제 한림원(翰林苑)[162]에 있고 나이도 또한 사람의 일을 충분히 알 때이니 말마다 반드시 살펴라."

기현이 감격함을 이기지 못하고 절하면서 명령을 받들었다. 조부인이 웃으며 말하였다.

"신랑이 길복을 찾아 혼인하는 집으로 향하지 않고 아버지와 숙부에게 무릎이 닳도록 죄를 청하여 그칠 줄을 모르느냐?"

진왕이 날이 늦어졌음을 말하고 소씨에게 옷을 섬기라고 하니 소씨는 길복을 받들었다. 소씨는 별 같은 두 눈과 가을 물 같은 눈빛을 나직하게 내려 깔고 온화한 기운이 태연자약하여 고름과 띠를 매고 천천히 물러나니 수많은 사람이 함께 이 모습을 보았으나 소씨의 기색을 알 길이 없었다. 화파, 영파, 설파가 칭찬하며 말하였다.

"가히 정숙렬의 며느리구나! 숙덕한 행실이 시어머니를 본받은 것을 축하드립니다."

존당과 시부모가 양미간에 온화한 기운이 가득하여 말하였다.

"우리 소씨 며느리는 당대의 태사(太姒)이다. 오직 기현이 문왕의 덕이 없어 숙녀를 진정으로 복종시키지 못할까 한다."

정숙렬의 팔자 모양의 봄산 같은 눈썹에는 온화한 기운이 영롱했으며

---

162) 한림원(翰林苑) : 당나라 중기 이후에 주로 조서(詔書)를 기초하는 일을 맡아보던 관아.

연꽃 같은 두 뺨에는 온화한 웃음을 띠고 있었다. 화파가 웃으며 말하였다.

"부인이 여러 아들을 두었지만 일찍 귀중하게 여기시고 기뻐하시는 것을 보지 못하였습니다. 그런데 소소저에게는 이처럼 하십니까?"

여러 동서와 시누이가 또한 칭찬하며 말하였다.

"이것은 다 조상이 쌓은 덕과 공덕입니다."

기현이 하직하고 수많은 위의를 거느려 여씨를 맞아서 돌아오니 기현의 수려한 골격을 길에서 지켜보던 사람들이 천상계의 신랑이라고 하였다.

기현이 집안으로 돌아와 합근(合졸)163)하고 교배(交拜)164)를 마치고 신
부가 대추와 밤을 받들어 시부모를 알현하였다. 여러 사람들이 신부를 보니 옥 같은 용모가 풍성하고 아름다워 보름달과 이슬 맞은 꽃 같았으며 매우 탐스럽고165) 깨끗하며 상쾌하였다. 비록 소씨와 정씨, 조씨와 이씨의 아리따운 얼굴과 가장 아름다운 외모에는 미치지 못하였지만 가히 덕의 기운이 유순하여 부덕(婦德)이 있었다. 시부모와 존당이 기뻐하고 여러 손님들이 칭찬하였다. 신부의 숙소를 녹운정에 정하였다.

기현이 두 부인을 두었지만 부인에 대한 후함과 박함이 고르고 소씨가 어릴 때부터 조씨 집안에 시집왔기 때문에 첫째 부인으로 존중하며 어떤 일에도 소씨를 먼저하고 모든 일에 차례가 있게 하고 법도를 숙연하게 하였다. 여씨 또한 남편의 뜻을 순순히 따르고 동렬(同列)과 온화하고 우애롭게 지내며 자매 같았다. 일가가 칭찬하고 조씨 집안에 들어오는 여자

---

163) 합근(合졸) : 혼례에서 신랑 신부가 잔을 주고받음. 또는 그런 절차.
164) 교배(交拜) : 혼례에서 신랑과 신부가 서로 절을 주고받는 예(禮).
165) 매우 탐스럽고 : {흐억}. '흐억ᄒ다'는 '흡족하다, 무르녹다, 윤택하다'의 옛말이므로 문맥을 고려하여 이와 같이 옮김.

마다 아름다운 것을 기이하고 다행스러워하며 기뻐하였다.

차설(且說). 강씨 옥연은 유현을 사모하는 마음이 병이 되어 두 해가 지났다. 옥 같은 용모는 완전히 바뀌고 목숨이 아침저녁에 달려있었다. 이 때문에 단씨가 울면서 잠자고 먹는 것을 그만두었다. 유상서 등이 민망하여 부인 조씨와 의논하니 조씨가 탄식하며 말하였다.

"첩인들 옥연의 앞길을 아끼지 않겠습니까? 그러나 유현의 급한 성미를 아는 까닭에 유현이 비록 호탕하지만 이런 호탕한 여자는 결단코 용납할 리 만무하니 성혼은 가히 어쩔 수 없습니다. 하물며 정씨, 조씨, 이씨 세 부인이 당대의 숙녀로 흠이 없으니 어찌 옥연을 취할 리 있겠습니까?"

유상서가 탄식하며 말하였다.

"내가 어찌 모르겠소마는 옥연이 죽으면 어머니께서 반드시 대단한 질환이 나실 것이니 절박하지 않겠소? 이 일은 어머니를 위하여 부인이 주선해줄 것을 바라오."

조씨가 대답하였다.

"옥연이 어질고 아름다우면 어려운 것을 피하지 않고 힘써 보겠지만 조카에게 꽃과 옥 같은 세 명의 처가 있기 때문에 저런 여자를 권하는 것은 차마 못할 일입니다. 첩은 실로 말을 붙이지 못하겠습니다."

유상서가 다시 할 말이 없어 묵묵하게 있었다. 단씨가 주야로 식사를 하지 않고 눈물을 흘렸다. 유상서가 탄식하며 말하였다.

"내가 비록 정도를 지키고자 하나 어머니의 뜻을 위로하고 기쁘게 해드리지 못하니 장차 어찌 하겠는가?"

수많은 계책으로 생각하다가 하루는 조회에 들어가 임금 가까이에서 모시고 있다가 때를 타서 이런 이유를 아뢰었다.

"조유현의 풍도와 기상이 반드시 일곱 명의 처를 갖출 것입니다. 이제 신의 늙은 어미가 먹는 것을 전폐하고 초췌한 것을 보니 사사로운 마음에 참기 어렵고 강씨가 병으로 인해 죽는다면 유현에게도 극히 해로울 것입니다. 유현 부자가 이 말을 들으면 죽을 때까지 자기의 의견을 굽히지 않고[166] 거역할 것입니다. 이런 까닭을 들었다는 것을 말씀하시지 마시고 사혼(賜婚)의 성지(聖旨)를 내리시면 죽을 죄인을 살려주는 제왕의 덕이 초목과 곤충에게 미칠 것입니다."

임금이 유상서를 예우하시는 것이 남달랐기 때문에 이 말을 들으시고 웃으며 말하였다.

"이 일은 유현에게는 부질없고 국가가 간섭할 일은 아니지만 경의 아뢰는 말이 절박하기 때문에 사혼의 은지(恩旨)를 내리겠다. 유현의 처가 나를 매우 원망할 것 같구나."

유상서가 은혜에 감사하고 조정에서 물러나왔다.

이때 유현과 기현의 맑고 높은 명망과 곧은 절개가 세상에 회자되니 임금이 기특하게 여겨서 벼슬을 올려주었다. 기현에게 이부시랑을 시키고 태학사를 겸하게 하니 모든 벼슬아치들이 공경하고 귀하게 대우하였다. 당대의 사람들이 별호를 지었는데 유현을 '문계 선생'이라고 하고 기현을 '월명 선생'[167]이라고 하였다. 그 청현아망(淸顯雅望)[168]은 이와 같았다.

---

166) 죽을 ~ 않고 : {지ᄉᆞ위한[至死爲限]}. 죽음에 이르러서야 그만 둘 것이라는 의미이므로 이와 같이 옮김.
167) 월명 선생 : 이 부분에만 '원명 선생'으로 되어 있고 4권부터는 '월명 선생'으로 되어 있음. 전체적으로 월명 선생이 더 많이 사용되고 있기 때문에 '월명 선생'으로 통일하기로 함.
168) 청현아망(淸顯雅望) : 청현(淸顯)은 청환(淸宦)과 현직(顯職)을 의미함. 청환은 지위와 봉록은 높지 않으나 뒷날에 높이 될 자리이며 현직은 높고 중요한 직위임. 아망(雅望)은 훌륭한 인망을 뜻함.

임금이 하루는 모든 소년 벼슬아치를 모아 글을 짓게 하여 재주의 높고 낮음을 보았는데, 기현과 유현의 글이 제일 우수하였다. 임금이 매우 칭찬하고 한림 강취의 딸[169]을 유현에게 사혼하게 하고 학사 범문형의 딸을 기현하게 사혼하였다. 두 사람이 매우 놀라서 괴롭게 사양하며 말하였다.

"신 유현은 이미 세 명의 처가 있습니다. 신 기현이 또 두 명의 처가 있습니다. 다시 사혼을 내리시는 은지는 죽을죄를 감수하더라도 받들지 못하겠습니다."

말의 기운이 위엄 있고 정중하였다. 임금이 정색하면서 말하였다.

"임금의 명령은 사지(死地)라도 감히 거역할 수 없다. 경이 짐의 명을 이와 같이 끊어버리며 군신의 체면을 상하게 하느냐? 사혼은 범과 개라도 귀하게 여긴다고 한다."[170]

강취와 범문형에게 하교하여 빨리 택일하여 혼인을 이루라고 하였다. 범씨의 딸이 역시 기현을 몰래 보고 정신을 빼앗겨 사모하고 그리워하여 병이 났다. 그러나 범공이 강명하고 정직하였지만 이 딸이 독녀이기 때문에 그 딸이 죽는 것을 차마 보지 못하여 임금께 사혼은지를 청하였다. 임금이 기현과 유현 두 사람의 풍채와 기상이 출중하기 때문에 이런 여자들이 생기게 된 것이라며 웃고는 한 여자가 품은 한이 오월에도 서리가 되

---

169) 한림 ~ 딸: {한림 강취 질녀}. 이 부분에서는 한림 강취의 조카로 되어 있으나 뒷부분에서는 강옥연이 강한림의 딸로 나오는 것으로 필사자의 오류로 보임. 전체적 내용을 보면 강옥연은 강한림의 딸이므로 한림 강취의 딸로 옮김.

170) 임금의 ~ 한다: 원문에는 이 부분이 {상이 정식 왈 군부지명은 〻디라도 블감역명이라 경이 짐의 명을 여〻 미절호여 군신 테면을 샹히오〻뇨 샤혼은 범개라도 귀히 너긴다 호니 하믈며 샤혼은지가 범강 냥인의게 호교호샤 슈히 퇵일 셩례호라 하시니}로 되어 있음. 문맥을 고려해보면 밑줄 그은 '샤혼은지가' 이후에 임금의 말이 계속되어야 하는데 필사하는 과정에서 빠져서 임금의 말이 생략되어 있음.

어 내리게 되지나 않을까 염려하여 힘써 혼인을 허락하였다. 유현과 기현이 힘을 다해 괴롭게 거절하였지만 임금이 마침내 두 사람을 물러가게 하였다. 두 사람이 어쩔 수 없이 불만스럽게 물러가 집안으로 돌아와 이러한 생각을 훤당에 아뢰었다. 초공이 말하였다.

"유현이 바라던 바와 꼭 맞게 되었으니 기쁘구나!"

자리에 있던 사람들이 크게 웃었다. 유현이 무릎을 모으고 단정히 앉아 머리를 조아리고 말하였다.

"소자가 어찌 사혼은지를 원했겠습니까? 제가 행동거지가 착실하며 공손하지 못하여 임금님의 명령이 이에 이르렀으니 황공함을 이기지 못하여 말할 바를 알지 못하겠습니다."

기현이 아뢰었다.

"임금님의 명령이 이와 같으시니 감히 다시 사양하지 못하겠습니다." ⁴⁵

유현이 또 아뢰었다.

"강공과 범공 두 사람은 임금의 총애를 믿고 구구하고 사사로운 정을 아뢴 것입니다. 범공은 오히려 학사로서 맑고 높은 명망과 융성하신 성상의 은혜를 마음대로 끼고서 사사로운 정을 아뢴 것이지만 강취는 한림 출신으로 임금의 총애가 없고 그 기운으로 이와 같은 일을 하지 않았을 것입니다. 그런데 성상께서 힘써서 주혼하시는 것은 궁궐 내에서 누군가의 힘을 빌린 것 같아 더욱 불행합니다."

진왕 형제가 탄식하며 말하였다.

"너희들이 어린 나이에 과거에 급제하여 공명이 분수에 넘치고 여러 부인이 어지럽게 모이니 세상이 너희들이 분수에 넘치는 것을 웃지 않 ⁴⁶ 겠느냐? 너희들은 임금을 섬기고 나라를 다스리는 일과 몸을 닦고 집안을 다스리는 것을 매우 조심하여 아비가 자식을 잘못 가르쳤다는 죄를 받지 않게 하여라."

두 사람이 말씀을 공경히 받들고 명령에 따랐다.

강한림은 딸의 병이 심한 것을 우려하다가 임금의 뜻을 듣고 뜻밖의 큰 기쁨을 맞아 유씨 집안에다 강씨의 혼인이 가능하게 된 이유를 다 말하였다. 단부인이 매우 기뻐하여 옥연을 보다가 말하였다.

"임금님께서 사혼성지를 내리셨으니 마음을 넓게 하고 병을 빨리 낫게 하여라."

옥연이 이 말을 다 듣기도 전에 정신이 호탕해지고 사지가 경쾌하게 되어 날마다 음식을 찾고 구름이 걷히며 안개가 사라지는 듯하여 4~5일 내에 능히 앉고 서게 되었다. 온 집안이 깜짝 놀라고 단부인은 한없이 기뻐하였다. 유공이 비록 불쾌하였지만 마지못하여 강씨의 소원을 이루어 택일하니 혼인날이 몇 십일이 남아있었다.

범씨 집안에서도 또한 택일하니 혼인날짜가 얼마 남지 않았다. 기현이 먼저 범씨를 취하였는데 우람하고 방탕한 기운이 외모에 나타나고 외모는 겨우 보통 정도여서 흉볼 만한 상황을 겨우 면할 만하였다. 온 집안이 더욱 대수롭지 않게 여겼다.

유현이 또 강씨를 취하니 자태가 아름답게 빛나고 급기야 정신을 혼란시키며 여러 사람을 놀라게 하였다. 그러나 초공이 강씨를 한 번 보니 매우 불행하게 여기고 유현 또한 그 마음씨가 좋지 않은 것을 매우 불행하게 생각하여 조금도 기쁜 마음이 없었다. 그러나 이것을 얼굴빛에 드러내지 않고 강씨 대접하는 것을 보통처럼 하였지만 강씨의 매우 독하고 음란하며 방탕한 모습과 아리땁고 고운 태도를 지닌 거동이 호걸스러운 군자의 비위를 거스르게 하였다. 유현과 마음과 뜻이 맞는 부부는 이씨이고, 그 다음은 조씨였으며 정씨는 험한 누명 때문에 유현의 마음을 편치 않게 하였다. 강씨는 더욱 비천하게 여겨 대접이 소홀하였지만 강씨는 유현에게 마음을 빼앗겨 사람으로서 염치를 잊고 있었다. 그러는 중에도 정씨, 조씨, 이씨 세 사람의 아리땁고 고운 자질이 자기가 바랄 바가 아니고 더불어 이들이 조씨 집안에 먼저 들어와 시부모의 사랑과 온 집안의 총애가 자신에게 비교할 바가 아니며 또한 유현이 정씨와는 은정이 깊지 않지만 공경하고 예의로 대우하여 정씨의 숙소에 왕래하는 것이 시도 때도 없는 것을 보고 강씨는 앉아 있던 자리가 뜨거워지기도 전에 질투심이 크게 일어나니 음침하고 흉악한 마음으로 생각하지 않는 것이 없었다. 그 유모 경씨는 때에 맞추어 변란을 일으키고 음침하며 흉악하여 극악하였는데 주인을 위하는 마음은 자기 머리를 초개같이 알 정도였다. 조씨 집안에 들어와 보니 위로 두 분 존당이 조용하고 엄격하며 관대하고 해와 달이 궤도를 가는 것 같은 덕택이 슬하의 자손에게 이르고 아랫사람을 통솔하는 법도는 집안이 항상 맑고 깨끗한 물처럼 투명하게 하였다.

유현은 당대에 독보적인 영웅호걸로 밝은 눈빛이 사람의 오장육부를 꿰뚫어보고 엄한 호령이 한번 나면 모든 부인들이 정신을 잃고 마음을 어찌할 줄 몰라 하였다. 강씨는 나중에 조씨 집안에 들어온 서먹함과 인물의 가볍고 천박함이 있으니 유현 같은 영웅준걸을 어찌 능히 농락하겠는가마는 경씨와 더불어 궁극적인 모책과 교묘한 계략을 비밀스럽게 의논하였다. 유현의 은총을 먼저 얻은 후에 적국(敵國)을 없애고 은총을 구하려고 한다면 유현의 마음을 바꾼 후에 총애를 얻을 수 있을 것 같았다. 경씨는 자기 언니가 왕사의 첩이 되어 총애를 얻을 때 쓰던 제1 독약을 얻어두고 유현하게 시험하려고 하였다.

이때 날씨가 매우 추웠다. 유현이 부친을 모시고 외헌에서 모든 일에 일일이 응답하고 편지글을 대신하여 쓰다가 보니 삼경(三更)171)이 거의 다 되었다. 추위가 대단하여 초공이 침상에 오르며 유현이 잠자는 것이 편치 않을까 염려하여 개인의 침소에서 편안하게 쉴 것을 명하였다. 유현이 아버지의 명을 듣고 마침 몸이 피곤하여 가까운 곳을 생각하여 도화정에 이르렀다. 강씨는 기쁨을 이기지 못하고 놀라워하며 웃음을 머금고 일어나 유현을 맞으며 모든 행동이 가뿐하고 날쌔며 날아갈 듯하고 태도가 이슬을 맞은 꽃 같았다. 유현이 마음이 편안하지 않아 안색을 바로 하고 죽침에 기댔다. 추웠기 때문에 한 잔술을 따뜻하게 데워 오라고 하니 바로 강씨의 간교한 계책에 맞아 떨어지는 것이었다. 강씨는 친히 금으로 장식한 향로에 불을 헤치고 향온주를 데워 안주를 준비하여 가져왔다.

유현은 이미 밤이 되어 아버지 앞에 가지 못하고 거리낄 바가 없어서 마음 놓고 실컷 술에 취하였다. 술에 취한 후에 마지못하여 강씨와 부부의 정을 나누었다. 잠이 들어 정신이 아득하여 날이 새도 깰 줄을 몰랐다. 모든 집안의 사람들이 모두 정당에 모였지만 유현과 강씨가 없었다. 모든 사람들이 괴상하게 여겨 유현을 불렀다. 유현은 잠에 취한 것이 아니라 약이 오장육부에 널리 가득 차서 정신없이 누워 있었던 것이다. 강씨가 나직이 유현을 깨워서 어른들이 부른다는 말을 전하니 유현이 깜짝 놀라며 기운을 수렴하여 바쁘게 세수와 양치질을 하였지만 조금 늦게 되었다.

이에 나가 어른들을 뵈니 초공이 매우 언짢아 눈을 들어 유현을 보았다. 유현이 의관을 정제하고 기운이 차분하고 편안하여 좌석에 나가니 조

171) 삼경(三更) : 하룻밤을 오경(五更)으로 나눈 셋째 부분. 밤 열한 시에서 새벽 한 시 사이.

용하고 엄숙한 거동과 시원하고 상쾌한 풍채가 밝은 달이 흐린 구름을 벗
어난 것 같았다. 초공이 물었다.

"사람의 아들 된 자가 부모를 섬기는 도로 아침저녁의 문안인사에 게
으른 것이 이와 같으냐?"

유현이 머리를 조아리고 대답하였다.

54

"불편한 기운이 있어서 이리저리 뒤척이며 자지 못하다가 새벽에 잠이
들어 부르시는 명을 듣지 못하고 나왔으니 불경한 죄를 청합니다."

초공이 이 말을 다 듣고 다시 말이 없었고 태부인과 위부인은 나가서
조리하라고 말하였다. 유현이 대답하였다.

"자고 일어나니 아픈 증세가 대단하지 않습니다."

초공은 유현의 병세가 대단하지 않은 것을 보고 조리하라고 말하지 않
았더니 유현은 물러나가지 않았다. 해가 질 무렵에 유현은 사지가 무겁고
피곤하여 큰 병이 날 것 같았지만 억지로 조정 일을 보는 것과 아침저녁
의 문안인사를 그만 두지 않았다. 하루가 지나니 불평한 기운은 없었지만

문득 마음이 괴이하여 강씨에게 향하는 정이 끝이 없었다. 틈만 나면 강
씨의 침소에 들어가 정신을 잃고 사랑을 나누었다. 엄숙하던 본성은 없어
지고 정씨, 조씨, 이씨 세 사람을 갑자기 미워하고 마음이 크게 변하였다.
아버지를 모시거나 국사가 없을 때는 종적이 도화정을 떠나지 않았다. 온
집안사람들이 의심스럽고 괴이하게 여겼으며 양정렬이 매우 우려하여 책
망하면 양정렬의 뜻을 따르는 듯이 하지만 돌아서면 도화정으로 갔다.

강씨는 수많은 말과 얼굴빛과 교태로 남자를 농락하고 공교로운 꾀로
정씨를 해치고자 하였다. 정씨의 시녀 추향에게 금과 비단을 주고 꾀어

간부의 편지를 지어 유현의 귀에 들리게 하였다. 유현이 전 같으면 믿고

곧이듣지 않았겠지만 이미 요망한 약이 오장육부를 흐렸으므로 간계한 참소를 곧이들었다.

이때 정씨 집안에서는 정상국의 어머니 태부인이 병이 나 침상에서 쇠약하게 쓰러져서 정씨를 매우 그리워하고 있었다. 그리하여 정상국이 딸이 친정집으로 다녀갈 것을 청하였다. 정씨가 뜻을 결심하고 존당과 시부모님께 연유를 아뢰고 친정집으로 돌아가려고 하였다. 시비 추향172)이 강씨의 심복이 된 까닭에 먼저 강씨에게 이 사실을 몰래 알려주니 강씨가 유현에게 말하였다.

"상공의 세 명의 부인이 다 이름난 집안의 숙녀이고 당대의 빼어난 미인인데 군자는 어찌 부부 간의 화락하는 즐거움이 없고 일편 되게 불미한 첩을 사랑하십니까? 반드시 집안의 시비(是非)가 분분하게 일어날 것입니다. 첩이 서로 싸워 총애를 다투는 더러운 이름을 듣는 것을 원하지 않습니다."

유현이 웃으면서 말하였다.

"장부가 매사를 내 뜻대로 할 것이니 이래라 저래라 명령할173) 바가 아니오. 남자의 마음이 괴이하여 정씨, 조씨, 이씨 세 사람의 옥 같음을 버리고 그대의 가볍고 날랜 모습을 대하였으니 내 일이지만 스스로 우습구려."

강씨가 이 말을 다 듣고 분노하였지만 얼굴빛에 드러내지 않고 미소 지으며 말하였다.

"옥 같은 숙녀도 가볍고 날랜 첩의 눈에 비루한 일이 보이니 군자같이

---

172) 추향: {취향}. '취향' '츄향'이 섞여서 사용되고 있으나 '추향'으로 통일해서 지칭하기로 함.
173) 이래라 ~ 명령할: {긔걸홀}. 옛말 '긔걸ᄒ다'는 명령하다, 제어하다의 의미임.

도리를 중요하게 여기는 장부는 자연히 속을 것입니다."

유현이 이 말에 어떤 뜻이 있다는 것을 눈치 채고 웃으며 말하였다.

"누구에게 아름답지 못한 일이 있소? 말을 모호하게 할 것이 아니오."

강씨가 깜짝 놀라며 가만히 웃으며 말하였다.

"정씨, 조씨, 이씨 세 부인이 똑같이 저에게는 연적(戀敵)입니다. 정부인은 군자의 은총이 이 중에서 덜하여 첩이 불쌍하게 여겼습니다. 그런데 정부인을 두고 보니 군자께서 사람을 알아보는 안목에 탄복하였습니다."

유현이 강씨의 말이 수상한 것을 보고 일부러 말하였다.

"정씨의 예의가 없는 행동은 내가 또한 알고 있는데, 또 다른 더러운 행위는 무슨 일이오? 남편에게 숨기지 말고 이르는 것이 옳지 않겠소?"

강씨가 대답하였다.

"정부인이 일찍 친정으로 돌아가고자 하는 뜻을 알고 계십니까?"

59

유현이 말하였다.

"정씨를 본 지 오래되어서 친정으로 돌아가려고 청하는 것을 듣지 못하였으니 내가 어찌 알겠소?"

강씨는 언짢은 안색으로 말하였다.

"첩이 이 말을 내는 것은 연적 사이에 차마 못할 것입니다. 토끼가 죽으면 여우가 슬퍼한다고 하니 첩과 정씨, 조씨, 이씨는 첩과는 한 몸인 사람입니다. 어찌 허물을 말하고자 하겠습니까? 그러나 일이 풍교에 중대하고 군자의 맑은 덕에 부끄럽습니다. 첩들은 군자께 달린 몸으로 그 신상에 유해한 일이 있다면 혐의를 꺼려서 어찌 발설하지 않겠습니까? 정부인에게 괴이한 서찰을 가진 시비가 자주 왕래합니다. 잠깐 일의 기미를 몰래 살펴보니 관음묘에 절하고 축원하러 가는 것을 빌미로 하여 거기서 만나기로 하는 사람이 있는 것 같습니다. 그 사람과 서로 만나서 의논하고자 하여 거짓으로 친정으로 간다고 핑계를 대고 존당과 시부모님께 청하였습니다. 군자께는 허락을 받았는가 했더니 군자께서도 알지 못하고 계십니다. 음란한 남자와 간악한 여자가 간간히 있지만 그들이 범하는 죄가 가볍지 않을 것이니 군자께서는 밝게 살피셔서 큰 화를 미리 방비하십시오."

유현이 많은 말을 들었고 비록 독약에 몸이 변하였지만 오히려 멀리 보는 넓은 지식이 있었기 때문에 옅게 웃음을 머금고 말을 하지 않으니 그 넓은 마음은 헤아리기 어려웠다. 강씨가 웃으며 말하였다.

"군자께서 의연하셔서 이런 일은 놀라지 않으시니 성품이 남과 다르십니다."

유현이 말하였다.

"정씨가 비록 인면수심(人面獸心)이지만 그렇게까지는 하지 않을 듯하니 누가 까마귀의 암수를 구별하겠소?"174)

강씨가 웃으며 말하였다.

"그러면 첩이 정부인을 잡는다고 의심하시는 것입니까?"

유현이 말하였다.

"아녀자가 감히 자질구레한 말로 장부의 마음을 떠보는 것이오?"

이에 소매를 떨치고 나갔다. 강씨는 무료하게 유현을 원망하였지만 감히 다시 말을 못하였다.

---

174) 누가 ~ 구별하겠소? : {슈지오지즈웡[誰知烏之雌雄]이리오}. '누가 까마귀의 암수를 구별하겠는가'라는 뜻으로, 까마귀의 암수를 구별하기 어려운 것처럼 시비나 선악 등을 분명하게 가리기 어려움을 비유하는 말임. 『시경』 「소아(小雅)」의 〈정월(正月)〉 편에서 유래함.

유현이 서당에 나와 앉아있었는데 과연 정씨의 시녀 추향이 정씨가 친정에 갔다 오겠노라고 아뢰는 것이었다. 유현이 명쾌하게 밝은 사람이었 지만 깊은 근심으로 몸과 마음이 어지럽고 괴로움이 없지 않았다. 설강의 말로 마음 한편이 언짢은 데다 강씨의 요망스러운 말이 귀를 더럽혔는데 때를 맞추어 정씨가 친정에 가기를 청하였다. 소년 장부가 사광(師曠)과 같은 총명함175)을 지녔으나 어찌 더욱 분노하지 않겠는가? 이에 소리를 엄하게 하여 말하였다.

"예의에 어긋난 행도(行途)를 내가 어찌 알 것이라고 어지럽게 말하느냐?"

눈을 크게 부릅뜨며 물러가라고 꾸짖고 분한 마음과 언짢은 기분을 참고 옥매정으로 들어갔다. 어머니가 존당에 가고 방이 비어있어서 도로 나오다가 보니 채련각이 비어있었다. 유현은 정씨가 벌써 친정으로 갔는가 하고 들어가 살펴 보았다.

방안의 방석이 그대로이고 책상과 서랍 안에 수많은 음란하고 더러운 편지가 있었는데, 맑은 눈을 가지고 있는 사람에게 올리기에는 욕될 정도였다. 음란하고 어그러지고 더러운 많은 말은 말할 것도 없고 제일 심한 것은 자객을 들여 자기 부자를 죽이려는 말과 정씨 자신을 매우 박대하는 것 때문에 유현을 오래된 원수로 지목하고 있는 것이었다. 관음묘에서 만나 묘한 계책을 깊이 생각하여 조씨 가문을 멸망시키고 백 년 동안 함께 즐기며 화락하자고 의논하고 있었다. 그 나머지 흉악하고 참혹한 말은 차

---

175) 사광(師曠)과 같은 총명함 : 사광(師曠). 춘추시대 진(晉)나라의 음악가인 사광은 소리를 들으면 잘 분별하여 그 길흉의 화복을 잘 점쳤다 함. 『맹자(孟子)』의 「이루(離婁) 상(上)」 편에 보면 "사광의 귀밝음으로도 육률을 쓰지 않으면 오음을 바로잡지 못한다(師曠之聰, 不以六律, 不能正五音)."라는 말이 있음. 이런 사광의 총명함과 관련하여 사광지총(師曠之聰)의 고사성어가 전함.

마 듣고 보지 못할 지경이었다. 유현이 여러 글을 차마 미쳐 다 보지 못하여 화가 머리에 치밀어 오르고 분노가 가슴을 막았다. 그러나 침착하고 조용한 것은 아버지의 풍모를 닮았으므로 유현은 참고 앉아서 세세하게 깊이 생각하였다. 즉각 정씨를 죽일 마음이 급하였지만 헤아려보건대 일이 급하면 반드시 후회가 될 것이었다. 하물며 아버지께서 신령하고 이치에 밝으셔서 자객의 화를 근심할 것은 없으니 정씨가 친정으로 돌아가는 것을 막고 그 거동을 몰래 보아 죄를 적발하여 처리하는 것이 옳다고 생각하였다. 유현은 불과 같은 노기를 진정하고 서간을 거두어 소매에 넣고 정당에 들어갔다.

여러 부인들이 자리에 벌여 앉아 있었고 부모가 함께 존당을 모시고 있었다. 이때 정씨가 친정에 갈 것을 청하고 답을 기다렸다. 추향이 들어와 유현이 꾸짖던 말을 아뢰니 여러 숙모가 웃으며 말하였다.

"심술궂게176) 무릎 꿇고 아뢰는 말로 또 무슨 일로 고집을 피우며 정씨가 친정으로 가는 것을 막으려고 하느냐?"

초공이 웃으며 말하였다.

"유현이 어찌 알겠느냐? 며느리 정씨가 우리 가문에 들어온 지 수년이 되었는데 이제 처음으로 친정에 돌아가니 예의에서 벗어난 것이 아니니 며느리는 마음을 놓고 돌아가 할머니의 환후를 간호하여라. 내가 당당히 유현에게 말할 것이다."

정씨가 자리에서 물러나 앉으며 공경히 말씀을 받들었으나 기뻐하며 가지 않고 옥 같은 얼굴로 텅 빈 수레를 바라볼 뿐이었다. 존당이 말하였다.

---

176) 심술궂게 : {혹성궂게}. 정확한 의미는 미상이나 문맥을 고려하면 심술궂게, 불만스럽게 정도의 의미인 듯함.

"시아버지보다 남편의 명령이 어렵구나."

초공이 기뻐하는 기운이 가득하여 말하였다.

"어진 며느리는 가히 부도(婦道)를 완전하게 갖춘 숙녀이다. 아들의 도리에 어그러지고 지나친 행동을 개의치 않고 그 명령을 공경하여 가장 66
의 위엄 있는 명령이 있고서야 자기의 행동거지를 옳게 하니 어찌 아름답지 않겠는가? 내가 당당히 내일 수레를 차려 보낼 것이니 심사를 편안하게 하여라."

이 말이 끝나기도 전에 유현이 어른들을 모시고 앉으니 초공이 정색하며 물었다.

"우리 며느리 정씨를 보내는데 무슨 까닭으로 막느냐?"

유현이 머리를 조아리며 말하였다.

"일찍 막은 적이 없습니다."

초공이 웃으며 말하였다.

"내가 이미 들었는데 네가 어찌 잘 속이느냐?"

유현이 땅에 엎드려 감히 말을 못하니 자리에 있던 사람들이 웃으며 말하였다.

"며느리의 역성을 들어 아들을 책망하지 마라. 소년 부부가 떠나는 것이 어려워 보내려고 하지 않는 것이 무슨 죄가 되겠는가?"

초공이 또 말하였다. 67

"남이라도 속이는 것은 군자의 도가 아닌데 내가 비록 늙어서 어리석지만 네가 나를 속이는 것을 태연하게 하니 사람의 아들 된 자의 도가 훼손되지 않겠느냐? 여자가 시집을 가면 부모와 형제를 멀리 떠나는 것[177]이지만 그 할머니가 편찮아서 친정으로 가는 것을 청하는 것까지 예의에서 벗어난 것이라고 꾸짖는다면 괴이한 것이다. 이것은 아내는 물론이고 시녀들이라도 예의에서 벗어난 것이라고 책망한다면 복종하지 않을 것이다. 너의 뜻을 실로 알지 못하겠구나."

유현이 두 번 절하고 사죄하며 말하였다.

"불초자가 비록 내세울 만한 것은 없지만 어찌 아버지를 속이는 행동을 태연하게 하겠습니까? 그러나 아버지 앞에서 자질구레한 말을 고하지 못하지만 정씨의 예의에서 벗어난 죄가 그 수를 셀 수 없을 정도로 많습니다. 제가 아버지의 교훈을 지켜 예의에서 벗어난 말을 듣지도 보지도 말라는 것을 지키지 않았다면 정씨는 지금 무사하지 않았을 것이니 아버지께서는 밝게 살펴셔서 저의 처사가 과도하지 않다는 것을 헤아려 주십시오."

말을 마치니 양미간에 은은하게 삭풍을 띠고 있었고 정씨가 자리에 있는 것을 보고 분기가 막힐 듯하였다. 초공이 반드시 연유가 있음을 짐작하고 선뜻 웃고 말하였다.

"너의 인면수심은 알지 못하고 너를 꾸짖는 내가 너와 같구나. 그러나 아무리 큰 일이 있어도 내 안전에서 저런 거동을 못할 것이니 빨리 물러가 내 눈앞에서 보이지 마라."

말이 엄숙하고 두 눈이 세차게 빛났다. 유현이 공경하여 얼굴빛을 온화하게 고치고 낯을 감히 들지 못하였다. 노공이 말하였다.

"이 아이가 자기가 보고 들은 바가 있어서 그런가 싶으니 한갓 자식이라고 하여 일마다 꾸짖어 입을 열지 못하게 하겠는가? 일의 단서를 물

---

177) 여자가 ~ 것 : {녀주유힝[女子有行]이 원부모형뎨[遠父母兄弟]}. 이는 여자가 시집가는 것을 부모와 형제를 멀리 떠나는 것이라는 뜻. 『시경』 「패풍(邶風)」의 〈천수(泉水)〉라는 시와 『시경』 「위풍(衛風)」, 〈죽간(竹竿)〉이란 시 등에 나오는 구절임.

어 애매하게 일을 처리하지 않은 것이 옳을 것이다."

초공이 두 손을 마주잡고 공경의 뜻을 나타내며 대답하였다.

"유현의 뜻을 소자가 이미 알고 있습니다. 요사이 더욱 본성을 잃어버리고 변하여 유현에게 물어도 들을 만한 말이 없습니다. 정자상이 남의 말을 듣고 판단하는 눈의 총명함이 없어 저런 패악하고 허랑한 사람을 사위로 삼으니 한 명의 딸의 평생을 알 만합니다. 이제 놀랄 것은 아니나 유현이 사람의 현명함과 어리석음을 알지 못하고 행동거지가 점점 외입합니다. 소자는 형이 엄숙하게 집안을 다스리는 것을 따르지 못하고 어리석으며 나약합니다. 유현의 방자하고 제멋대로 하며 거리낌 없는 것이 여기에 미쳤으니 이것은 다 소자의 죄입니다."

유현은 아버지의 말씀이 이와 같으니 감히 편안하게 있지 못하여 관을 벗고 머리가 땅에 닿도록 절하고 말하였다.

"소자가 어리석고 불초하여 외입하는 행동거지를 깨닫지 못하였습니다. 오직 물과 불 속에서도 아버지의 가르침을 받들겠습니다. 아버지 앞에서 호기를 부리고 제멋대로 행동하고 불경한 죄를 청합니다."

말이 온순하며 안색이 황송하고 두려워 계단에 엎드려 죄를 청하는 형상이 사람의 마음을 감동시킬 만하였다. 태부인이 매우 불쌍하게 여겨 말하였다.

"유현이 본래 효순함이 지극하니 모름지기 그만하고 용서하여라."

누이들이 또 마음을 풀라고 하였다. 초공이 흔연히 이 말을 공경히 받들고 말하였다.

"삼가 밝은 가르침을 받들어 유현의 방자함을 용서하겠습니다."

드디어 잠깐 엄한 기색을 줄이고 유현에게 당에 오를 것을 명하였다.

유헌이 황송하고 감격스러움을 이기지 못하여 다시 정씨에게 말을 못하고 여러 번 절하며 사죄하고는 당에 올라 어른들을 모시고 앉았다. 그러나 아버지를 감히 우러러볼 수 없어서 두려워하는 거동이 오히려 엄한 아버지의 화를 풀어버리게 하였다. 초공이 매섭고 날카로웠지만 불평한 기색을 다시 두지 않으니 효자가 부모님을 위하고 기쁘게 해드리는 것이 이와 같았다.

72 　　정씨는 숙소에 돌아와 현명한 마음으로 자기가 큰 죄에 연루된 낌새를 깨달았다. 그러나 스스로 안타까워하는 것은 평생의 도덕적 행동이 헛된 곳으로 돌아가게 된 것이어서 슬퍼하였지만 오히려 시부모와 유헌이 말한 죄명을 놀라워하지 않았다. 정씨는 죄를 자처하는 것이 좋지 않아 안색을 온화하게 하고 아침저녁의 문안 인사에 참여하고 고요하게 처하여 행실을 수련하고 운명을 한탄할망정 사람을 원망하지 않았다. 장래의 일이 어느 곳에 미칠 것을 알지 못하여 금옥 같은 마음이 자주 놀라서 얼음과 옥 같은 아름다운 자질이 날로 줄어들어 몰라보게 되었다.

　　이때 기현은 여씨와 범씨 두 사람이 들어왔으나 소씨를 중대하게 대하
73 는 것이 여전하였다. 소씨가 임신을 하여 한 명의 뛰어난 자식을 낳으니 태어난 아이가 기이한 것이 기린과 봉황과 같았다. 온 집안이 치하하고 진왕 형제가 기뻐하는 것이 차이가 없었다. 여씨는 진정으로 기뻐하였지만 범씨는 어리석은 투기가 크게 일어나서 밤마다 잠을 자지 않고 취봉각을 몰래 엿보아 기현의 눈에 자주 들었지만 기현은 범씨를 모른 체하고 엄숙한 표정을 짓고 위엄을 드러내며 범씨의 지나친 행동을 꺾을 뿐이고 아무 말도 하지 않았다.

　　이때 금선공주가 별궁에 있으면서 정숙렬의 대접이 남달리 특별하여

왕래하는 자취가 없어도 혹시 모임에서 만나면 매우 엄한 노기가 사라지고 보통처럼 보게 되었다. 금선공주는 정숙렬의 침소에 와서 진왕을 자주 만나는 것을 영화롭고 귀하게 여겨 매일 정숙렬의 침소에 왕래하였다. 기현 등이 아침저녁의 문안 인사를 공경하고 조심스럽게 하여 금선공주에 대한 성효가 생모와 차이가 없으니 금선공주는 자기를 높이며 잘난 체하는 뜻이 일어나 불평스러운 일이 끝이 없었지만 소씨와 여씨 두 부인이 남편의 성효를 따라 공경하고 조심하며 효순하여 조금도 금선공주에게 무심함이 없으니 큰 죄의 실마리를 잡을 방법이 없었다. 금선공주는 천성적으로 극악함을 능히 버리지 못하여 소씨 등의 괴로움이 끝이 없었다. 후염의 흉악하고 독하며 불측한 마음씨가 백주에 맹랑한 말을 지어내어 그 어머니인 금선공주를 북돋웠다.

소씨가 출산하는 날 기현이 허약한 체질인 소씨의 앓는 소리가 드높은 것을 보고 취봉각을 떠나지 못하여 정숙렬께 아침문안 인사를 못하였다. 후염이 취봉각에 가서 소씨가 출산한 것을 보고 일부러 흉괴한 말로 소씨를 준엄하게 꾸짖으며 말하였다.

"소씨 언니의 몹쓸 씨가 조씨 가문에 나니 오라버니는 청컨대 즉시 죽이세요."

기현은 꾸밈없는 깨끗한 군자여서 정색하면서 말하였다.

"소씨가 비록 사납지만 네가 규중의 여자로 말을 삼가는 것이 없고 입에 담지 못할 악언을 하느냐?"

후염이 화를 내면서 말하였다.

"아내를 편들어 동기를 꾸짖는 것이 우습지 않겠는가? 소씨의 요사스러운 미모에 고혹하여 부모도 몰라보는데 누이를 알아보겠는가?"

76

이렇게 말하고 시끄럽게 떠들고 돌아갔다.

기현이 후염이 한심스러웠으나 아이의 일이라 마음에 두지 않았다. 날이 한나절쯤 지나 궁에 나아가 문안인사를 하고 금선궁에 이르렀다. 이때 후염이 노기가 분분하여 어머니에게 와서 울며 말하였다.

"어머니께서 한 명의 아들을 낳지 못하여 저 기현 오라비를 바라고 계시나 큰 오라비부터 하는 일과 말이 도리에 어그러지니 어찌 섧지 않겠습니까?"

금선공주가 역시 눈물을 흘리고 까닭을 물었다. 후염이 말하였다.

"큰 오라버니가 취봉각에서 소녀를 보고 까닭 없이 질책하면서 말하길 '금선의 속에서 난 것이 오죽하겠느냐? 이름은 모자지간이나 사실은 원수이다. 나의 어머니를 수많은 방법으로 모해하고 나를 개천에 넣은 것이 네 어머니의 모진 수단이다. 네 어머니는 여자가 되어 몇 사람을 죽였느냐? 내가 인사치례로 모자라고 부르며 아침저녁의 문안인사를 지극히 하니 운명이 기박한 사람에게 그런 대우가 과한데도 오히려 네 어머니는 부족하여 철없이 호령하고 나의 아내를 조르고 보채는구나. 아버지께 고하여 곧 일을 낼 것이다'라고 하였습니다. 이 분함을 견디겠습니까? 소씨가 또한 무수히 막돼 먹은 말로 소녀를 욕하니 차마 듣지 못할 것입니다."

금선공주가 말을 다 듣고 분기가 뼈에 사무쳐 바로 곧 기현을 씹어버리고자[178] 하였지만 오히려 진왕을 두려워하여 그렇게 하지 못하고 이를 갈며 기현이 오기를 기다렸다. 이윽고 기현이 금선공주에게 나와 반나절 동안의 안부를 묻고 소씨가 분만하였기 때문에 바빠서 일찍 아침인사를

---

178) 씹어버리고자: {너흘고져}. 옛말 '너흘다'는 널다, 물다, 씹다의 의미임.

못한 것을 사죄하였다. 기현의 온화한 얼굴이 기쁜 빛을 띠며 그 효순함이 사람의 마음을 감동시킬 만하였다. 그러나 승냥이와 이리 같은 공주의 마음이 흉한 분노를 내며 큰 소리를 벽력같이 지르고 달려들어 기현의 관을 벗기고 상투를 들어 손에 감고 금척(金尺)을 들어 두드리며 말하였다.

"역자(逆子) 기현아! 네가 나를 만고에도 없는 강상(綱常)의 한 죄인으로 지목하여 욕하기를 잘하느냐? 너를 죽이고 내가 죽을 것이다."

기현이 천만 뜻밖에도 이 일을 당하니 아픈 것을 잊고 한심하고 놀라움이 대단하여 죽으려고 하여도 죽을 만한 곳이 없었다. 오직 온화하고 부드러운 말로 빌면서 말하였다.

"소자가 불초하고 도리에 어그러져 이런 일이 있습니다. 어머니께서는 어질고 의로우시며 성스럽고 자애로우시므로 소자의 죄를 다스리실 때는 마땅히 종에게 태형으로 벌하게 하여 그 죄를 올바르게 밝히셔야 합니다. 소자 또한 삼척(三尺)의 어린아이가 아닌데 옥체를 수고롭게 하시고[179) 몸의 위신을 손상하는 것을 생각하지 않으십니까? 엎드려 바라건대 어머니께서는 분노를 낮추시고 소자를 종에게 태형으로 벌하게 하시면 소자가 맞겠습니다."

공주가 분기가 열화와 같아서 사나운 호랑이같이 날뛰며 말하였다.

"네가 나를 대접하는 것이 어미와 다르니 실로 태형으로 벌해도 순하게 맞지 않을 것이다. 내 힘대로 칠 것이다."

기현이 도리어 웃고 대답하였다.

"이것이 무슨 말씀입니까? 소자가 스스로 형판에 나아가겠습니다."

---

179) 옥체를 ~ 하시고 : {셩톄[聖體]를 잇븨ㅎ시고}. 옛말 '잇븨다'는 가쁘다, 피곤하다, 수고롭다의 의미임.

그리고 궁노에게 명하여 형판 기구를 들이라 하였다. 궁노가 시비를 치죄하려는가 하고 붉은 매를 단단히 헤치고 형판을 들여 명령대로 했음을 아뢰었다. 공주가 또한 시원하게 쳐다보고 싶어서 소리를 질러 기현을 잡아 당 아래로 내려오게 하였다. 여러 궁노가 실색하여 좌우로 살펴보며 머뭇거렸다. 기현이 태연히 의대(衣帶)를 끄르고 내려가 머리를 땅에 조아리고 죄를 인정하며 말하였다.

81 "소자의 죄목을 알지 못하오니 청컨대 죄목을 듣고 맞고 싶습니다."

공주가 가슴을 치고 아파하며 말하였다.

"네가 아침에 한 말을 생각하면 알 것이다."

기현이 고하였다.

"소자가 실로 한 말이 없습니다. 누가 어머니께 헛된 말을 아뢰었는지 일러주시면 모자간의 인륜을 이간질하는 간인의 머리를 베어 법을 바로 하겠습니다."

공주가 더욱 화를 내었으며 후염이 내달아 와서 말하였다.

"아침에 내 어머니를 온갖 말로 모욕하고서는 변명하십니까? 내가 어머니께 이 말을 전하였으니 저의 머리를 베소서."

기현이 탄식하며 말하였다.

82 "내가 한 번 어머니께 태형을 받는 것은 설마 어찌하겠는가마는 너의 행동을 골똘히 생각해보면 근심이 되는구나."

말을 끝내고 선뜻 형판에 나아가 노비에게 명하였다.

"마땅히 힘을 다하여 쳐서 이것을 철저히 살펴보시는 어머니의 분노를 일으키지 마라."

이렇게 말하고 고요하게 엎어져 태형을 맞았다. 노비가 감동하여 차마 세게 치지 못하니 공주가 더욱 화를 내며 때리는 매마다 철저히 살펴보았다.

정숙렬이 이 일을 듣고 가소로움을 이기지 못하여 공주를 가만히 둔다면 그 분노가 풀리도록 기현을 칠 것 같아 궁녀에게 이리저리 하라고 하였다. 시녀가 금선궁에 나가 기현에게 진왕의 명을 전하며 말하였다.

"긴급한 서찰을 대신 쓸 것이 있으니 빨리 부름에 응하라고 하셨습니다."

이 말을 듣고도 공주가 오히려 용서하지 않았다. 궁비가 또 와서 고하였다. 83

"어르신께서 명령을 받드는 것이 더딘 것 때문에 진노하시니 부득이 이 명령을 고합니다."

공주가 매우 놀라웠지만 마지못하여 기현을 용서하였는데 그 사이 기현은 벌써 십여 대를 맞았다. 기현이 빨리 의관을 수렴하고 공주에게 사죄하고 바삐 나왔다. 그런데 어머니가 부르신다는 명령이 있어서 바삐 가서 알현하며 말하였다.

"아버지의 명이 계셨는데 시각이 오래되어 아버지께 가 뵙고 다시 오겠습니다."

이에 바빠 걸음을 돌리려고 하는데 정숙렬이 가만히 웃으며 말하였다.

"이것은 대왕의 명이 아니고 내가 시험한 것이니 잠깐 앉아라."

그런 후에 그 손을 잡고 자세히 살펴보았다. 금척으로 인해 상처 난 곳곳이 상하여 두루 피가 맺혀있었다. 정숙렬이 탄식하면서 말하였다. 84

"공주가 잘못을 뉘우치지 못한 것이 이와 같으니 한심하지 않겠느냐? 알지 못하겠구나. 무슨 일로 이토록 맞았느냐?"

기현이 탄식하면서 대답하였다.

"이것은 다 소자의 불초함 때문이니 쓸데없는 말을 해서 무엇 하겠습니까? 아버지께서 이 일을 아신다면 일마다 편안하지 않을 것입니다. 어머니께서는 아무 말도 하지 마셔서 소자의 마음을 편하게 하소서."

정숙렬이 아들의 성효에 감동하여 말하였다.

"내가 어찌 사사로운 정으로 대의를 잘못되게 하겠는가? 공주가 비록 매우 악하나 너의 도리로는 공주를 욕하는 것이 불가하니 더욱 삼가면 맞은 곳은 곧 낫지 않겠느냐?"

기현이 어머니의 말씀에 감동하고 탄복하며 절하고 사례하였다. 진왕이 마침 들어오다가 정숙렬의 말과 아들의 팔을 보게 되었다. 진왕은 분명히 공주가 사건을 일으킨 것이 있다는 것을 알아채고 분하고 한스러워하며 방으로 들어왔다. 정숙렬과 기현이 깜짝 놀라자 진왕이 정숙렬을 돌아보면서 말하였다.

"알지 못하겠구나. 정비 모자가 무슨 일이 있기에 기색이 좋지 않소?"

정숙렬이 가만히 웃으며 말하였다.

"새로 태어난 손자가 기이한 것이 경사인데, 대왕께서 좋지 못한 기색을 물으시는 것이 이상합니다."

진왕이 엄숙함을 띤 노기를 드러내고 좌우를 쏘아보며 말하였다.

"비가 어찌 가장을 속이는 것을 어린아이같이 하시오? 아들 모자의 말을 내가 이미 들었는데 어찌 가식하는 것을 잘 하시오?"

정숙렬이 용서를 빌며 말하였다.

"대왕이 항상 위엄을 숭상하시니 덕행에 해가 있을까 합니다. 저희 모자의 말을 이미 들으셨다면 다시 물으시는 것이 무익합니다. 첩이 또

동렬의 흠을 드러내어 말하는 것이 부덕(婦德)에 어그러지고 아들들은 어머니의 과오를 엄한 아버지께 일러바치지[180) 못할 것입니다. 대왕께서는 이와 같이 보잘 것 없는 일을 아는 체 하지 않는 것이 다행스럽지 않겠습니까? 첩이 어리석은 견해를 피력해서 대왕의 분노를 일으킨 것이 한 두 번이 아니었습니다. 외람되게 내조에 주제넘게 관여하면서도 입을 다물고 마음을 속이는 것이 첩이 남편을 섬기면서도 내외를 달리 하는 까닭입니다. 대왕께서는 세 번 생각하셔서 너그럽고 어진 덕을 잃지 마십시오. 자식으로 하여금 어버이를 섬기는 도를 완전하게 하여 그 마음을 편안하게 하는 것이 옳지 않겠습니까?"

87

현숙한 말은 군자 같고 시원하고 상쾌한 기운은 가을 하늘의 서리와 이슬 같았다. 진왕이 매우 웅대하고 진중한 마음을 가졌지만 크게 탄복하여 노기를 풀어버리고 가만히 웃으며 말하였다.

"비의 말씀이 그러하지만 공주가 악한 일을 고칠 줄 모르고 편안하게 존대 받으며 내 아이에게 포악하게 행동하고 있소. 오랫동안 공주 때문에 여러 아이의 괴로움이 대단하다면 어찌 공주를 가만히 두어 흉심을 기르게 하여 화의 싹을 다시 이루어 집안을 어지럽게 하겠소?"

88

이에 기현을 나아오라 하여 맞은 이유를 물었다.

"네가 만일 이 일을 속인다면 결단코 금선을 가만 두지 않겠다."

기현이 고개를 숙이고 엎드려서 대답하였다.

"소자가 불초하여 어머니 앞에서 죄를 얻었습니다. 엎드려 바라건대 아버지께서는 이와 같은 일은 모른 척 하시어 소자로 하여금 마음을 편안하게 해주십시오. 자식이 그릇되었다면 어미가 죄를 다스리는 것은

---

180) 일러바치지 : {하리 못ᄒ리니}. '하리'는 남의 잘못을 일러바치는 것을 뜻함.

자주 있는 일이니 괴이하게 여길 것이 아닙니다.”

진왕이 미소를 짓고 기현을 나오게 하여 그 맞은 곳을 보았다. 하얀 피부가 헐어 피가 맺혔으니 어이가 없어 선뜻 웃으며 말하였다.

89 “내가 위엄과 덕망으로 집안을 다스리지 못하여 화가 자식에 미쳤으니 너를 대하는 것이 부끄럽구나. 어미가 자식을 꾸짖으며 가르칠 때는 가장이 멀리 있거나 죽거나 하였을 때 마지못하여 치고 꾸짖어 치는 것이다. 이제 내가 살아있으니 비록 네가 죄가 있으면 네 생모라도 나에게 말하고 너의 죄를 다스릴 것이다. 하물며 금선은 내가 임금의 뜻에 감축하여 저를 궁에 머물게 했는데도 점점 패악한 난이 이와 같으니 내가 결단코 보고 있을 수 없겠구나.”

기현이 눈물을 흘리며 말하였다.

“소자가 지금 이후로부터 효의를 완전하게 못할 것입니다.”

90 진왕이 이 말을 들은 체하지 않고 노기가 여전히 엄숙하게 어려 자리에서 일어났다. 정숙렬이 아들에게 말하였다.

“우리 모자로서는 이 일을 능히 안심하도록 설득하지 못할 것이니 네가 마땅히 숙부께 아뢰어 일이 무사하게 하여라. 너의 숙부가 아니면 아버지의 분노를 능히 풀지 못할 것이다.”

기현이 급히 좁은 문을 따라가서 초공을 뵙고 진왕을 만류해줄 것을 애처롭게 부탁하였다. 초공이 몹시 놀라워하며 가만히 웃고 말하였다.

“형님께서 화를 내시면 내가 감히 어찌 하겠느냐?”

기현이 매우 다급해하고 눈물을 흘리며 말하였다.

“숙부께서 어찌 어린아이의 사정을 돌아보지 않으십니까? 엎드려 바라건대 숙부는 소자의 다급한 심사를 가엾게 여기셔서 구해주십시오.”

초공이 천천히 일어나며 말하였다.

"어진 효로 공주를 섬기면 공주를 변화시킬 것이니 어찌 너의 모자간이 이리 요란한가?"

말을 끝내고 궁에 이르렀다. 이때 진왕이 외궁에 나와 한 대의 교자를 수습하여 별궁에 가서 금선공주를 실어다가 금선공주가 스스로 가고 싶어하는 곳에 버리고 오라고 군관에게 명령을 내렸다. 초공이 나아가 앉으며 물었다.

"형님이 여기에 거의 오시지 않더니 오늘은 어떠한 큰 일이 있기에 임하셨습니까?"

진왕이 탄식하며 금선이 난을 일으킨 것을 말하고, 집에서 내보낸 것을 이야기하였다. 초공이 자리에서 물러나 앉으며 두 번 절하고 말하였다.

"형님께서 이미 화를 내서서 제가 감히 말씀을 드리는 것이 황공하나 아버지와 형의 잘못에 대해 자식과 아우가 충고하는 것은 성인의 가르침에서도 허락하신 바입니다. 오늘 기현이 태형을 받은 것은 가소로운 일이지만 어찌 부인의 일을 족히 꾸짖어 강제로 내쫓는 지경에 미치게 하십니까? 조카는 보잘 것 없는 자식과는 달라 일의 기미가 이와 같이 요란하면 공주가 시끄럽게 일을 낼 것입니다. 모든 일에 빠른 분노와 급한 화는 반드시 해로움이 있습니다. 저 공주의 성정은 이미 안 지 오래되었고 성상께서 공주를 주시어 형님께 부탁하시니 조카들에게는 명목상의 모자이지만 어미가 됩니다. 죄가 있든 없든 간에 자식의 죄를 책망하는 것은 사람이라면 누구에게나 있는 일입니다. 그런데 자식된 자가 아버지께 이것을 알려 의모(義母)를 강제로 내쫓게 했다면 기현이 불초대죄에 빠질 것입니다. 이것은 공주를 해치는 것이 아니라 조카의 앞길을 해치는 것입니다. 십분 참작하시어 그치십시오. 관비와 하리를 명하여 공주를 실어가라 하신들 저 공주가 어디로 향하겠습니까? 저절로 대궐로 입궐하여 성상께 고하기를 기현이 공손하지 않아서 죄를 다스렸더니 그 아비를 부추겨 자신을 내친다고 할 것입니다. 그렇게 되면 성상께서 형님의 처사를 과격하게 여기지 않겠으며, 기현이 어떤 사람이 되겠습니까? 어리석은 사람도 천 번 생각하면 반드시 한 번 얻는 것이 있다고 합니다.181) 제가 비록 세상일에 어리석고 뒤떨어지지만 깊이 생각하여 고하니 재삼 살펴주십시오.”

초공의 안색이 화평하고 말이 정대하여 진왕의 엄한 분노를 살라버리는 것 같았다. 이에 진왕이 흔연히 웃고는 초공의 손을 잡고 탄식하며 말하였다.

“어리석은 형의 행동거지와 처사가 마침내 아우에게 미치지 못할 것이니 어찌 부끄럽지 않겠느냐? 한 때의 미움과 분노를 참지 못하여 공주를 내쫓고자 하였으니 어진 아우의 약과 침 같은 충고가 아니었다면 뉘우침이 있었겠느냐?”

드디어 공주를 내쫓는 것을 그만두니 공주가 무사하게 되었다. 뒷날 공주가 자기를 내쫓을 뻔한 일과 이것을 초공이 힘써 구하던 까닭을 듣고 깊이 감격하여 차후로는 악악거리는 꾸짖는 말을 그치니 군자의 지성이 그 악함을 감동시킨 것이 이와 같았다. 기현은 다행스러움을 비할 곳이 없어서 아침저녁의 문안인사 때마다 공경하고 삼가는 성효가 더할 나위

---

181) 어리석은 ~ 합니다 : {우재천녀[愚者千慮]의 필유일득(必有一得)이니}. 이 말은 『사기』 「회음후열전」에 나오는 것으로 그 원문은 다음과 같음. “지혜로운 사람이 천 번을 생각하면 한 번 잃는 것이 있고 어리석은 사람이 천 번 생각하면 반드시 한 번은 얻는 것이 있다[智者千慮, 必有一失. 愚者千慮, 必有一得].”

없이 훌륭하였다. 공주가 매우 악했고 핑계가 없어서 난을 일으키지 못했지만 소소한 불평스러운 일은 없지 않았다.

이때 강씨가 여러 가지의 묘한 계책으로 정씨를 없애고 싶었지만 초공이 엄정하고 유현이 명쾌하여 간악한 참언을 곧이듣지 않았고 정씨의 잘못을 거론함이 없었다. 강씨가 분하고 원망스럽게 애를 태우며 경씨와 함께 다시 의논하면서 말하였다.

"이 일을 해결하지 않고 가만두지 못할 것이니 그대 오라비를 청하여 ⁹⁶ 승상과 어사의 침소를 범하여 이리저리하고 돌아가면 가히 정씨를 구덩이에 넣을 수 있을 것이다."

유모가 옳다고 하고 그 오라비 후번에게 청하여 모의를 하였다. 경후번이라는 자는 어릴 때부터 자객질을 하여 천금을 모으고 만 명의 사내가 당해낼 수 없는 용력이 있었으므로 번쾌(樊噲)¹⁸²)를 흠모하여 자칭 후번이라고 하였다. 원래 정씨는 그 당시의 운수가 불행하여 밖으로 설강이 있어서 정씨를 해치려고 하고 안으로 강씨 노주(奴主)가 대단한 꾀와 간계한 계략으로 해치려고 하니 그 앞길이 어떻게 되는지 다음 회를 보라.

설포.¹⁸³) 한림 설강이 처를 얻었으나 그 처가 범상하니 설강은 한이 ⁹⁷ 깊었다. 자기는 먼저 과거에 급제하여 관직에 나갔지만 한림원을 떠나지 못했는데 기현 형제는 춘경(春卿)¹⁸⁴)과 조정에 나아가고 겸하여 임금이 숙녀를 내려주어 쌍쌍이 복을 돋우니 스스로 이를 갈며 어금니를 깨물었

---

182) 번쾌(樊噲) : 한나라 고조 때의 공신. 시호 무후(武侯). 원래 개고기를 파는 미천한 신분이었으나, 유방의 거병 뒤에는 그를 따라 무장으로서 용맹을 떨쳐 공을 세웠음. 홍문(鴻門)의 모임에서, 유방이 항우(項羽)에게 모살될 위기에서 극적으로 유방을 구해내 유방이 즉위한 뒤 좌승상(左丞相)·상국(相國)이 되었으며, 그 뒤 여러 반란을 평정하였음. 무양후(舞陽侯)로 봉해짐.
183) 설포 : 앞의 이야기와 다른 이전에 있었던 일을 말하면서 장면을 전환하는 장면 전환어임.
184) 춘경(春卿) : 주대(周代)부터 생긴 춘관(春官) 육경(六卿)의 하나로 국가의 예(禮)를 관장함. 후에 예부장관을 이르는 말이 됨.

다. 이에 장안의 유명한 자객을 청하였는데 공교롭게도 후번을 만나게 되었다. 설강이 후번에게 금과 비단을 주면서 말하였다.

"네가 만일 초국공 장자 유현을 찔러 죽이면 당당히 내가 너에게 은혜를 후하게 갚을 것이고 불행하게 실수하면 이렇게 저렇게 하고 돌아가도 네 공이 될 것이다."

후번이 대답하였다.

"상공이 조씨 어르신과 무슨 원수가 있어서 금과 비단을 아끼지 않으시고 목숨을 살해하라고 재촉하십니까? 저 조씨 어르신은 일세에 맑고 높은 명망이 무거운 이름난 선비여서 여항의 시민이 다 칭송합니다. 소인이 금을 귀하게 여기고 상공 분부를 거스르지 못하여 죄 없는 재상을 해치다가 일이 발각되어 한 번 잡히게 되면 멸족되는 화를 얻을 것이니 위태롭지 않겠습니까?"

설강이 웃으며 말하였다.

"내가 조가와 함께 하지 못할 원한이 있으니 마지못해서 그러하니 너는 사양하지 마라. 내가 한갓 네 은혜를 중하게 갚을 뿐만 아니라 뒷날 너의 앞길을 열어서 세상에 나서게 하여 벼슬을 하게 해 줄 것이니 오늘처럼 구구하게 자객으로 살지 않을 것이다."

후번이 탄식하면서 말하였다.

"생이 궁박하여 자객질이 그릇된 것을 알지만 그만 두지 못하고 있습니다. 제가 옛날 사람들이 말하는 용기를 가지고 있는데 만일 한 개의 관직을 얻으면 말할 것도 없이 기운을 펼 것입니다. 이것이 이 후번의 평생의 지극한 소원입니다. 오늘 상공의 명령을 진심으로 이행하지 않겠습니까?"

설강이 매우 기뻐하며 재삼 부탁하여 맡겼다. 후번이 조씨 집안 근처에 가서 살펴보았는데 조씨 집안의 안과 밖이 엄격한 가운데 외헌이 여러 곳이었다. 동쪽과 서쪽에 백화헌과 설화정이 있고 중당에 대서헌이 있었다. 대서헌은 초공의 거처였지만 노공이 잠은 내당에서 자고 초공이 본래 내전 왕래는 드물었기 때문에 초공이 주로 백화헌에 거처하였다. 유현이 100 강씨에게 홀려서 정신을 차리지 못하였지만 아버지의 훈계를 아침저녁으로 조심하여 정씨의 일을 입 밖에 다시 내지 않고 아버지를 자주 모시고 자며 해가 지고 틈이 날 때마다 성효를 가지런하게 닦았다. 초공이 세상 이치에 밝은데도, 유현이 이씨를 취한 계획과 강씨에게 홀려 정신을 차리지 못하는 것을 아직 알지 못했다.

이때는 몹시 추운 겨울이라 날씨가 매우 춥고 얼음과 눈이 뜰에 가득했다. 초공이 저녁 문안인사 때 어른의 안부를 묻고 백화헌으로 돌아왔다. 유현이 두 번째 동생 광현과 함께 아버지의 이부자리를 펴고 베개를 바로하여 온전한 성효가 나타나니 초공이 마음속으로 기뻐하였다. 눈바람이 101 크게 일어나서 문틈으로 냉기가 들어오니 초공이 말하였다.

"날씨의 한기가 대단하구나. 나는 광현과 함께 잘 것이니 너는 숙소에 가서 편안히 쉬어라."

유현이 대답하였다.

"아버지께서 넓은 방에 홀로 주무시면 한기가 더할 것입니다. 소자가 비록 고인의 선침(扇枕)185)을 본받지 못하지만 어찌 숙소에 편안하게 물러나와 아버지를 모시고 자는 것을 그만두겠습니까?"

---

185) 고인의 선침(扇枕) : '扇枕溫席(선침온석)'에서 온 말로 어버이에 대한 효심이 지극함을 이름. 진(晉)나라의 왕연(王延)이 부모의 침구를 여름에는 부채질하여 시원하게 하고, 겨울에는 제 몸으로 따뜻하게 하였다는 고사에서 유래함.

초공이 그 뜻을 알고 다시 권하지 않고 일찍 취침하니 유현이 아우를 품고 침상 아래에서 취침하였다. 첫 잠이 몽롱하게 들자 후번이 경파의 방에서 종일 길을 살펴서 백화헌 동쪽 담장 낮은 곳의 가시 쌓인 것을 치우고 다른 날 길을 미리 내서 가만히 백화헌에 들어갔다. 이때 눈이 비로소 멈추고 가늘게 빛나는 달이 몽롱하여 서쪽 산봉우리에 걸려있었다. 숙직하는 서동의 무리가 곳곳에 쓰러져 자고 있었고 초공 삼부자가 잠들어 있었다. 후번이 생각하였다.

'조상국은 당대의 어진 재상이다. 설한림은 조어사를 죽이라고 하나 누이의 부탁은 죽이지 말고 놀라게 하여 간부인 척만 하라고 한다. 무죄한 재상 공후를 해치는 것이 무익하니 한바탕 놀라게 하여 간부의 정적만을 보이고 돌아갈 것이다.'

그런 후에 칼로 침상 머리를 치고 다시 유현의 이불을 쳤다. 초공과 유현이 잠결에 놀라 바삐 눈을 떠서 살피니 희미한 달빛 아래 한 명의 장사가 비수를 끼고 뛰어 내닫는 것이 보였다. 유현이 속옷만 입고 따르니 도망가는 행보가 나는 듯하여 담장을 넘었다. 유현의 용과 같은 움직임과 호랑이 같은 걸음걸이로 어찌 그 사람에게 미치지 못하겠는가? 후번이 바야흐로 담장 위에 오르는 것을 유현이 긴 팔을 늘어뜨려 상투를 잡고 내리려 하니 후번이 칼로 자기의 상투를 베고 달아났다. 유현이 만일 그 손을 다치지 않았다면 족히 후번을 잡아서 놓치지 않았을 것이지만 후번의 상투를 베던 칼에 손이 중상을 입어 유혈이 낭자하여 급히 한삼을 찢어 손을 쌌다. 그러는 사이에 후번은 벌써 멀리 달아나 종적을 감추니 유현이 통한함을 이기지 못하고 돌아왔다.

초공이 서동에게 불을 밝히게 하고 두루 살피니 적은 멀리 도망가고 비단 주머니가 떨어져 있다고 아뢰었다. 초공이 비단 주머니를 열어보니 한 장의 편지가 있었는데 그 내용이 흉하고 참람하여 차마 보지 못할 정도였다. 대강 그 편지는 이러하였다.

첩이 어려서부터 낭군의 달처럼 아름다운 모습과 선비다운 풍모를 사모하여 낭군을 향한 뜻이 돌과 같이 굳은데도 삼생(三生)의 원수인 조씨 집안에 들어오게 되었습니다. 조유현의 박대가 매우 심하고 연이어 세 명의 처를 취하던 중에 강씨에게 정신을 빼앗겨 첩은 외로운 방에서 환선(紈扇)을 느낄 따름입니다.[186] 얼마 전에 친정으로 돌아갈 것이라고 말하고 관음묘에 가서 낭군과 함께 조씨 집안에서 나올 계책을 상의하고자 하였는데 조생이 의심을 하여 저를 보내지 않았습니다. 조생과는 명목상으로는 부부이지만 실제로는 원수입니다. 유현이 살아서는 첩이 눈썹을 떨쳐 기운을 펼 날이 없을 것입니다. 탁문군(卓文君)은 임공땅의 과부이지만 재주 있는 여자로 미루어 헤아려 사마상여를 좇았고 진평의 처[187]는 다섯 번 개가(改嫁)하였지만 진평의 후대를 받았습니다. 첩이 재상가의 한 명의 아리따운 아이로 조생의 싫어하고 미워하는 욕을 받아 외로운 방에서 간장을 끊으며 이것을 달게 받은 것이 더욱 통한스럽습니다. 그러나 부형이 곧으시고 귀하시며 예를 중시하시고 조씨와는

---

186) 환선(紈扇)을 ~ 따름입니다 : 환선(紈扇)은 비단부채라는 의미인데, 반첩여(班婕妤)와 같이 버림받은 신세를 의미함. 한(漢)나라 성제(成帝)의 후궁인 반첩여(班婕妤)는 처음에는 성제의 사랑을 받았으나 시간이 흐르자 조비연(趙飛燕)에게로 사랑이 옮겨가게 되자 가을이 되어 쓸모없게 된 부채와 임금의 총애를 잃은 자신의 처지가 일치한다는 생각이 들어 〈원가행(怨歌行)〉이라는 제목의 시를 짓게 되는데, '추선(秋扇)'이라는 말이 나옴. '환선(紈扇)을 느낄 따름'이란 표현은 남편의 사랑을 받지 못한다는 의미로 쓰였음.

187) 진평(陳平)의 처 : 진평(陳平)은 처음에는 항우(項羽)를 따랐으나 후에 유방(劉邦)을 섬겨 한(漢)나라 통일에 공을 세웠는데, 처음에는 형과 가난한 집에서 살았음. 진평이 나이가 들어 장가들 때가 되었으나 가난하여 쉽게 장가를 들 수가 없었음. 그런데 그 호유향에 장부(張負)라는 부자가 살았는데, 장부에게는 곱고 사랑스런 손녀가 하나 있었는데, 다섯 번이나 시집을 갔지만 그때마다 남편이 이내 죽어버려 그 뒤로는 아무도 그녀에게 장가를 들려는 사람이 없었음. 그러나 진평은 전혀 두려워하지 않고 그녀를 아내로 맞이함.

106

대대로 맺어온 친분의 정이 골육 같으니 나를 조씨 가문에서 빼내어 낭군을 좇게 하실 리 없습니다. 만일 조공과 유현을 한 번 찔러 죽어 없애면 첩이 가벼운 걸음을 수습하여 당당히 심야에 몸을 빼내 군을 좇을 것이니 군은 힘써 주십시오.

초공이 이것을 다보고 편지를 태워버리고자 하였다. 유현이 들어와서 이것을 보고 분기가 가슴을 막아 말하였다.

"흉한 편지를 가지고 가서 음녀를 베고 죄를 바로 잡을 것인데 어찌 흉한 편지를 태워서 없애려고 하십니까?"

초공이 선뜻 웃으며 말하였다.

"네가 말하는 음부는 누구를 말하는 것이냐? 내가 너에게 십여 년 동안 열심히 글을 읽히고 식견을 넓히고자 하였는데 이제 보니 지식이 얕고 짧으며 소견이 현명하지 못한 것이 한 명의 초부(樵夫)만도 못하니 어찌 한심하지 않겠느냐? 사람이 두 눈이 있다면 정씨의 사람됨이 성스러운 여자이며 어질고 사리에 밝은 여자라는 것을 알 것이다. 간인의 모함이 교묘하고 정밀하나 그 사람됨을 알아보지 못하느냐? 시아버지와 남편을 살해하는 것은 강상(綱常)의 커다란 변고이다. 정씨의 사람됨과 자질로 남의 모해를 입어 일시의 구설에 얽힌 것도 사람의 마음을 아프고 애석하게 하는데 부부간에 얼음과 옥 같은 도행을 알지 못하고 의심이 이에 미치니 어찌 놀랍지 않겠느냐? 우리 부자가 깊이 잠이 들어 죽이기 쉬었는데도 일부러 시끄럽게 하고 도망치려고 했다면 흔적이 없게 해야 하는데 비단 주머니를 흘려서 남이 보게 하겠느냐?"

108

유현이 아버지의 맑은 거울 같은 교훈을 들으니 가슴이 시원하게 뚫려 조금 분기를 진정하여 절하고 사례하며 말하였다.

"아버지의 가르침이 마땅하십니다. 그렇다면 정씨를 해치려고 하는 자는 누구입니까? 정씨와 소자가 미울지라도 그 해치는 자는 반드시 소자의 식구 중에 있을 것입니다. 마땅히 조사하여 밝힐 것이지만 이와 같은 커다란 변고를 소자의 어리석은 소견으로는 능히 적발하지 못할 것입니다. 아버지의 뛰어난 가르침을 받아서 선처하고 싶습니다. 이 변고가 소자에게만 이르러도 한심한 변고인데 지극히 존엄하신 아버님께도 미치니 무슨 면목으로 세상에 서겠습니까? 이와 같은 이상한 변고를 가만히 두고 보는 것은 옳지 못합니다." 109

초공이 정색하면서 말하였다.

"내가 비록 이치를 잘 모르고 어리석지만 오히려 너보다는 나은 것이 있을 것이다. 이제 죄인을 발각하고자 하여 어지럽게 시비와 복첩(僕妾)을 심문한다면[188] 진짜 죄인은 불복하고 애매한 자가 죄에 걸릴 것이다. 혹은 간사하고 영악한 시비가 뇌물을 탐하여 반드시 고개를 숙이고 엎드려 정씨의 일이라 할 것이니 아직 모르는 체하고 처음과 끝을 보아라. 오래지[189] 않아서 간사한 마음이 탄로 날 것이다. 지레 요란하게[190] 군다면 정씨가 좌우에 적이 가득하고 너와 관계가 소원하니 틈을 엿볼 자가 어찌 없겠느냐? 너희들은 나중에 태어나서 옛날의 일을 모를 것이다. 너희 어머니는 내가 후대함이 온전하고 구태여 원수가 없었는데, 이리저리하여 네 어머니를 해치려는 사람이 있었다. 내가 눈으로 네 어머니의 얼굴과 간부의 형상을 보았지만 네 어머니의 평소 때의 행실을 미루어 생각해보니 의심스럽고 괴이하며 헤아리기 어 110

---

188) 심문한다면 : {겨줄진대}. '겨주다'는 심문하다, 문책하다의 의미임.
189) 오래지 : {요리지}. '오리지'의 오기로 보임.
190) 요란하게 : {오란흔}. '요란흔'의 오기로 보임.

려워 반드시 끝을 보고자 하여 입을 다물고 아픔을 참고서 이 사실을 입 밖에 내지 않았다. 여러 세월 동안 좋은 예의로 너의 어머니를 대접하니 자연스레 일이 사건을 일으킨 자에게 돌아가고 네 어머니가 억울함을 풀어 거울 같게 되었다. 내가 만약 너같이 급하게 서둘렀다면 네 어머니를 보전하지 못하였을 것이고 네 어머니가 하늘의 해를 보았겠느냐? 너는 집안 다스리기를 엄정하게 하고 뜻 잡기를 관대하게 하고 마음과 정을 박하게 하여 정씨가 억울하게 누명에 매이게 하지 마라."

유현이 이와 같이 맑은 거울 같고 간절하며 지성스러운 아버지의 가르침을 들으니, 유현이 본래 하늘과 땅 같은 국량(局量)과 신과 같은 슬기를 지니고 있어서 비록 자기도 모르는 사이에 분노가 일어났다가도 아버지의 엄한 가르침을 듣고는 가슴이 시원해지는 것을 느꼈다. 옛날부터 세상일이 괴롭고 어지러운 것을 슬프게 느끼며 이에 안색을 온화하게 하고 두 번 절하고 사죄하며 말하였다.

"오늘밤에 수많은 현명한 가르침을 받았으니 제가 불초하고 현명하지 못하지만 어찌 환하게 깨우치지 않겠습니까? 옛날 일을 들으니 사람의 자식으로서 참기 어려웠습니다. 아버지의 해와 달 같은 현명함이 어머니께 여한이 없게 하셨으니 소자가 원컨대 마음을 가다듬어 아버지의 관대하고 자애로우며 어질고 덕이 있는 가르침을 가슴에 새기고 이 일은 덮어두고 끝을 보고자 합니다."

초공은 아들이 효순하고 명쾌하여 자기의 뜻을 어기는 것이 없으니 마음속으로 기뻐하며 두세 번 경계하였다. 그러니 일찍 태형을 내리는 수고로움과 호령하는 요란함이 없었다. 유현이 이후부터는 마음을 진정하여 네 명의 부인을 한결같이 찾지 않고 해가 지고 틈날 때마다 아버지를 모시고 앉아서 일시도 떠나지 않고 아버지의 그림자를 좇듯이 하였다. 유현은 매우 효성이 지극한 군자여서 거짓이든 진짜이든 간에 자객이 들어와 흉악하고 패악한 말이 아버지께 미치게 된 것을 매우 가슴 아파하고 분해하였지만 일이 까마귀의 암수를 구별하는 것과 같은 까닭에 네 명의 부인에게 다 자취를 끊고 아버지의 가르침을 받들어 이 일의 근원을 조사하지 않았다. 초공이 아들의 행동이 이와 같이 신중하여 비록 방밖에서는 호탕하기는 했지만 책망할 말이 없었지만 엄하게 꾸짖고는 기뻐하는 뜻을 외모에는 나타내지 않았다.

이때 자객 후번이 죽을 뻔하여 상투를 베어버리고 겨우 돌아와 설강에게 말하였다.

"소인이 행하는 일에 실수가 없는데 조씨 집안에 갔더니 조어사의 용모가 비상할 뿐만 아니라 저를 쫓아오기 시작하니 용의 움직임과 호랑이의 걸음으로 나는 듯하여 저의 머리를 잡아 내리기를 매우 급히 하였습니다. 제가 상투를 베어 내리치고 겨우 도망쳐서 비단 주머니를 떨어뜨려 유현이 보게 하고 왔습니다."

설강이 말하였다.

"잡히지 않은 것이 다행이니 너에게 준 금과 은을 찾지 않겠다."

설강이 후번을 보내고 조씨 집안에 이르렀다. 설강이 유현을 보고 말하는데 전혀 다른 기색이 없어서 설강이 참지 못하고 웃으며 말하였다.

"형이 규방에 네 명의 부인을 모았으니 그 중에 어떤 사람에게 정이 있는가?"

유현이 설강의 사람됨이 규중의 사사로운 은정을 묻는 것을 경박하게 여겨 마음이 좋지 않아 정색하면서 말하였다.

"장부가 규방 안에서 편애하고 한쪽만을 지나치게 미워하는 것이 어찌 있겠소?"

설강이 웃고 혹은 탄식하여 회포가 많은 듯하였다. 유현이 물었다.

"형이 규방 안의 일을 묻고 혹은 탄식하고 혹은 웃으며 깊은 시름이 가득하니 그 숨은 뜻은 무엇이오?"

설강이 슬퍼하며 말하였다.

"형과 더불어 정의가 골육 같아서 형이 사람들에게 시시비비의 말을 들으니 내가 어찌 듣고만 있겠는가?"

유현이 가만히 웃으며 말하였다.

"내 나이가 어리고 재주가 없지만 조정의 신하로 들어와 이름난 사람들에게 허물을 얻은 것이 많소. 사람들에게 시시비비의 말을 듣는 것을 어찌 면하겠소? 알지 못하겠소. 누가 무슨 말을 하던가요? 나를 꾸짖는 사람은 스승이오, 나를 칭찬하는 사람은 원수라고 하니 이것은 맹자의 지극하신 경계이오. 형은 사실대로 말하고 숨기지 않는 것이 옳지 않겠소?"

설강이 말하였다.

"형의 탁월한 글재주[191]가 조정과 재야에 나타나고 성상의 은총이 한 세상에 진동하니 누가 능히 시비하겠는가? 그러나 규방의 매우 아름답지 않은 흔적이 외간에 들리게 되어 형이 집안을 다스리는 문제가 많이 시빗거리에 오르고 음란한 사대부 부인이 첫째 부인의 자리를 차지하고 있으면서 칼로 남편과 시아버지를 찌르려고 자객을 들여보냈으며,

---

191) 탁월한 글재주 : {의마(倚馬)의 지조}. '의마지재(倚馬之才)'는 탁월한 글재주를 의미함. 환온(桓溫)이 북정(北征)할 때 종군한 원호(袁虎)에게 노포문(露布文)을 짓게 하니 말에 기대어 서서 기다리는 동안에 일곱 장의 명문을 완성했다는 고사에서 유래함.

형이 그런 죄악이 현저한 여자를 끝내 모르는 체하여 두었다고 하니 117 듣는 사람 중에 깜짝 놀라지 않는 사람이 없네. 나는 이런 일이 없을 것이라고 했지만 사람들이 곧이듣지 않았네. 형을 위하여 이런 불행한 말을 모두 하니 형의 집안에 자객이 드는 변고와 간악한 편지의 흉한 흔적을 본 것이 있는가? 형을 위하여 이런 불행한 말이 나는 것을 곰똘하게 생각하고 중대한 말을 다 한 것이네."

유현은 해와 달 같은 밝음과 아버지처럼 신령스러운 슬기가 있어서 한 끝을 들으면 백 가지 일을 짐작하니 설강의 비루하고 저열한 언사와 간악한 의사가 군자의 지혜로운 눈에 보이지 않을 수 없었다. 유현이 마음속 118 으로 생각하였다.

'자객은 사람을 죽이려고 들어오는 것이니 남이 알까 두려워하는 것이다. 지난밤 사건은 우리 부자가 입 밖에 내지 않았으니 집안사람들도 알지 못한다. 또 서너 명의 서동(書童)도 자객을 도적으로 알았지 자객이 들어온 것은 알지 못했다. 또한 간악한 편지 한 통은 더욱 알지 못할 것이다. 그런데 설강이 어찌 알고 이런 요망스러운 말을 드러내어 말하고 나를 살펴보는 것인가? 옛날에 정씨 가문과 혼인할 적에 내게 와서 규방 여인의 음란하고 비루함을 말했는데 또 정씨 잡기를 용납할 곳이 없게 하는가? 정씨가 비록 매우 악한 죄를 범하였지만 설강과 관계되는 것이 없는데 설강이 어찌 이렇게 구는가? 이것은 지혜로운 자도 119 알아차리기 어려운 것이다. 정씨의 사람됨은 결단코 음란하고 비루하지 않고 옥과 같은 도행(道行)이 있다. 어머니처럼 맑고 어진 분도 오히려 더러운 말과 변란을 겪으셨으니, 이제 설강이 정씨를 모함하는 것은 무슨 까닭인가? 모를 일이구나!'

유현이 엄정한 기색으로 말하였다.

"형이 나를 위하여 말하는 것은 감격스럽지만 저희 집안에 그런 변은 없소이다. 그러니 자객은 언제 들었으며 형께서 말하는 사람이 누구인지 모르겠소. 등잔 밑이 어둡군요. 실로 이와 같은 일을 알지 못하니 형은 분명하게 말해주시오."

설강이 웃으며 말하였다.

"형은 나를 속이지 마시게. 형의 집에 이런 변고가 일어난 것을 본 것처럼 사람들이 말하는데 도리어 그것을 나에게는 말하지 않으니 나의 정과 형의 마음은 서로 다르군."

유현이 차갑게 웃으며 말하였다.

"장부가 어찌 말을 안과 밖이 다르게 하겠소? 내 집에 이와 같은 변고가 없는데 어찌 주위 사람들이 말하는 내용을 알겠소?"

유현이 말을 마치고 의연하게 단정히 앉아서 말이 없으니 설강이 무류하여 돌아갔다.

1 이때에 유현은 설강을 보내고 고요히 속으로 깊이 헤아려보았는데 문 득 가슴이 열려 생각하였다.

'설강이 본래 정씨와는 가까운 친척이다. 혹시 내외 없이 정씨를 보아 저 호색한 탕자가 정씨의 아름다움을 보고 불초한 마음을 두어 혼인하 기 전부터 규방의 음란하고 더러운 일을 널리 알리고[192] 이제 매우 심 하게도 그 허물을 외부 사람들이 말한 것처럼 빙자하여 나를 두렵고 놀 라게 한 것이 아닐까? 그러니 그 허물을 알 만하다. 내가 한 번 시험하 여 정씨에게 물어 볼 것이다.'

이에 채련각에 이르렀다. 유현은 내당에 출입한 것이 오래되어서 시비
2 와 유모가 다 놀랐고 정씨는 천연스럽게 일어나 맞이하였으나 여러 가지 로 몸가짐을 바르게 했다. 정씨는 봉관(鳳冠)[193]을 숙이고 옥 같은 얼굴에 잠깐 붉은 빛을 띠니 붉은 연꽃 한 줄기가 향기 나는 물을 머금은 듯하였 다. 한 쌍의 눈빛에는 아리따운 성심(聖心)이 나타나고 여덟 빛깔을 띤 봉 황과 같은 눈썹은 나직하여 온화한 기운이 밝게 빛나 보였다.

유현이 정씨를 유의하여 보니 더욱 기특하여 안과 밖으로 한 점도 음란 하고 더러운 빛이 없어서 가을 물이 어려 있는 듯하였다. 비록 수많은 더 러운 말과 간악한 참언이 종횡하지만 유현에게는 사람을 알아보는 한 쌍 의 눈이 있었으므로 정씨가 어질고 청정한 것을 알았다.
3 유현이 갑자기 정씨를 공경하여 팔을 들어 정씨가 앉기를 청하고 탄식 하며 말하였다.

"부인의 심사를 내가 모르지 않지만 피차에게 액운이 매우 심하여 중

---

192) 널리 알리고 : {픈포ᄒ고}. 정확한 의미는 미상이나 문맥을 고려해볼 때 널리 알리다의 의미인 듯함.
193) 봉관(鳳冠) : 옛 부인들이 쓰던 관으로 봉황 모양을 장식한 예관임.

간에 괴이한 일이 무수하니 비록 헛된 일인 줄 알지만 마음이 편하지 않았소. 요사이 아버지의 침전에 괴이한 일이 있으니 사람의 아들 된 자의 마음이 아침저녁으로 송구하여 만사에 뜻이 없어 규방에 발자취를 끊었으니 부인은 괴이하게 여기지 마시오."

정씨가 몸가짐을 조심하고 용모를 단정히 하며 대답하였다.

"첩이 사람의 일에 어둡고 행동거지가 천지신명을 저버려 무슨 무거운 죄를 얻은 것이 있는지를 생각하였습니다. 시댁이 쌓은 덕행과 군자의 너그럽고 어지심으로 인해 제가 죄를 지은 것이 없고 좋은 집에서 편안하게 쉬게 되니 이 때문에 아침저녁으로 황망하고 민망하여 마음이 깊은 못에 얇게 언 얼음 같습니다. 그러니 무슨 염치로 군자께서 묻지 않는 것을 괴이하게 여기겠습니까? 시아버님의 침소에 변이 있다고 하니 더욱 마음이 서늘하고 뼈가 굳는 것 같으니 그 허물과 죄를 누가 저질렀는지 알겠습니까?"

유현이 탄식하며 말하였다.

"내가 착실하고 공손하지 못하여 규방에 변이 있으니 어찌 부인 등을 책망하겠소? 그런데 알지 못하겠소. 한림학사 설강이 부인과는 몇 촌이 되며 부인이 설강을 일찍이 본 적이 있소?"

정씨가 대답하였다.

"첩과는 8촌간입니다. 설강과는 구태여 볼 일이 없고 제 성품이 용렬하여 아버지와 오빠 외에는 대할 뜻이 없었지만 설강이 알리지 않고 들어와서 여러 번 그 얼굴을 보았습니다."

유현이 말하였다.

"그 위인이 각박하지만 사람됨이 어질어 보였소?"

정씨는 유현이 그렇게 묻는 것이 의도가 있는 줄 알고 말하였다.

"설강을 보면 즉시 피하였으니 그 얼굴이 어진지 사나운지 어찌 자세히 알겠습니까? 다만 오빠의 의논을 들어보니 끝내 현인군자는 아니라고 하였습니다."

이 말이 끝나기도 전에 정학사 운기가 이르러 누이를 보려 하였다. 유현이 정학사를 채련각으로 오게 하여 정학사를 보았다. 유현이 웃으며 말하였다.

6   "제가 일신에 일이 많아서 오래 장인을 뵙지 못하니 허물이 제게 있지만 형은 저번에 우리 집 문 앞을 지나면서도 들어오지 않으니 누이가 보고 싶은 마음이 없었습니까?"

정학사가 웃으며 말하였다.

"누이야 보고 싶지 않은 인정이 있겠느냐마는 여기서 너를 볼 것 같아 네가 미워서 못 왔다."

유현이 화난 얼굴로 말하였다.

"제가 일찍 형께 미움을 받을 일을 하지 않았는데 얼굴을 마주치지 않을 정도로 미운 일이 있습니까?"

정학사가 웃으며 대답하였다.

"네가 우리 집에 네다섯 달에 한 번도 오지 않으며 내 아버지의 지극하신 정을 저버리니 이것이 미운 이유 중에 하나고 누이의 근친(覲親)[194]

7   을 막으니 미운 일이 적겠느냐? 수일 전에 설강이 청하였으므로 이부(吏部)의 상서를 보러 급히 가다가 내가 이 문을 지났지만 못 들어왔다."

유현이 웃으며 대답하였다.

---

194) 근친(覲親) : 시집간 딸이 친정으로 와서 부모를 뵙는 일.

"제가 일찍이 형님 누이의 근친을 막은 일이 없으니 이것은 죄가 아닙니다. 또한 장인을 자주 뵙지 못하지만 집안에 아직 장성한 동생이 없어서 임무를 마치고 여가 시간에 한 때도 아버지 곁을 떠나지 못하여 번다한 요구를 더러 돕습니다. 그래서 몸이 바빠 때가 되어도 밥을 찾지 못하는데 어느 겨를에 처가에 자주 가겠습니까? 장인도 한두 분이 아니라 저마다 꾸짖으니 어찌하겠습니까? 그런데 설강이 무슨 일로 이부의 관직을 청하였습니까?"

정학사가 말하였다.

"설강이 노모가 있으므로 한 곳의 외관직(外官職)을 힘써서 구하니 친척 8
의 청을 들어주지 않을 수 없어서 갔네. 그런데 평진후의 뜻이 설강의 의도와는 매우 다르니 내가 설강에게 전하지 않았네."

유현이 미소를 지으며 말하였다.

"평진후께서 뭐라 하셨습니까?"

정학사가 말하였다.

"평진후께서 답하기를 '나의 직임이 다 내 것이 아니고 공적인 것이다. 내가 임금님의 은혜를 입어 이부를 맡았으니 눈으로 저울을 삼고 마음으로 저울을 삼는다. 설강에게 소주 같은 부유한 곳을 맡기면 반드시 그 사람도 청명을 낮추고 국사를 흐릴 것이니 아우의 청이지만 듣지 못하겠다.'라고 하였네. 내가 어찌 두 번 말하겠는가? 원래 설강이 평진 9
후를 많이 원망하였는데, 자기는 먼저 과거에 급제한 사람인데도 지금까지 벼슬을 옮기지 못하고 있는데 비해 조유현의 여러 형제는 사돈 간의 정으로 조정의 한림원의 직품이 매우 높아 대단한 것을 시기하고 평진후는 고결하기만 하다고 꾸짖었네. 내가 이 말도 잠깐 평진후께 더

알아듣도록 말하면서 '다른 사람은 시키면서 어쩌된 일입니까?'하고 물었네. 평진후께서 웃으면서 말하기를 '기현은 나의 사위니까 더더욱 내가 추천한 것이 없고 유현은 이른바 큰 그릇이어서 한 도당(都堂)195)과 시랑에 그치겠는가? 지금 백만 장졸의 우두머리가 되고 온 조정의 벼슬아치 위의 정승을 주어도 덕망을 드러내어 감당하기 넉넉하지만 나이가 어리기 때문에 과도하게 작록을 더하지 않는 것이다. 두 사람의 추천은 임금님의 특별한 뜻이니 이부의 추천이 아니다'라고 하였네"

유현이 탄식하며 말하였다.

"우리들이 나이가 어림에도 불구하고 지위와 명망이 과도하니 설강의 말이 어찌 과하다고 하겠습니까?"

정학사가 이에 나아앉아 말하였다.

"아까 설강을 보니 자네 집의 말을 괴이하게 전하니 매우 놀라와 말하는 것이네. 그 말이 확실한 말인지 모르겠네. 자네가 비록 나이가 어리지만 여러 명의 아내를 두었으니 자네의 사람됨과 내 누이의 성품을 생각해보면 반드시 부창부수하며 서로 공경하고 화락하여 집안을 다스리고 자네의 몸을 닦는 것이 어지럽지 않을 것을 아네. 자네 아버님이 만 가지 일 중에 하나도 잘못하실 리가 없고 우리들이 또한 그것을 믿었네. 그런데 오늘 설강이 말하기를 자네 집 규방에서 커다란 변이 일어나 자네 아버님의 침소에 자객이 들어왔다가 달아났다고 하며 자네 부인중에 누군가가 이 일을 시켰다고 하고 자네가 간부의 편지를 잡았다고 하니 정말인가?"

---

195) 도당(都堂) : 당(唐)나라 때 상서성(尙書省)을 일컫던 말. 명(明)나라 때는 도어사, 부도어사, 첨도어사를 일컫던 말임.

유현이 안색을 고치고 탄식하며 말하였다.

"제가 집안을 다스리는 일은 다른 사람이 듣게 해서는 안 되는 일입니다.196) 사람의 아들이 되어서 가히 참지 못하고 듣지 못할 일이지만 아버님의 분부가 이와 같아서 입을 다물고 아픔을 참고는 앞으로의 일을 보라고 분부하셨습니다. 이런 까닭에 이 일은 우리 부자 외에는 집안 사람도 알 리 없고 편지에 관한 일은 더욱 입 밖에 내지 않았는데 설강이 이것을 알고 있다니 이해할 수 없습니다. 설강이 저에게 이리저리 말하는데 제가 비록 설강과 친한 사이지만 다 말하기가 괴로워 말하지 않았습니다. 형님은 저와는 일가친척의 연분이 있고 더욱 괴이한 일이 있어 의논하고자 하는 까닭에 말하는데, 설강이 수 년 전에 이러저러한 말을 이르고 저에게 정씨와의 혼인을 물리치라고 하였습니다. 그것이 괴이하였지만 말을 하지 않았는데 이제 설강의 일이 점점 괴이하니 형을 대하여 끝내 속이지 못하겠습니다. 설강이 형님의 누이와 더불어 친척이라고 한다면 이런 말을 하지 않을 것 같은데 정씨의 전후의 허물을 말하고 저를 놀라게 하니 형은 그 의도를 알 것이니 듣고자 합니다."

정학사가 이 말을 다 듣고 분함을 이기지 못하여 벌컥 화를 내고 꾸짖으며 말하였다.

"세상의 이익을 따르는 소인인 설강이 매우 친한 정을 말하고 우리 집을 왕래하였지만 저런 요악한 마음이 있다는 것을 알았겠는가? 설강의 집이 가깝고 어머니께서 설강을 아끼셨기 때문에 내외 없이 다니며 누

12

13

---

196) 다른 ~ 일입니다 : {블가ᄉ문어타인[不可使聞於他人]이라}. 다른 사람에게 듣게 해서는 안된다는 말.

이를 보고 청혼하니 아버님께서 엄히 거절하고 물리쳤네. 설강이 어머니께 와서 자네의 말을 이리저리 이르고 어머니께 이익과 득실을 따지며 꾀어 자네와 혼인을 말라고 하였지만 면분과 정의로 맺은 혼인이고 아버지께서 자네를 보신 까닭에 그 말을 들은 체 하지 않고 혼인을 하였네. 누가 두 집안에 간언이 있는 것을 알았겠는가? 자네 집의 자객도 설강에게서 비롯된 것이네."

유현이 이 말을 다 듣고 가슴이 막 열려서 이에 탄식하며 말하였다.

"형님의 말씀을 들으니 저의 수년 간의 의심이 명확하게 사라집니다. 설강이 공연히 사람을 사귀러 다니고 있으니 제가 설강과 뜻이 서로 맞지 않지만 안면이 있어 약간 친하니 설강이 잘못된 것이 있는 것을 알았겠습니까? 가히 형님은 설강과 사이가 가깝고 일가친척의 정과 친구의 의리를 지니고 있으면서도 말을 덧붙이고 늘려 꾸짖기를 여지없이 하십니까? 제가 비록 진중하지 못하고 경박하지만 잠깐 사람을 알아보는 안목이 있고 아버님의 밝고 바른 뜻이 앞길을 비추시니 설강의 행동거지가 부끄럽지 않겠습니까마는 그렇다고 정씨와 제에게는 무슨 해로움이 있겠습니까? 청컨대 형님께서는 이 말을 장인께는 아뢰지 마십시오. 군자의 도 가운데 덕이 으뜸이니 사람의 단점을 들추어 남이 알게 하는 것은 옳지 않습니다. 죄는 지은 자에게 돌아가고 덕은 행한 것에 대해 칭찬하는 소리가 있습니다. 제가 덕이 박하지만 부형의 밝은 교훈을 마음 깊은 곳에 새겼습니다. 소인과 더불어 남을 해치는 무리가 되지 않으며 설강이 길을 잘못 든 것이 애달프긴 하지만 능히 환히 깨우쳐197) 알게 할 도리가 없습니다."

___

197) 깨우쳐 : {ᄉᄆᆺ쳐}. '사뭇다는 사무치다, 통하다의 의미이지만 문맥을 고려하여 환히 깨닫다의

정학사가 크게 탄복하여 아래 자리에서 절하며 말하였다.

"어질구나, 운희여! 아버지께서 자네 말을 하실 때 입을 다물지 못하시더니 우리가 그것이 너무 과도한 것이 아닌가 하였다네. 진실로 아버지께서 사위를 선택하신 안목이 밝으신 것을 알겠네."

이렇게 탄복하고 칭찬하며 또 말하였다.

"어리석은 형이 문계[198]의 제자가 될 것이다."

유현이 정색하면서 말하였다.

"형이 분명히 취하셨습니다. 어찌 언사가 이와 같이 가볍습니까? 제가 진정 저의 생각을 숨기지 않는 것은 형의 단정함과 정중함을 믿었기 때문입니다. 청컨대 이런 많은 생각을 누설치 않으면 설강도 자연히 깊이 깨우칠 것입니다."

정학사가 크게 탄복하여 계속해서 칭찬하고 시간이 꽤 흘러서 돌아갔다. 유현이 비로소 정씨가 애매하고 더러운 누명을 입은 것을 깨닫고 마음이 상쾌하였다. 그러나 원래 집안의 변고가 괴이한 것을 기뻐하지 않아 네 부인을 찾지 않았고 아버지의 침소에서 아버지를 한결같이 모시기를 서너 달 동안 하였다. 초공이 물었다.

"네가 요사이 규방에 자취를 끊고 아버지를 지키는 것을 그만두지 않으니 자식의 도리는 극진하지만 모든 일은 예사로워야 하는데 소년 부부가 이같이 따로 거처하니 부부가 영영 얼굴을 대하지 않는 예법은 없는 것이다. 모름지기 매사를 중도(中道)로 해야 한다."

유현이 옥 같은 얼굴을 붉히고 몸을 굽혀 말하였다.

17

18

의미로 옮김.
198) 문계 : 유현을 가리킴. 세상 사람들이 유현을 가르켜 문계선생이라고 말하는 데서 생긴 유현의 별칭임.

"구태여 다른 까닭이 있는 것이 아니라 저번에 커다란 변고를 본 후 아침저녁으로 마음이 편치 않고 규방에 대한 생각이 끊겨졌습니다. 소자의 나이는 오히려 고인이 처를 취하던 나이에 미치지 못하니 마음을 규방으로부터 멀리하여 행실을 잠깐 수련하고 15세가 될 때까지 기다려 가사가 안정된 후에 부부간의 윤리와 의리를 온전하게 하고자 합니다. 요사이 근심하여 침소를 찾는 것은 불의에 일어날 변을 두려워해서입니다."

초공이 얼굴에 기쁜 빛을 띠고 아들이 점점 이와 같이 기특한 것을 사랑하고 기뻐하여 이후부터는 기현을 부러워하지 않았다. 원래 유현의 사람됨이 상쾌하고 총명하며 효도하고 우애하며 신이하고 뛰어나며 훌륭한 것이 다른 사람보다 월등하였고 아버지의 가르침에 따라 모든 행동을 수련하였다. 그러니 지극한 효자가 자연 감동하여 행동이 날마다 출중해졌다.

차후부터 유현은 강씨에 대한 생각이 일체 없어졌다. 원래 강씨에 대한 정이 없었는데 약을 먹지 않고 시간이 오래 지나게 되니 자연스럽게 강씨에 대한 정이 줄어든 것이다. 네 명의 부인을 찾지 않고 일마다 의복과 손님을 맞는 일을 정씨에게 시켰으나 그 나머지 부인은 더욱 남과 같았다. 이씨의 곱고 아름다운 자질과 조씨의 아리따운 자태와 정씨의 매우 아름다운 모습을 때때로 생각하였지만 결코 마음을 바꾸지 않았다. 자객이 들어왔던 일과 흉악한 편지로 정씨와 자신을 이간질한 일에 대해 까마귀와 까치의 암수를 가려내고 옥석을 구분하여 한번 명백한 처리를 하려고 하였다. 여러 부인을 찾아 평정한 마음을 정한 후에는 위엄이 묵묵하여 사람들이 유현이 품은 생각을 헤아리지 못하니 일가의 여러 사람들이 유현의 마음을 알지 못하였다.

강씨는 유현의 춘몽 같은 총애가 잠깐이고 정씨를 해치려고 수많은 심려를 허비하였지만 정씨에게 대단한 흉사가 없고 유현이 자기에게 발길을 끊은 것을 보고 매우 두려워하여 여의개용단을 삼키고 위부인과 노공이 있는 곳에 돌입하여 괴이한 변란을 만들었다.

이럭저럭하여 다음해 신정이 되었다. 집안이 세배하는 손님들로 요란스럽고 북적북적하였다. 소씨와 정씨 등이 존당에서 어른을 모시고 있다가 손님을 대접하고 손님의 요구에 응답하는 준비를 차리는 까닭에 밤 이외에는 자기 숙소에 물러나올 때가 없었다.

어느 날 밤에 노공이 밤 문안 인사를 드리고 즉시 채운정에 들어오니 위부인이 며느리를 돌려보내고 혼자 앉았다가 노공이 이르는 것을 보고 말을 하였다. 그런데 갑자기 문 밖에서 인적이 있어서 위부인이 창틈으로 보았다. 월색이 몽롱한데 정씨가 자기의 창밖 벽간을 뚫고 무엇인가를 넣는 것이 있었는데 그 사람은 틀림없이 정씨였다. 노공이 위부인 곁에 있다가 위부인이 보는 모습을 보고 괴이하게 여겨 문을 열었다. 가짜 정씨가 어쩔 줄 몰라 하며 물러섰다. 노공이 물었다.

"손자며느리가 어찌 한밤중에 따르는 시비도 없이 이곳에 이르렀느냐?"

가까 정씨는 고개를 숙이고 대답하였다.

"침소로 가다가 불이 꺼져서 시녀가 다시 불을 켜려고 가서 이렇게 기다리고 서 있습니다."

노공이 매우 좋지 않게 여기며 생각하기를 '외모와 매우 다르구나!'라고 탄식하고 한탄하며 문을 닫았다. 가짜 정씨는 오히려 가지 않고 주저

하였다. 두 시녀가 차 그릇을 곁에 놓고 잠들었는데 가짜 정씨는 차 그릇에 한 개의 봉한 약을 넣고 넘어질 듯 급히 걸어 채련각으로 향하였다. 노공 부부가 창틈으로 보고 이것을 흉하게 여겨 차 그릇을 가져오라고 하여 보니 은그릇의 차 빛이 괴이하였다. 차를 땅에 부으니 한 줄기 푸른 불이 일어났다. 노공 부부가 매우 놀라서 다음날 벽 사이에 묻은 것을 내어보니 사람의 손목과 붉은 글씨로 부적을 쓴 것이었다. 태부인 이하 조씨 사대(四代)의 명이 끊어지기를 축원하고 자객을 들어오게 하여 뜻을 이루지 못하고 무고지사(巫蠱之事)199)를 행하니 천지신명이 소원을 이루게 해준다면 몇 번이든지 다시 환생해도 향화를 받들겠다는 내용이 적혀 있었다. 노공이 이것을 모두 보고 탄식하며 말하였다.

"인면수심은 정씨를 이르는 말이다. 정공의 사람됨으로 이와 같이 매우 악한 딸을 두었으니 이것은 적은 변이 아니라 묻어둘 일이 못된다. 우리 집안뿐만 아니라 다른 곳에도 망극한 변이 될 것이니 보고 잠잠히 있겠는가?"

위부인은 속으로 깊이 생각할 뿐 말이 없었다. 노공이 초공을 부르니 곧 초공이 명령을 받들었다. 노공이 축수한 것을 초공에게 주어 보라고 하고 지난밤의 상황과 차에 넣은 독약과 무고지사를 세세히 말하였다. 초공이 안색이 변하지 않으며 아뢰었다.

"집안에 이런 변이 있어서 요악한 귀신의 재앙이 지극히 존귀한 부모님을 범하니 저희들이 부모님 모심에 태만한 죄가 가볍지 않습니다. 이런 변이 저의 며느리 중에서 났으니 다 소자가 아랫사람을 통솔하지 못한 죄입니다. 비록 그러나 정씨가 이런 대악의 죄를 몸소 지은 것

---

199) 무고지사(巫蠱之事) : 무술(巫術)로써 남을 저주하는 일

은 사실이 아닐 것입니다. 아버님과 어머니께서 친히 보신 것이지만
애달픈 바는 저를 그때 불렀다면 가히 그 순간에 진위를 밝혔을 것인데
아무렇지도 않게 놓아 보내신 것입니다."

노공이 정색하면서 말하였다.

"네가 한갓 네 며느리만 믿고 부모를 허탄하게 여기니 너의 행사가 이
와 같으냐?"

초공이 정씨의 액이 그만하여 그치지 않을 줄을 알았고 도리를 중요하
게 여기는 부모의 뜻을 어기지 못하여 사죄하면서 말하였다.

"제가 어찌 감히 부모의 뜻을 어기겠습니까? 다만 옛날에 분명히 양씨
가 장선각 뜰 안에서 흉한 행동을 하였지만 그 가운데 그릇된 흉인이
있었습니다. 정씨는 더욱 여러 적인(敵人)[200]이 있으니 혹 간악한 자가
정씨의 매골[201]을 쓰고 한밤중에 변을 일으킨 것이 있는 것 같습니다.
이미 사실을 밝히지 못하였으니 정씨는 강상(綱常)의 한 명의 죄인으로
어찌 집에 머물게 하겠습니까?"

노공이 깊이 생각할 뿐 대답이 없었다. 이윽고 일어나 태부인께 아침
문안인사를 드렸다. 초공이 또한 아버지를 모시고 들어가 남자는 왼쪽에
서고 여자는 오른쪽에 나누어 서자 초공이 자리를 떠나 태부인께 죄를 청
하며 말하였다.

"제가 아랫사람을 통솔하지 못하여 이와 같은 변란이 부모님을 범하였
습니다. 그 죄를 물어 바르게 처리하시는 것이 할머니께 있으니 지휘
해주시기를 바랍니다."

---

200) 적인(敵人) : 원수라는 뜻이지만 여기서는 정씨와 라이벌 관계에 있는 여러 명의 처를 가리킴.
201) 매골 : 축이 나서 못쓰게 된 사람이나 짐승의 모습.

27

태부인이 소씨와 정씨에 대한 사랑이 만금과도 같아서 매우 놀라며 말하였다.

"정아는 숙녀이며 어진 며느리이다. 내 슬하에 있은 지 수년이 되었지만 행동이 옥 같으니 어찌 이런 패악을 몸소 행하였겠느냐? 그러나 제 시부모가 친히 보았다고 하니 노모가 알 바가 아니다. 어찌 정공의 낯을 보지 않겠는가?"

진왕이 자리에서 물러나며 아뢰었다.

"정씨의 사람됨은 옛날의 정숙하고 아리따운 숙녀와 같습니다. 부모님께서 보신 것은 요망스러운 여자가 정씨의 매골을 빌려 쓰고 변을 일으킨 것입니다. 이런 일을 겪지 않았으면 모르겠지만 이미 양씨 제수씨의 변을 생각하면 이런 일이 왕왕 있다는 것을 아실 것입니다. 아버지와 할머니께서는 세 번 생각해 주십시오."

노공의 부부가 이 말을 듣고 잠깐 마음을 돌려 말하였다.

"정씨의 평상시의 행동을 생각해보면 차마 내 집에서 쫓아내겠는가? 차후에 다시 잘못된 것이 있으면 처리할 것이다."

이때 유현은 입을 다물고 아무 말 없이 태부인과 부모의 처치를 기다릴 뿐이었다. 정씨는 누추하고 작은 집으로 내려와 죄를 기다리고 있었다. 초공이 탄식하고 모든 며느리를 자리 앞으로 불러 무릎 아래에 앉으라고 명하며 탄식하고 말하였다.

"너희 부부의 액운이 대단하여 많고 작은 변란이 일어나니 어젯밤 일은 존당께서 친히 보신 것이다. 아무렇지도 않게 말한다면 며느리가 어찌 우리 가문에서 쫓겨나가는 화를 면하겠으며 내가 또한 제가(齊家)를 못한 죄를 면하겠느냐마는 며느리의 평소 행동이 옥과 눈 같으므로

이 일은 헛된 일로 알고 너희 부부를 용서한다. 아들은 가히 마음을 가 ²⁹다듬고 제가하는 것을 정대하게 하고 다시 참혹한 변란을 만들지 마라. 며느리는 마음을 좁게 먹지 말고 깊이 있다가 뒷날 사실을 밝히기를 기다리고 원한을 품지 마라."

유현이 머리를 조아리며 듣고 두 번 절하며 말하였다.

"계속해서 망극한 변을 만나니 다른 사람에게 듣게 해서는 안 될 일입니다. 소자가 무슨 면목으로 세상에 서겠습니까? 마땅히 정씨를 돌려보내어 저의 마음을 편하게 하시고 그 다음으로 소자가 제가(齊家)를 하지 못한 죄를 청합니다."

정씨 또한 황공하고 감격해하며 망극해 하니 오직 가을 물결 같은 눈 ³⁰에 슬픈 눈물을 머금고 죄를 청하며 말하였다.

"소첩의 행동이 천지신명을 저버려 망극한 변이 지극히 존귀하신 조부모님께 이르니 감히 죽을죄를 청합니다."

맑고 상쾌한 태도는 흰 달이 광풍을 만나고 봉숭아꽃이 가랑비에 젖은 것 같으니 맑고 아름다운 미모가 온 자리에 밝게 빛났다. 자리에 있던 사람들이 얼굴빛을 고치고 바라보며 정씨를 불쌍하게 여기고 양정렬은 몸이 아픈 것을 이기지 못하여 안색이 잿빛 같았다. 초공이 탄식하고 이것이 정씨의 아름다운 얼굴 때문에 일어난 화인 것을 알고 걱정하는 빛이 은은하였다. 정씨가 물러나와 그 죄명이 망극한 곳을 범하였으니 침소에 돌아와 누운 후에는 자리에 몸을 던져 하늘의 해를 보지 않고 음식을 전 ³¹혀 먹지 않았다. 정씨의 아름다운 얼굴이 근심으로 어두웠으며 옥 같은 모습이 처연하였다.

유현이 시녀를 시켜 말하였다.

"부인의 죄명이 사람의 며느리가 되어 시부모님의 음식에 무고하게 독을 넣고 사람의 아내가 되어 그 집을 어지럽힌 것이니 내가 무슨 낯으로 부인을 대하겠소? 아직 스스로 원통한 것이 있다면 자기를 잡으려고 하는 사람을 생각하여 밝히면 내가 현명하지 못하지만 옥석을 가려서 사람의 원통함이 없게 할 것이오. 한갓 혐의를 발설하는 것을 어려워하지 마시오."

정씨가 슬프게 탄식하고 이에 대답하였다.

32 "비천한 제가 부모의 일녀로 고사(故事)를 알지 못하고 예의를 익히지 못하여 불초하고 비루한 행동이 군자의 제가를 어지럽히고 몸이 강상(綱常)의 죄인이 되니 누구를 원망하며 누구를 한하겠습니까? 빨리 죽기를 바랄 뿐입니다. 구차하게 살아 두 집안의 맑은 덕을 욕되게 하고 군자의 효의를 상하게 하니 아침저녁으로 군자의 명령을 기다리고 있습니다."

유현이 마음속으로 생각하였다.

'정씨는 옥 같은 숙녀이다. 내가 유의하여 살펴도 허물을 보지 못하였다. 설강 같은 소인의 요망스런 말 때문에 정씨에 대한 나의 박대가 매우 심하여 혼인한 지 3년이나 되었지만 팔위에 붉은 점이 그대로 있지

33 만 조금도 원망하는 일이 없고 행동이 얼음처럼 맑고 옥처럼 깨끗하다. 강씨는 매우 어질지 못하니 요괴로운 약으로 몸을 변하게 하고 조부모님들을 현혹시켜서 숙녀를 깊은 구덩이에 빠뜨리는 것이 아닌가? 내가 정씨가 무죄한 것을 알더라도 어쩔 수 없으니 이후에 강씨를 살펴 정씨의 억울함을 벗게 할 것이다.'

그런 후에 더욱 네 부인의 처소로 향하는 발걸음을 끊고 심회가 우울해

있었다.

하루는 양인광을 데리고 진궁의 화원에 올라 경물을 완상하였다. 이때 양인광의 나이는 꽃다운 13세였다. 그 풍채와 기상이 천고에도 없는 영준이고 당대의 기린이었다. 유현과는 뜻과 기운이 서로 맞았고 재주가 막상막하였으며 사람됨이 밝고 올발랐으나 오직 일월 같은 총명함과 신이하고 능함이 유현만 못하였다. 13세 소년의 체형이 숙성하여 신장이 8척 5촌이고 드러나는 위엄이 늠름하여 대장부 기상이 비갠 뒤 맑게 부는 바람과 밝은 달 같았다.

이날 양인광이 조유현을 따라 진궁에 이르니 영현이 기뻐하며 양인광을 맞아 함께 뜰 안으로 들어갔다. 이때는 2월 염간(念間)202)이었다. 향기로운 풀은 처음으로 푸르스름해졌고 푸른 대나무와 소나무, 잣나무는 청청히 흔들리며 뛰어난 경치를 자랑하니 그윽하고 품위 있는 경색이 대단하였다. 넓고 큰 누각은 구름에 닿아 있는 듯하고 궁궐이 크지는 않았지만 정결하여 사람이 사는 곳과 떨어진 신선의 세계 같았다. 두 줄의 대나무 숲은 시내와 이어져 있고 뒤로는 창창한 소나무 숲과 초봄의 대나무 숲이 하늘에 닿아 있었다. 비유하자면 진(晉)나라203) 도연명의 그림과 진사 벽강의 공산204) 같아서 왕공의 궁실이 아니었다. 양인광이 탄식하며 말하였다.

"자네 할아버지의 맑은 덕은 거처인 궁실을 봐서 알 것 같구나."

영현은 아버지의 부름이 있어서 일어나서 가고 유현이 운현과 함께 양인광과 더불어 노닐며 즐기고 바위 위에 앉아 술을 먹으며 한가하게 말을

202) 염간(念間) : 스무날 전후를 의미함.
203) 진(晉)나라 : {당젹}. 도연명은 동진 때 사람이므로 오기로 보여 이같이 옮김.
204) 진사 ~ 공산 : {진스벽강의 공산}. 미상임.

하고 있었다. 양인광이 눈을 드니 동쪽으로 작은 누각이 어렴풋하게 보였는데 수를 놓은 비단 주렴을 자욱이 열고 화장한 시녀가 그 가운데로 왕래하였다. 양인광이 놀라며 말하였다.

"저 누각은 어떤 곳이며 그 가운데 미인이 왕래하니 한 명을 얻어 볼까 한다."

유현이 웃으며 말하였다.

"형님205)은 항상 미인만 눈에 띄나보군요. 이곳은 사촌 누이의 침소이고 그 시녀가 왕래하니 어찌 외인이 그 시녀를 얻어 보겠습니까?"

양인광이 다시 묻지 않고 오히려 서로 즐겨 시를 지으며 부(賦)를 읊고 두루 즐기며 놀았는데 삼세의 숙연과 백 년 동안 해로할 기이한 만남이 때를 어기지 못하는 것이었다.

이때 월염 소저는 나이가 겨우 10세였는데 기질이 숙성하여 신장과 행동거지가 매우 정숙하고 아리따웠으며 옥같이 아름다운 얼굴이 그 어머니인 정숙렬이 아니면 비교할 사람이 없었다. 모든 일에 신이하고 능한 것이 더할 나위 없이 훌륭하고 아름다워 진왕이 만금과 같이 사랑하는 딸이라 아들에 비길 바가 아니었다.

이때 진왕이 내궁에 들어와 딸을 부르니 소저가 뜰 안에 외인이 있는 것을 알겠는가? 천만 뜻밖에 시비 두 명도 다만 여러 공자가 유희하는 줄로만 알아 살피지 않고 소저를 모시고 안으로 들어갔다. 양인광이 소저를 바라보니 찬란하고 아름다운 빛이 붉은 해가 부상(扶桑)206)에 돋는 듯하

---

205) 형님 : {형장}. 유현과 양인광의 관계로 보면 양인광은 유현의 어머니 양정렬의 동생이므로 유현의 외삼촌이 되지만 '형장'으로 부르고 있음. 뒷부분에서는 '숙씨(삼촌)'라고 부르고 있는데 원문에 따라 '형님'으로 옮김.
206) 부상(扶桑) : 중국 전설에서, 해가 뜨는 동쪽 바다 속에 있다고 하는 상상의 나무. 또는 그 나무가 있다는 곳.

고 다섯 가지 빛깔이 영롱하여 비상하고 광채가 밝게 빛났다. 가을 달이 바다 위의 여러 빛깔의 구름을 걷어 들인 듯하고 온갖 자태가 기이하여 이목구비가 어렴풋하게 보였지만 고운 빛이 한빛으로 밝게 비쳐서 빛났다. 양인광은 눈이 어리고 정신이 황홀하여 정신을 잃고 바라보았다. 유현이 이를 깨달아 웃음을 머금고 자기의 몸으로 양인광의 몸을 막아서서 부채를 들어 소저에게 빨리 지나가라고 하였다. 소저는 앞으로 나갈 수도 뒤로 물러설 수 없어하며 유모에게 둘러싸여 안으로 들어갔는데 그 거동이 유연하고 아름다웠다. 봄날이 바람과 비를 만나고 난초가 옥섬돌에 쓸리는 듯 온갖 자태의 아름다운 모습이 이미 다 갖추어져 있었다. 양인광이 세상일을 잊어버리고 정신이 호탕하여 한 목인(木人)같이 앉아 있었다. 유현이 양인광의 기색을 알아보고 말하였다.

"큰아버지께서 엄숙하시니 내가 양생을 데리고 여기 온 것을 아시면 매우 좋지 않을 것이니 여기서 빨리 나가야 합니다."

운현이 웃으며 말하였다.

"무심하여 누이를 지나가게 하니 우리가 엉성한 탓이로구나."[207]

양인광이 염치에 앉아있지 못하여 또한 웃고 나왔으나 마음이 다 조소저에게 있었다. 차후에는 행동거지가 정신이 나간 듯하고 만사에 무심하니 유현이 매우 염려하였다. 양인광은 부형보다 초공을 두려워하여 초공의 뜻을 알기 때문에 비례(非禮)의 행동이나 하리라고 마음먹었다. 차후는 양인광이 진왕의 궁궐에 자주 가 운현과 자기도 하면서 정의가 더욱 자별하였다. 운현이 양인광과는 비록 남이지만 의기가 합쳐지고 또 맞아서 정

---

207) 엉성한 탓이로구나 : {쇼탈호 타시로다}. '소탈하다'의 현대적 의미는 예절에 얽매이지 않고 수수하고 털털하다의 의미이지만 『조씨삼대록』에서는 꼼꼼하지 못하고 엉성함의 의미로 옮기는 것이 적절하여 이와 같이 옮김.

40

의가 지극하였다. 양인광은 운현과 정의가 서로 맞아서 자주 진왕의 궁궐에 가 있을 뿐만 아니라 원래 양인광은 위생에게 수학하지 않고 초공에게 학문을 배웠다. 그런 까닭에 초공을 기다리고 있다가 배우고 문장에 대해 논의하기 때문에 초공을 섬기고 사부로 생각하였다. 이런 까닭에 문장의 재주로는 대적할 사람이 없고 기운과 위엄이 당당하였지만 양태사가 아내를 얻고 입신하기 전에는 조씨 집안을 떠나지 말라고 하였다. 그런데 오히려 조씨 집안에 있으면서 조소저의 온갖 자태의 아름다운 모습을 구경한 후에는 정신이 날아가는 것 같아 조소저와 인연을 도모하고자 하여 진왕의 궁궐에 날마다 다녔다.

삼춘(三春) 보름께가 되니 양인광이 유현에게 보채며 말하였다.

"지난달은 꽃과 버들의 빛깔이 좋지 않을 때 재미없이 다녀왔으니 청컨대 한 번 진궁의 꽃과 버들을 구경하고 싶네."

유현은 양인광이 두세 번 보챘기 때문에 양인광을 데리고 뜰 안에 들어가 꽃과 버들을 구경하였다. 도리(桃李)와 행화와 담청 빛을 띤 봄 풍경이 매우 뛰어나게 아름다웠다. 유현 형제가 봄 풍경을 탐하여 대나무 숲을 헤치고 꽃과 나무를 바라보고는 맑은 운치가 담긴 시를 읊조렸다. 흥취가 높았지만 양인광은 꽃과 버들에는 관심이 없었다. 문득 한 계책을 생각하고 말하였다.

"내가 오늘 집에 갈 일이 있었는데 이리 들어와 하루를 보내고 잊고 있었으니 나는 먼저 가야겠다."

유현이 말하였다.

42

"원래 형님 때문에 여기에 들어왔는데 형님이 나가면 나도 나갈 것입니다."

두 사람이 소매를 나란히 하고 나갔다. 양인광이 일부러 조소저의 침당에 가까이 이르러 누각의 정밀하고 묘함을 감탄하여 칭찬하며 현판을 보았다. 거기에는 진왕의 친필로 선월정이라고 씌어 있었다. 양인광이 웃으면서 말하였다.

"집 이름이 이와 같으니 그 사람을 알겠구나! 궁금하구나. 누이의 나이가 얼마나 되었으며 일찍 정혼한 곳이 있을까?"

운현이 웃으며 말하였다.

"내 나이가 13세고 그 아래 누이의 나이가 나보다 적으니 알지 않겠소? 어찌 방자하게 남의 규방을 엿보며 규수의 나이를 물으시오?"

양인광이 웃으며 말하였다.

"우리가 형제 같고 친척이나 다름이 없으니 무슨 말을 못하겠는가?" 43

양인광이 이렇게 말하고 조소저의 침당의 문과 왕래하는 길을 낱낱이 살피고 태연히 나오니 유현이 또한 함께 나왔다. 양인광이 이날 자기 집으로 가서 가만히 한 폭의 촉나라 비단에다가 조소저가 선월정에서 정궁으로 가는 거동을 그리니 찬란한 붉은 명주 치마와 단정한 수놓은 비단 치마를 입은 온갖 자태의 아름다운 모습이 완전히 말 못하는 조소저 월염이었다. 생기가 흘러나오고 별 같은 눈이 정신을 써서 보는 듯하고 붉은 입술이 붉은 빛을 머금고 입술을 벌려 말을 할 것만 같았다. 양인광이 소매에 이 그림을 넣고 부모를 뵌 후에 석양이 질 무렵에 조씨 집안에 와서 44 초공을 뵈었다. 초공이 말하였다.

"너의 거동을 보니 무슨 일을 경영하는 듯하여 수행하는 글에도 뜻이 없는 것 같구나. 장인 장모께서 나에게 너를 맡기신 뜻이 어디에 있느냐?"

양인광이 공경히 사례하며 말하였다.

"제가 형님을 사부로서 존경하는 마음과 동생으로서의 정을 아울러 가지고 있어서 형님께 마음을 의지하는 것이 아버지께 뒤지지 않으니 어찌 가르침을 거역하겠습니까? 재주가 다만 엉성하고 빈틈이 많지만 글자를 모두 알게 된 후에는 새롭게 글을 읽어 수련할 것이 없으므로 이번 봄 과거에 나아가고자 합니다. 그러나 아버지께서 이것을 금하시니 이것 때문에 마음이 우울하여 행동거지가 온전치 못합니다."

초공이 속으로 깊이 생각하고 얼마 후에 말하였다.

"내 자식 유현이 일찍 과거 시험에 들어가 젊은 나이에 높은 지위에 이른 것이 있지만 해마다 과거가 있으니 올해는 너무 바빠서 안 될 것이고 장인어른께서 과거에 나가는 것을 금하시면 아버지의 명령을 따라라. 장인어른께서 예순이 넘으셨는데 바라는 것이 네 한 몸에 있으니 네가 어찌 모든 일에 있어서 장인어른의 뜻을 어기겠느냐?"

양인광이 공경히 사례하면서 말하였다.

"삼가 가르침을 받들겠습니다. 오직 아내를 취하는 것도 스무 살이 되어서 할 것이고 반드시 계수나무 가지를 꺾은 후208)에 하려고 하니 사부도 이번 과거를 보게 주선해주십시오."

초공이 그 기상을 아름답게 여겼으나 양공의 노년의 기력으로 양인광의 장한 기운과 분수에 넘치는 행동을 꺾을 길이 없는 것을 염려하여 희미하게 웃고 대답하지 않았다.

이날 밤에 양인광이 진궁에 가서 자다가 운현 등과 여러 아들들이 잠이 깊이 들자 일어나 옷을 입고 나는 듯이 선월정에 이르렀다. 이때는 삼춘

---

208) 계수나무 ~ 후 : 계수나무 가지는 과거 급제를 한 사람이 머리에 꽂는 것임. 곧 과거 급제를 이름.

(三春)의 보름달이 뚜렷하여 맑은 하늘에 솟아있어서 거미줄도 알아볼 정도였다. 양인광이 선월정에 나아가 창틈으로 보니 유모도 벌써 잠이 들었는데 여러 시비가 당 밖에서 조름에 겨워 몽롱하게 있는 것이었다. 수놓은 병풍이 둘러져 있었고 비단 장막이 나직한데 조소저가 화장을 한 채 붉은 치마 저고리를 입고 또한 잠이 들어 베개에 비스듬히 누워 있었다. 옥 같은 얼굴의 아름다운 모습이 영롱하여 방 안이 대낮과 같았다. 양인광이 조소저의 고운 거동이나 자세히 보려고 하다가 조소저를 대하니 뼈가 저리고 마음이 녹았다. 양인광이 생각하였다.

47

'저 진왕의 눈이 태산과 교악(喬嶽) 같아서 기현 같은 성현의 아들도 항상 잘못되었다고 나무라고 태형도 때 없이 치니 나의 반평생 행동거지가 공맹과 도덕에 있어서는 기현보다 못하니 어찌 진왕의 눈에 차겠는가? 또 말마다 이르기를 자기 형제가 적어서 고적하니 사위는 반드시 형제가 번성하고 부형이 젊은 곳에서 얻을 것이라고 하니 나는 진왕이 바라는 사위가 아니다. 비록 청혼하여도 진왕이 허락할지 알지 못하고 뜻을 품고 두려워하고 있다가 우수한 인재209)에게 조소저를 뺏기게 되면 나 인광이 어찌 어리석은 사위가 되지 않겠는가? 이때를 타서 마땅히 조소저의 처소에 들어가 성명을 말하고 타인에게 시집가지 못할 만큼만 행동하고 나오면 저 조씨 집안은 대대로 열녀 집안이니 결단코 다른 가문을 원하지 않을 것이다. 진왕이 고집을 부려도 조소저를 혼자 늙게 하지는 못하고 조소저는 자연 나에게 돌아올 것이다. 이 일이 발

48

---

209) 우수한 인재 : {질족재(疾足者)}. '질족자(疾足者)'는 '고재질족자(高材疾足者)'라 하여 뛰어나게 공적이 큰 사람이란 뜻. 진(秦) 나라가 정권을 잃은 것을 사슴(鹿)을 잃은 것에 비유해 그 후 군웅이 정권을 다투는 것을 추록(逐鹿)이라 하고 우수한 인재를 질족(疾足, 발이 빠르다는 말)이라 함.

49

각되면 아버지와 사부가 반드시 나에게 곤장을 쳐서 매우 엄중하게 다룰 것이다. 그러나 장부가 커다란 일을 앞에 두고 대수롭지 않은 예절을 거리끼겠는가? 오늘밤을 타서 조씨를 보고 백년의 길사(吉事)를 언약하겠다.'

이렇게 생각하고 선뜻 문을 열고 들어갔다. 시비 두 사람이 잠이 깊이 들었는데 양인광이 조소저 앞에 나아가 염치를 돌아보지 않고 조소저의 옥 같은 손을 잡았다. 이때 조소저는 잠이 들어 사람이 들어오는 것을 몰랐다가 자기의 손을 잡을 사람이 없는데 유모인가 생각하고 놀라 깨었다. 그런데 한 장대하고 큰210) 풍류남자가 자기 손을 잡고 앉아있는 것이었다. 조소저는 혼백이 흩어지고 온 정신이 마구 뛰었지만 지조와 절개가 곧아 모습이 한결 같았고 그 엄숙하고 강개한 것은 아버지와 오빠의 풍모를 닮아있었다. 조소저는 놀라고 두려웠으며 매우 다급하여 갑자기 벽 위

50

의 은장도를 취하여 손에 들고 소리를 매우 맹렬하게 하여 말하였다.

"남녀가 유별하여 친척과 동기라도 한 침석에 앉지 못하는데 그대는 어떤 사람인데 삼경(三更)이나 되는 한밤중에 규방에 들어와 이런 분별 없고 도리에 어그러진 행실이 있는가? 내가 비록 일개 아녀자이지만 한 목숨은 초개같이 아니 빨리 물러가지 않으면 삼촌(三寸)의 단검으로 목숨을 끊고 더러운 욕을 면할 것이다."

옥 같은 목소리가 강개하며 맹렬하고 언사가 거센 바람과 눈서리 같았다. 양인광이 급히 공경하고 조소저를 더욱 기이하게 여겨 '범의 자식이 개가 되지 않는구나!'하고 생각하였다. 이에 조소저가 가지고 있던 칼을

빼앗고 조소저를 안아 양손을 단단히 잡고 소리를 나직이 하여 말하였다.

---

210) 장대하고 큰 : {언건(偃蹇)훈}. '언건(偃蹇)'은 성대하고 큰 모양을 의미함.

"소생은 양태사의 아들이고 초국공의 제자이오. 어릴 때부터 이곳에서 수학하였으니 양인광이라는 이름을 소저가 모르지 않을 것이오. 그윽이 생각하니 남자가 세상에 나서 숙녀를 자나 깨나 생각하고 그리워하는 것이라 문왕이 성인이지만 숙녀를 생각하고 그리워하여 시경의 제일편이 되었소.[211] 소생이 저번에 이곳에서 꽃과 버들을 구경하다가 소저의 꽃 같은 얼굴과 달 같은 풍모를 바라보고 스스로 맹세하여 소저가 아니면 나 인광이 수염과 눈썹이 하얗게 되어도 아내를 얻지 않을 것이라고 하였소. 부질없이 미루고 있다가 소저가 다른 가문에 시집간다면 인광은 반드시 청춘에 원한을 품은 사람이 될 것이오. 이런 행동이 비례(非禮)인 것을 모르지 않지만 숙녀와 평생을 함께 화락하고자 하니 예의를 무너뜨리고 나와 품은 뜻을 고하는 것이오. 소저는 놀라지 말고 한 말씀으로 다른 가문에 들어가지 않을 뜻을 말하신다면 소생이 이제 물러가 방자하게 굴지 않겠소. 그러나 끝내 대답하지 않으시면 아주 오랫동안 무식하고 경박한 탕자가 되더라도 소저의 힘이 줄어들고 두 손이 상할 지경에 이르더라도 나가지 않을 것이오."

조소저가 분기가 갑자기 막혀서 꽃 같은 뺨에 눈물을 구슬 굴러가듯 흘리고 유모를 깨우고자 하였지만 양인광이 몸을 눌러 움직이지 못하게 하였다. 조소저는 죽지도 못하고 나가지도 못하니 매우 다급하고 두려워 죽기를 결심하고 손을 빼려고 하였다. 그러나 양인광이 단단히 손을 잡았으니 옥 같은 팔뚝과 손이 으스러질 따름이었다. 양인광이 빨리 다른 가문에 시집가지 않을 뜻을 말하라고 하니 조소저가 이 지경을 당하여 차마

52

53

---

211) 문왕이 ~ 되었소: 『시경』의 「주남」, 〈관저(關雎)〉는 군자가 숙녀를 만나 즐겁게 지내는 내용으로 문왕이 배필을 구하는 내용을 노래한 것.

입을 다시 열지 못하고 소리를 매우 질러 유모를 깨워 말하였다.

"규방에 도적이 들었는데 어미는 어찌 잠만 자느냐?"

유모가 잠이 깊이 들어 깨지 못하니 계속해서 조소저가 불렀다. 유모
가 비로소 놀라 일어나 잠자던 눈을 뜨고 보니 양인광이 조소저를 붙들고
앉아 있는 것이었다. 유모가 대경실색(大驚失色)하여 자기도 모르는 사이
에 소리를 질렀다.

"양공자께서 이것이 어찌 된 일이오?"

양인광이 빙그레 웃으며 말하였다.

"너도 식견이 있는 유모이니 너의 소저의 아리따운 몸을 위하여 생각
해보아도 나만한 영준이 있겠느냐? 이렇게 하고 나간 뒤에는 너희들도
나를 주군으로 알아라. 진왕이 비록 왕공의 귀함이 있으나 나 또한 국
초(國初) 양총부의 정실 자손이며 양승상의 친손자이고 양태사의 자식
이며 팔대왕의 외손자이니 가문의 고하(高下)가 조소저에게 부끄럽지
않을 것이다. 소저가 한마디 말도 하지 않으니 결단코 날이 샐 때까지
앉아있을 것이다."

조소저가 이 말을 듣고 분노를 이기지 못하여 곧 죽고 싶었다. 조소저
가 유모를 돌아보며 말하였다.

"일이 이에 이르렀으니 빨리 아버지께 아뢰라."

유모가 양인광에게 달려들어 조소저를 빼려고 하였으나 어찌 양인광
을 당하겠는가? 좌우에 있던 시비가 다 깨어 십여 인이 다 일시에 들어와
양인광을 붙들고 조소저를 잡은 손을 풀려고 하였으나 양인광을 이길 길
이 없었다. 유모가 정전(正殿)에 아뢰고자 하였으나 자기가 잠만 깊이 자
고 성실하지 못한 죄를 먼저 받을 것이어서 두려워하며 어쩔 줄 몰라 하

니 조소저가 양인광을 내보내는 것이 매우 급하여 탄식하며 말하였다.

"첩의 일생이 이미 인륜에 서지 못하게 되었소. 오직 죽을 따름이고 오 ⁵⁶ 직 죽지 못하면 깊은 규방에서 일생을 마칠 것이오. 군이 이미 가문을 자랑하였는데 대가고문(大家高門)의 군자로서 선비의 행실을 잊고 명교 (名敎)212)의 죄인이 되는 것을 스스로 깨닫지 못하시오?"

양인광이 비로소 손을 놓고 물러나며 말하였다.

"마땅히 서로 신물(信物)을 취해야겠소."

이렇게 말하고 조소저의 옥가락지를 위력으로 빼서 가지고 자기가 쥐고 있던 비단 부채를 주고 나왔다. 조소저는 겨우 양인광을 보내고는 분하고 부끄러워 곧 죽고 싶었다. 하물며 좌우의 손은 큰 힘이 옥죄여 마구 잡아 핏빛이 되고 피부가 벗겨져 몹시 놀라웠다. 조소저는 밤새도록 울고 ⁵⁷ 심신을 진정하지 못하여 다음날 병이 낫다고 핑계를 대고 이부자리에 싸여 한 술의 음식도 먹지 못하였다. 진왕과 정숙렬이 친히 놀라고 걱정하여 선월정에 이르러 딸을 보았다. 조소저가 비록 자애 속에서 성장하였으나 아버지의 훈계와 어머니의 가르침에 따라 정숙할 뿐만 아니라 수행하는 것이 부모를 보면 반드시 어떤 중병이라도 일어났다. 그러나 이날은 죽은 듯이 이불에 싸여 움직이지 않았다. 진왕이 친히 이불을 덮은 것을 열고 조소저를 보았다. 별 같은 눈이 붓도록 울어 안색은 매우 놀란 모습이고 오히려 무수한 눈물을 샘솟듯이 하는 것이었다. 진왕이 급히 물었다.

"어디가 아파서 이렇게 모습이 이상한 것이냐? 한때의 질병 때문에 이 ⁵⁸ 토록 우느냐?"

---

212) 명교(名敎) : 사람이 마땅히 지켜야할 바의 바른 가르침.

조소저가 더욱 부끄러워 옥 같은 얼굴이 붉은 복숭아 꽃같이 되었고 눈물을 어지럽게 흘렸다. 진왕이 이 모습을 보고 괴이함을 꾸짖고 손을 잡아 맥을 보려고 하니 두 팔뚝이 상하여 살갗이 벗겨지고 부어있었다. 매우 놀라며 물었다.

"어찌 팔뚝이 이렇게 상하였으며 이토록 우느냐?"

조소저가 겨우 대답하였다.

"소녀가 변란을 만났으니 차마 무엇이라고 그 더럽고 흉한 거동을 고하겠습니까? 유모에게 자세히 물으시고 소녀는 스스로 목을 매어 죽을까 합니다."

진왕과 정숙렬이 매우 놀라 유모를 불러 물었다. 유모가 감히 속이지 못하여 어젯밤의 상황을 일일이 고하였다. 처음에는 잠이 들어 몰랐다가 조소저가 깨워서 일어나 여러 시비와 함께 양인광을 붙들어내려고 하여도 양인광을 이기지 못한 것을 말하였다. 진왕이 이 말을 다 듣고 얼굴빛이 재와 같아서 다시 조소저의 팔위의 붉은 점을 보니 오히려 단사(丹沙)213) 같았다. 진왕이 놀랍고 분하며 통한함을 비교할 곳이 없어서 노기가 성화같았다. 아무 말도 하지 않고 소매를 떨치고 외궁에 나와 방울소리를 급히 내서 궁궐의 종을 불러 조소저의 유모와 조소저를 받들어 모시는 시녀 십여 인을 다 잡아내어 엄하게 문책하였다. 진왕의 노기가 하늘을 찌르며 말하였다.

"바깥 정원에 이따금 왕래하는 양생이 깊고 깊은 선월정을 어찌 알아 한밤중에 들어오겠느냐? 반드시 시녀 등이 내부에서 몰래 양생과 통해

---

213) 단사(丹沙) : 수은으로 이루어진 황화 광물. 육방 정계에 속하며 진한 붉은색을 띠고 다이아몬드 광택이 남. 여성의 순결을 나타내는 앵혈이 붉은 빛으로 그대로 있음을 비유하기 위해 단사(丹沙)를 씀.

들어온 것이다."

유모는 태만하여 조소저를 보호하지 않고 잠에 깊이 빠져 변을 미리 막지 못한 죄를 받았다. 여러 시녀가 모골이 송연하고 혼백이 날아갈 듯하여 아뢰었다.

"양공자께서 어사 상공을 데리고 들어와 소저께서 지나가시는 것을 보셨습니다. 그런 후에 둘째 공자와 함께 서당에서 주무시고 선월정 동산에 자주 와 계셨으니 감히 시비들이 양공자를 청하여 들어오게 했겠습니까? 죽어도 저희들은 애매합니다."

진왕의 급한 성미가 기세등등하여 여러 시비를 심하게 때리고 유모도 팔십대를 때리고 내쳤다. 좌우에 있던 시비들에게 자기의 아들과 초공의 네 아들을 다 잡아들이라고 하였다. 호령이 천둥과 벼락 같고 위엄이 광풍 같으니 궁궐의 사내종이 나는 듯이 그들을 잡아왔다.

이때 기현과 유현도 초공 면전에 있었는데 진왕의 명으로 자기들을 잡으러 왔음을 고하니 두 사람이 이에 그 까닭을 알지 못하고 얼굴빛이 흙빛이 되었다. 초공이 말하였다.

"너희들이 죄가 있기 때문에 잡아오라고 보내셨을 것이니 빨리 가거라. 내가 뒤따라가서 그 까닭을 물을 것이다."

두 아들이 선뜻 일어나 말하였다.

"아버지와 숙부의 명이 내리셨으니 사지(死地)라도 더디게 가지 못할 것입니다. 어찌 지체하겠습니까?"

형제가 일시에 왕궁으로 나아가니 아들이라는 자는 모두 잡혀 계단 아래 꿇어 앉아 있었다. 진왕의 노기가 격렬하여 바라보는 것이 두려울 정도였다. 두 사람이 빨리 나아가 계단 아래에 고개를 숙이고 엎드렸다. 진

61

62

왕이 매우 화를 내며 큰소리로 꾸짖었다.

"너희 여러 아이들이 빼어나[214] 자잘한 서생이 아니니 마땅히 예의를
구분하고 행실을 밝게 할 것이다. 어디 가서 친구와 외인을 데리고 놀
지 못하여 규방 아녀자의 숙소에 들어와 잡스러운 바깥손님을 데리고
왕래하여 풍속에 커다란 변란을 일으키느냐? 인광은 유현과는 숙질간
이나 너희들에게는 친한 친구에 불과하다. 인광의 사람됨이 성인의 가
르침을 지키는 부류가 아닌 것을 알았다면 어찌 어린 누이의 침소를 가
르쳐주고 왕래를 할 때에 규방 아녀자를 인광에게 보게 하였느냐? 인
광은 내가 알 바가 아니지만 인광이 나를 업신여기고 도리에 어그러지
고 법도를 어지럽힌 죄 때문에 너희들이 벌을 받는 것을 아느냐?"

기현은 사실대로 그것을 몰랐다고 대답하였고, 유현은 머리가 땅에 닿
도록 절하고 죄를 청하며 말하였다.

"제가 비록 불초하나 외인을 청하여 내전의 숙소를 가르쳐주고 누이를
양씨 삼촌께 보게 했겠습니까? 봄이 한창 때에 양씨 삼촌이 진궁 뜰 안
을 매우 보고 싶다고 청하기에 데리고 들어와 바위 위에서 놀 때 누이
가 정궁으로 들어갔습니다. 이전에 외인이 들어오지 않는 곳이어서 누
이가 저희들이라고 생각하고 무심히 지나갔고, 저희들도 무심하게 있
던 중에 제가 몸으로 양씨 삼촌을 가리고 누이를 지나가게 한 뒤 즉시
삼촌을 데리고 나왔습니다. 삼촌이 누각에 대해 묻기에 말이 바로 나
와서 누이의 침소라고 했으나 어찌 삼촌이 변란을 일으킬 줄 알았겠습
니까? 차후에 삼촌이 보름께에 또 꽃과 버들을 보고 싶다고 했는데 제

63

64

---

214) 빼어나: {머리지어}. 옛말 '머리지어'는 '선두(先頭)로'의 의미이므로 문맥을 고려하여 이와 같
이 옮김.

가 본성이 치밀하지 못하고 엉성하여 의심이 없는 까닭에 양씨 삼촌을 데리고 들어가서 잠깐 보고 즉시 나온 것 이외에는 다른 일은 실로 알 65 지 못합니다. 원래 다른 형제도 데리고 정원에 왕래하지 않습니까?"

진왕이 매우 화를 내며 남자 종에게 호령하여 운현을 때릴 곤장을 준비하라고 하였다. 매질 소리가 웅장하고 진왕의 노기가 성화같아서 치는 것을 재촉하니 벌써 수십 대에 이르렀다. 운현의 살이 문드러지고 운현의 기운과 옥 같은 얼굴이 차가운 재와 같았다. 기현이 관을 벗고 땅에 엎드리자 초공이 나가 온화한 안색으로 곡절을 물었다. 진왕의 노기가 열화같아서 양인광이 일으킨 변란과 유현과 운현이 양인광을 유인하여 뜰 안에 들어오게 한 죄를 말하였다. 초공이 놀라움을 이기지 못하여 도리어 웃으며 말하였다. 66

"이것은 모두 인광의 무식함 때문이고 두 번째는 유현의 죄입니다. 운현은 어린아이라 적은 매로도 운현의 기운을 짐작할 것이니 어찌 이토록 곤장으로 엄중하게 다스려 아주 목숨을 끝내시려고 하십니까?"

진왕은 분기가 가슴속에 가득 차서 초공이 운현을 구하려고 하는 소리를 듣고 버럭 화를 내며 꾸짖어 말하였다.

"내 딸과 운현을 죽여야 분이 풀릴 것이다. 네가 운현을 구하는 것은 내가 유현을 이와 같이 할까 두려워서 그러는 것이냐? 불초자는 더욱 살려두어도 쓸데가 없다."

진왕은 분기가 더욱 불타올라 곤장을 때리는 것을 더욱 엄하게 하였다. 운현의 피가 땅에 가득하고 엉덩이의 살이 헤져 보기에 불쌍하였다. 초공이 부드럽고 온화한 기운으로 두 번 절하며 말하였다.

"제가 불초하나 유현을 아껴서 운현을 구하지 않는다는 것을 형님께서 67

도 아마 아실 것이라 제가 변명하지 않겠습니다. 원래 인광은 사납다고 말씀드리지만 운현이 죽을죄는 아닙니다. 어린아이에게 이토록 하시면 반드시 병자가 될 것입니다."

이렇게 말하고 사십여 대에 이르러서는 초공이 진왕의 소매를 붙들고 간언하는 것을 그치지 않았다. 진왕이 운현의 기운이 막히는 것을 보고 부자(父子)의 마음이라 또한 운현이 불쌍하여 곤장을 그쳤다. 초공의 거동을 보려고 유현을 아는 체 하지 않으니 초공이 형의 뜻을 알고 말하였다.

"어찌 유현만은 그대로 두십니까?"

진왕이 속으로 깊이 생각하며 대답이 없었다. 초공이 온화한 안색으로 좌우에 있는 종을 불러 유현을 묶으라고 하고 다만 말하였다.

"네 죄는 형님이 이미 말씀하셨으니 다시 말하지 않겠다. 운현은 오히려 어리지만 너는 사람의 거동과 눈치를 알 것인데, 인광의 인물됨이 미색에 이르러서는 염치를 돌아보지 않는 것을 몰랐느냐? 가히 중장(重杖)의 아픔을 한스러워하지 마라."

유현이 안색을 바꾸지 않고 형틀 아래에 나아갔다. 온화한 낯빛과 나직한 기운으로 중장의 아픔을 당하면서도 능히 한 소리도 내지 않으며 눈물을 흘리지 않고 고요하고 정숙하게 맞았다. 초공이 때리는 매마다 엄격하게 살펴 유현에게 사십여 대를 때리니 피가 뚝뚝 흘렀다. 유현은 한 소리도 하지 않고 얼굴빛을 고치는 것이 없었다. 진왕이 본래 유현을 매우 사랑하여 자기 자식보다 더했다. 초공이 이와 같이 굳세고 심하게 치는 것을 보고 진왕은 분노를 내면서도 유현을 아끼는 마음이 매우 특별하여 중장을 그치라 명하고 내전으로 향하였다. 초공이 또한 중장을 그치고 내궁으로 들어와 정숙렬을 보고 인광의 도리에 어그러진 행동을 사죄하였다. 정숙렬은 오직 놀랍다고만 말하고 다른 말이 없었다. 진왕이 조소저를 불러 조소저가 앞에 이르자 길게 탄식하며 말하였다.

"내가 사람들이 어렵게 여겨 꺼리는 사람이 되지 못하여 인광이 도리에 어그러진 행동을 하는 것이다. 이것은 인광이 모두 나를 업신여겨 풍교의 커다란 변란을 만든 것이다. 만일 제수씨의 낯을 보지 않을 것 같으면 쾌히 너를 죽여 욕을 끊어버리고 임금님 앞에 나아가 아뢰어 양인광이 사대부의 무리에 서지 못하게 할 것이다. 그러나 양태사와 제수씨를 차마 돌아보지 않을 수 없어서 내 분을 풀지 못하고 두 아이를 무섭게 때렸지만 분이 풀리지 않는구나. 이제 너를 그대로 두면 탕자의 욕심이 끊어지지 않아 반드시 다시 풍화의 어지러운 변란이 있을 것이다. 내가 비록 용렬하지만 지위가 왕후(王侯)에 있으면서 어찌 규방 풍교의 더러운 것을 차마 보겠는가? 부자(父子)의 정이 인륜을 어지럽히지만 너를 죽여 부끄러움을 씻고 탕자가 나를 업신여기는 것을 설분하여 다시 음란한 변란을 듣지 않게 해야겠다."

조소저가 탐스러운 머리를 숙이고 안색이 슬프고 두려워 한마디의 말도 하지 않은 채 구슬 같은 눈물을 옥 같은 얼굴에 적시고 있었다. 초공이 애처롭고 가엾게 여겨 조소저의 옥 같은 손을 잡아 팔위의 붉은 점이 완전한 것을 보고 잠깐 웃고는 진왕에게 마음을 풀라고 말하였다.

"이 일이 비록 놀랍고 분하며 원통하지만 인광이 도리에 어그러진 행동을 한 것 때문이지 조카의 허물이 없는 것은 옥과 같습니다. 이런 까닭에 조카를 이렇게 책망하시면서 제 마음을 더욱 요란하게 하십니까? 골육을 죽이는 것은 매우 간사한 사람과 매우 악한 사람이라도 어려운데 하물며 백옥같이 흠이 없는 조카를 그렇게 하겠습니까? 인광의 사나움을 조카에게 푸실 것이 아니고 또 조카의 만 리 앞길을 돌아보지 않을 수 없습니다. 양공이 저에게 인광을 맡겨 사제(師弟)의 의를 맺은 지 장차 팔 년이 됩니다. 이런 도리에 어그러진 일을 보고 어찌 인광을 다스리지 못하겠습니까? 한바탕 엄하게 다스려서 형님의 분을 풀고 인광의 죄를 용서하겠습니다."

이렇게 재삼 간언하니 진왕이 노기를 잠깐 진정하고 선월정을 잠갔다. 그리고는 딸에게 정숙렬의 침실로 거처를 옮기라고 하고 조소저가 비로소 어머니께로 향하였다.

태부인과 노공 부부가 진왕이 늦게까지 오지 않는 것을 이상하게 생각하여 기다리고 있었는데 진왕이 들어와 어른들을 뵙고 일의 수말을 아뢰고 분노를 이기지 못하였다. 양정렬이 자리에 있다가 얼굴이 뜨거워지며 말이 나오지 않으니 매우 괴로워하며 자리에서 물러나 놀랍고 부끄럽다고 말할 따름이며 백 번 사죄할 뿐이었다. 진왕은 양정렬이 과도하게 얼굴이 붉어지며 무안해하는 것을 보고 탄식하며 말하였다.

"이 일이 구태여 어진 제수씨와는 관련 없으니 어찌 이토록 하십니까? 자식이 많으니 월염 하나의 앞길을 끊어 깊은 규방에 버릴 뿐입니다. 이것 또한 운명이니 큰 일이 아닙니다."

양정렬이 더욱 말이 없고 부끄러움을 이기지 못하였다. 태부인은 유현과 운현을 과하게 쳤다고 매우 화를 내며 진왕과 초공을 꾸짖었다.

이때 운현은 서당에 돌아와 누운 후에는 움직이지도 못하고 고통스러워하며 아침밥도 먹지 못하였다. 정숙렬이 두루 걱정하여 심사가 편하지 못하였고 기현이 지극히 운현을 간호하였다. 유현은 물러나와 다시 의관을 수습하여 태부인에게 들어가니 노공이 놀라워하며 물었다.

"네가 중장을 입은 것을 어머니께서 매우 걱정하시는데 망령되게 다니느냐?"

유현이 몸을 굽혀 유유히 대답하지 못하니 양정렬이 꾸짖으며 말하였다.

"도리에 어그러진 아이를 이끌어 뜰 안에서 즐기며 놀았던 죄는 죽어 마땅하다."

유현이 머리를 숙이고 기운이 화평하여 어머니의 가르침을 듣고 있을 뿐이었다. 진왕이 비로소 가만히 웃으며 말하였다.

75

"매우 분하여 풀 곳이 없어 두 아이를 때렸습니다. 다시 생각하니 두 아이가 무슨 죄가 있겠습니까? 내 마음도 잠깐 분을 진정한 후 생각하니 두 아이를 때린 것이 아깝습니다. 제 아비가 처음으로 때리고 그것 때문에 속이 거의 다 타는 것 같으니 마음이 편안하지 않습니다."

초공이 가만히 웃으며 말하였다.

"제가 유약한 것을 형님께서 잘 아십니다. 유현이 그 매에 죽을 것이라고 제가 속이 타도록 근심하겠습니까?"

자리에 있던 사람들이 다 웃고 태부인은 진심으로 노하여 말도 하지 않고 혀를 차니 위부인이 웃고 아뢰었다.

"제 부모가 아끼지 않고 때렸는데, 어머니께서 이렇게 염려하시어 무엇하겠습니까? 아이가 성장하는 때에 제 아비가 꾸짖으면서 몸을 상하도록 하겠습니까?"

태부인이 말하였다.

"며느리의 말은 실로 인정이 없다. 그 맹호 같은 숙부가 자식 귀한 줄을 알더냐? 조성은 오히려 내 뜻을 알고 제 자식을 곤장으로 때리는 것이 없는데 조무는 다른 궁에 있으면서 나를 속이고 제 자식이라고 하여 마음대로 마구 때리니 기현 형제가 다 매에 병들 것이다. 오늘 일은 양인광 대신에 한결같이 내 천금 같은 손자가 맞은 것인데 말이 되느냐"

진왕은 태부인이 노하시는 것을 보고 노기와 망령을 함께 부리시는 것 같아 슬픔을 느끼며 공경히 사례하면서 말하였다.

"제가 할머니의 뜻을 받드는 것이 아우만 못하여서 할머니를 편안하게 못한 죄가 이와 같습니다. 차후에는 과격함을 고치겠습니다."

온화한 안색으로 재삼 사죄하였다. 문안을 마치고 초공이 백화헌으로 나와 좌우에 있는 종에게 양인광을 불러오라고 시켰다. 이때 양인광은 큰 일을 저지르고 반드시 무사하지 않을 줄을 알았다. 진궁이 진동하여 여러 아들들을 잡아가니 자기 일로 변란이 났다는 것을 짐작하고 자기 집으로 가고자 하였다. 그러나 아버지가 이 일을 안다면 초공보다 세 배나 더할 것이어서 이제 앉아서 일이 되어가는 것을 보려하고 태연히 아침밥을 먹고 서헌에서 고사(故事)를 읽으며 수련하고 있었다. 갑자기 초공이 명으로 양인광을 부르고 유현이 이르러 정색하면서 말하였다.

"숙부가 미치지 않았고 어리석지도 않는데 어젯밤 커다란 변란이 무슨 일입니까? 오히려 숙부가 죄에 연루된 것은 괴이하지 않지만 운현이 40대나 맞은 것은 더욱 애꿎지 않습니까?"

양인광이 선뜻 웃으며 말하였다.

"40대를 때리는 진왕이 가소롭지 내가 참견할 일이냐?215) 원래 가인재자(佳人才子)에게 이런 일은 풍류로운 시의 제목이 될 것이다. 내가 호방하여 삼가지 못한 죄가 있으나 이 일을 가지고 그토록 심하게 구는

---

215) 참견할 일이냐 : {아롱곳치냐}. 옛말 '아롱곳'은 알 일, 참견할 일의 의미임.

지? 진왕 딸의 팔위에 붉은 점이 있으니 내가 규방 아녀자를 간통하였다고 이리 조르느냐? 임금님 앞에 가서 아뢰어라. 나도 할 말이 있으니 진왕의 딸이 아니라 공주라도 팔위에 붉은 점이 그대로 있는데 인광이 무슨 큰죄가 되겠느냐? 내 나이가 13세의 어린아이인데 어른이 아이를 다그쳐서[216] 이와 같이 굴더냐? 진왕을 대장부라고 알고 있었는데 고 집불통의 속 좁은 사내구나!"

79

그런 후에 가락지를 내어 보이며 말하였다.

"앞으로 이 인광이 진왕의 사위가 아니겠느냐? 누가 감히 조씨의 짝이 되겠느냐?"

유현이 어이가 없어서 가락지를 빼앗으려고 하니 양인광이 도로 주머니 안에 넣었다. 유현이 탄식하며 말하였다.

"내가 어리석어 옛날에 누이를 도적질하려는 마음을 몰랐으니 내 죄로 구나!"

문득 초공이 부른다고 재촉하니 양인광이 일어나며 말하였다.

"너는 나를 일으키지 못할 것이다. 초공과는 아우 동생사이지만 너와 다르겠느냐?"

말을 마치고 서헌에 이르렀다. 초공이 늠름하고 단정하게 앉아서 양인광을 보고 좌우에 있는 종에게 호령하여 양인광을 잡아내려 안색을 엄정하게 하고 죄를 물었다.

80

"너는 이제 명교(名敎)에서 용납하지 않는 큰 죄가 세 가지가 있으니 알고 있느냐?"

양인광이 안색을 바꾸지 않고 죄를 청하며 말하였다.

---

216) 다그쳐서 : {족가ᄒ여}. '족가ᄒ다'는 다그치다, 따지다의 의미임.

"제가 불민하여 사부의 교훈을 아버지가 말씀하시는 교훈과 다름이 없이 받들어 행동하였습니다. 일찍 명교를 어긴 큰 죄를 범하였다는 것은 깨닫지 못하겠습니다."

초공이 선뜻 웃으며 말하였다.

"네가 낯이 두껍고 말이 능통하니 어찌 마침내 죄를 받겠느냐? 너는 양친께는 하나 밖에 없는 아들로 장인이 예순 살이시지만 위로는 조상에 대한 제사를 받드는 일과 아래로 일신의 후사가 오직 네 한 몸에 있어서 천금같이 소중하게 여기는 마음이 너에게 있는 것이다. 장인께서 내가 재주 없다고 하지 않고 너를 나에게 부탁하시니 그 마음이 서글프다. 내가 자식을 뒤로하고 눈으로만 손님을 대충 대하고 입으로 너를 가르쳐서 7~8년에 한 때도 너를 아무렇게나 내버려두고 엄하게 다잡지 않아도217) 행여 너의 문장의 재주가 남을 부러워하지 않을 것이고 네 풍채 있는 모습이 남들보다 떨어지지 않는다. 너는 몸을 닦고 행동을 똑바로 하여 양친을 받들고 집안의 명성을 창대하게 하는 것을 생각하지 않고 색욕을 내서 남의 규방에 한밤중에 들어가 규방 아녀자의 손을 잡아 온갖 행동으로 음탕한 짓을 한 죄가 하나이다. 네가 요사이 독서를 하지 않고 밤이면 네 집안으로 돌아가 부모님의 고독한 침대 가에 모시고 앉아 황향(黃香)의 선침(扇枕)218)을 본받지 못할지라도 자식의 정성을 다해야 하는데도 방밖에서 놀고 즐기며 조금도 부모님 곁을 생각함이 없으니 불초함이 두 번째 죄다. 네가 소년의 마음에 규방에 들

---

217) 엄하게 ~ 않아도 : {잡되지 아냐}. '잡죄지 아냐'의 '잡죄다'는 아주 엄하게 다잡다의 뜻임.
218) 황향(黃香)의 선침(扇枕) : 황향(黃香)이 아버지의 베개에 부채질한다는 뜻으로, 부모에 대한 자식의 지극한 효성(孝誠)을 말함. 중국 한(漢)나라 때 황향(黃香)이 아홉 살에 어머니를 여의고 아버지를 봉양하면서, 날씨가 더우면 이부자리와 베개에 부채질을 하여 시원하게 하고, 추우면 자신의 몸으로 따뜻하게 만들었다는 고사(故事)에서 유래됨.

어간 것도 도리에 어그러지고 사나운 일이다. 그런데 조카가 강렬한 언사를 내며 은장도를 뽑았다면 무료히 나와야 하는데도 규방 아녀자에게 참혹한 말로 후일을 억류하여 마음을 결심할 것을 재촉하니 어그러지고 법도를 어지럽힌 죄가 세 번째다. 남자가 호탕한 것은 옛날부터 있지만 이와 같은 것은 처음 본다. 네가 무슨 면목으로 세상에 서겠는가? 너를 위하여 가르치던 내가 스스로 부끄러워 장인어른을 뵐 면목이 없다. 너를 나와 별 관계없는 매제로 생각한다면 내가 너를 다스릴 바가 아니지만 명목상 사제(師弟)의 도가 있으니 내가 너의 죄를 벌하지 못할 것은 아니다. 하지만 내가 일찍이 자식도 괴롭게 그 죄를 벌하지 못하는 성정이니 너를 책망하지 않으려 한다. 그러나 일이 마침내 풍속의 교화에 관계되니 그냥 둔다면 장인어른을 저버리는 것이어서 부득이 이 형벌을 내린다. 너 또한 한편으로는 장대한 품격을 지녔으니 네 살이 아픈 것을 느끼고 뉘우쳐 선비로서의 행실을 수련해라."

말을 마치고 양인광의 말을 기다리지 않고 곤장을 치려고 하였다. 초공은 양미간에 잠깐 묵묵한 기운을 띠고 곤장 치는 일을 엄격히 살피니 노비가 힘을 다하여 양인광을 쳤다. 양인광이 방약무인한 태도를 지니고 있었지만 초공은 사제의 도로 섬기고 항상 그 올바른 행동에 대해 탄복하며 공경하고 존경하는 까닭에 초공이 수많은 죄를 일일이 말하여 자기를 어질게 하고자 하는 것을 알았다. 양인광이 바다와 같이 마음이 넓었으므로 은혜에 감사하여 살이 상하고 피가 흘렀지만 한 소리도 내지 않았다. 초공이 그 굳세고 사나운 것을 보고 그 사람됨이 보통 사람과 다른 것을 깨달았다. 40여 대에 이르자 초공의 마음에 그가 나이가 어린 것을 안타까워하여 용서하고 백화헌에 들어가 조리하라고 하였다. 양인광이 얼굴

85　빛을 바로 하고 사례하면서 말하였다.

"제가 좋지 않게 여기는 것은 죄를 입은 것이 아닙니다. 다만 진왕이 저의 일을 커다란 변란이라고 생각하시는 것을 가소롭게 여깁니다. 저는 지금 나이어린 아이여서 예의에 벗어나 방약무인한 행동을 하였지만 진왕은 백만 장졸의 우두머리가 되고 작위가 후백(侯伯)에 있어도 미색을 보고서는 참지 못하여 규방에 성녀(聖女)와 정숙하고 아리따운 여인을 쌍쌍이 두시고 남의 규방의 여자를 엿보고 부모님께 아뢰지도 않고 아내를 취하여 서울까지 데리고 와 계교를 내서 아버지를 속이고 사혼(賜婚)에 의거하여 아내를 취하였습니다. 자기의 마음을 헤아려보면

86　저의 일이 그토록 놀랍겠습니까? 지금 조씨 팔위의 붉은 점이 완전하기에 한 때의 아이들 장난으로 조씨의 방으로 들어간 것이 잘못한 일입니다. 이미 40대로 속죄하였으니 사부께서 관대하고 자애로우시며 어질고 후하시기 때문에 다시 저의 일을 아버지께 고하여 이후에 또 곤장을 맞는 일이 없도록 하신다면 저도 몸을 닦고 행동을 똑바로 하여 명교를 받들 것입니다. 조리하라고 하시니 후의는 매우 감사하지만 8척 남아가 사부께서 경계하시기 위해 때리는 곤장 40대를 맞고 자리에 눕기까지 하겠습니까?"

초공이 이 말을 듣고 어이가 없어서 마음속으로 깊이 생각하고 오랜 후에 가만히 웃었다. 양인광이 아픈 것을 억지로 참고 다니고 유현이 또한

87　아버지를 모시는 것을 평소와 다르지 않게 하여 물러나 쉬는 것이 없었다. 초공이 마음속으로 두 아이가 강하고 억세며 견고한 것을 아름답게 여겼지만 양인광은 그 부모가 만금같이 사랑하는 아이이고 더욱 부모님 곁을 떠났다 하여 고요한 설화각의 내문(內門)을 막고 유현에게 명하였다.

"악정자춘(樂正子春)은 발을 다치자 석 달을 근심하였으니[219] 신체와 머리털과 피부는 부모님께 받은 것이다. 공연히 병이 들어도 부모의 마음으로 염려하는데 하물며 때려서 몸이 상하고 병이 나면 부모님 마음이 편안하겠느냐? 너와 인광이 필부(匹夫)의 용맹을 자랑하고 피와 살이 뚝뚝 떨어지는 벌을 입고 다니니 그 무지함이 금수와 같다. 설화각이 고요하니 인광을 데리고 조리하여 고집을 피우지 마라." 88

유현이 황공하고 은혜에 감사하여 생각하였다.

'아버지의 자애가 이와 같으시니 내가 어찌 우겨 몸을 상하게 하겠는가? 종일 존전에서 모시고 있어서 앉고 서며 나가고 물러나는 행동이 어렵다. 수일을 조리해야겠다.'

유현이 아버지의 가르침에 공경히 사례하고 설화각에 돌아왔다. 아침저녁의 문안인사는 때에 맞춰 다니고 낮에는 양인광과 함께 종일 누워 조리하고 밤이면 마음을 놓지 못하고 백화헌에 와서 아버지를 모시고 자는 것을 그만두지 않고 공경하고 삼갔다. 초공이 그 어질고 효성스러운 것을 기뻐하였다.

4~5일은 유현이 관아의 동료에게 번을 대신 서게 하고 조리하였다. 임금이 유현을 생각하여 패찰로 부른다는 명령이 하루 사이에 3번이나 있었다. 초공이 탄식하며 말하였다. 89

"성상이 신하를 부르시며 세 번의 패찰이 왔는데도 나아가지 않는다면

219) 악정자춘(樂正子春)은 ~ 근심하였으니 : 악정자춘은 춘추 시대 노(魯)나라 사람으로 증자(曾子)의 제자 가운데 한 사람인데 『예기』의 권 제48의 「제의」에 나오는 내용임. 악정자춘이 당에서 내려올 때 발에 상처를 입었는데 여러 달을 나가지 아니하고 언제나 근심스런 얼굴빛을 하였음. 제자들이 묻기를, "선생님의 발은 이미 나았는데도 여러 달 동안 나가지 아니하고 언제나 근심스런 얼굴빛을 하시는 까닭이 무엇인지요?"하니, 악정자춘이 말하기를, "군자는 반걸음을 걷는 데도 감히 효를 잊어서는 안된다고 들었는데, 지금 내가 효의 길을 잊었고, 내가 이런 까닭에 근심스런 얼굴빛을 한 것이다."하였음.

신하의 도리가 아니다. 조회를 하지 않을 수 없다.”

유현이 명령을 받들고 이에 직무에 나갔다. 양인광이 또한 상처가 나 았지만 운현은 맞은 상처가 덧 나서 매우 고생하였다. 진왕이 딸의 거동 과 운현의 모습이 다 양인광 때문이라고 생각하여 통한함을 이기지 못했 다. 진왕이 부자간의 정이 있어서 친히 운현의 상처를 살펴 의약으로 치 료하니 여러 아들들이 은혜에 감사했다. 화파와 설파가 기롱하여 말하였 다.

90 “부질없이 때려서 자리에 눕게 하고 저리 의약으로 치료해 주는 것은 무슨 이유인가?”

진왕이 웃으며 말하였다.

“자식은 승냥이나 호랑이도 사랑하는 법입니다. 죄가 있어서 꾸짖어 고치고자 하나 아프기 때문에 약으로 치료하는 것은 아비의 도리라고 생각합니다.”

초공이 웃으며 말하였다.

“형님이 너무 세게 쳐서 그런 듯합니다. 유현과 인광은 장수와 같아 눕 지 않았지만, 운현은 어떻게 될지 몰라 제가 무서워 수일을 권하여 눕 게 했습니다.”

진왕이 말하였다.

“운현은 기품이 가냘프고 약하지는 않지만 아직 나이가 어리고 장성하 지 않았다. 그러나 유현은 강건한 것이 여러 아들 중에서 으뜸이어서 장수 같다. 곤장을 때릴 때 가볍게 때리지 않았는데도 괜찮으니 모든 일에 유현에게 미칠 사람이 실로 없는 것 같구나. 내가 통한해 하는 것 91 은 자녀 중에서 월염을 편애했었는데, 이 일로 월염이 아주 깊은 규방에서 인생을 마치게 될 것을 보니 비록 장부의 마음이지만 어찌 편하겠는가? 또한 인광을 자식과 조카같이 알았는데 이럴 줄을 알았겠는가?"

초공이 안색을 온화하게 하여 대답하였다.

"일에는 경권(經權)220)도 있으니 어찌 조카의 인생을 아주 마치게 하겠습니까?"

진왕이 말하였다.

"어찌 그렇게 말하느냐? 그렇다면 내 딸을 다른 곳에 시집보내란 말이냐?"

초공이 대답하였다.

"인광의 죄는 풍속의 교화를 어지럽힌 일입니다. 인광은 조카의 물건을 자기 주머니의 물건으로 삼고 또 조카의 얼굴을 그려 놓고 아침저녁으로 본다고 합니다. 인광의 죄상은 벌을 준다고 해도 조카를 사모하는 마음은 가히 그치게 할 도리가 없습니다. 조카는 다른 가문에 결단코 시집가지 못할 것이니 이제 인광을 사위로 삼아 풍화를 어지럽히지 않는 것이 예의에 온당할 것 같습니다. 무슨 까닭으로 조카의 인생을 그대로 마치게 하겠습니까? 이 일은 인광이 도리에 어그러져서 그러한 것이나 그 사람됨은 일대의 영준이고 그 집안의 세력과 문벌은 물을 것이 없습니다. 양세의 아들이라는 사실이 마음에 걸리나 이미 천자에서부터 보통 사람에 이르기까지 모두 인광이 양공의 아들인 것으로 알고 있습니다.221) 양세를 목 벤 지 오래되었고 하물며 요임금이 순임금을

220) 경권(經權) : 변하지 않는 원칙인 경법(經法)과 임기응변인 권도(權道)를 아울러 이르는 말.
221) 인광이 ~ 있습니다 : 전편인 『현몽쌍룡기』에서 나왔던 사건으로 양공의 아들 양세가 누이인 양소저(양정렬)를 죽이기위해 갖은 모략을 꾸며 악인과 결탁하여 양소저의 고난을 야기시키고 아버지 양공에게 대적하며 패륜을 자행하자 양공이 임금에게 고하고 양세를 죽이고 가문에서 이름을 빼고 양세의 아들 양인광을 양공의 아들로 삼고 키운 사실을 말함.

밭 가운데서 섬기게 하니 고수(瞽叟)를 모르는 것이 아닙니다.[222] 이제
죽은 악인은 인광의 조상이 아닙니다. 제가 비록 이런 일을 당해도 인
광을 사위로 맞을 수밖에 다른 방법이 없으니 형님의 뜻을 알지 못하여
궁금합니다."

진왕이 선뜻 웃으며 말하였다.

"아우가 법도와 예의에 엄하더니 어찌 내가 생각하는 바와 다른가? 인
광이 일으킨 변란을 생각하면 놀랍고 분한 것을 이길 수 없으나 내가
오히려 그 사람됨과 풍채 있는 모습을 보면 장안의 큰 길에서 괴롭게
사위를 구해도 이 사람만한 사람은 없을 것이다. 이 어리석은 형이 본
래 그 사람됨을 매우 사랑하는 바이지만 차마 사위로 삼지 못하는 것은
흉악한 인간인 양세의 소생이기 때문이다. 가만히 생각해보면 인광이
공자와 맹자의 덕과 안회와 증삼의 행실이 있어도 차마 내 딸을 양세의
며느리로 삼게 하지 못하겠다. 차라리 규방 안에서 좋게 늙게 하여 생
전에는 내가 데리고 있고 내가 죽은 후에는 제 오라비를 의지하게 하여
청정한 마음을 욕되게 하지 않을 것이라고 정하였으니 내 말이 잘못되
지 않을 것이다."

초공이 가만히 웃으며 아무 말도 하지 않았다. 하루아침과 저녁에 마
음을 풀지 못할 줄 알고 세세히 권하여 조카의 혼인을 이루려고 하였다.

이때에 설강이 좋지 않은 말을 하여 두렵게 하였지만 유현이 움직이는

---

222) 요임금 ~ 아닙니다 : 요임금과 순임금은 역사상 가장 평안했던 태평성대를 구현했던 임금들임.
요임금에게는 단주라는 아들이 있었으나, 아들에게 천하를 물려주기에는 모자란다고 생각하여
순임금에게 왕위를 선양함. 순임금은 효도와 우애를 지닌 사람으로 어려서 어머니를 잃은 그는
눈멀고 어리석은 아비 고수(瞽叟)와 심술 사나운 계모, 그리고 간악한 이복동생의 음모에 걸려
몇 번이나 목숨을 잃을 뻔했으나 슬기와 재치로 간신히 목숨을 건진 뒤에도 지극한 효도로 무
도한 부모를 받들고 변함없는 우애로 완악한 아우를 감싸 사람들의 감탄과 칭송을 사게 됨. 여
기서는 순임금을 양인광에, 고수를 양세에 비유함.

기미가 없고 정씨가 조씨 집안에서 내쫓겼다는 것을 보았다는 말이 없으니 매우 분해하며 생각하였다.

'유현은 밝음이 해와 달 같고 신이하고 능통한 것이 귀신과 같으니 사악한 계책으로 혼란스럽게 할 바가 아니다. 유현이 끝내 정씨를 무사히 두고 내 말을 믿지 않으니 다시 경후번을 보내어 유현을 죽이고자 하지만 유현이 임금을 섬기고 임무를 살피는 데 모든 일에 숙연하다. 청렴하고 공손하며 삼가는 것은 그 아버지에게 받은 풍모이고 상쾌하고 활달하며 시원스럽게 처리하는 것은 그 숙부의 재주이다. 더불어 서리 같은 기질이 일세를 압도하고 밝은 해 같은 총명을 지니고 있어서 무리 중에서 두각을 드러낸다. 위로 임금의 총애는 조정과 재야를 기울일 정도이고 아래로 온 조정의 대신은 눈을 낮추고 유현을 귀하게 대우한다.'

설강은 유현을 해칠 틈이 없어 밤낮으로 노심초사하여 유현을 죽이고 정씨를 자기의 기물로 삼지 못하는 것을 우울해하며 즐거워하지 않았다.

이때 양태사는 양인광을 조씨 집안으로 보내고 걱정을 잊고는 이따금 양인광이 오면 보면서 그 빛나는 재주가 점점 발전하는 것을 매우 기뻐하였다. 어찌 분수에 넘치고 제멋대로 방탕한 행사로 규방에 한밤중에 뛰어들어가 변란을 일으킨 것을 알겠는가? 초공이 또한 스스로 양인광을 때리고 아주 엄하게 다잡아 밤이면 양인광을 찾아서 백화헌에서 자게 하고 한때도 양인광을 내어 놓지 않았다. 양인광이 또한 자기가 죄가 있기 때문에 초공의 화를 돋우어 양태사에게 고할까 두려워 초공 앞에서는 지극히 조심하고 수행하며 그 명령을 공손하게 받들었다. 그러나 초공이 혹 노공을 모시는 때나 조정의 공적인 일로 집을 떠나면 거리낌 없이 호방하고 방탕함이 낭자하여 집안의 붉게 화장한 시녀 중에서 외당을 왕래하는 자는 공자 인광을 모르는 사람이 없었다. 인광은 때때로 제녀당의 옥소와 애란을 찾아서 소일하였다.

이 해 봄에 양인광이 부모를 온갖 방법으로 꾀고 보채어 과거 시험에 나가는 것을 허락받았다. 과거 시험장에 나아가 의연하게 장원에 합격하니 가을 달 같은 풍광은 수많은 사람을 업신여기고 넓은 바다와 같은 재주는 세상에 독보적이었다. 양인광에 대한 임금의 총애가 대단하여 임금이 양인광을 가까이 오게 하여 보고 조정의 신하가 모두 아끼고 공경하였다.

이때 영현과 운현은 쌍둥이로 나이가 13세였는데 어리기 때문에 과거

에 나가지 않았다. 이날 양인광이 과거 시험장에서 선두로 장원이 되니, 인종황제는 양태사와는 사제지간으로 그 사람됨을 예우하고 공경하는 까닭에 양세의 일을 알아 항상 양인광의 고독한 사정을 슬프게 여겼다. 인광이 이와 같이 된 것을 매우 아름답게 여기고 기뻐하여 즉시 한림학사 중서사인을 시키고 양태사를 불러 위문하며 말하였다.

"선생이 예순 살의 나이에 어린 자식 하나로 고독하니 짐이 항상 잊지 못하여 그 생전과 사후가 처량한 것을 탄식하였네. 오늘 인광을 보니 하늘을 찌를 듯한 기운과 관옥 같은 모습이 다른 사람의 열 명 자식을 부러워하지 않을 것이네. 인광의 강하(江河)같은 웅대한 재주는 짐의

보배이다. 첫째는 선생을 위하여 치하하고 둘째는 국가의 동량(棟梁)과 보필을 얻은 것을 기뻐하네. 한잔 술로 경이 자식을 가르친 덕을 사례하네."

양공이 임금의 은혜에 감동하여 흰 수염에 눈물을 흘리고 은혜에 감사

하며 말하였다.

"신의 사정에 대해 성상께서 이렇게 관심을 가져주시니 노신이 만 번 죽어도 그 은혜를 다 갚지 못할 것입니다. 어린 자식 인광이 외람되게 성은을 입어 두렵고 가슴이 떨려 신의 옅은 복이 줄어들까 걱정입니다. 어찌 과장하셔서 말씀하시는 성교(聖教)를 감당하겠습니까? 신이 자식을 가르친 공은 없고 스승이 가르친 공이니 신은 은혜를 받을 낯이 없습니다."

임금이 웃으며 말하였다.

"인광의 사부가 누구인가?"

양공이 인광의 사부가 조성인 것을 아뢰고 말하였다.

"신의 기력이 쇠하고 본성이 나약하기 때문에 아들을 가르치고 아랫사람을 통솔하는 법도가 없으므로 인광이 사람의 도리를 알면서부터는 조성에게 맡겼습니다. 그러니 자식이지만 인광이 선한지 악한지 알지 못합니다."

임금이 더욱 기뻐하며 말하였다.

"조선생의 아름다운 가르침을 받았으니 더욱 기특하겠는가?"

즉시 또 한 잔을 붓고 인광의 아버지와 인광의 스승에게 주며 말하기를 인광을 잘 가르친 것이 아름답다고 하고 두 사람의 공이 같다고 하며 술잔을 주었다. 초공과 양공이 감격스러움을 이기지 못하여 잔을 받아 마시고 임금의 은혜에 정숙하게 사례하였다. 이로부터 인광의 이름이 조정과 재야에 떠들썩하게 퍼지니 온 세상에 양인광을 모르는 사람이 없었다. 세상 사람들이 양인광이 혹 양세의 소생인 줄 알고 때때로 머리를 맞대고 말하는 사람이 있었다. 그러나 위로 임금이 이 사실을 알고도 허물로 삼

100

101

지 않고 예우하여 임금의 총애가 대단하며 하물며 그 사람됨이 재주와 슬기가 뛰어나고 예모가 숙엄하여 옥 같은 골격과 신선 같은 풍모가 어른 같은 영웅의 기상을 갖추고 있었으니 누가 감히 입 밖에 내어 흠을 잡겠는가? 보는 사람이 얼굴빛을 고치며 칭찬하고 우러러보았다. 인심이 사람의 세태를 쫓아 양인광의 부귀를 공경하고 사모하니 온 조정에서 딸이 있는 집에서 양인광이 처를 구한다는 것을 알고 다투어 구혼하는 사람들로 뜰 안이 물과 같이 들끓었다. 인광이 입신한 후에는 자기 집에 와 있었지만 항상 고요하고 적적함을 견디지 못하여 해가 지고 여유가 있을 때는 조씨 집안에 와 있었다.

초공이 양공에게 인광이 한 일을 말하고 형의 고집을 아직 돌이키지 못했으며 조카가 어리지만 마침내 다른 가문에 시집가지 못할 것이니 인광의 혼사를 천천히 하라고 하였다. 양공이 놀라 눈이 동그랗게 되어 반나절 정도[223]나 정신이 나간 듯 묵묵하게 있으면서 말이 없었다. 그리고는 탄식하며 말하였다.

"이 아이가 분수에 넘치는 행동을 하는 것이 이와 같으니 늙은 아비가 나약하고 기운이 쇠하여 어찌 이 아이를 꺾겠는가? 즉시 불러 한바탕 무겁게 때려 그 죄를 바로 잡지 못하게 하는가?"

초공이 웃으며 말하였다.

"제가 인광의 스승이니 장인어른께 부탁해서 때릴 일이 없기 때문에 제가 40대를 심하게 때렸으니 장인어른께서는 그 밖에 더하실 것이 없습니다. 인광이 맞은 날부터 아무렇지도 않게 다니니 마음이 놓였습니다."

---

223) 반나절 정도: {반향(半晌)}. 반나절 정도 되는 시간을 의미함.

그런 후에 유현과 운현이 곤장을 맞게 되었는데 이것은 다 인광의 죄 때문에 비롯된 일임을 고하고 웃었다. 양공이 더욱 놀라며 말하였다.

"내가 이 말을 듣고 가만히 있으면 이 아이가 더욱 방자할 것이네. 또 죄를 무겁게 다스려 앞으로나 조심하게 해야겠네."

초공이 타이르며 말하였다.

"제가 이미 죄를 무겁게 다스렸으니 이제 부질없이 죄를 다스리지 마시고 또한 아는 체 하지 마십시오. 인광의 사람됨이 그만하니 비록 호방하지만 뒷날 쉽게 깨달을 것입니다. 유현의 행동이 넘치는 것이 인광보다 한 수 위이지만 제가 일찍이 때린 적이 없습니다. 저번에 인광의 일로 40대를 때렸지만 인광과 같이 다니고 아무렇지도 않게 태연자약했습니다."

양공이 웃으며 말하였다.

"유현은 이른바 대현군자이고 영웅호걸을 겸하고 있으며 씩씩하고 용맹스러운 것은 자네보다 나은가 싶네. 인광의 혼사는 자네 말대로 하겠지만 진왕의 고집이 내 집을 싫어할 것인데 인광의 머리털이 하얗게 되어도 아내를 얻지 못할까 걱정스럽네."

초공이 가만히 웃으며 대답하였다.

"저의 형이 본래 여러 아이들 중에서 인광을 가장 중대하게 대했으며 조카 월염도 홀로 늙게 하지는 않을 것이니 자연스레 사위에 걸맞지 않겠습니까? 조카가 또한 숙녀의 풍모가 있으니 수년만 기다리시면 제가 월로노인의 소임을 스스로 맡겠습니다."

양공이 기뻐하며 말하였다.

"어진 사위가 마침내 노부의 사정을 살펴 인광을 인도(人道)에 돌아가게 하고 숙녀를 맞아 종사를 빛나게 하면 양씨 집안에 대한 적선(積善)이 아니겠는가? 인광이 비록 입신하였으나 자네도 모든 일을 전과 같이 가르쳐서 임금을 섬기고 임무를 살피는 일에 허물이 없게 해주게."

초공이 대답하였다.

"제가 인광을 보는 것을 유현과 달리 하지 않습니다. 인광의 허물을 어찌 관대하게 용서하겠습니까? 인광의 성정이 호탕하고 시원시원하며 타고난 인품이 상쾌하고 의사가 바다 같아서 뒷날 세상을 다스리는 것이 능수능란하여 천하를 뒤덮고 위엄이 온 세상을 진동하여 이름난 재상이 될 것입니다. 마침내 큰 그릇이고 영웅호걸의 첫 번째 자리를 맡을 것입니다."

양공이 기뻐하며 이런 까닭에 양인광의 혼처를 다른 곳에서 찾지 않고 초공과 의논하여 혼사를 맡아 주관해주기를 기다렸다.

이때에 유현의 아내 정씨가 일신의 누명을 입어 문을 굳게 닫고는 하늘의 해를 보지 않고 맑은 물로 타는 목을 적시고 식음을 전폐하였다. 양정렬이 매우 불쌍하게 여기고 친히 가서 권하고 타일렀으며 정숙렬이 또 이르러 위로하면서 말하였다.

"그 당시에 내가 살 수 있었을 것이며 네 시어머니가 살 수 있었겠느냐? 너는 과도한 행동을 하지 말고 몸을 보중하여 누명 벗을 것을 기다려라."

정씨가 눈물을 흘리며 말하였다.

"비록 큰어머니와 시어머니께서 이상한 변고를 만나셨지만 어찌 소첩의 망극한 죄명에 비기겠습니까?"

정숙렬이 탄식하며 말하였다.

"너도 오히려 알지 못한다. 나의 슬프고 고통스러웠던 사정은 말할 것
도 없고 네 시어머니에게 시아주버니는 지나가는 행인처럼 대접하기
도 했고 간사한 인간의 흉계가 여러 가지로 나와서 흉악한 편지를 던지
며 네 시어머니의 얼굴이 되기도 했었다. 그래서 시동생의 의심이 헤
아릴 수도 없는 지경에 이르렀고 밖으로는 언관(言官)이 음란하고 비루
한 행동을 임금님 앞에 아뢰어 네 시어머니의 누명은 온 성안에 드러 108
났었다. 나라에서는 시댁과 이혼하게 하여 친정으로 돌아간 시절에 어
린 나이였음에도 불구하고 몸이 얼음과 옥같이 깨끗하였지만 만인이
침을 뱉고 음부라고 칭하였다. 그러니 그 서럽고 억울함을 오늘 너에
게 비교하겠느냐마는 네 시어머니는 능히 총명하고 사리에 밝아 일을
잘 처리하여 자기 몸을 보존하고 시동생의 재앙에 등문고를 쳐서 서리
와 같은 절의로 임금의 마음을 감동시키고 남편을 죽음에서 구하였다.
그래서 시댁과 다시 인연을 이으며 자연스레 간사한 무리들이 죽임을
당한 시절에 꽃다운 이름이 나서 나라에서 정문(旌門)을 주시고 글자를
금으로 입혀 내린 봉작이 규중에 빛나게 되었다. 맑은 덕과 어진 행실
이 조정과 재야에 자자하니 시동생의 태산 같은 가슴 속의 정이 천지 109
와 같이 무궁하시게 되었다. 사자(四子) 일녀(一女)의 아름다움이 겸금
(兼金)224)과 좋은 옥 같아서 다른 무리에 비교할 바가 아니니 복록이 당
대에 당할 사람이 없다. 이제 너도 비록 누명을 입고 죄악이 망극하지
만 존당과 시부모가 오히려 이 사실을 믿지 않으시고 근래 조카의 행동
을 보니 너를 대접하는 것이 소원한 중에도 오히려 너에게 탄복하여 아

---

224) 겸금 (兼金) : 품질이 뛰어나 값이 보통 금보다 갑절이 되는 좋은 황금.

끼는 뜻이 있는 것처럼 보이고 네 시어머니의 지극한 자애가 모녀지간이라도 이보다 더하지는 못할 것이다. 아무 이익도 없이 마음을 태우고 아름다운 얼굴을 상하게 하고 옥 같은 몸을 병들게 하지 마라. 한번 옥처럼 밝게 억울함을 드러내고 하늘의 해를 보게 될 것이다."

정씨가 옥 같은 눈물을 드리우고 정숙렬에게 사례하면서 말하였다.

"큰어머니의 지극하신 하교를 가슴속에 새겨 한줄기 잔명을 보전하여 그 끝을 보겠습니다."

정숙렬이 탄식하며 말하였다.

"네 시어머니를 본받아 누명을 벗는 날을 기다려라."

정씨가 슬픔을 머금고 대답하였다.

"우주 사이는 우러러 바라볼 수 있지만 제가 어찌 시어머니의 훌륭한 덕과 어질고 온화함을 만에 하나라도 따르겠습니까? 다만 시어머니와 큰어머니의 지극하신 성덕을 우러러 훗날이 좋을 것이라고 바라고 있지만 신세와 액운이 몹시 슬프고 놀라우니 다시 하늘의 해를 볼 수 있다는 것을 믿겠습니까?"

정숙렬이 지극히 타이르고 애석해하는 것을 친딸같이 하니 한갓 친척

의 정뿐만 아니라 유현에 대한 사랑이 자기 자식과 같았기 때문에 그러했다.

이때 유현은 규방에 발길을 끊고 밤낮으로 아버지를 모시고 있으면서 흉악한 인간을 제어하여 막고 있었다. 어머니가 정씨의 불쌍함을 전하니 목이 메여 흐르는 눈물을 깨닫지 못했다. 유현의 생각이 정씨에게 미치지 않은 것은 아니지만 이미 정씨가 조부모께 죄를 얻고 망극한 변란이 아버지께도 일어나니 사람의 아들로서 다시 정씨를 대면할 바가 아니라고 하

여 단연코 정씨에 대한 염려를 하지 않았다. 그런데 수 년 동안 정씨를 박대했던 행동을 뉘우치고 이때가 되어서는 정씨의 애매한 죄명을 불쌍해하였다. 어머니께서 슬퍼하시는 것이 이에 이르는 것을 보고 넓은 눈썹을 찡그리고 슬퍼하며 공경히 사례하여 말하였다.

"소자가 부모의 엄숙하신 교훈을 받들어 가슴속에 새기지 않은 것이 없습니다. 그러나 행동거지가 착실하고 공손하지 못해 여러 여자를 거느리면서 규방이 매우 어지러워졌으며 집안의 변란을 남에게 들리게 해서는 안 될 지경에 이르렀습니다. 조부모님께 무고지사(巫蠱之事)를 하고 차에 독을 넣은 것과 아버지의 침소에 자객이 들어온 커다란 변고를 생각하면 마음이 서늘하고 뼈가 굳는 것 같습니다. 이것을 없애고 치우지 못하지만 대개는 저의 아내 중에서 누군가가 한 일인데 능히 즉시 발각하지 못하고 밤낮으로 마음이 불안하여 소자의 죄를 스스로 헤아립니다. 그러니 제가 어느 겨를에 처자를 간절히 생각하며 그리워하겠습니까? 더욱이 정씨는 거짓이든 진실이든 간에 죄인이니 서로 보아 위로할 낯이 있겠습니까? 소자가 근래는 조정의 숙직 때문에 마지 못하여 아버지의 침소를 떠나기 때문에 마음이 걱정스러워 잠이 오지 않으니 만사에 다른 생각이 없습니다. 그러나 정씨가 애매하다면 그 인생이 끝내 매몰되고 박한 여자는 아닐 것입니다. 어머니께서 정씨를 사랑하시는 것이 너무 과해서 도리어 조부모님의 처사를 원망하는 것 같습니다. 모름지기 정씨에 대해서는 생각하시지 마시고 저에게 죄를 또 하나 더하지 마십시오."

양정렬이 탄식하면서 말하였다.

"네가 식견이 원대하며 요사이 규방에 발길을 끊은 것은 또한 아들의 도리이다. 내가 구태여 정씨에게 자주 가보라고 하는 것이 아니라 그 슬프고 한스러움은 사람을 안타깝게 하기 때문이고 정씨가 스스로 죽기를 결심하니 하늘의 해를 보기를 기다리지 못하고 허약한 체질이 죽을까 걱정스럽기 때문이다."

말이 끝나지 않아서 초공이 조정에 들어갔다가 나오면서 옷을 바꿔 입으려고 들어왔다. 유현이 바삐 초공을 맞아 자리에 모시고 앉았다. 초공이 잠깐 눈을 들어 양정렬을 보니 양미간이 슬프고 참혹하며 기색이 걱정스럽고 근심스러워 온화한 기운이 전혀 없었다. 초공이 천천히 말하였다.

"부인이 우환의 빛이 현저하니 알지 못하겠소. 집안에 무슨 연고가 있소?"

양정렬이 몸가짐을 가다듬고 대답하였다.

"집안에 무슨 우환이 있겠습니까? 다만 어진 며느리 정씨가 봉변을 만난 후에는 두문불출하는 것은 괴이하지 않지만 음식을 먹지 않고 눈물을 흘리며 누워서 종일 먹는 것이 맑은 물뿐이라고 합니다. 혈기가 왕성한 사람도 이것을 가지고는 몸을 보전하기 어려운데 하물며 가는 버드나무 같은 허약한 체질이 어찌 살아서 하늘의 해를 보겠습니까? 며느리의 죄과는 무엇이든지 간에 평소 때의 행동과 사람됨이 마침내 아깝습니다. 마음이 슬프고 참혹하여 아까 며느리를 보고 살기를 권하니 대답이 이와 같으니 구할 도리가 없습니다."

초공도 또한 참혹해하고 놀라며 탄식하고 말하였다.

"며느리의 옥같이 깨끗하고 얼음같이 맑은 마음은 내가 비록 현명하지 못하지만 다 알고 있소. 며느리의 액화가 대단하여 망극한 죄과에 빠지나 남편과 시아버지가 그 애매한 것을 알고 있으니 자기에게 부끄러움이 없을 것인데 어찌 너무 고집을 부려 자기 몸을 가볍게 여기겠소?"

그리고는 유현을 돌아보며 말하였다.

"너의 결심은 진실로 옳지만 며느리 정씨가 죄가 없고 옥 같으니 너도 그것을 알 것이다. 너의 조부모님께서 그 일을 보셨지만 오히려 그것을 미심쩍어 하시며 정씨를 내치지 않으셨으니 그 뜻을 알만하다. 그 당시에 네 어머니가 국가에 죄를 얻어 친정으로 돌아가는데 내가 신하의 도리로 결단코 너의 어머니와 인연을 끊었을 만했지만 내가 네 어머니가 무죄한 것을 마음으로 알고 네 어머니에게 살 도리를 재삼 부탁하였다. 이 때문에 네 어머니가 언약으로 삼아 몸을 보전하였다. 이제 정씨가 무죄한 것은 네 어머니와 똑같으니 너 또한 네 아비의 일을 거울을 삼아 한 번 정씨를 만나서 살 도리를 생각하게 하는 것이 아들 된 도리에 좋지 않겠느냐? 내가 가히 며느리에게 한 번 가보고자 하지만 생각해보니 며느리가 그렇게 하고 있는데 그 애가 바로 시아비를 뜻밖에 대하면 가장 어려워할 것이다. 그러니 네가 내 뜻을 잘 이르고 며느리를 한 번 보고서 처하며 의식(衣食)의 문제에 있어서 사람이 살 수 있을 정도의 도리를 하게 하여 숙녀를 보전하여라."

유현이 머리를 조아리며 가르침을 받들고 부모가 정씨를 사랑하는 것이 이와 같은 것을 보고 더욱 그 사람됨이 뛰어남을 알았다. 이에 두 번 절하고 말하였다.

"제가 식견이 천박하여 스스로 생각하지 못하였지만 지극하신 아버지의 교훈을 어찌 받들지 않겠습니까? 마땅히 정씨를 만나 밝은 가르침을 일러 알게 하겠습니다."

초공이 유현의 효순함을 아름답게 여겼다.

수일 후에 유현은 때를 타서 채련각에 이르렀다. 유현의 발길이 끊어진 지 오래되어서 시비와 유모가 다 놀랐다. 유현이 방안으로 들어가니 방안의 방석과 휘장이 색이 바랬고 정씨가 거적자리 위에서 머리를 풀로 만든 베개에 던지고 몸이 이불에 싸여 숨소리도 없이 누워서 조용히 세상과의 인연을 끊고자 하는 모습이었다. 유현이 이 모습을 한번 보고 마음이 좋지 않아 유모를 불러서 말하였다.

"부인이 잠드셨느냐? 어찌 서로 맞이하는 예의가 없느냐?"

유모가 나아가 정씨를 깨우며 말하였다.

119 "주군이 와 계십니다. 소저께서 어찌 편안히 누워계십니까?"

정씨가 유모의 소리로 인해 유현이 온 것을 알고 마음에 놀랍고 괴이하여 천천히 일어나 앉았다. 푸른 구름 같은 풍성한 머리칼은 얼음과 눈 같은 귀밑에 어지럽고 연꽃 같은 모습과 체격이 쇠약하여 옷을 이기지 못할 지경이었다. 유현이 이 모습을 보고 애석한 마음이 새롭게 일어나며 존경하고 감동하는 뜻이 가득하였지만 안색을 바로 하고 말하였다.

"액화가 대단해서 그런 것인지, 아니면 효성이 대단해서 그런 것이오? 사람이 남에게서 거룩한 이름을 얻지 못할망정 어찌 이런 죄명을 무릅

120 쓰고 이러한 모습으로 나를 대하는 것이오? 부인은 죄명이 비록 망극하나 조부모님께서 이미 용서하시고 집에 두는 것을 허락하시고 부모가 안심하여 몸을 보전하라고 말씀하셨다면 모든 일이 예사로울 것이오. 이제 이 행동을 보니 만일 지아비를 잃은 여자가 아니면 이렇게 하지 않을 것이오. 알지 못하겠소. 내가 비록 도리에 어그러지고 못났지만 오히려 살아있고 어머니께서 아침저녁으로 친히 오셔서 음식을 먹기를 권하신다면 부인이 무슨 존귀한 사람이라고 어머니의 명령을 거

역하고 죽기를 결심하는 것이오? 이것은 조부모님을 원망하고 나를 못마땅하게 생각하여 죽음으로써 지금의 분함을 풀려고 하는 것이오?"

말을 위엄 있게 하고 안색이 겨울 하늘의 차가운 해 같았다. 정씨가 아름다운 눈썹을 나직이 숙이고 옥 같은 얼굴을 붉히며 길이 탄식하고 말하였다.

"첩의 사나운 죄악을 일찍 시조부모님께 보시게 되었지만 오히려 훌륭한 덕을 내리셔서 출화(黜禍)225)를 면하고 시아버지의 명령이 고요하게 몸을 편안히 하며 있으라고 당부하시니 은혜가 하늘과 같으십니다. 첩이 비록 매우 악하나 원망하는 마음이 있겠습니까? 제가 오직 사대부 가문의 몸이고 일찍 뜻이 성인(聖人)의 도를 따르는 데 있어 잠깐 여자의 사덕(四德)을 본받아 마음으로 복종하려고 하였습니다. 그런데 하루 아침에 만고에도 없는 강상(綱常)의 커다란 죄를 입게 되니 위로는 시부모님의 훌륭한 덕을 저버리고 두 번째는 집안의 명성을 저버리게 되니 저를 낳게 해주신 부모를 대할 낯이 없습니다. 마음을 넓게 가지려고 해도 스스로 부끄러운 마음 때문에 목에 음식이 내려가지 않고 하늘의 해를 보지 못하겠습니다. 오늘 군자께서 책망하시는 말을 들으니 첩이 또 하나의 죄를 얻었습니다. 한 가닥 실오라기 같은 목숨이 오히려 살아서 규방의 빛을 줄어들게 하고 군자의 성효를 어지럽히니 부끄러워 죽고자 하여도 죽을 땅이 없습니다."

말을 마치자 별 같은 눈에는 가을 물 같은 맑은 눈물이 요동하고 팔자(八字) 모양의 봄 산 같은 눈썹은 시름하는 빛을 가득 싣고 있었다. 헤진 비단 치마가 겨우 살을 가리고 빛바랜 푸른 치마가 가는 허리를 두르고

225) 출화(黜禍) : 내쫓김을 당하는 화.

있었다. 그 아름다운 모습은 더욱 빛나 옥 같은 연꽃이 향기 나는 물을 떨치고 푸른 잎에 싸인 듯하였고 가을 하늘의 밝은 달이 옥으로 장식한 누각에 한가하여 빛이 만방에 반짝이는 듯하였다. 옥과 봉황 같은 아름다운 목소리는 매우 사랑스러운 기운으로 가득 찼고 현숙한 언사는 가슴속에 가득한 성현(聖賢)의 마음을 드러내는 것이었다.

화설. 이때 유현이 들어와 정씨의 아리따운 얼굴을 보고 귀로 정씨의 언사를 들으니 목석이라도 감동할 정도였다. 유현의 어진 마음과 백 년 동안 해로할 아름다운 짝에 대한 정으로 정씨에게 수년 동안 박하게 대했던 것을 뉘우치고 그때의 억울한 누명을 애달파하고 슬퍼하니 유현이 정씨를 아끼는 정과 슬퍼하는 마음이 구름이 모이 듯하였다. 유현이 안색을 고치고 정씨를 위로하면서 말하였다.

"부인의 죄과는 사람들이 알게 되어도 부모님은 부인이 옥같이 죄가 없다는 것을 아시고 계시오. 어머니께서 눈물을 흘리고 매우 슬퍼하며 부인을 염려하고 아버지의 가르침이 이와 같은데, 부인은 자신의 원통함이 천지간에는 없는 듯이 어른들의 은혜를 생각하지 않고 한결같이 괴로움을 참지 못하여 죽기를 결심하니 그르지 않겠소? 내가 구태여 부인을 상대하고자 하는 뜻이 없지만 부모님이 염려하시니 사람의 아들로서 가만히 있을 수 없었소. 여기에 온 것은 부인의 고집을 잘 타일러 몸을 보전할 도리를 말하고자 함이오. 당신의 처소에 와 보니 나의 마음을 불편하게 하니 이것은 부인이 지아비의 말을 순순히 따르는 도리가 아니오. 앞으로는 괴이한 생각을 고치고 비록 아무렇지도 않는 사람처럼 나가 사람들 속에 다니지는 못하지만 몸을 보전하여 음식을 먹고 의복을 입는 것을 예사롭게 하여 위로는 양가의 부모님들께 불효를 끼치지 말고 그 다음은 남편의 뜻에 순종하여 마음을 좁게 먹지 마시오."

말이 자상하고226) 안색이 화평하여 마음을 꾸민 것이 아니었다. 정씨가 옷깃을 여미고 사례하면서 말하였다.

---

226) 자상하고 : {위극ᄒ고}. '위극ᄒ고'는 자상하다의 의미인 '위곡(委曲)ᄒ다'의 오기인 듯함.

"지혜롭지 못한 비루한 사람이 따뜻한 봄 같은 혜택을 이와 같이 입으니 은혜에 감사하며 뼈에 새기지만 비록 우러러 큰 덕음을 갚지 못하겠습니다. 앞으로는 마음을 애써 참아 어른들의 염려를 더하지 않겠습니다. 거처와 의식을 평소 때처럼 하지 않는다고 말씀하시지만 이와 같은 어른들의 염려를 제가 오히려 알지 못하고 있었습니다. 군자께서 구태여 잘못됐다거나 옳다는 말을 하지 않으시나 위에 시부모님과 조부모님이 계시지만 더러운 이 한 몸을 처리하면서 오히려 군자의 뜻을 모르니 석고대죄를 하지 않겠습니까? 부부의 윤리는 군신 같으니 첩의 도리를 차리는 것입니다. 어찌 군자를 못마땅하게 생각하며 조부모님을 원망함이 있겠습니까?"

유현이 이 말을 들으니 감동하는 정이 샘이 솟는 듯하고 탄복하는 마음이 마음속에 가득하여 슬퍼하며 말하였다.

"부인이 지아비를 중요하게 여기는 것이 이와 같으니 부인은 부도(婦道)를 아는데 어찌 부인만 운명이 이렇게 험난하오? 아무리 많은 시간이 흘러도227) 이 조운희가 부인을 위하는 마음은 마침내 변하지 않을 것이오. 다만 마음을 넓게 먹고 살기를 도모하고 조급하게 목숨을 끊을 징조를 보이지 마시오."

이렇게 말한 후에 유모를 불러 정씨가 먹은 것을 물었다. 유모가 감히 속이지 못하고 고하였다.

"어제 정당부인이 친히 오셔서 한 그릇 미음을 권하여 드리고 이때까지 다시 잡수신 것이 없습니다."

---

227) 아무리 ~ 흘러도 : {텬황디뢰[天荒地老]ᄒ나}. 하늘이 황폐해지고 땅이 늙어가도의 의미로 오랜 시간이 흐른다는 의미임.

유현이 놀라고 걱정스러워 사리를 잘 알아듣도록 타일러 말하고 화평하게 위로하며 미음을 가져오라고 하여 권하였다. 정씨가 마지못하여 다먹자 유현은 정씨의 천성이 온순하고 스스로를 낮추는 것을 더욱 애중하게 생각하였다. 바야흐로 하늘과 땅 같은 무궁한 정은 이씨보다 더 하였으나 각별히 드러내지 않았다. 유현이 거적자리를 걸어 없애라 하고 또말하였다.

"오늘부터 아침과 저녁을 보통 때처럼 먹지 않으면 이것은 부인이 남편을 알지 못하는 것이고 정당(正堂)을 시부모로 섬기지 않는 것이오. 이 말을 시행하지 않으면 다시 보지 않을 것이오."

정씨가 밝은 표정으로 사례하며 예의 있는 모습이 공경하는 손님을 모시는 것과 같았다. 정씨는 마침내 원통한 회포를 풀고 장부의 마음을 어지럽게 하지 않았다. 유현이 이에 정씨의 처소에서 나와 마음이 심히 편치 않았지만 이후로는 친히 정씨의 처소에 들어가지 않았으나 유모를 자주 불러 정씨가 먹고 마시는 것을 물었다. 유모가 기쁘고 감격하여 또한 정씨가 마시고 먹는 것을 평소와 같이 한다는 것을 아뢰니 유현이 기뻐하며 이후에는 규방에 왕래를 그쳤다. 강씨가 어질지 않는 것을 매우 의심하였지만 현장에서 잡지 못한 일이어서 입 밖에 내지 않고 끝내 그 행동을 보려고 하였다.

강씨가 여러 가지 계교로 정씨를 해치려고 하였으나 끝내 정씨를 내치지 못하고 유현의 정씨에 대한 대접이 그대로 극진한 것을 애달파 하였다. 경파와 더불어 다시 방법을 꾀하니 경파가 탄식하며 말하였다.

"첩이 소저를 위하여 힘을 허비한 것이 적지 않은데 정숙렬과 초공을 속이지 못하니 달리 계책을 꾸밀 도리가 없습니다. 경후번을 시켜 한밤중 삼경에 담에 올라가게 하여 초공에서부터 태부인에 이르기까지 크게 욕하고 어사로 하여금 마음을 분하게 하면 마지못하여 정씨를 내칠 것입니다. 그런 후에 경후번을 정씨 집안으로 보내어 정씨를 빼앗아 가거나 죽이거나 하면 소저의 마음속 커다란 근심거리를 덜 수 있을 것입니다."

강씨가 말하였다.

"이것은 좋은 계책이 아니니 어찌 정씨를 기꺼이 내치겠는가? 수일 후는 위부인 생일이다. 반드시 아들과 며느리가 술잔을 올릴 것이니 그 잔 가운데에 독을 넣어 일이 들통나게 하면 분명 시녀를 심문할 것이니 추향과 마음을 같이 하여 대죄를 정씨에게 돌아가게 하자. 그러면 초공인들 어찌 마음이 편하여 정씨를 가만히 두겠느냐?"

경파가 또한 이 말이 옳다고 하고 주방(廚房) 시녀 설매와 추향을 불러 뇌물을 주고 그들과 마음이 하나가 되어 정씨를 재해에 빠지게 하니 누가 능히 진짜와 가짜를 분변하겠는가?

화설. 음력 5월 5일은 위부인의 생신날이었다. 진왕 형제가 성대한 잔치를 열어 장수를 축원하는 술잔을 올리니 자손이 번성하고 잔치가 대단한 것을 사람마다 부러워하고 우러러보았다. 진왕의 세 비(妃)인 정씨, 연씨, 최씨와 초공의 아내인 양씨, 왕씨, 윤씨가 각각 며느리와 딸을 거느리고 시어머니와 태부인을 받들어 방문에서 정면으로 바라보이는 벽을 향해 앉아서 여러 손님을 접대하였다. 그러나 오직 정씨만 문을 닫고 나오지 않으니 양정렬이 매우 애석하여 마음이 정씨에게 모두 가 있었다. 조씨 등이 자녀를 거느리고 가득히 벌여 앉아 있었고 석공과 유공, 소공 등 여러 사위들이 진왕과 초공과 함께 자리에 벌여 앉아 있었다. 진왕과 초

9

10

공의 상쾌하고 엄중한 위의와 여러 아들들의 맑고 수려함이 새로우니 조부모가 사랑하고 사람마다 복을 부러워하고 칭찬하는 것은 한 붓으로 기록하기 어려웠다. 술이 반쯤 취하자 아들과 사위, 딸과 며느리가 쌍쌍이 장수를 축원하는 술잔을 올렸다. 남자의 풍모와 여자의 모습이 한결같이 빼어났다. 기현과 유현의 두드러지게 뛰어난 몸가짐과 조씨와 이씨의 아름다운 자태가 새로우니 조부모와 시부모는 정씨를 생각하고 슬프고 참혹하여 즐겁지 않았다.

헌수하는 차례가 강씨에게 이르니 꽃 같은 모습을 빛나게 치장하고 얼굴과 몸을 꾸민 것이 찬란하였다. 강씨가 나와 옥 술잔을 올리니 자태의 아름다운 모습이 이슬 맞은 해당화 같고 일척 정도 되는 가는 허리는 바람에 나부낄 듯하였다. 자리에 있던 사람들이 칭찬하고 태부인이 기뻐하며 잔을 받아 마셨다. 그런데 갑자기 태부인과 위부인이 정신이 혼미해지고 목숨이 경각에 달려 위급해졌다. 노공이 태부인을 붙들고 당황하여 어찌할 줄을 모르고 여러 딸과 며느리들이 또한 위부인을 붙들고 갈팡질팡 어쩔 줄 몰랐다. 진왕과 초공이 해독약을 가지고 와서 진왕은 태부인의 입에 넣고 초공은 어머니의 입에 넣으니 조씨 등이 눈물을 비 오듯이 흘렸다.

초공이 약을 다 쓰고 어머니를 붙들고 앉아서 조용히 말하였다.

"일시에 기운이 통하지 못해서 막힌 것이니 할머니와 어머니께서 소생하셨으니 무방합니다. 누님께서는 괴이한 행동을 마십시오."

이렇게 말하고 다급하였지만 간호하는 것이 편안하고 조용하였다. 어머니의 손과 발을 주무르며 계속해서 약으로 병을 지극히 간호하여 낫게 하였다. 이윽고 태부인과 위부인이 입에서 독을 많이 토하니 독의 기운이

코를 거스를 정도였다. 노공과 진왕이 급히 태부인을 모시고 침소까지 붙들어 드리며 침상의 요를 편하게 깔고 간호하였다. 초공이 또한 어머니를 침소에 모시고 계속해서 약을 마련하여 드리니 황혼이 되어서야 두 부인이 눈을 뜨고 정신을 차렸다. 노공과 사람들이 경악스러움을 참지 못하고 여러 손님들은 각기 자기 집으로 돌아갔다. 13

유현이 오늘의 일을 생각하니 분기가 하늘을 찌를 듯하여 강씨를 잡아다 소당(小堂)에 가두었다. 그러고는 자신은 거적을 깔고 죄를 청하며 하루 종일 중계(中階)에서 죄를 기다렸다. 형제와 딸 등이 모두 태부인과 위부인을 모시고 병환이 어떠한가를 물었지만, 유현은 스스로 병상에서 두 부인을 모시지 못하였다. 정숙렬 등이 두 곳에 왔다 갔다 하였는데 다음 날 새벽에야 위부인은 기운을 차렸지만 태부인은 연로하였기 때문에 기운이 별로 없어서 몸을 가누지 못했다. 14

진왕 형제가 바야흐로 정신을 가다듬고 초공이 길이 탄식하면서 말하였다.

"제가 여러 아들들이 여러 부인을 모으는 것을 진실로 원치 않은 것은 집안의 변란을 염려했기 때문입니다. 오늘 망극한 변이 할머니와 어머니께 미칠 것을 생각이나 했겠습니까? 이것은 제가 아랫사람을 통솔하지 못한 죄입니다. 유현이 제가(齊家)를 하지 못한 것뿐만 아니라 집안이 평안하지 못한 것이 이와 같으니 부형(父兄)께서 이 죄를 다스리기를 바랄 뿐입니다."

진왕이 말하였다.

"아우가 어질고 현명하고 유현이 상쾌한데도 이런 일이 일어났으니 이 변란은 분명히 생각 밖이다. 이 일을 분명히 밝히기 전에는 옳고 그른 것을 분별하지 못할 것이다. 오직 그 죄가 돌아가는 자는 출거(黜去)하고 볼 것이지만 항상 어른이 일을 처리해버리면 아이가 제가(齊家)를 못한 것을 책망하지 못하니 이 일은 우리가 관여하지 말고 유현에게 다스리게 해라."

초공이 대답하였다.

"삼가 가르침을 받들겠습니다. 어찌 며느리에 대한 적은 사사로운 정을 다시 걱정하겠습니까?"

이에 초공이 여러 부인에게 어머니를 보살피게 하고 태원전에 나가 태부인께 다시 안부를 묻고 이에 관(冠)을 벗고 죄를 청하였다.

"오늘의 변은 소자가 현명하지 못하고 불효한 죄입니다. 아버지께서 다시 저의 죄를 다스릴 것을 바랍니다."

노공이 말하였다.

"요임금 때에도 네 명의 흉악한 사람[228])이 있었으니 네가 어질지 못한 탓이 아니다. 이 변란이 가벼운 것이 아니니 명백하게 조사하고 밝혀 그 죄를 바로 잡아 너희 부자와 형제가 상의하여 집안의 변란을 미리 막아라."

초공이 절하고 명령을 받들고 나서 좌우에 있는 종을 시켜 유현을 불렀다. 기현이 아뢰었다.

"사촌 동생 유현이 석고 대죄하여 뜰에서 밤을 새운 지 이틀이나 되었습니다."

진왕이 탄식하며 말하였다.

---

228) 네 ~ 사람 : 요임금 때의 네 명의 악인으로 공공(共工), 환두(驩兜), 삼묘(三苗), 곤(鯀)을 이름. 공공은 궁기(窮奇), 삼묘는 도철(饕餮), 곤은 도올(檮杌)이라고도 함.

"다 자기의 액운이니 유현이 무슨 죄가 있겠는가? 내가 부른다고 전해라."

기현이 유현에게 나와 두 어른의 말을 전하였다. 유현이 명령을 받들고 넘어질 것같이 빨리 가 계단 아래에서 머리를 조아리고 죄를 청하며 어찌할 줄을 모르고 있었다. 초공이 유현에게 계단 위로 올라올 것을 명하고 탄식하며 말하였다.

"아버지께서 내가 아랫사람을 통솔하지 못한 것을 용서하시니 내가 또 무슨 낯으로 아버지의 훌륭한 덕을 본받지 않고 너를 책망하겠느냐? 그러나 이 일은 소홀하게 넘어갈 변란이 아니다. 어젯밤의 망극한 일을 생각하면 수많은 친척과 자리를 가득 메운 손님들이 다 알았으니 너와 내가 무슨 면목으로 세상에 서겠느냐? 이 일은 모두 네가 올바르고 밝게 다스리는 것에 달려 있다. 내가 비록 아버지이지만 너를 지휘할 말이 없구나. 너는 모름지기 자세하게 조사하고 밝혀 밝게 처리하고 앞으로는 망극한 변란을 미리 막아라."

유현이 아버지의 가르침을 듣고 슬픈 얼굴빛이 되어 땅에 엎드려 대답하였다.

"불초자의 죄는 만 번 죽어도 가볍지 않습니다. 저의 수신(修身)은 다른 사람에게 알게 해서는 안 될 일입니다. 어젯밤의 일은 놀랍고 부끄러워 비록 부형이 용서해주셨으나 스스로 죄를 헤아리니 사람을 바로 볼 면목이 없고 조정에 나갈 뜻이 없습니다. 어젯밤의 망극한 변란은 소자가 죽어도 좋은 일이니 어찌 다시 세상에 서겠습니까? 소자의 어리석고 무지한 마음은 큰일을 만나지 않아도 일처리가 명백하지 못한데 이와 같은 큰 변란을 만나 놀랍고 다급한 심신이 어찌할 줄을 모르게 되었으니 죄인을 다스리는 것을 어찌 잘 하겠습니까? 비록 그러하나 이 일을 맡게 되었으니 아버지의 가르침대로 다스려 아뢰겠습니다."

진왕이 위로하면서 말하였다.

"아비가 지극히 공정하여 사사로움이 없고 네가 관대하고 어질며 도량이 큰 데도 어찌 이런 이상야릇한 일이 있겠느냐? 옛날에 금선공주의 악한 행동이 집을 어지럽히고 변란을 일으켰다. 이것은 반드시 어질지 못한 사람이 집안에 있었기 때문인데, 난을 일으킨 것은 한사람이지만 연루된 사람은 여럿이었으니 어찌 불행하지 않았겠느냐? 너는 일을 잘 처리하여 마침내 요사스럽고 악한 것을 없애라."

유현이 일어나 두 번 절하며 말하였다.

"백부의 가르침을 가슴속에 새기겠습니다."

초공은 아들의 행동이 신중하면서도 법도가 있으며 아버지와 숙부를 다르게 생각하지 않는 것을 매우 기뻐하였다. 날이 이미 밝자 여러 아이들이 모두 문안인사를 드릴 때, 중청(中廳)에서는 형벌을 내릴 준비를 하고 유현이 외당에 앉아서 먼저 강씨의 좌우에 있는 시녀를 일제히 잡아내어 극형으로 엄하게 문책하며 술잔에 독을 탄 이유를 바른 대로 말하라고 하였다. 유현의 수려한 양미간에는 삭풍이 늠름하고 가을 달 같은 눈동자에 엄렬한 노기를 띠고 있었다. 그 기강이 매우 강렬하여 좌우에 있던 시녀가 넋을 잃고 시비가 모두 몹시 놀라 정신을 잃었다. 오직 저마다 혀를 빼고 머리를 두드리며 애걸했고 강씨의 심복인 시녀 경선이 소리를 지르며 말하였다.

"술잔을 비록 우리 주인이 드렸으나 잔을 붓던 시비와 드리던 시비가 있습니다. 어르신께서는 어찌 저의 시비와 주인만을 편벽되게 뭐라고 하십니까?"

유현이 잔을 붓던 시비를 잡아내니 정당의 시비 설매였다. 설매가 4, 5
대를 맞고 울며 말하였다.

"제가 스스로 죄를 지어 강부인을 잡는 것이 아니라 정부인이 항상 저
를 잘 대접해 주시며 수일 전에 독약을 추향에게 보내주고는 '너의 정 21
을 믿어 대사를 부탁한다. 정당에서 펼쳐지는 잔치에서 강부인이 반드
시 술잔을 올릴 것이니 일을 꾸미기를 매우 비밀스럽게 하여라'라며 은
돈 오십 냥을 보내셨습니다. 마음에 감격하여 이 일을 행하였는데 두
려운 것은 침상에서 본 것처럼 일이 발각되어 죄가 저에게 돌아온 것입
니다. 바라건대 어르신께서는 천한 사람이 식견이 없는 것을 살피셔서
한 목숨을 용서해주십시오."

유현이 매우 화를 내며 다시 설매를 때리고 죄상을 추궁하니 끝내 추향
이 말을 전하고 정씨가 시킨 것이라고 하였다. 또한 싸서 준 은돈이 자기
에게 그대로 있다고 하였다. 유현이 또 추향을 추궁하니 처음에는 모두 22
변명하며 강씨가 한 일이라고 하였다. 큰 매로 10여 대를 맞으니 추향이
비로소 소리를 높여 말하였다.

"하늘이 이미 돕지 않아 악한 일이 발각되니 잠깐 형벌을 천천히 하시
면 전후의 악한 일을 다 아뢰겠습니다."

추향이 본래 간사하고 능수능란하며 엉큼하였다. 이에 종이와 붓을 구
하여 초사(招辭)를 써서 올렸다. 그 초사의 내용은 이러하였다.

우리 부인은 본래 재상가의 일녀로 대단한 부귀가 궁궐의 공주229)도 부러워하지

---

229) 궁궐의 공주 : {금달공쥬[禁闥公主]}. '금달(禁闥)'은 궐내에서 임금이 평소에 거처하는 궁전의

않을 정도입니다. 입을 움직여 열지 않아도 눈에 보이는 것은 다 갖추어 만사가 뜻

대로 되고 사촉[230] 황금이 수만이고 촉나라 비단과 진주가 수레에 실을 정도입니다. 마음이 거만하셨는데 귀댁에 들어오면서부터 어르신의 박대가 매우 심하여 젊은 나이에 한이 깊으셨습니다. 계속해서 세 명의 부인이 들어오시니 어르신께서 어릴 때 혼인한 조강지처를 홍모(鴻毛)[231] 같이 아시고 편벽되게 은정을 강부인께 쏟으셨습니다. 젊은 부인의 질투하는 마음이 항상 있는 것이니 우리 주인이 강부인을 해치고자 하는 마음이 어찌 괴이하겠습니까? 이미 부부의 은애를 모르시기 때문에 정씨 집안의 가신(家臣)[232]인 화청유가 풍채와 골격이 상쾌하며 시원스럽고 아름다운 까닭에 저와 사사로운 정이 있었습니다. 부인이 자주 청유에게 편지를 주고받으

며 언약을 정하였는데 청유와 관왕묘에서 만나서 대사를 의논하려 하시다가 어르신께서 귀령(歸寧)을 막으시는 바람에 귀령하지 못하셨습니다. 또 청유가 자객의 술법을 배웠기 때문에 한밤중에 칼을 들고 어르신과 상국 어르신을 죽이려고 하다가 일이 드러나게 되니 부인이 한을 품어 무고지사(巫蠱之事)와 그릇에 독을 넣어 존당에 시험하고 몸을 빼내 정씨 집안으로 돌아가 행장을 차려 부형(父兄)도 속이고 청유를 맞아 백년지락을 이루려고 하다가 발각되었습니다. 깊은 규방의 죄인으로 하늘의 해를 보지 않고 분함과 원망이 없겠습니까? 이런 까닭에 저에게 약과 은돈을 주어 설매[233]의 일이 발각되어 과연 강부인과 시비가 화를 입을까 하였더니 설매와

저에게 형벌이 급하게 될 줄을 알았겠습니까? 이 일의 근본은 어르신께서 정부인에게 박정하셔서 생긴 것이니 천한 노비가 주인을 위한 정성에 한 일이니 마음을 움직

앞문임. '금달공주'는 궁궐의 공주로 옮김.
230) 사촉 : 미상임.
231) 홍모(鴻毛) : 기러기의 털이란 뜻으로 매우 가벼운 사물을 이르는 말.
232) 가신(家臣) : 정승의 집에 딸려 있으면서 그들을 섬기던 사람.
233) 설매 : {연미}. '셜미'의 오기인 듯함. 앞부분에서 강씨의 뇌물을 받고 공모한 시비는 '셜미'와 '츄향'으로 되어 있음.

이시고 제가 스스로 만든 죄가 아닌 것을 살피셔서 한 목숨을 용서해주십시오.

유현이 이것을 다 본 후에 놀랍고 분한 마음을 이기지 못하고 간악한 노비가 흉악한 인간과 일을 꾸미며 정씨를 고난에 빠뜨리려고 하는 줄을 미리 눈치 채고 다시 엄한 형벌을 더하려고 하였다. 추향이 강씨가 준 뇌물을 받은 지 오래되어 이제 일을 번거롭게 하면 설상가상이 될 것 같았다. 그래서 한결같이 그밖에는 아뢸 말씀이 없다고 고하니 유현이 곤장을 때려죽이려고 하였다. 그러나 설매와 추향이 없다면 정씨의 가슴에 맺힌 한을 푸는 것을 분명하게 하지 못할 것 같았다. 유현은 앞일에 대한 생각이 지극하여 두 시비에게 형장을 수차례 하여 옥에 가두었다. 강씨의 유모 경파를 잡아 엄한 형벌로 심문하니 경파가 머리를 조아리며 말하였다.

"이미 두 시비의 초사가 있으니 천한 이 노비를 심문할 것은 없을 겁니다. 만일 저의 주인을 밉게 여기신다면 마음대로 처치하십시오. 저는 애매하기 때문에 이유를 모릅니다. 일을 저지른 채련각은 무사하고 잡힌 도화당은 눈 위에 서리를 맞았으니 어르신의 일처리를 알겠습니다."

유현이 매우 화를 내며 60대를 때리니 경파가 이를 갈고 머리를 흔들어 변명하였다. 어쩔 수 없이 경파를 끌어내려 내치고 추향의 초사를 가져가 아버지께 보이고 아뢰었다.

"이 초사를 보니 강씨가 애매하고 정씨가 저지른 일이라고 하는데 소자의 소견으로는 까마귀의 암수를 구별하는 일과 같이 어려우니 두 사람과 이혼하겠습니다. 장래에 옳은 것을 알 날이 있을 것입니다. 두 시비를 죽인다면 다시 물을 곳이 없을 테니 저의 좁은 소견으로는 두 시

26

27

비를 가두어 두고 후일을 보아 처리하고자 하는데 마음대로 하지 못해서 아버지께 아뢰는 것입니다."

초공이 마음속으로 이러한 일처리가 놀라웠으나 유현의 행동을 엿보려고[234] 말하였다.

"초사로 보아서는 강씨가 백옥처럼 아무 흠이 없으니 집에서 내쫓는 화를 더하는 것은 공평한 도리가 아닌 것 같구나."

유현이 공경히 받들어 사례하고 말하였다.

"어질지 못한 이후에는 믿을 수가 없습니다. 강씨는 그 사람됨이 현숙하지 못하니 오늘 죄가 없다는 것을 어찌 알겠습니까? 마침내 간악하고 사악함을 감추지 못하고 발각되는 날이 있다면 두 시비에게 잘못된 것을 밝혀낼 것이니 아직까지는 두 사람을 가두어 두겠습니다. 강씨를 집안에 둔다면 요악한 재앙이 마침내 끊길 날이 없을까 합니다. 큰아버지와 아버지께서는 밝고 바르게 일을 처리해줄 것을 바랍니다."

초공이 기뻐하는 빛이 얼굴에 나타나고 진왕이 손을 잡고 말하였다.

"범의 새끼가 개가 되지 않는 것을 알겠구나. 너의 어짊과 제수씨의 어질고 자애롭고 훌륭한 덕이 흘러 아이가 이렇듯이 기특하니 큰일을 당하여 신령스럽고 이치에 밝을 줄은 생각지도 못했다. 큰아버지가 지휘할 말이 없으니 네 뜻대로 해라."

초공이 가만히 웃고 감사해하며 말하였다.

"형님의 과찬을 감당하기 어렵습니다. 이 일에 대해서는 아이의 생각이 사려 깊고 옳으니 다시 이를 말이 없습니다."

이에 유현에게 말하였다.

---

234) 엿보려고 : {칙보려}. '칙보다'는 엿보다의 의미임.

"너의 헤아림이 그르지 않으니 마음대로 처리하여라."

유현이 공경히 사례하며 명령을 받들고 중당에 물러나와 강씨를 불렀다. 강씨가 이르자 유현이 넓은 눈썹에 노한 기색을 띠고 엄정하게 말하였다.

"사대부의 딸로 그대와 같은 사람은 없다. 존당의 망극한 변을 만들었으며 남에게 속았다고 해도 술잔을 올리면서도 태만한 죄는 무겁다. 스스로 간악한 계책을 지어냈다면 죽을 만한 일이다. 내가 비록 용렬하나 이와 같은 원수를 집안에 두지 못할 것이니 일찍이 그대의 집으로 돌아가라."

강씨가 유현의 가을 하늘 같은 기운과 뜨거운 해 같은 위의를 보며 매우 간사하고 악함을 드러내지 못하여 울며 말하였다.

"추향의 초사가 명백한데 정씨는 무사하고 첩은 구박하시니 군자의 처치가 이와 같이 편벽됩니까?"

유현이 매우 화를 내며 말하였다.

"악독한 여자가 무슨 면목으로 간사한 말을 하여 감히 얼굴을 맞대고 책망하는가? 정씨를 내치거나 내치지 않는 것은 네가 관여할 바가 아니다."

말을 다하고 분한 기운이 크게 일어나 현훈(玄纁)235)과 봉채(封采)236)를 내어 오라고 하여 불에 태우고 강씨가 정당에 하직하려고 하니 바로 교자에 담아 유씨 집안으로 가지 말고 바로 강가에 버리고 오라하고 하였다.

30

---

235) 현훈(玄纁) : 검은색과 붉은색의 실로, 우(禹)나라 때의 형주(荊州)의 공물(貢物)이었음. 후에 현훈은 폐백(幣帛)의 의례 때 사용하게 되었고, 이에 따라 현훈은 폐백에 사용되는 빙물(幣聘)이란 의미로 쓰임.
236) 봉채(封采) : 혼례 전에 신랑 집에서 신부 집으로 채단(采緞)과 예장(禮狀)을 보내는 일, 또는 그 물건. 봉치라고도 함.

31

강씨는 시녀에게 잡혀 교자에 오르니 가마꾼이 나는 듯이 가버렸다. 강씨가 머리를 부딪치며 통곡할 뿐이었다. 유학사 부인 조씨가 마음속으로 불평스러웠지만 어쩔 도리가 없었다.

유현이 강씨를 처리하고 채련각에 이르러 대청 위에 앉아서 정씨를 불렀다. 정씨는 이미 추향의 초사를 들었기 때문에 봉관(鳳冠)237)과 옥결(玉玦)238)을 없애고 초라한 의상으로 나왔다. 흰 달이 고운 구름에 싸였고 밝게 빛나는 해가 약목(若木)239)에 걸린 듯 아름다운 모습이 더욱 빼어났다. 유현이 심사가 매우 좋지 않아서 다만 좌우에 있는 시비를 보고 부인이 떠날 행장을 준비하라고 하고 길이 탄식하며 말하였다.

"추향의 초사를 보니 마음이 차갑고 놀라워 말로 일컬을 바가 아니오. 장인어른이 들으셔도 나의 처사를 그르다고 하시지 않을 것이오. 부인이 또한 생각이 명철하니 오직 돌아가 나를 원망하지 마시오."

정씨가 편안하고 조용히 들으며 행동거지가 숙연하여 나직이 머리를 숙이고 사례하면서 말하였다.

"죽을죄를 용서하여 보내시니 어찌 감히 원망하겠습니까? 존당에 하직하는 것을 허락하시겠습니까?"

가을 물 같은 눈에 물결이 어리고 봉황의 눈과 그린 것 같은 눈썹에 슬프고 참혹함이 요동하였다. 유현의 철석같은 심장이라도 슬프고 참혹한 마음을 금할 길이 없었지만 가장이 되어 일을 공평하게 해야 하기 때문에 얼굴빛을 고쳐 말하였다.

---

237) 봉관(鳳冠) : 옛날 부인들이 썼던 봉황 문양의 장식이 되어 있는 관.
238) 옥결(玉玦) : 패옥(佩玉)의 일종.
239) 약목(若木) : {냥목}. 문맥을 고려해 볼 때 해가 지는 곳에 서 있다는 나무인 약목(若木)의 의미로 보는 것이 적절함.

"그것은 스스로 마음대로 할 것이니 내가 알 바가 아니오. 다만 사람의
사생이 지극히 중요한 것이니 남이 알지 못하지만 부인이 죄가 있는지
없는지 원통한지 그렇지 않은지를 알 것이오. 마음으로 생각하여 진실
로 간악한 시비가 뇌물을 받고 부인을 모해하는 일이 있거든 이런 가운
데도 몸을 능히 보전할 것이요. 시비의 초사가 사실이라면 부인이 비
록 이곳에서 죽지 못하나 친정으로 돌아가 스스로 죽는 것이 옳소. 내
말을 박절하게 여기지 말고 내 마음을 이것으로써 알아 모든 일을 신중
히 처리하시오."

정씨가 사례하고 편안하고 조용히 일어나 절하고 작별하였다. 유현이
팔을 들어 장읍(長揖)240)한 후에 정씨의 유모를 불러 혼서와 빙물을 찾아
자기 유모에게 맡기고 또 정씨의 유모에게 분부하며 말하였다.

"죄명이 망극하나 네 도리는 부인을 극진히 보호하여 추향의 악행을
징계하여라."

정씨가 유모에게 명하여 존당과 시부모님께 하직을 고하였다. 초공과
그 이하의 사람들이 정씨를 한 번 보고자 하여 정씨를 불렀다. 정씨가 나
아가 머리를 조아리고 죄를 청하니 태부인이 매우 애석해하며 슬퍼하고
말하였다.

"괴이한 변을 만나 너를 친정으로 돌려보내니 어찌 슬프지 않겠느냐?
일이 마침내 한쪽으로 치우치게 되기 때문에 보내니 어쨌거나 옥 같은
아름다운 몸을 보호하여라."

이렇게 말한 후에 정씨를 당에 올라오게 하여 곁에 앉히고 위로하였다.
한씨 등이 눈물을 뿌리며 뒷날에 다시 만날 것을 말하고 조씨와 이씨 두

240) 장읍(長揖) : 두 손을 마주 잡아 눈높이만큼 들어서 허리를 굽히는 예.

부인이 슬픈 눈물을 드리우고 사랑하는 동기와 헤어지는 듯하였다. 정숙렬과 왕씨와 윤씨 두 시어머니가 탄식하며 시운이 불행한 것을 말하고 빨리 억울함을 밝히고 만날 것을 부탁하였다. 양정렬은 이 일이 애매하다고 한다면 사람 일의 괴이함을 말하지 않겠는가마는 목이 메여 한마디 말도 못하고 굳이 옥 같은 손을 잡고 정씨의 탐스러운 쪽진 머리를 어루만지며 말하였다.

"내가 운명이 기구하여 여기에 이르렀으니 어찌 하겠느냐? 오직 아름다운 몸을 보호하여 억울한 누명을 밝힌 후에 만나기를 바란다."

노공과 진왕이 위로하고 소씨와 여씨, 범씨 세 부인이 연연해하였다.

36 초공이 말이 없더니 정씨가 절을 하자 붓을 들어 넓을 광(廣)자와 참을 인(忍)자를 써 주고 말하였다.

"어릴 때부터 총명하고 슬기롭고 민첩하니 내가 말을 수고롭게 하지 않아도 알 것이다. 이것을 가지고 행동하면 매우 유익할 것이니 받아서 이것으로써 힘쓰도록 하여라."

정씨가 자리에서 물러나 사례하고 몸을 돌렸다. 자연히 지극한 성효를 가진 마음으로 신세를 생각하니 구슬 같은 눈물이 얼굴에 가득하였다. 양정렬이 눈물을 머금고 정씨의 손을 잡고 다시금 살아있을 것을 부탁하고 맑은 눈물을 꽃 같은 뺨에 흘렸다. 정씨가 은혜에 감격하여 마음속에 새겼다. 교자가 마련되어 있었기 때문에 정씨가 모양 없는 덩241)에 주렴을

37 없애게 하고 초라한 행색으로 떠나니 반첩여(班婕妤)의 장신궁(長信宮)을 본받을 만하였다.

유현이 두 부인을 떠나게 하고 채련각과 도화각의 자취를 없애려고 하

---

241) 덩 : 공주나 옹주가 타던 가마. 후에는 귀한 집의 아녀자들이 타는 가마를 지칭하게 됨.

고 조씨와 이씨 두 부인을 불러서 탄식하며 말하였다.

"토끼가 죽으니 여우가 슬퍼한다고 했소. 정씨와 강씨 두 부인이 내쫓
기는 화를 남의 일로 여기지 말고 조심하며 경계하시오."

두 사람이 슬퍼하며 그 말에 사례하였다.

유현이 정당으로 들어오니 위부인이 비로소 보통 때와 같이 태원전에
와서 태부인을 모시고 정씨를 친정으로 돌려보낸 것을 슬퍼하고 있었다.
유현이 어머니를 모시고 앉으니 노공이 유현의 일처리가 명쾌한 것을 기
뻐하였다. 석참정 부인 조씨가 웃으며 말하였다.

"놀라운 마음이 진정되었으니 이제야 웃음이 나는구나. 그러나 두 아
내가 달라 강씨는 존당에 하직도 못하게 하고 쫓아 보내고 혼서를 불태
우니 너무 심하지 않느냐?"

유현이 두 손을 마주잡고 공경의 뜻을 표하며 말하였다.

"더 미운 것이 발악을 하는 까닭에 그랬습니다. 혼서는 정씨의 것도 가
지고 오라고 했으니 한쪽으로 치우친 것이 있겠습니까?"

유상서 부인 조씨가 가만히 웃으며 말하였다.

"조카가 강씨는 중간 계단에 세워놓고 호령하여 교자를 태워 쫓아 보
내고 정씨는 불러서 자리를 내주고 나중에 다시 만날 것을 말하니 쫓아
내는 것에도 두 가지 종류가 있구나."

자리에 있던 사람들이 크게 웃었다. 유현이 비로소 미소 지으며 말하
였다.

"강씨를 내쫓았기 때문에 고모의 불평스러운 말씀을 들을 줄 알았지만
마지못해서 그랬습니다. 이것은 제가 평소의 마음과 일을 다르게 하지
못하기 때문에 그런 것인데 강씨에 대한 미운 마음을 일부러 만들어서

그랬겠습니까? 강씨는 수 년 동안 지내면서 부부의 도리를 나누었지만 정씨는 실로 처녀인 채로 친정으로 보냈습니다. 어찌 정씨에게만 인연이 더하겠습니까? 그 사람됨이 서로 다른 까닭입니다. 강씨가 고모의 방에 왔다가 저를 마주 보고 사모하여 병이 생겨 죽게 되고 고모부께서 임금님께 아뢰어 혼인을 이루게 되었다고 자랑했습니다. 이 말을 들은 후에는 제가 강씨를 미워하는 마음이 더욱 심하고 그윽이 고모를 유감스럽게 생각했습니다. 그러나 감히 마음의 근심을 아뢰지 못했습니다. 이제 고모께서 언짢아하시니 억울하고 답답하지 않겠습니까? 이 변란은 까마귀의 암수를 구별하는 것과 같이 구별하기 어려운 일이라서 두 사람 모두 출거시킨 것입니다. 원래 고모의 얼굴을 생각하지 않는다면 어찌 강씨를 교자에 태워 보냈겠습니까? 정씨도 친정으로 보낼 교자를 가져오라고 분부한 것이지 다른 일은 명령한 것이 없었는데 정씨는 스스로 덩의 주렴을 떼고 비단 장막을 떼어 초라한 행색이 버림받은 부인의 모양을 한 것입니다. 어찌 정씨를 화려한 위의로 보냈다고 하십니까? 정씨의 혼서를 빼앗아 두었으니 조금도 한쪽으로 치우친 것이 없습니다."

자리에 있던 사람들이 그가 하얀 이와 붉은 입술로 도도하게 일을 명백하게 처리했다고 말하는 것을 듣고 일시에 웃었다. 초공의 침묵하는 성격으로도 아들이 이와 같이 하는 것을 기뻐하여 웃음을 띠었다. 유상서 부인 조씨가 웃으며 말하였다.

"네 말이 그럴 듯하나 끝내 한쪽으로 치우쳤다는 것을 면하지는 못할 것이다. 강씨의 혼서는 불에 태우고 정씨 혼서는 어찌 그대로 두었느냐? 정씨의 유모를 불러 정씨를 보호할 것을 당부하고 정씨의 죄를 묻는 말끝에 죄가 없으면 힘써 먹고 살라고 하니 너의 의사를 알만하다. 내쫓기는 부인의 행동이 정씨 같은 사람은 없으니 가슴이 다 타는 것 같구나."

유현이 갑자기 탄식하고 아뢰었다.

"고모께서 말씀하시는 것이 희롱이라는 것을 압니다. 제가 두 사람을 내치는데 실로 한쪽으로 치우친 것이 없습니다. 정씨가 비록 죄가 있으나 간악한 시비인 추향의 초사가 명백한지 그렇지 않은지를 아직 알지 못합니다. 또한 부형께서 정씨에게 어질게 대하라고 하신 것과 어릴 때 혼인한 부부로서의 의리를 생각하고 정씨의 사람됨이 온순하여 42 예의를 갖춘 모습이 은은하며, 정씨는 재상가의 여자고 정실 부부이기 때문에 구박할 일이 없는 것입니다. 그 사람을 당부한 것이 아니라 혹시나 정씨가 원한을 품으면 우리 집안에 불선(不善)을 쌓는 것입니다. 강씨가 발악하여 분노가 치밀어 혼서를 태웠으나 부형(父兄)께서 쓰신 혼서를 태운 것을 뉘우쳐 정씨의 혼서는 태우지 않고 두었으니 정씨만을 생각한 것이 아닙니다. 죄를 얻은 후는 박대하는 것이 옳겠지만 이전의 수 년 동안의 박대는 저의 허물 때문입니다. 혼인한 지 3년이나 되었는데 정씨는 팔위에 붉은 점이 그대로 인 채 친정으로 돌아갔으니 그 부형이라도 매우 심하다고 어길 것이고 후하다고 하지 않을 것입니다."

유상서 부인 조씨가 무릎을 치고 탄식하며 말하였다.

"어질고 자상한 것은 네 아비의 뒤를 잇는 것이구나. 내 말은 너의 행 43 동을 보려고 한 것이다. 강씨가 내쫓겨 가는 모습이 비록 보기가 싫지만 그 사람됨이야 실로 내가 좋다고 하는 것이 아니다. 연로하신 시부모님을 위하여 부득이하게 사혼일(賜婚日)을 청한 것이니 이것을 좋아서 한 것이 아니니 네가 유감을 가지는 것을 한스러워하지 않는다. 일이 이에 미쳤으니 무안하고 시어머니께서 노하시니 실로 마음이 편치 않구나."

유현이 급히 이 말을 공경히 받들고 절하였다.

화설(話說). 정씨가 친정에 이르니 근친(覲親)[242]을 온 것도 아니고 까닭 없이 친정에 이르니 부모와 형제가 반가움을 머금고 나와서 정씨를 보았다. 문득 보니 정씨의 모습이 보통 때의 모습이 아니고 흐트러진 쪽진 머리에는 머리에 꽂는 장신구가 없으며 시름겨운 아리따운 눈썹은 버림받은 부인의 모양이었다. 정공이 단정하고 정중한데도 대경실색하고 부인이 정씨를 붙들고 눈물을 흘리며 슬퍼하면서 말하였다.

"어떤 곡절이 있느냐?"

정씨가 부모의 거동을 보고 그 슬프고 참혹한 모습 때문에 말이 나오지 않았다. 정공이 유모를 불러 까닭을 물었다. 유모가 전후수말을 일일이 고하니 정공이 길이 탄식하며 말하였다.

"초공이 현명한데도 이렇듯이 집안의 변란이 자주 일어나니 일을 어찌 헤아리겠는가?"

부인이 매우 화를 내며 말하였다.

"내가 원래 조씨 집안과의 혼인을 원하지 않았는데 상공께서 힘써 한 명의 딸의 평생을 마치게 했으니 누구를 탓하겠습니까? 매우 요긴한 사위를 뽑아 봉황이 쌍쌍이 노는 것을 보지 못하고 딸을 탕자의 배우자로 삼아 적국(敵國)이 좌우에 가득하니 이것이 변이 아니겠습니까?"

---

242) 근친(覲親) : 시집간 딸이 친정에 가서 부모를 뵘.

정공이 얼굴빛이 달라지며 말하였다.

"사위와 사돈을 극진히 가려 뽑아도 그것은 저 아이의 팔자니 어찌 사람을 원망하겠소?"

정씨가 비로소 입을 열어 말하였다.

"소녀의 팔자가 기구한 것이니 시부모님과 남편을 원망하겠습니까? 군자께서 저를 내치신 것은 도리에 당연한 것입니다. 어머니께서는 괴이한 말씀은 하지 마십시오. 어머니께서 군자를 탕자라고 하시지만 군자의 풍채를 당초에 여자가 알지 못했고 군자가 스스로 여자를 구한 것이 아닙니다. 오직 소녀의 도리는 고요히 있으면서 하늘만 바랄 뿐입니다. 시부모님의 밝고 뛰어나신 경계는 소녀가 무죄한 것을 아서서 제가 끝내 무사히 돌아올 것을 부탁하셨습니다. 소녀가 버림받은 부인이 되어도 한할 바가 없으니 어머니께서는 어찌 언사를 급히 하시어 조씨 집안을 한스러워하십니까?"

정공이 탄식하면서 말하였다.

"저 어미 속으로 어찌 저와 같은 성녀(聖女)를 낳았는가? 네가 비록 시운이 막혔으나 운명이 박한 관상이 아니다."

이에 정씨의 옥 같은 손을 잡고 애처롭고 불쌍한 마음을 이기지 못하였다. 그러면서 팔위에 붉은 점이 그대로 있는 것을 보고 자신도 모르게 매우 놀라며 말하였다.

"유현은 매우 어진 사람이어서 너를 박대하지는 않았을 것이다. 오늘 딸이 시집에서 내쫓긴 것은 일의 사정이 마지못하여 그러한 것인데 혼인한 지 3년이나 되었는데 팔위에 붉은 점이 그대로이니 이것은 알지 못할 일이다."

46

47

정공이 여러 아들을 대하여 말하였다.

"비록 도를 닦는 고승이라도 이러지 않을 텐데 딸의 모든 행동이 얌전하고 아리따운데도 유현이 이렇듯이 소원하게 하니 이는 가히 조물주가 방해를 하는 것이다."

정운기는 정공의 둘째 아들이었다. 이 일이 설강 때문에 생긴 것임을 깨달았지만 유현의 당부를 들었을 뿐만 아니라 어머니가 서러워하실 것을 생각하고 모르는 체 하였다.

정씨가 이후부터는 소당(小堂)에 있으면서 사람 대하는 것을 하지 않았다. 부모가 위로하면 정씨가 말하였다.

"소녀가 비록 친가에 이르렀으나 시부모가 사랑해주시고 일의 뛰어난 처리는 끝내 조유현 만한 사람이 없습니다. 이미 남편의 뜻을 잃어버린 후에는 어찌 하늘의 해를 보겠습니까?"

이렇게 말하고 수행하여 부모를 모시고 지냈다.

이때 초공 등이 정씨 집안에 이르러 한담을 하다가 정씨를 보고자 하였으나 정씨가 자신을 죄인으로 자처하여 초공을 뵙지 않으려고 하였다. 초공이 웃음을 머금고 말하였다.

"아들을 아는 사람은 그 아비만한 자가 없다고 하였습니다. 내 아들이 행동이 경박하지만 마침내 예의를 잊는 무리는 아니니 어찌 어진 며느리를 저버리겠습니까?"

정공이 탄식하며 말하였다.

"장부가 자질구레하게 말하는 것이 부끄러우나 부녀의 정은 인지상정이고 딸에 대한 아리따운 사랑은 형이 알 것이오. 이번에 딸을 내쫓은 것은 도리에 마땅하지만 딸이 시집을 간 지 3년이 되었는데 팔위에 붉은 점이 그대로 있소. 이것은 그 부부의 도가 막힌 것이니 무엇을 바라겠소?"

초공이 선뜻 웃으며 말하였다.

"제가 형을 대장부로 알았더니 이 말을 들으니 가히 나를 비웃는 부인 같군요. 내 아들이 본래 성품이 관대하고 어질며 도량이 크고 조그만 것에 얽매이지 않습니다. 그래서 제가 며느리가 너무 아름답고 연약한 것을 두려워하여 일찍 부부가 처소를 각각 정할 것을 명령하였습니다. 아들의 뜻이 모든 일에 나의 명령 이외의 일을 하지 않습니다. 이것은 반드시 처자를 미워하여 박대하는 것이 아닙니다. 이미 내쫓을 때 이와 같이 말하고 어진 며느리의 무죄함을 알고서 단연 걱정 없이 일처리를 명백하게 하니 그 일처리는 제 아비도 미치지 못할 정도였습니다. 어찌 그 부부의 후한 정이 끝내 없을까 근심하십니까? 부부가 뜻이 잘 맞는 것이 반드시 그 팔위의 붉은 점의 유무에 따라 알 수 있는 것은 아닐 것입니다. 형은 대장부인데 어찌 보잘 것 없는 생각이 부인네와 비슷합니까?"

초공이 유현을 돌아보고 꾸짖으며 말하였다.

"너는 오늘 조정에서 바로 집으로 돌아오지 않고 전하는 말을 들으니 중간에서 머뭇거리며 다른 곳으로 가더라고 하였다. 내가 여기에 온 것은 의외의 일이지만 원래 먼저 정형을 보고 그 다음에 다른 친구를 찾아야 할 것인데 어찌 너의 처사가 괴이하느냐? 내가 불쾌하구나."

유현이 꿇어앉아 대답하였다.

"일이 없어서 설씨 집에 간 것이 아니라 길에서 설강을 만나서 설강이 저를 붙잡고 자기 집으로 가자고 보채서 인정상 떨치지 못하여 잠깐 다

49

50

51

녀왔습니다. 아버지의 말씀이 이에 이르니 황공합니다."

그런 후에 정공을 향하여 안부를 묻고 오래 뵙지 못한 것을 사죄하고 여러 정생들과 인사를 마쳤다. 그 풍채 있는 몸과 잘 생긴 얼굴이 새롭게 자리에 있던 사람들을 감동시켰다. 초공은 아들이 여러 사람들 틈에 섞이자 정생 등이 비교할 곳이 없는 훌륭한 군자였지만 유현이 들어오자 소와 말 중에 있는 기린이고 까막까치 중에 있는 봉황이어서 활달하고 호탕한 신채가 무리 중에 뛰어난 것을 보고 스스로 아름다워 하는 마음을 이기지 못하였다. 정공은 새롭게 정신이 상쾌하여 이에 바삐 유현의 손을 잡고 웃으며 말하였다.

"자네는 나를 괴롭게 생각하여 내 문을 지나면서도 들어오지 않지만 나는 자네를 하루만 보지 않아도 3년처럼 길게 느껴진다. 너를 보면 만사가 다 잊어지니 이른바 사랑하는 사위이다. 이제는 장인과 사위의 의리도 끊어졌으니 대대로 친하게 지내는 집안의 삼촌과 조카의 의리로 왕래할 것을 바란다."

유현이 일어나서 두 번 절하고 말하였다.

"제가 비록 어리석고 똑똑하지 못하지만 문하에서 장인 어르신을 모신 지도 3년이 되었습니다. 저를 알아주시는 은혜에 감동하여 마음에 새기고 있는데 어찌 정성이 천박하겠습니까마는 집안에 성장한 동생이 없고 부모님을 모시면서 집안이 매우 북적거리며 시끄러우니 이 몸에 일이 많아 자주 와서 뵙지 못하였습니다. 스스로 장인어른의 후의를 저버린 것을 황송하고 부끄럽게 생각하고 있었는데 말씀이 이에 이르시니 황송하고 부끄러움을 이기지 못하겠습니다."

정공이 슬프게 탄식하며 말하였다.

"자네를 대하고 그렇게 말한 것이 아니라 딸이 15세 청춘에 버림받은 아내가 되니 그 아비 되어 가히 참지 못해서 그런 것이다. 비록 딸의 죄가 무겁지만 부자의 천륜으로 이런 상황을 오랫동안243) 보기 어렵다. 자네가 사물을 잘 분별하는데 어찌 그 죄를 올바르게 밝히고 한 번 죽여 부끄러움과 오랫동안 보기 어려운 사정을 편하게 못하는가?"

유현이 단엄하게 있으며 아무 말이 없으니 정공이 말하였다.

"자네가 어찌 대답이 없느냐? 내 딸이 죄가 분명하다면 내가 그 부끄러움을 씻고자 한다."

유현이 무릎을 모아 단정히 앉아서 대답하였다.

"장인어르신께서는 사리를 아시니 정씨의 일을 반드시 거리끼지 않을 것이라고 여깁니다. 오늘의 말씀은 생각해보지 않은 것입니다. 제 집 의 변란은 이웃 나라에 들리게 해서는 안 되는 일입니다. 까마귀의 암수를 분별하지 못했으니 만일 그 죄를 범한 것이 사실이라면 제가 비록 나약하지만 어찌 정씨를 편히 돌려보냈겠습니까? 간악한 시비의 초사를 믿지 않았기 때문에 알아서 시비를 가두고 두 부인을 친정으로 내쫓았으니 뒷날 그 죄를 범한 자는 무사하지 않을 것입니다. 정씨에게 이른 말이 있으니 정씨가 스스로 사생(死生)을 알아서 할 것이니 원컨대 장인어르신께서는 거리끼지 마십시오."

정공이 탄식하며 말하였다.

"자네의 말이 옳지만 사람이 목석이 아니라 딸이 한 행동에 의심을 두었으니 자연히 참지 못할 것이네. 다만 간악한 시비의 초사가 거짓이 면 자네가 능히 부부의 의리를 저버리지 않을 것인가?"

---

243) 오랫동안 : {길난}. '긴날'의 오기인 듯함.

유현은 정공이 딸을 향한 정리로 사람의 도리를 돌아보지 않는 것을 가소롭게 여겼다. 유현이 잠깐 웃고 대하니 따스한 봄볕이 만물을 무르 녹이는 듯하였다. 정공이 또 유현의 팔을 어루만지며 웃고 말하였다.

"자네가 내 말을 어찌 생각하고 웃는 것이냐?"

유현이 안색을 숙연하게 하고 말하였다.

"남아가 세상에 임하여 충효가 가장 큰 규범이고 부부유별은 오상(五常)에 중요하지만 부자유친의 막대한 것에 비교하겠습니까? 정씨의 죄가 작은 것이 아니니 감히 집안에 남겨두지 못한 것이고 자객의 일과 차에 독을 넣은 일이 다 정씨와 상관없다는 것을 알게 되고 부모님께서 허락하신다면 어릴 때 혼인한 인연을 생각하지 않겠습니까? 이것은 그때가 되어야 하실 말씀이니 원컨대 장인어르신께서는 제 행동을 박절하게 여기지 마시고 다만 끝을 보십시오."

정공이 탄복하면서 말하였다.

"자네의 말이 지극히 바른 말이네. 앞으로는 딸의 일을 덮어두겠네."

초공은 저 장인과 사위의 문답을 듣고 정공의 굳센 성미로도[244] 그 사위를 따르는 것을 보고 그윽이 웃었다. 초공이 정씨의 유모를 불러 안부를 묻고 정씨가 먹는 것을 묻고는 가엾고 불쌍한 마음을 참지 못하였다. 정공의 정리에 감동하여 마음속으로 생각하였다.

'내 며느리가 무죄함은 백옥이 아무 흠이 없는 것과 같다. 아들이 효의를 생각하고 부부의 사사로운 정을 돌아보지 않으니 언제 부부간의 즐거움을 나누겠는가? 나에게 여러 아이가 있으나 유현은 나의 큰 자식이어서 손자에 대한 마음이 급하다. 올해 저 아이의 운수를 점치니 부

---

244) 굳센 성미로도 : {긔승(氣勝)}. '기승(氣勝)'은 억척스럽고 굳센 성미를 의미함.

부의 액운이 대단하나 한 명의 기린을 얻을 상서로운 기운이 있다. 내가 오늘 때를 타서 아들을 여기에 머물게 하여 부부간의 즐거움을 이루게 하겠다.'

이에 정씨의 유모를 불러서 정씨에게 말을 전하기를 올 적에 내가 주었던 것을 어진 며느리는 명심하여 잊지 말라고 하고 정공을 작별하고 일어났다. 유현이 또 정공께 절하고 아버지가 나서시는 것을 기다리고 있었다. 초공이 말하였다.

"너는 오지 말고 이곳에서 어진 며느리의 외로움을 위로하고 내일 돌아오너라."

유현이 아버지의 명령이 뜻밖이라 자신의 거동을 보려고 그러신 것인가 하고 또 명령을 따르지 않는 것도 민망하여 머뭇거리는 거동이 더욱 볼만하였다. 초공이 정색하면서 말하였다.

"어찌 대답이 더디냐?"

유현이 급히 꿇어앉아 대답하였다.

"정씨를 쫓아와서 위로할 것이었다면 정씨를 저의 집에 두었을 것입니다. 아버지의 말씀은 의외라 놀랍고 당황스러워 응대하지 못했습니다. 정씨의 죄상이 강씨와 똑같으니 거짓과 진실을 조사하여 밝히지 못하고 어찌 정씨의 얼굴을 대면하겠습니까? 비록 아버지의 명령을 어기는 것이 황공하지만 감히 받들지 못하겠습니다."

초공이 다시 앉으며 유현에게 명하였다.

"내가 비록 사리에 어둡고 어리석지만 곧 네 아비다. 네가 비록 기특하지만 나의 자식이다. 아버지의 명령을 얼굴을 맞대고 듣지 않을 자식이 있느냐?"

이에 두 눈이 가늘어지고 눈썹 근처가 정숙하니 유현이 매우 놀라고 두려워하며 급히 사죄하고 어쩔 줄을 몰랐다. 정공이 웃고 말하였다.

"유현은 매우 어질고 지혜로운 사람이오. 부형의 말을 순순히 따를 것이니 엄한 기색을 펴고 돌아가시게."

초공이 말하였다.

"네가 내 말을 시행할 것으로 알고 돌아가려 하니 가히 내 뜻대로 하여라."

유현이 공경히 사례하며 말하였다.

"어찌 감히 명령을 어기겠습니까? 이곳에서 장인어른을 모시고 밤을 지내겠습니다."

초공이 좌우를 돌아보며 하리를 불러 물러가라하고 정공을 청하여 가
60 까이 앉고 유현을 무릎 아래 앉히고 말하였다.

"내가 현명하지 못하나 자식의 행실이 해가 있으면 반드시 권하지 않을 것이다. 비록 네가 싫겠지만 내 말대로 해라. 너희 부부가 커다란 액운이 앞에 있으니 천수를 돌이키기 어렵고 오늘 너의 얼굴을 보니 부부가 사랑을 나누지 못하고 문득 여러 해 동안 서로 떨어져 지내서 아들을 얻는 경사가 늦어질 것 같구나. 며느리의 죄가 백옥같이 흠이 없는 것을 안다면 너의 효의로 효성을 보이고 유순하게 행동하겠느냐? 내 뜻은 네 장인어른을 모시고 자라는 말이 아니다. 내 뜻을 따르지 않는다면 내일 돌아와도 너를 보지 않을 것이다."

정공과 세 명의 정생이 크게 웃었다. 유현은 아버지의 명령을 받들고
61 옥 같은 얼굴이 잠깐 붉은 빛을 띠고 봉황 같은 눈이 나직하였다. 초공이 비로소 웃고 정공에게 말하였다.

"아들을 두고 가니 형은 미워하는 사위라고 해서 박대하지 마십시오. 뒷날 효성스러운 사위가 될 것입니다."

정공이 크게 웃고 세 명의 정생과 유현이 당에서 내려와 절하고 작별하였다. 유현이 아버지의 신을 드리고 절하면서 고하였다.

"제가 국사가 아니면 아버지의 침전을 떠나지 않았는데 오늘 곁을 떠나니 마음이 편안하지 않습니다. 등촉을 끄지 말고 주위를 살펴보시기를 바랍니다."

초공이 고개를 끄덕이며 응하였다. 유현은 아버지의 명령을 거역하지 못하여 마음이 불평스러웠으나 드러내지 못하고 들어와 자리를 정하였다. 정사인이 웃고 말하였다.

"운회 자네는 어찌 우리 어머니를 뵙지 않는가?"

유현이 속으로 깊이 생각한 후 말하였다.

"장모님을 뵙고자 하니 형은 인도하시오."

정사인 형제가 유현과 함께 들어와 태부인과 설부인을 뵀다. 유현이 설부인에게 오래 뵙지 못한 것을 말하니 말이 정숙하고 풍채와 기상이 보는 사람을 매혹시킬 정도였는데 더욱 처부모에게는 어떠하겠는가? 태부인과 설부인이 한숨을 쉬고 탄식하며 무수한 눈물을 옷깃에 적시고 말을 이루지 못하였다. 태부인이 기뻐하고 유현을 사랑스럽게 대하면서 오래 보지 못한 것을 말하고 손녀의 일을 사죄하였다. 유현이 크게 두 손을 마주 잡고 공경히 말씀을 받들며 말하였다.

"아름답지 않는 일을 제기하는 것이 무익합니다. 저의 집 변란이 남부끄러워 밝은 세상에 부끄럽습니다."

설부인이 울며 말하였다.

"내 딸이 비록 도리에 어그러져 내세울 것이 없지만 사대부의 딸로 차마 어찌 강상의 불측한 죄를 당하겠는가? 죄를 얻기 전부터 자네의 박대가 심하더니 이렇게 일을 당하니 죽은 사람과 어찌 다른 것이 있겠는가?"

유현이 이 말을 다 듣고 장모를 가소롭게 여겼지만 일부러 말로 감정을 돋우며 말하였다.

"제가 원래 성품이 조용하고 고요하여 규방의 부인을 대하면 머리가 때리는 듯 아프고 방밖의 창녀의 풍류나 들으면 마음이 좋아지는 까닭에 제가 감당하지 못하는 처가 여러 명 생겨서 변이 일어난 것입니다. 실로 부부의 즐거움을 행하지 못하여 장모님이 염려하시는 것이 당연하니 제가 스스로 부끄러울 뿐입니다. 한갓 정씨의 죄명뿐만 아니라 저의 액운이 대단한가 합니다."

설부인이 통한해 하는 기색이 드러나니 유현이 모녀의 사람됨이 판이하게 다른 것을 웃으며 하직하고 물러났다. 유현이 문을 나가기도 전에 설부인의 꾸짖는 소리가 진동하였다. 유현이 마음속으로 냉소하고 자녀가 아름다운 것은 아버지의 풍모를 닮은 것임을 깨달았다. 유현이 외당에 나와 저녁밥을 함께 먹고 밤이 깊어 촛불을 켜니 정공이 슬픈 표정으로 말하였다.

"이미 자네 아버지가 여러 번 이르고 가셨으니 어진 사위는 바다와 같은 마음으로 내 딸의 평생에 맺힌 한이 없게 해라."

유현이 시간이 꽤 흐른 후에 말하였다.

"아버지의 명령이 계셨으니 제가 마음대로 하는 것이 아니니 어찌 그렇게 하지 않겠습니까?"

정공이 정씨의 침소를 깨끗이 청소하고 유현이 정씨의 침소에 갈 것임을 알렸다. 이윽고 정공이 유현과 함께 정씨의 침소에 이르렀다. 유모가 이 사실을 알고 있었기 때문에 방안에 꽃무늬가 있는 아름다운 빛깔의 자리를 깔고 정씨의 좌석은 초석(草席)을 깔고는 정씨는 비녀를 쓰고 유현을 맞았다. 유현이 답례하고 동서로 마주 보고 앉았는데 서로가 말이 없었다. 정공이 탄식하며 말하였다.

"너의 죄를 오히려 용서하고 시아버지와 남편이 이르러 거처하고 음식을 먹는 것을 편안하게 하고 살기를 당부하니 너의 도리로 거역하지 못할 것이다. 조서방이 이 방에 들어온 것이 사사로운 뜻이 아니다. 너도 이 아비의 명이니 모름지기 예의를 잃지 말고 손님을 맞아라."

66

이렇게 말을 다하고 나갔다. 유현과 정씨가 일어나 정공을 보냈다. 유현이 눈을 들어보니 정씨는 두 눈이 나직하고 가을 물 같은 눈빛이 가늘며 고개를 숙이고 단정히 앉아있었다. 유현이 정씨를 오랫동안 자세히 보니 정씨가 그 뜻을 알고 두 분 존당의 안부를 묻고 탄식하며 말하였다.

"아침저녁으로 죽기를 기다리는 죄인이 오늘 시아버지께서 안부를 묻는 것을 듣게 되고 군자께서 누추한 곳에 임하셔서 죽을 목숨을 잇게 되었습니다."

유현이 이 말을 듣고 칭찬하는 말[245]이 없고 매우 조용히 거만하게 있으니 그 마음을 헤아릴 수가 없었다.

이때 정공이 부인과 함께 사위의 행동거지를 알고자 하여 둘째 아들 운기가 일에 능수능란하므로 일을 엿보고 아뢰라고 하였다. 운기가 괴롭

67

245) 칭찬하는 말 : {일영삼탄(一詠三歎)}. 이 말을 원래 한번 시를 읊을 때마다 세 번 감탄한다는 뜻으로, 시나 문장의 표현이 잘됨을 칭찬함을 이르는 말인데 문맥을 고려하여 이와 같이 옮김.

게 허리를 굽히고 머리를 숙여 방안의 말을 들으려고 하였는데 한 마디의 말도 듣지 못하니 매우 궁금해 하고 있었다. 유현이 창을 살피니 그림자가 은은하여 정생인 줄 짐작하고 정생을 속이고자 하여 부지불식간에 문을 밀고 소변을 누었다. 정생이 방안의 말을 들으려고 아무렇게나 창 아래에 숨었다가 난데없는 물이 오월에 장맛비가 흐르듯이 머리부터 얼굴까지 흘러 입에 들어가니 짜고 지린내가 가득하였다. 정생이 급히 놀라 소리를 지르며 말하였다.

"버릇없는 놈이 어찌 이렇게 하는가?"

유현이 긴 팔을 늘려 정생을 가볍게 잡아 자기의 띠를 끌러 단단히 결박하여 놓고 말하였다.

"재상가와 제후의 가문에 내외가 서로 떨어져 있는데 어디서 도적이 들어왔는가? 빨리 이 놈을 끌어다 밖에서 처치하여라."

유모와 시비가 창밖에서 졸고 있다가 정말로 도적인 줄만 생각하고 일시에 대답하고 달려들었다. 정생이 꾸짖으며 말하였다.

"운회 도적이 감히 나를 욕하느냐?"

여러 시비가 정생의 소리를 듣고 웃으니 정생이 소리를 높여 결박을 끄르라고 하였다. 유현이 여러 시비를 꾸짖으며 말했다.

"결박을 풀지 마라. 못된 도적놈이 어찌 왔는가? 날이 새도록 묶어 두

었다가 80대를 때리고 놓아줄 것이니 아직 멀었다."

정생은 물이 빠져나가지 못할 정도로 묶였으며 유현의 힘이 센 까닭에 묶은 것을 빨리 풀지 못하여 매우 괴로워 눈을 부릅뜨고 여러 사람에게 호령하여 어서 묶은 것을 풀라고 하였다. 정씨가 단정하고 조용한 성격이고 일의 상황이 경황이 없었지만 흰 치아와 붉은 입술이 열리고 유모에게

눈짓을 하며 정생을 묶은 것을 풀라고 하였다. 유현이 가만히 웃으며 말하였다.

"그 도적을 부인이 아는 사람이오? 그렇다면 일찍 묶은 것을 끌러라."

유모가 나아가 끄르려고 하니 가는 띠로 단단히 묶어서 풀기가 매우 어려웠다. 정생이 답답하고 괴로워 소리를 점점 높이니 유현은 요동치 않고 앉아있었다. 유현의 조용하고 무게 있는 거동과 늠름한 위풍이 진실로 대인군자였다. 정씨는 마음속으로 그런 유현을 각별히 공경하였다.

정생이 띠를 끌러 도리어 유현을 묶으려고 하니 유현은 단연코 움직이지 않고 손으로 그것을 밀쳤다. 그러자 정생은 어린아이처럼 손을 쓰지 못하였다. 이때 정사인 4형제가 정당으로 가는 길에 매제를 보려고 일시에 들어왔다. 유현은 단정히 앉아 있었고 정생은 어지럽게 유현을 묶으려고 하고 있었다. 그러다가 자빠져 몸을 구르니 네 사람이 왜 이렇게 하는지를 물었다. 유현이 이유를 가르쳐주며 말하였다.

"정형이 괴이하지 않느냐? 공연히 평상 아래에 엎드려 있다가 내가 소변을 누는데 오로지 맞고 있으면서 무슨 소리라도 냈으면 알았겠지만 못된 욕만 하고 말을 하지 않으니 잡아매어 도적으로 다스리자 하였네. 묶은 것을 끌러 놓으니 도리어 나를 잡아매려 하다가 내가 정형을 밀어서 자빠졌네. 이제 자네 형제들이 모였으니 내가 무슨 죄가 있는가? 이제 5형제가 모였으니 나같이 약한 사람은 손을 묶었지만 대장부의 행동거지가 일월 같아야 하네. 남의 부부의 방을 엿보려 엎드려 있다가 욕을 보는 것은 싸다."

이 말을 듣고 모두 웃고 정생의 옷을 보니 머리부터 모두 젖어 있었다. 일시에 박장대소하고 말하였다.

"몹쓸 놈아 이것이 사람으로서 할 일이냐?"

정생이 웃으며 어지럽게 날뛰며 말하였다.

72 "매우 분하니 우리 형제 5명이 저 한 놈을 결박하고 소변을 먹어야겠다."

정사인 등이 해학을 즐기는 까닭에 일시에 유현을 잡아서 묶으려고 하였다. 유현이 홀로 좌우를 밀치고 묶지 못하게 하니 다섯 사람이 힘을 다했지만 유현을 잡아 묶지 못하였다. 정사인 5형제가 어쩔 수 없어서 물러앉아 관을 벗어 유현에게 던지며 말하였다.

"희롱도 할 것이 따로 있지 입에서 노린내가 심하게 나니 비위를 진정하지 못할 것 같다."

유현이 웃으며 말하였다.

"형의 행사가 경박하여 군자의 대도를 잃었으니 내가 일부러 군자의 오줌을 먹여 만의 하나라도 배우게 하고자 한 것이다."

73 정사인 형제가 꾸짖고 정생이 비단 부채로 유현을 치며 말하였다.

"네 말이 능란하고 힘이 세어 우리를 이렇게 업신여기니 너의 아버지께 고하고 너를 중형으로 다스리고 분을 풀어야겠다."

유현이 웃으며 말하였다.

"멀리 계신 우리 아버지께 고하는 것보다 가까이 계신 장인어르신께 고하시오. 남의 창밖에서 몰래 훔쳐보다가 욕을 본 놈이 잘못했는지 도적을 잡은 놈이 잘못했는지 장인어르신께 여쭈어보면 되겠소. 비록 개인적인 정이 무겁지만 나를 잘못했다고 하지 않으실 것이오."

정사인 형제가 일시에 꾸짖으며 말하였다.

"무슨 일로 누이를 자기 집에서 내쫓고 누이를 따라와 밤이 되도록 흉한 마음을 품어 한마디 말도 하지 않고 누이에게 잠을 못 자게 하느냐?
형제 된 마음에 누이가 잠이나 잘 자는가 하고 창밖에서 듣고 있었다.
네가 이리 욕을 하니 네가 흉악한 줄 모르고 결혼을 시킨 우리 탓이로
구나."

유현이 미소를 지으며 말하였다.

"형들이 나를 사납다고 하는데, 내가 이럴 줄 모르고 나를 얻은 사람을
원망하시오. 형들이 후회하지 않아도 나도 이 집 사위가 된 것을 후회
하고 있소. 혼서를 돌려보내어 관계를 끊었지만 오늘 이렇게 오게 된
것은 첫째는 아버지의 명령을 받은 것이고 둘째는 장인어르신과는 장
인과 사위의 관계는 끊어졌으나 장인어르신은 아버지의 오래된 친한
친구로 그 명령을 공경했기 때문이오. 이렇게 대하지 못할 사람인 정
씨를 대하니 무슨 말이 나오겠소? 흉하지 않다고 해서 화가 나지 않겠
소? 스스로 부끄러운 것을 모르고 도리어 나를 잘못했다고 하시오?"
정사인 형제들이 붙들고 말하였다.

"처음 말은 실언이나 어찌 우리 집과의 혼인을 후회하고 있다고 하는
가?"

유현이 정사인 형제들의 화가 난 말을 듣고 낭랑하게 웃으며 말하였다.

"형들이 나를 잘못했다고 하니 내 대답이 그렇게 나왔소. 형들은 보시
오. 추향의 초사(招辭)를 본다면 정씨가 더럽다는 말을 하지 않겠소? 형
님들의 행동은 속 좁은 여자의 행동이고 대장부의 행동이 아니오. 조
운희같이 느슨한 남자가 아니면 누이가 한 목숨을 보전하겠소? 누이가
친정에 돌아오는 것이 힘들었을 것이니 형들은 노하지 마시오."

정사인 형제들이 도리어 웃고 말하였다.

76

"네가 이 일로 우리들을 위협하고 견제하나 한 명의 누이 때문에 우리들이 구속되겠느냐? 아버지께 싫어하고 꺼릴만한 말을 하는 걸 보니 사리와 체면을 모르는구나."

유현이 정색하면서 말하였다.

"나는 원래 어른이 싫어하고 꺼릴만한 말을 할 줄 모르오. 형들이 군자를 모르고 말을 하기 때문에 내가 스스로 지어서 하는 말은 아니오. 내가 비록 용렬하고 어리석지만 장인어르신께서는 항상 나를 매우 어질고 지혜로운 사람이라고 하셨는데 형들은 나를 매우 흉하다고 하니 장인어르신의 소견과 형들의 소견이 크게 서로 다른 것이오."

정사인 형제들이 말이 막혀 다만 유현을 꾸짖기만 하며 사나온 놈이라고 하였다. 유현이 가만히 웃으며 말하였다.

"나도 성인을 우러러보지 못하지만 형들 다섯 명도 장인어르신의 너그럽고 후하며 인자하신 덕을 배우지 못하고 이렇듯이 억세고 모진 것이오? 공자께서 말씀하시기를 '향당의 어진 사람이 어질다고 여기고 사나운 사람은 사납다고 여긴다.'246)고 했으니 장인어르신께서는 나를 매우 어질고 지혜로운 사람으로 알고 형들은 나를 소인이라고 하여 그 어진 것을 모르는 것이 그런 것 같소."

정생과 여러 형제들이 유현이 버릇없다고 꾸짖었으나 마음속으로는

---

246) 향당의 ~ 여긴다 : 『논어(論語)』「자로(子路)」편 24장의 내용에서 유래한 말. 자공(子貢)이 공자(孔子)에게 묻기를 "지방 사람들이 모두 좋아하면 어떻습니까[鄕人皆好之, 何如?"라고 하자, 공자께서 "가하지 않다[未可也]."라고 대답하시고, "지방 사람들이 모두 미워하면 어떻습니까[鄕人皆惡之, 何如]?"라고 묻자, 공자께서 "가하지 않다[未可也]. 지방 사람 중에 선한 자가 좋아하고, 선하지 못한 자가 미워하는 것만 못하다[不如鄕人之善者好之, 其不善者惡之]."라고 대답한 것임. 이에 대해 주자(朱子)는 선한 자가 좋아하고 악한 자가 미워하지 않는다면 반드시 구차하게 영합(迎合)하는 행실이 있어서일 것이요, 악한 자가 미워하고 선한 자가 좋아하지 않는다면 반드시 좋아할 만한 실상이 없어서일 것이라고 풀이함.

사람됨이 능통한 것을 사랑하였다.

유현이 말하였다.

"형들이 나에게 욕만 하고 한잔 술을 아끼십니까? 우리 장모님이 나를 보시면 딸을 박대하는 죄만 물으시고 대접은 하지 않으니 저녁도 못 먹고 매우 허전합니다. 그러니 두어 잔 술을 아끼지 마시오."

정사인 형제들이 웃으며 말하였다.

"너의 사나운 거동을 보면 찌꺼기 술인들 먹이겠는가?"

이렇게 말하고 시비를 부르고자 하였다. 문득 시비가 금 술잔과 좋은 반찬과 맛있는 음식을 옥쟁반과 금 그릇에 가득 담아 내어왔다. 유현이 웃음을 머금고 말하였다.

"한 잔 술을 아끼니 이 음식은 얼마나 원통하겠소? 이 음식은 나를 먹이려고 한 것이니 형들은 젓가락을 대지 마시오."

정사인 형제들이 말하였다.

"뭐 아끼는 사위라고 먹이겠는가? 이 음식은 우리만 먹어야겠다."

일시에 젓가락을 들고 손을 댔다. 정사인 형제와 유현은 죽마고우와 형제 같았고 숙녀인 부인이 자리에 있었으니 유현은 마음이 풀리어 금 젓가락를 들어 많은 양이 차도록 실컷 먹었다. 유현의 옥 같은 얼굴에 취기가 무르녹아 풍채 있는 몸이 더욱 기특하였다. 정생이 웃으면서 말하였다.

"자네 집이 재상가와 제후의 가문으로 자네가 춘경(春卿)247)의 자리에 있으면서 주린 귀신 같으니 어찌 우습지 않겠는가?"

---

247) 춘경(春卿) : 주대(周代) 춘관(春官) 육경(六卿)의 하나로 국가의 예(禮)를 관장함. 후에 예부장관을 이르는 말이 됨.

유현이 웃으면서 말하였다.

"이백이 한 말의 술을 먹고 천 줄의 글을 지으니 대장부가 십여 잔의 술을 먹고 취하겠소? 형도 공복이면 많이 먹을 것인데 나의 소변을 먹었기 때문에 배가 부른가보오. 내 집이 비록 부귀하지만 부모를 모시고 있으면서 철없이 술을 먹겠소? 오늘은 사실(私室)에서 자고 갈 것이라 맘껏 먹으니 주린 귀신으로 욕하는군요. 형들이 사람을 모르고 사위를 선택한 것이 잘못이오."

말이 거침없고 취한 얼굴이 들떠 즐거워하니[248] 광채가 어두운 방에 환하게 비쳤다. 유현이 두어 가지 과일을 정씨에게 밀어주며 말하였다.

"이 방 주인이니 손님이 혼자 먹는 것이 예의가 아니니 드시오."

정사인 형제들이 크게 웃으며 말하였다.

"형이 아내를 잊지 않았구나."

정생이 말하였다.

"누이가 벌써 혼인한 지 3년이 된 사람인데 저와 같이 몸을 수습하니 이것은 유현의 승냥이와 호랑이 같은 거동을 두려워해서 그런 것이다. 그러나 이것을 사양치 마라."

정씨가 손을 모으고 옷깃을 여미고 단정하게 앉아있었다. 유현은 두 눈을 흘기며 정씨를 보면서 말하였다.

"사람이 주는 것을 차가운 눈으로 멸시하니 이것은 주는 사람을 경멸하는 것이오."

정씨가 원래 유현을 두려워하고 공경하는 까닭에 마지못하여 옥 같은 손으로 두어 가지 과일을 받아먹었다. 정사인 형제들이 웃으면서 말하였

---

248) 들떠 즐거워하니 : {표탕(飄蕩)호니}. 문맥을 고려하여 이와 같이 옮김.

다.

"우리가 권했을 때는 먹지 않더니 운희의 한마디 말이 그렇게 무서우냐?"

유현이 웃으며 말하였다.

"누이를 가르치는 것이 잘못되었소. 비록 여자가 남편을 공경하는 도리를 몰랐다면 부인의 덕을 가르쳐야 하는데도 남편에게 순종하는 것을 꾸짖는 법이 어디 있소? 부부의 존비(尊卑)는 임금과 신하의 관계와 같으니 남편의 명령을 거스르겠소?"

정사인 형제들이 다 돌아가고 유현이 매우 취하여 비단 이부자리와 베개를 깔고 불을 끄며 원앙 베개에 기대 정씨를 바라보았다. 정씨는 흰 달이 푸른 하늘에 걸린 듯하고 아리따운 눈썹에는 시름을 띠고 병풍에 의지하고 있었다. 사랑스러운 자태와 태연자약한 아름다운 모습에 온 정신을 빼앗기고 목석이라도 농락당할 정도였다. 유현이 마음속으로 사랑하는 마음을 이기지 못하고 생각하였다.

82

'저런 미인을 설강과 같은 요사스러운 사람이 일을 일으켜 3년 동안 가까이 하지 않고 답답하게 지내니 내가 현명하지 못하고 경박하게 행동한 것이다. 비록 당시에 죄명이 있었으나 그것은 간악한 시비의 모함이고 부모님께서 다 아무 죄도 없다고 하시니 내가 부모님의 뜻을 따르는 것이 옳다.'

그리고는 유현이 웃으며 말하였다.

"부인은 천금 같은 몸을 보호하여 집안의 변란이 해결되는 날을 생각하시오."

정씨가 탄식하며 말하였다.

"첩의 팔자가 험난하니 어찌 또 무슨 환란이 있을 줄 알겠습니까? 지극한 말씀을 저버리지 않겠습니다."

유현이 연연해하다가 다시 일어나 앉아 정씨의 옥 같은 손을 잡고 탄식하며 말하였다.

"죄를 지은 버림받은 아내를 이렇게 사랑하는 것은 장부의 위풍이 아니지만 부인의 사정을 잠깐 짐작하기 때문에 이곳에 와서 서로 마주하는 것이오. 이후에는 다시 여기에 오기 어려울 것이오. 내가 요사이 집안의 변란을 본 후부터는 규방에 정을 준 사람이 없소. 우리 부부는 혼인한 지 3년이 되었지만 완전히 남으로 지내니 아버지께서 도리어 염려하셨소. 사람의 액화는 벗어나지 못하지만 복록이 길고 멀리 있는 사람은 재액이 소소하게 일어나겠지만 마침내 그렇게까지는 가지는 않을 것이오. 부인은 아름다운 모습 때문에 해로움이 생긴 것이니 미리 매사를 근심하고 마음을 놓지 말고 불행한 변이 있어도 임시처변을 반드시 현명하고 지혜롭게 하여 굳게 몸을 보호하시오."

정씨가 본래 유현이 신령스럽고 이치에 밝은 것을 알았기 때문에 이 말을 듣고 자신에게 무슨 액이 있다는 것을 깨닫고 심신이 매우 놀라 눈물을 머금고 대답하였다.

"군자의 밝은 지혜가 반드시 앞일을 알 것입니다."

이렇게 말하며 머리를 숙이고 아무 말이 없었다. 유현이 웃으면서 말하였다.

"존당과 부모님께서도 부인이 애매한 것을 밝게 아셔서 불쌍하고 안타까워하시오. 이제 부인은 스스로 내 말대로 하여 괴이한 사람이 되지 마시오."

말을 마치고 옥 같은 손을 이끌어 소매가 닿으니 은근한 정이 솟아나서 의사가 무르녹고 정신이 온통 뛰놀아 산과 같은 은정이 알지도 못하는 사이에 솟아났다. 삼생(三生)의 숙연을 이으니 은애가 교칠(膠漆)[249]보다 더하였다. 비록 유현이 여러 부인이 있으나 이와 같이 기쁘고 흡족한 은정은 평생 처음이었다. 정씨는 매우 부끄럽고 불안하였으나 이미 산악 같은 위의를 지란 같은 허약한 몸이 어찌 물리치겠는가? 유현이 아주 많은 풍류를 걷잡지 못하고 스스로 기쁨을 이기지 못하니 날이 밝는 것을 깨닫지 못하고 은애가 끝이 없었다.

정씨가 몸을 빼고 의상을 정돈하고 안으로 들어가려고 하였다. 유현이 급히 일어나 정씨의 비단 치마를 잡고 와서 앉기를 청하고 말하였다.

"오늘 이별 후에 다시 만날 날을 정하지 못할 것 같소. 부인은 허약한 몸을 보중하여 혹 마음과 같지 못한 일이 있어도 하늘이 정한 일이라 생각하고 옥 같은 아름다운 몸을 매우 조심하시오."

정씨가 말하였다.

"첩의 액화가 여기서 더하다면 차라리 죽어서 그것을 모르는 것이 소원입니다. 시부모님의 은혜가 하늘과 같으시나 추향의 초사를 생각하면 어찌 편안하게 얼굴을 들고 시댁 형제들을 상대하며 나의 부형(父兄)인들 보고자 하겠습니까? 한 가닥 남은 목숨이 구차하게 사는 것은 시아버지의 훌륭한 덕과 두 글자를 받아 마음에 감격하여 혹시 목숨을 보전하여 죄를 뒤집어쓰고 있는 원한을 분명하게 밝히고 간악한 시비의 머리를 베는 것을 보고자 하기 때문입니다. 다시 변고가 있다면 목석

85

86

---

249) 교칠(膠漆) : 아교와 옻칠이라는 뜻으로, 사귀는 사이가 매우 친밀하여 서로 떨어질 수 없는 관계를 이르는 말.

이 아니라면 어찌 견디겠습니까?"

　　말을 마치고 옥 같은 얼굴이 참혹하고 한스러워 팔자 모양의 봄 산 같은 눈썹에 눈물이 요동하니 어여쁜 태도가 배는 더하였다. 이른바 목석도 감동하고 생철도 녹을 만하였다. 유현이 철석 같은 마음을 가지고 있지만 슬프게 얼굴빛을 고치고 넓은 눈썹을 찡그렸다. 정씨도 유현의 기색을 보고 즉시 안색을 고치고는 스스로 뉘우쳐 시름하는 모습으로 장부의 마음을 흔든 것을 부끄러워하였다. 유현이 이것을 알아보고 정씨를 더욱더 공경하고 사랑하니 수많은 은정이 산도 낮고 바다도 얕게 여길 정도였다. 유현이 정씨의 손을 잡고 다시 잠든 체하고 누워있었다. 정씨가 부끄러워

민망해 하며 손을 떨치고 나가려고 하나 유현이 힘이 세고 큰 까닭에 단단히 잡아 손을 뺄 방법이 없었다.

　　정사인이 들어오며 말하였다.

　　"지금까지 자느냐? 우리는 조회에 들어가니 아침밥을 준비하여 두었다."

　　유현이 비로소 정씨의 손을 놓고 빙그레 웃으며 말하였다.

　　"어젯밤에 너무 취해서 이제야 깼습니다."

　　드디어 옷을 단속하고 세수를 마치고 아침밥을 먹었다. 정사인 형제가 조참(朝參)250)에 늦겠다고 재촉하였다. 유현이 양껏 음식을 다 먹고 외당으로 나왔다. 눈으로 정씨를 보니 정씨가 유현의 관복을 입히고 띠를 두르게 하였다. 유현이 일부러 옷을 천천히 입으며 정씨를 오랫동안 보더니 가만히 웃었다.

---

250) 조참(朝參) : 한 달에 네 번 중앙에 있는 문무백관이 정전(正殿)에 모여 임금에게 문안을 드리고 정사(政事)를 아뢰던 일.

"비록 내가 여기 있고자 하지만 정형들이 손님을 쫓아내기 때문에 바빠서 안에 하직도 하지 못하고 가니 부인께 이 뜻을 전해주시오."

그런 후에 팔을 들어 작별하고 외당에 나가 정공께 하직하였다. 유현이 이제 막 세수를 하고 가을 달 같은 풍채 있는 모습을 하고 있어서 정공은 그런 유현이 볼수록 새로워서 손을 잡으며 사랑하는 정을 금하지 못하고 말하였다.

"버린 장인이라고 생각하지 말고 자주 찾아오게."

유현이 몸을 굽혀 사례하였다. 정생 등이 어젯밤 유현의 행동을 일일이 고하니 정공이 크게 웃으며 말하였다.

"너희가 남부끄럽게 하여 속으니 운희가 어찌 잘못되었겠느냐? 그러나 예사로 신방을 엿보는 이가 많으니 엿보는 자가 다른 부녀자였다면 자네는 장차 어찌 하겠는가?"

90

유현이 가만히 웃으며 대답하였다.

"제가 이 일이 남자가 한 일인 줄 알기 때문에 이런 일이 있는 것입니다. 어느 부녀자가 남자의 사실을 몰래 엿보겠습니까?"

정공이 크게 웃고 유현이 하는 일마다 기뻐하였다. 정공은 유현이 돌아간 후 내당에 들어와 딸을 불러 유현과의 문답을 물었다. 정씨가 대답하였다.

"군자가 부형의 명으로 여기에 이르렀으나 소녀는 득죄한 버림받은 아내인데 군자를 대하면서 무슨 말이 있었겠습니까?"

부인이 딸의 팔위의 붉은 점을 살피고 놀라며 기뻐하였다. 정공이 또한 기뻐하며 말하였다.

"진실로 초공의 말이 헛말이 아니었구나. 유현이 그 아버지의 뜻을 받든 것이니 이른바 효행과 절의가 있는 군자구나. 부인은 이런 사위를 불쾌하게 여기지 마시오."

부인이 가만히 웃으며 말하였다.

"마음속에 맺힌 한이 풀리는 것 같습니다."

재설. 초공이 정공과 작별하고 돌아와 존당과 부모님께 저녁 인사를 드리고 옥매정에서 쉬고 있었는데 갑자기 기이한 꿈을 얻었다. 운관무의(雲冠霧衣)[251]를 입고 선관이 내려와 인사하고 말하였다.

"조군은 그동안 별고 없었는가? 피차 상봉하는 것이 어렵더니 오늘은 옥황상제께서 조군의 어진 덕에 감동하시어 특별히 공의 종사(宗嗣)를 빛내고 문호를 높일 기린을 주셨다. 이것은 보통의 보배가 아니니 모름지기 잘 보호하라. 북두칠성으로 명공의 아들을 삼았더니 이제 남두육성(南斗六星)[252] 여섯 별이 죄를 입어 75일의 말미를 얻어 인간 세상에 날 것이다. 내가 이제 옥황상제께 고하고 명공의 종손을 삼을 것이니 그 아이는 명공의 도덕과 재주와 용모를 온전히 닮아 만고에도 없는 이름난 사람과 지혜롭고 어진 사람이 될 것이다. 비록 그 어머니가 누명을 입어 곤경에 빠져 있으나 뒷날 대단한 복록이 이루어질 것이고 이 아이의 기특함이 조씨 가문을 창대하게 할 것이니 하늘의 뜻을 저버리지 마라."

초공이 매우 기뻐하며 말하였다.

"그 아이를 보고 싶습니다."

---

251) 운관무의(雲冠霧衣) : 신선들이 쓰는 관과 옷을 가리킴. '운관(雲冠)'은 모자와 같은 모양을 본떠서 덮개가 위쪽에 있는 관을 가리키고 무의(霧衣)는 가볍고 부드러우며 나부끼는 아름다운 옷을 가리킴. 곧 선관이 쓰는 관과 옷임.
252) 남두육성(南斗六星) : 궁수자리에 있는 국자 모양의 여섯 개의 별로 북두칠성의 모양을 닮은 데서 이름이 유래함. 장수를 주관하는 별로 전해짐.

선관이 소매에서 한 척(尺) 정도의 백옥을 내니 그 빛이 은은하고 다섯 빛깔이 영롱한 기린을 옥으로 만든 것이었다. 초공이 그것을 어루만지며 기뻐하는데, 문득 그 백옥이 변하여 만여 장이나 되는 용이 되어 정씨의 치마 사이로 들어갔다. 선관이 크게 웃으며 말하였다.

"이 아이는 반드시 산사(山寺)에 가서 태어날 것이니 공은 이 일을 누설하지 마라. 그 배필은 황실에서 날 것이고 한 명의 부인으로 늙을 사람이 아니다. 이 때문에 수많은 자손이 성할 것을 기약할 것이다."

이 말을 하고는 간 곳이 없었다. 초공이 곁에 있는 아들의 소리에 깨니 꿈이었다. 초공이 비록 몽사(夢事)의 일을 믿지 않지만 옛날 강동에 가서 꾼 몽사[253]가 절절이 맞았으므로 오늘 밤의 몽사도 허탄하지 않을 것이라고 생각하였다. 공교롭게도 아들과 며느리를 같은 방에서 지내게 하고 돌아온 후 이와 같은 꿈을 꾼 것을 기뻐하여 이 일을 부인에게도 말하지 않았다.

다음날 아침 시간이 꽤 흐른 후에 유현이 돌아와 존당과 부모님을 뵙고 정공과 말하다가 밤늦게야 잠을 자서 아침문안 때 오지 못했으며 조참(朝參)한 후에 오게 되어 늦은 것에 대해 죄를 청하였다. 진왕이 웃으면서 말하였다.

"네가 정씨를 위로나 하고 온 것이냐?"

유현이 몸을 굽히며 대답하였다.

"위로할 방법이 있겠습니까? 다만 그 얼굴만 보았습니다."

태부인이 탄식하며 말하였다.

253) 옛날 ~ 몽사 : 전편인 『현몽쌍룡기』에서 초공이 강동에서 요괴를 무찌르고 꿈을 꾸게되었는데 꿈속에서 공자(孔子)를 만나고 남두성(南斗星)이 자식을 점지하여 하늘 꽃 3가지를 주며 초공의 미래의 아내를 예언함.

"정씨는 이 시대의 어질고 사리에 밝은 여자이니 마땅히 제 시어머니의 뒤를 이을 것이다. 간악한 시비의 초사가 무례하고 괘씸하며 엉큼하니 내가 정씨를 생각하면 마음이 편하지 않구나."

초공이 아뢰었다.

95 "할머니께서 정씨를 사랑하시는 것은 유현도 가히 몸과 마음에 새길 것입니다. 그러나 정씨가 돌아간 곳이 편할 것이고 정씨의 액운이 다하면 돌아올 것이니 심려하지 마십시오."

위부인이 또한 탄식하나 강씨는 입 밖에 말하지 않았다.

이날 밤에 유현은 아버지를 모시고 백화헌에 돌아왔다. 초공이 말하였다.

"정씨와 강씨 두 며느리를 집에서 내쫓았으나 조씨와 이씨 두 며느리는 아무 죄가 없는데 어찌 얼굴을 대하지 않을 이유가 있느냐? 군자가 제가(齊家)할 때는 화평하고 정대하여 한 여자만을 편애하지 않아야 하니 너는 고집을 부리지 마라."

유현이 몸을 굽히고 명령을 받들 따름이고 감히 대답을 하지 못했다.

수일 후에 정공이 조씨 집안에 이르러 초공에게 사례의 뜻을 전하였는데 96 진왕이 함께 정공을 맞아 한가롭게 말을 나누었다. 유현이 마침 조정에 가서 초공이 며느리의 안부를 물었다. 여러 가지를 묻고 대답하면서 정공이 딸의 팔위의 붉은 점이 하룻밤 사이에 없어진 것을 거론하며 웃으며 말하였다.

"원래 사위가 너무 박한 것을 괴이하게 여겼더니 진실로 형의 말이 옳고 아들에 대해서 잘 알고 있는 것 같소."

진왕이 놀라서 말하였다.

"이 말이 나는 금시초문이오. 유현이 혼인한 지 3년이다 되었는데 어찌 부부의 의리를 맺지 않았는지 괴이한 일이오? 또 무슨 일이 있어서 정씨 집안에 가서 팔위의 붉은 점을 없앴는지 그 의도를 모르겠소?"

초공이 웃음을 머금고 대답하였다.

"이런 일은 부형이 자질구레하게 알 것이 아닙니다."

말을 잠시 쉬고 있는 중에 유현과 기현이 일시에 들어와 아버지와 숙부를 뵙고 돌아서 정공을 향해 인사를 마치고 어른들을 모시고 앉았다. 두 사람의 옥 같은 모습과 영웅다운 모습이 주위의 모든 것을 가리는 것 같았다. 진왕과 초공이 기뻐하고 정공이 기뻐하며 존경하는 마음을 드러내고 즐겁게 문답하였다. 정공이 초공 형제에게 유현의 신방을 자기 아들에게 엿보게 하다가 자기 아들 운기가 유현에게 욕을 보게 된 일을 전하고 웃으며 말하였다. ⁹⁷

"형의 아들의 행사가 어떠하오?"

진왕은 크게 웃었으며 단정하고 엄격한 초공도 웃음을 띠며 말하였다.

"비록 유현이 성숙한 듯하지만 간간이 저렇게 격이 없고 경박한 일이 있으니 신방을 엿보던 사람이 너의 장인이었으면 어찌 했겠느냐?"

진왕이 박장대소하며 말하였. ⁹⁸

"정공이 친히 가서 창 아래서 엎드려 있었다면 기분 좋게 사위의 소변을 맛볼 뻔 했구나. 신방을 엿보라고 한 장인이 족히 그 욕을 받아야 하는데, 정운기가 아버지의 명령으로 가 수고만 하고 욕을 보니 억울하겠구나."

기현은 이 말을 듣고 옅은 웃음이 옥 같은 얼굴에 가득하였고 유현은 아버지의 희롱이 처음 있는 일이라 매우 민망하여 기운이 나직하여 어른을 모시고 앉아 있었다. 정공은 그 부형을 공경하는 유현의 예의와 법도를 볼수록 더욱 사랑하여 웃고 말하였다.

"내 집에 와서 했던 행동은 하늘을 능히 받들 듯 힘이 세서 나의 다섯 아들을 이기더니 오늘은 저와 같이 나약하고 서툴러 우리말을 도리어 민망하게 여기며 저렇게 행동하니 무슨 이유에서이냐?"

유현이 관을 숙이고 띠를 내려다 볼 따름이고 봉황 같은 눈을 나직이 하여 기쁜 빛이 봄바람을 이끌지언정 방자하게 담소하며 큰소리로 말하는 것이 없고 어른을 모시고 공경하고 삼가는 모습이 삼엄하고 정숙하였다. 진왕과 초공이 눈을 들어 그 거동을 보고 기뻐하였다. 진왕이 유현을 한없이 사랑하는 모습은 기현과 차이가 없었고 만면에 기쁜 빛이 가득하여 말하였다.

"이 아이가 우리 앞에서는 저런 거동을 하는데 방 밖으로 나가면 희롱한다는 것이 실로 거짓말로 생각되는구나. 알지 못하겠구나. 네 장인은 거짓말을 만들어 사람을 보채는 것이냐?"

유현이 고개를 숙이고 엎드려 대답하였다.

"여러 정형들이 원래 해학을 즐기는 까닭에 태반이나 보태어 장인어른께 아뢴 것입니다. 장인어른께서 이 말을 매우 과신하신 것이니 어찌 그 곳에 가서 그토록 방자하게 굴었겠습니까?"

정공이 웃으면서 말하였다.

"자네가 매우 민망하게 여기니 내가 과하게 말한 것을 그만 두겠네."

자리에 있던 사람들이 다 웃고 초공이 천천히 말하였다.

"정공이 어른의 체면과 위신으로 아들을 시켜 사위의 신방을 엿보게 한 것은 군자의 마음이 아닙니다. 유현이 말한 대로 이른바 군자의 소변을 먹여서 행실을 배우게 하는 것이 옳으니 지금 소변 한 그릇을 유현의 장인어른께 드려 시험하여 군자의 도리를 배우시게 하는 것이 좋겠습니다. 이렇게 무례한 군자도 있겠습니까?"

정공이 한바탕 크게 웃고 기현은 겨우 웃음을 참았다. 유현은 아버지의 말씀을 듣고 복숭아꽃 같은 두 뺨에 빙그레 웃음을 드러냈다. 정공이 유현의 손을 잡고 말하였다.

"자네가 나에게 소변을 주라는 말을 듣고 매우 좋아하지만 사위는 반자(半子)이네. 자네가 사리분별력이 있으니 아버지의 명령이라도 받들지 못한다는 것을 안다네."

유현이 미소를 지으며 대답하지 않자 자리에 있던 모든 사람들이 다 웃었다. 이때 정공이 초공과 한담을 나누다가 돌아가자 유현이 당 아래로 내려와 두 손을 맞잡고 공경히 절하였다. 정공이 연연해하며 돌아가 딸을 보고 웃으며 아까 조씨 집안에서 나누었던 말을 전하고 경계하며 말하였다.

"운희는 어질고 지혜로운 사람이다. 너를 친정으로 보낸 것도 아들 된 도리이고 나를 대접하는 것도 군자의 신의에 옳은 행동이다. 네가 액운을 한탄하고 시댁과 남편을 원망하지 마라."

정씨가 근심스러운 기색으로 탄식하며 아무 말이 없었다.

정공의 아버지 태사공이 70세가 넘었는데 공의 형제가 양친을 지극한 효도로 받들어 임금의 총애와 부귀가 한 세상을 기울이니 집마다 자손이 가득하고 사람마다 높이 받들어 우러러 보았다. 정태사가 병이 들어 열흘 만에 세상을 버리고 태부인이 상중에 지나치게 몸과 마음을 상해 정태사에 이어 세상을 떠나게 되니 정공의 가득한 슬픔이 하늘에 사무치는 듯하

101

102

였다. 정공 삼형제가 재상의 반열에 있고 태사공의 어짊과 자손의 복록은 사람들이 깊이 존경하는 까닭에 귀빈과 지체 높은 손님이 물밀듯이 와서 상사(喪事)를 위로하였다. 임금이 정공의 상사를 듣고는 슬퍼하며 부의(賻儀)를 후하게 하고 예관으로 하여금 초상을 치르게 하고 거상 중에 있는 가족들에게 죽을 권하게 하니 임금의 은총이 비교할 곳이 없었다. 정씨 가문의 사람들이 임금의 은혜에 감축하여 더욱 슬퍼하였다. 진왕과 초공이 이르러 지기(知己)의 정과 사돈 간의 정254)을 다하고 유현은 사위의 도를 극진히 하였다. 정공이 망극한 슬픔 중이지만 유현을 보면 기뻐하는 것이 다섯 명의 아들보다 더 하였다. 하나밖에 없는 딸의 사위일 뿐만 아니라 유현의 기상을 매우 사랑하기 때문이었다.

정공이 초상을 마치고 관을 붙들어 금주의 선산으로 향하니 정씨는 시댁에서 버림받은 여자여서 마지못하여 따라 시골인 금주로 내려가게 되었다. 초공이 정씨를 보내지 않고 싶었지만 거짓이든 진실이든 간에 강상을 어지럽힌 죄명이 있어서 일시에 죄명을 밝히기 전에는 정씨를 데리고 오는 것이 사리에 맞지 않다고 생각하였다. 또 정씨의 액운이 이쯤에서 끝날 것이 아니고 액운이 지나고 난 후에 영화롭게 모일 것을 기약하기 때문에 구태여 정씨가 시골로 내려가는 것을 아는 체 하지 않았다.

이때 정씨가 비록 명목상은 시댁에서 쫓겨난 며느리지만 시댁에서 소식을 끊지 않고 시부모님과 존당의 아끼고 사랑하는 마음을 실은 서찰이 자주 왔다. 그래서 가까이에서 어른들을 모시는 것과 다름이 없었다. 또한 유현의 은근한 정이 산과 바다 같아서 여자의 마음이 자연히 믿고 슬

---

254) 사돈 간의 정 : {안아지정[姻婭之情]}. '인아(姻婭)'는 사위 쪽의 사돈과 동서쪽의 사돈을 아울러 이르는 말.

픈 마음을 위로하는 바가 있어서 비록 보통 사람 같지는 않았지만 거처하고 먹는 음식이 살 도리를 생각하는 것이었다. 그러나 천만 뜻밖에도 조부모의 상사를 당하여 온 집안이 고향으로 가게 되니 시댁에서 내쫓긴 몸이 친정 부모를 따를 수밖에 없었다. 정씨가 새롭게 슬프고 한스러워 식음을 전폐하고 수많은 근심과 한이 맺혔다. 설부인이 이런 딸을 애처롭고 가련하게 여기며 새롭게 조씨 집안을 원망하였다.

문득 설강이 이르러 설부인을 보고 이 일을 모르는 체하고 말하였다.

"이제 숙모께서 거듭되는 상사(喪事)를 만나 고향으로 내려가시니 산천이 막혀 있고255) 길이 아득히 멀어 가까운 친척의 정을 펼 길이 없을 것이니 조어사 부인이 당연히 자주 오시겠지요. 옛날에는 규수로 있을 때에도 서로 본 적이 있으니 이제 출가하신 몸이고 피할 예의가 없으니 조어사 부인을 한 번 보기를 청합니다."

설부인이 한숨을 쉬고 눈물을 흘리며 말하였다.

"조카가 알지 못하는구나. 딸이 조씨 집안에 시집가서 하루도 편치 못하여 마침내 만고에도 없는 강상의 죄목을 뒤집어쓰고 내쫓긴 며느리가 되었다네. 일찍 부모와 동기도 보는 것을 슬퍼하는데 어찌 조카를 보겠는가? 내가 이제 딸을 금주로 데리고 가려고 하니 멀리 두고 떠나 는 슬픔은 없으나 딸의 일생이 어찌 슬프지 않겠는가?"

설강이 거짓으로 놀라는 체하고 탄식하며 말하였다.

"여자가 되는 것이 어렵습니다. 여자가 기이한 자질이 있다면 구름과 같은 의상과 황금으로 집을 만들어 대접해야 하는데도 남편의 욕을 달게 여기고 강상의 윤리를 범한 죄수가 되겠습니까? 숙모께서 저를 나

---

255) 막혀 있고 : {즈음ᄎᄀᆞ고}. '즈음ᄎᆞ다'는 '격하다, 막히다'의 의미임.

무라시고 유현을 사위로 삼으시더니 외모가 잘생긴 것은 제가 유현만 못하지만 저라면 정소저와 매우 긴요하게 화락하여 이런 일은 없을 것입니다."

설부인이 풀이 죽어 말하였다.

"이것이 다 팔자 때문이니 말해서 무엇 하겠느냐? 한갓 사위의 탓도 아니고 매사에 조물주가 시기하는 것을 만났고 수많은 강적이 눈썹이 서듯 일어났으니 어린 여자가 무사할 것을 바라겠는가? 이제 조씨 집안과 관계가 끊어지고 나이 어린 청춘의 딸이 기댈 곳은 어버이뿐이어서 데리고 고향으로 내려갈 것이다. 딸이 더욱 식음을 전폐하고 눈물을 흘리며 누워있으며 평소 때처럼 평안한 적이 없으니 모녀의 정으로 마음이 편안하겠느냐?"

설강이 거짓으로 슬퍼하는 얼굴로 설부인의 기분을 돋우며 말하였다.

"숙모의 천금 같은 외동딸의 평생이 이와 같을 줄은 생각지도 못했으니 제가 실로 슬퍼합니다. 시속에 다시 시집가는 도리가 있고 진평의 처는 다섯 번 시집을 갔지만 진평이 중대하게 여기는 부인이 되었습니다. 숙모께서는 어찌 한 명의 딸을 깊은 규방에서 마치게 하겠습니까? 마땅히 당대의 현인군자를 구하여 금슬지락을 보아야 하는데 어찌 괴로움을 기꺼이 받아들이겠습니까?"

설부인이 손을 저으며 말하였다.

"조카는 괴이한 말을 하지 마라. 내 딸은 맑은 얼음과 옥 같으니 이런 말을 들으면 죽을 것이다. 하물며 정공의 조생에 대한 사랑은 딸에 대한 사랑보다 더 하니 비록 딸이 조씨 집안에서 내쫓겼으나 사위의 의리를 다하니 어찌 이런 의견을 내겠는가?"

설강이 설부인의 말이 무료하여 속으로 깊이 생각하고 주저하고 있는데 정한림과 정사인이 이르러 설강을 보았다. 정한림과 정사인이 예전에 유현의 말을 듣고 나서부터는 설강을 대하면서 기뻐하지 않았으나 친척의 의를 상하게 하지 않으려고 일부러 기뻐하는 척하였으나 마음을 열지 않아 서로 대함이 없었다. 오늘 설강이 일부러 오래 앉아 정씨를 만나보고자 하였으나 그림자도 못 보고 부끄럽게 돌아가는 것도 마음이 실망스러워 정씨를 보기를 청하였다. 정한림이 정색하면서 말하였다. ¹¹⁰

"우리들이 일찍 친하지 않았는데 부녀자를 보자고 한다면 내가 본래 그 뜻을 허락하지 못한다. 너는 어찌 내 누이를 보고자 하느냐? 누이의 성정이 부형 이외는 사람을 대면하지 않으니 어찌 너를 보겠는가?"

설강이 정한림의 기색을 보고 화를 내면서 말하였다.

"누이를 보고자 하는 이유는 친척의 정을 두텁게 하고자 함인데 누이가 만나지 않겠다면 웃으면서 말하면 되지 형의 기색이 이와 같이 좋지 않소? 제가 무료해서 가오." ¹¹¹

정한림이 분노하여 차갑게 웃으며 말하였다.

"자네가 친척의 두터운 정을 말하지 마라. 우리들이 안목 없어서 어릴 때 자네와 친하게 지냈구나."

설강이 매우 화를 내며 눈을 독하게 뜨고 말하였다.

"내가 여기 온 것이 무엇이 해롭다고 이리 푸대접 하시오? 내가 여기 오지 않아도 아무 상관없으니 이후에는 여기 오지 않겠소"

정사인이 웃으며 말하였다.

"네가 화내지도 않을 일에 이렇게 화를 내서 친척 간의 화목한 기운을 상하게 하느냐?"

설부인이 정한림을 꾸짖어 물리치고 설강을 위로하여 보냈다. 설강이
이후부터는 분하여 더욱 유현을 해칠 마음이 더하였지만 온갖 계책이 소
용없었다.

이때 설강의 유모가 얻어와 기른 한 여자가 있었다. 꽃다운 나이가 13
세로 얼굴과 재질이 세상에 드문 아름다운 미모를 지니고 있었고 시서에
정통하고 온갖 재주가 민첩하여 사람됨이 막힘없이 시원하였다. 설강이
자기의 소유물로 알고 나이가 차면 그 여자의 근본을 알아보고서 재실(再
室)256)로 삼고 천인(賤人)이면 첩으로 삼으려고 생각하고 의복과 음식을
후하게 주었다. 그 여자가 자라자 공교롭게도 아버지를 만나게 되었는데
그 여자의 근본은 천자의 총희인 양귀비를 가장 가까이에서 모시는 상궁
인 허씨의 조카였다. 허상궁의 오라비가 그 여자의 집에 왔다가 잃어버린
딸을 얻어가니 그 딸의 멋과 운치는 궁궐에서 당할 사람이 없는 것을 기
뻐하였는데 이름은 난교였다. 허상궁이 난교를 매우 사랑하여 데리고 있
었다.

설강은 난교의 근본을 알고 매우 기뻐하여 난교의 집에 갔다. 난교의
아비는 이곳저곳으로 떠돌아다니는 사람인데 이름난 선비인 한림이 집에
온 것을 보고 황공함을 이기지 못하고 설강을 맞아 감히 당에 오르지 못
하고 황공하게 맞이하였다. 설강이 난교의 아버지를 좌우로 붙들고 기뻐
하며 말하였다.

"내가 어찌 귀천과 존비를 생각하겠소? 내가 잠간 그대의 딸이 내 집에
있을 때 관상을 보니 비상한 귀한 사람이 될 얼굴이 있어서 속인의 짝
이 아닌 까닭에 내가 혈기왕성한 풍정을 지니고 있으나 그대의 딸을 친

256) 재실(再室) : 두 번째로 장가들어 얻은 아내.

근하게 대하지 않았소. 그대는 내가 하라는 대로 한다면 천승국군(千乘
國君)257)이 되어 한 나라 안에서 부귀할 것이오."

114

허창이 황공하여 말하였다.

"소인은 천한 사람인데 어찌 이런 말씀을 듣겠습니까? 듣는 것만으로
도 마음이 서늘합니다."

설강이 말하였다.

"본래부터 천인이 없소. 강태공은 위수에서 고기를 낚다가 황후장상이
되었고258) 한신은 빨래하는 여인에게 얻어먹다가 왕공이 되었소.259)
이제 그대의 딸로 인해서 그대의 딸이 시녀에 들어가 지금 황제께서 한
번 보시면 반드시 귀비의 총애를 받을 것이니 그대는 내 말을 헛되이
알지 마시오."

허창이란 자는 허랑한 천인인데 설강의 좋은 말을 들으니 어찌 사양하
겠는가? 설강에게 절하며 말하였다.

"어르신의 훈수를 거역하겠습니까?"

설강이 재삼 허창에게 당부하고 유모에게 난교를 불러오게 하였다. 난
교가 유모의 길러준 은혜에 감격하여 모녀라고 말하며 설씨 집에 이르렀

---

257) 천승국군(千乘國君) : '천승(千乘)'은 '천 대의 병거'라는 뜻으로 '제후'를 말하고, '국군(國君)'은
      '한 나라의 군주·국왕'을 말함.
258) 강태공은 ~ 되었고 : 태공(太公)은 주(周)나라의 현신(賢臣)으로, 성은 강(姜)이고 이름은 상(尙)
      임. 무왕(武王)을 도와 은(殷)을 치고 주(周)를 세운 공으로 제(齊)에 봉해짐. 태공망, 강태공,
      여상(呂尙), 여망(呂望) 등으로 불림. 위수 가에서 낚시질하다가 문왕에게 발탁되었다고 함.
259) 한신은 ~ 되었소 : {한신은 걸식어표모호다가 왕공이 되엿거니와}. 한신은 한(漢)나라 고조 유
      방의 신하로 한나라 건국에 공을 세웠음. 한신은 젊은 시절에 불우하여 동네에서 놀림감이 되
      기도 하였음. 동네의 불량배들은 한신이 칼을 차고 다니는 것을 보고 조롱을 했는데, 어느 날
      그 중 하나가 심하게 조롱하며 지나가려면 자신의 다리 밑으로 지나가라고 했으나, 한신은 분
      을 꾹 참고 그 불량배의 다리 밑으로 기어 들어갔음. 또한 한신은 농사를 짓지 않아 그 동네에
      서는 천하의 게으름뱅이로 유명했는데, 어느 날 빨래하던 노파가 한신을 가련하게 여겨 밥을
      주었는데 한신은 그 밥을 사양도 하지 않고 맛있게 먹었음. 그 날부터 한신은 '불량배 다리 사이
      로 기어 다니고 노파에게 밥 얻어먹는 자로 유명해졌음.

다. 설강이 좌우에 있는 종들을 물리고 난교에게 절을 하니 난교가 다급히 설강을 붙들고 말하였다.

"상공께서 천첩에게 무슨 일로 지나치게 예를 차리십니까? 황공하여 어찌할 바를 모르겠습니다."

설강이 말하였다.

"낭자가 오늘은 천하지만 뒷날은 반드시 금루초방(金樓椒房)[260]에서 임금님을 모시고 삼천 명의 총애하는 궁녀 중에서 으뜸이 될 것이니 소생이 임금과 신하가 지켜야 할 직분과 의리를 명백하게 하는 것입니다. 내가 어찌 괴이하겠습니까? 요사이 궁녀를 뽑는다고 하니 낭자가 들어가면 반드시 임금님의 은혜를 받아 후비가 될 것입니다. 그대는 설강의 집에서 자라 그 유모의 젖을 같이 먹었으니 잊지 마십시오."

난교는 천인의 심정으로 설강을 천상에 있는 남자로 생각하고 있었는데 설강이 자기에게 존칭하고 장래에 귀인이 될 것이라는 말을 들으니 기쁘고 감사하여 고맙다고 말하였다.

"천첩이 어르신의 은혜가 태산 같은 것을 어찌 잊겠습니까? 몸이 귀하게 된다면 어르신의 명령을 죽어도 잊지 않겠습니다."

설강이 밤낮으로 유현에게 이를 갈며 유현의 일생을 방해하고자 하나 임금님이 유현을 공경하고 온 조정이 추앙하니 틈을 얻을 기회가 없었다. 그러자 이렇게 철저한 생각으로 유현 부부를 해치고자 하였다. 난교와 후의를 맺으니 난교가 쉽게 명령을 받들었다. 난교가 과연 자색이 빼어나

---

260) 금루초방(金樓椒房) : 금루(金樓)는 화려한 집이란 뜻이고 초방(椒房)은 왕비나 왕후가 거처하는 곳을 의미함. 초방은 후춧가루를 바른 방이라는 뜻으로, 왕비나 왕후가 거처하는 방이나 궁전 따위를 이르는 말. 후추나무는 온기가 있고 열매가 많은 식물로서, 자손이 많이 퍼지라는 뜻에서 왕후의 방 벽에 발랐음.

고 경국지색으로 양귀비는 지식이 적고 지혜롭지 않아 난교를 한 번 보고 매우 사랑하여 신임하게 되었다. 임금이 장년의 춘정(春情)을 지니고 있어서 난교의 미색을 보고 매우 사랑하여 드디어 난교는 임금의 사랑을 얻게 되었다. 양귀비는 이것이 언짢고 불만스러웠지만 임금의 기개와 위엄이 엄숙하였기 때문에 감히 투기를 드러내지 못하였다. 난교는 날마다 아리따운 눈썹을 치장하여 임금의 은총을 오랫동안 유지하며 설강의 은덕을 갚고자 하였다.

이때에 인종황제가 난교에게 깊이 빠져 정궁에게는 은애가 줄어들고 여러 후궁이 임금의 사랑을 다투니 궁내가 요란하였다. 초공이 자주 충고하고 진왕이 임금에게 알아듣도록 온 힘을 다해 말하여 두 사람의 한결같은 충성과 커다란 절개가 임금의 마음을 거스르게 하니 임금이 매우 괴롭게 여기고 있었다. 118

하루는 난교가 가만히 설강이 계교261)로 주던 약을 술에 타서 임금께 내와 두어 잔 드리니 임금의 마음이 크게 변하여 초공 형제에 대한 대접이 판이하게 달라지고 기현과 유현에 대한 총애가 줄어들었다.

하루는 임금이 조회를 마친 후에 4~5인의 젊은 신하를 머물게 하여 글을 지어 말을 나누었다. 임금이 웃으면서 말하였다.

"필부(匹夫)도 한 명의 처와 한 명의 첩을 가지며 잘 지내는데 짐은 만승(萬乘) 천자로 사해를 부유하게 소유하면서도 어찌 한 명의 후궁과 화합하지 못하여 궁궐이 요란하니 실로 좋은 도리를 알지 못하겠구나!" 119

조어사 유현이 아뢰었다.

"폐하께서 정궁을 소원하게 대하시니 덕을 잃으시는 것입니다."

---

261) 계교 : {겨규}. '계교(計巧)'의 의미로 옮김.

임금이 얼굴색이 변하여 대답이 없자 한림 설강이 아뢰었다.

"유현의 아뢰는 말은 언관의 주된 책무이지만 성상의 허물만 들추어내니 신하의 행동이 아닙니다. 신의 소견으로는 정궁이 태임과 태사의 덕이 적어 교화가 여러 후궁에게 이르지 않았기 때문에 홀로 내조를 넓히지 못한 까닭입니다. 이것을 살피시는 것이 옳을까 합니다."

임금이 말하였다.

"경의 말은 짐의 마음을 아는 것이니 경이 충신이구나!"

유현이 한 쌍의 봉황 같은 눈을 흘겨 설강을 보며 고개를 숙이고 엎드려 아뢰었다.

120 "설강이 군부의 면전에서 국모를 참소하니 죽일 만한 죄입니다. 사람이 머리에 하늘을 이고 신하가 되어 어찌 국모에 대한 참언을 내어 성상의 뜻에 영합하고 어미에 대한 모해를 태연하게 하겠습니까? 신이 아뢰는 말이 성상의 마음에 맞지 않으니 황공하게 죄를 기다리는 중이나 이와 같은 소인(小人)의 상태를 아룁니다. 엎드려 바라건대 성상께서는 신하가 국모를 모해하는 간신을 죽이지 않으신다면 먼 곳으로 귀양 보내서 온 조정을 징계해주십시오."

임금이 웃으면서 말하였다.

"경은 임금을 그르다고 하고 설강은 국모를 그르다고 하니 누가 까마귀의 암수를 알겠느냐?"

이부시랑 조기현이 아뢰었다.

121 "지금 궁내에 불화하는 근심이 있으니 신하의 도리가 매우 다급하여 자고 먹는 것을 못할 지경입니다. 설강이 임금님의 뜻에 영합하고자 하여 국모를 시비하여 신하의 도리가 손상되었습니다. 신이 공론으로

아룁니다. 유현과 설강을 한 종류의 사람으로 생각하시면 유현이 어찌
억울하지 않겠습니까?"

다음 회가 어떻게 되겠는가?

조 씨 삼 대 록

1   이때에 설강이 기현의 말을 듣고 분노하여 관(冠)을 벗고 눈물을 흘리며 아뢰었다.

"신이 실로 아뢴 것은 나라를 어지럽히고 불충한 사람에 비길 일이 아닌데도 유현이 저에게 죄를 씌우는 것이 이와 같으니 신이 무슨 면목으로 조정에 서겠습니까? 폐하를 비난하여 정궁을 박대한다고 하고 후궁에게 깊이 빠져 궁내가 어지럽다고 하는데 유현은 자기 집안일도 다른 사람에게 들리게 해서는 안 될 정도입니다. 유현은 네 명의 부인을 두었는데 집안이 매우 어지럽습니다. 부인에 대한 후함과 박함이 한쪽으로 치우쳐 변란이 일어나 자객이 들어와 제 아비를 찌르려고 하다가 발각되었습니다. 집안에 무고지사(巫蠱之事)가 일어나고 어른에게 드리는 술잔에 독을 타는 흉사가 있는데도 여색에 빠져 한 소리도 못하는 자가 어찌 감히 폐하를 원망하겠습니까?"

유현이 선뜻 웃으며 죄를 청하고 말하였다.

"설강의 아뢰는 말이 신으로서는 매우 부끄럽습니다. 신이 두 번 사혼(賜婚)하시는 성은을 입어 여러 여자를 모으다 보니 집안의 변란이 계속해서 일어났습니다. 그러나 의심되는 일의 근본을 아직 미처 밝혀내지 못했으니 신이 제가(齊家)를 잘 하지 못했기 때문입니다. 그러나 이 일 때문에 임금님의 정사를 아뢰지 못할 이유는 아니라고 생각합니다. 원래 신이 설강과는 친구의 정을 지니고 있지만 오늘 임금님 앞에서 국모를 모해하는 것은 차마 듣지 못해서 아뢴 것입니다. 그런데 설강이 격분하여 신의 사사로운 허물을 아뢰나 신은 설강의 허물을 말하지 않으니 오직 신의 죄를 바로 잡아주십시오."

말을 마치자 말의 기운이 엄숙하고 언어가 화평하여 봄날의 따뜻한 기운 같았다. 여러 사람들이 얼굴빛을 고치고 탄복하였다. 임금이 비록 요망스러운 약 때문에 어진 마음이 달라졌으나 이때에는 설강의 풍채 있는 모습과 유현의 기상이 하늘과 땅 사이처럼 현격하게 다르니 대인군자와 소인의 간사한 꾀가 차이가 나타나는 것이었다. 임금이 문득 얼굴빛을 고치고 칭찬하며 말하였다.

"산이 높고 바다가 깊어야 옥이 곤강(崑岡)[262]에서 난다고 했다. 오늘 경의 말과 기상을 대하니 초공이 곁에 있는 것 같구나. 범이 개를 낳지 않는다는 말은 경의 부자를 두고 이르는 말이다. 경이 처음에 아뢰었던 말은 짐을 너무 질책하여 매서우나 바른 말이다. 짐이 다 알았으니 다시 다투어 말하는 것이 무익하니 모름지기 서로 다투어 힐난하지 마라."

유현이 두 번 절하고 감사하며 말하였다.

"비록 제 마음에 들지 않더라도 국사가 아니면 임금님 앞에서 다투어 힐난하지 못할 것입니다. 신이 설강과는 친구인데 설강이 말을 잘못 아뢰었으나 어찌 사사로운 혐의를 두겠습니까?"

설강은 분노를 머금고 공경히 사례하며 받들 뿐이었다. 한림학사 정운기와 양인광이 화를 내며 대열에서 나와 설강의 앞뒤의 간악한 행동을 아뢰고자 하였으나 유현이 기색을 알아채고 가만히 이들의 옷을 당기며 말리니 두 사람이 분기를 참고 그쳤다. 조회가 끝나자 설강은 더욱 다급하여 조유현을 없애고[263] 정씨를 빼앗고자 하였지만 때를 얻지 못하여 즐거워하지 않았다.

---

262) 곤강(崑岡) : '곤륜산(崑崙山)'을 다른 말로 부른 것. 곤륜산의 '곤'자와 언덕이라는 뜻의 '강'자가 합해져 곤륜산 언덕이란 뜻으로 옥의 산지로 유명함.
263) 없애고 : {셔룻고}. 옛말 '셔룻다'는 걷어 치우다, 없애다의 의미임.

어사 형제가 조씨 집안으로 돌아와 아버지와 숙부께 궁궐에서 있었던 일을 전하였다. 초공이 탄식하며 말하였다.

"신하의 도리로 임금의 뜻에 아첨하는 것은 소인의 행동이다. 그러나 임금님의 앞에서 말을 많이 하여 과격한 것도 도리에 옳은 것은 아니다. 임금의 허물을 충고하는 자가 먼저 온화한 기운을 짓고 말을 낮추어 공경하고 삼가는 도리로 아뢰어야 하는데 어찌 먼저 화를 내고 뒤에 화를 진정하여 아뢰니 공을 이루겠느냐? 내가 비록 덕이 옅지만 일찍이 임금님 앞에서 힘써서 충고한 적이 한 두 번이 아니지만 옥 같은 모습이 불평해하시는 것을 보지 못했다. 네가 임금님 앞에서 충고를 하면서 임금의 화를 일으키고 동료와 불화하니 이것은 군자의 화평함이 아니다. 공손하고 조심성을 길러 과격한 말을 하지 마라."

유현과 기현이 두 번 절하며 명령을 받들고 밝은 가르침에 탄복하였다. 이윽고 양인광이 이르러 유현을 보고 말하였다.

"설강이 소인(小人)의 행태를 그만두지 않을 것이다. 그 간악한 일을 임금님께 아뢰고자 하는데 무슨 일로 굳이 말렸느냐?"

유현이 웃으면서 말하였다.

"삼촌께서는 어찌 이리 생각하지 못하십니까? 원래 군자는 사람의 단점을 이르지 말아야 하는데 설강이 내 말을 임금님께 아뢴다고 나도 삼촌의 입을 빌어 설강의 죄를 임금님께 아뢴다면 내가 비록 삼촌을 시키지 않아도 설강과 같은 사람이 될 것이니 어찌 부끄럽지 않겠습니까? 그러나 뜬구름이 해와 달을 가리고 있지만 마침내 오래 가지 못할 것이니 무슨 근심이 있겠습니까?"

양인광이 탄식하며 말하였다.

"운희 자네의 넓은 마음과 어진 것에 어찌 어리석은 삼촌이 미치겠는 가? 그러나 설강이 반드시 해칠 것을 알 것인데 어찌 몸을 보호할 계책 을 생각하지 않겠느냐?"

8

유현이 말하였다.

"설강을 두려워하여 미리 벼슬을 버리고 피하라고 하십니까? 내가 비 록 용렬하지만 소인의 간악한 꾀를 두려워하지 않으니 삼촌께서는 걱 정하지 마십시오."

양인광이 웃었다.

이때에 정공이 죽은 아버지의 영궤(靈几)[264]를 모시고 금주로 내려가게 되었다. 길을 떠나는 날이 얼마 남지 않자 온 조정의 고관들이 연달아 이 별하러 왔다. 노공[265]이 정공 등을 위로하여 상사(喪事)에 지나치게 슬퍼 하여 몸을 해치는 일이 없도록 이르고 상제로 있는 3년 동안 몸조심할 것 을[266] 당부하였다.

정공이 눈물을 흘리고 감사하며 말하였다.

"어르신[267]의 말씀을 어찌 마음과 뼈에 새기지 않겠습니까? 다만 부모 님을 잃는 고통을 당했으니 고향으로 돌아가 선친의 분묘를 지킬 것입 니다. 그렇게 되면 서울의 옛집이 텅 빌 것이니 이 또한 선친의 뜻이 아 닙니다. 오늘 이별이 기약이 없으니 어르신은 오랫동안 강령하여 다시 뵙기를 바랍니다."

---

9

264) 영궤(靈几) : 영위(靈位)를 모시어 놓은 자리.
265) 노공 : {초공}. '초공'이라고 되어 있으나 어어지는 정공의 말을 보면 문맥상 '조노공'이 정공을 위로하는 말이어야 함.
266) 상제로 ~ 것을 : {삼상三霜의 부지[扶持] ᄒ 믈}. '삼상(三霜)'은 '흰옷을 입고 상제로 있는 삼년동 안을 의미함.
267) 어르신 : {년숙[緣叔]}. '연숙(緣叔)'은 아저씨라고 부를 만한 친지로 여기서는 노공을 가리키므 로 문맥을 고려하여 이와 같이 옮김.

노공이 슬퍼하며 위로하고 정씨를 불러 보고 탄식하며 말하였다.

"너를 보내는 것이 본래 우리의 뜻이 아니다. 간악한 시비의 초사 때문에 그냥 덮어두면 남의 말이 있을 것 같아서 너를 친정으로 돌려보내어 다시 사실을 밝히고자 한 것이다. 그 사이 사람의 일이 이에 이르니 일의 상황이 마지못해 너를 금주로 보내게 되니 늙은 할아비의 마음이 편안하지 않구나. 그러나 너는 세상을 훤히 아는 식견이 있으니 만일 간악한 마음이 탄로 나면 너를 좋은 수레로 맞을 것이니 매사에 넓게 생각하여라."

정씨가 엎드려서 말을 다 듣고 있을 따름이고 감히 대답하지 않았다. 옥 같은 모습과 아름다운 자태는 상쾌하고 깨끗하며, 온화하여 공경하고 조심하는 예절에 맞는 몸가짐과 공경하고 삼가는 효행이 외모에 드러났다. 시아버지와 진왕이 자리에 있고 유현이 또 어른들을 모시고 있으니 황송하고 부끄러운 마음이 온 얼굴에 나타나서 온갖 자태의 아름다운 모습이 말로는 표현하지 못할 지경이었다. 초공이 눈을 들어 정씨를 보니 액운이 멀지 않았기 때문에 슬프고 참혹하여 얼굴빛을 바꾸고 말하였다.

"부인은 효절이 으뜸이다. 지금 당하고 있는 액운이 혹시 불행하여 다시 더한 변고가 있어도 신체와 머리털과 피부는 부모님께서 주신 것이니 조심하여 무사하게 돌아오기를 바란다."

정씨가 땅에 엎드려 명령을 받들고 두 번 절하며 말하였다.

"존당의 가르침이 이와 같이 연연하시니 제가 명심하여 받들겠습니다."

노공이 새롭게 불쌍하고 가련하여 유현을 돌아보며 말하였다.

"네 아비와 나는 돌아갈 것이니 너는 여기 머물러 있다가 손자며느리가 길 떠나는 것을 살피고 심사를 위로하여라."

유현이 명령을 받들며 불쾌한 빛이 있으니 초공이 말하였다.

"네 한 몸을 움직이는 것이 그다지 어려워 감히 할아버지의 명령에 불응하느냐?"

유현이 황공하여 머리를 숙이고 사례하며 말하였다.

"할아버지의 말씀을 따를 뿐이지 어찌 다른 뜻이 있겠습니까?"

진왕이 웃으며 말하였다.

"아버지의 명령이 계시니 네가 도리를 온순하게 하는 것이 옳은데 어 12
찌 머뭇거리느냐?"

유현이 엎드려 사죄하니 초공이 잠깐 얼굴빛을 온화하게 하여 말하였
다.

"네가 나이가 어리지만 3살 먹은 어린아이가 아니다. 어찌 행실의 경박
함이 이에 미치느냐? 고인이 말씀하시기를 '부모가 물으시는 것이 있다
면 먹던 밥을 뱉고[268] 대답하라'고 하셨다. 할아버지께서 너를 사랑하
여 명령을 내리시는데 오늘 어찌 이와 같으냐? 너는 여기 머물러 있다
가 문밖에서 며느리를 배웅하여 이별하고 돌아오너라."

유현이 두 번 절하고 머리가 땅에 닿도록 조아리며 명령을 받들었다.
노공이 정공을 위로하고 정씨에게 재삼 당부하여 몸을 보존할 것을 경계
하니 정씨가 절하고 공경히 사례하며 명령을 받들었다. 정공이 눈물을 13
흘리며 말하였다.

"불초녀를 이렇게까지 염려하시니 이와 같은 훌륭한 덕은 몸을 마칠
때까지 능히 갚지 못하겠습니다. 이 아이가 어버이를 따라가는 길이기

---

268) 뱉고 : {비앗고}. 옛말 '비앗다'는 '뱉다'의 의미임.

때문에 위태함은 없을 것이니 너무 염려하지 마십시오."

초공이 정씨에게 말하였다.

"아버님께서 몸을 잘 보전하기를 말씀하시니 너는 아버지의 말씀을 저버리지 마라. 수 삼년이 지나면 자연히 평안하게 모일 것이다."

정씨가 땅에 엎드려 명령을 받들었으나 말을 하지 않아도 정성이 나타났다. 노공과 진왕이 정씨를 새삼 아끼며 사랑하고 자주 돌아보니 정씨에 대한 사랑은 비교할 것이 없었다. 날이 저물자 진왕과 초공이 정공을 향하여 말하였다.

"나의 아들을 두고 가니 떠나는 날 다시 올 것입니다."

정공이 사례하고 유현이 문 밖에 나가 아버지를 배웅하고 들어와 정공과 함께 조용히 말을 나누었다. 유현이 초공 앞에서는 조심하던 마음을 풀어버리고는 붉은 입술과 흰 치아가 찬란하여 도도한 말이 물을 드리운 듯하고 거동이 봄바람을 이끄는 듯하였다. 정공이 유현의 손을 잡고 말하였다.

"초공은 어떤 사람이건대 자네 같은 대현군자를 항상 책망하고 경계하여 기운을 펴지 못하게 하는가? 자네가 아버지 앞에서 하는 거동을 보면 우리 부자간이 부끄럽구나."

유현이 몸을 굽히며 대답하였다.

"제가 사람의 도리에 성숙하지 못하고 행실이 경박하여 항상 단점이 드러나 아버님의 책망하는 말씀이 잦으시니 스스로 부끄러워할 따름입니다. 어찌 감히 남보다 낫다면 부형께 그런 책망하는 말씀을 자주 듣겠습니까?"

정사인 형제가 아버지의 말씀을 듣고 각각 웃음을 머금고 유현이 가만히 웃음을 머금으며 말하였다.

"장인어른의 말씀 중에 가소로운 것이 있어서 얼굴에 웃음을 조금 띠었는데 형들은 무슨 생각으로 그러하오?"

정한림이 유현을 꾸짖으며 말하였다.

"몹쓸 놈아! 너처럼 부형을 속여 아버지가 걸음을 옮기고 나가지도 않아서 그렇게 방약무인(傍若無人)하냐? 우리는 아버지 앞에서나 사실(私室)에서나 똑같다. 오늘 우리가 웃는 것은 아버지의 말씀 때문에 웃는 것이 아니라 네 거동을 보고 웃는 것이니 아까와 왜 그렇게 다르냐?"

유현이 웃으면서 말하였다.

"아까 장인어르신께서 말씀하시기를 '다섯 아들이 내가 없는 것처럼 방약무인하다'고 하시는 것을 들었더니 형이 아버지 앞에서나 수행할까 싶은데 장인어르신께서 거짓말을 하시는 것을 아주 몰랐구려. 사람이 임금과 아버지 앞에서는 마음을 닦고 공경하는 것을 사실(私室)에서와 다르게 해야 하는데 형은 같이 한다고 하니 내가 어찌 정씨 집안의 풍속을 닮겠소?"

정한림이 말이 막혀 웃고 말하였다.

"이놈아! 사나운 말이 점점 도가 넘치니 그 죄를 바로잡아야겠다."

정공이 웃으며 말하였다.

"내가 보니 너희가 무례하지 유현은 죄가 없으니 뭐라고 하겠느냐?"

자리에 있던 모든 사람들이 웃었다. 정공이 단엄하고 여러 정생들이 숙연하지만 유현과는 해학이 많았다. 날이 저물어 저녁밥을 다 먹고 정공이 탄식하며 말하였다.

"내가 이제 망극한 슬픔 중이어서 모든 일이 관심 밖이지만 부녀 천륜은 남다르고 특별한 것은 인지상정이네. 자네 아버지가 내 딸의 죄를 용서하시고 며느리로 여기시니 어진 사위도 내 딸을 불쌍하게 여겨 물 같은 허약한 몸을 위로하게."

유현이 정공의 마음에 감동하였지만 먹은 마음이 하해(河海) 같아서 얼굴빛을 고치고 사례하며 말하였다.

18 "부인의 억울한 누명은 많은 사람들이 아는 바입니다. 부인의 평소 사람됨이 실로 그렇지 않기 때문에 제가 시도 때도 없이 왕래하였고 부모님께서 부인을 사랑하시니 어찌 편벽된 고집을 부려 신의를 거역하고 장인어르신의 후의를 저버리겠습니까?"

정공이 기뻐하며 유현을 사랑하고 정씨의 유모를 불러 유현을 정씨가 있는 곳으로 데리고 가게 하였다. 유모가 촛불을 잡고 유현을 인도하니 유현이 천천히 정씨의 침소에 왔다. 정씨는 유현을 맞아 서로 대하였지만 말이 없었다. 유현이 탄식하며 말하였다.

"내가 이곳에 다녀간 후에 사람의 일이 변하여 장인어르신께서 고향으로 가시니 내가 부인을 불쌍히 여기고 아껴서 여기에 온 것이 아니라 장인어르신의 후의를 잊지 못하여 온 것이오. 집이 있어도 부인의 액
19 운이 괴이하여 금주로 가게 된 것이오. 그러나 장인어르신께서 삼 년 상을 마치는 때269)가 되면 자연히 금주에 있고자 하여도 머물지 못하고 액운이 사라질 것이오. 부인은 나를 박절하다고 생각하지 말고 몸을 보전할 방법을 생각하시오. 부인이 시댁을 떠나고 남편과 멀리 이별하는 사정을 슬퍼하여 내가 몸소 와서 위로하는데도 부인은 조금도 감격하는 회포가 없고 승냥이와 호랑이를 대하는 것처럼 냉담하시오?"

---

269) 삼 ~ 때 : {결복(闋服)}. '결복(闋服)'은 어버이의 삼 년 상을 마치는 것을 뜻함.

정씨는 유현이 손을 잡고 하는 농담에 슬프고 참혹해하는 기색이 나타나며 붉은 기운이 얼굴에 물들어 일어나고자 하였으나 유현이 두 손을 잡아 떨칠 방법이 없었다. 유현이 머리를 정씨의 무릎에 얹고 누워 있으니 그 무게가 태산 같아서 허약한 몸이 움직이지 못하였다. 정씨가 매우 다급하고 민망하여 안색을 바로 하고 말하였다.

"저의 죄명이 망측하여 죽이는 것도 부족한데 이렇게 죽이지 않으시는 뜻이 있으시다면 예의와 법도를 은근하게 하셔야 합니다. 그런데 이렇게 가볍고 경솔하니 제가 부군께 복종하지 않습니다."

유현이 정씨를 우러러 보고 현숙한 말을 들으니 길이 웃으며 말하였다.

"내가 비록 진중하지 못하고 경박한 행동을 하지만 오늘은 서로 멀리 이별하는 때라 부부가 일시에 웃으려고 그렇게 말한 것이오. 무엇이 비례(非禮)라고 말하시오? 예의가 중하지만 죄명이 어찌 이 지경에 이르렀소? 나는 천성으로 지니고 있는 충효와 대의를 고수할 뿐이니 부인의 앞이라고 해서 마음대로 행동을 달리 하겠소? 부인이나 조심하시오."

이렇게 말을 하고 더 이상 말을 하지 않았다. 깊은 밤 젊은 나이에 혈기 왕성한 기운으로 당대에 비교할 곳이 없는 아름다운 부인을 대하여 무궁한 은정이 샘솟는 듯하니 옥 같은 팔을 어루만지며 그 연약하고 옥같이 여린 것을 불쌍하게 여겨 탄식하며 말하였다.

"우리 부부가 15세에 혼인하여 앞길이 만 리나 남았으니 뒷날 상봉하여 화락할 것이오. 부인은 어찌 생각을 넓게 하지 못하고 이토록 쇠약하오?"

또 웃으며 말하였다.

"내가 아버지 앞이라 한 잔 술을 못 먹었더니 부인은 이런 때에 두어 잔의 술을 아끼시오?"

이렇게 희롱하고 손을 잡고 누워있었다. 정한림 형제가 오다가 발걸음을 멈추고 은정을 드러내는 유현의 말을 듣고 문틈으로 와서 꾸짖었다.

"네가 사실(私室)에서는 이와 같이 농담하고 우리를 꾸짖으려고 하느냐?"

유현이 일부러 요동하지 않고 말하였다.

"한밤중에 어떤 도적이 다니느냐? 내가 아내의 방에서 아내의 무릎을 베고 누워있는데 누가 엿보느냐? 종일 아버지 앞에 있어서 몸이 피곤하여 아내의 무릎을 베개 삼아 누워있는데 어떤 도적놈이 군자와 숙녀의 방을 몰래 훔쳐보느냐?"

정사인 형제가 방으로 들이달아 유현을 잡고서 꾸짖으며 말하였다.

"몹쓸 놈아! 어떤 군자가 깊은 밤중이라고 정실 대접을 이렇게 하느냐? 허약한 몸이 이것을 견뎌내겠느냐? 네가 우리들을 비웃지만 너는 더욱 진중하지 못하고 경박하다."

유현이 웃고 일어나 앉아서 말하였다.

"형은 부형 앞이나 부인 앞이나 무릎을 꿇고 무서워서 벌벌 떠는 사람이니 그렇지 않겠소?"

정사인 등이 크게 웃으며 말하였다.

"네가 배운 것이 말뿐이니 너 같은 무식한 놈은 처음 봤다. 사람이 꾸밈이나 거짓 없이 해야 하는데 너는 네 아버지 앞에서는 행동을 조심하고 거동도 편안하고 조용하게 하는 등 매사를 예법으로 하는 체하고, 돌아서면 사납게 구는 것이 예의에 어긋난 것이라고 여긴다."

유현이 크게 웃으며 말하였다.

"형들이 장인어르신의 앞에서 소리를 높게 하여 희롱을 어지럽게 하고 말과 웃음을 거리낌 없이 하며 태만한 태도가 조금도 공경하고 삼가는 거동이 없으니 형들 같은 무식함을 나에게 비교하겠소?"

정한림 등이 웃으면서 말하였다.

"앞으로는 네 말을 좇아 다시 수행해야겠구나."

유현이 가만히 웃고 세 사람이 한담하였다. 안에서 술과 안주를 갖추어 유현에게 대접하였다. 유현이 술 생각이 있었는데 술을 많이 마시며 많은 좋은 안주를 다 먹어치우고 한 잔의 향온주(香醞酒)를 다 마셨다. 취기가 온 몸에 퍼져 풍채 있는 몸과 잘 생긴 외모가 촛불 아래서 찬란하였다. 이때 설부인이 엿보다가 온갖 걱정이 없어지고 유현을 사랑하는 마음을 이기지 못하였다.

밤이 되자 정사인 형제가 돌아가고 유현이 부인과 함께 밤을 지내게 되었다. 은정이 산과 같아서 오직 정씨에게 몸을 보중할 것을 재삼 당부하였다. 다음날 아침에 조씨 집안으로 돌아와 아침문안 인사를 드리고 수삼 일 후 정공 형제는 관을 모시고 유현은 여러 부녀자들을 모시고 보호하여 따랐다. 행색이 매우 화려하고 대단하며 정공이 초상을 지낼 때 문객과 조문하는 자가 임금에서부터 사대부와 서인에 이르기까지 헤아릴 수가 없었다. 진왕 등이 십리정(十里亭)270)에서 이별하니 서로 비슷한 정이 비길 곳이 없었다. 정공이 연연한 이별을 슬프게 느끼니 유현이 온갖 방법으로 위로하였다. 설부인이 또한 슬퍼하며 말하였다.

"나의 마음이 밤낮으로 살을 베이는 듯하니 어찌 애가 타고 마르지 않

270) 십리정(十里亭) : 먼 길을 떠나는 사람을 배웅하기 위해 만든 정자.

24

25

26

겠는가? 원컨대 어진 사위는 빨리 처치하여 간악한 시비의 머리를 벤다면 내가 결초보은(結草報恩)할 것이네."

유현이 절하며 말하였다.

"삼가 가르침을 받들겠습니다. 먼 길에 평안이 행하시어 빨리 뵙기를 바랍니다."

정씨를 보고 당부하니 정씨가 탐스러운 쪽진 머리를 숙이고 명대로 하겠다고 대답하였다. 유현이 장인과 이별하고 사처에 이르러 정생 등과 작별하였다. 정공이 유현의 손을 잡고 슬프게 말하였다.

"내가 세상살이에 대한 생각이 없어 산야의 초부가 되고자 하니 오늘 이별이 기약 없네."

이렇게 수많은 마음속의 회포를 말하고 깊은271) 이별의 한을 이것저것

27 슬퍼하고 원망하였다.

날이 늦었으므로 이별하여 일행이 금주로 향하고 유현은 여러 형들과 친구들과 함께 돌아왔다. 겉으로는 정씨와의 이별이 등에 가시를 벗은 것처럼 보였지만 속마음으로는 이제 만 리로 떠나는 천고에도 없는 아름다운 부인을 생각하고 깊은 은애 때문에 여러 가지 회포가 있어 누명을 벗길 도리를 생각하였다. 흉악한 인간의 계책을 밝혀내기 전에는 문초를 하고 죄상을 밝힐 길이 없어서 그리고는 마음속으로 한탄하였다.

'정씨는 옥 같은 정숙하고 아름다운 사람이다. 행동거지에서 조금의 비

례(非禮)도 보지 못하였는데 내가 총명하지 못해 어릴 때 혼인한 조강지

28 처에게 3년 동안 쌀쌀맞게 굴고272) 끝내는 괴이한 죄를 입혀 내쫓기는

---

271) 깊은 : {탐탐(耽耽)흔}. '탐탐하다'는 깊고 그윽하다의 의미임.
272) 쌀쌀맞게 굴고 : {민민[泯泯]흐다가}. '매매하다'는 쌀쌀맞다의 의미임.

부인으로 만드니 모두 나의 허물이다. 이제 정씨가 부모를 따라가나 심한 재액(災厄) 중이어서 그 사이 정씨가 어찌 될지 모르겠다. 내가 부모님과 관련된 죄명이 아니었다면 정씨를 보내지 말고 별채에서 머물게 하고 싶었지만 아버지께서 보내신 것이니 정씨를 머물게 할 길이 없고 여자 때문에 구구하게 구는 것이 장부가 할 일이 아니다. 그러나 심사를 참기 어렵구나.'

심사가 좋지 않았지만 집에 오자 말과 기운이 화평하고 조금도 정씨를 사랑하는 마음을 드러내지 않았다. 태부인이 탄식하며 말하였다.

"집안의 변란이 괴이하여 정씨를 보지 못하고 멀리 보내니 노인의 남은 날이 많지 않아서 다시 정씨를 보지 못한다면 구천에서도 눈을 감지 못할 것이다."

초공이 부드러운 말과 온화한 기운으로 아뢰었다.

"어릴 때 액운이니 설마 오래 가겠습니까? 금주로 떠나지 않는다면 귀양살이를 가는 근심이 있을 것 같아 부모를 따라 가게 하였습니다. 머지않아 액을 보내고 돌아올 것이니 할머니께서는 근심하지 마십시오."

온 집안이 초공의 신명함을 아는 까닭에 정씨의 액운이 대단하다는 말에 놀라고 태부인과 위부인이 역시 놀랐다.

이때 설강이 정공을 전송하고 돌아와 경후번273)을 청하여 많은 돈을 주고 말하였다.

"오늘은 정공이 초상을 치르러 선산으로 간다. 가는 도중에 조어사의 부인이 동행하는데 내가 당당히 정씨를 따라 빼앗아 오고자 하지만 내 얼굴을 알 것이고 여러 날을 소요하며 갈 방법이 없어 너를 보낸다. 원

29

30

---

273) 경후번 : {경부번}. 앞에서 나온 자객 '경후번'의 오기임.

컨대 아직 부녀자가 길을 떠나기 전에 매우 분주한 중에 밤이 되어 정씨를 데리고 오게 되면 너의 큰 공이 될 것이다."

후번이 말하였다.

"비록 길을 가는 도중이나 재상가 행차에 사람이 많을 것이니 내가 혼자 가서 어찌 하겠습니까? 강도를 많이 결당하여 협박하여 붙잡을 것이니 비단과 금을 더 주셔야겠습니다."

설강이 다시 오백 금을 주고 가만히 글을 써서 허창을 꾀어 난교에게 보내었다. 난교가 설강의 은혜에 감격한 까닭에 모든 일을 설강이 시키는 대로 응하였다. 임금이 난교를 가장 총애하여 벼슬을 봉하고자 하였다. 임금은 자정전에 있으면서 밤마다 난교와 즐기자 육궁(六宮)274)이 임금의 총애를 잃고 정궁에게도 임금의 사랑이 식어가니 곽후가 투기가 많았다. 태후 송씨가 민망하여 왕과 왕비에게 잘못을 꾸짖고 화목할 것을 권하였더니 이때 자주 책망을 들으니 점점 궁내가 소란스럽고 산란하였다.

이때 이부상서 소현이 소를 올려 이부의 두터운 명망과 인망이 유현에게 이르게 되었다. 이때 기현의 벼슬이 예부상서 홍문관 태학사에 오르게 되니 임금의 총애가 조정과 재야에 들릴 정도였다. 바야흐로 열 대 여섯 살에 중요한 권력을 잡으니 진왕이 송구하여 기현에게 경계하면서 말하였다.

"네가 나이가 어리고 재주가 없는데도 이와 같은 중요한 임무를 맡았구나. 예부는 기강과 예의를 알아야 하는 곳이다. 사람의 선악과 어질고 그렇지 않음을 알아 직책을 맡아야 하니 마음을 갖추어 거울같이 하

---

274) 육궁(六宮) : 궁중에 있었던 황후의 궁전과 부인 이하의 다섯 궁실.

여라. 이 말을 명심하며 잊지 말고 청렴하고 강렬하여 아버지와 숙부에게 해가 되지 않도록 해라."

두 아들이 자리에서 물러나 앉으며 명령을 받들었다. 두 사람이 태학사를 겸하게 되어 관아에 들어가 숙직하는 때가 많았다. 설강도 임금의 총애가 특별하여 이부 시랑에 이르고 학사에 이르게 되니 의기양양하여 두 사람을 모두 없애고 당대에 홀로 득세하고자 하였다.

이때는 중추 16일이었는데 임금이 난교를 데리고 자정전에서 자게 되었다. 자정전은 본래 외전(外殿)이어서 여러 태학사가 숙직하는 때이면 임금이 끝없이 불러 글도 짓게 하고 강론도 시키는 등 신하가 다니는 곳이었다. 난교는 천인 궁녀이기 때문에 궁궐 내 가까운 곳은 곽후의 투기가 심하여 항상 곽후가 못 나오는 곳으로 난교를 불러 밤이면 난교를 자정전으로 자주 불러 머물게 하였다. 난교가 들어온 후에는 자정전에서 밤을 새워 임금을 모셨다. 이럴 때는 이부 유현과 학사 설강이 다 좌우에 있는 전각에 있었다. 임금이 잠이 들자 설강이 약을 먹고 유현의 얼굴이 완전히 되어 칼을 들고 자정전에 가 난교를 이끌고 병풍과 장막 밖에서 은은히 말을 하였다. 달빛이 너울너울 비쳐[275] 몰라볼 것이 없었는데 임금이 깨어나 보니 난교가 곁에 없고 병풍 뒤에서 비밀스러운 소리가 들렸다. 임금은 한밤중에 난교가 일어나 말하는 것인 줄은 생각지도 않고 매우 괴이하게 여겨 가만히 병풍 밖의 사람을 보았다. 촛불 그림자의 찬란한 모습이 분명 조유현이었다. 유현이 난교의 손을 잡고 말하였다.

"현비(賢妃)가 설강의 집에 있을 때 굳은 약속이 있었는데 하루아침에

33

34

35

---

275) 너울너울 비쳐 : {파사[婆娑]하여}. '파사하다'는 춤추는 소매의 날림이 가볍거나 가냘프다의 의미임. 문맥을 고려하여 이와 같이 옮김.

초방(椒房)에서 임금님을 모신다고 고인(故人)을 아주 잊었으니 조유현이 초조하여 타들어가는[276] 간장이 죽을 것 같소. 어리석은 임금이 무도(無道)하여 정궁을 소박하고 아름다운 여인들과 연희하며 망극한 모습이니 대장부가 북면(北面)하여 신하라고 말하는 것이 욕될 것이오. 시퍼런 칼날을 움직여 일을 내려고 하는데 오히려 부형이 말리고 후세에서 역신(逆臣)이라는 말을 듣지 않으려고 그만 두었소. 그런데 나의 천금 같은 가인(佳人)을 빼앗긴 뒤부터는 원통함이 대단하여 내 수단이 세력을 보아 참지 못할 것이오. 내가 마땅히 황제의 예복을 입고 많은 신하의[277] 조회를 받을 것이오. 현비가 오늘은 송나라 왕실의 후비이나 뒷날 유현이 뜻을 얻으면 황후의 존귀를 누릴 것이오. 천하는 한 사람의 천하가 아니라 재덕을 가진 사람에게 돌아갈 것이오. 우리 부친은 문왕의 덕을 지니고 있고 나는 무왕이 될 것이니 어리석은 임금이 잠들 때에 범할 것이오."

난교가 놀라 울며 말하였다.

"내가 어려서 부모를 잃고 설가에서 길러져 이따금 그대의 얼굴을 보았으나 내가 어찌 그대와 친했겠소? 이제 임금님의 은혜를 입어 임금과 신하의 도리가 하늘과 땅 같소. 차마 사람의 인적이 없는 깊은 밤에 이런 망극하고도 도리에 어그러진 말을 내니 빨리 가지 않으면 황상께 고하여 즉각 일을 낼 것이오."

유현이 허리 아래에서 칼을 빼며 말하였다.

"이 칼은 주상을 두려워하지 않을 것이오."

---

276) 타들어가는 : {니운}. 옛말 '이울다'는 시들다의 의미이므로 문맥을 고려하여
277) 황제의 ~ 신하의 : {황표[黃袍]로 군하(群下)의}. '황표'는 노란색 옷감으로 지은 황제의 예복을 뜻하는 '황포(黃袍)'의 오기인 듯함. '군하(群下)'는 많은 신하를 의미함.

난교가 크게 소리를 지르고 병풍 안으로 들어가니 유현이 다급하게 달아났다. 임금이 놀라고 분하여 난교에게 물으니 난교가 눈물을 비 오듯이 흘리며 고하였다.

"신첩이 천한 여자이지만 팔위에 붉은 점이 완연하여 임금의 사랑을 받았습니다. 조유현이 이리저리 하였으니 폐하는 소황문에게 시켜 죄상을 살펴 캐십시오."

임금이 몹시 놀라며 이 말을 친히 들었기 때문에 어찌 요사스러운 인간의 변란을 알겠는가? 임금이 매우 노하며 반드시 죽이려 하고 죄상을 살펴 캐니 설강 등은 곤히 자고 있고 유현이 혼자 깨어 있었다고 하였다. 임금이 더욱 노하여 즉각 유현을 죽이고자 하였지만 궁궐에서 일어난 일이고 난교와 관련된 음란한 일이라 아직 참고 그 동정을 보고자 하였다. 다음날 초공을 청하여 말하였다.

"요사이 북쪽 변방에 흉노가 크게 반란을 일으켜 굶주림이 참혹하다고 하니 이윤(伊尹)278)과 주공(周公)279)이라도 이곳을 지키지 못할 것이다. 짐이 친히 가고자 하지만 몸에 병이 잦으니 상부가 마땅히 짐을 대신하여 북쪽 변방을 지켜 군현을 진정시키고 이민을 위로하여 상부의 재주와 덕행을 힘써라."

초공이 머리를 조아리고 말하였다.

"임금의 명령은 사지(死地)라도 감히 명령을 거역하지 못하는데 이런

278) 이윤(伊尹) : 중국 은나라 초의 이름난 재상임. 탕왕(湯王)을 보좌하여 하나라의 걸왕(桀王)을 멸망시키고 선정을 베풀었음.

279) 주공(周公) : 주왕조를 세운 문왕(文王)의 아들이며 무왕(武王)의 동생으로 이름은 단(旦). 무왕이 죽자 무왕의 나이 어린 아들 성왕(成王)을 도와 주왕조의 기초를 확립하였음. 무왕이 죽은 뒤 나이 어린 성왕이 제위에 오르자 섭정(攝政)이 되었는데, 당시 은족(殷族)의 대표자 무경(武庚)과 녹부(祿夫), 그리고 주공의 동생 관숙(管叔)과 채숙(蔡叔) 등이 동이(東夷)와 결탁하여 대반란을 일으켰으나 이 난을 진압함.

일을 사양하겠습니까?"

39 말이 채 끝나기도 전에 한 사람이 대열에서 나와 아뢰었다.

"초공은 국가의 기둥과 주춧돌이니 잠시 한순간도 임금님 곁을 떠나지 못할 것입니다. 그러니 다른 신하를 보내옵소서."

임금이 그 말을 한 사람을 보니 정천의였다. 임금이 말하였다.

"경의 말이 유리하나 북쪽 변방을 지킬 사람은 상부가 아니면 할 수 없을 것이다."

이렇게 말하고 초공을 굳이 정하였다. 초공이 임금의 뜻을 짐작하였으나 신하의 도리로 임금의 뜻을 사양하지 못하여 흔쾌히 명령을 받들고 물러났다. 임금이 또 진왕을 멀리 보내고자 하여 핑계를 생각하더니 제왕

40 전훈이 모반하여 남방을 침범하는 근심이 오래되니 임금이 진왕 조무에게 정병(精兵) 십오 만을 주어 정벌하게 하였다. 진왕이 임금의 명령에 사은하고 조정에서 물러나왔다. 그러나 한꺼번에 진왕 형제가 남쪽과 북쪽으로 멀리 떠나게 되어 근심이 대단하였고 태부인과 집안의 많은 사람들이 각각 간절히 생각하며 그리워하였다. 초공이 유현을 불러 손을 잡고 말하였다.

"오늘 아비가 떠나면 3년이 걸릴 것이다. 내 아들은 충효와 큰 절개를 으뜸으로 삼아라."

유현이 아버지의 무릎 아래 꿇어앉아서 아버지의 가르침이 3년 동안의 이별에 즈음하여 내리는 특별한 것이어서 심사가 오죽하겠는가? 그 말씀을 들으니 무슨 액운이 분명하게 생긴 것을 알아채고 심사가 좋지 않았으나 안색을 온화하게 하며 말을 부드럽게 하고 아뢰었다.

41 "제가 불민하지만 태평성대에 무슨 한이 있겠습니까? 다만 이제 아버

지께서 수천 리의 해외 풍상을 겪으실 것이고 산 넘고 물을 건너 길을 오르시며 존당을 떠나시니 제 마음은 안타깝고 답답함을 참지 못하겠습니다. 엎드려 바라건대 아버지께서는 저에 대한 염려는 하지 마십시오."

초공이 말하였다.

"형제가 부모님을 모시고 있으면서 남북으로 일시에 떠나게 되니 어찌 마음이 편안하겠느냐? 내가 이제 집을 떠나게 되지만 네가 집안의 시시비비로 걱정이 거듭되지는 않을 것이기 때문에 걱정이 없지만 성상께서 우리 형제를 일부러 멀리 치우시고 정궁이 위태해지고 네 몸이 무사하지 않을 것이다. 네가 충의에서 나오는 분노가 격발하지만 성상의 뜻을 격렬하게 하지 마라. 그렇게 되면 벼슬을 빼앗기고 귀양 가는 것을 면하지 못할 것이니 내가 돌아오면 너를 보지 못할까 걱정이 되는구나. 그러나 성상께서 어질고 현명하시니 종내는 뜬구름이 총명을 가리지는 못할 것이다. 모든 일에 명심하여라."

유현이 일어나 두 번 절하고 아뢰었다.

"아버지의 말씀이 앞길을 미리 예언하시니 저의 좁은 도량으로는 바랄바가 아니오나 매사가 운명이니 삼가 아버지의 가르침을 가슴속에 새겨 행동거지를 삼가 명령을 받들 것입니다. 아버지께서는 염려하지 마십시오."

진왕이 유현의 손을 잡고 넓은 눈썹을 찡그리며 말하였다.

"너를 떠나 2년 후 쯤에 만날 것이니 어찌 연연해하지 않겠느냐? 너의 품성이 거칠 것이 없지만 너는 사람됨이 강엄하고 성정이 굳으니 관직에 있으면서 어버이를 섬기는 마음은 너를 본보기로 삼을 만하지만 수

42

43

년의 액운이야 어찌 면하겠느냐? 그러나 사생(死生)은 운수에 따르는 것이니 대장부가 죽을 운을 지니고 있으나 어찌 충렬을 힘쓰지 않겠느냐? 조카는 말하지 않아도 그때가 되면 충렬을 말할 것이니 아비와 숙부가 수고롭게 말하겠느냐?"

유현이 큰아버지의 말씀이 명쾌한 것을 듣고 감격하였다. 진왕과 초공이 유현에게 연연해하며 재삼 조심할 것을 이르고 진왕이 기현에게 경계하면서 말하였다.

"우리가 나가고 난 후에 유현도 집을 떠나게 될 것이니 집안을 잘 다스려 여러 아이들의 방약무인함을 아주 엄하게 다잡아라."

기현이 두 번 절하며 말하였다.

"제가 불초하나 삼가 아버지의 말씀을 받들어 아침부터 밤까지 마음을 다하겠습니다. 엎드려 바라건대 아버지와 숙부는 먼 길을 떠나시면서 몸을 보중하십시오. 집안의 도에 관해서는 염려하지 마십시오."

초공이 매우 기뻐하였다. 진왕이 말하였다.[280]

"너의 행동이 효순하여 예의에 어그러지는 도리는 없지만 본성이 해이하다. 여러 아이 중에서 낫지만 유현보다는 못하다. 위의를 진중하게 하여라."

초공이 말없이 웃으며 말하였다.

"오히려 형님이 기현을 잘 모르십니다. 어질고 유화하고 성질이 굳으며 명석하고 정직하나 그 중에 엄숙한 위의가 있으니 어찌 유현의 과격

---

280) 진왕이 말하였다 : {초공은 크게 두굿기고 왈}. 원문을 보면 초공이 기현에게 말을 하는 것처럼 되어 있음. 그러나 이 말이 끝나고 다시 '초공이 잠쇼 왈'이 이어지는데 이것으로 보면 이 말은 초공의 말이 아니라 진왕이 아들 기현을 낮게 평가하는 말이어야 함. 앞뒤 흐름을 살펴서 진왕이 말한 것으로 바로 잡음.

함에 비교하겠습니까? 두 아이는 구태여 근심이 없지만 여러 아이들이 도덕을 겸비하지 못해서 가히 집을 떠나면서 염려로 마음이 놓이지 않 습니다."

진왕이 말없이 웃었다. 이에 진왕과 초공이 임금에게 나아가 하직하니 임금이 두 사람을 청하여 보고 위로하면서 말하였다.

"두 선생이 짐을 위하여 먼 길의 풍상을 무릅써서 수고를 몸소 당하니 짐의 염려가 적겠는가? 모름지기 빨리 돌아와 짐의 마음을 위로하기를 바라노라."

그런 후에 잔을 들어 두 사람에게 주고 상방검(上方劍)281)을 주며 각도 의 군현에 명령을 어기고 법을 어지럽히는 자가 있거든 먼저 목을 베고 나중에 임금에게 아뢰라고 하였다. 각각 백모황월(白旄黃鉞)282)을 주고 위 의를 돋우었다. 두 사람이 공경히 사례하고 그런 후에 임금님 앞에 엎드 려 아뢰었다.

"오늘 신들이 남북으로 임금님의 명령을 받들어 가게 되었으니 성상을 하직하는 마음이 슬픔을 측량하지 못하면서도 한갓 간절한 염려 때문 에 숙식(宿食)이 편하지 않을 것 같습니다. 황공함을 잊고 가히 마음속 의 생각을 아뢰고자 합니다."

임금이 두 사람의 얼굴빛이 온화하고 말이 부드러운 것을 보고 얼굴빛 을 엄숙하게 고치고 물었다.

---

281) 상방검(上房劍) : 상방검(上方劍)이라고도 함. 상방(尙房)은 임금이 일용에 쓰는 물건을 만들던 한 나라 때의 관서로, 이곳에서 만든 칼을 상방검이라고 함. 상방검은 임금을 상징하는 물건으 로 임금을 대신하여 전쟁 등의 중요한 일에서 명을 집행할 때 임금을 대신하여 일을 집행하게 한다는 의미로 하사하였음.

282) 백모황월(白旄黃鉞) : {백모화월}. '백모황월'의 오기인 듯함. 백모(白旄)는 털이 긴 쇠꼬리를 장대 끝에 매달아 놓은 기(旗). 황월(黃鉞)은 황금으로 장식한 도끼.

"경들이 이르는 것은 반드시 충효에서 나오는 말일 것이니 한 번 듣기를 원한다."

두 사람이 땅에 엎드려 아뢰었다.

"군신은 아버지와 자식의 관계와 같습니다. 하물며 신이 앞뒤의 두 임금님께 받은 은혜는 바다가 얕고 하늘이 낮을 것입니다. 어찌 몸을 버리고 나라의 은혜를 갚을 뜻이 없겠습니까? 이제 폐하께서 정궁에 대한 총애가 점차 사라지시고 여러 후궁이 임금님의 총애를 다투어 요란한 것이 조정의 신하들에게까지 들립니다. 탕왕(湯王)283)이 자책하기를 '궁실이 높은가? 부녀자의 청탁이 많은가?'284)라고 하셨습니다. 아름답게 꾸미고 사치하는 것은 임금께서 경계하셔야 하는 것입니다. 걸주(桀紂)285)는 녹대(鹿臺)의 술 연못을 두고 마침내 달기로 인해 나라를 망하게 하였습니다. 옛날부터 정궁 때문에 나라가 망하는 것은 드뭅니다. 폐하의 성덕이 어찌 우왕과 탕왕과 문왕과 무왕의 검소한 덕과 선

---

283) 탕왕(湯王) : 중국 은(殷)나라의 초대 임금으로, 하나라의 걸왕(桀王)을 내치고, 박(亳)에 도읍을 정하여 천자에 오르고 국호를 상(商)이라 정함. 제도와 전례(典禮)를 잘 정비하였음.

284) 궁실이 ~ 많은가? : {궁실이 흉예나 녀얼이 셩여아}. 이것은 탕왕이 한 말로 '궁실숭여(宮室崇歟) 여알성여(女謁盛歟)'를 쓴 것임. 탕 임금 때에 대한(大旱)이 7년이나 계속되자, 탕 임금이 자신을 희생으로 삼아 상림(桑林)의 들에서 기우제를 지낼 적에 여섯 가지 일로 자책하기를, "정사가 간결하지 못한가, 백성이 생업을 잃었는가, 궁실이 높은가, 부녀자의 청탁이 많은가, 뇌물이 행해지는가, 아첨하는 자가 많은가[政不節歟 民失職歟 宮室崇歟 女謁盛歟 苞苴行歟 讒夫昌歟]"라고 하니, 그 말을 채 마치기도 전에 사방 수천 리 지역에 큰 비가 내렸다고 함.

285) 걸주(桀紂) : 중국 고대 하왕조(夏王朝) 최후의 왕인 걸왕(桀王)과 은(殷)왕조 최후의 왕인 주왕(紂王)을 말함. 하나라 걸왕은 웅장한 궁전을 건조하여 천하의 희귀한 보화와 미녀를 모았으며, 궁전 뒤뜰에 주지(酒池)를 만들어 배를 띄워 즐겼고, 장야궁(長夜宮)을 짓고 거기서 남녀 합환의 유흥에 빠졌다고 전함. 은나라 주왕은 애첩 달기(妲己)와 황음무도한 짓을 일삼아 하(夏)나라의 마지막 왕 걸(桀)과 함께 폭군의 전형이 되었음. 술로 가득 채운 연못(酒池) 주변의 나무를 비단으로 휘감은 뒤 고기를 매달아 놓고(肉林) 달기와 함께 배를 타고 노닐면서 손이 가는 대로 고기를 따서 먹었다고 함. 주지육림이라는 고사성어는 여기에서 유래함. 제후들의 맹주 격인 발(發)이 군사를 일으켜 상나라를 멸망시키고 주(周)나라를 세워 무왕이 되었고 주왕은 녹대에 불을 지르고 그 속에서 스스로 불에 타 죽었다고 전함.

왕의 어지심을 본받지 않으시고 궁내를 화평하게 하지 못하십니까? 임금은 부모이니 부모가 불행이 있으면 신등이 마음이 다급하여 아침저녁의 침식(寢食)이 달지 않습니다. 정궁 낭랑은 선제와 태후 낭랑께서 간택하신 분입니다. 어느 후궁이 감히 정궁의 자리를 엿보아 정궁께 맞서서 대항하겠습니까? 성상의 해와 달 같은 지혜로움이 이곳에 가려져 있으니 국가 종묘사직에 작은 근심이 아닙니다. 신등이 상부의 존명을 받고 직품이 신하 중에서는 대단하지만 한 말씀도 충고하지 못하고 폐하를 저버린 것이 될 것입니다. 이제 신 등이 남북으로 가니 그 사이 반드시 반년이 더 걸릴 것입니다. 그윽이 두려워하건대 행여 궁내에 변이 있어 정궁께서 위태하실까 무섭습니다. 미리 말씀을 드리는 것이 마음이 편하지 않지만 성상께서는 신의 말씀을 거두어 쓰시고 적은 죄로 벌하지 않으시는 은혜를 입어 진심으로 저의 마음을 아룁니다. 만일 신의 말을 용납하신다면 신등이 성은을 감축하여 물러가는 저의 마음이 편할까 합니다."

이렇게 아뢴 후에 두 사람의 안색이 봄볕을 띠고 있었으니 기운이 가을 하늘 같고 말이 푸른 소나무와 대나무와 잣나무처럼 굳은 절개가 있었다. 임금 앞에서 몸을 숙이고 명령을 기다리니 위의가 숙연하여 자연스레 사람으로 하여금 엄숙하게 얼굴빛을 고치고 공경하고 복종하게 하는 것이었다. 임금이 만승(萬乘)의 지위이지만 두 사람을 공경하는 까닭에 좌우에 있는 신하에게 두 사람을 붙들어 몸을 펼 것을 말하고 공경하는 뜻으로 몸을 굽히며 말하였다.

"오늘 두 선생을 대하여 지극한 충언을 들으니 모두 짐을 사랑하고 나라를 위한 충성에서 나온 말이다. 짐이 어찌 감동하여 탄복하지 않겠

는가? 짐이 만승천자이나 후비의 복이 박하여 궁내에서 이름 높은 기
풍을 볼 길이 없다. 주선강후(周宣姜后)가 자신의 패물을 빼놓고 경계한
것286)을 볼 길이 없고 마침내 투기하는 소리가 매우 사나우니 결단코
천자의 짝으로 수많은 백성의 어미가 되지 못할 바이다. 이런 까닭에
옛날에 태후께서 아침저녁으로 화해하기를 권하셨지만287) 짐의 마음
을 돌이키지 못했다. 오늘 두 선생의 말을 들으니 짐이 실덕하여 그런
가 하여 부끄럽도다. 비록 그러하나 정궁 때문에 망한 나라가 없다고
하나 한당고사를 보고 정궁의 지금의 투악을 보니 마음이 두렵고 거북
하다. 만일 끝내 변이나 없으면 짐이 마땅히 두 선생의 부탁을 저버리
지 않을 것이다."

두 사람이 눈물을 흘리고 아뢰었다.

"성상께서 어찌 차마 신하를 대하여 궁내의 부덕(婦德)을 말씀하십니
까? 폐하께서 대접하시는 것이 이와 같으시기 때문에 낭랑의 성격에
화락하지 못하시는 것입니다. 신등도 한당고사를 보았으니 낭랑의 실
덕이 오히려 성상께서 그렇게 말씀하셨기 때문에 투기가 밖으로 드러
난 것이지 부인의 성격이 편협하여 투기하는 마음이 없는 사람은 고금
에도 듣지 못한 바입니다. 문왕의 태사(太姒)가 있더라도 폐하와 같은
편벽에 분해하고 원통해한다면 반드시 성덕이 흘러 시경 제1편이 되지

---

286) 주선강후(周宣姜后) ~ 것 : {쥬션강후[周宣姜后]의 탈잠(脫簪)}. 주(周)나라 선왕(宣王)의 왕후
인 강후(姜后). 유향(劉向)의 『열녀전』 「주선강후(周宣姜后)」 편에 나오는 이야기로 주나라 선
왕의 왕후인 강후는 제(齊)나라 제후의 딸로 어질며 덕이 뛰어났음. 선왕에게는 일찍 자리에 들
고 늦게 일어나는 버릇이 있었는데 이런 까닭에 강후도 방을 나올 수가 없었음. 자신이 부덕했
기 때문이라고 여긴 강후는 몸에 지닌 모든 패물을 빼놓고 영항(永巷)에서 죄를 받고자 청하며
왕의 잘못을 끌어다 자신을 꾸짖자 선왕이 자신의 게으름을 뉘우치고 이후부터는 정사를 성실
히 하고 일찍 조정에 나오고 늦게 퇴근하여 마침내 중흥(中興)의 군주라는 이름을 얻게 됨.
287) 화해하기를 권하셨지만 : {권이ᄒ시더}. 권고하여 화해시키다의 의미인 '권회[勸解]ᄒ시대'의
오기인 듯함.

못했을 것입니다. 엎드려 바라건대 성상께서는 넓게 헤아리시고 적은 허물은 보지 못한 듯이 하시어 후궁이 아뢰는 말을 믿고 곧이듣지 마십시오."

임금이 말없이 웃으며 말하였다.

"두 선생이 이르는 말을 잊지 않을 것이니 먼 길을 떠나면서 맡은 바 무거운 책임을 빨리 이루어 승전하고 돌아오라." ₅₃

두 사람이 공경히 받들어 사례하고 대궐문을 나서니 온 조정의 많은 신하들이 문밖에서 전별하였다. 형제가 이별하여 진왕은 남쪽으로 향하고 초공은 북쪽으로 향하였다. 왕공의 행차이고 천자의 사부로 위엄이 사해(四海)에 진동하고 덕망이 일세를 기울이고 또한 상방검과 백모황월이 위의를 도왔다. 각 읍과 주현의 생살을 손안에 쥐었고 호령이 서리와 바람 같고 위엄이 뇌성벽력 같아서 이들이 지나가게 되면 군현의 사람들이 높은 명망을 우러러 사모하여 간담이 서늘하여 다급히 맞이하고 백성이 다투어 맞았다.

진왕의 엄숙한 위엄과 덕망과 초공의 현명한 덕 있는 얼굴은 명분이 ₅₄ 바르고 말이 이치에 맞아 이르는 곳마다 감동하고 복종하여 도적이 변하여 양민이 되고 군현이 마음을 고치고 덕을 닦았다. 군자의 덕화가 만방을 감동시키지 않는 곳이 없어서 4~5개월이 못되어 북방의 백성들이 왕의 교화를 알게 되었다. 각각 군현이 민간에 끼치는 폐해를 일일이 들어내며 때맞추어 비가 내리고 바람이 고르게 불듯이 풍화를 널리 가르쳤다. 밖으로는 흉악한 난을 미리 막고 안으로 만민의 생업을 이루게 하니 사람마다 두 사람의 덕을 기리고 은혜를 칭송하여 지나는 곳마다 추모하는 비석을 세우고 부모를 생각하듯 하였다. 두 사람이 길을 떠난 지 8~9개월이 ₅₅

못되어 임금의 뜻에 응하여 돌아오게 되었다.

차설. 진왕이 행군하여 격서를 제국에 전하고 만방을 진정시켜 위력 있는 명성을 크게 떨치고 덕화가 만방에 오르내리고 원수의 위엄 있는 명령이 엄숙하여 번국에까지 원수의 명성이 떠들썩하였다. 제국의 군신들이 의논하여 '천조(天朝) 장수가 용맹이 뛰어나다고 하니 본국이 대적하기 어려울 것이다. 그러니 차라리 항복할 것이다'라 하고 즉시 항복하는 편지를 올렸다. 진왕에게 조공을 청하여 받들고 대대로 조공을 받칠 것을 맹세하고 잔치를 열어 관대하게 대하였다. 진왕이 온화한 얼굴로 말하였다.

"천자의 군대를 맞아 천자를 섬기는 항복하는 편지를 올리니 천자께서 아름답게 여길 것이다."

이렇게 말하고 하직하니 두 사람이 10일 사이에 조정에 들어왔다.

이때에 조씨 집안에서는 식구들이 진왕 형제를 보내고 존당과 부모의 염려와 부인들의 근심과 자식과 조카들이 아버지를 그리워하는 마음이 매우 깊었다. 예부 기현과 이부 유현이 아버지와 숙부의 교훈을 받들어 가사를 다스리고 큰일은 노공께 아뢰었다. 모든 행동이 아버지와 숙부의 뜻을 어기는 것이 없어 아침저녁 문안인사 때 공경하고 조심스럽게 존당을 받들고 가정의 교훈을 명심하는 등 일시도 게으름이 없었다. 노공이 두 손자의 거동을 보고 기뻐하며 말하였다.

"유현은 아비와 숙부를 겸하였고 기현은 조성을 닮았는데 이제 요행히도 도덕이 제 아버지와 숙부의 아래가 아니니 어찌 우리 가문의 경사가 아니겠는가? 이 때문에 늙은 할아비가 근심이 없구나."

두 손자에 대한 태부인의 늘그막의 사랑은 더욱 비할 곳이 없었다. 두

손자의 성효와 치가(治家)가 더욱 아름답다고 여겼고 여러 아우를 가르치
는 것이 더욱 기특하다고 생각하였다. 기현은 단정하고 침묵하는 위의를
지녀 자연스레 사람들이 각별이 공경하였다. 유현은 숙엄하고 매우 엄하
며 매서워 바라보면 두려운 까닭에 여러 공자가 아버지와 숙부가 집을 떠
났지만 조금도 태만하지 않았다.

앞서 설강은 간계를 내어 사람이 차마 생각지도 못할 일을 하며 임금의
마음을 요동시켰다. 임금이 이미 두 대신을 변방으로 내보내고 유현의 죄
를 다스리고자 하였다. 그런데 핑계를 대고 조정과 민간에 낼 말이 좋지
않아 정히 빌미를 잡았다. 임금은 예전에 유현을 사랑하고 대우하던 마음
이 사라지고 분개하는 마음이 맺혀 항상 조회하는 자리에서 유현을 보면
옥 같은 얼굴이 엄해졌다. 유현 형제는 사람을 알아보는 것이 사광(師曠)
의 귀 밝음288)과 이루(離婁)의 눈 밝음289)이 있어서 사람이 품고 있는 생
각을 꿰뚫어 알았다. 비록 군신지간이나 얼굴빛을 살펴보지는 못하지만
어찌 임금의 마음이 변한 것을 몰라보겠는가? 스스로 자기의 액운으로 이
렇게 된 것임을 알고 조금도 임금을 원망할 뜻이 없었다. 유현이 사람을
쓰는 모습이 지극히 공정하여 사사로움이 없어 사람의 선악을 거울 비추
듯이 하고 마음을 잡는 것이 바른 저울 같았다. 청현(淸顯)과 아망(雅望)이
더욱 빛나고 사대부와 보통 사람들이 모두 탄복하니 그 칭찬하는 소리가
임금에게도 자주 들렸다. 임금이 유현의 패악하고 대역(大逆)의 행동을 친
히 보면서부터 마음속으로 몹시 놀라워하여 유현이 잘못을 저질러 죄를

58

59

---

288) 사광(師曠)의 ~ 밝음 : 사광은 춘추시대 진(晉)나라 음악가로 음률을 잘 분별하여 소리를 듣고
     길흉을 점쳤다고 함. 사광지총(師曠之聰)은 귀가 예민함을 이르는 말.
289) 이루(離婁)의 ~ 밝음 : 중국 황제(黃帝)때 사람인 이루가 눈이 밝았다는 데서 나온 말. 이루지명
     (離婁之明)은 눈이 몹시 밝음을 비유적으로 이르는 말임.

60 얻기를 기다렸다. 유현이 저지른 옛날의 죄와 함께 적발하여 유현을 죽이려고 하는 까닭에 조금도 유현의 위세와 명망을 기뻐하지 않았다.

이때 후궁이 서로 임금의 총애를 다투고 정궁을 원망하며 임금께 아뢰다가 곽후에게 이 사실이 들리게 되어 곽후가 분함을 이기지 못하고 두 귀비를 친히 마구 때려 체면을 매우 잃게 되었다. 임금이 이르러 이것을 보고 말리다가 곽후가 분기를 억제하지 못하여 두 귀비를 구타하는 것을 그치지 않고 화나는 마음에 잘못하여 임금의 얼굴을 상하게 하였다. 임금이 매우 노하여 외전에 나와 곽후의 죄상을 중신에게 알리고 모든 학사와 의논하였다. 온 조정이 일시에 폐위는 옳지 않다고 온 힘을 다해 아뢰었

61 지만 설강 등이 폐위를 주장하여 임금의 뜻에 영합하고 곽후를 폐위시키게 하였다.

이부 유현과 예부 기현이 마침 노공의 환후 때문에 말미를 받아 병을 간호하고 있었다. 이 말을 듣고 다급하게 관복을 갖추고 임금 앞에 나아가 머리를 조아리고 눈물을 흘리며 간하는 것이 격렬하고 절실하였다. 임금이 매우 화를 내고 꾸짖으며 말하였다.

"무죄한 정궁을 폐하면 많은 신하들이 간하는 것은 옳겠지만 부부유별(夫婦有別)은 태만하고 행실 나쁜 부인의 지나친 악이 꿋꿋하게 서서 백성의 어미가 되지 못할 것이다. 법으로 정궁을 폐위시킨 것이니 누가 짐의 뜻을 거스르겠는가?"

62 유현과 기현이 임금이 노한 것을 보고도 조금도 두려워하지 않고 정색하면서 아뢰었다.

"폐하께서 한갓 정궁의 허물을 크게 책망하시지만 처음에 정궁에 대한 성상의 대접이 박하셔서 정궁께서 분노를 드러내신 것입니다. 성상께

서 후궁에 대한 총애가 대단하셔서 본처와 첩의 직분을 지키지 못하여 궁녀의 일이 이와 같게 되었습니다. 슬픕니다! 필부의 집에도 가장이 눈멀고 귀먹지 않으면 집안을 다스리지 못하는데 하물며 사해를 통솔하는 만승천자에게 있어서는 어떠하겠습니까? 폐하께서는 윤리와 의무가 중한 것을 아시고 계시며 게다가 정궁은 선제(先帝)께서 간택하신 분으로 어릴 때 혼인하여 작은 허물이 있다고 해서 폐위시키지는 못할 것입니다. 빨리 정궁의 자리를 회복해주시고 궁녀 중에서 황후를 헐뜯어 간하게 하고 정궁이 되고자 도모하는 후궁에게 독약을 내려 죽이셔서 왕법을 바르게 하십시오."

63

임금이 매우 노하면서 즉시 두 사람을 하옥하라고 하였다. 두 사람은 안색을 바꾸지 않고 아뢰었다.

"임금이 치욕을 당하면 신하가 임금의 치욕을 씻기 위해 목숨을 바친다고 하였습니다. 국모가 폐출되는 욕을 보시니 신이 죽는다고 하더라도 어찌 뉘우치지 않겠습니까? 다만 성상께서 선제와 태후의 뜻을 저버리시니 폐하께서는 성효에 흠이 됩니다."

이렇게 말하고 의대(衣帶)를 풀고 궁궐의 섬돌에서 공경히 사례하고 옥으로 나아갔다. 그 기질과 거동이 서리 같고 충절이 푸른 대나무와 다툴 정도였다. 임금이 분노하여 간하는 무리 십여 인을 하옥시키니 폐위를 반대하던 중론이 줄어들자 기꺼이 정궁을 폐위시켰다. 즉시 귀비 소씨를 태평궁에 즉위시키니 이는 곧 선인황후였다. 선인황후는 원래 지체 높은 이름난 집안의 요조숙녀로 선조(先朝) 때에 곽후와 함께 뽑아 귀비에 봉하였다. 사람됨이 지혜롭고 바르며 조비연의 거센 기운을 본받지 않고 반비의 장신궁을 본받아 임금의 총애를 다투는 것에서 벗어났기 때문에 조정

64

과 민간에서 우러러보는 명망이 소귀비에게 돌아갔다. 임금이 그 사람됨을 기이하게 대우하다가 하늘의 뜻에 응하고 사람의 뜻에 따르는 사람이라고 하여 중궁(中宮)으로 책봉하였는데 이 사람이 바로 소후였다. 궁내가 엄숙해지고 법도가 고요하게 되어 조정과 재야가 기뻐하며 이런 조치에 복종하였다. 곽후는 깊은 궁궐에 유폐되어 매우 슬퍼하고 있었다. 임금이 65 또한 어릴 때 혼인한 의리를 생각하여 잊지 않고 기억하니 곽후의 슬픔은 더하였다.

이때 곽후의 일로 가둔 여러 신하를 석방하게 되었는데 설강이 이 틈을 타서 도어사 최학수를 시켜 상소를 올리게 하였다. 그 상소의 내용은 이러하였다.

신이 들으니 삼강오륜(三綱五倫) 중에서 군신 같은 막대한 윤리는 없습니다. 사람이 태어나서 임금을 모르는 자는 금수(禽獸)와 같습니다. 어리석고 아득하여 이것을 알지 못하는 자는 책망하지 못하겠지만 이제 이부의 판서인 조유현은 만 권의 책을 보고 속에는 포부를 가지고 세상을 경영하는 재주를 가지고 있으며 고금의 일에 능통하지만 밖으로는 왕망(王莽)[290]과 같은 일을 하고 안으로는 조조(曹操)[291]의 66 반역하는 마음을 두었습니다. 이것은 신하 된 자가 모두 함께 미워하고 원망하는 것이니 분명하지도 않은 일을 군부께 아뢰겠습니까? 유현이 숙직할 때에 폐하께서 취침하시는 때를 타 칼을 품고 자정전에 돌입하여 흉악하고 도리에 어그러진 말로 폐

---

290) 왕망(王莽) : 한(漢)나라 원제(元帝)의 왕후인 왕(王)씨 서모의 동생인 왕만(王曼)의 둘째 아들. 갖가지 권모술수를 써서 사실상 최초로 선양혁명(禪讓革命)에 의하여 전한의 황제권력을 빼앗음.
291) 조조(曹操) : 삼국 시대 위나라의 시조(始祖)로 자는 맹덕(孟德)임. 황건의 난을 평정하여 공을 세우고 동탁(董卓)을 벤 후 실권을 장악하였음. 208년에 적벽(赤壁) 대전에서 유비와 손권의 연합군에게 크게 패하여 중국이 삼분된 후 216년에 위왕(魏王)이 되었음. 권모에 능하고 시문을 잘하였음.

하를 모욕하는 죄를 저지르는 것이 차마 신하의 도리라고 할 수 있습니까? 성은을 받은 허씨와 간통하고자 하다가 허씨가 거절하자 일이 발각될까 급히 나온 것은 모든 내시가 보았습니다. 소문이 조정의 신하들에게 낭자하여 놀라고 분해하지 않는 사람이 없습니다. 태후께서 아셨지만 권세를 거두지 못하여 모르는 체 하십니까? 유현이 양세의 외 조카로 불인대역(不仁大逆)을 본받아 항상 부자간의 정이 화목하지 못하고 집안에서 일어난 알려지지 않은 일도 말로 표현할 수 없을 정도입니다. 그 재주인즉 한 세상을 하나로 통일할 것이지만 그 소행은 죽여 마땅합니다. 나라를 어지럽히는 불충한 무리를 이부의 판서로 두시니 신이 종묘사직을 위하여 두려워합니다. 엎드려 바라건대 성상께서는 밝게 살피십시오.

67

도어사 최학수는 설강의 사촌형이었다. 성격이 과격하고 앞뒤를 따지는 것이 없는 인물이고 남의 말을 잘 듣기 때문에 유현의 몸을 해치고자 하는 것이 아니라 설강의 말을 듣고 언관(言官)이 되어 이런 불충한 사람을 없애지 않는 것은 직임을 욕되게 하는 것이라고 생각하였기 때문에 이렇게 한 것이었다. 설강이 많은 수단으로 최학수를 꾀니 엉성한 사람이 설강의 말대로 하여 계속해서 상소를 올렸다. 임금이 상소를 받아 친히 보고 분기가 대단하여 즉시 답변하였다.

68

경의 상소문을 보니 충렬이 늠름하여 옛사람보다 위인 것 같다. 유현의 죄상이 뼈에 사무치도록 원통하니 각별히 엄하게 문책하라

설강이 매우 기뻐했으며 조정과 재야에서 놀라지 않는 사람이 없었다. 조유현을 아는 사람은 몹시 분하여 원망하지 않겠는가?

이때 소후가 처음으로 황후의 지위에 오르게 되었는데 대사를 아는 체함이 없고 궁내에 어진 덕을 펼 뿐이었다. 최학수의 초사로 임금의 분노가 그치지 않는 것을 의아해하며 임금을 잠깐 뵐 것을 청하였다. 임금이 바야흐로 소후를 예의로 공경하는 까닭에 흔쾌히 소후의 처소에 들어왔다. 소후가 임금의 분노가 그치지 않는 이유를 여쭈니 임금이 최학수의 초사(招辭)를 말하였다. 소후가 듣고 말하였다.

"요사이 거짓말이 많으니 어찌 알겠습니까?"

임금이 말하였다.

"이부 유현은 풍류가 뛰어나고 빛나는 재주가 만인 중에 솟아나니 짐이 수족같이 사랑하고 소중하게 여겼소. 그런데 짐이 소장을 보니 이와 같이 매우 대단한 간악함이 있으니 상소가 헛된 것이 아니오. 짐이 어느 날 밤에 친히 본 것이니 다스리면 그 죄가 만 번 죽어도 아깝지 않소. 금년에 나이가 15세니 풍채 있는 신체가 과연 아깝도다!"

소후가 얼굴빛을 엄숙하게 고치고 자리에서 물러나며 말하였다.

"신은 궁궐 안에 있는 아무 것도 모르는 여자입니다. 옛날부터 후비가 바깥일을 간섭하는 것은 잘못되었으나 제가 박덕하고 지혜롭지도 않으면서 외람되게 황후의 지위에 올라 항상 두려움이 얇은 얼음판을 딛는 것 같습니다. 그러니 어찌 바깥의 정사(政事)를 알겠습니까마는 생각해보면 유현은 알지 못하지만 조무와 조성은 선조 때부터 충렬이 있는 신하로 남쪽을 정벌하고 북쪽을 쳐 공적이 무겁습니다. 조성은 폐하께서 춘궁(春宮)으로 계실 때부터 절개와 충성이 한결같고 선제께서 세상을 떠나실 때 폐하를 부탁하셨기 때문에 일세를 걱정하고 염려하여 주공처럼 한 번 목욕하는 동안에 세 번 머리를 움켜쥐고 한 번 밥 먹

는 동안에 세 번 내뱉으며[292] 음양을 다스려 사시(四時)에 순응하였습 71
니다. 이제 그 자식이 남보다 낫다고 못한다하더라도 그런 대역(大逆)
을 행하겠습니까? 옛날에 선제께서 병이 났을 때 조성이 칼을 들고 들
어왔을 때 까마귀의 암수를 구별했겠습니까마는 뜬구름이 가린 것에
서 벗어나니 초공 조성의 충렬이 밝은 해처럼 분명해졌습니다. 조유현
이 자정전에 들어온 것도 어떤 소인이 그렇게 꾸민 것인지 어찌 알겠습
니까? 사람에 대한 판단은 그 사람의 평소 때 행동거지로 판단해야 합
니다. 이제 한 장의 상소와 한밤중의 귀매(鬼魅)[293]의 요술에 정신이 현
혹되어 수족 같은 충성스럽고 선량한 신하를 해치신다면 죽은 자는 다
시 살아날 수 없고 형벌을 받은 자는 상처 난 살을 다시 붙일 수 없습니
다.[294] 엎드려 바라건대 성상께서 밝게 살피셔서 후회하는 것이 없도
록 하십시오."

이렇게 어진 말이 임금의 마음을 매우 감동시켰다. 임금이 역시 시원 72
스럽게 깨달아 탄복하여 말하였다.

"어진 왕후의 덕이 이와 같이 거룩하여 짐에게 힘써서 간하니 주선강
후(周宣姜后)가 자기의 패물을 빼놓고 경계한 일에 뒤지겠소? 원래 유현
이 했던 앞뒤의 일들은 맑은 하늘의 밝은 해와 같은데 분명히 이 밤에
유현의 얼굴을 보고 말을 들었기 때문에 놀라움을 이기지 못했소. 왕

---

292) 주공처럼 ~ 내뱉으며 : {쥬공[周公]의 일목(一沐)의 삼악발(三握髮) ᄒᆞ고 일반(一飯)의 삼토포(三
吐哺) ᄒᆞ고}. 이 구절은 한 번 목욕하는 동안에 세 번 머리를 움켜쥐고 한 번 밥 먹는 동안에 세
번 내뱉는다는 뜻임. 성왕이 백금을 노나라에 봉하자, 주공이 노나라 사람에게 교만하게 굴지
말라며 훈계하기를 "나는 문왕의 아들이요 무왕의 아우이며 성왕의 숙부인데, 또한 천하에 재
상 노릇을 하면서도 천하를 가볍게 여기지 않았다. 한 번 목욕하는 동안에 세 번 머리를 움켜쥐
고 한 번 밥 먹는 동안에 세 번 내뱉으면서, 오히려 천하의 선비를 잃을까 우려했었다."고 한 데
에서 유래한 것으로 주공의 인재를 구하는 태도를 나타냄.
293) 귀매(鬼魅) : 도깨비와 두억시니 따위를 이르는 말.
294) 죽은 ~ 없습니다 : {ᄉᆞ쟤[死者]는 블가부생[不可復生]이오 형자(刑者)는 블가부쇽[不可復屬]}.

후의 말씀을 듣고 깨달으니 혹시 억울함이 있게 된다면 짐의 허물이 될 것이니 형벌을 천천히 하고 말로 먼저 물어보아 죽을죄를 늦추어 귀양을 보내고 뒷날 분명한 것을 알아 결단할 것이오."

소후가 일어나 칭찬하며 말하였다.

"이것은 신하와 백성의 복입니다. 분명하게 일의 기미를 아신 후에 죽이셔도 됩니다. 하물며 평소 때 수족 같은 으뜸 신하를 어찌 의심만 갖고 죽이겠습니까? 유현의 죄상을 넓게 공론하시어 그를 구하는 사람이 충신이면 가히 가벼운 벌을 쓰시고 조성의 충렬을 돌이켜 생각해 보십시오."

임금이 매우 탄복하여 유현을 죽일 마음을 거두고 다음 날 조회 후에 조유현을 불러들이라고 하였다. 위의를 매우 엄숙하게 했으며 형법이 매우 엄숙하니 죄가 없는 사람도 벌벌 떨 만하였다. 수많은 옥졸이 유현을 인도하여 계단 아래에 이르니 임금이 최학수의 상소를 내려 보라고 하고 친히 소리를 높여 책망하며 말하셨다.

"짐이 경을 매사에 넘치게 대하여 은혜가 부족함이 없는데 무슨 뜻으로 신하의 직분을 지키지 않고 몸소 대역의 죄를 지었느냐? 한갓 최학수의 상소만이면 짐이 오히려 믿지 않을 것이지만 어느 날 밤에 네 얼굴을 보고 소리를 짐이 직접 들었으니 경이 능히 무엇이라고 변명할 일이 있느냐? 그 죄는 마땅히 삼족(三族)을 멸하는 것을 면치 못할 것이고 족속이 연좌할 것이다. 그런데도 짐이 오히려 상부의 충의를 돌아보아 연좌는 하지 않고자 하여 엄한 형벌로 심문하여 무고하게 반역하는 죄를 물으려고 오형(五刑)295)의 기구를 벌려놓았으니 능히 알겠느냐?"

---

295) 오형(五刑) : 다섯 가지 형벌. 묵형(墨刑), 의형(劓刑), 비형(剕刑), 궁형(宮刑), 대벽(大辟)을 이름.

유현이 머리를 조아리고 죄를 청하며 말하였다.

"신이 나이가 어리고 재주가 없는데도 일찍 성은을 입어 밤낮으로 은혜가 천기(天璣)와 나란하고[296] 군신의 도리가 부자의 도리와 같으니 어찌 차마 매우 음란한 대역죄를 몸소 행했겠습니까? 최학수의 소장을 보니 군신대의를 저버린 것인데 신이 대역을 품었다면 사람의 마음이 면 숙직할 때 몸소 자정전에 들어가 난을 일으키지 않을 것입니다. 아버지와 숙부가 성상의 총애를 많이 받으셔서 제가 만일 반역을 행하고자 한다면 일을 비밀스럽게 해도 죽을 것인데 더욱 한밤중에 자정전에 들어와 성은을 입은 후궁을 희롱하겠습니까? 어지러운 말로 후궁을 욕하고 대역을 스스로 입으로 말하는 것은 삼척동자라도 곧이듣지 않을 것이고 그런 행동을 하지 않을 것입니다. 조정의 신하가 비록 각처에 숙직하고 있으나 폐하께서 취침하고 계신지 아닌지를 알아 그런 죄를 짓고 외조(外朝)[297]까지 어지러운 말을 내겠습니까? 이것은 지식이 있는 자는 말할 것도 없고 나무꾼과 목동의 얕은 소견이라도 거의 일이 잘못된 것을 알 것입니다. 성상께서 친히 모시고 문책하시는 것을 신이 더욱 놀라서 어찌할 바를 모르겠으며 더욱 슬퍼하는 것은 더욱 몸에 당한 환란을 서러워하는 것이 아닙니다. 성상께서 어질고 지혜로우시며 조용하신데도 미인의 고운 얼굴에 마음을 빼앗긴 것이 이 지경에 이르러 안으로는 정궁을 폐위하는 변이 나고 밖으로는 군신지간을 이간질하여 국사가 어지럽게 되고 정사가 이곳까지 미치게 된 것을 통한

76

77

---

296) 천기와 나란하고 : {텬긔(天璣)로 가족 ᄒ고}. '천기(天璣)'는 별이름으로 북두칠성의 머리 쪽에 있는 네 개의 별 가운데 셋째 별임. 옛말 '가족 ᄒ다'는 '겸비하다, 나란하다'의 의미임.
297) 외조(外朝) : 주대(周代)에 천자나 제후가 국정을 처리하던 곳. 또는 그곳에서 정사에 참여하던 관리들을 뜻함. 여기서는 조정(朝廷)의 의미로 쓰인 듯함.

합니다. 신과 말하던 궁녀를 또한 엄하게 문책하시어 명백하게 하신 후에 신이 죽을 뿐만 아니라 화가 가문에 미치더라도 도리에 피하지 못할 것입니다. 이것이 무엇이 중요한 옥사라고 신의 초사는 들으시고 결정하시겠습니까? 최학수의 간악한 상소는 죄를 논하고 꾸짖는 것으로 보아 반드시 보고 들은 증거가 분명할 것이니 이미 저와 똑같이 물으시는 것이 명분이 바르고 말이 사리에 맞을 것입니다.

엎드려 바라건대 성상께서는 밝게 살피시어 신을 죽이시더라도 요사스러운 변란을 만들어 궁녀가 난을 일으킨 것을 찾아 목 베어 천하에 보이십시오. 또한 비밀스러운 계책을 내어 폐하를 농락하고 나라를 어지럽힌 불충한 무리를 가려내어 죽여 없애면 안으로 궁내가 엄숙하고 바르게 될 것이고 밖으로는 소인(小人)의 무리를 없애서 국가가 안락하고 종묘사직이 반석 같아서 사해 만민이 안락하고 성군의 잘 다스려진 정치를 매우 좋아할 것입니다. 슬픕니다! 은나라 주왕(紂王)은 무엇 때문에 망했으며 하나라 걸왕(桀王)은 무엇 때문에 천하를 망하게 했습니까? 이들은 옛날부터 나라를 망하게 한 임금이고 술은 사람을 상하게 하고 여자의 미모는 사람의 정신을 상하게 합니다. 폐하께서 큰 기업(基業)[298]을 이으시어 탕왕(湯王)이 남기신 가르침을 삼가지 않으시고 흙 계단 삼층에 초가집의 추녀 끝을 가지런히 자르지도 않던[299] 검소함을 숭상하던 덕을 본받지 않으시고 궁녀 중에서 화장한 젊은 여자가 아름다운 사람이면 다 천은을 입어 후궁의 간악한 참언이 마침내 정궁을 폐위시키고 또 밖으로 외조(外朝)

---

298) 기업(基業) : 기초가 되는 사업.
299) 흙 ~ 않던 : {토계삼등(土階三等)의 모자[茅茨]를 부전[不剪]하던}, '토계삼등(土階三等) 모자부전(茅茨不剪)'은 흙 계단 삼층을 쌓고 초가집 추녀 끝을 가지런히 자르지도 않은 채로 검소하게 지냄을 의미함. 『십팔사략(十八史略)』의 상고시대 요임금의 기록에 나오는 구절임.

에 미치게 되었습니다. 한 번 살고 한 번 죽는 것은 마지못할 일이니 신이 한 번 죽는 것은 서럽지 않으나 종묘사직과 폐하를 위하여 통곡합니다."

말이 곧고 세차서 대를 때리는 것 같고 안색이 늠름하였다. 유현은 완연히 웃음을 머금고는 정확(鼎鑊)[300]에 달려들어 목을 늘어뜨려 칼을 받을 형상이고 조금도 두려워함이 없었다. 자기가 아무 죄가 없었기 때문에 말이 더욱 빛나 한 글자 한 말이 구차함이 없었으니 유현의 늠름한 위엄과 절의와 깊은 마음에 탄복하는 사람이 많았다. 설강과 최학수는 자연히 얼굴이 붉은 빛으로 달아오르고 옷에 땀이 젖었다. 임금이 그 말을 들으며 매우 공경하고 탄복하여 칭찬하였다. 유현의 얼굴이 매우 엄하며 매섭고 궁녀를 목 베라는 것을 청하는 대목에서는 임금이 더욱 화를 내고 꾸짖으며 말하였다.

"임금의 뜻을 오히려 거짓말로 여기고 또 감히 걸왕과 주왕에 대한 말을 일컬어 짐의 얼굴을 대하고 책망하니 그 죄가 가볍지 않다. 네가 무슨 믿는 것이 있어서 방자함이 이와 같으냐?"

유현이 땅에 엎드려 아뢰었다.

"신이 감히 방자하여 여러 말씀을 아뢰는 것이 아닙니다. 설강의 집에서 양육되어 신을 보고 언약이 있었다고 하는 궁녀를 저와 똑같이 묻게 하시고 최학수가 이 일을 자세히 아는가를 묻게 하시라는 것입니다. 걸왕과 주왕의 음탕하고 무도함이 나라를 망하게 했으니 주상이 해와 달 같으시나 안으로 요괴로운 후궁이 조정 안의 사람과 당을 만들어 변란을 만들고 밖으로 간신이 훼방을 놓는데도 주상께서는 깨닫지 못하

80

81

300) 정확(鼎鑊) : 발이 있는 솥과 발이 없는 솥을 아울러 이르는 말로 전국 시대에, 죄인을 삶아 죽이던 큰 솥.

82

십니다. 만일 해와 달이 뜬 구름을 헤치신다면 다행이겠지만 해와 달을 점점 가리면 나라의 기강이 위태해질 것입니다. 신이 삼대(三代)동안 나라의 은혜를 받아 목숨을 돌보지 않고 있는 힘을 다해도[301] 그 은혜는 다 갚지 못할 것입니다. 차마 뜻을 품고 아뢰지 않겠습니까? 설강의 집에 가 본 적이 있으니 일찍 그 시비의 얼굴을 알지만 설강이 또한 이 사실을 알 리 있겠습니까? 이 일은 애매하게 처리하지 못할 것이니 제가 언사를 삼가지 못한 죄를 더하십시오."

평진후 소천과 우승상 연권이 동시에 반열에서 나와 아뢰었다.

"오늘 옥사는 국가의 적은 변고가 아닙니다. 유현의 말이 또한 잘못되

지 않았으니 사실을 명백히 밝히셔서 처치하십시오. 성상께서 친히 보신 바가 계시지만 요즈음에 괴이하고 요괴로운 도사가 만든 자주 모습을 변하게 하는 약과 변신하는 환약의 종류가 요사이 간간이 있어 사람의 얼굴을 쓰고 깊은 수중에 들어가 흉악한 일이 많다고 합니다. 조가 부자의 충심은 대궐 안에서나 대궐 밖과 온 성안의 백성들이 다 아는 바입니다. 신등은 이 때문에 실로 이 일을 놀라워하는데 나라를 어지럽히는 불충한 무리가 충성스럽고 어진 신하를 시기하고 궁궐에서 내통하여 요괴로운 궁인을 사귀어 성상의 마음을 현혹하게 하는가 합니다."

84

임금이 고개를 끄덕이며 말하였다.

"두 사람의 말이 지극히 옳으니 유현의 일이 열에 사오 분이나 애매한 것을 짐작하지만 원래 유현이 재주를 믿고 임금의 총애를 지녀 임금을

---

301) 목숨을 ~ 다해도 : {간뇌도지(肝腦塗地)}. 이는 나라에 충성을 다하기 위해 자신의 간과 뇌가 땅바닥에 떨어질 정도의 참혹한 지경에 이르는 것까지 감수하겠다는 굳은 결의를 표현할 때 쓰는 말. 나라를 위하여 목숨을 돌보지 않고 애를 씀을 이름.

두려워할 줄을 모르니 가장 한심하다."

임금이 두 사람의 말에 따라 최학수를 앞에 불러다 물었다.

"경이 유현의 일을 어찌 자세히 아는가? 반드시 친히 보지 않은 일이면 아뢰지 않을 것이니 숨기지 말라."

설강이 또 담대하지만 모든 일에 끝이 있기 때문에 벌써 유현에게서 이런 일이 있을 줄을 알고 엎드려 아뢰었다.

"신이 어릴 때부터 조유현과 형제 같은 친구입니다. 어깨를 나란히 하여 임금을 섬기며 정의가 골육 같으니 어찌 그 허물을 드러내겠습니까마는 나라를 위하는 충심이 진심에서 나오는 진정입니다. 유현이 재주가 많고 남들이 덕을 칭송하니 의기가 거만하여 신 같은 것은 풀 보 듯하였습니다. 그런 까닭에 항상 성상의 이름을 함부로 부르는[302] 때가 많고 집안에서는 여색을 탐하며 거리낌이 없고 풍류를 즐기며 도리에 어그러지는 일이 많은 것은 관아에서 할 말이 아닙니다. 오직 성은으로 만족할 줄 모르고 계속 욕심을 부리는 마음이 있어[303] 신이 항상 탄식하였는데 최학수가 형제 같은 까닭에 신이 애달파 말을 한 것입니다. 어젯밤의 놀라운 변고도 신이 숙직하러 갔다가 유현의 일을 들었던 까닭에 궁녀가 놀라 깨서 본 것처럼 말해서 들었기 때문에 차마 발설하지 못하였습니다. 성상의 명예가 실추되는 것을 탄식하였더니 최학수가 격분함을 참지 못하여 소를 올린 것입니다. 신이 친히 못 본 일을 성상께 아뢰었으니 유현 부자와는 오랜 세월동안 원수가 될 것입니다."

85

86

---

302) 성상의 ~ 부르는 : {군생君上 촉휘(觸諱)하는}. '촉휘(觸諱)'는 공경하거나 꺼려야 할 이름을 함부로 부른다는 의미임.

303) 만족할 ~ 있어 : {등롱망촉}. '득롱망촉(得隴望蜀)'의 오기임. 만족할 줄 모르고 계속 욕심을 부리는 경우를 비유적으로 이르는 말인데 후한(後漢)의 광무제가 농(隴) 지방을 평정한 후에 다시 촉(蜀) 지방까지 원하였다는 데에서 유래함.

유현이 설강과 최학수의 말을 들으니 자기의 짐작과 같았다. 이에 얼굴을 돌려 설강을 보고 미소 지으며 말하였다.

"내가 비록 진중하지 못하고 경박하지만 몸이 8척이나 되는 장부로 고금의 책을 널리 읽고 성인의 가르침을 본받으니 어찌 군 등과 녹록하게 다투며 여러 번 변명하겠소? 그대가 나와 친하지만 나는 지기지우(知己之友)로 알지는 않으니 내가 일찍 마음을 열어 말한 적이 없는데 내 허물과 일을 자세히 알고 막중한 성상 앞에서 아뢰었소. 성상께서 나를 아시고 또 그대를 아시니 말할 필요가 없지만 오직 이것 때문에 그대의 수만리 앞길을 끝마치게 될 것을 불쌍하게 여기오. 아직 힘써 살펴서 큰 근심이 남의 몸에만 닥친 것이라고 생각하지 말고 성상의 덕을 길이 도와 어질지 못함을 멀리 하시오. 내가 조금 그대의 허물을 말하고 죄를 면하지만 몸이 잘못된 곳에 디디게 됨을 안타깝게 생각하오. 죽고 사는 것은 하늘에 달린 것이오. 나 유현의 목숨이 성상께 달렸고 그대가 모함하는 것에 달려 있지 않으니 근본적으로 죄를 지은 것이 없으니 그 까닭을 알지 못하겠소."

안색이 엄숙하고 말이 늠름하였다. 좌우에 있는 여러 사람들 가운데 조유현을 아는 사람은 어찌 그를 아끼고 그 위풍을 공경하여 우러러 보지 않겠는가? 이들은 설강을 매우 놀랍게 생각하였다. 임금이 지혜가 밝으므로 한때 요악한 재앙이 지혜를 가렸지만 한 편으로는 어짊과 못남에 대한 판단은 있었다. 설강과 조유현의 어짊과 못남은 하늘과 땅 같으니 비록 설강이 변란을 일으킨 것은 깨닫지 못하였으나 유현이 애매한 것은 십에 칠팔이나 짐작하고 초공의 안면을 생각하여 오랫동안 말없이 깊이 생각하고 있었다. 수많은 문무백관들이 일제히 아뢰었다.

"유현을 의심할 증거가 없고 오늘의 사실을 속속들이 밝히지 못할 것이니 성상께서는 장차 어쩌시려고 하십니까? 충효가 있고 어진 집안에 역신이 나지 않을 것이고 최학수의 소장이 조유현이 양세의 외 조카라고 모함하지만 그렇다면 양인광이 세상에 출세하겠습니까? 조성의 한결같은 충성과 절개를 생각하시어 유현의 억울함을 살피십시오."

임금이 답하였다.

"경등은 각각 물러가고 유현은 하옥하라. 짐이 스스로 결단하겠다." 90

이때 기현이 조정의 행렬에 있다가 유현인 것을 보고 즉시 대궐 아래에서 죄를 기다리고 노공이 이 소식을 듣고 매우 놀라 대궐 문에서 죄를 기다렸다. 임금이 내시로 하여금 노공을 위로하며 말하였다.

"공은 삼대에 걸친 노신으로 국가의 기둥과 주춧돌이고 선조에 공덕이 나타났으니 유현이 죄를 받지만 어찌 그 때문에 연좌(緣坐)하겠소? 걱정하지 말고 안심하여 물러가고 기현도 물러가라."

노공이 탄식하며 말하였다.

"오래 살면 욕된 일이 많고 아들이 많으면 근심이 많아진다[304]고 하니 내가 이제 오래 산 것이 불행이 아니겠는가?"

이렇게 말하고 집으로 돌아오니 태부인이 식음을 전폐하고 눈물을 흘리고 있었으며 집안의 상황이 좋지 않았고 여러 공자가 눈물을 흘리며 슬 91

---

304) 오래 ~ 많아진다 : {슈즉대욕ᄒ고 다남ᄌ즉다구라}'. 이 구절은 '수즉다욕(壽則多辱) 다남자즉 다구(多男子則多懼)'로 『장자』의 「천지편」에 나오는 이야기임. 요(堯)임금이 화(華)라는 변경에 이르렀을 때의 일인데 국경을 지키는 하급관리가 공손히 머리를 숙이며 "성인이시여, 만수무강하시옵소서."하고 말하자 요임금은 "사양하겠소."하였음. "그러면 부자가 되시옵소서."하자, 요임금은 다시 사양하였음. "그러면 아들을 많이 두소서."하자, 요임금은 그것도 사양하였는데 관리가 그 이유를 묻자 요임금은 이렇게 말했음. "아들이 많으면 못난 아들도 있어 걱정의 씨앗이 되고, 부자가 되면 쓸데없는 일이 많아져 번거롭고, 오래 살면 욕된 일이 많은 법이네[多男子卽多懼, 富卽多事, 壽卽多辱]."

피 울고 있었다. 양정렬이 얼굴빛을 편안하게 하여 존당을 위로하며 말하였다.

"사람이 혹 애매한 재앙의 그물에 걸려 흙에 묻히는 원귀가 되는 사람이 있지만 내 아이는 누명을 쓰고 부질없이 죽을 사람은 아닙니다. 아이의 정대한 것이 족히 간사함을 물리치고 참된 마음으로부터 나오는 충렬이 능히 임금님께 통할 것입니다. 이제 뜬구름이 해와 달을 가리고 있으나 반드시 아이가 무사할 것이니 어찌 지나치게 걱정하겠습니까?"

그런 후에 조씨와 이씨 두 며느리를 경계하면서 말하였다.

"남편이 중대한 사건으로 감옥에 갇혔으니 그 아내가 어찌 마음이 편하겠는가마는 허망한 일이 사실이 되지 않으니 이제 존당께서 참담해 하시는데 너희들이 어찌 눈물을 흘리며 매우 슬퍼하여 존당의 염려를 더하겠느냐? 마음을 굳게 먹고 끝을 볼 것이다. 만일 남편이 진실로 위급하게 되면 절개 있는 여자의 도리로 결단하는 것이 옳을 것이다."

조씨가 흐르는 눈물이 비 같았고 이씨는 안색을 바로 하고 대답하였다.

"어머니의 가르침이 이와 같이 지당하시니 삼가 밝은 가르침을 따르겠습니다. 그러나 가군께서 얽힌 바가 가볍지 않으니 어찌 능히 무사할 것을 바라겠습니까?"

양정렬이 탄식하며 말하였다.

"하늘이 내 아들을 내시매 그렇게 까지는 하지 않을 것이니 오직 저 창천(蒼天)을 믿어라."

위부인이 탄식하며 말하였다.

"며느리는 금옥 같은 심장이구나. 그러나 괴로운 옥살이가 한 달이 넘었고 설상가상으로 커다란 화가 눈앞에 이르렀으니 이것으로 헤아려 보면 마음을 믿을 것이 없구나. 여러 아이가 성품이 각각이지만 유현의 위엄 있고 정중한 얼굴과 너그러운 말로 해와 달을 희롱하던 봄바람이 온화하게 부는 듯한 기운이 있었는데 그런 유현이 끝내 어떤 곳에 미치게 될 줄을 모르니 이것을 생각하면 뼈가 저리고 마음이 시리구나."

노공이 돌아와 태부인을 위로하면 말하였다.

"오늘은 성상께서 국문하심이 없고 소자에게 걱정하지 말라고 하셨으니 끝내 유현이 무사할 것입니다. 너무 심려하지 마십시오."

94

기현이 노공의 말에 이어 위로하여 온화한 봄바람 같은 기운을 만드니 태부인이 기현의 손을 잡고 눈물을 흘리며 말하였다.

"너희 형제가 있어서 만사를 다 잊었다. 이제 유현이 한 달이 넘도록 옥사를 해결하지 못하니 생각이 자주 나서 마음이 힘들구나!"

기현이 재삼 위로하였다. 다음 날 임금이 유현을 운남으로 귀양 보내니 유현이 비로소 옥문을 나서게 되었다. 온 조정의 대신들이 수풀같이 모여 유현을 위문하여 그만한 것을 다행스럽게 생각하였다. 유현은 한 달을 감옥에서 고생하고 변란이 망측하니 보통 사람 같았다면 심사가 다 타겠지만 시원하고 상쾌하며 풍채 있는 몸이 해와 달 같았다. 양미간에 봄볕 같은 기운이 새롭고 엄숙한 기운이 동쪽 하늘에 밝은 것 같으니 흡족해하며 읍하고 사양하며 말하였다.

"비루한 사람의 죄상이 삼족을 멸하는 죄를 면하지 못할 것이지만 성은이 하늘과 같으셔서 남쪽 바다로 귀양 가는 것을 한스러워하겠습니까?"

돌아서 기현에게 절하고 탄식하며 말하였다.

"죄인의 도리가 다시 집 문에 가지 못하고 귀양 가게 되지만 북당에 계신 할머니께서 여생이 얼마 없을 것이니 내가 어찌 차마 그저 가겠습니까? 형이 성상께 수일의 말미를 청하여 떠나기 전에 할머니께 하직을 하고 마음을 놓고 가게 해주십시오."

여러 사람들이 유현의 예의와 충효를 새롭게 탄복하여 일시에 말하였다.

"누가 귀양 가면서 친당에 하직하지 못하며 집에서 길 떠날 준비를 못하겠소? 그대는 너무 예의에 집착하는 것 같소. 더욱 문계 선생305)의 충렬은 천하가 모두 아는 바이오. 뜬구름이 임금의 총명을 가렸으니 선생의 마음에서 우러나오는 충성을 아시지만 믿지 않으시니 우리들이 어찌 불평하지 않겠소?"

유현이 감사하며 말하였다.

"여러분께서 이렇게 찾아와 안부를 물어주시는 것이 감사하지만 큰 죄를 지은 죄수가 어찌 오랫동안 머물겠습니까?"

설강이 이에 또 왔는데 자기가 임금에게 말해도 소용없고 유현이 살아서 귀양 가는 것을 못마땅하게 여기는 기색을 유현이 모르겠는가? 유현은 설강이 재주와 용모와 풍채 있는 몸이 더욱 새롭지만 소행이 여기에 미치게 된 것을 안타까워하며 얼굴을 온화하게 하고 말하였다.

"옛날 역사책에 이르기를 사해(四海) 안이 다 형제306)라고 하니 형과는

---

305) 문계 선생 : 문계는 유현을 당대 사람들이 달리 부르던 이름임.
306) 사해(四海)안이 ~ 형제 : 『논어』「안연(顔淵)」편에 나오는 구절로 사마우가 자하에게 묻는 말인데 원문은 다음과 같음. "사마우가 근심하여 이르기를 남은 모두 형제가 있는데 나만 홀로 형제가 없도다. 자하가 말하였다 상이 들으니 죽고 사는 것이 명이 있고 부와 귀는 하늘에 있음이라. 군자가 공경하여 잃는 것이 없으며, 사람으로 더불어 공손하고 예가 있으면 사해 안이 다 형제이니

안면이 친하고 조정에서 함께 임금을 모시니 작은 일 때문에 사귀는 도리를 어지럽게 하겠소? 실로 아주 작은 원망을 가지고 원수를 갚는 것을 중요하게 생각하지 않으니 원수 사이이라는 마음을 풀고 은혜로운 마음을 맺을 것이오. 나도 실로 원수를 갚는 것을 원치 않고 형을 위하여 근심하니 어찌 조금도 서먹하게 생각하겠소? 뒷날 내 말을 생각할 때가 있을 것이오."

말을 마치니 온화한 기운이 순하여 조금도 마음에 화근이 없게 하였다. 이에 설강이 머리를 조아리고 말하였다.

"형이 도량이 큰 것을 감사하나 내가 무슨 낯으로 형을 대하겠소? 실로 ⁹⁸
해치고자 한 것이 아닌데 말이 경솔했소. 옛날의 원한을 개의치 않는다면 지난날의 친구의 정을 줄어들게 하겠소? 그대가 집에 가기 어려워하니 내가 성상께 아뢰고 수일의 말미를 얻을 것이오. 좋구나, 유현의 어짊이여!"

평진후 소천이 말하였다.

"초공의 뒤를 이을 것이다. 나이가 어린데도 직위가 맑고 고결하며 아무런 죄가 없지만 이렇게 태연하니 실로 대현의 풍모이구나!"

이때 유현이 정색하면서 말하였다.

"저의 행실이 착실하고 공손하지 못하여 제 한 몸을 유지할 계책307)이 없어 아득히 무지하니 지식 있는 자가 웃을 것입니다. 어찌 사람을 원망하겠습니까?"

온 조정의 문무백관들이 다 유현에게 위문하고 일시 액운으로 귀양 가 ⁹⁹

군자가 어찌 형제 없는 것을 근심하리오[司馬牛憂曰 人皆有兄弟 我獨亡 子夏曰 商聞之矣 死生有命 富貴在天 君子敬而無失 與人恭而有禮 四海之內 皆兄弟也 君子何患乎無兄弟也]."
307) 제 ~ 계책 : {자신지칙(資身之策)}. 자기의 몸을 유지할 계책을 의미함.

지만 후에 임금의 명령이 있을 것이라고 말하였다. 기현이 소를 올려 유현이 구십이 되는 조모를 보지 못하였지만 집에 가지 못하는 사정을 아뢰니 임금이 탄식하며 말하였다.

"유현이 예의를 매우 소중하게 생각하는구나! 그러나 어짊과 효성은 귀천이 없으니 그 부모를 보는 것을 막겠는가? 마땅히 부모를 봉양하고 알아서 길을 떠나라"

기현 등이 궁궐을 바라보고는 사은하고 조씨 집안에서는 온 집안이 슬픔을 이기지 못하여 부형들이 모두 유현을 보았다. 유현이 하옥된 지 40일 동안 뵙지 못한 불효를 사죄하니 태부인이 손을 잡고 오열하였고 위부인은 흐르는 눈물이 비 오듯하니 상황이 슬프고 참혹하였다. 노공이 어머니를 위로하였지만 실로 마음은 칼로 베는 듯하였다. 15세의 어린 나이에 천 리나 되는 곳으로 귀양 가는 비참한 상황을 겪으니 노공은 한숨을 짓고 길게 탄식하며 흰 수염에 흐르는 눈물이 서리가 맺힐 정도였다. 유현이 불효를 탄식하고 온화한 목소리와 부드러운 말로 여러 모로 위로하는 말이 화평하고 기운이 유순하였다. 태부인과 위부인이 마음을 잠깐 진정하고 유현이 옥에서 겪은 고초를 물었다. 유현이 온화한 말로 대답하였다.

"남아가 사지(死地)에 가는 고통을 겪는데 이만한 일을 어려워하겠습니까마는 다만 불효를 한스럽게 생각합니다."

노공이 기뻐하며 말하였다.

"우리 가문의 행복과 경사로 너 같은 손자를 두었구나. 이때 네 말을 들으니 늙은 할아비로서 부끄럽구나. 네 아비가 지극히 공정하여 사사로움이 없고 너의 충효와 큰 절의로 근심할 바가 없구나."

유현이 절하고 사례하며 이 말씀을 감당하지 못해 하였다. 노공이 유현을 보니 사색이 온화하고 태연자약하여 불효를 못내 탄식하며 한탄하고 용 같은 눈썹에 근심스러운 기색이 첩첩히 쌓여 있었다. 양정렬이 아들의 거동을 보고 애처롭고 가여운 마음을 참지 못했으며 세 명의 숙모도 또한 유현을 애처롭고 가엾게 여기고 유현이 부인과 누이동생들과 이별을 하니 토목 같은 심장인들 어찌 참겠는가? 자리에 있던 사람들이 탄식하고 눈물을 흘렸다. 유현이 먼 길을 떠남에 작별하려고 온 모인 손님을 다 보고 보낸 후에 존당을 모시고는 모자의 정을 다하였다. 수일 후에 길 을 떠나니 모자가 서로 연연해했는데 양정렬이 아들의 옥 같은 손을 잡고는 매우 근심하고 탄식하며 말하였다.

102

"네가 해외에 외롭게 가니 한 명의 아내를 데려가 객지에 있는 동안 서로 돕는 것도 괜찮겠다. 그러나 부녀자가 길을 떠나는 것이 매우 어렵고 존당이 섭섭하게 생각하실 것이니 네 뜻은 어떠냐?"

유현이 대답하였다.

"소자의 귀양길이 얼마나 될지 알지 못하니 어찌 여자를 데려가겠습니까? 저는 상관없으니 오직 어머니의 사정을 살피십시오."

양정렬이 아들의 상쾌한 말을 매우 사랑하여 위로하면서 말하였다.

"집안의 변란이 괴이하여 내실을 찾지 않았으니 수삼일 머무는 동안 내실을 찾아 부부의 윤리를 가볍게 하지 마라."

103

유현이 감사해하며 말하였다.

"이렇게 쉬운 일을 번거롭게 하겠습니까? 명대로 하겠습니다."

양정렬이 슬퍼하며 말하였다.

"어진 며느리 정씨는 금주로 가 네가 귀양 가는 것을 모를 것이다. 하늘이 어찌 너희 부부를 내고 이런 집안의 변란이 있을 줄 알았겠느냐?"

유현이 온화한 말로 어머니를 위로하였다. 유현이 서헌으로 나와 여러 사촌 형제들과 이별하며 기현의 손을 잡고 오른손으로는 광현을 이끌어 탄식하며 말하였다.

"동기는 수족이고 처자는 의복이니 제가 호방하지만 형제간의 화목한 즐거움308)을 끊게 되어 장부의 웅대한 마음에 적적합니다. 그러니 구구하게 처자를 떠나지 못해하겠습니까? 설강의 일은 별것 아니니 오직 일마다 행동거지를 삼가 조심하면 성상께서 어질고 밝으시니 아실 것입니다. 제가 너무 젊은 나이에 일찍 높은 지위에 올라 시운이 좋지 않은 것 같습니다. 성상을 하직하는 심사가 부모님을 이별하는 마음과 다름이 없어서 모든 일에 아무 생각이 없습니다."

기현이 탄식하며 말하였다.

"아우는 충효군자구나! 아버지의 말씀이 옳지 않겠느냐?"

여러 공자가 눈물을 흘리고 광현이 탄식하며 말하였다.

"형님의 충의로 이런 한스럽고 증오스러운 일을 당하니 저희들이 이별하면서 형제간의 화목한 즐거움을 모르겠습니다."

유현이 탄식하며 말하였다.

"내가 집을 떠나니 어진 아우를 선두로 해서 모든 아우를 잘 가르치고 타일러서 어머니를 위로하는 것이 내가 해야 할 일이다. 그러나 어리석은 형이 불초하여 이런 화란을 만났으니 누구를 한하겠느냐? 아우는 아버지의 밝은 가르침을 명심하고 어리석은 형을 본받지 마라."

104

105

---

308) 형제간의 ~ 즐거움 : {훈지(塤篪)의 락(樂)}. '훈지(塤篪)'는 훈과 지는 악기 이름으로 '훈지상화 (塤篪相和)'로 널리 알려져 있음. 형이 훈이라는 악기를 불면 아우는 지라는 악기를 불어 화답 한다는 뜻으로, 형제간의 화목함을 비유적으로 이르는 말.

유현이 말을 마치고 슬피 눈물을 흘리니 자리에 있던 사람들이 탄식하였다. 형제가 넓은 이불과 긴 베개를 베고 그날 밤을 보내고 할아버지를 모시고 잤다. 노공이 유현을 어루만지며 한숨짓고 탄식하니 유현이 노공의 뜻을 고맙게 여겨 온화한 안색으로 모셨다. 다음날 어머니가 말하기를 곧 멀리 떠나야 하니 오늘밤에는 사실(私室)에 가라고 했다. 유현이 마지못하여 조씨 침소에 가 보았다.

조씨가 아름다운 눈썹에 근심이 어리고 별 같은 눈에 눈물이 자욱하였다. 유현이 조씨의 온순하고 태연자약함을 사랑하는 까닭에 규방에 발자취를 끊었다가 촛불 아래에서 대하니 조씨의 빼어난 모습에 어찌 마음이 무심하겠는가? 유현이 조씨의 손을 붙들고 비단 장막으로 나아가니 새롭게 은애가 아교와 옻칠처럼 친밀하였다.

106

다음날 이씨를 찾아 침소에 가서 먼 길을 떠나 이별하면서 여러 번 부모와 존당을 잘 봉양하라고 부탁하고 마침내는 다시 만날 것을 두루 말하고 수많은 정회를 나누었다. 이씨가 자리에서 물러나 사례하면서 말하였다.

"군자께서 오늘 이별하시면서 존당과 부모님을 부탁하시니 어찌 진심으로 힘쓰지 않겠습니까? 군자께서는 모든 일을 걱정하지 마시고 스스로 존귀한 몸을 보중하십시오."

유현이 탄식하며 말하였다.

"어머니께서는 품성이 넓으시며 온화하고 도량이 넓으시나 한편으로 자애가 타인보다 더하시오. 기품이 깨끗하며 연약하시고 일찍 환란을 만나 감기 증세가 잦으시니 내가 마음을 놓지 못하고 있소. 이제 나를 보내는 마음 때문에 건강을 해치실 것이니 부인은 한때도 방심하지 말

107

고 어머니 주위에서 떠나지 않고 간호하면 내가 어찌 감격하지 않겠소?"

이씨가 유현의 성효에 감격하여 탄식하며 말하였다.

"첩의 마음이 토목(土木) 같으나 어찌 정성을 다하지 않겠습니까?"

유현이 역시 감탄하여 이씨의 손을 잡으며 무릎을 나란히 하고 말하였다.

108 "우리 부부는 마음을 아는 친구 같은 관계로 집안의 변란이 매우 참혹하여 부부간의 금슬이 온전치 못하였지만 남은 청춘이 천 리 같으니 화락이 적지 않을까 하였소. 뜻밖에도 멀리 떠나는 이별을 당하니 내가 장부의 웅대한 마음을 지녔으나 연연하지 않을 수 없소. 사십여 일 동안 옥중에서 고생을 하고 집에 온 지 삼 일 만인 내일 길을 떠날 것이니 오늘은 편히 쉬어야겠소."

이렇게 말하고 이씨의 무릎을 베고 누우니 이씨가 말하였다.

"군자께서 편하게 쉬고자 하신다면 이불 속에 누우십시오. 어찌 여자와 친압하여 가까이 하십니까? 첩이 비록 보잘 것 없지만 비례(非禮)를 원치 않으니 군자께서는 신중하시기 바랍니다."

말을 마치니 별 같은 눈이 나직하고 근심하는 빛이 은은하게 비쳐 보통 사람보다 뛰어나 가을달이 옥루에 밝았고 이비(二妃)309)의 꽃다움을 겸하

109 고 있었다. 유현이 갑자기 이씨를 매우 공경하고 산과 바다 같은 풍정을 억제하지 못하여 이씨의 비녀를 빼고 비단 장막에 나아갈 것을 청하며 말하였다.

---

309) 이비(二妃) : 중국 고대의 순임금의 두 왕비인 아황과 여영을 뜻함. 순(舜) 임금에게 시집갔다가 두 여인이 순임금을 사이좋게 모시고 화락하다가 순임금이 죽자 두 사람도 상강(湘江)에 빠져 죽음.

"지금 여러 부인이 있으나 농장(弄璋)의 경사[310]가 없고 변방에서 수자리[311] 서는 병사가 되어 만 리에 가니 마음이 어찌 편하겠소? 오늘밤은 부부가 화락하여 기린 같은 아들을 낳는 상서로운 일을 바라야겠소."

이씨가 탄식하며 말하였다.

"군자는 암실 중에 있어도 행실을 삼간다고 했으니 어찌 더불어 천박하고 경솔한 행동을 하겠습니까? 군자께서는 진중하게 행동하시고 먼 길의 행역에 조심하여 가십시오."

유현이 웃으면서 말하였다.

"부인의 말은 말마다 올바른 것 같소. 합당한 부부가 동침하는 것이 비례겠소?"

이렇게 말하고 깊고 그윽한 정을 금하지 못하였다. 이씨는 조금도 떨어질 수 없는 깊은 정은 없었지만 유현의 산과 바다 같은 정에 흡족하여 유현의 마음을 절제시키지 못하였다. 유현은 이와 같은 정리로 만 리로 떠나는 이별이 슬프고 놀라웠지만 웅대한 군자라서 임금과 부모를 사랑하고 그리워하는 정과 형제와 부부간의 정을 가지고 있지만 유현이 규방의 젊은 부인들에게 구애받겠는가? 이윽고 선뜻 마음을 떨치고 봄바람에 흩어버리니 진실로 대인군자의 풍모였다.

날이 밝은 후에 존당께 아침문안 인사를 한 후에 이날이 발행일이어서 존당의 처소에 일가가 모두 모여 유현을 송별하였다. 태부인과 노공, 모든 집안의 형제와 여러 누이와, 동서와 종손(從孫) 등 부인이 다 모여 새롭

110

111

---

310) 농장(弄璋)의 경사 : 아들을 낳는 경사를 이르는 말. 『시경』 「기부지십(祈父之什)」의 〈사간(斯干)〉에 있는 말임.
311) 수자리 : 국경을 지키는 일을 의미함.

게 수많은 눈물과 근심이 많았다. 태부인이 유현의 손을 잡고 길이 흐느끼며 말하였다.

"노모의 여생은 서산에 임박했으니 너를 다시 보는 것을 기약하겠는가? 불행하여 너를 다시 보지 못하고 죽는다면 반드시 한이 될 것이다."

유현이 온화한 목소리와 부드러운 말로 빨리 사면을 받아 돌아와 뵙겠다고 대답하고 각각 한 잔 술로 긴 이별의 정을 나누었다. 유현이 태부인을 위로하고 화평한 기상이 봄바람 같으니 집안사람들은 서로 흐느끼며 술을 마시지 못하였다. 유현이 숙모께 각각 하직하고 세 명의 어머니께
112　하직을 고하였다. 양정렬과 왕씨, 윤씨가 눈물을 머금고 작별하였다. 양정렬이 얼굴빛을 온화하게 하여 경계하면서 말하였다.

"사지(死地)에서도 살아 돌아온 사람이 옛날부터 귀양 가는 자 중에서 종종 있다. 화복 때문에 마음을 동요하지 말고 너는 보잘 것 없는 선비의 나약함을 갖지 말고 생시와 사후에도312) 몸을 온전하게 하여라. 고인이 말씀하시기를 군신간은 공경을 위주로 하고 부자간은 은혜를 위주로 한다313)고 하니 임금의 명령을 오랫동안 미루지 마라. 여러 자손이 나를 위로할 사람이 많으니 우리들은 염려하지 말고 어미를 염려하여 병이 나지 않도록 해라. 아버지가 낳고 어머니가 길러준 은혜를 생각하여 불충하고 경박한 행동을 하지 말고 천도의 길한 때를 얻어라."
113　유현이 어머니의 가르침을 받들고 일어나 절하며 명령을 받들고 슬하에 엎드려 가만히 눈물을 흘리며 다시 대문을 나가니 각각 작별하며 술잔

---

312) 생시와 사후에도: {신여명(身與冥)}.
313) 군신간은 ~ 한다: {군신(君臣)은 쥬경[主敬]ᄒ고 부ᄌᆡ[父子]는 쥬은[主恩]ᄒ다}. 『맹자』「공손추하(下)」에 나오는 구절로 맹자와 제나라 대부인 경자씨의 대화에서 나오는 말임.

을 기울였다. 죄인을 호송하는 관리와 함께 나가니 온 조정의 문무백관이 이별시를 지으며 술과 안주를 가져와 전송하였다. 유현이 매우 불안하여 진정으로 사양하며 작별하고 갈 채비를 서둘렀다. 유현이 여러 사람이 간절히 권하자 수 십 잔을 먹어 취기가 올랐다. 복숭아꽃이 이슬을 머금고 미풍에 춤추는 듯 춘풍이 불어 풍채 있는 몸이 호탕하고 시원하여 가히 눈을 옮기기 아까웠다. 만일 이현 선생인 조성이 아니라면 이와 같은 귀한 자식을 두겠는가?

연공이 유현의 손을 잡고 탄식하였다.

"도덕이 쇠잔하고 쇠퇴하여 성현도가를 보지 못했는데 조무와 조성의 아들 기현과 유현이 있구나. 노부가 머리가 하얗게 된 나이에 힘을 들여 온 것은 15세 소년이 일찍 높은 지위에 오른 것을 귀하게 여기기 때문이 아니라 충효와 재주와 덕을 갖춘 것을 귀하게 여기기 때문이니 현인군자를 사랑하는 것이 진심에서 우러나온 것이네. 이제 비록 유현이 남해에 귀양살이하는 사람이지만 오래지 않아 은혜로운 사면을 입어 돌아와 사업과 덕망이 아버지와 할아버지보다 나을 것이니 노부의 말을 헛되이 여기지 말게."

유현이 정색하면서 대답하였다.

"소생은 부리가 누런 새 새끼 같은 어린아이라 하나도 취할 만한 것이 없습니다. 숙부와 아버지께서 조정으로 돌아오시는 길에 제가 가지 못하는 절박합니다."

이렇게 말하고 떨어지는 눈물이 가득하였다. 해가 한나절쯤 되자 유현이 여러 손님을 대접하고 길에 오르니 슬프고 참혹한 정리를 능히 기록하지 못할 정도였다.

114

115

이때 조씨 집안에서는 천금 같은 손자가 비록 화를 면했지만 만 리나 되는 운남에 귀양 가서 만날 기약이 없으니 노공 이하 모든 집안사람들이 참혹하고 애석해하였다.

이때 유현의 행도(行途)가 남쪽으로 향하니 설강이 바삐 집으로 돌아와 116 자객 석환을 불러 비밀스럽게 계교를 가르쳐 일을 성사하라고 재삼 당부하고 백금 삼백 냥을 주었다. 석환은 수많은 장수도 능히 당할 수 없는 용기가 있고 더불어 칼을 신기하게 잘 써서 사람의 머리를 베는 것을 주머니 속 물건을 취하는 것같이 하였다. 설강이 밤낮으로 노심초사하여 유현을 해치려 했지만 마침내 죽이지 못하여 운남에 귀양 보냈다. 그러나 이전에 임금의 총명이 뛰어나고 아버지와 숙부의 권세와 가문의 세력에 의해 마침내 유현이 돌아올 기약이 멀지 않은 것을 감지하고 매우 다급해져서 자객을 딸려 보내 유현을 죽여 후환을 없애려고 하였다. 유현을 데리 117 고 가는 채관을 보고 가만히 자신의 생각을 이르고 자객이 들거든 내통하여 죽여 달라고 하고 한 번에 틈을 타서 약을 먹여 죽이라고 부탁하였다. 이 채관은 설강의 처가 친척이었다. 이름은 손덕수인데 지식이 고명하고 사람됨이 매우 어질고 현명하였다. 벼슬이 금위낭중으로 유현을 압송하는 호송 관리가 되어 가니 설강이 처가 친척을 믿고 대사를 부탁하며 자기의 간악한 흉한 마음을 낱낱이 누설하였다. 손덕수가 매우 놀라웠지만 드러내지 않고 흔연히 진심으로 받아들이니 설강이 매우 기뻐하여 손덕 118 수를 금석같이 믿었다. 설강은 금주에 있는 강후번을 보고 정씨를 빼앗아 오게 하고는 석환과 자기가 마음을 같이 하여 유현을 죽이면 바야흐로 일생 소원을 이룰 것이라고 매우 기쁘고 만족스럽게 생각하여 손꼽아 날짜를 세며 좋은 소식을 기다렸다.

차설(且說). 기현이 유현을 전송하여 이별하고 돌아와 존당께 뵙고 말하였다.

"오늘 유현이 가는데 안부를 묻는 손님과 이별의 정을 나타내는 시가 수없이 많았습니다."

그리고 탄식하며 말하였다.

"유현이 집에 있을 때는 오히려 사촌 동생이 기특한 것을 깨닫지 못하였는데 방밖으로 나서면 사람들이 존경하여 복종하고 여러 무리들이 특별히 대우하여 대현군자로 추앙하니 그 사람됨이 뛰어난 것을 깨닫겠습니다." 119

노공과 태부인이 듣고 갑자기 잃어버린 것이 있는 것처럼 마음을 안정시키지 못하였다. 양정렬이 여러 사람 중에서는 태연자약했지만 자기 침소에 돌아와 고요히 생각하면 유현의 아름다운 모습과 달 같은 얼굴이 이목에 삼삼하게 떠올랐다. 마음을 칼로 베는 듯하고 음식이 목으로 내려가지 않았으며 침석에서도 걱정이 되어 잠이 오지 않아 눈을 붙이지 못하였다.

이씨는 유현이 떠나면서 부탁하던 말을 들어 성실하고 삼가는 성효가 기물에 가득 찬 것을 받들듯이 하는 예의314)가 있고 공경하고 삼가는 효성이며 예의를 갖춘 모습이 진효부(陳孝婦)315)에게 뒤지지 않았다. 이씨는 양정렬의 좌우에서 모시면서 그림자가 얼굴을 따르고 종과 북이 소리에 응하는 것같이 한 때도 물러가지 않고 매사에 어김이 없었다. 양정렬 120

---

314) 기물에 ~ 예의 : {봉영집옥지례(奉盈執玉之禮)} 『예기(禮記)』 「제의(祭義)」에 '효자여집옥여봉영(孝子如執玉如奉盈)'이라는 구절에서 온 말로, 봉영은 기물(器物)에 가득 찬 것을 받들듯 하는 것으로 전(轉)하여 존경하는 마음을 의미함. 따라서 '봉영집옥'이란 존경하는 마음이 옥을 집는 듯이 조심스럽다는 뜻으로, 여기서는 지극히 효성스런 모습을 의미함.

315) 진효부(陳孝婦) : 진씨(陳氏)의 효부(孝婦). 진효부(陳孝婦)의 남편이 전쟁터로 가면서 효부에게 늙은 어머니를 자신이 돌아오지 못해도 잘 봉양해달라고 함. 남편이 전장에서 죽은 후 친정 부모가 개가를 권하자 효부가 자살을 하려하여 감히 권하지 못했던 이야기를 가리킴.

이 이씨의 사람됨을 항상 기특하게 여기고 사랑하였지만 이토록 남보다 뛰어난 성효가 있을 줄은 몰랐다. 하물며 자기의 염려스러운 근심을 전혀 생각하지 않고 온화한 기운이 완연히 봄바람이 무르녹는 것 같은 것을 보고는 양정렬이 탄복하고 더욱 사랑하여 만금의 보옥같이 여겼다. 며느리와 시어머니가 서로 위로하고 나이와 존비가 다르지만 그 뜻이 서로 맞아 정이 모녀 같았다. 양정렬이 표현하지 못하는 생각을 이씨가 알아 응대하는 것을 영리하고 슬기롭게 하니 매우 총명한 것은 정씨보다 더하였다.

121

양정렬은 유현이 처궁(妻宮)316)이 많은 것을 마음속으로 기뻐하면서도 이와 같은 부부가 한 집안에서 화락하지 못한 것을 탄식하였다. 정씨는 누명을 쓰고 금주에서 버려진 아내가 되고 유현은 남해의 귀양 간 사람이 되어 만날 기약이 묘연하니 비록 마음으로 위로받는 것은 며느리의 사람됨을 믿는 것이지만 망망한 천명(天命)을 오히려 알지 못하고 15세의 천금 같은 아들이 만 리의 해외로 가니 그 화복을 정하지 못하고 사생을 알지 못하니 어머니의 심사가 어찌 무너지고 끊어지는 것을 참겠는가? 그러나 양정렬의 천성이 넓고 온화하여 모든 일을 참고 만사에 숙연하고 정대하였다. 위로는 시부모와 존당을 받들며 아래로는 며느리의 정사를 돌아보고 밖으로 태연자약하며 이씨를 위로하고 사랑하였지만 조씨를 잊지 않고 생각하고 자애롭게 대하여 조금도 한쪽으로 치우침이 없었다. 슬하의 자식을 양육함에 인자하고 법도가 있어서 온 집안에 얌전하고 덕스러운 태도와 어진 덕이 덮였으니, 정숙렬의 어진 행실과 훌륭한 덕과 조금도 차등이 없었다. 온 집안에서 탄복하지 않는 사람이 없어 양정렬의 훌륭한 덕이 온 성안을 감화시켰다.

122

---

316) 처궁(妻宮) : 점술에서, 십이궁의 하나. 처첩에 관한 운수를 점치는 별자리임.

조 씨 삼 대 록

7권

1 　차설. 강씨가 조씨 집안에서 내쫓기는 화를 만나 강씨 집안으로 돌아오게 되었다. 강한림은 강직한 군자여서 딸의 죄과를 부끄러워하여 다시 유씨 집안에도 보내지 않으며 규방에 두고 분수를 지키게 하였다. 그러나 후처 경씨는 사납고 투기가 많으며 억척스럽고 어리석은 여자였다. 강씨가 시집에서 내쫓기는 여자가 되어 돌아온 것을 보고 모녀가 밤낮으로 생각하여 원수 갚을 것을 계획하였다. 조씨 집안과는 소식이 끊겼으나 풍문으로 조유현이 운남에 귀양 가고 정씨는 금주로 부모를 따라 갔다는 것을 들었다. 강씨가 탄식하며 말하였다.

2 　"필부(匹夫) 유현이 돼먹지 못해 죄 없는 나를 내치고 자기도 화를 만나 만 리의 운남에 죄수가 되었으나 오직 그 풍채와 기상을 생각하여 잊지 못하고 이 세상에서는 서로 만날 기약이 아득하구나! 조씨는 유약하니 오히려 시기하는 마음이 들지 않지만 이씨는 재주와 용모와 덕행이 모두 갖추어졌으니 가히 일대의 숙녀이다"

　마음속으로 이씨가 자기보다 한 수 위에 있다는 것을 더욱 통한하게 여기고 이씨를 없애고자 하였다. 유씨 집안으로부터 들으니 이씨가 시부모와 존당을 성효로 섬겨 태부인 이하 사람들이 이씨를 어진 며느리와 숙녀라고 하고 양정렬이 자기가 낳은 딸보다 더 사랑한다고 하였다. 강씨는

3 불만스럽고 분하며 미운 것을 이기지 못하여 경씨와 의논하여 이씨를 해쳐 조씨 집안과 인연이 없는 사람으로 만들 꾀를 생각하였다. 경씨가 말하였다.

　"너의 재주와 용모가 이런대도 시댁에서 내쫓기는 여자가 되어 텅빈 규방에서 한을 품는 것은 다 강적이 많은 까닭이다. 내가 비록 너를 낳지 않았지만 내가 네 어미로 있으면서 어찌 너의 적국을 없애 천하를

다스려 바로잡는 경사를 보지 않겠느냐? 정씨는 금주에 버려진 여자가 되었고 아직 조씨는 그냥 두도록 하고 먼저 이씨를 없애야겠다. 지금 계양공주는 성상의 숙모이시다. 일찍 자녀가 없어 나를 양녀라고 말하고 정의(情誼)가 모녀 같다. 내가 너의 사정을 고하고 이씨에 대한 온갖 사나운 소문을 만들어 임금님께 들리게 하겠다. 지금 임금님이 곽후의 투기로 인해 투기하는 부녀를 매우 통한해하신다. 내 사촌 시어사 원광이 성격이 매우 급하여 어떤 대사라도 죄과를 논하여 꾸짖기를 잘 한다. 원광에게 부탁하여 이씨의 죄를 임금님께 상소하고 안으로 공주를 부추기면 공주가 반드시 안에서 내통할 것이다. 이씨를 죽이지는 못하지만 멀리 귀양 가는 것을 면치 못하게 할 것이다."

강씨가 일어나 절하고 사례하여 말하였다.

"어머니께서 저를 사랑하시고 염려하심이 이렇듯 하시니 제가 거의 원한을 풀 것 같습니다. 아직 정씨는 그대로 두고 정씨의 죄를 이씨에게 다 미루고 정씨의 시녀에게 다시 뇌물을 주어 먼저 했던 말을 바꾸게 하여 이씨에게 여러 가지 나쁜 일을 만들어 저와 정씨를 잡고 간부인 자객이 들어온 것도 다 이씨의 일이라고 하여 두루 잡아 이씨를 사지에 몰아넣으면 어찌 이씨가 그대로 죄를 당하지 않겠습니까? 원래 이씨의 근본이 미천하여 사대부가의 딸이지만 길에서 떠돌아다니고 남자의 복장으로 유현과 서로 사귀어 혼인 전에 편지를 주고받으며 규방 여자의 행실을 잃었으니 근본을 세세하게 원어사께 청하십시오. 저는 당당히 한 장의 소(疏)를 유모로 하여금 형부에 제출하게 하여 한 때의 옥사를 만들어 이씨를 죽이고 뒷날 다시 정씨를 처치할 것입니다. 달리 조씨 집안에 돌아갈 방법이 없으니 임금님의 뜻에 의해 마땅히 다시 조씨 집안에 가고자 합니다."

경씨가 매우 기뻐하며 의논을 결정하였다. 원래 계양공주는 지금의 황제인 인종의 숙모였다. 부마인 원창이 어진 남자였는데 계양공주는 포악하고 질투가 많아 궁궐의 아름다운 시녀가 부마에게 가까이 가지 못하게 하고 부마를 방밖으로 나가지 못하게 하면서 밤낮으로 부마를 상대하고 있었지만 한 명의 병든 딸도 낳지 못했다. 강한림 처 경씨는 그 시누이 경참정 부인의 딸이었다. 계양공주가 경씨를 사랑하여 길러 혼인을 시키고 서로가 모녀로 불렀다. 계양공주는 경씨에게 모든 장신구와 귀중한 보물과 의복을 도와주었고 강한림도 사랑하였다. 강한림이 공주를 괴롭게 여겨 찾지 않았지만 경씨가 공주에게 가보고 자기 딸을 데리고 가서 보였다. 강씨가 억울하게 시가에서 쫓기는 여자가 되어 서러워하며 우는 사정을 두루 고하니 공주가 들었다. 공주는 성정이 시기심 많고 엉큼하여 투기에는 선봉인 까닭에 시류를 따르고 서로 짝을 이루어 강씨가 간악하게 질투하는 것이 공주의 눈에는 매우 사랑스러워 탄식하며 말하였다.

"이 아이가 곧 너의 딸이니 나의 손녀와 다름이 없다. 내가 자식이 없어 방안에서 근심하고 염려할 뿐 좌우에서 함께 할 사람이 없었다. 서러운 마음을 참고 울적하게 지내니 너 대신에 이 아이를 두고 가거라. 내가 이 아이를 데리고 소일하면서 제 소원을 이루어주고 다시 부부가 화락하고 적국을 없애 분을 풀게 할 것이다. 시어사 원상이 부마의 조카이고 네게는 친족이다. 어찌 이 말을 들으면 한 장의 상소를 아끼겠는가? 이것은 한갓 너만을 위하는 것이 아니라 원상의 소임을 다하는 것이니 내가 어찌 힘을 다하여 너희 모녀의 지극한 바람을 이루지 않겠는가?"

경씨가 사례하였다. 강씨가 이에 머물러 공주를 모시면서 정성스럽고 충성하며 민첩하게 굴면서 일마다 공주의 뜻을 맞추었다. 늙고 병으로 쇠약한 외로운 계양공주는 궁인의 무리만 데리고 있으면서 자손이 효도로 봉양하는 맛을 모르다가 강씨가 공경하고 삼가는 정성을 보이니 자신이 낳은 자식보다 강씨에 대한 사랑이 더하였다. 강씨의 아리따운 태도와 세상에 뛰어난 기질이 노인의 사랑을 불러일으키니 공주가 강씨에게 크게 반해 사랑이 강한림 처인 경씨보다 열 배나 더하였다. 그런 까닭에 부마에게 강씨를 보이고 말마다 손녀라고 일컬었다. 강씨에게 저 원부마는 아무 관련 없는 다른 가문의 남자여서 소장(疏章)은 부탁할 수도 없고 어찌 꺼리고 불편하지 않겠는가마는 부마는 공주의 명령을 거스르지 못해 강씨를 손녀로 대접하였다. 강씨는 대사를 이루려고 하기 때문에 어찌 이런 일을 조금이나 꺼리겠는가? 공연히 손녀의 도리를 지극히 하니 공주가 매우 사랑하여 강씨를 믿고 하자는 대로 하였다.

강씨는 유모 경파로 하여금 소장을 한 장 써서 형부에 제출하게 하였다. 이때 정위관(廷尉官)317)은 설흡인데 이 사람은 곧 설강의 친척뻘 되는 아저씨였다. 강씨의 외로운 말이 앞뒤의 곡절이 매우 분명하여 억울하게 죄를 쓴 것이 분명한 것 같았다. 경파가 상소를 적은 종이를 올리니 좌우 시랑이 받아 설상서에게 주었다. 상소의 내용은 다음과 같았다.

천첩 경파는 전 이부판서 조상서의 폐위된 처 강씨의 유모입니다. 지극한 원통함이 있어서 감히 법부(法部)에 번거롭게 아룁니다. 저의 주인은 강한림의 천금 같은 한 명의 딸입니다. 주인이 불행하여 일찍 어머니를 여의고 계모 경부인이 목강(穆

---

317) 정위관(廷尉官) : 관명으로 형사(刑事)와 관련된 일을 맡아보던 관리.

姜)318)의 인자함이 있었지만 단노부인에게 양육되었습니다. 친가와 외가 모두 대대로 높은 벼슬을 한 집안으로 제 주인의 성품과 행실이 매우 온화하고 공손하여 이미 부덕(婦德)이 갖추어졌습니다.

성상께서 사혼하셨기 때문에 조이부의 네 번째 부인이 되시니 위로는 정씨, 조씨, 이씨 세 부인이 있었고 시부모의 사랑과 남편의 은총을 받았습니다. 제 주인의 괴로운 상황과 슬프고 한스러운 정사는 사람이 참지 못할 바입니다. 제 주인이 스스로 운명을 탄식하고 한탄할지언정 뒤에 들어온 부인으로서 먼저 시집온 부인을 섬겨 항상 조심하여 부덕을 삼았습니다. 여러 적인(敵人)의 변란이 일어나서 무고하게 어른의 음식에 독을 넣고 간부인 자객이 들어와 집안을 현혹시키니 남편인들 어찌 현혹되지 않겠습니까?

시녀를 심문하자 정부인의 시녀 추향과 정당의 시녀인 술잔을 붓던 설매 등이 이와 같이 죄를 스스로 고백하니 조이부가 제 주인과 정부인을 다 폐출하여 혼서를 불 질렀습니다. 제 주인은 백옥같이 흠이 없는데도 시부모와 남편의 처치를 감히 원망하지 못하여 천고에도 없는 박한 운명을 달게 받았습니다. 죄가 없는 애매한 천인(賤人)이 엄중한 형벌을 받고 노비와 주인이 남은 숨을 겨우 유지하여 돌아왔습니다. 제 주인은 죽을지언정 시댁의 일을 들추어내서 적인을 잡아 소장을 관청에 낼 뜻이 없었지만 이 천인(賤人)이 제 주인을 길러 명목상은 노비와 주인 사이지만 정의는 모녀 사이와 같습니다. 죄가 없는데도 제 주인은 시댁에서 쫓겨나 강상(綱常)의 한 가지 죄를 얻어 텅 빈 규방의 푸른 등불 같은 박한 운명을 어찌하겠습니까?

위로는 밝고 바른 법관이 계시고 왕법(王法)이 엄숙합니다. 요사이 들으니 많은 죄를 한갓 정부인이 저지른 것이 아니라 그 부인보다 더 심한 자가 있다고 합니다.

---

318) 목강(穆姜) : 한나라 때 여인으로 전처소생의 세 아들이 패악하게 굴었으나 여기에 굴하지 않고 지극한 정성으로 대함. 그 결과 세 아들을 감화시키고 가정의 화목을 이루었음.

엎드려 바라건대 법부는 추향과 설매를 잡아 엄한 형벌로 꾸짖어 물으시면 간악한 사정을 당장 밝혀 애매한 자가 무죄를 밝히고 죄가 있는 자가 죄를 받아 벌을 면하지 못할 것이니 밝게 살피십시오.

법관이 상소의 말을 보니 자기의 애매함을 변명하면서도 시댁을 원망하지 않고 적인을 재해에 빠지게 하는 말이 적었다. 잘못된 것을 바르게 하고 간악한 것을 없애 사람의 마음을 놀라게 하였다. 설상서가 설강에게 조유현의 막돼 먹은 행실과 그 가정의 변고를 익히 들은 바라 이제 경파가 억울한 마음을 하소연하는 소장을 올리는 것이 괴이하지 않다는 것을 깨달았다. 즉시 관차(官差)319)를 보내어 추향과 설매를 잡아와 사실을 물으라고 하였다. 관차가 나는 듯이 조씨 집안에 가서 추향과 설매를 내여 달라고 하였다.

이때 조씨 집안에서는 진왕과 초공이 돌아올 때가 아직 되지 않았고 유현을 해외로 보내고 노공의 심사가 어지러워 몹시 서운해 하고 있었고 여러 소년의 높은 흥이 줄어들어 즐거웠던 집안이 서글프게 되었다. 그런데 뜻밖에도 추향과 설매를 형부의 차사가 와서 내어 달라고 하니 노공이 매우 놀라 까닭을 묻고 매우 화를 내며 말하였다.

"이 일은 내 집안의 사사로운 일인데 법부에서 알 바가 아니다. 간악한 여자가 내쫓겨 시댁을 잡아 소장을 관청에 내니 일이 놀랍구나. 설매와 추향은 내 집에서 처단할 것이다. 법부에는 보낼 리 없으니 물러가거라."

기현이 꿇어앉아서 아뢰었다.

---

319) 관차(官差) : 관아에서 파견하던 군뢰(軍牢), 사령(使令) 따위의 아전.

"그것은 옳지 않습니다. 이미 소장을 관청에 낸 후는 법부에서 일을 다 스리는 것이 떳떳합니다. 이번에 잡아가 심문하지 않아도 이 또한 작 은 옥사가 아닌가 싶으니 법부가 반드시 임금님께 아뢰어 그 시비(侍婢) 를 잡아갈 것입니다. 그러니 순순히 내 주십시오. 간인이 백가지로 훼 방을 놓아도 어진 사람을 마침내 죽이지 못할 것입니다."

노공이 이 말을 옳게 여겨 즉시 설매와 추향을 내주었다. 집안이 떠들 썩하며320) 매우 의아해하였다. 설매와 추향이 중형을 입고 여러 날 옥에 서 고생하니 기이하고 괴상한 모습이 되었다가 또 형부의 관차가 생포하 여 가니 넋이 빠졌다. 그러나 경파가 사람으로 하여금 가만히 옥중에서 두 시비에게 술과 고기와 금과 보물을 주었다. 만일 형부에서 묻는 말이 있거든 전후의 악한 일은 처음에는 정씨가 한 짓이고 나중에는 이씨가 한 짓이라고 하여 말을 이씨에게 미루게 되면 너는 매 한 대도 맞지 않고 무 사하게 풀려날 것이고 풀려나면 계양공주의 궁궐에 숨으면 조가에서 찾 아서 목을 베고자 하여도 어쩔 수 없을 것이다 하고 득실을 말하며 달래 고 갔다. 관차가 오직 경파가 두 시비의 친척이라고 생각하고 이와 같은 비밀스러운 말은 듣지 못하고 술과 고기를 함께 나누어 많이 주고 데리고 왔다. 설매와 추향이 매우 기뻐하여 가르친 대로 말을 하리라 하였다. 경 파가 매우 기뻐하여 공주와 강씨에게 와서 결과를 보고하였다.

계양공주가 이에 대궐 안으로 들어가 임금의 마음을 돋우고 원광의 상 소를 올려 안에서 호응하고 밖에서 합세하여 이씨로 하여금 죽어도 묻힐 땅이 없게 하려고 하였다. 그런데 계양공주가 마침 상한(霜寒)321)에 감기

320) 떠들썩하며 : {슛두어려}. 옛말 '슛두어리다'는 떠들썩하다, 수군거리다의 뜻임.
321) 상한(霜寒) : 서리가 내릴 때의 추위.

가 걸려 꽤 많은 시간동안 병이 오래 낫지 않았다. 임금이 듣고는 염려하 19
여 공주에게 어의를 보내어 간병하게 하고 내시를 자주 시켜 문안하게 하
였다. 강씨는 자신의 계교가 이루어지지 못할까 매우 다급하여 계양공주
를 지성으로 간호하였다. 이러구러 공주가 빨리 회복되니 공주가 약속을
정하고 입궐하였다. 이 행차로 이씨의 참혹한 난이 장차 어디에 미칠까
다음 회를 들어라.

차설. 공주가 병이 말끔히 나아 이날 입궐하니 임금이 한편으로 반기
고 위로하며 하례하면서 말하였다.

"숙모가 환후가 가볍지 않으신데 병을 간호할 자녀가 없고 신세가 고
단하신 것을 더욱 우려했습니다. 빨리 회복되어 오늘 이렇게 임하시니
매우 다행스럽습니다." 20

공주가 탄식하며 아뢰었다.

"신이 딸이든 아들이든 한 명의 혈육이 없는데 이보다 더할 수 없는 사
정으로 신의 시누이의 딸인 참정 경문의 딸을 양육하여 모녀의 의리를
맺었습니다. 양녀의 딸인 강씨는 시댁에서 내쫓긴 여자가 되어 슬프고
외로운 정사를 이기지 못하여 계모와 함께 신의 적막함을 위로하고자
이르렀습니다. 강씨를 보니 타고난 재주를 지닌 정숙한 덕행이 세상에
비교할 사람이 없어서 신이 청하여 양손녀로 삼아 강씨를 의지하여 지
냅니다. 신의 처량하고 슬프며 외로운 좌우에는 강씨가 있으면서 위로
함이 많지만 강씨의 사정이 매우 불쌍합니다. 강씨는 운남에 귀양 간
죄인 조유현의 네 번째 부인이 되어 성상이 사혼하시어 인연이 있어서 21
조가에 갔습니다. 유현이 먼저 취한 정씨와 조씨, 이씨 세 부인이 서로
질투하여 강씨를 용납하지 못하여 끝내는 집안의 변란이 이와 같아 정

씨와 강씨를 다 내쫓아 각각 친정으로 돌아가게 하였습니다. 유현이 귀양 가고 정씨는 그 아버지를 따라 금주로 가니 조씨와 이씨 두 사람만 조가에 있으면서 이에 홀로 조가의 명성과 은총을 입으며 행동에 자중함이 많다고 합니다. 여자의 투악은 귀하고 천한 것과 상관없이 집안과 나라를 어지럽힙니다. 신이 바깥의 소문을 들으니 이씨의 행사가 어릴 때부터 맑고 깨끗함이 없어 옷을 바꿔 입고 남자가 되어 남녀가 바르지 못한 방법으로 인연을 맺고 음란한 정적이 낭자하고 조가에 시집간 후부터 여후(呂后)의 투악322)과 측천무후(則天武后)의 음란함323)을 모두 지니고 적인을 깊은 구덩이에 밀어버리고 시부모가 먹는 음식에 약을 타고 여러 번 괴이한 사단이 많았다고 합니다. 그런 후에 온갖 계책을 다 내어 강씨에게 죄를 모두 씌우니 유현은 처음부터 이씨의 천고에도 없는 아름다운 모습에 현혹된 까닭에 정씨와 강씨 두 처를 내쫓고 이씨만 오로지 사랑하다가 자기도 대죄에 걸려 귀양 가게 되었습니다. 이 일은 국가와 관련되지는 않지만 풍교의 측면에서는 매우 놀라운 일

22

---

322) 여후(呂后)의 투악 : 여후는 중국 전한(前漢)의 시조 유방(劉邦)의 황후. 무명의 유방과 결혼하여 평정사업(平定事業)을 도왔고, 유방이 죽은 뒤 아들 혜제(惠帝)를 즉위시키고 실권은 자신이 잡았음. 혜제가 23세의 나이로 죽자, 혜제의 후궁에서 출생한 여러 왕자들을 차례로 등극시키면서 황제를 대행, 여씨 일족을 고위고관에 등용시켜 사실상의 여씨정권을 수립하였음. 여후는 질투심이 강해 유방이 죽자 유방의 총비(寵妃) 척부인(戚夫人)의 수족을 자르고 변소에 가두어 '사람 돼지(人彘)'를 만드는 등 횡포를 자행하였음.

323) 측천무후(則天武后)의 음란함 : 당나라 측천무후(則天武后)는 뛰어난 미모로 14세 때 태종(太宗)의 후궁이 되었으나, 황제가 죽자 비구니가 되었는데, 고종의 눈에 띄게 되어 총애를 받게 됨. 그 후 간계를 써서 황후 왕씨(王氏)를 모함하여 쫓아내고 스스로 황후가 됨. 수년 후 고종의 건강을 핑계 삼아 스스로 정무를 맡아보며 독재권력을 휘둘렀으며, 측천무후는 자신의 권세와 위치를 유지하기 위하여 친자식인 이홍(李弘), 이현(李賢)을 죽임. 고종이 죽자 자신의 셋째 아들인 중종(中宗)과 넷째 아들인 예종(睿宗)을 차례로 즉위시키고, 그녀에게 반항하여 난을 일으킨 서경업(徐敬業)과 당나라의 황족 등을 무력으로 탄압하였음. 어사(御史)와 밀사를 이용하여 대규모의 탄압을 자행하는 한편, 불경을 위조하고 부서(符瑞)를 날조하여 무씨(武氏)의 천하를 합리화시켰음.

이니 여염 간에 들리는 소문으로는 이씨의 행사를 원통스럽게 생각하
지 않는 사람이 없습니다."

임금이 이 말을 다 듣고 놀랍게 여겼지만 오히려 믿지 않고 말하였다.

"원래 조유현의 풍채와 기상에 반해 따라오는 여자가 많은 까닭에 처음에 짐이 강씨를 사혼한 것도 강씨의 외삼촌 유수가 강씨의 마음이 유현에게 가지 못하면 그 사생을 결단한다고 해서입니다. 또 유수가 자기 누이가 일찍 원통하게 죽은 것을 참지 못할 아픔이라고 말해서 짐이 한 여자의 품은 한이 오월에도 서리가 내릴 까봐 불쌍하게 여겨 사혼한 것입니다. 또 이씨가 유현의 풍채를 흠모하고 그 때문에 이루어진 혼인이었다고 아는데 강씨가 시댁에서 내쫓겨 원한의 마음으로 하는 말
을 어찌 다 곧이듣겠습니까?"

공주가 웃고 아뢰었다.

"이것이 강씨의 말이라면 다 곧이듣지 못하겠지만 신이 들은 것은 여염의 상것들이 전하는 공론입니다. 강씨는 아직 조씨 집안의 일과 적인의 흠을 말하지 않았습니다."

임금이 가만히 웃으며 대답이 없었다. 문득 시어사 원광의 소장이 오르고 형부상서 설흡의 계달(啓達)324)에서 아뢰는 바가 있으니 다른 일이 아니라 이씨의 많은 악행에 관한 것이었다. 원광의 상소는 다음과 같았다.

시어사 신 원광이 머리를 조아리며 여러 번 절하고 주상 폐하께 아룁니다. 신이 외람되게 성은을 입어 언관의 소임에 주제넘게 관여하게 되니 매우 꼼꼼하게 자세

---

25

324) 계달(啓達) : 신하가 글로 임금에게 아뢰던 일.

하게 살펴 폐하께서 미처 살피지 못하신 바를 돕고 풍화의 빛을 다듬고자 합니다. 비록 일이 작고 미세하여도 가히 던져두지 못하고 존비귀천을 생각하지 않고 죄과를 논하여 꾸짖는 것이 신의 뜻입니다. 하물며 재상가 명부(命婦)의 집안일과 사대부 부녀의 음란하고 바르지 못한 대악의 행적이 크게 어진 임금님이 다스리는 시대에 풍화를 어지럽히며 풍속을 문란하게 하는 무리의 행동이 있는데도 그 권세를 두려워하여 폐하께 아뢰지 않겠습니까?

26 　신의 문견(聞見)이 고루하여 사대부 부녀자 중에 행적이 기특한 이는 듣지 못하고 오히려 강상(綱常)을 어지럽히고 인륜을 어지럽히는 사람만 들었습니다. 사람의 며느리가 되어 그 시어머니와 시할머니에게 무고사(巫蠱事)를 만들고 음식에 약을 탔으며 자객을 들여 시아비와 남편을 해치고자 하였습니다. 몸이 규방에 있는 여자로서 외인과 육체적 관계를 가지고 비례(非禮)를 따라 행동하고 말하며 시기하여 잔인하게 질투하고 적인을 사지(死地)에 넣었습니다. 금은을 물같이 써서 뇌물을 주어 남에게 죄를 미루고 아무렇지도 않게 밖으로 어진 형상을 하며 시부모를 현혹하는 여자는 처음 듣습니다. 이 여자는 바로 남해에 귀양 간 죄수 조유현의 세 번째 부인으로 이은의 딸입니다.

27 　이은은 벼슬이 재상에 있으며 자녀를 꾸짖고 가르치는 것을 어질게 하지 못하고 그 딸의 음란한 욕심에 걸맞게 유현을 사위로 삼았습니다. 유현이 이씨의 천고에도 드문 요조숙녀 같은 모습과 경국지색의 외모에 매혹되어 풍속을 문란하게 하는 죄를 다스리지 않고 억울한 강씨와 조강지처인 정씨에게 죄를 다 뒤집어 씌워 내쫓고 부부의 의를 끊었습니다. 유현의 한쪽만을 미워하는 마음이 이렇고 집안을 다스리는 것이 차마 이를 것이 못 되니 듣는 사람이 몹시 놀라지 않는 이가 없습니다.

　신이 늦게야 들으니 유현이 벌써 운남에 귀양 가는 죄수가 되었다고 합니다. 유
28 현이 집안을 다스리지 못한 죄는 말해도 부질 없지만 이씨의 상황과 음란한 패악이

가히 사무치도록 원통합니다. 엎드려 바라건대 성상께서는 빨리 독약을 내려 이씨를 죽이셔서 후세 사람들에게 행실 나쁜 여인을 징계하시고 이 시대의 풍교를 밝히십시오.

임금이 또 형부의 계문(啓聞)325)을 보니 경파의 소장과 추향과 설매의 초사였다. 이것의 내용이 매우 분명하여 이씨의 많은 죄악이 죽을죄를 넘는 것이었다. 임금이 매우 화를 내며 다시 이씨의 시녀를 잡아 엄하게 문책하라 하였다.

슬프다! 금은을 많이 뿌렸으니 이루지 못할 일이 없었다. 어진 사람의 재앙이 대단하여 강씨가 계양공주의 손녀가 되어 계양궁에 있으므로 더욱 금과 보물을 물 쓰는 듯이 하는 것이다. 강씨가 경파로 하여금 이씨의 시비 선옥과 결탁하여 금은 보화를 선옥의 가난한 어미에게 주고 형부에 잡혀가 형부에서 물을 때에 다 이씨에게 죄를 미룰 것을 당부하였다. 이 선옥은 이씨 집안에서 데리고 온 시비였는데 마음이 어질지 못하고 이씨에게 자주 죄를 얻어 이씨에 대한 원망이 있었다. 선옥의 어미가 경파의 오라비에게 다시 시집가서 살게 되었는데 이 사람이 후번이었다. 선옥의 어미로 인연이 되어 뇌물로 선옥을 꾀니 선옥이 기꺼이 받아들이고 선뜻 이씨를 해칠 뜻이 일어나 경파와 서로 입을 맞추고 있었다.

법부가 임금의 뜻을 받들어 시비를 잡아다가 엄하게 문책하니 모든 것을 변명하고 진파가 크게 이씨의 혼인 때부터 얼음과 옥결같이 맑고 좋은 행동을 아뢰었다. 홀로 선옥이 이씨의 죄악으로 강씨를 잡아 내친 것을 털어놓고 도리에 어그러진 음란한 대악의 죄를 고백하니 원광의 상소와

29

30

---

325) 계문(啓聞) : 신하가 임금에게 아뢰던 글.

계문에도 없는 말이 부지기수여서 듣는 사람이 놀라지 않는 사람이 없었다. 형부가 이대로 아뢰어 강씨의 억울함을 많이 벗기니 공주가 와서 듣고 눈물을 흘리며 말하였다.

31 　"이씨의 대악이 사람을 이와 같이 모해하니 어찌 놀랍지 않겠습니까? 성상께서는 강씨의 지극한 원한과 아픔을 살피셔서 남편이 없지만 조씨 집안과 관계를 끊은 계집이 되지 않게 하십시오."

임금이 그 말이 다 틀림없다는 것을 어찌 믿겠는가마는 그러나 대개 이씨의 시비의 초사와 추향과 설매의 초사가 한결같고 언관의 상소가 이와 같으니 이씨의 죄과는 또한 틀림없다고 생각하며 즉시 열 줄의 전지(傳旨)를 내려 말하였다.

남편인 유현의 여러 가지 죄는 말해봤자 쓸 데 없으니 그냥 두겠다. 이씨는 사대부가의 명부(命婦)의 지위에 있으면서 음란하고 흉악하며 간악함이 만고에도 찾아
32 볼 수 없는 사람이다. 마땅히 독약을 내려 죽이고 왕법을 밝힐 것이지만 오히려 이씨가 간계를 꾸며 죽인 사람은 없으니 사형은 면하게 하고 장사에서 죄를 다스리게 하라. 이은은 현명하지 못하고 자식을 가르치지 못한 죄로 관직을 삭탈하여 고향으로 돌려보내라. 강씨는 죄가 없으니 처음에 이미 사혼한 여자인데 공연하게 한을 품은 것이 불쌍하니 비록 남편이 죄에 연루되어 있으나 조씨 집안과 다시 부부와 고부 간의 관계를 잇도록 조씨 집안으로 돌아가라.

임금의 뜻이 한 번 내리니 온 조정이 다 놀라고 괴이하게 여겼지만 다른 사람은 알지 못할 일이었다. 언관의 상소도 귀찮게 여기는데 누가 앞
33 일을 생각하여 이씨가 억울하기 때문에 억울함을 풀어 아뢸 사람이 있겠

는가? 이씨의 아버지 이참정이 임금의 뜻을 듣고 놀라 오직 말을 못하고 그 딸의 평생을 슬퍼하며 장부의 눈물이 비같이 흘렀다. 조씨 집안에서 이 일을 알고 강씨가 일을 꾸민 것이 이에 이르게 됨을 매우 놀라워하였다. 이씨의 옥같이 곱고 얼음같이 맑은 행실로 이와 같은 재앙을 당하게 되니 시부모와 존당이 슬프고 참혹하여 애석함을 이기지 못해 하니 기현이 선뜻 일어나 말하였다.

"이 일이 한갓 우리 집에 한정되는 사사로운 불행이 아니라 국가에도 매우 해롭습니다. 하물며 추향과 설매 선옥 등을 잃으면 정씨와 이씨 제수씨의 억울함을 푸는 일이 어려울 것입니다. 제가 마땅히 개인적인 혐의를 피하지 않고 이씨 제수의 억울함을 비록 구하지 못하지만 세 명의 시비를 청하여 얻어내 뒷날 억울함을 풀 때 필요하게 하겠습니다."

말을 마치고 조복을 찾아 입고 임금 앞에 나가 뵙기를 청하였다. 이때 임금이 계양공주를 대하여 오히려 말을 마치지 않고 있었는데 유현이 뵙기를 청한다는 말을 듣고 즉시 정전(正殿)에 나와서 만나보고 물었다.

"경이 특별히 짐을 보기를 원하니 무슨 할 말이 있느냐?"

기현이 안색을 바로 하고 엎드려 아뢰었다.

"신이 성상을 뵙기를 청한 것은 다른 일이 아니라 사촌 동생 유현의 집안일 때문입니다. 이 일이 크게 언관의 소장에 오르고 강씨의 억울함을 신원한다는 조치가 저희 가문에 이르고 임금님의 명령으로 강씨를 조씨 집안과 관계를 잇게 하시고 이씨를 의절하게 하여 장사에 귀양 보내신다고 했습니다. 유현은 네 명의 부인을 두어 사소한 변고가 있었습니다. 두 명의 처를 내쫓고 간악한 시비를 가두어 세세하게 강상의 죄를 속속들이 밝혀내려고 하였습니다. 그런데 유현이 이에 귀양을 가

34

35

게 되고 집안일이 안정되지 못하였습니다. 이 때문에 다른 억울함을 푸는 것은 가히 입으로 말하지 못하겠지만 정씨와 이씨가 애매함을 벗는 날에는 죄가 있는 자가 죄를 면하고 나아가는 것은 잘못한 일이 될 것입니다. 이씨의 평소 때 행실은 『시경』의 「주아(周雅)」326)의 뛰어난 풍모와 여종(女宗)327)의 효절을 함께 갖추었습니다. 언관이 사람의 부탁을 들어 성상의 훌륭한 덕을 돕지 못하고 부질없이 무죄한 여자를 만고에도 없는 강상을 어긴 한 죄인으로 만들어 만 리나 되는 장사에 귀양 보내게 되었습니다. 여인이 한을 품으면 오월에도 서리가 내린다고 하였습니다.

신이 유현과는 사촌지간으로 유현이 멀리 나가 있고, 저와 이씨와 강씨와는 시아주버니와 제수씨의 관계이기에 이씨를 위하여 강씨를 해칠 일이 없으니 오직 공평하게328) 말할 뿐이고 우리 성상의 치화(治化)가 공평하기를 바랍니다. 이씨의 시비가 요악한 말로 제 주인을 잡는 한 장의 초사를 올렸고, 또 원광이 도리에 어그러지고 맞지 않는 허무한 상소를 하여 무죄한 여자를 귀양 보내는 것은 매우 옳지 않습니다. 원광이 국사에 간여할 일은 아닙니다. 하물며 강씨가 관청에 제출한 소장(訴狀)은 적국(敵國) 사이에 자기가 옳다는 말을 나타내는 것이기 때문에 믿을 일이 아닙니다. 비록 지아비가 사납고 적인이 밉지만 부녀자

---

326) 『시경』의 「주아(周雅)」 : 「주아(周雅)」는 『시경(詩經)』의 「소아(小雅)」 「대아(大雅)」 두 편을 말함. 여기에는 주(周)나라 문왕(文王)의 후비(后妃)인 태사(太姒)가 나무가 가지를 드리우듯 첩들에게 은덕을 드리워, 첩들이 그녀를 공경하고 그 덕을 기려 집안이 화평했다는 〈규목(樛木)〉 편 등 여성의 부덕(婦德)과 관련된 내용들이 있음.
327) 여종(女宗) : 중국 춘추시대 송(宋)나라 포소의 처로 남편이 두 번째 부인을 얻었음에도 불구하고 남편과 시어머니를 잘 모신 인물.
328) 공평하게 : {공변된}. '공변되다'는 '공변되다'의 옛말. 행동이나 일 처리가 사사롭거나 한쪽으로 치우치지 않고 공평하다의 뜻.

의 도리로 진실로 어진 여자라면 시댁에서 내쫓기고 관청에 소장을 내어 시댁을 고발하는 것은 천고에도 듣지 못할 일입니다. 비록 유모의 이름을 빌어 고발하였지만 이것이 강씨의 일이 아니라면 누가 시켰겠습니까? 지혜가 밝으신 성상은 말할 것도 없고 삼척동자에게 물어보아도 강씨가 시켜 소장을 낸 것을 알 것입니다. 이로써 헤아려보면 강씨의 어짊과 그렇지 않음을 알 것입니다.

아녀자가 남편을 만 리나 되는 귀양지로 보내 이별하고 그 시어머니를 섬기면서 공경하고 순종하는 예의로 하고 성실하게 삼가는 효도로 하는 것은 이 시대의 성녀 효부인 것입니다. 그런데 진실로 이씨가 귀양가는 죄명이 지극히 한스럽고 원통합니다. 강씨가 이씨가 처음 혼인할 때 구차했다고 말한 것도 모두 근거없는 말입니다. 이씨가 어려서 부모와 헤어져 길에서 떠돌아다녔으나 사람됨이 명철하여 능히 몸을 보호하고 남장으로 서울에 와서 부모를 찾고자 하였습니다. 유현이 이씨를 보고 남자인가 하고 두어 번 얼굴을 보고 이씨의 마음속 생각을 들으니 참정 이은의 아들이라고 했습니다. 참정 이은을 찾아 이씨를 돌려보내고 그 후 여자인 것을 알게 되었습니다. 이씨가 외간 남자와 한 자리에서 앉아 얼굴을 서로 보았기 때문에 다른 가문에 시집가는 것을 거절하고 깊은 규방에서 늙기로 마음먹으니 계집이 절의를 상하게 한 것이 없습니다. 이은이 부녀의 정리상 참지 못하여 유현에게 구혼하였습니다. 하늘이 정한 인연이 있어서 혼인이 되었으나 어찌 음란하고 바르지 못한 행적이 있었겠습니까? 신이 친척지간이라는 혐의를 피하지 않고 공론을 다 아뢰니 성상께서는 밝게 살피셔서 한쪽으로 치우친 일이 없게 하십시오. 설매 등 세 여인은 유현 집의 시비입니다. 생사를

38

39

40

신의 집에서 처치하게 도로 내어 주시기를 바랍니다."

말을 끝내자 그 말이 화평하며 기운이 정숙하고 엄숙하여 숙연하고 정대함이 조금도 사사로움이 없고 지극히 공정하였다. 임금이 듣기를 마치고 잠깐 웃고 말하였다.

"이 일이 비록 국가의 대사가 아니나 풍교의 빛이 감소되고 사대부 부녀자의 일이 매우 놀라워 귀양 보내는 전교를 내린 것이다. 경의 말을 들으니 혹시 과도함이 있는가 하여 귀양 보내는 명령을 거두고 친정에 돌려보내어 조씨 집안과 의절하게 하라. 경 집의 간악한 시비는 그 죄로 마땅히 목 벨 것이지만 남의 꼬임을 들은 것이니 곤장을 때리고 사형은 면하게 하라고 하였더니 경이 스스로 이 시비를 청하니 마음대로 하라. 강씨는 대개 무죄한가 싶으니 그 소장에 억울함을 드러내었고 시부모와 지아비를 해친 말이 없으니 아녀자의 서리가 내리는 한을 살펴 조가에 옛날처럼 돌아가게 한다."

기현이 머리를 조아리고 은혜에 감사하며 말하였다.

"성은이 하늘과 같으셔서 이씨의 죄를 반이나 줄여주시고 외로운 남은 목숨을 보전하게 하셨으니 시댁과 의절하고 시댁에서 내쫓는 것은 또한 어찌 하겠습니까? 뒷날 죄명이 벗겨지면 자연히 돌아오는 것이 될 것이니 성상의 뜻을 받들어 이씨를 돌려보내고 강씨를 옛날대로 두도록 신의 할아비에게 성상의 뜻을 전하겠습니다. 다만 이은의 삭탈관직이 또한 억울합니다. 옛날부터 요순임금의 아들도 불초하였으니 이씨가 비록 사납지만 그 아비의 죄가 아닙니다. 하물며 이씨가 아버지와 헤어져 자랐으니 딸의 어짊과 그렇지 않음을 어찌 이은이 알 것이며 이때문에 벌을 받겠습니까?"

임금이 말을 다 듣고 그 말을 옳게 여겨 이은의 벼슬을 도로 주었다. 강씨의 무죄함을 말하고 강씨를 찾아 조씨 집안에 둘 것을 일렀다. 이것은 원래 계양공주의 안면을 보아서 그렇게 한 것이었다.

기현이 은혜에 감사하고 물러나 즉시 집안의 종을 형부로 보내 설매 등 세 사람을 압령하여 다시 조씨 집안의 옥에 감금하라 하였다. 기현이 집으로 돌아와 노공에게 일의 수말을 아뢰었다. 노공이 탄식하며 말하였다.

"이씨가 귀양 가는 화는 다행히 면했으나 사나운 강씨가 다시 내 집에 돌아오니 가히 불행하구나!"

존당 태부인과 위부인이 이씨가 당한 소장(蕭墻)의 화329)를 불쌍하게 여겼다. 양정렬은 아들을 귀양 보내고 정씨가 친정으로 돌아갔지만 오히려 이씨의 인자하고 어진 행동과 하늘이 낸 효행으로 자기를 밤낮으로 곁에서 모시고 심회를 나누는 것으로 마음을 위로하고 있었다. 그러다가 천만 뜻밖에도 어진 며느리를 아주 영영 의절하여 친정에 폐하여 내버려 두라고 하는 명을 들으니 이것은 자기가 겪은 일과 같았으며 그 죄명이 또 자기와 흡사한 것이었다. 자기는 오히려 초공이 귀양 가지 않고 집에 있으면서 자기를 위로하여 살기를 부탁하여 친정으로 보내고 옥 같은 기린이 있어 삼종지도(三從之道)330)가 반석 같았지만 이제 이씨는 죄명과 몸의 누명은 시어머니인 자기보다 더했고 남편은 만 리나 되는 운남에 귀양 간 사람이 되어 사생을 정하지 못하고 아래로는 일점혈육이 없는데 강적이 뜻한 대로 되어 돌아와 이후의 화란이 언제 생길지 알지 못하니 이씨

329) 소장(蕭墻)의 화 : {쇼장지화[蕭墻之禍]}. '소장(蕭墻)'이란 군신이 모여 회의하는 곳에 쌓은 담을 말하는데 '소장지화(蕭墻之禍)'란 집안 내부에서 일어난 화라는 뜻임.
330) 삼종지도(三從之道) : 예전에, 여자가 따라야 할 세 가지 도리를 이르던 말. 어려서는 아버지를, 결혼해서는 남편을, 남편이 죽은 후에는 자식을 따라야 하였음. 『예기』의 「의례(儀禮)」〈상복전(喪服傳)〉에 나오는 말임.

45

의 신세와 운명이 기박하여 박명한 인생이어서 여자의 연연한 마음이 어
찌 끊어지지 않겠는가? 양정렬이 이 말을 생각하면 슬프고 참혹함이 아들
을 만 리 운남에 보낼 때보다 더욱 참담하여 여러 시누이와 동서를 돌아
보며 슬프게 탄식하고 말하였다.

"첩의 운수와 액이 기구하고 재앙이 다하지 않아서 남은 재앙이 며느
리에게 미친 것 같습니다. 행실이 천지신명을 저버려서 그런지 저의
운명이 사나워331) 재앙이 다하지 않은 것인지 하늘의 뜻을 가히 알지
못하고 천지신명을 가히 믿지 못하겠습니다."

조부인 등과 정숙렬 등 여러 부인네들이 이 말을 듣고 슬프게 탄식하
며 위로하였다.

이씨 집안에서 임금의 명령을 감히 거역하지 못해 이공이 딸을 데리고
갔다. 이씨는 얼굴빛을 조용하고 편안하게 한 채 모든 시비에게 침소를
지키고 수선하고 방적하는 물건을 각각 맡기고 오직 유모 진파와 시비 두
어 명만 데리고 친정으로 돌아가려고 하였다. 몸에 초라한 청삼녹의(靑衫
綠衣)의 죄인의 복색을 하고 존당과 시부모께 나아가 하직을 고하였다. 태
부인이 슬프고 참혹하여 묵묵히 말이 없고 오직 집안의 운이 불행함을 말
하며 친정으로 돌아가 마음을 놓고 몸을 보전할 것을 당부하였다. 이씨가
옷깃을 여미어 바로 잡고 절하며 사례하고 말하였다.

47

"불초한 소첩의 운명이 기구하여 태평성대에 참혹한 난을 만나 길에서
돌아다니며 구걸하는 것을 면하지 못합니다. 배운 것이 천하고 행실이
보잘 것 없으나 이와 같이 강상을 어겨 음란함과 간악함이 대단하다는

---

331) 사나워 : {츠투[蹉跎]하여}. '차타'는 '미끄러져 넘어짐'의 의미이나 문맥을 고려하여 이와 같이
옮김.

누명은 천만 뜻밖입니다. 소첩의 팔자가 기구한 것이니 누구를 한하고 무엇을 원망하겠습니까? 오직 깊은 규방에 물러나 있으면서 시부모님과 존당의 해와 달 같은 혜택을 우러러 평생을 마칠 따름입니다. 백골이나 시댁의 산소 아래에 묻히지 못할까 슬퍼합니다."

말을 마치자 옥 같은 얼굴에 잠깐 눈물이 나고 봉황 같은 두 눈썹에 슬픔이 맺혔다. 만 가지가 뛰어난 빛나는 얼굴이 더욱 상쾌하며 깨끗하고 새벽별 같은 두 눈에 가을 물 같은 정기가 어리었으니 맑은 광채가 사방 벽에 밝게 빛났다. 수많은 근심과 한이 오히려 드러나지 않고 얼굴빛이 조용하며 편안하고 행동거지가 숙연하여 사군자(士君子)와 절개가 굳은 대장부의 풍모가 완연하니 이른바 세상을 뒤덮을 군자요 붉은 치마를 입은 대장부였다. 여러 사람들이 다 얼굴빛을 고치고 탄복하며 이씨를 사랑하지 않을 사람이 없고 존당과 위부인이 불쌍하게 여기며 사랑함을 금치 못하고 오직 이씨의 손을 잡고 눈물을 흘렸다. 노공이 탄식하며 말하였다. 48

"일시의 액운으로 너희 부부가 이렇듯이 서로 헤어지니 이 또한 하늘의 뜻이다. 풍운(風雲)의 좋은 때332)를 만나면 어찌 평생을 마칠 일이 있겠느냐? 내 손자며느리는 모름지기 마음을 억제하여 옥 같은 아리따운 몸을 갈수록 소중하게 하여 성상의 뜻을 기다려 보아라. 성상께서 지극히 공정하여 사사로움이 없으니 반드시 살핌이 밝으실 것이다. 이것으로써 마음을 위로하여라." 49

이씨가 머리를 숙여 가르침을 듣고 다시 일어나 절하고 아뢰었다.

---

332) 풍운(風雲)의 ~ 때 : 용이 바람과 구름을 타고 하늘로 오르는 것처럼 영웅호걸들이 세상에 두각을 나타내는 좋은 기운이 드러나는 때.

"사생이 하늘에 달려 있고 화복이 운수와 관계가 있습니다. 소첩이 이와 같이 된 것은 어리석고 둔하며 경박한 행동이 천지신명께 부합하지 못하고 아랫사람을 통솔하면서 덕으로써 하지 못했기 때문에 인심을 잃어 일이 이에 미친 것입니다. 그러니 누구를 원망하고 누구를 한하겠습니까? 오직 제 마음에 몹시 절박한 것은 시아버지와 큰아버지께서 돌아오시는 것을 뵙지 못하고 하직하는 인사를 아뢰지 못하고 친정으로 돌아가는 것입니다. 오직 시부모님과 존당의 장수를 축원하여 옅은 정성을 마음속 깊이 새길 따름이고 남편이 죄명이나 풀고 고향에 돌아오면 이밖에 기쁨이 없을 것입니다. 첩의 화복이야 또한 어찌하겠습니까?"

말이 간절하고 안색이 더욱 온화하니 삼척 밖에 안 되는 어린 여자이나 마음이 무겁고 넓었다.[333] 노공이 탄식하며 말하였다.

"손자며느리는 당대의 사군자(士君子)구나! 늙은 할아비가 어찌 수고롭게 다시 말하겠는가? 모름지기 몸을 보중하여 후일을 깊이 보아라."

태부인이 탄식하며 말하였다.

"내가 지루하게 오래 살아 네 시어미와 이렇듯이 이별할 때 상심한 것이 오늘일 같더니 이제 또 네가 떠나니 이렇듯이 슬프다. 바야흐로 장수한 것을 한스럽게 생각한다. 그러나 네가 어질고 총명하고 사리에 밝으며 숙연한 것이 너의 시어머니[334]보다 못하지 않고 마침내 나중이 길할 것이라는 것은 지식 있는 자를 기다리지 않아도 알 것이다. 너의

---

333) 마음이 ~ 넓었다 : {천균대량(千鈞大量)}. '천균(千鈞)'은 매우 무거운 무게 또는 그런 물건을 비유적으로 이르는 말. '균'은 예전에 쓰던 무게의 단위로, 1균은 30근임. 여기서는 마음이 무겁고 넓은 것으로 옮김.
334) 시어머니 : {고모}. 태부인이 이씨와 시어머니 양정렬을 비교하는 부분이므로 시어머니로 보는 것이 타당할 것으로 보임.

재주와 용모와 덕성으로 보건대 중간에 일이 바뀌어 평생이 매몰되지 않을 것이다. 뒷날 풍운의 좋은 때를 만나 행복과 경사가 호화롭고 대단할 것이지만 이 늙은 할미는 서산에 지는 해와 같구나!"

정숙렬이 탄식하며 말하였다.

"존당께서는 염려하지 마시고 양씨 아우는 마음을 여유롭게 가지게."

양정렬이 두 눈에 가을 물 같은 눈물을 머금고 이씨의 옥 같은 손을 잡 52 고 탄식하며 말하였다.

"나의 남은 재앙이 다하지 않아 어진 며느리에게 미치는구나! 하늘이 어찌 사람의 선악을 살피지 않으심이 이토록 심한가? 내가 아들을 변 방에 보내고 오히려 마음을 놓는 이유는 하늘을 믿었기 때문이다. 이 제 어진 며느리의 재앙을 보니 하늘을 믿을 것이 없구나. 만일 기현의 주사(奏辭)가 아니었다면 어진 며느리의 옥같이 아름다운 몸이 장사에 귀양 가는 것을 면하기나 했겠느냐? 어진 며느리는 내 마음을 생각하 여 수많은 누명을 써도 얼음과 옥 같은 몸을 보전하여 시어미의 어두운 마음을 위하고 변방에 멀리 귀양 간 남편의 결말을 보고 사생을 결단 53 하여라. 비록 누설(縲絏) 속에 있으나 그의 죄가 아니라 했고[335] 하늘을 우러러 보고 땅을 내려다보아도 부끄럽지 않다고 하니 무엇이 부끄럽 겠느냐? 너무 몸을 상하게 하지 말고 옥이 부서지고 향이 사라지는 탄 식이 있게 하지 마라."

이씨가 시어머니의 경계하는 많은 말씀을 듣고 은혜를 감사하게 여기 는 마음을 이기지 못하여 공경히 사례하면서 말하였다.

---

335) 비록 ~ 했고 : {슈지누설[難在縲絏] 비기죄야(非其罪也)ㅣ라}. 이 말은 『논어(論語)』「공야장(公 冶長)」편에 "비록 누설 속에 있으나 그의 죄가 아니다[難在縲絏之中 非其罪也]." 라는 구절을 이용하여 이씨의 결백을 말하는 것임.

"소첩이 소견이 좁고 사리에 어둡지만 오늘 시어머니께서 밝게 지도하고 가르치시는 것을 삼가 가슴에 새겨 명심하여 받들 것입니다. 엎드려 바라건대 시어머니께서는 불초한 며느리 때문에 염려를 하시지 마십시오."

54 조씨 등 모든 소저가 눈물을 드리우고 서로 떠남을 슬퍼하였다. 자염 등 여러 소저가 이씨를 붙들고 슬픈 눈물을 뿌리며 이별하였다. 이씨의 인자하고 아름다운 자질을 사람들이 사랑하던 바라 모든 집안사람들이 이별을 안타까워하고 슬퍼하지 않는 사람이 없었다. 이씨가 마음을 굳게 잡아 하직을 고하고 물러나니 양정렬의 보내는 정과 이씨의 물러가는 회포가 누가 더하고 덜하지 않았다. 이씨는 남편의 부탁을 끝내 받들어 행하지 못하고 돌아설 때는 가을 물 같은 슬픈 눈물이 옥 같은 얼굴에 가득하였다. 자리에 있던 사람들이 슬퍼하지 않는 사람이 없었다.

이씨가 친정에 돌아오니 부모가 차마 보지 못하여 눈물을 흘리고 탄식

55 하였다. 이씨가 불효함을 슬퍼하며 부모를 위로하고 침소에서 종일토록 깁으로 만든 문을 닫고 자취를 문밖에 내지 않았다. 밤낮으로 사모하는 것은 시어머니가 자기를 불쌍하게 여겨 사랑해주던 정의(情誼)이고 멀리 염려하는 것은 남편이 귀양 가서 겪는 고초였는데 이 때문에 가만히 구슬 같은 눈물이 때때로 옥 같은 얼굴을 적셨다.

이씨가 그때의 운수가 좋지 않아 이참정이 갑자기 병을 얻어 4~5일 내에 침상에서 위급하게 되었다. 이참정에게는 겨우 11세 된 아들과 이씨뿐이었다. 이참정이 스스로 일어나지 못할 것을 알고 부인과 자녀를 불러 앞에 앉히고 탄식하며 말하였다.

56 "내가 여러 자식을 죽이고 오직 너희 남매를 두었으니 노년에 의지할

까 생각하였다. 조생은 일세의 대군자이고 네가 현숙하기 때문에 서로 뒤지지 않음을 기뻐하였는데 조물주가 시기하고 귀신이 장난하여 조생은 매우 억울한 일로 만 리 변방에 귀양 간 죄수가 되고 너 또한 나라에서 죄를 주어 조씨 집안과 아주 의절하여 깊은 규방에서 남편의 버림을 받은 여자가 되게 하였다. 조생은 반드시 그렇게 될 사람이 아니라 성은을 입어 길이 영화롭고 창성할 것이고 또한 그렇게 되는 부부가 천고에도 드물지 않을 것이다. 그런데 네가 남과 다르더니 이제 이 지경까지 되니 어찌 참혹하고 슬프지 않겠느냐?"

이씨가 위로하며 말하였다.

"아버지께서 과도하게 생각하시어 병중에 염려를 더하십니까?"

이참정이 한숨을 쉬고 길게 탄식하며 말하였다.

"네 말이 맞지만 내 병이 반드시 살지 못할 것 같구나. 오래 살고 일찍 죽는 것은 천명이 아닌 것이 없으니 한번 살고 죽는 것은 옛날부터 서민에 이르기까지 떳떳하게 면하지 못하는 바이다. 산다는 것은 세상에 기숙하는 것이고 죽는 것은 돌아가는 것이라고 하니336) 장부가 어찌 죽고 사는 것에 구구하게 굴겠는가마는 참지 못하는 것은 너희 남매가 느낄 하늘에 사무치는 슬픔과, 조생을 다시 보지 못할 것 같아 내가 지하에 가도 눈을 감지 못할 것이다."

목소리는 오열하였고 눈물이 슬프게 흘렀다. 이씨 남매가 망극함을 이기지 못하여 피눈물을 방울방울 흘릴 뿐이었다. 이날 밤 삼경에 이참정이 별세하였다. 본래 도와줄 만한 가까운 친척이 없고 이참정은 항상 청렴하

57

58

---

336) 산다는 ~ 하니 : {성[生]은 긔이[寄也]오 쏘호 ᄉ[死]는 귀이[歸也]니}. 이 말은 우임금이 한 말로 원래 문장은 "산다는 것은 붙어 있는 것이고 죽음은 돌아가는 것이다[生寄也 死歸也]."임.

고 고결하며 성정이 소탈하다보니 집안의 재산이 많고 적은 것을 돌아보지 않은 까닭에 집이 가난하며 맑고 깨끗하며 향년이 겨우 49세였다. 온 집안이 발상(發喪)하려고 할 때 이씨 남매가 하늘을 우러러 울부짖고 가슴을 두드리고 몸부림을 치며 망망히 죽은 아버지를 따를 듯하고 거침없이 좇을 듯하였다. 부인의 숨이 끊어질 듯한 모습은 차마 볼 수 없을 정도이니 더욱 일개 선비라도 눈물을 흘릴 정도였다.

송부인이 본래 남과 다른 약한 체질로 여러 자녀를 잃고 숙환이 일어나 사십 전부터 병으로 쇠약하게 되어 항상 침상에서 병을 앓는 일이 잦았다. 오늘 하늘이 무너지는 듯한 슬픔을 겪으며 외로운 자녀를 돌아보고 집안 살림이 보잘 것 없고 외로움을 생각하니 슬픔과 애환이 오장(五臟)을 끊는 것 같았다. 심신이 끊어질 것 같아서 한 목숨을 지탱하고 있지만 목숨을 아침저녁으로 가히 보전하지 못하게 되었다. 자녀의 마음으로 다급함을 비교할 곳이 없었다. 임금이 또 그 이참정의 청렴한 사람됨을 안타까워하여 부의를 후하게 하고 중사를 보내어 초상을 치르게 하였다. 이씨의 먼 일가친척이 일시에 모여 이참정의 어짊을 아끼며 그 타고난 수명을 슬퍼하며 초상을 치르고 상복을 입는 것을 마쳤다. 이씨와 공자는 슬픈 아픔을 가슴에 담고 편모를 위하여 서로 슬픔을 위로하여 아침저녁의 제사를 극진히 받들었는데, 통곡하는 소리에 애통해하는 성효가 나타나고 안색이 매우 상하여 사람의 마음을 감동시켰다. 이씨의 얼음 같은 피부는 더욱 맑고 빛나 보기에도 약해보이니 공자가 매우 우려하여 남매가 서로 보호하였다.

슬프다! 이씨 가문의 비참한 재앙이 계속되어 송부인이 망극한 하늘과 땅에 사무치는 슬픔을 이기지 못하여 병을 얻어 수개월 만에 점점 병이 악화되더니 마침내 일어나지 못하게 되었다. 이씨와 공자에게 수개월 내에 이와 같은 참혹한 슬픔이 이어지니 그들이 부모의 죽음을 슬퍼하여 몸이 몹시 야위어 한 번 통곡하면 세 번 정신을 잃으니 보는 사람이 슬프고 비참해하지 않는 사람이 없었다.

61

조씨 집안에서 계속해서 이 소식을 듣고 시부모와 존당이 참혹함을 이기지 못하였다. 양정렬이 이씨의 사정을 생각하니 마음이 저리고 뼈가 녹는 듯하여 매우 슬퍼하며 가슴 아파하였다. 유현의 유모를 보내어 이씨를 보호하게 하고 상복을 보내어 입혔다. 양정렬이 며느리를 돌보고 슬퍼하며 참혹해하는 것은 곁에 있는 며느리보다 더하였다.

이씨가 망극한 아픔을 겪었지만 시어머니의 성은을 몸과 마음에 새겨 스스로 마음을 잠깐 진정하고 자기 신세를 내심 생각하였다. 만사가 슬프고 모든 일이 기구하여 삼종지도가 없다고 해도 오히려 유정한 남편과 사랑하는 시어머니가 이 세상에 있는 것이었다. 그러나 삼종지도가 있다고 하지만 사실은 그렇지도 못했다. 열 대 여섯 살이 되지 못한 청춘의 아름다운 때에 시댁에서 나가게 되고 남편은 변방에 죄수가 되어 사생을 알지 못하게 되었으며 자신은 죄명을 얻어 천고에도 없는 강상의 한 죄인으로 시댁에서 내쫓겨 의지하고 바라는 바는 양친이었는데 부모마저 수개월 안에 영원히 이별하니 비로소 돌아가 한 몸을 의지할 곳이 없고 삼종지도에 한 곳도 기식할 곳이 없는 것이었다. 이렇게 박한 운명이 고금에 둘도 없으니 심장이 끊어지는 것 같았다. 밤낮으로 소리 내어 슬피 울어 피눈물도 소진하고 꽃 같은 얼굴이 초췌하여 한 개의 해골이 되었으니 보는 사람이 모두 위태하게 여기고 모든 시비들이 다 눈물을 흘리며 슬퍼하지 않는 사람이 없었다.

62

63

초상의 상복을 차려 입은 후에 시간이 물과 같이 흘러 장사지내는 날이 되었다. 이참정과 부인의 관을 붙들고 선영에 내려가니 이씨가 더불어 함께 가려고 하였으나 이씨는 시댁을 떠나 천 리나 되는 길을 가는 것이 망극할 뿐 아니라 이씨가 좀 더 깊이 생각해보니 향촌에서 외로운 남매가 몸을 보전하는 것이 어렵다는 것을 깨닫게 되었다. 그래서 공자와 그 서삼촌(庶三寸)인 이승에게 영궤를 모시고 서주로 가 안장하게 하였다. 자기는 안과 밖의 비복을 거느리고 첩첩히 겹쳐져 있는 집의 문을 굳게 잠그고 내외를 더욱 엄격히 하여 집을 지켰다. 그 외롭고 슬픈 사정은 사람이 슬프게 여길 정도였다. 양정렬이 아침저녁으로 사람을 시켜 안부를 묻고 지극히 위로하였다.

이때 강씨가 임금의 명령으로 인해 이따금 조씨 집안에 왕래하며 계양궁에 머물러서는 요악한 의사와 간특한 꾀가 미치지 않는 곳이 없었다. 조씨 집안에 와서 이씨가 계속해서 초상을 당하여 공자가 관을 모시고 선영으로 가고 이씨는 외롭게 깊은 규방에 있다는 것을 들었다. 가만히 계양공주와 함께 이씨의 고단한 형세를 틈타 이씨를 죽이고 아주 후환을 없앨 계교를 상의하니 공주가 기뻐하며 말하였다.

"이것이라면 나에게 한 기특한 묘책이 있다. 가히 이씨를 별안간 습격하여 이씨를 죽이고 한밤중에 이씨의 집에 불을 놓아 빈터만 남기면 어찌 묘하지 않겠느냐?"

강씨가 매우 기뻐하여 구체적인 계교를 물으니 공주가 말하였다.

"불을 지르고 이씨를 끌어내어 그 외로움을 말하면서 실절하는 것을 개의치 말라고 권하다가 순종하지 않으면 죽여 후환을 없게 하면 어찌 묘하지 않겠느냐?"

강씨가 매우 기뻐하여 절하며 사례하였다. 공주가 이에 즉시 두생을 청하여 오라 하였다. 원래 이 두영기는 한국공 두탁의 아들이다. 두탁이 불의로 재물을 탐내고 성질이 억세고 강하며 추악하여 권세와 부귀가 대단하였다. 조정 신하들이 그 억세고 강한 성격을 괴롭게 여겨 눈을 찡그리며 보았지만 일찍 그 허물을 말하는 자가 없었다. 두탁에게는 다만 한 명의 아들이 있어서 그 아들을 만금 보옥같이 길렀다. 그 아들의 풍채는 또한 준수하여 흰 얼굴과 붉은 입이 꽤나 멋이 있었는데 여색을 좋아하고 탐하는 것은 만고에도 비교할 수 없는 한 사람이었다. 일찍 혼인하여 호씨를 취하였는데 호씨의 얼굴이 곱지 않았기 때문에 부부의 은정이 매우 박하다가 호씨가 청춘의 나이에 일찍 죽게 되었다. 두공 부부가 천하의 뛰어난 미색을 얻어 한 명뿐인 아들의 소원을 이루어주고자 하였다. 공주가 두생을 청하여 이 곡절을 세세히 말하니 공주가 일찍이 말로써 족히 거짓을 꾸밀 수 있었다.337) 탕자의 마음이 물불을 피하지 않고 순리를 따르지 않고 부당한 방법338)과 비례와 불의로 아름다운 여자를 겁탈하는 것을 업으로 삼으니 하물며 의지할 곳이 없고 외로운 이씨를 취하는 것은 주머니 안에 든 것을 내듯이 쉬웠고 달기가 꿀 같은 것이어서 이 말을 한 번 듣고는 뛸 듯이 기뻐하며 말하였다.

"만약 탁문군(卓文君)의 아름다움이 있다면 소저의 다른 행실은 돌아보지 않을 것입니다. 이것은 다 주선해주시는 공주의 덕입니다."

공주가 웃고 말하였다.

337) 말로서 ~ 있었다 : {언족이식비(言足以飾非)}라). 이것은 '말로써 잘못을 꾸밀 수 있다'라는 의미임.

338) 순리를 ~ 방법 : 원문에는 '반계곡경(盤溪曲徑)'으로 되어 있음. 일을 순리대로 하지 않고 옳지 않은 방법을 써서 억지로 함을 의미함.

"일이란 것이 빨리 하는 것이 좋은 것이다. 내가 내일 밤에 이씨 집에 불을 지를 것이니 아우가 마땅히 이씨 집 근처에 숨었다가 바야흐로 그 집이 불속에서 다급할 때에 달려들어 겁탈하면 이씨는 바야흐로 장사(葬事)를 지내러 가지 않은 상중에 있는 사람이니 복색을 가히 알 수 있을 것이다. 이씨 한 사람 이외에 그 집에 다른 부인네는 없을 것이니 시비나 여자 종과는 무리가 다를 것이다. 어찌 알아보지 못하겠는가?"

두생이 이 말을 듣고 매우 기뻐하여 때를 맞추고 돌아가 같은 당의 협객 수십여 인을 거느려 다음날 밤에 이참정 집을 찾아가 주변의 주점에서 술을 먹으며 밤이 늦도록 놀면서 이씨 집안에서 불이 나기를 기다렸다. 공주가 또한 궁궐의 노비를 이씨 집안에 무수하게 보내어 불을 가져다 놓고 다급하게 불을 끌 즈음에 두공자를 모시고 들어가 힘을 합하여 이씨를 빼앗아 두공자에게 주라고 하였다. 궁궐의 노비가 명령을 듣고 일시에 물러갔다. 슬프다! 의지할 곳 없는 외로운 약한 여자가 강포한 도적과 불시에 화재를 만나니 사생이 장차 어찌 될는지 다음 회를 살펴보아라.

화설. 이씨는 수많은 슬픔과 아픔이 더욱 심한 가운데 어린 남동생에게 상구(喪具)를 모시게 하여 천 리에 보내고 큰 집에서 외로운 몸이 홀로 시녀의 무리와 함께 있었다. 천 가지 슬픔과 만 가지 아픔 때문에 아침저녁으로 하늘을 불렀으나 하늘이 알지 못하고 땅을 두드려 슬프게 통곡하였지만 땅에 닿지 않았다. 황혼녘이나 달밤에 신위(神位)를 우러러 수없는 곡성이 처절하고 슬퍼서 부모를 부르니 이웃 사람들이 가슴에 사무치고 슬퍼하여 눈물을 흘리지 않을 사람이 없었다.

어느 날 밤, 밝은 달이 옥루(玉樓)에 환하게 비치고 섣달 보름께였다. 흰 눈이 어지럽게 날리고 차가운 바람이 사람에게 불어오니 눈을 들어서 보는 것 마다 근심이 많고 손길이 닿는 곳마다 슬픔이 느껴졌다. 이씨가 옥 난간에 기대 멀리 간 아우의 몸을 근심하고 부모의 얼굴을 생각하니 아득 히 부모를 따라 죽고자 하였지만 가히 죽지 못할 것이고 부모님의 모습을 다시 뵐 길이 없고 자애하시는 말씀을 다시 들을 길이 없었다. 첩첩히 쌓 인 지극한 아픔으로 가슴이 막혀서 자신의 신세를 돌이켜 생각하니 천고 에도 없는 박명한 사람이었다. 위로는 양친과 이별하고 아래로는 한 명의 자식을 두지 못했지만 시어머니가 계셔서 사랑함이 지극하였는데 정성을 베풀어 맛있는 음식으로 시어머니를 봉양하고 아침저녁의 문안인사를 하 며 며느리의 도리를 할 기약이 없었다. 또한 유정한 남편이 있지만 몸이 만 리의 해외에 있어서 자기의 비회를 도울 따름이었다. 비록 좋은 시절 을 만났지만 부부의 윤의가 아주 끊어져 한 집안에서 서로 공경하고 화락 하는 즐거움을 이룰 길이 없었다. 더불어 얼음과 옥 같은 몸의 더러운 죄 명은 동해의 물을 기울여도 씻을 길이 없으니 손길이 닿는 곳마다 가슴 찢어지는 정회를 도울 뿐이었다. 눈을 들어 길이 슬퍼하여 한 번 읊을 때 마다 세 번 한탄하며 옥 같은 손을 들어 난간을 치며 말하였다.

"유유한 창천아! 화벽이 전세에 무슨 대악이 무거워서 이 세상에서 인 과응보를 받는 것이 이토록 심한가? 아이가 태어나 15세에 수많은 고 행을 겪은 것을 생각해보아도 이와 같이 박명한 사람은 다시 없을 것이 다. 내가 비록 덕이 없으나 또한 이와 같은 대악을 받을 허물이 없는데 어찌 하늘을 원망하지 않겠는가? 외로운 동생은 망극한 아픔을 겪는 가운데도 몸이나 괜찮은가? 지금 부모의 유령은 반드시 어두운 저승에 서 화벽이 슬퍼하시는 것을 아실 것이다."

또한 슬픈 심사가 한층 더하는 바는 시어머니께서 어루만져 아껴주시던 정과 사랑하시는 총애가 친히 낳은 딸과 다름이 없었는데 이제 시어머니께서 남편이 멀리 귀양 간 것을 염려하고 자기의 비회를 우려하여 우환 속에 계실 것 같았기 때문이다. 이것을 생각하니 겨울 달이 밝아 밝은 달빛이 온 사방의 설산에 비치니 갑자기 시어머니의 얼굴을 대하는 것 같아 수많은 비회와 슬픔이 일어났다. 이씨가 천지로 그 국량으로 삼고 금석으로 그 마음을 삼았지만 능히 견디기 어려웠다. 슬피 눈물을 흘리며 심사가 처참하고 서글퍼 숙소에 들어가 자지 못하고 정신이 나간 듯이 옥루에 단정히 앉아서 달빛을 우러러보고 길게 탄식하며 애석해하였다. 유모와 시비 등이 좌우에 있으면서 눈물을 뿌리며 이씨를 위로하였다. 이씨가 갑자기 정신이 아득하고 수족이 떨려 더욱 안정하지 못하였다. 그윽이 괴이하여 유모 진씨를 돌아보고 말하였다.

"내가 조씨 집안에 있을 때 아무 일 없었던 때에 공연히 수족이 떨리고 마음이 편치 못하더니 문득 상서의 변란이 일어났다. 또 나의 환란이 날 때에도 좌우의 팔이 떨려 오랫동안 안정하지 못하더니 원광의 상소와 강씨의 소장이 함께 일어나 몸이 친정에 폐한 채 버려지는 환란을 당하였다. 오늘 밤에도 내가 또한 마음이 이렇게 편하지 않으니 평범한 일이 아니구나. 내 몸이 죽는 것은 아깝지 않으나 이때 내가 만약 죽는다면 조상의 사당과 집안일을 지킬 사람이 없고 외로운 동생이 돌아오면 더욱 지나치게 슬퍼하여 장차 위태할 것이다. 하물며 뜻밖에 당한 변고는 한갓 죽는 것만 아니라 욕이 또한 대단할 것이니 자기 준비하지 않고 염려하지 않겠느냐? 내가 비록 작은 아녀자이지만 어찌 부질없이 앉아서 화를 당하겠느냐? 한 계교로 몸을 보호할 계책을 행하지 않겠느냐? 지금은 초경(初更)339)이니 비록 환란이 있더라도 반드시 한밤중이 되어야 있을 것이다. 내가 외롭고 약한 것을 업신여겨 분명 간악한 질투심 많은 여자가 내 집에 무슨 화변을 일으키려고 하는가 싶다. 너희는 요란하게 굴지 말고 문마다 몰래 매복하여 있다가 노복이 다 잠을 자지 말고 커다란 화를 미리 막아라."

여러 시비 등이 다 곧이듣지 않고 위로하여 말하였다.

"소저께서 이렇게 외롭게 계시고 일가친척 없이 외롭고 위태로운 마음에 항상 빠져있어서 이런 생각이 드는 것입니다. 누가 설마 와서 변을 일으키겠습니까?"

이씨가 탄식하며 말하였다.

"너희들이 어찌 이런 것을 다 알겠느냐? 내가 죽고 난 후에 반드시 후회할 것이다. 오래지 않아 일이 있을 것이니 나의 생각이 그르지 않을 것이다."

이렇게 말하고 가만히 노복에게 분부하여 철사 줄과 긴 매를 대령하게 하고 활과 화살, 환도(環刀)와 칼을 들고서 문마다 가만히 숨어 있다가 만일 도둑들의 인적이 있다면 일시에 내달아 잡아매라고 하였다. 문마다 노를 얽어 올무를 만들어 두고 사람이 걸리거든 옭아매어 당겨 엎어지거든 일시에 잡아 결박하라고 일일이 분부하고 안으로 들어갔다. 공자가 항상 입던 남자 옷을 내어 입고 좌우에 촛불을 밝히고 시녀 등을 거느리고 앉아서 잠을 자지 않았다. 유모 진씨와 근파가 이씨가 하는 행동을 보고 매우 의심하여 한편으로는 괴이하게 여겼다.

밤이 반쯤 지나갈 무렵 갑자기 뒤뜰 정원에서부터 난 데 없는 불이 일어나 불빛이 하늘에 닿았고 정원의 수목에 닿았으니 거의 뒤뜰의 건물이

77

78

339) 초경(初更) : 하룻밤을 오경(五更)으로 나눈 첫째 부분. 저녁 7시에서 9시 사이임.

다 타게 되었고 불이 사당에까지 거의 가까이 와 있었다. 노복이 다 앞문을 지키며 도적을 막았고 뜰 안은 수목이 정리되어 있지 않아 거칠고 담장이 길처럼 넓고 높기 때문에340) 염려를 하지 않았는데, 불이 뜰 안에서 일어나는 것을 보고 이씨가 일이 장차 위급하다는 것을 눈치 채고 말하였다.

"우리 집 뒷동산이 본래 담이 여러 길이고 도적의 무리가 왕래를 못하는데 이 불은 반드시 밖에서 던져 붙은 것이다. 나는 새가 아니면 한밤중에 가시나무가 무성한 뜰 안을 어찌 넘겠느냐? 간계가 이에 미치니 반드시 작당하여 들어올 자가 적지 않을 것이다. 이제 우리 집 노복 중에 굳센 자는 거의 없고 늙고 약한 사람만 있어서 비록 노복이 앞문에 매복하고 있으나 어찌 능히 강포한 도적의 날카로운 창을 잘 대적하겠느냐? 반드시 도적들을 당하지 못하고 도리어 도적의 무리가 들어오는 환란이 있을 것이니 이를 장차 어찌하겠느냐? 나의 좌우에 기신(紀信)341)의 충절을 본받는 사람이 있다면 거의 이 환란을 면할 수 있을 것인데……"

말이 채 끝나기도 전에 충절과 의로움을 지닌 한 명의 여자가 이 소리에 응하여 앞으로 달려 나오니 이 사람은 누구인가? 원래 이 여자는 다른 사람이 아니라 이씨를 거울 아래에서 모시며 경대를 받들기도 하고 시문을 짓고 시화를 그리는 것을 섬기던 노비였다. 이들은 노비와 주인의 정이 물고기가 물을 만난 즐거움이 극진한 사이였는데 이 노비의 이름은 쌍

---

340) 담장이 ~ 때문에 : {쟝원[牆垣]이 길곳 투므로}. 담장이 길 같다는 의미이지만 길처럼 넓고 높다는 의미로 옮김.
341) 기신(紀信) : 중국 한나라 고조 때의 장군. 항우의 군사에게 포위당한 고조를 위해 자신이 고조로 위장하여 항복함으로써 한 고조를 탈출시키고 자신은 살해당함. 주인을 위해 절개를 보인 신하.

란이었다. 양정렬이 특별히 쌍란을 뽑아 이씨에게 주었다. 쌍란은 옥 같은 얼굴이 매우 뛰어나 복숭아꽃과 자두꽃, 봉숭아꽃 같고 눈서리 같은 절조가 강개하여 푸른 소나무와 대나무 같았다. 이씨가 쌍란을 사랑하기를 수족같이 하여 이름은 노비와 주인이었지만 실제로는 규방에서 마음을 알아주는 친구였다. 쌍란은 이씨가 탄식하는 말을 듣고 선뜻 소리에 응하여 말하였다.

"제가 원컨대 소저의 명을 받들어 기신의 일을 흉내 내겠습니다."

이씨가 매우 급하고 바빠서 다시 말을 하지 못하고 자기가 벗은 소복을 가져다 쌍란에게 입히고 비밀스럽게 귀에 대고 여러 가지 계교를 가르쳤 다. 유모 등이 쌍란을 좌우에서 모시게 하여 쌍란을 이씨로 도적이 알게 하고 이씨는 근파 등을 거느리고 나는 듯이 사당에 들어가 조상의 위패를 모셔 품에 품고 돌아왔다. 벌써 불꽃이 뜰 안에서부터 사당까지 닿아있었다. 여러 사람이 매우 당황하여 물을 가져와 불을 껐지만 사람이 많지 않고 삼경(三更)의 한밤중에 이웃 사람들이 다 잠이 깊이 들어 있었으므로 즉시 깨어 불을 끄지 못하였다. 이씨가 매우 다급하여 앞문의 노복과 시녀 무리에게 물을 얻어와 불을 끄게 하였다.

문득 문에서 30여 인의 강도가 소리를 지르고 달려들었다. 그런데 올 무에 걸려 엎어지는 자가 태반이었지만 문을 지키던 노복이 다 불을 끄러 갔기 때문에 어수선하고 소란스러워 이들을 잡아 맬 사람이 없었다. 자연히 도적들이 서로 구하여 일어났다. 한 둘이 속은 후에는 또한 도적이 살펴서 들어오니 지키는 사람이 없는 것 같았다.

이때에 이씨는 흉악한 변란을 만나 한 편에서는 불의 기세가 풍우 같고 한 편에서는 수많은 도적들이 삼의 줄기가 서듯 뭉개며 들어오니 비록 도

82

83

적에게 잡히지는 않았으나 반드시 불속에서 다 타버림을 면치 못할 정도 였다. 한밤중인 삼경에 동서남북 팔방에서 도적이 철통같이 막았으니 일 개 섬약한 여자가 어찌 몸을 빼서 살 수 있겠는가? 근파가 이씨를 붙들고 김씨 유모는 울면서 가만히 약간의 물을 얻어 마신 후에 달아나기를 권하 였다. 이씨가 탄식하며 말하였다.

"백희(伯姬)342)는 어떤 사람이며 나는 또 어떤 사람인가? 내가 비록 불 에 타 죽을지언정 밤에 도적의 무리로부터 살기를 도모하여 달아나다 가 행여 일이 발각되어 잡히는 지경이 되면 차라리 이 작은 몸을 불 속 에 태우느니만 못할 것이다. 한 구석을 지키고 있다가 도적이 나간 후 에 사생을 생각하여 정할 것이다."

이렇게 말하고 불이 없는 곳을 찾아 근파와 쌍란을 거기에 두고 김씨 유모와 여러 시비로 하여금 높은 다락에 올라 불이 타오르는 기세와 도적 의 기세를 관망하게 하였다. 그러면서도 두려움과 분함을 이기지 못하였 다. 이럭저럭 모든 노복이 계속해서 불을 꺼 여러 정자와 화려한 누각과 사당까지 탔으나 정당과 아름답게 단청한 여러 누각은 겨우 타지 않았다.

이때 두생이 여러 도적의 무리를 거느리고 서둘러 바삐 정당에 들어오 면서 매를 들고 모든 시비를 두드리며 물었다.

"조상서 부인 이씨는 어디 있느냐?"

시비들이 모두 정당을 가리키니 두생이 바로 달려 들어가 방문을 열고

---

342) 백희(伯姬) : 춘추시대 노(魯)나라 선공(宣公)의 딸로, 송(宋)나라 공공(恭公)에게 시집감. 송나 라의 공공의 부인이라 송희(宋姬), 공희(共姬), 공백희(恭伯姬)라고도 함. 공공이 죽은 후 절개 를 지키며 수절함. 노나라 양공(襄公) 삼십 년에 송나라 궁전에 불이 났을 때 좌우에서 피하라 권하였으나 백희는 이렇게 말함. "부인의 의는 상궁과 함께 가 아니면 밤에는 집밖을 나서지 않 는 것이다 (…) 의를 어기고 사는 것은 의를 지키며 죽는 것만 같지 못하다[婦人之義 保傅不俱 夜不下堂 (…) 越義而生不如守義而死]." 그리고는 마침내 불을 피하지 않고 죽음.

보았다. 촛불 그림자가 오히려 밝고 환했는데 한 명의 아름다운 부인이 담장 소복을 입고 늙은 유모 한 명을 붙들고는 눈물을 흘리니 유모가 다만 말하였다.

"너무 슬퍼하지 마십시오. 하늘이 살피니 설마 죽겠습니까?"

두생이 이 사람이 분명 이씨라고 생각하여 다급히 앞에 나아가 자세히 보았다. 옥 같은 자태와 아름다운 모습이 빼어나 눈물이 꽃 같은 뺨에 진주 이슬이 굴러가는 듯하였다. 벽도(碧桃)가 이슬에 젖었으며 해당화가 비로소 핀 것 같았으니 온갖 자태의 아름다움이 자기가 본 것 중에서는 처음이었다. 두생이 마음이 황홀하고 넋이 날아가는 것 같으니 어찌 이씨가 아니라는 것을 의심하겠는가? 부지불식간에 달려들어 이 여인을 붙들어 옆에 끼고 나는 듯이 나오며 "이미 이씨를 얻어 데려가니 너희들은 무죄한 인명을 해치지 말고 그만두고 나를 따라오라"고 하였다. 근파가 일부러 따라오다 울며 말하였다.

"부인이시여! 이런 일도 세상에 있습니까? 노첩이 어려서부터 소저를 길러서 사생의 순간에서도 떠나지 못하겠습니다. 어디로 가십니까? 제가 따라 갈 것입니다."

두생이 크게 꾸짖고 여러 도적이 근파를 몰아 방안에 넣고 문을 닫아걸고 여자 종과 남자 종의 무리 중에서 따라 오는 자가 있으면 사이에서 쫓아 따르지 못하게 하였다. 두생이 이씨 집안의 문을 나서니 이미 한 대의 가마에 4~5명의 가마꾼이 대령하고 있었다. 두생이 이씨를 안아다가 가마에 담으니 가마꾼이 나는 듯이 이씨를 메고 달려갔으며 두생 또한 말을 타고 의기양양하여 돌아왔다.

두공 부부가 또한 이 일을 알고 불을 밝힌 채 기다리고 있었다. 아들이 뜻을 이루어 이씨를 빼앗아 돌아오는 것을 보고 기쁨을 이기지 못하여 가마를 붙들어 안에 들이고 수많은 시비가 이씨를 붙들어 내었다. 이때 쌍란이 이씨의 수많은 지휘를 들었을 뿐만 아니라 스스로 총명함이 다른 사람과는 달라서 임시로 일을 처리하여 일을 하는 것이 영리하며 슬기롭고 행동이 민첩하여 동정을 보고 있었다.

이때 두공 부부가 이씨를 보니 구름 같은 머리는 연꽃 같은 귀밑에 어지럽고 시름하는 옥 같은 얼굴은 달이 구름을 만나고 꽃이 광풍을 당한 것 같아 이목이 어지러웠다. 두공 부부가 바라던 것 이상으로 기뻐 친히 이씨를 붙들어 들이고 좋은 말로 위로하여 말하였다.

"소저는 이참정의 천금 같은 한 명의 딸이고 조상서의 귀한 부인이다. 어찌 이곳에 오는 것을 기약했겠는가마는 숙세의 연분이 중하여 아들이 부인을 화재 속에서 구하여 데리고 오니 이것은 작은 연분이 아니다. 부인이 비록 지위가 높고 이름난 집안의 딸로 재상의 부인이 되었으나 천고에도 없는 기박한 운명을 달게 받으며 깊은 규방의 외따로 떨어진 곳에서 희미한 등불과 밤비 소리에 눈물로 밤을 보내는 신세였다. 한 명 있는 내 아들이 재주와 풍모가 관옥과 같은데 서로 삼생의 연분을 이루면 천고에도 없는 미남자를 얻는 것이다. 비록 조상서가 벼슬이 높아서 이름이 세상에 나고 빛난 것에는 비교하지 못하지만 또한 부귀와 호사스러움은 조금도 부러워하지 않을 것이다. 첫째 부인의 높고 귀중한 위의를 가지고 집안 권력을 마음대로 하며 남편의 은정과 부귀로 부부가 화락하고 슬하에 쌍쌍이 아름다운 아들딸을 낳으면 높은 기세가 어찌 조유현의 셋째 부인으로 지내면서 적인의 모해와 나라의 죄명을 입으며 천고에도 없는 박명한 인생에 비기겠는가? 소저는 세 번 생각해 보아라."

쌍란이 두공 부부의 달래는 말을 듣고 분기가 가슴을 막았지만 안색을 바로 하고 소리를 가다듬고 말하였다.

"제가 비록 박명한 여자이나 몸이 선비 집안의 사람이고 뜻이 성인이 말씀하신 예의를 따랐습니다. 조씨 집안에 들어가 시대의 맑은 예법을 보았으나 비록 간악한 인간의 훼방으로 인해 죄명이 만고에도 없는 강상의 더러운 계집이 되었으나 내 심정이 맑기는 얼음과 옥같이 맑습니다. 이제 내가 홀몸으로 외롭고 위태로운 것을 업신여겨 한밤중에 내 집에 불을 놓고 도적의 무리를 거느려 나를 겁탈하여 데려오니 이것은 사람이 할 바가 아닙니다. 내 오히려 삼 춘(寸) 단검과 석 자 수건으로 몸을 지켰으나 여기 올 때에 기꺼이 죽어 이곳을 보지 않으려 했지만 나를 이렇게 하는 이유를 알고 죽으려고 하여 이곳에 이르렀습니다. 어찌 밝은 예의와 여자의 곧고 바른 큰 절개를 무너뜨려 버리고 스스로 복을 구하겠습니까?"

두생이 이에 들어와 앉아 온갖 방법으로 쌍란에게 빌며 말하였다.

"부인의 얼음과 옥 같은 절개는 소생이 탄복함을 이기지 못하지만 만일 내가 그곳에서 부인을 구하지 않았다면 부인은 화염 중에 재가 되었을 것이오. 그러니 은혜가 이처럼 큰 것이 없소. 유현이 운남의 죄수로 가서 살아서 돌아오는 것이 어려우니 어찌 헛된 절개를 지켜 일생 앞길의 부귀를 버리고 고초를 달게 받으려고 하오? 하물며 나라에서 받은 죄명이 망측하여 유현이 비록 살아 돌아올지라도 부인이 유현의 옛날 정을 받기 어려워 문만 바라보는 과부가 될 것이오. 모름지기 깊이 생각하여 나의 산과 바다 같은 춘정을 물리치지 마시오."

쌍란이 매우 화를 내며 말하였다.

"여자가 비록 약하지만 뜻을 정하며 한 조각 강철이 되었으니 군이 당당히 내 머리는 베어 죽일 수 있겠지만 내 마음을 빼앗지는 못할 것이오. 내가 군과는 본래 다른 가문의 남녀로 저는 군을 평생에 한 번도 본적이 없소. 내가 위태롭고 외로운지 슬프며 즐거운지 군이 알 바가 아니니 반드시 사이에서 군을 가르쳐서 내 집에 변을 일으키는 것을 재촉하는 자가 있을 것이니 군은 일일이 말해 보시오. 내가 그것을 들은 후에 생각하여 군의 뜻을 좇을 것이오."

두생이 황급히 사례하면서 말하였다.

"부인의 슬기롭고 명쾌함은 고인(古人)보다 낫소. 내가 어찌 부인의 근본을 알겠소? 계양공주의 양손녀는 부인의 적국인 강씨이니 강씨로 인해 부인이 외로운 상태로 빈 집에 머물러 고통을 겪는 것을 알게 되었소. 내가 여러 친구와 함께 무리를 이루어 부인의 집에 가 부인을 구하여 온 것뿐이고 화재는 실로 내가 낸 것이 아니오. 내가 부인을 구하여 데려오지 않았다면 그 화염 속에서 타죽었을 것이니 어찌 은혜를 생각하지 않소?"

쌍란이 탄식하며 말하였다.

"강씨가 나와는 적국 사이이지만 실로 서로 별로 말을 하지 않았는데 무슨 까닭으로 해치기를 이와 같이 하는지 알지 못하겠소. 불은 계양공주의 아랫사람이 놓은 것이오?"

두생이 이때 넋이 사라지고 생각이 구름 밖에 떠가는 것 같으니 어찌 속일 말이 있겠는가? 계양공주의 말을 낱낱이 이르고 그런 후에 간절하게 청하여 제 뜻을 좇으라고 하였다. 쌍란은 깊은 생각이 있고 조금도 죽어도 섧지 않았다. 이에 탄식하고 말하였다.

"첩이 운명이 기구하여 세상에 없는 어려움을 두루 겪고 이제 군의 손에 잡혔으니 일세의 부끄러움과 통한함이 하늘에 사무치오. 어찌 절개를 굽혀 군의 마음을 따르겠소마는 내 신세와 운명이 기구하여 돌아가 의지할 곳이 없으니 부득이 권도(權道)[343]로 군의 뜻을 따르려고 하오. 그러나 내게 절박한 사정과 마음이 있으니 군이 능히 용납하면 내가 당당히 군을 따르겠지만 그렇지 않고 지레 핍박하면 내가 마땅히 삼 촌 단검으로 결단하여 목숨을 마치겠소."

두생이 다급하게 물었다.

"부인의 사정을 말하시오. 내가 마땅히 살펴 믿고 곧이듣겠소."

쌍란이 슬피 탄식하고 얼굴빛을 고치며 눈물을 흘리고 울며 말하였다.

"첩이 비록 몸이 여자가 되었지만 부모께서 낳고 길러주신 은혜는 다 한가지입니다. 상례는 천자부터 서인에 이르기까지 폐하지 못하는 것입니다. 첩이 이제 장사(葬事)를 지내기 전의 상제(喪制)로 이에 몸이 사람에게 잡혀 여기 이르렀으나 차마 부부의 즐거움과 인륜의 정을 이룰 때가 아닙니다. 내 몸이 그대의 집에 머문 후에 죽지 못했다면 곧 군의 사람입니다. 선비가 벼슬을 하지 않았어도 그 나라 신하이고 혼인을 하지 않았으나 빙폐를 곧 받았으면 그 집 사람입니다. 이제 첩이 그대의 집에 머물게 되었으니 비록 부부가 되지 않았으나 군의 사람이 아니고 장차 누구라고 말하겠습니까? 군이 아름다운 첩이 여럿이 있다고 하니 내가 삼년상을 마칠 때까지 서로 참아 화락하고자 한다면 내가 당당이 군의 뜻에 따라 이 집에 있으면서 군의 집안일을 다스리고 군의

97

98

343) 권도(權道) : 목적 달성을 위하여 그때그때의 형편에 따라 임기응변으로 일을 처리하는 방도.

부모를 섬겨 뒷날 부부의 윤의를 온전히 할 것입니다. 그러나 이 일을 허락하지 않는다면 한 번 죽어서 효절을 다 잃은 죄인이 차마 되지 않도록 할 것입니다."

두공 부부와 두생이 매우 탄복하여 아직 좋은 얼굴로 쌍란의 뜻을 순순히 따라 머무르게 하고 세세히 달래어 혼인을 이루려고 일시에 허락하면서 말하였다.

"부인의 어진 말을 들으니 귀신도 감동할 것이다. 우리 부자가 목석이 아니라 어찌 부인의 뜻을 차마 빼앗겠는가? 이미 정실의 자리를 정한 후는 부부간의 사랑이야 그토록 바쁠 것이 아니니 부인을 마음을 놓으시게. 이제부터 우리를 시부모로 알고 내 아이를 남편으로 대접하면 우리 또한 부인의 뜻을 일마다 좇을 것이다."

쌍란이 비로소 일어나 절하고 사례하면서 말하였다.

"대인과 부인이 이와 같은 두터운 은혜를 드리워 외로운 여자를 위하여 효의를 완전하게 하시니 이후로 두군이 비록 경박한 일이 있으나 마땅히 경계하여 첩의 뜻을 지키게 하시면 첩이 또한 부인의 도를 지키며 매사에 시부모님의 명령을 받들겠습니다."

두생이 매우 기뻐하였다. 두공 부부가 쌍란의 서리 같은 말이 흰 치아와 붉은 입술에서 도도하게 나오고 옥 같은 얼굴이 천고에도 없는 절색이라 비록 지위 높은 이름난 집에서 다시 사람을 택해도 이와 같은 아름다운 여자는 얻기 어렵다고 생각하여 매우 다행스러워하고 기뻐하였다. 이에 높은 당에 금빛 병풍과 비단 장막을 쳐서 이씨를 있게 하고 많은 시녀로 하여금 쌍쌍이 이씨를 모시게 하였는데 존중하는 것이 재상가 명부(命婦)보다 덜 하지 않았다. 쌍란이 마음을 단단히 잡고 편히 있으면서 두생

을 꾀어 강씨와 계양공주가 같은 마음으로 모의하는 일을 낱낱이 엿들었
다. 그리고 때를 타서 이씨의 슬픈 원한을 벗기려 하여 주인을 위하는 충
성이 푸른 소나무와 대나무와 잣나무 같았다. 두생이 쌍란에게 친밀하게 행동하면 쌍란이 죽으려 하니 두생이 감히 뜻을 드러내지 못하고 세월이 흘러 잠깐 화해하기를 바라고 있었다.

이때에 이씨는 쌍란을 대신하여 김씨 유모를 데리고 높은 누각에 올라
가 불의 기세를 살펴보며 도적의 행동을 살펴보았다. 불을 겨우 끄고 모
든 시비가 이씨가 있는 곳을 몰라 함께 울고 있었다. 진파는 쌍란을 잡아
가는 것을 보았고 그 나머지 비복은 쌍란을 이씨로 알고 서로 떠들썩하게 이 변란을 망극해 하였다. 진파가 안팎의 집에 올라 두루 살피니 비로소 서쪽 누각 위에 김씨 유모가 이씨를 모시고 불을 피하여 여러 위패를 모
셔다가 이곳에 봉안한 것을 보았다. 진파가 보고 기쁨을 이기지 못하니 이씨가 손을 저으면서 말하였다.

"이 도적들이 보통의 도적이 아니다. 나의 신상을 아는 자가 이 일을 하였다. 비록 쌍란을 잡아갔으나 내가 무사하게 있는 줄 알면 반드시 내 몸을 죽인 이후에나 변란을 그칠 것이다. 쌍란의 생사를 알지 못하
니 이 때문에 세상을 속여 심원한 곳에 숨을 것이다. 어미는 이리이리
하여 두루 말을 내어 모든 노복과 사람들이 다 내가 이곳에 살아있다는
것을 알게 하지 마라."

이렇게 말하고 유모와 4, 5명의 시비와 동쪽 심회당에 숨었다가 도적
의 동정을 보고 숨으려고 하였다. 이곳은 매우 깊은 곳이었기 때문에 호
를 심회당이라고 하였는데 이에 이씨가 이날 밤에 이곳에 숨었다. 집안의
노복은 사방으로 이씨를 찾으러 다니며 통곡하는 소리가 처절하니 거리

102

103

104

에서 부르짖는 소리에 사람들이 감동하니 누가 울음의 거짓과 진실을 알겠는가?

계양궁의 종이 불을 놓으려 하니 방마다 인적이 있었다. 앞으로 나가는 체하고 뜰 안으로 돌아가 화약을 던지니 초목과 수풀에 불이 붙어 뒤이어 정자와 높은 누각과 화려한 누각에 일시에 불이 붙었다. 마침 바람의 세기가 고요하여 이웃사람들과 여러 노복이 불을 꺼서 큰 집이 타지 않았다. 도적이 이씨가 거처에 없다고 하고 노복이 이씨를 사방으로 찾아다니며 통곡하는 소리가 진동하였다. 이대로 계양궁의 종이 돌아가 고하니 공주와 강씨가 듣고 기쁨을 이기지 못하였다. 공주가 두씨 집안에 사람을 보내어 일의 기미를 엿들으니 이씨를 빼앗아다가 정실의 침소에 두고 정실로 대접한다고 하였다. 공주가 듣고 웃으며 말하였다.

"내가 한 계책을 내어 강적을 처치하였지만 다만 알지 못하겠구나. 이씨의 사람됨이 그토록 비천했던가? 하룻밤 사이에 순종하여 아무렇지도 않게 머무니 가히 의심스럽구나."

궁인이 아뢰었다.

"이씨가 두씨 집안에 와서 백방으로 거부하며 죽기를 청하였지만 두공자가 온갖 방법으로 애걸하여 머무르게 하고는 아직 부부간의 육체적 관계는 하지 않고 이씨가 어버이의 삼년상을 마치기를 기다린다고 합니다."

이렇게 말하고 또 이씨 집안의 노복들이 부르짖으며 우는 사연을 고하였다. 공주와 강씨가 매우 기뻐하며 바야흐로 근심이 적었다.

이때 조씨 집안에서는 이씨 집안의 화재 소식을 듣고 하룻밤 사이에 이씨와 유모의 거처를 알지 못한다는 말에 노공 이하 사람들이 놀라지 않는

사람이 없었다. 가족들이 계속해서 애달파하고 안타까워하며 양정렬은
마음이 서늘하고 뼈가 굳는 것 같아서 마음을 안정하지 못하였다. 그러 107
나 양정렬은 오히려 시부모와 존당을 위하여 매일 매일을 화평하게 하여
세월을 보냈지만 한편으로는 한탄하며 슬픔을 이기지 못하였다.

　화설. 정씨가 부모를 따라 금주로 가니 그 행색이 슬픈 길이고 자기의
신세가 슬프고 원망스러웠다. 이때는 가을이라 길가의 가을 경치가 더욱
근심 있는 사람의 슬픈 회포를 도왔다. 정씨가 천 리로 떠나면서 시부모
의 은혜와 유현의 다정한 은애와 이별하니 여자의 연연한 마음이 부서지
는 것을 어찌 면하겠는가마는 오히려 정씨는 금과 옥 같은 마음과 무겁고
넓은 마음을 함께 가지고 있었다. 정씨는 존당과 시부모와 남편의 부탁을
저버리지 않으려고 슬픈 원망을 감추었다. 행도(行途)가 무사히 도달하여 108
가다가 어느 날 밤 경촌역에 잠시 머물러 잘 집을 정하여 수많은 사람과
말과 상구(喪具)를 모시고 한 마을의 한 집을 다 잡아 지내게 되었다. 부인
과 이씨는 이 집에서 머물면서 정한림이 지키고 있었고 다른 정씨 등은
다 정공과 여러 숙부와 함께 상구를 모시고 건너편 마을을 잡아 묵게 되
니 그 사이가 거의 수 리(里)나 떨어져 있었다. 이렇게 온 것이 한 달이 조
금 넘었다. 이때는 한겨울과 초봄 중간이어서 가늘게 빛나는 달이 동쪽에
떠있었고 날씨가 차가웠다.

　이씨가 어머니를 모시고 묵고 있는 집에 달빛이 빛나는 것을 보고 탄식
하였다.

　"이 달은 모든 것을 비추며 가린 것이 없을 것이다." 109

　부인이 역시 탄식하며 말하였다.

　"너의 심회가 슬프겠지만 어찌 항상 근심을 품어 꽃 같은 얼굴을 상하

게 하느냐? 구름과 달이 만방에 두루 다니므로 소혜(蘇蕙)의 글에 '바다의 달은 해마다 그대의 곁을 비추고 뫼 부리의 구름은 해마다 그대의 낯을 만나네'[344]라는 구절이 있는 것이다. 너는 오히려 소혜 같은 누명과 죄명이 없는 것을 부러워해야 할 것이다. 밝은 창천이 어찌 나의 한 명의 딸에게 천고에도 없는 악명을 기꺼이 받아들이게 하여 백옥 같은 몸에 얽매게 하는가?"

정씨가 탄식하며 말하였다.

"이것은 간악한 시비의 탓이니 원망할 것이 아닙니다. 제가 생전에 간악한 시비 추향의 머리를 베는 것을 보고자 합니다."

이렇게 자신의 마음을 말하였는데 정한림이 또한 들어와 함께 앉아서 부인과 동생을 위로하였다. 문득 밖에서 함성이 크게 일어나며 화광이 비치는 가운데 수많은 도적의 무리가 떼를 지어 몰려오고 경후번이 칼을 비스듬히 차고 달려들었다. 부인이 정신이 날아가 엎어져 인사불성이었다. 정한림이 다급하게 부인을 들쳐 업고 엎어지고 넘어지면서 뒷문으로 내달았다. 엉겁결에 누이를 찾아도 누이의 소리도 듣지 못하고 도적의 칼부림이 낭자하여 4, 5명의 시녀가 다치니 정한림이 어머니가 칼에 다칠까 망극해하며 다급히 도망갔다. 경후번이 구태여 4, 5명의 시녀를 다치게 하였으나 정한림을 뒤쫓지 않고 두루 정씨를 찾았다.

정씨는 이때 적의 기세가 급한 것을 보고 총명한 마음에 이들은 보통의 도적의 무리가 아니라고 생각하였다. 모친이 급한 변을 당하고 계시지만

---

344) 소혜(蘇蕙) ~ 만나네 : 소혜(蘇蕙)는 진(秦)나라 때의 여인으로, 소약란(蘇若蘭)이라고도 함. 남편을 그리워하여 시를 짓고 이를 비단에 수놓아 남편에게 보냈다고 하는데, 이를 직금도(織錦圖)라고 함. 원문에는 소혜의 시가 '해월년년조득변[海月年年照得遍] 령운세세봉군면[嶺雲歲歲逢君面]'으로 되어 있음.

한림이 구하였으니 벗어날 것이고 자기의 모습이 행여 도적의 눈에 보일까 매우 걱정하여 나는 듯이 뒤로 들어가 적이 미치지 못할 곳에 피할 곳을 살폈다. 그 곳은 주점으로 돈을 버는 장사치의 집이었다. 그 주점에는 큰 궤를 놓고 물건을 담아 놓기도 하고 그 중에 빈 것도 또한 많았다. 정씨가 유모와 함께 궤 속에 몸을 감추고 가만히 여러 도적이 사방으로 흩어져 분주한 것을 보니 재화와 보물도 버리고 거동이 심상치 않았다. 정씨가 이것을 보고 더욱 마음이 서늘하여 숨도 못 쉬고 있었다. 도적이 불을 켜고 정씨가 어디 있는지 찾지 못하고 갈팡질팡하였다.

문득 방안에서 슬프게 우는 소리가 있어서 경후번이 이것이 정씨의 소리가 아닌가 하여 나아가 눈을 들어 보니 용모가 백설 같고 두 눈이 거울 같은 여자가 있었다. 경후번이 이 여자를 들입다 떠안고 말하였다.

"부인이 조상서 부인인가?"

경홍이 바라보니 인물 있는 사람이었다. 바야흐로 정씨를 잃고 울다가 도적에게 잡히게 되었으니 망극하게 서러웠으나 이미 자기의 몸이 도마에 오른 고기였다. 혹여 자기가 조상서 부인이 아니라고 한다면 반드시 정씨의 옥 같은 아름다운 몸을 보전하지 못할 것 같아 차라리 자기가 대신 화를 당할 것이라고 생각하고 울며 말하였다.

"나는 상국(相國)의 천금 같은 한 명의 딸이고 이부 판서의 첫째 부인이다. 부모를 따라 잠깐 고향으로 가고 있는데 어찌 차마 적의 욕을 받고 살겠는가?"

머리를 부딪치며 죽으려 하니 경후번이 어찌 복색의 귀천을 알아보겠는가? 비로소 정씨가 확실하다고 생각하고 경홍을 옆에 끼고 나오며 말하였다.

112

113

114

"내가 이미 정씨를 내 손에 쥐었으니 다시 사람을 해치지 마라."

여러 도적이 일시에 대답하고 도적들이 노잣돈을 찾아내어 흩어졌다.

이때 정씨와 유모가 궤 속에 들어가 있었으나 이 변란이 무서워 머리를 내밀어 보지도 못하였다. 정씨는 도적이 경흥의 소리를 듣고 경흥을 자기로 알아 잡아가는 것에 분노하여 비로소 궤 속에서 나와 유모를 이끌고 정한림이 갔던 길을 찾아 어머니를 찾으러 뒷문으로 나갔다. 원래 이 산골짜기가 여러 갈래여서 정씨가 정한림을 찾지 못하고 한없이 가면서 한편으로 도적을 만날까 두려워하였다. 정씨는 어머니와 오빠를 찾지 못하
여 심장이 마구 떨리고 오장(五臟)을 끊는 것 같아 흐르는 눈물을 비 오듯 흘렸다.

이때에 정씨의 생각은 어머니를 따라가 아버지가 계신 곳을 물으려고 정한림이 닫고 가던 문으로 나온 것인데 정한림은 보지도 못하고 어머니는 어디로 갔는지 알 수 없었다. 정씨가 이렇게 되니 심장이 마디마디 끊어지고 광야에서 시골 사람들을 대면하기 슬퍼서 크게 울며 말하였다.

"내가 의지할 곳 없는 외롭고 약한 몸으로 길가에서 가족과 흩어져 장차 어찌 금주를 찾아 가겠는가? 이제 갈 곳이 없으니 반나절 동안 산 위에서 오빠가 나를 찾는 것을 기다려 일을 결단하겠다."

유모가 말하였다.
"이곳에서 기다리면 분명히 정한림께서 소저를 찾아오실 것 같습니다. 만약 정한림을 만나지 못하여도 지금 가을 곡식이 익었으니 노첩이 전전하며 떠돌아다닐지라도 소저를 모시고 금주로 갈 것인데 왜 그토록 슬퍼하십니까?"

정씨가 탄식하며 말하였다.

"그러나 간다고 하더라도 이 복색으로 어찌 행하겠느냐? 이곳에 있으면 반드시 죽을 것이니 이곳에서 오빠를 찾아 고향으로 가기는 어려울 것 같구나."

이렇게 말하고 아무리 기다려도 찾아오는 사람이 없었다. 날이 한나절이 되었지만 요기도 못하고 호조(鳲鳥)[345]와 잔나비의 휘파람 소리는 근심하는 사람의 마음을 더욱 돋우고 두려움을 더하였다. 유모가 이씨를 이끌고 다시 내려와 인가를 찾아 조반이나 얻어먹고자 하였다. 주점에 들어가 한 그릇 밥을 얻어 노비와 주인이 요기하고 주점의 주인에게 물었다.

"우리는 서울 사람으로 금주로 가는 도중인데 도적의 화를 만나 달아나 숨다가 이렇게 낭패를 보았소. 성주역이 여기서 얼마나 걸리오?"

주점의 주인이 정씨가 옥 같은 얼굴을 가리고 있지만 온갖 자태가 아름다운 것을 보고 놀라 정신이 구름 밖으로 흩어져 한 계책을 생각하고 대답하였다.

"성주역이 여기에서 백 리나 남았고 금주로 가려고 하면 육로로는 천 리입니다. 이 앞의 금강에서 배를 타면 수로로는 불과 삼사일 만에 금주에 도착할 것입니다. 배안에 기이한 이인(異人)이 있어서 배 삯을 받지 않고 신세가 어려운 사람을 구한 것이 한 두 명이 아닙니다. 그대가 만일 저 젊은 낭자와 함께 배를 타면 노자가 없어도 데려갈 수 있을 것입니다. 그 배 안에는 지금 여행가는 부녀자가 타고 갈 것이니 가는 것이 불편하지 않을 것입니다."

---

345) 호조(鳲鳥) : '밀화부리'라고도 함. 되샛과의 새로 수컷은 머리가 검은 남색이고 어깨깃은 노란 회갈색이며 암컷은 머리가 잿빛을 띤 갈색임. 숲이나 산속 낮은 나뭇가지에 서식함.

이렇게 말하고 또 한 꾸러미의 돈을 주고 말하였다.

"그대의 사정이 매우 다급하고 내가 여동생을 평생에 보지 못하였으니 한 냥의 돈으로 돕는 것이오. 그러니 빨리 강에 가 배를 타고 가시오."

유모가 정씨를 돌아보고 말하였다.

119 "주점 주인의 의기와 어진 마음이 이와 같으니 마땅히 가르치는 대로 배를 타고 금주로 가십시다."

정씨가 이 의견을 듣고 사람을 보지 않으니 주점 주인의 사람됨을 알지 못하였지만 형세가 이에 이르렀으므로 유모가 이끄는 대로 하는 수밖에 어쩔 수 없어서 유모를 따라 배를 찾아 이르렀다. 이것은 본래 금주로 가는 배가 아니고 일시 금강을 건너는 나룻배였는데 금강을 왕래하는 배가 여러 해 동안 떠 있었다. 유모가 사공에게 금주로 가는 배가 어느 배이며 여행가는 여자가 없는 이유를 물었다. 그리고 금주로 통하는 길을 자세히 알고자 하였다.

120 이때 주점의 주인 호급사가 미리 사공에게 말하여 일일이 비밀스러운 계책을 알려주었다. 이들이 찾아오면 배를 멈추되 동행이 있기 때문에 출발하는 때가 자연히 그렇게 되었다고 하고 밤이 되기를 기다려 그들을 배 안에 머물게 하여 자기가 오기를 기다리라고 하고 돌아갔다. 그래서 사공이 유모에게 말하였다.

"이 배는 금주로 가는 배인데 동행을 기다리고 있습니다. 금주로 가신다고 하니 먼저 배 안에 오르셔서 동행을 기다려 출발하십시다."

유모가 정씨와 함께 배 안에 오르니 밤이 꽤 깊도록 동행을 기다렸다. 때가 바로 밤이 되었는데 멀리서 한 떼의 강도의 불이 비치고 도적의 무리 40, 50명이 오는 소리가 들렸다. 정씨가 생각하였다.

121

'이미 부모를 잃어버리고 허약한 여자가 강 가운데서 강도를 만나 다급하니 내가 강 속에 떨어져 세상을 버려야겠다.'

정씨가 한 번 울부짖자 적의 기세가 점점 앞에 이르렀다. 더욱 다급하여 유모를 부르고 물에 뛰어들었다. 유모가 발을 구르고 뒤에서 따라 물속으로 뛰어들려고 하니 사공이 붙들어 물속에 들어가지 못했다. 유모가 어쩔 수 없어서 생각하기를 '소저의 아리따운 몸을 건져 좋은 땅에 장사지내고 소저를 장사지내는 날 내가 죽어 소저를 저버린 죄를 용서받을 것이다.'라고 하고 물속에 들어가는 것을 그만두었다. 종일 밤이 되도록 유모가 부르짖으며 울고 사공에게 빌면서 우리 소저를 건져달라고 하였다.

그러나 누가 저 유모의 말을 듣고 수고하여 정씨를 건져내겠는가? 한갓 유모만 울부짖을 따름이었다. 원래 이 도적의 무리는 다른 사람이 아니라 주점의 주인 호급사가 정씨의 아름다운 모습을 보고 마음을 뺏겨 일부러 만 이랑이나 되는 푸른 물결에 정씨를 보내고 따로 핍박하기 위해 여러 강도를 보내 그 강도가 소나기같이 쫓아온 것이었다. 갑자기 정씨가 강 속으로 뛰어드는 절개를 보고 놀라움을 참지 못하여 행여 다른 사람이 알까 두려워 일시에 돌아왔다. 슬프다! 정씨의 생명이 어찌될지는 다음 회를 살펴보아라.

조 씨 삼 대 록　원 문

조시삼대록 권지일

1면

화셜 대숑 진종됴의 병부샹셔 룡두각 태흑ᄉ 겸 졀졔ᄉ 평진왕 일쳥 션싱의 명은 무오 ᄌᆞᄂᆞᆫ 치원이니 승샹 평남후 조슉의 ᄌᆞ오 태흑ᄉ 명의 숀이라 십ᄉ의 등과ᄒᆞ여 옥당금마의 쳥망을 ᄌᆞ임ᄒᆞ니 상총이 빗료의 들에고 립됴 슈십 년의 쟉쳐 직렬의 올나 남졍북벌의 대공을 닐우고 공개텬하ᄒᆞ며 위진해내ᄒᆞ여 늉즁흔 은권이 산두즁망을 겸ᄒᆞ니 왕의 위

2면

인이 츙회 빵젼ᄒᆞ고 문뮈 겸비ᄒᆞ여 경뉸지지와 강하지량을 아오라 쳔츄 영걸이오 직졀 쳥덕이 고금의 희한ᄒᆞ니 진종이 경ᄉ의 왕궁을 지어 쥬오시며 군국 대쇼ᄉᄅᆞᆯ 맛기시니 훤혁ᄒᆞ미 당대 무젹이라 삼비와 십희를 두고 ᄯᅩ 금션공쥬ᄅᆞᆯ 별ᄉ의 거ᄂᆞ리니 궁즁이 셩번흔대 규내 화우ᄒᆞ미 갈담 삼쟝을 법ᄒᆞ고 슬ᄒᆞ의ᄂᆞᆫ 쟝옥이 션션ᄒᆞ여 십ᄌ ᄉ녀를 두어시대 개개히 곤산 미옥과 희져 명쥬라 슈잉 등 십희 각각 쇼싱

3면

이 이시니 셔ᄌ 오인과 셔녀 뉵인이니 모도 십오ᄌ 십녀라 왕이 형미 삼인과 일뎨 이시니 운지의락이 흡연ᄒᆞ니 기뎨 이쳥 션싱의 명은 셩이오 ᄌᆞᄂᆞᆫ ᄉ원이니 왕으로 동팅싱이라 형으로 동방 쟝원ᄒᆞ여 쳥념 직졀이며 인륜 지덕이 일셰의 독보ᄒᆞ니 립됴 십년의 진종이 붕ᄒᆞ시고 인종이 즉위ᄒᆞ샤 우승샹 구셕을 더으샤 슈년 내 좌승샹 초국공을 봉ᄒᆞ시고 례우 권대ᄒᆞ시미 공밍의 도덕과 안방 졍국홀 긔샹이 이셔 션뎨긔

4면

탁고ᄅᆞᆯ 밧줍고 셩상을 돕ᄉ오미 슉야 우구ᄒᆞ여 한젹 졔갈과 이윤 쥬공으로 가즉ᄒᆞ니 빗힝이 완젼ᄒᆞ며 쟉위 슝고ᄒᆞ미 졔왕의 ᄉ싱이 되여 셩상이 반ᄃᆞ시 샹뷔라 칭ᄒᆞ시니

그 영총과 부귀 여층호되 공이 쇼심 익익호고 집권 방즈호미 업셔 즈유로 침묵 언즁호며 거가의 효봉이 동촉호고 우공형매호니 삼비를 두어시니 개개히 뇨조 슉녀오 삼부인긔 각각 즈녀를 두어시니 모도 칠즈 삼녀라 개개히 곤옥과 명쥬 갓고 장즈의 긔상은 웅

5면

호 긔상이 대장뷔러라 진왕 곤계 지심붕우 평진후 쇼천이 일일은 니르러 셔로 반겨 한훤파의 한담호더니 유현이 부슉긔 뵈오라 대셔헌의 이르러다가 쇼후 이시믈 보고 츄진 배례 후 진왕 형뎨 겻히 국궁시좌호니 쇼휘 유ᄋ를 보고 일견의 과이호고 년긔를 뭇거늘 공지 대왈 어린 나히 십삼이옵고 존대인긔 현알호옵기 황공호여이다 호거늘 쇼휘 귀로 드르며 유아를 보니 경뉸지지와 원융 쟝상의 긔상이오 셩현지풍이

6면

이시니 공이 낭안이 두렷호여 활연 장탄 왈 셰강 쇽말호여 진짓 셩현을 보지 못홀너니 십삼 쇼년의 여층 대지와 도흑이 승어부슉홀 쥴 알니오 우리 셩쥬의 홍복이 두렷호샤 이깃튼 인지 낫도다 공지 피셕 공슈호고 왕의 형뎨 쇼왈 형이 엇지 유ᄋ를 과장호여 친이호는 졍을 쇼케 호느뇨 쇼휘 역 쇼왈 진졍 쇼견이라 추이 진왕형의 풍뉴 호탕으로도 감히 바라지 못호리니 초공형의 도덕의셔 더은가 시브니 원내 즈

7면

질이나 즈긔의셔 낫다호믈 아쳐호미로다 왕의 곤계 대쇼호고 쇼휘 품은 뜻이 이셔 낭구침음 왈 치원아 네 비록 왕공의 위귀호미 잇고 진왕은 본부의 쳐호여 나히 추미 쇼시 녀식을 과히 탐연호던 쥴 스스로 우어 퇴됴 여가의는 형뎨 상슈호여 부모 존당을 뫼시미 아니면 셔헌의셔 운지의락이 가즉호니 년긔 삼십 이후로 규방 왕리 드물기 이청 션싱과 일반이러라 호더라 화셜 평진왕 장즈 긔현의 즈는 문희니 상원비 졍 슉렬

8면

쇼싱이라 싱셩호미 텬디 강산 슈긔와 금슈 문쟝은 틱스공을 낫게 너기고 츌텬셩호는

증삼을 법측호니 방년 십삼의 톄형이 셕대호여 호치 쥬슌이 흡연이 부조를 달마시니 조부모와 슉뷔 크게 이즁호나 부귀 가온대 겸공 유화호여 교우흔 식이 업스니 초국공이 련이호미 졔주의 지느니 샹히 니르대 오가 쳔리귀라 도덕 현힝이 가문을 빗내고 조션을 효봉호리하 호니 진왕이 쇼왈 유이 엇지 추오를 바라지 못호관대

9면

긔이 찬양이 태과호뇨 아심의는 유오의 닌봉농호지습이 긔오의 지나도다 승샹이 잠쇼 왈 유이의 풍치 긔샹이 굿트여 긔오만 못호리잇가마는 츄텬 지긔만 가지고 풍뉴 호신을 일슴으니 긔현의 빅힝 졍대호미 텬디갓지 아니리잇가 왕이 쇼왈 긔이 잠간 경박호미 업스나 엇지 빅힝이 졍듸호리오 조시 등이 쇼왈 각각 질주를 불워호니 텬되 고이호여 밧고와 삼기지 못호고 승샹 형뎨 다 웃더라 존당의셔 긔현의 혼긔를 일

10면

시 밧바호시고 진왕의 쟝지오 풍신이 일대 무젹호니 쟝안의 미픠 구룸 못둣호고 공후주딕의 유녀주 집의셔는 닷토와 구혼호대 왕이 택부호미 심샹치 아냐 허혼흔 곳이 업더니 어시의 리부샹셔 평진후 쇼쳔이 삼주 삼녀를 두어시니 쟝녀 월아의 방년이 십이셰라 식모 지덕이 당셰의 무젹호니 쇼후 원비 윤시는 무주호고 계비 쥬시는 일셰를 드레는 규각 군주오 쳔고 졀염이라 뉵개 주녀를 싱산호여 개개히 아름다오니 우흐로 쟝

11면

지 취쳐호고 녀이 처음으로 주라미 슉덕이 빵젼호니 쇼휘 크게 이즁호여 미양 가셔를 넘녀호미 진왕 형뎨로 골육형뎨 굿트여 빈빈 왕리호여 조공주 등의 특이호물 유의호더니 일일은 조부의 니르러 승샹 형뎨로 말슴홀식 긔현이 슉부긔 품홀 일이 이셔 나오다가 쇼후의 이시물 보고 퇴호눈지라 쇼휘 얼프시 보고 왈 근릭 녕질 등을 보지 못호엿더니 금일 날을 보고 드러가느뇨 진왕이 웃고 공주를 불너 문왈 네 임의 셔당의셔 슈혹

12면

지 아니코 임의 와셔 쇼형긔 뵈지 아니코 어이 가느뇨 원내 진왕의 셩이 엄ᄒ니 졔진 감히 우러러 보지 못ᄒᄂ지라 황공ᄒ여 몸을 두로혀 쇼후긔 지비ᄒ고 물너 긔좌ᄒ여 대왈 ᄉ위 츌입ᄒ시고 슉부긔 알윌 말ᄉ미 이셔 왓ᄉ옵더니 쇼연슉이 한화ᄒ시믈 허튤가 물너가미니이다 인ᄒ여 쇼후ᄅ 향ᄒ여 ᄉ죄ᄒᆯᄉ 미우의 화긔 무로녹고 찬란ᄒᆫ 용광의 례뫼 진즁ᄒ니 원내 쇼휘 풍뉴 장대로 ᄉ해ᄅ 안공ᄒ여 평진왕 형뎨 밧근 지심지교

13면

ᄒ미 업더니 금일 조공ᄌ의 졍슉ᄒᆫ 톄모ᄅ 보니 진초 이공과 대두ᄒᆯ지라 쇼휘 만심 경복ᄒ여 집슈 쇼왈 내 냥쳥으로 더브러 명위 붕위나 실은 골육지졍이니 현질이 엇지 ᄌ질과 다르리오 오릭것만의 보니 톄형이 졍슉ᄒ여 군ᄌ지풍이 일워도다 인ᄒ여ᄂ 글을 무르니 그 품은 바 도덕 직문은 외모의 일배승이라 안연 ᄌ긔지ᄒᆷ이나 이 션ᄉᆼ의 거오지 못ᄒᆯ지라 쇼휘 웃고 진왕의게 쳥혼 왈 형쟝은 ᄉ즁의 삼위

14면

현비ᄅ 두어 슬하의 칠ᄌ 삼녀ᄅ 두어시니 남ᄋᄂ 개개히 벽오의 봉갓고 녀ᄌᄂ 명쥬 보벽 ᄀᆺ튼지라 존당 태부인이 북당의 안거ᄒ여 긔력이 강건ᄒ시며 조노공 부뷔 다 쇠노ᄒ미 업ᄉ니 호호ᄒᆫ 복녹과 가힝의 슉연ᄒ미 당셰의 웃듬이라 승샹은 부모 존당을 뫼셔 ᄶ로 가ᄉᄅ 일오미 업ᄉ대 진왕은 왕부의 쳐ᄒ니 원내 가셔 광활ᄒ나 허다 ᄌ손이 쟝셩ᄒ니 오히려 당시 부족ᄒ여 진왕이 비록 궁을 두나 협문을 두어 삼비와

15면

십회ᄅ 옴겨시나 날노 더브러 아시 고우로 심ᄉᄅ 모르미 업ᄉ니 다시 인친의 호ᄅ 미ᄌ미 엇더ᄒ뇨 ᄒ믈며 아녀의 위인을 네 보와실 거시니 슉덕현미ᄒ미 승어외모ᄒ니 굿ᄐ여 녕랑을 욕지 아니리라 원내 왕이 쇼부의 간ᄌ 쇼휘 여ᄋᄅ 오뉵 셰가지 슉질 ᄀᆺ치ᄒ니 보미 유이ᄂ 쳔틱만광과 임ᄉ지덕이 잇ᄂ 쥴 알고 그ᄶ는 유의ᄒ여 보왓더니 셕연이 씨다라 왈 형의 네 너ᄅ 달마시면 엇지ᄒ리오 쇼휘 대쇼 왈 희롱 말고

진졍으로 니로

라 초공 왈 질으의 호구를 존당이 극력ᄒ여 택고져 ᄒ시고 종샤의 즁ᄒ미 잇ᄂ지라
형의 녀이 비록 외뫼 아름다오나 부인의 용식이 말지라 오직 우리 쇼원은 임ᄉ지덕
과 강후의 내조ᄒᆯ 슉녀를 바라ᄂ니 형의 위인을 보건대 엇지 미드리오 쇼휘 츅급ᄒ
여 왈 이쳥조ᄎ 아니턴 희롱을 ᄒᄂ뇨 부인의 얼굴을 불관타ᄒ나 너 갓튼 옥인이 빙
광 ᄀᆺ튼 녀ᄌ를 어더든 깃브랴 나의 녀ᄋᄂ 임ᄉ지덕과 셔ᄌ지용을 가져시니 희로오
랴 진왕 왈

ᄌ고로 얼굴 고은 녀지 유복ᄒ니를 보지 못ᄒ여시니 녕녀의 쇼흠ᄌᄂ 얼굴이라 나는
실노 취치 아닛노라 쇼휘 대쇼 왈 형은 호싴ᄒ기로 졀식 곳 보면 쥭을 일도 혜지 아
니ᄒ고 어더오며 ᄌ식은 ᄒᆫ 안히를 박식을 어더쥬랴 ᄒ니 그 무슨 용심이오 회군시
의 연부인 취ᄒ던 쎠도 녀식이 불관ᄒ더냐 왕이 답쇼 왈 지취ᄒᆯ 졔 장칙 ᄉ십ᄒᆫ 재
남을 보쳐랴 초공이 쇼왈 이졔 피ᄎ ᄌ식이 ᄌ라고 어룬의 톄위로 가쇼지ᄉ를 후싱
빈를 들넘즉지 아니니

형장은 그만ᄒ여 두쇼셔 삼인이 셔로 웃고 쇼휘 직쳥ᄒ니 왕 왈 이친긔 취품ᄒ고 회
보ᄒ리라 쇼공 왈 내 ᄯ 존대인긔 뵈옵고 낫초로 쳥ᄒ리라 초공이 ᄒ가지로 대셔헌
의 나아갈시 삼공이 하당ᄒᆯ시 공지 신을 밧드러 부슉긔 셥기고 진왕긔 고왈 ᄉ뷔 거
의 왓실거시니 도라가물 ᄒᄂ이다 왕이 허ᄒ니 공지 쇼공긔 배별ᄒ미 공이 그 동지
를 긔애ᄒ더라 왕의 곤계 쇼후로 더브러 대셔헌의 나아가 조공긔 뵈오니 노공이 흔
연이 반겨 말슴

ᄒᆯ시 쇼휘 이의 말슴ᄒ다가 혼인을 간쳥ᄒ니 노공이 본대 쇼후를 심히 긔대ᄒᄂ지라
언필의 쾌허ᄒ니 쇼휘 후은을 배샤ᄒ고 피ᄎ 깃브미 가업더라 쇼휘 이의 하직고 도

라와 즉시 택일호여 보호니 혼긔는 초동이니 슈월이 가렷더라 초공이 크게 두굿겨 낭가의셔 혼슈를 셩비호여 길일을 기다리더나 ᄎ시 쇼후의 원비는 윤시라 본대 투한 혼 녀ᄌ오 셩졍이 싀험호여 쥬부인 ᄌ녀를 괴로이 보치는지라 쇼후의 셩이 엄호고 쥬부인 셩

20면

덕이 일셰를 기우리며 ᄌ녜 빵빵호여 아름답기 겸금 ᄀᆺ트니 쇼후의 듕대 여산호고 구가 합문의 총권이 온젼호니 원비 투악을 베풀 곳이 업스나 한번 작희코져 호더니 녀아로써 진왕과 결친호믈 드르미 더옥 불열호여 호더니 맛춤 샹이 졍궁이 불합호고 ᄯᅳ싀 마즌 후비 업스믈 즐겨 아니샤 잠영거족의 뉴녜를 퇴호여 내조를 빗ᄂᆞ고져 구호실시 젼지를 즁외의 나리오시미 만됴거경이 다 유녀ᄌ는 다 간퇴의 참예호ᄃᆡ 조공

21면

곤계는 녀지 다 어렷기로 아니 드려보ᄂᆡ고 쇼부의셔는 임의 졍혼 슈빙훈 녀지라 간션의 드리지 아냐더니 윤시 오라비 윤광이 례부샹셔로 간션을 가음아는지라 윤시 가마니 불너 닐어 왈 ᄋᆞ의 현미호미 고금의 독보호ᄃᆡ 조가의 졍친호므로 단조의 쎗혀시니 여ᄎᆞ여ᄎᆞ호여 조가 혼인이 못되게 호라 윤광이 본대 위인이 그 누의로 샹칭호여 심즁이 부직호므로 조후로 조치 아닌지라 이 말을 듯고 가더니 간션호는 날 허다 녀지 드러오나 일인도

22면

후비의 덕용이 업스믈 보시고 태후와 샹이 크게 실망호샤 졔녀를 샹샤호여 뵈내시고 샹이 례부의 하지 왈 짐이 흔갓 취싁호신으로 후비를 퇴호미 아니라 졍궁의 져시 지금의 업스니 ᄌ미 덕힝이 츌인훈 슉녀를 어더 져샤를 바라는 ᄯᅳ시라 이졔 모든 녀ᄌ 즁 일인도 맛당훈 녀지 업스니 례부는 다시 간션호여 올니대 외방 군현의 녀ᄌ와 부뫼 죄 잇는 녀지라도 맛당이 그 쌀을 간션케호라 윤광이 승지호여 쥬왈 신이 폐하와 태낭낭 셩지

룰 밧ㅈ와 간션을 쇼임ㅎ오미 엇지 일분이나 태만ㅎ미 이시리잇고마는 권셰 즁흔 쟈
는 후궁을 넘피ㅎ여 쑐을 감초고 아니 드리느니 이졔 평진후 쇼쳔이 쌀을 두어시대
신의 미뷔라 ㅅ졍이 쏘흔 업지 아니대 셩명지하의 감히 은휘치 못ㅎ여 알외느이다
샹이 쳥파의 옥식이 잠간 불예ㅎ샤 왈 평진휘 엇던 ㅅ회룰 엇고져 ㅎ는지 모ㄹ거니
와 가히 인신의 되 아니로다 국법은 ㅅ시 업스니 쇼쳔을 하옥ㅎ고 쇼녀룰 즉일 간션
의 드리라

ㅎ시니 이 젼지 느리미 쇼휘 ㅈ긔 하옥은 대시 아니로대 녀아의 쳔향미질이 흔번 텬
안의 뵈오면 반두시 노하보내지 아니ㅎ실지라 대경 왈 셩샹의 붉으시므로 ㅊ시 이시
믄 간신이 군덕을 샹히오미라 드대여 일쟝 쇼룰 농젼의 올녀 왈 임의 조긔현과 졍혼
슈빙ㅎ여 혼긔 일삭이 가려시므로 간션의 불참ㅎ오물 알외고 가연이 ㅅ룰 싸라 옥으
로 가니 조부의셔 ㅊㅅ룰 듯고 승샹이 즉시 관복을 ㅊ져 왈 내 이졔 쥬샹을 뵈옵고
쇼쳔의 무죄ㅎ믈 알

외리라 노공이 말녀 왈 이 일이 공논이 아니라 쇼쳔의 인친이 네 형이니 텬의 ㅅ졍으
로 아ㄹ시리니 아직 두고 보라 승샹이 부복 고왈 이 엇진 말솜이시니잇고 인군의 덕
을 돕ㅅ오미 쇼지 죽기룰 두려 아니ㅎ오니 쇼녀지ㅅ는 잠잠ㅎ오나 쇼쳔의 하옥이 군
덕의 가쟝 히로오니 력간ㅎ려 ㅎ느이다 공이 졈두ㅎ더라 즉시 궐하의 느아가 쳥대ㅎ
온되 샹이 졍젼의 인견ㅎ실ㅅ| 샹이 흠신 문왈 샹뷔 오늘 쳥대ㅎ믄 무슨 일이뇨 승샹
이 돈슈 쥬

왈 신의 쳥대ㅅ는 쥬샹의 실덕ㅎ시믈 놀라 극간코져 ㅎ미니이다 샹이 염용 왈 짐이
불명ㅎ여 실덕이 만흐니 샹부는 가ㄹ치믈 바라노라 조공이 부복 쥬왈 신이 놀ㄴ온
바는 이졔 후궁을 뽀시미 맛당ㅎ오믈 아지 못ㅎ옵고 비록 간션ㅎ실지라도 굿틋여 ㅅ
룸의 아비룰 가도고 그 쌀을 드리리잇가 쇼쳔의 녀지 신의 질ㅈ로 졍혼 슈빙ㅎ엿는

고로 임의 정혼흔 딸이나 셩지를 응치 못흐미어늘 례뷔 그 곡절을 고치 아니코 유녀를

27면

두고 긔망흔 말슴만 알외오니 됴뎡 즁신으로 군덕을 돕지 아니코 스혐으로 스스혐언을 몬져흐는 뉴를 용납지 마르쇼셔 상이 칭샤 왈 샹부지언이 ᄌᄌ 명논이라 쇼쳔을 하옥흐믄 긔군흔 죄러니 임의 졍친흐미 잇던가 쇼쳔의 쇼시 쏘 여ᄎ흐거니와 샹부의 뜻이 올흐니 쇼쳔은 방숑흐고 쇼녀는 간션의 드려 태낭낭 셩의를 보오와 쳐치흐리라 승샹이 고두 샤은흐고 상이 쇼쳔을 샤흐시니 쇼휘 셩은을 샤례흐고 쇼를 올녀 왈 신녜

28면

조가의 슈빙흐여스오니 비록 간션의 드리시나 죽기로 곳치지 아닐 줄 알외니 상이 쇼왈 시속의 개가흐는 뉴도 왕왕이 이시니 너모 과도흔 일이라 흐시고 불윤흐시니 쇼휘 분완흐여 퇴흐고 승샹이 아직 닷토지 아니믄 그 위인을 알녀 잠잠코 퇴흐다 명일 쇼시 입궐홀시 쇼휘 죽기로써 아니 드려보내려 흐니 쥬부인이 탄왈 녀ᄋ의 ᄎ시 역시 운쉬라 스싱이 텬애며 명애니 엇지 일녀를 앗겨 군신 대의를 샹히오리오 텬심을 보와 무스히 나

29면

오면 져의 복이오 불연즉 옥계의 머리를 바아져 계집의 뎡졀을 직힐 ᄯ름이라 타의 이시리잇가 쇼휘 탄왈 부인의 지언은 올커니와 녀ᄋ의 긔특흐므로 흔번 입궐흐매 텬의를 알지라 분원흐도다 부인이 탄식고 무스히 나오기를 밋지 못흐대 쇼졔 담연 무려이 드러가는지라 그 나히 어려 셰스를 모르민가 더옥 이련흐더라 이날 뉴태휘 여러 녀ᄌ를 드려다 간션흐실시 졔녀의 분장화식이 일식의 바이니 아름다오니 쏘 간간이

30면

이시대 맛ᄎ내 태후 고안의 맛당흔 재 업더니 최후의 흔 녀지 단장이 무식흐고 슈식

이 가득ᄒᆞ여 아미의 슈식이 씌여시니 봉뫼 오작의 셧기고 난최 잡풀의 셧겻남 ᄀᆞᆺ튼 지라 그 텬연ᄒᆞᆫ 광염이 찬란ᄒᆞ니 태휘 대경ᄒᆞ샤 갓가이 나아오라 ᄒᆞ시니 그 녀지 녓 보롤 움죽이ᄂᆞᆫ 바의 나샹이 부동ᄒᆞ고 ᄌᆞ약ᄒᆞᆫ 허리ᄂᆞᆫ 냥뉘 광풍을 맛ᄂᆞᆫ 듯ᄒᆞ고 빅태 쳔광이 완젼이 빠혀나 진션진미ᄒᆞ니 태휘 대경 문왈 너ᄂᆞᆫ 뉘집 녀지며 년이 언마뇨 쇼졔

31면

옥셩을 여러 쥬왈 신은 젼됴 쇼두의 손녀오 평진후 쇼쳔의 녜니 금년 이뉵이로쇼이 다 휘 깃브믈 먹음어 샹을 도라보샤 왈 짐이 이졔 간션ᄒᆞᆷ 졍궁의 져시 업고 후비의 싱산ᄒᆞ나니 업ᄉᆞ니 짐심이 침식의 편치 아닌지라 특별이 일개 슉완을 바라더니 쇼녀 ᄂᆞᆫ 쥬국 셩비의 덕이 이시니 샹의ᄂᆞᆫ 하여오 샹이 쇼시의 특용을 보시ᄆᆡ 크게 깃그샤 배샤 왈 모휘 스스로 갈희실지라 신이 엇지 별단 쇼회 이시리잇가 태휘 뜻을 결ᄒᆞ샤

32면

쇼시를 궁녀의 머므ᄅᆞ시고 퇴일ᄒᆞ여 후궁을 칙봉코져 ᄒᆞ시ᄆᆡ 기여ᄂᆞᆫ 다 도라보내라 ᄒᆞ시니 쇼시 불의의 냥친을 쪄나 일개 비ᄌᆞ쑌이라 지엄ᄒᆞᆫ 궁즁의 마음이 산란치 아 니리오 싱셩ᄒᆞᄆᆡ 범인과 다른지라 이의 안식을 곳쳐 쥬왈 신으로써 도라보내지 아니 시고 궁금의 두시ᄂᆞᆫ 셩의ᄅᆞᆯ 모로와 불승젼륙ᄒᆞᄂᆞ이다 태휘 쇼왈 경의 긔질이 쇽자의 배위 아니라 이의 두어 황샹의 춍딕ᄒᆞᄂᆞᆫ 후궁으로 농ᄌᆞ 봉손을 션션이 나으면 그 존 대

33면

ᄒᆞᄆᆡ 엇지 남의 아리이시리오 쇼졔 홀연 미우ᄅᆞᆯ 찡긔고 쥬왈 낭낭 젼교ᄅᆞᆯ 듯ᄌᆞ오니 신이 불승한심ᄒᆞ여 기리 통곡ᄒᆞ여 슬워ᄒᆞ고 격분ᄒᆞ여 강개홀 ᄀᆞᆺ이로쇼이다 이의 쥬 샹이 쳐음으로 대위ᄅᆞᆯ 림ᄒᆞ샤 우흐로 죵샤와 낭낭을 밧드르시고 아리로 만민을 어ᄅᆞ 만져 교화ᄒᆞ시니 셩덕을 닥그시ᄆᆡ 호여일셩ᄒᆞ시니 츙효로써 남ᄌᆞᄅᆞᆯ 가ᄅᆞ치시고 효 졀로써 녀ᄌᆞᄅᆞᆯ 교화ᄒᆞ샤 즁화ᄅᆞᆯ 묽히시며 셩셰치화ᄅᆞᆯ 빗내실지라 셩식 슈

34면

치룰 먼니ᄒ실 배여늘 이제 인심이 텬의룰 오히려 아지 못ᄒ고 슈히 만민이 눈을 씻셔 셩궁의 진취룰 보고져 ᄒ고 고개룰 기우려 폐하의 어진 졍ᄉ룰 듯고져 바라거늘 궁녀 후궁이 임의 뉵궁의 슈룰 칙왓고 삼쳔 분대의 미식이 젹지 아니ᄒ니 밧비 후궁을 퇴ᄒ심도 가치 아니ᄒ거늘 신은 이제 사룸의 현훈을 바다 그 임ᄌ 잇ᄂ 녀지여늘 명명ᄒ 대졀을 도라보지 아니시고 무고ᄒ 녀지 ᄒ나둘이 아니여늘 다 도라보내시고 홀노 신을

35면

두시니 신이 실노 쥭기룰 두려 아니ᄒ오나 쥬샹 실덕과 낭낭 셩덕의 빗치 감ᄒ믈 셜워ᄒ옵ᄂ니 낭낭이 셩샹을 권유ᄒ샤 스스로 이런 거조룰 마르샤 셩식 연희룰 금ᄒ시고 졍궁의 화락기룰 힘뻐 권ᄒ샤 뻐곰 태ᄌ룰 밧비 구ᄒ시미 올흐시니 엇지 시로 후궁을 쌔샤 룡ᄌ 봉숀을 보기룰 바라시리잇가 신이 임의 알월 말숨을 다 쥬ᄒ여샤오니 어셔 궁뎡의 오릭 머므러 셩덕의 빗츨 샹히오미 가치 아니ᄒ오니 신을 만일 도라

36면

보닉시면 믈너가 셩은을 감츅홀 거시오 맛춤내 도로혀지 아니신즉 당당이 옥계하의 묽은 넉시 되오리니 슈리 더러온 계집이 되여 부귀룰 구ᄒ리잇가 언쥬파의 ᄉ긔 강개ᄒ여 언식 격졀ᄒ니 쥬샹의 졀조와 빙옥지힝이라 샹이 쏘흔 것히 겨샤 져의 언ᄉ룰 드르시고 번연 역싴ᄒ여 긔특이 너기시나 참아 도라보내실 마음이 업셔ᄒ시고 태휘 탄지칭션ᄒ시믈 씨닷지 못ᄒ샤 잠간 우으시고 왈 경의 언론이 당당ᄒ여 츙신렬ᄉ

37면

의 풍이 이시니 짐이 탄복ᄒ거니와 니른바 졀이라 ᄒᄂ 거시 국졀이 잇ᄂ니 경이 비록 조가의 졍혼ᄒ여시나 힝례ᄒ미 업ᄂ니 슈졀ᄒ미 가치 아니ᄒ고 황샹의 후비 쌔시미 탐식 슈치ᄒ미 아니라 죵샤룰 바라미니 짐이 엇지 막으리오 경의 ᄌᄆ 슉덕이 임의 짐심의 암합ᄒ고 샹의의 마ᄌ니 도라갈 의ᄉ룰 말고 안심ᄒ여 믈너 궁즁의 머물나 쇼시 닝쇼 왈 비록 셩례ᄂ 아냐시나 빙폐룰 바다시니 그 집 며느리라 츙신은 불ᄉ이군이오 렬녀

38면

는 불경이부여늘 엇지 셩례 아니므로 그 집 사름이 아니라 ᄒ며 신이 비록 미셰ᄒᆞᆫ 녀
ᄌᆞ나 ᄯᅩᄒᆞᆫ 후빅의 녀ᄌᆞ라 엇지 치례ᄅᆞᆯ 두 번 문의드리ᄂᆞᆫ 더러오믈 감심ᄒᆞ리잇고 낭
낭이 가히 신의 머리ᄂᆞᆫ 버히시려니와 신의 ᄒᆞᆫ 조각 정심은 능히 앗지 못ᄒᆞ시리이다
샹이 믄득 졍식 왈 만민의 싱살이 다 짐의 쟝즁의 이시니 경이 일개 아녀ᄌᆞ로 낭낭
셩의ᄅᆞᆯ 감히 역ᄒᆞ니 경의 부형이 가히 죄ᄅᆞᆯ 면치 못홀 쥴을 모ᄅᆞᄂᆞ냐 쇼시 안식을 졍
히 ᄒᆞ고 대왈

39면

싱살이 폐하게 이시므로 죽이시믄 임의로 ᄒᆞ시려니와 비록 텬ᄌᆞ라도 졀부의 ᄯᅳᆺ을 아
ᅀᆞᆷ은 오히려 어려오니 신의 마음 아ᅀᆞ시믄 가히 어려올 거시오 신의 부형을 죄쥬시
나 죽은 후ᄂᆞᆫ 만ᄉᆞ 부운이라 ᄯᅩᄒᆞᆫ 현마 엇지 ᄒᆞ리잇가 그 언ᄉᆞ 졈졈 쾌ᄒᆞ고 안식이
샹풍 렬일 갓트니 언어로 도로혀지 못ᄒᆞ고 엄위로 협박지 못홀지라 샹이 크게 긔특
히 너기샤 부대 그 ᄯᅳᆺ을 ᄭᅥᆨ질너 후궁의 두고져 ᄒᆞ시미 믄득 발연 변식 왈 조고만 녀
ᄌᆞ 지쳑 텬안의 군샹

40면

을 압두ᄒᆞ여 군신 대쳬ᄅᆞᆯ 샹히오니 그 죄 가비얍지 아닌지라 가히 궁옥에 가도라 ᄒᆞ
시고 그 개과회심ᄒᆞ믈 기다려 노흘 거시오 죵시 곳치지 아니ᄒᆞᆫ즉 ᄒᆞᆫ ᄀᆞᆺ 너ᄅᆞᆯ 죽일 뿐
아니라 부형을 극변안치ᄒᆞ여 ᄌᆞ식 못 가ᄅᆞ친 죄ᄅᆞᆯ 졍히 ᄒᆞ리라 텬안이 엄슉ᄒᆞ시고
말슴이 쥰렬ᄒᆞ샤 시인이 한츌쳠배ᄒᆞᆫ대 쇼쇼져ᄂᆞᆫ 거지 ᄌᆞ약ᄒᆞ고 동지 안셔ᄒᆞ여 오직
돈슈 샤죄ᄒᆞ고 익궁으로 갓치이믈 조흔 곳의 나아가ᄃᆞᆺ 조금도 구겁ᄒᆞ며 창황ᄒᆞᆫ 거동
이 업

41면

ᄉᆞ니 일개 아녀지나 기의ᄅᆞᆯ 탁량치 못홀지라 궁인을 지쵹ᄒᆞ여 쇼시ᄅᆞᆯ 가도고 스스로
탄왈 셰간의 엇지 져 ᄀᆞ튼 녀지 잇ᄂᆞᆫ고 그 얼굴은 몱기 여ᅀᆞ여니와 그 동지 언ᄉᆞ 렬
ᄉᆞ의 풍이 가죽ᄒᆞ니 만일 이 ᄀᆞᆺ튼 녀ᄌᆞ로 궁금의 두어 좌우의 이신즉 내조의 공이 이
실 거시로대 져의 거동이 부월과 졍확을 두려ᄒᆞ지 아닐 ᄯᅳᆺ이 이시니 내 맛춤내 그 ᄯᅳᆺ

을 앗기 어려오니 엇지 흐리오 이러틋시 싱각흐시니 태휘 쏘흔 춤아 도라보내믈 앗 기샤 가도고

42면

그 거동을 보고져 흐여 궁녀를 명흐여 좌우의 이셔 그 뜻을 시험흐라 흐신대 궁인이 슈명하여 이의 익덩의 쇼쇼져를 대흐여 위로홀시 이쩌 쇼쇼제 오직 냥 비즈만 다리 고 익궁의 갓치이니 본대 금루화당의 부귀로 즈라 엇지 금일 곤궁흐믈 알니오마는 품쉬 기특흐므로 안연 무려흐여 종일 단좌흐여 믹믹 무언흐니 엇지 정궁인으로 접화 흐여 그 속을 엿보게 흐리오 이대로 궁인이 알왼대 태후와 샹이 드르시고 경탄흐샤 이의

43면

슈잉모 둘을 보뇌샤 왈 너의 죄샹이 죽염즉흔지라 이 두 잉모를 보내느니 삿기쳐 밧 치믈 기다려 네 죄를 샤흐리라 쇼시 호친 단슌이 찬연흐여 잠쇼 왈 신의 죄 맛당커늘 오히려 슈잉모의 삿기치므로 살녀쥬랴 흐시니 셩은이 난망이로소이다 신이 비록 일 개 쇼녀지나 쇼무의 한졀을 잡아 곳치지 아니믈 그윽이 올히 너기느니 조가의 슈빙 금환을 품고 옥즁의 죵신흐미 원이로소이다 상이 추언을 드르시고 더옥 추탄흐샤

44면

평진후를 다시 가도고져 흐시나 국톄 불가흐고 샹부의 간졍을 괴로이 너겨 날회니 쇼부의셔는 슉식을 편히 못흐고 쥬부인이 크게 슬허흐나 쇼져의 힝스를 힝희흐더라 죠부의셔 긔현의 혼스 차아흐여 다시 바라미 멀고 군신 분의의 오히려 미안흐고 다 른 대 정혼홈도 어려워 슌태부인이 착급 왈 내 일박셔산흐니 비록 여러 아히 셩취흐 믈 다 보지 못흐나 긔으 유으가지나 보고져 흐더니 이졔 긔으의 혼스 난쳐흐니 인신 의 도리 둥

45면

딕홀 빅 아니라 밧비 다른 대 구혼흐라 조노공이 감오흐여 근봉교의리이다 진왕이 피셕 대왈 긔으의 나히 오히려 유치지년이 아니오 다른 대 졍흐고 텬의 도로혀샤 쇼

시롤 노흐시면 엇지흐리잇고 아직 보와 구쳐흐샤이다 효공이 니어 쥬왈 긔ᄋ의 혼시
존당이 보시미 가흐나 쇼시 맛춤내 도라오리니 엇지 타쳐의 구흐리잇고 모도 올타흐
더라 효공이 그 악모 뉴부인을 보와 왈 악뫼 공논으로 알외쇼셔 흐니 뉴부인이 흔연
허락흐고 명일

46면

글월을 밧드러 태후긔 알외딕 민간 시비 이셔 쇼시 만일 죽으면 하샹지원이 이시믈
ᄀ초 쥬흐여 편히 도라보내시미 셩덕의 관유흐시민 줄 알외니 태휘 그 형의 말슴인
즉 취신홀 쑨 아니라 쇼녀의 졀힝을 도로혀지 못홀 줄 알아샤 샹과 의논흐여 도라보
내려 흐시더라 명됴의 만뫼 됴회 퇴흐되 오즉 효공이 뎐폐의 뫼셧더니 샹이 조용히
말슴흐실시 효공이 믄득 졍쇠 쥬왈 금일 신이 간졀흔 쇼회 이셔 알외고져

47면

흐오대 크게 혐의의 간섭흐니 유예흐오나 쳔심을 폐히 빗최시는 배라 이졔 쇼쳔지녀
는 질즈와 뎡혼흔 비라 궁옥의 가도시니 신의 집은 쇼시 아니라도 녀지 업슬 것 아니
니 인신분의의 엇지 걸이끼지 아닐 배리잇고마는 쇼녀의 구든 졀이 맛춤내 텬의를
영합지 못흐고 죽으미 되면 이는 셩덕의 유히흐오미라 신이 알외미 오히려 느즌 바
는 혐의의 간섭흐오미라 쇼녀를 즉일 환송흐시고 궁녀의 후비를 인덕으로 대졉흐샤
원이 업게 흐시고 졍

48면

궁 낭낭이 셩샹 아시 결발이시고 녀경 초초하샤 뉸의 막즁흐니 범ᄉ를 존즁흐시고
쥬샹의 셩덕으로 엇지 져샤의 경ᄉ를 후궁의 바라리잇고 셩샹이 신의 말슴을 거두어
용납흐시면 만힝일가 흐ᄂ이다 샹이 돈연 개오흐샤 쟝읍 샤례 왈 샹부의 츙직을 다
아ᄂ니 짐이 부지 부덕으로 대위를 이어 큰 허믈을 드르니 감격지 아니리오 ᄎ후 슈
심흐여 닛지 아니리라 즉시 태후긔 쥬쳥흐시고 쇼녀를

49면

노화보내고 다시 간택을 긋치라 흐시니 승샹이 불승희힝흐여 년망이 고두 배샤흐더

라 화셜 쇼시 궁익의 갓치연 지 슈슌이 너멋ᄂᆞᆫ지라 부모를 그리며 필경을 보와 렬녀의 일편단심을 결코져 ᄒᆞ더니 태휘 녀러 궁인으로 지극 보호ᄒᆞ샤 긔이ᄒᆞᆫ 과품을 보내시나 쇼시 ᄒᆞᆫ번 졉구ᄒᆞ미 업셔 고요젹젹히 슈슌의 니ᄅᆞ도록 궁인이 언어를 듯지 못ᄒᆞ니 진실노 쳘옥 ᄀᆞᆺ튼 렬녜라 태휘 뉴부인 슈셔를 보시고 ᄠᅳᆺ을 결ᄒᆞ샤 보내랴 ᄒᆞ실ᄎᆞ 샹

50면

이 여ᄎᆞᄒᆞ시니 즉시 샤ᄒᆞ여 부ᄅᆞ신대 쇼졔 나아와 셩인을 슉샤ᄒᆞ니 여러날 옥즁 고쵸와 심려를 허비ᄒᆞ여시대 셜부 옥골이 감치 아냐시니 태휘 칭이ᄒᆞ샤 왈 경을 가도고 그 졀의를 보고져 ᄒᆞ미오 딤의 본 ᄠᅳᆺ이 아니라 이졔 ᄭᅩᆺ다온 졍졀이 샹셜을 능만ᄒᆞ니 엇지 긔특지 아니리오 딤이 아름다온 마음을 긔특키 너겨 도라보ᄂᆞᆫᄂᆞ니 조히 길ᄉᆞ를 일워 딤의 ᄠᅳᆺ을 알나 쇼졔 돈슈 샤은 왈 낭낭의 호ᄉᆡᆼ지덕이 초로 잔명을 살오시니 금일지

51면

후ᄂᆞᆫ 낭낭의 쥬신 목슘이라 빅골의 삭이리로소이다 태휘 심하의 탄복ᄒᆞ시더라 이의 촉빅과 슈식 픠물지뉴를 만히 샹샤ᄒᆞ시니 쇼시 년망이 밧ᄌᆞ와 샤은ᄒᆞ고 나올시 궁인이 져마다 년년ᄒᆞ여 니별을 앗기더라 쇼시 부즁의 도라오미 쇼휘 크게 깃거 지ᄂᆞᆫ 셜화를 무를시 쇼졔 도도이 알외니 쇼휘 탄왈 어린 아ᄒᆡ 이러ᄐᆞᆺ 강렬ᄒᆞᆷ은 부인의 어질믈 달무미라 셩은이 이러ᄐᆞᆺ 명졀을 완젼케 ᄒᆞ시니 엇지 영ᄒᆡᆼ치 아니리오 길ᄃᆞᆷ긔 겨유

52면

일ᄉᆞᆫ이 가려시니 일노조ᄎᆞ 원앙이 녹슈지락을 보리로다 ᄒᆞ더라 조부의셔 깃거ᄒᆞ미 일반이라 태부인이 밧바ᄒᆞ고 셩의 졍일노 혼인을 일우라 명이 겨신지라 쵸공 왈 대뫼 시각을 밧바 ᄒᆞ시나 쇼ᄌᆞ의 쇼견은 너모 급ᄒᆞᆫ가 ᄒᆞᄂᆞ이다 이ᄶᅥ 긔현이 좌의 잇더니 이의 고왈 희이 나히 이칠이 ᄎᆞ지 못ᄒᆞ여시니 조혼 쇼빙은 셩인의 경계라 ᄒᆞᆷ믈며 쇼시 무고ᄒᆞᆫ 사ᄅᆞᆷ과 달나 비록 내여보내시고 허혼ᄒᆞ시나 급급히 셩친ᄒᆞ미 분의의 미안ᄒᆞ고 ᄯᅩ 슉뷔 녁간

53면

흥샤 쇼시 나왓스오나 일슌지내의 취흥면 쇼즈는 미셰흔 아히여니와 대인긔 가장 사
톄 미안흥오니 히으 뜻은 아직 친스를 물녀 피추 즈라믈 기다리미 편당홀가 흥느이
다 초공이 집슈 왈 추아의 말이 엇더흥니잇고 왕의 엄위흥므로도 회열 왈 졔 의논이
불과 네 말을 싸로미라 무슨 별단 긔특흥미이시리오 너의 형뎨 의논흥여흥라 왕의
곤계 피셕 배샤흥고 혼긔를 슈이 닐우라 흥니 쇼부의셔 또흔 올히 녀겨 다시 퇵일흥
니 명년 츈졍

54면

월이러라 추시 초국공 장즈 유현의 즈는 운회니 원비 양뎡렬 탄싱이라 쟉인흥미 비
범흥여 년이 십이셰의 니르니 신쟝이 유여흥고 구각이 셕대흥여 대인 긔샹이니 지조
의 긔특홈과 덕량의 화홍흥미 군죵의 배승흥지라 총명 굴지
영지 신이흥대 엄교를 두려 츄텬지긔를 쟝흥고 칠팔 년 머리를 슉여 고셔를 일우니
팔두의 문쟝과 칠보의 신측흥믈 우슬지라 붓슬 들매 쳔언을 립취흥고 시를 지으미
귀신을 울니니 셰샹의 긔탄흥미 업

55면

고 태부인이 밧바흥므로 긔현과 함긔 관례를 일웟는지라 일일은 우승샹 졍셕귀 그
부친 슈셕을 지닉미 승샹 형뎨를 쳥흥엿는지라 초공이 글을 보고 셔안의 노흥며 맛
춤 비통이 이셔 공즈로 회셔를 쓰이고져 흥대 오히려 니라지 아니흥고 화젼을 내여
노흥니 유현이 벼로를 들고 붓슬 잡아 셔안 앏희 쓸어 고왈 쇼지 문필이 용열흥오나
나히 십이셰를 지내시니 셔스 슈응을 대흥여 부형의 슈고를 덜으시게 흥오리라 공이
잠간 웃고 화

56면

젼과 셔간을 쥬어 보고 갈 쥴노 회셔를 쓰라 흥고 흔 문즈를 지휘치 아냐 그 거동을
보려흥니 공지 붓슬 드러 답셔를 일워 넑어 드르시게 흥니 초공이 눈으로 그 필법을
보고 귀로 스의를 드르미 실노 즈긔로 흥여금 지으나 이의 지느지 못홀지라 언언이
졍금 미옥이니 긔특고 깃브믈 이긔지 못흥여 미위 유동흥니 오직 경계 왈 네 문필은

남의게 붓그럽지 아닐 듯ᄒᆞ니 ᄎᆞ후 슈힝ᄒᆞ기를 공부ᄒᆞ라 공지 배이슈명이라 진왕이 나오니 초공이 마ᄌᆞ 좌

57면

졍ᄒᆞ미 왕이 초공의 희긔를 보고 ᄯᅩ 유현이 셧ᄂᆞᆫ지라 현의 손을 잡고 아이 오늘 무슨 희ᄉᆡ 잇관대 희긔 가득ᄒᆞᄂᆞ뇨 초공이 대왈 쇼뎨 ᄌᆞ식 ᄉᆞ랑이 남도근 더ᄒᆞ여 그런가 셩졍이 인약ᄒᆞᆫ지 비록 그른 일을 보나 실노 샹의게 뒤지고져 의식 업ᄉᆞ디 형쟝이 ᄆᆡ양 쇼졔를 ᄌᆞ식의게 엄히 군다 니ᄅᆞ시믈 씌둣지 못ᄒᆞᄂᆞ니 긔현의 침묵ᄒᆞᆫ 슈힝도 ᄯᅥᆷᄯᅥᆷ 슈죄ᄒᆞ여 칙벌이 피나기의 밋츨 젹이 ᄒᆞᆫ두번이 아니라 쇼뎨 형쟝의 교ᄌᆞ의ᄂᆞᆫ 고이히 너기ᄂᆞ니이

58면

다 금일 희ᄉᆞ를 보미 업셔 유현의 힝실을 닥지 아니ᄒᆞ고 흑문을 힘ᄡᅳ지 아냐 츙텬지긔와 뉴슈지언만 치례ᄒᆞ여 방약무인ᄒᆞ니 오히려 문ᄎᆡ 머럿ᄂᆞᆫ가 ᄒᆞ엿더니 금일 졍ᄌᆞ샹이 명일 슈셕의 우리 형뎨를 쳥혼 글이 왓거늘 현으로 ᄒᆞ여금 회셔를 ᄡᅥ니 거의 셩편ᄒᆞ여시니 위부ᄒᆞ여 오히려 다힝ᄒᆞ미로소이다 왕이 쇼왈 유ᄋᆞᆫ 개셰영걸이라 그 문필은 니ᄅᆞ도 말고 내 잠간 시험ᄒᆞ니 만물 지리의 신통치 아닌 곳이 업ᄉᆞ니 나의 아ᄅᆞ

59면

미 죵시 그르지 아니니라 초공이 잠쇼 왈 형쟝 말슴이 과도ᄒᆞ이다 진왕 왈 ᄎᆞ익 너를 과히 두리므로 아는 것도 치 펴지 못ᄒᆞᄂᆞ니 네 시험ᄒᆞ여 보라 내 엇지 과쟝ᄒᆞ리오 초공이 미쇼ᄒᆞ더라 어시의 졍셕궤 오ᄌᆞ 일녀를 두어시니 여ᄋᆞ의 명은 빙왜니 텬셩 려질이 ᄌᆞ고 희한ᄒᆞ니 년이 십일셰의 신쟝거지 다 일윗시니 ᄉᆞ랑이 탐혹ᄒᆞ여 가셔를 근심ᄒᆞ미 숙야의 한가지 아니터니 부친 슈셕을 인ᄒᆞ여 진왕 형뎨를 쳥ᄒᆞ엿더니 그 회간이 드러오미 맛

60면

초와 졍공이 내당의셔 바다보미 빙요 쇼졔 것히 뫼셧ᄂᆞᆫ지라 그 필법이 찬란ᄒᆞ여 이

목을 놀내니 만고의 드믄 필법이라 쇼졔 겻히셔 탄복 왈 일홈 아릭 헛되지 아니토다 초공이 일셰롤 혼일ᄒᆞᄂᆞᆫ 지조와 됴아롤 업누르ᄂᆞᆫ 덕망이 이셔 셩쥬의 스승이 되여 쳔만인이 흠복ᄒᆞᆫ다 ᄒᆞ더니 금일 그 문필을 보니 진실노 쳔고 드믄 긔지라 쇼녜 몸이 규즁의 침몰ᄒᆞ여 눈이 항얌되나 쳥텬 븩일은 노예 하쳔도 역지기명이라 이 글의 아ᄅᆞᆷ

61면

다오믈 가히 알니로쇼이다 공이 글을 가져 냥구히 보며 녀ᄋᆞ의 기리믈 듯고 우어 왈 조이쳥은 일셰의 독보홀 문필이라 네 아ᄅᆞ미 뭛도다 인ᄒᆞ여 지삼 글을 보와 탄왈 이 글시 이쳥의 필체로 다ᄅᆞ지 아니되 친필이 아닌가 시브니 필법이 발양ᄒᆞ여 온즁ᄒᆞᆫ 이쳥만 못ᄒᆞ나 농호지습의 발월ᄒᆞᆷ 이쳥의 지ᄂᆞ니 아지 못게라 진왕이 벗는가 그 ᄌᆞ질이 다 문필이 노셩ᄒᆞ미 이곳지 못ᄒᆞ리니 고이토다 내일 초공다려 무르리로다 쇼졔 ᄎᆞ언

62면

을 듯고 옥안의 슈식이 이셔 다시 글을 기리지 아니코 침쇼로 가ᄂᆞᆫ지라 졍공이 여ᄋᆞ의 긔식을 보고 더욱 흠이ᄒᆞ더라 명일 진왕 곤계 니ᄅᆞ고 졍슉렬이 니ᄅᆞ니 승샹부인 셜시와 노부인 화시 슉렬을 맛나 반기고 젼일 그 비샹ᄒᆞᆫ 환란으로 복녹이 호호ᄒᆞ믈 닐코ᄅᆞ 칭하ᄒᆞ니 졍비 샤ᄉᆞᄒᆞ고 좌롤 일우니 태부인이 졔부 졔녀와 셜부인 냥지 발셔 ᄎᆞ실ᄒᆞ여 며ᄂᆞ리 화옥 굿ᄐᆞ니 복녹이 가업더라 졍비 지친의 졍을 일코라 숀이 덜 모드셔 빙

63면

요 소져 보믈 쳥ᄒᆞ니 셜부인이 쇼져롤 불너 셔로 보는 례롤 일우니 ᄎᆞ시 졍슉렬이 눈을 드러 슬피건대 그 나아오는 거동이 텬연 슈려ᄒᆞ여 ᄌᆞ약ᄒᆞᆫ 년보는 셤진이 부동ᄒᆞ고 허리는 요요ᄒᆞ여 촉나를 뭇근 듯 엇개는 나는 듯ᄒᆞ니 오직 그 얼굴은 광치 어룻겨 안모롤 ᄌᆞ시 보지 못ᄒᆞ너니 갓가이 니ᄅᆞ러 례롤 맛고 좌롤 졍ᄒᆞ니 월익은 반월이 쳥텬의 빗겨고 ᄢᅡ환 무빈은 븩쳑 옥운을 쎄엿는 듯 일ᄢᅡᆼ 안광은 츄슈 ᄉᆞ양의 빗최는 듯 부용여면

64면

이오 금옥을 쟝식ᄒᆞ엿ᄂᆞᆫ 듯 갓초 긔이ᄒᆞ니 심즁의 싱각ᄒᆞᄂᆞᆫ 배 이셔 나ᄒᆞ혀 옥슈를 잡고 ᄉᆞ랑ᄒᆞᄂᆞᆫ 쯧이 ᄌᆞ연 유동ᄒᆞ니 텬의 유심ᄒᆞᆫ 듯 깃거ᄒᆞ더라 외헌의 빈긱이 죵일 단란ᄒᆞ더니 일모 도원ᄒᆞᄆᆡ 졔긱이 각산ᄒᆞ고 진왕 형뎨 머무러 말ᄉᆞᆷᄒᆞ더니 졍공이 쇼 왈 작일 회간이 ᄉᆞ원형의 친필이 아니라 뉘 그런 필젹이 잇더뇨 초공이 잠쇼 왈 쇼뎨 일즉 대쟉ᄒᆞ이ᄂᆞᆫ 배 업ᄉᆞ니 형이 그릇 아도다 졍공 왈 아니라 쇼뎨 눈이 어둡지 아냐시니 형의

65면

필젹을 몰나보리오 진왕 왈 ᄌᆞ샹이 아라 무엇ᄒᆞ려 ᄒᆞᄂᆞ뇨 이ᄂᆞᆫ 나의 어린 질ᄋᆞ의 문필이라 엇더ᄒᆞ더뇨 졍공이 대경 왈 형의 졔지 다 어려 능히 그런 노셩ᄒᆞᆫ 문필이 이실 쥴 몰낫더니 임의 녕낭의 문필이오 진왕이 유현의 셔찰이라 ᄒᆞᆫ대 졍공 왈 년긔 언마나 ᄒᆞ관대 이러톳 긔특ᄒᆞ뇨 진왕이 웃고 유현의 년치와 만ᄉᆞ 션릉ᄒᆞᆷ믈 일장 셜화ᄒᆞ고 왈 내 집 졔ᄋᆞ 즁 ᄎᆞ이 읏듬이라 졍공이 드릭믜 경탄ᄒᆞ여 반ᄃᆞ시 유현을 본 후 쳥혼

66면

하려 ᄒᆞ더라 초공 형뎨 도라온 후 졍비의 힝게 니르러 존당의 뵈옵고 ᄎᆞ야의 비로소 말ᄉᆞᆷᄒᆞᆯᄉᆡ 졍비 졍공의 여ᄋᆞ를 일콧ᄅᆞ 셰샹의 드믄 슉녀믈 젼ᄒᆞ고 유ᄋᆞ의 긔이홈과 졍아의 아름다오믈 보니 진실노 텬의 유의ᄒᆞ신 듯ᄒᆞ더이다 왕이 희열 왈 나의 질아ᄂᆞᆫ 셰샹 걸ᄉᆡ라 ᄴᅡᆼ이 셰샹의 업ᄉᆞᆯ가 ᄒᆞ더니 비의 말을 드ᄅᆞ니 진실노 깃븐지라 우리 형뎨 졍ᄌᆞ샹으로 형뎨 갓ᄐᆞᆫ재 다시 인친이 되미 조토다 ᄒᆞ더라 화셜 졍승샹이 유현의 문필을

67면

본 후 능히 ᄒᆞᆫ ᄶᅵ도 마음의 닛지 못ᄒᆞ여 명일 조부의 니르러 진왕 곤계를 볼ᄉᆡ 초공 등이 례릴의 작일 연셕을 치하ᄒᆞ고 한화ᄒᆞᆯ지 졍공이 믄득 우어 왈 작일 녕낭 문필을 보고 그 임쟈를 보지 못ᄒᆞ니 마음의 경경ᄒᆞ여 이의 니르니 엇지 그 임ᄌᆞ를 보지 못ᄒᆞᄂᆞ뇨 초공이 칭샤 왈 돈아의 더러온 문필이 현형의 고안의 보암즉지 아니커늘 엇지

과쟝ᄒᆞ뇨 졍공이 보기를 구ᄒᆞ니 초공이 좌우로 공ᄌᆞ를 부르미 슈유의 공지 앏히 니르러 응대ᄒᆞ

68면

미 졍공이 밧비 눈을 드러 보건대 츄월 갓튼 면모의 거믄관을 숙여 안셔히 응대ᄒᆞ니 난봉의 몱은 눈과 와잠의 긴 눈셥이 텬디 건곤의 슈츌ᄒᆞᆫ 졍긔를 모도왓ᄂᆞᆫ지라 달갓튼 텬뎡의 일월각이 니러셔고 년화 냥협의 호치 쥬슌이 챤연 슈려ᄒᆞ니 일대 긔걸이라 쵸공이 ᄀᆞ르쳐 왈 금일 졍승샹이 림림ᄒᆞ여 너를 보려ᄒᆞ시니 ᄌᆞ질 례로 뵈오라 공지 슈명ᄒᆞ고 졍공을 향ᄒᆞ여 ᄌᆞ비혼 후 말셕의셔 립ᄒᆞ니 늠연 졍슉ᄒᆞᆫ 거동이 더

69면

옥 긔특ᄒᆞᆫ지라 졍공이 반향 후 활연 쟝탄 왈 셰간의 십여 셰 아동으로 져 ᄀᆞᆺ튼 쟈를 보지 못ᄒᆞᆫ지라 슈원 형의 복경이 여ᄎᆞᄒᆞ여 이 갓튼 긔ᄌᆞ를 두엇시니 용샹ᄒᆞᆫ 빅ᄌᆞ를 불워 아니리로다 엇지 지금 보지 못ᄒᆞᆫ고 쇼뎨 젼후 렬인이 젹지 아니대 녕낭 ᄀᆞᆺ튼 이ᄂᆞᆫ 처음이라 치원형과 만히 흡ᄉᆞᄒᆞ니라 타일 공명ᄉᆞ업이 냥형의 이히 아니리로다 인ᄒᆞ여 그 숀을 잡고 무러 왈 명지 무어시뇨 공지 대왈 쳔명은 유현이오 ᄌᆞᄂᆞᆫ 운회라 ᄒᆞᄂᆞ이다 졍공이 여

70면

러 말을 시험ᄒᆞ여 넓은 글을 무르니 졔ᄌᆞ빅가의 무불통지ᄒᆞ고 언ᄉᆞ 비상ᄒᆞ니 졍공이 긔이ᄒᆞ여 쇼망의 과의라 불승이모ᄒᆞ여 믄득 외람혼 의ᄉᆞ 잇ᄂᆞᆫ지라 약녀의 방년이 녕낭으로 동년이라 스스로 현슉다 이르지 못ᄒᆞ나 잠간 슉녀의 방향을 ᄉᆞ모ᄒᆞ니 현매 본비라 문미 가계를 나모라지 아니커든 결승의 호연을 미ᄌᆞ 우리 지심친우로 다시 인친의 후의를 바라노라 초공이 칭샤 왈 형이 돈아의 용누ᄒᆞᆷ을 과히 아라 쳔금 옥녀를

71면

허코져 ᄒᆞ니 엇지 ᄉᆞ양ᄒᆞ리오 쇼뎨 당우히 이친이 겨시니 알외고 회보ᄒᆞ리라 졍공이 존당의 알외믈 지쵹ᄒᆞ니 초공이 웃고 입내ᄒᆞ여 졍공의 구혼ᄒᆞᆷ믈 알외니 조노공 왈

정공의 명현흔 위인이 결혼ᄒ미 맛당ᄒ니 엇지 무러 결ᄒ리오 진왕 곤계 지배 슈명
ᄒ고 다시 셔헌의 나오니 정공이 착급ᄒ여 존당 쓰을 못잡거늘 초공이 허ᄒ시믈 젼
ᄒ고 진왕이 우어 왈 질이 너의 ᄉ회 되니 후일이 엇더홀 쥴 모르거니와 내 일즉 옹
셰

72면

불합ᄒ여 지금 악장 눈밧긔 ᄂ 옹셰 되고 실인이 허다 만샹의 간괴 네 집 타시라 너
의 가힝이 ᄯ 엇더ᄒ여 무ᄉ홀 쥴 알며 유현의 빙악이 나의 빙악의셔 나을 쥴 어이
알니오 정공이 대쇼ᄒ더라 정공이 즉시 퇴일ᄒ여 보ᄒ니 일이 공교ᄒ여 쇼가 길일노
한가지라 현혼이 슈일 격ᄒ여시니 일개 길일을 기다리더라 이 시졀의 한림흑ᄉ 셜강
은 정공의 쳐쇽이라 셜강이 나히 십ᄉ의 등졔ᄒ고 지뫼 반악 위개를 능만ᄒ

73면

니 샹춍이 두텁더라 셜강이 정공 부인긔 칠춘질이 되니 빈빈 왕리ᄒ고 집이 정부와
년쟝ᄒ여 셔로 아히를 다려와 보니 정쇼져는 셜싱이 칠팔셰지 늑게 보왓ᄂ 고로
ᄌ른 후 보고져 ᄒ여 미양 통치 아니코 드러와 두어슌 정쇼져를 보니 쳔태만염이 가
ᄌ지라 임의 호협 탕지 흔번 보뫼 정혼이 ᄲ다져 정시를 취ᄒ여 빅년호구를 삼고져
ᄒ므로 공부를 힘뼈 슈년 등양ᄒ니 강의 사름이 크게 간ᄉᄒ고 녀식의 쥬

74면

린 귀신이라 일즉 엄친을 샹ᄒ고 모친 범시 암약ᄒ니 강이 미ᄉ를 ᄌ량ᄒᄂ지라 어
미를 보쳐여 셜부인긔 간졀이 쳥혼ᄒ니 셜부인은 셜싱의 긔특흠과 쇼년의 등졔ᄒ여
명망이 진동ᄒ믈 보고 뜨을 기우려 정공으로 의논ᄒ니 공이 부인의 식견 업ᄉ믈 칙
망ᄒ고 조가의 졍친ᄒ니 부인이 쾌치 아니나 홀일 업고 셩싱 노ᄒ믈 앗겨ᄒ니 강이
조가의 졍혼ᄒ믈 알고 대경 대분 왈 정공이 날을 나므르고 조가 츅싱을

75면

어드려 ᄒ니 이ᄂ 긔셰 권문을 탐ᄒ미라 내 결단코 조가로도 ᄉ지 못홀 쥴노 쟉희ᄒ
리라 쥬의를 정ᄒ고 이의 정부의 니르러 바로 안흐로 드러가니 이쪅 부인이 미양이

잇셔 쇼졔 침변의 구호ᄒ니 셜싱이 방ᄌ 무언이 드러와 례필 한훤파의 발셔 졍시 니러 피ᄒ니 오직 쇼탈흔 광휘ᄅᆞᆯ 얼프시 볼 ᄲᅮᆫ이라 시로이 분한이 교집ᄒ여 믄득 말ᄉᆞᆷ을 펴왈 아지 못게라 쇼질이 어려셔 문하의 츌입ᄒ여 지친의 졍이 졀ᄒ고 미ᄌ로 어려셔 셔

로 죠률을 닷토와 먹고 ᄌᆞ라시니 엇지 내외흘 례되 이시리오 심히 바라건 비 아니로쇼이다 부인이 쇼왈 나도 현질 보믈 긔츌ᄀᆞᆺ치 ᄒ대 녀익 텬셩이 고집ᄒ여 부형 밧 대면ᄒ나니 업순 고로 내 ᄯᅩ흔 권치 못ᄒ노라 셜싱 왈 어대 가량을 졈복ᄒ신 곳이 잇습ᄂᆞ니잇가 부인 왈 초국공 조승샹 집과 졍혼ᄒ여 현훈 납빙이 슈일이 격ᄒ여나니라 셜싱이 미쇼 왈 물셩이쇠ᄂᆞᆫ 고기변야오 월영즉 휴ᄒᄂ니 조개 개국 후로 조빈이 권셰 읏듬이

오 그 후 대대로 이어 시방도 영귀ᄒ미 슌복홀 마대오 그 위인이 긔특다 하려니와 ᄌ질이 니어 긔특ᄒ믈 바라리오 부인이 셜강 노ᄒ믈 앗기더니 ᄎ언을 듯고 대경 왈 이를 모ᄅ더면 녀아의 비우ᄅᆞᆯ 그릇홀ᄂᆞ다 샹공이 그 위인만 혹ᄒ고 쇼힝이 불미ᄒ믈 엇지 알니오 싱이 당부 왈 슉뫼 비록 퇴혼ᄒ셔도 ᄎ언이 쇼질의게셔 나믈 마ᄅᆞ쇼셔 혼인을 말고져 ᄒ실진대 당당이 져집의셔 퇴혼ᄒ게 ᄒ리이다 셜시ᄂᆞᆫ 쥬변 업순 녀

지라 셜강의 허다 셰어ᄅᆞᆯ 듯고 가연 낙종ᄒ여 져집의 퇴혼ᄒ라 당부ᄒ니 싱이 암희ᄒ여 도라와 조가의 빈빈 왕ᄅᆡᄒ며 부대 유현 긔현을 보고 스긔믈 은근이 ᄒ나 져 긔현은 금옥군자오 유현은 총명이 과인흘 ᄲᅮᆫ 아니라 텬셩이 싁싁ᄒ고 역량이 하해 ᄀᆞᆺ투니 군ᄌ와 쇼인이 길이 다ᄅᆞᆫ지라 비록 룡문의 올ᄂᆞ시나 맛ᄎᆞᆷ내 지긔ᄅᆞᆯ 여러 대졉ᄒᄂᆞᆫ 일이 업셔 것ᄎ로 대졉ᄒᄂᆞᆫ 일이 만ᄒ니 셜싱이 미양 박졍타 ᄭᅮ즛고 져ᄂᆞᆫ 짐즛 졍

79면(89면)[1]

담을 다흐여 친이흐는 거동을 뵈이더라 일일은 긔현이 맛춤 외가의 가고 유현이 양닌광으로 더브러 졍히 뉴도삼낙을 잠심흐여 보더니 빅후 일인이 블너 왈 현형아 나는 일일 불견을 여삼츄로 알거믈 너는 이곳치 흐여 흔번 무르미 업느뇨 현이 도라보니 이 곳 한림혹수 셜강이라 미쇼흐고 마즈 왈 쇼뎨는 황구쇼이라 가졍지훈이 엄흐시니 엇지 감히 방외의 교유흐리오 형이 직수의 분망흐므로 벗을 신근이 츠즈니 다샤

80면(90면)

흐여라 인흐여 좌를 분흐니 셜싱이 믄득 므러 왈 형이 나히 어리나 톄뫼 슉셩흐니 아지 못게라 하쥐를 건너 슉녀를 마즈미 잇느냐 유현이 잠쇼 왈 쇼뎨 방년 십이의 고인의 유췌지년이 머럿는지라 엇지 슉녀를 마즈시리오 셜강이 또 웃고 왈 내 드르니 형을 졍승상이 대혹흐여 동상을 삼는다 흐니 올흐냐 공지 쇼왈 졍승상은 당됴 명샹이라 수해를 안공흐고 일셰를 모시흐니 날 굿튼 동치를 보고 대혹홀 일이 므

81면(91면)

어시리잇가 피츠 셰대로 친근흐시니 친즈를 졍하여 겨시거니와 형이 엇지 뭇기를 신근이 흐느뇨 셜싱이 말을 긋치고 수식이 조치 아냐 이윽히 잠잠흐거늘 조싱이 본대 대톄흔 셩졍이 오 져의 위인을 취지 아니흐는 고로 다시 뭇지 아니니 셩싱이 참지 못흐여 웃고 왈 형은 하늘이 내신 영쥰이라 일셰 대장부로 금대의 탁시와 져린의 셔시를 취흐흐염즉흐니 져 졍시 형으로 샹치흐믈 아는다 싱이 고이히 너겨 잠쇼 왈 금대의 탁시는

---

1) 79면부터는 99면까지는 내용이 순서대로 묶여져 있지 않고 뒤섞여 있음. 필사과정에서 잘못 옮겨 썼거나 책을 묶는 과정에서 잘못 묶은 것처럼 보임. 서강대본 『조씨삼대록』에 필사되어 있는 원상태로 보면 78면과 79면이 내용상 연결이 안 되고, 78면은 뒤쪽의 89면과 연결되며 98면은 99면과 연결되지 않고 앞쪽 79면과 연결됨. 『조씨삼대록』은 서강대 도서관본이 유일본이어서 다른 이본을 참고할 수 없지만 내용상 오류가 분명하므로 원문을 해체하여 원문의 순서를 바로잡아 현대어로 옮길 때도 수정한 면수대로 하기로 함. 원문을 입력할 때는 순서를 바로잡은 쪽수를 먼저 쓰고 그 다음 괄호 안에 원래의 쪽수를 쓰기로 함.

82면(92면)

실졀혼 계집이오 졀인의 셔시는 군주의 빵이 아니라 대장뷔가 유실인ᄒᆞ미 태임 태ᄉᆞ의 덕을 구홀지라 형의 말이 가쇠로다 ᄒᆞ물며 내외 격졀ᄒᆞ니 졍부 규슈의 현우를 엇지 알니오 형이 반ᄃᆞ시 뭇는 뜻이 이시믈 알니로다 셜셩이 나아안ᄌᆞ 조싱의 숀을 잡고 탄왈 고인이 벗들 ᄉᆞ괴여 지긔를 위ᄒᆞ여 죽으리 잇는지라 내 이졔 심곡 쇼회를 품고 은휘ᄒᆞ리오 과연 나는 졍공 부인 족질이라 내 그 집의 내외 업시 츌입ᄒᆞ니 엇지모

83면(93면)

를 일이 이시리오 형이 이졔 그 집의 셔랑이 되어 피ᄎᆞ 문미 샹당ᄒᆞ거니와 형의 츌인혼 긔상과 독보홀 지죠로 빅년가우를 그릇 만나믈 춤지 못ᄒᆞ여 지긔의 배향을 념려ᄒᆞ미라 졍시 얼골과 직질이 일셰의 무빵ᄒᆞ나 다만 양태진의 나존 힝실이 이셔 군주의 빵은 아니라 나의 풍신이 무어 빗나리오마는 져곳의 츌입이 무샹ᄒᆞ기로 졍시의 음비혼 힝실을 마니 보앗ᄂᆞ니 곳나무 ᄉᆞ이의 날을 쳥ᄒᆞ여 옥경대 녯일을 일

84면(94면)

우고 ᄉᆞ졍을 두고져 ᄒᆞ거늘 내 드를 길이 업셔 호언으로 개유ᄒᆞ고 나와 그 후는 졍가 내헌의 ᄌᆞ최를 쓴으니 이졔 형과 졍친ᄒᆞ엿다 ᄒᆞ니 졍공이 원내 일녜뿐이라 필연 그 밧근 업스리니 운회의 빅힝의 틔 업스므로 져런 녀ᄌᆞ를 만나믈 실노 춤지 못ᄒᆞ여 니ᄅᆞ노라 ᄒᆞ니 현은 침묵ᄒᆞ니 이 말이 불승히연ᄒᆞ나 비록 셜셩을 지긔로 대졉지 아니나 그것말을 꿈여 무고혼 ᄉᆞ름을 히홀 쥴은 싱각지 못ᄒᆞ고 ᄯᅩ혼 총명ᄒᆞ나 나히 어려셔ᄉᆞ

85면(95면)

를 경력지 못ᄒᆞ엿고 텬셩이 지극히 대톄혼지라 엇지 공교혼 쇠를 싱각ᄒᆞ리오 졔 친혼 가온대 말이 경경ᄒᆞ믈 보고 드른 말을 춤지 못ᄒᆞ는 쥴 알고 그 위인을 비록 밋지 아니나 이 말이야 엇지 밋지 아니리오 하회지심으로 혀여 ᄉᆞ식ᄒᆞ미 업셔 타연 쇼활 형이 쇼뎨를 ᄉᆞ랑ᄒᆞ미 지극ᄒᆞ여 지어친쳑의 셰밀지ᄉᆞ를 가져 날을 알게 하니 후졍은 다ᄉᆞᄒᆞ나 셩교의 비례믈쳥이오 비례믈시라 이런 말을 실노 듯고져 아니ᄒᆞ노라 지어

혼인은

86면(96면)

냥가 어룬이 쥬쟝ㅎ시니 스스로 쳐단홀 배 아니라 이 혼스룰 스스로 스양케 되면 마지 못ㅎ여 형의 니르던 말을 고ㅎ고 믈니치기룰 쳥ㅎ리니 엇지ㅎ리오 셜잉이 크게 놀나 글오대 내 형을 스랑ㅎ미 진졍인 고로 이런 말을 구외의 내엿거놀 네 내말을 가져 루셜ㅎ면 반ᄃ시 졍가의셔 날을 원슈로 알 거시오 ㅎ믈며 내 비록 미셔ㅎ나 몸이 한원 명스로 남의 혼스룰 희지은 스룸이 되어 하면목으로 립어됴뎡ㅎ리오 나는 너룰 앗겨 이

87면(97면)

말을 ㅎ엿거놀 너는 날을 앗기지 아냐 누셜ㅎ면 진실노 지긔붕위 아니로다 조셩이 져의 착급ㅎ물 보고 그 위인의 젼도홈과 언스의 경박ㅎ믈 가쇼로이 너겨 츄슈 봉졍을 흘녀 셜잉을 잠간 보고 우음을 쯰어시니 심침ㅎ여 기의룰 탁량치 못홀지라 셜잉이 말을 내고 도로혀 민망ㅎ여 빅번 당부ㅎ고 도라가니 조셩이 셜잉을 보내고 고요히 싱극ㅎ미 야야의 지심친우로 면약ㅎ신 친스룰 믈이칠 길이 업고 잠잠코

88면(98면)

츄키도 측ㅎ미 비위 거스려 좌샹우싱ㅎ다가 몸을 니러 옥미졍의 드러가니 부인이 바야흐로 녀ᄋ룰 다리고 녀교룰 가르치거놀 나아가 시좌ㅎ니 부인이 문왈 오놀은 엇지 한유ㅎ느뇨 공지 대왈 엇지 일이 업스리잇가 맛춤 둘지 형이 나가고 스뷔 아니 겨시니 강논ㅎ리 업고 심회 울젹ㅎ여 주안을 싱각고 드러오이다 부인이 미쇼 왈 네 심회 울젹ㅎ믄 무슴 연괴뇨 공지 배샤 왈 금일 주교의 가츠ㅎ시믈 인ㅎ와 히ᄋ의 쇼회룰 알외나

89면(79면)

이다 쇼지 부모의 싱휵ㅎ신 바 풍뫼 타인의 나리지 아니ㅎ옵고 샹문 부귀 무어시 근심 되리잇가마는 싱각ㅎ오니 부부는 오뉸의 즁시라 히ᄋ의 나히 어려 혼시 급지 아니ㅎ거놀 대인이 졍가의 급히 졍혼ㅎ시니 비록 졍공이 어지나 그 가졍을 어이 알며

그 녀즈의 현우를 엇지 알니잇고 만일 불미ᄒ미 이시면 일싱 괴로올지라 고로 심회 번민ᄒ이라 부인이 쳥파의 경계 왈 내 아히 즈유로 식견이 관대ᄒ니 엇지 호의

90면(80면)
ᄒ리오 혼ᄉᆞ는 갈히미 너게 비홀지라 더욱 너의 대인의 ᄒ시는 배니 엇지 쇼루ᄒ리오 ᄒ믈며 경져의 지감이 붉아 가합ᄒᆞᄆᆞᆯ 일코ᄅ므니 너는 의심치 말나 네 비록 불합ᄒ나 면약ᄒᆞᆫ 혼인의 명일 힝빙ᄒᄂᆞᆫ ᄶ 엇지ᄒ리오 싱이 다시 말이 업셔 유유 불락이 퇴ᄒ니 양싱이 이ᄶ 십셰라 총명 영긔 유현으로 지긔 샹합ᄒ지라 앗가 싱의 말을 탐쳥ᄒᆞ엿더니 웃고 왈 남이 일 녀즈로 늙을 빈 아니라 취ᄒ여 비루ᄒ면

91면(81면)
맛당이 다시 옥 ᄀᆞᄐᆞᆫ 슉녀를 취ᄒ여 금슬지락을 쾌히 홀지라 이졔 져리 근심ᄒ미 조비얍지 아니ᄒ리오 유현 왈 그러커니와 아니 드ᄅ니만 못ᄒ고 여러흘 어드나 아시 결발이 웃듬이라 힝싴 음비ᄒ미 셜강지언 갓틀진대 엇지 군즈의 배위 되리오 임의 졍ᄒ시니 스싴 되여가믈 볼 ᄲᆞᆫ이로다 하나 일심의 측ᄒ여 ᄒ더라 일월이 살ᄀᆞᆺ트여 명년 신졍이 되고 길일이 다다ᄅ니 조부의셔 쳔금 냥손의 길일이 흔날 되ᄂᆞᆫ지라 대연

92면(82면)
을 개댱ᄒ고 친쳑을 모ᄒ고 신랑을 보내고 신부를 마즐ᄉᆡ 만당 빈긱이 슈풀ᄀᆞᆺ치 셩렬ᄒ고 공쥬 ᄯᅩᄒᆞᆫ 왕비 위의로 니ᄅ러 구고긔 뵈오미 조노공이 명좌ᄒ고 이윽고 초공이 즈질을 거ᄂ려 드러오니 공쥬 도라온 지 ᄉᆞ년의 초공을 처음 맛ᄂᆞᆫ지라 피ᄒ미 고이ᄒ여 면리셔 례ᄒ니 공쥬 젼일 구슈로 아라 욕셜이 부지기ᄉᆞ라 상대ᄒ여셔는 져의 엄졍ᄒ미 츄텬 샹셜 ᄀᆞᆺ트니 공쥬의 대악이나 다시 즐욕홀 의싴 나지 아냐 도로혀 그 ᄯᅳᆺ을 어더 진

93면(83면)
왕을 개유ᄒᆞᄆᆞᆯ 요구ᄒ미 불고념치ᄒ고 셜화를 몬져 펴왈 쳡이 비록 무샹ᄒ나 일퇴지샹의 동싱의 명회 잇거늘 슉슉이 얼골을 대치 아니시니 기의를 아지 못ᄒ나이다 초

공이 흠신 대왈 쇼싱이 죄 어드미 만흔지라 일즉이 배현ᄒ미 황공ᄒ여 천연ᄒ미로쇼
이다 언파의 졍엄위좌ᄒ여 힝여 눈이 져롤 볼가 두리니 침묵ᄒᆫ 위의 일좌롤 동ᄒᆫ
지라 졔인과 친쳑 등이 셔로 도라보아 암암 탄복ᄒ더라 어시의 냥 신랑

을 보내려 길복을 입힐ᄉᆡ 태부인 왈 그 어미 각각 오슬 입히라 유복ᄒ미 타인을 블워
아니리라 졍양 냥인이 피셕 쥬왈 오슬 입히믈 달믈 거시 아니로ᄃᆡ 유복다 ᄒ시믄 셕
년 변란이 한심ᄒ온지라 만시 무흠ᄒᆫ 져져 등이 입혀쥬시믈 바라ᄂᆞ이다 위부인 왈
냥 현부의 말이 그릇지 아니니 너희 즁의 입히라 셕참졍 부인이 쇼왈 비록 긔특ᄒᆫ 일
이 업스나 오즉 삼녀의 날갓치 편ᄒ리 업스리니 내 입히리라 쇼샹셔 부인이

쇼왈 유복ᄒ믈 ᄌᆞ긍ᄒ시니 가쇠로소이다 뉴샹셔 부인이 쇼왈 나도 져져 복녹만은 ᄒ
니 한 아희나 내 입히리라 쇼부인이 쇼왈 뉴져져는 셕져져만 못ᄒ미 잇ᄂᆞ이다 셕슉
은 ᄒᆞᆫᆺ 회쳡이 업스니 뉴슉의 동뉴로 비기지 못ᄒ리니 엇지 ᄌᆞ녀의 만흠과 작초의
놉흐믈 당ᄒ시리잇가 좌위 대쇼ᄒ고 부뫼 두굿겨 왈 너의 삼인이 복녹을 남의게 ᄉᆞ
양치 아닐 거시로대 뉴셔랑은 회쳡이 만코 쇼셔랑은 지실이 이시니 셕셔랑은 온젼ᄒᆫ
복

녹을 당치 못ᄒ리니 두 ᄋᆞ히룰 네 다 입히라 쇼부인이 대쇼 왈 회쳡은 남ᄌᆞ의 샹ᄉ라
ᄒ믈며 복녹의 흠이라 ᄒ시니 원억ᄒ이다 셕져의 양양ᄌᆞ득ᄒ미 이다라니 나도 ᄒᆞᆫ 아
히룰 입히리라 진왕이 쇼왈 좌즁의 유복기는 우리 원비 웃듬이라 층층ᄒᆫ ᄌᆞ녀와 영
요ᄒᆫ 복녹이 남의게 지지 아니리니 셕년 쇼쇼 익경은 부운이라 군왕의 원비로 존즁
ᄒᆫ 위의 엇지 져져 등의게 비ᄒ리오 셕뉴쇼 삼형이 져져 등을 즁대ᄒ시나 나의 졍비

대졉 ᄀᆞᆺᄐᆞ리오 좌위 박쇼ᄒ고 태부인이 쇼왈 네 말이 유리ᄒ도다 셕부인이 웃고 니
러나 긔현의 오슬 입히며 왈 네 부인만 유복다 기리니 내 분ᄒᆞᆫᄒ여 입히리라 즁대ᄒ

다 ᄒ나 대쇼ᄉ의 싱풍ᄒ 호령 만ᄒ니 나는 그런 거동 보지 아냣노라 졔인이 대쇼ᄒ고 진왕이 미쇼 왈 호령도 밧들가 시블ᄉᆡ 밧지 슈치도 곳칠가 시블ᄉᆡ ᄒ엿ᄂ니 셕형이야 겨져 쟝니의 줘여 마음대로 부리시며 ᄌ칭 유복다 ᄒ시니 쇼뎨는 힝혀 아돌이 셕형 ᄀᆺ

98면(88면)

틀가 ᄉ외로와 ᄒᄂ이다 쇼샹셔 부인이 니러나 유현의 오슬 입혀 왈 유복지 못ᄒ나 입혀 두고 보리라 셕부인이 왕을 ᄯᅮᆺ고 남미 ᄉ인이 회히ᄒ니 조공이 두굿겨 도라보니 초공이 다 만 공슈 단좌ᄒ여 다만 눈을 ᄂᆺ초와 만면 화긔ᄲᆫ이라 부형 면젼의 경근지례 가득ᄒ니 노공이 쇼왈 오늘 여형과 여매 회히로 우리의 웃기를 도오대 너는 엇지 찬조ᄒ미 업ᄂ뇨 초공이 니러 빈샤 왈 히이 본대 구변이 업습고 존젼의 희롱이 황공ᄒ

99면(89면)

여 승안화긔를 일ᄉ오니 불민토쇼이다 셕샹셔 등이 쇼왈 ᄉ원이 원내 말이 드물거니와 양윤왕 삼슈쉬 면젼은 더욱 져러ᄒ니 부잡ᄒ여 부인긔 득죄홀가 두리미로다 승샹이 역쇼 무언이라 냥 공지 길복을 입고 존당의 하직홀ᄉᆡ 냥인의 풍치 이날 더욱 긔특ᄒ여 편편ᄒ 신쟝의 관복을 ᄀᆺ초고 옥대를 도도와시니 쳑탕ᄒ 신치 셔빅을 위ᄒ 봉이 기산의 나리며 부ᄌ를 위ᄒ 긔린이 우마 즁 셧겻는 ᄃᆺ 옥면 풍광이 ᄉ좌

100면

를 동ᄒ니 태부인과 노공 부뷔 입이 버러시니 그 부모지심을 니ᄅ리오 진왕의 엄위ᄒ음과 초공의 슉묵ᄒ음과 졍양 냥인의 침졍ᄒ므로도 각각 희긔 안면을 둘너시니 졔미 일시의 웃고 유복ᄒ믈 칭하홀ᄉᆡ 진왕 곤계 ᄋᄌ를 나호혀 두굿기는 빗치 현어외모ᄒ니 졔인이 쇼왈 진왕의 침즁ᄒ음과 초공의 단묵ᄒ기로 졔ᄌ를 가츠ᄒ믈 보지 못홀너니 오늘 희긔를 남이 아라보게 ᄒ니 ᄯᅩᄒ 변이로다 왕이 쇼왈 금슈도 ᄌ식을 ᄉ랑ᄒᄂ니 우리 곤계 역

101면

인심이라 ᄌᆞ식을 셩취ᄒᆞ미 깃브미 인졍이라 초공이 낭아를 좌우로 안쳐 례를 가르치며 화연 쇼왈 나는 평싱 마음을 짓지 못ᄒᆞᄂᆞ니 오ᄂᆞᆯ 나의 ᄌᆞ질이 외모 풍신이 특이ᄒᆞ고 신쟝 거지 노셩ᄒᆞ니 한흡지 아니리오 언필의 공의 만면 쇼안이 만좌를 즐겁게 ᄒᆞᄂᆞᆫ지라 냥 신랑이 만좌의 하직고 위의를 거ᄂᆞ려 각각 혼가로 향ᄒᆞ니 만됴 빅관이 요긱이 되여 츄종이 대로의 덥혓ᄂᆞᆫ대 신랑의 월안 유풍이 빅일의 바이니 시재 탄복ᄒᆞ여 진왕

102면

초공의 지ᄂᆞ다 ᄒᆞ더라 각각 혼가의 나ᄋᆞ가 젼안지례를 맞고 신부를 우귀ᄒᆞᆯᄉᆡ 쇼부는 더옥 갓가온 고로 쇼쇼져의 덩이 몬져 니르니 냥 신인이 즁쳥의 독좌를 맞고 폐ᄇᆡᆨ을 밧드러 빅헌 존당 구고ᄒᆞᆯᄉᆡ 졔인이 모도 일쳠ᄒᆞ니 ᄆᆞᆰ은 풍치 태양이 낭목의 오르며 녹파의 부용이 향긔를 토ᄒᆞ니 운환 무빈은 방퇴을 나모르고 월ᄋᆡᆨ 취미ᄂᆞᆫ 치필의 공을 드리지 아냐 팔치 녕녕ᄒᆞ니 곳다온 덕이 현연ᄒᆞ고 진퇴 쥬션이 규구의 옹목ᄒᆞ니 남교의 옥 ᄀᆞᆺ

103면

튼 숙녀오 군ᄌᆞ의 빅년가위라 그 존고 졍슉렬의 현미 광염이 아니면 대젹ᄒᆞ리 업ᄉᆞ니 만좨 홀홀 대찬ᄒᆞ여 일시의 치하 왈 냥 신부의 긔이ᄒᆞ미 진실노 하쥐의 숙녀라 졍양 이부인의 뒤흘 니으리니 치하를 다 못ᄒᆞ리로다 진왕이 쇼왈 신부 등은 일셰의 드믄 숙녀라 졍시는 양슈긔 지ᄂᆞ지 못ᄒᆞ고 쇼시는 고모긔 승ᄒᆞ니 져져 등이 엇지 몽동이 기리시ᄂᆞᆫ뇨 위부인의 단중ᄒᆞ미나 희긔 가득ᄒᆞ여 왈 쇼뷔 극히 ᄆᆞᆰ고 아름다오나 나의 졍현부의

104면

풍모를 잠간 밋지 못ᄒᆞᆯ 거시오 졍뷔 슈려 쳥월ᄒᆞ며 온유 ᄌᆞ약ᄒᆞ여 빅태 졔미ᄒᆞ나 나의 양현부의 셔연이 ᄆᆞᆰ고 극진이 놉하 벽쇼 명월과 동텬 양일 ᄀᆞᆺ튼 광칙는 불급ᄒᆞ리나 너의 형뎨 며ᄂᆞ리 ᄉᆞ랑은 태과ᄒᆞ나 종시 그 고모만 못ᄒᆞ리라 좌위 대쇼ᄒᆞ고 태부인이 쇼왈 내 ᄯᅳᆺ은 현부로븟터 쇼졍의 니르히 다 긔득ᄒᆞ나 셕의 쥬실 삼뫼러니 금야

조실 삼뫼 셔로 지지 아닐가 ᄒ노라 모다 태부인 말ᄉᆞᆷ이 맛당ᄒᆞᄆᆞᆯ 일코ᄅᆞ니 양졍 이 부인이 불감

ᄒᆞᄆᆞᆯ 씌여 공슈 단좌ᄒᆞ여시니 진왕이 비ᄅᆞᆯ 도라보와 왈 태태 니ᄅᆞᄐᆞᆺ 니ᄅᆞ시니 비의 쇼견은 엇더ᄒᆞ뇨 비 부답ᄒᆞ니 조시 낭쇼 왈 현뎨 지금은 며ᄂᆞ리 기림도곤 졍졔 기리ᄆᆞᆯ 조아 듯ᄂᆞᆫ도다 우리ᄂᆞᆫ 공논ᄒᆞ리라 아의 며나리 현미ᄒᆞ나 만시 완젼이 ᄲᅢ혀나ᄆᆞᆫ 불급기고요 ᄎᆞ뎨의 며ᄂᆞ리ᄂᆞᆫ 빙ᄌᆞ 아질은 쳔대 무방ᄒᆞ나 양뎨의 찬란이 고음과 어질기 하히 ᄀᆞᆺ고 지뫼 여신ᄒᆞᆷ은 못ᄒᆞ리니 우리 공논은 엇더ᄒᆞ뇨 초공이 미쇼 대왈 ᄌᆞ교의 명졍ᄒᆞ시미

나 근어ᄉᆞ졍ᄒᆞ시고 져져든 공논도 졍으로 조ᄎᆞ시미라 지어부녀의 식광은 ᄆᆞᆰ기 예ᄉᆞ니 금일 며ᄂᆞ리 외뫼 그 고모마ᄂᆞᆫ 못다 ᄒᆞ시기ᄂᆞᆫ 가커니와 녀ᄌᆞ의 현슉ᄒᆞ고 녁냥의 침월 명달키ᄂᆞᆫ 그 고뫼 앙망불급ᄒᆞ리니 안광의 명긔 동인ᄒᆞᄃᆡ 흘난치 아냐 츄슈 명광이 은은ᄒᆞ니 그 슬긔 너르며 어질믈 죡히 볼지라 엇지 그 ᄉᆡ어미 암열ᄒᆞ미 비기리잇고 조시 등이 크게 우어 왈 현뎨 며ᄂᆞ리 이리 기리기의 다다ᄅᆞᄂᆞᆫ 말이 이러톳 조토다 양뎨 아름다온 총부

ᄅᆞᆯ 어드미 폄논을 맛ᄂᆞ니 여러 ᄌᆞ부ᄅᆞᆯ 어들진대 양뎨 낫둘 곳이 업ᄉᆞ리로다 조공이 쇼왈 금일 셩아의 희언을 드ᄅᆞ니 며ᄂᆞ리 어드미 진실노 큰 경ᄉᆡ믈 알리로다 초공이 샤례 왈 희이 무ᄉᆞᆷ 스룸이완대 ᄒᆞᆫ번 희언을 경ᄉᆞ로 너기시ᄂᆞ니잇고 ᄎᆞᄂᆞᆫ 희ᄋᆞ의 승안화긔 미믈ᄒᆞᆫ 죄로소이다 즁빈이 일시의 하례 왈 진왕의 효슌ᄒᆞᆷ과 초공의 츌텬셩회 대슌 증ᄌᆞᄅᆞᆯ 귀타 못ᄒᆞ리니 노태ᄉᆞ의 놉흔 복녹을 치하ᄒᆞᄂᆞ이다 노공이 흔연 화답하여 겸양치 아

니터라 이의 ᄉᆞ묘의 진알홀ᄉᆡ 초공이 ᄌᆞ질을 거ᄂᆞ려 냥 신부로 조률을 밧드러 배헌

스당홀시 냥 신인의 빅만 톄지 볼스록 긔이ᄒ지라 쇼시의 렬렬 단엄홈과 졍시의 침
졍 슉요ᄒ미 일대 젹쉬라 진퇴규구의 착난치 아냐 빅쳑 고루의 왕리ᄒᄂ 거동이 항
이 월궁의 니르고 왕뫼 옥계의 비회홈 ᄀ토니 졔인이 칭찬치 아니리 업더라 종일 진
환ᄒ고 졔긱이 각산 기가 후 태부인이 긔현 부부를 갓가이 두고져 ᄒ니 신부를 다려
가지 아

109면

냐 취봉각의 침쇼를 졍ᄒ고 유현 부부ᄂ 치현각의 슉쇼를 졍ᄒ여 머무르니 냥 신뷔
각각 슉쇼로 도라가미 조공이 냥손을 명ᄒ여 신방으로 가라ᄒ니 초공이 ᄌ질을 경계
왈 네 고인의 유취지년이 아니여늘 가유실인ᄒ여 셩교의 너믄지라 힝실을 졍대히 ᄒ
리니 냥신뷔 비록 슉셩ᄒ나 어리니 군ᄌ의 침묵흔 덕을 힘쓰고 경박지 말나 냥인이
배샤슈명ᄒ니 초공이 심하의 두굿기고 진왕이 쇼왈 텬셩을 곳치지 못ᄒ거니와 범ᄉ

110면

를 아ᄌ비 교훈을 효측ᄒ라 셕부인이 쇼왈 현뎨의 교훈을 바리고 ᄎ뎨의 경계를 드
르라 왕이 대왈 ᄉ름의 품쉬 각각 다르니 긔현은 날을 ᄯᆯ 듸 업스리니 아의 슈힝ᄒ믈
효측고져 ᄒ미라 ᄒ더라 긔현이 취봉각의셔 쇼시로 깃드리미 냥인이 나히 십삼이라
만시 슉셩ᄒ나 긔현은 범시 졍대ᄒ고 힝실이 빙옥 ᄀ토니 부슉의 교훈을 직희여 왕
리 무샹홀지언졍 동샹의 년니지락을 날회고 침즁 단묵ᄒ대 유현은 풍뉴호신으로 경

111면

국지식을 대ᄒ니 비록 부훈을 두리나 능히 ᄎ므리오마ᄂ 셜싱지언을 싱각ᄒ면 졍시
얼굴이 측ᄒ여 화열흔 담쇼와 풍융흔 긔샹이라도 졍시를 만느면 미우의 샹셜이 비비
ᄒ고 안뫼 닝엄ᄒ니 긔현은 현어외모ᄒ게 애즁ᄒ믄 업스나 ᄉ침의 언어를 슈작ᄒ대
유현은 쇼져를 만느면 냥안이 가나려 괴로워ᄒᄂ 형샹이니 쇼졍 냥인이 구가의 머물
미 슉흥 야미ᄒ고 필경 필계ᄒ여 효봉구고ᄒ며 공경슉당ᄒ고 화우슉매ᄒ고

112면

승슈군ᄌᄒ여 예셩이 합ᄉ의 진동ᄒ고 존당이 지극 익즁ᄒ여 좌우의 뫼시미 완연이

정양 이 부인의 뒤흘 교대롤 능히 ᄒᆞᄂᆞᆫ지라 정양 이 부인의 ᄌᆞ녜 만하 각각 대긱 슈
응이 번다ᄒᆞ여 부인긔 여일이 뫼시지 못ᄒᆞ더니 쇼졍 이 쇼졔 입승ᄒᆞ니 태부인이 쳔
금 교애 비길 곳이 업ᄉᆞ니 쇼시의 총명 영혜홈과 졍시의 쇼통 영오ᄒᆞ미 각각 그 아름
다오믈 다ᄒᆞ여 동촉ᄒᆞᆫ 셩회 지극ᄒᆞᆫ지라 진왕 곤계 침엄 슉묵ᄒᆞᄆᆞ로도 존당의 드러가
미

113면

신부의 시좌ᄒᆞ여 그 경슌ᄒᆞᄂᆞᆫ 례모롤 본즉 만면의 츈풍이 니러ᄂᆞᄂᆞᆫ지라 더옥 태부인
의 익이ᄂᆞᆫ 졍양 이 부인의셔 지지 아니니 조시 등이 미양 우어 왈 졍양 이졔ᄂᆞᆫ 며ᄂᆞ
리로 조모의 만금 이즁ᄒᆞ시던 ᄯᅳᆺ을 아녀시니 아쳐로오미 이시리로다 이 부인이 함쇼
무언이라 즁인이 이대ᄒᆞ미 여ᄎᆞᄒᆞᆫ대 유현이 졈졈 대면을 괴로워ᄒᆞ니 졍양이 ᄌᆞ부의
아름다오믈 보미 어ᄅᆞᆺ만져 ᄉᆞ랑ᄒᆞ기롤 친녀의 지ᄂᆞ고 이 쇼졔 각각 그 존고롤 우러
러 쇼쟝이 다

114면

ᄅᆞ나 지긔 상합ᄒᆞ여 우릿ᄂᆞᆫ 졍셩이 ᄌᆞ부의 도리 밧긔 ᄌᆞ별ᄒᆞ니 양부인의 지명ᄎᆞ쳘ᄒᆞ
ᄆᆞ로 그 부부의 불합ᄒᆞ믈 모ᄅᆞ리오 심즁의 염녀ᄒᆞ여 싱을 불너 조용히 경계 왈 네 이
졔 나히 어리나 톄형이 쟝대ᄒᆞ고 가유실인ᄒᆞ여 졍시 아름다오믈 너의 보ᄂᆞ 배오 부
부ᄂᆞᆫ 오륜의 즁ᄉᆞ라 맛당이 부챵부슌ᄒᆞ여 부모롤 셤기고 ᄌᆞ손을 챵셩ᄒᆞ미 도리라 너
의 거동이 크게 괴이ᄒᆞ니 날을 대ᄒᆞ여 쇼회롤 긔이지 말나 싱이 이셩 쥬왈 히ᄋᆞ와 졔
나

115면

히 어리니 이졔 부부지의와 ᄌᆞ손을 넘녀홀 ᄯᆡ 아니오 ᄒᆞ믈며 부훈이 겨시니 인ᄌᆞ지
되 불감역명이라 히이 엇지 경박ᄒᆞ미 이시리잇고 굿ᄐᆞ여 넘박ᄒᆞ미 아니니 ᄌᆞ위ᄂᆞ 쇼
녀ᄒᆞ쇼셔 부인왈 네 날을 속이미로다 부부의 ᄉᆞᄉᆞ졍을 다 엄교롤 직희노라 말은 삼
쳑동도 고지 아니 드를 배라 나히 어리나 부부 륜의롤 알니니 졍시의 허물을 본 일이
잇ᄂᆞ냐 단즁 슉요ᄒᆞᆫ 위인이 네게 셰번 나으미 이시니 모ᄅᆞ미 괴이ᄒᆞᆫ 의ᄉᆞ롤 두지 말
나 여뫼 일

116면

즉 남의 업순 변란을 지내고 이졔 여둥을 바라거늘 너의 부뷔 불호ᄒᆞ여 가되 란할진대 엇지 보리오 언파의 초공이 드러오니 공지 년망이 하당 영지ᄒᆞ고 부인이 니러 마즈니 싱이 ᄯᅩᄒᆞᆫ 긔운을 나죽이 ᄒᆞ여 시ᄎᆑ러니 초공이 문왈 식뷔 엇더ᄒᆞ니잇고 부인이 쇼왈 며ᄂᆞ리 극히 아름답고 졔집을 닛고 날을 어미로 칭ᄒᆞ니 어엿쑨 ᄯᅡ름이라 엇지 시로이 무ᄅᆞ시ᄂᆞ니잇가 공왈 아들이 이시미 며ᄂᆞ리ᄅᆞᆯ 어드니 그 근본이 긔 사랑ᄒᆞ오믈 알

117면

오대 식부의 ᄉᆞ랑이 아들의셔 더은 둣ᄒᆞ니 졔 위인의 연긘가 ᄒᆞᄂᆞ이다 부인이 쇼왈 이 말쑴은 군ᄌᆞ의 졍대ᄒᆞ시미나 오히려 내외ᄅᆞᆯ 달니ᄒᆞ미로소이다 식뷔 ᄉᆞ랑ᄒᆞ오나 ᄌᆞ식이 몬져ᄒᆞ오리니 엇지 너믄 말쑴을 ᄒᆞ시ᄂᆞ니잇고 초공이 미쇼ᄒᆞ고 싱을 도라보니 졍금 단좌ᄒᆞ여 불감앙시ᄒᆞ니 옥면 풍광이 찬란흔지라 비록 밧긔 나면 방일ᄒᆞ나 부젼을 림ᄒᆞ여는 완슌흔 거동과 언건흔 쳐지 인심을 감동ᄒᆞ니 공의 침즁ᄒᆞ므로도 미

118면

우의 우음을 ᄯᅴ엿더니 날호여 왈 너의 형데 년일 규방의 왕ᄅᆡᄒᆞ고 셔실을 븨오니 반ᄃᆞ시 공뷔 히타ᄒᆞ리로다 싱이 대왈 존당이 년일 가라ᄒᆞ시미 마지 못ᄒᆞ여 왕ᄅᆡᄒᆞ오니 ᄉᆞ데 등의 공뷔 히타홀 ᄲᅮᆫ 아니라 히이 유년의 상슈ᄒᆞ오미 심히 불평ᄒᆞ오니 슈년을 각쳐ᄒᆞ여 과공을 힘쓰고 졔데ᄅᆞᆯ 권쟝코져 ᄒᆞᄂᆞ이다 공이 쳥챵의 회동 안식 왈 오아의 말이 가장 올ᄒᆞ니 죵당이 가ᄅᆞ ᄒᆞ시거든 내 알윌 거시니 셔실의 가 공부ᄅᆞᆯ 젼일이 ᄒᆞ여 지

119면

ᄉᆞ의 경박기ᄅᆞᆯ 효측지 말고 군ᄌᆞ의 졍대ᄒᆞᄆᆞᆯ 힘쓰면 다힝ᄒᆞ고 너의 부뷔 다 년유ᄒᆞ니 년긔 ᄎᆞ 화락ᄒᆞ여도 늣지 아니토다 싱이 ᄇᆡ샤이퇴ᄒᆞ니 부인이 부ᄌᆞ의 말ᄒᆞᄂᆞᆫ 거슬 드를 ᄯᆞ름이오 말을 아니터라 싱이 졍시로 더브러 못긔ᄅᆞᆯ 괴로와 부젼의 이리 고ᄒᆞ고 허락을 어드믹 깃거 셔실의 도라가 군죵 졔데로 회쇼 ᄌᆞ약ᄒᆞ고 다시 치련각의 가지 아니니 이 흔갓 셜싱의 말을 드를 ᄲᅮᆫ 아니라 부부 ᄂᆡᆼ익이 가리미니 엇지 조싱의

지감이 불명ᄒ리오

120면

일월이 오리미 존당이 싱의 부뷔 쇼원ᄒ물 씨다라 넘녀ᄒ나 조공이 웃고 쥬왈 이졔 져의 부부 ᄉ이를 넘녀홀 빈 아니라 냥이 다 어럿시니 쇼지 각거ᄒ라 ᄒ엿ᄂ니다 태 부인이 탄왈 너의 부뷔 당년 금슬이 불합ᄒ니 내 쥬야 넘녀ᄒ던 비라 ᄎ이 아비를 효 측홀가 두리노라 조공이 흔연 쇼왈 쇼자는 본대 금슬이 불합ᄒ미 아냐 흉인이 쟉회 ᄒ미라 오히려 쇼즈의 셩품일식 ᄉ오년을 무스히 지내엿ᄂ이다 모다 올타 하더라 일 일 유현 공지

121면

외조 양티사긔 뵈고 도라올 길히 고모 뉴샹셔 집을 지나ᄂ지라 샹셔는 나가고 뉴싱 형뎨도 업거늘 시비로 왓ᄂ 쥴 알외고 회보를 기다리지 아냐 드러와 문을 림ᄒ니 이 젼 보지 못ᄒ던 녀지 웅장 셩식으로 표미 뉴쇼져와 옥판의 구슬 바독을 버리고 바야 흐로 승부를 결우다가 싱을 보고 황황이 피ᄒ니 그 녀지 옥뫼 납셜을 무릅쁜 듯ᄒ니 싱이 역경이러니 부인이 웃고 왈 네 엇지 날을 보지 아니코 도라가는다 싱이 이의 드 러와 례

122면

를 맛고 왈 이젼 단니던 곳이라 바로 드러오니 내긱이 겨신지라 가장 놀나와이다 부 인 왈 임의 피ᄒ여시니 방심ᄒ라 이윽고 뉴샹셔 부지 드러와 례를 맛고 말슴ᄒ다가 도라오니라

조시삼대록 권지이

1면

어시의 조싱이 뉴샹셔를 하직고 도라올시 길이 쟝루를 지ᄂ니 일등 명기 슈빅인이 쳥가 묘무로 풍뉴 화ᄉ를 모ᄒ니 공즈 왕손이 쳔금을 품고 챵누의 니엇ᄂ지라 조싱

이 우연이 눈을 드니 제 창기 교티ᄒ여 대로를 슬피다가 조싱을 보고 발굴너 왈 빅쥬의 신션이 강림ᄒ도다 왕즈진 니빅이 회싱ᄒ고 두목지 부싱ᄒ도다 닷토와 귤을 더지고 금녕을 더지ᄂ지라 싱이 귤을 쥬어 ᄉ매의 너코

2면

집의 도라와 오슬 벗지 못ᄒ여서 부친이 존당의셔 춧ᄂ지라 년망이 드러가니 조공지 오리 나가시믈 뭇거늘 실노뻐 고ᄒ니 긔현이 것히셔 ᄉ미로 가ᄅ쳐 문왈 든 거시 무엇고 싱이 함쇼ᄒ고 쥬어내여 왈 길히 창셜누로 지나더니 창녀의 거동이 히연ᄒ여 금귤을 츳ᄎ 더지기를 슈업시 ᄒ니 쥬엇ᄂ지라 좌위 대쇼 왈 너의 긔샹이 창녜 넉슬 일흐미 고이치 아니커니와 어이 드러가 보지 아닌다 싱이 야애 지줴시니 긔운을 펴지 못ᄒ여 함

3면

쇼 묵묵ᄒ니 조공이 졍식 왈 네 아츰의 ᄂ가 죵일ᄒ고 도라오대 내게 니르지 아니코 창녀의 더지ᄂ 귤을 바다 ᄉ매의 너키ᄂ 방일ᄒ 의ᄉ라 내 앏히셔 언연이 내여노코 즈랑ᄒ리오 말슴이 엄졍ᄒ고 안식이 렬슉ᄒ니 싱이 황황 젼률ᄒ여 피셕 부복의 일언을 못ᄒ거늘 진왕이 웃고 그 손을 잡아 니르혀 왈 네 아비 범이 아니여늘 이대도록 무셔워 ᄒᄂ뇨 노공이 이런ᄒ여 조공다려 왈 아히 너모 엄히 ᄒ여 긔운을 펴지 못ᄒ게 ᄒ니 도로혀 잔잉토

4면

다 금일 창녀로 유졍ᄒ미 아니라 아히 마음의 밧다ᄒ와 바른 ᄃ리로 ᄒ미어늘 ᄭ지ᄌ믄 엇지뇨 조공이 ᄉᄉ의 친의를 밧드ᄂ지라 화연 배샤 왈 엄괴 지츠ᄒ시니 아히 방즈ᄒ믈 사ᄒ리이다 다시 경계 왈 대인과 형쟝이 샤코져 ᄒ시미 관샤ᄒᄂ니 ᄎ후 ᄒ실을 슈련ᄒ여 ᄉ류의 ᄒ을 일치 말나 싱이 지빈 슈명ᄒ고 오히려 축쳑ᄒ니 좌위 두굿기더라 원ᄂ 싱이 풍뉴 동인ᄒ고 쥬식을 조하ᄒ대 가졍지훈이 엄ᄒ여 부즁의 홍장 시녜 무슈ᄒ대

5면

갓가이 못ㅎ게 ㅎ는지라 초공이 위거 삼공ㅎ고 쟉위 국공의 이시대 부젼의 몸가지믈 유아ᄀᆞᆺ치 ㅎ여 슐을 먹으대 인군의 쥬시는 밧 갓가이 ㅎ미 업고 비록 느즈나 씌기를 기다려 부젼의 나아가는지라 유현의 호탕이나 슈신셥힝이 초공의 후를 니으니라 싱이 졍시로 불합ㅎ여 그윽이 지쥐를 유의ㅎ미 야애 허ㅎ실 니 업스니 그런 남스를 ㅎ다가 엄노를 만늘지라 마음의 울울ㅎ더니 일일은 야애 초당의 가시고 부즁이 고요ㅎ거늘 양

6면

닌광을 다리고 원즁의 드러가니 졔녀당이 갓가온지라 졔창이 바야흐로 즈라는 창기를 가르치느라 냥즈한 가곡이 구름의 니엇는지라 싱이 춤지 못ㅎ여 닌광을 넛그러 드러가니 졔녜 셩쟝 화모로 태평곡을 읇거늘 냥인이 드러가 안즈니 졔창이 놀나 일시의 례를 맛고 그 풍치를 보고 삼혼이 비월이라 그 즁 노창기 니로대 공지 쳔창의 곳의 오시니 국공노애 명이 아니라 쳔인 등이 조부 지쳑의 뫼셔시나 일즉 밧그로 문을 두고 스름을 임의

7면

로 셤기게 못ㅎ시니 더욱 공즈를 엇지 보왓시리오 이제 이곳의 림ㅎ신 쥴 아른신즉 쳔인 등이 죄쳑이 이실가 ㅎ느이다 조양 이싱이 쇼왈 우리 쇼년 유희로 가셩을 듯고져 ㅎ미라 여등의 하유칙죄리오 인ㅎ여 풍악을 시길시 졔창의 초요월안을 가진 재 조양 이싱을 보고 실혼ㅎ여 흔번 운우지졍을 바라미 대한의 운예 갓튼지라 호치단슌의 빅셜가를 브르며 녹의금을 안아 남즈의 마음을 농쥰ㅎ니 조싱이 본대 풍뉴걸스로 셩식

8면

을 대ㅎ니 환연이 질겨 그 즁 현아 치란 두 기녀를 갈히여 좌우의 안치고 희쇼 낭즈ㅎ니 옥안 영풍이 찬란ㅎ여 졔녀의 넉슬 일는지라 닌광이 옥셔 애란 냥녀를 잡고 크게 방탕ㅎ더니 일식이 셔령의 쩌러지고 셕뢰 투림ㅎ믈 씌닷지 못ㅎ더니 조싱이 야야의 도라오실 쩌를 짐죽ㅎ고 이의 졔녀를 대ㅎ여 왈 우리 밤을 당ㅎ여 올 거시니 너의

각각 잘 대를 슈리ᄒ고 기다리라 현아 치란이 만구응슌ᄒᄂ지라 닌광이 ᄯᅩ 옥셔 애란을 맛초고

9면

급히 도라오니 갓븐 슘을 쳐 졍치 못ᄒ여셔 초공의 도라오ᄂ 위의 문의 림ᄒ엿ᄂ지라 냥인이 셔로 보며 우움을 먹음고 야야를 영졉ᄒ니 졍돈ᄒ 의관과 슈려ᄒ 안식이며 나즉ᄒ 긔운이 안셔ᄒ고 졍슉ᄒ니 엇지 죵일토록 챵녀를 다리고 유회 방탕ᄒ던 거동이리오 공의 붉으미 일월 ᄀᆺᄐ나 엇지 알니오 이러툿ᄒ여 초후ᄂ 밤마다 야야긔ᄂ 셔실의 가노라 ᄒ고 ᄉ부로 더브러 ᄌ노라 ᄒ고 ᄉ부긔ᄂ 조부긔 시침ᄒ노라 ᄒ고 혹 존당이 내당 침쇼

10면

의 가라 ᄒ시니 가노라 속이고 년ᄒ여 졔녀당의 가 형아 치란으로 즐기고 식벽을 당ᄒ면 나와 신셩ᄒ고 부젼의 뫼셔 범ᄉ를 슈죡과 이목ᄀᆺ치 ᄒ니 초공의 붉으미나 젼연 부지러라 이ᄯᅥ 뉴가의셔 강시 부귀 호치와 이릭로 방ᄌ 교만ᄒ미 극ᄒ니 나히 십ᄉ셰 되미 오직 용식만 치례ᄒ고 의복을 사치히 ᄒ여 바독 투호의 닉으니 뉴쇼져 등이 맛당이 못ᄂ기나 ᄯᅩᄒ 호화의 잠겨 박혁 뉴회의 웃듬이 되엿더니 그날 조싱을 만나 조싱은 ᄌ셔히 못 보대 강시ᄂ 조싱의

11면

용모 풍치를 유의ᄒ여 보고 황홀ᄒ여 싱각ᄒ대 나의 지용으로 그런 남ᄌ를 만ᄂ미 진실노 하늘이 유의ᄒ시미라 내 조모의 ᄉ랑을 씌여 ᄯᅳᆺ을 일운 후 긋치리니 엇지 죵신대ᄉ를 내 마음으로 못ᄒ리오 쳔인의 근본을 아라 평싱을 셤기리라 의식 이의 밋ᄎ니 뉴쇼져를 대ᄒ여 그 손의 근본을 무르며 ᄎ쳐 여부를 알녀 ᄒ니 뉴쇼졔 희연ᄒ여 즘즛 니르대 이ᄂ 조공직니 아등의 표형이오 졍승샹 애녀 셰라 ᄒ니 강시 발셔 ᄎ쳐ᄒ여시믈 듯고 악연ᄒ여 일

12면

노조ᄎ 흥미 돈무ᄒ여 형용이 초로ᄒ니 단부인이 크게 우려ᄒ여 영영으로 무르니 옥

연이 실수를 고왈 비록 진실이라도 조싱을 만느면 살녀니와 불연즉 조스하여 죽으리로쇼이다 단부인이 대경 왈 져 조싱이 취실하엿고 유싱이 무순 연고로 진취하리오 이는 되지 못하리니 너는 한 뜻을 두지 말나 부몰한 거슬 년측하여 만스의 뜻을 조츠나 이는 되지 못하리로다 옥연이 더옥 슬허 눈물만 흘니고 인하여 병드러 누어 곡긔를 쓴흐니 단부인이 크게

13면

근심하여 샹셔 등을 대하여 슈말을 하니 뉴샹셰 불승한심하여 왈 조싱이 등한한 위인이 아니라 평싱 슈힝이 청슈 빙옥 곳고 비례를 용납지 아니리니 이졔 취쳐하연 지 슈월이오 그 어리므로 인하여 며느리도 각쳐하게 하니 유싱이 법의 업슨 진취를 군명도 불슈하려든 더옥 녀지 외간 남즈를 보고 샹스 유질하믈 춤아 발셜치 못하리니 졔 한 못슴 죽어 대스 아니오니 이 말이 뉴강 낭문의 붓그러오미 젹지 아닌지라 즈졍은 져의 스싱을

14면

념녀치 마르샤 이런 말슴을 불츌구외하쇼셔 단부인이 다시 니르지 못하고 슉야 근심이 되엿더라 츠년 츈의 텬지 알셩하시고 인하여 인지를 샌실시 진왕 곤계 아즈의 어리믈 인하여 과거를 금하니 긔현은 부명을 조츠대 유현이 이달와 왈 아등이 머리를 굽혀 십여 년 시셔를 힘뻐 공부하미 무어슬 위하미리오 립신양명하여 현영부모하고 스군보국하여 츌쟝입샹하고 젹거스마로 뎨즈의 스위 되여 니음양 슌스시하미 대쟝부의

15면

수업이라 인지를 초모하실 씨 지조를 품고 펴지 못하면 머리 셰기를 기다리라 하시민가 금츈 과를 못하면 이 조운희 마음이 밋칠 듯시브니 형쟝은 엇지 잠즈코 겨시뇨 긔현이 쇼왈 아등이 구샹유취 마르지 아냐시니 공명이 무어시 밧부리오 이십이 츠기를 기다려 스군할 지량을 빕호고 츌신하다 느즐 거시라 엄교를 역하느뇨 유현이 불예 왈 우리 년유하나 빅부와 야애 십스의 등졔하시니 형쟝 고지는 니르도 말고 날노 하여금 뎐폐시신을 삼아 조

16면

셔룰 지으라 ᄒ시나 외국 교유셔룰 지으라 ᄒ시나 군쇽ᄒ미 업스리니 쟝뷔 지조룰 품고 창하의 울젹ᄒ여 괴로이 독셔만 ᄒ라 ᄒ시니 칙이 업셔도 거두어 쇽의 너허시니 조부긔 알외고 시부대 야애 아ᄅ실사 민민ᄒ여 못ᄒ니 엇지ᄒ리오 긔현 왈 네 부대 보고져 ᄒ거든 대모긔 알외라 반ᄃ시 드ᄅ시리라 유현 왈 형쟝 말이 올타 ᄒ고 즉시 치운뎡의 드러가니 다른 사람은 업고 쇼졍 이 쇼져와 화셜 등이 뫼셧더라 싱이 드러가 시좌ᄒ니 태부인이 문

17면

왈 오늘은 한가ᄒ냐 싱이 웃고 쥬왈 한가는 미양이오나 야애 셔실을 쩌ᄂ지 못ᄒ리라 ᄒ시매 움즉이지 못ᄒ옵더니 오늘은 졀박ᄒ 졍회 이셔 대모긔 알외고져 드러오니이다 부인이 쇼왈 네 무슴 졍회 잇ᄂ뇨 싱이 나아안져 웃고 쥬왈 금츈 과거의 야애 쇼ᄌ 등을 어리다 ᄒ여 못 보게 ᄒ시니 형의 고지는 니로도 말고 쇼손이 ᄯᅩᆫ 넉넉ᄒ옵거늘 남이 긔운을 펴지 못ᄒ고 쥬야 머리룰 굽혀 글만 넑으라 ᄒ시니 대모는 야야긔 개유ᄒ기믈 바라ᄂ이다 쇼손의 쳥인 쥴

18면

아ᄅ시면 큰일이 나리이다 부인이 두굿겨 왈 네 쳥이 아니라도 내 너의 응과ᄒ믈 니ᄅ려 ᄒ엿더니라 언미필의 진왕 곤계 드러오니 싱이 대경ᄒ여 년망이 니러 피셕 시립ᄒ니 태부인 왈 과거 갓가와시니 이 아룰 다 드려보내라 초공이 공슈 왈 이이 다 치년이라 조혼쇼빙도 ᄭᅥ리는 바여늘 공명은 더욱 불가ᄒ이다 태부인이 불열 왈 불연ᄒ다 내 나히 구십지년의 됴셕을 아지 못ᄒ니 엇지 후일을 기다리이오 이번의 등양ᄒ믈 보지 못ᄒ고 죽을진대

19면

노뫼 반ᄃ시 구원의 눈을 감지 못ᄒ리로다 진왕 곤계 년망 고왈 쇼손 등이 비록 불초ᄒ오나 스디라도 흔번 즐기시믈 다ᄒ올지라 일졍 등양ᄒ기룰 긔필치 못ᄒ오나 관광을 시기미 어러오리잇고 근슈교의리이다 태부인이 깃거 유현을 도라보와 왈 네 아비 허락ᄒ니 너의 맛당이 영화룰 뵈라 싱이 배이슈명ᄒ거늘 초공이 셕연이 아ᄌ의 쳥인

줄 씌다라 츄파를 흘녀 찰시ᄒ니 공의 안광이 비샹ᄒ여 히발이 긴 강의 빗최는 듯ᄒ니 싱의 신

20면

릉ᄒ미 야야의 눈치를 엇지 모르리오 경공ᄒ여 관을 숙여실 ᄯᆞᆫ이라 진왕이 쇼왈 너의 나히 어리고 공뷔 진췌치 못ᄒ여시니 훗 과거를 보미 늣지 아니나 대뫼 밧바ᄒ시니 드려보내려니와 모로미 미ᄉ의 ᄯᅳᆺ을 늣초고 공근 겸양ᄒ여 여부의 지극ᄒᆫ 도덕을 져바리지 말나 싱이 배이슈명이어늘 초공이 놀호여 왈 긔ᄋᆞᆫ 오히려 일년이 더으니 힝시 군ᄌ의 풍이 잇거니와 유ᄋᆞᆫ 셕은 글귀만 밋고 호일 방ᄌᆞᄒ니 내 네 아비 되여 ᄉᆞᄉᆞ의 속을 짜룸이라 져컨대 오

21면

문 쳥덕이 츄ᄋᆞ로 츄락홀가 ᄒ나이다 왕이 쇼왈 아은 근심 말나 유현이 만일 가셩을 빗내지 못ᄒ고 문즁을 츄락홀진대 우형이 네게 지인 못ᄒᆞᆯ 샤죄ᄒ리라 초공이 슈용 샤왈 형장이 챠ᄋᆞ를 미드시미 ᄌᆞᆺ 태과ᄒ시니 더욱 방ᄌᆞ무인ᄒᆞᆫ지라 져의 넘는 곳을 엄칙ᄒ여 명교의 죄인이 되게 마르쇼셔 이ᅄᅥ 싱이 야야 긔식이 화ᄒᆞᆫ 가온대 미안ᄒ미 은은ᄒ니 치신무디ᄒ여 불감앙시라 진왕이 불승애련ᄒ고 태부인이 두굿기더라 임의 슈일 만

22면

의 과일이 다다르니 조노공이 ᄯᅩᄒᆞᆫ 태부인을 위ᄒ여 손ᄋᆞ를 입쟝ᄒ라 ᄒ니 초공이 범ᄉᆞ를 ᄌᆞ젼치 못ᄒ여 드려보내나 긔식이 불평ᄒᆞᆫ지라 긔현 형뎨 ᄒᆞᆫ가지로 쟝옥의 나아가미 웅문 대지 쳔고의 독보ᄒᆞᆫ지라 이날 시관이 여러 쟝 글을 뽀노와 시권을 보다가 그 가온대 두쟝 시쟝을 몬져 보니 묵광이 찬란ᄒ고 창농이 쒸노라 봉황이 난무ᄒ니 ᄒᆞᆷ믈며 문쟝의 긔특ᄒ미 셩당 묘시라 긔현의 공밍 도덕과 유현의 웅쟝 대략이 각각 글 가온대 낫ᄐᆞ나

23면

니 시관이 돌녀보고 어젼의 부복 쥬왈 셩샹 홍복이 듯터오샤 두쟝 인지를 엇ᄌᆞ오니

문쟝 지혜 일셰를 경동ᄒᆞ올지라 신등의 나즌 쇼견으로써 그 웃듬을 졍치 못ᄒᆞ오니 셩명지하의 쟝원을 졍ᄒᆞ시믈 바라나이다 샹이 두쟝 시권을 어람ᄒᆞ시니 문필의 긔특 ᄒᆞ미 ᄒᆞᆼ빵 젹슈오 ᄎᆞ등이 업ᄉᆞ니 ᄒᆞᆫ쟝은 금슈 갓고 ᄒᆞᆫ쟝은 쥬옥 ᄀᆞᆺᄐᆞ며 강하대지와 치셰 경뉸지략이 완젼ᄒᆞ지라 막불칭찬 왈 이 진실노 셩당 묘슈라도 일두를 ᄉᆞ양ᄒᆞ리

24면

니 시즁의 각각 셩졍이 나타ᄂᆞ니 글의 빗나므로ᄂᆞᆫ ᄎᆞ등이 어려오니 년치 다쇼로 쟝 원을 졍ᄒᆞ라 ᄎᆞ일 시관이 태샹경 셩슌과 태흑ᄉᆞ 호연과 츈방흑ᄉᆞ 윤츈뮈라 텬명을 밧ᄌᆞ와 ᄎᆞᄎᆞ 쇼노와 쟝원을 호명ᄒᆞ미 젼두관이 호챵ᄒᆞ니 쟝원은 곳 병부샹셔 평진왕 조무의 ᄌᆞ 긔현의 나히 십ᄉᆞ라 ᄒᆞ니 듯ᄂᆞ니 그 어린 ᄋᆞ희믈 긔이히 너기고 진왕과 초 공이 뎐폐의 셧더니 호명을 듯고 불안ᄒᆞ더니 ᄯᅩ 둘직를 호명 왈 좌승샹 겸 구셕 초

25면

국공 조셩의 ᄌᆞ 유현의 년이 십삼이라 부르ᄂᆞᆫ 소리 셰번 니르니 이ᄯᅥ 긔현이 만인 다 ᄉᆞ 즁 형뎨 일홈이 년ᄒᆞ여 나미 마지 못ᄒᆞ여 냥인이 옥계하의 츄진ᄒᆞ니 그 풍신 용홰 일월이 병명ᄒᆞ며 냥미의 슈려ᄒᆞᆷ믄 산쳔의 영이ᄒᆞᆫ 품슈오 팔쳑 경뉸이 은은이 대인 긔샹이며 냥비 과슬ᄒᆞ고 톄지 엄슉ᄒᆞ여 ᄒᆞᆼ빵 영쥰이오 개셰 군지라 만뇌 치경ᄒᆞ고 텬심이 흡연ᄒᆞ샤 젼폐의 올녀 위무ᄒᆞ시고 칭찬ᄒᆞ샤 왈 산고옥츌이오 해심츌쥐라 샹 부와 진왕의 싱혼

26면

비 엇지 이 ᄀᆞᆺᄐᆞ미 고이ᄒᆞ리오 경등은 부슉을 효측ᄒᆞ여 짐을 도으라 냥인이 부복 쳥 교의 고두ᄉᆞ은ᄒᆞ오니 례뫼 졍슉ᄒᆞ고 동지 빈빈ᄒᆞ니 ᄉᆞ친경쟝을 익인 비라 진퇴례졀 이 챡난ᄒᆞ미 업ᄉᆞ니 샹이 글ᄋᆞ샤대 냥경의 풍신지뫼 부슉으로 갓튼지라 힝신동지 이 ᄀᆞᆺ치 긔특ᄒᆞ니 인지를 어드미 국가의 대경이로다 ᄒᆞ시니 셩교로 조ᄎᆞ 만뇌 일셰의 만셰를 불너 득인ᄒᆞ시믈 치하ᄒᆞ니 이ᄯᅥ 진왕 곤계 ᄌᆞ질의 등양ᄒᆞᆫ 두굿기믄 닛치이고 샹춍이 융셩ᄒᆞ시믈 불

27면

안ᄒᆞ여 여좌침상이러니 상뫼 과도ᄒᆞ시미 다다른 ᄂᆞᆼ인이 츌반 쥬왈 신의 부ᄌᆞ 형뎨 셩은을 입ᄉᆞ와 위국ᄒᆞ오니 손복홀가 두리ᅌᅥᆸ더니 이졔 ᄌᆞ질이 롱방의 쳔인을 압두ᄒᆞ오니 황공 숑률ᄒᆞ와 부지쇼운이ᅌᅥᆸ거늘 샹뫼 지측ᄒᆞ시니 신등이 불승젼률ᄒᆞ와이다 말ᄉᆞᆷ이 슉연ᄒᆞ여 혈심쇼지라 샹이 개용 탄복ᄒᆞ시나 바야흐로 ᄂᆞᆼ인을 어드시미 긔화ᄀᆞᆺ치 ᄉᆞ량ᄒᆞ샤 근시코져 ᄒᆞ시ᄂᆞᆫ지라 엇지 허ᄒᆞ시리오 흔연 답왈 냥 션ᄉᆞᆼ의 겸

28면

퇴쇼심은 짐의 아ᄂᆞᆫ 배라 이졔 ᄂᆞᆼ인이 비록 어리나 ᄉᆞ군치졍의 미진ᄒᆞ미 업슬지라 짐이 그 인지를 구경코져 ᄒᆞᄂᆞ니 엇지 뉵칠 년을 허ᄒᆞ리오 션ᄉᆞᆼ은 안심ᄒᆞ라 드대여 ᄎᆞᄎᆞ 불너 어화쳥삼을 쥬시고 샤쥬ᄒᆞ시니 조ᄉᆞᆼ 등이 방하 거ᄂᆞ려 샤은ᄒᆞ온대 샹이 긔현으로 즁셔ᄉᆞ인을 ᄒᆞ이시고 유현으로 한림흑ᄉᆞ를 ᄒᆞ이시니 ᄂᆞᆼ인이 고샤ᄒᆞ오대 언론이 쥰졀ᄒᆞ여 츙신렬ᄉᆞ지풍이 가즉ᄒᆞ니 샹이 더옥 익경ᄒᆞ샤 왈 경등은 물샤ᄒᆞ고 진심보국ᄒᆞ여 부조를

29면

효측ᄒᆞ라 초공이 돈슈 쥬왈 지ᄌᆞᄂᆞᆫ 막여부오니 황구쇼ᅌᅳ로 대직이 과분ᄒᆞᆯ ᄲᅮᆫ 아니라 위인이 쇼탈 방일ᄒᆞ오니 일즉 ᄉᆞ환이 불ᄉᆞᄒᆞ온지라 신이 ᄉᆞ오 년을 훈교ᄒᆞ와 인류의 츙슈키를 바라ᄂᆞ이다 샹이 쇼왈 샹부는 과려치 말나 냥경의 위인이 노ᄉᆞ슉유의 지ᄂᆞᆫ지라 임의 뜻을 뎡ᄒᆞ여시니 션ᄉᆞᆼ은 ᄉᆞ양 말나 ᄒᆞ시더라 샹이 좌우로 향온을 진왕 곤계를 권ᄒᆞ샤 왈 ᄌᆞ식을 긔특이 싱휵ᄒᆞ여 짐의 동냥보필을 삼으니 일배로 공을 갑노라 진왕

30면

곤계 잔을 밧ᄌᆞ와 배샤이퇴홀ᄉᆡ 초공이 미우를 빈츅ᄒᆞ니 만뫼 도로혀 의괴ᄒᆞ더라 샹이 환궁ᄒᆞ시미 졔신이 퇴됴홀ᄉᆡ 조샤인이 쳥동ᄤᅢ개로 금의 직인이 앏흘 인도ᄒᆞ고 금안 빅마의 집ᄉᆞ아악이 젼ᄎᆞ후옹ᄒᆞ여 대로를 덥허시니 영광이 만고의 쳐음이라 관시재 칭찬ᄒᆞ고 진왕 곤계 뒤히 나오고 졍승샹 평진휘 각각 희긔 만면ᄒᆞ여 ᄒᆞᆫ가지로 조부의 니ᄅᆞ미 하직이 분분ᄒᆞ니 진왕 곤계 두 신래를 압셰워 바로 존당의 니르러 노공

과 태부인긔 뵈올시

냥인의 빅옥 안모는 쥬긔 져져시니 홍년이 미풍의 웃는 듯 쇄락흔 용광과 쳑탕흔 신치 냥슈어화는 휘영ᄒ고 금슈 쳥삼의 옥대ᄅᆞᆯ 둘너시니 편편흔 풍치는 일쳔 버들이 금당의 휘들며 인만 화신이 웃는 듯ᄒᆞᆫ지라 태부인과 노공 부뷔 황혹 탐애ᄒᆞ여 손을 잡고 등을 두다려 왈 효손이로다 일방의 등양ᄒᆞ여시니 엇지 문호의 경시 아니리오 초공이 존당 부모의 즐겨ᄒᆞ시믈 보민 감오ᄒᆞ고 ᄒᆞᆫ번 열친ᄒᆞᄆᆡ 역시 대힝ᄒᆞ여 비로쇼 미우의

화긔 가득ᄒᆞ여 배샤 왈 금일 냥ᄋᆞ의 과경이 놀납고 두리워 깃브믈 모ᄅᆞᆸ더니 존당과 부뫼 이갓치 깃거ᄒᆞ시니 ᄯᅩᄒᆞᆫ 경시로쇼이다 조시 등과 셜샹셔 등이 치해 분분ᄒᆞ니 노공이 불승쾌열ᄒᆞ여 냥ᄌᆞ로 더브러 신릭ᄅᆞᆯ 다리고 샤묘의 올나 배향ᄒᆞ고 외당의 하긱이 신릭ᄅᆞᆯ 지쵹ᄒᆞ니 진왕 곤계 야야ᄅᆞᆯ 뫼시고 대긱홀시 양태시 희싁이 만면의 가득ᄒᆞ여 노공긔 치하ᄒᆞ니 만좨 일시의 졔셩하례ᄒᆞ며 일변 신릭ᄅᆞᆯ 빅단 희롱ᄒᆞ니 샤인 형뎨 옥안의 계화

ᄅᆞᆯ 슉이고 편편흔 신장의 금포ᄅᆞᆯ 붓쳐 진퇴ᄒᆞᄆᆡ 옥경 텬션이 향안젼의 나리고 태빅이 침향뎐 샹의 림흔 듯 진실노 부슉이 아니면 대뮈 업슬지라 즁좌 졔빈이 분분 칭예ᄒᆞ니 진왕 곤계 노공을 뫼시미 승안화긔 츈풍이 화홀 싸롬이오 빈긱을 응졉ᄒᆞᄆᆡ 공근겸퇴ᄒᆞ니 즁긱이 경복ᄒᆞ여 앙망ᄒᆞᄆᆡ 칠십ᄌᆞ의 부ᄌᆞ 셤김 ᄀᆞᆺ고 쵹한이 와룡션싱 츄대홈 ᄀᆞᆺ더라 슐이 반감의 신래ᄅᆞᆯ 보치니 졍승샹이 쟝원을 올니고 평진휘 희원을

올녀 각각 집슈 왈 녈위는 공논ᄒᆞ라 아등의 셔랑이 엇더ᄒᆞ뇨 즁인이 쇼왈 원내 쟝원과 탐홰 평진후 졍승샹의 애셰럿다 져런 지망과 풍신이 됴야의 나타나는지라 다시 의논ᄒᆞᄆᆡ 이시리오 평진휘 쇼왈 ᄌᆞ상아 네 ᄉᆞ회 풍뉴 긔샹이 셰대 영쥰이나 나의 셔

랑의셔 빅힝 도덕의는 일두룰 스양ᄒᆞ리라 졍공이 취흥이 놉핫ᄂᆞᆫ지라 대쇼 왈 셩보는 우은 말 말나 네 스회 슈힝 군ᄌᆞ로 온즁흔 덕이 이시나 아셔의 텬긔룰 업누르며 일셰룰

35면

혼일홀 긔샹은 밋지 못ᄒᆞ리라 쇼공이 역쇼 분연 왈 아셔 풍신 외뫼 탐화만 못ᄒᆞ며 럭량이 좁아 뵈ᄂᆞ냐 즁좌ᄂᆞᆫ 공논ᄒᆞ라 진왕이 쇼왈 쇼셔는 졍ᄌᆞ산이 잘ᄒᆞ여시니 쇼졍 냥인은 착급ᄒᆞ여 말나 노공이 함쇼 왈 쇼졍 냥공은 노인의 공논을 드르라 쇼후의 수회는 도혹이 고명ᄒᆞ고 문장 지혜 쌍젼흔 군ᄌᆞ오 졍공의 녀셔는 웅지 대략의 문뮈 쌍젼흔 개셰 영쥰이니 외모 풍신은 일분 초오ᄒᆞ미 업거니와 셩품이 각각이나 각유당

36면

단ᄒᆞ니 별노 고해이시리오 만좨 맛당ᄒᆞᆷ믈 일ᄏᆞᆺ고 냥공이 몸을 굽혀 칭샤 왈 년슉의 하피 진실노 샹명ᄒᆞ시니 이졔는 셔로 닷토기룰 긋치스이다 즁인이 대쇼ᄒᆞ더라 쇼졍 냥공이 취흥을 인ᄒᆞ여 각각 셔랑을 ᄌᆞ랑ᄒᆞ다가 렬후 국공이 좌우로 유희홀시 노공이 냥 신래룰 명ᄒᆞ여 기녀와 대무ᄒᆞ라 ᄒᆞ니 쟝원은 마지 못ᄒᆞ여 시기는 대로 ᄒᆞ나 탐화ᄂᆞᆫ 부젼이라 오히려 츙텬 쟝긔룰 쟝츅ᄒᆞ나 이 창기룰 닛그러 유희ᄒᆞ기룰 조금도 싱쇼치

37면

아냐 방약무인ᄒᆞ니 노공이 크게 즐겨 냥인으로 노릭 부르라 ᄒᆞ니 응구쳡대ᄒᆞ여 학녀 셩음이 구쇼의 셧돌고 쳥월흔 가셩이 음률이 맛가ᄌᆞ니 만좨 탄샹 왈 쟝원은 괴로와 ᄒᆞ기로 그 로름이 오히려 탐화만 못ᄒᆞᆫ대 한림의 가무 풍뉴는 쳔고 긔지로쇼이다 노공으로브터 진왕의 니르히 두굿기되 오직 쵸공이 엄연 단좌ᄒᆞ여 쌍셩으로 한림을 보미 광치 스일 ᄀᆞᆺ트여 동텬 한풍이 빙셜을 긋게 ᄒᆞᄂᆞᆫ지라 한림이 엇지 야야 긔식을 몰나보리오 십분 황

38면

공ᄒᆞ여 가무룰 긋치고 좌의 나아가니 그런 방약무인흔 긔운이 안연 나죽ᄒᆞ여 츅쳑흔

모양이 도로혀 쟝원을 압두ᄒᆞᄂᆞᆫ지라 좌즁이 탄복ᄒᆞ고 진왕이 져 부ᄌᆞ의 거동을 보고 아름다이 너기더라 낙극환쇼ᄒᆞ여 제인이 훗터지고 존당 부모를 뫼셔 촉을 니어 질기다가 혼졍을 파ᄒᆞ여 초공이 옥ᄆᆡ뎡의 드러와 부인을 대ᄒᆞ여 ᄋᆞ녀의 교연ᄒᆞ믈 두굿길ᄉᆡ 좌우로 한림을 불너 앏히 니르미 공이 경계 왈 인ᄌᆞ쳐셰의 튱효ᄂᆞᆫ 군ᄌᆞ의 대졀이라 남

39면

이 너모 용졸ᄒᆞᆯ 거ᄉᆞᆫ 아니나 근신 겸퇴ᄒᆞ며 침묵 엄위ᄒᆞ여 타인으로 심냥을 아지 못ᄒᆞ게 ᄒᆞᆯ 거시오 립신양명은 이현부모ᄒᆞ여 남ᄋᆞ의 ᄉᆞ업이라 너의 나히 어리고 직죄 쇼활ᄒᆞᆯ 샌 아냐 우리 형뎨 위극인신ᄒᆞ니 조물의 ᄶᆞ리ᄂᆞᆫ 배라 네 존당을 보치여 과갑의 등용ᄒᆞ믈 도모ᄒᆞ고 날을 속이니 인ᄌᆞ의 되 아니오 모든 빈긱이 희롱ᄒᆞ고 대인이 명ᄒᆞ샤 가무를 시기시니 마지 못ᄒᆞ여 ᄒᆞ려니와 오히려 내 그 가온대 이시니 ᄌᆞ식의 도리 일분 삼가며 조심ᄒᆞᆯ

40면

배어늘 너의 방탕 호일ᄒᆞ믄 부형이 이시믈 모르니 내 참괴ᄒᆞ여 대인ᄒᆞᆯ ᄂᆞᆺ치 업ᄉᆞ니 이 긔운을 가다듬지 못ᄒᆞ면 경박재 될지라 내 너 ᄀᆞᆺ튼 ᄌᆞ식이 이시믈 실노 고이히 너기나니 너를 경계ᄒᆞ미 ᄒᆞᆫ두 슌이 아니라 사롬이 부교를 듯지 아니면 엇지 명교의 죄인이 아니며 내 교훈이 셔지 못ᄒᆞ니 엇지 용녈ᄒᆞᆫ 사롬이 되지 아니리오 셰인이 교ᄌᆞᄒᆞ미 반드시 요란이 ᄲᅮ줏고 어ᄌᆞ러이 쳐 혈육이 림니ᄒᆞ기의 니르믈 내 실노 괴이히 너기ᄂᆞᆫ 빈오 ᄌᆞ식을 휘

41면

오지 못ᄒᆞ믈 가쇼로이 너기너니 이졔 네 거동을 보미 참지 못ᄒᆞ여 니르ᄂᆞ니 네 쏘 빈혼 빈 용녈치 아니니 엇지 슈힝을 못ᄒᆞ여 아비로 ᄒᆞ여금 괴롭게 ᄒᆞᄂᆞᆄ ᄎᆞ후는 온즁 단묵ᄒᆞ여 언필찰ᄒᆞ라 몸이 됴항의 튱슈ᄒᆞ여 힝실을 닥지 못ᄒᆞ고 하면목으로 닙어셰 ᄒᆞ리오 한림이 야야의 화흔 면뫼 슉졍ᄒᆞ고 말숨이 간졀ᄒᆞ니 황공 감은ᄒᆞ미 치신무디ᄒᆞ여 부복 쳥교의 화안이셩으로 돈슈 ᄇᆡᄉᆞ 왈 금일 허다 엄교를 듯ᄌᆞ오미 히

42면

ᄋ의 불초 방ᄌᆞᄒᆞ온 죄 만ᄉ무셕이라 어린 ᄯᅳᆺ의 과쟝을 구경코져 ᄒᆞ와 왕대모긔 알외오니 엄위를 거ᄉ리오미라 이졔 하교로조ᄎᆞ 아쟈의 죄과를 씨다ᄅᆞ미 황숑젼률ᄒᆞ와 알욀 바를 모ᄅᆞᄂᆞᆫ지라 ᄎᆞ후 엄훈을 간폐의 삭여 다시 방ᄌᆞᄒᆞ미 업스리이다 화ᄒᆞᆫ 안식과 두리ᄂᆞᆫ 거동이 부모지심을 감동ᄒᆞ니 쵸공이 ᄯᅩ 식위 화평ᄒᆞ여 감간 우음을 씌엿시니 부인은 드를 ᄯᆞᄅᆞᆫ이러라 야심ᄒᆞᄆᆡ 공이 한림을 도라보와 왈 밤이 깁흐대 엇지 가 ᄌᆞ지 아닌ᄂᆞ뇨

43면

쳐년각의 가 쉬라 한림이 공슈 슈명ᄒᆞ고 혼졍을 맛고 날호여 물너가니 쵸공이 부인을 향하여 왈 ᄎᆞᄋᆞ의 거동이 누를 달마 져대도록 ᄒᆞ고 만일 가다듬으면 모ᄅᆞ거니와 졈졈 길면 졔어키 어려오니 졔 위인이 샹쾌ᄒᆞ고 혼우ᄒᆞ니 닐너 씨닷과져 ᄒᆞ니 부인은 나의 과언ᄒᆞ믈 우스리라 연이나 ᄉᆞ오 년만 지내면 슈신이 나으리니 이 슈삼 년이 가쟝 어려온 ᄯᆡ라 넘는 거죄 만흐리니 조달이 히 되지 아니리오 부인이 쇼왈 군ᄌᆡ 허치 아니시면 졔 엇지

44면

여러 ᄉᆞ름을 모흐리오 슉슉의 교ᄌᆞ와 내도ᄒᆞ믈 의괴ᄒᆞᄂᆞ이다 쵸공이 쇼왈 부인은 가쟝 모지도다 부ᄌᆞᄂᆞᆫ 텬륜으로써 합ᄒᆞ니 조용ᄒᆞ미 귀ᄒᆞᆫ지라 엇지 굿ᄐᆞ여 퇴쟝을 헌들쾌ᄒᆞ리오 내 일즉 졔ᄋᆞ를 치믄 식로이 고셩 질칙ᄒᆞ미 업ᄉᆞ되 졔이 날을 업슈이 너겨 방자ᄒᆞ믈 보지 못ᄒᆞ니 지어유ᄋᆞᆫ 하히지량이라 맛츰내 외입홀 위인이 아니로되 발월ᄒᆞ고 호샹 신릉ᄒᆞ니 극진이 아름답과져 니ᄅᆞ나 그만치 작인ᄒᆞᆫ ᄌᆞ식을 슈고로이 치칙

45면

지 아니나 아니 가ᄅᆞ치리잇고 형쟝의 교ᄌᆞᄒᆞ시믄 엄훈 대쟝이 군령 ᄲᅳᆷ ᄀᆞᆺᄐᆞ샤 너모 쥰렬ᄒᆞ시므로 내 미양 간ᄒᆞᄂᆞᆫ 비라 유아는 맛춤내 유신ᄒᆞᆫ 쟝지며 례의군ᄌᆡ 되려니와 기여는 각각 단쳐 이시니 아직 어리니 타일 가ᄅᆞ치믈 등한이 ᄒᆞ여셔는 슈힝군ᄌᆞ의 도를 엇기 어려올가 ᄒᆞᄂᆞ이다 부인 왈 요ᄉᆞ이 유이 오부로 은경이 불합ᄒᆞᆫ지라 맛ᄂᆞ

면 담쇼ᄅᆞᆯ 긋치고 거동이 고이ᄒᆞ니 이 져근 근심이 아니라 군ᄌᆡ 이런 곳의 아ᄅᆞᆫ 쳬 아니시고 약ᄒᆞᆫ 어

46면

미 말이 효험이 업ᄉᆞ니 우민ᄒᆞ이다 샹국 왈 부부의 은ᄋᆡ후박은 인력으로 못ᄒᆞᄂᆞ니 셕년 내 부인의 허믈을 보고 측히 너긴 후ᄂᆞᆫ 부모 명이라도 홀일 업고 지어쟝칙을 당ᄒᆞᄃᆡ 긋치미 업셧ᄂᆞ니 져다려 닐너 나의 호령이 힝치 못ᄒᆞ고 졔 역명ᄒᆞᄂᆞᆫ 허물을 도으미 가치 아니니 원내 식뷔 ᄉᆡᆨ광이 이시니 ᄌᆡ앙이 이시리니 이졔 져의 부뷔 쇼원키ᄂᆞᆫ 냥ᄋᆡᆨ이 이시미라 ᄉᆞ오 년을 지ᄂᆞ면 반ᄃᆞ시 ᄌᆡ앙이 쇼멸ᄒᆞ리니 쇼쇼 역경은 근심이 아니니

47면

부인은 내 말을 미더 과려치 마ᄅᆞ쇼셔 ᄎᆞᄋᆡ 형쟝의 처쳡 만키ᄅᆞᆯ 효측ᄒᆞ리니 내 비록 엄금ᄒᆞ나 텬연이 ᄆᆡ인 거ᄉᆞᆯ ᄯᅩ 엇지ᄒᆞ리오 졔 위인이 죵시 졔가 못ᄒᆞ도록은 아닐 거시로대 ᄋᆡᆨ이 가리온대 셩이 과격ᄒᆞ니 슈삼 년 내의 과게 이실가 ᄒᆞᄂᆞ이다 부인이 공의 션견을 탄복ᄒᆞ여 웃고 대왈 군ᄌᆞ의 쟝ᄅᆡᄉᆞᄅᆞᆯ 니ᄅᆞ시미 압히 봄 ᄀᆞᆺᄐᆞ니 쳡이 유ᄋᆞ 부부간을 다시 념녀치 아니리이다 공이 부인으로 다쇼 셜화ᄒᆞ미 금야 쳐음이러라 진왕 곤계 냥ᄋᆞ의 등농ᄒᆞ믈

48면

보ᄃᆡ 더옥 겸퇴ᄒᆞ믈 못 미칠ᄃᆞ시ᄒᆞ며 냥ᄌᆡ ᄯᅩ 부슉의 힝검을 ᄯᆞ로니 쳥망 직졀이 됴야ᄅᆞᆯ 들네ᄂᆞᆫ지라 샹춍이 늉셩ᄒᆞ샤 일셰의 비기리 업더라 ᄎᆞ셜 이ᄯᅢ 셜강이 한림원의셔 유현이 등과ᄒᆞ여 단니며 젼일 지긔의 후정과 동반의 친ᄒᆞ믈 일ᄏᆞ라 밧그로 형뎨지경을 ᄆᆡᄌᆞ며 안흐로 니검을 품어 그 젼정을 맛고 졍시 화락지 못ᄒᆞ게 ᄒᆞ믈 쥬야 ᄭᅬ홀ᄉᆡ 조ᄒᆞᆨᄉᆡ 져의 인인군ᄌᆡ 아니믈 알고 맛ᄎᆞᆷ내 허신ᄒᆞ미 업ᄉᆞ나 동반지의 후ᄒᆞ더니 일일

49면

은 샹이 ᄌᆞ졍뎐의셔 한림ᄒᆞᆨᄉᆞᄅᆞᆯ 명쇼ᄒᆞ실ᄉᆡ 조ᄉᆡᆼ과 셜강이 응명ᄒᆞ니 샹이 흔연 왈

오늘 맛춤 해외 왜국의 진상이 드니 그 가온대 긔특훈 명월쥬 이셔 크기 외얏만 호고 비치 오쳐 영롱호여 칠야의 붉은 광휘 불비최미 지는지라 가히 문인의 훈 제 되리니 경등을 불너 글을 지이고져 호노라 이의 명쥬를 내여 니르샤대 잘 짓느니를 샹호리라 냥인이 배샤 슈명호고 조 흑시 시흥이 식암솟 둧호는지라 셜강이 싱각호대 유현이 비록 외

50면

뫼 긔이호나 호치 즁 싱장호여 반두시 글을 힘쓰지 아냐시리라 호여 금일 어뎐의 일싱 지흑을 다 거훌너 조싱을 니긔랴 호니 조싱의 일월 안광이 훈번 두르는 바의 져의 심용을 거의 지긔호는지라 져 쇼인과 결우미 군즈의 일이 아니라 붓슬 멈츄고 짐줏 더대 지으니 셜강이 져 거동을 보고 희불즈승호여 휘필호믈 풍우 굿치 호여 쓰기를 다훈 후 조흑시 비로쇼 화젼을 펼고 휘쇄호거늘 신쇽호미 풍우 갓고 의식 구름 몯둧 쓰기를 뭇고 강을 도라보니 비로쇼 다 쓰

51면

고 밧치려 니러셔거늘 흑시 왈 형이 몬져 뼈시니 밧치라 나는 곳칠 지 잇다 호고 즈로쎠 밧치지 아니니 텬지 두 흑스를 탐하의 두샤 글을 지이시며 보시니 셜강은 년망 착급호여 견도호고 조싱은 늠연 졍대호여 싱각호미 업셔 쟉시 휘필호기를 완완이 호여 텬연훈 가온대 즈연 신쇽호여 셜강이 다 쁜 후의 시쟉호여 뼈 놋는 양을 보시고 바야흐로 그 위인의 내도호믈 씌드르샤 셜강의 글을 보시니 쳥신호고 민쳡호대 군덕을 언언이 칭숑호여 영합

52면

호미 만흔지라 샹이 웃고 보시건대 경의 군즈지풍이 겸젼호믈 씌둧느니 엇지 경을 언약호고 실긔호리오 태흑스 됴즁의 규쉬 셰의 드믄 슉녀라 호니 경의게 샤혼호고 명월쥬를 쥬어 빙녜의 쁘게 호느니 슈양치 말나 흑시 년망이 돈슈 왈 신의 셕은 글귀로 엇지 샤혼호시리잇고 신이 치년의 일쳐도 오히려 륜의를 출히지 못홀 셕의 엇지 미녀 셩식을 모화 복분의 넘게 호리잇고 호믈며 셜강이 글을 몬져 밧치고 신은 후의 밧칠 쭌 아니라

53면

로둔ᄒᆞ온 죄ᄒᆞᆨ이 벌이 가ᄒᆞ오니 인군의 샹벌이 공졍ᄒᆞ신 후야 치홰 힝ᄒᆞᄂᆞ니 일이 젹어도 슬피샤 힝ᄒᆞ실지니이다 샹이 우으시고 셜강을 보시니 안ᄉᆡᆨ이 당황ᄒᆞ여 경긱의 변ᄒᆞ니 그 위인을 가지ᄒᆞ시고 다만 ᄀᆞᆯᄋᆞ샤대 셜강의 죄죄 쏘ᄒᆞᆫ 아름다오니 엇지 샹이 업ᄉᆞ리오 짐ᄌᆞᆺ 어고의 촉단 십여 필과 명쥬 십 ᄆᆡ를 쥬샤 그 쳥탁을 시험ᄒᆞ시니 셜강이 비로쇼 안ᄉᆡᆨ이 잠간 편ᄒᆞ거ᄂᆞᆯ 샹이 함쇼ᄒᆞ시고 다시 권유 왈 임의 셜강이 샹샤를 ᄉᆞ양치 아니

54면

니 경이 엇지 홀노 인군이 쥬는 바를 고샤ᄒᆞ리오 ᄒᆞ시고 즉시 됴가의 젼지ᄒᆞ시고 슈히 셩례ᄒᆞ라 ᄒᆞ시니 ᄒᆞᆨᄉᆡᆨ 죄취를 블감쳥이언졍 고쇼원애라 샤은ᄒᆞ고 명쥬를 감히 ᄉᆞ양치 못ᄒᆞ여 밧ᄌᆞ와 부즁의 도라오니 됴증은 당셰 강명졍직ᄒᆞᆫ 명공이라 ᄒᆞᆫ님 됴유현을 보고 그 녀ᄋᆞ로 졍친코져 ᄒᆞ대 조공의 위인을 익이 알매 년쇼 ᄌᆞ녜로 무고ᄒᆞᆫ 죄취를 허치 아닐지라 쇼회를 텬뎡의 알외니 샹이 윤허ᄒᆞ여 겨신 고로 짐ᄌᆞᆺ 조각을 인ᄒᆞ여 샤혼ᄒᆞ시미러라 어시의

55면

조ᄒᆞᆨᄉᆞ 유현이 퇴됴ᄒᆞ여 부즁의 도라올ᄉᆡ 호셩ᄒᆞᆫ 텬은을 밧ᄌᆞ와 명월쥬를 거두워 가지고 도라와 존당의 드러가니 일개 한당의 모다 낫 문안이 바야히라 나아가 뵈옵고 여러 날 입번ᄒᆞ여 앙모ᄒᆞ던 말ᄉᆞᆷ을 맛ᄎᆞᄆᆡ 이의 금일 샹젼의셔 글 지이시고 됴증의 녀아를 샤혼ᄒᆞ시믈 알외니 좌위 대쇼ᄒᆞ고 진왕 왈 셩샹이 너의 긔샹을 아ᄅᆞ시고 그리ᄒᆞ시도다 초공 왈 텬은이 비록 그러ᄒᆞ시나 엇지 ᄉᆞ양ᄒᆞ여 면키를 ᄉᆡᆼ각지 아니ᄒᆞ고 모호히 퇴

56면

ᄒᆞ리오 ᄉᆡᆼ이 흠신 대왈 히ᄋᆡ 여ᄎᆞ여ᄎᆞ ᄉᆞ양ᄒᆞ온즉 젼괴 여ᄎᆞ여ᄎᆞ ᄒᆞ시고 불윤ᄒᆞ시니 홀일업더이다 조시 등이 쇼왈 왕윤을 샤송ᄒᆞ시ᄆᆡ ᄉᆞ양치 못ᄒᆞ여 두고 아둘은 샤양치 아냣다고 ᄡᅮᄌᆞᆺᄂᆞ뇨 초공이 쇼왈 쇼데는 왕윤 아냐 열이라도 연고는 업ᄉᆞ려니와 유아근심 되미 가장 만흐니이다 양 부인은 졍시를 위ᄒᆞ여 깁흔 근심이 미우의 잠겻더라

싱이 츌신 후ᄂᆞ 즈연 붕우를 ᄉᆞ괴여 기즁 막역의 ᄉᆞ오 인이 잇ᄂᆞᆫ지라 일일은 친우 위섬을

ᄎᆞᄌᆞ가니 이 곳 젼 승샹 위구경 숀ᄌᆞ오 태흑ᄉᆞ 위양의 아ᄌᆞ로 위셤의 풍신 용화 아름답기 위인이 명쾌ᄒᆞ여 군ᄌᆞ지풍이 잇더라 조한림을 보고 반겨 마즈 담화ᄒᆞ더니 안흐로셔 일위 쇼년이 나오ᄂᆞᆫ지라 조한림이 눈을 들믜 이 믄득 하안 반악이 싱환ᄒᆞ미 아니면 위가 숑옥이 도라왓ᄂᆞᆫ지라 묽은 안치ᄂᆞᆫ 혼셩 갓고 뉴미 단슌은 텬연 슈려ᄒᆞ여 옥이 묽은 긔보와 어름이오 조흔 ᄌᆞ질이라 쳥아 슉연ᄒᆞ기 화옥이 븟그리고 명월이 무광ᄒᆞ니

조싱이 대경ᄒᆞ믈 마지 아냐 위싱을 보와 문왈 아지 못게라 이 엇던 사람이오 위싱이 답쇼 왈 이ᄂᆞᆫ 원방 사룸이니 금츈의 응과ᄒᆞ라 와셔 낙방ᄒᆞ고 도라가려 ᄒᆞ대 혈혈단신이 노마도 업시니 쇼뎨의 보내기를 기다리니 지금 이의 잇ᄂᆞ이다 조싱이 ᄒᆞᆫ번 보미 ᄉᆞ랑ᄒᆞ오믈 이긔지 못ᄒᆞ여 쳥ᄒᆞ여 ᄒᆞᆫ가지로 안져 셩명을 무르니 그 쇼년이 대왈 셩은 니오 명은 관이라 ᄒᆞᄂᆞ이다 쇼리 의원 쳥아ᄒᆞ여 임의 션원의 이질이오 해샹의 명쥐라 ᄉᆞ랑홉

고 어엿브미 사람을 어리게 ᄒᆞ니 원내 조싱의 마음이 샹활 대톄ᄒᆞ여 의긔 현심이 츌인ᄒᆞᆫ지라 눈의 들고 마음의 찬 사람을 보면 허심ᄒᆞ여 대졉ᄒᆞ기를 못 밋칠ᄃᆞ시 ᄒᆞ니 금일 니싱의 긔특ᄒᆞ미 옥 ᄀᆞᄐᆞᆫ 군지라 그 너모 연약ᄒᆞ여 미인 ᄀᆞᄐᆞ믈 낫비 너기나 그 묽은 긔질을 과이ᄒᆞ여 여러 말노 힐난ᄒᆞ니 니싱이 닙신ᄒᆞᆫ ᄉᆞ람과 다르나 두로 단니지 아니ᄒᆞ여시니 엇지 됴뎡 명환을 ᄎᆞᄌᆞ 알니오 혹시 탄왈 쟝뷔 셰샹의 쳐ᄒᆞ여 사룸의 급ᄒᆞᆫ 거슬 구ᄒᆞ

미 의긔 현심이라 내 당당이 두 이은 즁의 무러 형의 쇼식을 젼ᄒᆞ여 아르미 잇ᄂᆞᆫ가

추자낼 거시니 형은 귀향호기를 잠간 날회고 기다려 보라 싱이 샤례 왈 존형이 사름을 처음으로 보시고 이 곳치 쇼회를 수뭇추시니 은혜 난망이라 만일 부모를 추자내실진대 쇼뎨 은혜 분골쇄신호온들 다 갑흐리잇가 조싱이 마음의 긍측히 너겨 부듸 추져 보려 호더라 원내 니관이라 호는 쟈는 참지졍스 태흑스 니은의 일네라 참졍이 팔년 젼 조

61면

쥐 찬젹시의 부인 슝시로 더브러 가다가 길히셔 젹화를 만나 녀우 화벽을 일코 참샹호미 목젼의 죽엄을 노흐니만 못호나 나라 죄인으로 공치 지쵹호니 날포 뉴삭지 못호고 추자보지 못호여 다숫 해를 지내고 은샤를 씌여 도라와 상총이 호호호여 우즈는 그 나히 구셰라 스쇽의 근심은 업스나 녀우의 빙셜 갓튼 직질을 영영 일코 부뷔 신셕의 우탄호나 스방의 심방호여도 추줄 곳이 업고 여러 셰월이 밧고여 참졍이 벼슬이 놉고 덕망

62면

이 됴야의 나토나나 슬해 젹막호믈 슬허호더라 추셜 니소져 화벽은 셰의 드믄 졀염이라 식견이 고명호고 의식 흰츨호여 완젼이 렬쟝부 스군지라 부모를 실산호고 유모 진파의게 길어미 되어 양쥐 촌가의 즈라시대 스스로 흑문을 힘쓰고 녀공을 다스려 빅스의 진션진미호여 고루거각의 호치히 즈라 니를 우을지라 미양 실산홀 젹 입엇던 옷과 나숨을 깁히 감초와 부모 만날 졔 증참을 삼으려 호더니 셰월이 여류호여 십이셰의 밋추대

63면

부모의 존망을 알미 망연호고 진파를 싸라 양쥐 샹고의 집의 니시나 맛춤내 쟝신홀 곳이 아니라 가연이 남쟝을 개챡호고 진파를 보쳐여 슈로로 조추 부샹 대괴 미양 양쥐 물화를 시러 경스의 와 미미호고 오나 스고무친호여 위부의 진파의 동싱이 이시므로 쥬인호여 머믈미 위싱으로 친호여 스괴나 위싱이 조싱쳐로 뭇지 아니호니 쏘흔 셰셰히 발언치 아낫더니 조흑스의 신근이 무르믈 인호여 발언호대 그 녀짐믄 긔이더라 추시의 조흑

64면

시 샹명으로 됴시를 마줄시 됴부의셔 퇴일ᄒ니 스이 일삭은 가렷ᄂ지라 샹이 샤급ᄒ신 명쥬를 틱부인긔 드렷더니 납빙ᄒ고 낭게 혼슈를 출히더라 조한림이 니싱의 품은 쇼회를 드른 후는 마음의 잇지 못ᄒ여 틈을 타 몬져 참졍 은을 보고 한화ᄒᆞᆯ시 니공이 조싱의 동인ᄒ 풍치와 쇄락ᄒ 얼굴을 불승애경ᄒ여 말ᄒ여 시험ᄒᄆ 샹쾌ᄒ 언론이 강하를 기우르고 유식ᄒ 의논은 창ᄒ의 너르ᄆ 이시니 참졍이 심하의

65면

탄왈 진실노 대현군지며 일셰 영쥰이로다 츄경ᄒᄆ 더옥 극ᄒ더라 한림이 언단의 무러 굴ᄋ대 존공의 ᄌ녜 몃치나 ᄒ니잇고 니공이 탄왈 명되 박ᄒ여 ᄌ녜 희쇼ᄒᄆ 날ᄀᆞᆺ티 업ᄉ지라 여러 ᄌ녀를 다 기르지 못ᄒ고 일즉일녜 이셔 아들은 구셰오 ᄯ알은 십여 셰 되여시ᄃ 실산ᄒ여 ᄉ싱을 아지 못ᄒ니 죽으나 다르지 아니토다 조싱 왈 어ᄃ셔 도젹을 만나 일허시니잇가 니공 왈 아들은 일흔 일이 업고 녀ᄋ는 오셰의 됴쥬 젹쇼의 가다가 일

66면

ᄒ니 슉야의 참샹ᄒᄆ 죽엄을 겻히 노훗 ᄃᆺᄒ더니 이졔 현졔 ᄌ시 무르시니 혹쟈 아로미 잇ᄂ가 경혹ᄒ노라 조싱이 싱각ᄒ대 이는 녀ᄋ를 일코 져는 아지로라 ᄒ니 알 길이 업거니와 원내 니싱의 긔질이 연약ᄒ여 녀틱 의연ᄒ니 아니 변복ᄒᄆ 잇ᄂ가 의아ᄒ여 대왈 소싱이 샹공 녀ᄋ를 엇지 아로미 이시리잇고 다만 여ᄎᄒ ᄉ예 이셔 부명을 니르거늘 드르니 존공의 휘ᄌ와 ᄒ가지라 힝혀 갓ᄐ미 잇ᄂ가 ᄒ더니 져는 남ᄌ오 존공은 녀ᄌ

67면

를 실산ᄒ시다 ᄒ오니 그짓 거시로쇼이다 원내 무슴 증험ᄒᆞᆯ 일이나 잇ᄂ니잇가 니공 왈 다른 증험ᄒᆞᆯ 일이 업셔 쇼녀의 명지 화벽이ᄆ 우비샹의 화벽 두ᄌ를 쥬졈으로 표ᄒ고 좌비샹의 아녀 두ᄌ를 쥬졈으로 ᄡ여시니 그 밧근 다른 증험이 업고 얼골이 미려ᄒ여 가장 드믄지라 조싱이 낫낫치 다 삭여ᄃᆺ고 하직고 도라와 슈일 후 위가의 가니 위싱은 나가고 니싱이 홀노 잇거늘 나아가 슈일 평부를 뭇고 니싱이 몬져 문왈 존형

이 아르쥬마 ᄒ

시던 일을 엇지 ᄒ시느뇨 한림이 답왈 현형을 위ᄒ여 ᄉ오 일 듯보니 한님 니공은 ᄌ 녀간 일흔 일이 업고 참졍 니공은 니로대 조쥐 찬젹 갈 젹 젹화의 ᄯᆞᆯ을 오셰의 일코 여ᄎ여ᄎ 녀ᄌ를 좌우 비샹의 잉혈노 친필노 벗다 ᄒ니 인형은 남지라 쇼데 슈고ᄒ 여 단니던 일이 무류ᄒ여라 이리 니르며 니싱을 바라보니 화안 운빈이 더옥 ᄉ로온 지라 옥모는 빅년 일지 광풍을 맛는 듯 셩안은 나족ᄒ여 물결이 어리는지라 빅태쳔 광이 아모

리 보아도 남ᄌ의 풍되 아니라 옥빈년협의 졀묘ᄒᆫ 거동이 완연이 미인의 태라라 조 흑ᄉ의 일ᄡᅡᆼ 조심경 안광이 엇지 그 남녀를 몰나보리오 번연이 녀ᄌ믈 ᄭᅢᄃᄅ니 짐 ᄌᆺ 나아안ᄌ 팔흘 달여 집슈 왈 ᄉ히지내 다 형데라 이졔 형을 맛나미 그 졍이 평 싱 아던 바 갓튼지라 이졔 형을 만나미 엇지 심ᄉ를 은휘ᄒ리오 실노 관포 삼결을 효 측ᄒ여 평싱 ᄯᅥ나지 말고져 ᄒᄂ니 형은 내 ᄯᅳᆺ과 엇더ᄒ뇨 이리 니르며 좌우 옥비를 ᄲᅢ혀 단단니

잡고 보니 초옥 ᄀᆺ튼 셤슈와 유약ᄒᆫ 팔이 의심 업ᄉᆫ 녀ᄌᄱᅡᆫ 아니라 좌우 비샹의 ᄯᆞᆫ 글지 분명ᄒ여 아녀 화벽 네 ᄌ 분명ᄒ거늘 싱이 바야흐로 ᄭᅢ다라 손을 노코 멀니 믈 너 졀ᄒ여 ᄀᆞᆯ오대 조싱이 불명ᄒ여 명교의 득죄ᄒ미 만흐니 엇지 참괴치 아니리오 연이나 얼골을 샹대ᄒ고 심ᄉ를 발ᄒ여 쇼데 친당이 머지 아니ᄒ니 쇼싱이 혐의를 피ᄒ여 모호이 믈너간즉 쇼제 빅년이라도 친당을 ᄎᆺ지 못홀지라 민시 반ᄃ시 ᄉᆽ치 잇게 ᄒ리니 쇼졔는 속

태를 마르시고 ᄌ시 니르시면 도라가 니공긔 고ᄒ여 부녜 모ᄃ시게 ᄒ리라 쇼졔 ᄯᅩ 흔 홀일 업셔 니러 배샤 왈 쳡은 과연 니시 화벽이라 혈혈 일신이 부모를 ᄎᆺ고져 슈

로 창파의 샹고의 무리로 동션ᄒᆞ니 그 비편 난쳐ᄒᆞ미 비ᄒᆞᆯ 곳이 이시리오 부득이 남복을 개착ᄒᆞ여 이목을 가리오고 이의 니ᄅᆞ니 위뷔 ᄯᅩ ᄒᆞᆫ번 거ᄒᆞ니 인ᄒᆞ여 남복으로 부모를 심방코져 ᄒᆞ더니 텬되 도으시믈 입어 군ᄌᆞ를 만나 의긔 현심이 ᄉᆞ롬의 급ᄒᆞᆫ 거ᄉᆞᆯ 구ᄒᆞ여 앗가 니

72면

ᄅᆞ시던 바ᄂᆞᆫ 진실노 쳡의 가친이라 타인이야 뉘 비샹 표젹을 알니잇고 이졔 근본을 감초지 못ᄒᆞ게 되여시니 군ᄌᆞᄂᆞᆫ 하히지덕을 드리오셔 사ᄅᆞᆷ의 급ᄒᆞᆫ 거ᄉᆞᆯ 구ᄒᆞ시고 부녀 텬륜이 완젼케 ᄒᆞ시니 이ᄂᆞᆫ 고목이 ᄉᆡᇰ화ᄒᆞ미라 감히 실ᄉᆞ를 고ᄒᆞᄂᆞ이다 혹ᄉᆡ 깃거 유모와 니부로 나아가니 원내 니공의 가ᄉᆡ 녯집이면 진ᄑᆡ 오ᄅᆡ여도 오히려 ᄎᆞᄌᆞᆯ 거시로ᄃᆡ 니공이 쳐음 쳥쥐로 올나와 녯 택샹이 업셔 친쳑의 공샤를 비러 드럿다가 비로쇼 집을 일은 고로 진ᄑᆡ ᄎᆞᄌᆞᆯ

73면

길이 업셔ᄒᆞ더니 조혹ᄉᆞ의 가ᄅᆞ치믈 인ᄒᆞ여 니부로 나아가니 니소졔 ᄌᆞ긔 입엇던 의샹을 보내여 증참을 삼으니 혹ᄉᆡ 다시 니공을 보고 슈말을 ᄌᆞ시 젼ᄒᆞ고 진파를 불너 뵈니 니공이 대경 대희ᄒᆞ여 젼후 슈말을 ᄌᆞ시 뭇고 쇼졔 홍샹과 나삼을 보니 숑부인이 읍왈 진실노 여ᄋᆞ 화벽이로다 ᄒᆞ니 니공이 조혹ᄉᆞ를 만만 치사ᄒᆞ고 인ᄒᆞ여 교부와 화교를 보내여 다려올ᄉᆡ 니시 긔특ᄒᆞ믈 보고 ᄌᆡᄉᆡᆼ지녀로 비홍이 완젼ᄒᆞ믈 보고 그윽이 ᄌᆞ긔지

74면

물을 삼고져 ᄯᅳᆺ이 깁흔지라 문득 웃고 사례 왈 쇼ᄉᆡᆼ이 존공 말ᄉᆞᆷ을 듯ᄌᆞᆸ고 실샹을 알고져 ᄒᆞ미 녕녜 남복으로 만나 남ᄌᆡ로라 칭ᄒᆞ대 그 안ᄉᆡᆨ 태되 진실노 녀태를 면치 못ᄒᆞᆫ 고로 짐즛 손을 잡아 비샹 ᄋᆡᆼ셔를 본즉 발각ᄒᆞ여 이졔 존공 부녜 단합게 된지라 쇼ᄉᆡᆼ이 ᄯᅩᄒᆞᆫ 공이 업다 못ᄒᆞ리니 남녜 유별ᄒᆞ여 칠셰여든 부동셕ᄒᆞ고 불공식이어ᄂᆞᆯ 쇼ᄉᆡᆼ이 녕녀로 일셕의 상대ᄒᆞ여 손을 잡고 팔을 어ᄅᆞ만져 명교의 죄를 어더시니

75면

령쇼졔 또흔 뜻을 아지 못흐거니와 존공이 령녀의 머리 세기를 기다려도 이 조운희를 등대흐실지라 다른 뜻을 두지 마로쇼셔 쇼싱이 가유실인흐고 황명이 겨샤 됴즁의 녀를 지취 샤혼흐시니 이졔 급히 삼취를 가엄이 허치 아니실지라 조용이 도모흐여 맛춤내 셔로 져바릴 형셰 못 되여시니 존공은 셰번 싱각흐샤 녕녀의 빅년 대소를 쇼루이 마르쇼셔 니공이 츠언을 드르미 본대 조혹사를 탄복 애즁흐는 바오 그 은혜 즁흐고 타문

76면

남녜 셔로 친밀흐여 맛춤내 다른 대 도라보니미 풍교의 유히흔지라 흔연 샤왈 우리 부녀의 텬륜을 완젼흐기는 현계의 은혜라 니르지 아니나 십년을 등대흐여도 현계의 쥬션흐기를 바라노라 조싱이 흔연 샤스흐고 도라와 일봉셔를 지어 진파로 흐여금 쇼졔긔 보내니 은은이 뜻이 이셔 즈긔 타문의 도라가지 못홀 뜻을 닐러시니 니시 보고 말을 아니러라 이써 위싱 등이 나가고 또 임의 녀쥔 쥴 안 후 다시 볼 묘리 업셔 진파로 더브러 니

77면

부의 도라오니 부뫼 반기고 깃거흐미 디하인을 대홈 곳트니 슝부인이 붓들고 누숴 여우흐니 쇼졔 더옥 슬허 오열흐여 누숴 구슬 구으듯흐니 이용이 슈려 긔이흐여 쇼월이 운외의 벗혀시며 년홰 광풍을 만납 곳트니 부뫼 오히려 오시 면목이 이시믈 보미 슬프고 늣겨 지닌 셜화를 뭇고 조싱의 총명능신흐믈 일크르니 쇼졔 함누탄식이러라 인의 부녀 샹봉흐여 텬륜이 완젼흐니 남은 한이 업는지라 쇼졔 녀복을 개착흐고 화안을

78면

다드무니 평싱 교염이 일싁의 바아는지라 부뫼 두굿기는 즁 조싱과 샹젹흔 가위로대 그 두 안히 잇고 삼취 되믈 한홀 뿐 아니라 초공의 허락을 엇지 못흐엿는지라 녀오의 쟝릭스를 넘녀흐여 다른 대 구혼코져 흔즉 니시 읍왈 쇼녀는 세샹지인이라 임의 녀힝을 위월흐고 타문 남즈와 셔로 일셕의 좌흐여 례를 넘기고 힝실이 비쳔흐니 츠마

다시 셰샹의 인륜을 출힐 뜻이 업스니 아직 마음을 안정히ᄒᆞ여 부모 슬젼의 죵신ᄒᆞ기를

바라ᄂᆞ이다 부뫼 탄식ᄒᆞ고 다시 여ᄋᆡ 친ᄉᆞ를 드노치 아냐 조싱의 쥬션ᄒᆞ기만 등대ᄒᆞ나 긔약이 업고 ᄌᆞ녀간 쟝셩ᄒᆞ니 업는 고로 밧비 셩혼ᄒᆞ여 쟉교의 길드리믈 보고ᄌᆞ ᄒᆞ더니 숑 부인이 일계를 싱각ᄒᆞ고 가마니 쟝헌태후긔 이 쇼유를 고ᄒᆞ고 조각을 타 조유현의 삼ᄎᆔ 샤혼을 쳥ᄒᆞ니 숑부인은 쟝헌태후 아오 뉴시의 녜라 숑부인을 태휘 가쟝 애대ᄒᆞ는 고로 쇼녀의 친ᄉᆞ 졀박ᄒᆞᆫ ᄉᆞ졍을 알외니 태휘 답ᄒᆞ대 샹이 갓 됴즁의 녀ᄌᆞ를 샤

혼ᄒᆞ샤 오히려 ᄎᆔ치 못ᄒᆞ고 길긔 갓갑다 ᄒᆞ니 다시 급히 샤혼은 ᄉᆞ톄 고이ᄒᆞ니 조각을 보아가며 쥬션ᄒᆞ리니 화벽이 십슈셰라 무어시 밧부리오 ᄒᆞ시니 니부의셔 깁히 미더 등대ᄒᆞ니 ᄎᆞ후 엇지 셩젼ᄒᆞ고 하회를 분히ᄒᆞ라 화셜 조흑시 니시를 친졍으로 보내고 이후는 졍혼이 다 니시의게 도라가 형애 치란도 ᄎᆞᆽ지 아니ᄒᆞ고 깃거ᄒᆞ던 지ᄎᆔ 길일도 림박ᄒᆞ되 흔히ᄒᆞᄆᆡ 업셔 오직 니시의 빙ᄌᆞ광염이 안젼의 영ᄡᅥ니 심회 불호ᄒᆞᆫ지라 쥬야의

싱각는 비 슈이 못기를 원ᄒᆞ대 그 인연이 묘연ᄒᆞ니 울울 불낙ᄒᆞ대 오히려 쳘셕 심쟝이라 쟉위화식ᄒᆞ여 즁인 쇼시의 고이ᄒᆞᆫ 거조를 방비ᄒᆞ며 지어부젼을 님ᄒᆞ면 잡 마음을 다 살와바리고 가득이 조심ᄒᆞ여 셤기니 동쵹ᄒᆞᆫ 셩효와 슘엄ᄒᆞᆫ 례되 츄호 희태ᄒᆞᄆᆡ 업스니 초공이 비록 명달ᄒᆞ나 엇지 그 쟉용을 알니오 일월이 살 ᄀᆞᆺᄐᆞ여 됴가 길일이 다다릭니 조싱이 허다 위의로 신부를 마ᄌᆞ오니 이날 조부의셔 ᄯᅩᄒᆞᆫ 돗글 열고 졔

부졔녀를 모화 신부의 힝례를 마즐ᄉᆡ 됴시 ᄯᅩᄒᆞᆫ ᄌᆞ약거려ᄒᆞ여 연연ᄒᆞᆫ 빙ᄌᆞ옥질이 희샹명쥬오 조흔 긔질이 옥미 납셜을 ᄯᅴ엿는 둧 졍시의 쳔ᄌᆞ광염의 밋지 못ᄒᆞ나 갓초

어엿분 거동이 부도를 극진이 어더시니 구고 존당이 놀닉고 ᄉᆞ랑ᄒᆞ며 일쥐 치하ᄒᆞᄂᆞᆫ 빗치라 조노공이 쇼왈 유복흔 놈은 ᄉᆞᄉᆞ마다 이러툿ᄒᆞ여 십삼 셰의 한림흑ᄉᆞ로 규각의 꼿 갓튼 냥쳐를 두미 현숙ᄒᆞ미 이러툿ᄒᆞ니 엇지 깃브지 아니리오 진왕이 흔연 쥬왈 이는 져의

유복흘 ᄲᅮᆫ 아니오라 실노 가문의 복이니이다 초공이 안식이 화평ᄒᆞ여 깃븐 거시 미우의 어리여 배샤 왈 신뷔 ᄯᅩᄒᆞᆫ 뇨됴 유한ᄒᆞ여 명염의 녀지라 우흐로 성은이 즁ᄒᆞ시고 부모 존당의 젹덕 여음이라 졔 무슴 복으로 감당ᄒᆞ리잇고 미식 넘ᄂᆞ니 도로혀 두리오미 만ᄒᆞ니이다 진왕 왈 질ᄋᆡᄂᆞᆫ 호걸지풍과 대현 군지니 냥쳐를 잘 거ᄂᆞ리리니 현뎨ᄂᆞᆫ 근심치 말나 ᄒᆞ더라 초공이 정시를 가르쳐 신부로 셔로 보게 ᄒᆞ니 신뷔 공슌지배ᄒᆞ미 졍쇼졔 규구를 바리고 공슌

이 답례ᄒᆞ고 ᄉᆞ식이 타연ᄌᆞ약ᄒᆞ여 반호 투심이 업ᄂᆞ니 즁인이 그 어린 나흐로 셰ᄉᆞ를 치 아지 못ᄒᆞ여 그런가 ᄒᆞ고 초공은 그 녁량의 침원ᄒᆞᆷ믈 씌드라 더옥 애즁 흔열ᄒᆞ더라 됴시 인ᄒᆞ여 머믈ᄉᆡ ᄒᆡᆼ시 온즁ᄒᆞ며 효셩이 츌인ᄒᆞ여 ᄌᆞ품이 크게 ᄉᆞ랑ᄒᆞ온지라 슉쇼를 미월당의 뎡ᄒᆞ니 흑시 신졍이 미흠ᄒᆞ여 미월당의 날마다 왕릭ᄒᆞ여 종고지락이 무비ᄒᆞ니 치련각의 종젹이 돈연ᄒᆞ니 혹 즁인 쇼시의 만ᄂᆞ면 안식이 반ᄃᆞ시 엄ᄒᆞ고 조금도 부부

의 친애ᄒᆞᄂᆞᆫ 거동이 업ᄂᆞ니 쇼졔 비록 년미ᄒᆞ나 흑ᄉᆞ의 무단흔 긔식을 보면 일싱이 괴로오믈 넘녀ᄒᆞ여 금옥 심장이 ᄌᆞ로 놀나오대 오히려 ᄉᆞ식의 나타ᄂᆞ지 아냐 온유흔 안뫼 일양 평안ᄒᆞ여 웃는 꼿이오 언쇠 ᄌᆞ약ᄒᆞ여 향슈 ᄲᅮᆷᄂᆞᆫ 옥이라 양부인이 그 신셰 괴로오믈 즌잉ᄒᆞ여 무이ᄒᆞ기를 긔츌 ᄀᆞᆺ치 ᄒᆞ고 한님을 통히ᄒᆞ대 함구불언ᄒᆞ고 텬도를 탄ᄒᆞ더라 흐르ᄂᆞᆫ 셰월이 빅구의 틈지남 ᄀᆞᆺ투여 긔현은 쇼시로 화락ᄒᆞ여 은졍이 태산 갓고 유현은 됴

86면

시로 화락ᄒᆞ여 가내 화평ᄒᆞ고 여가의는 씩씩 졔녀로 졍을 펴되 일념이 니시고 니시되 혼인을 도모ᄒᆞ나 부친이 알니 업ᄂᆞᆫ지라 그윽이 틈을 여러 태부인긔 고ᄒᆞᆫ대 쇼손이 임의 냥쳐를 두어시니 다시 변ᄉᆞ를 취ᄒᆞ미 부졀업ᄉᆞ대 남이 셰샹의 나미 삼쳐는 반ᄃᆞ시 져머셔 어더 화락ᄒᆞ올지라 참졍 니은의 녜 임ᄉᆞ의 덕이 잇다 ᄒᆞ오니 취코져 ᄒᆞ오대 대인이 허치 아니실지라 민울ᄒᆞ여 ᄒᆞᄂᆞ이다 태부인이 대경ᄒᆞ여 글오대 네 나히 겨유 십삼이

87면

오 냥쳐의 현미ᄒᆞ미 금옥 ᄀᆞ트여 진실노 변ᄉᆞ를 모ᄒᆞ미 가치 아니ᄒᆞ고 네 아비 드를진대 엇지ᄒᆞ리오 혹시 웃고 다시 쥬왈 이 가온대 곡졀이 이셔 쇼손이 져를 붕우로 ᄉᆞ괴여 여ᄎᆞ여ᄎᆞᄒᆞ여 그 부모를 ᄎᆞᄌᆞ 쥬고 피ᄎᆞ의 져바리지 못홀 일이 이시니 니시 쇼손을 직희고 도쟝의 홀노 늙기를 졍ᄒᆞ오니 쇼손이 만일 져바릴진대 이는 젹불션이라 쳐음이 잇고 나죵이 업ᄉᆞ미니 쇼손이 죽기 젼 바리지 못ᄒᆞ리로쇼이다 슌태부인이 손ᄋᆞ를 이즁ᄒᆞ미 스스로 몸

88면

을 잇ᄂᆞᆫ지라 그 이연ᄒᆞᆫ 언ᄉᆞ를 그러히 너겨 조흔 모칙을 싱각ᄒᆞᆯ식 ᄎᆞ일 혼졍을 당ᄒᆞ여 초공을 대ᄒᆞ여 왈 내 년노다병ᄒᆞ여 셰샹이 오릐지 아닐지라 드르니 참졍 니공의 녀이 ᄉᆞ덕이 온젼ᄒᆞ며 위인이 현슉다 ᄒᆞ니 오아는 유현을 위ᄒᆞ여 셩친ᄒᆞ여 노모의 말년 효양ᄒᆞᄆᆞᆯ 밧게 ᄒᆞ라 초공이 공경 문교의 긔이지배 왈 쇼지 엇지 ᄌᆞ교를 위월ᄒᆞ리잇고마는 유이 삼오 유치로 냥쳐를 거ᄂᆞ리옴도 불가ᄒᆞ거늘 엇지 삼쳐를 의논ᄒᆞ리잇

89면

고 말이 맛지 못ᄒᆞ여셔 슌태부인이 믄득 발연 노식 왈 미망여싱이 ᄒᆞᆫ 손아를 위ᄅᆞ여 쥬졉스로오미 네 늙으니 망녕으로 일위니 내 말ᄒᆞᄆᆞᆯ 도로혀 붓그리노라 초공이 황망이 면관 쳥죄 왈 유이 어린 나히 삼쳐 불가ᄒᆞᄆᆞᆯ 고ᄒᆞ미러니 이제로조ᄎᆞ 엇지 감히 다시 거스리잇고 삼가 명대로 ᄒᆞ리이다 부인이 비로쇼 노를 도로혀 관을 쥬어 쓰게 ᄒᆞ

며 슈히 셩친케 하라 흔대 초공이 슌슌히 슈명ᄒ고 믈너ᄂᆞ니 혹시 심즁의 크게 깃거ᄒ나 것ᄎ로 감히 ᄉᆞ싴지

90면

못ᄒ더라 이ᄯᅥ 니부의셔 숑부인이 ᄌᆞ연이 조부 슌태부인의 뜻을 늣치고 니공을 권ᄒ여 간졀이 쳥혼ᄒ여 미파ᄅᆞᆯ 짐줏 슌태부인긔로 쳥혼ᄒ고 그 녀적 기리믈 텬샹 인간의 업슨 줄 알외고 인ᄒ여 회보ᄅᆞᆯ 쳥ᄒ니 태부인이 초공을 불너 니ᄅᆞ대 참졍 니공의 규쉬 긔특ᄒ고 이졔 구망이 유현의게 이셔 간졀이 구혼ᄒ니 유의 긔샹이 호호ᄒ여 반ᄃᆞ시 칠부ᄅᆞᆯ 갓출 거시니 엇지 흔 니시ᄅᆞᆯ 구인ᄒ리오 내 뜻이 임의 졍ᄒ여시니 네 엇지 ᄒ려ᄂᆞᆫ다

91면

초공이 조모의 노ᄅᆞᆯ 더을 ᄲᅮᆫ이오 죵시 ᄉᆞ양ᄒ여 일오지 못ᄒ고 마지 못홀 줄 지긔ᄒ미 지배 왈 임의 한번 알외여 죄ᄅᆞᆯ 범ᄒ고 두 번 거ᄉᆞ리리잇고 명대로 ᄒ리이다 태부인이 딕열ᄒ여 즉시 허혼ᄒ고 미파ᄅᆞᆯ 관대ᄒ여 보내니 초공이 혹ᄉᆞᄅᆞᆯ 불너 앏히 니ᄅᆞ니 탄ᄒ여 골오대 네 나히 어리고 미시 조달ᄒ여 내 마음이 한쩍도 편치 못ᄒ거늘 ᄯᅩ 삼ᄎᆔᄅᆞᆯ 구ᄒ려 ᄒ시니 남이 드른죽 날을 고이히 너기지 아니ᄒ리오 내 임의 조모의 노ᄒ시믈 져허 승슌ᄒ기ᄅᆞᆯ

92면

위쥬ᄒ거니와 너는 마음이 편ᄒ며 ᄯᅩ 셰 가실을 거ᄂᆞ려 가졔ᄅᆞᆯ 잘 홀가 시브냐 네 졍히 뎡시ᄅᆞᆯ 박대ᄒ고 직실을 젼춍ᄒ여 거지 히연ᄒ대 셰쇄지ᄉᆞᄅᆞᆯ 아른 쳬 아니므로 모ᄅᆞᆫ 쳬하여 계칙지 아니ᄒ더니 이졔 삼ᄎᆔᄒᆞᄂᆞᆫ 거죄 이시니 십ᄉᆞ 쇼아의 셰 안히 금고의 드믄 변이니 반ᄃᆞ시 대변이 날가 두리노라 혹시 부복 쥬왈 쇼지 엇지 마음이 편ᄒ오면 스ᄉᆞ로 즐겨ᄒᆞ오미 이시리잇고 이졔 대모긔 죽기ᄅᆞᆯ 무릅뼈 도로 혼ᄉᆞᄅᆞᆯ 믈니치고져 ᄒ나이다 엇지 졍

93면

시 박대는 감히 엄하의 긔망ᄒ리잇고 실노 딕면ᄒ기 어려오니 흔갓 져의 명박ᄒ미

아니라 히이 또흔 익회 비경ᄒ여 그런가 ᄒᄂ이다 초공 왈 임의 허혼ᄒ여시니 네 헛
된 ᄉ양으로 될 셰 업고 어든 후 가졔나 잘ᄒ여 고요흔 부즁을 산란이 민ᄃ지 말나
싱이 직배 슈명ᄒ고 믈너ᄂ니 초공이 심히 근심ᄒ여 미우를 펴지 못ᄒ대 구십 조모
의 깃거ᄒ시믈 경ᄉ로 알고 흔번 발노ᄒ시믈 우환으로 아ᄂ지라 시러곰 혼인을 뎡ᄒ
고 유현의 룽쇼흔 슈단

94면

을 아지 못ᄒ고 어들ᄉ록 싀로이 너기ᄂ 뜻을 알오디 니시의 얼골을 보고 셔ᄉ를 통
ᄒ며 니공을 촉ᄒ여 타문을 방어ᄒ고 태부인을 도도와 졍혼호믄 아지 못ᄒ니 그 능
려ᄒ미 이러툿ᄒ더라 니공이 허락을 밧고 즉시 택일ᄒ니 길긔 겨유 일슌은 가려시니
가련흔 졍시난 십ᄉ 츈광의 단쟝 박명이 극진ᄒ여 가부의 얼골도 ᄌ셔히 아지 못ᄒ
고 오직 구고 존당을 의지ᄒ여 시일을 보내고 ᄉ덕을 숫다이 닥가 안싁의 불평ᄒ믈
나트내지 아니ᄒ나

95면

후의 온 됴시ᄂ 가부의 은총과 후대 일신의 온젼ᄒ여 만ᄉ 졔미ᄒ나 졍시 텬품이 긔
특ᄒ여 쳥안 위대훌 쑨 아니라 혈심 진졍으로 ᄉ랑ᄒ기를 져미의 관관흔 뜻이 이시
니 됴시ᄂ 지극 온슌흔 녀지라 졍시 공경ᄒ기를 군신지간 ᄀᆺ치 ᄒ고 한림의 대졉이
홀노 ᄌ긔의게 후훌 써의ᄂ 진졍으로 불평ᄒ대 한림의 긔상이 엄졍ᄒ고 샹히 말ᄒ기
를 두려ᄒᄂ 고로 쇼회를 펴지 못ᄒ나 졍셩을 다ᄒ여 졍시를 셤겨 힝시 영오 총명ᄒ

96면

니 양부인이 졍시를 애즁ᄒ고 됴시를 또흔 애련ᄒ여 거ᄂ리미 공평케 ᄒ니 이뷔 우
러러 바라기를 태산북두 ᄀᆺ치 ᄒ더라 일월이 속훌ᄒ여 니가 길일이 다다르니 비록
깃브지 아니ᄒ나 또흔 즁당의 돗글 열고 친쳑만 모도와 신랑을 보내며 신부를 마즐
ᄉ 졍도 냥 쇼졔 아름다오미 일광이 무식ᄒ니 모든 친쳑이 칭찬ᄒ여 갈오대 졍도 갓
튼 졀염을 ᄲᅡᆼ득ᄒ고 또 삼췌ᄒᄂ 뜻을 아지 못ᄒ리로쇼이다 태부인이 쇼왈 져의 외
람홈도 아니오 노인이

림박셔산ᄒᆞ여 남은 날이 업ᄂᆞᆫ지라 ᄌᆞ손이 져의ᄲᆞᆫ인 고로 미부를 ᄲᅡᆼᄲᅡᆼ이 어더 보고져 ᄒᆞ더니 맛초와 니공의 구ᄒᆞ미 이 아히게 밋츠니 졔 아비 진졍으로 민망ᄒᆞ여 ᄒᆞᄂᆞᆫ 거슬 내 위겨 어드니 졔위 친쳑은 노인의 일을 괴이히 너기지 말나 모든 사ᄅᆞᆷ이 우어 갈오대 태부인 마음이 엇지 그러치 아니시릿고 비록 어드나 졍됴의 아ᄅᆞᆷ다옴만 갓지 못ᄒᆞᆯ가 ᄒᆞᄂᆞ이다 이윽고 눈을 드러 졔부졔녀와 삼 손부의 긔이ᄒᆞᆷ믈 희열ᄒᆞ여 우음을 먹음어 골오대 태태의 번

ᄉᆞ 구ᄒᆞ시믈 민망이 너겻ᅀᆞᆸ더니 금일 ᄌᆞ부와 손부 등을 보오니 인졍의 만키를 구ᄒᆞᄂᆞᆫ 거시 올ᄒᆞ이다 태부인이 쇼왈 오늘 혼인은 노모의 쥬흔 배라 만일 신뷔 아ᄅᆞᆷ다오면 너의 혼잔 치샤ᄂᆞᆫ 마지 못ᄒᆞ리라 좌위 다 웃고 노공과 초공이 ᄌᆡ배 왈 명대로 ᄒᆞ리이다 태부인 왈 긔현이 나의 둉손이오 일쳬 고단ᄒᆞ니 슈히 신취ᄒᆞ라 진왕이 배샤 왈 근봉교ᄒᆞ리이다 ᄒᆞ니 좌즁의 회긔 늉늉ᄒᆞ니 흑시 이의 ᄒᆞᆫ가지로 시좌ᄒᆞ여 마음의 깃브미 젹지 아니

ᄒᆞ디 부친이 ᄌᆡ좌ᄒᆞ니 감히 긔운을 펴지 못ᄒᆞ여 념슬단좌ᄒᆞ엿더니 태부인이 졍시로 ᄒᆞ여금 길의를 셤기라 ᄒᆞᆫ대 쇼졔 피셕슈명이어늘 조시 등이 우어 왈 일식이 느져시니 신랑 쟈ᄂᆞᆫ 밧부지 아니ᄒᆞ냐 진왕 왈 니뷔 갓갑지 아니ᄒᆞ고 요긱이 밧바ᄒᆞ니 슈이 오슬 입으라 싱이 잠쇼 대왈 요긱ᄒᆞ여 무엇ᄒᆞ리잇고 ᄒᆞ고 오히려 움즉이지 아니커늘 태부인이 ᄌᆡ촉ᄒᆞ고 공이 니어 니르니 초공이 졍식 왈 네 ᄒᆞᆫ번 움즉이기 그리 즁난ᄒᆞ여 존명을 슈

고롭게 ᄒᆞᄂᆞ뇨 싱이 황연이 경공ᄒᆞ여 니러 ᄌᆡ배샤죄ᄒᆞ고 오슬 입을식 졍쇼졔 츄픠 가늘고 아미 ᄂᆞ죽ᄒᆞ여 길복을 셤기미 힝혀 눈이 싱의게 밋지 아냐 안셔이 셤기기를 다ᄒᆞ미 셔연이 믈너ᄂᆞᆫᄃᆡ 화긔 텬연ᄒᆞ여 일만 화봉이 닷토와 웃는 듯ᄒᆞ니 졔인이 칙칙 탄복ᄒᆞ고 조시 등이 초공을 향ᄒᆞ여 치하 왈 금일 졍시의 슉요흔 덕이 셕일 양뎨의

거동이 도라온 듯ᄒ니 이는 현뎨의 큰 복이라 우형 등이 치하를 다 못ᄒ노라 초공이 희식이 현어외모ᄒ여 흔연 칭

101면

샤 왈 식부의 현슉ᄒᄆ 고인의 우히 잇ᄂ지라 엇지 그 싀어미게 비교ᄒ리오 졔미 대쇼 왈 그 싀어미 우히 오르리ᄂ 어려울가 ᄒ노라 현뎨ᄂ 쇼견이 텬진이로대 이 말은 내외 다르도다 초공이 함쇼ᄒ더라 싱이 오ᄉᆯ 입고 모든 대 하직ᄒ니 셕샹셰 함쇼 왈 어이 ᄉ원이 초례도 가르치지 아니ᄒ고 신랑은 습례도 아닌ᄂ뇨 공이 잠쇼 왈 습례 아니타 관계ᄒ리잇가 형의 근심이 너모 다ᄉᄒ시이다 뉴샹셰 싱을 잡아 보쳐니 싱이 잠쇼 대왈 군부 안젼의 팔비 대례도 습례ᄒ

102면

미 업소오니 ᄒ ᄂ시ᄉ 취ᄒ기의 실례ᄒ리잇가 셜파의 몸을 두로혀 밧그로 나가니 쳑탕ᄒ 풍신이 이날 더옥 싀로온지라 즁좨 만구 칭찬ᄒ고 조부의 두굿기ᄂ 마음이 비길 대 업더라 니아의 나아가 젼안지례를 맛고 신부를 마ᄌ 도라올ᄉᆞ 허다 빅관이 요긱이 되여 위의 도로의 니엇고 조싱의 옥안영풍이 빅일의 조요ᄒ니 노샹 관시재 싀로이 칭찬ᄒ여 굴오대 이 신랑이 거년 츈의 계화를 ᄭ고 이년지내의 셰 번 신랑이 되여 길흘 지ᄂ다 일ᄏᄂ 쇼ᄅᆡ 들니니

103면

싱이 마음의 그윽히 웃더라 추셜 조흑ᄉᆞ 신부를 마ᄌ 도라와 독좌ᄒᆯᄉᆞ 남풍녀뫼 발월 특이ᄒ여 황금 빅벽이 빗츨 듯토며 린봉 교뇽이 희롱ᄒᄂ 듯 닐온바 텬뎡 일뒤오 빅년 가위라 즁인이 경찬치 아니리 업더라 신랑의 일빵 거울이 빗쵀ᄂ 바의 희긔 미우를 동ᄒ더라 단장을 곳쳐 폐빅을 밧드러 존당 구고긔 나아가니 령농ᄒ 광칙ᄂ 태양이 오운을 ᄯᅴ여 산두의 오르ᄂ 듯 면모 샹광이 바이니 샹연 슈려ᄒ여 츄월이 옥누의 붉앗ᄂ 듯 뉵쳑 신쟝과 일

104면

쳑 셰외 미양궁 버들을 둔케 너기딕 톄지 유법ᄒ고 진퇴 례졀이 신즁 응묵ᄒ여 단일

흔 성덕이 외모의 현츌ᄒᆞ여 그 존고 양뎡녈 곳 아니면 딕두ᄒᆞ리 업ᄂᆞᆫ지라 존당 구괴
대열ᄒᆞ여 삼취ᄅᆞᆯ ᄭᅮ짓던 ᄯᅳᆺ이 스라지고 태부인이 만심 환희ᄒᆞ여 초공을 향ᄒᆞ여 쇼왈
금일 신뷔 네 눈의 엇더ᄒᆞ뇨 초공이 ᄯᅩ흔 신부의 외모는 니ᄅᆞ지 말고 깃브며 ᄉᆞ양ᄒᆞ
미 졍시로 일반이오 화긔 만안ᄒᆞ여 대왈 유ᄋᆞᄂᆞᆫ 경박 쇼ᄋᆡ로대 쳐궁은 이ᄀᆞ치 유복
ᄒᆞ여 졍묘의 아름다

105면

오미 잇고 신뷔 ᄯᅩ 아름다오니 ᄎᆞᄂᆞᆫ 대모의 쥬시미로쇼이다 부인이 크게 깃거 신부
의 옥슈ᄅᆞᆯ 잡고 운환을 어ᄅᆞ만져 왈 이ᄀᆞ치 아름다온 긔질노 노인의 슬하ᄅᆞᆯ 림ᄒᆞ니
엇지 나의 만리 복이 아니리오 졍묘ᄅᆞᆯ 불너 좌우ᄅᆞᆯ 안치고 경계 왈 녀ᄌᆡ 흔 사름을
셤기미 년쇼 투졍은 상식라 졍아부의 ᄉᆞ덕이 본대 ᄎᆞᆫ다ᄒᆞ니 됴시로 ᄌᆞ미 ᄀᆞ튼지라
삼인이 셔로 화동ᄒᆞ여 존고의 셩덕을 본바ᄃᆞ면 규문의 희긔 니러나 ᄒᆡᆼ식 빗ᄂᆞ리라
삼인이 일시의 흥군을 ᄭᅳ을며 칠보ᄅᆞᆯ 슉여 ᄇᆡ샤

106면

슈명ᄒᆞ니 ᄎᆞᆫ다온 긔질과 완슌흔 거동이 진션진미ᄒᆞ니 좌위 닷토와 치ᄒᆞᄂᆞᆫ지라 노
공 부부와 태부인의 깃거ᄒᆞ미 비홀 곳이 업고 양뎡녈의 단즁ᄒᆞ므로도 화긔 미우ᄅᆞᆯ
둘넛고 아험의 화긔 영ᄌᆞᄒᆞ니 화픠 쇼왈 뉘 신부ᄅᆞᆯ 긔특다 ᄒᆞᄃᆞᆫ뇨 우리 양부인의 웃
ᄂᆞᆫ 용ᄒᆡ 신부의 빅틱 긔려홈도근 더 긔특ᄒᆞ이다 조시 등이 쇼왈 양뎨는 긔리지 말고
신인을 긔리거늘 셔모는 오원흔 말ᄒᆞ시ᄂᆞᆫ이다 졍슉렬이 쇼왈 양뎨 삼오 이팔이 아니
오며 쇼졔 셋지 드러오니 엇지 ᄌᆞ

107면

부로 투식ᄒᆞ리잇고 화픠 쇼왈 졍부인 말슴을 아ᄅᆞᆯ드ᄅᆞ리로쇼이다 노쳡이 견일은 졍
부인을 닐ᄏᆞᆮ더니 금일 양부인을 긔리미 일단 아쳐로오미 겨시도쇼이다 부인은 녀
즁 요슌이라 아모리 긔특다 ᄒᆞᄂᆞᆫᆫᄃᆞᆯ 슌텬ᄌᆞ의 더으리잇고 양부인이 슈용 왈 셔모의
말슴인즉 번화ᄒᆞ시거니와 실언ᄒᆞ시ᄂᆞᆫ이다 요슌이 엇더흔 셩군이시완대 미셰흔 규즁
녀ᄌᆞ의 비ᄒᆞ리잇고 졍형이 비록 귀즁ᄒᆞ셔도 이ᄂᆞᆫ 당치 못ᄒᆞ실 빅오 쳡 ᄀᆞᄐᆞᆫ 이ᄂᆞᆫ 더
옥 드ᄅᆞᆷ미 경괴ᄒᆞ니 원컨대 이런

108면

희언을 굿치쇼셔 화픠 머리를 흔드러 왈 노인의 혈심 쇼지로 양부인을 기렷더니 이런 칙이 도라올 쥴 알니잇고 좌위 대쇼ㅎ더라 종일 진환ㅎ고 졔긱이 훗터지민 신부의 슉쇼를 취운뎡의 뎡ㅎ니 치련각 미셜뎡 취운뎡이 셔로 니엇더라 신뷔 믈너 슉쇼의 도라오민 혹시 쏘흔 드러와 상딕ㅎ니 반기미 미우를 동ㅎ고 깃븐 졍신이 표탕ㅎ니 슈려ᄒᆞᆫ 냥미의 회긔 녕롱ㅎ여 흔연 쇼왈 붕우지되 화ㅎ여 부부대륜을 마즈니 금일 화촉 상대ㅎ니

109면

엇지 쳔지긔봉이 아니리오 쇼졔 슈괴ㅎ여 말을 아니커늘 한림이 쇼왈 일셕 동좌ㅎ여 회쇼언담이 자약ㅎ던 언스로 이졔 신인의 슈괴ㅎ믈 더으시니 우읍지 아니랴 연이나 나 곳 아니면 부인이 텬륜이 단합지 못홀지라 금일 엇지 일언 칭사를 폐ㅎ시ᄂᆞ니잇고 쇼졔 넘용ㅎ고 안셔히 사례 왈 쳡의 명되 긔박ㅎ여 독난을 당ㅎ여 부모를 실리ㅎ고 규리의 즈최로 남의를 개착ㅎ여 쳔만 고초를 격거 경스의 니르나 인년ㅎ여 부모를 츳줄 길이 업

110면

더니 군즈의 현심을 힘입어 부녜 샹봉ㅎ니 산은 해덕을 명심각골이라 엇지 언어로 다 칭샤홀 비리잇고 젼일 일셕지간의 언쇼ㅎ믄 부득이 ㅎ미라 쳡의 힝실의 슈괴ㅎ미 이의 극ㅎ니 엇지 안연ㅎ리잇고 싱이 집슈 흔연 왈 이 비샹 홍픠 아니면 부모 찻기 어려올넛다 붕우로 스괴던 배 일장 미시라 무슴 슈괴ㅎ미 이시리오 쇼졔 묵연이 숀을 싸혀 좌를 믈니고 슈려 쇄락ㅎᆫ 미우의 화긔 즈약ㅎ지라 볼스록 시로오니 싱이 은애를 것줍지 못ㅎ고

111면

촉불을 장외로 내고 나위의 나아가니 견권 진즁ㅎ미 하ᄒᆡ ᄀᆞᆺ더라 화픠 등이 태부인 명으로 괴로오믈 잇고 신방 이면 규시ㅎᄂᆞᆫ지라 이 말을 듯고 대경ㅎ여 태부인긔 고ᄒᆞ니 태부인이 쇼왈 이졔 대강 드르니 니시의 일을 기뷔 알면 가장 불호홀지라 여등은 함구 불언ㅎ라 화픠 등이 혀를 둘너 왈 삼외 츳지 못ㅎ여 남시 만ㅎ니 쟝릭를 가

지라 초공의 지엄흔신 교령이 이의 다다라 숙으시니 그 신릉흐믈 알니로쇼이다 태부인이 웃고 지삼 누셜 말나 ㅎ

112면

더라 싱이 니시로 더브러 은이 여산약해흐대 됴시를 쏘흔 후디흐여 규내를 다스리미 년쇼 풍졍이 이시나 싁싁 엄슉흐믄 부형의 여풍이오 부젼으로 님흐여 슈힝흐믈 졍금 미옥 갓치 흐여 그 허믈을 현착지 아니흐니 오직 졍시로 힝노 갓고 누연이 너겨 치련각의 조쳐 돈연흐니 일방 시비 등이 눈믈을 쑤려 원망흐니 졍시 쑤즈져 금흐고 탄왈 텬되 사름의 팔조를 다 갓치흐게 뎡흐시지 아니시니 엇지 녹녹히 남을 불워흐며 당돌이 쥬군을 원망

113면

흐리오 내 비록 고인의 힝젹을 법밧지 못흐나 징츙흐눈 더러오믈 힝치 아니리니 존당 구고 조이를 우러오며 졔스 슉미의 후의를 의지흐여 장강 반비의 치를 잡으리니 몸이 슉족의 나고 뜻이 셩교의 이시니 엇지 구츳이 가부의 후박을 거리끼리오 셜파의 안식이 슉연 졍대흐니 유뫼 울어 왈 부인은 이리 니르지 마르쇼셔 노쳡은 쥬야의 마음이 버히눈 듯흐오니 쇼져의 직덕과 식틱 됴니 이 쇼져긔 못흐시지 아니시고 조강 원비와 아시 결발을 일호도 고렴

114면

치 아니시고 일편도이 냥 부인긔 고혹흐시니 엇지 통한치 아니리잇고 쇼쇼져는 동일 입문흐샤 잉태 칠팔 삭이어눌 쇼졔는 젹국이 만하 가군의 얼골도 조셔히 모르시니 년쇼흐샤 셰졍을 모르시눈가 져긋치 조약흐시니 쳡은 더옥 잔잉코 셜워흐느이다 쇼졔 잠쇼 왈 어미는 부졀 업시 눈믈만 허비흐눈도다 내 마음이 안한흐여 가군을 아니 볼스록 평안흐니 유모의 울미 가쇼롭지 아니랴 쇼져의 회틱흐시미 일가의 경시라 그를 한흐여 무엇흐리오

115면

유뫼 쇼져의 무스무려히 거리끼지 아니믈 더옥 원통코 분앙흐여 우는 눈믈이 하슈

곳트니 씨의 한림이 취운덩으로 가는 길이라 ᄉ챵의 쵹영이 빗최고 어셩이 은은ᄒ거
늘 잠간 족용을 즁지ᄒ여 노쥬의 문답을 드르미 쇼져의 현슉ᄒᆫ 언단을 마음의 탄복
ᄒ여 싱각ᄒᆞ디 져의 말이 이곳치 아름다오매 내 원내 화쵹지후의 ᄒᆞᆫ번 갓가이 대ᄒ
여 슈쟉ᄒ미 업고 그 현우를 슬피미 업ᄉ니 금야ᄂᆞᆫ 드러가 그 거동을 보리라 ᄒ고 개
호입실ᄒ니 유모 시

116면

비 등이 대경 퇴지ᄒ고 쇼져ᄂᆞᆫ 텬연 긔영ᄒ니 셰외 ᄌ약ᄒ고 신쟝이 표연ᄒ여 동지
유법ᄒ니 쇼월이 옥누의 붉앗슴 곳튼지라 일견 쳠망의 공경ᄒᄂᆞᆫ 쯧이 유동ᄒᄂᆞᆫ지라
이의 팔미러 좌를 쳥ᄒ고 넘슬 위좌 이연 왈 싱이 현ᄌ로 결발대륜이 즁ᄒ니 맛당이
부챵부슈ᄒ여 관져지락이 이실 배로대 부인이 싱을 여견셕호ᄒ여 닝안모시ᄒᆞᆯ믈 광
인곳치 ᄒ미 싱이 심히 괴이ᄒ여 ᄒᆞᆫ번 뭇고져 ᄒᆞ디 셩품이 규방 슈쟉이 게을너 금일

117면

의 니르니 년ᄒ여 사름의 모드미 싱의 호신ᄒ미라 그대 싱을 한홀 연괴 업ᄉ니 쳥컨
대 그 쥬의를 듯고져 ᄒᄂᆞ이다 쇼졔 졍금 슈용 대왈 쳡은 부모의 교애의 싱쟝ᄒ여 부
덕이 쇼여ᄒ니 닝광의 거안졔미ᄒᄂᆞᆫ 부힝이 업고 용뫼 박누ᄒ니 군ᄌ 고안의 합당치
아닐 배오 셩품이 용졸ᄒ여 무고ᄒᆫ 언ᄉ로 군ᄌ를 영합지 못ᄒ나 일즉 불경 셜만ᄒᆫ
빗촌 뵈미 업더니 부ᄌ의 칙픠 여ᄎ하시니 경혹ᄒᄂᆞ이다 ᄒᆞᆯ며 신쳡ᄂᆞᆫ 존명이 업시
ᄌ젼ᄒ

118면

여도 규내의 쳐실이 감히 방ᄌ치 못ᄒ리니 쳡이 엇지 ᄒᆞ흐리잇고 이의 옥셩이 낭낭
ᄒ여 단혈의 어린 봉이 우ᄂᆞᆫ 듯 언에 싁싁ᄒ여 의연이 ᄉ군ᄌ 곳트니 싱이 근이좌ᄒ
여 그 말을 듯고 얼골을 대ᄒ미 만심 애경ᄒ고 일변 괴이히 녀겨 싱각ᄒᆞ대 져곳튼 위
인으로 엇지 그 힝식 음비ᄒ고 고쟈 문군 태진의 완혜지용으로도 힝실은 닷거니와
나의 지인ᄒᄂᆞᆫ 안광이 유승타인이라 져의 안식이 염미ᄒᆞᆫ 즁의 또 복녹이 완젼지상이
오 일빵 봉미

의 화평훈 긔운이 츈양 ᄀᆺᄐ니 냥안 졍치 효셩 ᄀᆺᄐ여 결단코 비박지시 업슬 거시로
대 셜강의 말이 그 어인 말이런고 내 박대 태심ᄒ여 공규 쟝등의 쟝신궁을 효측ᄒ고
년ᄒ여 신취훈 배 나의 대졉이 지극 후대ᄒᄆᆯ 묵견ᄒᄃᆡ 일호도 한ᄒᄆᆡ 업슬 ᄲᆞᆫ 아냐
금일 언시 여ᄎᆞ 샹쾌ᄒ니 셜강의 말 곳 아니면 그 싀광은 니ᄅᆞ지 말고 녁량과 슬긔
니시의 우히라 셜강지언을 싱각ᄒ면 그 비루ᄒᄆᆡ 쳔챵 갓ᄐᄃᆡ 그 쟉인 의 이시니 싱
이 심즁의 긔특이

너겨 셜강 냥인의 말을 싱각ᄒ면 동락훌 의시 ᄉ라지니 진실노 냥익이 즁ᄒ여 슈인
의 쟉회ᄒᄆᆡ러라 싱이 강인ᄒ여 샹요의 나아가ᄃᆡ 은이 믹믹ᄒ여 다만 옥슈ᄅᆯ 니어
은근 위로 왈 우리 부뷔 츙년이라 엄훈이 부부 각거ᄒᄆᆯ 명ᄒ시니 감히 위월치 못ᄒ
나 부졍이 박ᄒᄆᆡ 아니니 부인은 마음을 한가히 ᄒ여 필경 나의 쳐치ᄅᆯ 보쇼셔 쇼졔
싱의 셰언을 귀 밧긔 들니나 각별 말이 업셔 동지안셔ᄒ니 싱이 츈야ᄅᆯ 겨유 지내고
나와

츠후는 젼일과 츌입은 내도ᄒ니 방외 이목은 가리오고 일변 졍시의 위인을 심찰ᄒ니
일동일졍의 례 밧기 업고 슉연훈 힝실이 긔특지 아니미 업ᄉ니 싱이 깁히 탄복ᄒᄃᆡ
일넘의 셜강지언의 밋치여 고이히 너기더라 ᄎᆞ시 엇지 된고 하회ᄅᆯ 분셕ᄒ라

조시삼대록 권지삼

화셜 졍비 진궁의 이시므로 오히려 흑ᄉ부부의 쇼ᄒᄆᆡ 태심ᄒᄆᆯ 아지 못ᄒ엿더니 일
일은 문안을 파ᄒ고 양뎡렬과 훈 대 모다 쇼졍됴니 ᄉ 부인과 졔녀ᄅᆯ 훈 대 모다 볼
시 화안 옥태 비무쇄락ᄒ여 옥안의 바이ᄂᆞᆫ지라 졍비 흔연 츠셕 왈 쳡이 ᄋ시의 조실
ᄌᆞ모ᄒ고 혈혈훈 졍회 갓초 슬픈지라 명되 고이ᄒ여 만단 험난을 격고 힝혀 텬일을

보아 이제 여러 ᄌᆞ녀를 두고 위젹의 귀ᄒᆞᆷ을 누려 복

2면

분의 과의라 엇지 비회를 동ᄒᆞ리오마는 셕ᄉᆞ를 감회ᄒᆞᆷ을 참지 못ᄒᆞ니 우져는 오직 며느리 쇼ᄋᆞ뿐이어니와 옥보 일신의 삼뷔 엇지 못홀 영홰라 우형이 치하를 다 못ᄒᆞ노라 양부인이 ᄯᅩᄒᆞᆫ 함쳑 대왈 셕년 변란은 셰구연심홀ᄉᆞ록 심한골경ᄒᆞᆫ지라 져져 갓치 늌아의 통은 업거니와 일싱 구ᄎᆞ이 쟝쇽의 감쵸이며 누명을 시러 구가를 써날 졔 심ᄉᆞ야 형과 다르미 잇스리오 이제 ᄌᆞ네 ᄀᆞᆺ고 며느리 져갓치 아름다오믄 소졔의 복 분의 과의라

3면

두리오미 한 근심이로쇼이다 연쳐왕윤 ᄉᆞ 부인이 일시의 모다 쇼왈 냥 부인은 이리 모드샤 엇지 쳑비ᄒᆞᆫ ᄉᆞ식으로 무슴 졍회를 닐ᄋᆞ시며 아등을 춫지 아니시ᄂᆞ니잇고 양부인이 각각 좌를 밀고 쇼왈 부인내는 유복ᄒᆞ여 난셰를 모르고 승평ᄒᆞᆫ 시졀의 호화만 씌엇시니 우리 냥인의 괴롭던 졍회야 엇지 알니오 ᄎᆞ고로 심ᄉᆞ를 아는 이로 론회ᄒᆞᆷ이니라 졔 부인이 화당의 렬좌ᄒᆞ니 양부인이 다과를 내여 셔로 권ᄒᆞ며 한화홀ᄉᆡ 늌 부인이 냥냥

4면

흔 언쇼와 쇄락ᄒᆞᆫ 광휘 당즁이 광화ᄒᆞ고 졔 소져의 빗는 안해며 향염ᄒᆞᆫ 긔질이 개개히 임ᄉᆞ지덕이라 졍양 이 부인이 쇼졍됴니 네 며느리 긔이ᄒᆞᆷ을 두굿겨 졍비 양부인을 도라보와 왈 졍이 이의 이션 지 하마 긔년이라 외모는 즁인지쇼공지라 그 힝식 엇더ᄒᆞ뇨 양부인이 대왈 오부는 녀즁 군지라 셩효와 힝실이 반졈 ᄒᆞᄌᆞᄒᆞ미 업스니 엇지 ᄆᆞ러 아르시잇고 졍비 쇼왈 슈연이나 유ᄋᆞ는 마음의 만히 미진ᄒᆞᆫ가 금슬이 블화ᄒᆞ니 쳡

5면

이 진궁의 이셔 됴셕 왕ᄅᆡ를 ᄒᆞ나 오히려 긔현 부부 ᄉᆞ실 동졍을 모르니 더옥 유현 부부의 동졍을 엇지 알니오마는 졔 셔모의 쇼젼을 듯건대 그 후ᄒᆞᆷ을 듯지 아냐 져의

쥰인 공회의 긔식을 슬피나 심히 넘고ᄒᆞᄂᆞᆫ 긔식이 이시니 ᄌᆞ고로 황금의 뉘 군ᄌᆞ의 마음을 동치 못ᄒᆞᆫ다 ᄒᆞ거니와 졍아의 옥이 ᄃᆞᆺᄒᆞ며 꼿치 향긔 잇ᄂᆞᆫ 거동을 쇼년 남ᄌᆞ이 그대도록 넘고ᄒᆞ여 대면을 슬히 너기ᄂᆞᆫ고 이도 인졍 밧기니 이 극히 의아ᄒᆞᆯ 배라 슉슉의 가시 슉

연ᄒᆞ시ᄆᆞ로 쇼시의 현데 헛된 누언을 그릇 아ᄅᆞ시미오 연쇼 박졍을 쥰인의 이목의 아라보와시니 이ᄂᆞᆫ 근본 잇ᄂᆞᆫ 박대라 부운이 거두치매 온젼ᄒᆞᆫ 화락이 만ᄉᆡ 여의ᄒᆞ거니와 졍ᄋᆞ의 박명은 부인과 달나 진실노 잔잉ᄒᆞᆫ지라 쳡이 친쳑의 ᄉᆞ졍을 인ᄒᆞ여 말ᄒᆞ미 아니라 부인은 홀노 근심이 업ᄉᆞ며 잔잉치 아니닛가 양부인이 탄왈 금일 져져의 니ᄅᆞ시ᄂᆞᆫ 배 맛당ᄒᆞ시니 쳡이 위인모ᄒᆞ여 넘려와 근심이 엇지 젹으리오마ᄂᆞᆫ 져다려 개유

ᄒᆞ여 효험이 업고 군ᄌᆡ 셰쇄히 계칙ᄒᆞ시미 업ᄉᆞ시니 아ᄌᆞ의 긔탄ᄒᆞ미 부형 밧 업고 부ᄌᆞ의 졍식부긔 대ᄒᆞ시믄 아ᄌᆞ의 우히로대 져의 금슬 후박의 밋쳐ᄂᆞᆫ 만무일실ᄒᆞ니 쳡이 슉야 골몰ᄒᆞᄂᆞᆫ 빈라 이재 신취ᄒᆞ여 그 직미 운치 오부의 승ᄒᆞᆫ 재 업ᄉᆞᆫ대 졍아로 힘노 갓ᄐᆞ미 ᄒᆞᆫ가지리니 엇지 고이치 아니ᄒᆞ리오 슈연이나 오부의 긔질이 맛츰내 명박지 아닐 배오 쳥한 졍뎡ᄒᆞ여 반졈 구ᄎᆞᄒᆞ미 업ᄉᆞ니 져의 낭익이 진ᄒᆞ면 ᄌᆞ연 화락ᄒᆞᆯ

ᄯᅥ 이실가 바라ᄂᆞᆫ 배로쇼이다 졍비 탄식고 도라보니 졍쇼졔 빵환을 슉이고 아미의 슈식을 ᄯᅴ엿시니 졍비 애련ᄒᆞ여 그 손을 잡고 홍슈ᄅᆞᆯ 미러 비상 홍졈이 완연ᄒᆞᆷ을 보고 탄왈 이심타 유ᄋᆞ의 마음이어 예ᄉᆞ 위인이면 오히려 근심이 젹으려니와 뜻을 뎡ᄒᆞ미 쳔균지즁이오 고집을 내면 뢰뎡 ᄀᆞᆺᄐᆞᆫ 위엄이라도 두려 아닐 배라 슉슉이 권치 아니시면 누를 긔탄ᄒᆞ여 마음을 곳치리오 양부인이 비홍을 보고 크게 놀나며 최왕윤 삼 부인이

9면

다 잔잉이 너겨 일시의 한림을 ㅅ즛더니 흑시 믄득 드러오다가 제 부인의 모다시믈 보고 나아와 시좌ㅎ니 화호 긔운과 쇄락호 안뫼 츄월 ㄱㅌ지라 양부인 믁믁 탄식 무 언이오 졍비 쇼왈 내 비록 너를 낫치 아냐시나 긔아로 다르미 업순지라 내 한 의심된 일이 이시니 네 심수를 긔이지 아닐가 시부냐 싱이 유화히 대왈 유직 빅모의 권이ㅎ 시믈 입스와 우럿는 졍셩이 즈모와 간격이 업스온지라 만일 무르시미 겨시면 엇지 감히 심곡을 은휘

10면

ㅎ리잇고 부인이 답왈 내 니르지 아니나 너희 우리 셤기미 긔으로 일반이라 엇지 모 르리오 내 의심되는 쟈는 너의 광대호 식견으로 미스의 총명 특이ㅎ미 타인의 지느 니 규내 쳐실을 거느리미 반드시 공평 정대ㅎ여 슉슉의 슉연ㅎ신 가졔를 효측ㅎ리라 아랏더니 이제 졍우의 슉요ㅎ믄 즁외 쇼공지니 그 친쳑된 쟈의 일편된 의논이 아니 라 실노 너의 직덕을 욕지 아니리니 네 무슴 미진ㅎ미 잇관대 결발 슈지의 비홍이 완 연ㅎ니 이는 나의 의

11면

혹ㅎ미라 쥬의를 긔이지 말나 한림이 흔연 배샤 왈 빅모의 하교를 듯즈오니 유직 슈 신졔가를 공평이 못ㅎ와 빅모긔 넘녀를 씨치오믈 황공ㅎ느이다 슈연이나 남즈의 슈 신졔가는 치국평텬ㅎ지본이라 유직 비록 년유 암용ㅎ오나 일즉 부형의 엄훈을 슉야 명심ㅎ와 눈으로 만 권 셔를 렬남ㅎ고 모쳠텬은ㅎ와 몸이 한림의 춤슈ㅎ오니 엇지 슈삼 녀즈를 거느리미 이를 더ㅎ고 져를 덜ㅎ여 함원홀 재 잇게 ㅎ리잇고 지어

12면

졍시ㅎ여는 아시 조강결발노 유즈의 마음의 경즁ㅎ미 됴니 우히 이시되 잠간 그른 말이 이셔 일념의 고이ㅎ미 졍시의 위인을 본즉 그 말이 허무ㅎ되 또 헛되다 홀진대 귀신의 작회ㅎ미 아니면 져를 잡으미 만무ㅎ니 바야흐로 의혹 불안ㅎ여 아직 쟝릭를 보고즈 ㅎ니 지어비홍의 유무도 미셰호 일이라 부뷔 뜻이 상합ㅎ고 졍의 후ㅎ미 비 홍으로 가지 아니리니 빅모는 과려치 마르쇼셔 즈뫼 일노뻐 신셕의 탄ㅎ시고 심우를

삼으시대 일양

13면

수식지 아냐 허실을 쾌셜흔 후 부부대륜을 온젼코즈 뜻이오니 굿트여 호신 편식ᄒ여
익즁을 두미 아니로쇼이다 졍양 이 부인이 더욱 놀나 왈 네 말이 비록 올흐나 스름의
신샹의 허믈을 드르며 보며 잇거든 즉시 일이 알고 고치게 ᄒ미 올흐니 엇지 심즁의
치부ᄒ여 박딕ᄒ미 올흐리오 싱이 쇼이쥬왈 눈 어둡고 귀 먹지 아니면 가옹의 쇼임
을 못다 ᄒ니 쇼지 비록 년쇼ᄒ오나 져의게는 가장이라 셰쇄흔 문견을 굿초 견파
ᄒ미 침믁흔 도리 아니라

14면

이 말을 구외의 닉지 아냐야 져도 편ᄒ고 히우도 경박흔 사름이 되지 아니리니 이썩
의 근본을 츠즈신즉 피츠의 더욱 히로올가 ᄒ나이다 그 말슴이 화평ᄒ고 안식이 졍
슉ᄒ여 진실노 가쟉이 아니라 졍비 탄왈 너의 침믁ᄒ미 슉슉의 일스로 방불ᄒ니 이
는 졍아의 유익ᄒ미라 네 반드시 졍아의 신샹의 범샹치 아닌 과실을 보왓는가 시브
니 귀신이 쟉희ᄒ미 아니면 뉘 규합의 부덕을 네의 거들니리오 졍아의 어진 힝스와
옥결빙심이 부형 밧긔 딕면ᄒ리 업고

15면

발이 계졍을 넓지 아냐시니 뉘게 허믈을 뵈엿더뇨 네 말인즉 침믁 언즁ᄒ여 사름을
보젼코져 ᄒ미 가히 녕인 탄복이라 슉슉의 뜻을 이어시니 졍아는 또 양데의 어질믈
본바들 짜름이니라 가부를 한치 말나 덕을 닥그면 박명은 명애라 무어시 붓그러오리
오 한림이 배샤ᄒ고 졍시 또 붓그림을 씌여 복슈 슈명ᄒ니 양부인이 더욱 익련ᄒ여
흔쎡도 잇지 못ᄒ더라 조부인 등과 화영셜 삼 부인이 드러오니 모다 일시의 쇼왈 옥
민뎡의 못고지

16면

룰 여러 겨시미 아등을 쳥치 아니시니 노흡지 아니랴 양부인이 손샤 왈 쳡이 스스로
나아가 져져와 셔모를 뫼셔 오리니 엇지 감히 안즈셔 쳥ᄒ리잇고 츠고로 감히 쳥치

못ᄒ엿더니 빗ᄂ림ᄒ시니 영힝ᄒ믈 니긔지 못ᄒ리로쇼이다 각각 좌를 졍ᄒ고 한담
홀ᄉᆡ 조부인이 쇼왈 부인녀ᄌ 못고지의 져 한람흑ᄉ는 엇지 참녜ᄒ엿ᄂ뇨 흑ᄉᆡ 잠쇼
대왈 한림흑ᄉ 아냐 삼공겨경인들 친젼의 문안도 아니리잇가 낫 문안의 드러오미 ᄌ
위와 빅뢰 겨시니 인

17면

ᄒ여 뫼셔 말ᄉᆞᆷᄒ더이다 조부인이 쇼왈 너희 인ᄒ여 뫼시미 너희 삼 부인이 뫼시미
ᄎᆞ마 나가지 못ᄒ여 직희고 안줏ᄂᆞ니라 싱이 함쇼 대왈 직희여 안줏지 아냐 안히 어
ᄃᆡ 가리잇가 슉미 쇼질을 보치시미 졍대ᄒᆞᆫ 하교를 아니시니 쇼질이 블복ᄒᆞᄂᆡ다 조
부인이 웃고 본 젹마다 그 쾌단ᄒᆞᆷ믈 긔이ᄒ더라 믄득 샤인이 드러와 뵈옵고 뫼셔 안
ᄌᆞ며 왈 궁의 가오니 ᄌ위 아니 겨신지라 이리 오니이다 양부인이 쇼왈 나를 보라오
지 아니ᄒ고 져져긔만 뵈오라 온냐 샤인이

18면

몸을 굽혀 쇼이샤왈 엇지 유ᄌᆞ의 ᄯᅳᆺ을 심히 모ᄅᆞ시ᄂᆞ니잇고 일즉 문안을 ᄌᆞ졍과 달
니ᄒᆞ미 업ᄂᆡ이다 부인이 ᄯᅩᄒᆞᆫ 웃고 ᄉᆞ랑이 졍비로 일반이라 조부인 등이 쇼왈 냥질
이 각각 그 부인과 바독을 두어 승부를 보리라 샤인이 쇼왈 쇼질은 밧분 일이 이셔
나가리로쇼이다 졔 부인이 우겨 샤인과 쇼시로 바독을 두라 ᄒ니 샤인이 직삼 ᄉᆞ양
ᄒᆞᄃᆡ 졔 슉뫼 ᄭᅮ즈져 왈 아이 시길진대 ᄒᆞᆫ 말도 못ᄒ고 둘 거시로대 아등은 모명으로
위월ᄒᆞ미라 여뷔라도 아등은 능멸

19면

치 못ᄒ거든 너의 힝ᄉᆡ 여ᄎᆞᄒᆞ냐 샤인이 마지 못ᄒ여 판가의 안즈니 쇼시 슈괴ᄒᆞᆷ믈
이긔지 못ᄒ여 ᄒ니 졍비 애련ᄒᆞ여 이의 쇼왈 가부와 잡기ᄒᆞ미 규문의 졍되 아니나
ᄉᆞ실의셔 스ᄉᆞ로 챵슈ᄒᆞ미 아니라 어룬의 명을 승슌ᄒᆞ미니 현부는 어려워 말고 승부
를 결우라 쇼시 마지 못ᄒ여 샹대ᄒᆞ여 구슬 바독을 희롱홀ᄉᆡ 샤인이 츄월 ᄀᆞᆺ튼 옥안
영치 쇼쇼져 염광을 샹대ᄒᆞ며 셔로 니그려 ᄒ미 블가형언이라 옥슈를 움즉이는 바의
긔이ᄒᆞᆫ 묘도를 당ᄒᆞ리 업ᄉᆞ니 샤

20면

인이 업슈히 너기다가 두 판을 지고 믈너안즈니 일좨 대쇼ᄒ고 졔 슉뫼 쇼왈 현마 그러ᄒᆞᆫ들 그리 졈직이 지ᄂᆞ냐 싱이 함쇼 대왈 흥이 업고 업슈히 너기다가 지패이다 졔인이 개쇼ᄒ고 한림과 졍시를 명ᄒ여 승부를 결우라 ᄒ니 한림이 슈명ᄒ여 판을 나와 졍시로 승부를 닷톨ᄉᆡ 한림이 방냥ᄒᆞᆫ 긔운이 거츨 배 업ᄂᆞᆫ지라 능히 슈단이 스룸의 눈을 어리게 ᄒᆞᄂᆞᆫ지라 졍쇼졔 슈습ᄒᄂᆞᆫ 가온대ᄂᆞ 안졍 단일ᄒ여 셩식을 부동ᄒ고 옥슈를 동ᄒᄂᆞᆫ 바의 슈

21면

단이 신츌귀몰ᄒ여 싱의 능ᄒᆞᆫ 슈단을 한탄ᄒ더라 셔로 비겨 고하를 졍치 못ᄒ니 냥인 풍치 셔로 듸ᄒᆞᄆᆡ 일월이 조요ᄒ고 금옥이 칭휘ᄒ여 텬뎡일대오 빅대냥필이라 졍양조 졔 부인이 일시의 대쇼ᄒ니 한림이 쾌히 니긔지 못ᄒᆞᆷ믈 분ᄒ여 다시 시ᄌᆞ고져 ᄒ나 졍시 숀을 쏘즈 단좌ᄒ여시니 양부인이 쇼왈 아지 부대 니긔고져 ᄒᄂᆞᆫ 쥴이 믜오니 현뵈 다시 두어 한판을 쾌히 니긔라 쇼졔 마지 못ᄒ여 다시 버리더니 이쎡 초공이 부인과 샹의

22면

홀 일이 이셔 드러올ᄉᆡ 즈부의 긔국을 믓눈이 뽀아보ᄂᆞᆫ지라 파흥ᄒᆞᆷ믈 즈젼ᄒ여 번신ᄒ여 나가고져 ᄒ더니 화픠 우연이 거듭 쎠보고 급히 나아와 오슬 븟드러 왈 이 즈미로온 굿슬 아니 보고 나가려 ᄒ시ᄂᆞ니잇고 흔대 졔 부인이 쇼리로조촌 거안시지ᄒ니 초공이 문을 지혀 셧ᄂᆞᆫ지라 일시의 니러 마즐ᄉᆡ 샤인이 ᄯᅩᄒᆞᆫ 참착ᄒ여 승부를 보노라 몰나다가 황망이 니러셔니 초공이 비로쇼 좌를 뎡ᄒ고 칭샤 왈 존슈와 졔 져져의 모다 즐기믈 아지 못ᄒ고 놉

23면

흔 흥을 헛트르니 황괴ᄒ여이다 졍부인이 답샤 왈 존당이 안강ᄒ시고 부즁의 일이 업스며 쳡등이 모다 즈부로 긔국의 승부를 보더니 슉슉이 림ᄒ시니 규즁 부덕이 어긔믈 슈괴ᄒᄂᆞ이다 졔미 쇼왈 금일은 실노 싱광 젹게 드러와시니 아둥의 말노ᄂᆞ 질이 아니 둘지니 현뎨 즈부를 명ᄒ라 아둥이 유현의 삼쳐를 다 ᄎᆞ례로 시겨 죵일ᄒ려

ㅎ거늘 현데로 ㅎ여곰 픠흉케 ㅎ니 애둛지 아니랴 초공이 쇼왈 여츳고로 쇼뎨 나가려 ㅎ

24면

거늘 서뫼 굿보라 하쳥ㅎ시니 안즛거니와 슬토록 다시 시기쇼셔 즈부의 잡기를 권ㅎ믄 부형의 쳬면이 아니라 쇼졔 명ㅎ여 식이든 못홀쇼이다 셜파의 화연이 웃고 니러나니 화파 등과 졔미 붓잡아 왈 유질이 아오를 보면 긔운이 쥬러져 져러툿 단아흔 사름이 되니 역시 고이흔지라 금일은 엄식을 덜고 슈이 시기라 그만ㅎ여 나간즉 다시 홀 니 업스리라 졍비 잠쇼 왈 일이 졍되 아니나 졔 쇼괴 스랑ㅎ는 졍으로 져의 부뷔 유희ㅎ믈

25면

보고져 ㅎ시니 슉슉은 말니지 마른쇼셔 공이 샤왈 삼가 명딕로 ㅎ리이다 ㅎ고 이의 한림을 도라보니 넘슬 졍좌ㅎ여 블감앙시어늘 심하의 두굿겨 이의 닐너 글오대 사름이 미스의 텬진으로 홀 거시니 너의 방일흔 긔운을 슈렴ㅎ미 겨유 내 압쏜이니 이졔 모드신 슉뫼 보고져 ㅎ실진대 명대로 홀지라 싱이 부복슈명ㅎ고 유유흔대 조부인이 지쵹 왈 아이 허락ㅎ니 네 엇지 스양홀다 잇그러 판 앏히 안치며 졍시로 나호여 식이니 냥인이

26면

마지 못ㅎ여 다시 승부를 결울시 부부의 단엄 졍대흔 품쉬 쥬화 옥슈 곳트니 샹광 셔치 서로 바이고 쇼데 더옥 황공 슈괴ㅎ여 몸둘 바를 업셔ㅎ니 싱이 쇼져의 슈참 무흥ㅎ믈 타 능녀흔 슈단으로 쾌히 니기고 팔을 밀며 늠연 단좌ㅎ니 졔 슉뫼 크게 웃고 조시와 니시로 또 두라ㅎ대 부젼의믈 황공ㅎ여 함쇼 대왈 마춤 셔셕의 스부의 쇼명을 듯고 왓스오니 나가리로쇼이다 셜파의 이연이 니러나미 샤인이 또 흔가지로 니러나니 공이 쇼왈 형장

27면

은 질ㅇ 등의 쇼쇼 죄과라도 용셔ㅎ시미 업스대 쇼데는 졔ㅇ를 칙벌ㅎ미 업스니 심

히 괴로이 너기니 주식의 일이라도 괴이터이다 제미 답쇼 왈 현데 화흔 식이 더옥 엄
정흐니 아등이 일즉 괴로올 적이 잇느지라 흐믈며 주질을 니르냐 화픠 쇼왈 쳡이 흔
말슴흐리이다 왕의 하일지위도 바라보미 숑연흐여 대흐미 무섭고 고대 발노흐시면
죽일 듯시 두려오니 그 슬하되니 무섭지 아니리오 진부의 가 보면 대쇼 궁비 왕의 셩
음 곳 느면 망혼 샹담흐는 즁

28면
흡연 탄복흐여 원망치 못흐믄 그 엄흐미 형벌이 쥰졀흐나 샹벌이 공평흐여 일호 스
시 업스미오 승샹은 왕과 다르미 잇느니 조용흐고 화평흐신 덕해 인심을 감복흐고
쳥힝 도덕이 쑤쥿는 바의 더 긔탄흐이는지라 삼 부인으로븟허 제 공주의 니르히 숑
연 치경흐미 왕의게 일분도 나리지 아니흐니 형벌과 호령이 부졀 업더이다 공이 미
쇼 왈 졔아는 굿트여 업슈이 너기지 아니흐거니와 부인 등은 쉽게 너기지 아니믈 아
지 못홀 일이러이

29면
다 졍비 이의 한림의 졍시로 졍의 블합흐여 비홍이 완젼흐믈 젼흐여 굴오대 뉘 이셔
져의 귀의 고이흔 말을 젼흐여 져의 말이 여츳여츳흐니 진실노 탁량키 어렵더이다
공이 미쇼 왈 아직 져의 나히 어리고 식부의 아름다옴과 복녹이 완젼지샹이 반호 넘
녀 업스오니 쇼쇼 직익을 과려홀 배 아니라 맛당이 계칙흐염즉흐되 그 아비 되여 셰
쇄히 아르낭흐기 블가흐고 졔 쏘흔 편칙흐여 싱각지 못흐여 흐미 아니라 식부의 덕
을 보면 주연 감동흐려니와 원

30면
내 아뷔 용식이 슈발흐여 슈삼 년 직양은 면치 못흐리이다 졍비 셕연 탄복흐고 졍쇼
졔 죤구 말슴을 드르미 지우를 감복흐더라 초공이 니르느며 졔 부인이 쏘흔 각귀기
쇼흐니라 어시의 조샤인이 쇼쇼져로 금슬이 화흡흐여 관져지락이 일셰 무비흐대 샹
경여빈흐여 필경 필계흐니 존당 부뫼 긔이흐여 만시 무흠흐되 츄밀스 녀훤이 삼녀를
두어 조샤인 지취를 간청흐니 왕이 주기는 쇼시의 풍뉴 호신흐여시나 자녜를 계칙홈
은 엄슉흐미

31면

초공의 더으티 태부인이 힘뼈 구흐여 녀시를 마즐시 즁당의 친쳑과 졔 부인 졔 쇼졔 렬좌흐여셔 셩연이 되는지라 쇼시 쏘흔 좌의 날시 화긔 이연흐니 구괴 아름다이 녀기고 즁좌 졔인이 탄복흐믈 마지 아니터라 샤인이 드러오미 화픠 쇼왈 남을 블워 굿투여 지취흐거니와 아지 못게라 신뷔 능히 쇼쇼져와 가족흘가 싱이 위좌흐여 말이 업고 슉연 졍대흐미 일좌롤 동흐는지라 셜픠 쏘 쇼왈 샹공이 무슨 일 쏘 노흐시느냐 괴싁이 엇지 닝낙흐뇨

32면

싱이 원내 원치 아닌는 지취 괴로온지라 화파 등이 존젼의셔 희롱을 시작흐니 긋치지 아닐 고로 쳥이블문흐니 화셜 냥인이 양노 왈 아등이 비쳔흐나 그대내 부모도 간대로 경시치 아닛느니 사룸이 웃즈 흐고 말흐여든 줏는 개만치도 못 아라 브릇대 대답지 아니니 엇지 노홉지 아니리오 진왕이 쟝목 질시 왈 너의 교만이 하쳐 츌고 부모 안젼이시매 방즈할 바는 아니나 화셩유어로 위열흐리니 네 비록 블여지식 이시나 내 앏히셔 엇지 괴로온 빗츨 뵈며 셔뫼 스

33면

랑흐샤 회롱을 두시미 낫비츨 닝낙히 흐여 부답흐믄 무슴 뜻고 샤인이 황연흐여 년망이 복슈 유유여늘 노공이 부즈의 거동을 두굿겨 쇼왈 금일 아히 부즈의 거동을 보건대 아비는 나의셔 놋고 아들은 너도곤 나으니 싱각건대 긔현이 삼대 샹이라 부졀업시 꾸즛지 말나 왕이 피셕 배샤 왈 야야의 하괴 지츳흐시니 블승황공이로쇼이다 인흐여 샤인을 다시 칙지 아니코 안싁이 유화흐여 친의롤 승슌흐니 샤인이 지배흐야 오히려 샤죄 시좌흐나

34면

황츅흔 거동이 이시니 승샹이 집슈 경계 왈 네 비록 금일 싁쏫의 블합흐나 셔뫼 회언을 두시미 엇지 움즉이지 아니리오 유아의 담쇠 너모 풍셩홈과 너의 단믁흐믈 난호면 가히 즁도의 합흐리로다 금일 두 셔모의 회언을 화답지 아니흐믄 슈칙이 맛당흐니 너희 이제 쟉쳐 한원의 잇고 나히 쏘 인스롤 슉지흘 쎠라 반드시 언필찰흐라 샤인

이 블승감격ᄒ여 배이슈명이라 조부인이 쇼왈 신랑이 길의를 ᄎᄌ 혼가로 향치 아니
코 부슉의게

무릅히 달토록 복죄ᄒ여 긋칠 쥴 모ᄅᄂ냐 왕이 날이 느ᄌ믈 일코라 쇼시로 ᄒ여금
오슬 셤기라 ᄒ니 쇼시 길복을 밧드러 셤길시 빵셩 츄피 ᄂᄌᆨ하고 화긔 ᄌᆨ약ᄒ여 고
름과 씌를 믜고 날호여 믈너ᄂ니 만목이 흔가지로 보나 그 긔식을 알 기리 업스니 화
영셜 삼피 칭샤 왈 가히 졍슉럴 며ᄂ리라 슉덕흔 힝실이 존고를 효측ᄒ믈 하례ᄒ려
ᄒᄂ이다 존당 구괴 미우의 화긔 가득ᄒ여 왈 쇼아부는 당셰 태시라 오직 긔현이 문
왕지덕이 업셔 슉

녀를 진복지 못ᄒᆯ가 ᄒᄂ이다 졍비 팔ᄌ 츈산의 화긔 영농ᄒ여 년화 냥협의 화흔 우
음을 씌여시니 화피 쇼왈 부인 여러 아들을 두어시ᄃᆡ 일즉 귀즁 흔희ᄒ시믈 보지 못
ᄒ엿더니 쇼쇼져의 다다르ᄂ 이대도록 ᄒ시ᄂ니잇고 졔수 쇼괴 ᄯᅩ흔 칭하 왈 이는
다 조샹 젹덕 여음이로쇼이다 샤인이 하직고 허다 위의를 거ᄂ려 녀시를 마즈 도라
올시 샤인이 슈려흔 골격이 노즁 관광재 텬샹 낭이라 ᄒ더라 조샤인이 부즁의 도라
와 합근이교배를

맛고 신뷔 조률을 밧드러 배헌구고ᄒᆯ시 즁좌 보건대 옥뫼 풍화ᄒ여 망월과 니슬 마
즌 곳 ᄀᆺ투여 흐억 쇄락ᄒ니 비록 쇼졍조니의 션연 염모와 쳔향 국식은 밋지 못ᄒ나
가히 덕긔 유슌ᄒ여 부덕이 이시니 구고 존당이 깃거ᄒ고 졔긱이 치하ᄒ더라 신부
슉쇼를 녹운덩의 졍ᄒ고 샤인이 두 부인을 두믜 후박이 고로대 쇼시 유시로 드러와
원위의 존즁ᄒ믈 몬져ᄒ여 범시 ᄎ례 잇고 법되 슉연ᄒ니 녀시 ᄯᅩ흔 승슌군ᄌ와 화
우동렬이 져믜

ᄀᆺ튼지라 일개 칭찬ᄒ고 드러오는 녀ᄌ마다 아름다오믈 긔힝ᄎ열ᄒ더라 ᄎ셜 강시

옥년이 조성으로 샹亽 일념이 셩질ᄒ여 두 희의 니ᄅᆞ미 옥용이 환탈ᄒ고 명지됴셕ᄒ니 단시 울고 침식을 폐ᄒᄂᆞᆫ지라 뉴샹셔 등이 민망ᄒ여 부인으로 의논ᄒ니 조시 탄왈 쳡인들 강아의 젼졍을 앗기지 아니ᄒ리오마ᄂᆞᆫ 유현의 결증을 아ᄂᆞ니 비록 호탕ᄒ나 이런 호탕ᄒᆞᆫ 녀ᄌᆞᄂᆞᆫ 결단ᄒ여 용납홀니 만무ᄒ니 셩혼이 무가내히라 ᄒᆞᆯ믈며 졍됴

39면

니 삼 부인이 일대 슉녀로 하졈이 업스니 엇지 취ᄒ니 이시리오 샹셰 탄왈 내 엇지 모르리오마ᄂᆞᆫ 강이 죽으면 즈위 반ᄃᆞ시 대단ᄒᆞᆫ 질환이 나시리니 아니 졀박ᄒ랴 ᄎᆞᄉᆞᄂᆞᆫ 태태를 위ᄒ여 부인이 쥬션ᄒᆞᄆᆞᆯ 바라노라 조시 답왈 강이 현미ᄒ면 어려오믈 피치 아냐 력권ᄒ여 보려니와 질이 화옥 ᄀᆞ튼 삼체 잇거ᄂᆞᆯ 져런 녀ᄌᆞ를 권ᄒᆞᆷ믄 ᄎᆞ마 못홀 배라 쳡은 실노 거간치 못ᄒᆞ쇼이다 뉴공이 다시 홀 말이 업셔 믁연ᄒ니 단부인이 쥬야 폐식 톄읍ᄒᄂᆞᆫ지

40면

라 뉴공이 탄왈 내 비록 졍도를 직희고져 ᄒ나 북당 친의를 위열치 못ᄒ니 쟝ᄎᆞᆺ 엇지 ᄒ리오 빅계로 샹량이러니 일일은 됴회의 드러가 셩샹긔 갓가이 뫼셔 쩌를 타 쇼유를 쥬ᄒ여 왈 조유현의 풍도 긔샹이 반ᄃᆞ시 칠쳐를 갓초리니 이졔 신의 노뫼 폐식 초최ᄒᆞᄆᆞᆯ 보읍건대 ᄉᆞ졍의 참기 어렵고 강녜 인병치ᄉᆞ즉 유현의게도 극히 유히ᄒᆞ올지라 유현 부지 드ᄅᆞᆫ즉 지ᄉᆞ위한ᄒ여 거슬지라 이런 쇼유를 드ᄅᆞᆫ 쳬 마ᄅᆞ시고 샤혼셩지를 나리오시

41면

면 호싱지덕이 초목 곤츙의 밋ᄎᆞ미로쇼이다 샹이 뉴샹셔 례우ᄒ시미 비범ᄒᆞᆫ지라 ᄎᆞ언을 드ᄅᆞ시고 쇼왈 ᄎᆞ시 유현의게 부졀 업고 국가의 간셥지 아니나 경의 쥬시 졀박ᄒᆞᆫ지라 샤혼은지를 나리오려니와 유현의 쳬 날을 만히 원망ᄒ리로다 뉴샹셰 샤은퇴됴ᄒ니 이쩌 유현 긔현의 쳥망 직졀이 셰샹의 회ᄌᆞᄒ니 샹이 긔특히 너기샤 벼슬을 도도샤 긔현으로 니부샹랑을 ᄒᆞ이샤 태혹ᄉᆞ를 겸ᄒᆞ이시니 빅뇨 공경 긔딕ᄒᄂᆞᆫ지라 시인

42면

이 별호ᄒᆞᄃᆡ 유현으로 문계 션싱이라 ᄒᆞ고 긔현으로 원명 션싱이라 ᄒᆞ니 그 쳥현아
망이 여ᄎᆞ하더라 샹이 일일은 쇼년 진신을 모도와 글 지이여 지조의 고하ᄅᆞᆯ 보실ᄉᆡ
원명과 문계 글의 뎨일이라 샹이 크게 칭찬ᄒᆞ시고 왈 한림 강취 질녀로 문계의게 샤
혼ᄒᆞ시고 흑ᄉᆞ 범문형의 녀로 원명의게 샤혼ᄒᆞ시니 냥인이 대경ᄒᆞ여 고샤 왈 신 유
현은 임의 삼쳐 잇숩고 신 긔현이 ᄯᅩ 냥쳬 잇ᄉᆞ오니 다시 샤혼은지ᄂᆞᆫ ᄉᆞ죄ᄅᆞᆯ 감슈ᄒᆞ
와도 이 명은 밧드

43면

지 못ᄒᆞ리로쇼이다 ᄉᆞ긔 쥰졀ᄒᆞ니 샹이 졍식 왈 군부지명은 ᄉᆞ다라도 블감역명이라
경이 짐의 명을 여ᄎᆞ 미졀ᄒᆞ여 군신 톄면을 샹히오ᄂᆞᄂᆈ 샤혼은 범개라도 귀히 너긴
다 ᄒᆞ니 하믈며 샤혼은지가 범강 냥인의게 ᄒᆞ교ᄒᆞ샤 슈히 튁일 셩례ᄒᆞ라 ᄒᆞ시니 범
시 녀지 역시 긔현을 여러보고 황홀 샹ᄉᆞ하여 셩질ᄒᆞ여시나 범공이 강명 졍직ᄒᆞ대
독네라 그 죽으믈 ᄎᆞ마 보지 못ᄒᆞ여 황샹긔 샤혼 은지ᄅᆞᆯ 쳥ᄒᆞ니 샹이 냥인의 풍치 긔
샹 츌즁ᄒᆞ

44면

므로 이런 녀ᄌᆞ 두믈 우으시고 일녀의 함원이 오월 비상을 넘녀ᄒᆞ샤 힘뼈 허혼ᄒᆞ시
니 유현 긔현이 력징고샤ᄒᆞ대 샹이 필경은 냥인을 퇴츌ᄒᆞ시니 냥인이 홀일업서 앙앙
이 퇴ᄒᆞ여 가즁의 도라와 쇼유로써 훤당의 알외니 초공 왈 유아의 녕합쇼원이라 깃
부도다 좌위 크게 웃고 어ᄉᆞ 넘슬 복슈 왈 쇼지 엇지 ᄯᅩ 샤혼은지ᄅᆞᆯ 원ᄒᆞ리잇고마ᄂᆞᆫ
힝신이 독경치 못ᄒᆞ여 셩쾌 지ᄎᆞᆨ하시니 블승황공ᄒᆞ와 부지쇼운이로쇼이다 시랑이
쥬왈 셩

45면

괴 여ᄎᆞ여ᄎᆞᄒᆞ시니 감히 다시 ᄉᆞ양치 못ᄒᆞ리러이다 어ᄉᆞ 우 쥬왈 강범 냥인이 샹춍
을 밋ᄉᆞ와 누누흔 ᄉᆞ졍을 진달ᄒᆞ오ᄆᆞ니 범공은 오히려 흑ᄉᆞ 쳥망과 늉셩ᄒᆞ신 은춍을
쳔ᄌᆞᄒᆞ여 ᄉᆞ졍을 쥬달ᄒᆞ미여니와 강취난 한림 츌신으로 샹춍이 업고 그 긔운으로 여
ᄎᆞ 작용이 업슬 배로대 셩샹의 녁권 쥬혼ᄒᆞ시미 궁내ᄅᆞᆯ 결연ᄒᆞ미 잇ᄂᆞᆫ가 더욱 블힝

ᄒᆡ이다 왕의 곤계 탄왈 여등이 조년등과ᄒᆞ여 공명의 분의 넘고 여러 가실이 분분이 모드니 셰

46면

샹이 여등의 위월ᄒᆞ믈 웃지 아니라 여배ᄂᆞᆫ ᄉ군치졍과 슈신졔가ᄅᆞᆯ 십분 조심ᄒᆞ여 아비로 ᄒᆞ여 ᄌᆞ식 잘못 가ᄅᆞ친 죄ᄅᆞᆯ 면케 ᄒᆞ라 냥지 배샤 슈명ᄒᆞ더라 강한림은 녀ᄋ의 병이 즁ᄒᆞ믈 우려ᄒᆞ다가 셩지ᄅᆞᆯ 듯고 대희과망ᄒᆞ여 뉴부의 쇼유ᄅᆞᆯ 셜파ᄒᆞ니 단부인 이 대희ᄒᆞ여 옥연을 보다가 니ᄅᆞᄃᆡ 황샹이 샤혼 셩지ᄅᆞᆯ 나리와시니 마음을 널이ᄒᆞ여 병이 슈히 나으라 ᄒᆞ니 옥연이 쳥미필의 깃븐 졍신이 호탕ᄒᆞ여 ᄉᆞ지 경쾌ᄒᆞ니 날노 음식

47면

ᄅᆞᆯ 춧고 구룸이 거드며 안개 스ᄃᆞᆺᄒᆞ여 ᄉᆞ오 일 내의 능히 긔거ᄅᆞᆯ ᄒᆞᄂᆞᆫ지라 합개 히연ᄒᆞ고 단부인은 한업시 깃거ᄒᆞ더라 뉴공이 비록 블쾌ᄒᆞ나 마지못ᄒᆞ여 강시의 원을 맛쳐 퇵일ᄒᆞ니 길긔 슈슌은 가럇더라 범부의셔 ᄯᅩᄒᆞᆫ 퇵일ᄒᆞ니 일직 급ᄒᆞ니 시랑이 몬져 범시ᄅᆞᆯ 취ᄒᆞᄆᆡ 우람방일ᄒᆞᄆᆡ 외모의 낫타ᄂᆞ고 쉭용인즉 겨유 평샹ᄒᆞ여 흉긔키ᄅᆞᆯ 겨유 면ᄒᆞᆯ만ᄒᆞ니 합개 더옥 블관이 너기더라 어시 ᄯᅩ 강시ᄅᆞᆯ 취ᄒᆞ니 ᄌᆞ태 영발ᄒᆞ

48면

고 급기 홀난ᄒᆞ여 졔인이 경동ᄒᆞ나 초공의 안광이 ᄒᆞᆫ번 비최ᄆᆡ 크게 블ᄒᆡᆼ이 너기고 어시 ᄯᅩ 그 심용이 블안ᄒᆞ믈 크게 블ᄒᆡᆼ이 아라 반호 깃븐 ᄯᅳᆺ이 업ᄉᆞᄃᆡ ᄉᆞ쉭지 아니코 대졉이 평샹ᄒᆞᄃᆡ 그 초독ᄒᆞ고 음일ᄒᆞᆫ 졍태로 교려함태ᄒᆞᆫ 거동이 걸호ᄒᆞᆫ 군ᄌᆞ로 ᄒᆞ여금 비위ᄅᆞᆯ 거ᄉᆞ리니 어ᄉᆞ의 지긔 샹합ᄒᆞᆫ 부부ᄂᆞᆫ 니시오 버거 됴시라 졍시ᄂᆞᆫ 험된 누명이 마음을 블평케 ᄒᆞ고 강시ᄂᆞᆫ 더옥 낫게 너겨 ᄃᆡ졉이 경만ᄒᆞ나 강시ᄂᆞᆫ 어ᄉᆞ긔 황혹ᄒᆞᆫ 졍이 인

49면

ᄉᆞ념치ᄅᆞᆯ 잇난 즁 졍됴니 삼 인의 션연 옥질이 져의 바랄 배 아니오 겸ᄒᆞ여 몬져 드러와 구고의 ᄌᆞ이와 합문 춍권이 져의게 비길 배 아니라 싱이 졍시로 은졍이 쇼ᄒᆞ나

공경 레디후여 슉쇼 왕릭 무샹후니 강시 안준 돗기 덥지 아니후여 투심이 대발후니 궁흉 악심이 아니 싱각는 배 업고 그 유모 경파는 웅시후여 변난 궁흉 극악이라 위쥬 지셩은 제 머리 알기를 초개 갓치 아더니 조부의 드러와 보건대 우흐로 냥위 존당이 침엄 관대후고 일월 힁도

50면

갓툰 덕틱이 슬하 골육과 어하후는 법되 가즁 샹해 증슈 굿트니 어스는 셰대 독보흔 영걸이라 붉은 안광이 사름의 오장뉵부를 스뭇고 엄흔 호령이 흔번 난 즉 제 소제 실혼 샹담후니 강시 후의 드러온 셔어홈과 인믈의 경쳔후므로써 조어스 굿튼 영웅쥰걸을 엇지 능히 농낙후리오마는 경파로 더브러 궁모 극계를 밀밀 샹의훌시 그 은춍을 몬져 어든 후의 젹국을 쇼제훌 배오 은춍을 구후랴 흔즉 조싱의 마음을 밧근 후 득춍훌지라

51면

경픽 제 형이 왕스의 쳡의 되여 득춍훌 제 쓰든 제일 독약을 어더두고 조어스긔 시험후려 훌시 이써 일긔 엄한이라 어시 부친을 뫼셔 외헌의셔 범스 슈응과 셔스를 대쟉훌시 삼경이 거의러니 일한이 극후니 승샹이 샹의 오르며 어스의 주미 편치 아닌가 긔념후여 스침의 안유후믈 명후니 어시 부명을 듯고 맛춤 몸이 곤븨후여 갓가온 대를 취후미 도화뎡의 니르미 강시 깃브믈 니긔지 못후여 아연흔 우음을 먹음고 니러 마즈 미힝지 경쳡 표

52면

연후고 틱되 니슬 마즌 꼿 굿트니 싱이 마음의 블평후여 안식을 정히 후고 쥭침의 비겻더니 최우믈 인후여 일배쥬를 더라 후니 졍히 간계를 맛촌지라 강시 친히 금노의 블을 헷쳐 향온을 더여 안쥬를 굿초와 나아오니 어시 임의 밤드러 부젼의 림치 못후고 거리낄 배 업셔 마음 노코 진음후니 크게 취훈지라 취후 강잉후여 강시로 이셩의 친을 일우니 잠들미 혼혼후여 날이 싀되 씔 쥴 모르는지라 일개 함취 졍당후되 어스와 강시 업스니 모다

53면

고이히 너겨 싱을 부르딕 어시 잠 취ᄒ미 아냐 모진 온약이 쟝부의 텬만ᄒ니 혼혼이 누엇더니 강시 나즉이 씌와 존명을 젼ᄒ니 싱이 환연 경동ᄒ여 긔운을 슈렴ᄒ여 밧비 관쇼ᄒ나 져기 더딘지라 이의 나아가 뵈온대 초공이 가쟝 미온ᄒ여 눈을 드러 보건대 싱이 의관을 졍졔ᄒ고 긔운이 안셔ᄒ여 좌셕의 나아가니 졍엄ᄒ 거동과 쇄락ᄒ 풍치 명월이 탁운을 버슴 ᄀ튼지라 공이 문지 왈 인주의 슈친지되 신혼셩졍의 게어르미 여ᄎᄒ냐 싱

54면

이 복슈 대왈 우연이 샹ᄒ 긔운이 이셔 번젼ᄒ여 즈지 못ᄒᆞᆸ다가 시빅잠 드러 쇼명을 듯즙고 나오니 블경ᄒ 죄를 쳥ᄒᄂ이다 공이 쳥파의 다시 말이 업고 태부인과 위부인은 나가 조리ᄒᆞ믈 니르니 어시 대왈 즈고 ᄂ니 통셰 대단치 아니ᄒ이다 승샹은 대단치 아니믈 보고 조리ᄒᆞ믈 니르지 아니ᄒ니 어시 믈너나지 아얏더니 셕양이 되믹 스지 무겁고 혼곤ᄒ여 큰 병이 날 ᄃᆺᄒ니 강잉ᄒ여 됴참ᄒ기와 됴셕 셩졍을 폐치 아니터니 날포 되믹 블평지긔는 업ᄉ

55면

대 홀연 마음이 괴이ᄒ여 강시 향ᄒ 졍이 무궁ᄒ니 틈 곳 어드면 강시 침쇼의 드러가 황황 침익ᄒ니 엄슉ᄒ던 본셩이 업셔 졍됴니 삼 인을 홀연 증염ᄒ여 마음이 대변ᄒ니 부젼의 뢰심과 국싀 안인즉 죵젹이 도화뎡을 쩌ᄂ지 아넛ᄂ지라 합개 의괴ᄒ고 양부인이 크게 우려ᄒ여 칙ᄒ면 흐르는 ᄃ시 대ᄒ나 도라셔면 도화뎡으로 가는지라 강시 쳔만 스식과 교틱로 남즈를 능낙ᄒ믹 공교ᄒ 꾀로 졍시를 해코져 홀시 졍쇼져 시녀 취향을 금빅

56면

을 쥬고 달릭여 간부셔를 지어 어스의 귀의 들니니 싱이 젼 ᄀ트면 신쳐홀 배 아니로대 임의 요약의 쟝부를 흐리워 간참을 신쳥ᄒ니 ᄎ시 졍부 태부인이 유질ᄒ여 샹셕의 위돈ᄒ여 쇼져를 스모ᄒ믹 극ᄒ니 졍샹국이 녀아의 귀령을 쳥ᄒ니 쇼졔 뜻을 결ᄒ여 존당 구고긔 연유를 고ᄒ고 도라가려 홀시 취향이 강시로 복심이 된 고로 몬져

강시긔 누통ᄒ니 강시 어ᄉᄅ 대ᄒ여 니ᄅ대 샹공의 삼 부인이 다 명가 슉녀오 일대 절염이어ᄂᆞᆯ 군ᄌ 엇지

57면

관관ᄒᆞᆫ 금슬지락이 업고 일편도이 블미ᄒᆞᆫ 쳡을 권년ᄒᆞ시니 반ᄃᆞ시 가즁 시비 분분ᄒᆞᆯ 지라 쳡이 징투호총ᄒᆞᄂᆞᆫ 미명은 드ᄅᆞ믈 원치 아닛ᄂᆞ이다 어ᄉ 쇼왈 쟝뷔 미ᄉ의 내 ᄠᅳᆺ대로 ᄒᆞᆯ지라 긔걸ᄒᆞᆯ 배 아니라 남ᄌᆞ지심이 고이ᄒᆞ여 졍됴니 삼인의 옥 ᄀᆞᆺᄐᆞᆯ 바리고 그ᄃᆡ 경예ᄒᆞᄆᆞᆯ 듯ᄒᆞ여시니 내 일을 스스로 웃노라 강시 쳥쳘의 분노ᄒᆞ나 ᄉᆞ식지 아니코 미쇼 왈 옥 ᄀᆞᆺᄐᆞᆫ 슉녀도 경예ᄒᆞᆫ 쳡의 눈의 비루ᄒᆞᆫ 일이 뵈니 군ᄌ ᄀᆞᆺᄐᆞᆫ 대톄ᄒᆞᆫ 쟝뷔 ᄌᆞ연 속으리로

58면

다 싱이 그 ᄠᅳᆺ이 이시믈 듯고 쇼왈 뉘 비아ᄒᆞᆫ 일이 잇더뇨 말을 모호이 ᄒᆞᆯ 게 아니니라 강시 아연 잠쇼 왈 졍됴니 삼 부인이 혼갈 젹인이라 졍부인은 은춍이 즁의셔 덜ᄒᆞ고 쳡이 잔잉이 너기더니 두고 보니 군ᄌ의 안광의 지인지감을 탄복ᄒᆞᄂᆞ이다 싱이 그 언단이 슈샹ᄒᆞ믈 보미 짐즛 니ᄅ대 졍시 비례지힝은 내 ᄯᅩᄒᆞᆫ 알거니와 별단 누힝은 무ᄉ 일고 가부ᄅᆞᆯ 은휘치 말나 니ᄅᆞ미 아니 올ᄒᆞ랴 강시 대왈 졍부인 일죽 귀령코ᄌᆞ ᄒᆞᄂᆞᆫ ᄠᅳᆺ을 아ᄅᆞ

59면

시ᄂᆞ냐 어ᄉ 왈 졍시ᄅᆞᆯ 보완 지 오ᄅᆡ고 귀령을 쳥ᄒᆞᄆᆞᆯ 듯지 못ᄒᆞ여시니 내 엇지 알니오 강시 돌돌ᄒᆞᆫ 안식으로 쳡이 이 말 내오미 젹인 ᄉᆞ이의 ᄎᆞ마 못ᄒᆞᆯ 배라 톳기 죽으미 여이 슬허ᄒᆞᆫ다 ᄒᆞ니 쳡과 졍됴니ᄂᆞᆫ 쳡과 일톄지인이라 엇지 허믈을 나타내고져 ᄒᆞ리오마ᄂᆞᆫ 일이 풍교의 즁대ᄒᆞ고 군ᄌ 쳥덕의 붓그러오니 쳡등이 군ᄌᄭᅴ 달닌 바로 그 신샹의 유희ᄒᆞᆫ 일인 즉 혐핍다 ᄒᆞ여 엇지 발셜치 아니리오 졍부인긔 고이ᄒᆞᆫ 셔찰을 가진 시비 빈빈 왕리ᄒᆞ거

60면

ᄂᆞᆯ 잠간 ᄉᆞ긔ᄅᆞᆯ 탐관ᄒᆞ온즉 관음묘의 배츅ᄒᆞᄂᆞᆫ 배 인ᄒᆞ여 그리로 맛촌 사름이 이셔

서로 보와 의논코져ᄒᆞ미 그것 귀근ᄒᆞ믈 일홈ᄒᆞ여 존당 구고긔 쳥ᄒᆞ니 군즈긔 허락을
바드신가 ᄒᆞ엿더니 군즈도 아지 못ᄒᆞ여 겨시도다 음부 찰녜 왕왕이 잇거니와 그 쇼
범재 등한치 아니라 ᄒᆞ니 군즈는 명찰ᄒᆞ샤 대화ᄅᆞᆯ 제방ᄒᆞ쇼셔 어ᄉᆞ 허다 셜화ᄅᆞᆯ 드
ᄅᆞ미 비록 독약의 변신ᄒᆞ여시나 오히려 광원ᄒᆞᆫ 지식이 잇ᄂᆞᆫ지라 미미 함쇼ᄒᆞ여 말을
아니니 그 궁냥을 탁량

61면

키 어려온지라 강시 쇼왈 군즈 의완ᄒᆞ시미 이런 일을 놀ᄂᆞ지 아니시니 셩품이 남과
다ᄅᆞ셔이다 어ᄉᆞ 왈 졍시 비록 인면슈심이나 그디도록은 아닐 ᄃᆞᆺᄒᆞ니 슈지오지즈웅
이리오 강시 쇼왈 그리면 쳡이 졍부인을 잡는가 의심ᄒᆞ미로쇼이다 어ᄉᆞ 왈 아녀지
감히 셰쇄지언을 쟝부ᄅᆞᆯ 믹바드리오 이의 ᄉᆞ미ᄅᆞᆯ 떨쳐 나가니 강시 무류코 한ᄒᆞ나
감히 다시 말을 못ᄒᆞ더라 어ᄉᆞ 셔당의 나와 안즈ᄃᆞ니 과연 졍시의 시녀 취향이 쇼져
의 귀령을 품ᄒᆞᄂᆞᆫ

62면

지라 어ᄉᆞ 비록 명쾌ᄒᆞ나 심위 번난ᄒᆞ미 업지 아냐 셜강지언이 일심의 측ᄒᆞᆫ 디 강
시 요언이 귀ᄅᆞᆯ 더러엿거늘 조각을 맛초와 귀근을 쳥ᄒᆞ니 년쇼 쟝뷔 ᄉᆞ광의총이나
엇지 증분ᄒᆞ미 업ᄉᆞ리오 이의 쇼릭ᄅᆞᆯ 엄히 ᄒᆞ여 왈 비례의 힝도ᄅᆞᆯ 내 엇지 알 거시라
감히 어즈러이 니ᄅᆞᄂᆞ뇨 당목 즐퇴ᄒᆞ니 마음의 분ᄒᆞ며 측ᄒᆞ믈 ᄎᆞᆷ아 옥믹졍의 드러가
니 모부인이 존당의 가고 방이 븨엿거늘 도로 나오다가 보니 치련각이 븨엿거늘 발
셔 간가 ᄒᆞ여 드러가 술피

63면

니 방 즁 포진이 완연ᄒᆞ고 셔안과 연갑 즁의 허다 음비ᄒᆞᆫ 셔시 이셔 묽은 젼의 올니
미 욕된지라 음난 픽투의 다쇼 셜화는 니ᄅᆞ지 말고 웃듬은 즈긔을 드려 즈긔 부즈를
ᄒᆞ슈홀 말과 그 박디 태심ᄒᆞ믈 구슈로 지목ᄒᆞ여 관음묘의가 만나 묘계ᄅᆞᆯ 샹량ᄒᆞ여
조문을 멸망ᄒᆞ고 빅 년 동락ᄒᆞ여 년락홀 의논이오 기여 흉참ᄒᆞᆫ 사예 ᄎᆞᆷ아 듯고 보지
못ᄒᆞᆯ너라 여러 글을 밋쳐 다 보지 못ᄒᆞ여셔 노발이 츙관ᄒᆞ고 분함이 츙격ᄒᆞ나 침즁
ᄒᆞ미 부형의 풍이라

64면

춤고 안주 셰셰이 샹냥홀시 즉각의 정시를 죽일 뜻이 급ㅎ나 혜아리건대 일이 급ㅎ면 반드시 후회되ᄂ니 ᄒ믈며 대인의 신명ᄒ시미 ᄌ긱의 화를 근심홀 배 아니오 져의 귀령을 막고 그 거동을 칙보와 죄를 격발ᄒ여 쳐치ᄒ미 올타 ᄒ여 열화 ᄀᄐ 노긔를 진정ᄒ고 셔간을 거두워 ᄉ미의 너코 정당의 드러가니 졔 부인이 널좌ᄒ고 부뫼 ᄒ가지로 뫼셧ᄂ대 이써 정쇼졔 역시 귀령을 쳥ᄒ고 회보를 기다리더니 향이 드러와 어ᄉ의 ᄲᄌ즛던 말을 알외니 졔

65면

슉뫼 쇼왈 흑셩굿게 궤고지ᄉ로 ᄯ 무ᄉ일 고집을 내여 정시의 귀근을 막노뇨 승샹이 쇼왈 졔 엇지 알니오 정이 입문 슈년이라 이졔 쳐음으로 귀근ᄒ니 비례 아니라 아부는 방심ᄒ여 도라가 환후를 시호ᄒ라 내 당당이 져다려 니ᄅ리라 쇼졔 피셕배샤ᄒ야 즐겨 가지 아니코 옥모를 눈쥬어 공거로 환숑ᄒ니 존당 왈 구고도곤 가군의 명이 어렵도다 승샹이 회긔 늉흡ᄒ여 왈 현부는 가히 부도의 진션ᄒ 슉녜라 돈아의 픽광ᄒ믈 개회치 아니코 그

66면

명을 공경ᄒ여 가쟝의 위명이 셔고 져의 힝신을 올케 ᄒ니 엇지 아롬답지 아니ᄒ리오 내 당당이 명일 거륜을 츠려 보내리니 심ᄉ를 편안케 ᄒ라 언미필의 어시 시좌ᄒ니 승샹이 정식 문왈 우리 정식부를 보내거늘 ᄒ고로 막ᄂ뇨 싱이 복슈 왈 일즉 막으미 업ᄉ이다 공이 쇼왈 내 임의 드럿거늘 네 엇지 속이믈 잘ᄒᄂ뇨 싱이 부복ᄒ여 감히 말을 못ᄒ니 좌위 쇼왈 며느리 역드러 아들을 칙지 말나 쇼년 부뷔 셔ᄂ믈 어려워 아니 보내미 무ᄉ 죄리오 승샹

67면

이 우왈 남이라도 속이미 군ᄌ의 되 아니여늘 내 비록 로암ᄒ나 네 속이믈 타연이 ᄒ니 인ᄌ지되 휴손치 아니며 녀ᄌ유힝이 원부모형뎨나 그 친환을 인ᄒ여 귀령을 쳥ᄒ믈 비례라 ᄭᄌ지미 고이코 안히로 니ᄅ지 말고 시녀비라도 비례로써 칙ᄒ면 블복ᄒ려든 너의 뜻을 실노 아지 못ᄒ리로다 어시 지배 샤죄 왈 블초지 비록 무샹ᄒ나 엇지

대인 속이믈 타연이 흐리잇고마는 엄하의 세쇄지언을 고치 못ᄒᆞ미오 졍시의 비례대 죄 블가승쉬라 ᄒᆡ이 엄훈

68면

을 직회와 비례지언을 믈시믈쳥도 아니면 제 지금 무ᄉᆞ치 아니리니 대인은 붉히 술 피샤 ᄒᆡᄋᆞ의 쳐시 과도치 아니믈 술피쇼셔 말슴을 맛ᄎᆞ미 미우의 은은이 삭풍을 ᄯᅴ 엿고 졍쇼졔 좌의 이시믈 보고 분긔 막힐 듯ᄒᆞ니 승샹이 필유ᄉᆞ고ᄒᆞ믈 짐쟉고 가연 쇼왈 인면슈심은 아지 못ᄒᆞ고 네 계칙ᄒᆞ는 내가 너와 ᄀᆞ도다 연이나 아모 대ᄉᆞ 이셔 도 내 안젼의 져런 거동을 못ᄒᆞ니 ᄲᆞᆯ니 믈너가 내 안젼의 뵈지 말나 말슴이 슉엄ᄒᆞ고 ᄲᅡᆼ안이 미미ᄒᆞ니 어시 경공ᄒᆞ여 개용화긔

69면

ᄒᆞ고 낫츨 감히 드지 못ᄒᆞ니 노공 왈 ᄎᆞ이 져는 보고 드른 배 이셔 그런가 시브니 흔 갓 ᄌᆞ식이라 ᄒᆞ여 ᄉᆞᄉᆞ마다 ᄯᅮ즈져 개구치 못ᄒᆞ게 ᄒᆞ리오 ᄉᆞ단을 무러 몽농이 말미 올ᄒᆞ니라 승샹이 공슈 대왈 현의 뜻을 쇼지 지긔ᄒᆞ옵ᄂᆞ니 요ᄉᆞ이 더옥 샹셩ᄒᆞ와 져 다려 무러도 드름죽ᄒᆞᆫ 말이 업ᄉᆞ올지라 졍ᄌᆞ샹이 지언ᄒᆞ는 안흉이 업셔 져런 픠낭지 인으로 위셔ᄒᆞ오니 일녀의 평싱을 가지라 이졔 놀날 거슨 아니오나 사름의 현우를 아지 못ᄒᆞ고 ᄒᆡᆼ시 졈졈 외닙ᄒᆞ오니

70면

쇼ᄌᆞ는 형의 엄슉ᄒᆞᆫ 가계를 ᄡᅡ로지 못ᄒᆞ고 얌약ᄒᆞ여 져의 방ᄌᆞᄌᆞ젼ᄒᆞ오미 이의 밋ᄉᆞ 오니 ᄎᆞ는 다 쇼ᄌᆞ의 죄로쇼이다 어시 야야 말슴이 여ᄎᆞᄒᆞ니 감히 안연치 못ᄒᆞ여 면 관 돈슈 왈 쇼지 암연 블초ᄒᆞ와 외입ᄒᆞ온 ᄒᆡᆼᄉᆞ를 ᄭᅴᄃᆞᆺ지 못ᄒᆞ옵ᄂᆞ니 오직 슈화라도 명교를 봉ᄒᆡᆼᄒᆞ오리니 엄젼의 발오 블경ᄒᆞᆫ 죄를 쳥ᄒᆞ노이다 말슴이 온슌ᄒᆞ고 안식이 황츅ᄒᆞ여 복계 쳥죄ᄒᆞ는 형샹이 인심을 감동홀지라 태부인이 크게 어엿비 너겨 왈 유이 본대 효슌ᄒᆞ미

71면

지극ᄒᆞ니 모로미 그만ᄒᆞ여 샤ᄒᆞ라 형미 ᄯᅩ ᄒᆡ유ᄒᆞ니 승샹이 흔연 배샤 왈 삼가 명교

롤 밧드러 유아의 방즈ᄒ믈 샤ᄒ리이다 드대여 잠간 엄식을 덜고 승당ᄒ믈 명ᄒ니
어시 블승황감ᄒ여 다시 졍시다이 말을 못ᄒ고 빅배 샤죄ᄒ고 올나 시좌ᄒᄃᆡ 야야롤
블감앙시ᄒ고 두려ᄒᄂᆞᆫ 거동이 엄부의 노롤 프러바리니 초공의 밍렬ᄒᄆᆞ로도 블평
지싴을 다시 두지 아니니 효즈의 위열친의ᄒ미 여ᄎᆞᄒ더라 졍시 슉쇼의 도라와 붉은
심졍의 즈긔 큰 죄루의

72면

ᄲᅢ지믈 지긔ᄒ고 스스로 돌돌ᄒᄂᆞᆫ 바는 평싱 도힝이 헛곳의 도라가믈 슬허ᄒᄃᆡ 오히
려 구고와 어스의 죄명을 경히ᄒ미 업스니 죄의 즈쳐ᄒ미 조치 아냐 안싴을 화히 ᄒ
고 신혼 셩졍을 츔예ᄒ고 고요히 쳐ᄒ여 힝실을 슈련ᄒ고 명도롤 한홀지언졍 사롬을
원 아니며 쟝내시 어 내 곳의 밋츌 줄 아지 못ᄒ여 금심 옥쟝이 즈로 경동ᄒ니 빙옥
아질이 날노 쇼삭ᄒ여 몰나보게 되엿더라 이쩌 시랑이 녀범 냥인이 드러오나 쇼시
즁대 여견ᄒ고 쇼시

73면

희만ᄒ미 일개 영즈롤 싱ᄒ니 싱아의 긔이ᄒ미 닌봉 ᄀᆞᆺ튼지라 합개 치하ᄒ고 왕의
곤계 희열ᄒ미 간격이 업스니 여시는 진졍으로 깃거ᄒᄃᆡ 범녜 어린 투긔 대발ᄒ여
밤마다 잠을 폐ᄒ고 봉각을 규시ᄒ여 시랑의 눈의 자조 들이대 시랑이 모ᄅᆞᄂᆞᆫ 쳬ᄒ
고 오직 엄식 쥰졀ᄒ여 그 넘나믈 썩글 ᄲᅮᆫ이오 아모 말 아니러라 이쩌 금션공쥬 별궁
의 이셔 졍시 대접이 즈별ᄒ고 왕리 죵젹이 비록 림치 아니나 혹즁 회즁 맛ᄂᆞᆫ면 참엄
ᄒ 노싴이 덜녀 평샹

74면

이 보ᄂᆞᆫ지라 졍비 침쇼의 와 왕을 즈로 만ᄂᆞᄆᆞᆯ 영귀ᄒ여 미일 침젼의 왕리ᄒ며 긔현
등의 신혼 셩졍의 동쵹ᄒᆫ 셩회 싱모의 간격이 업스니 즈졍ᄒᆫ 뜻이 이러나 블평지싴
무궁ᄒᄃᆡ 쇼녀 이 쇼졔 가군의 셩효롤 ᄯᅡ라 조심ᄒ며 효슌ᄒ여 일호 무심ᄒ미 업스
니 큰 죄단을 잡을 묘혈이 업스ᄃᆡ 텬셩 극악을 능히 져바리지 못ᄒ여 쇼시 등의 괴로
오미 무궁ᄒ고 후념의 흉독블측ᄒᆫ 심용이 빅쥬의 밍낭지언을 쥬출ᄒ여 기모롤 도도
ᄂᆞᆫ지라 쇼시 희

75면

만흐던 날 시랑이 그 약질의 통성이 의의ᄒᆞᄆᆞᆯ 보고 봉각을 써ᄂᆞ지 못ᄒᆞ여 졍비긔 신성을 못ᄒᆞ엿거ᄂᆞᆯ 후염이 ᄎᆔ봉각의 가 쇼시의 히만ᄒᆞ여시믈 보고 짐줓 흉괴지셜노 쇼시ᄅᆞᆯ 쥰칙ᄒᆞ며 쇼형의 못ᄲᆞ찌 조문의 ᄂᆞ니 거거는 쳥컨대 즉시 죽이라 ᄒᆞ니 시랑은 텬진의 군ᄌᆞ라 졍식 왈 쇼시 비록 ᄉᆞ나오나 네 규즁 녀ᄌᆞ로 말ᄉᆞ미 삼가미 업셔 입의 담지 못ᄒᆞᆯ 악언을 ᄒᆞᄂᆞ뇨 후염이 노왈 안히 편드러 동긔ᄅᆞᆯ ᄭᅮ즈ᄌᆞ미 우읍지 아니랴 요식의 고혹ᄒᆞ여 부모도 모ᄅᆞ

76면

거든 누의ᄅᆞᆯ 알야 ᄒᆞ고 분분이 도라가니 시랑이 한심ᄒᆞ나 아히 일이라 개회ᄒᆞ미 업더니 날이 반오의 궁의 나아가 문안ᄒᆞ고 금션궁의 니ᄅᆞ니 ᄎᆞ시 후염이 노긔 분분ᄒᆞ여 모친을 와 보고 울며 왈 모친이 일ᄌᆞ를 낫치 못ᄒᆞ여 져 거거를 바라고 겨시나 큰 거거븟허 ᄒᆞᄂᆞ 일과 말이 무샹ᄒᆞ니 엇지 셥지 아니리오 공쥬 역읍ᄒᆞ고 연고ᄅᆞᆯ 무ᄅᆞ니 후염 왈 빅거게 ᄎᆔ봉각의셔 쇼녀ᄅᆞᆯ 보고 무고히 즐칙 왈 금션의 속의셔 난 거시 오죽ᄒᆞ랴 명위 모지나 실위 구젹이라 나의

77면

모비ᄅᆞᆯ 만단 모히ᄒᆞ고 날을 개쳔의 너흐미 너 모의 모진 슈단이라 녀지 되여 몃 사ᄅᆞᆷ을 죽엿ᄂᆞ뇨 내 인ᄉᆞ로 칭이모ᄌᆞᄒᆞ여 신혼셩졍을 지극히 ᄒᆞ니 명박지인이 과의여ᄂᆞᆯ 오히려 부족ᄒᆞ여 쳘 업시 호령ᄒᆞ고 나의 쳐실을 조ᄅᆞ고 보치니 야야긔 고ᄒᆞ여 블구의 일을 내리라 ᄒᆞ니 이 분ᄒᆞᄆᆞᆯ 견대리오 쇼시 또 무슈 난언으로 쇼녀ᄅᆞᆯ 욕ᄒᆞ니 ᄎᆞ마 듯지 못ᄒᆞᆯ너이다 공쥬 쳥미의 분긔 쳘골ᄒᆞ여 고대 시랑을 너흘고져 ᄒᆞ대 오히려 왕을 두려 못ᄒᆞ고 니ᄅᆞᆯ 가라 시

78면

랑의 오기ᄅᆞᆯ 기다리더니 이윽고 시랑이 나아와 반일 존후ᄅᆞᆯ 뭇ᄌᆞᆸ고 쇼시의 분만ᄒᆞ기로 분요ᄒᆞ여 일즉 신졍치 못ᄒᆞᄆᆞᆯ ᄉᆞ죄홀ᄉᆡ 화안이 이이ᄒᆞ여 그 효슌ᄒᆞ미 인심을 감동홀 배로대 ᄉᆡ랑의 셩이 흉흔 분을 아오라 한 쇼ᄅᆡ를 벽력ᄀᆞᆺ치 지ᄅᆞ고 다다드러 시랑의 관을 벗기고 운고ᄅᆞᆯ 드러 숀의 감고 금쳑을 드러 두다려 역ᄌᆞ 긔현아 네 날로써

만고 강샹 일 죄인으로 지목ᄒᆞ여 욕ᄒᆞ기를 잘ᄒᆞᄂᆞᆫ다 너를 죽이고 내 죽으리라 시랑이 쳔만 의외의 이 거

79면

조를 당ᄒᆞ니 알프믄 잇고 한심코 놀나오미 극ᄒᆞ니 욕ᄉᆞ무디라 오직 화셩유어로 비러 왈 쇼ᄌᆞ 블초 무샹ᄒᆞ여 이런 일이 이ᄉᆞ오나 ᄌᆞ위 인의 셩ᄌᆞᄒᆞ시므로 쇼ᄌᆞ의 죄를 다ᄉᆞ리시미 맛당이 시로로 쟝칙ᄒᆞ샤 명졍기죄ᄒᆞ시리니 쇼지 ᄯᅩ흔 삼쳑 쳑동이 아니어ᄂᆞᆯ 셩톄를 잇븨ᄒᆞ시고 톄위 손샹ᄒᆞ시믈 싱각지 아니시ᄂᆞ뇨 복망 ᄌᆞ위ᄂᆞᆫ 셩노를 늣초샤 쇼ᄌᆞ를 시로로 쟝칙ᄒᆞ시면 쇼지 마ᄌᆞ리이다 공ᄌᆑ 분긔 렬화 ᄀᆞᆺᄐᆞ여 갈호ᄀᆞᆺ치 날쳐 왈 네 날 대졉을 어미로 아

80면

니니 실노 쟝칙ᄒᆞ미 슌히 맛지 아닐지라 내 힘대로 칠지라 시랑이 도로혀 웃고 대왈 이 엇진 말ᄉᆞᆷ이니잇고 쇼지 스스로 형판의 나아가리이다 이의 궁노를 명ᄒᆞ여 형판 긔구를 드리라 ᄒᆞ니 궁녀 시비를 치죄ᄒᆞ려ᄂᆞᆫ가 ᄒᆞ여 블근 미를 단단이 헤치고 형판을 드려 복명ᄒᆞ니 공ᄌᆑ ᄯᅩ 시원이 쳐보고져 ᄒᆞ여 쇼릭 질너 시랑을 잡아 나리오라 ᄒᆞ니 졔릭 실식ᄒᆞ여 좌우 고면ᄒᆞ고 머믓거리거늘 시랑이 타연이 의ᄃᆡ를 그르고 나려 돈슈 복죄 왈 쇼ᄌᆞ의 죄목

81면

을 아지 못ᄒᆞ오니 쳥컨대 듯고 마ᄌᆞ지이다 공ᄌᆑ 고흉통지 왈 네 아춤의 ᄒᆞᆫ 말을 싱각ᄒᆞ면 알니라 시랑이 고왈 쇼지 실노 ᄒᆞᆫ 말ᄉᆞᆷ이 업ᄉᆞ오니 뉘 태ᄐᆡ긔 허언을 알외온지니ᄅᆞ시면 모ᄌᆞ대륜을 니간ᄒᆞᄂᆞᆫ 간인를 머리를 버혀 법을 졍히 ᄒᆞ여지이다 공ᄌᆑ 익노ᄒᆞ고 후염이 너다라 왈 아춤의 모친을 빅단 능욕ᄒᆞ고 발명ᄒᆞ시ᄂᆞᆫ잇가 내 견ᄒᆞ여시니 쇼미의 머리를 버히쇼셔 시랑이 탄왈 내 흔번 ᄌᆞ위긔 슈쟝ᄒᆞᆫ 현마 엇지ᄒᆞ리오마는 쇼미 힝ᄉᆞ를 골돌ᄒᆞ

82면

여 근심ᄒᆞ노라 셜파의 가연이 형판의 나아가 시로를 명왈 맛당이 힘을 다ᄒᆞ여 고찰

흥시는 셩노룰 일위지 말나 흐고 고요히 업듸여 슈쟝흐니 시뢰 감동흐여 츠마 미이 치지 못흐니 공줘 익노흐여 미마다 고찰홀시 졍비 츠ᄉ룰 듯고 가쇼로오믈 이긔지 못흐여 가마니 둘진대 그 셩이 플니도록 칠지라 궁녀로 흐여금 여츳여츳흐라 흐니 시녜 금션궁의 나아가 시랑긔 왕명을 젼흐여 왈 긴급흔 셔찰 대셔홀 것 이시니 쌸이 명쇼흐라 흐시더이다

83면

공줘 오히려 샤치 아니터니 궁비 쏘 니르러 고왈 젼히 노야의 봉명이 더대믈 진노흐시니 부득이 츠명을 고흐ᄂ이다 공줘 십분 통히흐나 마지 못흐여 샤홀시 발셔 십여 쟝을 마쳣더라 시랑이 쌸니 의관을 슈렴흐고 공쥬긔 샤죄흐고 밧비 나오더니 모비의 쇼명이 니르니 총망이 릭알흐여 왈 대인의 명이 겨샤 시긱이 오릭오니 가 뵈옵고 다시 오리이다 이의 밧비 거름을 두르현대 비 잠쇼 왈 이는 대왕 명이 아니오 나의 시험흔 배니 잠간 안즈라 인흐여 그

84면

숀을 잡고 샹고홀시 금쳑의 샹흔 곳이 곳곳이 샹흐여 두로 피 밋쳣는지라 비 탄식 왈 져의 개과치 못흐미 여츳하니 한심치 아니랴 아지 못게라 무ᄉ 일의 이듸도록 마즌다 시랑이 탄식 대왈 이 다 쇼즈의 블초흐오미니 한셜을 흐여 무엇흐리잇고 야애 아르신죽 ᄉ식 블안흐올지라 태태는 함구흐샤 쇼즈의 마음을 편케 흐쇼셔 비 아즈의 셩효룰 감동 왈 내 엇지 수졍으로 대의룰 그릇게 흐리오 졔 비록 대악이나 너의 도리의 즐언흐미 블가흐니 가지록

85면

삼가면 마즌 듸야 아니 노흐랴 시랑이 모훈을 감복흐여 배샤러니 왕이 맛초아 드러오다가 비의 말슴과 아즈의 팔을 본지라 필연 공쥬의 쟉난이 이시믈 지긔흐고 분한흐여 입실흐니 비와 시랑이 경동할시 왕이 비룰 도라보아 왈 아지 못게라 비의 모지 무ᄉ 일이 잇관대 긔식이 블호흐시뇨 비 잠쇼 왈 신쳡이 긔이흐미 경시라 대왕의 블호긔식을 무르시믈 의혹흐ᄂ 배로쇼이다 왕이 함슉흔 노긔 좌우의 쏘여 왈 비 엇지 가장 속이믈 영ᄋ

86면

갓치 ᄒᆞ시ᄂᆞ뇨 아쟈 모ᄌᆞ의 ᄉᆞ어를 복이 임의 다 드럿거늘 엇지 가식ᄒᆞ믈 잘ᄒᆞ시노뇨 비 샤왈 대왕이 ᄆᆡ양 위엄으로 슘샹ᄒᆞ시니 덕힝의 유히ᄒᆞ신지라 첩의 모ᄌᆞ의 ᄉᆞ어를 임의 드러 겨시면 다시 무른시미 무익ᄒᆞ니 첩이 ᄯᅩ 동녈의 흔단을 창셜ᄒᆞ미 부덕의 혹이ᄒᆞ고 지어아ᄌᆞ 등은 모과로써 엄부긔 하리 못ᄒᆞ리니 여ᄎᆞ 미셰지ᄉᆞ를 아른 쳬 아니시미 힝심치 아니리잇가 첩이 우견을 베퍼 대왕을 쵹노ᄒᆞ미 흔두 슌이 아니로대 외람이 내조의 모쳠ᄒᆞ여 함구

87면

긔심ᄒᆞ미 첩이 부ᄌᆞ를 셤기미 내외를 달니ᄒᆞ미라 왕은 셰 번 싱각ᄒᆞ샤 관인지덕을 일치 마른쇼셔 ᄌᆞ식으로 ᄒᆞ여금 ᄉᆞ친지도를 완전이 ᄒᆞ여 그 마음을 편케 ᄒᆞ미 가치 아니리잇가 현슉ᄒᆞᆫ 말슴은 군ᄌᆞ ᄀᆞᆺ고 쇄락ᄒᆞᆫ 긔운은 츄텬 샹노 ᄀᆞᆺ트니 왕의 쳔균지심이나 크게 탄복ᄒᆞ여 노긔를 프러 잠쇼 왈 비의 말슴인즉 그러ᄒᆞ거니와 져의 악ᄉᆡᆨ 곳칠 쥴 모른고 안연 존대ᄒᆞ여 내 아ᄒᆡ를 침학ᄒᆞ니 긴 날 졔아의 괴로오미 극ᄒᆞ려든 엇지 가마이 두어 흉심을 길

88면

너 화의 삭슬 다시 일위여 어ᄌᆞ럽게 ᄒᆞ리오 이의 시랑을 나아오라 ᄒᆞ여 그 마ᄌᆞᆫ 곡절을 므러 왈 네 만일 긔이며 결단ᄒᆞ여 금션을 고이 두지 아니리라 시랑이 부복 대왈 쇼지 블초ᄒᆞ와 ᄌᆞ젼의 득죄ᄒᆞ오미니 복망 야야ᄂᆞᆫ 여ᄎᆞ지ᄉᆞᄂᆞᆫ 믈시ᄒᆞ샤 쇼ᄌᆞ로 ᄒᆞ여금 마음이 편케 ᄒᆞ쇼셔 ᄌᆞ식이 그른미 치측ᄒᆞ미 샹ᄉᆞ오니 고이히 너길 빅 아니로쇼이다 왕이 미쇼ᄒᆞ고 시랑을 나호여 그 슈쟝ᄒᆞᆫ 곳을 보니 셜뷔 허여져 피 밋쳐시니 어히업셔 가연 쇼왈 내 위덕으로

89면

졔가를 못ᄒᆞ여 홰 ᄌᆞ식의 밋쳐시니 너를 대ᄒᆞ미 붓그럽도다 어미 아들을 칙교ᄒᆞ미 가쟝이 먼리 잇거나 죽거나 ᄒᆞ여시면 마지 못ᄒᆞ여 치고 ᄯᅮ지져 치려니와 이졔 내 ᄉᆞ라시니 비록 네 죄 이시면 네 싱뫼라도 날다려 닐너 다ᄉᆞ릴지니 ᄒᆞ믈며 금션이야 내 샹의를 감츅ᄒᆞ여 져를 머무럿더니 졈졈 픽악ᄒᆞᆫ 쟉난이 여ᄎᆞᄒᆞ니 결ᄒᆞ여 믈시치 못ᄒᆞ

리로다 시랑이 쳬읍 왈 쇼지 즈금이후로 효의를 완젼치 못ㅎ리로쇼이다 왕이 드른
쳬 아니코 노긔

90면

침엄ㅎ여 이러ᄂ니 비 아즈다려 왈 우리 모즈로셔는 츠스를 능히 안유치 못ㅎ리니
네 맛당이 슉슉긔 알외여 일이 무스케 ㅎ라 너의 슉뷔 아니면 능히 프지 못ㅎ리라 시
랑이 급히 협노로조ᄎ 승샹긔 뵈옵고 부왕을 말류ㅎ여 쥬시믈 이고ㅎ니 승샹이 희연
잠쇼 왈 형쟝이 발노ㅎ시미 내 감히 엇지ㅎ리오 시랑이 착급 함누 왈 계뷔 엇지 유즈
의 졍스를 고념치 아니ㅎᄂ니잇고 복원 계부는 쇼즈의 황황ᄒ 심스를 년지측지ᄒ
샤 구ㅎ쇼셔 승샹이

91면

날호여 니러ᄂ며 왈 인효로 셤기고 공쥬를 화홀지니 엇지 너의 모즈간이 이리 요란
ᄒ뇨 셜파의 궁의 니르니 이ᄶ 진왕이 외궁의 나와 일승 교즈를 슈습ㅎ여 별궁의 가
공쥬를 시러다가 스스로 가고져 ᄒ는 곳의 바리고 오라 군관을 하령ㅎ더니 승샹이
나아가 좌ㅎ여 뭇즈오대 형쟝이 이의 오시미 겨시지 아니ㅎ시더니 금일은 하등이 대
시완대 이의 림ㅎ시니잇고 왕이 탄식고 금션의 쟉난을 닐녀 영츌ㅎ기를 니른대 승샹
이 피셕

92면

지배 왈 형쟝이 임의 노를 발ㅎ시미 쇼뎨 감히 말슴 내오미 황공ㅎ오나 부형지과의
자뎨의 권간은 셩교의 허ㅎ신 배라 금일 긔현의 슈쟝ㅎ미 일쟝 가쇼지스여늘 엇지
부인의 일을 즉슈ㅎ여 츌거의 밋츠며 질이 미셰ᄒ 즈식과 달나 스긔 여츠 요란ㅎ면
뎌의 힝식 요란ㅎ오리니 범스의 ᄲ른 노와 급ᄒ 셩이 반드시 히로오미 잇ᄂ니 뎌 공
쥬의 셩졍은 임의 아른 지 오리고 셩샹이 왕희지호를 쥬샤 형쟝긔 부탁ㅎ시니 질아
등의게는 명위 모지나 어미

93면

되니 유죄무죄간 즈식은 죄칙ㅎ믄 인개유지어늘 즈식된 재 부젼의 살와 의모를 영츌

타 ᄒ면 긔현이 블초대죄의 함닉ᄒ리니 츳ᄂ 공쥬ᄅᆯ 히치 아냐 질ᄋ의 젼졍을 히ᄒ
시미라 십분 참쟉ᄒ여 긋치쇼셔 이의 관비 하리ᄅᆯ 명ᄒ여 시러가라 ᄒ신들 져 공쥬
어대로 향ᄒ리잇고 졀노 입궐ᄒ여 황야기 고ᄒᆯ진대 긔현이 블공ᄒ여 치죄ᄒ미 아비
ᄅᆯ 도도와 내친다 ᄒ오리니 셩샹이 형쟝 쳐ᄉᄅᆯ 아니 과격히 너기시며 긔현이 무ᄉᆷ
사ᄅᆷ이 되리잇가 우재

94면

천녀의 필유일득이니 쇼데 비록 암열ᄒ나 깁히 ᄉ량ᄒ여 고ᄒᆞᆸᄂᆞ니 지삼 샹찰ᄒ쇼
셔 안식이 화평ᄒ고 말ᄉᆷ이 졍대ᄒ여 왕의 엄노ᄅᆯ ᄉ로ᄂᆞᆫ지라 이의 흔연이 웃고 집
슈 탄왈 우형의 힝신 쳐ᄉ 맛ᄎᆷ내 아ᄅᆯ 밋지 못ᄒ리니 엇지 춤괴치 아니리오 일시 증
분을 춤지 못ᄒ여 영츌코져 ᄒ엿더니 현뎨의 약셕 ᄀᆞᆺ튼 간언이 아니런들 뉘웃부미
이실닛다 드듸여 공쥬 츌거ᄅᆯ 긋치니 공쥬 무ᄉ흔지라 후릭의 공쥬 ᄌ가ᄅᆯ 영츌ᄒᆯ
거조와 초공의 녁

95면

구ᄒ던 쇼유ᄅᆯ 듯고 깁히 감격ᄒ여 츠후ᄂᆞ 악악ᄒᆫ 즐언을 긋치니 군ᄌ의 지셩이 감
기악ᄒ미 여츳ᄒ더라 사랑이 다힝ᄒ미 비ᄒᆞᆯ 듸 업셔 신혼 모졍의 동쵹ᄒᆫ 셩회 진션
ᄒ니 공쥬의 대악이나 평계 업셔 쟉난을 긋치나 쇼쇼 블평지ᄉᄂᆞ 업지 아니터라 시
의 강녜 여러 가지 묘계로 졍쇼져ᄅᆯ 졀졔ᄒᆯ 배로대 승샹이 엄졍ᄒ고 어ᄉ 명쾌ᄒ여
간참을 신쳥치 아냐 졍시ᄅᆯ 거론ᄒ미 업ᄉ니 분분 초ᄉᄒ여 경파로 더브러 다시 의
논 왈 츠ᄉᄅᆯ 긔류치 못ᄒ리

96면

니 그듸 오릭비ᄅᆯ 쳥ᄒ여 승샹과 어ᄉ의 침쳐ᄅᆯ 범ᄒ여 여츳여츳ᄒ고 도라가면 가히
졍시ᄅᆯ 깅참의 너흐리라 유퓌 올타 ᄒ고 기남 후번을 쳥ᄒ여 모의ᄒᆯ시 경후번 쟈ᄂᆞ
ᄌ쇼로 ᄌ긱질ᄒ여 쳔금을 모ᄒ고 만부부당지용이 이시므로 번쾌ᄅᆯ 흡모ᄒ여 ᄌ칭
후번이라 ᄒ더라 원내 졍쇼졔 시운이 블힝ᄒ여 밧그로 셜강이 이셔 히ᄒ고 안흐로
강시 노쥬 궁모 극계로 히ᄒ니 그 젼졍이 엇지 된고 하회ᄅᆯ 보라 셜포 한림 셜강이
취쳐ᄒ나 기쳬 용샹ᄒ

97면

니 한이 깁고 져는 몬져 등양ᄒ여시나 한림원을 ᄠᅥᄂᆞ지 못ᄒ엿거늘 긔현 형데는 츈경과 됴당의 버러시며 겸ᄒ여 샤숑숙녜 ᄡᅡᆼᄡᅡᆼ이 복을 도으니 스스로 졀치교ᄋᆞᄒ여 이의 쟝안의 유명흔 ᄌᆞ긱을 쳥ᄒ미 공교이 후번을 만ᄂᆞ지라 금빅을 쥬어 왈 네 만일 조샹국 쟝ᄌᆞ 유현을 질너 죽이면 당당이 은혜ᄅᆞᆯ 즁히 갑흘 거시오 블ᄒᆡᆼ이 실슈ᄒ미 잇거든 여ᄎᆞ여ᄎᆞᄒ고 도라가면 네 공이 되리라 후번이 답왈 샹공이 조노야로 더브러 무ᄉᆞᆷ 원

98면

슈 이셔 빅금을 앗기지 아니샤 그 살명ᄒᄆᆞᆯ 죄오시니 져 조노야는 일셰의 쳥망이 즁흔 명시라 녀항 시민이 다 칭숑ᄒ니 쇼인이 금을 귀히 너기고 샹공 분부ᄅᆞᆯ 위월치 못ᄒ여 무죄흔 지샹을 히ᄒ다가 일이 픠루ᄒ여 흔번 잡히ᄌᆨ 멸죡지화ᄅᆞᆯ 취ᄒ리니 위티치 아니리잇고 셜강이 쇼왈 내 조가로 냥립지 못할 은원이 이시니 마지 못ᄒ미라 네 ᄉᆞ양 말고 내 흔ᄀᆞᆺ 즁히 갑흘 ᄲᅮᆫ 아니라 타일 너ᄅᆞᆯ 발쳔ᄒ여 벼ᄉᆞᆯᄒ여 쥴 거시니 금일 ᄌᆞ긱의 구구홈과 ᄀᆞᆺ지

99면

아니ᄒ리라 후번이 탄식 왈 싱이 궁박ᄒ여 그ᄅᆞᆷ믈 아오되 폐치 못ᄒ니 힝혀 고언의 용을 가졋ᄂᆞ지라 만일 흔 쟉명을 어드면 이ᄅᆞᆯ 아니코 긔운을 펴리니 이 후번의 평싱 지원이라 금일 샹공 명을 진심히 아니리오 강이 대희ᄒ여 지삼 부쵹흔대 후번이 조부 근쳐의 가 슬필ᄉᆡ 조부 내외 엄격흔 즁 외원이 여러 곳이라 동셔로 빅화헌 셜화뎡이 잇고 즁당의 대셔헌이 이시니 대셔헌은 샹국의 거쳐로 대노공이 슉침은 내당의 ᄒᄂᆞᆫ 고로 본대 내견 왕ᄅᆡ 드믄

100면

고로 빅화뎐의 쳐ᄒ고 조어시 강시긔 고혹ᄒ여시니 엄훈을 슉야 조심ᄒ여 졍시의 일을 언두의 다시 일ᄏᆞᆺ지 아니코 엄젼의 ᄌᆞ로 시침ᄒ여 ᄉᆞ됴 여가의 셩효ᄅᆞᆯ 가쵹이 닥그니 초공의 붉으므로도 니시 취흔 셜계와 강시 고혹ᄒᆞᆷ믈 치 모ᄅᆞ더라 ᄎᆞ시 능동이라 일ᄀᆞ 엄한ᄒ고 빙셜이 만졍이라 승샹이 혼졍의 문후ᄒ고 화헌으로 도라오니 어시

ᄎᆞ데 광현으로 더브러 야야 금친을 포셜ᄒᆞᆯᄉᆡ 벼개를 바로ᄒᆞ여 가ᄌᆞᆨᄒᆞᆫ 셩회 나타ᄂᆞ니 승샹이 그윽이 두굿기더니 셜

101면

풍이 대긔ᄒᆞ여 슈호의 닝긔 투입ᄒᆞ니 승샹 왈 일한이 극ᄒᆞᆫ지라 내 광으로 더브러 ᄌᆞ리니 숙쇼의 가 편히 쉬라 시랑이 대왈 야야 너른 방의 홀노 숙침ᄒᆞ시ᄆᆡ 한긔 더을지라 쇼ᄌᆡ 비록 고인의 션침을 효측지 못ᄒᆞ오나 엇지 ᄉᆞ실의 퇴유ᄒᆞ와 시침을 폐ᄒᆞ리잇고 승샹이 그 뜻을 아라 다시 권치 아니코 일즉이 취침ᄒᆞ니 어ᄉᆡ 아ᄅᆞᆯ 품고 샹하의 취침ᄒᆞᆯᄉᆡ 쳣 잠이 몽농ᄒᆞ여셔 후번이 경파의 방의셔 죵일 길ᄒᆞᆯ ᄉᆞᆯ펴 ᄇᆡᆨ화헌 동쟝 나ᄌᆞᆫ 대를 형극 ᄲᆡ힌 거ᄉᆞᆯ 치워 다

102면

ᄅᆞ날 길ᄒᆞᆯ 미리 트고 가마니 화헌의 드러갈ᄉᆡ 이ᄣᅢ 눈이 비로쇼 개여 미월이 몽농ᄒᆞ여 셔잠의 걸넛고 직슉 셔동의 무리 곳곳이 쓰러져 ᄌᆞᄂᆞᆫ대 승샹 삼 부ᄌᆡ 잠드러거ᄂᆞᆯ 후번이 ᄉᆡᆼ각ᄒᆞ대 조샹국은 당대 현샹이라 ᄒᆞ믈며 셜한림은 조어ᄉᆞ를 쥭이라 ᄒᆞ나 누의 쳥인즉 쥭이지 말고 놀내여 간뷘 체만 ᄒᆞ라 ᄒᆞ니 무죄ᄒᆞᆫ ᄌᆡ샹 공후를 해ᄒᆞ미 무익ᄒᆞᆫ지라 일쟝을 놀내여 간부의 졍젹만 뵈고 도라갈 거시라 ᄒᆞ여 칼노 샹머리를 치고 다시 어ᄉᆞ의 니블을 치ᄆᆡ 공과 어ᄉᆡ 잠

103면

결의 놀나 밧비 눈을 ᄯᅥ ᄉᆞᆯ핀즉 희미ᄒᆞᆫ 월하의 ᄒᆞᆫ 쟝ᄉᆡ 비슈를 ᄶᅵ고 ᄶᅱ여 내ᄃᆞᆺ거ᄂᆞᆯ 어ᄉᆡ 단의만 입고 ᄯᆞᆯ오니 그 힝뵈 나는 ᄃᆞᆺᄒᆞ여 월쟝ᄒᆞᆯᄉᆡ 어ᄉᆡ 룡힝 호보로ᄡᅥ 엇지 밋지 못ᄒᆞ리오 후번이 바야흐로 쟝샹의 오ᄅᆞᄂᆞᆫ 거ᄉᆞᆯ 원비를 늘희여 운고를 잡아 나리오려 ᄒᆞ니 후번이 칼노 졔 운고를 버히고 다ᄅᆞᄂᆞᆫ지라 어ᄉᆡ 만일 그 숀이 샹치 아냐시면 족히 후번을 잡아 일치 아닐 거시로대 후번의 샹토 버히ᄂᆞᆫ 칼의 숀이 즁샹ᄒᆞ여 뉴혈이 낭ᄌᆞᄒᆞ니 급히 한삼을 믜여 숀

104면

을 ᄲᆡᄆᆡ 발셔 먼니 다라나 형젹을 감초니 통한ᄒᆞ믈 이긔지 못ᄒᆞ여 도라올ᄉᆡ 승샹이

셔동을 블 붉히고 두로 살피미 젹은 먼니 가고 금낭이 써러졋는 고로 알외느이다 ᄒ
거늘 승상이 여러보니 흔쟝 셔서 흉참ᄒ여 참아 견시치 못홀지라 대강 왈 쳡이 어려
셔붓터 낭군의 월영 뉴풍을 앙모ᄒ여 얽힌 쯧지 둘 ᄀᆺ거늘 삼싱 원가로 조부의 입현
ᄒ니 조군의 박대 태심ᄒ고 년ᄒ여 삼쳐를 취ᄒ는 즁 강녀의게 고혹ᄒ여 쳡은 공규
의 환션을 늣길 짜

105면

룸이라 아쟈의 귀근을 일코라 관음묘의가 낭군으로 더브러 탈신지계를 샹의코져 ᄒ
더니 조싱이 의심을 동ᄒ여 보내지 아니니 명위 부뷔나 실위 구젹이라 유현이 스라
셔는 쳡이 눈셥을 썰쳐 긔운 펼 날이 업스니 문군은 님공짜 과븨로대 진녀로 밀위며
샹여를 조ᄎ미오 진평 쳬 다숫 번 개가ᄒᄃᆡ 진공의 후듸를 바다시니 쳡이 샹문 일 교
아로 조싱의 염박ᄒ는 욕을 바다 공규단쟝을 감심ᄒ미 더옥 통한ᄒ나 부형이 졍귀례
즁ᄒ시고 조시로 셰교의 졍

106면

분이 골육 ᄀᆺ트시니 날을 쌔혀내여 군을 좃게 ᄒ실니 업는지라 만일 조공과 유현을
흔번 질너 죽여 업시ᄒ면 쳡이 경보를 슈습ᄒ여 당당이 심야의 탈신ᄒ여 군을 조ᄎ
리니 군은 힘쓰라 ᄒ엿더라 승상이 견필의 쇼화코져 ᄒ더니 어ᄉᆡ 드러와 보고 분긔
엄이ᄒ여 흉셔를 가져 음녀를 뵈고 죄를 졍히 ᄒ오리니 엇지 슬와 업시ᄒ리잇고 공
이 가연 쇼왈 너의 니른바 음부는 누를 니름고 내 널노써 십여 년 근근ᄒ여 글을 닑
혀 식견을 널이고져 ᄒ엿거늘 이졔 지식의

107면

쳔단홈과 쇼견의 블명ᄒ미 흔 초부만 못ᄒ니 엇지 한심치 아니리오 사름이 두 눈이
이신 후 졍시의 쟉인이 셩녀쳘빈 쥴 알녀든 간인의 구함이 교밀ᄒ나 그 위인을 참죽
지 못ᄒ며 엄구와 쇼텬을 싀살호믈 강상대변이니 졍아의 쟉인 품질노 남의 모희를
입어 일시 구셜의 얽킴도 인심의 통셕홀 배여늘 부부간 빙옥 도힝을 아지 못ᄒ고 의
심이 이의 밋츠니 엇지 히연치 아니리오 우리 부지 깁히 잠드러 그 하슈키 쉬오려든
짐즛 드레고 다라날진대 흔젹 업

108면

시 ᄒ려든 금낭을 나리쳐 남이 보게 ᄒ리오 어시 부공의 명경ᄒ신 교훈을 드ᄅᄆᆡ 흉금이 훤츌ᄒ여 젹이 분긔를 진졍ᄒ고 배샤 왈 엄훈이 맛당ᄒ시니 졍시를 함ᄒᆞ는 쟈는 뉘니잇고 졍시와 영이 믜울지라도 그 ᄒᆞ는 재 반ᄃᆞ시 쇼ᄌᆞ의 가실 즁의 잇슬지라 맛당이 ᄉᆞ획ᄒ오리니 여ᄎᆞ 대변을 쇼ᄌᆞ의 암미ᄒᆞ온 쇼견으로 능히 젹발치 못ᄒ오리니 엄위의 명훈을 밧ᄌᆞ와 션쳐ᄒ시믈 바라ᄂᆞ이다 ᄒᆡ아의 몸만일너도 한심ᄒᆞᆫ 변이어든 지존ᄒᆞᆫ 대 밋ᄉᆞ오니 하면

109면

목으로 힝어셰ᄒ오리잇고 여ᄎᆞ 변괴지ᄉᆞ를 믈시ᄒᆞᆫ 가치 아니토쇼이다 승상이 졍식 왈 내 비록 쇼리ᄒᆞ나 오히려 너의게 나ᄆᆞ미 이시리니 이졔 발각고져 ᄒᆞ여 어즈러이 시비 복쳡을 져쥴진대 진즛 죄쟈는 블복ᄒᆞ고 익미ᄒᆞᆫ 재 죄의 걸니며 혹 간영ᄒᆞᆫ 시비 회뢰를 탐ᄒᆞ여 반ᄃᆞ시 부복ᄒᆞ대 졍시의 일이라 ᄒᆞ리니 아직 모로ᄂᆞᆫ 쳬ᄒᆞ고 시종을 보라 요리지 아냐 간졍이 탄루ᄒᆞ리니 즈레 오란ᄒᆞᆫ즉 졍이 좌우의 젹인이 가득ᄒᆞ고 너와 쇼ᄒᆞ니 틈을 여을 재 엇지 업ᄉᆞ리오 여등

110면

은 후ᄉᆡᆼ이라 셕ᄉᆞ를 모ᄅᆞ려니와 여모ᄂᆞᆫ 나의 후대 온젼ᄒᆞ고 굿트여 젹인이 업ᄉᆞ되 여ᄎᆞ여ᄎᆞᄒᆞ여 네 모친을 구히ᄒᆞ리 이셔 내 눈의 친히 여모의 얼골과 간부의 형상을 보대 내 여모의 샹시 힝ᄉᆞ를 츄이ᄒᆞ여 의괴 난측ᄒᆞ니 필경은 보고져 함구잉통ᄒᆞ고 블츌구외ᄒᆞ여 여러 일월을 슌례로 대졉ᄒᆞᄆᆡ ᄌᆞ연 일이 쇼쟉쟈의게 도라가고 여뫼 신원이 거울 ᄀᆞ트엿ᄂᆞ니 날노 ᄒᆞ여금 너갓치 급거이 셔둘진대 보젼치 못ᄒᆞ여 텬일을 보와시리오 너ᄂᆞᆫ 제가를 엄졍이 ᄒᆞ고 ᄯᅳᆺ

111면

잡기를 관대히 ᄒᆞ여ᄡᅥ 마음과 졍의 박ᄒᆞ믈ᄡᅥ 원억히 누셜의 미이게 말나 어시 엄훈이 여ᄎᆞ 명경 간측ᄒᆞ시믈 드ᄅᆞᄆᆡ 이 본대 텬디의 규량이오 여신ᄒᆞ᷾ᆫ 슬긔라 비록 블각지즁의 셩이 발ᄒᆞ엿다가도 그 엄훈을 드ᄅᆞᄆᆡ 흉금이 개혁ᄒᆞ니 ᄌᆞ고로 셰시 번난ᄒᆞ믈 츄연 감오ᄒᆞ여 이의 화안싴ᄒᆞ고 지배 샤죄 왈 금야의 허다 명훈을 밧ᄌᆞ오ᄆᆡ 블초블

명ᄒ오나 엇지 혁연치 아니리잇고 셕스ᄅᆞᆯ 듯ᄌᆞ오미 인ᄌᆞ의 ᄎᆞᆷ기 어렵ᄉ오대 야애 일월지광이 ᄌᆞ모긔 여한이 업게 ᄒ

시니 쇼지 원컨대 마음을 가다담아 엄훈의 관ᄌᆞ인덕ᄒ시믈 간폐의 삭이오리니 ᄎᆞ스ᄅᆞᆯ 미봉ᄒ여 필경을 보고져 ᄒᆞᄂᆞ이다 공이 아ᄌᆞ의 효슌ᄒ며 명쾌ᄒ미 ᄯᅳᆺ을 어긔오미 업스니 심하의 두굿겨 지삼 경계ᄒ고 일쥭 장칙의 슈고로롬과 호령의 요란ᄒ미 업더라 싱이 ᄎᆞ후는 마음을 진뎡ᄒ여 ᄉᆞ부인을 한갈갓치 아니 ᄎᆞᆺ고 됴ᄉᆞ여가의는 부공을 시측ᄒ여 일시도 ᄯᅥᄂᆞ지 아니코 그림재 좃듯ᄒ니 조싱은 대효군ᄌᆡ라 허실간 ᄌᆞ긱이 들입ᄒ며 흉픽ᄒᆞᆫ 말이 엄젼

의 밋ᄎᆞ믈 통히 졀분ᄒ나 오조의 ᄌᆞ웅 ᄀᆞᆺ튼 고로 ᄉᆞ 부인긔 다 졀젹ᄒ고 부훈을 밧드러 근본을 구문치 아니니 초공은 두굿기나 싱이 슉야 방심치 못ᄒ여 부젼을 ᄯᅥᄂᆞ지 아니니 공이 아ᄌᆞ의 힝실 여ᄎᆞ 신중ᄒ여 방외의 호탕ᄒ나 칙ᄒᆞᆯ 말이 업ᄉ대 엄히 계칙ᄒ여 두굿기는 ᄯᆮ을 외모의 나타내지 아니터라 어시의 ᄌᆞ긱 후번이 죽을 번ᄒ여 샹토ᄅᆞᆯ 버히고 겨유 도라와 셜강을 보고 왈 쇼인이 향ᄒᆞᄂᆞᆫ 바의 실슈ᄒ미 업더니 조아의 가니 조어시 용

뫼 비샹홀 ᄲᆞᆫ 아니라 ᄶᆞᆯ오기를 시쟉ᄒ니 롱힝 호뵈 ᄂᆞᆫ 듯ᄒ여 머리 잡아 나리오믈 하급히 ᄒ니 샹토ᄅᆞᆯ 버혀 나리치고 겨유 도망ᄒ여 금낭을 ᄲᅥᆯ오쳐 졀노 ᄒ여금 보게 ᄒ고 오니이다 강이 왈 아니 잡히믈 잘 ᄒ여시니 너 쥰 금은을 ᄎᆞᆺ지 아닛노라 ᄒ더라 후번을 보내고 셜강이 조부의 니ᄅᆞ러 어ᄉᆞᄅᆞᆯ 보고 말ᄒ대 젼연이 다른 긔ᄉᆡᆨ이 업거늘 강이 ᄎᆞᆷ지 못ᄒ여 쇼왈 형이 규각의 ᄉᆔ 부인을 모화시니 그즁 졍이

하여오 어시 져의 위인이 지어규즁 ᄉᆞᄉᆞ 은졍을 무릅믈 경박히 너겨 미온ᄒ여 졍식 왈 쟝뷔 규내의 편이 편증이 어이 이시리오 강이 웃고 혹 탄식ᄒ여 회푀 만커늘 싱이

문왈 형이 나의 규내를 뭇고 혹탄 혹쇼ᄒ여 은위 만복ᄒ니 그 쥬의 어대 쥬ᄒ엿ᄂ뇨 강이 츄연 왈 형으로 더브러 졍의 골육 ᄀᆺ튼지라 형이 사름의 시비를 드ᄅ미 쇼ᄃᆡ 엇지 듯고져 ᄒ리오 조어시 잠쇼 왈 쇼ᄃᆡ 년쇼부지로 됴항의 츙슈ᄒ니 명셰의 허믈 어드미 만흔지라 사름의 시비

를 엇지 면ᄒ리오 아지 못게라 뉘 무슴 말을 ᄒ더뇨 날을 ᄭ줏ᄂ니ᄂ 스승이오 날을 기리ᄂ니ᄂ 원슈라 ᄒ니 이ᄂ 아셩의 지극ᄒ신 경계라 형은 실진무은ᄒ미 가ᄒ져 강 왈 형이 의마의 직죄 됴야의 나타ᄂ고 셩샹 은총이 일셰를 진동ᄒ니 뉘 능히 시비ᄒ 리오마ᄂ 규문의 크게 아름답지 아닌 졍젹이 외간의 들녀 형의 가계를 만히 시비ᄒ 고 음난ᄒᆫ 부녀를 명부 원위를 웅거ᄒ고 칼노써 부형을 지르랴 ᄒ고 ᄌ긱을 드러보 내여 죄악이 현져ᄒᆫ 녀ᄌ를 죵

시 모ᄅ는 쳬ᄒ여 두엇다 ᄒ고 듯ᄂ니 히연치 아니리 업스니 쇼ᄃᆡᄂ 이런 일 업스리 라 ᄒ대 인인이 고지 듯지 아니니 형을 위ᄒ여 이런 블힝ᄒᆫ 말을 셜파ᄒᄂ니 형의 부 즁의 ᄌ긱의 변과 간셔의 흉ᄒ 졍젹을 본 배 잇ᄂ냐 형을 위ᄒ여 이런 블힝ᄒᆫ 말 나 믈 골돌ᄒ여 즁대ᄒᆫ 말을 셜파ᄒ노라 조어ᄉᄂ 일월의 붉음과 부형의 여신ᄒ 슬긔 잇ᄂ지라 ᄒ 낯츨 드ᄅ면 빅스를 짐쟉ᄒ니 셜강의 비악ᄒᆫ 언ᄉ와 간악ᄒᆫ 의ᄉ 군ᄌ 의 셩광을 도망치 못

ᄒᆯ지라 그윽이 싱각ᄒ대 ᄌ긱은 사름을 죽이라 드ᄂ 거시니 남이 알가 져허ᄒ거ᄂ 거야 경식은 우리 부지 블츌구외ᄒ니 가인도 아지 못ᄒ고 수오 개 셔동이 도젹으로 아랏지 ᄌ긱이믈 몰낫고 간셔 일관은 더옥 아지 못ᄒᆯ 거시니 셜강이 엇지 알고 이런 요언을 창셜ᄒ여 날을 믹밧ᄂ뇨 셕일 졍가 혼인젹 내게 와 규녀의 음비ᄒᆷᆯ 니ᄅ고 ᄯᅩ 여ᄎ 졍시를 잡으미 용납ᄒᆯ ᄯᅡ히 업스니 졍시 비록 대악지죄를 범ᄒ나 졔게 간셥 ᄒ미 업거ᄂᆯ 엇지 이리구ᄂ

119면

고 추는 지쟈로 ᄒ여금 희셕기 어려울지라 졍시 위인인즉 결단ᄒ여 음비치 아니코 옥결 도힝이 이시니 ᄌ졍의 슉현ᄒ므로도 누언과 변을 지내여 겨셔시니 이졔 졍시를 함익ᄒ미 무슴 연괸고 므를 일이로다 ᄒ여 엄졍 기쉭 왈 형이 날을 위ᄒ여 니르믄 감격ᄒ대 쇼뎨 가즁의 니런 변이 업고 ᄌ직은 언졔 드러시며 니르던 쟤 뉘런고 등하블 명이라 실노 츳등슈를 아지 못ᄒ니 형은 볽히 니르라 셜싱이 쇼왈 형이 쇼뎨를 긔이지 말나 형가의 이런 변

120면

을 본다시 니르거든 도로혀 날을 대ᄒ여 니르지 아니니 쇼뎨의 졍과 내도ᄒ도다 어시 닝쇼 왈 쟝뷔 엇지 말을 내외 달니ᄒ리오 내 집의 여ᄎ 변괴 업는 바의 엇지 방인의 시비를 알니오 셜파의 의연 단좌ᄒ여 말이 업스니 강이 무류ᄒ여 도라가니라

조시삼대록 권지ᄉ

1면

어시의 조어시 셜강을 보내고 고요히 침음 샹량ᄒ미 믄득 흉금이 열녀 싱각ᄒ니 강이 본대 졍시지친이라 혹 내외 업시 보아 져 호식 탕ᄌ 졍시의 식을 보고 블초지심을 두어 미혼젼브터 규문 음비지스를 픈포ᄒ고 이졔 이심이 그 허믈을 외인을 빙ᄌᄒ여 날을 공동ᄒ니 흉을 가지라 내 ᄒ번 시험ᄒ여 졍시다려 무러 볼 거시라 이의 쳑각의 니르니 내당 츌입ᄒ연 지 여러 날이라 시비 유랑이

2면

다 놀ᄂ며 졍시는 텬연이 니러나 영후ᄒ나 여러 가지로 슈리ᄒ미 이셔 봉관을 슉이고 옥면의 잠간 블근 빗츨 가ᄒ니 홍년일지 향슈를 셜친 둣 일빵 안치는 요요ᄒ 셩심이 나타ᄂ고 팔ᄎ 봉미는 나즉ᄒ여 화ᄒ 긔운이 조요ᄒ여 뵈는지라 어시 유의ᄒ여 보미 더옥 긔특ᄒ여 내외의 한 졈 음비ᄒ 빗치 업셔 츄슈로 엉귄 둣ᄒ지라 비록 허다 누언과 간참이 죵횡ᄒ나 조싱의 지인ᄒ는 일빵 구슬이 잇는지라 그 어질며 쳥졍ᄒ믈

알지라

3면

돈연이 공경호여 팔 미러 안기랄 청호고 탄식 왈 부인의 심스룰 복이 모르지 아니디 피츠 냥익이 태심호여 즁간의 고이흔 일이 무슈호니 비록 헛된 일인 쥴 아나 마음이 블평호여 호더니 요스이 야야 침견의 고이흔 일이 이시니 인즈지심이 슉야 숑구흔지라 만스의 뜻이 업셔 규내의 즈최룰 긋쳐시니 부인이 고이히 너기지 말나 쇼졔 염용 대왈 쳡이 인시 암열호고 힝신이 신기룰 져바려 반드시 죄 어드미 즁흔 곳의 이시민가 호대 존문 적덕과 군

4면

즈의 관인호시믈 인호여 죄룰 일오미 업고 고당의 안헐호니 슉야 황민호와 마음이 심연 박빙흠 긋튼지라 어내 넘치의 군즈의 뭇지 아니시믈 고이히 너기리잇고 대인 침쇼의 변이 이시믄 더옥 심한골경호오니 그 허믈과 죄 뉘 몸의 당호엿는 쥴 알니잇고 싱이 탄왈 흑싱이 독경치 못호여 규내의 변이 이시니 어이 부인 등을 칙망호리오 아지 못게라 한림흑스 셜강이 부인으로 몃촌이 되며 일죽 보시니잇가 쇼졔 대왈 쳡으로 팔촌간이니

5면

긋트여 볼 일이 업고 셩품이 용졸호여 부형 밧긔 대홀 뜻이 업스대 졔 통치 아니코 드러오기로 여러 슌 그 얼골을 보왓느이다 어시 왈 그 위인이 각박호거니와 쟉인이 어즈러 뵈더니잇가 쇼졔 그 무른미 뜻이 이시믈 알고 굴오대 보면 즉시 피호여시니 얼골이 어질며 스오나오믈 엇지 즈시 알니잇고 다만 거거의 의논을 드르니 죵시 현 인군즈는 아니라 호더이다 언미필의 정흑스 운긔 니르러 미져룰 보려 호니 어시 칙 각으로 청호여 볼시 어시 쇼왈 쇼데

6면

일신이 다사호여 오릭 악쟝긔 배현치 못호니 허믈이 내게 잇거니와 형은 거번 과문 블입호니 미져 보고시분 마음이 업더냐 정흑시 쇼왈 미져야 아니 보고시븐 인졍이

이시리오마는 오면 너를 볼 거시니 믜워 못 왓더니라 어시 노싴 왈 소대 일즉 형의게 믜온 일을 아냐시니 대면치 못ᄒ게 믜온 일이 이시리오 졍혹식 답쇼 왈 네 오가의 ᄉ오 월의 ᄒᆞᆫ 번식도 오지 아냐 가친의 지극ᄒᆞ신 졍을 져바리니 뮈오미 ᄒᆞ나히오 누의 근친을 막으니 뮈오미 격으리오 슈일 젼

7면

셜강이 쳥ᄒᆞ므로 니부의 샹셔를 보라 급히 가기 내 이 문의 지ᄂᆞ며 못 드러왓더니라 어시 답쇼 왈 쇼대 일즉 영미의 근친을 막으미 업ᄉ니 이ᄂᆞᆫ 공죄요 악쟝기 드믈게 뵈올지라도 직임 여가의 아직 ᄌᆞ란 동싱이 업ᄉ니 흔젹 부젼을 쎠ᄂᆞ지 못ᄒᆞ여 번다ᄒᆞᆫ 슈응을 더러 돕ᄉ오니 몸이 다ᄉᆞᄒᆞ여 셕의 밥을 찻지 못ᄒᆞᄂᆞᆫ대 어내 결의 쳐가의 ᄌᆞ로 가며 악쟝도 ᄒᆞ나 둘이 아니라 져마다 ᄭᅮ지ᄌᆞ니 엇지ᄒᆞ리오 셜강이 무슨 일노 니부를 쳥ᄒᆞ더뇨 졍싱 왈 졔

8면

노뫼 이시므로 ᄒᆞᆫ 곳 외임을 녁구ᄒᆞ니 친쳑의 쳥을 아니 듯지 못ᄒᆞ여 가니 평진후 ᄯᅳᆺ이 내도ᄒᆞ니 내 셜강다려 젼치 아냣노라 어시 미쇼 왈 평진휘 무어시라 ᄒᆞ더뇨 졍혹식 왈 평진휘 답ᄒᆞ대 나의 직임이 다 내 거시 아니라 공도라 내 텬은을 입ᄉ와 니부를 마튼미 눈으로 져울을 삼고 마음으로 져울을 삼ᄂᆞ니 셜강을 쇼쥐 ᄀᆞᆺᄐᆞᆫ 부요지디를 맛지면 반ᄃᆞ시 기신의도 쳥명을 닛초고 국ᄉᆞ의 흐리리니 현대 쳥이나 듯지 못ᄒᆞ노라 ᄒᆞ니 내 엇지 두 번 말ᄒᆞ

9면

리오 원내 셜강이 평진후를 만히 원망ᄒᆞ대 져ᄂᆞᆫ 몬져 츌신이로대 지금 벼슬을 옴지 못ᄒᆞ고 조문계의 졔 형데ᄂᆞᆫ 인친지졍과 됴당 한원의 직품이 슝고ᄒᆞ여 셩만ᄒᆞ믈 싀긔ᄒᆞ고 평진후ᄂᆞᆫ 쳥고ᄒᆞ다 ᄭᅮ짓더라 내 이 말도 잠간 평진후기 아라듯게 다른 이ᄂᆞᆫ 식인다 ᄒᆞ니 하여오 평진휘 쇼왈 월명은 내 ᄉᆞ회니 더옥 나의 의망ᄒᆞ미 업고 문계ᄂᆞᆫ 니른바른 큰 그릇시라 ᄒᆞᆫ 도당과 시랑을 니른리오 지금 빅만 쟝졸의 원융이 되고 만됴 쳔관의 우희

정승을 쥬어도 덕망을 맛틋대 넉넉ᄒ나 년쇼ᄒ므로 굿틋여 과도ᄒᆫ 쟉녹을 더으미 업
ᄉ니 냥인의 의망은 성상 특지니 리부 쳔이 아니라 ᄒ더라 조어시 탄왈 아등이 년쇼
ᄒ므로 위망이 과도ᄒ니 셜강지언이 엇지 과ᄒ리오 졍혹시 이의 나아안ᄌ 굴오대 앗
가 셜강을 보니 네 집 말을 고이히 젼ᄒ니 심히 놀나와 니르ᄂ니 젹실ᄒᆫ 말인지 모르
나 네 비록 년쇼ᄒ나 여러 가실을 두어시니 너의 위인과 아미의 셩품을 싱각ᄒ미 반
드시 부챵부수ᄒ며 샹

경상화ᄒ여 가졔 슈신이 어ᄌ럽지 아닐 줄 아는지라 가친이 만무일녀ᄒ시고 아등이
쏘ᄒᆫ 미덧더니 금일 셜강이 니르되 네 집 규내의 대변이 이러나 령존당 침쳐의 ᄌ긱
이 드럿다가 다르나미 네 부인 즁 시겨다 ᄒ며 간부 셔를 네 잡앗다 ᄒ니 올ᄒ냐 조
어시 안식을 곳치고 탄왈 쇼뎨의 졔가는 블가ᄉ문어타인이라 위인ᄌᄒ여 가히 춤지
못ᄒ며 듯지 못ᄒᆯ 일이로대 가친 분뷔 여ᄎᆞ여ᄎᆞᄒ여 함구잉통ᄒ여 후리ᄉ를 보라 ᄒ
시니 이런 고로 우리 부ᄌ밧

가내인도 알니 업고 간셔 일관은 더욱 블튤구외ᄒ엿더니 셜강의 안 일이 측량치 못
ᄒ노라 셜강이 날다려 여ᄎᆞ여ᄎᆞ 니르거늘 내 비록 친ᄒᆫ ᄉ이나 다 니로기 괴로와 아
낫더니 형은 일가지분이 잇고 더욱 고이ᄒᆫ 일이 이셔 의논코져 ᄒᄂ 고로 니르ᄂ니
강이 슈년 젼 여ᄎᆞ여ᄎᆞ 니르고 날다려 혼ᄉ를 믈니치라 ᄒ니 고이ᄒ대 말을 아낫더
니 이졔 강의 일이 졈졈 고이ᄒ니 형을 대ᄒ여 죵시 긔이지 못ᄒᆯ지라 셜강이 녕미로
더브러 친쳑으로 니룰진대 이런

말을 아니ᄒ염죽ᄒ대 젼후의 그 허믈을 니르고 날을 공동ᄒ니 형은 긔의를 알 거시
니 듯고ᄌ ᄒ노라 졍총지 쳥필의 분ᄒ믈 니긔지 못ᄒ여 분연 즐왈 츄셰 쇼인이 지친
의 졍을 일큿고 왕리ᄒ나 져런 요악ᄒᆫ 심용이 이시믈 알니오 쳔인의 집이 갓갑고 ᄌ
위 무익ᄒ시므로 내외 업시 단녀 아미를 보고 쳥혼ᄒ니 가친이 엄히 거졀ᄒ시고 믈

니첫더니 주당긔 와 운희 말을 여추여추 니르고 이히로써 다리여 혼인을 말나 흐대 오개 면덩흐신 친

14면

수오 가친이 너를 보신 고로 드른 체 아니코 셩혼흐엿더니 뉘 냥가의 간언이 이시믈 알니오 네 집 주긱도 추인의게셔 난 비로다 어시 쳥필의 흉금이 치 널녀 이의 탄왈 형언을 드르니 쇼뎨 슈년 의심이 히셕흔패라 제 공연이 스괴여 단니는지라 쇼뎨 지 긔 샹합흐미 업스나 안면 이 주못 친흐니 그 그른 곳의 이시믈 알니오 가히 그 얼골 이 갓가온지라 형은 일가의 졍과 붕우의 의를 겸흐여 부언증익흐여 쑤짓기를 여디 업시 흐느뇨 오슈박힝이나 잠간 지인

15면

흐는 식안이 잇고 가친의 명졍흐신 셩의 젼두를 빗최시니 져의 힝신이 붓그럽지 아 니리오마는 영미와 쇼뎨의게 무슨 히로오미 이시리오 쳥컨대 형은 추언을 악쟝긔 알 외지 말나 군주의 되 덕이 웃듬이라 사룸의 단쳐를 들츄어 남이 알게 아니흐미 올흐 니 죄는 지은 쟈의게 도라가고 덕은 힝흔 바의 예셩이 잇느니 쇼뎨 덕이 박흐나 부형 의 붉은 교훈을 폐부의 삭엿는지라 쇼인으로 더브러 히흐는 무리 되지 말과져 흐며 져의 길 그릇 들믈 이달와흐나 능히 스뭇

16면

쳐 알게 홀 도리 업도다 졍싱이 크게 탄복흐여 하셕 배왈 어지다 운희여 대인이 그대 말을 흐실 쩌는 입을 쥬리지 못흐시니 우리 너모 과도흐신가 흐엿더니 진실노 야야 의 틱셔흐신 안광이 붉으시믈 알니로다 탄복 치경흐여 왈 우형이 문계의 뎨주 되리 라 조어시 졍식 왈 형이 일졍 취흐엿도다 엇지 언시 여추 부잡흐뇨 쇼뎨 진졍 쇼견으 로 은휘치 아니믄 형의 단즁흐믈 미드미라 쳥컨대 허다 심용을 누셜치 말면 주연 심 회흐리라 졍혹시 크게 탄복흐

17면

여 연연 칭찬흐고 이윽흐여 도라가니 싱이 비로쇼 졍시의 이미흔 누셜을 시럿던 쥴

씬다라 샹쾌ᄒ대 원내 가변이 고이ᄒᄆᆯ 깃거 아냐 다시 ᄉ부인을 츳지 아냐 야야 침
쇼의 뫼시니 슈삼 월의 한갈ᄀᆺᄐ니 승샹이 문왈 네 요ᄉ이 규내의 졀젹ᄒ고 아비 직
회ᄆᆯ 폐치 아니ᄒ니 ᄌ식의 도리 극진ᄒ어니와 범시 예ᄉ로올지라 쇼년 부부로 이ᄀᆺ
치 각쳐ᄒ니 영영 얼골을 대치 아닐 례문이 업ᄉ니 모ᄅᆷ이 민ᄉᄅᆯ 줌도로 ᄒ라 싱이
옥면이 잠홍ᄒ여 몸을 굽혀 쥬

18면

왈 ᄀᆺᄐ여 다른 연고 아니라 져젹 대변을 본 후 슉야의 편치 아니코 규닉 싱각이 돈
연ᄒ오니 쇼ᄌ의 나히 오히려 고인의 유취지년이 머럿시니 마음이 녀관을 머리ᄒ여
힝실을 잠간 슈련ᄒ고 십오ᄅᆯ 기다려 가시 졍ᄒ 후 륜의ᄅᆯ 온젼코져 ᄒ오미라 요ᄉ
이 근심ᄒ여 ᄉ침을 츳ᄌ믄 블의지변을 두리미로쇼이다 공이 회동안식ᄒ여 졈졈 이
ᄀᆺ치 긔특ᄒᄆᆯ ᄉ랑ᄒ고 두긋겨 츳후ᄂᆫ 긔현을 불워 아니니 원내 싱의 위인이 샹쾌
ᄒ고 총명 효우ᄒ며 신이 영호ᄒ미

19면

츌인ᄒ대 부훈을 드대여 일동 일졍을 슈련ᄒ니 지극ᄒ 효지 ᄌ연 감동ᄒ여 힝동이
날노 츌범ᄒ더라 츳후 조싱이 강시 싱각이 돈무ᄒ니 이 본대 졍이 업거늘 약을 ᄀᆺ쳐
달이 오ᄅᆷ이 ᄌ연 감ᄒ미라 ᄉ 부인을 츳지 아니코 ᄉᄉ의 의복 대긱을 졍쇼져ᄅᆯ 틱
츌ᄒ나 기여 부인은 더욱 남 ᄀᆺᄐ여 니시의 션연미질과 묘시의 아릿다온 ᄌ틱의 졍
쇼져 만염광휘ᄅᆯ 쎡쎡 싱각고 졍이 즁심은 밧고이지 아니딘 ᄌ긱 일ᄉ와 흉셔로 반
간ᄒ여 오쟉의 ᄌ웅을 갈히

20면

고 옥셕을 구분ᄒ여 ᄒ번 명빅ᄒ 쳐치ᄅᆯ 일우고 졔 부인을 츳ᄌ 평균지심을 뎡ᄒ 후
ᄂᆫ 침위묵묵ᄒ여 사ᄅᆷ이 블탁긔의ᄒ니 일가 졔인이 긔심을 아지 못ᄒ더라 강시 어ᄉ
의 츈몽 ᄀᆺ튼 호총이 잠간이오 졍쇼져ᄅᆯ 히ᄒ미 허다 심녀ᄅᆯ 허비ᄒ여시나 졍시의게
딘단ᄒ 화시 업고 졔게 졀젹ᄒᄆᆯ 보미 대구ᄒ여 여의개용단을 삼켜 위부인과 노공이
잇ᄂᆫ 딘 돌입ᄒ여 고이ᄒ 변을 지으니 이러구러 명년 신졍이라 셰알ᄒᄂᆫ 빈긱이 번
요 분답ᄒ니 쇼졍

21면

등이 존당의 대후ᄒ여 대직 슈응을 찰히ᄂ 고로 밤 밧근 ᄉ침의 믈너올 ᄶ 업더니 일야ᄂ 노공이 혼졍 후 직시 치운졍의 드러오니 위부인이 ᄌ부ᄅ 도라보내고 혼ᄌ 안ᄌᆺ다가 공의 니ᄅ믈 보고 인ᄒ여 말ᄉᆷᄒ더니 홀연 문 밧긔 인젹이 잇거ᄂ 위부인이 챵틈으로 본즉 월식이 몽농ᄒᆫ대 졍시 ᄌ가 챵 밧 벽간을 쭐고 엿넛 거시 이시ᄃ 의심 업ᄉᆫ 졍시라 노공이 부인 겻히 잇다가 부인의 보ᄂ 양을 보고 고이히 너겨 문을 여니 가졍시 황황ᄒ여 믈너셔

22면

거ᄂᆯ 문왈 슌뷔 엇지 반야의 조춘 시비도 업시 이곳의 니ᄅ뇨 가졍시 고개ᄅ 슉이고 대왈 침쇼로 가다가 블이 쩌지니 시녀 다시 혀라 가시ᄆ 기다리고 셧ᄂ이다 공이 가쟝 늣게 너겨 싱각ᄒ대 외모와 크게 다ᄅ도다 ᄒ고 ᄎ탄ᄒ며 문을 다드니 졍시 오히려 가지 아니ᄒ고 쥬져ᄒ더니 양낭이 ᄎ긔ᄅ 겻히 노코 잠드럿거ᄂ ᄎ긔의 ᄒ 봉ᄒ 약을 너코 보보 젼경ᄒ여 치각을 힝ᄒ거ᄂ 노공 부뷔 챵틈으로 보고 흉히 너겨 ᄎ그ᄅ슬 가져오라 ᄒ여 보니 은긔의 ᄎ

23면

빗치 고이ᄒᄒ지라 ᄯ해 업치니 ᄒ 쥴기 프른 블이 니러ᄂᄂ니 노공 부뷔 대경ᄒ여 명일 벽간의 무든 거슬 어더내니 사ᄅᆷ의 슌목과 쥬필노 부쟉 쎤 거시니 태부인으로붓터 조시 ᄉ대의 명 씃기ᄅ 츅원ᄒ고 ᄌ긔을 드려 쯧을 일오지 못ᄒ고 무고지ᄉᄅ 힝ᄒ니 텬디신기ᄂ 원을 일우면 셰셰싱싱의 향화ᄅ 밧들녀라 ᄒ여시니 공이 견파의 탄왈 인면슈심은 졍시ᄅ 니ᄅ미로다 졍ᄌ산의 위인으로 여ᄎ 딕악지녀ᄅ 두어시니 이거시 젹은 변이 아니라 무더둘 일이 못

24면

되여 우리 가즁만 아냐 망극ᄒ 변이라 보고 잠잠ᄒ리오 ᄒ니 부인은 침음ᄒ여 말이 업더라 초공을 브ᄅ니 곳 슈명이어ᄂᆯ 공이 츅ᄉᄒ 거슬 승상을 쥬어 보라 ᄒ고 쟉야 경식과 ᄎ의 독약과 무고지ᄉᄅ 셰셰히 니ᄅ니 초공이 안식을 변치 아니코 쥬왈 가ᄂ의 이런 변이 이셔 요얼이 지존을 범ᄒ니 히ᄋ 등 시봉이 틱만ᄒ 죄 경치 아니ᄒ고

변이 즈부 즁의셔 낫스오니 다 쇼즈의 어하 못흔 죄로쇼이다 슈연이나 경시로 흐여
금 이런 대악지죄를 몸쇼 지으믄 실노 아니흐올지

25면

라 대인과 즈위 친감흐신 배오나 이다온 바는 히으를 기시 부르시더면 가히 립각의
진위를 획실흐올거늘 슈련이 노화보내시미 이답도쇼이다 노공이 경식 왈 네 한곳 즈
부만 밋고 부모를 허탄이 너기니 네 힝식 여츠흐뇨 승상이 경시 익이 그만흐여 긋지
아닐 쥴 알고 부모의 대톄로오신 뜻을 어긔오지 못흐여 샤죄 왈 엇지 감히 부모의 뜻
을 어긔오리잇가 다만 셕쟈의 분명흔 양시 쟝션각 원즁의 흉흔 힝스를 흐오대 그 가
온대 그른 흉인이 이시니 경시는

26면

더욱 여러 젹인이 이시니 혹 간악흔 쟤 경시의 매골을 뻐 반야의 쟉변흐미 잇는가 흐
오대 임의 스획지 못흐여시니 경시는 강상 일 죄인이라 엇지 집의 머믈니잇고 공이
침음부답이라 이윽고 니러 태부인긔 신셩흐니 초공이 쏘흔 미셔 드러가 남좌녀우로
분흐미 승상이 좌를 써나 태부인긔 쳥죄 왈 쇼숀이 어하를 능히 못흐와 여츠 변난이
지존을 범흐오니 그 죄를 졍히 흐오미 대모긔 잇스오니 지휘흐시믈 바라느이다 태부
인이 쇼졍 스랑이 여만금이라 대경

27면

왈 졍으는 슉녀 현뷔라 내 슬하의 잇션 지 슈년의 힝식 옥 ᄀᆞᆺ트니 엇지 이런 픠악을
몸쇼 힝흐리오마는 제 부뫼 친히 보다 흐니 노뫼 알 배 아니라 엇지 졍공의 ᄂᆞᆺ츨 보
지 아니흐리오 왕이 픠셕 쥬왈 졍시 위인은 향셕 슉완이라 부모의 보신 바는 요녜 졍
시의 미골을 비러 쟉변흐여시니 이런 일을 지내지 아냐시면 모르려니와 임의 양슈의
변을 싱각흐오면 이런 일이 왕왕이 이시믈 아올지라 야야와 대모는 셰 번 싱각흐읍
쇼셔 공의 부뷔 이 말을 듯고 잠간 마음을 두르

28면

혀 ᄀᆞᆯ오대 졍시 샹히 힝스를 츄이흐면 츰아 츌거흐리오 ᄎᆞ후 다시 그르미 이시면 쳐

치흐리라 이쩌 어스는 함구블언흐여 존당 부모의 쳐치를 기다릴 뿐이오 졍시는 비실의 나려 대죄흐니 초공이 탄식흐고 즈부를 다 연젼의 블너 슬하의 명좌흐고 탄식 왈 녀의 부뷔 냥익이 비샹흐여 다쇼 변란이 샹싱흐니 쟉야스는 존당이 친감흐신 배라 등한이 이룰진딕 식뷔 엇지 츌화를 면흐며 네 또 졔가 못흔 죄를 면흐리오마는 식부의 평일 힝식 옥셜 굿트므로

29면

츠스를 허스로 아라 너의 부부를 샤흐느니 오아는 가히 마음을 가다듬어 졔가흐기를 졍대히 흐여 다시 참변을 일위지 말며 식부는 마음을 조바야이 말고 깁히 이셔 타일 신빅흐믈 기다리오고 원을 품지 말나 싱이 복슈이텽흐미 지배 왈 년흐여 망극흔 변을 만느니 블가스문어타인이라 쇼지 흐면목으로 립어셰흐리잇고 맛당이 져를 도라보내여 히ᄋ의 마음을 편케 흐시고 버거 쇼즈의 졔가 못흔 죄를 쳥흐느이다 졍쇼졔 또 황공 감격흐며 망극흔

30면

니 오직 츄파의 이루를 머음여 쳥죄 왈 쇼쳡의 힝신이 신기를 져바려 망극지변이 지존의 범흐오니 감쳥스죄로쇼이다 쇄락흔 태되 쇼월이 광풍을 맛느고 금봉이 셰우의 져져시니 쳥연흔 염광이 일좌의 휘동흐니 좌위 늣빗츨 곳치고 이련흐며 양부인은 몸이 알프믈 이긔지 못흐여 안식이 여회흐니 초공이 탄식흐고 그 용식의 해믈 아라 쳐식이 은은흐니 졍쇼졔 믈너느미 그 죄명이 망극흔 대 범흐니 침쇼의 도라와 누은 후는 즈리의 몸을 더져 텬일을 블

31면

견흐고 음식을 젼폐흐니 이용이 참참흐고 옥골이 쳐연흐더라 어시 시녀로 젼어흐여 굴오디 부인의 죄명이 스룸의 며느리 되여 존당 구고를 무고히 치독흐고 사룸의 안히 되여 그 집을 난흐니 닉 무슴 늣츠로 부인을 대흐리오 아직 스스로 원통흐미 잇거든 그 잡히인 곳을 싱각흐여 히셕흐면 싱이 블명흐나 옥셕을 갈히여 사룸의 원통흐미 업게 흐리니 흔굿 혐의의 발셜흐기를 어려이 너기지 마룻쇼셔 쇼졔 츄연 탄식고 이의 답왈 비인이 부모의 일녀로

32면

고스룰 아지 못ᄒᆞ고 례의룰 통치 못ᄒᆞ여 블초 비박지힝이 군ᄌᆞ의 졔가룰 어ᄌᆞ러이고 몸이 강샹죄인이 되니 누룰 원ᄒᆞ며 누룰 한ᄒᆞ여 뉘 히ᄒᆞ다 ᄒᆞ리잇고 슈이 죽으믈 오직 바랄 ᄯᆞᆫ이오 구ᄎᆞ히 ᄉᆞ라 낭가 쳥덕을 욕ᄒᆞ고 군ᄌᆞ 효의룰 샹히오니 묘셕의 명을 기다리ᄂᆞ이다 어ᄉᆡ 심하의 싱각ᄒᆞᄃᆡ 정시는 옥 ᄀᆞᄐᆞᆫ 슉녜라 내 유의ᄒᆞ여 살펴도 허믈은 보지 못ᄒᆞ고 셜강 쇼인의 요언을 인ᄒᆞ여 나의 박ᄃᆡ 태심ᄒᆞ여 결발 삼지의 비홍이 완연ᄒᆞ나 일호 원망ᄒᆞᄂᆞ 일이 업셔

33면

힝식 빙쳥옥결이라 강시 심히 어지지 못ᄒᆞ니 아니 요괴로온 약으로 변형ᄒᆞ여 존당을 현혹ᄒᆞ고 슉녀룰 깅참의 함익ᄒᆞ민가 내 져의 무죄ᄒᆞ믈 알지라도 홀일업ᄉᆞ니 이후 오직 강시룰 슬펴 져룰 신원ᄒᆞ리라 이후는 더욱 규내의 ᄌᆞ최룰 ᄉᆞ부인게 졀젹ᄒᆞ고 심회 울울ᄒᆞ여 일일은 양닌광을 다리고 왕부 화원의 올나 경믈을 완샹ᄒᆞᆯ시 시의 닌광의 년이 십삼 츈광이라 그 풍치 긔샹이 쳥고 영쥰이오 일ᄃᆡ 긔린이라 어ᄉᆡ로 지긔 샹합ᄒᆞ고 지죄 샹하치

34면

아니코 위인이 명졍ᄒᆞᄃᆡ 오직 일월 ᄀᆞᄐᆞᆫ 총명 신능이 어ᄉᆡ만 못ᄒᆞᄃᆡ 십삼 쇼년이 톄형이 슉셩ᄒᆞ여 신쟝이 팔 쳑 오 촌이오 신위 늠연ᄒᆞ여 ᄃᆡ쟝부 긔샹이 광풍졔월 ᄀᆞᄐᆞ여 이날 조어ᄉᆞ룰 ᄯᆞ라 진궁의 니ᄅᆞ니 영현이 깃거 ᄆᆞᄌ ᄒᆞᆫ가지로 원쥼의 드러가니 이ᄯᆡ 이월 념간이라 방초는 처음으로 프ᄅᆞ고져 ᄒᆞ며 쳥쥭 숑빅은 쳥쳥이 흔드기여 졀셰룰 ᄌᆞ랑ᄒᆞ니 유아ᄒᆞ 경식이 비샹ᄒᆞᄃᆡ 호연ᄒᆞ 누각은 구룸의 다ᄒᆞ고 궁궐이 크지 아니ᄃᆡ 졍결ᄒᆞ여 별유션경이

35면

라 두 쥴 쥭림은 시내룰 년ᄒᆞ고 뒤흐로 창창ᄒᆞ 숑림과 밍츈 쥭림은 하ᄂᆞᆯ의 다하 비컨ᄃᆡ 당젹 연명의 그림과 진ᄉᆞ벽강의 공산 ᄀᆞᄐᆞ여 왕공의 궁실이 아니라 양싱이 탄왈 녕존대인 쳥덕은 거쳐 궁실노 알니로다 영현은 부명이 이셔 니러가고 어ᄉᆡ 운현과 ᄒᆞᆫ가지로 양싱으로 더브러 유완ᄒᆞ며 암샹의 안ᄌᆞ 슐을 먹으며 ᄒᆞᆫ가히 말을 ᄒᆞ더니

양싱이 눈을 드니 동으로 젹은 누각이 표묘ᄒᆞᄃᆡ 금슈 쥬렴을 즈옥히 지우고 분장 시이 그 가온ᄃᆡ 왕리ᄒᆞ거늘 양

36면

싱이 경왈 져 누각은 어인 곳이며 그 가온대 미인이 왕ᄅᆡᄒᆞ니 ᄒᆞ나흘 어더보랴 어시 쇼왈 형장은 ᄆᆡ양 미인의 눈만 쓰ᄂᆞᆫ도다 이곳은 쥼ᄆᆡ 침쇼요 그 시녜 왕ᄅᆡᄒᆞ니 엇지 외인이 그 시녀를 어더보리오 양싱이 다시 뭇지 아니코 오히려 셔로 즐겨 시를 지으며 부를 읇허 두로 유완ᄒᆞ더니 삼셰 슉연과 빅년 긔봉이 ᄶᅢ를 어긔오지 못ᄒᆞᄂᆞᆫ지라 이ᄰᅥ 월염 쇼졔 나히 겨유 십 셰로대 긔질이 슉셩ᄒᆞ여 신쟝거지 크게 슉완ᄒᆞ여 옥모화용이 그 모비 아니면 ᄃᆡ두홀 재 업슬지

37면

라 만스의 신능ᄒᆞᄆᆡ 진션진미ᄒᆞ니 진왕의 만금 쇼교이라 아들의 비길 배 아니라 이ᄰᅥ 왕이 내궁의 드러와 녀ᄋᆞ를 부ᄅᆞ니 쇼졔 원즁의 외인이 이시믈 알니오 쳔만 넘 밧긔 시비 양낭도 다만 졔 공ᄌᆞ 유희ᄒᆞᄂᆞᆫ 쥴만 알아 살피지 아니코 쇼져를 뫼셔 안흐로 드러가니 양싱이 바라보니 찬란ᄒᆞᆫ 광염이 홍일이 부상의 돗는 듯 오칙 녕농 비상ᄒᆞ고 광치 휘황ᄒᆞ니 츄월이 ᄒᆡ상의 치운을 멍에ᄒᆞᆫ 듯 빅ᄐᆡ 긔이ᄒᆞ여 이목구비 어렴풋ᄒᆞ나 고은 빗치 일싴의 조요ᄒᆞᆫ

38면

지라 눈이 어릐고 졍신이 황홀ᄒᆞ여 졍신을 닛고 바라보니 어시 ᄰᅵ다라 우음을 먹음고 몸으로ᄡᅥ 양싱의 몸을 막아셔셔 붓치를 드러 슈이 지나가라 ᄒᆞ니 쇼졔 진퇴냥난ᄒᆞ여 유모의게 ᄲᅡ혀 안흐로 드러가는 거동이 유연 아ᄐᆡ 봄날이 풍우를 만ᄂᆞ고 난ᄎᆔ 옥계의 ᄲᅳᆯ엿ᄂᆞᆫ 듯 빅ᄐᆡ쳔광이 임의 다 가즌지라 닌광이 인ᄉᆞ를 일코 졍신이 호탕ᄒᆞ여 ᄒᆞᆫ 목인ᄀᆞᆺ치 안졋ᄂᆞᆫ지라 어시 긔식을 아ᄅᆞ보고 왈 빅뮈 엄슉ᄒᆞ시니 내 양싱 다리고 여긔 왓던 쥴 아ᄅᆞ시면 가

39면

쟝 조치 아니실 거시니 밧비 나갈 거시라 운현이 쇼왈 무심ᄒᆞ여 ᄆᆡ졔를 지ᄂᆞ가게 ᄒᆞ

니 우리 쇼탈흔 타시로다 양싱이 넘치의 안줏지 못ᄒ여 ᄯ호 웃고 나오나 마음이 다 조쇼져의게 잇ᄂ지라 추후 거지 신츌ᄒ여 만ᄉ 무심흔지라 어시 가쟝 녀녀ᄒᄃᆡ 양싱이 승샹은 부형도곤 두리ᄂ지라 그 ᄯᅳᆺ을 아니 비례의 거죄나 ᄒ리라 ᄒ고 추후ᄂ 닌광이 진왕궁의 ᄌ로 가 운현과 ᄌ기ᄅᆯ 하고 졍의 더욱 ᄌᆨ별ᄒ니 운현이 비록 남이나 의합우젹ᄒ여 졍의 지극흔지라 운현으로

40면

졍의 상합ᄒ여 자로 진궁의 가 이실 ᄲᆞᆫ 아니라 원ᄂᆡ 닌광은 위싱의게 슈흑ᄒ미 업셔 승샹긔 ᄒᄂ 고로 기다려 뵈호고 논문ᄒᄂ 고로 승샹을 셤겨 ᄉ부로 아ᄂ 고로 이러 ᄐᆺᄒ여 문한이 무젹ᄒ고 긔위 헌앙ᄒᄃᆡ 양틱시 취쳐닙신 젼은 조부ᄅᆯ 쎠ᄂ지 말나 ᄒ니 오히려 조부의 이셔 조쇼져의 쳔태만염을 구경흔 후 졍혼이 비샹ᄒ여 그 인연을 도모코져 진왕부의 년일ᄒ여 ᄃ니더니 삼츈 망간이 되ᄆᆡ 닌광이 어ᄉᄅᆯ 보취여 왈 거월은 화류 빗

41면

업ᄉᆫ 쩌 무미히 ᄃ녀왓시니 쳥컨ᄃᆡ 흔번 진궁 화류ᄅᆯ 구경ᄒ샤이다 어시 져의 직삼 보취이믈 인ᄒ여 다리고 원즁의 드러가 화류ᄅᆯ 구경홀ᄉᆡ 도리 힝화와 담쳥 츈경이 십분 비샹ᄒ니 어ᄉ 형뎨 츈경을 탐ᄒ여 죽림을 헤치고 화목을 림ᄒ여 쳥시ᄅᆯ 음영ᄒ니 호흥이 놉하시ᄃᆡ 닌광은 화류의 의ᄉᆡ 업ᄂ지라 믄득 일계ᄅᆯ 싱각고 굴오ᄃᆡ 닉 오늘 집의 갈 일이 잇더니 이리 드러와 죵일ᄒ고 이져시니 몬져 가노라 어시 왈 원ᄂᆡ 슉시ᄅᆯ 인ᄒ여 드러

42면

왓더니 슉시 나가면 나도 나가리라 냥인이 ᄉ미ᄅᆯ 니어 나갈ᄉᆡ 양싱이 짐즛 조쇼져 침당 갓가이 니ᄅ러 누ᄃᆡ의 졍묘ᄒᄆᆯ 탄샹ᄒ며 현판을 보니 진왕의 친필노 션월뎡이라 ᄒ엿거ᄂᆞᆯ 양싱이 우어 왈 집 일홈이 이 ᄀᆺ트니 그 사ᄅᆞᆷ을 가히 알니로다 아지 못게라 령ᄆᆡ 나히 언마나 ᄒ며 일즉 졍혼흔 ᄃᆡ 잇ᄂᄂ냐 운현이 쇼왈 오년이 십삼이니 그 아릭 미졔 날도근 젹으니 아니 알냐 네 어히 방ᄌ히 남의 규방을 엿보며 규슈의 나ᄒᆯ 뭇ᄂᆫ다 양싱 왈 우리 형뎨 ᄀᆺ고 일

43면

가지간이나 다른지 아니니 무슨 말을 못흐리오 인흐여 쇼져 침당 문호와 왕리흐는 길흘 늣늣치 슬피고 양싱이 탄연이 나오니 어서 또 흔가지로 나왓더니 양싱이 이늘 부즁의 가 가마니 일쪽 쵹단을 취흐여 조쇼졔 션월뎡으로 졍궁의 가는 거동을 그리니 찬란흔 홍금샹과 단단흔 슈라샹의 빅태만염이 완연이 말 못흐는 죠쇼져 월염이라 싱긔 유동흐여 셩안이 졍신을 머므러 보는 닷흐고 쥬슌이 함홍흐여 내쎠 말홀 닷흐더라 이의 스미의 너코 부

44면

모긔 뵈온 후 셕양의 조부의 와 초공긔 뵈니 공 왈 너의 거동을 보니 무슨 일을 경영흐는 닷흐여 슈힝흐는 논문의도 쓷이 업스니 악부모의 맛지신 쓷이 어딕 잇느뇨 닌광이 배샤 왈 쇼뎨 형쟝으로 스부의 존홈과 동싱의 졍을 아오론 마음의 바라믈 야야긔 나리지 아니니 엇지 훈교를 거역흐리잇가 직죄 다만 쇼활흐나 모를 즉이 업시된 후 시로이 닑어 슈련흘 거시 업스므로 금츈의 과거를 구경코져 흐대 야애 금흐시니 일노 마음이 울울흐여 거지 온젼치

45면

못흐도쇼이다 승샹이 침음 냥구의 왈 내 즉식 유현이 일쯕 과쟝의 드러보내여 조달흐미 잇거늘 흐마다 과거 이시니 올흔 너모 밧부고 악뷔 금흐시면 부명을 슌흘지라 악뷔 늑슌이 너므시딕 바라시미 너 흔몸의 이시니 네 엇지 범스를 쓷의 어긔오리오 닌광이 배샤 왈 근봉교의흐리이다 오직 취쳐도 이십을 한흐고 반닥시 계지를 썩근 후 허려 흐느니 스부도 이번 과거를 보게 쥬션흐쇼셔 초공이 그 긔샹을 아름다이 너기나 양공의 노년 긔력으

46면

로 그 쟝긔와 넘나믈 휘울 길이 업스믈 넘녀흐여 미미히 웃고 답지 아니흐더라 추야의 진궁의 가 즉다가 운현 등과 졔싱이 잠을 깁히 들거늘 닌광이 니러나 오슬 입고 나는 닷시 션월졍의 니른니 추시 삼츈 망월이 두렷흐여 쳥공의 쇼스시니 거믜줄도 아라볼지라 싱이 션뎡의 나아가 창틈으로 보니 유모도 발셔 잠을 드럿는딕 졔 시비

당 밧긔셔 조름이 몽농ᄒᆞᄃᆡ 슈병을 두르고 금댱이 나즉ᄒᆞᄃᆡ 쇼졔 단장을 그르고 홍군단의ᄅᆞᆯ 입은 치 ᄯᅩᄒᆞᆫ 잠

47면

드러 버개의 비겨시니 옥안염광이 영농ᄒᆞ여 방안이 낫 ᄀᆞᆺᄐᆞᆫ지라 고은 거동 이나 ᄌᆞ시 보려 ᄒᆞ엿더니 이를 ᄃᆡᄒᆞ니 ᄡᅢ져리고 마음이 녹ᄂᆞᆫ지라 싱각ᄒᆞᄃᆡ 져 진왕의 눈이 태산 교악 ᄀᆞᆺᄐᆞ여 긔현 ᄀᆞᆺᄐᆞᆫ 셩현의 아ᄃᆞᆯ도 ᄆᆡ양 나므르고 틱쟝도 쳘업시ᄒᆞ니 나의 반싱 힝신이 공밍 도덕을 긔현만 못ᄒᆞ니 엇지 눈의 ᄎᆞ며 ᄯᅩ 언〃이 니ᄅᆞᄃᆡ ᄌᆞ긔 형뎨 젹어 고젹ᄒᆞ니 ᄉᆞ회ᄂᆞᆫ 반ᄃᆞ시 형뎨 번셩ᄒᆞ고 부형이 져믄 ᄃᆡ 어드려노라 ᄒᆞ니 나ᄂᆞᆫ 진왕의 쇼원 밧기라 비록 쳥혼

48면

ᄒᆞ여도 허락ᄒᆞᆯ 쥴 밋지 못ᄒᆞ고 ᄯᅳᆺ을 품고 져ᄒᆞ다가 질족쟈의게 아ᄲᅵ미 되면 나 닌광이 엇지 어린 ᄉᆞ회 되지 아니리오 ᄎᆞ시로 인ᄒᆞ여 맛당이 조시 곳의 드러가 셩명을 니ᄅᆞ고 타인의게 도라가지 못ᄒᆞᆯ 만치 ᄒᆞ고 나오면 져 조시ᄂᆞᆫ 대대 렬녜라 결ᄒᆞ여 타문을 원치 아닐 거시오 진왕이 고집ᄒᆞ나 혼ᄌᆞ 늙히든 ᄎᆞ마 못ᄒᆞ여 ᄌᆞ연 ᄌᆞ긔게 도라오리니 ᄎᆞ시 발각ᄒᆞ면 야야와 ᄉᆞ뷔 반ᄃᆞ시 즁쟝을 더을 거시니 쟝ᄇᆡ 딕ᄉᆞᆯ 당ᄒᆞ여 쇼졀을 거리끼리오 금야ᄅᆞᆯ 타 조

49면

시ᄅᆞᆯ 보고 ᄇᆡᆨ년 길ᄉᆞᄅᆞᆯ 언약ᄒᆞ리라 가연이 문을 열고 드러가니 시비 양낭이 잠을 익이 드러거ᄂᆞᆯ 쇼져 얇히 나아가 블고넘치ᄒᆞ고 옥슈ᄅᆞᆯ 잡으니 ᄎᆞ시 쇼졔 잠을 드러 사름이 드러오믈 몰낫다가 손을 잡으리 업거ᄂᆞᆯ 유뭔가 놀나 ᄊᆡ다ᄅᆞ니 ᄒᆞᆫ 언건ᄒᆞᆫ 풍뉴 남지 ᄌᆞ긔 손을 잡고 안ᄌᆞᆺᄂᆞᆫ지라 혼ᄇᆡᆨ이 산비ᄒᆞ고 구졍이 표탕ᄒᆞᄃᆡ 졍렬 싁싁ᄒᆞᆷ 모습이 젼일ᄒᆞ고 엄슉 강개ᄒᆞᆷ 부형여풍이라 경공 착급ᄒᆞ여 졸연이 벽샹의 쟝도ᄅᆞᆯ 취ᄒᆞ여 손의 들고 쇼ᄅᆡ

50면

렬렬ᄒᆞ여 왈 남녜 유별ᄒᆞ여 친쳑 동긔도 ᄒᆞᆫ 침셕의 안지 못ᄒᆞ거든 그ᄃᆡᄂᆞᆫ 하등지인

이완딕 삼경 반야의 규방의 돌입흐여 이런 무힝픠려흔 힝실이 이시리오 내 비록 일
개 아녀즛나 흔 목슘은 초개굿치 아니니 셜니 믈너가지 아닌죽 삼 촌 단검의 명을 굿
쳐 누욕을 면흐리라 옥셩이 강개 밀렬흐고 언시 널풍 샹셜 갓투니 양싱이 돈연 공경
흐고 더옥 긔이히 너겨 싱각흐딕 범의 즛식이 개되지 아닌는다 이의 가진 칼흘 앗고
조시를 안아 냥슈를 단

51면

단니 잡고 쇼릭를 나죽이 흐여 왈 쇼싱은 태스 아들이오 초국공 뎨지라 즛쇼로 이곳
의셔 슈혹흐니 양닌광의 일홈을 쇼졔 모르지 아닐지라 그윽이 싱각흐니 남직 셰상의
나미 슉녀를 오미 스복흔지라 문왕이 셩인이샤딕 슉녀를 스복흐시미 모시 데 일편이
되엿느니 소싱이 져젹 이곳의 화류를 구경흐다가 쇼져의 화안 월풍을 바라보고 스스
로 밍셰흐여 쇼져 아니면 나 닌광이 슈미 희기의 밋쳐도 취쳐를 아니려 흐느니 힝힝
이 지지흐다가 쇼졔 타문의 도

52면

라가신 후는 닌광이 반드시 쳥츈 원직 될지라 이거시 비례믈 모르지 아니딕 슉녀와
평싱을 동락고져 흐미 례의를 문희쳐 나아와 쇼회를 고흐느니 쇼져는 놀나지 말고
흔 말솜을 타문의 드러가지 아닐 쯧을 니르시면 쇼싱이 이제 믈너가 방즛치 아니코
죵시 답지 아니시면 만딕의 무식 경박 탕직 될지언졍 쇼뎨의 힘이 쇠흐고 냥쉬 샹흘
지경의 니르나 나가지 아니리이다 쇼졔 분긔 엄이흐여 화협의 눈믈이 구슬 구으돗흐
고 유모를 씌오고져 흐나 양싱이 셥신을 놀

53면

너 운신치 못흐게 흐니 죽도 못흐고 나가도 못흐니 착급 황황흐여 죽기를써 손을 쌔
히려 흐나 구지 잡아시니 옥비 셤쉬 으쳐질 짜름이니 슈이 타문의 못갈 쯧을 니르라
흐니 쇼졔 츳경을 당흐여 춤아 입을 다시 여지 못흐고 쇼릭를 미이흐여 유모를 씌와
니르딕 규내의 도적이 드러시딕 엄이 엇지 잠만 자느뇨 유뫼 잠이 깁허 씨지 못흐거
늘 년흐여 브르니 유랑이 비로쇼 놀나 니러나 자든 눈을 쓰고 보니 양싱이 쇼져를 붓
들고 안졋는지라 대경실식흐여

54면

브지블각의 쇼릭 질너 왈 양공<지야 이 어인 일이오 양싱이 완이쇼왈 너도 식견 인는 유랑이라 네 쇼져의 풍신을 위ᄒ여 넘컨디 어디 날만흔 영쥰이 잇ᄂᆞ뇨 이리코 나간 후는 여등도 날을 쥬군으로 알나 진왕이 비록 왕공의 귀ᄒ미 이시나 내 쏘흔 국초 양총부 젹파 손이오 양승샹 진손이오 양틱스 지며 팔디왕의 외손이라 문지 고히 쇼져긔 붓그럽지 아닐지라 쇼졔 흔 말을 아냐셔는 결단ᄒ여 날이 식도록 안즈시리라 쇼졔 이 말을 드ᄅ미 분노ᄒ믈 이기지 못

55면

ᄒ여 고디 죽고 시분지라 유모를 도라보와 왈 일이 지츳ᄒ미 셜니 야야긔 알외라 유랑이 다라드러 쇼져를 쌘히려 ᄒ나 엇지 당ᄒ리오 좌우 시비 다 씌여 십여 인이 다 일시의 나아드러 양싱을 붓들고 쇼져의 잡은 손을 플녀 ᄒ나 이긜 길이 업는지라 유뫼 정젼의 고코져 ᄒ니 져의 잠만 깁히 즈고 블근흔 죄 몬져 날지라 황황 착급ᄒ니 쇼졔 시러금 져를 내여보내미 일시 급흔지라 탄왈 쳡의 일싱이 임의 인륜의 셔지 못ᄒ게 되엿는지라 오직 죽을 ᄯᆞ

56면

ᄅᆞᆷ이오 오직 죽지 못ᄒ면 심규의 맛츠리니 군이 임의 문미를 ᄌ랑홀진대 대가고문의 군ᄌ로 ᄉ류지힝을 잇고 명교 죄인 되믈 스스로 씌닷지 못시ᄂᆞ냐 싱이 비로쇼 손을 노코 믈너ᄂᆞ며 왈 맛당이 셔로 신믈을 취홀 거시라 ᄒ고 쇼져의 옥환을 위력으로 벗겨 가지고 ᄌ긔 줘엇던 금션을 쥬고 나오니 쇼졔 겨유 양싱을 보내고 분ᄒ고 붓그러오미 고디 죽고 시분지라 ᄒ믈며 좌우슈를 큰 힘이 읇쥐여 힐란ᄒ여 피빗치 되고 피육이 버셔져 보미 츠악흔지라 종야토록 울

57면

고 심신을 정치 못ᄒ여 명일 칭병ᄒ고 금금의 ᄢ이여 흔 술 음식을 먹지 아닌는지라 왕과 정비 친히 경려ᄒ여 션월뎡의 니ᄅ러 녀아를 보니 쇼졔 비록 ᄌ의의 싱장ᄒ나 부훈 모괴 정숙홀 ᄲᆞᆫ 아니라 슈힝ᄒ미 부모를 보고 반드시 아모 줌병이라도 긔동ᄒ더니 이날은 죽은 ᄃᆞ시 니블의 말녀 움죽이지 아니커늘 왕이 친히 덥흔 거슬 녈고

보니 셩안이 붓도록 울엇고 신식이 츠악ᄒ여 오히려 무슈ᄒ 누쉬 식얌숫 돗ᄒᄂ지라 왕이 급문 왈 어듸가 알파

58면

이의 경식이 고이ᄒ며 일시 질병의 져딕도록 우ᄂ뇨 쇼졔 더옥 참안ᄒ여 옥안이 홍도 갓고 눈믈이 환란ᄒ지라 왕이 그 거동이 고이ᄒ믈 칙ᄒ고 손을 잡아 믹을 보려 ᄒ즉 냥비 샹ᄒ여 피육이 으쳐지고 부엇ᄂ지라 대경 문왈 엇지 이리 샹ᄒ며 져딕도록 우ᄂ뇨 쇼졔 계유 딕왈 쇼녜 ᄉ변을 만ᄂ시니 춤아 무어시라 그 더럽고 흉ᄒ 거동을 고ᄒ리잇고 유모다려 즈시 무ᄅ시고 쇼녀는 즈진ᄒ려 ᄒᄂ이다 왕과 비 대경ᄒ여 유모를 블너 무ᄅ니 유뫼 감히 긔이지 못ᄒ

59면

여 작야 경식을 일일이 고ᄒ고 처음은 잠이 드러 몰낫다가 씌오거늘 니러나 여러 시비로 더브러 붓드러ᄂ려 ᄒ여도 니긔지 못ᄒ 쥴 고ᄒ니 왕이 언파의 면식이 여회ᄒ여 다시 쇼져의 비홍을 보니 오히려 단스 ᄀ튼지라 왕이 희분통한ᄒ미 비길 듸 업셔 노긔 셩화 ᄀ투니 아모 말도 아니코 ᄉ미를 썰쳐 외궁의 나와 금녕 쇼리 급히 ᄒ여 궁쇽을 블너 쇼져의 유모와 복시ᄒᄂ 시녀 십여 인을 다 잡아ᄂ여 엄문홀식 왕이 노긔 츙텬ᄒ여 왈 외졍의 잇다감 왕

60면

리ᄒᄂ 양싱이 깁고 깁흔 션월뎡을 엇지 아라 야반돌입ᄒ리오 반드시 시녀 등이 닉응ᄒ여 드리미오 유랑은 태만ᄒ여 쇼져를 보호치 아니코 잠의 침치ᄒ여 변을 방비치 못ᄒ믈 슈죄홀식 졔 시녜 모골이 숑구ᄒ니 혼빅이 비월ᄒ여 쥬왈 양공지 어스 샹공을 다리시고 드러와 쇼졔 지나실 젹 보시고 년ᄒ여 이 공즈로 더브러 셔당의셔 쥬므시고 션졍 동산의 즈로 와보와 겨시니 감히 비즈 등이 쳥ᄒ여 드려시리잇가 죽어도 비즈 등은 이미ᄒ여이다 진왕의

61면

급ᄒ 셩이 등등ᄒ미 졔녀를 즁타ᄒ고 유모도 팔십 장 결곤ᄒ여 내치미 좌우로 ᄒ여

금 주긔 졔주와 초공의 수주를 다 잡아드리라 ᄒᆞ니 호령이 뇌뎡 ᄀᆞᆺ고 위엄이 광풍 ᄀᆞᆺ
ᄐᆞ니 궁뇌 나는 ᄃᆞ시 잡아오니 이썩 시랑과 어수도 초공 면젼의 잇더니 진왕의 명으
로 잡으라 와시믈 고ᄒᆞ니 냥인이 이의 막지기고ᄒᆞ여 면싁이 여토ᄒᆞ여시니 초공 왈
녀의 죄가 잇기의 잡으라 보내여 겨시니 쌀니 가라 늬 뒤흘 니어가셔 연고를 뭇주오
리라 냥지 가연이 니러ᄂᆞ 왈 부

슉의 명이 나리시미 수다라도 더듸지 못ᄒᆞᆯ지라 엇지 지지ᄒᆞ리오 형뎨 일시의 왕궁의
나아가니 져 졔주라 니는 다 잡아 계하의 ᄭᅮᆯ녓ᄂᆞᆫ지라 왕의 노긔 엄녈ᄒᆞ여 바라보미
경구ᄒᆞᆫ지라 냥인이 츄진ᄒᆞ여 계하의 부복ᄒᆞ니 왕이 대로ᄒᆞ여 녀셩 즐왈 여러 아히
이시나 머리지어 미셰ᄒᆞᆫ 셔싱이 아니라 맛당이 례의를 분ᄒᆞ고 힝실을 붉게 ᄒᆞ리니
어대가 붕우와 외인을 다리고 노지 못ᄒᆞ여 규녀의 슉쇼의 드러와 광잡ᄒᆞᆫ 외킥을 다
리고 왕린ᄒᆞ여 풍화의 대

변을 일위뇨 닌광은 유현과 슉질이나 너히게는 블과 친위오 그 위인이 셩교를 직희
는 뷔 아닌 줄 알녀든 어린 누의 침쳐를 가르치고 왕린홀 젹 규녀를 양싱을 보게 ᄒᆞ
니 닌광은 내 알 배 아니나 닌광이 날을 업슈이 너겨 픽려란법ᄒᆞᆫ 죄를 여등이 입은
줄 아는다 시랑은 실노뼈 모ᄅᆞᆷ믈 대ᄒᆞ니 어시 돈슈 복죄 왈 유직 비록 블초ᄒᆞ오나 외
인을 쳥ᄒᆞ여 내던 슉쇼를 가르쳐 미뎨를 양슉을 보게 ᄒᆞ미 이시리잇고 즁츈의 양슉
이 진궁 원즁을 하 보

와지라 쳥ᄒᆞ거늘 다리고 드러가와 암샹의셔 놀 젹 미뎨 졍궁으로 드러가오니 이젼의
외인이 아니 드러오든 곳이라 쇼주 등만 너겨 무심이 가미오 쇼주 등도 무심ᄒᆞ온 즁
니ᄅᆞ지 못ᄒᆞ와 유직 몸으로뼈 양슉을 가리오고 지내여 보내고 직시 다리고 나와 누
각을 뭇거늘 말이 바로 나와 미뎨 침쇠라 니ᄅᆞ오나 엇지 쟉변홀 쥴 알니잇고 츠후 삼
츈 망간의 ᄯᅩ 화류를 보와지라 ᄒᆞ옵거늘 쇼지 본셩이 쇼활ᄒᆞ와 의심 업수온 고로 다
리고 드러가와 잠간 보고 즉시 나온 밧근 타

65면

ᄉᄂ 실노 아지 못ᄒᆞᆸ고 원내 다ᄅᆞᆫ 형데도 다리고 왕릭ᄒᆞ믈 엿ᄌᆞ온대 왕이 대로ᄒᆞ
여 시로를 호령ᄒᆞ여 운현을 결장ᄒᆞ니 미질 쇼릭 웅장ᄒᆞ고 왕의 노긔 셩화 ᄀᆞᆺᄐᆞ여 치
기를 지쵹ᄒᆞ니 발셔 슈십여 장이라 피육이 후란ᄒᆞ고 긔운과 옥면이 츈지 ᄀᆞᆺᄐᆞ엿고
시랑이 관을 벗고 ᄯᅡ히 복디ᄒᆞ엿거ᄂᆞᆯ 승상이 나아가 화ᄒᆞᆫ 안식으로 곡절을 뭇ᄌᆞ온대
왕이 노긔 텰화 ᄀᆞᆺᄐᆞ여 닌광의 작난과 유현 운현의 유인ᄒᆞ여 원즁의 드러온 죄를 니
ᄅᆞ거ᄂᆞᆯ 초공이 블승히연ᄒᆞ여 도로혀

66면

쇼왈 이ᄂᆞᆫ 도시 닌광의 무식ᄒᆞ미오 버거ᄂᆞᆫ 유현의 죄니 운현은 쇼ㅣ라 젹은 미로 제
긔운을 짐작ᄒᆞᆯ 거시니 엇지 이대도록 즁장을 더어 아조 맛츠려 ᄒᆞ시ᄂᆞ니잇고 왕이
분긔 팅즁ᄒᆞ여 초공의 운현 구ᄒᆞ믈 듯고 발연 즐왈 아녀와 운현을 맛쳐야 셜분ᄒᆞ리
니 네 운아를 구ᄒᆞ미 유현을 이갓치 홀가 ᄒᆞ미라 블초ᄌᆞᄂᆞᆫ 더옥 살녀두어 쓸 대 업도
다 분긔 더옥 진렬ᄒᆞ여 치기를 엄히 ᄒᆞᄂᆞᆫ지라 피 ᄯᅡ히 가득ᄒᆞ고 둔육이 헤여져 보기
의 잔잉ᄒᆞᆫ지라 공이 이셩화긔로 지ᄇᆡ 왈

67면

쇼데 블초ᄒᆞ오나 유ᄋᆞ를 앗겨 운ᄋᆞ를 구치 아닐 줄 형장이 거의 아ᄅᆞ실지라 쇼데 변
빅지 아닛나이다 원내 닌광이 ᄉᆞ오납다 니ᄅᆞ나 운이 ᄉᆞ죄 아니라 어린 아히를 이디
도록 ᄒᆞ시면 반ᄃᆞ시 병인이 되리이다 ᄒᆞ더니 ᄉᆞ십여 장의 밋쳐ᄂᆞᆫ 왕의 ᄉᆞ미를 붓들
고 권간ᄒᆞᆷ믈 긋치지 아니코 왕이 현의 긔운이 엄식ᄒᆞᄆᆞᆯ 보고 부ᄌᆞ지심이라 ᄯᅩᄒᆞᆫ 잔
잉ᄒᆞ여 긋치고 승상의 거동을 보려 유현을 아ᄅᆞᆫ 체 아니니 승상이 형의 ᄯᅳᆺ을 알고 굴
오ᄃᆡ 엇지 홀노 유ᄋᆞᄂᆞᆫ 그져 두시ᄂᆞ니잇가 왕

68면

이 침음부답이어ᄂᆞᆯ 승상이 화ᄒᆞᆫ 안식으로 좌우를 블너 어ᄉᆞ를 결장ᄒᆞᆯ식 다만 니ᄅᆞᄃᆡ
네 죄ᄂᆞᆫ 형장이 임의 닐너 겨시니 아니 니ᄅᆞ거니와 운ᄋᆞᄂᆞᆫ 오히려 어리거니와 너ᄂᆞᆫ
사ᄅᆞᆷ의 거동과 눈치를 알녀든 닌광의 인믈이 싟의 다ᄃᆞ라ᄂᆞᆫ 념치를 도라보지 아니믈
모ᄅᆞ리오 가히 즁장의 알프믈 한치 말나 어ᄉᆞ 안식을 블변ᄒᆞ고 장하의 나아가민 화

흔 눗빗과 나즉흔 긔운으로 즁쟝의 알프믈 능히 잘 견듸고 일성을 부동ᄒ여 졈누를
나리오지 아냐 고요 졍슉ᄒ니 승샹

69면

이 ᄆᆡ마다 고츌ᄒ여 ᄉᆞ십여 쟝의 셩혈이 림니ᄒᆞ듸 어ᄉᆡ 흔 쇼래를 아니ᄒ고 눗비츌
곳치미 업ᄉᆞ니 진왕이 본듸 과ᄋᆡᄒ미 승어졔ᄌᆞ라 이ᄀᆞᆺ치 강밍 견고ᄒᆞ믈 보고 이즁ᄒ
미 분노흔 즁도 ᄌᆞ별ᄒᆞ여 명ᄒᆞ여 그치라 ᄒ고 내뎐으로 향ᄒ니 승샹이 ᄯᅩ흔 그치고
흔가지로 내궁의 드러와 졍비를 보고 닌광의 무샹ᄒ믈 ᄉᆞ죄ᄒ니 졍비 오직 놀나오믈
일코라 다른 셜홰 업더니라 왕이 쇼져를 블너 압히 니ᄅᆞ믹 쟝탄 왈 내 사ᄅᆞᆷ의게 긔탄
ᄒ이는 빅 되지 못ᄒ여 닌광의

70면

무샹ᄒ미 도시 날을 업슈히 너겨 풍교의 대변을 지으니 만일 슈슈의 눗츨 보지 아닐
진대 쾌히 너를 죽여 욕을 싯코 탑젼의 진쥬ᄒ여 ᄉᆞ류의 셔지 못ᄒ게 홀 거시로대 양
태ᄉᆞ와 슈슈를 ᄎᆞᆷ아 아니 도라보지 못ᄒ여 내 분을 푸지 못ᄒ고 이 아를 즁타ᄒ나 분
이 플니지 아니ᄒ니 이졔 너를 두믹 탕ᄌᆞ의 욕심이 곳지 아냐 반ᄃᆞ시 다시 풍화의 어
ᄌᆞ러온 변이 이실 거시니 내 비록 용녈ᄒ나 위거왕후ᄒ여 엇지 규문 풍교의 더러온
거슬 ᄎᆞᆷ아 보리오 부ᄌᆞ의 졍이 난륜ᄒ나 너

71면

를 죽여 붓그러오믈 씨고 탕ᄌᆞ의 날 업슈이 너기믈 셜ᄒ여 다시 음난흔 변을 듯지 아
니리라 쇼졔 운환을 슉이고 안식이 쳐황ᄒ여 흔 말ᄉᆞᆷ도 아니코 쥬뤼 옥안을 덥헛ᄂᆞᆫ
지라 초공이 이지녓지ᄒ여 그 옥슈를 잡아 비홍이 완젼ᄒ믈 보고 잠간 웃고 이의 히
유 왈 ᄎᆞ식 비록 히연 통분ᄒ나 닌광의 무샹ᄒ미오 질ᄋᆞ의 허믈은 업ᄉᆞ미 옥 ᄀᆞᆺ트니
하고로 질ᄋᆞ를 이러탓 칙ᄒᆞ샤 졔 마음이 더옥 요란케 ᄒ시리잇고 골육샹잔이 대간
대악이라도 어렵거든 ᄒᆞ믈며 빅옥 무하흔 질이

72면

니잇가 닌광의 ᄉᆞ오나오믈 질녀의게 푸르실 거시 아니오 ᄯᅩ 질ᄋᆞ의 젼졍 만니를 아

니 도라보지 못홀지라 양공이 닌광을 쇼뎨를 맛져 스데지의를 미즌 지 쟝츳 칠팔 년이라 이런 무샹흔 일을 보고 어이 다스리지 못흐리잇고 일쟝 엄치흐여 형쟝 분을 풀고 제 죄를 쇽흐리이다 지삼 권간흐미 왕의 노긔 잠간 진졍흐여 션월뎡을 잠으고 녀오를 비의 침실의 옴기라 흐고 비로쇼 훤당을 향홀시 존당과 노공 부뷔 진왕이 늣도록 오지 아니흐믈 의혹흐여 기다리더니 왕이 드러와

73면

뵈옵고 슈말을 알외고 분노흐믈 이긔지 못흐니 양부인이 좌의 잇더니 늣치 더우며 말이 나지 아니니 유유 피셕흐여 경괴흐믈 일코를 싸름이오 빅번 스죄홀 쑨이라 왕이 양부인의 과도히 난연 무안흐믈 보고 탄왈 츳시 굿트여 현슈긔 간셥지 아니니 엇지 져듸도록 흐시리잇가 즈식이 만흐니 월염 흐느흘 뭇춘 심규의 바릴 쑨이니 또흔 명애라 대시 아니로쇼이다 양부인이 더옥 말이 업셔 참안흐믈 이긔지 못흐고 존당은 유현 운현을 과히 치다 대로흐여 왕과

74면

승샹을 꾸짓더라 이쩨 운현은 셔당의 도라와 누은 후는 움즉이도 못흐여 고통흐고 조반도 먹지 못흐니 졍비 두로 우려흐여 심시 블평흐고 시랑이 구호흐믈 지극히 흐고 어스는 믈너와 다시 의관을 슈습흐여 존당의 드러가니 노공이 경왈 너의 즁쟝 입으믈 태태 과려흐시니 망녕도이 단니는도다 어시 몸을 굽혀 유유히 딕치 못흐거늘 양부인이 즐왈 무샹흔 아히를 넛그러 원즁의 유완흐미 죄 죽엄즉흐미라 어시 머리를 슉이고 긔운이 화평흐여 모교를 듯즈올 쑨이라 진

75면

왕이 비로쇼 잠쇼 왈 흔 분흐니 풀 곳이 업셔 냥오를 쳐시나 다시 싱각흔즉 냥이 하 죄리잇고 내 마음도 잠간 분을 진졍흔 후 친 줄 앗가온지라 기뷔 처음으로 치고 쇽이 거의 다 타느니 곳흐니 평안치 아니흐다 승샹이 잠쇼 왈 쇼뎨 유약흐믈 형쟝이 심히 아르샤이다 유이 그 민의 죽을 거시라 쇽이 타도록 근심흐리잇가 좌위 다 웃고 태부인은 실노써 노흐여 말도 아니코 혀 추기를 마지 아니니 위부인이 웃고 쥬왈 제 부뫼 앗기지 아니코 쳣거든 존괴 이러툿 넘녀흐샤 무엇흐시리

76면

잇고 셩쟝지년의 제 부형 경칙의 샹ᄒ도록 ᄒ리잇가 태부인 왈 현부지언이 실노 비 인정이라 그 밍호 ᄀᆞ튼 아ᄌᆞ비 ᄌᆞ식 귀ᄒᆞᆯ 쥴 아더냐 셩ᄋᆞᄂᆞ 오히려 늬 ᄠᅳᆺ을 아라 제 ᄌᆞ를 쟝칙ᄒᆞ미 업거니와 무ᄋᆞᄂᆞ 짠궁의 쳐ᄒᆞ여 날을 긔이고 제 ᄌᆞ식이라 ᄒᆞ여 임의 로 난타ᄒᆞ니 긔ᄋᆞ 형뎨 다 매의 병들니도다 금일ᄉᆞᄂᆞ 양닌광 ᄃᆡ신의 내쳐 금슌이 아 룽 곳가 왕이 노ᄒᆞ시믈 보고 노긔와 망녕이 겸ᄒᆞ시믈 츄연 감오ᄒᆞ여 배샤 왈 쇼손이 대모 셩의ᄅᆞᆯ 밧드오미 아오만 못ᄒᆞ와 미안

77면

지죄 여ᄎᆞᄒᆞ시니 ᄎᆞ후 과격ᄒᆞ믈 곳치리이다 화안ᄉᆡᆨ으로 지삼 샤죄ᄒᆞ더라 문안을 파 ᄒᆞ고 승샹이 빅화헌의 나오미 좌우로 양싱을 부르미 이쩌 닌광이 큰일을 져즐고 반 ᄃᆞ시 무ᄉᆞ치 아닐 쥴 알더니 진궁이 진동ᄒᆞ여 제싱을 잡아가니 져의 일노 변이 나시 믈 짐죽ᄒᆞ고 본부로 가 고져 ᄒᆞ나 부공이 알진ᄃᆡ 초공의 셰번 더을지라 이졔 안자 일 이 되여 가믈 보려 ᄒᆞ여 조반을 타연이 먹고 셔헌의셔 고ᄉᆞᄅᆞᆯ 슈련ᄒᆞ더니 홀연 초공 의 명으로 부르고 어시 니르러 정식 왈 슉

78면

뷔 밋지지 아니ᄒᆞ고 어리지 아냣거늘 작야 ᄃᆡ변이 하시오나뇨 오히려 슉부 죄로 년 누ᄒᆞ여 고이치 아니커니와 운현의 ᄉᆞ십 쟝은 더욱 익곳지 아니랴 닌광이 가연 쇼왈 ᄉᆞ십 쟝 치기ᄂᆞ 진왕이 가쇼롭지 늬 아롱곳ᄎᆞ냐 원내 가인 직ᄌᆞ의 이런 일이 풍뉴 졔 목이 되니 늬 호방ᄒᆞ여 삼가지 못ᄒᆞᆫ 죄 이시나 그ᄃᆡ도록 굴니오 진왕의 ᄯᆞᆯ이 비홍이 이시니 날을 규녀 통간ᄒᆞ다 ᄒᆞ고 이리 조로ᄂᆞ냐 탑젼의 진쥬ᄒᆞ라 나ᄂᆞᆫ 말이 이시니 진왕녜 아냐 공줘라도 비홍을 둔 후ᄂᆞᆫ 닌광이 무ᄉᆞᆷ ᄃᆡ

79면

죄 되리오 오년 십삼 동치로 어룬이 아히ᄅᆞᆯ 쪽가ᄒᆞ여 이ᄃᆡ도록 구더냐 왕을 대쟝부 로 아랏더니 고집블통ᄒᆞᆫ 협냥이랏다 인ᄒᆞ여 지환을 내여 뵈며 왈 어ᄎᆞ지시의 이 닌 광이 평진왕 동상이 아니오 뉘 감히 조시의 ᄯᅡᆼ이 되리오 유현이 어히업서 지환을 아 ᄉᆞ려 ᄒᆞ니 도로 낭즁의 너커늘 어시 탄왈 블명ᄒᆞ여 구시의 젹심을 모르니 늬 죄라 ᄒᆞ

더니 믄득 승상이 부르믈 지촉ᄒᆞ니 양싱이 니러ᄂᆞ며 왈 너는 날을 이리치 못ᄒᆞ리라
아뷔 동싱이나 어시나 다르리오 셜

80면

파의 셔헌의 니르니 초공이 늠연 단좌ᄒᆞ여 싱을 보고 좌우를 호령ᄒᆞ여 잡아ᄂᆞ리와
안싁을 엄졍이 ᄒᆞ여 슈죄 왈 네 이졔 명교의 용납지 못ᄒᆞᆫ 대죄 셰히 이시니 아는다
닌광이 블변안싁ᄒᆞ고 쳥죄 왈 쇼뎨 블민ᄒᆞ나 형쟝 훈교를 가졍지훈으로 다르미 업시
봉ᄒᆡᆼ하니 일즉 명교의 듸죄를 범ᄒᆞ믄 ᄭᆡᄃᆞᆺ지 못ᄒᆞ리로쇼이다 승상이 가연 쇼왈 너의
ᄂᆞᆺ치 둣겁고 말이 능ᄒᆞ나 엇지 맛츰ᄂᆡ 죄를 어드리오 네 낭친긔 고독 일신이라 악뷔
뉵십지년의 우ᄒᆞ로 조션 봉졔와 아

81면

ᄅᆡ로 일신 후시 오직 너 ᄒᆞᆫ 몸의 이셔 쳔금 쇼즁이 다 너의게 ᄭᅵᆺ쳐 날은 부직라 아니
ᄒᆞ여 널노ᄡᅥ 부탁ᄒᆞ시니 긔졍이 쳑라 닉 ᄌᆞ식을 믈니고 눈으로 손을 대ᄒᆞ고 입으
로 너를 가르쳐 칠팔 년의 ᄒᆞᆫ ᄯᅢ도 너를 한만이 잡되지 아냐 ᄒᆡᆼ혀 지문이 남을 블워
아닐 거시오 네 풍신이 하등이 아니라 슈신셥ᄒᆡᆼᄒᆞ여 낭친을 밧들고 가셩을 창듸ᄒᆞ믈
싱각지 아니코 싀욕을 발ᄒᆞ여 남의 규방을 야반의 츌입ᄒᆞ여 규녀의 손을 잡아 빅ᄒᆡᆼ
음탕ᄒᆞᆫ 죄 ᄒᆞᄂᆞ히오 네 요

82면

ᄉᆞ이 독셔를 아니니 밤이면 본부의 도라가 고독ᄒᆞᆫ 침변의 시측ᄒᆞ여 황향의 션침을
효측지 못ᄒᆞ나 ᄌᆞ식의 졍셩을 다홀 거시어늘 방외의 유완ᄒᆞ고 조곰도 친측을 싱각ᄒᆞ
미 업ᄉᆞ니 블초ᄒᆞ미 둘히오 네 쇼년지심의 규방의 드러감도 무샹 ᄑᆡ려ᄒᆞ거든 질녀의
강렬ᄒᆞᆫ 언ᄉᆞ 발검ᄒᆞ미 밋츨진듸 무류히 나올 거시어늘 규녀를 참혹ᄒᆞᆫ 말노ᄡᅥ 후일을
억뉴ᄒᆞ여 결단을 춤아 지촉ᄒᆞ니 ᄑᆡ려 난법ᄒᆞᆫ 죄 셰히라 남ᄋᆞ의 호신이 ᄌᆞ고로 잇거
니와 이 ᄀᆞᆺ튼 거슨 쳐

83면

음 보노라 네 하면목으로 닙어셰ᄒᆞ리오 너를 위ᄒᆞ여 가르치던 재 닉 ᄌᆞ참ᄒᆞ여 악쟝

뵈올 늦치 업스니 너를 우연흔 쳐데로 홀진딕 닉 다스릴 배 아니로딕 명회 사데지되 이신즉 내 치칙지 못홀 거시 아니므로 일즉 즈식도 괴로이 칙벌치 못ᄒᆞᄂᆞᆫ 셩졍이니 너를 칙고져 아니딕 일이 맛춤닉 풍교의 관겨ᄒᆞ니 믈시흔즉 악쟝을 져바리미라 부득 이 이 거조를 ᄒᆞᄂᆞ니 네 쏘흔 일단 흰대흔 품격이라 네 살이 알푸믈 회과ᄒᆞ여 슈류의 힝을 슈련ᄒᆞ라 셜파의 닌광의 말을 기다리지

84면

아니코 결댱홀시 미우의 잠간 믁믁흔 거슬 씌여 고찰홀시 스예 힘을 다ᄒᆞ니 닌광의 방약ᄒᆞ므로도 초공은 사데지도를 셤기고 샹히 그 힝의를 탄복 경앙ᄒᆞᄂᆞᆫ 고로 허다 슈죄를 언언즈즈히 즈긔를 어질과져 ᄒᆞ미라 양싱이 하히의 너르므로 감은ᄒᆞ여 살이 샹ᄒᆞ고 피 흐르나 일셩을 부동ᄒᆞ니 승샹이 그 강밍ᄒᆞ믈 보고 위인이 범인이 아니믈 씨듯더라 스십여 쟝의 초공의 마음의 그 년미ᄒᆞ믈 앗겨 스ᄒᆞ고 빅화헌의 드러 죠리 ᄒᆞ라 ᄒᆞ니 닌광이 늣빗츨 졍히 ᄒᆞ여

85면

스례 왈 쇼뎨 무샹ᄒᆞᆷ믄 죄 닙으믈 한홀 거시 아니라 다만 진왕이 쇼뎨의 일노써 딕변 으로 아르시믈 그윽이 가쇼로이 너기읍ᄂᆞ니 금년 미셰흔 아히라 실례ᄒᆞᆷ믄 방약무인 ᄒᆞ미어니와 빅망 쟝졸의 원용이 되고 쟉쳐 후빅의 이셔도 미식을 보니ᄂᆞᆫ 참지 못ᄒᆞ 여 규각의 셩녀 슉완을 ᄲᅡᆼᄲᅡᆼ이 두시고 남의 규ᄋᆞ를 엿보고 블고이취ᄒᆞ여 경수가지 다려오고 계교를 운동ᄒᆞ여 존딕인을 쇽이고 스혼을 의거ᄒᆞ여 취ᄒᆞ니 즈긔지심을 츄 이ᄒᆞ면 쇼뎨 일이 그딕도록 놀나

86면

오리잇가 조시 비홍이 완젼ᄒᆞ여 일시 ᄋᆞ희로 드러가기를 잘못ᄒᆞ여시나 임의 스십 쟝 이 쇽죄ᄒᆞ여시니 형쟝의 관즈인후ᄒᆞ시므로 다시 쇼뎨의 일을 가친긔 고ᄒᆞ여 이후의 쏘 맛난 거죄 업게 ᄒᆞ시면 쇼뎨 슈신셥힝ᄒᆞ여 명교를 밧들ᄂᆞ이다 ᄒᆞ고 죠리ᄒᆞ라 ᄒᆞ 시니 후의는 다감ᄒᆞ거니와 팔쳑 남이 스형의 경계ᄒᆞ시는 스십 쟝을 맛고 눕도록 ᄒᆞ 리잇가 초공이 어히업셔 침음 냥구의 잠쇼ᄒᆞ더라 닌광이 알프믈 강잉ᄒᆞ여 단이고 어 시 쏘흔 부젼의 뫼시믈

87면

여일이 ᄒ여 믈너 쉬미 업스니 공이 심니의 냥인의 강밍 견고ᄒᆞᆷ믈 아름다이 너기나 닌광은 그 부모의 만금 교ᄋᆡ오 더옥 친측을 ᄶᅥ나다 ᄒ여 고요ᄒᆞᆫ 셜화각 니문을 막고 어스를 명왈 악경ᄌᆞ 츈은 발이 샹ᄒᆞᄆᆡ 셕달을 근심ᄒ니 신톄발부는 슈지부뫼라 공연이 병드러도 부모지심이 넘녀ᄒ려든 ᄒ믈며 쳐 샹ᄒ이오고 유질ᄒ면 기심이 편ᄒ랴 너와 닌광이 필부로 용밍을 ᄌᆞ랑ᄒ고 혈육이 님니ᄒᄂᆞᆫ 벌을 닙고 단니니 그 무지ᄒᆞᄆᆡ 금쉬라 셜화

88면

각이 그윽ᄒ니 닌광을 다리고 조셥ᄒ여 고집지 말나 어ᄉᆡ 황공 감은ᄒ여 싱각ᄒᄃᆡ 야야의 ᄌᆞ이 여ᄎᆞᄒ시니 닉 엇지 욱여 몸을 샹히오리오 죵일 존젼의 뫼셔 긔거 진퇴지절이 어려온지라 슈일을 조리ᄒ리라 ᄒ고 명교를 배샤ᄒ고 화각의 도라오ᄆᆡ 묘셕 셩졍은 ᄶᅥ로 단니고 낫인즉 닌광으로 더브러 죵일 누어 조호ᄒ고 밤인즉 방심치 못ᄒ여 화원의 와 야야를 시침ᄒᆞᆷ믈 폐치 아냐 경근ᄒ니 그 인효ᄒᆞᆷ믈 두굿기더라 ᄉᆞ오일은 어ᄉᆡ 동관의게 번을 빌고 죠

89면

리ᄒᆞᄆᆡ 샹이 싱각ᄒᆞ샤 픽명이 일일지간의 셰번이라 승샹이 탄왈 셩샹이 명초ᄒ시ᄆᆡ 삼ᄎᆞ의 픽 부진ᄒᆞᄆᆡ 인신지되 아니라 됴회를 아니치 못ᄒ리라 어ᄉᆡ 슈명ᄒ고 이의 직ᄉᆞ의 나아가고 닌광이 ᄯᅩᄒᆞᆫ 나ᄋᆞᄃᆡ 운현이 쟝쳬 덧나 신고ᄒ니 왕이 녀ᄋᆡ 거동과 운의 모양이 다 닌광의 죄라 통ᄒᆞᆫᄒᆞᆷ믈 이긔지 못ᄒ여 ᄒ나 부ᄌᆞ지졍이라 친히 현의 쟝쳐를 살펴 의약으로 치료ᄒ니 졔지 감은ᄒ며 화셜 등이 괴롱ᄒ여 부졀업시 쳐 누이고 져리 의약으로 곳치

90면

믄 엇지뇨 왕이 쇼왈 ᄌᆞ식은 싀호도 ᄉᆞ랑ᄒᄂᆞ니 유죄ᄒᆞᄆᆡ 칙ᄒ여 곳치고져 ᄒ나 알ᄒᆞᄆᆡ 치약ᄒᆞᆷ믄 아비 도린가 ᄒᄂᆞ이다 초공이 쇼왈 형쟝이 너므 믜이쳐 그런가 유현 닌광은 쟝쉬 ᄀᆞᆺᄒᄃᆡ 눕지 아니커늘 쇼뎨 무셔히 너겨 슈일을 권ᄒ여 누엇게 ᄒᆞ이다 왕 왈 운ᄋᆡᄂᆞᆫ 긔품이 잔약지 아냐도 아직 나히 어리니 쟝셩치 아냣고 유ᄋᆡᄂᆞᆫ 견ᄒᆞᄆᆡ

졔은 즁 웃듬이라 장쉬 굿고 혈장ᄒ미 업스나 범스의 유현을 밋츨 지 실노 업스리라 닉 통한ᄒᄂᆫ 바ᄂᆫ ᄌ녀 즁 월염을

편이ᄒ다가 아조 심규의 맛츨 보니 비록 쟝부지심이나 엇지 편ᄒ며 닌광을 알기ᄅᆞᆯ ᄌ질굿치 ᄒ다가 이럴 쥴 알니오 초공이 화안식ᄒ여 티왈 일이 경권이 이시니 엇지 질은ᄅᆞᆯ 아조 맛츠미 이시리잇고 왕 왈 엇지 니름고 그리면 아녀ᄅᆞᆯ 다른 대 취가ᄒ라 말이냐 승샹이 대왈 닌광의 죄ᄂᆞᆫ 풍교ᄅᆞᆯ 어즈러이고 질은의 슈즁물을 졔 낭즁 긔물을 삼고 질녀의 얼골을 그려 됴셕의 티ᄒ여 본다 ᄒ니 닌광의 죄샹이 치죄ᄒ여도 질은 스모ᄒᄂᆫ 마음은 가히 긋

치게 ᄒᆯ 도리 업스니 질녀 타문을 결단ᄒ여 도라가지 못ᄒᆯ지라 발셔 닌광을 동샹을 삼아 풍화ᄅᆞᆯ 난치 아니미 례의 온당ᄒ리니 하고로 질은ᄅᆞᆯ 못츠미니잇가 츠ᄂᆞᆫ 닌광이 무샹ᄒ나 그 위인인즉 일디 영쥰이오 그 가셰 문벌은 무ᄅᆞᆯ 거시 업스니 기부지지 비록 측ᄒ나 임의 텬ᄌ로브터 셔인의 니ᄅᆞ러도 닌광이 양공지ᄌ로 알고 셰ᄅᆞᆯ 베현 지 오ᄅᆞ니 ᄒᆞᆯ며 외 슌을 밧가온디ᄃᆞ러 셤기게 ᄒ니 고슈ᄅᆞᆯ 모ᄅᆞ미 아니라 이졔 죽은 악인은 닌광의 스조의 버셔날지라

쇼데 비록 이 형셰ᄅᆞᆯ 당ᄒ여도 셔로 닌광을 마즐 밧 업스니 형쟝 셩의ᄅᆞᆯ 아지 못ᄒ여 의혹ᄒᄂᆞ이다 왕이 가연 쇼왈 아이 법례 엄ᄒ더니 엇지 닉 싱각ᄒᆫ 바와 다ᄅᆞ뇨 닌광의 쟉란을 싱각ᄒ면 블승히분ᄒ나 닉 오히려 익고 그 위인 풍신을 보면 쟝안 ᄌ믹의 괴로이 구ᄒ여도 츠인만 ᄒ니 업스니 우형이 본디 그 위인을 심애ᄒᄂᆫ 배나 츠마 동샹을 삼지 못ᄒᆷ 양셰 흉인 쇼싱이ᄆᆞᆯ 가마니 혜아리면 공밍지덕과 안증의 힝이 이셔도 츠마 쇼녀로 양셰

며ᄂᆞ리ᄅᆞᆯ 못 삼으리니 출히 규리의 조히 늙혀 싱젼은 내 다리고 잇고 스후ᄂᆞᆫ 졔 오라

비롤 의지호여 청정훈 마음을 욕지 아니려 경호엿느니 늬 말이 그르지 아니리라 초공이 잠쇼 묵연호여 일됴 일셕의 희셕지 못훌 쥴 알고 셰셰히 권호여 질ᄋ의 친ᄉ롤 일우려 호더라 어시의 셜강이 어ᄉ롤 공동호ᄃᆡ 동졍이 업고 졍시 츌화 보다 말이 업ᄉ니 크게 분히호여 싱각호ᄃᆡ 유현은 붉으미 일월 ᄀᆞᆺ고 신릉호미 귀신 ᄀᆞᆺᄐ니 ᄉ계로 츙요홀 배 아니니 죵시 졍시

95면

롤 무ᄉ히 두미 늬 말을 밋지 아니미니 다시 경후번을 보내여 유현을 햐슈코져 호나 조어시 ᄉ군 찰임의 만시 슉연호니 쳥념 공근호믄 기부여풍이오 샹활 쾌단호믄 기슉지지라 겸호여 셔리 ᄀᆞᆺᄐᆫ 긔질이 일셰롤 압두호고 빅일 ᄀᆞᆺᄐᆫ 총명이라 류의 쇼ᄉᄂᆞ니 우흐로 텬춍은 됴야롤 기우리고 아릭로 만됴거경은 눈을 놋초와 긔디호니 히홀 조각이 업셔 쥬야 노심초ᄉ호여 유현을 죽이고 졍시로 졔 긔물 삼으믈 못 어더 울울 블낙호더라 이쩌 양태시 닌광

96면

을 조부의 보늬고 넘녀롤 니져 잇다감 오면 보건ᄃᆡ 그 직홰 쟝진호여시믈 크게 두굿기니 엇지 넘나며 방일훈 힝시 규방을 야반의 돌입호여 쟉난호미 밋쳐시믈 알니오 초공이 ᄯᅩ훈 스ᄉ로 치고 잡죄여 밤인즉 ᄎᄌ 빅화헌의 자게 호고 훈 쩌룰 늬여노치 아니니 양싱이 ᄯᅩ훈 졔 죄 이시므로 승샹을 쵹노호여 태ᄉ긔 고홀가 두려 승샹 앏히셔는 지극 조심호고 슈힝호며 그 명을 공슌이 호ᄃᆡ 승샹이 혹 노공을 뫼신 쩌나 됴당 공ᄉ로 집을 쩌느면 호일 방탕이 낭

97면

쟈호여 가즁 홍쟝 시녜 외당 왕릭호는 쟈는 공ᄌ 닌광을 모ᄅ리 업고 졔녀당 옥쇼 이란은 ᄎᄌ 쎠쎠 쇼일호더니 ᄎ년 츈의 양싱이 부모롤 빅단으로 다릭고 봇치여 과쟝을 허락호니 쟝옥의 나아가미 의의히 쟝원의 고등호니 츄월 ᄀᆞᆺᄐᆫ 풍광은 쳔인을 묘시호고 강호직예는 셰의 초츌호니 샹총이 늠늠호샤 근시호고 됴신이 다 이경호더라 이쩌 영현 운현은 ᄡᆼ복으로 나히 십삼이나 어리기로 응과롤 아냣더니 이날 닌광이 룡방의 머리지어 쟝원

이 되니 인종황애 양태스룰 스데로 그 위인을 례경ᄒ시는 고로 양셰 일을 아르샤 미양 고독ᄒᆫ 졍스룰 츄연이 너기시더니 닌광의 이 ᄀᆺᄐᄆᆯ 크게 아름다이 너기시고 깃그샤 즉시 한님흑스 즁셔샤인을 ᄒ이시고 양틱스룰 블너 위문ᄒ샤 왈 션싱이 뉵십지년의 유지 고독ᄒ니 짐이 미양 잇지 못ᄒ여 그 싱젼 스후의 쳐량ᄒᄆᆯ 탄ᄒ더니 금일 닌광을 보니 츙텬지긔와 관옥지뫼 타인의 십ᄌ룰 블워 아닐지라 강하웅진ᄂᆫ 짐의 보배라 일쟈ᄂᆫ 션싱을 위ᄒ여 치

하ᄒ고 이쟈ᄂᆫ 국가 동냥보필을 어드믈 깃거ᄒᄂᆞ니 일배 쥬로 경의 교즈ᄒᆫ 덕을 스례ᄒ노라 양공이 텬은을 감동ᄒ여 븩슈의 하루 샤은 왈 신의 졍스룰 셩샹이 이ᄀᆺ치 관념ᄒ시니 노신이 만번 죽어도 다 갑습지 못ᄒ리로쇼이다 쇼즈 닌광이 외람이 셩은을 입스와 두리오미 숑률ᄒ와 신의 여른 복이 숀홀가 ᄒ옵ᄂᆞ니 엇지 과장ᄒ시ᄂᆫ 셩교룰 승당ᄒ오며 신의 교즈ᄒ온 공이 업셔 스싱의 가르친 공이오니 신은 밧즈올 ᄂᆺ치 업ᄂᆞ이다 샹이 쇼왈 닌광의

스뷔 뉘뇨 양공이 조셩이믈 알외고 쥬왈 신의 긔력이 쇠모ᄒ고 본셩이 나약ᄒᄆᆯ 교즈 어해 법되 업스므로 닌광이 인스룰 알므로븟허 조셩을 맛져스오니 즈식이나 션악을 아지 못ᄒᄂᆞ이다 샹이 더옥 희열ᄒ샤 왈 조션싱 아름다온 교훈을 바다시니 더옥 긔특ᄒ미 이시리오다 즉시 ᄯᅩ ᄒᆫ 잔을 부이샤 닌광의 부와 스싱을 쥬샤 왈 닌광을 훈교 잘ᄒᄆᆯ 아름답다 ᄒ샤 냥인의 공이 ᄀᆺ다 ᄒ샤 쥬시니 조공과 양공이 불승감격ᄒ여 잔을 바다 거후르고 텬은

을 숙샤ᄒ더라 일노조ᄎᆞ 닌광의 일홈이 됴야을 흰동ᄒ니 스린의 모ᄅ리 업스니 셰인이 혹 양셰의 쇼싱인 줄 아라 왕왕이 머리룰 맛초고 니르리 이시나 우흐로 셩쥐 아르시더 허믈치 아니샤 례우ᄒ시는 은권이 호셩ᄒ시니 ᄒᆯ믈며 그 위인이 쥰샹ᄒ고 례뫼 슉엄ᄒ여 옥골션풍이 쟝즈 영웅의 긔샹이 가즈니 뉘 감히 구외의 내여 하즈ᄒ리오

보느니는 눗비츨 곳쳐 칭양ᄒ니 인심이 셰틱롤 붓좃ᄎ 부귀롤 흠앙ᄒ니 만됴 유녀지 집의셔 그 춰쳐 아냐시믈 알고 둣토

102면

와 구혼ᄒ리 문졍이 여류ᄒ더라 닌광이 립신 후는 본부의 와 이시되 미양 요격ᄒ믈 견듸지 못ᄒ여 ᄉ됴여가의는 조부의 와 잇더니 승상이 양공을 보고 닌광의 거조롤 젼ᄒ고 가형의 고집을 아직 두로혀지 못ᄒ고 질이 어려시나 맛춤내 타문의 가지 못ᄒ지라 친ᄉ를 날회쇼셔 흔대 공이 놀나 눈이 두렷ᄒ여 반향을 어린 둣ᄒ여 믁믁 무언ᄒ더니 탄왈 ᄎ이 넘ᄂ미 여ᄎ흐니 노부의 인약 쇠모ᄒ므로 엇지 휘오리오 즉시 닐너 일쟝을 즁타ᄒ여 그 죄롤 졍히 못ᄒ게

103면

ᄒ뇨 승샹이 쇼왈 쇼졔 쏘 졔 스싱이라 악쟝긔 비러 칠 일이 업ᄉ므로 ᄉ십 쟝을 밍타ᄒ여시니 악뷔 그 밧 더ᄒ실 것 아니로되 그 날브터 안연이 단니니 심샹ᄒ더이다 인ᄒ여 유현 운형의 슈쟝ᄒ미 다 닌광의 죄로 비릇ᄉ믈 고하고 우ᄉ니 공이 익경 왈 닉 듯고 잠잠ᄒ여는 더옥 방ᄌᄒ리니 쏘 즁치ᄒ여 후의나 조심케 ᄒ리라 초공이 히유 왈 쇼셰 임의 즁치ᄒ여시니 이졔 쏘 부졀업시 치죄치 마ᄅ시고 쏘흔 아른 졔 마ᄅ쇼셔 졔 위인이 그만ᄒ고는 비록 호방ᄒ나 후일 씨다ᄅ미 쉬

104면

오리이다 유현의 넘나미 닌광의 우히로대 쇼셰 일즉 쳐보지 아냣더니 져젹 닌광의 일노 ᄉ십 쟝을 치되 닌광과 갓치 단니고 안연 ᄌ약ᄒ더이다 태시 쇼왈 유ᄋ는 니른 바 듸현군ᄌ 영웅호걸을 겸ᄒ여 쟝밍ᄒ미 너의셔 나은가 ᄒ노라 닌ᄋ의 혼ᄉ는 네 말듸로 ᄒ려니와 치원의 고집이 닉 집을 넘홀진듸 닌이 머리 희여도 춰쳐롤 못홀가 ᄒ노라 승샹이 잠쇼 듸왈 가형이 본듸 닌광을 취즁ᄒ미 졔ᄋ 즁의 우히오 질녀롤 홀노 늙히지 못ᄒ지라 ᄌ연 동상의 맛

105면

지 아니ᄒ리잇고 질이 쏘흔 슉녀지풍이 이시니 슈년만 기다리시면 쇼셰 월노롤 ᄌ임

호리이다 태시 희연 왈 현세 맛춤내 노부의 졍스를 슬퍼 닌ᄋ를 인도의 도라가게 ᄒ고 슉녀를 마즈 종샤를 빗나게 ᄒ면 양가의 젹션이 아니리오 닌이 비록 닙신ᄒ여시나 현셔도 범스를 젼과 ᄀᆺ치 가르쳐 스군 찰임의 허믈을 잇게 말나 승샹이 대왈 쇼셰 닌ᄋ 보믈 유ᄋ로 달어 아니ᄒ옵ᄂ니 졔 허믈을 어이 관셔ᄒ리잇고 닌광의 셩졍이 호샹ᄒ고 텬품이 샹쾌ᄒ고 의식

106면

바다 ᄀᆺ호여 타일 반드시 치셰 능대능쇼ᄒ여 공개텬하ᄒ고 위진해ᄂ니ᄒ여 명샹이 되리니 마ᄎᆷᄂ니 큰 그릇시오 영웅호걸의 졔 일좌를 당ᄒ리이다 태시 희연ᄒ더라 초고로 닌광의 친스를 타쳐의 향의치 아니코 초공과 의논ᄒ여 쥬혼ᄒ기를 기다리더라 어시의 졍쇼졔 일신의 누명을 시ᄅᆷ미 깁지게를 구지 닷고 텬일을 블견ᄒ고 말은 물노 타는 목을 젹셔 식음을 젼폐ᄒ니 양부인이 크게 잔잉ᄒ여 친히 니ᄅ러 권유ᄒ고 졍슉렬이 ᄯ도 니ᄅ러 위로 왈

107면

당년의 닉 스라시며 네 존괴 스라실 것 아니니 너는 과도ᄒᆫ 거조를 말고 보즁ᄒ여 신빅ᄒ믈 기다리라 쇼졔 읍왈 비록 슉모와 존괴 비샹ᄒᆫ 변고를 만나 겨시나 엇지 쇼쳡의 망극ᄒᆫ 죄명의 비기리잇고 졍비 탄왈 너도 오히려 아지 못ᄒᆫᄂ니라 나의 비고ᄒᆫ 졍스도 니ᄅ지 말고 네 존괴 슉슉의 디졉이 힁노 ᄀᆺ고 간인의 흉계는 빅츌ᄒ여 흉셔를 더지며 그 얼골이 되여 슉슉의 의심이 측냥치 못ᄒᄂ 지경의 밧그로 언관으로 음비ᄒᆫ 졍젹을 텬졍의 쥬달ᄒ여 누명은 만셩의 드

108면

러ᄂ고 나라의셔는 구가로 니이 졀혼ᄒ여 도라간 시졀의 유치를 더지고 몸이 빙옥 ᄀᆺᄒ나 만인이 타비ᄒ여 음뷔라 칭ᄒ니 그 셜우며 원억ᄒ미 금일 너의게 비기리오마는 네 존괴 능히 명쳘보신ᄒ고 슉슉의 익화의 등문고를 쳐 여샹명졀이 텬의를 감동ᄒ여 가부를 스디의 구ᄒ고 구가로 다시 인연을 니으며 주연이 간당이 쥬멸ᄒᆫ 시졀의 곳다온 일홈이 나 어진 홍문을 쥬시고 금ᄌ 봉쟉이 규문의 빗ᄂ지라 슉덕 현힝이 됴야의 쟈쟈ᄒ니 슉슉의 태산 즁졍이

109면

여턴디무궁ᄒ시고 ᄉᄌ 일녀의 아름다오미 겸금 양옥이라 타류의 비ᄒᆯ 빈 아니니 복녹이 일ᄃ디 당ᄒ리 업ᄂᆫ지라 이졔 너도 비록 누명을 실고 죄악이 망극ᄒ나 존당 구괴 오히려 밋지 아니시고 근릭 질ᄋ의 거동을 보니 너 ᄃ딥뎝이 쇼원ᄒᆫ 줄도 오히려 탄복ᄒ여 앗기ᄂᆫ 뜻이 이셔 뵈니 네 존고의 지극ᄒᆫ ᄌ이 모녀간이라도 이의 더으지 못ᄒᆯ지라 무익ᄒᆫ 심ᄉᆞ를 슬화 화용을 샹히오고 옥질을 병드리지 말나 ᄒᆫ번 신원을 옥ᄀᆞ치 ᄒ고 텬일을 보리라 쇼졔 옥누를 드리

110면

워 ᄉ례 왈 슉모의 지극ᄒ신 하교를 간폐의 삭여 일누 잔명을 사라 종시를 보시이다 비 탄왈 네 존고를 효측ᄒ여 누명을 신셜ᄒᄂᆫ 날이 이실 바를 기ᄃ다리라 쇼졔 함쳑 ᄃ디 왈 우쥬ᄉᆞ이ᄂᆫ 앙망ᄒ려니와 쇼질이 엇지 존고의 셩덕 인화를 만ᄒ나흘 ᄯᆞᆯ오리잇가 다만 존고와 슉모의 지극ᄒ신 셩덕을 우러와 타일을 바라오나 신셰와 익운이 ᄎ악ᄒ니 다시 텬일 보믈 미드리잇고 졍비 지극 희유ᄒ고 인셕ᄒ믈 친녀 ᄀᆞ치 ᄒ니 ᄒ갓 친쳑지졍ᄲᆫ 아니라 유련 ᄉ랑이

111면

긔츌 ᄀᆞᄐᆞᄆ로 비로ᄉᄆ이라 이ᄯᅥ 어ᄉᄂᆫ 규내의 졀젹ᄒ고 쥬야 부젼의 시측ᄒ여 흉인을 졔방ᄒᆯ시 모친이 졍시의 잔잉ᄒ믈 젼ᄒ믹 목이 몌여 쥬뤼 흐르믈 ᄭᆡᆺ디지 못ᄒ니 싱이 싱각이 못 미ᄎᆞᆷ 아니라 임의 존당의 죄를 엇고 망극지변이 지존긔 범ᄒ니 인ᄌ의 다시 ᄃ뎐면ᄒᆯ 빈 아니라 ᄒ여 단연이 넘녀를 ᄭᅳᆫ쳐시니 슈년 박ᄃ디를 뉘웃고 당시ᄒ여 이미ᄒᆫ 죄명을 ᄎ셕ᄒ더니 모친의 슬허ᄒ시미 이의 밋ᄎ시믈 보믹 광미를 ᄡᅴᆼ긔고 쳑연 빈샤 왈 쇼지 부모의 슉연ᄒ신

112면

훈교를 밧ᄌ와 폐부의 삭이지 아닛ᄂᆫ 빈 업ᄉᄃᆡ 힝신이 독졍치 못ᄒ와 여러 녀ᄌ를 거ᄂᆞ리믹 규니 산란ᄒ고 가변이 블가ᄉ문어타인이라 존당의 무고치독과 대인 침쳐의 ᄌᄌᆨ 대변이 싱각ᄒ믹 심한골경ᄒ니 이를 졔ᄒ다 최오지 못ᄒ나 ᄃ개ᄂᆫ ᄌ긔 가실 줌 나시믹 능히 발각을 즉시 못ᄒ고 쥬야 마음이 블안ᄒ여 쇼ᄌ의 죄를 스스로 혜

아리는지라 어느 여가의 쳐즈를 권년호오며 더옥 져는 허실간 죄인이라 셔로 보아 위로홀 눗치 이시리잇고 쇼지 근릭는 됴당 입번은

113면

마지 못호여 되인 침변을 써나므로 마음이 경경호여 잠이 아니오니 실노 만스의 념이 업슬 거시와 연이나 졔 익미호면 그 쟉인이 죵릭 미몰박복훈 녀지 아니라 태태 져를 스랑호시미 너모 퇴과호샤 도로혀 존당 쳐치를 원망홈 굿즈오니 모릭미 믈념호샤 히오의 훈 죄를 더으지 마릭쇼셔 부인이 탄식 왈 아이 식견이 원대호고 요소이 규내를 졀젹호믄 또훈 인즈의 도리라 니 굿투여 져를 즈로 가보라 호는 거시 아니라 그 비원호미 스롬의 앗긴 빅오 스스로 죽기를 즈분호니 텬일 보기

114면

룰 기다리지 못호고 약질이 진홀가 호미라 블언죵시의 초공이 됴당의 단녀나올시 오슬 곳치려 드러오는지라 어시 년망이 마즈 시좌호미 승상이 잠간 눈을 드러 부인을 보니 아미 참연호고 긔식이 슈우호여 화긔 돈연훈지라 승상이 날호여 왈 부인이 우환의 빗치 현져호니 아지 못게라 가즁의 무슨 연괴 잇느니잇가 부인이 념용 되왈 무슨 우환이 이시리잇고 다만 졍현비 봉변 후는 두문블츌은 또훈 고이치 아니커니와 폐식잠와호여 죵일 먹는 거시 쳥

115면

슈샨이라 셩쟝지인도 이굿고 보젼키 어렵거든 호믈며 셰류 굿툰 약질이 엇지 스라 텬일을 보리오 져의 죄과는 아모 곳의 미쳐도 평일 힝스와 쟉인이 마츰니 앗가온지라 마음의 참연호여 앗가 샹디호여 권호미 되답이 여츳호니라 시구홀 도리 업셔이다 승상이 또훈 참셕 경동 탄왈 식부의 옥결빙쳥지심은 니 비록 블명호나 다 아느니 져의 익회 비샹호여 망극훈 죄과의 싸지나 가부와 싀아비 그 익미호믈 아느니 져희게 붓그러오미 업스려든 엇지 너모 고집호여

116면

유톄룰 가바야이 너기리오 어스룰 도라보와 굴오대 너희 집심은 진실노 올커니와 졍

ᄋ뷔 무죄ᄒ미 옥 ᄀᆞᆺᄒ니 너도 거의 알지라 존당이 보신 비나 오히려 그 밋브지 아니
케 너기샤 ᄂᆞ치지 아니시니 존의를 가량이라 당년의 네 모친이 국가의 득죄ᄒ여 도
라가ᄂᆞᆫ디 ᄂᆡ 인신지도ᄂᆞᆫ 단연이 긋쳠즉ᄒ디 그 무죄ᄒ믈 마ᄋᆞᆷ의 알고 살 도리를 직
삼 부탁ᄒ여 일노뻐 부인이 언약을 삼아 보젼ᄒ엿ᄂᆞ니 이졔 졍시 무죄ᄒ미 여모의
일양인즉 ᄯᅩᄒᆞᆫ 여부의 일을 계감을 삼아 ᄒᆞᆫ번

117면

졍시를 보아 살 도리를 지휘ᄒ미 인ᄌᆞ지힝의 유히ᄒ미 이시리오 ᄂᆡ 가히 ᄒᆞᆫ번 가보
고져 ᄒᆞ디 싱각컨디 그 ᄒᆞ고 잇ᄂᆞᆫ 비 쇠아비를 블의의 디ᄒ미 가장 어려이 너길 둧ᄒᆞ
니 네 내 ᄯᅳᆺ 줄 ᄂᆞᆯ러 ᄒᆞᆫ번 보아 그 거쳐 의식의 사름의 견딜 도리를 ᄒᆞ게 ᄒᆞ여 슉녀
를 보젼ᄒᆞ라 싱이 복슈 슈명ᄒ미 부모의 졍시 ᄉᆞ랑이 이럿틋ᄒᆞ시믈 보미 더옥 그 위
인의 츌인ᄒᆞ믈 알지라 이의 진배 대왈 히이 식견이 쳔박ᄒ와 스스로 싱각지 못ᄒ오
나 지극ᄒ신 엄훈을 엇지 밧드지 아니리잇

118면

가 맛당이 져를 보아 명교를 닐너 알게 ᄒ리이다 승샹이 그 효슌ᄒ믈 아름다이 너기
더라 슈일 후 어ᄉᆞ ᄠᆡ를 타 치각의 니ᄅᆞ니 ᄌᆞ최 긋친 지 오린지라 시비 유랑이 다 놀
ᄂᆞ고 밋 방즁의 드러가미 포진 방쟝이 무식ᄒ고 쇼졔 거젹 ᄌᆞ리의 머리를 초침의 더
져시니 몸이 니블의 말녀 슘쇼리도 업시 누어 잠연이 셰샹을 긋고져 ᄒᆞᆫ지라 어
ᄉᆞ 일견의 심ᄉᆡ 블호ᄒ여 유모를 블너 왈 부인이 잠드러 겨시냐 엇지 셔로 맛ᄂᆞᆫ 례
업ᄂᆞᆫ뇨 유뫼 나아가 부인을 ᄭᆡ여 왈 쥬

119면

군이 니ᄅᆞ러 겨시니 쇼졔 엇지 안연ᄒ시ᄂᆞ니잇고 쇼졔 유모의 쇼ᄅᆡ로 조ᄎᆞ 어ᄉᆞ의
니ᄅᆞ러시믈 알고 마ᄋᆞᆷ의 경괴ᄒ여 셔연이 니러 안ᄌᆞ미 쳥운 ᄀᆞᇀᄐᆞᆫ 녹발은 빙셜 ᄀᆞᇀᄐᆞᆫ
귀 밋ᄒᆡ 어ᄌᆞ럽고 년화 ᄀᆞᇀᄐᆞᆫ 풍골이 쇠약ᄒ여 오ᄉᆞᆯ 이긔지 못ᄒ니 싱이 이 거동을 디
ᄒ미 ᄋᆞ셕ᄒᆞᄂᆞᆫ 마ᄋᆞᆷ이 ᄉᆡ롭고 경복ᄒᆞᄂᆞᆫ ᄯᅳᆺ이 가득ᄒᆞ디 안식을 졍히 ᄒᆞ고 글오디 ᄋᆡᆨ
화 비샹ᄒ미나 효셩이 가ᄌᆞ미나 사름이 남의게 거록ᄒᆞᆫ 일홈을 엇지 못ᄒᆞᆫ들 엇지 이
런 죄명을 무릅쁘고 져 경식으로 날을 디ᄒᆞᄂᆞᆫ뇨

120면

부인은 죄명이 비록 망극ᄒᆞ나 존당이 임의 샤ᄒᆞ샤 집의 두기를 허ᄒᆞ시고 부뫼 안심
ᄒᆞ여 보젼ᄒᆞ기를 니ᄅᆞ실진ᄃᆡ 범ᄉᆡ 예ᄉᆞ로올지라 이졔 그 거조를 보니 만일 지아비를
샹ᄒᆞᆫ 녀지 아니면 이러치 아닐지라 아지 못게라 싱이 비록 무샹ᄒᆞ나 오히려 ᄉᆞ랏고
즈졍이 묘의 친림ᄒᆞ샤 먹기를 권ᄒᆞ실진대 부인이 무ᄉᆞᆫ 존긔ᄒᆞᆫ 사름이라 존명을 거
역ᄒᆞ여 죽기를 즈분ᄒᆞ니 이ᄂᆞᆫ 존당을 원망ᄒᆞ고 날을 역졍ᄒᆞ여 죽어ᄡᅥ 금분을 풀녀
ᄒᆞᄆᆡ냐 말ᄉᆞᆷ을 쥰졀이 ᄒᆞ고 안ᄉᆡᆨ이

121면

동텬 한일 ᄀᆞᆺᄐᆞ니 쇼졔 아미를 나죽이 ᄒᆞ고 옥안이 취홍ᄒᆞ여 기리 탄식 왈 쳡의 ᄉᆞ오
나온 죄악이 일죽 존당이 보신 비 되여시ᄃᆡ 오히려 셩덕을 드리오샤 츌화를 면ᄒᆞ고
대인 명이 고요히 안신ᄒᆞ믈 당부ᄒᆞ시니 셩은이 여텬ᄒᆞ신지라 쳡슈 딕악이나 원심이
이시리잇고 오직 ᄉᆞ뉴의 몸이오 일죽 ᄯᅳᆺ이 셩문의 이셔 잠간 녀ᄌᆞ의 ᄉᆞ덕을 의방ᄒᆞ
여 심복ᄒᆞ더니 일됴의 만고 강샹 대죄를 무릅ᄡᅳ니 우흐로 구고 셩덕을 져ᄇᆞ리고 버
거 가셩을 져ᄇᆞ리니 싱

122면

아ᄒᆞ신 부모를 딕홀 ᄂᆞᆺ치 업ᄉᆞᆫ지라 ᄆᆞᄋᆞᆷ을 널니ᄒᆞ되 즈괴ᄒᆞᆫ ᄯᅳᆺ이 목의 음식이 나리
지 아니코 텬일을 딕치 못ᄒᆞᆯ지라 금일 부ᄌᆞ의 칙ᄒᆞ시믈 드ᄅᆞ니 쳡의 ᄒᆞᆫ 죄를 어덧ᄂᆞᆫ
지라 일누잔쳔이 오히려 ᄉᆞ라 규문의 빗츨 감ᄒᆞ고 군ᄌᆞ의 셩효를 어즈러이니 슈괴ᄒᆞ
여 욕ᄉᆞ무디로쇼이다 셜파의 셩안의ᄂᆞᆫ 츄쉬 징픠 요동ᄒᆞ고 팔ᄌᆞ 츈산은 시름ᄒᆞᄂᆞᆫ 빗
츨 덥허시니 희여진 나샹이 겨유 살을 가리오고 무식ᄒᆞᆫ 쳥샹이 가ᄂᆞᆫ 허리를 둘너시
니 그 용치 더욱 빗나 옥

123면

련이 향슈를 ᄲᅳᆯ쳐 쳥념의 ᄲᅡ엿ᄂᆞᆫ ᄃᆞᆺ 츄텬 명월이 옥누의 한가ᄒᆞ여 광휘 만방의 바애
ᄂᆞᆫ ᄃᆞᆺᄒᆞᆫ지라 옥셩 봉음은 일만 어리로온 긔운이오 현슉ᄒᆞᆫ 언ᄉᆞᄂᆞᆫ 흉즁의 가득ᄒᆞᆫ 셩
현지심이러라

조시삼대록 권지오

1면

화셜 이쩍 조어시 눈을 드러 졍시의 광염을 보고 귀로 져 언스룰 드르매 목셕이라도 감동ᄒ려든 어스의 어진 마음과 빅년 가우의 졍으로써 슈년 박졍이 뉘웃브고 당시 원앙ᄒᆫ 누명을 ᄎ셕ᄒ니 그 앗기ᄂᆫ 졍과 이련ᄒᆫ 마음이 구롬 못듯ᄒᆫ지라 안식을 곳치고 위로 왈 부인의 죄과ᄂᆫ 아ᄂᆫ 고ᄃᆡ 미쳐셔도 부뫼 아르시믈 옥ᄀᆞᆺ치 무죄ᄒ므로 아르샤 ᄌᆞ젼이 부인 념녀ᄒ시미 톄읍 샹도ᄒ시매 니르시고 대인 하괴 여

2면

ᄎᄒ시니 부인의 원통ᄒ미 텬디간 업ᄂᆫ 닷이 셩은을 관념ᄒ미 업셔 ᄒᆞᆺ 일시 괴로오믈 춤지 못ᄒ여 죽기를 ᄌᆞ분ᄒ니 그러지 아니랴 싱이 굿ᄒ여 샹대코져 ᄯᅳᆺ이 업스ᄃᆡ 부모의 념녀ᄒ시미 인ᄌᆞ의 방심치 못ᄒᆯ지라 이의 니르믄 부인의 고집을 희유ᄒ여 보젼ᄒᆯ 도리를 니르과져 ᄒ더니 문젼 쳐쇼룰 와 보ᄆᆡ 싱의 마음을 블평케 ᄒ니 부인이 지아비 승슌ᄒᄂᆫ 도리 아니라 ᄎ후 고이ᄒᆫ 의스룰 고쳐 비록 무고ᄒᆫ 사름쳐로 나 즁즁의 단니든 못ᄒ나 몸

3면

을 보젼ᄒ여 음식 의복을 예스로이 ᄒ여 우흐로 낭가 친위의 블효를 더으지 말고 버거 가부의 ᄯᅳᆺ을 슌종ᄒ여 조바야이 싱각지 마르쇼셔 말슴이 위극ᄒ고 안식이 화평ᄒ여 졍의가 쟉이 아니라 쇼졔 옷기슬 넘의고 샤례 왈 블혜 누인이 구고의 양츈 혜틱을 이ᄀᆞᆺ치 입스오니 감은각골이라 비록 우러러 큰 덕음을 갑습지 못ᄒ나 ᄎ후 마음을 강잉ᄒ여 셩녀를 더으지 말고 거쳐 의식을 평샹치 아니믈 니르시나 이 ᄀᆞᆺ튼 셩의ᄂᆫ 오히려 아지 못ᄒ고 군ᄌᆞ ᄀᆞᆺᄒ여 그

4면

르며 올흐믈 니르지 아니시나 우희 구고 존당이 겨시나 누인의 ᄒᆞᆫ 몸 쳐치ᄂᆫ 오히려 부ᄌᆞ의 ᄯᅳᆺ을 모르고 셕고대명을 아니ᄒ리잇고 부부지륜이 군신 ᄀᆞᆺ트니 쳡의 도리를 츌히미라 엇지 군ᄌᆞ를 역졍ᄒ며 존당을 원망ᄒ미리잇고 싱이 이 말을 드르ᄆᆡ 감동ᄒ

눈 정이 식암솟 둧ᄒ고 탄복ᄒᄂ 마음이 심즁의 가득ᄒ니 츄연 왈 부인이 지아비 즁히 너기미 이 ᄀᆺᄒ니 부인은 부도ᄅᆯ 알미어늘 홀노 명운이 이러툿 험조ᄒ뇨 텬황디로ᄒ나 이 조운회 부인 위ᄒᆫ

5면

마음은 ᄆᆺ춤ᄂ 변치 아니리라 다만 ᄯᆺ을 널녀 살기ᄅᆯ 도모ᄒ시고 조급히 단명 징됴ᄅᆯ 마ᄅᆯ쇼셔 인ᄒ여 유뫼ᄅᆯ 블너 쇼져의 먹ᄂ 거슬 무르니 유뫼 감히 긔이지 못ᄒ여 고왈 쟉일의 졍당 부인이 친림ᄒ샤 일긔 미죽을 권ᄒ여 드리시고 이ᄯᅥ가지 다시 잡스오시미 업ᄂ이다 어ᄉ 경녀ᄒ여 수리로 개유ᄒ고 화평이 위로ᄒ며 미죽을 가져오라 ᄒ여 권ᄒ니 쇼졔 마지 못ᄒ여 먹기ᄅᆯ 다ᄒ미 어ᄉ 그 텬셩이 온슌비약ᄒᄆᆯ 더욱 과즁ᄒ여 바야흐로 여텬

6면

디 무궁ᄒᆫ 졍은 니시 우히 이시나 각별 ᄉᆞ식지 아니코 거젹 ᄌᆞ리ᄅᆯ 거더 아ᄉᆞ라 ᄒ고 우왈 츠일노브터 됴셕을 예ᄉᆞ로이 아니면 이ᄂ 부인이 가부ᄅᆯ 아지 못ᄒ며 졍당을 구고로 아니 셤기미라 이 말을 시ᄒᆼ치 아니면 다시 ᄃᆡᄒᆯ 안면이 업ᄉ리라 쇼졔 이연이 샤례ᄒ고 례뫼 대빈을 뫼읜 ᄀᆺ투여 맛춤ᄂ 통원ᄒᆫ 회포ᄅᆯ 여러 쟝부의 마음을 어ᄌᆞ러이지 아니ᄒ더라 어ᄉ 이의 나와 마음이 심히 편치 아냐 추후ᄂ 친히 드러가지 아니ᄒ나 유랑을 ᄌᆞ로 블너 그 식음을 무ᄅ

7면

니 유뫼 깃브고 감격ᄒ여 ᄯᅩᄒᆫ 쇼져의 진음ᄒᄂ 배 예ᄉᆞ로오믈 알외니 어ᄉ 깃거 이후 규각 왕ᄅᆡᄅᆯ ᄭᆺ치고 강녀의 어지지 아니믈 깁히 의심ᄒᆞ대 잡지 못ᄒᆞ 일이라 함구 블츌ᄒ여 죵ᄅᆡ의 그 거동을 보려 홀ᄉᆡ 강녜 여러 가지 계교로 졍시ᄅᆯ 희ᄒ나 죵시 내치지 못ᄒ고 어ᄉ의 ᄃᆡ졉이 그대로 극진ᄒᄆᆯ 읻다라 ᄒ여 경파로 더브러 다시 쐬ᄒ니 경픠 탄왈 쳡이 쇼져ᄅᆯ 위ᄒ여 힘녁을 허비ᄒ미 젹지 아니ᄒᆞ대 졍당과 노야ᄅᆯ 속이지 못ᄒ니 달니 획칙ᄒᆯ

8면

도리 업스니 경후번을 식여 반야 삼경의 담의 올녀 조승상으로브터 태부인의 니르히 크게 욕ᄒᆞ여 어ᄉᆞ로 ᄒᆞ여금 마음의 분ᄒᆞ여도 마지 못ᄒᆞ여 정시를 내칠 거시니 내친 후 후번을 정부로 보내여 정시를 아ᄉᆞ 가거나 죽이거나 ᄒᆞ면 쇼져의 심복 대환을 덜니이다 강녜 왈 이ᄂᆞᆫ 득계 아니라 엇지 즐겨 내치리오 슈일 후ᄂᆞᆫ 위부인 탄일이라 반ᄃᆞ시 ᄌᆞᆫ뷔 진헌홀 거시니 그 잔 가온대 독을 너허 일이 픠루ᄒᆞ면 시녀를 반ᄃᆞ시 져쥴 거시니 츄향으로 동심ᄒᆞ

9면

여 대죄를 정시긔 도라보내면 초공인들 엇지 마음이 편ᄒᆞ며 정시를 두리오 경녜 쏘ᄒᆞᆫ 올타 ᄒᆞ고 쥬방 시녀 셜미와 츄향을 블너 회뢰ᄒᆞ여 동심ᄒᆞ여 정시를 함히ᄒᆞ려 ᄒᆞ니 뉘 능히 진가를 분변ᄒᆞ리오 화셜 즁하 오일은 위부인 탄일이라 진왕 곤계 대연 개장ᄒᆞ여 헌슈홀ᄉᆡ ᄌᆞ손의 번셩ᄒᆞ며 연셕의 긔특ᄒᆞ미 인인의 흠앙홀 배라 정연최 삼비와 양왕윤 삼부인이 각각 ᄌᆞ부 녀ᄋᆞ를 거ᄂᆞ려 존고와 태부인을 밧드러 쥬벽의 좌ᄒᆞ여 즁빈을

10면

졉대ᄒᆞ나 오직 정쇼졔 문을 닷고 나지 아니니 양부인이 깁히 익셕ᄒᆞ여 마음이 정시긔 다 갓더라 조시 등이 ᄌᆞ녀를 거ᄂᆞ려 가득이 버럿고 셕뉴쇼 등 졔녀셰 진초 냥공으로 렬좌ᄒᆞ니 냥공의 쇄락 엄즁ᄒᆞᆫ 위의와 졔ᄌᆞ의 청아슈려ᄒᆞ미 싴로오니 존당의 흠이 홈과 인인의 흠복 칭하ᄒᆞᆷ 일필 난긔러라 슐이 반감의 ᄌᆞ셔 녀뷔 빵빵이 헌슈ᄒᆞ니 남풍녀뫼 ᄒᆞᆫ갈ᄀᆞᆺ치 긔이ᄒᆞᆫ지라 시랑과 어ᄉᆞ의 슈츌ᄒᆞᆫ 의용과 됴니의 션연아태 싴로오니 존당 구괴 정쇼

11면

져를 싱각고 참연 블락ᄒᆞ더니 ᄎᆞ례 강시의게 밋ᄎᆞ니 화용을 빗나게 다ᄉᆞ리고 셩장이 찬란ᄒᆞ여 나와 옥배로 진헌ᄒᆞ니 ᄌᆞ틱 이용이 니ᄉᆞᆯ 마즌 ᄒᆡ당화 ᄀᆞᆺ고 일쳑 셰요ᄂᆞᆫ 바름의 붓치일 듯ᄒᆞ니 좌위 칭찬ᄒᆞ고 태부인이 흔연이 잔을 바다 마시미 홀연 태부인과 위부인이 혼미ᄒᆞ여 경긱의 위급ᄒᆞ니 노공이 틱부인을 붓드러 창황실조ᄒᆞ고 졔 녀

뷔 쏘흔 위부인을 붓드러 황황ᄒ니 왕과 초공이 급히 히독약을 나와 왕은 조모긔 써 너코 초

12면

공은 모친 입의 드리올시 조시 등이 누쉬 여우ᄒ더라 초공이 약을 다 쓰고 모부인을 붓드러 안셔 조용이 닐오딕 일시 긔운을 통치 못ᄒ여 엄식ᄒ시미라 회쇼ᄒ신즉 무방ᄒ리니 져져는 고이흔 거조를 마르쇼셔 ᄒ고 창황즁이나 구호ᄒ미 안셔ᄒ고 슈족을 쥬무르며 년ᄒ여 약을 뼈 병후를 지극 조호ᄒ미 이윽고 태부인과 위부인이 입으로조ᄎ 독을 만히 토ᄒ니 독긔 코흘 거스리는지라 노공과 왕이 급히 태부인을 뫼셔 침뎐의 붓드러 드리미 샹요를 편히ᄒ여 구호ᄒ고 초공이 쏘

13면

흔 모부인을 붓드러 침뎐의 뫼시미 년ᄒ여 약뉴를 디후ᄒ여 뼈 황혼의야 냥부인이 눈을 써보고 졍신을 출히니 노공이해 블승경악ᄒ고 제긱은 각산기가ᄒ니 어시 당일시를 싱각ᄒ니 분긔 츙텬ᄒ여 강녀를 나리와 쇼당의 가도고 스스로 거젹을 넛그러 쳥죄ᄒ여 죵야토록 즁계의 대죄ᄒ며 형뎨와 쇼녀 등이 다 뫼셔 병후 가감을 뭇즈오나 스스로 병측의 뫼시지 못ᄒ니 졍비 등이 두 곳의 방황ᄒ여 명효의야 위부인은 긔운이 치니리오대 태부인은 년노ᄒ시므로 긔운이

14면

미미ᄒ여 슈습지 못ᄒ시더라 왕의 곤계 바야흐로 졍신을 뎡ᄒ여 초공이 기리 탄왈 쇼데 제ᄌ의 여러 사롬 모흐믈 실노뼈 원치 아니미 가변을 넘녀ᄒ나 금일 망극흔 변이 지존의 밋츨 쥴 쯧ᄒ여시리잇고 쇼데의 어하 못ᄒ온 죄라 유ᄋ의 제가 못흘 샏 아니라 블평ᄒ미 여ᄎ하니 부형의 다스리시믈 바랄 샏이로쇼이다 왕이 굴오대 현뎨의 인명홈과 유ᄋ의 샹쾌ᄒ므뼈 ᄎ변은 실시 녀외라 이 일은 갈히잡지 못흔 젼은 경스를 분변치 못ᄒ리니 오직 그 죄

15면

도라가는 쟈는 츌거ᄒ고 보려니와 미양 어룬이 쳐단ᄒ시고 아히 가졔를 칙망치 못ᄒ

니 추스는 우리 간예치 말고 유우로 흐여금 다스리게 흐라 초공이 대왈 근슈교의리니 엇지 즈부의 젹은 수졍을 다시 넘녀흐리잇고 이의 졔 부인으로 모부인을 시호케흐고 태원뎐의 나아가 태부인긔 다시 문후흐고 이의 면관 쳥죄 왈 금일 변은 쇼즈의 블명 블효흔 죄라 대인의 다시 다스리시믈 바라느이다 노공 왈 당뇨젹 수흉이 이시니 너의 블현흔 타시 아니여니와 스변이 등한치 아니

16면

니 명빅히 스힉흐여 그 죄를 졍히 홀지라 여등 부즈 형뎨 샹의흐여 가변을 제방흐라 공이 배이슈명흐고 좌우로 어스를 부르니 긔현이 고왈 종뎨 셕고대죄흐와 계뎡의셔 경야흐와 지금 이일이나 잇느이다 왕이 탄왈 다 져의 익운이라 유이 무슨 죄가 이시리오 나의 말노 젼흐여 부르라 시랑이 나와 냥 대인 명을 젼흐니 어시 승명 젼도흐여 계하의셔 돈슈 쳥죄흐고 블감승당흐니 초공이 오르믈 명흐여 탄식고 굴오대 대인이 나의 어하 못흐믈 샤흐시니 내 또 무슨 낫츠로 대인 셩덕

17명

을 효측지 아니코 너를 칙흐리오 이 일이 등한흔 변이 아니라 쟉셕의 망극흔 경샹은 싱각흐면 허다 친권과 만좌 졔빈이 다 아르시니 너와 내 무슴 면목으로 셰샹의 셔리오 이는 다 너의 명졍이 다스리미 이시니 내 비록 아비나 지휘를 홀 말이 업는지라 너는 모르미 즈셔히 스힉흐여 명명이 쳐치흐여 추후나 망극지변을 방비흐라 어시 대인 명교를 듯즈오미 쳑연이 안식을 곳치고 부복 대왈 블초즈의 죄 만스유경이라 다 졔 슈신이 블가스문어타인이니 슉야의 황괴흐와

18면

비록 부형이 샤흐시나 스스로 죄를 혜아리미 대인홀 안면이 업고 됴항의 늘 솟이 업숩더니 쟉일 망극지변을 쇼지 죽어 족의라 엇지 다시 셰샹의 셔리잇고 쇼즈의 모식흔 흉금으로 대스를 만느지 아냐도 쳐식 명빅지 아니커놀 여차 대변을 만느와 창황흔 심신이 산비흐니 죄인 다스리미 엇지 잘흐리잇고 슈연이나 몸의 당흐여시니 대인 훈교대로 다스려 취품흐리이다 왕이 위로 왈 아비 지공 무스홈과 너의 관현대되 엇지 이런 변괴지식 이시리오 셕년의 금션의 악식 집

19면

을 난호고 변을 부르니 이 반두시 블현진 이셔 쟉변호믄 호나히로대 넌누호믄 여러
히라 엇지 블힝치 아니리오 너는 션쳐호여 맛춤내 요악을 졔어호라 어서 니러 직비
왈 빅부 하교를 간폐의 삭이리이다 초공이 아즈의 힝시 신즁 유법호여 부슉을 간격
지 아니믈 크게 두굿기더라 날이 임의 평명이 되미 졔 쇼년이 모다 문후홀시 이의 즁
쳥의 형위를 베풀고 어서 외당의 좌호고 몬져 강시 좌우 시녀를 일졔히 잡아내여 극
형 엄문호여 치독한 곡졀을 직고호라 호니

20면

슈려한 미우의 삭풍이 늠연호고 츄월 안모의 엄렬한 노긔를 씌엇시니 기강의 사양이
빗쵠 돗 좌우 시이 넉슬 일코 시비 다 샹혼낙담호니 오직 져마다 혀를 쌔지오고 머리
를 두다려 익걸호며 강시 심복 시녀 경션이 쇼리를 질너 왈 잔을 비록 ᄋ쥐 드려시나
잔 붓던 시비와 드리던 시비 이시니 노야는 엇지 쇼져 노쥬만 일편되이 호시리잇고
어서 잔 붓던 시비를 잡아내니 졍당 시비 셜미라 슈오 쟝의 울며 왈 쇼비 스스로 죄
를 지어 강부인을 잡으미 아니라 졍부인이 샹히 쇼비 대

21면

졉이 후호시고 슈일 젼 독약을 취향으로 보내시며 너의 졍을 미더 대스를 부탁호느
니 졍당 셜연의 강시 반두시 헌쟉호리니 용스호기를 십분 쥬밀이 호라 호고 은즈 오
십 냥을 보내시니 마음의 감격호여 이 일을 힝호옵고 두리온 바는 침샹의 림호온 돗
일이 발각호와 죄가 쇼비의게 도라오니 바라건대 노야는 쳔인의 식견 업스믈 슬피샤
일명을 샤호쇼셔 어서 대로호여 다시 쳐 진가를 츄문혼대 종내 취향이 젼언이오 졍
시의 시기미라 호여 봉한 은이 졔게 그져 잇노라

22면

호니 어서 쏘 츄향을 츄문호니 쳐음은 개개히 발명호여 강시의 일이라 호더니 큰 미
로 십여 쟝의 니르미 향이 비로쇼 쇼리를 놉혀 왈 하늘이 임의 돕지 아냐 악시 발각
호니 잠간 형벌을 날회시면 젼후 악스를 다 알외리라 호니 향이 본대 간능 파측한지
라 이의 지필을 구호여 초스를 뼈 올니니 호여시대 우리 부인은 본대 샹문 일녀로 부

귀 홍광이 금달공쥬를 블워 아니ᄒ나 입을 움즉여 열미 업고 눈의 뵈는 거슨 다 가쟈 만시 여의ᄒ고 ᄉ쵹 황금이 누만이오 쵹단 진쥐 슈리로

23면

시롤지라 마음이 거오ᄒ신대 죤문의 드러오시므로 노야의 박대 태심ᄒ여 홍안의 ᄌ한이 깁흐시고 년ᄒ여 삼 부인이 드러오시니 노애 아시 조강을 홍모 갓치 아르시고 일편 은졍이 강부인긔 권권ᄒ시니 쇼년 부인의 투졍이 상시라 오쥬의 강부인 히코져 ᄒ시미 엇지 고이ᄒ리잇고 임의 부부 은이를 모르시미 졍부 가신 화쳥위 풍골이 쇄연ᄒ여 아롬다온 고로 쇼비와 ᄉ졍이 잇더니 부인이 ᄌ로 쳥유의게 셔셔 왕복ᄒ여 언약을 뎡ᄒ미 쳥위 관왕묘로 맛초고 대ᄉ 의논ᄒ려 ᄒ

24면

시다가 귀령을 막으시므로조ᄎ 못ᄒ시고 또 쳥유재 ᄌ긱의 슐을 비화시므로 즁야의 칼흘 들고 노야와 샹국 노야를 하슈ᄒ엿더니 일이 픠루ᄒ니 부인이 한을 품어 무고 치독으로 죤당의 시험ᄒ고 몸을 쌔혀 졍부로 도라가 힝니를 츌혀 부형도 긔이고 쳥유를 마ᄌ 빅년지락을 일우려 ᄒ시다가 발각ᄒ지라 심규 죄인으로 텬일을 블견고 분한이 업ᄉ리오 이러므로 쇼비로 약과 은봉을 쥬어 연미 일이 발각ᄒ나 블과 강시 노쥐 화를 쓸가 ᄒ엿더니 연미와 쇼비의게 형

25면

벌이 급흘 쥴 알니잇고 근본이 노애 박졍의 말미니 쳔비 쥬인 위ᄒ 졍셩을 감동ᄒ시고 ᄌ쟉지죄 아니믈 살피샤 일명을 샤ᄒ쇼셔 ᄒ여시니 어시 남파의 블승히분ᄒ 바는 간비 흉인과 용ᄉ하여 졍시를 함익ᄒᄂ 쥴 지긔ᄒ고 다시 엄형을 더으니 취향이 강시 회뢰를 바든 지 오린지라 이졔 번ᄉ하여ᄂ 셜상가상이 될지라 흔갈긋치 그 밧긔 알월 말솜이 업ᄉᄆ를 고ᄒ니 어시 쟝하의 맛고져 ᄒ대 연미와 향이 업ᄉ 후ᄂ 졍시 신원이 명빅지 못흘지라 원례 지극ᄒ여 냥녀

26면

롤 형쟝 슈ᄎᄉ의 옥의 가도고 강시 유모를 잡아 엄형을 져쥬니 경녜 고두 왈 임의 냥

녀의 초시 이시니 쳔비롤 져쥬실 빈 아니오 만일 오쥬롤 무이 너기실진대 임의로 쳐
치ᄒ실지라 노쳡이 이미ᄒ므로 곡졀을 모르나이다 일 져쥰 치련각은 무ᄉᄒ고 잡히
닌 도화당은 눈 우히 셔리롤 마즈시니 노야 쳐치롤 알니로쇼이다 어ᄉᆡ 대로ᄒ여 뉵
십 장을 쥰촌ᄒ니 경녜 니롤 갈고 머리롤 흔드러 발명ᄒ니 홀일업셔 ᄭᅳ어내치고 향
의 초ᄉᆞ롤 가져 야ᄭᅵ 뵈고 쥬왈 이 초ᄉᆞ롤 보건대

27면

강시 이미ᄒ고 졍시 일이라 홀 배오대 쇼즈의 쇼견은 오됴의 쥬웅 갓ᄐ니 둘을 다 니
이ᄒ고 장내 아올 일이 잇ᄉᆞ오니 냥비롤 죽인 후는 다시 무롤 곳이 업ᄉ지라 히ᄋᆞ의
쳔견은 냥비롤 가두와 후일을 보와 쳐치코져 ᄒ대 쥬젼치 못ᄒ와 대인ᄭᅴ 품ᄒᄂᆞ이다
승상이 심하의 쳐ᄉᆞ롤 히연하나 거동을 치보려 ᄒ고 니르대 초ᄉᆞ롤 보와셔는 강시
빅옥 무하ᄒ나 츌화롤 더으미 공되 아닌가 ᄒ노라 어ᄉᆡ 배샤 왈 어지지 못ᄒ 후는 미
들 배 업ᄉ지라 그 위인이 현슉지 못ᄒ나 금일

28면

무죄ᄒ믈 엇지 알니잇고 맛춤내 간ᄉᆞ롤 감쵸지 못ᄒ여 발각ᄒᄂᆞ 시졀이 이신즉 냥비
로 증빅ᄒ리니 아직 가도고 강시롤 부내의 둘진대 요얼이 마춤내 ᄭᅳᆫ칠 날이 업슬가
ᄒᆞ옵ᄂᆞ니 빅부와 야야는 명졍 쳐치ᄒ시믈 바라ᄂᆞᆫ이다 초공이 회동 안식ᄒ고 진왕이
집슈 왈 범의 삿기 개 되지 아니믈 알지라 너의 어질기와 양슈의 인즈 셩덕이 흘너
이러틋 긔특ᄒ여 큰 일을 당ᄒᆞ미 신명ᄒᆞ미 싱각 밧기라 부슉이 지휘홀 말이 업ᄉᆞ니
네 ᄠᅳᆺ대로 ᄒ라 승상이 잠쇼 샤왈 형

29면

장 과찬이 블감당이오나 초ᄉᆞ는 졔 싱각이 멀고 올ᄒᆞ니 다시 니롤 말이 업ᄂᆞ이다 이
의 어ᄉᆞ다려 왈 너히 혜아리미 그르지 아니니 임의로 쳐치ᄒ라 어ᄉᆡ 배샤 슈명ᄒ고
즁당의 믈너와 강시롤 블너 니르니 어ᄉᆡ 광미의 노식이 엄졍ᄒ여 왈 ᄉᆞ족지녀로 그
대 ᄀᆞᄐ니 업ᄉ니 존당의 망극ᄒ 변을 일우미 남의게 속아셔도 헌슈의 태만흔 죄 즁
ᄒ고 스스로 간계롤 지어내미 죽엄 즉ᄒ니 싱이 비록 용녈ᄒ나 이 ᄀᆞᄐᆫ 슈인을 부내
의 두지 못홀지라 일즉이 도라가라 강시 어ᄉᆞ의 츄텬

30면

ㄱᄐᆫ 긔운과 렬일 ㄱᄐᆫ 위의ᄅᆞᆯ 보믜 대간 대악을 발뵈지 못ᄒᆞ여 울며 왈 취향의 초ᄉᆞ 명빅ᄒᆞᆫ대 졍시는 무ᄉᆞ고 쳡은 구박ᄒᆞ시니 군ᄌᆞ의 쳐치 이ㄱ치 편벽ᄒᆞ리오 어ᄉᆞ 대로 왈 찰녜 ᄒᆞ면목으로 간ᄉᆞᄒᆞᆫ 말을 ᄒᆞ여 감히 면칙ᄒᆞᄂᆞ뇨 졍시ᄅᆞᆯ 내치나 아니 내치나 너의 알 비 아니라 셜파의 분긔 대발ᄒᆞ니 현훈 봉치ᄅᆞᆯ 내여오라 ᄒᆞ여 쇼화ᄒᆞ고 졍당의 하직ᄒᆞ려 ᄒᆞ믜 바로 교ᄌᆞ의 담아 뉴부로 가지 말고 바로 강가의 바리고 오라 ᄒᆞ니 강시 시녀의 쎠 교ᄌᆞ의 오ᄅᆞ믜 교뷔 나는 ᄃᆞ시 힁ᄒᆞᄂᆞ지라

31면

머리ᄅᆞᆯ 부대이져 통곡ᄒᆞ올 ᄲᅮᆫ이라 뉴부인이 심하의 블평ᄒᆞ나 홀일업셔 ᄒᆞ더라 어ᄉᆞ 강시ᄅᆞᆯ 쳐치ᄒᆞ고 치련각의 니ᄅᆞ대 쳥상의 좌ᄒᆞ고 부인을 쳥ᄒᆞ니 졍시 임의 취향의 초ᄉᆞᄅᆞᆯ 드럿ᄂᆞ지라 봉관 옥결을 업시ᄒᆞ고 초초ᄒᆞᆫ 의상으로 나오니 쇼월이 치운의 ᄲᅡ혓고 빅일이 냥목의 걸녓ᄂᆞᆫ 듯 광염이 더옥 승졀ᄒᆞᆫ지라 어ᄉᆞ 심시 크게 블호ᄒᆞ니 다만 좌우ᄅᆞᆯ 보와 부인 가는 거장을 대후ᄒᆞ라 하고 기리 탄왈 취향의 초ᄉᆞᄅᆞᆯ 보건대 한심 차악ᄒᆞ나 언두의 일코ᄅᆞᆯ 빅

32면

아니라 악장이 드ᄅᆞ셔도 나의 쳐ᄉᆞᄅᆞᆯ 그ᄅᆞ다 아닐 거시오 부인이 ᄯᅩᄒᆞᆫ 싱각이 명쳘ᄒᆞᆯ지라 오직 도라가 싱을 원치 말나 졍시 안셔히 듯고 거지 숙연ᄒᆞ여 나ᄌᆞ기 거슈 칭샤 왈 죽을 죄ᄅᆞᆯ 샤ᄒᆞ여 보내시니 엇지 감히 원ᄒᆞ리잇고 존당의 하직을 허ᄒᆞ리잇고 츄슈 셩안의 믈결이 어리고 봉안 화미의 참연ᄒᆞ미 요동ᄒᆞ니 조싱의 쳘셕 심장으로도 참연지졍을 금치 못ᄒᆞ나 사ᄅᆞᆷ의 가장이 되여 일이 공변될지라 낫비출 곳쳐 왈 이 스ᄉᆞ로 임의로 ᄒᆞᆯ지니 싱의 알 배 아니라 다

33면

만 사ᄅᆞᆷ의 ᄉᆞ싱이 지극히 즁ᄒᆞᆫ 거시니 남이 아지 못ᄒᆞ나 부인이 그 죄의 유무와 원통ᄒᆞ며 아니믈 알지라 마음의 싱각ᄒᆞ여 진실노 간비의 회뢰ᄅᆞᆯ 밧고 부인을 모히ᄒᆞ는 일이 잇거든 이런 가온대도 몸을 능히 보젼ᄒᆞᆯ 거시오 비ᄌᆞ의 초ᄉᆞ 실ᄒᆞᆯ진대 부인이 비록 이곳의셔 죽지 못ᄒᆞ나 도라가 스ᄉᆞ로 결ᄒᆞ미 올ᄒᆞ니 내 말을 박졀이 너기지 말

고 싱의 마음을 일노뻐 아라 범수를 신즁이 쳐치ᄒᆞ쇼셔 졍쇼졔 샤례ᄒᆞ고 안셔히 니러 배별ᄒᆞ니 싱이 팔흘 드러 장읍흔 후 유

34면

모를 블너 혼셔와 빙믈을 츠져 ᄌᆞ긔 유모를 맛지고 또 분부 왈 죄명이 망극ᄒᆞ나 네 도리는 극진 보호ᄒᆞ여 향의 무샹ᄒᆞ믈 징계ᄒᆞ라 졍시 유랑을 명ᄒᆞ여 존당과 구고긔 하직을 고ᄒᆞ니 초공이해 흔번 보고져 ᄒᆞ여 부르니 쇼졔 나아가 고두 쳥죄흔대 태부인이 깁히 익셕ᄒᆞ여 슬허 왈 고이흔 변을 만나 너를 도라보내니 엇지 슬프지 아니리오 일이 맛ᄎᆞᆷ내 일편되므로 보내나니 아모커나 옥보 방신을 보호ᄒᆞ라 당의 올녀 겻히 안치고 위로ᄒᆞ고 한시 등이 눈믈을 ᄲᆞ려

35면

후회를 니르고 조니 냥 부인이 이루를 드리워 ᄉᆞ랑ᄒᆞᄂᆞᆫ 동긔를 분슈흔 듯ᄒᆞ니 졍슉렬 등이며 왕윤 두 존괴 탄식ᄒᆞ여 시운이 블힝홈과 슈이 신븍ᄒᆞ여 모드믈 부탁ᄒᆞ고 양부인은 이매타 ᄒᆞ려 ᄒᆞ면 인ᄉᆞ의 고이ᄒᆞ믈 니르랴 목이 메니 흔 말을 못ᄒᆞ고 구지 옥슈를 잡아 운환을 어르만져 왈 내 명운이 긔구ᄒᆞ여 이의 밋ᄎᆞ니 엇지ᄒᆞ리오 오직 방신을 보호ᄒᆞ여 원앙을 신븍흔 후 못기를 바라노라 노공과 진왕이 위로ᄒᆞ며 시의 쇼녀범 삼 부인이 년년ᄒᆞ대 초공이 말

36면

이 업더니 그 졀ᄒᆞ기의 미쳐 붓슬 드러 너를 광ᄌᆞ와 춤을 인ᄌᆞ를 ᄡᅥ 쥬고 ᄌᆞ쇼로 총명혜일ᄒᆞ니 나의 말을 슈고 아냐 알지라 일노 힝ᄒᆞ면 크게 유익ᄒᆞ리니 바다뻐 힘쓰라 쇼졔 피셕 샤례ᄒᆞ고 몸을 두르혀미 ᄌᆞ연 지극흔 셩효의 신셰를 싱각ᄒᆞ미 쥬뤼 잠연ᄒᆞ니 양부인이 눈믈을 먹음고 손을 잡고 다시금 살기를 부탁ᄒᆞ고 쳥뒤 화협의 나리니 졍시 감은각골 샤례ᄒᆞ고 교ᄌᆞ를 대후흔지라 쇼졔 빗업손 덩의 쥬렴을 업시ᄒᆞ고 초초흔 힝식이 반쳡여의 쟝신궁

37면

을 효측홀지라 어시 냥인을 업시ᄒᆞ고 치련각 도화각 자최를 업시ᄒᆞ려 ᄒᆞ고 됴니 냥

부인을 청호여 탄왈 톳기 죽으미 여이 슬허혼다 호ᄂ니 졍강 이 부인의 츌화롤 남의 일노 알지 말고 조심경지호라 냥인이 츄연 칭샤호더라 싱이 졍당의 드러오니 위부인이 비로쇼 여샹호여 태원뎐의 와 태부인을 뫼셔 졍시 도라보내믈 슬허호거늘 어시 시좌호니 노공이 쇼년의 쳐치 명쾌호믈 두굿기고 셕부인 조시 쇼왈 놀나온 마음이 졍호니 이졔야 우음이 나는도다

38면

그러나 어ᄂ 안히 달나 강시는 존당의 하직도 못호게 쫏ᄎ보내고 혼셔롤 쇼화호니 이심치 아니냐 어시 공슈 왈 뎌 믜온 거시 발악훈 연괴라 혼셔는 졍시의 것도 ᄎᄌ시니 일편되미 이시리잇고 뉴뷰인이 잠쇼 왈 현질이 강시는 즁계의 셰워 호령호고 교ᄌ의 뽓ᄎ보내고 졍시는 쳥호여 좌롤 쥬고 후회 두니 츌화도 두 가지라 좌위 대쇼호니 싱이 비로쇼 미쇼 왈 강시롤 내치미 슉모의 미안지교롤 듯ᄌ올 쥴 아라샤오대 마지못호니 이 다 쇼질이 평싱 마음과 일을 다ᄅ

39면

게 못호오대 강시긔 뮈온 마음을 쟉위호리잇가 강시는 슈년 부부지의롤 아룻거니와 졍시는 실노 규슈로 보내엿시니 엇지 홀노 졍시긔 인연이 더으리잇고 그 위인이 내 도훈 연괴니이다 강시 쇼질을 슉모 방의 왓다가 마조 보고 ᄉ모호여 유질호여 죽게 되미 슉뷔 텬뎡의 계쳥호고 혼인을 일우ᄂ라 ᄌ랑호니 이 말을 드른 후 쇼질이 강녀 믜오미 더옥 심호고 그윽이 슉모롤 유감호오나 감히 심우롤 알외지 못훈지라 이졔 슉뫼 지어미안호시니 원민치 아니리잇가 이 변죄는 오됴

40면

의 ᄌ웅 ᄀᆺᄌ와 둘을 츌거호오나 원내 슉모 낫츨 아니 보올진대 엇지 교ᄌ 틱와 보내리잇고 졍시도 보낼 거교롤 분부홀 ᄯᆞ이오 다른 일은 업ᄉ거늘 졔 스스로 쥬렴을 셔 히옵고 비단쟝을 셔혀 초초훈 힝식이 기부의 모양을 호옵거늘 엇지 부셩훈 위의로 보내다 호ᄂᆞ니잇고 져의 혼셔롤 아ᄉ 두어시니 일호 편변이 업ᄂ이다 좌위 옥치단슌의 도도훈 말슴이 일이 명빅호믈 일시의 웃고 초공의 침믁호므로도 이 갓튼믈 두굿겨 우음을 ᄯᅱ엿시니 뉴부인이 쇼왈 네 말이 능호나 종시

41면

편벽흐믄 면치 못흐도다 강시 혼셔는 쇼화흐고 졍시 혼셔는 엇지 두엇는다 졍시 유
랑을 블너 보호흐기를 당부흐고 졍시 슈죄흐는 언단의 무죄커던 힘뼈 먹고 살나 흐
니 네 의스룰 가지라 출부의 힝되 졍시 곳트니 업느니 가슴이 다 타느니라 어시 홀연
탄식흐고 쥬왈 슉모의 니르시는 배 회롱이시믈 아느이다 쇼질이 두 사름을 내치미
실노 편벽이 아니라 졍시 비록 유죄흐나 취향 간비 초시 명빅흐믈 모르고 부형의 어
질기와 아시 항녀의 의롤 싱각고 그 위인이 온슌흐

42면

여 례뫼 은은흐니 져의 샹문 녀즈오 젹거 부인이라 구박홀 일이 업고 그 사름을 당부
흐미 아니로대 혹쟈 함원이 오가의 젹블션이라 강녀의 발악을 분흐여 혼셔롤 살나시
나 부형의 쓰슨 거슬 살오믈 뉘웃추나 졍시의 거슨 두어시니 유의흐미 아니이다 득
죄흔 후는 박대흐미 올커니와 그 젼 슈년 박대는 쇼질의 허믈이라 결발 삼지의 비홍
이 의구흐여 도라가시니 그 부형이라도 이심이 너길 거시오 후흐다 흐믄 아닐가 흐
느이다 뉴부인이 격절 탄왈 어질며 자샹흐기는 네

43면

아비 후룰 니으려니와 내 말은 네 거동을 보려 흐미라 강시 비록 내치여 가는 거죄
비록 보기 시르나 그 위인인즉 실노 내 탓라 흐미 아니오 년노 노친을 위흐여 부득이
샤혼일을 쳥흐니 즐겨흐미 아니라 너히 유감흐믈 한치 아니흐노라 일이 이의 밋츠니
무안흐고 존괴 노흐시믈 실노 블평흐여라 어시 년망이 배스흐더라 화셜 졍쇼졔 친졍
의 니르니 근친도 아니오 무단이 니르미 부모 형뎨 반기오믈 먹음고 나와 볼시 문득
평샹흔 모양이 아니라 허튼 운환의 단잠이 업고 시롬

44면

흐는 아미 기부의 모양이라 샹국의 단즁흐므로도 대경실식흐며 부인이 붓들고 휘루
쳑연 왈 엇진 곡졀이뇨 쇼졔 부모의 거동을 보고 츔연흔 경식이 언어부동흐니 승샹
이 유랑을 블너 연고룰 무룰시 유랑이 젼후슈말을 일일이 고흐니 공이 기리 탄왈 스
원의 현명흐므로 이러틋 가변이 즈즈니 일을 엇지 측냥흐리오 부인이 대로 왈 내 원

내 조가 혼인을 원치 아니ᄒᆞ거늘 샹공이 힘뼈 일 녀ᄋᆡ 평싱을 뭇츠니 뉘 타슬 삼으리오 종요로온 부셔를 갈히여 봉황

이 ᄲᅡᆼ유ᄒᆞᄆᆞᆯ 보지 못ᄒᆞ고 탕ᄌᆞᆯ 배우를 삼아 젹국이 좌우의 가득ᄒᆞ니 이 무슨 변이 아니 나리오 승샹이 변식 왈 ᄉᆞ회와 인친을 극진이 굴히여도 져의 팔지라 엇지 사름을 원ᄒᆞ리오 쇼졔 비로쇼 입을 여러 글오대 쇼녀의 팔지 긔구ᄒᆞ미라 구고와 가부를 원망ᄒᆞ리잇고 군ᄌᆞ의 내치믄 도리의 당연ᄒᆞᆫ지라 모친은 고이ᄒᆞᆫ 말슴을 마ᄅᆞ쇼셔 져를 탕지라 ᄒᆞ시니 그 풍치를 당초의 녀지 모ᄅᆞ미오 스스로 구ᄒᆞ미 아니라 오직 쇼녀의 도리는 고요히 이셔 하늘만 바랄 ᄲᅮᆫ이라 구고의 명셩ᄒᆞ신

경계 쇼녀의 무죄ᄒᆞᄆᆞᆯ 아ᄅᆞ샤 필경 무ᄉᆞ히 도라오믈 부탁ᄒᆞ시니 쇼녜 기뷔 되미 한홀 빅 업스니 모친이 엇지 언ᄉᆞ를 급히 ᄒᆞ샤 조가를 한ᄒᆞ시ᄂᆞ니잇고 승샹이 탄왈 져 어미 속으로 엇지 져 ᄀᆞᆺ튼 셩녀를 나ᄒᆞ뇨 네 비록 시운이 운건ᄒᆞ나 명박ᄒᆞᆫ 샹이 아니라 이의 옥슈를 잡고 이런ᄒᆞᄆᆞᆯ 이긔지 못ᄒᆞ더니 옥비의 비홍이 완연ᄒᆞᄆᆞᆯ 보고 블각 대경 왈 운회는 대현이라 박ᄒᆡᆼ이 업스리니 금일 녀ᄋᆡ 츌부는 사셰 마지못ᄒᆞᆫ 일이 어니와 결발 삼지의 비홍이 완연ᄒᆞ니 이는 아지 못홀

일이로다 졔ᄌᆞ를 대ᄒᆞ여 왈 비록 도 닥는 고승이라도 녀ᄋᆡ 빅ᄉᆡ 슉요ᄒᆞ므로 이러틋 쇼원ᄒᆞ니 이는 가히 조믈이 희지으미로다 정운긔는 승샹의 ᄎᆞ지라 셜강으로 닌ᄒᆞᄆᆞᆯ 씨ᄃᆞᄅᆞ대 조싱의 당부를 드러실 ᄲᅮᆫ 아니라 모친의 셜워ᄒᆞ실 바랄 싱각고 모ᄅᆞ는 쳬ᄒᆞ더니 쇼졔 ᄎᆞ후로 쇼당의 이셔 대인ᄒᆞ기를 아니ᄒᆞ니 부뫼 위로ᄒᆞᆫ대 쇼졔 니ᄅᆞ대 쇼녜 비록 친가의 니ᄅᆞ나 싀부뫼 춍ᄒᆞ고 일동 쳐치는 종시 운회만 ᄀᆞᆺ지 못ᄒᆞ오니 임의 쇼텬의 뜻을 일흔 후는 엇지 텬일을 보리오 ᄒᆞ고 슈ᄒᆡᆼ

ᄒᆞ여 부모를 뫼셔 지내더라 ᄎᆞ시 초공 등이 정부의 니ᄅᆞ러 한담홀ᄉᆡ 쇼져를 보고져

ᄒᆞ니 쇼제 죄인으로 ᄌᆞ쳐ᄒᆞ여 뫼오믈 힝치 아니ᄒᆞ니 초공이 함쇼 왈 지ᄌᆞᄂᆞᆫ 막여뷔라 돈이 박ᄒᆡᆼᄒᆞ나 맛춤내 상예의 무리 아니라 엇지 현부를 져바리리오 졍공이 탄왈 쟝부의 셰쇄지언이 춤괴ᄒᆞ나 부녀의 지졍은 인지샹졍이오 일너 교익ᄂᆞᆫ 형이 알지라 금번 츌거ᄂᆞᆫ 도리 맛당커니와 쇼녀 츌가ᄒᆞ연 지 삼 년이라 팔 우히 잉혈이 완연ᄒᆞ니 ᄎᆞᄂᆞᆫ 그 부부지되 막히미라 무어슬 바라리오

49면

초공이 가연 쇼왈 쇼뎨 형을 대쟝부로 아룻더니 ᄎᆞ언을 드르니 가히 날 웃난 부인이로다 오이 본대 품셩이 관인대도ᄒᆞ고 쇼쇼 곡졀이 업ᄉᆞ니 쇼뎨 아부의 너모 슈미 연약ᄒᆞ믈 두려 일쟉 쳐쇼를 각각ᄒᆞ믈 명훈지라 져의 뜻이 사사의 나의 명 밧고 일을 아니ᄒᆞᄂᆞᆫ지라 이 필연 쳐ᄌᆞ의 넘박ᄒᆞ미 아니오 임의 츌거지시의 여ᄎᆞ여ᄎᆞ 니르고 현부의 무죄ᄒᆞ믈 아ᄅᆞ대 단연 무려히 쳐치를 명빅히 ᄒᆞ니 그 쳐식 졔 아비 밋지 못ᄒᆞᆯ지라 엇지 그 부부 후졍이 종시 미몰ᄒᆞᆯ가 근심ᄒᆞ리오 부

50면

뷔 뜻이 화합ᄒᆞ미 반ᄃᆞ시 그 비홍 유무의 가지 아니리니 형은 쟝지라 엇지 셰쇄ᄒᆞᆫ 싱각이 위근부인ᄒᆞ뇨 도라 싱을 칙왈 네 금일 됴당으로셔 바로 부즁으로 도라오지 아니ᄒᆞ고 즁노의 지지ᄒᆞ여 젼어로 드르니 다른 대로 가더라 ᄒᆞ니 내 오기ᄂᆞᆫ 의외여니와 원내 몬져 졍형을 보고 버거 다른 친우를 ᄎᆞ즈리니 엇지 쳐식 고이ᄒᆞ뇨 내 블쾌ᄒᆞ여 ᄒᆞ노라 어ᄉᆞ 슈러 대왈 셜가의 일 업시 간 거시 아니라 길히셔 셜강을 만ᄂᆞ와 붓잡고 가즈 보치오니 인졍의 썰치지 못ᄒᆞ와 잠간 단녀왓습

51면

더니 엄괴 지ᄎᆞᄒᆞ시니 황공ᄒᆞ여이다 인ᄒᆞ여 졍공을 향ᄒᆞ여 존후를 뭇잡고 오리 배현치 못ᄒᆞ믈 샤죄ᄒᆞ고 졔 졍셩으로 한훤을 맛ᄎᆞ니 그 풍신 용홰 식로이 일좌를 동ᄒᆞ니 초공이 아지 즁즁의 셧기미 졍셩 등이 무비옥인군지오대 어ᄉᆞ 드러오미 우마 즁 그린이오 오쟉 즁 봉황이라 동탕ᄒᆞᆫ 신치 발월 특이ᄒᆞᆷ믈 보미 스스로 아룸다오믈 이긔지 못ᄒᆞ고 졍공은 식로이 졍신이 샹쾌ᄒᆞ여 이의 밧비 손을 잡고 쇼왈 너는 날을 긔로와 과문 블입ᄒᆞᆫ대 나는 일일 블견이

52면

여삼춰라 너를 보면 만시 다 잇치이니 니른바 애셰러니 이졔는 옹셔지의 씃쳐거니와 통가 슉질지의로 왕리ᄒ믈 바라노라 싱이 긔이ᄌᆡ배 왈 쇼싱이 비록 블민ᄒ오나 문하의 셥시ᄒ완 지 셰지 삼 년이라 지우지은을 감골명심ᄒ오니 엇지 졍셩이 쳔박ᄒ리잇고마는 ᄌᆞ란 동싱이 업고 봉친지하의 관시 다쳡ᄒ오니 일신이 다ᄉᆞᄒ와 ᄌᆞ로 등배치 못ᄒ오니 스스로 후의를 져바리믈 황괴ᄒ옵더니 하괴 지츠ᄒ시니 블승황괴ᄒ여이다 졍공이 츄연 탄왈 너를 대ᄒ여 일

53면

넘즉지 아니ᄒ거니와 녀이 삼오 쳥츈의 긔뷔 되니 위인부ᄒ여 가히 츰지 못ᄒᆞᆯ지라 비록 졔죄 즁ᄒ나 부ᄌᆞ텬륜은 길 난의 보기 어려오니 너히 명찰ᄒ기로 엇지 명졍기 죄ᄒ여 흔번 죽어 븟그러옴과 긴 날의 보기 어려온 졍ᄉᆞ를 편케 못ᄒ다 싱이 단엄 믁믁ᄒ거늘 졍공 왈 네 엇지 답언이 업ᄂᆞ뇨 아녜 죄 젹실타 ᄒ거든 내 그 븟그러오믈 씨고져 ᄒ노라 싱이 넘슬 대왈 악쟝은 스리를 아ᄅᆞ시ᄂᆞᆫ지라 령녀의 일을 반ᄃᆞ시 거리끼지 아닐가 너기ᄂᆞ니 금일 명교는 넘외로

54면

쇼이다 싱의 가변이 블가ᄉᆞ문어닌국이라 오조의 ᄌᆞ웅을 분변치 못ᄒ여ᄉᆞ오니 만일 그 죄범이 실홀진대 쇼싱이 비록 인약ᄒ오나 엇지 편히 도라보낼 만ᄒ리오 간비 초ᄉᆞ로 밋지 아니므로 아라 가도고 이인으로 츌거ᄒ니 타일 그 죄를 범흔 재 무ᄉᆞ치 못ᄒᆞᆯ지라 녕녀다려 니른 말이 이시니 졔 스스로 ᄉᆞ싱을 아라 ᄒ오리니 원컨대 악쟝은 거리끼지 마ᄅᆞ쇼셔 졍공이 탄왈 네 말이 올커니와 인비셕목이라 그 ᄒ고 잇는 바의 의심을 두어시믹 ᄌᆞ연 참지 못ᄒ리라 다만 간

55면

비의 초ᄉᆡ 혯거시면 네 능히 부부지의를 져바리지 아니ᄒ랴 어시 그 ᄯᅡᆯ을 향흔 졍니 인사를 도라보지 아니믈 가쇼로와 잠간 웃고 대ᄒ니 양츈 화싴이 만물을 무ᄅ녹이더라 졍공이 쏘 팔흘 어ᄅ만져 웃고 왈 네 내 말을 엇지 너겨 우음이냐 어시 슉연 안식 왈 남이 립셰ᄒ믹 츙효 대졀이오 부부유별은 오샹의 즁ᄒ나 부ᄌᆞ유친 막대ᄒ기의 비

기리오 녕녀의 죄 등한치 아니니 감히 유련치 못ᄒᆞ려니와 ᄌᆞ긱 일ᄉᆞ와 치독지식 다 녕녀긔 버셔나고 부뫼 허ᄒᆞ실진대 아시 결발을 념녀치

56면

아니리잇고 이는 그 ᄯᅢ를 당ᄒᆞ여 ᄒᆞ실 말솜이니 원컨대 악장은 쇼싱의 힝ᄉᆞ를 박졀이 아지 마ᄅᆞ쇼셔 다만 종시를 보쇼셔 졍공이 탄복 왈 네 말이 지극명논이라 ᄎᆞ후는 녀ᄋᆞ의 일을 더져 두리라 초공은 져 옹셔의 문답을 듯고 졍공의 긔승으로도 그 ᄉᆞ회를 ᄶᅡ로믈 그윽이 웃더라 초공이 쇼져 유모를 블너 안부를 뭇고 먹는 거술 무러 잔잉이련ᄒᆞ며 졍공의 졍리를 감동ᄒᆞ여 혜오대 아뷔 무죄ᄒᆞ미 빅옥 무하ᄒᆞ니 아ᄒᆡ 효의를 잡아 부부 ᄉᆞ졍을 도라보지 아니미나 언졔 금슬지

57면

락을 일워 여러 아ᄒᆡ 이시나 내 큰 ᄌᆞ식이라 농숀의 마음이 급ᄒᆞ나 올히 져의 운슈를 츄졈ᄒᆞ미 부부의 익회 비샹ᄒᆞ나 일졈 긔린의 샹셰 이시니 내 오늘 ᄯᅢ를 타 아ᄌᆞ를 머므러 부부지락을 일게 ᄒᆞ리라 이의 유모를 명쇼ᄒᆞ여 쇼져긔 젼어 왈 올젹의 쥬던 거술 현뷔 명심ᄒᆞ여 잇지 말나 니ᄅᆞ고 졍공을 작별ᄒᆞ고 니러ᄂᆞ니 어ᄉᆡ 또 졍공긔 졀ᄒᆞ고 부친의 나시믈 기다리더니 공이 명왈 너는 오지 말고 이곳의셔 현부의 외로오믈 위로ᄒᆞ고 명일 도라오라 어ᄉᆡ 부명이 ᄯᅳᆺ 밧기라 거동

58면

을 보려ᄒᆞ시민가 ᄯᅩ 응명치 아니키도 민망ᄒᆞ여 지지ᄒᆞ는 거동이 더옥 졀승ᄒᆞᆫ지라 초공이 졍ᄉᆡᆨ 왈 엇지 대답이 더대뇨 싱이 년망이 ᄉᆞ러 ᄃᆡ왈 졍시를 ᄯᅡᆯ와 위로홀 거시면 집의 두을지라 엄괴 싱각 밧기오니 경황ᄒᆞ여 응대치 못ᄒᆞ미로쇼이다 져의 죄샹이 강시와 일쳬니 허실을 ᄉᆞ획지 못ᄒᆞ고 엇지 대면ᄒᆞ리잇고 비록 역명ᄒᆞ미 황공ᄒᆞ오나 감히 밧드지 못ᄒᆞ리로쇼이다 초공이 다시 안ᄌᆞ며 어ᄉᆞ를 명ᄒᆞ여 왈 내 비록 혼암ᄒᆞ나 곳 네 아비오 네 비록 긔특ᄒᆞ나 나의 ᄌᆞ식

59면

이라 부명을 대면ᄒᆞ여 못 드를 ᄌᆞ식이 잇ᄂᆞ냐 이의 ᄲᅡᆼ안이 가늘고 미위 졍슉ᄒᆞ니 어

시 크게 경공흐여 년망이 샤죄흐고 아모리 홀 쥴 모로는지라 정공이 웃고 왈 운회는 대현이라 부형의 말을 슌슈흐리니 엄식을 덜고 도라가라 공이 니르딕 네 내 말을 시힝홀 쥴을 알고 도라가려 흐느니 가히 뜻을 니르라 어시 배샤 왈 엇지 감히 역명흐리잇고 이곳의셔 쥬인을 뫼셔 밤을 지닉리이다 초공이 좌우를 도라보아 하리를 블너 믈너가라 흐고 정공을 쳥흐여 갓가이 좌흐고 어스를

60면

무릅 아릭 안쳐 왈 내 블명흐나 ᄌ식의 힝실이 유희흐믄 반ᄃ시 권치 아니리니 비록 네 슬흐나 내 말대로 흐라 너의 부뷔 대익이 당젼흐여시니 텬슈를 두로혀기 어렵고 금일 너의 얼골을 보믹 냥셩이 합친치 못흐믜 믄득 여러 히 샹니흐여 농쟝의 경시 느줄지랴 식부의 죄 빅옥 무하흐므로 알진대 너의 효의 효슌흐니오 내 뜻이 네 악쟝을 뫼셔 ᄌ라 흐미 아니라 내 뜻을 슌치 아냐는 명일 도라와도 너를 보지 아니리라 정공과 삼졍이 크게 웃고 어시 명을 바드믜 옥면이 잠간 블은

61면

빗츨 씌엿고 봉안이 나죽흐니 초공이 비로쇼 웃고 졍공다려 왈 돈ᄋ를 두고 가니 형은 증셰라 박대치 말고 혹 타일 효셔로 알 법흐느이다 정공이 대쇼흐고 삼 졍싱과 어시 하당 빈별홀시 어시 부친의 신을 셤기고 배례흐여 고흐대 히이 국수 밧고 대인 침젼을 써느지 아니흐더니 오늘 니측흐미 마음이 블평흐온지라 등촉을 싀지 말고 살펴 시믈 바라느이다 승샹이 고개 조아 응흐니 어시 부명을 역지 못흐여 마음이 블평흐나 ᄉ싴지 아니코 드러와 좌를 졍흐니 졍샤인이 웃고 왈 운

62면

희 엇지 ᄌ젼의 뵈옵지 아닌나뇨 싱이 침음냥구 왈 악모긔 뵈옵고져 흐느니 형은 인도흐라 샤인 형데 어스로 드러와 태부인 셜부인긔 뵈올시 어시 오릭 뵈옵지 못흐믈 쳥흐니 말숨이 졍슉흐고 풍치 긔샹이 견죠로 과혹흐려든 더욱 쳐부뫼리오 희허 탄식의 무슈흔 안쉬 옷기슬 젹시고 말을 일우지 못흐는지라 태부인이 흔연 이대의 오릭 못보믈 니르고 숀녀의 일을 샤죄흐니 어시 크게 공슈 슈명흐고 왈 아룸답지 아닌 일을 졔긔흐미 무익흐오니 쇼싱의 가변이 치스흐온지

63면

라 명셰의 붓그려 ᄒᆞᄂᆞ이다 셜부인이 울어 왈 오녜 비록 무상ᄒᆞ나 ᄉᆞ족지녀로 춤아 엇지 강상 블측지죄를 당ᄒᆞ리오 득죄 젼붓터 박대 심ᄒᆞ더니 ᄎᆞ시 일을 당ᄒᆞ니 죽은 이도곤 엇지 다르미 이시리오 어시 청파의 그 인ᄉᆞ를 가쇼로이 아나 짐줏 말노 도도와 굴오대 쇼싱이 원내 성품이 쇼조ᄒᆞ와 규내의 부인을 대ᄒᆞ면 두골이 ᄡᆞ리는 듯ᄒᆞ고 방외 창녀의 풍뉴나 드르면 마음이 흔희ᄒᆞ온 고로 블가ᄒᆞᆫ 가실이 여러히 삼겨 변이 샹싱ᄒᆞ오니 실노 부부화락을 힝치 못ᄒᆞ와 악모의 넘녀

64면

ᄒᆞ오미 당연ᄒᆞ오니 쇼싱이 ᄌᆞ괴홀 ᄯᆞᆫ이오 흔굿 져의 죄명ᄯᆞᆫ 아니라 쇼싱이 운익이 비샹흔가 ᄒᆞᄂᆞ이다 셜부인이 통한ᄒᆞ미 긔식의 현져ᄒᆞ니 싱이 모녀의 위인이 내도ᄒᆞᆯ믈 우으며 하직고 믈너ᄂᆞ니 셜부인이 어시 문의 나지 아냐 ᄭᅮ즛는 쇼리 진동ᄒᆞ니 어시 심하의 닝쇼ᄒᆞ고 ᄌᆞ녀의 아름다오미 부풍이믈 ᄭᅴᆺ듯더라 싱이 외당의 나와 셕반을 ᄒᆞᆫ가지로 ᄒᆞ고 촉을 니으니 졍공이 츄연이 ᄂᆞᆺ츨 곳쳐 왈 임의 녕존이 지삼 니ᄅᆞ고 가겨시니 현셔는 하해지량으로 아녀의 죄를 샤ᄒᆞ고 ᄒᆞᆫ번 고문ᄒᆞ여

65면

평싱의 밋친 한이 업게 ᄒᆞ라 싱이 냥구의 왈 친명이 겨시니 쇼싱이 ᄌᆞ젼ᄒᆞ미 아니라 엇지 아니리잇고 졍공이 쇼져 침쇼를 쇄쇼ᄒᆞ고 어ᄉᆞ의 입내를 알게 ᄒᆞ고 이윽고 공이 어ᄉᆞ로 더브러 쇼져 침쇼의 니ᄅᆞ니 유뫼 아ᄅᆞᆺᄂᆞᆫ 고로 방즁의 화문 ᄎᆞ셕을 ᄭᆞᆯ고 쇼져의 좌셕은 초셕을 ᄭᆞᆯ고 졍시 쇼두를 ᄲᅥᆯ고 마ᄌᆞ니 싱이 답례ᄒᆞ고 동셔로 대좌ᄒᆞ니 피ᄎᆞᆺ 믁연이라 졍공이 탄왈 너히 죄를 오히려 샤ᄒᆞ고 친옹 현셰 니ᄅᆞ러 거쳐 음식을 편히 ᄒᆞ고 살기를 당부ᄒᆞ니 네 도리 거역지 못홀지라 조

66면

랑의 드러오미 ᄉᆞᄉᆞ 쯧이 아니니 너도 엄부의 명이라 모ᄅᆞ미 례를 일치 말고 디빈ᄒᆞ라 셜파의 나아가니 어ᄉᆞ와 쇼졔 니러 보내고 눈을 드러 보니 쇼졔 ᄲᅡᆼ미 나죽ᄒᆞ고 츄픠 가ᄂᆞ러 져슈 단좌ᄒᆞ니 싱이 냥구슉시의 말이 업ᄉᆞ니 쇼졔 기의를 알고 냥존당 긔후를 뭇ᄌᆞᆸ고 탄왈 묘셕의 죽기를 기다리는 죄인이 오늘 대인의 하문ᄒᆞ시믈 듯ᄌᆞᆸ고

군지 누디의 림흥시문 죽을 명을 니으민가 흥느이다 어시 일영삼탄의 말이 업스니 심침 언건흥여 기의 블가탁이라 이쩌 졍공이 부인으로 더브러

67면

인셔의 동지를 알고져 흥미 츠즈 운긔 능려흐므로 규스흥여 알외라 흥니 졍한림이 괴로이 허리를 굽숙구려 머리를 슉여 드르대 흔 말을 못 드르니 졍히 굼거워흥더니 어시 창을 살피미 그림지 은은흔지라 졍싱인 쥴 짐쥭고 속이고져 흥여 부지블각의 문을 밀쳐 쇼변을 누미 졍혹시 말을 드르랴 흥고 참착흥여 창하의 슘엇다가 난대업슨 물이 오월 쟝슈 흐르돗 머리로브터 낫가지 흘너 입의 드러가니 뿌고 지린늬 가득흔지라 졍이 급히 놀나 쇼릭 질너 왈 무샹흔 놈이

68면

엇지 이리흐나뇨 조싱이 원비를 늘히여 졍한림을 가비야이 잡아 즈긔 씌를 글너 단단이 결박흥여 노흐며 왈 샹부 후문의 내외 격졀흐거늘 어듸로셔 도젹이 드럿느뇨 쌜니 씌어 밧긔 가 쳐치흐라 유모 시비 창 밧긔셔 조다가 졍 도젹만 녀겨 일시의 대답흐고 다라드니 한님이 쑤지져 왈 운회 도젹이 감히 날을 욕흥느냐 졔 시비 한림 쇼릭를 듯고 우으니 한림이 쇼릭를 놉혀 그르라 흔듸 조어시 졔녀를 쑤지져 그르지 말나 무샹흔 도젹이 엇지 왓던고 식도록 미여 두엇다가 쟝 팔

69면

십을 흥여 노흐리니 아직 머럿다 흥니 졍싱이 믈이 못나게 동혀시며 조어시 힘이 큰 고로 창졸의 그르지 못흥여 졍히 괴로와 눈을 부릅쓰고 졔인을 호령흥여 어셔 그르라 흥니 쇼져의 단믁홈과 경 업슨 쥴이나 호치 단슌이 녈녀 유모를 눈쥬어 그르라 흥니 어시 잠쇼 왈 그 도젹이 부인긔 아는 사름이냐 아모커나 일즉 그르라 유뫼 나아가 그르랴 흥니 가는 씌로 단단이 미야시니 그르기 극난흔지라 한림이 답답흥고 괴로와 쇼릭 졈졈 놉흐니 어스는 요동치 아니흥고 안즈시니 침

70면

줌흔 거동과 늠연흔 위풍이 진짓 대인군즈라 졍시 심하의 긔경흥더라 졍싱이 씌를

글너 들고 도로혀 어스를 미려 ᄒ니 어시 단연 부동ᄒ고 숀으로 밀치며 쇼아 ᄀᆞ치 하슈를 못ᄂᆞᆫ지라 이쩍 졍샤인 ᄉ 형뎨 졍당으로 지나ᄂᆞᆫ 길히 미졔를 보려고 일시의 드러오니 어스는 단좌ᄒ고 졍한림은 분분이 어스를 미려 ᄒᄂᆞᆫ지라 잣바져 구을거늘 샤인 등이 이 거조를 무르니 어시 가르쳐 왈 졍형이 아니 고이ᄒ냐 공연이 샹하의 업대여 나의 쇼변을 누ᄂᆞᆫ대 오로지 맛고 아모 쇼릭나 ᄒ

71면

여시면 알거슬 무샹ᄒ 욕만 ᄒ고 말을 아니ᄒ니 잡아미여 도젹으로 다스리즈 ᄒ더니 글너 노흐니 도로혀 날을 잡아미려 ᄒ다가 밀치민 잡바졋시니 이졔 형뎨 등이 모다시니 내 무슨 죄 잇ᄂᆞ냐 이졔 오 형뎨 모혀시니 날 ᄀᆞᆺ튼 약ᄒ니 쇽슈ᄒ려니와 대쟝부 힝신이 일월 ᄀᆞᆺ트리니 남의 부부의 방을 엿보려 업대엿다가 욕을 보와 밧다 ᄒ니 모다 웃고 한림의 오슬 보니 머리브터 모다 져졋ᄂᆞᆫ지라 일시의 박쇼ᄒ고 왈 몹쓸 놈아 이거시 ᄒᆞᆯ 일이냐 한림이 우으며 분분이 날쳐 왈 하

72면

분ᄒ니 우리 형뎨 오 인이 져 ᄒ 놈을 결박ᄒ고 쇼변을 먹이리라 졍샤인 등이 호희를 즐기ᄂᆞᆫ 고로 일시의 어스를 잡아미려 ᄒ니 어시 홀노 좌우를 밀쳐 거들지 못ᄒ게 ᄒ민 오인이 진력ᄒ대 잡아미지 못ᄒᄂᆞᆫ지라 졔졍이 ᄒᆞᆯ일업셔 믈너안즈 관을 버셔 어스긔 더져 왈 희롱인들 ᄒᆞᆯ 일이 잇지 입의셔 노린ᄂᆞ 옹비ᄒ니 비위를 진졍치 못ᄒ리로다 어시 쇼왈 형의 힝식 경박ᄒ여 군즈 대도를 일허시민 내 짐즛 군즈의 변슈를 먹여 만의 ᄒᄂᆞ히나 빅호고져 ᄒ미니라 졔

73면

졍이 ᄭ짓고 한림이 금션으로 쳐 왈 네 말이 능ᄒ고 힘이 셰기로 우리를 이리 업슈이 너기니 대인긔 고ᄒ고 너를 즁치ᄒ여 셜치ᄒ리라 어시 웃고 왈 먼니 겨신 우리 대인긔 고ᄒᄂᆞ니 갓가이 겨신 악쟝긔 고ᄒ라 남의 챵 밧긔 규시ᄒ다가 욕 본 놈이 그른가 도젹을 잡은 놈이 그른가 악쟝긔 엿즈 보면 비록 슈졍이 즁ᄒ나 나를 그르다 아니시리라 졔졍이 일시의 ᄭ지져 왈 무슴 일 누의를 내치ᄂᆞᆫ 쳬ᄒ고 싸라와 밤이 되도록 흉ᄒ 셩을 품고 한 말도 아니ᄒ고 누의로 잠을 못 즈게 ᄒ

니 동싱의 마음의 잠이나 잘 자는가 창 외의셔 드른들 네 이리 욕하니 흉악한 쥴을 모르고 결혼한 우리 타시로다 어시 미쇼 왈 형 등이 날을 스오납다 하니 이런 쥴 모르고 어든 사름을 원하랴 너의 뉘웃지 아냐도 나도 이 집 스회 되믈 뉘웃노라 혼셔를 보내여 졀하나 오늘 니르믄 일쟈는 친명을 밧들고 이쟈는 악쟝으로 옹셔의 쓴쳐시나 가친의 친붕 고우로 명을 공경하미라 못 대홀 사름을 대하니 무슴 말이 나리오 흠치 아닌들 셩이 업스랴 스스로 붓그러오믈 모르고 도로혀

날을 그르다 하나뇨 졔졍이 붓들고 니르대 처음 말은 실언이나 엇지 우리 집 혼인을 누욕다 하느뇨 어시 쥼인의 노언을 보고 낭쇼 왈 너히 날을 그르다 하니 내 대답이 그러하미오 그대 보라 취향의 초스 보즉 더럽다 말 아니하리오 조협한 녀즈요 대쟝부 쇼위 아니로다 조운희ᄀᆞᆺ치 프러진 남ᄋ 아니면 녕미 일명이 보젼하리오 친당의 도라오미 어려오리니 형 등은 노하지 말나 졔싱 등이 도로혀 웃고 왈 네 이 일노 아 등을 협졔하나 한 누의로 아등이 관속하랴 대인긔 어핍ᄒ

니 스톄 모르는도다 어시 졍식 왈 나는 본대 어룬 어핍홀 쥴 모르대 여등이 군즈를 모르고 말을 ᄒᆞ기를 내 스스로 지어 한 말이 아니라 내 비록 용우하나 악쟝은 미양 대현이라 하시거늘 너히는 대단이 흉하다 하니 악쟝 쇼견과 그대 쇼견이 대샹부동하미로다 졔졍이 말이 막혀 다만 ᄭᅮ짓기만 하며 스오나온 놈이라 하니 어시 잠쇼 왈 나도 셩인을 앙모치 못하거니와 여등 오 인은 악쟝의 관후인즈하신 덕을 비호지 못하고 이러틋 강악하나 공지 ᄀᆞᆯ오샤대 향당의 어지니 어지리 너

기고 스오나오니 스오나이 너긴다 하니 악쟝은 날을 대현으로 알고 형 등은 쇼인이라 하야 그 어질믈 모르미 올토다 졔싱 등이 졔인이 무샹타 ᄭᅮ지즈나 즁심은 위인의 능통을 스랑하더라 어시 왈 형 등이 날을 욕만 하고 일빅쥬를 앗기느냐 우리 악뫼 날을 보시면 녀ᄋ 박대하는 슈죄만 하고 대졉은 아니하니 져녁도 못하고 허쇼하기 심훈지

라 가히 두어 슌 슐을 앗기지 말나 샤인 등이 쇼왈 네 스오나온 거동을 보면 뜻기 슐 인들 먹이리오 ᄒ고 시비를 부르고져 ᄒ

78면

더니 믄득 금쥰의 미찬 향식을 옥반 금긔의 가득이 나오거늘 어시 함쇼 왈 혼 잔 슐을 앗기다가 이 음식은 즉히 원통ᄒ랴 날을 먹이려 혼 거시니 형 등은 하녀 말나 샤 인 등 왈 무서시 이서라 ᄒ고 먹이리오 우리만 먹으리라 ᄒ고 일시의 져를 드러 하져 ᄒ니 어스로 쥭마고우 형뎨로 슉녀의 부인이 지좌ᄒ여시니 마음이 플니여 금져를 드 러 너른 양이 초도록 진식ᄒ니 옥모의 취긔 무르녹아 풍신이 더옥 긔특ᄒ지라 한님 이 쇼왈 네 집이 샹부 후문으로 네 츈경의 잇거

79면

늘 쥬린 귀것 ᄀ튼니 엇지 우읍지 아니리오 어시 쇼왈 니태빅이 혼 말 슐을 먹고 일 쳔 줄 글을 지으니 대쟝뷔 십여 빅 슐을 먹고 취ᄒ리오 형도 공복이면 만히 먹을 거 시로딕 내 변슈를 먹어시므로 배부르미라 내 집이 비록 부귀ᄒ나 부모 시하의 쳘 업 시 취ᄒ리오 오늘은 스실의 자고 갈 거시니 양대로 먹으미 쥬린 귀신으로 욕ᄒ니 너 희 사름을 모르고 틱셔를 잘못ᄒ미라 말솜이 도도ᄒ고 취안이 표탕ᄒ니 광칙 암실의 조요ᄒ더라 어시 두어 가지 과품을 쇼져긔 미러 왈 이 방 쥬

80면

인이니 숀으로 혼쟈 먹으미 례 아니라 즈시라 졔싱이 대쇼 왈 형이 잇지 아닌ᄂ도다 한림 왈 누의 발셔 결발 삼 년의 고인으로 져ᄀ치 슈습ᄒ니 싀호 ᄀ튼 거동을 두리미 라 그러나 ᄉ양치 말나 쇼졔 숀을 쏘즈 졍금 단좌ᄒ니 어시 냥안을 흘녀 쇼져를 보와 왈 ᄉ룸이 쥬는 거슬 닝안 멸시ᄒ니 쥬는 사름을 경멸ᄒ미라 쇼졔 본대 두리고 공경 ᄒᄂ지라 마지못ᄒ여 옥슈로 두어 가지 과실을 바다 먹으니 샤인 등이 쇼왈 우리ᄂ 권ᄒ대 아니 먹더니 운회 혼 말의 그리 무셔오냐

81면

어시 쇼왈 누의 가르치미 그르다 비록 녀지 경부지도를 모르나 부덕을 경계홀 거슬

슌흔 거슬 꾸짓는다 부부의 존비 군신 궃트니 가부의 령을 거스리리오 졍싱 등이 다 도라가고 어시 대취ᄒᆞ여 금침을 포셜ᄒᆞ고 블을 믈니고 원침을 비겨 쇼져를 바라보니 쇼월이 벽공의 걸인 듯 아미의 시름을 쯰워 취병의 지허시니 어리로온 ᄌᆞ틔와 ᄌᆞ약ᄒᆞᆫ 염광이 삼혼칠빅이 어리오 셕목이 녹낙ᄒᆞᆯ지라 싱이 심즁의 블승

82면

흠이 왈 져런 미인을 셜강 요인의 쟉스로 삼 년을 믹믹ᄒᆞ니 나의 블명 박ᄒᆡᆼ이라 비록 당시 죄명이나 간비의 모함이오 부뫼 다 빅무ᄒᆞ다 ᄒᆞ시니 내 친의를 승슌ᄒᆞᆷ이 올타 ᄒᆞ고 싱이 쇼월 쳔금지신을 보호ᄒᆞ여 가변이 평ᄒᆞ기를 싱각ᄒᆞ라 쇼졔 탄왈 쳡이 팔 지 다슈ᄒᆞ니 엇지 또 무슴 환이 이실 줄 알니잇고 지극ᄒᆞᆫ 교명을 바리지 말니이다 싱이 년년ᄒᆞ다가 다시 니러안ᄌᆞ 옥슈를 잡고 탄식 왈 죄 지은 기부로 이러틋 권권ᄒᆞᆷ이 쟝부의 위풍이 아니로대 부인의

83면

졍수를 잠간 짐쟉ᄒᆞᄆᆡ니 이곳의 와 셔로 대ᄒᆞᄆᆡ 이후는 다시 오기 어려온지라 내 요 스이 가변을 본 후로브터 규내의 유졍ᄒᆞᆫ 지 업스대 우리 부부는 결발 삼 지의 완연이 남으로 이시니 대인이 도로혀 넘녀ᄒᆞ시고 샤름의 익회는 버셔나지 못ᄒᆞ니 그러나 복 녹이 쟝원ᄒᆞᆫ 쟈는 직익이 쇼쇼ᄒᆞ나 맛춤내 그만ᄒᆞ지 아니리니 부인은 싴용의 희로 이러ᄒᆞᄆᆡ니 미리 미스를 근심ᄒᆞ고 조호치 말고 블ᄒᆡᆼᄒᆞᆫ 변이 이시나 임시 쳐변을 반 ᄃᆞ시 명쳘이 ᄒᆞ여 보신ᄒᆞᆷ믈 굿게 ᄒᆞ쇼셔 졍쇼졔 본대 어스의

84면

신명ᄒᆞᆷ믈 아는지라 그 말이 무슨 익이 이시믈 씨치매 심신이 경동ᄒᆞ여 함누 대왈 군 ᄌᆞ 셩명이 반ᄃᆞ시 젼두를 알지라 ᄒᆞ고 져두무언ᄒᆞ니 싱이 쇼월 존당 부뫼 겨셔도 이 미ᄒᆞᆷ믈 븕히 아르샤 넌츠히시니 이졔 부인은 스스를 내 말대로 ᄒᆞ여 고이ᄒᆞᆫ 사름이 되지 마르쇼셔 셜파의 옥슈를 닛그러 향몌를 졉ᄒᆞ니 은근ᄒᆞᆫ 졍이 뉴츌ᄒᆞ여 의시 무 르녹고 졍신이 표탕ᄒᆞ여 여산ᄒᆞᆫ 은졍이 나는 줄 업시 쇼스나는지라 삼싱 슉연을 니 으ᄆᆡ 은이 교칠의 지ᄂᆞᄆᆡ 이시니 비록 여러 부인이

이시나 이 ᄀ치 환흡흔 은졍이 평싱 쳐음이러라 졍쇼졔 슈괴 블안ᄒ나 임의 산악 ᄀ
튼 위의 지란 ᄀ튼 약질이 엇지 믈니치리오 싱이 만좀 풍뉴를 것즙지 못ᄒ여 스스로
환회ᄒᄆᆯ 니기지 못ᄒ니 날이 붉는 쥴 ᄭᆡ둣지 못ᄒ여 은이 그음 업는지라 쇼졔 몸을
ᄲᅢ혀 의상을 졍돈ᄒ고 안흐로 드러가려 홀시 싱이 급히 니러나 쇼져 나상을 잡아 달
혀 안즈믈 쳥ᄒ고 니르ᄃᆡ 금일 니별이 후회를 뎡치 못홀지라 부인은 약질을 보즁ᄒ
여 혹 ᄯᆺ ᄀ지 못ᄒᆞᄆᆡ 이시나 하늘

이 덩ᄒᄆᆞ라 그ᄃᆡᄂᆞᆫ 옥보 방신을 쳔만 조심ᄒ라 쇼졔 왈 쳡의 익회 이의셔 더흘진ᄃᆡ
출하라 죽어 모르미 원이라 구고의 셩은이 여텬ᄒ시나 취향의 초스를 싱각ᄒ온 즉
엇지 안연이 ᄂᆺ츨 드러 구즈를 상ᄃᆡᄒ며 나의 부형인들 보고져 ᄒ리오마는 일누잔쳔
이 구추히 투싱ᄒᆞᆫ 대인 셩덕과 두 ᄌᆞ 글을 밧드러 마음의 감격ᄒ와 혹쟈 보젼ᄒ여
복분의 원을 신셜ᄒ고 간비의 머리 버히믈 보고져 ᄒ엿더니 다시 변괴 이실진대 인
비목셕이라 엇지 견ᄃᆡ릿가 셜파의 옥

안이 참원ᄒ여 팔ᄌᆞ 츈산의 신쳔이 요동ᄒ니 어엿분 틱되 일비승이라 니른바 목셕도
감동ᄒ고 싱쳘도 녹을지라 조싱의 쳘셕 심쟝이나 츄연이 ᄂᆺ비츨 곳치고 광미를 씽긔
ᄂᆞᆫ지라 쇼졔 어스의 긔식을 보고 즉시 안쉭을 곳치고 스스로 뉘웃쳐 시름ᄒᄂᆞᆫ 거동
으로 쟝부의 마음을 요동홀 쥴 붓그리ᄂᆞᆫ지라 조싱이 아ᄅᆞᆷ보고 더옥 긔경이경ᄒ여 만
단 은졍이 산비ᄒᆡ박ᄒ니 그 손을 잡고 다시 잠든 톄ᄒ고 누엇ᄂᆞᆫ지라 쇼졔 붓그리고
민망ᄒ여 썰춰고 나가려 ᄒ나 힘이 만코 큰 고로

단단니 잡아 ᄲᅢ힐 길이 업더니 졍샤인이 드러오며 왈 그져 자ᄂᆞ냐 우리 됴회의 드러
가니 조반을 대후ᄒᄂᆞ니라 조싱이 비로쇼 손을 노코 완이 우어 왈 쟉야 과취ᄒ여 이
졔야 ᄭᆡ패라 드대여 오솔 슈렴ᄒ고 관셰를 파ᄒ고 됴반을 홀시 샤인 형뎨 됴참이 ᄂᆞ
ᄌᆞ믈 지쵹ᄒᆞ대 어스 양을 여러 다 먹고 외당으로 나올시 눈으로 쇼져를 보니 쇼졔 관

복을 입히고 씌룰 두루니 싱이 즘굿 오슬 더대 입으며 쇼겨룰 냥구히 보더니 잠쇼 왈 비록 내 잇고져 흐나 정형 등이 축긱흐기로 총

총흐여 안히 하직지 못흐고 가니 부인긔 이 뜻을 젼흐쇼셔 인흐여 팔흘 드러 작별흐고 외당의 나가 정공긔 하직흘시 정공이 어스의 쇼셰룰 갓 나루고 츄월 굿튼 풍신이 볼스록 시로오니 손을 잡고 스랑흐는 졍을 금치 못흐여 왈 바린 악뷔라 말고 즈로 추즈라 싱이 흠신 샤례흐더니 한림 등이 작야 조싱의 거조룰 일일이 고흐니 정공이 대쇼 왈 너히 겸즉이 흐여 속으니 운회 엇지 그르리오 그러나 예스 신방을 규시흐느니 만흐니 만일 다른 부녀 굿트면 현셰 쟝

춧 엇지 흘넌고 조싱이 잠쇼 대왈 쇼싱이 남진 쥴 알므로 추시 잇습는지라 어내 부녜 남으의 스실을 탐지흐리잇고 정공이 크게 웃고 일마다 두굿기더라 조싱이 도라간 후 내당의 드러와 녀으룰 블너 싱의 문답을 무르니 쇼졔 대왈 졔부형의 명으로 이의 니르나 쇼녀는 득죄흔 기뷔라 대흐미 무슴 말이 이시리릿고 부인이 녀으의 비홍을 살피고 놀나며 깃거흐니 공이 쏘흔 깃거 왈 진실노 초공의 말이 허언이 아니로다 그 친의룰 밧들미니 니룬바 효의군지라 부인은 이런

셔랑을 블쾌흐지 말지어다 부인이 잠쇼 왈 심두의 밋친 한이 플인다 흐더라 직셜 초공이 정공을 작별흐고 도라와 존당 부모긔 혼졍흐고 옥미졍의 숙쇼흐더니 홀연 긔몽을 어드니 운관무의로 션관이 느려와 례흐고 왈 조군은 별내 무양흐시냐 피츠 샹봉이 막연흐더니 금일은 샹텬이 어진 덕을 감동흐샤 특별이 공의 종스룰 빗니고 문호룰 놉힐 긔린을 쥬시니 이 심샹흔 보배 아니라 모로미 잘 보호흐라 북두칠셩으로 명공의 아들을 삼앗더니 이졔 남두뉵셩

이 죄입어 칠십오 일 말미로 인간의 나니 내 이졔 상뎨긔 고흐고 명공의 종숀을 삼으

니 이 아히 명공의 도덕 지모를 온젼이 달마 만고 명인과 대현이 되리니 비록 그 즈 뫼 죄루를 시러 침폐ᄒᆞ여시나 타일 비샹ᄒᆞᆫ 복녹이 졔미ᄒᆞ고 ᄎᆞᄋᆞ의 긔특ᄒᆞ미 조시를 창대ᄒᆞ리니 텬의를 져바리지 말나 초공이 대열 왈 내 ᄋᆞ히를 보와지라 션인이 ᄉᆞ미로셔 일쳑 빅옥을 내니 긔홰 암암ᄒᆞ고 오ᄎᆡ 녕농ᄒᆞᆫ 긔린을 옥으로 민ᄃᆞ라시니 초공이 어ᄅᆞ만져 깃거하더니 문득 화ᄒᆞ여 만여 쟝이나

93면

흔 룡이 되여 졍시의 치마 스이로 드러가니 션인이 호호히 우어 왈 이 아히 반ᄃᆞ시 산수의 나가 날 거시니 형은 누셜치 말나 그 배필이 황가의셔 나려니와 한 사름으로 늙을 재 아니라 일노조ᄎᆞ 빅즈 쳔손이 셩ᄒᆞᆷ믈 긔약ᄒᆞ리라 말노조ᄎᆞ 간 곳이 업ᄉᆞ니 초공이 것ᄒᆡ ᄋᆞᄌᆞ의 쇼릐의 ᄭᆡᄃᆞ라니 흔 ᄭᅮᆷ이라 비록 몽ᄉᆞ를 ᄎᆔ신치 아니나 젼일 강동의 가 몸시 졀졀이 마ᄌᆞ시므로 금야 몽시 ᄯᅩᆫ 허탄치 아닐 거시오 공교히 ᄌᆞ부로 동실을 권ᄒᆞ고 도라온들 이 ᄀᆞᆺ튼믈 깃거 ᄎᆞᄉᆞ를 부인ᄃᆞ려도

94면

니ᄅᆞ지 아니터라 명됴의 느즌 후 어ᄉᆞ 도라와 존당 부모긔 뵈옵고 쥬인과 말ᄒᆞ므로 밤들게야 ᄌᆞ 신셩 ᄶᅴ의 밋쳐 오지 못ᄒᆞ고 됴참 후 오기로 느즈믈 쳥죄ᄒᆞ니 진왕이 쇼 왈 네 졍시를 위로나 ᄒᆞ고 온다 어ᄉᆞ 흠신 대왈 위로ᄒᆞᆯ 모단이 이시리잇고 다만 그 얼골만 보니이다 태부인이 탄왈 졍시는 일셰 쳘뷔니 맛당이 졔 존고의 뒤흘 니을지라 간비의 초ᄉᆞ 무엄 블측ᄒᆞ니 내 졍ᄋᆞ 곳 싱각ᄒᆞ면 마음이 편치 아녀라 초공이 쥬왈 대모의 졍시 ᄉᆞ랑ᄒᆞ시믄 졔 가히 슈심명

95면

골ᄒᆞ리이다 연이나 도라간 곳이 편ᄒᆞ니 졔 익이 진ᄒᆞ오면 도라오오리니 믈려ᄒᆞ쇼셔 위부인이 ᄯᅩᆫ 탄식ᄒᆞ나 강시는 언두의 일ᄏᆞ르미 업더라 ᄎᆞ야의 어ᄉᆞ 부친을 뫼셔 화헌의 도라오미 승상 왈 졍강 두 식부 츌거ᄒᆞ미 조니 냥 식부는 더옥 무죄ᄒᆞ니 엇지 당면치 못ᄒᆞᆯ 의ᄉᆞ 이시리오 군ᄌᆞ의 졔가ᄒᆞᆷᄂᆞᆫ 화평ᄒᆞ고 졍대ᄒᆞ여 편싁지 말니니 오아ᄂᆞᆫ 고집지 말나 어ᄉᆞ 흠신 슈명ᄒᆞᆯ ᄯᆞ름이오 감히 답지 못ᄒᆞ더라 수일 후 졍공이 니ᄅᆞ 러 초공으로 회샤ᄒᆞᆯᄉᆡ 진왕이 한가지로

96면

마즈 한화ᄒ니 어ᄉ 맛초와 됴당의 간 ᄯ라 초공이 식부의 평부ᄅ 뭇고 여러 말문답의 졍공이 녀ᄋ의 비홍이 일야 업셔지믈 니ᄅ고 쇼왈 원내 너모 박ᄒ믈 고이히 너기더니 진실노 형의 말이 올코 아돌 알미 붉더라 진왕이 경왈 내 초문이라 ᄎ이 셩혼삼 지의 엇지 부부지의ᄅ 밋지 아낫던고 고이ᄒ 일이오 ᄯ 무ᄉ 일 가셔 비홍을 술온고 쥬의ᄅ 모ᄅ리로다 초공이 함쇼 대왈 이런 일이 부형이 셰쇄히 알 거시 아니이다 졍언간의 어ᄉ의 죵형뎨 일시의 드러와

97면

부슉긔 뵈옵고 도라 졍공을 향ᄒ여 례ᄅ 맛고 시좌ᄒ니 냥인의 옥모 영풍이 일식을 가리오ᄂ지라 냥공의 두굿김과 졍공의 흠경ᄒ미 결을치 못ᄒ여 흔연이 문답ᄒ더니 졍공이 초공 형뎨ᄅ 대ᄒ여 어ᄉ의 신방을 ᄌ긔 아돌노 규시ᄒ다가 운긔 어ᄉ긔 경욕ᄒ 슈말을 젼ᄒ고 우어 왈 형의 아돌의 힝ᄉ 하여오 왕은 대쇼ᄒ고 초공의 단엄ᄒ므로도 우음을 ᄭ여 왈 비록 졔 슉셩ᄒ 듯ᄒ나 간간이 져런 비박지ᄉ 이시니 너의 악장이면 엇지ᄒᆯ넌고 진왕이 박

98면

쇼 왈 ᄌ산이 친히 가 업대엿던들 조히 녀셔의 변슈ᄅ 맛볼ᄂ샷다 규시ᄒ라 ᄒ 악뷔 족히 그 욕을 바다ᄇ니 졍화슉이 부명으로 가 슈고만ᄒ고 욕을 보니 원민ᄒ리로다 시랑은 듯고 미미ᄒ 우음이 옥면의 가득ᄒ고 어ᄉ는 부친의 희롱이 쳐음이라 가쟝 민망ᄒ여 긔운이 나ᄌ여 시좌ᄒ여시니 졍공이 그 부형을 공경ᄒᄂ 례도ᄅ 볼ᄉ록 과ᄋ이ᄒ여 웃고 왈 내 집의 와 ᄒᄂ 거동은 하늘을 능히 밧달 듯 힘이 나의 다ᄉ 아돌을 능히 이긔더니 금일은 져갓치 쇼졸ᄒ

99면

여 우리 말을 도로혀 민망ᄒ여 져리ᄒ니 엇진 ᄯᆺ이뇨 어ᄉ 관을 슉이고 ᄭᆞᄅ 볼 ᄯᆞ름이오 봉안이 나ᄌ여 화열ᄒ 빗치 츈풍을 잇글지언졍 방ᄌ히 언쇼로 언어ᄅ 놉히ᄒ미 업셔 승안 경근한 졀치 삼엄 졍슉ᄒ니 냥공이 눈을 드러 그 거동을 보고 두굿겨 진왕이 한업시 ᄉ랑ᄒᄂ 모양이 시랑의게 간격이 업ᄉ니 만면의 깃분 빗치 가득 ᄒ여

글오대 이 아히 우리 안젼의 져 거동이오 방외의 희롱이 실노 허언으로 아느니 아지 못게라 네 악장은 허언을 쥬

100면

츌ᄒ여 보치미냐 어ᄉᆡ 부복 ᄃᆡ왈 졔졍이 원내 호희를 즐기ᄂᆞᆫ지라 태반이나 보태여 알외여 드르시믈 과ᄒᆡᄒ시미니 엇지 져 곳의 가 그ᄃᆡ도록 방ᄌᆞ하리잇가 졍공 왈 너희 하 민망이 너기미니 내 과히 젼ᄒᄆ로 치우라 좌위 다 웃고 초공이 날호여 왈 ᄌᆞ산 형이 어룬의 톄위로 아들을 시겨 녀셔의 신방을 규시ᄒᄆᆞᆫ 군ᄌᆞ지졍이 아니라 졔 니른바 군ᄌᆞ의 변슈를 먹여 빗호다 ᄒ미 올ᄒ니 지금 ᄒᆞᆫ 그릇슬 네 악장긔 드려 시험ᄒ여 빗호시게 ᄒᄂᆞ니 이러틋 무례

101면

ᄒᆞᆫ 군ᄌᆞ도 잇ᄂᆞ냐 졍공이 일장을 ᄃᆡ쇼ᄒ고 시랑은 겨유 우음을 참으니 어ᄉᆡ 야야 말ᄉᆞᆷ으로조ᄎ 도화 냥협의 우음이 동ᄒ더라 졍공이 어ᄉᆞ를 집슈 쇼왈 네 날을 변슈 쥬라 말을 가장 조화ᄒ거니와 ᄉᆞ회는 반지라 네 귀신 조코 친명이라도 봉승치 못홀 쥴을 아는다 어ᄉᆡ 미쇼 부답ᄒ고 일좨 다 웃더라 시의 졍승상이 초공 등으로 한화ᄒ다가 도라갈ᄉᆡ 어ᄉᆡ 하당 ᄇᆡ슈ᄒ고 졍공이 년년ᄒ여 도라가 녀ᄋᆞ를 ᄃᆡᄒ여 우스며 아ᄌᆞ 셜화를 니르고 경계 왈 운희는 ᄃᆡ현이라

102면

너를 보냄도 인ᄌᆞ의 도오 날을 ᄃᆡ졉ᄒ미 군ᄌᆞ 신의의 올ᄒ니 네 익운을 탄ᄒ고 구가 가부를 한치 말나 쇼졔 슈연 탄식 믁믁ᄒ더라 졍공 부친 태ᄉᆞ공이 칠십이 너믄지라 공의 형뎨 냥친을 지효로 밧드러 영통 부귀 일셰를 기우리니 집마다 ᄌᆞ손이 몌여 인인이 츄앙ᄒ더니 졍태ᄉᆞ 침질ᄒ여 일슌지내의 기셰ᄒ고 태부인이 거상 과ᄒᆡᄒ여 니어 졸ᄒ니 공의 쳡쳡지통이 하늘의 ᄉᆞᄆᆞᆫ지라 졍공 삼형뎨 지렬의 잇고 션공의 어짐과 ᄌᆞ손의 복녹이 사름의 흠복

103면

홀 배라 존빈 ᄃᆡ긱이 여류ᄒ여 상사를 치위홀ᄉᆡ 텬지 드르시고 슬허ᄒ샤 부의를 두

터이 ᄒ시고 례관으로 치샹ᄒ시며 샹인을 권죽ᄒ샤 은영이 비홀 대 업스니 제졍이 텬은을 감축ᄒ여 더옥 슬허ᄒ더라 진초 이공이 니르러 지긔와 인아지졍을 다ᄒ고 어시 반ᄌ의 도를 극진이 ᄒ니 졍공이 망극 즁이나 어스를 보면 두굿기니 다ᄉ 아들의 우히니 그 녀이 ᄒ나힐 ᄲᅮᆫ 아니라 긔샹을 과이ᄒ미라 공이 초샹을 맛고 관을 븟드러 금쥬 션산의 향홀시 쇼

104면

제 구가의 기뷔라 마지못ᄒ여 ᄯᅡ라 하향홀시 초공이 보내지 말고져 ᄒ나 허실간 강샹의 죄명이 이시니 일시 신빅지 못혼 젼 다려오미 ᄉ톄 젼도ᄒ고 졍시의 익운이 그만 그치지 아니홀지라 익경을 지닌 후 영화로이 모드믈 긔약ᄒ고 굿ᄐ여 아른 쳬 아니ᄒ니 ᄎ시 졍쇼졔 비록 명위 츌뷔나 구가의 졀신ᄒ미 업고 구고 존당이 무이ᄒᄂᆫ 셔찰이 빈빈ᄒ여 슬하의 뫼심과 다르미 업고 어스의 은근혼 증졍이 여산약해혼지라 녀ᄌ의 마음이 ᄌ연 밋고 위회ᄒᄂᆫ 배 잇

105면

셔 비록 평샹 사름 ᄀᆞᆺ치 아니ᄒ나 거쳐 음식이 살 도리의 드럿더니 쳔만 싱각 밧 조부모 샹변을 만나 합개 고향으로 가기를 당ᄒ니 구가의 내친 몸이 시러금 부모를 ᄯ롤지라 쇼졔 심회 시로이 비원ᄒ여 식음을 폐ᄒ고 만단 슈한이 밋쳐시니 셜부인이 잔잉이련ᄒ믈 이긔지 못ᄒ여 시로이 조가를 원한ᄒ더니 믄득 셜장이 니르러 부인을 보고 모르ᄂᆞᆫ 톄ᄒ고 니르대 이졔 슉뫼 쳡쳡혼 샹고를 만나 고향으로 나려가시니 산쳔이 즈음츠고 도뢰 요원ᄒ여 지친

106면

의 졍을 펼 길이 업스니 조어스 부인이 응당 ᄌ로 오실지라 젼일 규슈로 겨실 젹도 셔로 보미 이셔시니 이졔 츌가ᄒ신 몸이오 피홀 의 업스니 혼번 보기를 쳥ᄒᄂᆞ이다 부인이 회허 타루 왈 현질이 아지 못ᄒᄂᆫ도다 녀이 구가의 가ᄆᆞ로 하로도 편치 못ᄒ여 ᄆᆞᆺ츰내 만고 강샹의 죄목을 무릅뻐 츌뷔 되여시니 일즉 부모 동긔도 보기를 슬회여 ᄒ거든 엇지 현질을 보리오 내 이졔 금쥬로 다려가려 ᄒᄂᆞ니 머니 두고 ᄯ ᅥ나ᄂᆞᆫ 슬프믄 업스나 져의 일싱이 엇지 슬프지

아니ᄒ리오 셜강이 거즛 놀나는 체ᄒ고 탄식 왈 녀즈 되미 어렵도쇼이다 녀즈의 긔
이ᄒ 즈질노 구름 의샹과 황금으로 집을 ᄒ여 대접ᄒ려든 가부의 욕을 감심ᄒ고 강
샹을 범ᄒ 죄슈 되리잇고 슉뫼 쇼질을 나모르시고 유현을 스회 삼으시더니 외모의
빗ᄂ 바는 유현만 못ᄒ다 ᄒ려니와 종요로이 화락ᄒ여 이 거조는 업스리이다 부인이
찬연 왈 이 다 팔지라 일너 무엇ᄒ리오 ᄒᆞᆽ 조랑의 탓도 아니라 ᄆᆡ시 조믈의 싀긔ᄒ
믈 만ᄂ시니 허다 강젹이 눈셥 셔듯ᄒ여

시니 어린 녀지 무ᄉᄒ믈 바라리오 이졔 조가의 의 ᄭᆞᆫ쳐지고 년쇼 홍안이 바란 배 어
버이ᄲᆞᆫ이라 다리고 하향ᄒ니 더옥 폐식잠와ᄒ여 평샹ᄒ 쌔 업스니 모녀지졍이 안안
ᄒ리오 셜강이 거즛 츄연ᄒ 닷츠로 도도와 ᄀᆞᆯ오대 슉모의 쳔금 일 녀지 평싱이 여ᄎ
ᄒ니 싱각 밧기라 쇼질이 실노 츄연ᄒᄂ이다 시풍의 개젹ᄒᄂ 도리 잇고 진평의 쳐
다ᄉᆞᆺ 번 개가ᄒ뒤 진샹국의 즁대ᄒᄂ 부인이 되여시니 슉뫼 엇지 일녀로 심규의 맛
ᄎ리오 맛당이 일대 현인군즈를 구ᄒ여 금

슬락스를 보실지라 엇지 감심ᄒ리잇고 부인이 손을 져어 왈 현질은 고이ᄒ 말 말나
아녀는 쳥빙 옥결 ᄀᆞᆺ트니 이런 말을 드르면 쥬으리라 ᄒ믈며 조싱 스랑이 녀ᄋ도곤
더으니 비록 내쳐시나 반즈의 의를 다ᄒ니 엇지 이런 의논을 내리오 셜강이 부인의
약ᄒ믈 업슈히 녀겨 ᄯᅳᆺ을 보려 이 말을 내엿다가 부인 말을 무류ᄒ여 침음 쥬져의 한
림과 샤인이 니르러 강을 보고 조어스 말을 드르므로브터 깃거 아니나 친쳑 의를 샹
치 아니려 강잉 흔연ᄒ나 심스를

여지 아냐 셔로 대ᄒ미 업ᄂ지라 금일 셜싱이 짐줏 오릭 안져 쇼져 보기를 구ᄒ나 그
림즈도 못 보고 졉족이 도라가기도 낙막ᄒ며 보기를 쳥흔뒤 졍한림이 졍식 왈 아등
이 일즉 친치 아닌즉 부녀를 보즈 ᄒ면 내 본대 그 ᄯᅳᆺ을 밧지 못ᄒ엿더니 너는 엇지
쇼미를 보고져 ᄒᄂ다 믹지 셩졍이 부형 밧긔 대면치 아니ᄂ니 엇지 너를 보리오 셜

한림이 경싱의 긔식을 보고 노왈 쇼뎨 녕민 보고져 ᄒᆞ믄 친쳑의 졍이 둣겁고져 ᄒᆞ미
니 아니 볼진대 우을 ᄯᆞᆫ이지 형의 긔식

111면

이 여ᄎᆞ 블호ᄒᆞ뇨 쇼뎨 무류ᄒᆞ여 가노라 졍한림이 분노ᄒᆞ여 닝쇼 왈 너히 친쳑 후졍
을 닐ᄋᆞ지 말나 아등이 안총이 업셔 아시 친ᄒᆞ엿노라 셜강이 대로ᄒᆞ여 눈을 독히 ᄯᅳ
고 왈 내 여긔 오미 무어시 희롭건대 이리 외대ᄒᆞᄂᆞ뇨 내 아니 와도 블관ᄒᆞ니 이후는
아니 단니리라 졍샤인이 쇼왈 네 아니 노홀 거슬 이리ᄒᆞ여 친쳑의 화긔를 샹ᄒᆞᆫ다
셜부인이 한림을 ᄭᅮ지져 믈니치고 셜강을 위로ᄒᆞ여 보내니 강이 이후 더옥 분ᄒᆞ여
히홀 마음이 층가ᄒᆞ대 빅계 무

112면

칙ᄒᆞ더라 ᄎᆞ시 셜강의 유뫼 한ᄂᆞᆺ 어더 기른 녀지 이시니 방년 십삼의 얼골과 지질이
셰샹의 희한 졀염이오 시셔를 졍통ᄒᆞ고 만 가지 ᄌᆡ죄 민쳡ᄒᆞ고 위인이 쇼통ᄒᆞ니 셜
강이 졔 긔믈노 아라 나히 ᄎᆞ거든 근본을 아라 진실을 삼고 쳔인이면 쳡을 삼으려 졍
ᄒᆞ고 의식을 후히 ᄒᆞ더니 그 녀지 ᄌᆞ라니 공교히 오릭비를 만나 근본이 텬ᄌᆞ의 총희
양구비의 읏듬 ᄉᆞ지 샹궁 허시 질녜라 허샹궁의 집의 왓다가 오라븨 일흔 ᄯᆞᆯ을 어더
가니 ᄌᆞ미 운치 궁금의 당ᄒᆞ리 업ᄉᆞ믈 긧

113면

거ᄒᆞ니 일홈은 난교라 허샹궁이 십분 ᄉᆞ랑ᄒᆞ여 다리고 잇더니 셜강이 근본을 알고
대회ᄒᆞ여 난교의 집의 가니 난교의 아비는 부민으로 명ᄉᆞ 한님이 집의 니ᄅᆞ믈 보고
블승황공ᄒᆞ여 마ᄌᆞ 감히 당의 오ᄅᆞ지 못ᄒᆞ고 황공 영지ᄒᆞ니 셜싱이 좌우로 붓드러
흔연 왈 내 어이 귀쳔존비를 혀아리리오 내 잠간 관샹ᄒᆞ더니 그대 ᄯᆞᆯ이 내 집의 이실
젹 보니 비샹ᄒᆞᆫ 귀격이 이셔 쇽ᄌᆞ의 배위 아닌 고로 내 년쇼 풍졍이나 친근ᄒᆞ미 업ᄉᆞ
니 그대는 나 ᄒᆞ라는 대로 ᄒᆞᆫ즉 쳔승 국군이 되여 일

114면

국의 부귀ᄒᆞ리라 허창이 황공 왈 쇼민은 쳔인이라 엇지 이런 말ᄉᆞᆷ을 당ᄒᆞ리잇고 드

르미 셔늘허이다 셜강 왈 사룸이 본대 쳔인이 업느니 틱공이 위슈의 고기 낙다가 왕
후쟝상이 되고 한신이 걸식어표모ㅎ다가 왕공이 되엿거니와 이졔 그대 쌀노 인ㅎ여
시녀의 드러 금황이 한번 보시면 반둣시 귀비의 승춍ㅎ리니 그대는 내 말을 헛도이
아지 말나 ㅎ니 이 허창은 허랑흔 쳔인이라 한림의 조흔 말을 드르니 엇지 ᄉ양ㅎ리
오 졀ㅎ여 왈 노야의 훈슈를 거역ㅎ리잇고 한

115면

림이 지삼 당부ㅎ고 도라가 유모로 난교를 쳥ㅎ니 난푀 유랑의 양휵지졍을 감격ㅎ여
모녀로 칭ㅎ고 셜가의 니르니 셜강이 좌우를 취우고 난교긔 졀ㅎ대 난푀 황망이 붓
드러 굴오대 샹공이 쳔쳡의게 무ᄉ 일 과례ㅎ시느뇨 황공부지로쇼이다 셜강 왈 낭지
금일은 쳔ㅎ나 타일 반둣시 금누초방의 지존을 뫼셔 삼쳔 춍희 즁 웃듬으로 쇼싱이
군신 분의 명빅ㅎ리니 내 엇지 고이ㅎ리오 요ᄉ이 궁녀를 샏느니 낭지 드러가면 반
둣시 승은 후비 되리니 그대 셜강

116면

의 집의셔 ᄌ라 그 유모의 졋슬 갓치 먹어시니 닛지 말나 난교는 쳔인의 심졍으로 셜
강을 텬샹랑ᄀ치 ㅎ던지라 져를 존칭ㅎ고 쟝리 귀인을 졍ㅎ믈 드르니 깃브고 감샤흔
지라 칭샤 왈 쳔쳡이 은혜 태산 ᄀᄐ믈 엇지 니ᄌ리오 몸이 귀홀진대 노야 명을 죽어
잇지 아니ㅎ리라 셜강이 쥬야 유현을 졀치ㅎ미 져의 일싱을 희짓고져 ㅎ나 텬의 공
경ㅎ고 만죄 츄양ㅎ니 틈을 여을 길이 업셔 궁극흔 의ᄉ로 유현 부부를 히코져 ㅎ미
라 난교로 후의를 믹즈니 난푀

117면

만만 슌명ㅎ더라 난푀 과연 ᄌ식이 쌰혀느고 경국지식으로 양구비는 지식이 젹고 원
녜 업셔 난교를 흔번 보고 크게 ᄉ랑ㅎ여 신임ㅎ니 황상이 쟝년 춘졍의 미식을 보고
크게 애모ㅎ여 드대여 승춍ㅎ시니 귀비 앙앙ㅎ나 샹의 긔위 엄슉ㅎᄆ로 감히 투긔를
발뵈지 못ㅎ고 난교는 일일 아미를 다ᄉ려 텬춍을 영구ㅎ고 셜강의 은덕을 갑고져
ㅎ더라 어시의 인종황뎨 난교의게 침익ㅎ샤 졍궁의 은이 쇠ㅎ고 여러 후궁이 징총ㅎ
니 궁내 요란흔지라 조샹국이 ᄌ로 간

118면

ㅎ고 진왕이 아르드르시게 극간ㅎ여 냥인의 졍충대졀이 샹의를 거스리ᄂᆞᆫ지라 샹이 가쟝 괴로이 너기시더니 일일은 난뇌 가마니 셜강의 겨규로 쥬던 약을 술을 화ㅎ여 샹긔 나와 두어 슐 진어ㅎ시미 졍이 크게 변ㅎ샤 초공 형뎨 대졉이 내도ㅎ시고 긔현 유현의 총이 감ㅎ엿더니 하로는 샹이 파됴 후 수오 인 져믄 됴신을 머므러 글을 지어 슈쟉ㅎ더니 샹이 우어 왈 필부도 일쳐 일쳡이어늘 짐은 만승 텬즈로 부유수해여늘 엇지 흔 후궁을 화합지 못ㅎ여 궁금이 요란ㅎ니

119면

실노 조흘 도리를 아지 못ㅎ노라 조어스 유현이 쥬왈 폐히 졍궁을 쇼ㅎ시니 실덕이 시니이다 샹이 변식 무답ㅎ신대 한림 셜강이 쥬왈 유현의 쥬시 언관의 쥬칙이나 샹 의 허믈만 들츄어내니 인신지죄 아니이다 신의 쇼견은 졍궁이 임스지덕이 젹어 교홰 졔회의 인셩ㅎ시므로 홀노 내조랄 널니지 못ㅎ미오니 슬피시미 올ㅎ실가 ㅎᄂᆞ이다 샹 왈 경언이 짐심을 아는 츙신이로다 조어시 일빵 봉안을 흘녀 셜강을 보와 부복 쥬 왈 셜강이 군부 면젼의 국모

120면

를 참쇼ㅎ오니 죄여쥬류이니다 사름이 머리의 하늘을 니고 신지 되여 엇지 국모의 참언을 내여 셩의를 영합ㅎ고 어미 모히를 타연이 ㅎ리잇고 신의 쥬시 셩의 블합ㅎ 시니 황공 대죄즁이나 여츠 쇼인의 졍티를 알외옵ᄂᆞ니 복원 셩샹은 신지 국모 히ㅎ ᄂᆞᆫ 간신을 죽이지 아니시거든 원디 찬배ㅎ여 됴뎡을 징계ㅎ쇼셔 샹이 우으샤 왈 경 은 군부를 그르다 ㅎ고 셜강은 국모를 그르다 ㅎ니 슈지오지 즈웅이라 니부시랑 조 긔현이 쥬왈 방금의 궁내 블화

121면

ㅎ시는 근심이 이시니 인신의 도리 황망ㅎ여 숙식을 못ㅎ올지라 셜강이 샹의를 영합 고져 국모를 시비ㅎ와 인신의 도리 손샹ㅎ여시니 신이 공논으로 알외오니 유현과 셜 강을 일뉴로 최으시면 유현이 엇지 원억지 아니ㅎ리잇가 ㅎ더라 하회ㅎ여오

조시삼대록 권지뉵

1면

어시의 한림 셜강이 조시랑의 말을 듯고 분노ㅎ여 관을 벗고 눈믈을 흘녀 쥬왈 신이 실노 알외오미 난신젹즈의 비길 일이 업스오대 유현의 몽죄ㅎ미 여츠ㅎ오니 신이 하 면목으로 됴항의 셔리잇고 폐하를 공치ㅎ여 박대졍궁ㅎ고 침혹후궁ㅎ시기로 궁내 어즈럽다 ㅎ거니와 져의 가스도 블가스문어타인이라 네 가실을 두어 가내 대란ㅎ고 후박이 일편되여 변란이 니러나 즈긱이 드러 졔

2면

아비를 지르려 ㅎ다가 현챡ㅎ고 가간의 무고 치독의 흉시 이시대 녀식의 탐년ㅎ여 흔 쇼리도 못ㅎ는 재 엇지 감히 폐하를 원망ㅎ리잇고 어시 가연 쇼이청죄 왈 셜강의 쥬시 신으로 대참이오나 신이 두 번 샤혼ㅎ시는 셩은을 입스와 여러 녀즈를 모화 가 변이 츙츌ㅎ여 의심된 근본을 아직 밋쳐 못 발각ㅎ오나 신의 블능졔가오대 일노 군 샹의 졍스를 알외지 못홀 비 아니이다 원내 신이 셜강으로 친우지졍을 겸ㅎ오대 오 늘 군

3면

젼의 국모 춤간은 츠마 듯지 못ㅎ와 알외오밀너니 졔 격분ㅎ와 신의 스스 허믈을 알 외오나 신은 셜강의 허믈을 아니ㅎ옵느니 오직 신의 죄를 졍ㅎ쇼셔 언파의 스긔 싁 싁ㅎ고 언에 화평ㅎ여 츈일 양긔 곳튼니 졔인이 개용 탄복ㅎ고 샹이 비록 요약의 어 심이 달느시나 당시ㅎ여 셜강의 풍신과 조어스 긔샹이 텬디 현격ㅎ니 대인군즈와 쇼 인간모가 나타나는지라 믄득 념용 칭찬 왈 산고희심의 옥츌곤강이라 금일 경의 언론 긔샹을 대ㅎ

4면

니 샹뮈 겻히 잇는 듯ㅎ도다 범이 개를 아니 나으미 경의 부즈로 니르미로다 경의 쳐 음 쥬시 짐을 너모 썩질너 쥰졀ㅎ나 졍논이라 짐이 다 아르시니 다시 닷토와 무익ㅎ 니 모르미 징힐치 말나 조어시 직비 샤왈 비록 블합ㅎ미 잇스와도 국시 아니면 군젼

의 칭힐치 못ᄒᆞ올지라 신이 셜강으로 친위라 졔 말을 잘못 알외오나 엇지 스혐을 두리잇고 셜강은 함노 잉분ᄒᆞ여 배샤ᄉᆞᆫ이라 한림흑ᄉ 졍운긔와 양닌광이 분연 츌반ᄒᆞ여 셜강의 젼두 간상

5면

을 알외고져 ᄒᆞ나 어ᄉᆞ 긔식을 슷치고 가마니 옷슬 당긔여 말니니 냥인이 분긔를 참고 그치니라 임의 파됴ᄒᆞ미 셜강은 더옥 착급ᄒᆞ여 조어ᄉᆞ를 셔룻고 졍쇼져를 탈취코져 ᄶᅥ를 엇지 못ᄒᆞ여 블낙ᄒᆞ더라 어ᄉᆞ 형뎨 부즁의 오미 부슉긔 연즁ᄉᆞ를 고ᄒᆞ니 초공이 탄왈 인신의 도리 샹의를 아당ᄒᆞᆷᄆᆞᆫ 쇼인이나 군젼의 말 만히 ᄒᆞ미 과격ᄒᆞ여 도리의 올치 아니니 인군의 허믈을 간ᄒᆞᄂᆞᆫ 재 몬져 화긔를 일워 말슴을 ᄂᆞᆺ초와 경근지도로 직고ᄒᆞ리니

6면

엇지 몬져 촉노ᄒᆞ고 후의 거두어 알외니 득공ᄒᆞ리오 오슈박덕이나 일즉 군샹의 럭간ᄒᆞ미 흔두 번 아니로대 옥식의 블평ᄒᆞ시믈 보옵지 아냣더니 너의 간졍의 샹노를 촉범ᄒᆞ고 동뉴를 블화ᄒᆞ니 군즈의 화평ᄒᆞ미 아니라 공근ᄒᆞᄆᆞᆯ 힘쓰고 과격한 말슴을 말나 어ᄉᆞ와 시랑이 졔배 슈명ᄒᆞ고 명교를 탄복ᄒᆞ더라 이윽고 양한림이 니르러 어ᄉᆞ를 보고 왈 셜강 쇼인의 졍틱를 그만ᄒᆞ지 못ᄒᆞᆯ지라 간악한 일을 군샹긔 알외려 ᄒᆞ거늘 무ᄉᆞ 일 구

7면

지 말니뇨 어ᄉᆞ 쇼왈 슉시 어이 이리 싱각지 못ᄒᆞᄂᆞ뇨 원내 군즈는 사름의 흔단을 니르지 말 거시니 셜강이 내 말을 알외ᄂᆞᆫ대 나는 슉시의 입을 비러 져의 죄를 알외면 내 비록 슉시를 시기지 아녀도 져와 ᄒᆞᆫ가지라 엇지 붓그럽지 아니리잇고 연이나 부운이 일월을 가리오나 맛춤내 오릭지 못ᄒᆞᆯ 거시니 무ᄉᆞᆷ 근심ᄒᆞ리잇고 양한림이 탄왈 운희 너르기와 어질미 엇지 우슉이 밋츨 배리오 연이나 강의 ᄒᆡᄒᆞ미 반닷 ᄒᆞᆯ 쥴 알며 엇지 보신지칙을 싱각지 아

8면

니ᄒᄂ뇨 어시 왈 져히를 두려 미리 벼슬을 바리고 피ᄒ라 ᄒ미니잇가 내 비록 용녈ᄒ나 쇼인의 간모를 두려 아니ᄒᄂ니 슉시ᄂ 믈우ᄒ쇼셔 양흑시 웃더라 어시의 졍공이 션승샹 령궤를 뫼셔 금쥐로 갈ᄉ 힝되 슈일 격ᄒ니 만됴거경이 니음다라 리별ᄒᆯ 시 초공이 졍공 등을 위로ᄒ여 훼불멸셩을 닐너 삼샹의 부지ᄒᄆᆯ 당부ᄒ니 졍공이 톄읍 샤왈 년슉의 하픠 엇지 감골명심치 아니ᄒ리오 다만 호텬지통을 당ᄒ여 고토의 도라가 션인의 분

9면

묘를 직힐지라 경ᄉ 녯 집이 황연ᄒ니 이 ᄯ 션인의 ᄯᆺ이 아니라 금일 니별이 그음 업ᄉ니 년슉은 쳔츄를 강녕ᄒ여 다시 뵈오믈 바ᄅᄂ이다 조노공이 츄연 위로ᄒ고 쇼져를 블너 보고 탄왈 너를 보내미 본대 우리 ᄯᆺ이 아니라 간비 초ᄉ로 인ᄒ여 덥허 두미 인언이 이실 고로 도라보내여 다시 힝실코져 ᄒ미러니 그 ᄉ이 인시 이의 밋ᄎ니 셰 마지 못ᄒ여 금쥐로 보내게 되니 노부의 마음이 블평ᄒ도다 연이나 너ᄂ 통달ᄒᆫ 식견이라 만일 간졍이 탄루ᄒ면

10면

화교 옥류으로 마즐 거시니 미ᄉ를 널니 싱각ᄒ라 쇼졔 복슈 문파의 나즉이 드를 ᄯ름이오 감히 답지 못ᄒ니 옥모 화태 쇄락 온화ᄒ여 경근ᄒᄂ 례모와 동촉ᄒᆫ 효힝이 츌어외모ᄒ니 엄구와 진왕이 당좌ᄒ고 어시 ᄯ 이의 뫼셔시니 황괴ᄒᄆᆯ 만면ᄒ여 쳔태만염이 블가형언이라 초공이 눈을 드러 보미 익이 머지 아니ᄒᆫ지라 참연 역식 왈 부인은 효졀이 웃듬이라 만ᄂ 바 익경이 혹ᄌ 블힝ᄒ여 다시 더ᄂ 환이 이셔 신톄 발부ᄂ 슈지부뫼라 조심ᄒ

11면

여 무스히 도라오믈 바라노라 쇼졔 부복슈명ᄒ고 지배 왈 존당 하픠 이ᄀᆺ치 년년ᄒ시니 쇼쳡이 명심ᄒ여 봉승ᄒ리이다 노공이 시로이 이련ᄒ여 어스를 도라보와 왈 네 아비로 더브러 도라갈 게로대 너ᄂ 머무러 쇼부의 힝도를 슬피고 심ᄉ를 위로ᄒ라 어시 슈명ᄒ고 블쾌ᄒᆫ 빗치 잇거늘 초공 왈 네 ᄒᆫ 몸 움즉이미 그디지 어려워 감히

존명을 블응ᄒᄂ다 어ᄉᆡ 황공 복슈 샤왈 존명을 봉ᄒᆡᆼᄒᆞᆯ ᄯᅮᆫ이오 엇지 다른 ᄯᅳᆺ이 이시리잇고 진왕이 쇼왈 대인의 명

12면

이 겨시니 네 도리 온슌ᄒᆞ미 올커늘 엇지 지지ᄒᆞᄂᆞ뚀 어ᄉᆡ 부복샤죄여늘 초공이 잠간 ᄂᆞᆺ비츨 화히 ᄒᆞ여 굴오대 네 년쇼ᄒᆞ나 삼셰 동치 아니라 엇지 ᄒᆡᆼ실의 비박ᄒᆞ미 이의 밋ᄎᆞ리오 고인 왈 부모의 무르시미 겨시거든 먹던 밥을 비앗고 응대ᄒᆞ라 ᄒᆞ엿ᄂᆞ니 너를 ᄉᆞ랑ᄒᆞ샤 명명이 니르시거늘 금일 엇지 여ᄎᆞᄒᆞᄂᆞ뚀 머므러 문외의 젼별ᄒᆞ고 도라오라 어ᄉᆡ 지배 계슈 슈명ᄒᆞ더라 노공이 졍공을 위로ᄒᆞ고 쇼져를 ᄌᆡ삼 당부ᄒᆞ여 보신ᄒᆞᆷ믈 경계ᄒᆞ니 쇼졔 비샤 슈명

13면

ᄒᆞ고 졍공이 타루 왈 블초녀를 넘녀ᄒᆞ시미 이러틋 ᄒᆞ시니 여ᄎᆞ 셩덕을 몸이 맛도록 능히 갑지 못ᄒᆞ리로쇼이다 졔 어버이를 ᄯᅡ라가는 길이라 위틱ᄒᆞᆷ믄 업술 거시니 과려치 마르쇼셔 초공이 쇼져다려 왈 대인 교훈이 보즁키를 니르시니 너는 명교를 져바리지 말나 슈삼 년 후면 ᄌᆞ연 평안이 모드리라 쇼졔 부복ᄒᆞ여 슈명ᄒᆞ나 말ᄉᆞᆷ 밧긔 졍셩이 나타나ᄂᆞᆫ지라 노공과 진왕이 ᄌᆡ삼 무익ᄒᆞ고 ᄌᆞ로 도라보와 ᄉᆞ랑ᄒᆞ미 비무ᄒᆞ더라 날이 져믈미 이공이 졍공을

14면

향ᄒᆞ여 왈 돈ᄋᆞ를 두고 가ᄂᆞ니 발ᄒᆡᆼᄒᆞ는 날 다시 오리라 졍공이 샤례ᄒᆞ고 어ᄉᆡ 문 밧긔 ᄂᆞ와 부ᄌᆞ를 배별ᄒᆞ고 드러와 졍공으로 더브러 죠용이 말ᄉᆞᆷ홀ᄉᆡ 초공 면젼의 조심ᄒᆞ던 마음을 노코 단슌 호치 찬연ᄒᆞ여 도도ᄒᆞᆫ 말ᄉᆞᆷ이 하슈를 드리온 ᄃᆞᆺᄒᆞᆫ 거동이 츈풍을 잇그니 졍공이 집슈 탄왈 ᄉᆞ원 형은 엇던 사름이완ᄃᆡ 너 ᄀᆞᆺᄐᆞᆫ 대현군ᄌᆞ를 ᄆᆡ양 ᄎᆡᆨᄒᆞ고 경계ᄒᆞ여 긔운을 펴지 못ᄒᆞ게 ᄒᆞ는고 너의 부젼의 ᄒᆞ는 거동을 보면 내 부ᄌᆞ의 참괴ᄒᆞ여 ᄒᆞ노라 어ᄉᆡ

15면

흠신 대왈 쇼싱이 인ᄉᆡ 노셩ᄒᆞ지 못ᄒᆞ고 ᄒᆡᆼ실이 경박ᄒᆞ여 ᄆᆡ양 단쳬 드러나 ᄎᆡᆨ언이

ᄌᄌ시나 스스로 ᄌ괴홀 ᄯᅡ름이라 쇼셰 엇지 감히 남의셔 나오면 부형긔 그런 칙언
이 ᄌᄌ리잇고 졍샤인 등이 부친 말ᄉᆞᆷ으로조ᄎᆞ 각각 우음을 먹음고 조싱이 잠쇼 왈
악ᄌᆞᆼ 니ᄅᆞ시는 ᄇᆡ 가쇼 잇관ᄃᆡ 쇼안이 미미ᄒᆞ오니 무슨 쥬의뇨 졍한님이 즐왈 무상
ᄒᆞᆫ 놈아 너쳐로 부형을 속여 존공의 거름을 옴기지 아냐 방약무인ᄒᆞ리오 우리는 엄
젼이나 ᄉᆞ실의 니ᄅᆞ나 ᄒᆞᆫ가지니

16면

오늘 아등의 웃는 거슨 대인 말ᄉᆞᆷ을 웃는 거시 아니라 네 거동을 우으미니 앗가와 다
ᄅᆞ뇨 어시 쇼왈 앗가 악ᄌᆞᆼ이 니ᄅᆞ샤ᄃᆡ 다ᄉᆞᆺ 아들이 날을 업ᄉᆞᆷ 것ᄀᆞᆺ치 방약무인이라
ᄒᆞ시거늘 듯ᄌᆞ왓더니 형으로 니ᄅᆞ대 존젼이나 슈힝ᄒᆞ랴 ᄒᆞ니 악ᄌᆞᆼ이 허언ᄒᆞ시는 쥴
아조 몰ᄂᆞᆺ도다 사ᄅᆞᆷ이 군부 안젼이나 슈심 공경ᄒᆞ믈 ᄉᆞ실과는 달니ᄒᆞ거늘 형은 ᄀᆞᆺ치
ᄒᆞᆫ다 ᄒᆞ니 내 엇지 졍가 풍속을 달무리오 졍싱이 말이 막혀 웃고 왈 이 놈아 ᄉᆞ오나
온 말이 졈졈 침노ᄒᆞ니 그 죄를

17면

졍이 ᄒᆞ리라 졍공이 쇼왈 나는 보니 너히 무례ᄒᆞ지 조랑은 죄 업ᄉᆞ니 칙ᄒᆞ리오 일좨
모다 웃더라 졍공이 단엄ᄒᆞ고 졔졍이 슉연ᄒᆞ나 어ᄉᆞ로 호희 만터라 날이 느ᄌᆞ믹 셕
반을 파ᄒᆞ고 졍공이 탄왈 내 이졔 망극즁 만시 등한ᄒᆞ나 부녀 텬륜은 ᄌᆞ별ᄒᆞ미 인지
샹졍이라 령존이 쇼녀의 죄를 관샤ᄒᆞ여 며느리로 아ᄅᆞ시니 현셔도 ᄋᆞ녀ᄌᆞ를 긍측이
너겨 믈 ᄀᆞᆺ튼 약질을 위로ᄒᆞ라 싱이 졍니를 감동ᄒᆞ나 심지 하히 ᄀᆞᆺ트니 개용 샤왈 실
인의 원루는 즁인 쇼공지라

18면

져의 샹시 위인이 실노 그러치 아니므로 쇼싱이 왕ᄅᆡ 무상ᄒᆞ고 부뫼 권이ᄒᆞ시미니
엇지 일편된 고집을 직히여 신의를 역ᄒᆞ고 악ᄌᆞᆼ 후의를 져바리리잇고 공이 흔연 이
지ᄒᆞ고 쇼져 유모를 블너 싱을 쇼져 곳으로 뫼셔 가고 촉을 ᄌᆞ바 인도ᄒᆞ니 싱이 늘호
여 침쇼의 오니 졍시 마ᄌᆞ 셔로 대ᄒᆞ여 말이 업더니 어시 탄왈 내 이곳의 단녀간 후
인시 변ᄒᆞ여 악ᄌᆞᆼ이 고향의 가시니 싱이 부인을 년셕ᄒᆞ미 아니라 악ᄌᆞᆼ의 후의를 닛
지 못ᄒᆞ여 니ᄅᆞ이다 집이 이시ᄃᆡ 부인 익

19면

운이 고이ᄒ여 금쥐로 힝ᄎᄒ니 연이나 악뷔 결복ᄒ는 쩌면 ᄌ연 금쥐 잇고져 ᄒ나 머므지 못ᄒ고 익이 스라지는 거시니 부인은 싱을 박졀타 말고 보신지쵝홀지라 부인이 구가를 쩌나고 가부를 원별ᄒ는 졍시 춤연ᄒᄆ 몸쇼 니르러 위로ᄒ거늘 부인이 조곰도 감격ᄒ는 회푀 업고 쉬호를 대훈 듯 닝낙ᄒ시뇨 쇼제 어ᄉ의 집슈 희언의 참연훈 빗치 동ᄒ니 홍광이 취지ᄒ여 니러나고져 ᄒ나 냥슈를 구지 잡아 썰칠 길이 업ᄂ지라 머리를 무릅희 언져

20면

누어시니 태산 ᄀᆺ투여 약질이 운신을 못ᄒ니 졍히 착급 민망ᄒ여 안식을 졍히 ᄒ여 굴오ᄃ 죄명이 망측ᄒ여 쥭기의 너무나 쥭이지 아니시는 쯧이 겨실진대 례되 은근ᄒ실지니 이리 부박ᄒ시니 쳡이 블복ᄒᄂ이다 싱이 우러러 보고 현슉ᄒᆷ믈 드ᄅ니 기리 쇼왈 내 비록 박힝ᄒ나 오날은 원별시라 부부의 일시 우희니 무ᄉ 비례라 논ᄒᄂ뇨 례가 즁ᄒ나 죄명이 엇지 이 지경의 니ᄅᄂ뇨 싱은 텬셩이 츙효대의를 잡을 쓴이니 부인 앏히라 ᄒ고 간 대로 달니ᄒ

21면

리오 부인이나 조심ᄒ라 ᄒ고 말을 아니니 혼야의 년쇼 쟝긔로 졀대 미쳐를 대ᄒ여 무궁훈 은졍이 시얌솟 듯ᄒ여 옥비를 어ᄅ만져 그 연약ᄒ고 옥 ᄀᆺ트믈 잔잉ᄒ여 탄왈 우리 부뷔 결발 십오의 졍젼이 만나라 타일 샹봉 화락ᄒ리니 엇지 싱각을 널니 못ᄒ고 이대도록 쇠약ᄒ뇨 우 쇼왈 존젼이라 일비쥬를 못 먹엇더니 부인이 이런 쩌의 두어 잔을 앗기ᄂ뇨 이리 희롱ᄒ고 손을 잡고 누엇더니 졍한님 형뎨 오다가 죡용을 즁지ᄒ고 은졍의 말

22면

을 드르니 문 틈으로 보와 ᄭᅮ지ᄌᆞᄃ 네 ᄉ실의셔 여ᄎ 희언ᄒ고 우리를 나므러 ᄒ던다 어시 짐ᄌᆺ 요동 아녀 니ᄅ대 반야의 엇진 도젹이 단ᄂ나뇨 내 안히 방의 부인 무릅 베고 누엇거늘 뉘라셔 여어보나뇨 죵일 존젼의셔 몸이 곤ᄒ기로 벼개 삼아 누엇거늘 ᄯᅩ 엇던 도젹 놈이 군ᄌ 슉녀의 방의 규시ᄒᄂ뇨 샤인 형뎨 드리다라 어ᄉ를 잡

아 쑤지져 무샹흔 놈아 어나 군즈가 혼야 즁인들 졍실 대졉을 니러툿 ᄒᆞᄂᆞ뇨 약질이 견틱나냐 아등을 우으나 너는 더옥 박힝

ᄒᆞ도다 조싱이 웃고 니러안즈 왈 그대는 부형 안젼이나 부인 안젼이나 궤슬 젼뉼로 ᄒᆞᄂᆞ 재 그러치 아니ᄒᆞ랴 샤인 등이 대쇼 왈 네 비혼 거시 말ᄲᅮᆫ이니 너 ᄀᆞ툰 무식흔 놈은 처음 본 빅라 스룸이 텬진으로 ᄒᆞᄂᆞ니 우리는 너의 존공 안젼만 지어ᄒᆞ고 거동이 안셔ᄒᆞ여 믹스를 례법으로 ᄒᆞ는 톄ᄒᆞ고 도라셔면 스오나어 구는 쥴은 우리 더옥 무샹이 너기노라 조싱이 대쇼 왈 형등이 악쟝 면젼으셔 쇼리를 놉히 ᄒᆞ여 희롱을 낭즈히 ᄒᆞ고 언쇼를 긔탄ᄒᆞ미 업스며 태만흔 의

용이 일분 경근ᄒᆞ는 거동이 업스니 형등ᄀᆞᆺ치 무식ᄒᆞᆷ믈 내게 비ᄒᆞ리오 졍한림 등이 쇼왈 추후는 네 말 조ᄎᆞ 다시 슈힝ᄒᆞ리라 어시 잠쇼ᄒᆞ고 삼인이 한담ᄒᆞ더니 안흐로 셔 쥬찬을 갓초와 어스를 대졉ᄒᆞ니 어시 슐을 싱각다가 통음홀ᄉᆡ 만흔 진찬을 셔르지며 일호의 향온을 진탕ᄒᆞ니 취긔 편힝ᄒᆞ여 풍신 용홰 촉하의 찬란ᄒᆞ더라 ᄎᆞ시 셜 부인이 여어보고 만념이 프러져 스랑ᄒᆞᆷ을 니긔지 못ᄒᆞ더라 밤들믹 샤인 형뎨 도라가고 어시 부인으로 더브

러 밤을 지닐ᄉᆡ 은졍이 여산ᄒᆞ여 오직 보즁ᄒᆞᆷ믈 직삼 당부ᄒᆞ고 명됴의 부즁의 도라와 신셩ᄒᆞ고 슈삼일 후 졍공 형뎨 샹구를 뫼셔 여러 닉힝을 뫼셔 호힝ᄒᆞ여 싸로니 힝식이 십분 부셩ᄒᆞ고 졍공의 치샹ᄒᆞ는 쩌 문긱과 됴문ᄒᆞ는 재 텬즈 아릭 스셔인의 니르히 측냥 업더라 진왕 등이 십니졍의 분슈ᄒᆞ미 의희흔 졍이 비길 대 업더라 졍공이 부녀의 년년흔 니별을 슬허 늣기니 싱이 위로 만단ᄒᆞ더라 부인이 ᄯᅩ흔 슬허 왈 아심이 슉야의 버히는

둣ᄒᆞ니 엇지 초고치 아니리오 원컨대 현셔는 슈히 쳐치ᄒᆞ여 간비의 머리를 버힌즉

첩이 결초보은ᄒ리라 어시 비왈 근슈교의리니 원힝의 평안이 힝ᄒ샤 슈히 뫼오믈 바라ᄂ이다 쇼져를 보와 당부ᄒ니 쇼졔 운환을 슉여 명대로 ᄒᆞ믈 대ᄒ더라 어시 악공을 니별ᄒ고 햐쳐의 니르러 정싱 등으로 쟉별홀시 승상이 집슈 쳑연 왈 내 셰렴이 업셔 산야 초뷔 되고져 ᄒᄂ니 오늘 니별이 긔지 업ᄉ지라 ᄒ고 만단 쇼회를 니러 탐탐ᄒ 별한이 쳔

27면

슈만한이라 날이 느ᄌ므로 분슈ᄒ여 일힝이 금쥐로 향ᄒ고 조싱은 졔형 친우로 더브러 도라올시 외모의는 졍시 니별이 등의 가시 버슨 ᄃ시ᄒᄃᆡ 실졍인즉 도금ᄒ여 만리의 쳔고 졀염과 탐탐ᄒᆫ 은이로 당시ᄒ여 여러 가지 회푀 이셔 죄누를 벗길 도리를 싱각ᄒᆫ즉 흉인의 쟉뫼 발각기 젼은 복초홀 길이 업ᄂ지라 마음의 한ᄒᆞᆫ대 졍시는 옥 ᄀᆞ튼 슉완이라 힝신의 반졈 비례를 보지 못ᄒ엿ᄂ니 내 총명이 업셔 아시 조강으로 삼년을 미미ᄒ다가 필

28면

경은 고이ᄒᆫ 죄로 츌부를 민ᄃ니 도시 나의 허믈이라 이졔 부모를 ᄡᆞ와가나 화변 즁이라 그 ᄉ이 엇지 될 쥴 모르리니 내 부모긔 당치 아닌 죄명 ᄀᆞ트면 보내지 말고 ᄒᆫ 곳 별스의 머믈고져 ᄒ대 대인이 보내신 비니 머믈 길이 업고 녀ᄌ로 구구ᄒ미 쟝뷔 아니라 연이나 심ᄉ를 참기 어렵도다 ᄒ고 심시 블열ᄒ여 집의 오미 ᄉ긔 화평ᄒ고 일분 은이 업ᄉ니 태부인이 탄왈 가변이 고이ᄒ여 졍시를 보지 못ᄒ고 먼니 보ᄂ니 노인의 여년이 부다ᄒ여 다시 보지 못ᄒᆫ즉

29면

구텬의 눈을 감지 못ᄒ리로다 초공이 이셩화긔로 쥬왈 조시 익운이라 현마 오리리잇고 금쥐힝도 곳 아니런들 젹거지환이 이실가 져의 부모를 ᄯᆞ라가게 ᄒ엿ᄉ오니 언마 익을 지내고 오릿가 대모는 셩녀치 마르쇼셔 합긔 초공의 신명은 아ᄂ지라 졍시 익회 비샹홀 쥴노나 태부인 위부인이 역경ᄒ더라 ᄎ시 셜강이 졍승상을 배숑ᄒ고 도라와 경부번을 쳥ᄒ여 빅금을 쥬고 니르대 오늘 졍승상이 치샹ᄒ여 션산으로 가니 힝즁의 조어ᄉ 부인

30면

이 동힝ᄒᄂᆫ지라 내 당당이 졍시를 ᄯᅡ라 탈취코져 ᄒᆞ나 얼골을 알 거시오 여러 날 갈 길이 업셔 너를 보내나니 원컨딕 아직 내힝이 가기 젼 황황 분쥬ᄒᆞᆫ 가온대 밤을 당ᄒᆞ여 다려오면 너의 큰 공이라 후번 왈 비록 도즁이나 지샹가 힝츳의 사름이 만흘 거시니 내 혼ᄌᆞ 가 엇지ᄒᆞ리오 강도를 만히 결당ᄒᆞ여 겁칙ᄒᆞ리니 금빅을 더 쥬어야 ᄡᅳ리라 셜강이 다시 오빅 금을 쥬어 가마니 글을 닥가 허챵을 달녀여 허비기 보내니 난픠 셜강 은혜를 감격

31면

ᄒᆞᄂᆫ지라 범스를 시기는 대로 내응홀시 황애 난교를 가쟝 시총ᄒᆞ여 벼슬을 봉코져 ᄒᆞ니 ᄌᆞ졍뎐의 겨셔 밤마다 허미인으로 즐기미 뉵궁이 실총ᄒᆞ고 졍궁은 총이 쇼ᄒᆞ니 곽휘 투기 만흔지라 태후 숑시 민망ᄒᆞ여 냥궁을 계칙ᄒᆞ여 화긔를 권ᄒᆞ더니 이쎄의 ᄌᆞ로 칙을 드리니 졈졈 궁내 쇼요ᄒᆞ여 산란흔지라 이쎄 니부샹셔 쇼현이 쇼를 올녀 니부 즁망이 유현긔 미뤼ᄂᆞᆫ지라 이쎄 긔현의 벼슬이 례부샹셔 홍문관 태흑ᄉᆞ의 올므니 영총이 도야

32면

의 들네ᄂᆞᆫ지라 바야흐로 이팔 삼오의 즁권을 잡으니 진왕이 숑구ᄒᆞ여 경계 왈 너의 년쇼 부지로 여ᄎᆞ 즁임을 당ᄒᆞ니 례부ᄂᆞᆫ 긔강과 례의를 아는 곳이라 사름의 션악 현부를 아라 쟉직을 당ᄒᆞᄂᆞ니 마음을 ᄀᆞ초와 거울ᄀᆞᆺ치 ᄒᆞ라 명심 블망ᄒᆞ여 쳥념 강렬ᄒᆞ고 부슉을 히 되게 말나 냥지 피셕 슈명ᄒᆞ더라 냥인이 태흑ᄉᆞ의 겸ᄒᆞ여 입번이 ᄌᆞᄌᆞ니 셜강이 샹총이 비샹ᄒᆞ여 니부시랑의 니르고 흑ᄉᆞ의 니르니 의긔양양ᄒᆞ여 ᄎᆞ 냥인을 젼폐ᄒᆞ고

33면

일셰를 홀노 득셰코져 ᄒᆞᄂᆫ지라 츠시ᄂᆞᆫ 즁츄 긔망이라 샹이 허미인을 다리고 ᄌᆞ졍뎐의 슉침ᄒᆞ시니 본대 외뎐이라 여러 태흑시 입번흔 쎄면 무궁이 블너 글도 지이고 강논도 ᄒᆞ이며 외신이 단니는 고로 허시ᄂᆞᆫ 궁녀의 쳔인인 고로 궐내 갓가온 대ᄂᆞᆫ 곽후 투긔 비샹ᄒᆞ여 미양 못 나오실 곳으로 난교를 즐겨 밤이면 ᄌᆞ졍뎐의 블너 머무시며

허시 입번 후는 조정던으셔 밤을 시와 뫼셧더라 입번 후는 니부 유현과 흑사 셜강이 다 좌우각의 잇더니 샹이

34면

잠을 드르시미 셜강이 약을 먹고 조니부 얼골이 완연이 되여 칼흘 들고 조정던의 가 허미인을 잇글고 병쟝 밧긔셔 은은이 말흘시 달비치 파스흐여 몰나볼 거시 업스대 샹이 씨시미 허시 겻히 업고 병후의 밀밀 쇼에 들니는지라 샹이 반야의 난교가 니러나 말흐는 줄 싱각지 못흐샤 십분 고이히 너겨 가마니 병풍 밧긔 사름을 보니 촉영의 그림지 찬란흔 풍용이 완연이 조유현이라 난교의 숀을 잡고 왈 현비 셜강의 집의 이실 졔 날과 구든

35면

샹약이 잇더니 일됴의 초방지친의 뫼시미 고인을 아조 니즈니 조유현이 초조흐여 니운 간쟝이 죽을지라 혼군이 무도흐여 졍궁을 쇼박흐고 셩식 연회로 망극지샹이니 대쟝뷔 북면 칭신흐미 욕될지라 샹인을 움즉이미 일을 닐 거시로대 오히려 부형이 말니고 후셰 역신이라 말을 듯지 아니려 흐미니 나의 쳔금 가인을 아이므로브터 원통흐미 극흔지라 닉 슈단이 셰롤 보와 참지 못홀 거시니 내 맛당이 황표로 군하의 됴회롤 바드리라 현비 오늘은 송됴의 후비나

36면

타일 유현이 득지흐미 황후의 존귀롤 누릴 거시니 텬하는 일인의 텬히 아니라 지덕의 도라가느니 우리 부친은 문왕의 덕이오 나는 무왕이 되리니 혼군이 잠들 씩의 범흐라 난픠 놀나 울며 왈 내 어려셔 부모롤 일코 셜가의 길이여 잇다감 그딕 얼골을 보와시나 내 엇지 그대로 친흐리오 이졔 텬은을 입스오니 군신지분이 텬디 곳튼지라 춤아 무인 심야의 이런 망극흔 무상지언을 내니 쎨니 가지 아니면 황샹긔 고흐고 즉긱의 일을 내리라 흐니 조싱이 요하의 칼흘 쌔혀

37면

왈 이 칼은 쥬상을 두리지 아니리라 난픠 크게 쇼릭 지르고 병풍 안으로 드러가거늘

조싱이 황망이 다라느는지라 샹이 놀느시고 분ᄒ여 난교다려 무르시니 난교 눈물이 비오ᄃᆺ 고왈 신쳡이 쳔녜나 일죽 비홍이 완연ᄒ와 승춍ᄒ왓습거ᄂᆯ 조유현이 여츠여 츠ᄒ오니 폐하는 쇼황문으로 젹간ᄒ여 탐지ᄒ쇼셔 ᄒ거ᄂᆯ 샹이 츠악ᄒ샤 친히 드르신 비라 엇지 요인의 변란을 아르시리오 만심 대로ᄒ샤 반ᄃ시 죽이려 ᄒ시고 젹간ᄒ시니 셜강 등은 곤히 자대 유현이 혼ᄌ 씨

38면

엿더니이다 샹이 더옥 노ᄒ샤 즉각의 죽이고져 ᄒ대 궁금의셔 느고 난교의 음식라 아직 춤아 그 동졍을 보고져 명일 초공을 쳥ᄒ여 굴ᄋ샤대 요ᄉ이 북변 흉뇌 크게 반ᄒ고 긔황이 춤혹다 ᄒ니 이윤 쥬공이라도 진슈치 못ᄒ리니 짐이 친힝코져 ᄒ나 몸의 질양이 ᄌᄌ니 샹뷔 맛당이 짐을 대신ᄒ여 북변을 진슈ᄒ여 군현을 진졍ᄒ고 니민을 위유ᄒ여 샹부의 지덕을 힘쓰라 초공이 돈슈 왈 군명은 ᄉ디라도 블감 역명이 온대 이런 일의 ᄉ양ᄒ리잇고 언미필

39면

의 일인이 츌반 쥬왈 초공은 국가 쥬셕이오니 일시 일각을 쩌느지 못홀지라 다른 신하를 보내ᄋ쇼셔 샹이 보시니 졍쳔의라 샹 왈 경언이 유리ᄒ나 진슈ᄒ기는 샹부 곳 아니면 능치 못ᄒ리라 ᄒ시고 초공을 구지 졍ᄒ시니 초공이 샹의를 짐쟉ᄒ나 인신의 되 샹의를 ᄉ양치 못ᄒ여 흔연이 슈명ᄒ고 믈너느니 샹이 ᄯ 진왕을 ᄯ 머니 보내고져 평계를 싱각ᄒ시더니 졔왕 젼훈이 모반ᄒ여 남방을 침범ᄒ는 비 오르니 샹이 평진왕 조무로 졍병 십오 만을

40면

쥬샤 졍벌케 ᄒ시니 왕이 샤은 퇴됴의 일시의 남북으로 원힝ᄒ믹 근심이 ᄌ옥ᄒ고 태부인 등 부즁 슈다 인이 각각 권년ᄒ고 초공이 니부를 블너 손을 잡고 왈 오늘 부지 쩌느면 삼년이 될지라 오아는 츙효 대졀을 잡으라 니뷔 야야의 무릅 아리 ᄭ러 교훈이 삼년 별의니 효ᄌ의 심시 오죽ᄒ리오 그 말슴을 드르믹 무슨 익이 명명홀 쥴 지긔ᄒ고 심시 조치 아니나 안식을 화히 ᄒ고 말슴을 부드러이 쥬왈 힉이 블민ᄒ오나 태평셩대의 무슨 한이 이시

41면

리잇고 다만 이제 대인이 여러 천리의 히외 풍상과 도로 발셥의 존당을 써느시니 하졍의 민울ᄒ믈 춤지 못ᄒ오니 복원 야야는 아ᄒ 넘녀를 마ᄅ쇼셔 초공 왈 형뎨 시하의 남북으로 일시의 가니 엇지 안안ᄒ리오 내 이졔 집을 써느미 너희 넘녀 가즁 시비로 넘녀 즁ᄒ미 업스나 셩상이 우리 형뎨를 짐줓 먼니 ᄎ ᅱ우고 졍궁이 위태ᄒ고 네 몸이 무ᄉ치 못ᄒ리라 츙분이 격발ᄒ나 셩의를 과격지 말나 반ᄃ시 찬츌은 면치 못ᄒᆯ 거시니 내 도라오나 너를 보지 못

42면

홀가 년년ᄒ노라 연이나 쥬상이 인명ᄒ시니 죵내 부운이 옹폐튼 아닐 거시니 범ᄉ를 명심ᄒ라 샹셰 니러 직빈 쥬왈 엄괴 견두를 ᄆ초시니 아ᄒ 협량으로 바랄 비 아니오나 미시 명야오니 삼가 엄훈을 폐부의 삭여 ᄒᆡᆼ신의 삼가 명녕을 밧들니니 셩념의 거리ᄭᅵ지 마ᄅ쇼셔 진왕이 니부의 손을 잡고 광미를 ᄲᅥᆼ긔여 왈 너를 써나 두어 츈츄 후 모들 거시니 엇지 년년치 아니리오 져의 품질이 거츨 거시 업스대 너는 위인이 강엄ᄒ고 셩졍이 구드니 거

43면

관지ᄉ의 ᄉ친지졍이 널노 본을 삼ᄂᆞ니 슈년 운익이야 엇지 면ᄒ리오 그러나 ᄉ성이 유슈ᄒ니 대쟝뷔 죽을 운을 당ᄒ나 바히 츙녈을 ᄡᅳ지 아니리오 현질은 니르지 아냐도 당시 일ᄏᆞᆫ 배니 아비와 아즈비 슈고히 니ᄅ리오 니뷔 슉질지 교훈이 명쾌ᄒ믈 드ᄅ미 감격ᄒ여 ᄒ더라 진왕과 초공이 니부를 년년ᄒ여 직삼 조심ᄒ믈 니ᄅ고 왕이 례부를 경계 왈 우리 나가고 유이 집을 써나리니 가즁을 졍치ᄒ여 졔ᄋᆞ의 방약ᄒ믈 잡쥐라 례뷔 직빈 왈 히이

44면

블초ᄒ오나 삼가 엄교를 밧드러 슉야 진심ᄒ오리니 복원 부슉은 원로 ᄒᆡᆼ도를 보즁ᄒ쇼셔 가도를 넘녀치 말오쇼셔 초공은 크게 두굿기고 왈 네 ᄒᆡᆼ시 효슌ᄒ니 픠례지도 는 업스나 본셩이 히이ᄒ니 여러 ᄋᆞ히 즁 나으나 유현만 못ᄒ지라 위의 진즁ᄒ라 초공이 잠쇼 왈 오히려 형쟝이 긔현을 모ᄅ시ᄂᆞ이다 어질고 유화ᄒ고 강명 졍직ᄒ나

엄슉훈 위의는 그 줌의 이시니 엇지 유현의 과격ᄒ미 비기리잇고 두 아히는 굿ᄐ여 근심이 업거니와 여러 아히들

45면

이 도덕의 가죽지 못ᄒ여 가히 니가ᄒ미 넘녀 노히지 못ᄒ노라 진왕이 잠쇼ᄒ더라 이의 진초 냥공이 궐하의 나아가 하직훈대 샹이 청ᄒ여 보시고 위로 왈 두 션싱이 짐을 위ᄒ여 원로 풍샹을 무릅뼈 슈고를 몸쇼 당ᄒ니 짐의 넘녜 젹으리오 모름미 슈히 도라와 짐심을 위로ᄒ믈 바라노라 인ᄒ여 잔을 드러 냥공을 쥬시고 샹방검을 쥬샤 각도 군현의 위령 난법 재 잇거든 션참후계ᄒ라 ᄒ시고 각각 빅모화월을 쥬샤 위의를 도으시니 냥공이 배샤ᄒ고 인ᄒ여

46면

탑하의 부복 쥬왈 금일 신등이 남북으로 군명을 밧주와 가오니 텬안을 하직ᄒ옵는 마음이 슬프믈 측냥치 못ᄒ옵는 줌 훈곳 간절훈 넘녜 슉식이 편치 아니ᄒ올지라 황공ᄒ오믈 잇고 가히 쇼회를 알외고져 ᄒᄂ이다 샹이 냥인의 스식이 화ᄒ고 말슴이 부드러오믈 보시고 개용 문왈 냥경의 니르는 비 반드시 튱효지언이라 훈번 듯기를 원ᄒ노라 냥인이 부복 쥬왈 군신은 부주일쳬니 ᄒ믈며 신이 냥됴의 슈은ᄒ미 바다히 엿고 하늘이 놋ᄉ온

47면

지라 엇지 몸을 바려 보국홀 뜻을 업시ᄒ오리잇고 이졔 폐히 졍궁의 총권이 쇼여ᄒ시고 여러 후궁이 징총ᄒ여 쇼요ᄒ미 외됴가지 들니는지라 셩탕이 칙ᄒ샤대 궁실이 흉예아 녀알이 셩여아 ᄒ시니 영식 스치는 인군의 경계라 걸쥐 녹대의 토림 쥬지를 두고 맛춤내 쇼달기로 망국훈지라 주고로 졍궁으로 ᄒ여 나라히 망ᄒ미 드무오니 폐하의 셩덕이 엇지 우탕 문무의 검쇼훈 덕과 션왕의 어지시믈 효측지 못ᄒ시고 궁내로 화평치 못ᄒ샤니 인군은 부뫼시라 부

48면

뫼 블힝이 이시니 신등이 황황ᄒ와 슉야 침식이 다지 아니ᄒ와 싱각ᄒ오니 졍궁 낭

낭이 션녜와 태후 낭낭이 간틱ᄒᆞ신 빈니 임의 곤위의 졍ᄒᆞ시미 초토ᄒᆞ시고 아시 결발이 이시니 스셔 인민이 국모로 우러온 지 오리온지라 어내 후궁이 감히 곤위롤 여어보와 졍궁을 항거ᄒᆞ리잇고 셩샹의 일월지명으로 이곳의 옹폐ᄒᆞ시니 국가 죵사의 젹은 근심이 아니라 신등이 샹부의 존명을 밧줍고 직품이 인신의 극ᄒᆞ와 한 말ᄉᆞᆷ을 극간치 못ᄒᆞ옵고 폐하롤 져바린 빈 되오리

니 이졔 신등이 남북으로 가오니 그 ᄉᆞ이 반ᄃᆞ시 반년이 너믈지라 그윽이 두리건대 힝혀 궁내의 변이 이셔 곤위 위태ᄒᆞ실가 숑연ᄒᆞ온지라 미리 쥬ᄒᆞ미 미안ᄒᆞ오나 쥬샹은 미신의 말ᄉᆞᆷ을 거두워 ᄡᅳ시고 젹은 죄로 벌치 아니신 후은을 입ᄉᆞ와 혈심 쇼회롤 진달ᄒᆞ오니 만일 찰납ᄒᆞ시면 신등이 셩은을 감츅ᄒᆞ와 믈너가는 쳔심이 편홀가 ᄒᆞᄂᆞ이다 쥬파의 냥공의 안싴이 츈양을 ᄯᅴ엇시니 긔운이 츄텬 ᄀᆞᆺ고 언론이 쳥숑 쥭빅이라 탑하의 국궁ᄒᆞ여 명을 기

다리니 위의 슉연ᄒᆞ고 ᄌᆞ연 사롬으로 ᄒᆞ여금 개용 경복케 ᄒᆞᄂᆞᆫ지라 샹이 만승지위나 공경ᄒᆞ시는 고로 좌우로 붓드러 평신ᄒᆞᄆᆞᆯ 니ᄅᆞ시고 흠신 왈 금일 냥 션싱을 대ᄒᆞ여 지극ᄒᆞᆫ 츙언을 드르니 도시 짐을 ᄉᆞ랑ᄒᆞ고 나라 위ᄒᆞᆫ 츙셩이라 짐이 감동ᄒᆞ여 탄복지 아니리오 짐이 만승 텬ᄌᆞ나 후비의 복이 박ᄒᆞ여 궁내의 명풍을 볼 길이 업ᄉᆞ니 쥬 션강후의 탈잠을 볼 길이 업거니와 맛ᄎᆞᆷ내 투긔ᄒᆞ는 쇼리 초강ᄒᆞ니 결단코 텬ᄌᆞ의 배위로 억조 싱민의 어미 되지

못홀 빈라 ᄎᆞ고로 셕년의 태휘 됴셕으로 권이ᄒᆞ시ᄃᆡ 짐심이 도로혀 ᄉᆞᆺ지 못ᄒᆞ엿ᄂᆞ니 금일 냥 션싱의 말을 드르니 짐이 실덕ᄒᆞ여 그런가 붓그리노라 슈연이나 졍궁으로 망ᄒᆞᆫ 나라히 업다 ᄒᆞ나 짐이 한당 고ᄉᆞ롤 보고 금ᄎᆞ 투악을 보니 마음이 숑구ᄒᆞ나니 만일 죵리 변이나 업ᄉᆞ면 짐이 맛당이 냥 션싱의 부탁을 져바리지 아니리라 냥공이 쳬루 쥬왈 셩샹이 엇지 ᄎᆞᆷ아 신ᄌᆞ롤 대ᄒᆞ여 궁내 부덕을 니ᄅᆞ시ᄂᆞ니잇고 폐히 대졉ᄒᆞ시는 배 여ᄎᆞᄒᆞ시므로 낭낭 셩

52면

의 화치 못ᄒ시니 신등도 한당 고ᄉᆞᄅᆞᆯ 보와ᄉᆞ오니 낭낭의 실덕이 오히려 셩샹의 니ᄅᆞ시는 바룰 됴ᄎᆞ 투긔 밧긔 나지 아니신즉 부인의 셩이 편협ᄒ여 투졍이 업ᄉᆞ니는 고금의 듯지 못ᄒᆞᆫ 배오 문왕의 태시시나 폐하의 편벽을 분ᄒᆞ시면 반ᄃᆞ시 셩덕이 흘너 모시 데일편이 되지 못ᄒᆞ리샤 복원 셩샹은 널이 혜아리샤 젹은 허믈을 못 본ᄃᆞ시 ᄒᆞ샤 후궁의 무쇼ᄅᆞᆯ 신쳥치 마르시믈 원ᄒᆞᄂᆞ이다 샹이 잠쇼 왈 냥 션싱 니르는 말을 잇지 아니리니 원로의 맛진 바

53면

즁임을 슈히 셩공ᄒ여 승쳡ᄒ고 도라오라 냥공이 비샤ᄒ여 궐문을 ᄂᆞ니 만됴 빅관 등이 문 외의셔 젼별ᄒ더라 형데 분슈ᄒ여 진왕은 남으로 향ᄒ고 초공은 북으로 향ᄒ니 왕공의 힝ᄎᆞ오 텬ᄌᆞ의 ᄉᆞ부로 위엄이 스히 진동ᄒ고 덕망이 일셰ᄅᆞᆯ 기우리니 ᄒᆞ믈며 샹방검과 빅모 황월이 위의ᄅᆞᆯ 도와 각읍 쥬현의 싱살이 슈즁의 쥐여시니 호령이 샹풍 ᄀᆞᆺ고 위엄이 뇌뎡 ᄀᆞᆺ트여 지나는 바 군현의 망풍 샹담ᄒ여 황황 영지ᄒᆞ미 빅셩이 닷토와 마즈니 진왕의

54면

엄슉ᄒᆞᆫ 위덕과 초공의 현명ᄒᆞᆫ 덕용이 명졍언슌ᄒ여 니르는 곳마다 감복ᄒ여 도덕이 화ᄒ여 양민이 되고 군현이 개심 슈덕ᄒ니 군ᄌᆞ의 덕홰 만방의 감화치 아니리 업셔ᄉᆞ오 월이 못ᄒ여 북방 싱민이 왕화ᄅᆞᆯ 알고 각각 군현이 민폐ᄅᆞᆯ 일일히 들며 우슌 풍조ᄒ고 풍화ᄅᆞᆯ 널이 교훈ᄒ며 밧그로 궁흉의 쟉난을 졔방ᄒ고 안흐로 만민의 싱업이 일위니 인인이 숑덕 칭은ᄒ여 지나는 곳마다 츄모ᄒᆞᄂᆞᆫ 비셕을 셰우고 부모 싱각ᄒᆞ 듯ᄒ니 발힝

55면

ᄒᆞᆫ 지 팔구 삭이 못ᄒ여 셩지ᄅᆞᆯ 응ᄒ여 환조ᄒᆞ니라 ᄎᆞ셜 진왕이 힝군ᄒ여 격셔ᄅᆞᆯ 졔국의 젼ᄒ고 만방을 진뎡ᄒ여 위명이 대진ᄒ고 덕홰 만방의 훼ᄌᆞ하고 원슈 위령이 엄슉ᄒ여 번국의 원슈의 칭셩이 들네ᄂᆞᆫ지라 졔국 군신 샹해 의논ᄒ고 텬됴 쟝슈 용밍이 졀륜ᄒ니 본국이 대젹기 어려온지라 ᄎᆞ라리 항ᄒ리라 ᄒᆞ고 즉시 항됴ᄅᆞᆯ 올니고

조공을 쳥ᄒᆞ여 밧드러 대대로 조공 바치믈 밍셰ᄒᆞ고 셜연ᄒᆞ여 관대ᄒᆞ니 공이 화ᄒᆞ 안모의 니르대 텬ᄉ

56면

를 마져 폐하를 셤기는 항셔를 올니니 셩텬지 아름다이 너기시리라 ᄒᆞ고 하직ᄒᆞ니 공이 ᄒᆞᆫ 살을 허비치 아니ᄒᆞ고 평뎡ᄒᆞᆫ지라 츄팔월의 츌ᄉᆞᄒᆞ여 명년 츈삼월이 되여 반샤ᄒᆞ니 냥공이 일슌 ᄉᆞ이의 입됴ᄒᆞ니라 어시의 조부의셔 진왕 형뎨를 보내고 존당 부모의 념녀와 부인의 근심이며 ᄌᆞ질의 망운ᄒᆞ는 회푀 ᄌᆞ못 깁흔지라 례부 긔현과 니부 유현이 부슉의 교훈을 드러 가ᄉᆞ를 다스리미 대ᄉᆞ는 노공긔 품ᄒᆞ고 일동 일졍 이 부슉의 법지를 어긔미

57면

업셔 신혼 셩졍의 존당 밧드믈 동쵹ᄒᆞ여 가졍지훈을 명심ᄒᆞ미 일시 히태ᄒᆞ미 업ᄉᆞ니 노공이 냥손의 거동을 보고 두굿겨 왈 유현은 아비와 아ᄌᆞ비를 겸ᄒᆞ엿고 긔으는 셩 으를 젼습ᄒᆞ여시니 이졔 요ᄒᆡᆼ 도덕이 졔 부슉의 아리 아니니 엇지 오문의 경ᄉᆡ 아니 리오 일노조ᄎᆞ 노뷔 근심이 업도다 태부인의 만리 교이로 더옥 비홀 대 업ᄉᆞ니 냥지 흔ᄌᆞ 셩효와 치가의 아름다온 바의 졔뎨 교훈이 더옥 긔특ᄒᆞ니 례부는 단믁ᄒᆞᆫ 위의 ᄌᆞ연 사름의 긔경ᄒᆞ는 바오 니부는

58면

슉엄 쥰렬ᄒᆞ여 바라보미 두리온 고로 졔공지 부슉이 나가시나 츄호를 태만치 아니ᄒᆞ 더라 션셜 셜강이 간계를 발ᄒᆞ여 사름의 ᄎᆞ마 싱각지 못홀 일을 ᄒᆞ여 셩의를 요동ᄒᆞ 미 임의 두 대신을 내여 보내고 유현의 죄를 다스리고져 ᄒᆞ시대 평계ᄒᆞ여 즁외의 닐 말ᄉᆞᆷ이 조치 아냐 졍히 긔틀을 여시미 그런 춍우ᄒᆞ시든 ᄯᅳᆺ이 ᄉᆞ라져 분완ᄒᆞ미 밋쳐 상히 됴회의 니부를 보신즉 옥ᄉᆡᆨ이 엄렬ᄒᆞ시니 조문계 형뎨는 사름을 알미 ᄉᆞ광의 춍과 니루의 붉으미 이

59면

셔 사름의 품은 바를 ᄉᆞ뭇쳐 아ᄂᆞᆫ지라 비록 군신지간이나 관영 찰ᄉᆡᆨ지 못ᄒᆞ나 엇지

텬의 변ᄒ시믈 몰나보리오 스스로 ᄌ긔 운익이 이럿툿 ᄒ믈 씌치미 조곰도 군부믈
원홀 쯧이 업고 니부의 용인ᄒ는 졍신 지공무ᄉᄒ여 사람의 션악을 거울 비최듯 ᄒ
고 마음 잡으미 졍ᄒ 져울 ᄀ트니 쳥현 아망이 더욱 빗ᄂ고 ᄉ셔인의 탄복ᄒ니 칭셩
이 황샹긔 ᄌ로 들니니 샹이 그 픠악 대역의 거조믈 친견ᄒ시므로브터 심두의 통히
ᄒ샤 득죄ᄒ믈 기다려 젼일 죄와

60면

ᄒ 대 젹발ᄒ여 죽이려 ᄒ시는 고로 일분도 위망을 깃거 아니ᄒ시더라 이쩌 후궁이
셔로 징총ᄒ고 졍위믈 원망ᄒ여 샹긔 알외다가 곽후긔 들니미 되여 블승분ᄒ샤 두
귀비믈 친히 난타ᄒ샤 ᄌ못 실톄ᄒ시미 극ᄒ시니 샹이 니르러 보시고 말니시ᄃ 휘
분긔믈 억졔치 못ᄒ여 냥인을 구타ᄒ믈 그치지 아니ᄒ시고 분두의 그릇 샹의 ᄂᄎᄂ 샹
히와시니 샹이 대로ᄒ샤 외뎐의 나와 후의 죄샹을 즁신의게 반포ᄒ시고 졔 혹ᄉ로
의논ᄒ시니 만됴 일시의 불가ᄒ믈 극간

61면

ᄒᄃ 셜강 등이 폐후믈 쥬쟝ᄒ여 셩의믈 맛초와 곽후믈 폐ᄒ시게 ᄒ미 니부 유현과
례부 긔현이 맛춤 조공의 환휘 이셔 슈유ᄒ고 시병ᄒ더니 이 말을 듯고 황망이 관복
을 갓초고 궐하의 나아가 고두 읍간ᄒ미 격졀ᄒ니 샹이 대로 즐왈 무죄ᄒ 졍궁을 폐
ᄒ면 군희 간ᄒ미 도리의 올ᄒ려니와 부부유별은 태만ᄒ여 발부의 과악이 모립ᄒ여
싱민의 어미 되지 못홀지라 법을 폐ᄒ미 뉘 짐심을 역ᄒ리오 니부 례뷔 텬뇌 노ᄒ시
믈 보미 조곰도 두려 아냐

62면

졍싴 쥬왈 폐히 ᄒᆞᆽ 졍궁 허믈을 크게 칙망ᄒ시나 쳐음 셩샹 대졉이 박ᄒ샤 졍궁 분
노믈 드르시고 후궁의 총이 셩ᄒ여 젹쳡지분을 직희지 못ᄒ여 궁녀의 일이 여ᄎᄒ니
슬프다 필부지가도 가옹의 눈멀고 귀먹지 아니면 치가믈 못ᄒᄂ지라 더욱 통솔ᄉ히
ᄒ여 만승텬지리오 폐히 류의 즁ᄒ 거슬 아르시고 ᄒᄆ며 션뎨 간틱ᄒ신 바로 아
시 결발의 젹은 허믈노 폐치 못홀지니 슈히 곤위믈 회복ᄒ시고 궁녀의 춤간ᄒ여 졍
궁을 도모코져 ᄒᄂ 후궁을

스스ᄒ여 왕법을 졍히 ᄒᄅᅸᆻ셔 샹이 대로ᄒ샤 즉시 낭 샹셔를 하옥ᄒ라 ᄒ시니 낭인이 블변안식ᄒ고 쥬왈 쥬욕신ᄉ라 ᄒ니 국모 폐츌ᄒᄂᆫ 욕을 보시니 신이 죽으나 엇지 뉘웃치지 아니ᄒ리잇고 다만 션뎨와 태후 ᄯᅳᆺ을 져바리시니 폐해 셩효의 험이로쇼이다 ᄒ고 의대를 그르고 단지의 배샤ᄒᄆᆡ 옥으로 나아가니 긔질과 거동이 셔리 ᄀᆺ고 츙졀이 쳥숑으로 징광ᄒᆯ지라 샹이 분로ᄒ샤 간ᄒᄂᆫ 뉴를 십여 인을 하옥ᄒ시니 즁논이 프러져 쾌히 폐ᄒ시고 즉시 귀비 쇼시로 태

평궁의 즉위ᄒ시니 이ᄂᆫ 곳 션인황휘라 원내 대가 잠영의 요조슉녀로 션됴의 곽낭낭과 함긔 ᄲᅢ혀 귀비를 봉ᄒ니 위인이 명졍ᄒ여 비연의 창궐ᄒᄆᆯ 본밧지 아니ᄒ고 반비의 장신궁을 효측ᄒ여 징총ᄒᄆᆯ 버셔나므로 즁외 인망이 도라가고 샹이 그 위인을 긔대ᄒ시다가 응텬슌인ᄒ다 ᄒ여 즁궁을 칙봉ᄒ시니 쇼휘시라 궁내 엄슉ᄒ고 법되 고요ᄒ여 됴애 열복ᄒ대 곽휘 심궁의 유폐ᄒ샤 슬허ᄒ시믈 마지 아니시니 샹이 ᄯᅩᄒᆫ 아시 결발지의를

싱각ᄒ샤 긔렴ᄒ시니 오히려 더ᄒ더라 이쩍 폐후의 일ᄉ로 가돈 졔신을 방숑ᄒ실ᄉᆡ 셜강이 승간ᄒ여 도어ᄉ 최학슈를 시겨 쇼를 올녀 왈 신은 드ᄅᆞ니 삼강오샹의 군신 ᄀᆺᄐᆫ 막대지륜이 업거ᄂᆞᆯ 사ᄅᆞᆷ이 나미 인군을 모ᄅᆞᄂᆞ 쟈ᄂᆫ 금슈와 일반이라 그 어리고 아득ᄒ여 아지 못ᄒᄂᆫ 쟈ᄂᆫ 칙망치 아니려니와 이졔 니부 총지 조유현은 만 권 셔를 보고 속의 경뉸지지며 ᄯᅩ 고금을 능통ᄒ대 밧그로 왕망을 짓고 안흐로 죠밍덕의 찬역지심을 두어시니 ᄎᆞᄂᆫ 신쟈된 재

다 ᄒᆞᆫ가지로 질원ᄒᆯ 배니 희미ᄒᆫ 일노 군부긔 알외리잇고 유현이 입번시의 폐하의 췌침ᄒ시믈 타 칼흘 품고 ᄌᆞ졍뎐의 돌입ᄒ여 흉픠지셜노 우흘 촉범ᄒ미 참아 신즈의 도리의 잇ᄉ오며 승은ᄒᆫ 허시를 통간코져 ᄒ다가 허시 거졀ᄒᄆᆡ 일이 발각ᄒᆯ가 급히 나온 쥴은 모든 환즈의 보온 빈라 인언이 외됴의 낭ᄌᆞ하여 희분치 아니리 업ᄂᆫ지라

태휘 아라시대 권셰룰 거두지 못ᄒᆞ여 모ᄅᆞᄂᆞᆫ 쳬ᄒᆞ시니잇가 유현이 양셰의 싱질노 블인대역을 습ᄒᆞ여 샹희

67면

부ᄌᆞ지졍이 화치 못ᄒᆞ고 가간의 유일지스도 블가형언이라 그 직쥔즉 일셰룰 혼일ᄒᆞᆯ 거시로대 그 쇼힝인즉 가살이라 난신 젹ᄌᆞ룰 니부 텬관의 두시니 신이 실노 죵샤룰 위ᄋᆞ여 두리ᄂᆞ니 복원 셩샹은 명찰ᄒᆞ쇼셔 ᄒᆞ엿더라 도어ᄉᆞ 최흑슈ᄂᆞᆫ 셜강의 죵형이라 셩되 과격ᄒᆞ고 잔 곡졀이 업ᄉᆞᆫ 인믈이오 남의 말 듯기룰 잘ᄒᆞ므로 유현의 몸을 히코져 ᄒᆞ미 아니라 셜강의 말을 듯고 언관이 되여 이런 젹ᄌᆞ룰 거두지 아녀셔ᄂᆞᆫ 직임을 욕ᄒᆞ미라 만단 유셰ᄒᆞ여 쇼탈

68면

ᄒᆞᆫ 거시 그 말대로 ᄒᆞᆫ 거시라 연ᄒᆞ여 강의 말대로 쇼룰 올니니 샹이 쇼룰 바다 친남ᄒᆞ시미 분긔 엄렬ᄒᆞ샤 즉시 비답 왈 경의 쇼ᄉᆞ룰 보니 튱렬 늠연ᄒᆞ여 고인의 우히라 유현의 죄샹이 졀통ᄒᆞ니 각별 엄문ᄒᆞ라 ᄒᆞ시니 강이 대희ᄒᆞ고 됴얘 경히치 아니 리 업ᄉᆞ니 조샹셔룰 아ᄂᆞᆫ 쟈ᄂᆞᆫ 분원치 아니리오 이쩌 쇼휘 쳐음으로 곤위의 오ᄅᆞ시미 대ᄉᆞ룰 아른 쳬ᄒᆞ미 업고 궁내의 어진 덕을 펼 ᄲᅮᆫ이러니 최흑슈의 초ᄉᆞ로 텬뇌 진쳡ᄒᆞᄆᆞᆯ 의아ᄒᆞ여 잠간 뵈옵기룰 쳥ᄒᆞ니 샹이 바

69면

야ᄒᆞ로 후룰 례경ᄒᆞ시므로 흔연이 드러오시니 텬뇌 진쳡ᄒᆞ시믈 뭇ᄌᆞ온대 쇼ᄉᆞ 말ᄉᆞᆷ을 ᄒᆞ시니 쇼휘 듯고 왈 요ᄉᆞ이 허언이 만흐니 엇지 알니잇고 샹 왈 짐이 쇼쟝을 보니 굴와시대 니부 유현은 풍뉴 비샹ᄒᆞ고 지혜 만인 즁 쇼ᄉᆞᄂᆞ니 짐이 슈족ᄀᆞ치 이즁ᄒᆞ더니 여ᄎᆞ 대간 대악이 이시니 샹쇠 헛 거시 아니오 짐이 모야의 친견ᄒᆞᆫ 빈니 다ᄉᆞ리미 긔죄 만ᄉᆞ무셕이라 금년이 나히 십오오 풍신이 과연 앗갑도다 휘 개용 피셕 왈 신은 궁금의 무치인 녀지라 ᄌᆞ고로 후비가 외ᄉᆞ룰

70면

간예ᄒᆞ오미 그ᄅᆞ오나 박덕 블혜로 외람이 곤위의 모쳠ᄒᆞ와 샹희 두리오미 여림박빙

이라 엇지 외간 정수를 알빈니잇고만는 싱각ᄒ와 보옵건대 유현은 아지 못ᄒᄋᆸ거니와 조무 조성은 션조로브터 츙렬지신으로 남졍 북벌ᄒᄋᆞ여 공녈이 즁ᄒ고 조성이 폐하를 츈궁의 겨실 ᄊᆞᆷᆷ브터 졍츙이 관일ᄒ고 션뎨 림붕시의 탁고ᄒᆞ시므로 일셰를 우공ᄒᆞ여 쥬공의 일목의 삼악발ᄒ고 일반의 삼토포ᄒ고 니음양 슌ᄉᆞ시ᄒ니 이졔 그 ᄌᆞ식이 남의셔 낫든 못ᄒᆞᆫ들

71면

그런 대역을 ᄒᆡᆼᄒᆞ리잇가 셕일 션뎨 침병의 조성이 칼을 들고 돌입ᄒᆞᆯ 졔 오됴의 ᄌᆞ웅을 알니오마는 부운의 옹폐를 버서시미 조성의 츙렬이 빅일노 졍광ᄒ니 조유현의 ᄌᆞ졍뎡 돌입이 엇던 쇼인인 쥴 알니잇고 사름은 ᄒᆡᆼ슈로 츄이ᄒᆞ시리니 이졔 ᄒᆞᆫ 쟝 무쇼와 야반 귀미의 요슐을 편혹ᄒᆞ샤 슈족 ᄀᆞᆺ튼 츙냥을 히ᄒᆞ시면 ᄉᆞ자는 블가부싱이오며 형자는 블가부쇽이니 복원 셩샹은 명찰ᄒᆞ샤 뉘웃ᄎᆞ미 업게 ᄒᆞ쇼셔 이러ᄐᆞᆺ 어진 간졍이 크게 샹

72면

의를 감동ᄒ니 샹이 역시 셕연 돈오ᄒᆞ샤 탄복 왈 현후지덕이 이러ᄐᆞᆺ 거록ᄒᆞ여 짐을 극간ᄒ니 쥬션강후의 탈잠지ᄉᆞ의 지리오 원내 유현의 젼후지ᄉᆞ는 쳥텬 빅일 ᄀᆞᆺ튼대 분명 이 밤의 그 얼골을 보고 말을 드른 빈라 블승통히ᄒᆞ여 ᄒᆞ더니 현후의 말솜의 ᄭᆡ다르니 혹자 원억ᄒᆞ미 이시면 짐의 허믈이라 형벌을 날회고 말노 브러보와 감ᄉᆞ 뎡빈ᄒ고 후일 진젹ᄒᆞᆷ믈 알아 결단ᄒᆞ리라 휘 니러나 칭하 왈 이는 신민의 복이로쇼이다 명명이 지긔ᄒᆞᆫ

73면

후 쳐살ᄒᆞ리니 ᄒᆞᆯ믈며 평일 슈족 ᄀᆞᆺ튼 괴공지신을 엇지 의심간 두고 죽이리잇고 유현의 죄샹을 넓이 공논ᄒᆞ샤 구ᄒᆞ는 빈 츙신이어든 가히 경흔 벌을 쓰시고 조성의 츙렬을 도라 싱각ᄒᆞ쇼셔 샹이 십분 탄복ᄒᆞ샤 죽일 ᄠᅳᆺ을 그치시고 명일 됴회 후 조니부를 블너드리라 ᄒᆞ샤 위의를 십분 엄슉히 ᄒᆞ시고 형률이 졔졔ᄒᆞ여 무죄ᄒᆞᆫ 사름이라도 숑률ᄒᆞ더라 허다 옥졸이 조니부를 인도ᄒᆞ여 계하의 니르미 샹이 이의 최흑슈의 샹쇼를 나리와 보라

74면

ᄒᆞ시고 친히 쇼리를 눕혀 칙ᄒᆞ여 글ᄋᆞ샤ᄃᆡ 짐이 경을 대졉ᄒᆞᄃᆡ 미ᄉᆞ의 넘게 ᄒᆞ여 은혜 부족ᄒᆞ미 업거늘 무슴 ᄯᅳᆺ으로 인신의 직분을 직희지 아니ᄒᆞ고 몸쇼 대역의 죄를 지으니 이 흔갓 최흑슈의 쇼ᄉᆞ만이면 짐이 오히려 취신홀 ᄲᅵ 아니로대 모야의 네 얼굴을 보고 쇼리를 짐이 드러시니 경이 능히 무어시라 발명홀 일이 잇ᄂᆞ냐 그 죄 맛당이 삼족이 가ᄒᆞ고 쥬륙을 면치 못ᄒᆞ고 족속이 년좌홀 거시로대 짐이 오히려 샹부의 춤의를 고렴ᄒᆞ여 년좌를 덜

75면

고져 ᄒᆞ여 엄형 국문ᄒᆞ여 무고히 반역ᄒᆞᄂᆞ 죄를 무ᄅᆞ려 오형 긔구를 버려시니 능히 아ᄂᆞᆫ다 조샹셰 돈슈 쳥죄 왈 신이 년쇼 부지로 일즉 셩은을 입ᄉᆞ와 쥬ᄎᆞ 은혜 텬긔로 가죽ᄒᆞ고 군신지되 부ᄌᆞ의 이시니 엇지 춤아 대음 대역으로 몸쇼 힝ᄒᆞ리잇고 최흑슈의 쇼쟝을 보오니 군신 대의를 져바려 신이 대역을 품어실진대 사름의 마음이오면 입번흔 ᄱᅢ의 몸쇼 ᄌᆞ졍뎐의 돌입ᄒᆞ여 쟉난을 아니홀 거시오 부ᄌᆞ 슉질이 은권이 늉즁ᄒᆞ여 블궤를 힝코져 ᄒᆞ

76면

미 일이 비밀케 ᄒᆞ여도 죽을 거시어늘 더욱 야반의 드러와 폐하의 승은흔 후궁을 희롱ᄒᆞ오며 난언으로 궁회를 욕ᄒᆞ고 대역을 스스로 입으로 발ᄒᆞ미 삼쳑 동지라도 고지 듯지 아니ᄒᆞ고 아니 힝홀지라 외됴 신지 비록 각쳐의 입직ᄒᆞ나 폐하의 취침ᄒᆞ여 겨시며 아니ᄒᆞ여 겨시믈 아라 그런 쟉죄ᄒᆞ고 외됴가지 난언을 내리잇고 이는 지쟈로 니ᄅᆞ지 말고 초부 목동의 쳔견이라도 거의 일의 픽루ᄒᆞ믈 아올지라 지어 텬안이 친견 친문ᄒᆞ시믄 신이 더욱 경혹ᄒᆞ여 슬허

77면

ᄒᆞᄂᆞᆫ 신이 더욱 몸의 당흔 환란을 셜워ᄒᆞ미 아니라 셩샹의 인명ᄒᆞ시며 졍믁ᄒᆞ시므로 셩식의 샹ᄒᆞ시미 이 지경의 니ᄅᆞ샤 안흐로 폐모ᄒᆞᄂᆞᆫ 변이 ᄂᆞ고 밧그로 군신지간의 니간ᄒᆞ여 국시 란ᄒᆞ고 졍시 이곳의 밋ᄎᆞ믈 통완ᄒᆞ옵ᄂᆞ니 신과 말ᄒᆞ던 궁회를 ᄯᅩ흔 엄문하샤 명빅흔 후 신이 죽ᄉᆞ올 ᄲᅮᆫ 아니라 화급ᄉᆞ족이라도 도리 피치 못ᄒᆞ리이다

이 엇던 즁옥시라 신의 초ᄉᆞ는 드ᄅᆞ시고 결ᄒᆞ시리잇고 최흑슈의 간쇼는 죄ᄅᆞᆯ 논힉ᄒᆞ
미 반드시 보고 드ᄅᆞᆫ 증ᄎᆞᆷ

78면
이 젹실ᄒᆞ오리니 임의 ᄒᆞᆫ가지로 무ᄅᆞ시미 명졍언슌ᄒᆞ오리니 복원 셩샹은 명찰ᄒᆞ샤
신을 죽이시나 요변을 지어 내여 궁회 쟉난ᄒᆞᆫ 거슬 ᄎᆞᄌᆞ 베혀 텬하의 회시ᄒᆞ고 밀계
ᄅᆞᆯ 베퍼 폐하ᄅᆞᆯ 농낙ᄒᆞ는 난신 젹ᄌᆞᄅᆞᆯ 갈히여 쥬멸ᄒᆞ시면 안흐로 궁내 슉졍ᄒᆞ고 밧
그로 쇼인의 뉴ᄅᆞᆯ 졀졔ᄒᆞ여 국가 안락ᄒᆞ고 죵새 반셕 ᄀᆞᆺᄐᆞ여 ᄉᆞ히 만민이 안락ᄒᆞ고
셩군의 지치ᄅᆞᆯ 극히 즐겨ᄒᆞ리이다 슬프다 은쥬는 무어ᄉᆞ로 망ᄒᆞ며 하걸은 무어ᄉᆞ로
텬하ᄅᆞᆯ 망ᄒᆞ

79면
니잇고 ᄎᆞ는 ᄌᆞ고로 망국ᄒᆞᆫ 인군이오 슐은 샤ᄅᆞᆷ을 샹히오고 ᄉᆡᆨ은 사름의 샹을 샹히
오니 폐해 큰 긔업을 니ᄋᆞ샤 셩탕 여음의 경계ᄅᆞᆯ 삼가지 아니시고 토계삼등의 모ᄌᆞ
ᄅᆞᆯ 부젼ᄒᆞ든 슝검지덕을 본밧지 아니샤 궁녀의 분쟝 홍면이 교연ᄒᆞᆫ ᄌᆡ면 다 텬은을
입어 후궁의 간춤이 맛ᄎᆞᆷ내 폐모ᄅᆞᆯ 일우고 ᄯᅩ 밧그로 외됴의 밋ᄎᆞ니 일싱일ᄉᆞ는 마
지못ᄒᆞᆯ 일이라 신이 ᄒᆞᆫ 번 죽기는 셜지 아니ᄒᆞ오나 죵샤와 폐하ᄅᆞᆯ 위ᄒᆞ여 통곡ᄒᆞ리
로쇼이다 말ᄉᆞᆷ이 졍렬ᄒᆞ여 대ᄶᅡ

80면
림 ᄀᆞᆺ고 안ᄉᆡᆨ이 늠연ᄒᆞ여 완연이 우음을 먹음어 졍확의 다라드러 목을 느리혀 칼흘
바들 형샹이오 일분 구겁ᄒᆞ미 업셔 ᄌᆞᆨ긔 무ᄉᆞᄒᆞᄆᆞ로는 말ᄉᆞᆷ이 더옥 빗나 일ᄌᆞ 일언
이 구ᄎᆞᆺᄒᆞ미 업ᄉᆞ니 늠늠ᄒᆞᆫ 신위와 졀의와 심량을 탄복ᄒᆞ리 만코 셜강 최흑슈는 ᄌᆞ
연 ᄂᆞᆺ치 붉은 빗 ᄀᆞᆺ치 달ᄒᆞ이고 오ᄉᆞ ᄯᆞᆷ이 졋더라 텬안이 그 언논을 드ᄅᆞ시미 긔경
탄샹ᄒᆞ여 ᄒᆞ시고 그 얼골이 쥰렬ᄒᆞ고 궁회 버히기 쳥ᄒᆞ는 대 다다ᄅᆞ난 익노 즐왈 셩
의ᄅᆞᆯ 오히려 허언으로 칙우고 ᄯᅩ

81면
감히 걸쥬의 말을 일코라 짐을 면칙ᄒᆞ니 기죄 가비얍지 아닌지라 네 무슴 미든 거시

이셔 방즈ᄒᆞ미 이 ᄀᆞᆺᄐᆞ뇨 조상셰 부복 쥬왈 신이 감히 방즈ᄒᆞ여 여러 말ᄉᆞᆷ을 알외미 아니라 셜강의 집의셔 길니여 신을 보고 언약이 잇노라 ᄒᆞ는 궁인을 일쳬로 무ᄅᆞᆺ시게 ᄒᆞ미오 최흑슈가 즈시 아는가 무ᄅᆞ미 쳥ᄒᆞ미오 걸쥐 황음 무도로 망국ᄒᆞ니 쥬샹이 일월 ᄀᆞᆺ티시나 안흐로 요괴로온 후궁이 외됴를 결당ᄒᆞ여 변을 짓고 밧그로 간신이 쟉얼ᄒᆞ대 ᄭᆡ ᄃᆞᆺ지 못ᄒᆞ시니 만

82면

일 일월이 부운을 헤치시면 힝이어니와 졈졈 가리면 국강이 위ᄐᆡ홀지라 신이 슈은삼 대ᄒᆞ와 간녀 도지ᄒᆞ나 다 갑ᄉᆞᆸ지 못ᄒᆞ올지라 ᄎᆞᆷ아 ᄠᅳᆺ을 품고 쥬치 아니리잇고 셜강의 집의 가시니 일즉 그 시비 얼골을 알미 이시나 강이 ᄯᅩᄒᆞᆫ 알 니 잇고 이 일을 몽농이 못ᄒᆞ오리니 언ᄉᆞ를 삼가지 못ᄒᆞᆫ 죄를 더ᄒᆞ옵쇼셔 ᄒᆞ거늘 평진후 쇼쳔과 우승샹 연권이 일시의 츌반 쥬왈 금일 옥시 국가의 젹은 변괴 아니라 유현의 말이 ᄯᅩᄒᆞᆫ 그ᄅᆞ지 아니ᄒᆞ오니 실ᄉᆞ를 명

83면

빅히 ᄉᆞ힉ᄒᆞ샤 쳐치ᄒᆞ쇼셔 지어 텬안이 친히 보신 비 겨시니 시셰의 괴이ᄒᆞᆫ 요괴로온 도시 왕왕이 변용ᄒᆞᆫ 약과 변신ᄒᆞᆫ 환약 뉴 요슈이 간간이 이셔 사람의 얼골을 ᄡᅳ고 깁흔 슈즁의 드러가 흉괴지ᄉᆞ 만타 ᄒᆞ오니 조가 부ᄌᆞ의 츙심은 궐내 궐외와 만셩 빅셩이 다 아는 비라 신등은 ᄡᅥ 실노 일을 경혹ᄒᆞᆫ 비 난신 젹ᄌᆞ 츙현 진신을 ᄭᅴ긔ᄒᆞ옵고 궁금을 누통ᄒᆞ여 요괴로온 궁인을 ᄉᆞ괴여 텬의를 현혹게 ᄒᆞᆫ가 ᄒᆞ옵ᄂᆞ이다 샹이 고개

84면

를 조ᄋᆞ시고 글ᄋᆞ샤대 낭경의 말이 지극히 올ᄒᆞ니 유현의 일이 ᄉᆞ오 분이나 의미ᄒᆞᆫ 믈 짐쟉ᄒᆞ거니와 원내 직조를 밋고 영춍을 ᄭᅵ여 군부 두려온 줄을 아지 못ᄒᆞ니 가쟝 한심ᄒᆞᆫ지라 경등의 말을 조ᄎᆞ 최흑슈를 앏히 부르샤 무ᄅᆞ샤대 경이 유현의 쟉ᄉᆞ를 엇지 즈시 아는다 반ᄃᆞ시 친히 보지 아닌 일이면 알외지 아니리니 은휘치 말나 강이 ᄯᅩ 담대ᄒᆞᆫ 즁 범식 ᄀᆞᆽ치 이실지라 발셔 조싱으로조ᄎᆞ 일이 이실을 알고 부복 쥬왈 신이 즈쇼로 조유현과

85면

형데 깃튼 붕위라 엇개를 갈와 수군ᄒᆞ미 졍의 골육 깃트니 엇지 그 허믈을 드러내리 잇고마는 일단 위국 튱심이 혈심 진졍이라 유현이 지통 숑덕ᄒᆞ고 의긔 거오ᄒᆞ여 신 깃튼 거슨 플 보ᄃᆞᆺᄒᆞᄂᆞᆫ 고로 샹히 언론이 군샹 촉휘ᄒᆞᄂᆞᆫ 배 만코 가간의 탐식 호방과 풍뉴 픠려ᄂᆞᆫ 공당의 홀 말이 아니라 오직 셩은으로 등롱망촉의 의ᄉᆡ 이셔 신이 샹히 탄ᄒᆞ여 최흑슈로 동긔 깃ᄉᆞ온 고로 신이 이다른온 말ᄉᆞᆷ을 ᄒᆞ오미오 거야 히변도 신이 입번ᄒᆞ와 유현의 일을 드럿던

86면

고로 궁회가 놀나 씨 죠믈 본ᄃᆞᆺ시 드러스온 고로 ᄎᆞᆷ아 발셜치 못ᄒᆞ오나 셩텬ᄌᆞ의 빗치 감ᄒᆞ믈 탄돌ᄒᆞ여ᅀᆞᆸ더니 최흑쉬 격분ᄒᆞ믈 춤지 못ᄒᆞ와 쇼를 올니미라 신이 친히 못 본 일을 텬졍의 쥬달ᄒᆞ오니 유현 부ᄌᆞ로 격셰지원이 되리로쇼이다 ᄒᆞ니 니뷔 셜강과 최흑슈의 말을 드르니 ᄌᆞ긔 짐쟉의 나지 아닌ᄂᆞᆫ지라 이의 ᄂᆞᆺ츨 두로혀 셜강을 대ᄒᆞ여 미쇼 왈 오슈박힝이나 몸이 팔쳑 장부로 고금을 박남ᄒᆞ고 셩교를 습앙ᄒᆞ니 엇지 군등으로 녹녹히

87면

힐ᄒᆞ여 누누히 발명ᄒᆞ리오 그대 날노 더브러 친ᄒᆞ나 지긔로 알미 업ᄉᆞ니 내 일즉 심ᄉᆞ를 여러 말ᄒᆞ미 업거ᄂᆞᆫ 내 허믈과 일은 ᄌᆞ시 아라시미 막즁 군젼의 알외엿거니와 셩명이 날을 아ᄅᆞ시고 ᄯᅩ 그대를 아ᄅᆞ시니 여러 말홀 거시 아니로대 오직 이의 연고로 그대 젼졍 만니를 맛치믈 잔잉이 아ᄂᆞ니 아직 힘뼈 살펴 대환이 남의 몸의 림ᄒᆞᆫ가 아지 말고 군덕을 기리 도와 블인을 멀니ᄒᆞ라 내 일호 네 허믈을 일너 죄를 면ᄒᆞ나 몸이 그른 곳을 드대

88면

믈 ᄎᆞ셕ᄒᆞᄂᆞ니 ᄉᆞ싱은 텬애라 나 유현의 목슘이 쥬샹긔 달엿고 너의게 모함ᄒᆞ므로 달니지 아니홀 거시오 근본 지은 허믈이 업ᄉᆞ니 그 연고를 아지 못ᄒᆞ리로다 안식이 싁싁ᄒᆞ고 말ᄉᆞᆷ이 늠늠ᄒᆞ니 좌우 졔인이 조공을 아는 쟈야 엇지 앗기고 그 위풍을 흠앙치 아니리오 셜강을 통히ᄒᆞ더라 셩명이 붉으시므로 일시 요얼이 가리오나 일단 현

블초는 잇는지라 셜강 조니부로 현블초가 쇼양 궃투니 비록 셜강의 쟉변인 줄은 씨
둣지 못ᄒ시나 유현의

89면

이미ᄒᄆ른 칠팔 분이나 짐쟉ᄒ고 초공의 안면을 싱각ᄒ고 침음 샹량ᄒ실식 문무 슈빅
인이 일제히 쥬왈 금일 유현의 증참이 업고 금일 구획지 못ᄒ지라 셩명이 쟝ᄎ 엇지
코져 ᄒ시ᄂ니잇고 츙효 현문지가의 역신이 나지 아닐 거시오 최흑슈의 쇼쟝이 양셰
의 싱질노 모함ᄒ나 연즉 양닌광이 립셰ᄒ리잇가 조셩의 졍츙 대졀을 싱각ᄒ샤 유현
의 원앙ᄒᄆ믈 슬피쇼셔 ᄒ니 샹이 답왈 경등은 각각 믈너가고 유현은 아직 하옥ᄒ라
짐이 스

90면

스로 결단ᄒ리라 ᄒ시더라 이ᄊ저 긔현이 반부 즁의 잇다가 유현이믈 보고 즉시 궐하
의 대죄ᄒ고 조노공이 이 소식을 듯고 대경ᄒ여 금문의 대죄ᄒ니 샹이 내시로 위로
왈 공은 삼대 노신으로 국가의 쥬셕이오 션됴의 공덕이 나타ᄂ시니 유현이 슈죄나
엇지 년좌ᄒ리오 안심 믈려ᄒ고 긔현도 믈너가라 ᄒ시니 조공이 탄왈 슈즉대욕ᄒ고
다남ᄌ즉다구라 ᄒ니 내 이제 오릭 스라시미 블힝이 아니리오 ᄒ고 집의 도라오니
태부인이 폐식 뉴쳬ᄒ여 가즁 경식이 블호

91면

ᄒ고 제 공지 슈루 쳬읍ᄒ대 양뎡렬이 스긔 안졍ᄒ여 존당을 위로 왈 사름이 혹 이미
ᄒ 화망의 걸녀 토스 원귀 되ᄂ 니 잇거니와 내 아ᄒᄂ는 죄루를 무릅쓰고 힘힘이 맛출
재 아니라 져의 졍대ᄒ 거시 죡히 간스를 믈니고 젹심 츙렬이 능히 샹텬의 스ᄆᆺ치리
니 이제 부운이 일월을 옹폐ᄒ나 필경이 무스ᄒ리니 엇지 과려ᄒ리오 됴니 냥 식부
를 경계 왈 가뷔 대옥의 걸녀시니 그 안ᄒ 마음이 엇지 편ᄒ리오마는 허망ᄒ 일이 실
시 되지 아닌ᄂ니 이제

92면

존당이 참식ᄒ시ᄂ대 현부 등이 엇지 테읍 비도ᄒ여 존당 셩녀를 더으리오 마음을

굿계 잡아 필경을 보리니 만일 가뷔 진실노 위급ᄒ거든 뎡녀의 도리 ᄒ가지로 결ᄒ
미 가ᄒ리라 됴시 누쉬 여우ᄒ고 니쇼졔 안식을 슈렴ᄒ고 대왈 죤고의 셩괴 지당 여
ᄎᄒ시니 삼가 명교ᄅᆞᆯ 쥰ᄒ리이다 연이나 얽힌 비 등한치 아니ᄒ오니 엇지 능히 무
스ᄒᄆᆞᆯ 바라리잇고 부인이 탄왈 하늘이 내 아ᄒᆡᄅᆞᆯ 내시미 그만ᄒ지 아니시리니 오직
져 챵텬을 미드라 위

93면

부인이 탄왈 현부는 금옥 심장이로다 연이나 옥이 괴로오미 일삭이 넘엇고 셜샹가샹
으로 대홰 당젼ᄒ니 일노 츄이ᄒ면 심수ᄅᆞᆯ 미들 거시 업도다 여러 아ᄒᆡ 졍이 각각이
라 져의 쥰졀ᄒᆫ 얼골과 너그러온 언론으로 일월을 회롱ᄒ던 츈풍을 화히 부던 거시
업지 아니ᄒ더니 필경 이 아모 곳의 밋츨 쥴을 모르니 이ᄅᆞᆯ 싱각ᄒᆞᆫ즉 쎠져리고 ᄆᆞ음
이 싀도다 노공이 도라와 태부인을 위로 왈 오늘은 국문ᄒ시미 업고 쇼즈로 믈녀ᄒ
시믈 니ᄅᆞ시니 필경 무

94면

스ᄒᆞᆯ지라 과려치 마ᄅᆞ쇼셔 례뷔 말슴을 니어 위로ᄒ여 화기 츈풍을 일위니 태부인
이 손을 잡고 타루 왈 너의 형뎨 이시미 만스ᄅᆞᆯ 다 이졋더니 이졔 유이 일월이 넘도
록 필경을 결치 못ᄒ니 싱각이 즈로 나ᄂᆞᆫ지라 마음의 어렵도다 례뷔 지삼 위로ᄒ고
명일 샹이 유현을 운남의 뎡비ᄒ시니 니뷔 비로쇼 옥문을 나니 만됴 공경이 슈플ᄀᆞᆺ
치 모다 위문ᄒ여 그만ᄒᆞᆯ 다ᄒᆡᆼᄒ여 ᄒ니 죠샹셰 일삭을 누옥의 곤ᄒ고 변란이 망
측ᄒ니 범인으로 니ᄅᆞᆯ진대 심

95면

시 쇼젼ᄒᆞᆯ 비로대 쇄락ᄒᆫ 풍신이 일월 ᄀᆞᆺᄐᆞ여 미우의 츈양이 시롭고 싁싁ᄒᆫ 긔운이
동텬의 붉아시니 흡연 읍양 왈 누인의 죄샹이 삼쳑지률을 면치 못ᄒᆞᆯ 거시로대 셩은
이 여텬ᄒᆞ샤 남히 젹거ᄒᆞ믈 한ᄒ리잇고 도라 례부긔 졀ᄒ고 탄왈 죄인의 도리 다시
집 문을 림치 말고 발힝ᄒ나 븍당 편죠의 여년이 업ᄉᆞ니 내 엇지 ᄎᆞ마 그져 가리오
형이 텬졍의 슈일을 쳥ᄒ여 림던 하직을 ᄒ고 마음 노아 힝케 ᄒ여 쥬쇼셔 졔인이 례
의 츙효ᄅᆞᆯ 싀로이 탄

96면

복ㅎ여 일시의 니르대 뉘 젹거ㅎ미 친당의 하직지 못ㅎ며 집의셔 치힝치 아니리오 너는 너모 집례ㅎ미라 더옥 문계 션싱의 츙렬은 텬해 쇼공지라 부운이 샹춍을 가리오니 션싱의 단튱을 아르시거늘 밋지 아니실시 텬심이시니 아등이 엇지 블평치 아니리오 니뷔 칭샤 왈 졔위 고문ㅎ시미 다감ㅎ오나 즁쉬 엇지 지류ㅎ리오 셜강이 이의 또 왓는지라 입이 돕지 아니ㅎ고 살아셔 찬젹ㅎᄂ 쥴을 조문계 긔싁을 모르리오 지모 풍신이 여신ㅎ고 쇼힝이 여

97면

긔 밋츳믈 츠셕ㅎ여 ᄂ출 화히 ㅎ고 왈 셕일 사긔로 닐너 스히지내 다 형뎨라 ㅎ니 형은 안면이 친ㅎ고 됴힝의 ᄒ가지로 스군ㅎ니 젹은 일노 교도를 난ㅎ리오 실노 이 즈지원을 필보ㅎ믈 녹녹히 아ᄂ니 원슈를 플고 은의를 미즈리니 나도 실노 원희를 원치 아냐 형을 위ㅎ여 근심ㅎᄂ니 조금도 엇지 셔어이 알니오 타일 내 말을 싱각홀 ᄢ 이시리라 언파의 화긔 슌ㅎ여 반졈도 쇼인의 마음을 화근 업시 아득게 ㅎ니 강이 돈슈 왈 형의 대도ㅎ미 감샤ㅎ나 내 무

98면

슴 ᄂ츠로 대ㅎ리오 실노 히코져 ㅎ미 아냐 말이 경ㅎ미라 구원을 개회치 아닐진대 셕일 붕우의 졍을 감ㅎ리오 그대 집의 가기 어려워 ㅎ니 내 텬뎡의 쥬ㅎ고 슈일을 어드리라 션지라 문계의 어질미여 평진후 왈 초공의 후를 니을지라 년쇼로 쟉직이 쳥고ㅎ고 무죄ᄒ 일이나 이러틋 타연ㅎ니 실노 대현지풍이라 ㅎ더라 이쩌 조샹셰 졍싴 왈 싱의 힝실이 독경치 못ㅎ고 즈신지칙이 업셔 망연 무지ㅎ니 싴쟈의 우슬 빅라 엇지 사람을 원ㅎ리오 만됴 문무들

99면

이 다 위문ㅎ고 일시 운익으로 젹거ㅎ나 후의 텬의 유명홀 쥴 일쿳더라 례뷔 쇼를 올녀 구십 조모를 보지 못ㅎ오나 집의 두지 못홀 쥴노 쥬ㅎ니 샹이 탄왈 유현이 례의 즁ㅎ도다 연이나 인효는 귀쳔이 업스니 그 부모 보기를 막으리오 맛당이 부모를 봉양ㅎ고 임의로 치힝ㅎ라 ㅎ시니 례부 등이 망궐 사은ㅎ고 조부의셔 합가의 슬프믈

이긔지 못ᄒᆞ여 부형들이 모다 볼ᄉᆡ 니ᄫᅵ 하옥 ᄉᆞ십 일의 블효를 샤죄ᄒᆞ니 태부인이 집슈 오열ᄒᆞ고 위부인은 누숴 비오

100면

ᄃᆞᆺᄒᆞ니 경식이 참연ᄒᆞᆫ지라 노공이 모친을 위로ᄒᆞ나 실노 마음은 버히ᄂᆞᆫ 듯 십오 유년의 쳔니 격거ᄅᆞᆯ 참상ᄒᆞ고 회허 쟝탄의 빅슈 누숴 셔리 밋쳐시니 니ᄫᅵ 블효를 탄식ᄒᆞ고 화셩유어로 만단 위로ᄒᆞᄂᆞᆫ 말ᄉᆞᆷ이 화평ᄒᆞ고 긔운이 유슌ᄒᆞ니 태부인과 위부인이 마음을 잠간 졍ᄒᆞ고 누지 고초ᄅᆞᆯ 무ᄅᆞ니 샹셰 화언으로 대왈 남이 ᄉᆞ지라도 격삼ᄂᆞ니 이만 일을 어려워ᄒᆞ리잇가마ᄂᆞᆫ 블효를 한ᄒᆞᄂᆞ이다 노공이 두굿겨 왈 오문의 복경으로 너 ᄀᆞ튼 손ᄋᆞ를 두

101면

어 이썬 네 말을 드ᄅᆞ니 늙은 한아비 붓그리노라 여부의 지공 무ᄉᆞ홈과 너의 츙효 대졀로 근심홀 비 아니라 싱이 배샤 블감당이러라 공이 보니 ᄉᆞ긔 온화 ᄌᆞ약ᄒᆞ여 블효를 못내 차탄ᄒᆞ고 농미의 슈운이 만쳡ᄒᆞ니 양뎡렬이 아ᄌᆞ의 거동을 보고 블승이련ᄒᆞ고 삼 슉뫼 쏘ᄒᆞᆫ 이련ᄒᆞ고 부인과 ᄆᆡ데로 니별을 당ᄒᆞ니 토목 심쟝인들 엇지 참으리오 좌위 탄식 유쳬ᄒᆞ고 모단 원힝 쟉별ᄒᆞᄂᆞᆫ 슌을 다 보고 보낸 후 존당을 뫼셔 ᄌᆞ모지졍을 다ᄒᆞ더니 슈일 치

102면

힝ᄒᆞ여 모지 셔로 년년ᄒᆞ고 부인이 옥슈를 년ᄒᆞ여 만단 슈회ᄒᆞ고 탄왈 네 히외의 외로이 가니 한 안히를 다려가 긱리의 샹보홀 거시로ᄃᆡ 부녀의 힝게 극난ᄒᆞ고 존당이 셥셥히 아ᄅᆞ시리니 네 ᄯᅳᆺ은 엇더ᄒᆞ뇨 싱이 답왈 쇼ᄌᆞ의 젹힝이 지속이 업ᄉᆞ오니 엇지 녀ᄌᆞ를 다려가오며 히ᄋᆞᄂᆞᆫ 무관ᄒᆞ오니 오직 태태 ᄉᆞ졍을 슬피쇼셔 부인이 샹쾌ᄒᆞᆫ 말을 과이ᄒᆞ여 위로 왈 가변이 고이ᄒᆞ여 ᄂᆡ실을 찻지 아니ᄒᆞ니 슈삼일 머무ᄂᆞᆫ 동안 ᄂᆡ실을 ᄎᆞ져 부부 대륜을 졍

103면

히 말나 샹셰 샤왈 이만 쉬온 일을 번거케 ᄒᆞ리잇고 명대로 ᄒᆞ리이다 부인이 쳑연 왈

정현부는 금줘로 가 녀의 적힝을 모롤지라 하늘이 엇지 너의 부부를 너고 이런 가변이 이실 줄 알니오 샹세 화언으로 위로ᄒ고 셔헌의 나와 군죵데로 니별ᄒᆞᆯ시 례부의 손을 잡고 우슈로 광현을 닛그러 탄왈 동긔는 슈죡이오 쳐즈는 의복이니 쇼뎨 호방ᄒ나 훈지의 락을 싣ᄒᄆᆞ 쟝부 웅심의 젹젹ᄒ나니 구구히 쳐즈를 뉴련ᄒ리잇고 셜강의 일은 녹녹ᄒ니 오직 스

104면

스의 힝신을 삼가 조심ᄒ면 셩샹이 인명ᄒ시니 아ᄅᆞ실지라 쇼뎨 너모 조달ᄒ기로 시운이 부젹ᄒ니 뇽안을 하직ᄒᆞ는 심시 니친지회나 다ᄅᆞᆷ이 업ᄉᆞᆫ지라 만시 무심ᄒ이다 례뷔 탄왈 현뎨는 츙효 군지라 대인 말슴이 올치 아니랴 졔 공지 함누ᄒ고 광현이 탄왈 형쟝 틈의로 이런 원악을 당ᄒ니 쇼뎨 등이 니별ᄒᄆᆞ 훈지의 락을 모ᄅᆞ리로쇼이다 싱이 탄왈 내 니가ᄒᄆᆞ 현뎨 머리지어 모든 아ᄅᆞᆯ 교회ᄒ며 즈졍을 위로ᄒᄆᆞ 나의 쇼임이라 우형이 블초

105면

ᄒ여 이런 화란을 만ᄂᆞ시니 누를 한ᄒ리오 야야 명훈을 명심ᄒ고 우형을 효측지 말나 언파의 츄연 슈루ᄒ니 좌위 탄식ᄒ더라 형뎨 광금 쟝침의 금야를 지내고 왕부를 시침ᄒ니 노공이 어ᄅᆞ만져 희허 탄식ᄒ니 샹셰 노공의 뜻을 감은ᄒ여 화안식으로 뫼시다가 익일의 부뫼 닐오대 슈히 원힝ᄒ게시니 금야는 스실의 가라 ᄒ니 니뷔 마지 못ᄒ여 됴시 침쇼의 니ᄅᆞ러 보니 됴시 아미의 슈운이 어릐고 셩안의 함뉘 즈옥ᄒ니 싱이 온슌 즈약ᄒᆞᆷ믈 이경ᄒ

106면

ᄂᆞᆫ 고로 규리의 즈최를 싯첫다가 쵹하의 대ᄒ니 졀뉸ᄒ 졍니 엇지 무심ᄒ리오 붓드러 나위 의 나아가니 시로이 은이 교칠 갓더라 명일 니시를 츠져 침쇼의 니ᄅᆞ러 원별ᄒᆞᆯ시 만단으로 부모 존당을 봉양ᄒ라 부탁ᄒ고 필경의 만날 쥴을 갓초 닐너 만단 졍회ᄒ니 니시 피셕 샤례 왈 부지 오늘 니별의 존당 부모를 부탁ᄒ시니 엇지 진심 갈녁지 아니리잇고 부즈는 범스를 더져 스스로 존톄를 보즁ᄒ쇼셔 싱이 탄왈 즈위 품셩이 너ᄅᆞ시고 화홍ᄒ

107면

시나 일단 주이 타인의 더흥신지라 긔품이 쳥약흥시고 조봉환란흥샤 촉상 증셰 주주시니 내 마음을 노치 못흥는 비라 이제 날을 보내시는 심시 셩위 손상흥시리니 부인은 일시도 방심치 말고 좌의 써느지 마른샤 구호흥면 싱이 엇지 감격지 아니리오 쇼졔 셩효를 감격 탄왈 쳡이 심긔 토목이나 엇지 졍셩치 아니리오 샹셰 역탄흥고 집슈 년슬흥여 왈 우리 부부는 지심 붕우로 가변이 공춤흥여 금슬이 온젼치 못흥나 쳥츈 녹발이 쳔니 굿트니

108면

화락이 젹지 아닐가 흥더니 의외의 원별을 당흥니 쟝부 웅심이나 년년흥도쇼이다 수십 여 일 옥즁의 근고흥고 집의 온 지 삼일의 명일 발힝흘지라 금일은 편이 쉬리라 흥고 쇼져 무릅흘 베고 누으니 쇼졔 왈 군지 편이 혈슉흘진대 금니의 누을지라 엇지 녀주로 셜근흥리오 쳡슈비박이나 비례를 원치 아니느니 군주는 신즁흥쇼셔 언파의 셩안이 나즉흥고 슈식이 은영흥니 츌어범인흥여 츄월이 옥누의 붉앗고 이비의 꼿다오믈 겸흥여시니 싱이

109면

돈연 긔경흥고 산히 풍졍을 금억지 못흥여 부인의 관잠을 싸히고 나위의 쳥흥여 나아가며 왈 지금 여러 가실이 이시나 농쟝의 경시 업고 령히 슈졸이 되여 만니의 가니 무음이 엇지 편흥리오 금야는 부부 화락흥여 긔린의 샹셔를 바라리라 니시 탄왈 군주는 암실 즁이나 힝실을 삼가느니 엇지 더브러 부박흔 거조를 흥리오 군주는 진즁흥여 원로 힝역을 조심흥여 힝흥쇼셔 샹셰 쇼왈 부인의 말이 주주 졍논이라 응당흔 부부 동침흥미 비례리오 흥

110면

고 유유흔 졍을 금치 못흥거늘 부인은 일호 견권지졍이 업수나 여산약히지졍을 흡연흥여 존졀치 못흥니 여추 졍니로 만니 원별이 추아흥뒤 굉걸 군지라 군친의 이모지졍과 형뎨 항녀지졍의 규리 홍안을 구이흥리오 아이오 가연이 마음을 썰쳐 츈풍의 훗트니 진실노 대인군주지풍일너라 날이 붉은 후 존당의 신셩흔 후 이날 발힝일이라

존당의 일개 함취후여 숑별후니 태부인과 조노공과 모든 존당 형데 제미 금장 질손 등 부인이 다 모다 시

111면

로이 일천 줄 안슈와 일만 근심이 만코 태부인이 샹셔의 손을 잡고 기리 늦겨 왈 노뫼 님박셔산의 다시 보믈 긔필후리오 블힝후여 다시 못 보고 죽을진대 반다시 유한이 되리로다 샹셰 화셩유어로 슈이 샤롤 만느 도라와 뵈올 말솜을 듸답후고 각각 일 비쥬로 원별을 난호니 싱이 위로후고 화평훈 긔샹이 츈풍 굿투니 집안의셔 서로 늣겨 술을 마시지 못후더라 샹셰 슉모긔 각각 하직후고 삼위 모젼의 하직을 고홀시 양 왕 윤 삼 부인이 함누 쟉별

112면

후미 양부인이 스긔 온화후여 경계 왈 스지의도 스라시니 즈고로 격거후는 재 왕왕이 잇는지라 화복의 마음을 동치 말고 오오는 부유의 약후믈 두지 말나 신여명 구젼후라 고인이 운후대 군신은 쥬경후고 부즈는 쥬은후다 후니 군명을 지류치 말나 여러 즈손이 위로후리 만흐니 아등을 스렴 말고 어미롤 넘녀후여 병을 일위지 말나 부싱모휵지은으로 블츙 박힝을 일위지 말고 쳔도의 길시롤 겸득훌지어다 샹셰 모훈을 밧즈와 긔이 지배

113면

슈명후고 슬하의 업대여 가마니 눈믈을 드리워 다시 금문을 날시 각각 쟉별 하쟉후니 치관으로 더브러 나갈시 만됴 문뮈 별시롤 지으며 쥬호롤 가져 젼숑후거늘 샹셰 만만 블안후여 진졍으로 고스 쟉별후고 힝편을 두로혀다 샹셰 졔인의 간권후므로 슈십 비롤 먹고 홍긔 올으니 도홰 초로롤 먹어 미풍의 츔츄는 듯 츈풍이 블어 풍신이 호샹후여 가히 눈을 옴기기 앗가온지라 만일 이현 션싱 아닐너면 이 굿튼 긔즈롤 두리오

114면

연공이 집슈 탄왈 셰잔후고 쇠덕후여 셩현 도가롤 보지 못후올너니 이쳥 일쳥의 원

명과 문계 이시니 노뷔 빅슈지년의 노력을 운동ᄒᆞᆷ은 삼오 쇼년의 조달을 귀히 너기
미 아니라 튱효 지덕 되믈 귀히 너기미니 현인 군ᄌᆞ를 ᄉᆞ랑ᄒᆞ미 혈심의 비로스미라
이제 비록 문계 남히 젹ᄀᆡ이나 미구의 은샤를 입ᄉᆞ와 환됴ᄒᆞ미 슈업과 덕망이 부조
의 지ᄂᆞ리니 노부의 말을 헛도이 너기지 말나 조샹셰 졍ᄉᆞᆨ 대왈 쇼싱은 황구쇼이라
무

115면

일가취오나 오직 슉부와 야야의 환됴 길히 밋지 못ᄒᆞ미 졀박도쇼이다 ᄒᆞ고 항뉘 삼
삼ᄒᆞ니 일싴이 반오의 샹셰 졔빈을 슈웅ᄒᆞ고 길히 오ᄅᆞ니 참연ᄒᆞᆫ 니졍을 능히 긔록
지 못ᄒᆞᆯ너라 잇쩌 조부의셔 쳔금 손ᄋᆞ를 비록 면화를 ᄒᆞ나 운남 만니의 찬젹ᄒᆞ여 모
들 긔약이 업ᄉᆞ니 노공으로브터 합개 참셕ᄒᆞ더라 어시의 조샹셔 힝되 남으로 향ᄒᆞ미
셜강이 밧비 집의 도라와 ᄌᆞ긱 셕환을 블너 비밀이 계교를 가ᄅᆞ쳐 셩ᄉᆞ라 지삼 당

116면

부ᄒᆞ고 빅금 삼빅 냥을 쥬니 셕환은 만부부당지용이 잇고 겸ᄒᆞ여 칼 쓰기를 신긔히
ᄒᆞ여 사ᄅᆞᆷ의 머리 버히기를 낭즁 취믈 ᄀᆞᆺ치 ᄒᆞᄂᆞᆫ지라 셜강이 쥬야 노심초ᄉᆞᄒᆞ여 조
샹셔를 히ᄒᆞ나 맛ᄎᆞᆷ내 죽이지 못ᄒᆞ여 운람의 찬젹ᄒᆞ니 젼일 샹총이 비샹ᄒᆞ고 부슉의
권셰와 가문의 긔셰로ᄡᅥ 맛ᄎᆞᆷ내 도라올 긔약이 머지 아닐 쥴 지긔ᄒᆞ고 황황 착급ᄒᆞ
여 ᄌᆞ긱을 ᄯᅡ라보ᄂᆞᄂᆡ여 죽여 후환을 업시ᄒᆞ려 다려가는 치관을 보고 가마니 쇼회를

117면

니ᄅᆞ고 ᄌᆞ긱이 들거든 내응ᄒᆞ여 죽여 달나 ᄒᆞ고 일노의 승간ᄒᆞ여 약을 먹여 죽이라
쳥촉ᄒᆞ니 이 치관은 셜강의 쳐죡이라 셩명은 숀덕쉬니 지식이 고명ᄒᆞ고 위인이 크게
인현ᄒᆞ더라 벼슬이 금위랑즁으로 조샹셔를 압숑ᄒᆞᄂᆞᆫ 치ᄉᆞ 되여 가니 셜강이 쳐죡을
밋고 대ᄉᆞ를 부탁ᄒᆞ며 졔 간악 흉심을 낫낫치 누셜ᄒᆞ미 숀덕쉬 크게 통히ᄒᆞ디 ᄉᆞ쉭
지 아니ᄒᆞ고 흔연 낙죵ᄒᆞ니 강이 대희ᄒᆞ여 밋기를 금셕 ᄀᆞᆺ치 ᄒᆞ고 금쥬 경후번을

118면

보아 졍시를 아ᄉᆞ오고 셕환과 쇼싱이 동심ᄒᆞ여 조싱을 죽이면 바야흐로 일싱 쇼원을

닐우리라 흔흔낙낙ᄒ여 굴지계일ᄒ고 조흔 쇼식을 기다리더라 츠셜 조례ᄲᅵ 니부를
젼별ᄒ고 도라와 존당긔 뵈옵고 왈 금일 유이 가옵ᄂᆫ대 뭇ᄂᆫ 숀과 별쟝시 슈 업던 즐
을 고ᄒ고 탄ᄒ여 갈오대 집의 이셔ᄂᆫ 오히려 죵뎨의 긔특ᄒᆷ믈 씨닷지 못ᄒ엿더니
방외의 나셔면 그 인심의 경복ᄒᆷ과 졔비의 긔대ᄒᆷ믜 대현군ᄌᆞ의 츄앙ᄒ니 그 위인의

119면

츌범ᄒᆷ믈 씨닷과이다 조노공과 태부인이 듯고 홀연이 일흔 거시 잇ᄂᆫ 듯 심ᄉᆞ를 졍
치 못ᄒ고 양부인이 줌인 즁 ᄌᆞ약ᄒ나 ᄉᆞ침의 도라온즉 고요히 싱각ᄒ여 샹셔의 화
모 월안이 이목의 삼삼ᄒ여 심시 여할ᄒ고 식반이 목의 나리지 아니ᄒ고 침셕의 잠
이 경경ᄒ여 졉목지 못ᄒᄂᆫ지라 니부인이 샹셔의 림힝 부탁ᄒ던 말을 드러 동쵹ᄒ
셩회 봉영집옥지례와 경근ᄒᄂᆫ 효셩이며 례힝이 진효부의 나리지 아닌지라 좌우의
뫼시미 그림

120면

지 얼골 싸로고 죵긔 소리 응ᄒᆷ ᄀᆞᆺ튼여 흔 ᄶᅥ를 믈너가지 아니ᄒ고 미ᄉᆞ의 어긔오미
업ᄉᆞ니 양부인이 그 위인을 샹히 긔이ᄒ나 이대도록 츌인흔 셩효ᄂᆫ 쏘흔 싱각 밧기
라 허믈며 ᄌᆞ긔의 슈우흔 근심을 돈연이 싱각지 아니코 온화흔 기운이 완연이 츈풍
이 무른녹음 ᄀᆞᆺ치 ᄒᆷ믈 보고 부인이 탄복 이즁ᄒ미 만금 보옥 ᄀᆞᆺ ᄒ여 고식이 셔로 위
로ᄒ고 쇼당과 존비 다른나 그 뜻인즉 샹합ᄒ고 졍이 모녀 ᄀᆞᆺᄒ여 부인의 발치 못ᄒ
ᄂᆫ 쇼회를 아라 응대ᄒ기를

121면

영오히 ᄒ니 총명 여신은 오히려 졍시긔 더ᄒ지라 양부인이 샹셔의 쳐궁이 유복ᄒᆷ믈
심하의 깃거ᄒ나 이 ᄀᆞᆺ튼 부뷔 일퇴지샹의 화락지 못ᄒᆷ믈 탄식ᄒ고 졍시ᄂᆫ 죄루를
무릅뻐 금줘 기부 되고 샹셔ᄂᆫ 남히 젹긱이 되여 모들 긔약이 묘연ᄒ니 비록 위로ᄒ
ᄂᆫ 배 ᄌᆞ부의 쟉인을 미드나 망망흔 텬슈를 오히려 아지 못ᄒ고 십오 셰 쳔금 ᄋᆞᄌᆞ
만리 히외의 가니 그 화복을 졍치 못ᄒ고 ᄉᆞ싱을 미가지라 ᄌᆞ모의 심시 엇지 붕졀ᄒ
믈 춤으리오마ᄂᆞ는 텬셩

122면

이 너르고 화호여 범스를 참고 만스의 슉연 졍대훈지라 우흐로 구고 존당을 밧드오며 아리로 즈부의 졍스를 도라보와 밧그로 즈약호며 니시를 무이호나 조시를 긔렴호고 즈이호여 일호 편벽호며 이증호미 업고 슬하의 양휵이 인즈호고 유법호여 합가의 슉즈 인풍이 덥혀시니 졍슉렬의 현힝 셩덕으로 일분 츠등이 업손지라 일개 탄복지 아니리 업셔 셩덕이 만셩의 품동호더라

조시삼대록 권지칠

1면

츠셜 강시 츌화를 만나 강부의 도라오미 강한림은 강직훈 군지라 쌀의 죄과를 붓그려 다시 뉴가의도 보내지 아니호고 심규의 두어 슈졸호게 호나 강한림 후쳐 경시는 한긔 승호고 남활훈 어린 녀지라 강시 츌부를 만나 도라오믈 보미 모녜 쥬야 샹량호여 보슈호믈 획칙홀시 조가로 쇼식이 싇쳐시나 풍문으로 드르니 조샹셰 운남의 찬적호고 졍시 금쥐로 부모를 짜라가믈 듯고 강시 탄왈 유

2면

현 필뷔 무샹호여 날을 무죄히 내치고 져도 화를 만나 운람 만리의 죄슈 되나 오직 그 풍치 긔샹을 싱각호여 닛지 못호고 하셰의 셔로 모들 긔약이 아득호나 됴시는 유약호니 오히려 싀심이 젹으나 니시는 지모 덕힝이 겸젼호니 가히 일대 슉녜라 마음의 졔 우희 이시믈 더옥 통한호여 업시코져 호더니 뉴가로조츠 드르미 니시 구고 존당을 셩효로 셤겨 태부인 이히 현부 슉녜라 호고 양부인이 스랑호기를 친싱 녀♀의 지누다 호눈지라 드르미 분앙호고

3면

믜오믈 이기지 못호여 경시와 의논호여 니시를 히호여 조가로 남을 민들 쐬를 샹량호매 경시 왈 녀의 직뫼 져러툿 호고 츌부 되여 공규의 함원호믄 다 강적이 만훈 연괴라 내 비록 낫치 아냐시나 내 네 어미로 이셔 엇지 너의 젹국을 쇼졔호여 텬하를 일

광호는 경수를 보고져 아니리오 정시는 금쥐 기부 되엿고 아직 됴시는 날회고 몬져 니시를 업시호리니 지금 계양공쥬는 성샹의 슉뫼시니 일죽 주녜 업셔 날을 양녜라 일크르샤 정의 모녀 굿트

4면

니 내 너희 졍수를 고호고 니녀를 굿초 스오나온 쇼문을 일위여 텬문의 들니여 금샹이 곽후의 투긔로 인호여 투한흔 부녀를 크게 통한호시는지라 내 스촌 시어스 원광이 셩이 과급호여 아모 대스라도 논힉호기를 위쥬호는지라 원광을 촉호여 너녀의 죄를 텬졍의 샹쇼호고 안흐로 공쥬를 도도면 공쥐 반드시 내응호리니 니녀를 죽이든 못호나 원젹을 면치 못호게 호리라 강시 니러 졀호고 샤례호여 굴오대 주위 쇼녀 스랑호시고 넘녀호시미 니러툿

5면

호시니 쇼녜 거의 원을 풀니로쇼이다 아직 졍녀를 날회고 졍녀의 죄를 니녀의게 다 밀고 졍녀의 시녀를 다시 납뇌호여 일의 변수호여 니녀의 여러 가지 악수를 지어 쇼녀와 졍시를 잡고 간부 주직이 다 니녀의 일이라 호여 두로 잡아 니시를 스지의 모라 너흐면 엇지 그딕로 죄를 당치 아니리오 원내 니녀의 근본이 미쳔호여 스족지녜나 도로의 유락호고 남쟝으로 조싱과 셔로 스괴여 셩례 젼의 셔스 왕복호여 규녀의 힝실을 일허시니 근본을 셰셰히 원어스긔로 쳥호

6면

셔 쇼녀는 당당이 흔 쟝 쇼로뼈 유모로 형부의 졍호여 흔셕 옥스를 민드라 니녀를 죽이고 타일 다시 졍시를 쳐치호샤이다 달니호여 조가의 도라갈 비 업스니 셩지를 인호여 맛당이 다시 조가의 가고져 호느이다 경시 크게 깃거 의논을 졍호고 원내 계양공쥬는 금황 슉모시라 부마 원창이 어진 남지라 공쥬는 포악 질투호여 궁금 홍쟝 시녜 부마의게 갓가이 가지 못호게 호고 방외의 나셔지 못호게 쥬야 상대호고 이시나 일개 병든 녀오도 업스니 강한님

7면

쳐 경시는 그 쇼고 경참정 부인 똘이라 공쥐 〈랑ᄒ여 길너 셩혼ᄒ고 모녀로 칭ᄒ니
모든 ᄌ쟝과 지보와 의복을 돕고 강한림을 〈랑ᄒ되 강싱이 괴로이 너겨 공쥬를 츳
져 보지 아니ᄒ더니 경시 공쥬긔 가 보고 강시를 다리고 가 뵈고 그 원앙이 츌뷔 되
여 셜워ᄒ며 우는 졍〈를 ᄀᆺ초 고ᄒ니 공쥐 듯고 셩졍이 싀험ᄒ여 투긔의는 션봉인
고로 쉬뉴를 좃고 샹칭ᄒ여 강시의 간악 질투ᄒ미 공쥬의 눈의는 십분 〈랑ᄒ온지라
탄왈 이 곳 너의 녀이니 나의 손으로 다

8면

름이 업순지라 내 ᄌ식 업고 실즁의셔 우구ᄒ여 좌우를 ᄒ가지로 홀 사름이 업더니
셜운 마음을 참고 울젹ᄒ니 네 대신의 두고 가라 내 다리고 쇼일ᄒ면 제 쇼원을 닐워
다시 부뷔 화락ᄒ고 젹국을 쇼졔ᄒ여 분을 플게 ᄒ리라 시어스 원샹이 부마의 질지
오 네게는 친족이라 엇지 이 말을 드르면 ᄒ 쟝 쇼를 앗기리오 이는 혼ᄀᆺ 너만 위ᄒ
미 아니라 제 쇼임을 츌히려 ᄒ니 내 엇지 힘을 다ᄒ여 너의 모녀의 지원을 닐우지
아니ᄒ리오 경시 샤례ᄒ고 강시 이의 머무

9면

러 공쥬를 뫼시미 졍셩되고 츙민ᄒ여 〈〈의 뜻을 맛초니 늙고 쇠병ᄒ고 외로온 공
쥬 궁인의 무리만 다리고 ᄌ손의 효봉ᄒ는 ᄌ미를 모르다가 강시 동쵹ᄒ 졍셩의 긔
츌의 더ᄒ여 아릿다온 퇴도와 졀셰ᄒ 긔질이 노인의 〈랑을 도으니 공쥐 대혹ᄒ여
강한림 쳐의 십 배나 더ᄒ더라 인ᄒ여 부마긔 뵈고 언언이 손녀라 일ᄏ르니 강시 져
원부마는 공연ᄒ 타문 남지라 쇼쟝은 내도ᄒ나 엇지 혐의롭고 피편치 아니리오마는
부마는 공쥬의 령을 거스리지 못

10면

ᄒ여 손녀를 대졉ᄒ고 강시는 대〈를 일우려 ᄒ미 엇지 이런 일을 조곰이나 혐의ᄒ
리오 공연이 손녀의 도리를 지극히 ᄒ니 공쥐 극히 〈랑ᄒ여 언쳥계용ᄒ는지라 강시
유모 경파로 ᄒ여금 ᄒ 쇼지를 뻐 형부의 경ᄒ니 시의 졍위관은 셜흡이니 이 곳 셜강
의 종대뷔라 강시의 외로온 말이 션후 곡졀이 십분 분명ᄒ여 원샹이 젹실ᄒ 듯ᄒ니

경픠 쇼지를 올니믜 좌우 시랑이 바다 셜샹셔긔 드리니 셔의 굴와시대

쳔쳡 경파는 젼 니부 총지 조샹셔의 폐쳐 강시의 유뫼라 지원 극통이 이시믜 감히 법부를 번거롭게 알외ᄂᆞ니 오쥬ᄂᆞ 강한림 쳔금 일녜라 블힝ᄒᆞ여 조실 ᄌᆞ모ᄒᆞ고 계모 경부인이 목강의 인ᄌᆞᄒᆞ미 이시대 외조모 단 노부인의 휵양ᄒᆞᄆᆞᆯ 바다 닉외 다 죰영 거족으로 오쥬의 셩힝이 크게 온공ᄒᆞ여 임의 부덕이 가ᄌᆞᆫ지라 황샹이 샤혼ᄒᆞ시므로 조니부의 졔 ᄉᆞ부인이 되시니 우흐로 졍됴니 삼 부인이 이셔 구고의 ᄉᆞ랑과 가부의 은

춍을 씌엿고 아쥬의 괴로온 경계와 비원ᄒᆞᆫ 졍시 사름의 참지 못홀 빈로대 오쥐 스스로 명도를 ᄎᆞ탄홀지언졍 후로써 션을 셤겨 긍긍업업ᄒᆞ여 부덕을 삼가더니 여러 젹인의 변이 동츌ᄒᆞ여 무고ᄒᆞᆫ 치독과 간부 ᄌᆞ긱이 가즁을 현혹ᄒᆞ니 가분들 엇지 현혹지 아니ᄒᆞ리오 시녀를 져쥬믜 졍시 시녀 츄향과 졍당 시녀 잔 붓던 셜믜 등이 여ᄎᆞ여ᄎᆞ 승복ᄒᆞ믜 조니뷔 아쥬와 졍부인을 다 폐츌ᄒᆞ여 혼셔를 블지ᄅᆞ고 오쥬

ᄂᆞ 더옥 빅옥 무하ᄒᆞᄃᆡ 구고와 가부의 쳐치를 감히 원치 못ᄒᆞ여 쳔고 박명을 감심ᄒᆞ고 ᄋᆡ미ᄒᆞᆫ 쳔인이 즁쟝을 밧ᄌᆞ와 노쥬 잔쳔을 겨유 지내여 도라오니 오쥬ᄂᆞ 죽을지언졍 구가를 거들고 젹인을 잡아 졍쵸홀 ᄯᅳᆺ이 업ᄉᆞᄃᆡ 쳔인이 ᄋᆞ쥬를 휵양ᄒᆞ여 명회 노쥐나 졍원즉 모녜라 무죄이 츌거ᄒᆞ여 강샹 일 죄를 당ᄒᆞ여 공규 쳥등 박명을 엇지 ᄒᆞ리잇고 우흐로 명졍ᄒᆞᆫ 바 법관이 겨시고 왕법이 삼엄ᄒᆞᆫ지라 요ᄉᆞ이 듯ᄌᆞ

오니 허다 죄를 흔굿 졍부인이 아니라 그 부인보다 내도ᄒᆞᆫ 재 잇다 ᄒᆞ오니 복원 법부ᄂᆞ 취향 셜믜를 잡아 엄형 츄문ᄒᆞ시면 간졍을 닙킥의 붉혀 ᄋᆡ미ᄒᆞᆫ 재 신원ᄒᆞ고 유죄ᄒᆞᆫ 재 죄를 당ᄒᆞ여 면치 못ᄒᆞ리니 명찰ᄒᆞ쇼셔 ᄒᆞ엿더라 법관이 쇼스를 보니 ᄌᆞ가의 ᄋᆡ미ᄒᆞᄆᆞᆯ 발명홀지언졍 구가를 원치 아니ᄒᆞ며 젹인을 함히ᄒᆞᆫ 말이 젹어 그른 거슬

올케 ᄒᆞ고 간악ᄒᆞᆫ 거ᄉᆞᆯ 업시 ᄒᆞ여 인심의 ᄎᆞ악ᄒᆞ여 들니ᄂᆞᆫ지라 셜형

15면

뷔 셜강으로 조유현의 무샹홈과 그 가졍 변고ᄅᆞᆯ 닉이 드ᄅᆞᆫ 배라 이졔 경파의 원졍쇼
ᄅᆞᆯ ᄒᆞ미 고이치 아니믈 ᄭᆡᄃᆞᄅᆞᆷᄆᆡ 즉시 관치ᄅᆞᆯ 발ᄒᆞ여 취향 셜미ᄅᆞᆯ 잡혀 무르라 홀ᄉᆡ
관치 나ᄂᆞᆫ ᄃᆞ시 조부의 가 취향 셜미ᄅᆞᆯ 내여 달나 ᄒᆞ니 ᄎᆞ시 조부의셔 진왕 초공의
도라올 긔약이 머럿고 샹셔ᄅᆞᆯ 희외의 보내여 두고 노공이 심ᄉᆡ 어ᄌᆞ러워 창연ᄒᆞᆷᄆᆞᆯ
마지 아니ᄒᆞ고 졔 쇼년의 놉흔 흥이 감ᄒᆞ여 즐거온 가즁이 츄연ᄒᆞ기의 밋쳣더니 쳔
만 무심 즁 취향 셜미ᄅᆞᆯ 형부 치ᄉᆞ 와 내

16면

여 달나 ᄒᆞ니 조노공이 대경ᄒᆞ여 연고ᄅᆞᆯ 뭇고 노공이 대로 왈 이ᄂᆞᆫ 내 집 ᄉᆞᄉᆞ일이라
법부의셔 알 빅 아니오 간악ᄒᆞᆫ 녀ᄌᆞ 츌텬ᄒᆞ미 구가ᄅᆞᆯ 잡아 졍쇼ᄒᆞ니 일이 희연ᄒᆞᆫ지
라 셜미 취향을 내 집의셔 쳐단ᄒᆞ리니 법부의ᄂᆞᆫ 보ᄂᆡᆯ 니 업ᄉᆞ니 믈너가라 례뷔 ᄭᆞ러
쥬왈 가치 아니ᄒᆞ이다 임의 졍쇼ᄒᆞᆫ 후ᄂᆞᆫ 법부의셔 다ᄉᆞ리미 덛덛ᄒᆞᆫ 일이오 이번 아
니 져쥬어도 이 ᄯᅩᄒᆞᆫ 젹은 옥ᄉᆡ 아니 된가 시브니 법뷔 반ᄃᆞ시 계쳥ᄒᆞ고 기녀ᄅᆞᆯ 잡아
갈 거시니 슌히 내여 쥬쇼셔 간인이 빅 가지로

17면

작얼ᄒᆞ나 현인을 맛ᄎᆞᆷ내 죽이지 못ᄒᆞ리이다 노공이 ᄎᆞ언을 올히 너겨 즉시 셜미 취
향을 내여 쥬니 가즁이 슛두어려 십분 의혹ᄒᆞ더라 셜미 취향이 즁형을 입고 여러 늘
옥의 신고ᄒᆞ니 ᄒᆞᆫ 긔형이 되엿다가 ᄯᅩ 형부 관치 활착ᄒᆞ여 가믈 당ᄒᆞ미 넉시 업셧더
니 경픠 사ᄅᆞᆷ으로 ᄒᆞ여금 가마니 옥즁의 쥬육 금보ᄅᆞᆯ 쥬어 돕고 만일 뭇ᄂᆞᆫ 말이 잇거
든 젼후 악ᄉᆡ 몬져ᄂᆞᆫ 졍시오 나죵은 니시라 ᄒᆞ여 말이 니시기 미뤼면 너의 ᄒᆞᆫ 미도
맛지 아니ᄒᆞ고 무ᄉᆞ히 노힐 거

18면

시니 노힌즉 계양옥쥬 궁의 슘으면 조가의셔 ᄎᆞ져 버히고져 ᄒᆞ여도 홀일업ᄉᆞ리라 ᄒᆞ
고 니히로 달내고 가니 관치 오즉 그 친쳑만 너기고 밀밀ᄒᆞᆫ ᄉᆞ어ᄂᆞᆫ 믈나 듯고 쥬육을

흔가지로 난화 난만이 쥬고 다리고 오니 셜미 츄향이 만심 환열ᄒ여 말을 가르친 티로 ᄒ리라 ᄒ고 경픠 대회ᄒ여 공규와 강시긔 와 복명ᄒ니 공쥐 이의 대내의 드러가 샹의를 도도와 원광의 샹쇼를 내응 외합ᄒ여 니시로 ᄒ여금 죽어 뭇칠 짜히 업시 쇠ᄒ올시 맛춤 샹한의 촉샹ᄒ여 날포 미류

19면

ᄒ여 샹이 드르시고 경녀ᄒ샤 샹이 어의를 보내샤 간병ᄒ시고 내시를 ᄌ로 부려 문안ᄒ시니 강시 졔 계괴 니지 못ᄒ올가 착급ᄒ여 지셩 구호ᄒ니 이러구러 슈이 향ᄎᄒ니 공쥐 약쇽을 졍ᄒ고 입궐ᄒ니 츙의 니쇼져의 참난이 쟝ᄎ 어대 밋츨가 ᄎ쳥 하회ᄒ라 ᄎ셜 공쥐 흠질이 쾌쇼ᄒ여 ᄎ일 입궐ᄒ니 샹이 일변 반기시고 위하 왈 슉뫼 환후 비경ᄒ시더니 시병홀 ᄌ녜 업고 신셰 고단ᄒ시믈 더욱 우려ᄒ더니 슈이 향ᄎᄒ여 금일 림ᄒ시니 블승힝열

20면

이로쇼이다 공쥐 탄식 쥬왈 신이 남녀 간 일개 혈육이 업스니 궁진ᄒ 졍스의 신의 쇼고 참졍 경문의 녀를 양휵ᄒ와 모녀지의를 믹즈ᄉ옵더니 양녀ᄋ 강시 구가 츌뷔 되여 비고ᄒ 졍스를 니기지 못ᄒ여 계모로 더브러 신의 젹막을 위로코져 니르러ᄉ옵더니 보온즉 텬진 슉덕이 셰샹의 무빵ᄒ지라 신이 쳥ᄒ여 양슌녀를 삼아 의지ᄒ여 지닉오니 신의 쳐량 비고ᄒ 좌우의 져기 위로ᄒ미 만스오딕 강녀의 졍식 크게 잔잉ᄒ와 운남 젹거 죄인 조유현의

21면

데 ᄉ 부인이 되여 셩샹이 샤혼ᄒ시니 젹인ᄒ와 조가의 가오니 유현이 몬져 취ᄒ 바 졍됴니 삼 부인이 셔로 질투ᄒ여 강ᄋ를 용납지 못ᄒ여 필경 가변이 여ᄎ여ᄎᄒ와 졍녀와 강녜 다 츌화를 만나 각귀본개러니 유현이 젹젹ᄒ고 졍녀는 기부를 짜라 금쥐로 가니 됴니 이 인만 조가의 이셔 이의 홀노 조가의 예셩과 은춍을 씌어 힝싀 ᄌ즁ᄒ미 만타 ᄒ오니 녀ᄌ의 투악이 귀쳔 업시 가국을 어즈러이더이다 신이 외간 쇼문을 듯ᄌ오니 니녀의 힝싀 ᄌ쇼로 쳥한ᄒ

22면

미 업서 변복 위남ᄒ고 남녀 곡경으로 구합ᄒ여 음흔 정적이 낭ᄌᄒ고 조가의 가므로브터 녀후의 투악과 무측천의 음난을 아오라 젹인을 깅참의 밀치고 구고ᄅᆞᆯ 치독ᄒ고 여러 번 고이흔 ᄉᆞ단이 무슈ᄒ여 궁모 곡계로 강녀의게 죄ᄅᆞᆯ 모도 썩오니 유현은 ᄌᆞ초로븟터 니녀의 쳔고 졀싁의 고혹ᄒ엿ᄂ 고로 졍강 이쳐ᄅᆞᆯ 츌거ᄒ고 이녀만 젼춍ᄒ다가 졔 ᄯᅩ 대죄의 걸너 찬츌ᄒ니 이 일이 국가의 간셥지 아니대 풍화의 극히 ᄒᆡ연ᄒ여 녀념간 쇼문이 니녀의 힝

23면

ᄉᆞᄅᆞᆯ 졀통치 아니 리 업더이다 샹이 쳥파의 ᄒᆡ연이 너기시나 오히려 밋지 아니샤 왈 원내 조유현의 풍치 긔상을 ᄉᆞ라로ᄂᆞ 녀지 만흔 고로 처음의 짐이 강녀ᄅᆞᆯ 샤혼홈도 져의 외구 뉴슈 강녀의 졍원이 유현의게 가지 못ᄒ면 그 ᄉᆞ싱을 결ᄒ련다 ᄒ고 뉴슈 망미의 일죽 원ᄉᆞᄒ미 참지 못홀 참통이믈 말ᄒᄂ지라 짐이 일녀의 함원이 오월 비샹을 측히 너겨 ᄉᆞ혼ᄒ엿더니 ᄯᅩ 니녜 유현의 풍치ᄅᆞᆯ 흠모흔 혼인이랏다 강녜 츌화ᄅᆞᆯ 만나 원심으로

24면

니ᄅᆞᄂ 말을 어이 다 고지드ᄅ리오 공쥬 웃고 쥬왈 강녀의 말숨이면 다 취신치 못ᄒ려니와 신의 드른 바ᄂ 녀염 샹한의 젼ᄒᄂ 공논이오 강녀ᄂ 아직 조가의 말과 젹인의 흔단을 일ᄏᆞᆺ지 아니ᄒ더이다 샹이 줌쇼 부답이러시더니 믄득 시어ᄉᆞ 원광의 쇼쟝이 오ᄅ고 형부샹셔 셜흠의 계달의 쥬ᄒᄂ 빗 이시니 다른 일이 아니라 니시의 허다 악ᄉᆞ라 원광의 쇼의 왈 시어ᄉᆞ 신 원광이 돈슈 빅배ᄒ와 쥬샹 폐하긔 쥬ᄒᄂᄂ이다 신이 외람이 셩은을 입ᄉᆞ

25면

와 언관의 모쳠ᄒ오니 십분 샹심ᄒ와 폐하의 밋처 슬피지 못ᄒ신 바ᄅᆞᆯ 돕ᄉᆞ오며 풍화의 빗츨 다듬고져 ᄒᄂ니 비록 일이 젹고 미셰ᄒ여도 가히 더져 두지 못ᄒ고 죤비 귀쳔을 혜지 아냐 죄과ᄅᆞᆯ 논힉ᄒᆷ믄 신의 뜻이라 ᄒᄆᆞᆯ며 지샹 명부의 가ᄉᆞ와 ᄉᆞ문 부녀의 음비 대악의 졍젹이 크게 셩셰 풍화의 산란ᄒ며 샹풍픽쇽ᄒᄂ 뉴의 가힝으로

그 권을 두려 폐하기 알외지 아니리잇가 신의 문견이 고루ᄒ여 스문 부녀의 ᄒᆡ젹이 긔특ᄒ니는

듯지 못ᄒ고 오히려 강샹의 산란ᄒ고 인륜을 어즈려려 사름의 며ᄂᆞ리 되여 그고와 싀할미를 무고 치독ᄒ고 즈긱을 드려 싀아비와 가부를 히코져 ᄒ여 몸이 규녀로셔 외인을 교통ᄒ여 비례를 ᄯᆞᆯ 니르며 싀투ᄒ기를 잔잉이 젹인을 스디의 너코 금은을 믈ᄀᆞᆺ치 뼈 회뢰ᄒ여 남의게 죄를 밀위고 안연이 밧그로 어진 형샹을 지어 구고를 현혹ᄒᆞᄂ 녀즈를 처음 듯는 배라 이는 남히 죄슈 조유현의 뎨 삼 부실 니은지녜니 니은지는

벼슬이 지샹으로 즈녀 계칙을 어질이 못ᄒ고 기녀의 음욕을 맛쳐 유현으로 동상을 삼은지라 유현이 니녀의 쳔고 드믄 뇨조슉녀 경국지식의 과혹ᄒ여 샹풍 일죄를 믈시ᄒ고 원억ᄒᆫ 강시와 조강 졍녀의게로 죄를 다 모라 뼉여 츌부ᄒ고 의를 졀ᄒ니 그 유현의 편증이 이럿툿ᄒ고 가졔 ᄎᆞᆷ아 니를 배 아니라 듯ᄂᆞ니 ᄎ악지 아니리 업ᄉᆞᄃᆡ 신이 듯기를 늣게야 ᄒ여 유현이 발셔 운남 죄슈 되여시니 유현의 가졔지죄ᄂ 닐너 부졀 업

ᄉᆞᆸ거니와 니녀의 졍샹과 음난 픠악이 가위 졀통ᄒ니 복원 셩샹은 쇨니 ᄉᆞᄉᆞᄒ여 후셰의 발부를 징계ᄒ시고 금셰 풍교를 ᄇᆞᆰ히쇼셔 ᄒᆞ엿더라 샹이 ᄯᅩ 형부 계문을 보시니 경파의 원쟝과 취향 셜미의 초ᄉᆞ라 십분 분명ᄒ고 니시의 허다 죄악이 죽기의 넘은지라 셩심이 대로ᄒᆞ샤 다시 니시의 시녀를 잡아 엄문ᄒ라 ᄒᆞ시니 슬프다 금은을 만히 훗터시믜 닐우지 못ᄒᆞᆯ 일이 업고 현인의 익회 비샹ᄒ믜 강시 공쥬의

손녀 되여 계양궁의 이시므로 더옥 금보를 믈쓰둣ᄒᆞᄂ지라 경파로 ᄒ여금 니시의 시비 션옥을 결납ᄒ여 금은 보화로 션옥의 빈궁ᄒᆫ 어미를 쥬믜 형부의 잡혀 가 무를 써

의 다 니시의게 써 미루믈 당부ᄒ니 이 션옥 쟈ᄂ 니부의셔 다려온 시비로대 심졍이 블현ᄒ고 쇼져의게 ᄌ로 득죄ᄒ미 원망이 잇ᄂ 가온대 졔 어미 경파의 오라비의게 후부ᄒ니 이 곳 후번이라 션옥의 어미로 인연ᄒ여 뇌믈노 옥을 달내니 션옥이 낙종ᄒ여 가연이 니시 히홀 ᄯᅳᆺ이 니

30면

러ᄂ니 경파와 셔로 맛초고 잇더니 법뷔 셩지를 밧ᄌ와 니시의 시비를 잡아다가 엄문ᄒ즉 개개히 발명ᄒ고 진픽 크게 니쇼져의 혼인으로부터 빙쳥 옥결곳치 묽고 조ᄒ믈 알외대 홀노 션옥이 니시의 죄악이 강시를 잡아 내치믈 복초ᄒ여 무상 난음 대악의 죄를 승복ᄒ미 원광의 샹쇼와 계문의도 업슨 말이 부지기쉬니 듯ᄂ니 히연치 아니리 업고 형뷔 이대로 알외고 강녀의 원상을 만히 벗기고 공줘 뫼셔 듯고 눈물을 흘니고 왈 니녀의 대악이 사름을

31면

여ᄎ 모히ᄒ니 엇지 ᄎ악지 아니리잇고 셩샹은 지원 극통을 슬피샤 가뷔 업스나 조가의나 졀의ᄒ 겨집이 되게 마ᄅᆞ쇼셔 샹이 그 말은 다 젹실ᄒ온 쥴은 엇지 미드리오 대기 니시의 시비 초ᄉ와 츄향 셜미의 초ᄉ 구일ᄒ고 언관의 쇼시 여ᄎᄒ니 니시의 죄과ᄂ ᄯᅩᄒ 진젹다 ᄒ며 즉시 십항 젼지를 나리와 ᄀᆞᆯ ᄋᆞ샤대 유현의 가부 제죄ᄂ 의논ᄒ여 ᄡᆯ 대 업스니 믈시ᄒᄂ니 니녀의 亽죡 명부지위로 난음 흉간이 만고의 ᄒᄂ히라 맛당이 ᄉ亽ᄒ여 왕법을 붉힐

32면

거시로대 오히려 일워 쥭인 사름이 업슨지라 감亽ᄒ여 쟝亽의 안치ᄒ고 니은은 블명ᄒ여 ᄌ식을 가ᄅ치지 못ᄒ 죄로 삭직ᄒ여 뎐리로 도ᄅ보내고 강녀ᄂ 무죄ᄒ니 쳐음의 임의 亽혼ᄒ 녀ᄌ라 공연이 함원ᄒ미 잔잉ᄒ니 비록 가뷔 죄루의 이시나 조가의 다시 부부와 고식의 의를 니어 도라가라 ᄒ시니 셩지 ᄒ번 나리며 만되 다 놀나고 고이히 너기나 이외인의 아지 못홀 亽단이라 언관의 샹쇼도 다亽이 너기거든 뉘 앏흘 당ᄒ여 니시의 원앙ᄒ므로 신셜ᄒ

33면

여 알월 재 이시리오 니참정이 성지를 드른미 추악호여 오직 말을 못호고 그 일녀의 평싱을 슬허호미 장부의 눈믈이 비곳치 흐른믈 면치 못호고 조부의셔 이 일을 알고 강시의 작용이 이의 밋츳믈 크게 통히호고 니시의 옥이 곱고 어름이 묽은 힝실노뻐 이 곳튼 익화를 무릅쓰니 구고 존당이 참연 차셕호믈 이긔지 못호여 례뷔 가연이 니러나 왈 이 일이 혼갓 우리 집의 소소의 블힝이 아니라 국가의 만히 히롭고 흐믈며 취향 셜미 션옥 등을 일

34면

흐면 졍니 낭슈의 신원이 어려온지라 쇼손이 맛당이 소험을 피치 말고 니슈의 원샹을 비록 구치 못호나 삼녀를 쳥호여 어더 내여 타일 신원홀 셔 일치 말게 흐리이다 셜파의 됴복을 추져 입고 궐하의 나아가 쳥디호니 이쩍 샹이 계양공쥬를 대호여 오히려 말숨을 파치 아냐 겨시더니 조례부의 쳥죄를 드르시고 즉시 젼뎐의 나아오샤 인견호시고 무러 글으샤디 경이 특별이 짐을 보기를 원호니 무숨 말이 잇느뇨 례뷔 안식을 졍히 호고 부복 쥬

35면

왈 신이 쳥디는 다른 일이 아니오라 죵데 유현의 가시 크게 언관의 쇼소의 오른고 강시의 숑원이 본부의 니른러 셩명이 강시로뻐 조가의 다시 의를 니으시고 니시로 졀의호여 쟝소의 찬적호시니 유현의 소 쳐실을 두어 수쇼 변괴 이시며 낭쳐를 츌거호고 간비를 가도와 셰셰히 강샹을 구획고져 호옵더니 유현이 이의 죄적호고 가시 졍치 못호여습거늘 이 일노뻐 다른 신원은 가히 입으로뻐 니른지 못호오려니와 졍니의 이미호믈 벗는 눌 유죄 지 면호여

36면

나아가는 져음의 흠이 되여습는지라 니녜 샹시 힝실이 쥬아의 명풍과 녀죵의 효졀이 겸견호거늘 언관이 사름의 부쵹을 듯고 셩덕을 돕삽지 못호옵고 부졀 업순 일의 무죄흔 녀즛를 만고 강샹의 일 죄인을 마련호여 쟝소 만리의 찬적호게 호오니 일뷔 함원의 오월 비샹이라 호오니 신이 죵형뎨 지간으로 졔 몸이 먼니 느가고 두 녀지 다

숙슉지간으로 니녀를 위ᄒᆞ여 강녀를 히홀 일도 업고 오직 공번된 말쑨이오 우리 셩
샹의 치홰 공번되믈 바라

37면

눈지라 니시의 시비 요악ᄒᆞᆫ 말노 제 쥬인을 잡눈 혼 쟝 초ᄉᆞ와 원광의 괴격ᄒᆞᆫ 허무ᄒᆞᆫ
쇼로 인ᄒᆞ여 무죄ᄒᆞᆫ 녀즈를 츌비ᄒᆞᄆᆡ 크게 블가ᄒᆞ고 원내 국ᄉᆞ의 간예홀 일이 아니
라 ᄒᆞ믈며 강녀의 슝언 졍쇼눈 젹인 ᄉᆞ이 제 올흐믈 나타내미니 미들 일이 아니오 비
록 지아비 ᄉᆞ오납고 젹인이 믜오나 부녀의 도리 진실노 어진 녀지면 츌화를 보고 졍
쇼ᄒᆞ여 구가를 고쟝ᄒᆞᆷ은 쳔고의 듯지 못혼 일이오니 비록 유모의 일홈을 비러 고쟝
ᄒᆞ여시나 강시의 일이 아니오 뉘 시

38면

겨시리오 셩명의 붉으시믈 니르지 말고 삼쳑동으로 ᄒᆞ여금 췌탁ᄒᆞ라 ᄒᆞ여도 강시의
시겨 졍쇼ᄒᆞᄆᆞᆯ 알지라 일노써 츄이ᄒᆞ여도 강녀의 현블초를 알 거시오니 아녜 가부를
만리의 니별ᄒᆞ고 그 싀어미 셤기미 경슌지례와 동쵹지회 이쩍의 셩녀 효뷔라 진실노
찬츌ᄒᆞᆫ 죄명이 지원 극통ᄒᆞ옵고 처음 혼인이 구차타 니름도 만만 무고지언이라 니
시 어려셔 부모를 실산ᄒᆞ고 도로의 뉴락ᄒᆞ나 위인이 명쳘ᄒᆞ여 능히 보신ᄒᆞ고 남쟝으
로 경ᄉᆞ의 와 부모를 찾고져

39면

ᄒᆞ다가 유현이 보고 남진가 ᄒᆞ여 두어 번 얼골을 보고 졍회를 드르미 참졍 니은의 아
들이라 ᄒᆞᄂᆞᆫ지라 츳져 도라보내고 그 후 녀지므로 니시 외간 남즈로 일셕의 동좌ᄒᆞ
고 얼골을 셔로 보와시므로 타문을 거졀ᄒᆞ고 심규의 늙기로 졍ᄒᆞ니 계집의 졀의를
샹ᄒᆞ오미 업술지라 니은이 부녀 졍니의 참지 못ᄒᆞ여 유현을 구혼ᄒᆞ니 텬졍혼 인연이
이셔 혼인이 되오나 엇지 음비혼 젹이 이시리잇고 신이 지친지간 혐의를 피치 아니
ᄒᆞ옵고 공논을 다 알외ᄂᆞ니 셩샹은 붉히 술

40면

피샤 일편된 공시 업게 ᄒᆞ시고 셜미 등 삼녀는 유현의 가즁 비지라 싱슈를 신의 집의

셔 쳐치ᄒ게 도로 내여 쥬시믈 바라ᄂ이다 언쥬파의 말ᄉᆞᆷ이 화평ᄒ고 긔운이 졍엄ᄒ여 슉연 졍대ᄒ미 일단 ᄉᆞᆺ식 업셔 지공 무ᄉᆞᄒ지라 샹이 듯기를 맛ᄎ시미 잠간 웃고 굴오샤대 이 일이 비록 국가의 대ᄉᆞ 아니나 풍교의 빗치 감ᄒ고 ᄉᆞ문 부녀의 일이 통히ᄒᄆ로 찬젹ᄒᄂ 젼교를 나럿더니 경의 말을 드르니 혹쟈 과도ᄒ미 잇ᄂ가 ᄒᄂ니 찬젹ᄒᄂ 명을 거두고 본가의 도라보내여

41면

조가로 졀의ᄒ게 ᄒ라 경의 집 간비ᄂ 죄 맛당이 버힐 거시로대 남의 달내오믈 드러시니 형쟝ᄒ여 감ᄉᆞᄒ라 ᄒ엿더니 경이 스스로 쳥ᄒ니 임의로 ᄒ고 강녀ᄂ 대개 무죄ᄒᆞᆫ가 시부니 그 고쟝의 원샹을 ᄒ엿고 구고와 지아비를 히ᄒᆞᆫ 말이 업ᄉ니 ᄋ녀의 비샹지원을 살펴 조가의 예대로 도라가게 ᄒ노라 례ᄇᆡ 돈슈 샤은 왈 셩은이 여텬ᄒᆞ샤 녀녀의 죄를 반감ᄒᆞ샤 혈혈 잔쳔을 보젼케 ᄒ시니 졀의 츌거야 ᄯᅩᄒ 엇지 ᄒ시리잇고 타일의 죄명이 버셔지면 ᄌᆞ연

42면

도라오ᄂ 거시 되리니 셩지를 밧드러 니시를 도라보내고 강시를 녜ᄃᆡ로 두게 신의 한아비를 보고 셩지를 젼ᄒ리이다 다만 니은의 삭직이 ᄯᅩᄒ 원억ᄒ오니 ᄌᆞ고로 요슌지지 블초ᄒ오니 니시 비록 ᄉᆞ오ᄂᆞ오나 그 아비 죄 아니라 ᄒᆞᆯ며 실산ᄒ와 ᄯᅥ나 ᄌᆞ라ᄉᆞ오미 그 현우를 엇지 니은이 아오며 벌이 잇ᄉᆞ오리잇가 샹이 텽파의 그 말을 올히 너기샤 니은의 벼슬을 도로 쥬시고 강시의 무죄ᄒᆞ믈 일ᄏᆞᄅᆞ샤 ᄎᆞᄌ 집의 둘 바를 니ᄅᆞ시니 원내 계양공쥬의 안면을 도라

43면

보시미러라 례ᄇᆡ 샤은ᄒ고 믈너나 즉시 가졍 쟝확을 형부의 보내여 셜민 등 삼인을 압령ᄒ여 다시 본부 옥의 슈금ᄒ라 ᄒ고 부즁의 도라와 조노공긔 슈말을 알외니 노공이 탄왈 니시의 찬츌ᄒᄂ 화ᄂ 다힝이 면ᄒ나 강녀의 ᄉᆞ오나오미 다시 내 집의 도라오니 가히 블힝이로다 존당 태부인과 위부인이 니시의 쇼쟝지화를 잔잉ᄒ여 ᄒ고 양부인이 ᄋᆞᄌᆞ를 보내고 졍시 나가나 오히려 니시의 인ᄌᆞ 현힝과 츌텬ᄒᆞᆫ 효힝이 쥬야 좌와의 뫼셔 심회를

44면

난호고 마음을 위로ᄒ다가 쳔만 념외의 현부를 아조 영영 의졀ᄒ여 친졍의 폐치ᄒᄂ 명이 ᄌ긔의 지닌 일이오 그 죄명이 ᄯ ᄌ긔로 흡ᄉᄒᄃ ᄌ긔ᄂ 오히려 초공이 집의 이셔 위로ᄒ여 살기를 부탁ᄒ여 보내고 옥 ᄀᄐ 그린이 이셔 삼종지탁이 반셕 ᄀᄐ 지라 이졔 니시ᄂ 죄명과 신누ᄂ 존고의 우히오 가부ᄂ 운남 만니의 젹긱이 되여 ᄉ 싱을 졍치 못ᄒ고 아리로 일졈 골육이 업ᄂᄃ 강젹이 득지ᄒ여 도라오고 이후 화란 을 다시 졍치 못ᄒᄂ지라 그 신셰 명

45면

도의 긔박ᄒ미 박명 인싱이라 녀ᄌ의 연연ᄒ 옥장이 엇지 촌졀치 아니리오 부인이 이 말을 싱각ᄒ면 츔연ᄒ미 ᄋᄌ를 운남 만니의 쟉별홀 ᄊ의셔 더옥 참담ᄒ여 졔 쇼 고와 금장을 도라보와 쳐연 탄식ᄒ여 굴오ᄃ 쳡의 운익이 긔구홈과 지앙이 미진ᄒ여 여앙이 ᄌ부의게 밋ᄎ니 ᄒ실이 신명을 져바려 그런가 져의 명운이 ᄎ타ᄒ여 익회 미진ᄒᄆᆫ가 하늘을 가히 아지 못ᄒ고 신명을 가히 밋지 못ᄒ리로쇼이다 조부인 등과 졍시 등 여러 부

46면

인내 ᄎ언의 츄연 탄식ᄒ여 위로ᄒ더라 니부의셔 황명을 감히 거역지 못ᄒ여 니공이 녀ᄋ를 다려갈ᄉ 니쇼졔 ᄉ긔 안셔ᄒ여 모든 시비로 침쇼를 직회여 슈션 방젹지믈을 각각 맛지고 오직 유모 진파와 시비 두엇만 다리고 본부의 도라갈ᄉ 몸의 초초ᄒ 쳥 삼 녹의로 죄인의 복식으로 존당 구고긔 나아가 하직을 고ᄒ미 태부인이 참연ᄒ여 믁믁히 말이 업고 오직 가온의 블힝ᄒᄆᆯ 닐ᄏᄅ며 도라가 방심ᄒ여 보젼ᄒ기를 당부 ᄒ니 니시 졍금 배샤 대왈

47면

블초 쇼쳡이 명되 긔구ᄒ와 태평셩대의 참난을 만ᄂ와 도로 ᄒ걸ᄒᄆᆯ 면치 못ᄒ니 비혼 거시 쳔ᄒ고 ᄒ실이 비박ᄒ오나 이대도록 강상 대음 대간의 죄루ᄂ 쳔만 의외 라 쇼쳡의 팔지 긔구ᄒ미니 누를 한ᄒ며 무어슬 원ᄒ리잇고 오직 심규의 믈너 잇셔 구고 존당의 일월 혜틱을 우러러 평싱을 ᄆᆺ출 ᄯ름이라 빅골이나 구가 묘하를 바라

지 못홀가 슬허ᄒᄂ이다 말슴을 맛츠며 옥안의 잠간 신쳔이 동ᄒ고 봉황 아미의 챵원이 밋쳐시니 일만 가지 졀

48면

승ᄒ 용광이 더옥 쇄락ᄒ고 효성 냥안이 츄슈 졍긔 어리여시니 몱은 광칙 스벽의 조요ᄒ지라 쳔슈 만한이 오히려 발치 아녀 스긔 안셔ᄒ고 거죄 슉연ᄒ여 스군즈 렬쟝부의 풍이 완연ᄒ니 닐온바 개셰 군즈오 홍샹 즁 대쟝뷔라 좌우인이 다 닷비출 곳쳐 탄복 이경치 아니리 업고 존당과 위부인이 잔잉이 너기며 스랑ᄒ오믈 금치 못ᄒ여 오직 숀을 잡고 타루ᄒ믈 마지 아니ᄒ고 조노공이 탄식ᄒ여 글오대 일시 운익으로 너의 부뷔 이러틋 샹리ᄒ니 이 쏘 하늘이

49면

라 풍운의 길시를 만ᄂ면 엇지 뭇츠미 이시리오 ᄋ부는 모로미 마음을 억졔ᄒ여 옥보 방신을 가록 보즁ᄒ여 텬의를 기다려 보라 지공무스ᄒ니 반ᄃᆺ시 슬피미 쇼쇼ᄒ시리라 일노쎠 위로ᄒ라 쇼졔 복슈 쳥교의 다시 니러 졀ᄒ고 쥬왈 스싱이 텬야오 화복이 관슈ᄒ오니 쇼쳡의 여ᄎᄒ오믄 쏘 블민 박ᄒ이 힝부신명ᄒ고 어하ᄒ오미 덕으로쎠 못ᄒ와 인심을 일허 이의 밋ᄎ미니 슈원 슈한이리잇고 오직 하졍의 통박ᄒ옵ᄂ바ᄂ 존구 대인겨셔 도라오시믈 뵈옵지

50면

못ᄒ고 하직을 못 알외옵고 도라가오미라 오직 구고 존당의 쳔츄를 츅원ᄒ여 여른 졍셩을 심골의 삭일 ᄯᆞ름이오 가부의 죄명이나 신원ᄒ여 고토의 도라오면 이 밧 깃브미 업ᄂ지라 쳡의 화복이야 쏘ᄒ 엇지ᄒ리잇고 말슴이 간졀ᄒ고 안식이 더옥 온화ᄒ여 삼쳑 쇼녀지나 쳔균대량이라 조노공이 탄왈 숀부ᄂ 당시의 스군지라 노뷔 엇지 슈고로이 니르리오 모르미 보즁ᄒ여 후일을 깁히 보라 태부인이 탄식 왈 내 지리히 살아 네 싀어미를 이러틋 니별홀 졔

51면

샹심ᄒ미 오늘 ᄀᆞᆺ더니 이졔 쏘 너를 쩌ᄂ기 이러틋 슬프니 바야흐로 쟝슈ᄒ믈 한ᄒ

노라 연이나 너의 어질기와 명철 슉연ᄒ미 진실노 네 고모의 나리지 아니ᄒ니 맛춤내 나죵이 길ᄒᆞᆷ 지쟈를 기다리지 아냐 알지라 너의 지모 덕셩으로뼈 듕도의 고쳐 평싱이 미몰치 아니리니 타일 풍운의 길시를 만나 복경이 호셩ᄒᆞᆷ믈 긔약ᄒ려니와 노모는 셔산 낙일 ᄀᆞᆺ도다 졍부인이 탄왈 존당은 셩녀를 더ᄅ시고 양뎨는 관심ᄒ라 양부인이 ᄡᅡᆼ셩 츄파의 쥬루를 먹음

52면

고 니시의 옥슈를 잡고 탄왈 나의 남은 지앙이 미진ᄒᆞ여 현부의게 밋츠미라 하늘이 엇지 ᄉᆞ름의 션악을 살피지 아니시미 이디도록 심ᄒᆞ시뇨 내 ᄋᆞ희를 녕히 더지고 오히려 방심ᄒᆞᄂᆞᆫ 바는 하늘을 밋더니 이제 현부의 익화를 보니 노쳔을 미들 거시 업ᄉᆞᆫ지라 만일 긔현의 쥬시 아니런들 현부의 옥보 방신이 쟝ᄉ의 젹거ᄒᆞᆷ믈 면ᄒ리오 현부ᄂᆞ 내 마음을 싱각ᄒᆞ여 쳔만 죄루를 격거도 빙ᄌᆞ옥질을 보젼ᄒᆞ여 싀어미 어득ᄒᆞᆫ 마음을 위ᄒᆞ고 령히 밧고 원젹ᄒ 가부의 필경을

53면

보고 ᄉᆞ싱을 결흘지라 슈지누셜이나 비기죄애라 ᄒᆞ니 앙블괴텬ᄒᆞ고 부블괴디라 ᄒᆞ니 무어시 붓그러오리오 너모 몸을 샹히오지 마라 옥이 바아지고 향이 ᄉᆞ라지ᄂᆞ 탄이 잇게 말나 쇼졔 존고의 허다 경계ᄒᆞᄂᆞᆫ 말ᄉᆞᆷ을 드ᄅᆞ미 감은ᄒᆞᆷ믈 이긔지 못ᄒᆞ여 배샤 왈 쇼쳡이 조비얍고 아득ᄒᆞ오나 금일 존고의 볽히 지교ᄒᆞ시믈 삼가 폐부의 삭여 명심 봉힝ᄒ리니 복원 존고ᄂᆞ 블초ᄋᆞ로뼈 셩녀의 거리끼지 마ᄅᆞ쇼셔 됴시 등 모든 쇼졔 눈믈을 드리워 셔로 쩌ᄂᆞ믈 슬허ᄒᆞ고 ᄌᆞ

54면

염 등 졔 쇼졔 붓드러 이루를 쓸여 니별흘시 니쇼져의 인ᄌᆞ 혜질이 사ᄅᆞᆷ의 ᄉᆞ랑을 ᄒᆞ던 배라 합개 셔로 니별을 앗기고 슬허 아니리 업더라 니시 마음을 구지 잡아 하직을 고ᄒᆞ고 믈너날시 양부인의 보내는 졍과 쇼졔의 믈너가는 회푀 샹하키 어려온지라 가부의 부탁을 죵시 밧드러 힝치 못ᄒᆞ고 도라셜 ᄉᆞ의ᄂᆞ 츄파의 이뤄 옥안의 가득ᄒᆞ니 일쵀 이챵치 아니리 업더라 니시 본부의 도라오미 부뫼 참아 보지 못ᄒᆞ여 눈믈을 흘니고 탄식ᄒᆞᆷ믈 마지 아니니 블효를 슬허 부모를

위로ᄒᆞ고 침쇼의 종일토록 깁 지게를 닷고 ᄌᆞ최 지게 밧긔 나지 아니ᄒᆞ고 슉야의 ᄉᆞ 모ᄒᆞ는 거슨 존고의 년이ᄒᆞ시던 졍의오 먼니 넘녀ᄒᆞ는 바는 가부의 격거ᄒᆞ는 고초를 근심ᄒᆞ여 가만ᄒᆞ 쥬뤼 쎅쎅 옥안을 젹시더니 쇼졔의 시운이 블니ᄒᆞ미 니참졍이 홀연 득질ᄒᆞ여 ᄉᆞ오 일 내의 상샹의 위급ᄒᆞᆫ지라 겨유 십일 셰 아ᄌᆞ와 쇼졔ᄲᆞᆫ이라 공이 스 스로 니지 못ᄒᆞᆯ 쥴 알고 부인과 ᄌᆞ녀를 블너 앏히 안치고 탄ᄒᆞ여 ᄀᆞᆯ오대 내 여러 ᄌᆞ 식을 쥭이고 오직 너의 남믹를 두어시니 노년의

의지ᄒᆞᆯ가 바라고 ᄒᆞᆯ믈며 조싱은 일셰 대군지라 너의 현슉ᄒᆞᄆᆞ로써 셔로 겸숀ᄒᆞ미 업 ᄉᆞ믈 두굿겨ᄒᆞ더니 조믈과 마장이 싀긔ᄒᆞ여 쳔만 원앙ᄒᆞᆫ 일노 만니 령히 밧긔 죄슈 되고 네 ᄯᆞ호 나라히 죄루로 조가로 아조 의를 졀ᄒᆞ여 심규의 폐륜지인이 되니 조문 계 반ᄃᆞ시 그만ᄒᆞᆯ 위인이 아니라 셩은을 씌여 기리 영챵ᄒᆞᆯ 거시오 ᄯᆞ호 그러ᄒᆞ던 부 뷔 쳔고의 드므지 아닌지라 남과 뉘다ᄅᆞ더니 이졔 이 지경의 엇지 참통치 아니리오 쇼졔 위로 왈 야애 과도히 구샤 병회를

더으시나니잇고 공이 희허 쟝탄 왈 네 말이 유리ᄒᆞ나 내 병이 반ᄃᆞ시 슷지 못ᄒᆞᆯ 쥴 아ᄂᆞ니 슈요 쟝단이 막비텬명이오 일싱 일ᄉᆞ는 ᄌᆞ고로 달어 셔인의 덧덧시 면치 못 ᄒᆞ는 바의 싱은 긔야오 ᄯᆞ호 ᄉᆞᄂᆞᆫ 귀야니 쟝뷔 엇지 ᄉᆞ싱지졔의 셜셜ᄒᆞ리오마ᄂᆞᆫ 참 지 못ᄒᆞ는 바는 여등 남믹의 궁텬지통이오 조문계를 다시 보지 못ᄒᆞ니 나의 디하의 가도 명목지한이라 셩음이 오열ᄒᆞ여 누쉬 샹연ᄒᆞ니 쇼져 남믹 망극ᄒᆞ믈 이긔지 못ᄒᆞ 여 혈뉘 방방ᄒᆞᆯ ᄲᆞᆫ이러니 초야 삼경의 니공

이 별셰ᄒᆞ니 본ᄃᆡ 강근지친이 업고 샹히 쳥렴 고결ᄒᆞ여 셩졍이 쇼탈ᄒᆞ고 가업의 다 쇼를 도라보미 업는 고로 가빈 쳥한ᄒᆞ며 향년이 겨유 ᄉᆞ십구 셰라 혼개 발샹 거이ᄒᆞᆯ 시 공ᄌᆞ 남믹 호텬 벽용ᄒᆞ여 망망이 짜를 둧ᄒᆞ고 홀홀이 조출 둧ᄒᆞ며 부인의 엄엄ᄒᆞᆫ 경상은 참블인견이오 더옥 일기지슈의 타루ᄒᆞᆯ 비라 숑부인이 본대 남과 다른 약질노

여러 주녀를 샹흐며 슉환이 니러나 수십 견브터 쇠병지인이 되여 미양 샹셕의 침병
흐미 줏더니 금쟈 텬붕지

59면

통을 만나 외로온 주녀를 도라보고 가스의 녕졍 고고흐믈 혜아리미 슬픔과 비환이
오내 분붕흐는지라 심신이 엄엄흐여 일명이 지팅흐나 조셕으로 가히 보젼치 못흐게
되엿는지라 주녀의 심시 황황흐미 더옥 비홀 거시 업고 텬지 또 그 쳥넘흔 위인을 추
셕흐샤 부의를 두터이 흐시고 즁스를 보내여 치샹흐게 흐시며 니시 원족 졔인이 일
시의 모다 공의 어질믈 앗기며 그 슈한을 늣겨 치샹흐여 셩복을 마치며 쇼져와 공주
의 이통을 셔리 담고 편모를 위흐여

60면

셔로 위회흐여 됴셕 졔스를 극진이 밧드러 곡읍의 이통흐는 셩회 나타느고 안식의
훼쳑흐미 인심을 감동흐고 쇼져의 어름 ㄱ튼 긔부는 더옥 묽으며 약약흐여 보기의
엄엄흐니 공지 깁히 우려흐여 남미 셔로 보호흐더니 추회라 니문의 참변이 니음추
숑부인이 망극 쳘텬디지통을 이긔지 못흐여 병을 어더 슈월 만의 위악흐미 졈졈 더
흐고 맛춤내 니지 못홀지라 쇼져와 공지 슈월 내의 이 ㄱ튼 참변지통이 년흐니 익훼
골닙흐고 한 곡읍의 셰 번 엄홀흐니 보는 니 이참 아

61면

니리 업고 조부의셔 년흐여 이 쇼식을 드르미 구고 존당이 참혹흐믈 이긔지 못흐고
양정렬이 니시의 졍스를 싱각흐미 마음이 져리고 쌔 녹는 듯 참연 이상흐기를 마지
아니흐며 조싱의 유모를 보내여 쇼져를 보호흐고 샹복을 보내여 입히고 며느리 고렴
흐고 참연흐기를 겻히 잇는 주부로 더으미 이시니 쇼졔 망극지통이나 존고의 셩은을
명심 감골흐여 스스로 마음을 잠간 졍흐나 주긔 신셰를 니럼흐미 만식 슬프고 빅식
긔험흐여 삼종지탁 업다 홀진디 오히

62면

려 유졍흔 가부와 스랑흐는 구괴 추셰의 잇고 삼종지의 잇다 흐면 삼오 이팔이 추지

못흔 청츈 화미의 구가로 니의ᄒᆞ고 가뷔 녕히 죄슈 되여 스싱을 아지 못ᄒᆞ니 죄명을 쳔고 강상 일 죄인으로 츌화를 만낫거ᄂᆞᆯ 의지ᄒᆞ고 바라는 바는 냥친이러니 부모를 마저 슈월지내의 텬되디하의 영별ᄒᆞ니 비로쇼 도라 일신을 의지홀 곳이 업고 삼종의 ᄒᆞᆫ 곳 탁식홀 곳이 업셔 박명이 고금의 둘이 업ᄉᆞ매 심장이 촌졀ᄒᆞ니 쥬야 호곡ᄒᆞ며 혈뉘 쇼진ᄒᆞ고 화안이 초쵀ᄒᆞ여 ᄒᆞᆫ 촉

63면

뇌 되여시니 보ᄂᆞ니 다 위티이 너기고 대쇼 시비 다 눈믈을 흘녀 슬허 아니리 업더라 초상 셩복을 지내고 일월이 여뉴ᄒᆞ여 쟝일이 림ᄒᆞ니 참졍과 부인의 관을 븟드러 션영으로 나려가니 쇼졔 더브러 ᄒᆞᆫ가지로 갈 거시로대 니시 구가를 써나 쳔리의 가기를 망극홀 ᄲᅩᆫ 아니라 쇼져의 먼 넘녀로 향촌의 고혈ᄒᆞᆫ 남미 보젼이 어려오믈 혜아리고 공ᄌᆞ와 그 셔슉 니승으로 녕궤를 뫼셔 셔쥐로 가 안장ᄒᆞ고 ᄌᆞ긔ᄂᆞᆫ 뇌외 비복을 거ᄂᆞ려 즁즁 쳡쳡ᄒᆞᆫ 문호를 굿게 잠으고 뇌외를 더

64면

옥 엄격히 ᄒᆞ여 집을 직희니 그 외롭고 비비ᄒᆞᆫ 졍시 사름의 슬피 너길 비라 양부인이 됴셕으로 사름을 부려 믓고 지극 위로ᄒᆞ더라 이ᄯᅥ 강시 황명을 인ᄒᆞ여 잇다감 조부의 왕림ᄒᆞ며 계양궁의 머므러 요악ᄒᆞᆫ 의ᄉᆞ와 간특ᄒᆞᆫ 쐬 아니 밋츨 뒤 업ᄉᆞᆫ지라 조부의 와 니시 쳡쳡 상화를 만나니 공지 관을 뫼셔 션영으로 가고 니시 외로이 심규의 쳐ᄒᆞ믈 듯고 가마니 공쥬로 더브러 니시의 고단ᄒᆞᆫ 형셰를 인ᄒᆞ여 죽여 아조 후환을 업시 홀 계교를 상의ᄒᆞ니 공쥐 흔희ᄒᆞ여

65면

왈 이는 내게 ᄒᆞᆫ 긔특ᄒᆞᆫ 묘계 이시니 가히 니녀를 엄슬ᄒᆞ여 야반의 니녀의 가ᄉᆞ를 블노화 빈터만 남기면 엇지 묘ᄒᆞ지 아니리오 강녜 대희ᄒᆞ여 계교를 무른대 공쥐 굴오대 블지르고 니녀를 스러ᄂᆞ려 그 외로오믈 칭ᄒᆞ여 실졀을 혜지 말나 권ᄒᆞ다가 슌종치 아니커든 죽여 후환을 업시 ᄒᆞ면 엇지 묘ᄒᆞ지 아니ᄒᆞ리오 강시 대희ᄒᆞ여 졀ᄒᆞ여 샤례ᄒᆞ더라 공쥐 이의 즉시 두싱을 쳥ᄒᆞ여 오라 ᄒᆞ니 원내 이 두영긔ᄂᆞᆫ 한국공 두탁의 아들이라 두탁이 블의 탐

남ᄒ고 강한 츄악ᄒ대 권세 부귀 혁혁ᄒ대 됴신이 그 강악ᄒᄆᆯ 괴로이 너겨 눈을 기우려 보고 일즉 그 허믈을 니를 재 업더라 다만 일지 이셔 만금 보옥ᄀᆞᆺ치 기르대 풍치는 쏘흔 쥰아ᄒ여 흰 ᄂᆞᆺ과 붉은 입이 십분 표치 잇ᄂᆞᆫ지라 호식 탐음ᄒ기 만고 일인이라 일즉 취쳐ᄒ여 호시를 취ᄒ엿더니 얼골이 곱지 아니므로 부부 은졍이 심히 박ᄒ다가 호시 쳥츈의 요ᄉᆞᄒᄆᆡ 두공의 부체 텬하 졀염 미식을 어더 일ᄉᆡ의 원을 일위고져 ᄒᄂᆞᆫ지라 공쥬 두싱을 쳥ᄒ여 이 곡졀

을 셰셰히 니르니 공쥬 일즉 언족이식비라 탕ᄌᆞ의 마음이 슈화를 피치 아니ᄒ고 반계곡경과 비례 블의로 미식을 겁탈ᄒᄆᆯ 위업ᄒ거든 ᄒᄆᆯ며 져 혈혈고고흔 니시 취ᄒᄆᆡ 쥬머니의 것 닉ᄃᆞᆺ 쉽고 달기 쑬 ᄀᆞᆺᄐᆞᆫ지라 ᄒᆞᆫ번 드르ᄆᆡ 용약 환희ᄒ여 니르ᄃᆡ 만일 문군의 ᄌᆞ식이 이실진ᄃᆡ 쇼졔의 다른 힝실은 도라보지 아니ᄂᆞ이다 이는 다 쥬션ᄒ시ᄆᆡ 공쥬의 덕이니이다 공쥬 웃고 굴오대 일이란 거시 쇽ᄒᄆᆡ 귀흔지라 내 명일야의 니부의 블을 노흘 거시니 현데 맛당

이 니가 근쳐의 슘엇다가 바야흐로 그 집이 화광 즁 황황ᄒᆯ 지음의 다라드러 겁탈ᄒ면 니시 바야흐로 쟝ᄉᆞ 안 샹인이니 복식을 가히 알 거시오 니시 ᄒᆞᆫ 사롬 밧고 그 집의 다른 부인내 업ᄉᆞ니 시비 복쳡의 뉴와 다를지라 엇지 아라보지 못ᄒ리오 두싱이 츠언의 ᄃᆡ열ᄒ여 ᄶᆡ를 뭇초고 도라가 동당 협긱 슈십 여 인을 거ᄂᆞ려 명일야의 니참졍 부즁을 츠져가 닌가 쥬졈의셔 술 먹으며 밤드도록 놀며 니부의 블 니러ᄂᆞ기를 기다릴시 공쥬 쏘 궁노를 니부의 무슈이

보내여 블을 가져 노코 황황이 ᄭᅳ노라 굴 지음의 두공ᄌᆞ를 뫼셔 드러가 합녁ᄒ여 니부인을 아ᄉᆞ 두공ᄌᆞ를 쥬라 궁뇌 쳥령ᄒ고 일시의 믈너ᄂᆞ니 슬프다 혈혈 고고흔 약흔 녀ᄌᆡ 강포흔 도젹과 블시의 화변을 만나 ᄉᆞ싱이 쟝ᄎᆞᆺ 엇지ᄒ고 하회를 분셕ᄒ라 화셜 니쇼졔 만비 억통이 ᄌᆞ심흔 가온대 어린 오라비를 쳔리의 샹구를 뫼셔 보내고

외로온 몸이 큰 집의 홀노 시녀 무리로 더브러 쳐흐여 쳔 가지 비회와 만 가지 통원을 됴셕으로 하늘을 부르나 아름이 업고 싸

흘 두다려 익곡흐나 다으미 업슨지라 황혼 월야의 신위를 우러러 슈읍슨 곡셩이 쳐졀 이원흐여 부모를 부르미 닌리 감챵흐여 눈믈 아니 닌리 업더라 일야는 명월이 옥누의 조요흐고 시졀이 납월 망간이라 빅셜이 분분흐고 한풍이 습인흐니 거목슈다오 촉쳐감챵이라 쇼졔 옥난의 비겨 먼니 쇼대의 몸을 근심흐고 부모의 얼골을 싱각흐니 망망이 쌀오고져 흐나 가히 죽지 못흘 거시오 의용을 다시 뵈올 길이 업고 즈애흐시는 말슴을 다시 듯즈

올 길이 업는지라 쳡쳡 지통이 흉격이 막히거늘 도라 즈긔 신셰를 싱각흐미 쳔고 박명지인이라 우흐로 쌍친을 니별흐고 아리로 일졈 골육을 두지 못흐엿는대 구괴 이셔 스랑흐미 지극흐딕 졍셩을 베퍼 감지의 봉양과 신혼의 셩졍을 일워 즈부의 도리를 흘 긔약을 둘 길 업고 유졍흔 가뷔 이시딕 몸이 만리 히외의 더지어 즈긔 비회를 도을 쏘름이라 비록 조흔 시졀을 만느나 부부 륜의를 아조 끈쳐 일퇴지샹의 상경상화흐는 락을 일월

길이 업는지라 겸흐여 빙옥 신샹의 더러온 죄명은 동히슈를 기우려도 씨슬 길이 업스니 촉쳐의 분붕흐는 졍회를 도을 쏜이오 눈을 들미 기리 초챵흐여 일영 삼탄의 옥슈를 드러 난간을 쳐 왈 유유 챵텬아 화벽이 젼셰의 무슴 대악이 즁흐관딕 금셰의 과보를 바드미 이딕도록 심흐뇨 싱아 십오 직의 쳔만 고힝을 혜아리나 이ㄱ튼 박명흔 사름이 다시 업술 거시오 오슈부덕이나 쏘흔 여츠 대악을 바들 허믈이 업슨지라 엇지 하늘을 원치 아니

리오 외로온 스데는 망극지통을 흐는 가온딕 몸이나 무양흔가 이쩌의 부모의 유령은

반ᄃ시 명명지즁의 화벽의 슬허ᄒ믈 아ᄅ시리라 ᄯ흔 늣거온 심ᄉ 일층 더ᄒᄂ 바ᄂ
존고의 어ᄅ만져 무익ᄒ시던 졍과 ᄉ랑ᄒ시ᄂ 셩권이 친싱 녀ᄋ와 다ᄅ미 업고 이제
샹셔의 원젹을 넘녀ᄒ며 ᄌ긔의 비회ᄅ 우려ᄒ여 환우 가온대 겨실 바ᄅ 싱각ᄒ민
한월이 교교ᄒ여 명광이 만방 셜산의 통명ᄒ니 홀연 존고의 용안을 디홈 ᄀᆺ고 쳔만
비회와 슈회 만복

74면

ᄒ니 텬디로 그 량을 숨고 금셕으로 그 마음을 숨아시나 능히 견대기 어려온지라 읍
읍 톄루ᄒ여 심ᄉ 쳐챵ᄒ민 슉쇼의 드러가 ᄌ지 못ᄒ여 어린 ᄃ시 옥누의 단좌ᄒ여
월광을 앙쳠ᄒ여 쟝탄 익셕ᄒ니 유랑과 시비 등이 좌우의 이셔 눈믈 ᄲᅢ려 위로ᄒ더
니 쇼졔 홀연 졍신이 아득ᄒ고 슈족이 썰여 마음을 더옥 뎡치 못ᄒᄂ지라 그윽이 고
이ᄒ여 진유랑을 도라보아 ᄀᆯ오대 내 조부의 이셔 무스ᄒᆯ 시졀의 공연이 슈족이 썰
니고 마음이 편치 못ᄒ더니 믄득

75면

샹셔의 변란이 ᄂ고 ᄯ 나의 환난 날 시졀의 좌우비 썰녀 식경이나 졍치 못ᄒ더니 원
광의 샹쇼와 강시의 쇼쟝이 병긔ᄒ여 몸이 쳐실의 폐치ᄒᄂ 환란을 당ᄒ여시니 금야
의 내 ᄯ 홀연이 마음이 이러툿 블평ᄒ니 범연ᄒ 일이 아니라 내 몸 죽이ᄂ 거슨 앗
갑지 아니ᄒᄃᆡ 이 ᄯᅢᄅ 당ᄒ여 내 만일 죽을진대 조션 샤묘와 가ᄉᄅ 의지ᄒ여 직횔
사ᄅ미 업고 외로온 샤뎨 도라오면 더옥 과훼ᄒ여 쟝ᄎᆺ 위틱ᄒᆯ지라 ᄒᆷ믈며 블의지변
이 ᄒ ᄀᆺ 죽을

76면

만 아니리오 욕이 ᄯ 비샹ᄒ리니 돈연이 방비치 아니코 넘녀치 아니리오 내 비록 쇼
쇼 ᄋ녀진나 엇지 힘힘이 안져셔 화ᄅ 당ᄒ리오 한 계교로 보신지쳑을 힝치 아니리
오 이ᄯᅢ 초경이니 비록 환이 이실지라도 반ᄃ시 즁야ᄅ 당ᄒ여 이실 거시니 나의 외
롭고 약ᄒ믈 업슈히 너겨 반ᄃ시 간악ᄒ 투븨 내 집의 무슨 화변을 니ᄅ혀랴 ᄒᄂ가
시브니 요란이 구지 말고 비밀이 문마다 미복ᄒᄃᆡ 노복이 다 잠을 ᄌ지 말고 대화ᄅ
졔방ᄒᆯ지니라 여러 시비 등이 다 고지 아니

77면

드러 위로ᄒ여 ᄀᆞᆯ오ᄃᆡ 쇼제 이의 외로이 겨시미 고위ᄒᆞᆫ 마음의 미양 겨셔 이러ᄐᆺ ᄒᆞ시나 뉘 현마 와셔 쟉변ᄒ리잇고 쇼제 탄ᄒ여 ᄀᆞᆯ오대 여등이 엇지 이러ᄒᆞ믈 다 알니오 내 죽다 ᄒᆞᆫ 후야 반ᄃᆞ시 늣기리니 오릭지 아냐 일이 이시리니 나의 혜아리미 그릇지 아니리라 ᄒᆞ고 가마니 노복을 분부ᄒᆞ여 쳘삭과 긴긴 미를 대령ᄒ고 궁시 환도와 칼흘 드러 문마다 가마니 몰노 보게 숨엇다가 만일 도당의 인젹이 잇거든 일시의 내다라 잡아 미라 ᄒᆞ고 문마다 노흘 얽어

78면

올모롤 민ᄃᆞ라 두어 사름이 걸니거든 올가 다리여 업더지거든 일시의 잡아 결박ᄒ라 분부ᄒ기를 일일이 마ᄎᆞ미 쇼제 안히 드러가니 공ᄌᆞ의 샹시 닙던 바 남복을 닉여 챡ᄒ고 좌우의 쵹을 붉히고 시녀 등을 거ᄂᆞ려 안져 잠을 자지 아니ᄒ니 진유랑과 근ᄑᆡ 쇼제의 쟉용을 보고 크게 의심ᄒ여 일변 고이히 너기더니 홀연 밤이 쟝ᄎᆞᆺ 반이 못ᄒ여셔 후졍 원즁으로브터 난ᄃᆡ업손 블이 니러나 화광이 하늘의 다핫고 원즁 슈목의 다하시니 거의 후졍 가샤의

79면

다 타게 되엇고 ᄉᆈ 지근ᄒᆞᆫ지라 노복이 다 젼문을 직희여 도젹을 방비ᄒᆞ고 원즁은 슈목이 거츨고 쟝원이 길 ᄀᆞᆺ트므로 넘ᄂᆞ를 아낫더니 블이 원즁으로셔 니러ᄂᆞ믈 보고 쇼제 일이 쟝ᄎᆞᆺ 급ᄒᆞ므로 마음을 싱각ᄒᆞ디 우리 집 뒤동산이 본ᄃᆡ 담이 여러 길이오 도젹의 무리 왕ᄂᆞ를 못ᄒᆞ더니 이 블은 반ᄃᆞ시 밧그로셔 더져 븟ᄐᆞ미라 나ᄂᆞ 싀 밧긔 반야의 형극이 거친 원즁을 엇지 너무미 이시리오 간계 이의 밋ᄎᆞ니 반ᄃᆞ시 쟉당ᄒ여 드러올 재 젹지 아니리니 이졔 우리 집 노

80면

복이 강정ᄒᆞᆫ 쟈ᄂᆞ 다 업고 노약ᄲᆞᆫ 잇ᄂᆞᆫ지라 비록 젼문의 미복ᄒᆞ여시나 엇지 능히 강포ᄒᆞᆫ 도젹의 봉예를 잘 대젹ᄒ리오 반ᄃᆞ시 당치 못ᄒ고 도로혀 도젹의 무리 돌입ᄒᆞᄂᆞᆫ 환난이 이실 거시니 이를 쟝ᄎᆞᆺ 엇지ᄒ리오 내 좌우의 긔신의 츙졀의 효측ᄒᆞᆯ 비 뉘 이시면 거의 이 환을 면ᄒ리로다 언미필의 일개 츙졀의 협의 녀지 응셩ᄒ여 츄이진

젼ᄒ니 시하인야오 원내 이 녀ᄌᄂ 다른 사름 아니라 쇼져의 쟝ᄃᆡ 하의 시위ᄒ여 경
ᄃᆡ롤 밧드러 문

81면

묵을 섬겨 노쥬의 졍이 어슈의 락을 극진ᄒ지라 일홈은 ㅼᆞ난이니 양뎡렬이 별틱ᄒ여
니쇼져롤 쥬엇ᄂᄂ지라 옥안이 졀셰ᄒ여 도리 금봉 ᄀᆞ고 샹셜 ᄀᆞᄐ 졀죄 강개ᄒ여 창
송 녹쥭 ᄀᆞᄐ지라 쇼졔 사랑ᄒ기롤 슈족 ᄀᆞ치 ᄒ여 명회 노쥐나 실은 향규지심지위
라 쇼졔의 츠탄ᄒᄂ 말솜을 듯고 가연이 응셩ᄒ여 굴오ᄃᆡ 쇼비 원컨ᄃᆡ 쇼져의 명을
밧ᄌ와 괴신의 일을 임내내리이다 쇼졔 총망ᄒ여 다시 말을 못ᄒ고 ᄌᄀᆡ 버슨 바 쇼
복을 가

82면

져 ㅼᆞ난을 입히고 비밀이 귀히 ᄃᆡ여 여러 가지 계교롤 가ᄅ치고 유랑 등으로 좌우의
뫼셔 쇼져로 도젹이 알게 ᄒ고 쇼져는 근파 등을 거ᄂᆞ려 나ᄂ ᄃᆞ시 ᄉᆞ묘의 드러가 조
션 목묘롤 뫼셔 품의 품고 도라오니 발셔 원즁으로브터 ᄉᆞ묘가지 블ᄭᅩ치 다핫ᄂ지라
졔인이 창황이 믈을 가져 블을 구ᄒᄃᆡ 사름이 만치 아니코 반야 삼경의 닌리 다 잠이
깁허 즉시 씨여 블을 구치 못ᄒᄂ지라 쇼졔 착급ᄒ여 젼문의 노복과 시녀 무리로 믈
을 어더 블을 구ᄒ더니 믄득 문으로

83면

셔 삼십 여 인 강되 쇼릭 지ᄅ고 다ᄅ드더니 올모의 걸녀 업더지ᄂ 재 태반이로ᄃᆡ 문
의 직희ᄂᄂ니 다 블을 구ᄒ노라 분난ᄒ기로 잡아 미리 업셔 ᄌ연이 셔로 구ᄒ여 니러
나고 하나 둘이 속은 후ᄂ ᄯᅩᄒ 슬펴 드러오니 무인지경 ᄀᆞᄐ지라 쇼졔 당츠지시의
흉ᄒᆞᆫ 변을 만나 흔편의ᄂ 화셰 풍우 ᄀᆞ고 흔편은 허다 젹당이 삼대 셔듯 뭉긔여 드러
오니 비록 도젹의게 잡히지 아냐시나 반드시 화즁 쇼신ᄒᆞ믈 가히 면치 못홀지라 반
야 삼경의 ᄉᆞ면 팔방으로 도젹이 쳘통

84면

ᄀᆞ치 막아시니 일개 셤약ᄒᆞᆫ 녀지 엇지 탈신ᄒ여 살기롤 ᄋᆞ드리오 근픽 쇼져롤 붓들

고 김유랑은 울고 가마니 적은 물을 어더 마시고 인ᄒ여 다ᄅᆞᄂᆞ믈 권ᄒ대 쇼졔 탄왈 빅희ᄂᆞ 엇던 스룸이며 나ᄂᆞ 또 엇던 스룸인고 내 비록 블의 타 쥴을지언졍 밤의 젹당이 셧ᄂᆞᆫ대 살기를 도모ᄒ여 다ᄅᆞᄂᆞ다가 힝혀 현루ᄒ여 잡히ᄂᆞ 지경을 당ᄒ올진대 ᄎᆞ라리 일쳑지신을 화즁의 쇼화ᄒᆞᄂᆞ니만 굿지 못ᄒ올지라 ᄒᆞᆫ 구셕을 직희여 도젹이 나간 후 ᄉᆞ싱을 갈히

85면

여 졍ᄒ올지라 블 업ᄂᆞᆫ 곳을 어더 건과 쌍난을 맛져 두고 김유랑과 여러 시비로 놉ᄒᆞᆫ 다락의 놀나 화셰와 젹셰를 관망ᄒᆞ며 두리옴과 분ᄒᆞ믈 이기지 못ᄒ더니 이러구로 모든 노복이 년ᄒ여 블을 구ᄒ여 여러 덩ᄌᆞ 화각이며 ᄉᆞ묘가지 타고 졍당과 여러 치누ᄂᆞ 겨유 면ᄒᆞ니 이쩍 두싱이 여러 당뉴를 거ᄂᆞ려 황망이 졍당이 드러오며 미를 들고 모든 시비를 두다려 무러 굴오ᄃᆡ 조샹셔 부인 니시 어ᄃᆡ 잇ᄂᆞᄂᆈ 시비 다 당졍을 가ᄅᆞ치니 두싱이 바로 드리다라

86면

방문을 열치고 보니 쵹영이 오히려 명낭ᄒᆞᆫᄃᆡ 일위 미부인이 담쟝 쇼복으로 노유랑ᄒᆞᄂᆞ홀 붓들고 눈물을 흘리고 유랑은 다만 니ᄅᆞᄃᆡ 너모 슬허 마ᄅᆞ쇼셔 하늘이 슬피시니 현마 죽으리잇고 ᄒᆞ거늘 이 분명 니시라 ᄒᆞ여 년망이 앏히 나아가 ᄌᆞ셔히 본즉 옥ᄐᆡ 화용이 아리ᄯᅡ와 눈믈이 화협의 진쥬 니살이 구으ᄃᆞᆺᄒᆞ니 벽되 니슬의 져져시며 ᄒᆡ당홰 비로쇼 썰쳐시니 빅ᄐᆡ쳔광이 져의 본 바 쳐음이라 두싱이 마음이 황홀ᄒᆞ고 넉시 ᄂᆞ니 엇지 의심ᄒ리

87면

오 부지블각의 다ᄅᆞ드러 붓드러 엽히 끼고 나ᄂᆞ ᄃᆞ시 나오며 임의 니시를 취ᄒ여 다려가니 군등은 무죄ᄒᆞᆫ 인명을 히치 말고 파ᄒ여 날을 ᄯᆞ라오라 ᄒᆞ거늘 근픽 짐짓 ᄯᆞᄅᆞ오며 울어 굴오대 부인아 이런 일도 셰샹의 잇ᄂᆞ니잇가 노쳡이 ᄌᆞ쇼로 쇼져를 혹양ᄒ여 ᄉᆞ싱의 쩌ᄂᆞ지 못ᄒ올지라 어ᄃᆡ로 가시ᄂᆞᆫ고 ᄯᆞ라갈지라 두싱이 크게 ᄭᅮ즛고 졔 젹이 노파를 모라 방즁의 너코 문을 다다글고 차환 복부의 무리 ᄯᆞ라오ᄂᆞ 재 이시면 ᄉᆞ이의셔 쑷츠 ᄯᆞ로지 못ᄒᆞ게 ᄒᆞ고 두

88면

ᄉᆡᆼ이 니부 문을 ᄂᆞᄆᆡ 임의 일승 교ᄌᆞ의 ᄉᆞ오 개 교뷔 ᄃᆡ령ᄒᆞ엿다가 두ᄉᆡᆼ이 니시ᄅᆞᆯ 안 아다가 교ᄌᆞ의 다무니 교뷔 나ᄂᆞᆫ ᄃᆞ시 메고 다ᄅᆞ니 두ᄉᆡᆼ이 ᄯᅩᄒᆞᆫ 말을 타고 의긔양양 ᄒᆞ여 도라오니 두공 부뷔 ᄯᅩᄒᆞᆫ 이 일을 알고 블을 붉히고 기다리ᄂᆞᆫ지라 밋 ᄋᆞ직 ᄯᅳᆺ을 일워 니시ᄅᆞᆯ 아ᄉᆞ 도라오믈 보고 블승희열ᄒᆞ여 교ᄌᆞᄅᆞᆯ 븟드러 안ᄒᆡ 드리고 허다 시 ᄋᆡ 쇼져ᄅᆞᆯ 븟드러 내니 이ᄯᅢ ᄲᅡᆼ난이 쇼져의 허다 지휘ᄅᆞᆯ 드러실 ᄲᅮᆫ 아니라 스ᄉᆞ로 총 명ᄒᆞ미 타류와 다른지라 님시 쳐변

89면

ᄒᆞ여 쥬션이 영오ᄒᆞ고 힝ᄉᆡ 민쳡ᄒᆞ여 동정을 보더니 이ᄯᅢ 두공 부뷔 니시ᄅᆞᆯ 보건대 구름 ᄀᆞᆺ튼 머리ᄂᆞᆫ 년ᄭᅩᆺ ᄀᆞᆺ튼 귀밋히 어ᄌᆞ럽고 시름ᄒᆞᄂᆞᆫ 옥안은 달이 구름을 만ᄂᆞ고 ᄭᅩᆺ치 광풍을 당홈 ᄀᆞᆺ튼지라 이목이 현황ᄒᆞ니 두공 부뷔 희츌 과망ᄒᆞ여 친히 븟드러 드리고 죠흔 말노 위로ᄒᆞ여 ᄀᆞᆯ오대 쇼져ᄂᆞᆫ 니참정 쳔금 일녀오 조샹셔의 귀ᄒᆞᆫ 부인 이라 엇지 이곳의 오믈 긔약ᄒᆞ여시리오마ᄂᆞᆫ 슉셰 연분이 즁ᄒᆞ여 ᄋᆞ직 부인을 화변 가온대 구ᄒᆞ여 ᄃᆞ려

90면

오니 이 젹은 연분이 아니라 부인이 비록 고문 명가지녀로 ᄌᆡ샹의 가실이 되여시나 쳔고 박명을 감심ᄒᆞ여 심규 벽쳐와 잔등 야우의 눈믈노 경야ᄒᆞ니 나의 ᄒᆞᆫ낫 ᄋᆞ직 ᄌᆡ 풍이 관옥이라 셔로 삼ᄉᆡᆼ 연분을 일우면 쳔고 미남ᄌᆡ라 비록 조샹셔의 현달ᄒᆞ고 빗 ᄂᆞ므로 비기지 못ᄒᆞ나 ᄯᅩᄒᆞᆫ 부귀 호치ᄂᆞᆫ 조곰도 블워 아닐지라 원비의 존즁ᄒᆞᆫ 위의 ᄅᆞᆯ 가져 가권을 젼일이 ᄒᆞ면 가부의 은졍과 부귀 화락ᄒᆞ며 슬하의 ᄲᅡᆼᄲᅡᆼᄒᆞᆫ 금동 옥녀 ᄅᆞᆯ ᄉᆡᆼᄒᆞ면 놉흔 긔셰 엇지 조유

91면

현의 셋ᄌᆡ 부인으로 젹인의 모ᄒᆡ와 나라ᄒᆡ 죄명을 무릅ᄡᅥ 쳔고 박명ᄒᆞᆫ 인ᄉᆡᆼ의 비기 리오 쇼져ᄂᆞᆫ 셰 번 ᄉᆡᆼ각ᄒᆞ라 ᄲᅡᆼ난이 져의 셰언을 드ᄅᆞᄆᆡ 분긔 흉격이 막히ᄂᆞᆫ지라 안 ᄉᆡᆨ을 정히 ᄒᆞ고 쇼ᄅᆡᄅᆞᆯ 가다듬아 ᄀᆞᆯ오ᄃᆡ 쇼쳡이 비록 박명ᄒᆞᆫ 녀ᄌᆡ나 몸이 ᄉᆞ족이오 ᄯᅳᆺ이 셩문의 례의ᄅᆞᆯ 슈습ᄒᆞ니 ᄒᆞ믈며 조부의 드러가 구가의 ᄆᆞᆰ은 례법을 보아 비록

간인의 작얼을 인호여 죄명이 만고의 강샹의 드러온 계집이 되여시나 내 심졍이 몱기는 빙쳥 옥

92면

결이라 이졔 나의 고위호믈 업슈히 너겨 야반의 내 집의 블을 노코 젹당을 거느려 날을 겁탈호여 다려오니 이는 사롬의 홀 빈 아니라 내 오히려 삼 촌 단검과 셕 ᄌ 슈건이 몸을 직희여시니 여긔 올 쩌의 쾌히 죽어 이곳을 보지 아닐 거시로대 날을 이리호는 곡졀을 알고 죽으랴 호여 이곳의 니르러신들 엇지 명〃혼 례의와 녀ᄌ의 졍졍혼 대졀을 문허바려 스스로 복을 구호리오 두싱이 이의 드러와 안져 만단으로 비러 글오디 부인의 빙옥 졀개는 쇼

93면

싱이 블승탄복호나 만일 내 그곳의셔 부인을 구치 아니호엿던들 화염 즁의 지 되여실 거시니 은혜 이만 크미 업고 유현이 운남 죄슈로 싱환이 아득호니 엇지 헛된 졀을 잡아 일싱 젼졍의 부귀를 바리고 고초를 감심호리오 호믈며 나라히 죄명이 망측호여 유현이 비록 싱환홀지라도 부인이 조가의 구졍을 잇기 어려워 문 바라는 과뷔 될지라 모로미 깁히 싱각호여 싱의 산해 ᄀ튼 츈졍을 믈니치지 말나 니시 대로 왈 녀

94면

지 비록 약호나 쯧을 졍돈호미 혼 조각 강쳘이 되엿느니 군이 당당이 내 머리는 버혀 임의로 죽이려니와 내 마음을 앗지 못호리니 내 군으로 더브러 본대 타문 남녀로 쇼미 평싱의 일면 부지라 내 위틱호며 외로오며 슬프며 즐거오믈 군의 알 빈 아니니 반드시 수이의셔 가르쳐 내 집의 쟉변호기를 쵹혼 재 이시리니 군은 일일히 닐을지라 내 쏘혼 싱각호여 군의 쯧을 조츠미 이시리라 두영긔 황망이 샤례 왈 부인의 슬거오며 명쾌호미 고인의 우히 잇도

95면

다 내 엇지 부인의 근본을 알니오 과연 계양공쥬의 양손녀는 부인의 젹국이라 강시로 인호여 부인의 외로온 졍샹으로 뷘 집의 머무러 고초호믈 알고 여러 벗으로 더브

러 쟉당ᄒᆞ여 부인의 집의 가 부인을 구ᄒᆞ여 올 ᄯᆞᄅᆞᆫ이오 화진는 실노 나의 슈단이 아니라 부인이 나의 구ᄒᆞ여 다려옴 곳 아니면 그 화염 가온대 진ᄒᆞ시리니 엇지 은혜ᄅᆞᆯ 싱각지 아니리오 ᄲᅡᆼ난이 탄왈 강시 날노 위지젹인이나 실노 무언ᄒᆞ거늘 무슴 연고로 셔로 희ᄒᆞ기ᄅᆞᆯ 니러ᄐᆞ시 ᄒᆞ

96면

ᄂᆞᆨ뇨 아지못게라 블은 계양공쥬의 사ᄅᆞᆷ이 노ᄒᆞ미냐 두싱이 이ᄶᅥ 넉시 스러지고 의ᄉᆞ운외의 ᄯᅥᆺ는지라 엇지 긔일 말이 이시리오 계양공쥬의 말을 ᄂᆞᆺᄂᆞᆺ치 니ᄅᆞ고 인ᄒᆞ여 간졀이 쳥ᄒᆞ여 졔 ᄯᅳᆺ을 조ᄎᆞ라 ᄒᆞ니 ᄲᅡᆼ난이 깁흔 쥬의 잇고 일시의 죽음도 셥지 아닌지라 이의 탄식고 ᄀᆞᆯ오디 쳡이 명되 긔구ᄒᆞ여 세상의 업는 경계ᄅᆞᆯ ᄀᆞᆺ초 지내고 이졔 군의 숀의 잡혓시니 일셰의 붓그러옴과 통완ᄒᆞ미 하ᄂᆞᆯ의 ᄉᆞᄆᆞᆺ츨지라 엇지 졀을 굽혀 군의 마음을 조ᄎᆞ리오마

97면

는 내 신셰와 명되 긔구ᄒᆞ여 도라 의지홀 곳이 업ᄉᆞ니 부득이 권도로 군의 ᄯᅳᆺ을 조ᄎᆞ려니와 연이나 내게 졀박ᄒᆞᆫ ᄉᆞ졍과 쇼회 이시니 군이 능히 용납ᄒᆞ면 내 당당이 조ᄎᆞ려니와 그러치 아냐 즈레 핍박ᄒᆞ면 내 맛당이 삼 촌 단검으로 결단ᄒᆞ여 명을 못ᄎᆞ리라 두싱이 년망이 무러 ᄀᆞᆯ오대 부인의 ᄉᆞ졍을 니ᄅᆞ라 내 맛당이 슬펴 신쳥ᄒᆞ리라 니시 츄연 탄식고 얼골을 곳쳐 타루 비읍 왈 쳡이 비록 몸이 녀지 되여시나 부모의 싱휵ᄒᆞ신 구로지은은 다 ᄒᆞᆫ가지라

98면

샹례는 즈텬즈로 셔인의 니ᄅᆞ히 폐치 못ᄒᆞᆫ 거시어늘 쳡이 이졔 쟝ᄉᆞ 젼 샹인으로 이의 몸이 사ᄅᆞᆷ의게 잡히인 비 되여 이곳의 니ᄅᆞ나 ᄎᆞᆷ아 부부의 락ᄉᆞ와 인륜지졍을 일월 시졀이 아니라 내 몸이 군의 집의 머믄 후 죽지 못ᄒᆞᆫ즉 곳 군의 사ᄅᆞᆷ이라 션비 벼슬을 아냐시나 그 나라 신즈오 셩례ᄅᆞᆯ 아냐시나 빙폐 곳 바드면 그 집 ᄉᆞ롬이라 이졔 쳡이 그디의 집의 머믈미 비록 부뷔 되지 아니나 군의 사ᄅᆞᆷ이 아니오 쟝ᄎᆞᆺ 뉘라 니ᄅᆞ리오 군의 여러 미쳡이 잇다 ᄒᆞ니 날을

99면

결복ᄒ기를 셔로 참아 화락고져 홀진대 내 당당이 뜻을 슌ᄒ여 이 집의 이셔 그ᄃᆡ 내 ᄉ를 다ᄉ리고 그대 부모를 셤겨 타일 부부 륜의를 온젼이 ᄒ고 ᄎᄉ를 허치 아닐진대 ᄒᆞᆫ번 죽어뻐 효졀을 다 일흔 죄인이 ᄎ마 되지 못ᄒ리로다 언파의 안식이 옥미 납셜을 ᄭᅴ엿ᄂᆞᆫ 듯 말ᄉᆞᆷ이 셔리 ᄀᆞᆺ티여 진실노 뜻을 앗기 어려오니 두공의 부쳐와 두ᄉᆡᆼ이 크게 탄복ᄒ여 아직 조흔 ᄂᆞᆺᄎ로 슌히 뜻을 조ᄎ 머무ᄅᆞ고 셰셰히 달내여 친ᄉ를 닐우랴 일시의 락종ᄒ여 왈 부인의 어진

100면

말을 드ᄅᆞ미 귀신도 감동홀지라 우리 부지 셕목이 아니라 엇지 ᄎ마 뜻을 아ᄉ리오 임의 졍실 위를 뎡흔 후는 부부 합친이야 그ᄃᆡ도록 밧블 거시 아니라 방심ᄒ고 일노 조ᄎ 우리를 구고로 알며 내 아ᄒᆡ를 가부로 대졉ᄒ면 우리 ᄯᅩ흔 부인의 뜻을 ᄉᆞᆺᄉ이 조ᄎᄎ리라 ᄲᅡᆼ난이 비로쇼 니러 졀ᄒ여 사례 왈 대인과 부인이 이ᄀᆞᆺ치 후은을 드리워 혈혈흔 녀ᄌᆞ를 위ᄒ여 효의를 완젼케 ᄒ시니 이후로 두군이 비록 경박흔 일이 이시나 맛당이 경계ᄒ샤 쳡의 뜻을 직희게 ᄒ시면 쳡이 ᄯᅩ

101면

흔 부도를 직희여 미ᄉ의 존명을 밧들니이다 두ᄉᆡᆼ이 대회ᄒ며 두공 부쳬 져의 여샹흔 언론이 호치 단슌 가온대 도도ᄒ고 옥안이 쳔고 졀식이라 비록 고문 명가의 다시 ᄐᆡᆨ인ᄒ나 여ᄎ 졀염은 엇기 어려온 고로 만분 힝열ᄒ여 이의 놉흔 당의 금병 나위를 베풀고 니시를 잇게 ᄒ고 허다 시녀 ᄲᅡᆼᄲᅡᆼ이 시위ᄒ여 존즁ᄒᆞ미 지샹 명부의 감치 아니니 ᄲᅡᆼ난이 마음을 단단이 잡고 편히 이셔 두ᄉᆡᆼ을 달내여 강시와 계양공쥬로 동심 모의ᄒᄂᆞᆫ 일을 ᄂᆞᆺᄂᆞᆺ치 탐쳥ᄒ며 조각을

102면

보와 쇼져의 슬픈 비원을 벗기려 위쥬 츙셩이 쳥숑 쥭ᄇᆡᆨ ᄀᆞᆺ고 친밀ᄒ면 죽으려 ᄒ니 감히 의ᄉᆞ치 못ᄒ여 그 일월이 오리면 잠간 화회ᄒ기를 바라더라 어시의 니쇼졔 ᄲᅡᆼ난을 대신ᄒ고 김유랑을 다리고 고루의 올나 화셰를 관광ᄒ여 도젹의 힝지를 술피더니 블을 겨유 구ᄒ고 모든 시비 쇼져의 거쳐를 몰나 일시의 울고 홀노 진파는 ᄲᅡᆼ란을

잡아갈 젹의 보왓고 기여 비복은 그릇 쇼져로 아른 셔로 슛두어려 추변을 망극ᄒᆞ여 ᄒᆞ니 진픠 내외 당ᄉᆞ의 올나 두로 슬피니 비로소

103면

셔편 누샹의 금유랑이 쇼져를 뫼셔 블을 피ᄒᆞ고 여러 목쥬를 뫼셔다가 이곳의 봉안ᄒᆞ엿ᄂᆞᆫ지라 진픠 보고 크게 환회ᄒᆞᆷ믈 이긔지 못ᄒᆞ여 ᄒᆞ니 쇼졔 손을 져어 굴오대 추젹이 심샹ᄒᆞᆫ 젹이 아니라 내 일을 아는 재 이 일을 ᄒᆞ여시니 비록 난을 잡아가시나 내 무ᄉᆞ히 잇는 쥴을 알면 필연 내 몸을 ᄆᆞᆺ춘 후의야 그칠 거시오 난의 싱ᄉᆞ를 아지 못ᄒᆞ니 일노조ᄎᆞ 셰상을 속여 심원ᄒᆞᆫ 곳의 슈믈 거시니 어미는 여ᄎᆞ여ᄎᆞᄒᆞ여 두로 창셜ᄒᆞ여 모든 노복으로 더브러 인인이 다 내 이

104면

곳의 ᄉᆞ라시믈 알게 말나 ᄒᆞ고 유랑과 ᄉᆞ오 개 시비로 동녁 심회당의 슘엇다가 져의 동정을 보며 슈무려 ᄒᆞ니 이곳은 심원ᄒᆞ니 이러므로 호를 심회당이라 ᄒᆞ엿더라 쇼졔 이의 추야의 슘고 가내 노복은 ᄉᆞ면으로 쇼져를 ᄎᆞ즈려 ᄃᆞᆫ니며 곡셩이 쳐졀ᄒᆞ니 거리의셔 부르지지는 쇼리 인인이 감동ᄒᆞ니 뉘 우름 허실을 알니오 계양궁 궁뇌 블을 노흐려 ᄒᆞ니 방마다 인젹이 잇는지라 압흐로 나아가는 쳬ᄒᆞ고 원즁으로 도라가 화약을 더지니 초목과 슈플의 블이 븟터 년ᄒᆞ여 뎡

105면

ᄌᆞ와 고루 화각이 다 일시의 븟고 맛춤 풍셰 고요ᄒᆞ여 닌인과 여러 노복이 구ᄒᆞ여 큰 집이 타지 아니니 젹이 겸ᄒᆞ여 쇼져 거쳐 업다 ᄒᆞ고 노복이 심방ᄉᆞ쳐ᄒᆞ여 곡셩이 진동ᄒᆞᆫ지라 이대로 궁뇌 도라가 고ᄒᆞ니 공쥬와 강시 듯고 흔열ᄒᆞᆷ믈 이긔지 못ᄒᆞ고 공쥐 두부의 사름을 보내여 ᄉᆞ긔를 탐쳥ᄒᆞᆫ즉 니시를 아ᄉᆞ다가 졍침의 두고 졍실노 대졉ᄒᆞᆫ다 ᄒᆞᆫ지라 공쥐 듯고 쇼왈 내 일계를 운동ᄒᆞ여 강젹을 쳐치ᄒᆞ엿거니와 다만 아지못게라 니녀의 작인이 그대도록 비쳔ᄒᆞ던고 일야지

106면

간의 슌종ᄒᆞ여 무고히 머무니 가히 의심젹도다 궁인이 보ᄒᆞ여 왈 니시 두부의 와 빅

단 거스려 죽기를 청흐대 두공지 만단 이걸흐여 머무르고 아직 이셩합친은 아냐 죵
샹흐기를 기다린다 흐더이다 흐고 쏘 니르되 니부 슈환이 부르지져 우든 스연을 고
흐니 공쥬와 강시 크게 깃거 바야흐로 근심이 젹더라 추시 죠부의셔 니부 화변을 듯
고 쇼져와 유랑이 일야지간의 부지거쳐흐다 말의 죠노공 이해 한심 츳악지 아니 리
업고 년년 츳셕흐며 양부인이 심한골경흐여 심스를 능히

107면

정치 못흐나 오히려 구고 존당을 위흐여 일일 화평흐여 일월을 보내나 일념의 츳상
흐믈 이긔지 못흐더라 화셜 졍부인이 부모를 짜라 금쥐로 가니 그 힝식이 슬픈 길이
오 즉긔 신셰 비원흔지라 추시 가을이라 도로 츄경이 더옥 슈인의 비회를 돕는지라
졍시 구고의 은혜와 조싱의 관관흔 은이를 쳔리의 리별흐니 녀즈의 년년흔 촌장이
바아지믈 엇지 면흐리오마는 오히려 금옥 심장과 쳔균대량을 겸흐엿는지라 존당 구
고와 가부의 부탁을 져바리지 아니려 비

108면

원을 금초고 힝되 무스히 득달흐여 가다가 일야는 경춘역디의 쥬인흐여 허다 인마와
샹구를 뫼셔 일촌 일가를 다 잡아 지내게 흐니 부인과 쇼져는 이 햐쳐의셔 졍한림이
직히녓고 다른 졍시 등은 다 야야와 졔 슉부로 더브러 샹구를 뫼셔 건넌편 마을을 잡
아 드러시니 그 스이가 거의 슈리나 되니 이리 힝흔 지 월예니 추시 쥼동 초츈이라
미월이 동역히 오르고 일긔는 한닝흐니 쇼졔 모친을 뫼셔 햐쳐흔 집의 월광이 조요
흐믈 보고 탄왈 이 달은 가히 빗최여

109면

가리온 거시 업도다 부인이 역시 탄왈 너의 심회 비챵흐려니와 엇지 미양 슈환을 품
어 화안을 샹히오리오 운월이 만방의 두로 힝흐므로 쇼혜의 글의 히월년 조득변과
령운셰셰 봉군면이 이시니 너는 오히려 쇼약난을 블워흐미 그 신루와 죄명이 업스미
라 명명 챵텬이 엇지 나의 일녀로 쳔고 악명을 감심흐여 빅옥 신상의 억믹게 흐느뇨
쇼졔 탄왈 츠는 간비의 타시라 인원흘 거시 아니라 히이 싱젼의 취향 간비의 머리 버
히믈 보고져 흐느이

다 ᄒᆞ고 이럿툿 회포ᄅᆞᆯ 니ᄅᆞ더니 한림이 ᄯᅩᄒᆞᆫ 드러와 ᄒᆞᆫ가지로 안즈 부인과 미즈ᄅᆞᆯ 위로ᄒᆞ더니 믄득 밧그로셔 함셩이 대진ᄒᆞ며 화광이 비최ᄂᆞᆫ 가온대 허다ᄒᆞᆫ 젹당이 즁 즁 쳡쳡이 ᄲᅡ오고 경후번이 칼흘 빗기고 다ᄅᆞ들거ᄂᆞᆯ 부인이 혼빅이 비월ᄒᆞ여 업더져 인스ᄅᆞᆯ 출히지 못ᄒᆞ거ᄂᆞᆯ 한님이 챵황이 부인을 거두쳐 업고 젼도히 뒤문으로 내다ᄅᆞ며 겹결의 미즈ᄅᆞᆯ 츠져도 쇼리도 듯지 못ᄒᆞ고 젹의 칼부리미 낭즈ᄒᆞ여 스오 인 시녀가 샹ᄒᆞ니 졍싱이 모친의게

범홀가 망극 챵황이 내다ᄅᆞ니 후번이 굿ᄐᆞ여 스오 인 시녀ᄅᆞᆯ 샹히오나 졍싱은 굿ᄐᆞ여 싸로지 아니코 두로 쇼져ᄅᆞᆯ 츠즈니 쇼졔 이쩌 젹셰 급ᄒᆞ믈 보고 총명ᄒᆞᆫ 심졍의 심샹ᄒᆞᆫ 젹뉘 아니라 모친이 급ᄒᆞᆫ 변이 겨시나 한림이 구ᄒᆞ니 버셔날 거시오 즈긔 용식으로 힝혀 젹의 눈의 뵐가 샹심ᄒᆞ믈 이기지 못ᄒᆞ여 나는 ᄃᆞ시 뒤흐로 드러가 젹의 못 미출 곳의 피홀 ᄃᆡᄅᆞᆯ 슬피더니 쥬졈이 흥니ᄒᆞᄂᆞᆫ 쟝스의 집이라 큰 궤ᄅᆞᆯ 노코 믈화ᄅᆞᆯ 담아 노코 그 즁의 뷘 것도 ᄯᅩᄒᆞᆫ 만흔

지라 쇼졔 유랑으로 더브러 궤 속의 감초고 가마니 졔젹이 슈산 분쥬ᄒᆞ믈 보니 진보도 바리고 거동이 심샹치 아닌지라 쇼졔 이를 보고 더옥 마음이 셔늘ᄒᆞ여 슘도 못 쉬고 잇더니 젹이 블을 혀고 쇼져의 거쳐ᄅᆞᆯ 츳지 못ᄒᆞ여 챵황ᄒᆞ더니 믄득 방즁의셔 이 익히 우ᄂᆞᆫ 쇼릭 잇ᄂᆞᆫ지라 후번이 이 아니 졍시의 쇼린가 ᄒᆞ여 나아가 눈을 드러 보니 용뫼 빅셜 ᄀᆞᆺ고 냥안이 화경 ᄀᆞᆺᄐᆞᆫ지라 후번이 드립써 안고 굴오ᄃᆡ 부인이 조샹셔 부인인다 경홍이 응시ᄒᆞ여ᄂᆞᆫ 인믈의 사름이라 바

야흐로 쇼져ᄅᆞᆯ 일코 우다가 젹의 잡히인 빅 되니 망극히 셜우나 임의 졔 몸이 도마의 오른 고기라 혹 아니라 ᄒᆞ면 반ᄃᆞ시 쇼져의 옥보 방신이 보젼치 못홀지라 출하리 졔가 대신 당ᄒᆞ리라 ᄒᆞ고 울고 닐오ᄃᆡ 나는 샹국의 쳔금 일녀오 니부 텬관 원비라 부모ᄅᆞᆯ ᄯᅡ라 잠간 향니로 가더니 엇지 ᄎᆞᆷ아 젹의 욕을 밧고 살니오 머리ᄅᆞᆯ 이의 부다이져

죽으려 ㅎ니 후번이 엇지 복식의 귀쳔을 알니오 비로쇼 적실흔 졍시라 ㅎ여 엽히 끼고 나오며 글오대 내 임의 졍시를 내 숀의 쥐

여시니 다시 사름을 히치 말나 ㅎ니 졔젹이 일시의 대답ㅎ고 힝즁 반젼을 슈탐ㅎ여 가지고 훗터지니 츠시 쇼져와 유랑이 궤 쇽의 드러시나 츠변이 무셔워 내미러 보지 못ㅎ엿더니 젹이 경홍의 쇼리를 듯고 즈긔로 아라 잡아가믈 븐노ㅎ여 비로쇼 궤쇽의셔 나와 유랑을 닛글고 한림의 가던 길을 츠져 모친을 츠즈려 뒤문으로 ㄴ니 원내 이 산곡이 여러히라 쇼졔 한님은 츳지 못ㅎ고 한업시 가면 일변 도젹을 못날가 두려ㅎ고 모친과 거거를 츳지 못ㅎ여 심

장이 요요ㅎ고 오내 여할ㅎ여 누쉬 여우ㅎ더라 어시의 졍쇼져 뜻인즉 모친을 싸라가 부친 햐쳐를 뭇고져 한님이 닷던 문으로 나오니 한림은 어더 보지 못ㅎ고 모친은 어디로 가시믈 아지 못ㅎ고 쇼졔 이써를 당ㅎ여 심장이 촌졀ㅎ여 광야의 촌인 대면키 슬ㅎ며 크게 울고 왈 내 혈혈 약질노 도로의 실산ㅎ여 쟝춧 엇지 금쥐를 츠즈 득달ㅎ리오 이졔는 갈 곳이 업시니 반일을 뫼 우히셔 거거의 츠즈믈 기다려 결단ㅎ리라 유랑 왈 이곳의셔 기다리면 일졍

츠즈오실 듯ㅎ고 만ㄴ지 못ㅎ여도 이써 츄곡이 익어시니 노쳡이 젼젼 유리홀지라도 쇼져 뫼셔 금쥐로 갈 거시오니 그디도록 슬허ㅎ시ㄴ니잇고 쇼졔 탄왈 그러나 그져 갈지락도 이 복식으로 엇지 힝ㅎ리오 이의 이셔는 반드시 죽을지라 이곳으로 츠즈 고향의 가기는 밋지 못홀가 ㅎ노라 ㅎ며 아모리 기다려도 츠져 오는 사름이 업는지라 날이 반오의 니ᄅᄃᆡ 요긔도 못ㅎ고 호표의 쇼리와 진남의 포름의 근심ㅎ는 사름을 도도고 두리오믈 더으ㄴ지라 유랑이 쇼져를 잇글

고 다시 ㄴ려와 인가를 츠즈 조반이나 어더 먹고져 ㅎ여 츠츠 힝ㅎ여 쥬졈의 드러 흔

그릇 밥을 어더 노쥐 요긔ᄒ고 졈쥬다려 문왈 우리ᄂᆞᆫ 경셩 사ᄅᆞᆷ으로 금쥐로 가더니 적화ᄅᆞᆯ 만나 분찬ᄒᆞ여 이러툿 낭픽ᄒᆞ여시니 셩쥬역이 언마나 ᄒᆞ뇨 졈쥬 쇼져의 옥안을 가리오고 쳔틱만광이 현란ᄒᆞᆷ믈 보고 놀나 졍신이 운외의 흣터져 일졔를 싱각고 답왈 셩쥬역이 예셔 빅니나 남고 금쥐로 가려 ᄒᆞ면 뉵노로 쳔리라 이 압 금강 빈ᄅᆞᆯ 타면 슈로로ᄂᆞᆫ 블과 삼ᄉᆞ 일이

118면

면 득달ᄒᆞ리라 ᄒᆞ고 빈 가온ᄃᆡ 긔이ᄒᆞᆫ 이인이 이셔 션가ᄅᆞᆯ 징식지 아니코 궁박ᄒᆞᄂᆞᆫ 사ᄅᆞᆷ 구ᄒᆞ미 ᄒᆞ나 둘이 아니라 그ᄃᆡ 만일 져 쇼년 낭ᄌᆞ로 더브러 빈ᄅᆞᆯ 타면 반젼이 업셔도 다려갈 거시오 그 션즁의 시방 ᄂᆡᄒᆡᆼ이 나려가니 ᄂᆡᄒᆡᆼ이 비편치 아닐지라 ᄒᆞ고 ᄯᅩ ᄒᆞᆫ 쎄음 돈을 쥬고 굴ᄋᆞᄃᆡ 그ᄃᆡ 졍시 비샹ᄒᆞ니 ᄂᆡ 쇼미 평싱의 보지 못ᄒᆞ엿ᄂᆞ니 나는 ᄒᆞᆫ 냥 돈으로 돕ᄂᆞ니 밧비 강의 가 빈ᄅᆞᆯ 타고 가라 유랑이 쇼져ᄅᆞᆯ 도라보아 갈ᄋᆞᄃᆡ 졈쥬의 의긔 현심이 이 ᄀᆞᆺ트니 맛당이 가

119면

라치ᄂᆞᆫ ᄃᆡ로 빈ᄅᆞᆯ 타고 금쥐로 가샤이다 ᄒᆞ니 졍시 이 의논을 드러 사ᄅᆞᆷ을 보지 아니니 쥬졈의 쥬인의 위인을 아지 못ᄒᆞ고 형셰 이의 다다ᄅᆞᄂᆞᆫ 유모의 잇ᄂᆞᆫ 대로 홀일업셔 유랑을 다리고 겨유 빈ᄅᆞᆯ 츠져 니ᄅᆞ니 이 본대 금쥐로 가는 션뢰 아니라 일시 금강 건네ᄂᆞᆫ 나로션이라 왕ᄂᆡ션이 여러 히 ᄯᅥ 잇ᄂᆞᆫ지라 ᄉᆞ공다려 금쥐로 가ᄂᆞᆫ 빈 어내 빈며 ᄂᆡᄒᆡᆼ이 업ᄉᆞᆷ믈 무른대 드르니 금쥐로 통노되믈 ᄌᆞ시 알고져 ᄒᆞ노라 이젹 졈쥬인 호급시 미리 ᄉᆞ공의게 닐너 일일히 밀

120면

계ᄅᆞᆯ 통ᄒᆞᄃᆡ 빈ᄅᆞᆯ 멈츄ᄃᆡ 동ᄒᆡᆼ 잇기로 ᄡᅥ ᄌᆞ연 그러ᄒᆞ다 ᄒᆞ여 밤들기ᄅᆞᆯ 기다려 션즁의 머믈며 나 오기ᄅᆞᆯ 고ᄃᆡᄒᆞ라 ᄒᆞ고 도라갓ᄂᆞᆫ지라 ᄉᆞ공이 유랑다려 니ᄅᆞᄃᆡ 이 빈ᄂᆞᆫ 금쥐로 가는 빈여니와 동ᄒᆡᆼ을 기다리옵ᄂᆞ니 금쥐로 가신다 ᄒᆞ니 몬져 션즁의 오ᄅᆞ샤 동ᄒᆡᆼ을 기다려 발ᄒᆡᆼᄒᆞᄉᆞ이다 ᄒᆞ니 유랑이 쇼져로 션즁의 오ᄅᆞ니 동ᄒᆡᆼ을 이슥키 기다리니 ᄯᅥ 졍히 밤이 되엿ᄂᆞᆫ지라 먼니셔 ᄒᆞᆫ ᄶᅦ 강도의 블이 빗최고 적당 ᄉᆞ오십이 오는 쇼ᄅᆡ여늘 쇼졔 싱각ᄒᆞᄃᆡ 임의

121면

부모를 실산ᄒ고 약질 녀지 강즁의셔 강도를 만나 급ᄒ지라 내 강심의 ᄲ러져 셰샹을 바리리라 ᄒ고 호곡 일셩의 젹셰 졈졈 압흘 당ᄒ여 급ᄒ지라 유랑을 부르고 믈의 ᄲ여들거늘 김유랑이 발 구르고 뒤흐로 조ᄎ 들냐 ᄒ니 ᄉ공이 붓드러 드지 못ᄒ고 유랑이 홀일업셔 혜오ᄃᆡ 방신을 건져 향진의 쟝ᄒ리라 쇼져를 쟝ᄒᄂ 놀 내 몸이 죽어 져바린 죄를 샤ᄒ리라 ᄒ여 들기를 긋치나 죵일 달야토록 부르지져 울고 ᄉ공의게 비러 우리 쇼져를 건져

122면

달나 ᄒ니 뉘 져 유랑의 말을 듯고 슈고로이 건져 ᄂᆡ리오 흔ᄌᆞ 호곡홀 ᄯᅡ름이러니 원내 이 젹당은 다르니 아니라 졈쥬 호급시 졍부인의 식티를 보고 황혹ᄒ여 짐즛 만경쳥파의 보내고 ᄯᅡ르 핍박ᄒ려 여러 강되 취우ᄀᆞ치 ᄯ르더니 홀연 졍쇼졔 강심의 ᄲ여드ᄂᆞ 져의 졀의를 보고 블승대경ᄒ여 ᄒᆡᆼ혀 타인이 알가 두려 일시의 도라오니라 ᄎ회라 졍시의 셩명이 엇지 되고 하회 셕남ᄒ라

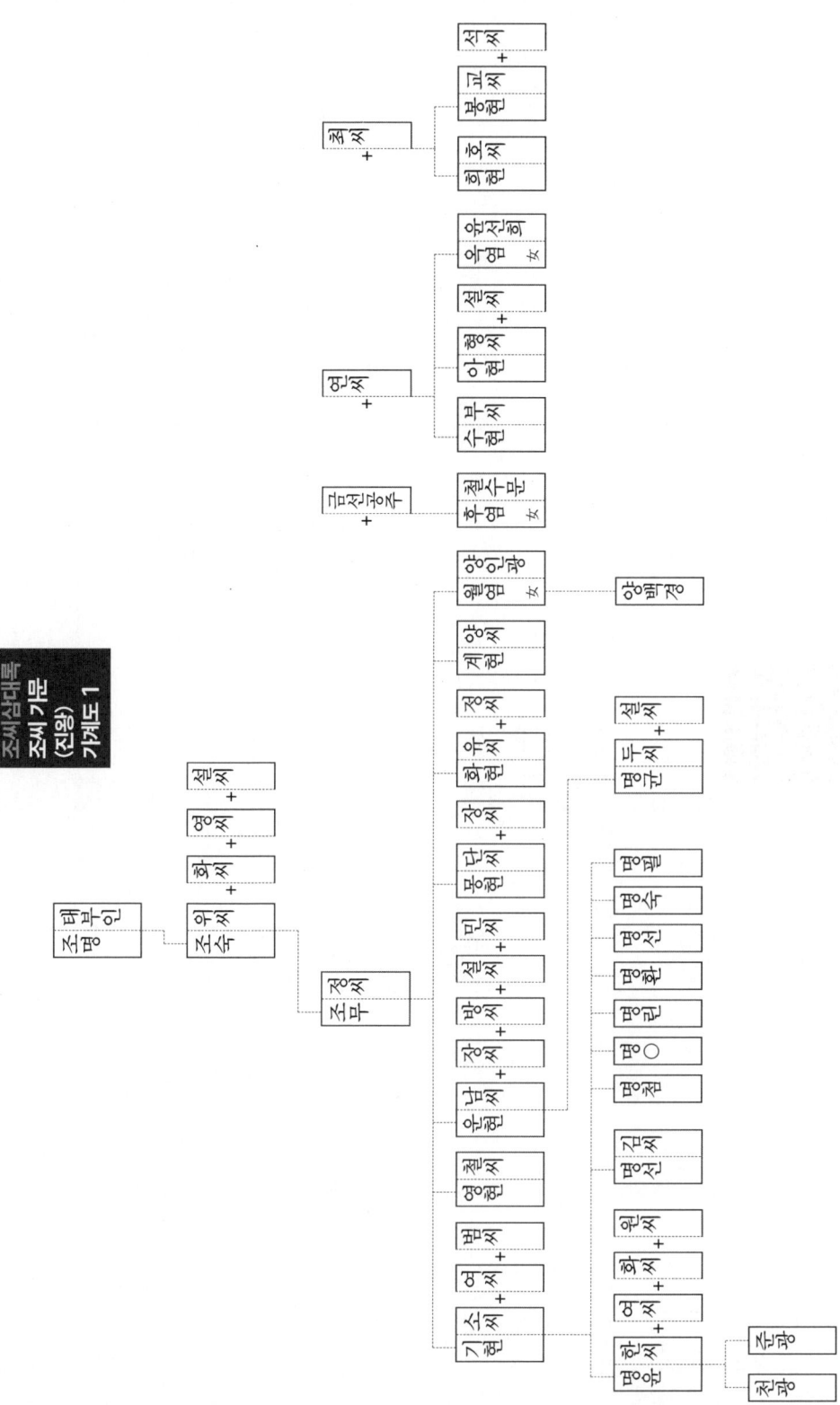

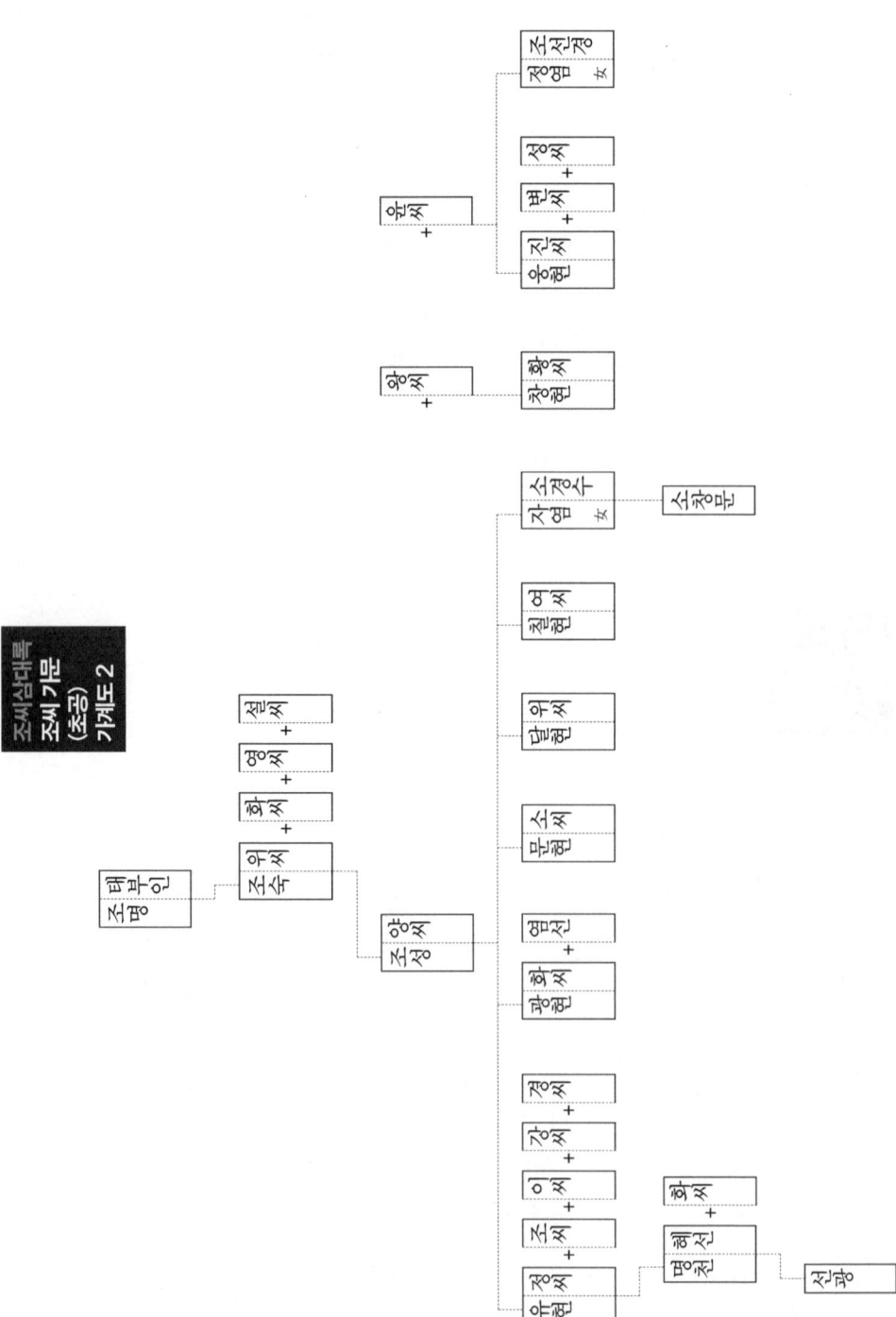

조씨삼대록
조씨 가문
(초공)
가계도 2